중고생이 꼭 읽어야 할

한국단편소설

75 상

초판 1쇄 발행 2022년 5월 9일
초판 3쇄 발행 2024년 2월 20일

지은이 김유정 외
엮은이 성낙수, 박찬영, 김형주
펴낸이 박찬영
편집 정예림, 최나래, 김지은
표지 디자인 이지후
내지 디자인 박민정
삽화 조혜림
마케팅 조병훈, 박민규, 최진주, 김도언
낭송 KBS 성우 이명호

발행처 리베르
주소 서울특별시 성동구 왕십리로 58 서울숲포휴 11층
등록신고번호 제2013-17호
전화 02-790-0587, 0588
팩스 02-790-0589
홈페이지 www.liber.site
커뮤니티 blog.naver.com/liber_book(블로그)
e-mail skyblue7410@hanmail.net

ISBN 978-89-6582-343-8(44810), 978-89-6582-342-1(세트)

리베르(Liber 전원의 신)는 자유와 지성을 상징합니다.

중고생이 꼭 읽어야 할

한국 단편 소설

75 상

김유정 외 지음 | 성낙수 · 박찬영 · 김형주 엮음

리베르

머리말

　현대인들은 대체로 규격화된 생활을 한다. 집, 학교, 직장이라는 울타리를 맴돌며 틀에 맞춘 공부와 일을 한다. 여행을 할 때도 정해진 코스를 거친다. 편리한 생활을 누리되 사무치는 경험이 없다. 그만큼 우리 사회가 안정되었다는 증거이다. 하지만 안정이란 보호막은 다양한 인생 경험의 통로를 막기도 한다. 과잉 보호와 대학 입시라는 틀에 매여 있는 청소년들이 부조리한 국면에 처했을 때 혼란에 빠지거나 도덕적으로 해이해지는 현상을 보일 수 있다.

　청소년들이 경험의 세계를 확대하는 가장 좋은 방법은 한국인의 정신적 고향을 담고 있는 한국 단편 소설을 읽는 것이다. 청소년들은 자신과 밀접한 관계를 맺고 있는 부모와 조부모 세대의 이야기를 읽음으로써 세대 간의 격차를 뛰어넘는 성숙한 정신세계를 가꿀 수 있을 것이다. 소설 읽기를 통한 다양한 간접 경험은 눈앞의 논술 고사나 수능 시험에 도움을 줄 뿐 아니라 과거와 미래의 삶을 통찰하는 데도 큰 도움을 줄 것이다. 청소년은 물론 성인들도 반드시 읽어야 할 『한국단편소설 75』의 선정 기준과 장점을 밝혀 둔다.

1. 『한국단편소설 75』는 문학사적 의의, 예술성, 대중성을 작품 선정의 준거로 삼는다.

　발표 시기를 기준으로 삼아 1900년대에서 2010년대까지의 작품을 선정했다. 일반적으로 춘원 이광수의 『무정』이 발표된 1917년을 한국 현대 소설의 시작으로 잡지만, 1921년에 발표된 김동인의 「배따라기」로도 볼 수 있다. 「배따라기」는 현대 소설의 특징을 고루 갖추었으며 내용 대부분이 한글로 집필되었다는 의미가 있다. 한국 소설은 일제 강점기와 전후 상황을 거쳐 1960년대에 와서 완숙기에 접어든다.

2. 문학 교과서에 수록된 작품을 면밀히 검토한다.

수능 출제 가능성이 높은 작품들을 두 권으로 압축하기 위해 작품 선정에 고민을 거듭했다. 선정 위원들이 여러 차에 걸쳐 재검토 작업에 들어가기도 했다. 한 작가의 작품 중에서도 시대성과 예술성을 지닌 대표작을 고르되 기준에 부합되면 여러 작품을 골랐다.

3. 해설은 '작품 길잡이, 구성과 줄거리, 생각해 볼까요?'로 나누어 작품의 완전한 이해를 도모한다.

소설 구성 단계(발단, 전개, 위기, 절정, 결말)에 따라 줄거리를 구분해 작품을 빠르고 정확하게 파악하도록 한다. '생각해 볼까요?'는 수능 시험, 수행 평가, 논술 고사에 대비해 창의적인 생각을 유도한다. 75편이란 최다 작품을 수록하면서도 전문을 실어 완전한 감상을 할 수 있도록 한다.

4. 등장인물의 관계와 소설 흐름을 한눈에 확인할 수 있는 '인물 관계도'와 '소설 한 장면'을 넣는다.

소설 75편을 모두 읽다 보면 작품마다 어떤 인물이 어떤 모습으로 등장했는지 기억하기 어려울 수 있다. 작중 등장인물의 관계를 한눈에 확인할 수 있는 '인물 관계도'를 넣어 인물 간의 관계가 소설 전개에 어떤 영향을 주었는지 생각해 보도록 유도한다. 또한 소설 구성 단계에 맞춰 '소설 한 장면'이라는 이름의 삽화를 넣어 작품의 줄거리를 효과적으로 파악할 수 있게 한다. 소설 내용이 간략히 정리된 그림은 작품을 보다 쉽게 이해하도록 돕는다.

5. 어려운 어휘는 간략한 주석을 달아 내용을 바로 이해할 수 있도록 배려한다.

기존의 현대 소설 작품집은 고전 문학보다 쉽다는 선입견 때문에 주석에 소홀한 면이 있었다. 그러나 문학 작품에는 일반인이 잘 모르는 토속어, 방언, 전문어 등이 자주 나온다. 이러한 어휘를 모르고 보면 감상의 중요 포인트를 놓쳐 버릴 수 있다.

엮은이 씀

목차

* 표시된 작품은 줄거리와 해설을 담은 MP3 파일이 제공됩니다. 리베르 출판사 블로그
(http://blog.naver.com/liber_book)에서 다운받으실 수 있습니다.

안국선

◆ 금수회의록 ◆

'나'는 꿈속에서 우연히 동물들의 회의에 참석한다. 회의의 내용은 인간 사회의 부도덕과 비합리, 모순 등을 낱낱이 비판하자는 것이다. 까마귀는 인간의 불효를, 여우는 간사함을, 개구리는 잘난 척을, 벌은 이중성을, 게는 외세에 의존하려는 태도를 비판한다. 파리는 욕심을, 호랑이는 흉악함을, 원앙은 더럽고 괴악한 심성을 비난한다. 수치심을 느낀 '나'는 인간의 반성과 회개를 촉구한다.

이해조

◆ 자유종 ◆

1908년 음력 1월 16일 밤, 이매경 여사의 생일잔치에 신설헌, 홍국란, 강금운 등이 초대를 받고 모인다. 신설헌 부인이 사회자로 나서며 토론회를 제안한다. 부인들은 개화와 계몽에 관한 주제로 토론한다. 토론을 마친 부인들은 자신들이 생각하는 이상적 사회에 대한 지난밤 꿈 이야기를 주고받는다.

김동인

◆ 배따라기 ◆

'나'는 대동강에 갔다가 배따라기를 부르는 사내를 만나 사연을 듣는다. 사내는 쥐를 잡다 옷매무새가 흐트러진 동생과 아내의 관계를 오해한다. 결국 아내는 죽고 동생은 유랑에 나선다. 뱃사람이 된 그는 10년 뒤 어느 날, 아우를 만난다. 아우는 "형님, 그저 다 운명이외다."라는 말만 남기고 떠난다. 그의 숙명적인 경험담이 귀에 쟁쟁한 '나'는 배따라기가 들릴 때마다 그곳으로 가 보지만 그는 없다.

◆ 태형 ◆

비좁은 감방 안에서 '나'를 비롯하여 마흔 명이 넘는 죄수들이 생활한다. 좁고 더운 공간에서 고통받는 그들이 바라는 건 오직 냉수 한 그릇뿐이다. 재판에서 돌아온 영원 영감이 태형 90대의 판결을 받고 공소했다고 말한다. '나'를 비롯한 감방 사람들은 영감이 떠나면 자리가 넓어진다는 이유로 그를 비난한다. 결국 영감은 공소를 취하한다. '나'는 영감이 태형을 맞는 소리를 들으며 눈물을 흘린다.

◆ 감자 ◆

복녀는 게으르고 무능력한 홀아비에게 시집을 가 칠성문 밖 빈민굴에서 살게 된다. 복녀는 감자를 훔치다 왕 서방에게 들켜 그의 집으로 끌려간다. 그 후 왕 서방은 수시로 복녀를 찾고 그 대가로 복녀는 돈을 받는다. 어느 날, 왕 서방이 혼인을 위해 다른 여자를 데려오자 복녀는 강한 질투심을 느낀다. 복녀는 신방에 뛰어들어 덤벼들다 도리어 왕 서방 손에 죽는다.

◆ 광염소나타 ◆

음악 비평가 K가 사회 교화자 모 씨에게 백성수 이야기를 들려준다. 백성수는 K의 배려로 음악에 정진하지만 범죄 행위를 통해 작품 창작의 영감을 얻는다. 결국 백성수는 경찰에 붙잡혀 정신 병원에 간힌다. 사회 교화자 모 씨가 죗값은 치러야 한다고 말하자, K는 천재 예술가를 구하는 것이 옳다고 말하며 눈물을 흘린다.

◆ 광화사 ◆

'여'는 인왕산에 올라 샘물을 보다가 이야기 한 편을 꾸민다. 추한 얼굴을 가진 솔거라는 화공이 세상에서 가장 아름다운 얼굴을 그리기 위해 미인을 찾아 나선다. 솔거는 소경 처녀의 얼굴에서 자신이 찾던 아름다움을 발견하고 하룻밤을 보낸다. 다음 날 처녀의 눈에서 순수의 빛이 사라지자 솔거는 처녀를 밀어 죽인다.

◆ 붉은 산 ◆

'여'가 만주를 돌아볼 때 들른 ××촌에는 조선인 소작농이 이십여 호 모여 산다. 이 마을에는 '삵'이라고 불리는 사람이 있다. 사람들은 험상궂게 생기고 행동이 불량스러운 '삵'을 피한다. 어느 날 만주인 지주 집에 간 송 첨지가 소출이 좋지 못하다는 이유로 초주검이 되어 돌아온다. '삵'은 지주의 부당한 폭행에 항의하다 피투성이가 된다. 사람들은 죽어 가며 붉은 산과 흰옷을 찾는 '삵'을 위해 애국가를 부른다.

❖ 빈처 ❖

'나'의 아내는 생활비를 얻기 위해 세간과 의복을 전당포에 맡긴다. '나'는 부유한 태가 흐르는 처형의 모습을 보고 자격지심을 느낀다. 하지만 처형의 남편은 기생집을 다니면서 걸핏하면 처형을 때린다고 한다. 이틀 뒤 처형이 찾아와 아내에게 새 신발을 사 준다. 아내가 신발을 보며 좋아하자 '나'는 정신적인 행복에 만족하려 해도 부족하다고 생각한다. '나'는 '나'를 믿어 주는 아내에게 고마움을 느낀다.

❖ 술 권하는 사회 ❖

아내는 새벽 한 시가 넘었는데도 남편이 돌아오지 않자 화가 치밀어 오른다. 동경 유학을 다녀온 지식인 남편은 현실에 절망해 술을 벗 삼아 살아간다. 남편이 만취한 상태로 집에 돌아오자 아내는 남편에게 술을 권하는 사람들을 원망한다. 남편은 자신에게 술을 권하는 것은 부조리로 가득한 조선 사회라고 말하지만 아내는 이해하지 못한다. 남편은 답답해하며 집을 나간다. 아내는 "그 몹쓸 사회가 왜 술을 권하는고!"라며 한탄한다.

❖ 할머니의 죽음 ❖

'나'는 '조모주 병환 위독'이라는 전보를 받고 고향으로 내려간다. 중모는 할머니 곁에서 연일 밤을 새워 가며 간호한다. 하지만 '나'는 중모의 행동을 '우리를 야단치기 위한 밑천 장만하기'라고 생각할 뿐이다. 할머니의 병세가 호전되자 자손들은 바쁘다는 핑계로 모두 떠난다. 어느 화창한 봄날, '나'는 벚꽃 놀이를 막 나가려는 때에 '오전 3시 조모주 별세'라는 전보를 받는다.

❖ 운수 좋은 날 ❖

비가 내리는 어느 날, 김 첨지에게 손님을 연달아 태우는 행운이 찾아온다. 신나게 인력거를 끌던 그는 아픈 아내 생각에 사로잡힌다. 집으로 돌아가던 김 첨지는 선술집에 들른다. 취기가 오르자 불길한 생각을 떨쳐 버리려고 미친 듯이 울고 웃는다. 김 첨지는 아내를 위해 설렁탕을 사서 집으로 돌아간다. 하지만 싸늘한 시신만이 그를 맞이한다. 김 첨지는 눈물을 흘리며 오늘 괴상하게 운수가 좋았다고 한탄한다.

◆ B사감과 러브레터 ◆

C여학교 기숙사 B사감이 제일 싫어하는 것은 러브레터와 남학생의 면회다. 어느 날 새벽, 기숙사에 난데없는 웃음소리와 말소리가 들린다. 세 학생이 깨어나 현장으로 다가간다. 소리 나는 곳은 B사감의 방이다. B사감이 여학생에게 온 러브레터를 품에 안고 남녀가 사랑을 고백하는 장면을 연출하고 있었던 것이다. 그 모습을 본 첫째 학생은 놀라고, 둘째 학생은 미쳤다고 말하고, 셋째 학생은 눈물을 씻는다.

◆ 고향 ◆

'나'는 서울행 기차 안에서 만난 '그'에게 호기심을 갖는다. 그는 과거 이야기를 풀어 놓는다. 동양 척식 주식회사에 농토를 빼앗긴 그는 서간도로 갔으나 거기서도 생활은 비참했다. 폐허가 된 고향으로 돌아온 그는 혼인할 뻔했던 여자를 만난다. 아버지에 의해 유곽으로 팔려 갔던 그녀는 일본인 집에서 식모살이를 한다고 한다. '나'는 이야기가 듣기 싫어 술을 마시고, 그는 취흥에 겨워 노래를 읊조린다.

나도향

◆ 벙어리 삼룡이 ◆

말은 못 하지만 성실하고 충직한 삼룡은 오 생원의 하인이다. 오 생원의 아들이 자신에게 가혹한 행위를 하고 착한 주인아씨를 학대하자 삼룡은 점차 반항한다. 어느 날 삼룡은 목숨을 끊으려던 주인아씨를 말리다 오해를 사 내쫓긴다. 그날 밤 오 생원의 집이 화염에 휩싸인다. 삼룡은 주인아씨를 구하기 위해 불길 속으로 뛰어든다. 주인아씨를 품에 안은 삼룡의 입가에는 평화롭고 행복한 웃음이 옅게 나타난다.

◆ 물레방아 ◆

이방원은 마을에서 가장 부자인 신치규의 집에서 막실살이를 한다. 신치규는 이방원의 아내를 꾄다. 신치규와 아내가 물레방앗간에서 나오는 것을 목격한 이방원은 신치규를 마구 때린다. 석 달 후 주재소에서 출감한 이방원은 칼을 품고 신치규의 집으로 간다. 이방원은 아내에게 같이 도망갈 것을 제의하나 아내는 거절한다. 이방원은 아내를 해치고 스스로 목숨을 끊는다.

전영택

✦ 화수분 ✦

'나'는 행랑채에 살게 된 화수분 내외의 삶을 관찰한다. 그들은 가난 때문에 큰딸을 남의 집에 보낼 정도로 궁핍하게 살아간다. 어느 날 화수분은 형의 농사를 도우러 양평으로 떠난다. 몸살이 나 집으로 돌아가지 못했던 그는 아내가 온다는 소식에 눈길을 달려 나간다. 그는 아내와 작은딸을 발견하고 끌어안는다. 이튿날, 지나가던 나무장수가 얼어 죽은 화수분 내외를 발견하고 딸만 소에 싣고 길을 떠난다.

최서해

✦ 탈출기 ✦

'나(박 군)'는 자신이 집을 떠난 이유를 김 군에게 편지로 밝힌다. '나'는 5년 전 극심한 가난에서 벗어나기 위해 간도로 갔다. 그러나 가난은 더욱 심해지고 민족적 차별에도 시달린다. '나'는 지금까지 사회 제도의 희생자로 살아온 삶에 분노하여 궁핍한 현실을 타파하려는 생각으로 ××단에 가입한다.

✦ 홍염 ✦

가난한 촌락 '빼허'에 겨울이 찾아든다. 이곳에는 조선인들의 귀틀집 다섯 채가 있다. 문 서방은 경기도에서 소작농 생활을 하다가 서간도로 이주했다. 그는 흉년 때문에 중국인 지주 인가에게 빚을 지게 되고 결국 딸 용례를 빼앗긴다. 아내는 딸을 빼앗긴 슬픔 때문에 병이 들어 죽는다. 아내가 죽은 이튿날 밤, 문 서방은 인가의 집에 불을 지르고 그를 죽인 후 딸을 부둥켜안고 운다.

이태준

✦ 꽃나무는 심어 놓고 ✦

방 서방은 지주의 착취를 견디지 못해 가족들과 무작정 서울로 향한다. 그들은 일을 구해 보려 노력하지만 뜻대로 되지 않는다. 방 서방의 아내는 구걸을 나섰다가 길을 잃고 노파의 꾐에 빠져 돌아오지 못하고, 아이는 끝내 숨을 거둔다. 이듬해 봄날, 방 서방은 화려하게 핀 벚꽃을 보고 고향을 생각한다. 술을 마신 방 서방은 분노와 비애에 젖어 세상을 원망한다.

◈ 달밤 ◈

'나'는 성북동으로 이사 와 우둔하고 천진스러운 황수건을 만난다. 정식 배달원이 되는 게 유일한 소원이었던 그는 보조 배달원 자리조차 지키지 못하고 일자리를 빼앗긴다. '나'는 그의 처지에 마음 아파하며 참외 장사라도 해 보라고 돈을 주지만 장마 때문에 그마저 실패한다. 늦은 밤, '나'는 혼자 달을 쳐다보며 길을 걷는 황수건을 발견하지만 그가 무안해할까 봐 나무 그늘에 숨는다.

◈ 까마귀 ◈

가난한 작가인 '그'는 겨울을 나기 위해 친구네 별장을 빌린다. 별장 주위 나무에는 많은 까마귀가 날아와 둥지를 틀고 있다. 그는 폐병으로 인해 요양차 이곳에 온 여자와 만나게 된다. 까마귀 울음소리를 죽음과 연관 지어 공포를 느끼는 그녀를 위해, 그는 까마귀의 내장을 직접 확인 시켜 줄 계획을 세운다. 그러나 며칠 뒤 그는 그녀의 시신을 실은 영구차 한 대가 지나가는 것을 본다.

◈ 복덕방 ◈

안 초시와 박희완 영감은 서 참의의 복덕방에 거의 매일 들른다. 안 초시는 부동산 투자 소식을 듣고 땅을 구입하라고 딸 안경화를 부추기지만 알고 보니 개발 계획이 취소된 땅이었다. 크게 낙담한 안 초시는 복덕방에서 스스로 목숨을 끊는다. 안경화는 자신의 명예를 위해 관청에 알리지 말아 달라고 간청한다. 영결식에 온 사람들을 탐탁지 않게 생각한 서 참의와 박희완 영감은 술집으로 내려간다.

◈ 돌다리 ◈

의사인 창섭은 병원을 확장하기 위해 아버지에게 땅을 팔고 서울로 올라올 것을 권유한다. 아버지는 땅이 천지 만물의 근거라며 창섭의 제안을 거절한다. 창섭은 아버지에게 존경심을 느끼면서도 결별의 심사를 체험한다. 창섭은 아버지가 고친 돌다리를 건너 서울로 올라가고 아버지는 땅을 지키는 삶을 되새긴다.

이효석

돈(豚)

식이는 온갖 정성을 다해 기른 암퇘지를 종묘장에 끌고 가 접을 붙인다. 식이는 구경꾼들의 음담을 들으며 달아난 이웃집 분이를 생각한다. 집으로 돌아오는 길, 식이는 분이와 함께 살면 얼마나 좋을까 하는 공상에 사로잡혀 정신없이 기찻길을 건넌다. 순간 돼지가 기차에 치여 흔적도 없이 사라지고 만다.

메밀꽃 필 무렵

허 생원은 충줏댁과 농지거리를 하고 있는 동이에게 면박을 주지만 별 대꾸 없이 물러가는 그에게 미안함을 느낀다. 달빛 환한 산길을 허 생원과 조선달, 동이가 동행하게 되고 허 생원은 물방앗간에서 성 서방네 처녀와 함께 했던 추억을 이야기한다. 냇물에 빠져 동이의 등에 업히게 된 허 생원은 동이가 자신과 같은 왼손잡이라는 점을 발견한다.

사냥

노루잡이에 동원된 학보는 노루잡이를 무의미한 연중행사라고 여긴다. 이때 학보를 향해 달려오던 노루가 달아나자, 친구들은 노루를 놓친 학보를 비난한다. 마침내 포수가 잡은 죽은 노루를 보고 학보는 불쾌함을 느낀다. 며칠 후, 고기를 먹은 학보는 자신이 먹은 고기가 노루 고기였음을 듣고 어머니에게 짜증을 낸다.

김유정

소낙비

춘호는 아내에게 노름을 위해 쓸 이 원을 꿔 오라고 윽박지른다. 춘호 처는 돈을 빌리기 위해 쇠돌 엄마 집으로 향한다. 쇠돌 엄마 집에서 이 주사와 만난 춘호 처는 그와 관계를 갖고 이 원을 받기로 한다. 춘호는 어떻게 돈을 구했는지 짐작하지만 아내를 말리지 않는다. 춘호는 아내를 곱게 단장시키고 실패하지 않을 것을 당부하며 이 주사에게 보낸다.

◆ 금 따는 콩밭 ◆

수재가 영식에게 콩밭에 금이 있으니 파 보자고 제안한다. 농사일을 접어 두고 구덩이를 팠지만 애꿎은 콩밭 하나만 결딴을 내고 금은 나올 기미가 보이지 않는다. 아내가 콩밭에서 금을 따는 숙맥도 있냐고 비아냥거리자 영식은 아내에게 화를 낸다. 그들의 싸움을 보며 불안해진 수재는 금줄이 터졌다며 거짓말을 한다. 기뻐하는 영식 부부를 보고 수재는 오늘 밤에는 정녕코 달아나리라 생각한다.

◆ 떡 ◆

옥이의 아버지인 덕희는 게으른 데다가 걸핏하면 술을 마신다. 덕희는 늘 먹을 것을 갈구하는 딸 옥이를 구박한다. 도사댁 생일잔치에 따라간 옥이는 작은아씨가 내어주는 음식을 꾸역꾸역 먹는다. 옥이는 배탈이 나 앓지만 옥이 어머니는 무당을 불러 염불을 외우게 할 뿐이다. 보다 못한 '나'가 조언을 해주고 침을 맞은 옥이가 겨우 살아난다.

◆ 만무방 ◆

성실한 농사꾼이었던 응칠은 빚 때문에 떠돌이가 된 후 절도와 도박으로 살아간다. 동생 응오 역시 농사꾼이지만 지주의 착취에 분노해 추수를 포기했다. 그런 와중에 베지도 않은 응오네 벼가 도둑맞는다. 응칠은 도둑을 잡지만 도둑의 정체가 동생 응오인 것을 알고 깜짝 놀란다. 응칠은 자신에게 매를 맞고 땅에 쓰러진 동생을 업은 후 고개를 내려온다.

◆ 봄·봄 ◆

'나'는 마름인 봉필의 데릴사위로 대가 없이 일한다. 일한 지 삼 년이 넘었지만 장인은 점순의 키를 핑계로 성례를 미루기만 한다. 더는 참을 수 없었던 '나'는 장인과 몸싸움을 벌인다. 장인이 점순을 부르자 '나'의 편인 줄 알았던 점순까지 '나'에게 달려든다. '나'는 장인을 잡았던 손을 놓고 멀거니 점순의 얼굴을 들여다본다.

◆ 동백꽃 ◆

'나'는 소작농의 아들이고, 점순은 마름의 딸이다. 나흘 전 점순이 '나'에게 감자를 건넸지만 받지 않자 점순은 닭을 괴롭힌다. '나'의 집 수탉이 점순네 수탉에게 사정없이 쪼이는 것을 본 '나'는 점순네 수탉을 막대기로 때려서 죽이지만, 땅을 뺏길까 봐 겁이 나 울음을 터뜨린다. 점순이 '나'를 달래 주다가 함께 동백꽃 속으로 쓰러진다.

◆ 땡볕 ◆

땡볕이 내리쬐는 날, 덕순은 아내를 지게에 지고 병원을 간다. 간호사는 아내의 배 속에 죽은 아이가 들어 있어 수술하지 않으면 위험하다고 하지만 아내는 수술을 거부한다. 특이한 병을 가진 사람들을 무료로 치료해 주고 월급까지 준다는 말을 들었던 덕순이 이에 대해 묻지만 도리어 면박만 받는다. 덕순은 아내의 넋두리를 들으며 땡볕이 내리쬐는 거리를 힘없이 내려간다.

계용묵

◆ 백치 아다다 ◆

백치이자 벙어리인 아다다는 지참금을 가지고 시집을 가지만 집안 사정이 좋아지 자 남편은 새장가를 든다. 친정에서도 쫓겨난 아다다는 노총각 수롱과 함께 외딴 섬으로 간다. 돈이 불행을 가져온다고 생각한 아다다는 수롱이 잠든 틈에 돈을 바 다 위에 뿌려 버린다. 화가 난 수롱은 아다다를 바다로 민다.

주요섭

◆ 사랑손님과 어머니 ◆

'나'는 여섯 살 난 여자아이로, 태어나기 전에 아버지가 돌아가셨다. 어느 날 아버 지의 친구였다는 아저씨가 찾아와 사랑채에 머물게 된다. 아저씨는 어머니에게 관심을 보인다. 어머니는 아저씨가 밥값이라며 준 봉투를 보고 안절부절못한다. 며칠 뒤 어머니는 '나'에게 종이 같은 것이 들어 있는 손수건을 주며 아저씨에게 갖다 드리라고 한다. 얼마 후 아저씨는 짐을 챙겨 떠난다.

이상

◆ 날개 ◆

'나'는 생의 의욕을 상실한 채 방 안에서 뒹굴며 지낸다. 아내에게는 가끔 내객이 찾아온다. 내객이 가면 아내는 '나'의 방으로 들어와 은화를 놓고 간다. 어느 날 외출했다가 감기에 걸린 '나'는 아내가 준 해열제를 먹고 매일 잠만 잔다. 그러다 아내가 준 것이 해열제가 아닌 최면제임을 안 '나'는 절망하여 집을 나선다. '나'는 미쓰꼬시 백화점 옥상에 올라가서 날개가 돋기를 염원한다.

현덕

◆ 남생이 ◆

노마의 아버지는 병석에 누워 있고 어머니는 선창에서 들병장수로 일한다. 선창에서 이발을 하는 바가지는 어머니에게 지분거리고, 어머니와 정을 통하는 털보는 곧잘 집으로 찾아온다. 영이 할머니가 남생이를 준 후 아버지는 노마를 찾지 않는다. 노마는 나무에 오르는 연습을 하며 빨리 어른이 되길 바란다. 마침내 노마가 나무를 오르는 데 성공한 날, 아버지는 세상을 떠난다.

◆ 하늘은 맑건만 ◆

문기는 잘못 받은 거스름돈을 수만과 함께 써 버린다. 문기는 곧 잘못을 뉘우치지만, 수만은 돈을 가져오지 않으면 소문을 낸다며 문기를 괴롭힌다. 문기는 학교 선생님에게 잘못을 고백하려고 갔다가 말하지 못하고 돌아오는 길에 교통사고를 당한다. 정신을 차린 문기는 작은아버지에게 그동안의 일을 고백한다.

◆ 고구마 ◆

농업 실습용 고구마가 사라지자 인환과 아이들은 가난한 수만을 의심한다. 처음에는 수만의 결백을 주장하던 기수도 점점 의심하게 된다. 수만이 주머니에 무언가를 숨긴 채 밖으로 나가자, 아이들이 따라 나가 주머니를 뒤진다. 그러나 수만의 주머니에서 나온 것은 고구마가 아닌 누룽지이다. 기수는 수만에게 사과한다.

◆ 나비를 잡는 아버지 ◆

바우는 홀로 상급 학교에 진학한 경환을 볼 때마다 속이 상한다. 여름 방학이 되어 집으로 내려온 경환은 나비를 잡겠다고 바우네 참외밭을 망가뜨리고 둘은 몸싸움을 벌인다. 바우의 부모님은 소작이 떨어질까 봐 바우에게 나비를 잡으라고 한다. 부모님에게 야속함을 느껴 집을 나온 바우는 자기 대신 나비를 잡고 있는 아버지를 발견한다. 바우는 아버지에 대한 연민과 사랑을 느낀다.

안국선
(1878~1926)

✉ 작가에 대하여

호는 천강(天江). 경기도 양지군 봉촌(지금의 안성시 고삼면 봉산리) 출생. 월북 작가 안회남의 아버지다. 1895년 게이오기주쿠대학을 거쳐 도쿄전문학교(지금의 와세다대학)에서 정치학을 공부하고 1899년 졸업하였다. 1907년부터 강단에서 정치·경제 등을 강의하면서 『외교통의』, 『정치원론』 등을 저술하였다. 한편 〈야뢰〉, 〈대한협회보〉, 〈기호흥학회월보〉 등에 정치·경제·시사에 관한 논설도 발표하였다. 개화기의 대표적 지식인이며 신소설 작가인 안국선은 초기에는 민족의식을 고취한 작품을 썼으나 뒤에는 친일 성향을 드러냈다.

1908년 2월에 발표한 「금수회의록」은 동물을 내세워 당시의 현실을 비판하고 국권 수호와 자주 의식을 고취하는 작품이었다. 그러나 치안을 방해한다는 이유로 우리나라 최초의 판매 금지 소설이 되었다. 소설로는 「금수회의록」, 「공진회」 외에 필사본으로 『발섭기(跋涉記)』 상·하 2권과 『묘염전』이 있다고 하지만 전해지지 않는다. 그의 작품은 대부분 유교적 윤리와 기독교적 윤리 사상이 바탕이 되는데, 이는 당대의 혼란한 국가와 사회를 바로잡고자 한 그의 현실관에서 나온 것이다.

금수회의록

#개화기   #신소설   #풍자소설   #기독교

⛵ 작품 길잡이

갈래: 신소설, 우화 소설, 정치 소설, 풍자 소설, 액자 소설
배경: 시간 – 개화기 / 공간 – '나'의 꿈과 현실 세계
시점: 외화 1인칭 주인공 시점
       내화 1인칭 관찰자 시점
주제: 인간 세계의 모순과 비리, 타락상에 대한 비판
출전: 『금수회의록』(1908)

📷 인물 관계도

나	인간 세상을 한탄하다가 잠이 들었는데 꿈속에서 금수의 회의를 방청하게 된다.
동물들	금수의 회의에서 인간의 타락을 풍자하는 연설을 한다.

📋 구성과 줄거리

도입   **'나'는 꿈속에서 동물들이 인간을 성토하는 자리에 참석하게 됨**

인류 사회가 악해짐을 한탄하던 '나'는 꿈속에서 청산을 찾아들었다가 우연히 '금수회의소'란 현판이 붙은 곳에 다다른다. 그곳에는 온갖 길짐승, 날짐승, 벌레, 물고기 등이 모여 회의를 개최하려 하고 있었다. 회의의 내용은 인간 사회의 부도덕과 비합리, 모순 등을 낱낱이 드러내어 비판하자는 것이다.

전개   **여덟 동물이 차례로 나와 인간을 비판하는 연설을 함**

회장이 개회를 선언하자 금수들이 하나씩 등장해 제각기 인간을 비판하고 조소하는 연설을 한다. 까마귀는 '반포지효(反哺之孝 까마귀 새끼가 자란 후 그 부모에게 먹이를 물어다 주는 일에서 비롯된 말)'를 강조하며 인간의 불효를 비난한다. 여우는 '호가호위(狐假虎威 여우가 목숨을 구하기 위해 호랑이의 권세를 빌림)'를 들면서 인간의 간사함을 성토한다. 개구리는 '정와어해(井蛙語海 우물 안 개구리가 바다에 대해 말한다는 뜻)'의 예를 들어 분수도 모르고 잘난 척하는 인간을, 벌은 '구밀복검(口蜜腹劍 입에 꿀이 있고 배에 칼이 있음)'의 예를 들어 인간의 이중성을, 게는 '무장공자(無腸公子 창자가 없다는 뜻으로 게를 일컫는 말)'의 예를 들어 외세에 의존하려는 인간의 태도를 비판한다. 또 파리는 '영영지극(營營之極 '영영하다'는 것은 세력이나 이익 따위를 얻기 위해 몹시 분주하고 바쁜 모양을 나타내는 말)'을 예로 들어 인간의 욕심을, 호랑이는 '가정이맹어호(苛政而猛於虎 가혹한 정치는 호랑이보다 더 무섭다는 말)'를 예로 들어 인간의 흉악한 점을, 원앙은 '쌍거쌍래(雙去雙來 항상 함께 다님을 이르는 말)'를 예로 들어 인간의 더럽고 괴악(怪惡 말이나 행동이 이상야릇하고 흉악함)한 심성을 비난한다.

결말   **회의가 끝나고 '나'는 인간으로서 부끄러움을 느낌**

회의는 '인간이란 동물이 세상에서 제일 어리석고 더럽고 괴악하다.'라는 결론을 내리고 끝난다. 회의 참석자들이 모두 돌아간 후 '나'는 인간으로서 수치를 느끼며 금수로부터 업신여김을 받게 된 인간을 구할 방법이 없는지 생각한다. 그러다가 하느님은 아직도 사람을 사랑한다 하니 인간에게도 구원의 길이 있다는 희망을 가진다.

금수회의록

서언^{序言}

머리를 들어 하늘을 우러러보니 해와 달과 별이 오랜 세월의 빛을 잃지 않고, 눈을 떠서 땅을 굽어보니 강과 바다와 산이 먼 옛날의 형상을 바꾸지 않는다. 어느 봄에 꽃이 피지 않으며, 어느 가을에 잎이 떨어지지 아니할까.

우주는 의연히 백대^{百代}에 걸쳐 한결같거늘, 사람의 일은 어찌하여 고금^{古今}이 다른 것인가? 지금 세상 사람을 살펴보니 애달프고 불쌍하여 탄식하고 통곡할 만하다.

전인^{全人 지·정·의를 모두 갖춘 사람}의 말씀을 듣든지 역사를 보든지 옛적 사람은 양심이 있어 천리^{天理}를 순종하여 하느님께 가까웠거늘, 지금 세상은 인문^{人文 인륜의 질서}이 결딴나서 도덕도, 의리도, 염치도, 절개도 없어져 사람마다 더럽고 흐린 풍랑에 빠져 헤어나올 줄을 모른다. 온 세상이 다 악해졌으니 옳고 그름을 분별치 못하여 악독하기로 유명한 도척^{盜跖 중국 춘추 시대의 대도적} 같은 도적놈은 백주에 국도^{國都 수도}를 거리낌 없이 돌아다녀도 이상히 여기지 않고, 안자^{顔子 공자의 수제자로서 빈궁한 처지에도 높은 학덕을 성취한 인물} 같이 착한 사람이 더러운 거리에서 거지들처럼 한 도시락밥을 먹고 한 표주박 물을 마시며 견디지 못할 고생을 해도 한 사람 불쌍히 여기는 이가 없으니 슬프다! 착한 사람과 악한 사람이 거꾸로 되고 충신과 역적이 바뀌었으니, 천리가 어긋나고 도덕이 없어져 더럽고, 어둡고, 어리석고, 악독하여 금수^{禽獸 날짐승과 길짐승}만도 못한 이 세상을 장차 어찌하면 좋을까?

나도 또한 인간의 한 사람이라, 우리 인류 사회가 이같이 악하게 됨을 근심하여 늘 성현의 글을 읽고 그 마음을 본받으려 하였다. 마침 한가롭고 여유로운 마음에 곤히 잠이 들었는데, 꿈속에서 봄바람에 유흥^{遊興 흥겹게 놂}을 금치 못하여 죽장망혜^{竹杖芒鞋 대지팡이와 짚신. 간편한 차림새를 말함}로 청산을 찾아가 한곳에 다다르게 되었다. 사면에 고운 꽃과 풀이 우거졌고 시냇물 소리는 종종하며 인적이 고요한데, 흰 구름 푸른 수풀 사이에 현판^{懸板} 하나가 달려 있는 것이었다. 자세히 보니 '금수회의소'라는 다섯 글자가 씌어 있고, 그 옆에 '인류를 논박할 일'이라는 문제가 걸려 있었다. 또 광고를 붙였는데, '하늘과 땅

사이에 무슨 물건이든지 의견이 있거든 의견을 말하고 방청을 하려거든 방청하되 각기 자유롭게 하라'라는 것이었다.

　그곳에는 길짐승·날짐승·버러지·물고기·풀·나무·돌 등등 모든 물物이 다 모여 있었다. 혼자 마음속으로 가만히 생각해 보니, 무릇 사람은 만물 중에 가장 귀하고 제일 신령하여 천지의 화육化育 천지자연의 이치로 만물을 만들어 기름을 도우며 하느님을 대신해 금수·초목까지도 다 맡아 다스리는 권능이 있지 않은가. 또 사람이 만일 흉악한 일을 하면 천히 여겨 금수 같은 행위라 하며, 어리석고 하는 일이 없으면 초목같이 아무 생각도 없는 물건이라고 욕하지를 않는가. 그러면 금수·초목은 천하고 사람은 귀하며 금수·초목은 아무것도 모르고 사람은 신령하거늘, 지금 세상은 바뀌어서 금수·초목이 도리어 사람의 무도無道 도덕이나 의리 또는 올바른 도리에 어긋남함을 공격하려 하는 것이 아닌가. 괴상하고 부끄럽고 절통切痛하여 열었던 입을 다물지도 못하고 정신없이 서 있을 뿐이었다.

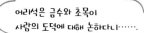

어리석은 금수와 초목이
사람의 도덕에 대해 논하다니…….

금수회의소

 소설 한 장면　도입　'나'는 꿈속에서 동물들이 인간을 성토하는 자리에 참석하게 됨

개회 취지 開會趣旨

별안간 뒤에서 무엇이 와락 떠다밀며 재촉했다.

"어서 들어갑시다. 시간 되었소."

하고 바삐 들어가는 기세에 나도 따라 들어가서 방청석에 앉아 보니, 각색 길짐승·날짐승·모든 버러지·물고기들이 꾸역꾸역 들어와서 그 안에 빽빽하게 서고 앉아 있었다. 모인 물건은 형형색색이나 좌석은 정숙하고 질서가 정연한데, 곧 개회하려는지 방망이 소리가 똑똑 들렸다. 회장인 듯한 한 물건이 머리에는 금색이 찬란한 큰 관을 쓰고, 몸에는 오색이 영롱한 의복을 입은 이상한 모습으로 회장석에 올라섰다. 그러고는 허리를 구부려 절하더니 엄숙하고 단정하게 서서 여러 회원을 향해 말하였다.

"여러분, 내가 지금 여러분을 청하여 만고에 없던 일대 회의를 열고자 합니다.[1] 한마디로 개회 취지를 말하려 하오니 재미있게 들어주시기를 바라오.

무릇 우리들이 사는 이 세상은 당초부터 있던 것이 아니라, 지극히 거룩하시고 전능하신 하느님께서 조화로 만드셨습니다. 세상 만물을 창조하신 조화주를 곧 하느님이라 하니, 하느님께서 세계를 만드시고 또 만물을 만들어 각색 물건이 세상에 생기게 하신 것입니다. 이같이 만드신 목적은 그 영광을 나타내어 모든 생물로 하여금 인자한 은덕을 베풀어 영원한 행복을 받게 하려 함이었습니다. 그러므로 세상에 있는 모든 물건은 사람이든지 짐승이든지 초목이든지 무슨 물건이든지 다 귀하고 천한 분별이 없는 즉, 어떤 것은 높고 어떤 것은 낮다 할 이치가 있을 리 없습니다. 다 각각 천지의 기운을 타고 생겨나서 이 세상에 사는 것이지요. 이들은 다 천지 본래의 이치만 좇아서 하느님의 뜻대로 본분을 지키고, 한편으로는 제 몸의 행복을 누리고, 또 한편으로는 하느님의 영광을 나타낼 것입니다. 그중에도 사람이라 하는 물건은 당초에 하느님이 만드실 때에 특별히 영혼과 도덕심을 넣어서 다른 물건과 다르게 하셨으니, 사람들은 더욱 하느님의 뜻에 순종하여 천리天理를 지키고 착한 행실과 아름다운 일로 하느님의 영광을 나타내어야 합니다.

---

1) 동물들이 연설을 통해 자기 의견을 내세우고 있다. 연설이 의사 표현의 유력한 방식이었던 개화기의 사회상이 반영되었다.

그런데 지금 세상 사람이 하는 행위를 보니 그 하는 일이 모두 악하고 부정하여 하느님의 영광을 드러내기는 고사하고, 도리어 하느님의 영광을 더럽게 하고 은혜를 배반하여 여러 가지 악한 일들을 일삼습니다. 외국 사람에게 아첨하여 벼슬만 하려 하고, 제 나라가 다 망하든지 제 동포가 다 죽든지 거들떠보지 않는 역적 놈도 있습니다. 임금을 속이고 백성을 해롭게 하여 나랏일을 결딴내는 소인 놈도 있으며, 부모는 자식을 사랑하지 않고, 자식은 부모를 효도로 섬기지 않으며, 형제간에 재물로 인하여 서로 해치고 죽이는 일도 벌어집니다. 또 부부간에 음란한 생각으로 화목지 않는 사람이 많으니, 이 같은 인류에게 좋은 영혼과 제일 귀한 특권을 주어 무엇 하겠습니까. 하느님을 섬기던 천사도 악한 행실을 하다가 떨어져서 마귀가 된 일이 있거든, 하물며 사람이야 더 말할 것이 없지요. 태곳적 맨 처음 하느님이 사람을 만드실 때 영혼과 덕의심을 주셔서 만물 중에 제일 귀한 특권을 주셨으나, 저희들이 그 권리를 내버리고 그 성품을 잃어버리니 몸은 비록 사람의 형상이라도 만물 중에 가장 귀하다 할 수 있는 인류의 자격은 있다 할 수가 없습니다.

여러분은 금수라, 초목이라 하여 사람보다 천하다 하나, 하느님이 정하신 법대로 행하여 기는 자는 기고, 나는 자는 날고, 굴에서 사는 자는 깃들이는 <small>주로 조류가 보금자리를 만들어 그 속에 들어 사는</small> 자를 해치지 않으며, 깃들인 자는 굴을 빼앗지 않고, 봄에 생겨서 가을에 죽으며, 여름에 나와서 겨울에 들어가니, 하느님의 법을 지키고 천지 이치대로 행하여 정도에 어김이 없었습니다. 따라서 지금 여러분 금수·초목과 사람을 비교해 보면 사람이 도리어 낮고 천하며, 여러분이 도리어 귀하고 높은 지위에 있다 할 수 있습니다. 사람이 이같이 제 자격을 잃고도 거만한 마음으로 오히려 만물 중에 제가 가장 귀하다, 높다, 신령하다 하여 우리 족속 여러분을 멸시하니, 우리가 어찌 그 횡포를 참아 내겠습니까. 내가 여러분의 생각에 찬동하여 하느님께 아뢰고 본회의를 소집하였는데, 이 회의에서 결의할 안건은 세 가지입니다.

제일, 사람 된 자의 책임을 의논하여 분명히 하는 일
제이, 사람의 행위를 들어서 옳고 그름을 의논하는 일
제삼, 지금 세상 사람 중에 인류의 자격이 있는 자와 없는 자를 조사하는 일이 세 가지 문제를 토론하여 여러분과 사람의 관계를 분명히 하고, 사람들이 여전히 악한 행위를 하여 회개하지 않으면 사람이라는 이름을 빼앗고 이등 마귀라는 이름을 주기로 하느님께 아뢸 터이니, 여러분은 이 뜻을 받들어 이 회의에서 결의한 일을 진행하시기를 바랍니다."

회장이 개회 취지를 연설하고 회장석에 앉으니, 한 모퉁이에서 까마귀가 우렁찬 소리로 회장을 부르고 일어서서 연단으로 올라갔다.

제일석 까마귀, 반포지효 反哺之孝

프록코트 보통 검은색이며 저고리 길이가 무릎까지 내려오는 남자용의 서양식 예복를 입어서 전신이 새까맣고 똥그란 눈이 말똥말똥한데, 물 한 잔 조금 마시고 연설을 시작했다.

"나는 까마귀올시다. 지금 인류에 대하여 마음에 품은 회포를 진술할 터인데, '반포의 효'라는 문제를 가지고 잠깐 말씀 드리겠소. 사람들은 만물 중에 제가 제일이라 하지마는, 그 행실을 살펴보면 다 천리天理에 어긋나 하나도 그 취할 것이 없소. 사람들의 옳지 못한 일을 모두 다 말하려면 너무 지루하겠기에 오늘은 불효함만을 말하겠소이다. 옛날 동양 성인들이 말씀하기를, 효도는 덕의 근본이라 하였소. 효도는 백 가지 행실의 근원이며, 효도로써 천하를 다스린다 하였고, 예수교 계명에도 부모를 효도로 섬기라 하였으니, 효도라 하는 것은 자식 된 자가 당연히 행해야 할 일이올시다.

우리 까마귀 족속은 먹을 것을 물고 돌아와 어버이에게 효성을 극진히 하여 망극한 은혜를 갚고, 하느님이 정하신 본분을 지키어 자자손손이 천만 대를 내려가도록 가법家法을 지켜 왔소. 그런 이유로 옛적에 백낙천白樂天 백거이, 772~846. 자는 낙천. 5세부터 시를 지었으며 15세가 지나자 모두가 놀랄 만한 시재를 보였다고 함이라 하는 분이 우리를 가리켜 새 중의 증자曾子라 하였고, 『본초강목本草綱目 한방에서 약재나 약학에 대해 연구하는 학문인 본초학의 연구서』에는 자조慈鳥 새끼가 어미에게 먹이를 물어다 주는 인자한 새라 일컬었지요. 증자라 하는 양반은 부모에게 효도 잘하기로 유명한 사람이요, 자조의 뜻은 사랑하는 새를 말하는 것이니, 우리는 '부모는 자식을 사랑하고 자식은 부모에게 효도하라'는 하느님의 법을 한 치도 어기지 아니하오.

그런데 지금 세상 사람들은 말하는 것을 보면 모두 효자 같으나, 실상 하는 행실을 보면 주색잡기酒色雜技 술과 여자와 노름에 혹하여 부모의 뜻을 어기며, 형제간에 재물로 다투어 부모의 마음을 상하게 하고, 제 한 몸만 생각하여 부모가 주리더라도 돌보지를 않소. 여편네는 학식이라도 조금 있으면 주제넘은 마음이 생겨서 온화, 유순한 부덕을 잊어버리고 시부모를 아무것도 모르는 어리석은 물건같이 대접하고, 심하면 원수같이 미워하기도 하지요. 그러니 인류 사회에 효도가 사라지는 것이 지금 세상보다 더 심한 때가 없었소. 사람들이 이렇듯 모든 행실의 근본이 되는 효도를 알지 못하니 다른 것은 더 말할 게 무엇 있겠소? 우리는 천성이 효도를 주장하는 고로 효성이 있는 사람이면 감동하여 노래자老萊子 중국 춘추 시대 초나라의 효자를 도와서 종일토록 그 부모를 즐겁게 하여 주며, 증자의 갓 위에 모여서 효자의 아름다운 이름을 천추에 전하게 하였고, 또 우리가 효도만 극진할 뿐 아니라 『사기史記』에 빛난 일이 한두 가지가 아니니 대강 말씀 드리오리다.

우리가 떼를 지어 논밭으로 내려갈 때는 곡식을 해치는 버러지를 없애려고 가는 것인데, 사람들은 미련한 생각에 그 곡식을 파먹는 줄로 알고 있소! 서양 책력 일천팔백칠십사 년에 미국 조류 학자 피이르라 하는 사람이 까마귀 이천이백오십팔 마리를 잡아다가 배를 가르고 오장을 해부한 뒤 말하기를 '까마귀는 곡식을 해하지 않고 곡식에 해되는 버러지를 잡아서 먹는다.' 하였소. 따라서 우리가 곡식밭에 가는 것은 곡식에 이로우면 이로웠지 해롭지 않은 게 분명하오. 또 우리가 밤중에 우는 것은 공연히 우는 것이 아니오. 그것은 나라의 법령이 아름답지 못하여 백성이 도탄에 빠지고 천하에 큰 병화兵禍 전쟁으로 인한 재앙가 일어날 징조가 있으면 우리가 울어서 사람들이 깨닫고 허물을 고쳐서 세상이 태평무사하기를 희망하고 권고하는 것이오. 강소성江蘇省 장쑤성 한산사寒山寺에서 달은 넘어가고 서리친 밤에 쇠북鐘을 주둥이로 쪼아 소리를 내서 대망에게 죽을 것을 살려 준 은혜를 갚았고, 한나라 효무제孝武帝가 아홉 살 되었을 때 왕망王莽의 난리에 부모를 잃고 혼자 달아나다 길을 잃자 우리들이 가서 인도하였으며, 연燕 태사 단이 진秦나라에 볼모로 잡혀 있을 때 우리가 머리를 희게 하여 그 나라로 돌아가게 하였소. 또 진나라의 문공文公이 개자추介子推 중국 춘추 시대의 은자를 찾으려고 면산緜山에 불을 놓자 우리가 연기를 에워싸고 타지 못하게 하였더니, 그 후에 진나라 사람이 그 산에 '은연대'라 하는 집을 짓고 우리의 은덕을 기념하였소.

당나라 이의부는 글을 짓되 상림에 나무를 심어 우리를 준다 하였고 또 물병에 돌을 던지니 이솝이 상을 주고 탁자의 포도주를 다 먹어도 프랭클

린이 사랑하도다. 우리 까마귀의 사적事蹟이 이러하거늘, 사람들이 까마귀 우리 소리를 흉한 징조라 함은 저희들 마음대로 하는 말이요, 우리와는 상관없는 일이오. 사람의 일이 흉하든지 길하든지 우리가 울 일이 무엇이겠소? 그것은 사람들이 무식하고 어리석어서 저희들이 좋지 않을 때 흉하게 듣고 하는 말일 뿐이오. 사람이 염병이나 괴질을 앓아서 죽게 된 때에 우리가 어찌하여 그 근처에 가서 울면, 사람들은 저희가 약도 잘못 쓰고 위생도 잘못하여 죽는 줄은 알지 못하고 우리가 울어서 죽는 줄로만 알지요. 또 욕설을 할 때 염병에 까마귀 소리라 하니, 사람같이 어리석은 것이 세상에 또 어디 있겠소. 요순堯舜요임금과 순임금 적에도 봉황이 나왔고 왕망 때도 봉황이 나오매, 요순 때의 봉황은 상서로운 것이요 왕망 때의 봉황은 흉조처럼 알았으니 무슨 소리든지 사람이 근심 있을 때에 들으면 흉조로 듣고, 좋은 일 있을 때에 들으면 상서롭게 듣는 것이라. 무엇을 알고 하는 말은 아니지만 길하다 흉하다 하는 것은 듣는 저희에게 있는 것이지 우리에게 있는 것이 아니오. 그런데 까마귀는 흉한 일이 생길 때에 와서 우는 것이라 하여 듣기 싫어하니, 사람들은 이렇듯 이치를 알지 못하는 어리석은 동물이라 책망하여 무엇하겠소.

또 우리는 아침 일찍 해 뜨기 전에 집을 떠나서 사방으로 날아다니며 먹을 것을 구하여 부모 봉양도 하고, 나뭇가지를 물어다가 집도 짓고, 곡식에 해되는 버러지도 잡아서 하느님 뜻을 받들다가, 저녁이 되면 반드시 내 집으로 돌아가되 나가고 돌아올 때에 일정한 시간을 어기는 법이 없소. 헌데 사람들은 점심때까지 자빠져 잠을 자며, 한 번 집을 나가면 협잡질하기옳지 않은 방법으로 남을 속이기, 술 마시기, 계집의 집 뒤지기, 노름하기에 세월 가는 줄을 모르고, 저희 부모가 진지를 잡수었는지 처자가 기다리는지를 모르고 쏘다니니 어찌 우리 까마귀 족속만 하리요. 사람은 일하지 않고 놀면서 잘 입고 잘 먹기를 좋아하되, 우리는 제가 벌어 제가 먹는 것이 옳은 줄을 아니, 결단코 우리는 사람들이 하는 행위는 하지 않소. 여러분도 다 아시거니와 우리가 사람에게 업신여김을 받을 까닭이 없음을 살피시오."

손뼉 소리에 까마귀가 연단을 내려가니, 또 한편에서 여우가 아리땁고도 밉살스러운 소리로 회장을 부르면서 강똥강똥 연설단을 향하여 올라갔다. 그 어여쁜 태도는 남을 가히 호릴 만하고 갸웃거리는 모양은 본색이 드러났다.

제이석 여우, 호가호위 狐假虎威

여우가 연단에 올라서서 기생이 시조를 부르려고 목을 가다듬는 것처럼 기침 한 번 캑 하더니 간사한 목소리로 연설을 시작하였다.[1]

"나는 여우올시다. 점잖으신 여러분 모이신 데 감히 나와 연설하기가 방자한 듯하오나, 저 인류에 대하여 하고 싶은 말이 있기에 호가호위라는 문제를 가지고 두어 마디 하려 하오. 비록 학문은 없는 말이나 용서하고 들어주시기 바랍니다.

사람들이 옛적부터 우리 여우를 가리켜 요망한 것이라, 간사한 것이라 하여 저희들 중에도 요망하거나 간사한 자를 보면 여우 같은 사람이라 해왔지요. 이렇듯 우리가 더럽고 괴악한 이름을 듣고는 있으나 실제로 요망하고 간사한 것은 우리가 아니라 사람들이오. 지금 우리와 사람의 행위를 비교하여 보면 사람과 우리와 명칭을 바꾸는 것이 옳겠소.

사람들이 우리를 간교하다 하는 것은 다름 아니라 『전국책戰國策 중국 춘추 전국 시대에 활약한 책사와 모사들의 문장을 기록한 책 』이라 하는 책에 기록된 것을 가지고 그런 것이오. 호랑이가 일백 짐승을 잡아먹으려 할 때 먼저 여우를 얻은지라, 여우가 호랑이더러 말하였소. '하느님이 나로 하여금 모든 짐승의 어른이 되게 하였으니, 지금 자네가 나의 말을 못 믿겠거든 내 뒤를 따라와 보라. 모든 짐승이 나를 보면 다 두려워하느니라.' 호랑이가 여우의 뒤를 따라가니, 과연 모든 짐승이 보고 벌벌 떨며 두려워하는지라 여우의 말을 정말로 알고 잡아먹지 못하였다는 것이오. 이는 저들이 여우를 보고 두려워한 것이 아니라 여우 뒤의 호랑이를 보고 두려워한 것이니, 여우가 호랑이의 위엄을 잠시 빌린 것뿐인데, 사람들은 우리 여우더러 간사하니 교활하니 하는 것이오. 하지만 남이 나를 죽이려 하면 어떻게 하든지 죽지 않으려고 애쓰는 것은 당연한 일이며, 호랑이가 아무리 산중 영웅이라 하지마는 우리에게 속은 것이 어리석을 뿐이니, 속인 우리야 무슨 잘못이 있으리오.

지금 세상 사람들은 당당한 하느님의 위엄을 빌려야 할 터인데, 외국의 세력을 빌려 몸을 보전하고 벼슬을 얻으려 하며, 줏대 없이 타국 사람을 좇아 제 나라를 망하게 하고 제 동포를 압박하니, 그것이 우리 여우보다 나은

---

1) 여우를 의인화하여 표현했다. 동물이 주인공으로 등장하는 우화 소설의 특징이 잘 나타나 있다.

일이오? 결단코 우리 여우만 못한 물건들이라 할 수 있소. —손뼉 소리가 천지에 진동—

또 대포와 총의 힘을 빌려서 남의 나라를 위협하여 속국도 만들고 보호국도 만드니, 불한당이 칼이나 총을 가지고 남의 집에 들어가서 재물을 탈취하고 부녀를 겁탈하는 것이나 다를 것이 무엇 있소? 각국이 평화를 보전한다 하여도 하느님의 위엄을 빌려서 도덕상으로 평화를 유지할 생각은 조금도 없고, 병장기의 위엄으로 평화를 보전하려 하니 우리 여우가 호랑이의 위엄을 빌려서 죽음을 면한 것과 비교해 어떤 것이 옳고 어떤 것이 그르오? 또 세상 사람들이 구미호^{九尾狐}를 요망하다 하나, 그것은 대단히 잘못 알고 있는 것이오. 옛적 책을 보면 꼬리 아홉 있는 여우는 상서^{祥瑞 복되고 길한 일이 일어날 조짐}라 하였소. 『잠학거류서』라는 책에는 '구미호가 도^道 있으면 나타나고, 나올 적에는 글을 물어 상서를 주문에 지었다.' 하였고, 왕포 『사자강덕론』이라는 책에는 주^周나라 문왕^{文王}이 구미호를 응하여 동편 오랑캐를 돌아오게 하였다 하였고, 『산해경^{山海經}』이라는 책에는 '청구국^{靑丘國}에 구미호가 있어서 덕이 있으면 오느니라.' 하였으니, 이를 보더라도 우리 여우를 요망한 것이라 할 까닭이 없소. 단지 사람들이 무식하여 이런 것은 알지 못하고 여우가 천 년을 묵으면 요사스러운 여편네로 변한다, 옛적에 음란한 계집이 죽어서 여우로 태어났다 하니, 이런 거짓말이 어디 또 있으리오.

사람들은 음란하여 별일이 많지만 우리 여우는 그렇지 않소. 우리는 분수를 지켜서 다른 짐승과 교통하는^{남녀 사이에 서로 사귀거나 육체적 관계를 가지는} 일이 없고, 우리뿐 아니라 여러분이 다 그러하시되 사람이라 하는 것들은 음란하기가 짝이 없소. 어떤 나라 계집은 개와 통간한 일도 있고, 말과 통간한 일도 있으니, 이런 일은 천하만국에 한두 사람뿐이겠지마는, 한 숟가락에 뜬국으로 온 솥에 있는 국 맛을 알 것이오. 근래에 덕의가 끊어지고 인도^{人道}가 없어져서 세상이 결딴난 일을 이루 다 말할 수 없소. 사람의 행위가 이러하되 오히려 하느님을 두려워하지 아니하며, 짐승을 부끄러워하지 아니하오. 대갓집 규중 여자가 갈보로 놀아나서 이 사람 저 사람 호리기와 관청에서 기생 불러 놀음 놀기, 앞길이 만 리 같은 각 학교 학도들이 기생집에 다니기, 제 혈육으로 난 자식을 돈 몇 푼에 갈보로 내어놓기, 이런 행위를 볼라치면 말하는 내 입이 다 더러워지오. 에이 더러워, 천지간에 더럽고 요망하고 간사한 것은 사람이오. 우리 여우는 그렇지 않소. 그런데도 저희들끼리 간사한 사람을 보면 여우라 하니, 그렇다면 지금 세상 사람 중에 여우 아닌 사람이 몇 명이나 있겠소? 또 저희는 서로 여우 같다 하여도 가만히 듣고 있지만, 만일 우리더러 사람 같다 하면 우리는 그 이름이 더러워서 받아들일 수가 없소. 내 소견 같으면 이후로는 사람을 사람이라 하지 말고 여우라 하고, 우리 여우를 사람이라 하는 것이 옳은 줄로 압니다.”

제삼석 개구리, 정와어해井蛙語海

여우가 연설을 마치고 할금할금 돌아보며 제자리로 내려가니, 또 한편에서 개구리가 회장을 부르며 아장아장 걸어와서 연단 위로 깡충 뛰어올라갔다. 눈은 톡 불거지고 배는 똥똥하고 키는 작달막한데, 눈을 깜작깜작하며 입을 벌죽벌죽하고 연설을 시작하였다.

“나의 성명은 말을 하지 않아도 여러분이 다 아시리다. 나는 출입이라고는 미나리꽝미나리를 심는 논 밖에 못 가 보아 세계 형편도 모르고, 또 맹꽁이를 이웃하여 살아 구학문의 맹자 왈 공자 왈은 대강 들었으나 신학문은 아는 것

세상 사람들은 말하는 것을 보면 모두 효자 같으나, 부모의 뜻을 어기며, 형제간에 재물로 다투고 부모를 돌보지 않소.

외국의 세력을 빌려 몸을 보전하고 벼슬을 얻으려 하며 제 나라를 망하게 하고 동포를 압박하니, 그것이 우리보다 나은 일이오?

○ 소설 한 장면 　전개　 여덟 동물이 차례로 나와 인간을 비판하는 연설을 함

이 변변치 않으오. 그러나 지금 정와어해라 하는 문제로 인류 사회를 논란코자 합니다.

사람들은 거만한 마음이 많아서 저희가 천하에 제일이라고, 만물 중에 가장 귀하다고 자칭하지만, 제 나랏일도 잘 모르면서 큰소리 탕탕하고 주제넘은 말을 하는 게 우습디다. 그들은 우리 개구리를 가리켜 말하기를 우물 안 개구리와 바다 이야기할 수 없다고 하지요. 그러나 항상 우물 안에 있는 개구리는 우물이 좁은 줄만 알고 바다에는 가 보지 못하여 바다가 큰지 작은지, 넓은지 좁은지, 긴지 짧은지, 깊은지 얕은지 알지 못하나 못 본 것을 아는 체는 하지 않습니다. 그런데 사람들은 좁은 소견으로 외국 형편도 모르고 천하대세도 살피지 못하면서, 공연히 떠들고 아는 체하고 나라는 다 망해 가건만 썩은 생각으로 갑갑한 말만 합니다. 또 어떤 사람들은 제 나랏일도 다 알지 못하면서 보지도 듣지도 못한 다른 나랏일을 다 아노라고 하니 가증스럽고 우습기만 하오. 몇 해 전 어느 나라 어떤 대신이 외국 대관을 만나서 말을 서로 주고받는데 그때 외국 대관이 물었소.

'대감이 지금 내부대신內部大臣 대한 제국 때 내무행정을 맡아보던 벼슬 으로 있으니 전국의 인구와 호수가 얼마나 되는지 아시오?'

대신이 아무 대답도 못 하자 외국 대관이 또 물었소.

'대감이 전에 탁지대신度支大臣 대한 제국 때에 둔, 탁지부의 으뜸 관직. 국가 전반의 재정을 맡아보던 중앙 관청을 지내었으니 전국의 결총結總 토지세 징수의 기준이 된 논밭 면적의 전체 수과 국고의 세출·세입이 얼마나 되는지 아시오?'

한데 대신이 또 아무 말도 못 하는지라 그 외국 대관이 탄식하는 것이었소.

'대감이 이 나라의 정부 대신으로 이같이 모르니 귀국을 위하여 안타까운 마음 금할 수가 없구려.'

또 작년에 어느 나라 내부에서 각 읍에 훈령하여 부동산을 조사해 보라 하였더니, 어떤 군수가 '이 고을에는 부동산이 없다.'라고 고하여 웃음거리가 되었다 하오. 이같이 제 나랏일도 크나 작으나 도무지 아는 것 없는 것들이 일본이 어떠하니, 아라사러시아가 어떠하니, 구라파유럽가 어떠하니, 아메리카가 어떠하니 제가 가장 잘 아는 듯이 지껄이니 기가 막히오. 무릇 천지의 이치는 무궁무진하여 만물의 주인 되시는 하느님밖에 아는 이가 없소. 하여 『논어論語』에 말하기를 하느님께 죄를 지으면 빌 곳이 없다 하였는데, 그 주註에 '하느님은 곧 이치라.' 하였으니 하느님이 곧 이치요, 만물의 주인인 것이오. 그런고로 하느님은 곧 조화주요 천지 만물의 대주제시니 천지 만물의 이치를 다 아시려니와, 사람은 다만 천지간의 한 물건인데 어찌 이치를 알 수 있으리오. 좀 아는 것이 있거든 그 아는 대로 세상에 유익하게 아름다운 사업을 영위할 것이거늘, 조금 남보다 먼저 알았다고 그 지식을 이용하여 남의 나라 빼앗기와 남의 백성 학대하기와 군함·대포를 만들어서 악한 일에 종사하니, 그런 나라 사람들은 당초에 사람 되는 영혼을 주지 아니 하였더라면 도리어 좋을 뻔하였소.

또 더욱 도리에 어긋나는 일이 있으니, 나의 지식이 남보다 조금 낫다고 하면 남을 가르쳐 준다면서 실상은 해롭게 하고, 남을 인도하여 준다 하고 제 욕심만 채우는 것이오. 어떤 사람은 제 나라 형편도 모르면서 타국 형편을 아노라며 외국 사람을 부동하여 임금을 속이고 나라를 해치며 백성을 위협하여 재물을 도둑질하고 벼슬을 도둑질하며 개화하였다 자칭하고 양복 입고, 단장 짚고, 궐련^{卷煙 얇은 종이로 말아 놓은 담배} 물고, 시계 차고, 살죽경^{안경류의 장신구} 쓰고, 인력거나 자행거^{자전거의 옛말} 타고, 제가 외국 사람인 체하여 제 나라 동포를 압제하기도 하오. 혹은 외국 사람과 상종하는 것을 영광으로 알고 아첨하며, 제 나랏일을 변변히 알지도 못하면서 가르쳐 주기 잘하오. 또 월급 몇 푼이나 벼슬 한자리 얻으려고 남의 나라 정탐꾼이 되어 애매한 사람 모함하기, 어리석은 사람 위협하기를 능사로 삼으니, 이런 사람들은 아는 것이 도리어 큰 병이 아니겠소?

우리 개구리 족속은 우물에 있으면 우물에 있는 분수를 지키고, 미나리꽝에 있으면 미나리꽝에 있는 분수를 지키고, 바다에 있으면 바다에 있는 분수를 지키니, 그러면 우리는 사람보다 상등이 아니오리까. ―손뼉 소리 짤각짤각―

또 무슨 동물이든지 자식이 아비 닮는 것은 하느님의 정하신 뜻이오. 우리 개구리는 대대로 자식이 아비 닮고 손자가 할아비를 닮되, 형용도 똑같고 성품도 똑같아서 추호도 틀리지 않거늘, 사람의 자식은 제 아비 닮는 것이 별로 없소. 요임금의 아들이 요임금을 닮지 아니하고, 순임금의 아들이 순임금과 같지 아니하고, 하우씨와 은왕 성탕^{成湯}은 성인이로되, 그 자손 중에 포악하기로 유명한 걸^桀·주^紂 같은 이가 났고, 왕건^{王建} 태조는 영웅이로되 왕우^{王禑}·왕창^{王昌}이 생겼으니, 이렇게 보면 개구리 자손은 개구리를 닮되 사람의 새끼는 사람을 닮지 않는 것이오. 이러한즉 천지자연의 이치를 지키는 것은 우리를 사람에게 비교할 것이 아니요, 만일 아비를 닮지 아니한 자식을 마귀의 자식이라 한다면 사람의 자식은 다 마귀의 자식이라 하겠소.

또 우리는 관가 땅에 있으면 관가를 위하여 울고, 개인 땅에 있으면 그 주인을 위하여 울거늘, 사람은 한 번만 벼슬자리에 오르면 붕당朋黨을 세워서 권리를 다투고 권문세가에 아첨하러 다니기 바쁘오. 그뿐 아니라 백성을 잡아다가 주리 틀고 돈 빼앗기, 무슨 일을 당하면 뒤로 부탁을 받고 뇌물 받기, 나랏돈 도적질하기와 인민의 고혈을 빨아먹기에 종사하니, 날더러 도적놈 잡으라 하면 벼슬하는 관인들은 거지반거의 절반 가까이 다 감옥소 감이오. 또 우리들은 울 때에 울고, 길 때에 기고, 잠잘 때에 자는 것이 천지 이치에 합당하거늘, 불란서프랑스라는 나라의 양반들이 우리 개구리의 우는 소리를 듣기 싫다고 백성들을 불러 개구리를 다 잡으라 하다가 마침내 혁명당이 일어나서 난리가 되었으니, 사람같이 무도한 것이 세상에 또 있으리오. 당나라 때에 한 사람이 우리를 두고 글을 짓되, '개구리가 도의 맛을 아는 것 같아 연꽃 깊은 곳에서 운다.' 하였으니, 우리의 도덕심 있는 것은 사람도 아는 것이라, 우리가 어찌 사람에게 굴복하리오. 동양 성인 공자께서 말씀하시기를, '아는 것은 안다 하고 알지 못하는 것은 알지 못한다 하는 것이 정말 아는 것이라.' 하였으니, 사람들은 천박한 지식으로 남을 속이기를 능사로 알고 천하만사를 모두 아는 체하지만 우리는 거짓말은 하지 않으오. 사람이란 것은 하느님의 이치를 알지 못하고 악한 일만 많이 해 그대로 둘 수 없으니, 차후는 사람이라 하는 명칭을 주지 않는 것이 옳은 줄로 생각하오."

넙죽넙죽하는 말이 소진·장의蘇秦·張儀 중국 전국 시대의 사람들로 말솜씨가 매우 좋았다고 함가 오더라도 당치 못할 듯하였다. 말을 그치고 내려오니 또 한편에서 벌이 회장을 부르며 나는 듯이 연설단에 올라갔다.

제사석 벌, 구밀복검□蜜腹劍

허리는 잘록하고 체격은 조그마한데 두 어깨를 떡 벌리고 맑고 명랑한 소리로 머리를 까딱까딱하면서 연설하였다.

"나는 벌이올시다. 지금 구밀복검이라는 문제를 가지고 잠깐 두어 마디 말할 터인데, 먼저 서양에서 들은 이야기를 잠깐 하오리다. 당초에 천지개벽할 때에 하느님이 에덴동산에다 갖가지 초목과 짐승을 두고 사람을 만들어 거기서 살게 하시니, 그 사람의 이름은 아담이라 하고 그 아내는 하와라 하였는데 둘은 지금 온 세상 사람들의 조상이었소. 사람의 모양과 마음을 특별히 하느님과 같게 한 것은 곧 하느님의 아들임을 잊지 말고 그 마음을 본받아 지극히 착하게 되라고 한 것인데, 아담과 하와는 죄를 짓고 에덴동산에서 쫓겨난 것이외다. 우리 벌의 조상은 죄도 짓지 않고 하느님의 뜻대로 순종하여 각색 초목의 꽃으로 우리의 전답을 삼고 꿀을 농사하여 양식을 만들어 복락을 누리니, 조상 적부터 우리가 사람보다 나은 것이지요.

세상이 오래되어 갈수록 사람은 하느님과 더욱 멀어지고, 오늘날 와서는 거죽은 사람의 모습이 그대로 있으나 실상은 시랑^{豺狼 승냥이와 이리}과 마귀라 할 수 있소. 서로 싸우고, 서로 죽이고, 서로 잡아먹어서 약한 자의 고기는 강한 자의 밥이 되고, 큰 것은 작은 것을 압제하여 남의 권리와 재산을 강제로 빼앗으며 남의 토지를 앗아 가며, 남의 나라를 위협하여 망하게 하니, 그 흉측하고 악독한 것을 무엇이라 이르겠소? 사람들이 우리 벌을 독한 사람에게 비유하여 말하기를 '입에 꿀이 있고 배에 칼이 있다.' 하나, 우리 입의 꿀은 남을 꾀려 하는 것이 아니라 우리 양식을 만드는 것이요, 우리 배의 칼은 남을 공연히 쏘거나 찌르는 것이 아니라 남이 나를 해치려 할 때 정당방위로 쓰는 칼이지요. 사람처럼 입으로는 꿀같이 말을 달게 하고 배에는 칼 같은 마음을 품은 우리가 아니오. 또 우리의 입은 항상 꿀만 있으되 사람의 입은 변화무쌍하여 꿀같이 단 때도 있고, 고추같이 매운 때도 있고, 칼같이 날카로운 때도 있고, 비상^砒같이 독한 때도 있어서, 마주 대하였을 때에는 꿀을 들어붓는 것같이 달게 말하다가 돌아서면 흉보고, 욕하고, 노여워하고, 악담을 합니다. 또 좋아지낼 때에는 깨소금 항아리같이 고소하고 맛있게 행동하다가, 조금만 마음에 들지 않으면 죽일 놈 살릴 놈 하며 무성포가 있으면 곧 놓아 죽이려 드니 그런 악독한 것이 어디 또 있으리오. 에, 여러분, 여보시오, 그래, 우리 짐승 중에 사람들처럼 그렇게 악독한 것들이 있단 말이오? ─손뼉 소리에 귀가 먹먹─

사람들이 서로 욕설하는 소리를 들으면 차마 귀로 들을 수 없을 만큼 별 흉악망측한 말이 많소. '빠가', '갓뎀' 같은 욕설은 아무것도 아니오. '네밀 붙을 놈', '염병에 땀 못 낼 놈' 하는 욕설을 제 입만 더럽히고 제 마음 악한 줄도 모르고 함부로 하니 얼마나 흉악한 일이오. 에, 사람들은 도덕상 좋은 말은 별로 않고 못된 소리만 쓸데없이 지저귀니 그것들이 사람이라고? 그것들이 만물 중에 가장 귀한 것이라고? 우리는 천지간의 미물이로되 그렇지는 않소. 또 우리는 임금을 섬기되 충성을 다하고, 장수를 뫼시되 군령이 분명하여, 다 각각 자기 일만 부지런히 하여 주리지 아니하지요. 그런데 어떤 나라 사람들은 제 임금을 죽이고 역적의 일을 하며, 제 장수의 명령을 복종치 않고 반란군도 되며, 백성들은 게을러서 아무 일도 하지 않고 공연히 쏘다니며 놀고먹기만 좋아하오. 술 먹고, 노름하고, 계집의 집이나 찾아다니고, 협잡이나 하고, 그렁저렁 세월을 보내 집이 구차하고 나라가 가난하니, 사람으로 생겨나서 우리 벌들보다 나은 것이 무엇이오? 서양의 어느 학자가 우리를 두고 노래를 지었는데 한번 들어 보시오.

> 아침 이슬 저녁 별에
> 이 꽃 저 꽃 찾아가서
> 부지런히 꿀을 물고
> 제 집으로 돌아와서
> 반은 먹고 반은 두어
> 겨울 양식 저축하여
> 무한 복락 누릴 때에
> 하느님의 은혜라고
> 빛난 날개 좋은 소리
> 아름답게 찬미하네

그래, 사람 중에 사람다운 것이 몇이나 있소? 우리는 사람들에게 시비 들을 것 조금도 없소. 사람들의 악한 행위를 말하려면 끝이 없겠으나 시간이 부족하여 그만둡니다."

제오석 게, 무장공자 無腸公子

벌이 연설을 마치고 미처 연단에 내려서기도 전에 또 한편에서 회장을 부르고 나오는 것이 있었다. 모양이 기괴하고 눈에 영채^{映彩 환하게 빛나는 고운 빛깔} 가

감도는데, 힘센 장수같이 두 팔을 쩍 벌리고 어깨를 추썩추썩하며 ^{어깨를 자꾸 가볍} ^{게 추켜올렸다 내렸다 하며} 연설을 시작하였다.

"나는 게올시다. 지금 무장공자라 하는 문제로 연설할 터인데, 무장공자 는 창자 없는 물건을 뜻하는 말이니 옛적에 포박자抱朴子라는 사람이 우리 게의 족속을 가리켜 무장공자라 한 것은 대단히 무례한 말이오. 그래, 우리 는 창자가 없고 사람들은 창자가 있소. 그런데 시방 세상 사는 사람 중에 옳 은 창자 가진 사람이 몇 명이나 되겠소? 사람의 창자는 참으로 썩었고 흐리 고 더럽소. 의복은 비단 명주로 잘 입어서 외양은 좋아도 다 가죽만 사람이 지 그 속에는 똥밖에 아무것도 없소. 좋은 칼로 배를 가르고 그 속을 보면, 구린내가 물큰물큰 나오.

지금 어떤 나라 정부를 보면 깨끗한 창자라고는 아마 몇 개 없으리다. 신 문에서 그렇게 나무라고, 사회에서 그렇게 시비하고, 백성이 그렇게 원망 하고, 외국 사람이 그렇게 욕들을 하여도 모르는 체하니 이것이 창자 있는 사람들이오? 그 정부에 옳은 마음먹고 벼슬하는 사람 누가 있소? 한 사람 이라도 있거든 있다고 하시오. 오직 크게 마음먹고 일을 계획한다는 것이 임금 속일 생각, 백성 잡아먹을 생각, 나라 팔아먹을 생각밖에 아무 생각이 없소. 이같이 썩고 더럽고 똥만 들어서 구린내가 물큰물큰 나는 창자라면 차라리 우리처럼 없는 것이 도리어 낫소.

또 욕을 보아도 성낼 줄도 모르고, 좋은 일을 보아도 기뻐할 줄 모르는 사람이 많이 있소. 남의 압제를 받아 살 수 없는 지경에 이르렀는데 분한 마 음이 없고, 남에게 그렇게 욕을 보아도 노여워할 줄 모르고 종 노릇 하기 만 달게 여기며, 관리에 무례한 압박을 당하여도 자유를 찾을 생각이 도무 지 없으니, 이것이 창자 있는 사람들이라 하겠소? 우리는 창자가 없어도 남 이 나를 해치려 하면 죽더라도 가위로 집어 한 놈 물고 죽소. 어느 나라에서 외국 병정 하나가 지나가다 그 나라 부인을 건드려 젖통을 만지려 하는데, 그 부인이 소리를 지르고 욕을 하자 그 병정이 발로 차고 손으로 때리며 악 행을 저지르는 것이었소. 그런데도 그 나라 사람들은 그것을 구경만 하고 한 사람도 대들어 그 부인을 도와주고 구해 주는 이가 없었소. 그 부인이 외 국 사람에게 당하는 것을 자기와 상관없는 일로 알아서 그랬는지 겁이 나 서 그랬는지 알 수 없으나, 결단코 남의 일이 아니라 제 동포가 당하는 일이 니 저희가 당하는 것이나 매한가지 아니겠소? 그런데 그것을 보고 화낼 줄도 모르고 도리어 웃고 구경만 하니, 그 부인이 당한 욕을 내일 제 어미나 제 아내가 똑같이 당할 줄을 알지 못하는가? 이런 것들이 창자 있다고 사람이라 으스대니 허리가 아파 못 살겠소. 창자 없는 우리 게는 어찌하면 좋겠소? 나라에 경사가 있어도 기뻐할 줄 모르고 국기 하나 내어 꽂을 줄 모르니 그것이 창자 있는 것이오? 그런 창자는 부럽지 않소.

　창자 없는 우리 게가 행한 사적을 좀 들어 보시오. 송나라 때 추호라는 사람이 채경에서 사로잡혀 소주로 귀양 갈 때 우리가 구원하였고, 산주구세라 하는 때에 한 처녀가 죽게 된 것을 살려 내느라고 큰 뱀을 우리 가위로 잘라 죽였으며, 산신과 싸워서 호인의 배를 구원하였고, 객사한 송장을 드러내어 음란한 계집의 죄를 발각하였으니, 우리가 행한 일은 다 옳고 아름다운 일이오. 우리는 사람같이 더러운 일은 하지 않소. 또 사람들도 우리의 행위를 자세히 아는즉, '게도 제 구멍이 아니면 들어가지 아니 한다.'라는 속담이 있소. 참 그러하지요. 우리는 암만 급하더라도 들어갈 구멍이라야 들어가지, 부당한 구멍에는 들어가지 않소. 사람들을 보면 부당한 데로 들어가는 사람이 많소. 부모처자를 내버리고 중이 되어 산속으로 들어가는

🕮 소설 한 장면　　전개　여덟 동물이 차례로 나와 인간을 비판하는 연설을 함

이도 있고, 여염閭閻집 일반 백성의 살림집 부인네들은 음란한 생각으로 불공을 드린다, 핑계하고 절간 초막으로 들어가는 이도 있소. 명예 있는 신사라 자칭하고 쓸데없는 돈 내버리러 기생집에 들어가는 이도 있고, 옳은 길 내버리고 그른 길로 들어가는 사람, 옳은 종교 싫다 하고 이단으로 들어가는 사람, 돌을 안고 못으로 들어가는 사람, 섶을 지고 불로 들어가는 사람, 이루 다 말할 수 없소. 당연히 들어갈 데와 못 들어갈 데를 분별치 못하고 못 들어갈 데를 들어가서 화를 당하고 패를 보고 해를 끼치니, 이런 사람들이 무슨 창자가 있다고 우리의 창자 없는 것을 비웃소? 지금 사람들을 보면 그 창자가 다 썩어서 얼마 안 있어 모두 무장공자無腸公子 창자가 없는 동물. 곧 게 가 될 것이니, 이다음에는 사람더러 무장공자라 불러야 옳겠소."

제육석 파리, 영영지극營營之極

게가 입에서 거품이 부걱부걱 나오며 수용산출水湧山出 풍부한 시상으로 시문을 짓는 재주가 뛰어남을 비유해 이르는 말로 하던 말을 그치고 엉금엉금 기어 내려가니, 파리가 또 회장을 부르고 나는 듯이 연단에 올라가 두 손을 싹싹 비비면서 말을 하였다.

"나는 파리올시다. 사람들이 우리 파리를 가리켜 말하기를 '파리는 간사한 소인이라.' 하니, 대저 사람이라 하는 것들은 제 흉은 모르고 남의 말만 잘하는 것들이오. 간사한 소인의 성품과 태도를 가진 것들은 우리가 아니라 사람들이오. 우리는 결단코 소인의 성품과 태도를 가진 것이 아니오. 『시전詩傳』이라는 책에 말하기를 '영영한 푸른 파리가 횃대에 앉았다.' 하였으니, 이것은 우리를 가리켜 한 말이 아니라 사람들을 비유한 말이오. 또 옛글에 '방에 가득한 파리를 쫓아도 없어지지 않는다.' 하는 말도 우리를 두고 한 말이 아니라 사람 중의 간사한 소인을 가리켜 한 말이오. 우리는 결코 간사한 일은 하지 않았소마는 인간에는 참 소인이 많습니다.

사슴을 가리켜 말이라 하여 임금을 속인 것이 비단 조고중국 진나라의 음모에 능했던 환관 한 사람뿐 아니라, 지금 망해 가는 나라 조정을 보면 온 정부가 다 조고 같은 간신이오. 또한 천자를 끼고 제후에게 호령함이 또한 조조曹操 한 사람뿐 아니라, 지금은 도덕이 떨어지고 효박淸薄 인정이나 풍속이 아주 각박함 한 풍기를 보면 온 세계가 다 조조 같은 소인이오. 이러하니 웃음 속에 칼이 있고 말속에 총이 있어 친구라고 사귀다가 저 잘되면 차 버리기, 동지라고 상종하다가 남 죽이고 저 잘되기, 빈천지교貧賤之交 빈천할 때 가깝게 사귄 벗 저버리고 조강지처 내쫓기, 뜻있는 이를 고발하여 감옥소에 몰아넣고 저 잘되기를 희망하니, 그것도 사람인가? 쓸개에 가 붙고 간에 가 붙어 요리조리 알씬알씬하는 사람들 정말 밉기도 밉습니다. 여러분도 다 아시거니와 그래 공평한 말로 말하자면 우리가 소인이오, 사람들이 간물이오?

또 우리는 먹을 것을 보면 혼자 먹는 법 없소. 여러 족속을 청하고 여러 친구를 불러서 화락한 마음으로 똑같이 먹지요. 그런데 사람들은 조금의 이해관계만 있으면 형제간에도 의가 상하고, 일가 간에도 정이 없어지며, 심한 자는 혈육끼리도 서로 싸우기를 예사로 아니 참 기가 막히오. 동포끼리 서로 사랑하고 구제하는 것은 하느님의 이치거늘, 사람들은 과연 저희 동포끼리 서로 사랑하오? 저희끼리 서로 빼앗고, 서로 싸우고, 서로 시기하고, 서로 흉보고, 서로 총을 쏘아 죽이고, 서로 칼로 찔러 죽이고, 서로 피를 빨아 마시고, 서로 살을 깎아 먹지요. 그러나 우리는 그렇지 않소. 세상에 제일 더러운 것은 똥이라 하지만, 우리는 똥을 눌 때 남이 다 보고 알도록 흰데는 검게 누고 검은 데는 희게 누어서 남을 속일 생각은 하지 않소. 사람들은 똥보다 더 더러운 일을 많이 하지만 혹 남의 눈에 보일까, 남의 입에 오르내릴까 겁을 내어 은밀히 하지만, 무소부지無所不知 모르는 것이 없음 하신 하느님은 먼저 알고 계시오.

옛적에 유형이라 하는 사람은 부채를 들고 참외에 앉은 우리를 쫓고, 왕사라 하는 사람은 칼을 빼어 먹을 먹는 우리를 쫓았는데, 사람들은 그렇게 쫓아도 우리가 도로 온다며 성내고 미워하니 저희가 쫓을 것은 쫓지 않고 쫓지 않을 것은 쫓는 줄을 모르오. 우리를 쫓으려 할 것이 아니라 불가불 쫓아야 할 것이 있으니, 사람들아, 부채를 놓고 칼을 던지고 잠깐 내 말을 들어라. 너희들이 당연히 쫓을 것은 너희 마음을 괴롭게 하는 마귀니라. 사람들아 사람들아, 너희 마음속에 있는 물욕을 쫓아 버려라. 너희 머릿속에 있는 썩은 생각을 내쫓으라. 너희 조정에 있는 간신들을 쫓아 버려라. 너희 세상에 있는 소인들을 내쫓으라. 참외가 다 무엇이며, 먹이 다 무엇이냐? 사람들아 사람들아, 우리 수억만 마리 파리가 일제히 손을 비비고 비나니, 우리를 미워하지 말고 하느님이 미워하시는 너희를 해치는 여러 마귀를 쫓으라. 손으로만 빌어서 안 들으면 발로라도 빌겠다."

파리는 의기양양하여 사람을 저희 똥만치도 못하게 나무라고, 겸하여 충고의 말로 권고하고 내려갔다.

제칠석 호랑이, 가정맹어호 苛政猛於虎

다음은 호랑이가 웅장한 소리로 회장을 부르니 산천이 울리었다. 연단에 올라서서 머리를 설레설레 흔들고 좌중을 내려다보니 눈알이 등불 같고 위풍이 늠름한데, 주홍 같은 입을 떡 벌리고 어금니를 부지직 갈며 연설을 시작하자 좌중이 조용하였다.

"본원의 이름은 호랑이인데 별호는 산군이올시다. 여러분 중에도 혹 아시는 이가 있을 듯하오. 지금 '가정이 맹어호'라 하는 문제를 가지고 두어 마디 할 터인데, 이것은 여러분 아시는 것과 같이 옛적 유명한 성인 공자님이 하신 말씀이오. 가정이 맹어호라 하는 뜻은 '까다로운 정사政事가 호랑이보다 무섭다.' 함이니, 양자楊子라 하는 사람도 이와 같은 말로 '혹독한 관리는 날개 있고 뿔 있는 호랑이와 같다.'라고 하였소. 세상 사람들이 말하기를 제일 포악하고 무서운 것은 호랑이라 하였으니, 자고 이래로 사람들이 우리에게 해를 받은 자가 몇 명이나 되오? 도리어 사람이 사람에게 해를 당하며 살육을 당한 자가 몇억만 명인지 알 수 없소. 우리는 설사 포악한 일을 할지라도 깊은 산과 깊은 골과 깊은 수풀 속에서만 횡행할 뿐이오, 사람처럼 백주에 왕궁 국도에서는 하지 않소. 그러나 사람들은 대낮에 사람을 죽이고 재물을 빼앗으며 죄 없는 백성을 감옥서에 몰아넣어서 돈 바치면 내어놓고 세 없으면 죽이지요. 또 임금은 아무리 인자하여 사전赦典 국가적인 경사가 있을 때 죄인을 용서해 놓아주던 일을 내리더라도 법관이 공평치 못하게 죄인을 조종하고, 돈을 받고 벼슬을 내어서 그 벼슬한 사람이 밑천을 뽑으려고 음흉한 수단으로 정사를 까다롭게 하여 백성을 못 견디게 하니, 사람들의 악독한 일을 호랑이에게 비하면 몇만 배가 되는지 알 수 없소.

또 우리는 다른 동물을 잡아먹더라도 하느님이 만들어 주신 발톱과 이빨로 하느님의 뜻을 받아 천성의 행위를 행할 뿐이오. 그런데 사람들은 학문을 이용하여 화학이니 물리학이니 배워서 사람의 도리에 유익한 옳은 일에 쓰는 것은 별로 없고, 각색 병기를 발명하여 군함이니 대포니 총이니 탄환이니 화약이니 칼이니 활이니 하는 온갖 병기를 만들어서 재물을 무한히 내버리고 사람을 무수히 죽여서 나라를 만들 때의 만반 경륜은 다 남을 해하려는 마음뿐이라. 그런고로 영국 문학 박사 판스라 하는 사람이 말하기를, '사람이 사람에게 대하여 잔인한 까닭으로 수천만 명 사람이 참혹한 지경에 처했도다.' 하였고, 옛날 진회왕이 초회왕을 청하여 초회왕이 진나라에 들어가려 할 때 신하 굴평이 간하되, '진나라는 호랑이 나라이라 가히 믿지 못할지니 가시지 마소서.' 하였으니, 호랑이의 나라가 어찌 진나라 하나뿐이리오. 오늘날 오대주五大洲를 둘러보면 사람 사는 곳곳마다 욕심 없는 나라가 어디 있으며 포악하지 않은 나라가 어디 있소? 또 어느 인간에 고상한 천리를 말하는 자가 있으며 어느 세상에 진정한 인도를 의논하는 자가 있소? 나라마다 진나라요 사람마다 호랑이요.

세상 사람들이 말하기를 '호랑이는 포악무쌍한 것이라.' 하였으나 이것은 잘못된 말이오. 우리는 원래 천품이 은혜를 잘 갚고 의리를 깊이 아니, 글자 읽은 사람은 짐작할 듯하오. 옛적에 진나라 곽무자라 하는 사람이 호랑이 목구멍에 걸린 뼈를 빼내어 주었더니 사슴을 드려 은혜를 갚았고, 영윤 자문을 나서 몽택에 버렸더니 젖을 먹여 길렀으며, 양위의 효성에 감동하여 몸을 물리쳤소. 이런 일을 보면 우리가 은혜에 감동하고 의리를 아는 것 아니겠소? 사람들로 말하면 은혜를 알고 의리를 지키는 사람이 몇몇이나 되겠소? 옛말에 호랑이를 기르면 후환이 된다 하여 지금까지 양호유환養虎遺患이라 하는 문자를 쓰지마는, 되지 못한 사람의 새끼를 기르는 것이 도리어 정말 후환이 되는 것이오. 호랑이 새끼를 길러서 덕을 모으는 사람은 있으되, 사람의 자식을 길러서 덕을 보는 사람은 별로 없소.

또 속담에 이르기를 '호랑이는 죽어서 가죽을 남기고 사람은 죽어서 이름을 남긴다.'라고 하였는데, 지금 세상에 정말 명예 있는 사람이 몇 명이나 있소? 인생 칠십 고래희人生 七十 古來稀 예로부터 사람이 칠십을 살기는 매우 드문 일라, 한세상 살 기간이 얼마 안 되니 옳은 일만 해도 다 못 하고 죽을 것이오. 그럼에도 꿈결 같은 이 세상을 구차하게 살려 하고 못된 일을 할 생각만 시꺼멓게 있어서, 앞문으로 호랑이를 막고 뒷문으로 승냥이를 불러들이는 자도 있으니 어찌 불쌍타 하지 않겠소. 옛날 사람은 호랑이 가죽을 쓰고 도적질하였으나, 지금 사람들은 껍질은 사람의 껍질을 쓰고 마음은 호랑이 마음을 가졌으니 더욱 험악하고 더욱 흉포하오. 하느님은 지극히 공평하고 조금도 사사로움이 없는 분이시니, 이같이 험악하고 흉포한 것들에게 제일 귀하고 신령하다는 권리를 줄 까닭이 무엇이오? 사람으로 못된 일 하는 자의 종자를 없애는 것이 좋은 줄로 생각합니다."

제팔석 원앙, 쌍거쌍래 雙去雙來

호랑이가 연설을 마치고 내려가니, 또 한편에서 단정한 모습에 태도가 신중한 어여쁜 원앙새가 연단에 올라서서 구슬픈 목소리로 말을 하였다.

"나는 원앙이올시다. 여러분이 인류의 악행을 공격하는 것이 다 지당한 말씀이로되, 인류의 제일 괴악한 일은 음란한 것이오. 하느님이 사람을 내실 때에 한 남자에 한 여인을 내셨으니, 한 사나이와 한 여편네가 서로 저버리지 아니함은 천리에 정한 인륜입니다. 그러므로 사나이도 계집을 여럿 두는 것이 옳지 않고 여편네도 서방을 여럿 두는 것이 옳지 않거늘, 세상에는 계집을 많이 두고 호강하는 것이 좋은 줄 알고 처첩을 두셋씩 두는 사람도 있으며, 어떤 사람은 오륙 명 두는 자도 있소. 혹은 장가든 뒤에 그 아내를 돌아다보지 않고 두 번 세 번 장가드는 자도 있으며, 혹은 아내를 소박하고 첩을 사랑하다가 패가망신하는 자도 있으니, 사나이가 두 계집을 두는 것은 천리에 어긋나는 일이오. 계집이 두 사나이를 두면 변고로 알고 사나이가 두 계집을 두는 것은 예사로 아니 어찌 그리 편벽되며, 사나이가 남의 계집 도적질함은 꾸짖지 않고 계집이 남의 사나이와 상관하면 큰 변인 줄 아니 어찌 그리 불공평하오?

하느님의 이치로 말하자면 사나이는 아내 한 사람만 두고 여편네는 남편 한 사람만 좇는 것이 당연지사요. 지금 세상 사람들은 괴악하고 음란하여 길가의 한 가지 버들을 꺾기 위해 백년해로하려던 사람을 잊어버리고, 동산의 한 송이 꽃을 보기 위해 조강지처를 내쫓으며, 남편이 병들어 누웠는데 의원과 간통하는 일도 있고, 복을 빌어 불공한다 거짓 핑계를 대고 중을 서방 삼는 일과 남편 죽어 사흘도 못 되어 새 서방을 찾는 일도 있으니, 사람들은 계집이나 사나이나 인정도 없고 의리도 없고 다만 음란한 생각뿐이라 밖에 말할 수 없소. 우리 원앙새는 천지간에 지극히 작은 물건이나 사람같이 더러운 행실은 하지 않소. 남녀의 법이 유별하고 부부의 윤리와 기강이 지중한 줄을 아는 고로 음란한 일은 결코 없소.

사람들도 우리 원앙새의 역사를 알고 이야기하는 말이 있소. 옛날에 한 사냥꾼이 원앙새 한 마리를 잡았더니 암원앙새가 수원앙새를 잃고 수절하여 과부로 있은 지 일 년 만에 또 그 사냥꾼의 화살에 맞은 것이었소. 사냥꾼이 원앙새를 잡아 가지고 집으로 돌아와서 털을 뜯었더니 날개 아래 무엇이 있는데, 자세히 보니 지난해에 자기가 잡아 온 수원앙새의 대가리였더란 말이오. 이것은 암원앙새가 수원앙새와 같이 있다가 수원앙새가 사냥꾼의 화살에 맞아서 떨어졌을 때, 그 경황 중에도 암원앙새가 수원앙새의 대가리를 집어 가지고 숨어서 짝 잃은 한을 잊지 않았던 것이오. 이렇듯 서방의 대가리를 날개 밑에 끼고 슬피 세월을 보내다 또한 사냥꾼에게 잡히었으니, 그 사냥꾼이 이것을 보고 정절이 지극한 새라 하여 먹지 않고 정결한 땅에 장사를 지내 주었소. 그 후로부터 사냥꾼은 다시는 원앙새를 잡지 않았다 하니, 우리 원앙새는 짐승이로되 절개를 지킴이 이러하오. 사람들의 행위를 보면 추하고 비루^{鄙陋}하고 음란하여 우리보다 귀하다 할 것이 조금도 없소.

🐾 소설 한 장면   전개 여덟 동물이 차례로 나와 인간을 비판하는 연설을 함

사람들의 행사를 대강 말할 터이니 잠깐 들어 보시오. 부인이 죽으면 불쌍히 여기는 남편이 몇이나 되겠소? 상처^{喪妻 아내의 죽음을 당함}한 후에 사나이 수절하였다는 말은 들어 보도 못 하였소. 낱낱이 재취^{再娶 아내를 여의었거나 아내와 이혼한 사람이 다시 장가가서 아내를 맞이함}를 하든지 첩을 얻든지, 자식에게 못 할 노릇하고 집안에 화근을 일으켜 가정의 화목을 해치오. 계집으로 말하면 남편 죽은 후에 수절하는 사람은 많으나 속으로 서방질 다니며 상을 당한 지 며칠이 못 되어 개가^{改嫁 결혼하였던 여자가 남편과 사별하거나 이혼하여 다른 남자와 결혼함}할 길 찾느라고 분주한 계집도 있고, 또 자식을 낳아서 개+멍이나 다리 밑에 내버리는 것도 있소. 심한 계집은 간통한 남자에게 혹하여 산 서방을 두고 도망질하거나 약을 먹여 죽이는 일까지 있으니, 사람의 별별 괴악한 일은 이루 다 말할 수 없소. 세상에 제일 더럽고 괴악한 것은 사람이라, 다 말하려면 내 입이 더러워질 터이니 그만두겠소."

원앙새가 연설을 마치고 연단에서 내려오니, 회장이 다시 일어나서 말했다.

폐회 ^{閉會}

"여러분 하시는 말씀을 들으니 다 옳으신 말씀이오. 대저 사람이라 하는 동물은 세상에 제일 귀하다 신령하다 하지마는, 사실을 말하자면 제일 어리석고 제일 더럽고 제일 괴악하오. 그 행위를 들어 말하자면 한정이 없고, 또 시간이 다하였으니 그만 폐회하오."

회의가 끝나자 그 안에 모였던 짐승이 일시에 나는 자는 날고, 기는 자는 기고, 뛰는 자는 뛰고, 우는 자는 울고, 짖는 자는 짖고, 춤추는 자는 춤추며 다 각각 돌아갔다.

슬프다! 여러 짐승의 연설을 듣고 가만히 생각하여 보니, 세상에 불쌍한 것은 바로 사람이 아닌가. 내가 어찌하여 사람으로 태어나서 이런 욕을 보는가! 사람은 만물 중에 귀하기로 제일이요, 신령하기도 제일이요, 재주도 제일이요, 지혜도 제일이라 하여 동물 중에 제일 좋다 하더니, 오늘날 보면 제일 악하고 제일 흉괴하고 제일 음란하고 제일 간사하고 제일 더럽고 제일 어리석은 것은 사람이구나. 까마귀처럼 효도할 줄도 모르고, 개구리처럼 분수를 지킬 줄도 모르고, 여우보다도 간사하고, 호랑이보다도 포악하고, 벌과 같이 정직하지도 못하고, 파리같이 동포 사랑할 줄도 모르고, 창자 없는 것은 게보다 심하고, 부정한 행실은 원앙새 보기가 부끄럽다. 여러 짐승이 연설할 때 나는 사람을 위해 변명 연설을 하리라 몇 번이나 생각하였으나 무슨 말로도 변명할 수가 없고, 반대를 하려 하였으나 능변을 가지고도 쓸데가 없었다. 사람이 떨어져서 짐승의 아래가 되고, 짐승이 도리어 사람보다 상등이 되었으니, 어찌하면 좋을까? 예수 씨의 말씀을 들으니 하느님이 아직도 사람을 사랑하시며 사람들이 악한 일을 많이 하였을지라도 회개하면 구원 얻는 길이 있다 하였으니,[1] 이 세상에 있는 여러 형제자매는 깊이깊이 생각하시오.

□ 소설 한 장면   결말   회의가 끝나고 '나'는 인간으로서 부끄러움을 느낌

---

1) 기독교의 정신이 반영된 추상적인 해결책을 내놓고 소설을 마무리한다.

선생님 이 작품은 액자식 구성이며 도입, 전개, 결말의 3단계로 이루어져 있어요. 외화는 도입과 결말 부분으로 1인칭 주인공 시점, 내화는 전개 부분으로 1인칭 관찰자 시점이지요. 특히 이 작품의 액자식 형태는 전대에도 있었던 '몽유록계 소설'과의 연속적 관계를 보여 줍니다. 이러한 구성적 특징을 자세히 이야기해 볼까요?

💬 3   🤍 3

학생 1 외화는 '나'가 인간 사회의 타락을 걱정하며 잠이 드는 부분과 회의가 끝난 후 깨달음을 얻는 부분, 내화는 꿈속에서 동물들의 연설을 듣는 부분이에요. 이처럼 꿈에서 일어난 사건을 바탕으로 이야기가 전개되는 것이 몽유록계 소설과의 연관성을 보여 줘요.

학생 2 특히 내화 부분은 여덟 종류의 동물들이 인간의 악행을 성토하는 우화 형식을 취하였어요. 각 연설의 소제목은 고사성어로 되어 있는데 여기에 이 소설의 주제가 담겨 있어요.

학생 3 맞아요. 이 소설에는 당시의 잘못된 개화사상을 바로잡으려는 계몽적 의지가 강하게 반영되어 있다고 볼 수 있어요.

선생님 이 작품은 부도덕하고 타락한 당시 사회를 강하게 비판하는 풍자 소설이에요. 그렇지만 풍자 소설로서 지닌 한계가 있지요. 그게 무엇일까요?

💬 3   🤍 3

학생 1 잘못된 점을 질책하기만 할 뿐 이에 대한 해결 방안이 구체적으로 나와 있지 않은 점이 한계로 보여요.

학생 2 저도 동의해요. 결말의 "회개하면 구원을 얻는다."라고 말하는 부분에서 이제까지 제기한 문제들을 기독교에 의존해 해결하려는 안이한 태도를 보여요. 이는 우리나라가 외세에 침탈당하던 때에 실질적인 도움을 줄 수 없었어요.

학생 3 한편에서는 이를 한때 친일파로 변절한 작가의 역사 인식으로 보기도 한대요.

선생님 이 소설은 1인칭 관찰자 시점을 이용하여 현실 비판적 주제 의식을 구체적으로 드러내고 있어요. 이러한 특징을 다른 신소설의 서술 방식과 비교하여 설명해 볼까요?

💬 1   🤍 1

학생 1 이 소설은 '나'가 꿈속에서 열린 동물들의 회의 내용을 전달하는 방식을 취하고 있어요. 동물들은 인간 사회에 대해 성토하면서 동물보다 인간이 나은 점이 무엇인지 의문을 품어요. 이는 내용상으로 다른 신소설들이 갖는 소재와 주제의 한계를 넘어섰다고 할 수 있어요. 즉, 줄거리가 있는 이야기를 통해 권선징악적 주제를 전달하는 서술 방식에서 벗어난 거예요.

선생님 이 작품이 창작되었던 개화기는 지배층과 피지배층의 갈등, 개화파와 수구파의 대립, 열강 세력의 침투 등 정치·사회적으로 격동과 혼란의 시기였어요. 이러한 상황 속에서 대다수의 신소설은 시대적 사명을 잊고 대중 문학으로 전락했지요. 반면 이 작품은 당대의 시대상을 해박한 지식을 통해 비판하고 민중 계몽이라는 시대적 요구에 부응했어요. 이 작품이 개화기의 소설로서 어떠한 시대적 요구를 반영했는지 말해 볼까요?

💬 1 🖤 1

학생 1 위기 상황을 직시하고 비판하기 위해 당대의 사회상을 적극적으로 반영했어요. 동물들은 우리나라의 부정부패와 타락, 봉건적 사고방식 등을 비판하며 정치적으로 자립하고 자주 의식을 고취할 것을 주장하고 있어요.

개화기의 특징 ▼ 🔍

연관 검색어 개항 개화 계몽

외국과의 통상 수교를 거부했던 흥선 대원군이 물러나고 개항이 되면서 조선에는 서양 문물이 쏟아져 들어왔다. 당시 카메라를 처음 본 사람들은 '아이들의 눈알을 빼서 만든 건가?'라고 생각하며 신기해했다. 서양 문물의 영향을 받아 변화하기 시작한 조선에서는 봉건 질서를 타파하자는 주장이 일어났고 점차 근대 사회로 바뀌어 갔다. 갑오개혁이 일어났던 1894년부터 1910년에 이르는 이 시기를 개화기라고 한다.

개화기에는 일본을 비롯한 서구 열강이 우리나라에서 치열하게 세력 다툼을 벌였다. 외세의 침탈에 맞서기 위해 전국 곳곳에서 독립 의병 운동이 격렬하게 전개되었다. 당시 지식인들은 안으로는 근대적 개혁에 관해, 밖으로는 민족의 생존에 관해 고민해야 했다. 이러한 시대적 사명에 부응하여 자주독립, 애국, 개화, 계몽 등이 예술작품의 주제로 다루어졌다.

이해조
(1869~1927)

✉ 작가에 대하여

　필명은 우산거사. 호는 동농(東濃). 경기도 포천 출생. 1906년 〈소년한반도〉에 소설 「잠상태」를 연재하면서 문학 활동을 시작했다. 주로 여성 해방을 주제로 한 소설을 썼다. 언론계에 종사하면서 〈제국신문〉과 〈매일신보〉 등을 통해 30편에 가까운 신소설을 발표했다. 대표작인 「자유종(自由鐘)」과 「빈상설(鬢上雪)」, 「춘외춘(春外春)」, 「구마검(驅魔劍)」, 「화세계(花世界)」 등은 봉건 부패 관료에 대한 비판, 여권 신장, 신교육, 개가 문제, 미신 타파 등의 근대적 의식과 계몽성을 담고 있으면서도 고대 소설의 전통적인 구조를 바탕으로 한 전형적인 신소설들이다. 또 「화(花)의 혈(血)」, 「탄금대(彈琴臺)」 등에서 나타난 소설의 허구성에 대한 인식과, 소설의 사회 계몽이라는 도덕적 기능과 오락적 기능에 대한 인식은 근대적인 문학관으로 평가된다.

　이해조는 신소설 작가 가운데 가장 많은 작품을 남겨 신소설의 대중화에 기여했다. 또한, 고전 소설의 구조적 특징과 이념형 인간을 계승하는 동시에 근대적 사상을 담았다는 점에서 이인직과 더불어 신소설 확립에 뚜렷한 공적을 남긴 것으로 평가받는다. 신소설 외의 작품으로는 「철세계(鐵世界)」 등의 번안 소설과 「옥중화(獄中花)」, 「연(燕)의 각(脚)」, 「토(兎)의 간(肝)」 등의 개작 소설이 있다.

자유종

🍶 작품 길잡이

갈래: 신소설, 계몽 소설, 정치 소설, 토론 소설
배경: 시간 - 1908년 음력 1월, 이매경 부인의 생일 저녁부터 새벽까지
　　　　공간 - 서울, 이매경 부인의 집
시점: 3인칭 전지적 작가 시점
주제: 민족과 국가의 바람직한 방향 제시
출전: 〈광학서포〉(1910)

📷 인물 관계도

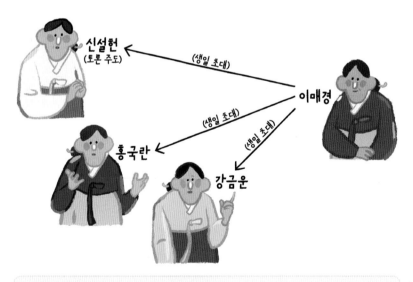

신설헌 (토론 주도)

(생일 초대)

이매경

(생일 초대)

홍국란

(생일 초대)

강금운

신설헌　토론을 제안하고 실질적으로 주도한다.
이매경　생일을 맞아 여러 부인들을 초대한다.

📋 구성과 줄거리

도입 **이매경 여사의 생일잔치에서 토론회 제의가 나옴**

1908년 음력 1월 16일 밤, 이매경 여사의 생일잔치에 신설헌, 홍국란, 강금운 등이 초대받고 모인다. 신설헌 부인이 사회자로 나서며 토론회를 제의한다.

전개 **네 여인이 돌아가면서 여권 신장, 애국정신에 대해 의견을 제시함**

토론회에서는 '남자가 절대 지배권을 행사하는 폐습이 시정되어야 한다.', '교육은 부국강병과 새 사회 건설에 필수 불가결하다.', '형식에 치우치는 관혼상제의 폐단을 고쳐야 한다.'라는 주장이 제기된다. 지난날의 부모 우선주의를 철폐해야 하며 그 대안으로 '자녀 공물론'이 거론된다. 또한, 부인들은 사회 개혁과 부국강병의 실현을 위한 신분 문제 해소책으로 적서(嫡庶)의 그릇된 인식과 차별의 폐지를 주장한다.

결말 **서로의 꿈 이야기를 하면서 이상 사회 건설에 대한 희망을 가짐**

부인들은 토론을 마치고 지난밤에 꾸었던 신기한 꿈을 이야기한다. 그들은 대한 제국이 자주독립할 꿈, 대한 제국이 개명할 꿈, 대한 제국이 영원히 안녕할 꿈을 서로 이야기하며, 자신들이 꿈꾸는 우리 사회의 이상적 건설 형태를 피력한다.

자유종

"천지간 만물 중에 동물 되기 희한하고, 천만 가지 동물 중에 사람 되기 극난極難 지극히 어려움 하다. 그같이 희한하고 그같이 극난한 동물 중 사람이 되어 자유를 잃는다면 하늘이 주신 직분을 지키지 못하는 것이거늘, 하물며 사람 중에도 여자가 되어 남자의 압제를 받아 자유를 빼앗기면 어찌 사람의 권리를 스스로 버리는 것이 아니라 하겠는가.

여러분, 나는 옛날 태평 시대에 숙부인淑夫人 조선조 정3품 당상 문무관의 아내에게 주던 외명부의 품계까지 바쳤더니 지금은 가련한 민족 중의 한 몸이 된 신설헌입니다. 오늘 이 매경 씨 생신에 초대받아 왔는데, 마침 홍국란 씨와 강금운 씨와 그 외 여러 귀중하신 부인들이 만좌하셨으니 두어 말씀 하겠습니다.

이전 같으면 오늘 같은 잔치에 취하고 배부르면 무슨 걱정이 있겠습니까. 하지만 지금 시대가 어떠한 시대며 우리 민족은 어떠한 민족이오? 우리 규중 여자도 결코 모를 일이 아닐 것입니다.

일본도 삼십 년 전 형편이 우리나라보다 걱정스러워 혹 천하대세라 혹 자국 전도라 말하는 자는 미친 자라 지목하고 사람으로 치지 않았습니다. 연설회가 점점 크게 열리는데 거리거리 떠드는 것이 국가 형편이요, 부르는 것이 민족 사세였습니다. 이삼 인 못거지모꼬지. 놀이나 잔치 등으로 여러 사람이 모이는 일라도 술잔을 대하기 전에 마음속에 품은 생각을 말하고 마시니, 전국 남녀들이 십여 년을 한담도 끊고 잡담도 끊고 말을 할 때마다 반드시 국가니 민족이니 하더니, 지금 동양에 제일 제이 되는 일대 강국이 되었습니다.

그런데 오늘 우리나라는 얼마나 비참한 지경이오? 세월은 물같이 흘러가고 풍조는 날로 닥치는데, 우리 비록 아홉 폭 치마는 둘렀으나 오늘만도 더 못한 지경을 또 당하면 상전벽해桑田碧海 뽕나무 밭이 변해 푸른 바다가 된다는 뜻. 세상일의 변천이 심함을 비유가 잠깐이면 될 것입니다. 하늘을 부르면 대답이 있나, 부모를 부르면 능력이 있나, 가장을 부르면 무슨 방책이 있나. 고대광실에 들 사람은 누가 있으며 금의옥식錦衣玉食 비단옷과 흰쌀밥. 호화스러운 생활을 이르는 말은 내 것입니까? 이 지경이 이마에 당도했소. 우리 삼사 인이 모이든지 오륙 인이 모이든지 어찌 심상한 말로 좋은 음식을 먹겠습니까? 나라가 태평할 때에도 하는 일 없이 놀고먹는 것은 법으로 금하였는데, 이 시대에 두 눈과 두 귀가 남과 같이 총명한 사람이 어찌 국가 의식만 축내리까? 우리 재미있게 학리상으로 토론하여 이날을 보냅시다."[1]

"지당한 말씀이오. 지금이 어떠한 시대요? 이 같은 비참하고 통곡할 시대에 나 같은 여자의 생일잔치가 왜 있겠소마는, 변변치 못한 술잔으로 여러분을 청하기는 심히 부끄럽고 죄송하나 첫째는 여러분 만나 뵈옵기를 위한 것이고, 둘째는 좋은 말씀을 듣고자 함이올시다.

남자들은 자주 만나 지식을 교환하지만 우리 여자는 한 번 만나기도 어렵지 않습니까?『예기禮記』에 여자는 안에 있어 밖의 일을 말하지 말라 하였고,『시전詩傳』에 오직 술과 밥을 마땅히 할 뿐이라 하였으나, 층암절벽 같은 네 기둥 안에서 나고 자라고 늙었으되 보고 듣는 것이 있어야 아는 것이 있지요.

이러므로 신체 연약하고 지각이 몽매하여 쌀이 무슨 나무에 열리는지, 도미를 어느 산에서 잡는지도 모르고, 오직 가장의 비위만 맞춰 앉으려면

오늘 우리나라는 얼마나 비참한 지경이오?
이 시대에 두 눈과 두 귀가 남과 같이 총명한
사람이 어찌 국가 의식만 축내리까? 우리 재미있게
학리상으로 토론하여 이날을 보냅시다.

📖 소설 한 장면　　도입　　이매경 여사의 생일잔치에서 토론회 제의가 나옴

───────────────

1) 과거에는 여성들이 정치와 사회에 직접 참여할 수 없었다. 이 문제에 대해 여성들이 토론하는 과정을 그린 「자유종」은 풍자적인 성격을 지닌다.

앉고 서라면 서니, 이는 밥 먹는 안석案席 벽에 세워 놓고 앉을 때 몸을 기대는 방석이요 옷 입은 퇴침退枕 서랍이 있는 목침이지 어디 사람이라 칭하리까? 그러나 그런 이는 차라리 현철한 부인이라고나 하지요. 성품이 괴악하고 행실이 불미하여 시앗남편의 첩을 본처가 이르는 말에 투기하기, 친척에 이간하기, 무당 불러 굿하기, 절에 가서 불공하기 등 모든 악행은 소위 대갓집 부인이 더합디다. 가도가 무지고 욕되게 되는 것은 제 한 집안 일인 듯하나, 그 영향이 실로 전국에 미치니 어찌 한심치 않겠습니까?

그런 부인이 자식을 낳는다면 어찌 쓸만한 자식을 낳겠습니까? 태내 교육부터 가정 교육까지 모두 없으니 제가 생지生知 생이지지. 배우지 않아도 앎의 바탕이 아닌 바에야 맹모孟母의 삼천三遷 하시던 교육이 없다면 무슨 사람이 되겠소? 그러나 재상도 그 자제요 관찰·군수도 그 자제니 국가의 정치가 무엇인지, 법률이 무엇인지 어찌 알겠소? 우리 비록 여자나 무식을 면치 못함을 항상 한탄해 왔는데, 다행히 오늘 여러분 고명하신 부인께서 왕림하여 좋은 말씀을 들려주시니 대단히 기꺼운 일이올시다."

"변변치 못한 구변이나 내 먼저 말하겠습니다. 우리 대한의 정계가 부패한 것은 학문이 없는 까닭이요, 민족의 부패함도 학문이 없기 때문입니다. 우리 여자도 학문이 없어 기천 년 금수 대우를 받았으니, 우리나라에도 제일 급한 것이 학문이요 우리 여자들에게도 제일 급한 것이 학문입니다. 그러니 내 학문 말씀을 먼저 하지요. 우리 이천만 민족 중에 일천만 남자들은 응당 고명한 학교를 졸업하여 정치·법률·군제·농·상·공 등 만 가지 사업이 족하겠지마는, 우리 일천만 여자들은 학문이 무엇인지 도무지 모르고 남자만 의지하여 먹고 입으려 하니 국세가 어찌 빈약치 않겠습니까? 옛말에 백짓장도 맞들어야 가볍다는 말이 있습니다. 우리 일천만 여자도 일천만 남자의 사업을 백짓장과 같이 거들었으면 백 년에 할 일을 오십 년에 했을 것이요, 십 년에 할 일을 다섯 해면 했을 것입니다. 그리되면 그 이익이 막대하여 나라의 독립도 거기 있고 인민의 자유도 거기 있었겠지요.

세계 문명국 사람들은 남녀의 학문과 기예가 차등이 없고, 여자가 남자보다 해산解産 아이를 낳음하는 재주 한 가지가 더 있다 합니다. 혹 전쟁이 있어 남자가 다 죽어도 겨우 절반만 죽은 것이라 하니, 여자들이 창법 검술까지 능했음을 가히 알겠습디다.

사람마다 대성인 공부자孔夫子가 아니거든 어찌 처음 날 때부터 알고 태어

나는 사람이 있겠습니까. 불란서^{프랑스} 파리대학교에서 토론회가 열렸는데, 가편은 사람을 가르치지 못하면 금수와 같다 하고, 부편은 사람이 천생한 성질이니 비록 가르치지 않아도 저절로 사람 노릇을 한다 하여 서로 자기 편이 옳다고 경쟁을 벌였답니다. 그러나 아무 결론도 내리지 못하더니, 학생들이 시험을 해 보려고 부모 없는 아이들을 깊은 산속 문 하나만 뚫린 집에 데리고 들어가 길렀더랍니다. 그리고 칠팔 년이 된 후에 그 아이들을 학교로 데려왔지요. 그런데 그 아이들 평생 사람 많은 것을 보지 못하다가 육칠 층 양옥에 사람이 꽉 찬 것을 보고는 크게 놀라 하나는 꼬꼬댁꼬꼬댁하고 하나는 끼익끼익하더랍니다. 이는 다름 아니라 제 집에 아무것도 없고 닭과 돼지만 있었는데, 닭이 놀라면 꼬꼬댁하고 돼지가 놀라면 끼익끼익하므로 들은 대로 소리를 낸 것이지요. 그것은 바로 닭과 돼지의 교육을 받은 것이 아니고 뭐겠습니까. 학생들은 이것을 본 후에 사람을 가르치지 아니하면 금수와 다름없음을 깨달아 가편이 이겼다 하니, 이로 보건대 우리 여자가 그와 다를 게 무엇이오? 일용 범절에 여간 안다는 것이 저 아이의 꼬꼬댁·끼익보다 얼마나 낫소이까? 우리 여자가 기천 년을 비참한 처지에 있었으니 이렇고서야 자유권이니 자강력이니 하는 것이 세상에 있는 줄이나 알겠소? 일생에 생사고락이 다 남자 압제 아래 있어, 말하는 제웅^{짚으로 만든 사람 모양의 물건}과 숨쉬는 송장을 면치 못하니 옛 성인의 법제가 어찌 이러하겠소.

　우리나라 남자들이 아무리 정치가 밝다 하나 여자에게는 대단히 악한 짓을 많이 하였고, 법률이 밝다 하나 여자에게는 대단히 죄를 많이 지었습니다. 우리는 기왕지사 이렇게 된 것 말할 것도 없지만, 후생이나 교육을 잘하여야 할 터인데 권리 있는 남자들은 꿈도 깨지 못하니 답답하오. 남자들 마음에는 아들만 귀하고 딸은 귀치 아니한지 한치라도 귀한 생각이 있으면 사지 오관 멀쩡한 자식을 어찌 차마 금수와 같이 길러 이 같은 고해에 빠지게 하는 것이오? 그 아들 가르치는 법도 별수는 없습니다. 『사략통감^{史略通鑑}』을 일등 교과서로 삼으니 자국 정신은 간 데 없고 중국 혼만 길러서, 좌전^{左傳}이니 강목^{綱目}이니 하여 남의 나라 기천 년 흥망성쇠만 의논하고 내 나라 빈부강약은 꿈도 꾸지 않다가 오늘 이 지경을 당하였소.

　이태리국 역비다산에 올차학이라는 구멍이 있어 바닷물과 통하였는데, 홀연 산이 무너져 구멍 어구가 막히니 그 속이 캄캄하여 본래 있던 고기들이 나오지 못하고 수백 년을 생장하여 눈이 있으나 쓸 곳이 없었더랍니다.

어구의 막혔던 흙이 해마다 바닷물에 패어 도로 열리자, 밖의 고기가 들어와 수없이 잡아먹는데도 그 안에 있던 고기는 눈을 멀뚱멀뚱 뜨고도 저 해하려는 것을 전연 몰랐다는 것입니다. 저절로 밀려 어구 밖을 나왔으나 못 보던 눈이 졸지에 태양 빛을 보니 현기가 나며 정신이 어릿어릿하였다 합니다. 그와 같이 대문·중문 꽉꽉 닫고 밖에 눈이 오는지 비가 오는지 도무지 알지 못하고 살던 우리나라 교육은 올차학 교육이라 할 만하니, 그 교육을 받은 남자들이 무슨 정신으로 우리 정치를 생각하겠소? 우리 여자의 말이 쓸데없는 듯하나 자국의 정신으로 하는 말이니, 오히려 만국 공사의 담판보다 낫습니다. 여러분 부인들은 대한 여자 교육계의 별방침을 연구하시오."

"여보, 설헌 씨는 학문 설명을 자세히 하셨으나 그 성질과 형편이 그래도 미진한 곳이 있습니다.

우리나라 교육을 제대로 하려면 소위 무슨 변에 무슨 자, 무슨 아래 무슨 자라는, 옛날 상전으로 알던 중국 글을 폐지할 필요가 있소. 글이라 하는 것은 그 나라의 정신을 담은 것인데, 우리나라의 소위 한문은 다만 중국의 정신만 실었으니 우리나라 사람이야 평생을 끌고 당긴들 무슨 이익이 있겠소?

그 글은 졸업 기한이 없고 일평생을 읽어도 이태백은 못 되며, 혹 아주 총명한 자가 십 년 이십 년을 읽어서 실재實才 글재주가 있는 사람 라, 거벽巨擘 학문 등 전문적인 분야에서 남달리 뛰어난 사람 이라 하게 되면 눈앞에 영웅이 없소. 그 사람더러 정치를 물으면 모른다, 법률을 물으면 모른다, 철학·화학·이화학을 물으면 모르노라, 농학·상학·공학을 물으면 모르노라 할 뿐이오. 그러면 우리 대종교 공부자 도학의 성질은 어떠하냐 묻게 되면, 그 신성하신 진리는 모르고 다만 아는 것이 공자님은 꿇어앉으셨지, 공자님은 광수의廣袖衣 유생들이 입는 소매가 넓은 옷 를 입으셨지 하며 가장 도통한 듯 여기니, 광수의만 입고 꿇어만 앉았으면 사람마다 천만년 종교 부자가 되겠습니까?

공자님은 춤도 추시고, 노래도 하시고, 풍류도 하시고, 선배도 되시고, 문장도 되시고, 장수 천자도 가히 되실 신성하신 분인데, 어찌하여 속은 컴컴하고 외양만 번주그레한생김새가 겉보기에 번번한 위인들이 광수의만 입고 꿇어만 앉아 공자님 도학이 이뿐이라 하여 고담준론高談峻論 뜻이 높고 바르며 엄숙하고 날카로운 말 을 하는 것인지요. 또 이렇게 하여야 집을 보존하고 임금을 섬긴다 하여 자기 자손뿐 아니라 남의 자제까지 골생원님이 되게 하니, 그런 자들은 종교에 난적亂賊이요 교육에 공적公敵이라 공자님께서 대단히 욕보셨소. 설사 공자님이 생존하셨을지라도 오히려 북을 울려 그자들을 벌하셨을 것입니다.

대체 글을 무엇에 쓰자고 읽소? 사리를 통하려고 읽는 것인데 내 나라 지리와 역사를 모르고서 『제갈량전』과 『비사맥전비스마르크전』을 천만 번이나 읽은들 비참한 지경을 면하겠소? 일본 학교 교과서를 보시오. 소학교 교과는 것은 아예 대한이라 청국이라는 말도 없이 다만 자국 인물이 어떠하고 자국 지리가 어떠하다 하여 자국 정신이 굳은 후에 비로소 만국 역사와 만국 지리를 가르치니, 남녀 할 것 없이 자국의 보통 지식 없는 자가 없어 오늘날 저러한 큰 세력을 얻어 나라의 영광을 내었소.

우리나라 남자들은 거룩하고 고명한 학문이 있는 듯하나, 우리 여자 사회에야 그 썩고 냄새나는 글을 아는 사람이 몇이나 되오? 남자들도 응당 귀도 있고 눈도 있을 것이니 타국 남자와 같이 학문에 힘쓸 것이려니와, 우리 여자도 타국 여자와 같이 지식이 있어야 우리 대한 삼천리강토도 보전하고 누백 년 금수도 면할 것이오. 지식을 넓히려면 어렵고 어려워 십 년 이십 년을 배워도 천치를 면치 못할 학문은 쓸데가 없소. 불가불 자국 교과에 힘써야 되겠다는 것입니다."

"아니오, 우리나라가 가뜩이나 무식한데 그나마 한문도 없어지면 수모 세계를 만들려는 것이오? 수모란 것은 눈이 없이 새우를 따라다니면서 새우 눈을 제 눈같이 아니, 수모 세계가 되면 새우는 어디 있겠소? 아니 될 말이오. 졸지에 한문을 없애고 국문만 힘쓰면 무슨 별지식이 나리까? 나도 한문을 좋다 하는 것은 아니나, 요순 이래 치국평천하治國平天下 나라를 잘 다스리고 온 세상을 평안하게 함 하는 법과 수신제가修身齊家 마음과 몸을 닦고 집안을 다스림 하는 천사만사가 모두 한문에 있으니 졸지에 한문을 없애고 국문만 쓰면 비유컨대 유리창을 떼어 버리고 흙벽 치는 셈이오. 국문은 우리나라 세종대왕께서 만드실 때 그 공로가 대단하셨소. 사신을 여러 번 중국에 보내어 그 성음 이치를 알아다가 자모음을 만드니, 반절反切 '훈민정음'을 달리 이르는 말 이 그것이오.

우리 세종대왕 성덕은 다 말씀할 수 없거니와, 반절 몇 줄에 나라 돈도 많이 들었소. 그렇건마는 백성들은 죽도록 한문자만 숭상하고 국문은 버려두어서, 암글이라 하여 부인이나 천인이 배우되 반만 깨치면 다시 읽을 것이 없으니 보는 것은 다만 『춘향전』, 『심청전』, 『홍길동전』뿐이오. 『춘향전』

을 보면 정치를 알겠소? 『심청전』을 보고 법률을 알겠소? 『홍길동전』을 보아 도덕을 알겠소? 말하건대 『춘향전』은 음탕 교과서요, 『심청전』은 처량 교과서요, 『홍길동전』은 허황 교과서요. 국민을 음탕 교과로 가르치면 어찌 풍속이 아름다우며, 처량 교과로 가르치면 무슨 발전과 희망이 있으며, 허황 교과서로 가르치면 어찌 정대한 기상이 있겠소? 우리나라 난봉 남자와 음탕한 여자의 제반 악징惡懲 흉조이 다 이에서 나니 그 영향이 어떠하오?

『춘향전』을 누가 가르쳤나, 『심청전』을 누가 배우랬나, 『홍길동전』을 누가 읽으랬나, 다 제게 달렸지 할 터이나, 이것이 가르친 것보다 더하지요. 휘문의숙1906년 민영휘가 서울에 설립한 사립 중등학교 같은 수층 양옥과 보성학교 같은 너른 교정에 칠판·괘종·책상·걸상을 벌여 놓고 고명한 교사를 월급 주어 가르치는 것보다 더 심하오. 그것은 구역과 시간이나 있겠지만 이것은 구역도 없고 시간도 없이 전국 남녀들이 자유로 틈틈이 보고 곳곳이 읽으니, 그 좋은 몇백만 청년을 음탕하고 처량하고 허황한 구멍에 쓸어 묻는단 말이오.

그나 그뿐이오? 혹 기도하면 아이를 낳는다, 혹 산신이 강림하여 복을 준다, 혹 면례를 잘하여 부귀를 얻는다, 혹 불공하여 재액을 막았다, 혹 돌구멍에서 용마가 났다, 혹 신선이 학을 타고 논다, 혹 최판관저승의 벼슬아치이 붓을 들고 앉았다 하는 괴괴망측한 말을 다 국문으로 기록하여 출판한 책도 많고 세를 받고 빌려주는 책도 많아 각처에 없는 집이 없으니 평생을 보아도 다 못 볼 것이오.

그 책을 나도 여간 보았지만 좋은 종이에 주옥같은 글씨로 혹 이삼 권 혹 수십여 권 되는 것이 많고 백 권 내외 되는 것도 있으니, 그 자본은 적으며 그 세월은 얼마나 허비하였겠소? 백해무익한 그 책을 값을 주고 사며 세를 주고 얻어 보니 그 돈은 헛돈이 아니오? 국문 폐단은 그러하지만 지금 금운 씨의 말과 같이 한문을 전폐하고 국문만 쓴다면 괴악망측한 소설이 제자백가諸子百家 춘추 전국 시대의 여러 학파를 통틀어 이르는 말가 되겠소? 나도 항상 말하기를 자국 정신을 보존하려면 국문을 써야 되겠다 하지마는 그 방법은 졸지에 계획할 수 없습니다.

가령 남의 큰 집에 들었다가 그 집이 본래 남의 집이라 믿음성이 없다 하고 떠나 내 집을 지으려면, 한편으로 차차 재목을 준비하고 목수 석수를 불러 시역始役 토목이나 건축 따위의 공사를 시작함할 때 먼저 배산임수 좋은 곳에 터를 닦아 모월 모일 모시에 입주하고, 일대 문장에게 상량문上樑文 상량식을 할 때에 축복하는 글을 받아 수십 척 들보를 높이 얹고 정당 몇 간, 침실 몇 간, 행랑 몇 간을 예산대로 세워 방과 다락 조밀하고 도배장판도 꼼꼼히 해야 하오. 그런데 우리나라 효자, 열녀의 좋은 말씀을 명필로 기록하여 여기저기 붙이고, 나도 내 집 사랑한다는 대자 현판을 정당에 높이 단 연후 세간을 옮겨다가 쌓을 데 쌓고 놓을 데 놓아 부지깽이 한 개라도 빠짐이 없어야 이사한 해가 없는 것이니, 만일 옛집을 남의 집이라 하여 졸지에 몸만 나오든지 세간을 한데 내어놓든지 하면 어디로 가자는 말이오?

우리나라 국문은 좋은 글이나 손보지 않은 재목과 같으니, 만일 한문을 버리고 국문만 쓰려면 한문에 있는 천만사와 천만법을 국문으로 번역하여 빠지거나 실수한 것이 없은 연후에 서서히 해야 하오. 그렇게 한문을 폐하여 중국 사람을 돌려주든지 우리가 휴지로 쓰든지 하면 그제야 국문을 가히 글이라 할 것이니, 이 일을 예산한즉 오십 년가량은 지나야 성공하겠소.

만일 졸지에 한문을 없앤다면 남의 집이라고 몸만 나오는 것과 무엇이 다르오? 남의 집은 주인이 있어 혹 내어놓으라고 독촉도 하려니와 한문이야 누가 내어놓으라는 말이 있소? 서서히 형편을 보아 폐지함이 좋을 것이오. 국문만 쓴다 해도 옛날 보던 『춘향전』이니 『홍길동전』이니 『심청전』이니 그 외에 여러 가지 음담패설을 다 엄금하여야 국문에 영향이 정대하고 광명하지, 그렇지 못하면 수천 년 숭상하던 한문만 잃어버릴 것이오. 이렇게 내 말대로 한다면 정대한 국문만 쓴다 해도 누가 편리치 않다 하겠소?

가령 한문의 부자 군신이 국문의 부자 군신과 경중이 있소? 국문의 백 냥 천 냥이 한문의 백 냥 천 냥과 다소가 있소? 국문으로 패독산敗毒散 감기와 몸살을 다스리는 약 방문을 내어도 매일반이요, 국문으로 삼해주三亥酒 우리나라 전통주의 한 종류 방법을 빙거憑據 사실을 증명할 증거를 댐하여도 취하기는 한 모양이오. 국문으로 욕설하면 시비를 않겠소? 한문으로 칭찬하면 더 좋아하겠소? 국문의 호랑이도 무섭고, 국문의 원앙새도 어여쁠 것이오.

문부 관리들 참 딱한 것이, 국문은 쓰든지 안 쓰든지 그 잡담 소설이나 금하였으면 좋겠소. 그것 발매하는 자들은 투전 장사나 다름없으니, 투전은 재물이나 상하겠지만 음담 소설은 정신조차 버리오. 문부 관리들 참으로 답답하오. 청년 남녀의 정신 잃는 것을 어찌 차마 앉아 보기만 한다는 것이오. 학무국學務局 대한 제국 때에, 각 학교와 외국 유학생에 관한 일을 맡아보던 관청은 무슨 일들을 하며, 편집국은 무슨 일들 하는지, 저러한 관리를 믿다가는 배꼽에 노송나무가 나겠소. 우리 여자 사회가 단체하여 문부 관리에게 질문 한번 하여 봅시다."

"여보, 사회단체가 그리 용이하오? 우리나라 백 년 이하 각항 단체를 내 대강 말하오리다. 관인 사회는 말할 것이 없거니와 종교 사회로 말하더라도 물론 어느 나라라고 종교 없이 살겠소? 야만 부락의 코끼리에게 절하는 것과, 태양에게 비는 것과, 불과 물을 위하는 것을 웃기는 웃거니와, 그 진리를 연구하면 그렇다 해도 괴이할 것은 없소. 만일 다수한 국민이 겁내는 것도 없고 의지할 곳도 없고 존칭할 것도 없으면 어찌 국민의 질서가 있겠소? 약육강식하는 금수 세계만도 못할 것이오.

그런고로 태서泰西 서양을 예스럽게 이르는 말 정치가에서 남의 나라의 강약 허실을 살피려면 먼저 그 나라 종교 성질을 본다 하니 그 말이 유리하오. 만일 종교에 의지할 바 없으면 비록 인물이 번성하고 토지가 강대한 나라로 군부에 대포가 가득하고 탁지에 금전이 가득하고 공부에 기재가 가득할지라도 수백 년 전 남미 인종과 다름없을 것이오.

동서양 종교 수효와 범위를 말씀하건대 회교·희랍교·토숙탄교·천주교·기독교·석가교와 그 외에 여러 교가 각각 범위를 넓혀 세계에 세력을 확장

우리 대한의 정계가 부패한 것은 학문이 없기 때문입니다. 우리 여자도 학문이 없어 기천 년 금수 대우를 받았으니, 우리 여자들에게도 제일 급한 것이 학문입니다.

우리나라 교육을 제대로 하려면 중국 글을 폐지할 필요가 있소.

국문 폐단은 그러하지만 지금 금운 씨의 말과 같이 한문을 전폐하고 국문만 쓴다면 괴악망측한 소설이 제자백가가 되겠소?

🖐 소설 한 장면   전개   네 여인이 돌아가면서 여권 신장, 애국정신에 대해 의견을 제시함

하고 있소. 그리하여 저 교는 그르다, 이 교는 옳다 하여 경쟁하는 세력이 대포 장창보다 맹렬하니, 그중에 망하는 나라도 많고 흥하는 사람 많소.

우리 동양 제일 종교는 세계의 유일무이하고 대성 지성하신 공부자 아니시오? 그 말씀에 정대한 부자·군신·부부·형제·붕우에 일용상행하는 일을 의론하사 사람으로 하여금 사람 되는 도리를 가르치시지요. 하여 그 성덕이 거룩하시고 융성하시며 향념하시는 마음이 일광과 같아 귀천남녀 없이 다 비추이건마는, 우리나라는 범위를 좁혀서 남자만 종교를 알지 여자는 모르고, 귀인만 종교를 알지 천인은 모르오. 대성선^{大成殿}에 제관 싸움이나 하고 시골 향교에 재임^{齋任 성균관이나 향교에서 먹고 자고 하던 유생으로서 그 안의 일을 맡아보던 임원}이나 팔아먹고 상사람들은 향교 추렴이나 물으니 공자님의 도하는 것이 무엇이오?

도포나 입고 상투나 틀고 꿇어앉아서 마음이 어떠한 것이라, 성품이 어떠한 것이라 하며 진리는 모르고 주워들은 풍월을 지껄이면서 이만하면 수신제가도 자족하지, 치국평천하도 자족하지, 세상이 한심하여 나 같은 도학군자를 쓰지를 않지, 백 가지로 개탄만 하오. 혹 세도재상에게 소개하여 좨주^{祭酒 조선 때 성균관의 한 벼슬} 찬선으로 초선^{抄選 의정대신과 이조 당상이 모여서 경연관이나 특정 벼슬의 적임자를 뽑던 일}이나 되면 공자님이 당시의 자기인 줄 알고 천하대세도 모르고 척양^{斥洋}합시다, 척외^{斥外}합시다, 눈치를 보아 가며 한두 번 명예를 얻어 시골 선배의 칭찬이나 듣는 것이 대욕소관^{大慾所關 큰 욕심과 관계되는 바가 있음}이지요.

옛적 정자산의 외교 수단을 공자님도 칭찬하셨으니 공자님은 척화를 모르시오. 척화도 형편대로 하는 것이지 붓끝으로만 척화 척화 하면 척화가 되오? 또 고상하다 자칭하는 자는 당초 사직으로 장기를 삼아 나라가 내게 무슨 상관있나? 백성이 내게 무슨 이득이 있나? 독선기신^{獨善其身 남을 돌보지 아니하고 자기 한 몸의 처신만을 온전하게 함}이 제일이지, 하는 것이오. 혹 총명한 사람이 각국 문명을 흠모하여 정치가 어떠하다, 법률이 어떠하다, 교육이 어떠하다, 말을 하게 되면 자세히 듣지는 아니하고 고담준론으로 아무 집 자식도 버렸다, 그 조상도 불쌍하다 하며 아무개와 상종을 말라, 그 말을 들으려면 내 눈앞에 보이지 말라 하니, 우리 이천만 인이 다 그 사람의 제자 되면 나라꼴은 잘되겠지요.

그만도 못한 시골고라리^{어리석은 시골 사람을 얕잡아 일컫는 말} 사회는 더구나 장관이지요. 공자님 성씨가 누구신지, 휘자^{諱字 돌아가신 높은 어른의 생존했을 때의 이름}가 무엇인지 알지도 못하는 인류들이 향교와 서원은 자기들의 밥자리로 알고 있소. 사돈 여보게 출표하러 가세, 생질甥姪 누이의 아들 너도 술 먹으러 오너라, 돼지나 잡았는지 개장국도 꽤 먹겠네, 수복아 추렴 통문 놓아라, 고직아 별하기 닭아라, 저마다 야단이오. 아무가 문필은 똑똑하지마는 지체가 나빠 봉향가음 못 되지, 아무는 무식하지마는 세력을 생각하면 대축大祝이야 갈 데 있나, 명륜당明倫堂이 견고하여 술주정 좀 하여도 무너질 바 없지, 교궁校宮 각 지방에 있는 문묘은 이렇게 위하여야 종교를 밝히지, 말들도 많소. 아무 골 향교에는 학교를 설시設施 도구, 기계, 장치 따위를 베풀어 설비함. 또는 그런 설비하였다 하고, 아무 골 향교 전답을 학교에 붙였다 하니, 그 골에는 사람의 새끼 같은 것이 하나 없어 그러한 변이 어디 또 있나? 아무 골 향족이 명륜당에 앉았다니 그 마룻장은 대패질을 하여라, 아무 집 일명이 색장色掌 성균관 유생 자치회의 간부을 붙였다니 그 재판을 수세미질이나 하여라, 하여 종교라는 종 자는 무슨 종 자며 교 자는 무슨 교 자인지 착착 접어 먼지 속에 파묻고, 싸우나니 양반이요 다투나니 재물이오. 이것이 우리 신성하신 대종교라 하오. 한심하고 통곡할 만도 하오. 종교가 이렇듯 부패하니 국세가 어찌 강성하겠소?

　학교와 서원 성질을 말하리다. 서원은 소학교 자격이요, 향교는 중학교 자격이요, 태학은 대학교 자격이라. 서원은 선현 화상을 봉안하여 소학동자로 하여금 자국 인물을 기념케 함이요, 향교에는 대성인 위패를 봉안하여 중학 학생으로 하여금 종교를 경앙敬仰 존경해 우러러 봄케 함이요, 태학에는 예악 문물을 더 융성히 하여 태학 학생으로 하여금 종교 사상이 더욱 견고케 함이니, 어찌 다만 제사만 소중하다 하여 사당집과 일반으로 돌려보내리오? 교육을 주장하는 고로 향교와 서원을 당초에 설시하였고, 종교를 귀중히 하는 고로 대성인과 명현을 뫼셨고, 성현을 뫼신 고로 제례를 행하는 것이오. 그리하여 교육과 종교는 주체가 되고 제사는 객체가 되거늘, 근래는 주체는 없어지고 객체만 숭상하니 어찌 열성조列聖朝 여러 대의 임금의 시대의 설시 하신 본의라 하리요?

　제사만 위한다 할진대 태묘太廟 종묘도 한 곳뿐이거늘, 아무리 성인을 존봉尊奉 존경해 높이 받듦할지라도 어찌 삼백육십여 군의 골골마다 향화香火 향불, 제사를 받들리까? 저 무식한 자들이 교육과 종교는 버리고 제사만 중히 여긴다 한들 성현의 마음이 어찌 편안하시리까?

　종교에야 어찌 귀천과 남녀가 다르겠소? 지금이라도 종교를 위하려면 성경현전 聖經賢傳 성현들이 지은 여러 가지 책 을 알아보기 쉽도록 국문으로 번역하여 거리 거리 연설하고, 성묘와 서원에 무애희 농용하며, 가령 제사로 말할지라도 귀인은 귀인 예복으로 참사하고, 천인은 천인 의관으로 참사하고, 여자는 여자 의복으로 참사하여, 너도 공자님 제자, 나도 공자님 제자 되기 일반이라 하면 종교 범위도 넓고 사회단체도 굳으리다. 또 사회의 폐습을 말하자면 확실한 단체는 못 보겠습디. 상업 사회는 에누리 사회요, 공장 사회는 날림 사회요, 농업 사회는 야매 사회라, 하나도 진실하고 기묘하여 외국 문명을 당할 것은 없으니 무슨 단체가 되겠소? 근래 신교육 사회는 구교육 사회보다는 낫다 하나 다 거기서 거기요.

관공립은 화육 학교라 실상은 없고 문구뿐이요, 각처 사립은 단명 학교라 기본이 없어 돌아가며 폐지할 뿐이오. 아무 학교든지 그중에 열심히 한다는 교장이니 찬성장이니 하는 임원더러 묻되, 이 학교에 제갈량과 이순신과 비사맥과 격란사돈 글래드스턴. 1809~1898. 영국의 정치가 같은 인재를 교육하여 일후의 국가 대사를 경륜하려오. 하면 열에 한둘도 없소. 또 묻기를 이 학교에 인재 성취는 이다음 일이고 교육 사회에 명예나 취하려 하오. 하면 열에 칠팔이 더 되니, 그 성의가 그러하고야 어찌 장구히 유지하겠소? 교원 강사도 한가하고 느긋하게 학교 출입을 아니하고 시간을 지키어 왕래한다니 그 열심은 거룩하오만, 그것이 공익을 위함인지, 명예를 위함인지, 월급을 위함인지 의심스럽소. 명예도 아니요, 월급도 아니요, 실로 공익만 위한다 하는 자는 몇이나 되겠소?

공사 관립하고 여러 학생에게 묻되, 학문을 힘써 일후에 벼슬살이나 일신 쾌락을 희망하느냐 국가에 몸을 바치는 정신 얻기를 주의하느냐 하면 대중소 학교 몇만 명 학도 중에 국가 정신이라고 대답하는 자 몇몇이나 되겠소?

또 여자 교육회니 여학교니 하는 것도 권리 없고 자본 없는 부인에게만 맡겨 두니 어찌 흥왕하리요? 아무 사회나 이익만 위하고, 좀 낫다는 자는 명예만 위하니, 진실한 성심으로 나라를 위하여 이것을 한다든가 백성을 위하여 이것을 한다는 자 역시 몇이나 되겠소?

이렇게 교육 교육 할지라도 십 년 이십 년에 영향을 알리니 그중에도 몇 사람이야 열심 있고 성의 있어 시사를 통곡할 자가 있겠지만 단체 효력을 오히려 못 보거든, 하물며 우리 여자에게 무슨 단체가 조직되겠소? 아직 가정 여러 자녀를 잘 가르치고 정분 있는 여자들에게 서로 권고하여 십 인이 모이고 이십 인이 모여 차차 단정히 설립하여야 사회든지 교육이든지 하여 보지, 졸지에 몇백 명, 몇천 명을 모아도 실효가 없어 일상 남자 사회만 못하리라.”

“그러하오만 세상일이 어찌 아무것도 하지 않고 앉아서 기다리기만 하리까? 여보, 우리 여자 몇몇이 지껄이는 것이 풀벌레 같을지라도 몇 사람이 주창하고 몇 사람이 권고하면 아니 될 일이 어디 있소? 석 달 장마에 한 점 볕이 갤 장본張本 어떤 일이 크게 벌어지게 되는 근원이요, 몇 달 가물에 한 조각구름이 비 올 장본이니, 우리 몇 사람의 말로 천만 인 사회가 될지 누가 알겠소?

청국 명사 양계초梁啓超 량치차오 씨가 말씀하였으되, 사람이 일을 하려면 이기려다가 패함도 있거니와 패할까 염려하여 애당초 하지 않으면 이는 처음부터 패한 사람이라 하니, 오늘 시작하여 내일 성공할 일이 우리 팔자에 왜 있겠소? 그러나 우리가 우쭐거려야 우리 자식 손자들이나 행복을 누리지요. 우리나라 사람을 부패하다, 무식하다 조롱만 한다고 똑똑하고 눈치 빠른 남의 나라 사람이 우리에게 소용 있겠소?

우리나라 삼백 년 이전이야 어떠한 정치며 어떠한 문물이오? 일본이 지금 아무리 문명하다 하여도 범백凡百 갖가지의 모든 것 제도를 우리나라에서 많이 배워 갔소. 그 나라 국문도 우리나라 왕인王仁 백제 근초고왕 때의 학자 씨가 지은 것이니, 근일 우리나라가 부패하지 않은 것은 아니나 단군 기자 이후로 수천 년 이래에 어떠한 민족이오?

철학가 말에, 편안한 것이 위태한 근본이라 하니, 우리나라 사람이 기백 년 편안하였으니 한 번 위태한 일이 어찌 없겠소? 또 말하였으되, 무식은 유식의 근원이라 하였으니 우리나라 사람이 오래 무식하였으니 한번 유식하지 아니할 이유가 어디 있겠소?

가령 남의 집에 가 보고 그 집 사람들은 음식도 잘하더라, 의복도 잘하더라, 내 집에서는 의복 음식 솜씨가 저러하지 못하니 무엇에 쓸꼬 하면서 가속을 박대하면 남의 좋은 의복 음식이 내게 무슨 상관 있겠소? 차라리 저 음식은 어떠하니 좋지 아니하다, 이 의복은 어떠하니 좋지 아니하다 하여 제도를 자세히 가르쳐서 남의 것과 같이하는 것만 못하니, 부질없이 내 집 안사람만 불만스러워하면 기도가 바로잡힐 리가 있으리까?

소학에 가로되, 좋은 사람이 없다 함은 덕 있는 말이 아니라 하였으니, 내

나라 사람을 무식하다고 능멸하여 권고 한마디 없으면 유식하신 매경 씨만 홀로 살으시려오? 열심을 잃지 말고 어서어서 잡지도 발간하고 교과서도 지어서 우리 일천만 여자 동포에게 돌립시다.

우리 여자의 마음이 이러하면 남자도 응당 귀가 있겠지. 십 년 이십 년을 멀다 마오. 산림山林 벼슬하지 않은 숨은 선비 어른이 연설꾼 아니 될지 누가 알며, 향교 재임이 체조 교사 아니 될지 누가 알겠소?

지금은 범백 권리가 다 남자에게 있다 하나 영원한 권리는 우리 여자가 차지합시다. 매경 씨 말씀에, 자녀를 교육하자 함이 진리를 아시는 일이오. 우리 여자만 합심하고 자녀를 잘 교육하면 제 이세의 문명은 우리 사업이라 할 수 있소.

자식 기르는 방법을 대강 말하오리다. 자식을 낳은 후에 가르칠 뿐 아니라 태 속에서부터 가르친다 하였소. 『예기』에 태육법을 자세히 말하였으되, 부인이 잉태하면 돗자리가 바르지 않거든 앉지 아니하며, 벤 것이 바르지 않거든 먹지 말라 하였소. 이는 그 앉는 돗, 먹는 음식이 탯덩이에 무슨 상관이 있겠소마는 바른 도리로만 행하여 마음에 잊지 말라 하는 것이오. 의원의 말에도 자식 밴 부인에게 잡것을 먹지 말라 하고, 음식의 차고 더운 것을 평균케 하고, 배를 항상 덥게 하고, 해산달이 되거든 약간 노동하여야 순산한다 하였소.

배 속에서도 이렇게 조심하거든 나온 후에야 어찌 범연히 양육하오리까? 제가 비록 지각이 없을 때라도 어찌 그 앞에서 터럭만치 그른 일을 행하겠소? 밥 먹는 법, 잠자는 법, 말하는 법, 걸음 걷는 법 일동 일정을 가르치되, 속이지 아니함을 가르쳐 정대한 성품을 양육한다면 대인군자가 어찌하여 되지 못하리까?

맹자님 모친께서 맹자님 기르실 때에, 마침 동편 이웃집에서 돼지를 잡는 것을 보고 맹자께서 물으셨소. 저 돼지는 어찌하여 잡습니까? 맹모가 장난으로 '너를 먹이려고 잡는다.' 하셨는데, 즉시 후회하시고는 어린아이에게 속이는 법을 가르쳤다며 곧 그 고기를 사다가 먹이신 일이 있지요. 또 산 밑에서 사실 때 맹자가 점점 장난이 심해져 상두꾼상여꾼 흉내를 내시니, 맹모가 '이곳이 아이 기를 곳이 못 된다.' 하시고 저자 근처로 이사를 하였지요. 그런데 맹자께서 또 물건 매매하는 흉내를 내시니 맹모가 또 집을 떠나 학궁學宮 성균관 곁에 거하셨소. 그제야 맹자는 예절 있는 흉내를 내시는지라

맹모가 '이는 참 자식 기를 곳이라.' 하시고는 맹자를 가르쳐 만세 아성이 되도록 하셨소. 한 아들을 가르쳐 억조창생에게 무궁한 도학이 있게 하시니 교육이란 것이 어떠하오? 만일 맹자께서 상두나 메시고 물건이나 팔러 다니셨다면 오늘날 맹자님을 누가 알겠소?

『비유요지』라 하는 책에서 말한 것도 있소. 서양에 한 부인이 그 아들을 잘 교육하여 장성하게 한 후, 아들이 나가게 되었지요. 그 부인이 아들에게 부탁하되, '너는 어디 가든지 남을 속이지 아니하기로 공부하라.' 하였소. 그 아들이 대답하고 지화 몇백 원을 옷깃 속에 넣고 가다가 중로^{中路 오가는 길의 중간}에서 도적을 만났는데, 그 도적이 '너는 무슨 업을 하며 무슨 물건을 몸에 지녔느냐.' 묻는 것이었소. 그 아들이 '나는 장사하는 사람이니 지화 몇백 원이 옷깃 속에 있노라.' 대답하길래, 도적이 그 정직함을 괴히 여겨 뒤져 보니 과연 그 돈이 있는 것이오. 도적이 당초에 깊이 감추고 숨기지 않은 이유를 물으니 아들이 대답하였지요. '내 모친이 남을 속이지 말라 경계하셨으니 어찌 재물을 위하여 친교를 어기리요.' 이 말에 도적들이 탄복하여 '너는 효성 있는 사람이라. 우리 같은 자는 어찌 인류라 하리요.' 하였다 하오. 그러고는 그 지화를 다시 옷깃에 넣어 주고 그 후로는 다시 도적질도 아니하였다 하였소.

그 부인이 자기 아들을 잘 교육하여 남의 자식까지 도적의 행위를 끊게 하니, 교육이라는 것이 어떠하오? 송나라 구양수^{歐陽修} 씨도 과부의 아들로 자랄 때 집이 심히 가난하여 서책과 필묵이 없었지만, 그 모친이 갈대로 땅을 그어 글을 가르쳐 만고 문장이 되었소. 우리나라 퇴계 이 선생도 어릴 때 그 모친이 말씀하되 '내 일찍 과부 되어 너희 형제만 있으니 공부를 잘하라. 세상 사람이 과부의 자식은 사귀지 아니한다니 너희는 그 근심을 면하게 하라.' 하였고, 평상시에 무슨 물건을 보면 이치를 가르치며 아무 일이든 당하면 사리를 분석하여 순순히 교훈하여 동방 공자가 되셨으니, 교육이라는 것이 어떠하오?

예로부터 교육은 어머니께 받는 일이 많으니 우리도 자식을 그런 성력^{誠力 정성과 힘}과 그런 방법으로 교육하였으면 그 영향이 어떠하겠소? 우리 여자 사회에 큰 사업이 이에서 더한 일이 있겠소? 여러분 여자들, 지금 남자와 지금 여자를 조롱 말고 이다음 남자와 이다음 여자나 교육 좀 잘하여 봅시다."

"그 말씀 대단히 좋소. 자식 기르는 법과 가르치는 보람을 많이 말씀하셨으나, 자식 사랑하는 이유가 미진하므로 여러분에게 그 진리를 말씀하오리다.

세상 사람들이 자식을 사랑한다 하나 실상은 자기 일신을 사랑함이오. 자식을 낳고 좋아하는 마음을 보면 필경은 '저 자식이 있으니 내 몸이 의탁할 곳이 있으며, 내 자식이 자라니 내 몸 봉양할 자가 있도다.' 하는 것이오. 또 자식이 병이 들면 근심하고 불행해지는 것을 설위하는 마음을 궁구하면 필경은 '내 자식이 병들었으니 누가 나를 봉양하며, 내 자식이 없으니 내가 누구를 의탁하리오.' 하는 것이오. 그 마음이 하나도 자식을 위하는 자가 없고 국가를 위하는 자가 없으니 사람마다 자식 자식 하여도 진리는 실상 모릅디다.

자식의 효도를 받는 것이 어찌 내 몸만 잘 봉양하면 효도라 하겠소? 증자 말씀에 '인군을 잘못 섬겨도 효가 아니요, 전장에 용맹이 없어도 효가 아니라.' 하셨으니, 이 말씀을 생각하면 자식이라는 것이 내 몸만 위하여 난 것이 아니요, 실로 나라를 위하여 생긴 것이니 자식을 공물公物 국가 기관이나 공공 단체에 속하는 물건이라 하여도 합당하오.

혹 모르는 사람은 이 말을 들으면 필경 크게 놀라 말하되, '실로 그러할진대 누가 자식 있다고 좋아하며 자식 없다고 설위하리오?' 할지도 모르오. 청국 강남해 말에 '대동 세계에는 자식 못 낳은 여자는 벌이 있다.' 하더니, 과연 벌하기 전에야 생산하려는 자가 있겠소? 혹 생산하더라도 내 몸은 봉양하여 주지 않고 국가만 위하여 교육을 받으라 하겠소? 이러한 말이 널리 들리면 윤리상에 대단히 불행하겠다 하여 중언부언할 터이지만, 지금 내 말이 윤리상의 불행함이 아니라 매우 다행하오이다.

자식을 공물로 인정하더라도 그렇지 않은 까닭이 있으니, 가령 우마를 공물이라 하면 농업가와 상업가에서 우마를 부리지 아니하리까? '저 집에 우마가 있으면 내 집에 없어도 관계가 없다.'고 사람마다 마음이 그러하면 우마가 이미 절종되었을 터이나, 비록 공물이라도 우마가 있어야 농업과 상업에 낭패가 없으니 자식이 공물이더라도 어찌 귀히 여기지 아니하리요? 기왕 자식이 있는 이상에는 공물이라고 교육을 하지 않다가는 참말 윤리에 불행한 일이오.

가령 어부가 동무와 함께 고기를 잡되 남의 그물에 걸린 것이 내 그물에 걸린 것만 못하다 하니, 국가 대사업을 바라는 마음은 같으나 어찌 남의 자식 성취한 것이 내 자식 성취한 것만 하오리까? 그러한즉 불가불 자식을 교육할 것이요, 자식이 나서 나라의 사업을 성취하고 국민에 이익을 끼치면 그 부모는 어찌 영광이 없으리까?

옛날 사파달이라는 땅에 한 노파가 여덟 아들을 낳아서 교육을 잘 시켰는데, 여덟이 다 전장에 나갔다가 죽었다는 것이오. 노파가 살아 돌아오는 사람더러 '이번 전장에 승부가 어떠한고?' 물었더니 그 사람이 '전쟁은 이기었으나 노인의 여러 아들은 다 불행하였나이다.' 대답하는 것이었소. 그런데 노파는 즉시 일어나 춤을 추며 노래를 부르는 것이었소. '사파달아, 사파달아, 내 너를 위하여 아들 여덟을 낳았도다.' 하고는 슬퍼하는 빛이 없으니, 그 노파가 참 자식을 공물로 인정하는 사람이라, 생산도 잘하고 교육도 잘하고 영광도 대단하였던 것이외다.

우리나라 사람들이 자식의 진리를 몇이나 알겠소? 제일 가관인 것은, 본처에 자식이 없으면 첩의 소생이 비록 문장은 이태백이요, 풍채는 두목지요, 사업은 비사맥이라도 서자庶子라 하여 버려두고, 정도 없고 눈에도 서투른 남의 자식을 양자로 데려다 아들이라 하는 것이 무슨 일이오?

성인의 법제가 어찌 그같이 인정 없고 각박할 이유가 있으리까? 적서嫡庶라는 말씀은 있으나 그래, 적서와는 대단히 다르오. 본처의 소생이라도 장자 다음에는 다 서자라 하거늘, 우리나라는 남의 본처 소생을 서자라 하면 대단히 뛰겠소. 양자법으로 말할지라도 적서에 자녀가 하나도 없어야 양자를 하거늘, 서자라 버리고 남의 자식을 데려다 아들이라 키우니 하나도 성인의 법제는 아니오. 자식을 부모가 이같이 대우하니 어찌 세상에서 대우를 받겠소?

그 서자이니 얼자이니 하는 사람들 가운데 영웅이 몇몇이며, 문장이 몇몇이며, 도덕군자가 몇몇인지 누가 알겠소? 그 사람도 원통하거니와 나랏일이야 더구나 말할 것이 있소? 남의 나라 사람도 고문이니 보좌니 쓰는 법도 있거든 우리나라 사람에 무엇을 그리 많이 고르는지 모르겠소. 이성호李星湖는 적서 등분을 혁파하자, 서북 사람을 통용하자 하여 열심히 의논하였고, 조은당의 부인 김씨는 자제를 경계하되 '너희가 서모를 경대敬待하지 아니하니 어찌 인사라 하리요?' 하였고. 아비의 계집은 다 어머니라 하셨나니 이 두 말씀이 몇백 년 전에 주창하였으니 그 아니 고명하오?

또 남의 후취로 들어가서 전취 소생에게 험히 구는 자 있으니 그것은 무슨 지각이오? 아무리 나의 소생은 아니나 남편의 자식은 분명하니 양자보다야 매우 절실하오. 사람의 전조모와 후조모라 하여 자손의 마음에 후박 두텁게 구는 일과 박하게 구는 일 이 있으리까? 그렇건마는 몰지각한 후취 부인들은 내 속으로 낳지 않으면 내 자식이 아니라 하여 동네 아이만도 못하고 종의 자식만도 못하게 대우하니 어찌 그리 박정하고 무식하오? 아무리 원수 같은 자식이라도 내 몸이 늙어지면 소생 자식 열보다 나으며, 그 손자로 말할지라도 큰자식의 손자가 소생 손자 열보다 낮지 아니하오?

원수같이 알고 도척같이 알던 그 자식 그 손자가 일후에 만반진수滿盤珍羞 상 위에 가득히 차린 귀하고 맛있는 음식 를 차려 놓고, 유세차 효자모 효손모는 감소고우 현비 현조비 모봉 모씨라 하면 아마 혼령이라도 무안하겠지요. 또 자식을 기왕 공물로 인정한다면 내 소생만 공물이요, 전취 소생은 공물이 아니겠소? 아무리 전취 자식이라도 잘 교육하여 국가의 대사업을 성취하면 그 영광이 아마 못생긴 소생 자식보다 얼마쯤 더 될 것이니, 이 말씀을 우리 여자 사회에 공포하여 그 소위 서자이니 전취 자식이니 하는 악습을 다 개량하여 윤리상 영원한 행복을 누리게 합시다.”

“자식의 진리를 자세히 말씀하셨으나 그 범위는 대단히 넓다고는 못 하겠소. 기왕 자식을 공물이라 말씀하셨으면 공물이 많아야 좋겠소, 공물이 적어야 좋겠소? 공물이 많아야 좋다고 한다면 어찌 서자이니 전취 소생이니 그것만 공물이라 하겠소.

비록 종의 자식이나 거지의 자식이라도 우리나라 공물임은 마찬가지거늘, 소위 양반이니 중인이니 상놈이니 서울이니 시골이니 하여 서로 보기를 타국 사람같이 하니 단체가 성립할 날이 어찌 있겠소? 또 서북으로 말할지라도 몇백 년을 나라 땅에 생장하기는 마찬가지인데 그 사람 중에 재상이 있겠소, 도학군자가 있겠소? 천향賤鄕 풍속이 비천한 시골 이라 하여도 그러하니, 그 사람들 중에 진개眞箇 재상 재목과 도학군자 자격이 없는 것이 아니라, 재상의 교육과 군자의 학문이 없음이오. 그런데 몇백 년 좋은 공물을 다 버리고 쓰지 아니하였으니 어찌 나라가 왕성하오리까?

이성호 말씀에, ‘반상을 타파하자, 서북을 통용하자.’ 하여 수천 마디 말을 반복 의논하였으나 아무 소용이 없었으니 어찌 한심치 아니하겠소? 평안도의 심의 도사 오세양 씨는 그 학문이 우리 동방에 드문 군자라 그 학설과 이설이 대단히 발표하였건마는 서원도 없고 문집도 없이 초목과 같이 썩어진 일이 그 아니 원통하오.

그 정책은 다름 아니라 서북은 인재가 배출하니 기호^{畿湖} 경기도와 충청도와 같이 교육하면 사환^{벼슬아치} 권리를 다 빼앗긴다 하니 그러한 좁은 말이 어디 있겠소? 사환이라는 것은 백성을 대표한 자인즉 백성의 지식이 고등한 자라야 참여하나니, 아무쪼록 내 지식을 넓혀서 할 것이지 남의 지식을 막고 나만 못하도록 하면 어찌 천도가 무심하오리까?

철학 박사의 말에, '차라리 대대로 제 나라 민족의 노예가 될지언정 타국 정부의 보호는 받지 않는다.' 하였으니, 그 말을 생각하면 이왕의 일이 대단히 잘못되었소.

또 반상으로 말할지라도 그렇게 심한 일이 어디 있겠소? 어찌하다가 한 번 상놈이라 패호^{牌號 남들이 붙여 부르는 좋지 못한 별명}가 붙으면 비록 영웅 열사가 있을지라도 자자손손이 상놈이라 하대하니 그 같은 악한 풍속이 어디 있으리까? 그러나 한번 상사람 된 자는 도저히 인재 나기가 어려우니, 가령 서울 사람이라 해도 그 실상은 태반이나 내 시골에서 태어나 자랐으니 시골 풍속으로 잠깐 말하리다. 그 부모 된 자들이 자식의 나이 칠팔 세만 되면 나무를 하여라, 꼴을 베어라 하여, 초등 교과가 꼬부랑 호미와 낫이요, 중등 교과가 가래와 쇠스랑이요, 대학 교과가 밭 갈기 논 갈기요, 외교 수단이 소 장사 등짐꾼^{'등짐장수'의 방언}이니, 비록 금옥 같은 바탕이 있을지라도 어찌 저절로 영웅이 되겠소? 결단코 그중에 주정꾼과 노름꾼의 무수한 협잡배들이 당초에 교육을 받았으면 영웅도 되고 호걸도 되었으리라 생각하오.

혹 그 부모가 소견이 바늘구멍만 해 자식을 동네 생원님 하꼬방에 보내면 그 선생이 처지를 따라 가르치되, '너는 시부표책^{詩賦表策}하여 무엇하느냐, 『전등 신화^{중국 전기체 형식의 소설집}』나 읽어서 아전^{관청의 벼슬아치 밑에서 일을 보던 사람}질이나 하여라.' 하니, 그런 참혹한 일이 어디 있겠소? 입학하던 날부터 장래 목적이 이뿐이요, 선생의 가르침이 이러하니 제갈량 비사맥 같은 바탕이 몇백만 명이라도 속절없이 전진할 가망이 없겠소. 이는 소위 양반의 죄뿐 아니라 자기가 공부를 우습게 보아서 그 지경에 빠진 것이오. 옛날 유명한 송귀봉과 서거정은 남의 집 종의 아들로 일대 도학가가 되었고, 정금남은 광주 관비의 아들로 크게 사업을 이루었으니, 남의 집 종과 외읍 관비보다 더 천한 상놈이 어디 있겠소마는 이 어른들을 누가 감히 존중치 아니하겠소?

그러나 무식한 자들이야 어찌 그러한 사적을 알겠소? 도무지 선지라 선각이라 하는 양반이 교육 아니한 죄가 대단하오. 물론 어느 나라나 상 중 하등 사회가 없는 것은 아니나, 국가 질서를 유지하려면 불가불 등급이 있어야 문란한 일이 없는 것이오. 그런데 우리나라 경장대신更張大臣들이 양반의 폐만 생각하고 양반의 공효功效 공을 들인 보람이나 효과는 생각지 못하여 졸지에 반상 등급을 벽파劈破 쪼개어 깨뜨림하라 하니 누가 상쾌치 아니하겠소마는, 국가 질서의 문란은 양반보다 더 심한 자 많으니 어찌 정치가의 수단이라고 인정하겠소?

시금 형편으로 보면 양반들은 명분 없는 세상에 무슨 일을 조심하리요? 그 행세가 전일 양반만도 못하고 상인들은 '요새 양반이 어디 있어. 비록 문장이 된들 무엇하며, 도학이 있은들 무엇하나.' 하여 혹 목불식정目不識丁 '丁' 자를 보고도 고무래임을 알지 못한다는 뜻으로, 아주 까막눈임을 비유한 말 하고 준준무식蠢蠢無識 굼뜨고 어리석어 아무것도 아는 것이 없음 한 금수 같은 유들이 제 집에서 제 형을 욕하며 제 부모에게 불효하오. 이를 동네 양반들이 말하면 팔뚝을 뽐내며 하는 말이, '시방 무슨 양반이 따로 있나? 내 자유권을 왜 상관이 있나? 내 자유권을 무슨 걱정이야?' 그러다가는 뺨을 칠라, 복장을 지를라 하면서 무수히 욕설을 하나 누가 감히 옳다 그르다 말하겠소?

종교가 부패하니 국세가 어찌 강성하겠소? 또 여자 교육회니 여학교니 하는 것도 권리 없고 자본 없는 부인에게만 맡겨 두니 어찌 흥왕하리요?

매경 씨 말씀에, 자녀를 교육하자 함이 진리를 아시는 일이오. 이다음 남자와 이다음 여자나 교육 좀 잘하여 봅시다.

그 말씀 대단히 좋소. 그러나 자식이라는 것이 내 몸만 위하여 난 것이 아니요, 실로 나라를 위하여 생긴 것이니 자식을 공물이라 하여도 합당하오.

◻ 소설 한 장면 　전개　 네 여인이 돌아가면서 여권 신장, 애국정신에 대해 의견을 제시함

갑오년 경장 대신의 정책이 웬 까닭이오? 양반은 양반대로 두고, 학교 하는 임원도 양반이며, 학도의 부형도 양반이며, 학도도 양반이라 하고, 학도의 자모도 학부인이라 내부인이라 반포하면 전국이 다 양반이 될 일을, 어찌하여 양반을 없이한다 하니 사천 년 전래하던 습관이 졸지에 잘 변하겠소? 나도 양반으로 말하면 친정이나 시집이나 삼한갑족三韓甲族 우리나라 대대로 문벌이 높은 집안이지만, 그것이 다 쓸데 있소? 우리도 자식을 공물이라 하면 그 소위 서북이니 반상이니 썩고 썩은 말을 다 그만두고 내 나라 청년이면 아무쪼록 교육하여 우리 어렵고 설운 일을 그 어깨에 맡깁시다.”

“어제는 융희 조선의 마지막 임금인 순종 때의 연호 이 년 제일 상원대보름날이니, 달도 그전과 같이 밝고, 오곡밥도 그전과 같이 달고, 각색 채소도 그전과 같이 맛나건마는 우리 심사는 왜 이리 불편하오?

어젯밤이 참 유명한 밤이오. 우리나라 풍속에 상원일 밤에 꿈을 잘 꾸면 그해 일 년에 벼슬하는 이는 벼슬을 잘하고, 농사하는 이는 농사를 잘하고, 장사하는 이는 장사를 잘한다 하니, 꿈이라는 것은 제 욕심대로 꾸어서 혹 일 년, 혹 수십 년이라도 필경은 아니 맞는 이유가 없소. 우리 한 노래로 긴 밤새우지 말고, 대한 융희 이 년 상원일에 크나 작으나 꿈꾼 것을 하나도 남김없이 이야기합시다.”

“그 말씀이 매우 좋소. 나는 어젯밤에 대한 제국 자주독립할 꿈을 꾸었소. 활멸사라 하는 사회가 있는데 그 사회 중에 두 당파가 있으니, 하나는 자활당이라 하였소. 그 주의인즉, 교육을 확장하고 상공을 연구하여 신공기를 흡수하며 부패 사상을 타파하여, 대포도 무섭지 않고 장창도 두렵지 않아 국가에 몸을 바치는 사업을 이루고자 하는 것이었소. 그 말에 외국 의뢰도 쓸데없고, 한두 개 영웅이 혹 국권을 만회하여도 쓸데없고, 오직 전국 남녀청년이 보통 지식이 있어서 자주권을 회복하여야 확실히 완전하다 하여,[1] 학교도 세우며 신서적도 발간하여 남이 미쳤다 하든지 못생겼다 하든지 자주권 회복하기에 골몰하나, 그 당파의 수효는 전 사회의 십분지 삼이오.

또 하나는 자멸당이라 하니 그 주의인즉, 우리나라가 이왕 이 지경에 빠

---

1) 국권을 되찾고자 하는 당대의 상황을 알 수 있다. 또한, 평범한 사람들도 모두 참여하여 국가를 운영하는 민주주의 사상이 반영되어 있다.

졌으니 제갈공명이 있으면 어찌하며, 격란사돈이 있으면 무엇하나? 십승지지 十勝之地 난리가 났을 때 피하기 좋다는 열 군데의 명승지 어디 있노, 피란이나 갈까 보다, 필경은 세상이 바로잡히면 그때에야 한림 조선 시대에, 예문관에서 사초 꾸미는 일을 맡아보던 정구품 벼슬을 예스럽게 이르는 말 직각 조선 때 규장각의 벼슬을 나 내놓고 누가 하나? 학교는 무엇이야, 우리 마음에는 십대 생원님으로 죽는대도 자식을 학교에는 보내고 싶지 않다. 소위 신학문이라는 것은 모두 천주학 天主學 예전에 '가톨릭교'를 달리 이르던 말 인데 우리네 자식이야 설마 그것이야 배우겠나?

또 물리학이니 화학이니 성치학이니 법률학이니, 다 무엇에 쓰는 것인가? 그것을 모를 때에는 세상이 태평하였네. 요사이 같은 세상일수록 어디 좋은 명당자리나 얻어서 부모의 백골을 잘 면례 緬禮 무덤을 옮겨서 장사를 다시 지냄 하였으면 자손이 발음 發蔭 조상의 묏자리를 잘 써서 그 음덕으로 운수가 열리고 복을 받는 일 이나 내릴는지, 우선 기도나 잘해야 망하기 전에 집안이나 평안하지, 전곡이 썩어지더라도 학교에 보조는 아니할 테야. 바로 도적놈을 주면 매나 안 맞지, 아무개는 제 집이 어렵다 하면서 학교에 명예 교사를 다닌다지. 남의 자식 가르치기에 어찌 그리 미쳤을까? 글을 읽어라, 수를 놓아라 하는 소리 참 가소롭데. 유식하면 검정 콩알이 안 들어가나? 운수를 어찌해? 아무것도 할 일 없지. 요대로 앉았다가 죽으면 죽고 살면 사는 것이 제일이라 하오. 그 당파의 수효는 십분지 칠이요, 그 회장은 국참정이라는 사람이니, 아무 학회 회장과 흡사하여 얼굴이 풍후 豊厚 살쪄서 덕스러움 하고 수염이 많고 성품이 순실하여 이 당파도 좋고 저 당파도 좋아 반박이 없이 가부취결 可否取決 회칙에 따라 안건의 옳고 그름을 결정함 만 물어서 흥하자 하면 흥하고 망하자 하면 망하여 회원의 다수만 점검하오. 그런데 소수한 자활당이 자멸당을 이기지 못하여 혹 권고도 하며, 혹 욕질도 하며, 혹 통곡도 하면서 분주 왕래하되, 몇 번 통상 회의니 특별 회의니 번번이 동의하다가 부결을 당한지라, 또 국회장에게 무수 애걸하여 마지막 가부회를 독립관에 개설하고 수만 명이 몰려가더이다. 그러니 소위 자멸당도 목석과 금수는 아니라, 자활당의 정대한 언론과 비창한 형용을 보고 서로 기뻐하며 자활주의로 전수가결 全數可決 회의에 모인 모든 사람이 찬성해 결정함 되니, 그 여러 회원들이 독립가를 부르고 춤을 추며 돌아오는 모습을 보았소."

"ㅡ깔깔 웃으며ㅡ 나는 어젯밤에 대한 제국이 개명할 꿈을 꾸었소. 전국 사람들이 모두 병이 들었다는데, 혹 반신불수도 있고 혹 수중다리 병으로 퉁퉁 부은 다리 도 있고 혹 내종병 한방에서 '내장에 생긴 종기'를 이르는 말 도 들고 혹 정충증 까닭 없이 가슴이 울렁거리고 불

^{안해지는 증세}도 있고 혹 체증·횟배와 귀먹고 눈멀고 벙어리까지 되어 여러 가지 병으로 집집이 앓는 소리요, 곳곳이 넘어지는 빛이라, 남녀노소를 막론하고 성한 사람은 하나도 없더이다. 마침 한 명의가 하는 말이, '이 병들을 급히 고치지 않으면 우리 삼천리강산이 빈터만 남을 테니 어찌 통곡할 일이 아니오? 내가 화제^{和劑 '약화제'의 준말. 한방에서 약을 짓기 위해 약재의 이름과 그 분량을 적은 종이} 한 장을 낼 것이니 제발 믿으시오.' 하였소. 그러고는 방문^{方文 '약방문'의 준말. 약의 이름과 분량을 적은 종이}을 써서 돌리니, 그 방문 이름은 청심환 골산이니 성경^{誠敬 정성을 다해 공경함}으로 위군^{임금을 섬김}하고, 정치·법률·경제·산술·물리·화학·농학·공학·상학·지리·역사 각 등분하여 극히 정묘하게 국문으로 법제하여 병세 쾌차하도록 아무 때나 약을 먹되, 병자의 증세를 보아 임시 가감도 하며 대기^{大忌 매우 꺼림}하기는 주색잡기·경박·퇴보·게으름 등이라.

이 방문을 사람마다 베껴다가 시험할 때, 그 약을 방문대로 잘 먹고 나면 병 낫기는 더 할 말이 없고 또 마음이 청상해지며^{맑고 상쾌해지며} 환골탈태^{換骨奪胎 얼굴이 전보다 아름다워지고 환하게 되어 딴사람처럼 됨}가 되는데 매미와 뱀과 같이 묵은 허물을 일제히 벗어 버립디다.

오륙 세 전 아이들은 당초에 벗을 것이 없으나 팔 세 이상 아이들은 가뭇가뭇한 종잇장 두께만 하고, 십오 세 이상 사람들은 검고 푸르러서 장판 두께만 하고, 삼십 사십씩 된 사람들은 각색 빛이 얼룩얼룩하여 멍석 두께만 하고, 오십 육십 된 사람들은 어룩어룩 두틀두틀하며 또 각색 악취가 코를 찔러 보료^{앉는 자리에 늘 깔아 두는 요} 두께만 하여, 노소남녀가 각각 벗을 때 참 대단히 장관입디다. 아이들과 젊은이와, 당초에 무식한 사람들은 벗기가 오히려 쉽고 조금 유식하다는 사람들과 늙은이들은 벗기가 극히 어려워서 혹 남이 붙잡아도 주고 혹 가르쳐도 주되, 반쯤 벗다가 기진한 사람도 있고 안 벗으려고 앙탈하다가 그대로 죽는 사람도 왕왕 있습디다.

경은 그 허물을 다 벗어 옥골선풍^{玉骨仙風 살빛이 희고 고결해 신선과 같은 풍채}이 된 후에 그 허물을 주체할 데가 없어 공론이 일치하지 않는데, 혹은 이것을 집에 두면 그 냄새에 병이 재발하기 쉽다 하며, 혹은 그 냄새는 고사하고 그것을 집에 두면 철모르는 아이들이 장난으로 다시 입어 보면 이것이 큰 탈이라 하는 것이오. 또 혹은 이것을 모두 한곳에 몰아 쌓고 그 근처에 사람 다니는 것을 금하면 다시 물들 염려도 없을 터이나, 그것을 한곳에 모아 쌓은즉 백두산보다도 클 것이니, 이러한 조그마한 나라에 백두산이 둘이면 집은 어디 짓고 농사는 어디서 하냐는 것이오. 그것도 못 될 말이지 하며, 혹은 매미 허물은 선퇴蟬退 매미의 허물. 두드러기, 열병, 소아 경련 따위에 씀라는 것이니 혹 간기증에도 쓰고, 뱀의 허물은 사퇴蛇退 뱀의 허물. 어린아이의 풍증과 독벌레에 물린 데 쓰임라는 것이니 혹 인후증에도 쓰는데, 이 허물은 말하자면 인퇴라 하겠으나 백 가지에 한 군데 쓸데가 없으며 그 성질이 육기㿉氣가 많고 가스 냄새가 많아서 동해 바다의 멸치 썩은 것과 방불한즉, 우리나라 척박한 천지에 거름으로 썼으면 각각 주체하기도 편하고 농사에도 심히 유익하겠다 하니, 그제야 여러 사람들이 그 말을 시행하여 혹 지게에도 져 내고 혹 구루마수레에 실어내기를 끊임없이 하는 것을 보았소.”

“나는 어젯밤에 대한 제국이 독립할 꿈을 꾸었소. 오뚝이라는 것은 조그마하게 아이를 만들어 집어던지면 드러눕지 않고 오뚝오뚝 일어서므로 이름을 오뚝이라 지은 것이오. 한문으로 쓰려면 나 오 자, 홀로 독 자, 설 립 자세 글자를 모아 부르면 오독립이지요.[1] 이는 독립하겠다는 의미가 있고, 또 오뚝이의 사적을 들으니 옛날 조그마한 동자로 정신이 똘똘하여 일찍 일어선 아이라 하오. 그러므로 후세 사람들이 아이를 낳아서 혹 더디 일어설까 염려하여 오뚝이 모양을 만들어 아이들을 주니, 그 정신이 오뚝이와 같이 오뚝오뚝 일어서라는 뜻이었소. 우리나라 사람들 중 오뚝이 정신이 있는 이는 하나도 없기에, 아이들뿐 아니라 장정 어른들도 오뚝이 정신을 길러서 오뚝이와 같이 오뚝오뚝 일어서기를 배워야겠다 하여 우리 영감이 한 일이 있소. 우리 영감이 평양 서윤조선 시대 한성부, 평양부에 소속된 종4품 관직으로 공무원의 근무를 평가했음으로 있을 때에 장만한 수백 석지기 좋은 땅을 방매放賣 물건을 내놓고 팖 하여 오뚝이 상점을 설치하고 각 신문에 영업 광고를 발표하였더니, 과연 오뚝이를 몇 달이 못 되어 다 팔고 큰 이익을 얻어 보았소.”

“나는 어젯밤에 대한 제국이 천만 년 영구히 안녕할 꿈을 꾸었소. 석가여래라 하는 양반이 전신이 황금과 같이 윤택하고 양미간에 큰 점이 박히고 한 손은 감중련하고감괘의 가운데 획이 이어져 틈이 막혔다는 뜻으로, 입을 다물고 말을 하지 않음을 이르는 말 한 손에는 석장을 들고 높고 빛나는 옥탁자 위에 앉아 있는 게 아니겠소? 내가 합장 배례 하고 황공 복지하여 앞으로 바라는 소원을 비는데, 어떤 신수 좋은 부인 한 분이 곁에 섰다가 책망하는 것이었소. ‘적선積善한 집에는 경사가

---

1) 오뚝이는 쓰러져도 계속 일어난다는 특징이 있다. 작가는 이런 특징에 자주독립이라는 상징을 부여하였다.

있고, 불선^{不善}한 집에는 앙화^{殃禍 어떤 일로 인해 생기는 재난}가 있음은 소소한 이치거늘, 어찌 구구히 부처에게 비는 것이냐? 그대는 악을 쌓은 일이 없고, 이생에도 부모에 효도하며 형제에 우애하고 투기를 아니하며, 무당과 소경을 멀리하여 음사 기도를 아니하며 전곡을 인색히 아니하여 어려운 사람을 잘 구제하고, 학교에나 사회에나 공익상으로 보조를 많이 하였으니, 너는 가위 선녀라 할지니라. 그 행복을 누리려면 너의 일생뿐 아니라 천만 년이라도 자손은 끊기지 아니하고 부귀공명과 충신 효자를 많이 점지하리라.' 하시니, 이 말씀을 미루어 본즉 내 자손이 천만년 부귀를 누릴 지경이면 대한 제국도 천만년을 안녕하심을 짐작할 일이 아니겠소?"

여러 부인 중에 한 부인이 일어나서 말하였다.

"나는 지식이 없어 말은 잘 못하지만 사상이야 어찌 다르며 꿈이야 못 꾸었겠소? 나도 어젯밤에 좋은 꿈을 꾸었으나 벌써 닭이 울어 밤이 들었으니 이다음에 이야기하오리다."

나는 대한 제국이 독립할 꿈을 꾸었소. 오뚝이 정신을 길러서 오뚝이와 같이 일어서기를 배워야겠다 하여 팔았더니 과연 몇 달이 못 되어 다 팔고 큰 이익을 얻어 보았소.

나는 대한 제국이 개명할 꿈을 꾸었소. 전국 사람들이 모두 병이 들었다는데, 약을 먹고 매미와 뱀과 같이 묵은 허물을 일제히 벗어 버립디다.

🍎 소설 한 장면 결말 서로의 꿈 이야기를 하면서 이상 사회 건설에 대한 희망을 가짐

🔭 생각해 볼까요?

선생님 「자유종」은 내용에 따라 토론부와 꿈부로 나눌 수 있어요. 각각 어떤 내용인지 말해볼까요?

💬 2 ♥ 2

학생 1 토론부에서는 당대 사회의 여러 문제에 관한 부인들의 비판과 대안이 제시돼요. '남자가 절대 지배권을 행사하는 잘못된 풍습을 바로잡아야 한다.', '교육은 부국강병과 새 사회 건설에 꼭 필요하다.', '형식에 치우치는 관혼상제의 폐단을 고쳐야 한다.' 등의 주장이 나와요.

학생 2 부인들이 토론을 마치고 지난밤에 꾸었던 신기한 꿈에 관해 이야기하는 부분이 꿈부예요. 그들은 대한 제국이 자주독립할 꿈, 대한 제국이 개명할 꿈, 대한 제국이 영원히 안녕할 꿈을 비롯해 이상 사회에 관해 이야기를 나눠요.

선생님 「자유종」은 자주독립과 부국강병, 여권 신장과 남녀평등 의식, 애국정신 고취, 자유 교육 등을 주제로 해요. 이중 가장 두드러지는 토론 주제는 무엇일까요?

💬 2 ♥ 2

학생 1 가장 강조되는 것은 새로운 교육의 중요성이에요. 작가는 근대적 학문의 필요성과 국어 국문의 확대, 여성 교육 시행, 교육 제도 개선, 자녀 교육 방법 등을 논해요.

학생 2 봉건적 사회 제도인 적서 차별과 반상 제도의 해체에 대한 주장은 사회 제도를 비판한 것이지만, 이와 더불어 교육 기회의 균등화와도 관련돼요.

선생님 개화기에는 연설체, 토론체 작품이 많이 발표되었는데, 이는 당시 시대 상황과 밀접한 관련이 있어요. 「자유종」의 토론 양식을 시대 상황과 연결 지어 설명해 볼까요?

💬 3 ♥ 3

학생 1 사회가 혼란할 때 문학은 미학적 기능보다는 계몽적 기능을 가질 수밖에 없어요. 이것은 곧 문학이 정치성을 띤다는 것을 의미해요. 즉, 문학을 통해 사회 비판과 정치적 입장을 강조한다는 거예요.

학생 2 논설문도 아닌 문학에서 이러한 양식을 보인 것은 개화기 문학이 다분히 계몽성을 띠고 있었다는 것을 말해 줘요.

학생 3 이런 경우 작가는 토론자의 입을 빌려 자신의 주제 의식을 적극적으로 전달할 수 있어요. 하지만 극적 구성이나 서사적 전개를 구현하는 데 미흡할 수밖에 없어요.

선생님 이 작품이 지닌 한계는 무엇인가요?

 1 ♥ 1

학생 1 장면이 단조롭고 시종일관 대화로만 이어져 구성이 단순하고 평면적이에요. 또한, 토론이 이야기 자체로 끝나고 현실적인 실천 내용이 뒷받침되지 않아 주제를 관념적으로 제시한다는 한계도 있어요.

선생님 앞서 말한 결점에도 불구하고 「자유종」은 여러 신소설 중에서도 주목할만한 이유가 있어요. 이 작품이 지닌 의의는 무엇일까요?

 2 ♥ 2

학생 1 강한 시대 의식과 상황 의식이 반영되어 있기 때문이에요. 개화기에 우리 사회는 반봉건과 근대화, 반외세와 자주독립, 주체성 확립이라는 과제를 안고 있었어요. 이 작품에는 이러한 정신이 강한 줄기를 이루고 있어요.

학생 2 또한, 「자유종」은 특이하게도 대화체 형식 안에 계몽성을 담고 있어요. 이러한 형식은 개화기 서사 문학의 한 장르라고 말할 수 있어요.

신소설 ▼ 🔍

연관 검색어 혈의 누 금수회의록 자유종

개화기에는 사회의 급변하는 흐름에 따라 소설에도 변화가 일어났다. 바로 '신소설'의 등장이다. 신소설은 이전 소설과는 다른 새로운 내용과 형식으로 이루어진 소설이며, 고전 소설과 현대 소설을 연결하는 징검다리 역할을 하였다. 1906년 연재된 이인직의 「혈의 누」가 최초의 신소설이다.

신소설에는 당대의 현실적 인물이 등장한다. 또한 자주독립, 신교육, 남녀평등, 자유연애, 미신 타파 등 개화사상을 주요 소재로 한다. 이렇게 지식인들은 조국 독립에 대한 의지와 근대화에 대한 고민을 문학 작품 속에 담아냈다. 대표적인 신소설로는 이인직의 「혈의 누」, 안국선의 「금수회의록」, 이해조의 「자유종」과 「구마검」이 있다.

김동인
(1900~1951)

✉ 작가에 대하여

✉ 작가에 대하여

호는 금동(琴童). 평안남도 평양 출생. 일본 메이지학원대학 중학부를 졸업하고, 화가가 되기 위해 가와바타 미술 학교를 다니다 중퇴하였다. 1919년 주요한, 전영택 등과 함께 최초의 문학 동인지 〈창조〉를 발간하고, 창간호에 최초의 자연주의 작품으로 알려진 「약한 자의 슬픔」을 발표하였다.

자연주의적 사실주의 계열에 속하는 「배따라기」, 「감자」, 「태형」, 「발가락이 닮았다」 등과 탐미주의적 계열에 속하는 「광염소나타」, 「광화사」, 민족주의적 색채를 보이는 「붉은 산」 등 다양한 단편 소설을 발표하였다. 『젊은 그들』, 『운현궁의 봄』, 『대수양』 등 후기의 장편 소설들은 상업적이면서 통속적인 경향을 보여 준다. 이는 방탕한 생활과 사업 실패로 가산을 탕진한 후 생활고를 해결하기 위해 소설 쓰기에 진력한 것과 무관치 않다.

김동인은 문학에서의 계몽주의의 청산, 소설의 구어체 문장 확립, 순수 문학정신 및 근대 사실주의의 도입, 근대적 문예 비평 개척 등 한국 문학사에 큰 공적을 남겼다. 시점의 도입, 과거 시제의 사용, 액자 형태의 스토리 구성 등을 통해 한국 단편 소설의 한 전형을 이룩했다는 평가를 받는다.

그는 평론에도 일가견이 있었는데, 특히 「춘원 연구」는 역작으로 평가된다.

🍚 작품 길잡이

갈래: 액자 소설, 낭만주의 소설, 유미주의 소설
배경: 시간 - 일제 강점기 / 공간 - 평양과 영유
시점: 외화 1인칭 관찰자 시점
　　　　 내화 1인칭 관찰자 시점, 3인칭 전지적 작가 시점
주제: 오해와 질투가 빚은 비극적 운명
출전: 〈창조〉(1921)

📷 인물 관계도

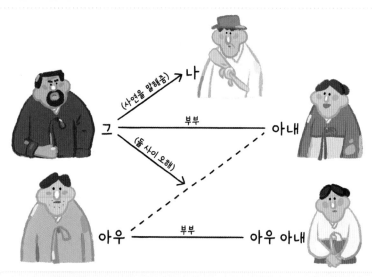

그　　아내를 사랑하나 오해와 질투심 때문에 비극을 초래한다.
아내　성격이 밝고 친절하나 남편에게 오해를 받고 스스로 목숨을 끊는다.
아우　형의 오해와 형수의 죽음에 충격을 받고 일생을 방랑한다.

📋 구성과 줄거리

도입(외화) **'배따라기'를 부르는 그를 만나 사연을 듣게 됨**
어느 화창한 봄날, '나'는 대동강으로 봄 경치를 구경 갔다가 영유 배따라기를 부르는 사내를 만나 사연을 듣는다.

발단(내화) **그에게는 예쁜 아내와 착한 아우가 있었음**
사내의 부모는 모두 죽었고 남은 사람이라곤 그의 아내와 곁집에 딴살림하는 아우 부부뿐이다. 그의 아내는 촌에서는 드물도록 예쁘게 생겼다. 그는 내심 아내를 뿌듯해한다.

전개(내화) **그는 아우에게 질투심을 느낌**
그는 아내와 사이가 좋지만 아무에게나 말 잘하고 애교를 부리는 아내를 시기한다. 아내는 그의 아우에게도 친절한데, 그럴 때마다 그는 질투심에 못 이겨 아내를 때리거나 사다 준 물건을 빼앗는다.

위기(내화) **그는 아우와 아내가 쥐 잡는 것을 보고 오해함**
아내에게 줄 거울을 사 들고 집에 온 그는 방에서 아우와 아내의 옷매무새가 흐트러진 것을 보고 오해를 한다. 아우가 쥐를 잡느라고 그렇게 되었다고 말하지만 그는 아내를 때리고 아우와 함께 내쫓는다.

절정(내화) **아내는 스스로 목숨을 끊고 아우는 집을 나감**
저녁에 방에 들어와 성냥을 찾던 그는 옷 뭉치에서 쥐가 튀어나오는 것을 보고 자신의 옹졸한 행동을 깨닫는다. 집을 나간 아내는 그다음 날 주검으로 발견되고, 아우는 집을 나가 자취를 감춘다.

결말(내화) **10년 후 그는 우연히 아우를 만났지만 아우는 다시 떠남**
그는 뱃사람이 되어 유랑하는 아우를 찾아 나선다. 10년 뒤 어느 날, 아우를 만나게 되는데 아우는 "형님, 그저 다 운명이외다."라는 말만 남기고 떠난다. 그 후 그는 아우를 만나지 못한다.

종결(외화) **그는 다시 배따라기를 불러 줌**
이야기를 마친 그가 다시 배따라기를 불러 준다. '나'는 집에 와서도 그의 숙명적인 경험담이 귀에 쟁쟁하다. 배따라기가 들릴 때마다 그곳으로 가 보지만 그는 없다.

배따라기

좋은 일기이다.

좋은 일기라도, 하늘에 구름 한 점 없는—우리 '사람'으로서는 감히 접근 못 할 위엄을 가지고, 높이서 우리 조고만 '사람'을 비웃는 듯이 내려다보는, 그런 교만한 하늘은 아니고, 가장 우리 '사람'의 이해자인 듯이 낮추 뭉글뭉글 엉기는 분홍빛 구름으로서 우리와 서로 손목을 잡자는—그런 하늘이다. 사랑의 하늘이다.

나는, 잠시도 멎지 않고 푸른 물을 황해로 부어내리는 대동강을 향한, 모란봉 牧丹峰 기슭 새파랗게 돋아나는 풀 위에 뒹굴고 있었다.

이날은 삼월 삼질 음력 삼월 초사흗날. 강남 갔던 제비가 돌아온다는 따뜻한 날, 대동강에 첫 뱃놀이하는 날이다. 까맣게 내려다보이는 물 위에는, 결결이 반짝이는 물결을 푸른 놀잇배들이 타고 넘으며, 거기서는 봄 향기에 취한 형형색색의 선율이, 우단보다도 부드러운 봄 공기를 흔들면서 날아온다. 그리고 거기서 기생들의 노래와 함께 날아오는 조선 아악 雅樂 은 느리게, 길게, 유창하게, 부드럽게, 그리고 또 애처롭게, 모든 봄의 정다움과 끝까지 조화하지 않고는 안 두겠다는 듯이, 대동강에 흐르는 시커먼 봄물, 청류벽에 돋아나는 푸르른 풀어음, 심지어 사람의 가슴속에 봄에 뛰노는 불붙는 핏줄기까지라도, 습기 많은 봄 공기를 다리 놓고 떨리지 않고는 두지 않는다.

봄이다. 봄이 왔다.

부드럽게 부는 조고만 바람이, 시커먼 조선 솔을 꿰며, 또는 돋아나는 풀을 스치고 지나갈 때의 그 음악은, 다른 데서는 듣지 못할 아름다운 음악이다.

아아, 사람을 취케 하는 푸르른 봄의 아름다움이여! 열다섯 살부터의 동경 東京 생활에, 마음껏 이런 봄을 보지 못하였던 나는, 늘 이것을 보는 사람보다 곱 이상의 감명을 여기서 받지 않을 수 없다.

평양성 내에는, 겨우 툭툭 터진 땅을 헤치면 파릇파릇 돋아나는 나무새기와 돋아나려는 버들의 어음으로 봄이 온 줄 알 뿐 아직 완전히 봄이 안 이르렀지만, 이 모란봉 일대와 대동강을 넘어 보이는 가나안 옥토를 연상시키는 장림 長林 길게 뻗쳐 있는 숲 에는 마음껏 봄의 정다움이 이르렀다.

그러고 또 꽤 자란 밀보리들로 새파랗게 장식한 장림의 그 푸른빛! 만족한 웃음을 띠고 그 벌에 서서 내다보는 농부의 모양은, 보지 않아도 생각할 수가 있다.

구름은 자꾸 하늘을 날아다니는 모양이다. 그 밀 위에 비치었던 구름의 그림자는 그 구름과 함께 저편으로 물러가며, 거기는 세계를 아까 만들어 놓은 것 같은 새로운 녹빛이 퍼져나간다. 바람이나 조금 부는 때는 그 잘 자란 밀들은 물결같이 누웠다 일어났다 일록일청一綠一靑 한 번은 녹색으로, 한 번은 청색으로 으로 춤을 춘다. 그리고 봄의 한가함을 찬송하는 솔개들은, 높은 하늘에서 동그라미를 그리면서 더욱더 아름다운 봄에 향기로운 정취를 더한다.

"다스한 봄 정에 솟아나리다. 다스한 봄 정에 솟아나리다."

나는 두어 번 소리 나게 읊은 뒤에 담배를 붙여 물었다. 담뱃내는 무럭무럭 하늘로 올라간다.

하늘에도 봄이 왔다.

하늘은 낮았다. 모란봉 꼭대기에 올라가면 넉넉히 만질 수가 있으리만큼 하늘은 낮다. 그리고 그 낮은 하늘보다는 오히려 더 높이 있는 듯한 분홍빛 구름은 뭉글뭉글 엉기면서 이리저리 날아다닌다.

나는 이러한 아름다운 봄 경치에 이렇게 마음껏 봄의 속삭임을 들을 때는 언제든 유토피아를 아니 생각할 수 없다. 우리가 시시각각으로 애를 쓰며 수고하는 것은, 그 목적은 무엇인가? 역시 유토피아 건설에 있지 않을까? 유토피아를 생각할 때는 언제든 그 '위대한 인격의 소유자'며 '사람의 위대함을 끝까지 즐긴' 진나라 시황始皇을 생각지 않을 수 없다.

우리가 어찌하면 죽지를 아니할까 하여, 소년 삼백을 배에 태워 불사약을 구하러 떠나보내며, 예술의 사치를 다하여 아방궁을 짓고, 매일 신하 몇천 명과 잔치로써 즐기며, 이리하여 여기 한 유토피아를 세우려던 시황은, 몇만의 역사가가 어떻다고 욕을 하든, 그는 참말로 인생의 향락자이며 역사 이후의 제일 큰 위인이라고 할 수가 있다. 그만한 순전한 용기 있는 사람이 있고야 우리 인류의 역사는 끝이 날지라도 한 '사람'을 가졌었다고 할 수 있다.

"큰사람이었었다."

하면서 나는 머리를 흔들었다.

이때다. 기자묘 근처에서 무슨 슬픈 음률이 봄 공기를 진동시키며 날아오는 것이 들렸다.

나는 무심코 귀를 기울였다.

'영유 배따라기'다. 그것도 웬만한 광대나 기생은 발꿈치에도 미치지 못하리만큼, 그만큼 그 배따라기의 주인은 잘 부르는 사람이었다.

비나이다, 비나이다.
산천후토 山天后土 하늘과 산의 신령 일월성신 日月星辰 해와 달과 별 하나님전 비나이다.
실낱 같은 우리 목숨 살려 달라 비나이다.
에―야, 어그여지야.

여기까지 이르렀을 때에 저편 아래 물에서 장고 소리와 함께 기생의 노래가 울리어 오며 배따라기는 그만 안 들리게 되었다.

나는 이 년 전 한여름을 영유서 지내 본 일이 있다. 배따라기의 본고장인 영유를 몇 달 있어 본 사람은 그 배따라기에 대하여 언제든 한 속절없는 애처로움을 깨달을 것이다.

영유, 이름은 모르지만 ×산에 올라가서 내다보면 앞은 망망한 황해이니, 그곳 저녁때의 경치는 한 번 본 사람은 영구히 잊을 수가 없으리라. 불덩이 같은 커다란 시뻘건 해가 남실남실 넘치는 바다에 도로 빠질 듯 도로 솟아오를 듯 춤을 추며, 거기서 때때로 보이지 않는 배에서 '배따라기'만 슬프게 날아오는 것을 들을 때엔 눈물 많은 나는 때때로 눈물을 흘렸다. 이로 보아서, 어떤 원의 아내가 자기의 모든 영화를 낡은 신같이 내어던지고 뱃사람과 정처 없는 물길을 떠났다 함도 믿지 못할 말이랄 수가 없다.

영유서 돌아온 뒤에도 그 '배따라기'는 내 마음에 깊이 새기어져 잊으려야 잊을 수가 없었고, 언제 한번 다시 영유를 가서 그 노래를 한 번 더 들어보고 그 경치를 다시 한 번 보고 싶은 생각이 늘 떠나지를 않았다.

장고 소리와 기생의 노래는 멎고 배따라기만 구슬프게 날아온다. 결결이 부는 바람으로 말미암아 때때로는 들을 수가 없으되, 나의 기억과 곡조를 종합하여 들은 배따라기는 이 대목이다.

강변에 나왔다가
나를 보더니만

혼비백산하여

꿈인지 생시인지

와르륵 달려들어

섬섬옥수로 부쳐잡고

호천망극昊天罔極 하늘이 드넓어 끝이 없음과 같이 어버이의 은혜가 크고 다함이 없음을 이름 하는 말이

'하늘로서 떨어지며

땅으로서 솟아났나

바람결에 묻어 오고

구름길에 쌔여 왔나'

이리 서로 붙들고 울음 울 제

인리제인隣里諸人 이웃 마을 모든 사람들 이며

일가친척이 모두 모여

여기까지 들은 나는 마침내 참지 못하고 벌떡 일어서서 소나무 가지에 걸었던 모자를 내려 쓰고, 그곳을 찾으러 모란봉 꼭대기에 올라섰다. 꼭대기는 좀 더 노랫소리가 잘 들린다. 그는, 배따라기의 맨 마지막, 여기를 부른다.

밥을 빌어서

죽을 쑬지라도

제발 덕분에

뱃놈 노릇은 하지 마라.

에—야, 어그여지야.

그의 소리로써 방향을 찾으려던 나는 그만 그 자리에 섰다.

"어딘가? 기자묘? 혹은 을밀대?"

그러나 나는 오래 서 있을 수가 없었다. 어떻든 찾아보자 하고, 현무문으로 가서 문밖에 썩 나섰다. 기자묘의 깊은 솔밭은 눈앞에 쫙 퍼진다.

"어딘가?"

나는 또 물어 보았다.

이때에 그는 또다시 배따라기를 시초부터 부른다. 그 소리는 왼편에서 온다.

왼편이구나 하면서, 소리 나는 곳을 더듬어서 소나무 틈으로 한참 돌다

가, 겨우, 기자묘치고는 그중 하늘이 넓고 밝은 곳에 혼자서 뒹굴고 있는 그를 찾아내었다. 나의 생각한 바와 같은 얼굴이다. 얼굴, 코, 입, 눈, 몸집이 모두 네모나고 그의 이마의 굵은 주름살과 시커먼 눈썹은 고생 많이 함과 순진한 성격을 나타낸다.

그는 어떤 신사가 자기를 들여다보는 것을 보고 노래를 그치고 일어나 앉는다.

"왜? 그냥 하지요."

하면서 나는 그의 곁에 가 앉았다.

"머……."

할 뿐 그는 눈을 들어서 터진 하늘을 쳐다본다.

좋은 눈이었다. 바다의 넓고 큼이 유감없이 그의 눈에 나타나 있다. 그는 뱃사람이라 나는 짐작하였다.

"고향이 영유요?"

"예, 머, 영유서 나기는 했디만 한 이십 년 영윤 가 보디두 않았시오."

"왜, 이십 년씩 고향엘 안 가요?"

"사람의 일이라니 마음대로 됩데까?"

그는, 왜 그러는지, 한숨을 짓는다.

"거저, 운명이 데일 힘셉디다."[1]

운명의 힘이 제일 세다는 그의 소리는 삭이지 못할 원한과 뉘우침이 섞여 있다.

"그래요?"

나는 다만 그를 건너다볼 뿐이다.

한참 잠잠하니 있다가 나는 다시 말하였다.

"자, 노형의 경험담이나 한번 들어 봅시다. 감출 일이 아니면 한번 이야기 해 보소."

"머, 감출 일은……."

"그럼, 어디 들어 봅시다그려."

그는 다시 하늘을 쳐다보았다. 그러나 좀 있다가,

"하디요."

---

1) '운명이 낳은 비극'이라는 작품의 주제를 짐작하게 하고, 앞으로 전개될 사건을 암시한다.

하면서 내가 담배를 붙이는 것을 보고 자기도 담배를 붙여 물고 이야기를 꺼낸다.

"십구 년 전 팔월 열하룻날 일인데요."

하면서 그가 이야기한 바는 대략 이와 같은 것이다.[1]

그의 살던 마을은 영유 고을서 한 이십 리 떨어져 있는, 바다를 향한 조고만 어촌이다. 그의 살던 조고만—서른 집쯤 되는— 마을에서 그는 꽤 유명한 사람이었다.

그의 부모는 모두 열댓에 났을 때 돌아갔고, 남은 사람이라고는 곁집에 딴살림하는 그의 아우 부처와 그 자기 부처뿐이었다. 그들 형제가 그 마을에서 제일 부자이고 또 제일 고기잡이를 잘하였으며 그중 글이 있었고 배따라기도 그 마을에서 빼나게 잘 불렀다. 말하자면 그 형제가 그 동네의 대표적 사람이었다.

팔월 보름은 추석 명절이다. 팔월 열하룻날 그는 명절에 쓸 장도 볼 겸, 그의 아내가 늘 부러워하는 거울도 하나 사 올 겸, 장으로 향하였다.

왠지 어떤 사연이 있을 것 같은 노랫소리다.

뱃놈 노릇은 하지 마라. 에—야, 어그여지야.

소설 한 장면 도입(외화) '배따라기'를 부르는 그를 만나 사연을 듣게 됨

---

1) 외화에서 내화로 넘어가는 부분이다. 이런 구성을 '액자식 구성'이라고 한다.

"당손네 집에 있는 것보다 큰 것이요. 잊디 말구요."

그의 아내는 길까지 따라 나오면서 잊지 않도록 부탁하였다.

"안 잊어."

하면서 그는 떠오르는 새빨간 햇빛을 앞으로 받으면서 자기 마을을 나섰다.

이렇게 말하기는 우습지만 그는 아내를 고와했다. 그의 아내는 촌에는 드물도록 연연하고도 예쁘게 생겼다. 그는 나에게 이렇게 말하였다.

"성내^{평양} 덴줏골^{갈보촌}을 가두 그만한 거 쉽디 않갔시오."

그러니까 촌에서는, 그리고 그 당시에는 남에게 우습게 보이도록 그 내외의 새는 좋았다. 늙은이들은 계집에게 혹하지 말라고 흔히 그에게 권고하였다.

부처의 새는 좋았지만, 아니 오히려 좋으므로 그는 아내에게 샘을 많이 하였다. 그러고 그의 아내는 시기를 받을 일을 많이 하였다. 품행이 나쁘다는 것이 아니라, 그의 아내는 대단히 천진스럽고 쾌활한 성질로서 아무에게나 말 잘하고 애교를 잘 부렸다.

그 동네에서는 무슨 명절이나 되면, 집이 그중 정결함을 핑계 삼아 젊은이들은 모두 그의 집에 모이고 하였다. 그 젊은이들은 모두 그의 아내에게 '아즈마니'라 부르고, 그의 아내는 '아즈바니, 아즈바니' 하며 그들과 지껄이고 즐기며, 그 웃기 잘하는 입에는 늘 웃음을 흘리고 있었다. 그럴 때마다 그는 한편 구석에서 눈만 힐근거리며 있다가 젊은이들이 돌아간 뒤에는 불

아우와 옆집에 사니 좋지요?

◌ 소설 한 장면 발단(내화) 그에게는 예쁜 아내와 착한 아우가 있었음

문곡직 不問曲直 옳은지 그른지를 묻지 않음 하고 아내에게 덤벼들어 발길로 차고 때리며, 이전에 사다 주었던 것을 모두 걷어올린다. 싸움을 할 때에는 언제든 곁집에 있는 아우 부처가 말리러 오며, 그렇게 되면 언제든 그는 아우 부처까지 때려 주었다.

그가 아우에게 그렇게 구는 데는 이유가 있었다. 그의 아우는, 시골 사람에게는 쉽지 않도록 늠름한 위엄이 있었고, 맨날 바닷바람을 쏘였지만 얼굴이 희었다. 이것뿐으로도 시기가 된다 하면 되지만, 특별히 아내가 그의 아우에게 친절히 하는 데는, 그는 속이 끓어 못 견디었다.

그가 영유를 떠나기 반년 전쯤, 다시 말하자면 그가 거울을 사러 장에 갈 때부터 반년 전쯤, 그의 생일날이었다. 그의 집에서는 음식을 차려서 잘 먹었는데, 그에게는 괴상한 버릇이 있었으니, 맛있는 음식은 남겨 두었다가 좀 있다 먹고 하는 것이 습관이었다. 그의 아내도 이 버릇은 잘 알 터인데 그의 아우가 점심때쯤 오니까, 아까 그가 아껴서 남겨 두었던 그 음식을 아우에게 주려 하였다. 그는 눈을 부릅뜨고 못 주리라고 암호하였지만 아내는 그것을 보았는지 못 보았는지 그의 아우에게 주어 버렸다. 그는 마음속이 자못 편치 못하였다. '트집만 있으면 이년을⋯⋯.' 하고 그는 마음먹었다.

그의 아내는 시아우에게 상을 준 뒤에 물러오다가 그만 그의 발을 조금 밟았다.

"이년!"

그는 힘껏 발을 들어서 아내를 냅다 찼다. 그의 아내는 상 위에 거꾸러졌다가 일어난다.

"이년, 사나이 발을 짓밟는 년이 어디 있어!"

"거 좀 밟아서 발이 부러졌쉐까?"

아내는 낯이 새빨개져서 울음 섞인 소리로 고함친다.

"이년! 말대답이⋯⋯."

그는 일어서서 아내의 머리채를 휘어잡았다.

"형님! 왜 이리십니까."

아우가 일어서면서 그를 붙잡았다.

"가만있거라, 이놈의 자식."

하며 그는 아우를 밀친 뒤에 아내를 되는 대로 내리찧었다.

"죽일 년, 이년! 나가거라!"

"죽에라, 죽에라! 난, 죽어도 이 집에선 못 나가!"

"못 나가?"

"못 나가디 않구. 뉘 집이게……."

이때다. 그의 마음에는 그 '못 나가겠다'는 아내의 마음이 푹 들이박혔다. 그 이상 때리기가 싫었다. 우두커니 눈만 흘기고 있다가 그는,

"망할 년, 그럼 내가 나갈라."

하고 그만 문밖으로 뛰어나와서,

"형님, 어디 갑니까?"

하는 아우의 말에는 대답도 안 하고, 곁동네 탁주집으로 뒤도 안 돌아보고 가서, 거기 있는 술 파는 계집과 술상 앞에 마주 앉았다.

그날 저녁 얼근히 취한 그는 아내를 위하여 떡을 한 돈어치 사 가지고 집으로 돌아왔다.

이리하여 또 서너 달은 평화가 이르렀다. 그러나 이 평화가 언제까지든 계속될 수가 없었다. 그의 아우로 말미암아 또 평화는 쪼개져 나갔다.

오월 초승부터 영유 고을 출입이 잦던 그의 아우는, 오월 그믐께부터는 고을서 며칠씩 묵어 오는 일이 많았다. 함께, 고을에 첩을 얻어 두었다는 소문이 퍼졌다. 이 소문이 있은 뒤 아내는 그의 아우가 고을 들어가는 것을 벌레보다도 더 싫어하고, 며칠 묵어나 오는 때면 곧 아우의 집으로 가서 그와 담판을 하며 심지어 동서 되는 아우의 처에게까지 못 가게 하지 않는다고 싸우는 일이 있었다. 칠월 초승께 그의 아우는 고을에 들어가서 열흘쯤 묵어 온 일이 있었다. 이때도 전과 같이 그의 아내는 그의 아우며 제수와 싸우다 못하여, 마침내 그에게까지 와서 아우가 그런 못된 데를 다니는 것을 그냥 둔다고, 해보자 한다. 그 꼴을 곱게 보지 않았던 그는 첫마디로 고함을 쳤다.

"네게 상관이 무에가? 듣기 싫다."

"못난둥이. 아우가 그런 델 댕기는 걸 말리디두 못하구!"

분김에 이렇게 그의 아내는 고함쳤다.

"이년, 무얼?"

그는 벌떡 일어섰다.

"못난둥이!"

그 말이 채 끝나기 전에 그의 아내는 악 소리와 함께 그 자리에 거꾸러졌다.

"이년! 사나이에게 그따윗 말버릇 어디서 배완!"

"에미네 때리는 건 어디서 배왔노! 못난둥이."

그의 아내는 울음소리로 부르짖었다.

"샹년 그냥? 나갈, 우리 집에 있디 말구 나갈."

그는 내리찧으면서 부르짖었다. 그리고 문을 열고 아내를 밀쳤다.

"나가디 않으리!"

하고 그의 아내는 울면서 뛰어나갔다.

"망할 년!"

토하는 듯이 중얼거리고 그는 그 자리에 주저앉았다.

그의 아내는 해가 져서 어두워져도 돌아오지 않았다. 일단 내어 쫓기는 하였지만 그는 아내의 돌아옴을 기다리고 있었다. 어두워져서도 그는 불도 안 켜고 성이 나서 우들우들 떨면서 아내의 돌아오기를 기다렸다. 그러나 그의 아내의 참 기쁜 듯이 웃는 소리가 그의 아우의 집에서 밤새도록 울리었다. 그는 움쩍도 안 하고 그 자리에 앉아서 밤을 새운 뒤에, 새벽 동터 올 때 아내와 아우를 죽이려고 부엌에 가서 식칼을 가지고 들어와서 문을 벌컥 열었다.

그의 아내로서 만약 근심스러운 얼굴을 하고 그 문밖에 우두커니 서서 문을 들여다보고 있지 않았다면, 그는 아내와 아우를 죽이고야 말았으리라.

그는 아내를 보는 순간 마음에 가득 차는 사랑을 깨달으면서, 칼을 내던

내가 먹으려고 아껴 뒀던 음식을 마음대로 아우에게 줘?

이것 좀 드셔보세요. 정말 맛있어요.

🔖 소설 한 장면　전개(내화)　그는 아우에게 질투심을 느낌

지고 뛰어나가서 아내의 머리채를 휘어잡고, 이년 하면서 들어와서 뺨을 물어뜯으면서 함께 이리저리 자빠져서 뒹굴었다.

그런 이야기를 다 하려면 끝이 없으되 다만 '그', '그의 아내', '그의 아우' 세 사람의 삼각관계는 대략 이와 같았다.

각설 _{화제를 돌릴 때 말 첫머리에 쓰는 접속부사} ─

거울은 마침 장에 마음에 맞는 것이 있었다.[1] 지금 것과 대 보면 어떤 때는 코도 크게 보이고 입이 작게도 보이는 것이지만, 그 당시에는, 그리고 그런 촌에서는 둘도 없는 귀물이었다.

거울을 사 가지고 장을 본 뒤에 그는 이 거울을 아내에게 주면 그 기뻐할 모양을 생각하며, 새빨간 저녁 햇빛을 받는 넘치는 듯한 바다를 안고, 자기 집으로, 늘 들러 오던 탁주집에도 안 들러서 돌아왔다.

그러나 그가 그의 집 방 안에 들어설 때에는 뜻도 안 하였던 광경이 그의 눈에 벌리어 있었다.

방 가운데는 떡상이 있고, 그의 아우는 수건이 벗어져서 목 뒤로 늘어지고 저고리 고름이 모두 풀어져 가지고 한편 모퉁이에 서 있고, 아내도 머리채가 모두 뒤로 늘어지고 치마가 배꼽 아래 늘어지도록 되어 있으며, 그의 아내와 아우는 그를 보고 어찌할 줄을 모르는 듯이 움쩍도 안 하고 서 있었다.

세 사람은 한참 동안 어이가 없어서 서 있었다. 그러나 좀 있다가 마침내 그의 아우가 겨우 말했다.

"그놈의 쥐 어디 갔니?"

"흥! 쥐? 훌륭한 쥐 잡댔구나!"

그는 말을 끝내지도 않고 짐을 벗어던지고 뛰어가서 아우의 멱살을 끌어 잡았다.

"형님! 정말 쥐가……."

"쥐? 이놈! 형수하고 그런 쥐 잡는 놈이 어디 있니?"

그는 아우를 따귀를 몇 대 때린 뒤에 등을 밀어서 문밖에 내어던졌다. 그런 뒤에 이제 자기에게 이를 매를 생각하고 우들우들 떨면서 아랫목에 서 있는 아내에게 달려들었다.

"이년! 시아우와 그런 쥐 잡는 년이 어디 있어!"

---

1) 거울은 아내에 대한 그의 사랑을 의미한다. 또한 그가 아내에게 느꼈을 배신감이 얼마나 컸을지 알려 준다.

그는 아내를 거꾸러뜨리고 함부로 내리찧었다.

"정말 쥐가……. 아이 죽겠다."

"이년! 너두 쥐? 죽어라!"

그의 팔다리는 함부로 아내의 몸 위에 오르내렸다.

"아이, 죽갔다. 정말 아까 적온이^{시아우}가 왔기에 떡 먹으라구 내놓았더니……."

"듣기 싫다! 시아우와 붙은 년이 무슨 잔소릴……."

"아이, 아이, 성말이야요. 쥐가 한 마리 나……."

"그냥 쥐?"

"쥐 잡을래다가……."

"샹년! 죽어라! 물에래두 빠데 죽얼!"

그는 실컷 때린 뒤에, 아내도 아우처럼 등을 밀어 내어 쫓았다. 그 뒤에 그의 등으로,

"고기 배때기에 장사해라!"

하고 토하였다.

분풀이는 실컷 하였지만, 그래도 마음속이 자못 편치 못하였다. 그는 아랫목으로 가서 바람벽을 의지하고 실신한 사람같이 우두커니 서서 떡상만

정말입니다, 형님!
쥐를 잡고 있었어요…….

말도 안 되는 소리!

◌ 소설 한 장면 위기(내화) 그는 아우와 아내가 쥐 잡는 것을 보고 오해함

들여다보고 있었다.

한 시간……, 두 시간…….

서편으로 바다를 향한 마을이라 다른 곳보다는 늦게 어둡지만, 그래도 술시戌時 십이시의 열한째 시. 오후 일곱 시부터 아홉 시까지쯤 되어서는 깜깜하니 어두웠다. 그는 불을 켜려고 바람벽에서 떠나서 성냥을 찾으러 돌아갔다.

성냥은 늘 있던 자리에 있지 않았다. 그래서 여기저기 뒤적이노라니까, 어떤 낡은 옷 뭉치를 들칠 때에 문득 쥐 소리가 나면서 무엇이 후덕덕 뛰어나온다. 그리하여 저편으로 기어서 도망간다.

"역시 쥐댔구나!"

그는 조그만 소리로 부르짖었다. 그리고 그만 그 자리에 맥없이 덜썩 주저앉았다.

아까 그가 보지 못한 때의 광경이 활동사진과 같이 그의 머리에 지나갔다.

아우가 집에를 온다. 아우에게 친절한 아내는 떡을 먹으라고 아우에게 떡상을 내놓는다. 그때에 어디선가 쥐가 한 마리 뛰어나온다. 둘이서는 쥐를 잡노라고 돌아간다. 한참 성화시키던 쥐는 어느 구석에 숨어 버린다. 그들은 쥐를 찾느라고 뒤룩거린다'두리번거리다'의 방언. 그럴 때에 그가 집에 들어선 것이다.

"상년, 좀 있으믄 안 들어오리……."

그는 억지로 마음먹고 그 자리에 드러누웠다.

그러나 아내는 밤이 가고 날이 밝기는커녕 해가 중천에 올라도 돌아오지를 않았다. 그는 차차 걱정이 나서 찾아보러 나섰다.

아우의 집에도 없었다. 동네를 모두 찾아보아도 본 사람도 없다 한다.

그리하여, 낮쯤 한 삼사 리 내려가서 바닷가에서 겨우 아내를 찾기는 찾았지만 그 아내는 이전 같은 생기로 찬 산 아내가 아니요, 몸은 물에 불어서 곱이나 크게 되고, 이전에 늘 웃음을 흘리던 예쁜 입에는 거품을 잔뜩 문, 죽은 아내였다.

그는 아내를 업고 집으로 돌아오기까지 정신이 없었다.

이튿날 간단하게 장사를 하였다. 뒤에 따라오는 아우의 얼굴에는,

"형님, 이게 웬일이오니까."

하는 듯한 원망이 있었다.

장사를 지낸 이튿날부터 아우는 그 조그만 마을에서 없어졌다. 하루 이틀은 심상히 지냈지만, 닷새 엿새가 지나도 아우는 돌아오지 않았다. 그래서 알

아보니까, 꼭 그의 아우같이 생긴 사람이 오륙 일 전에 멧산자 보따리를 하여 진 뒤에 시뻘건 저녁 해를 등으로 받고 더벅더벅 동쪽으로 가더라 한다. 그리하여 열흘이 지나고 스무 날이 지났지만 한번 떠난 그의 아우는 돌아올 길이 없고, 혼자 남은 아우의 아내는 매일 한숨으로 세월을 보내게 되었다.

그도 이것을 잠자코 보고 있을 수가 없었다. 그 불행의 모든 죄는 죄다 그에게 있었다.

그도 마침내 뱃사람이 되어, 적으나마 아내를 삼킨 바다와 늘 접근하며 가는 곳마다 아우의 소식을 알아보려고, 어떤 배를 얻어 타고 물길을 나섰다.

그는 가는 곳마다 아우의 이름과 모습을 말하여 물었으나, 아우의 소식은 알 수가 없었다.

이리하여 꿈결같이 십 년을 지내서 구 년 전 가을, 탁탁히 낀 안개를 꿰며 연안延安 황해도에 있는 읍 바다를 지나가던 그의 배는, 몹시 부는 바람으로 말미암아 파선을 하여, 벗 몇 사람은 죽고, 그는 정신을 잃고 물 위에 떠돌고 있었다.

그가 겨우 정신을 차린 때는 밤이었다. 그리고 어느덧 그는 뭍에 올라 와 있었고 그를 말리느라고 새빨갛게 피워 놓은 불빛으로 자기를 간호하는 아우를 보았다.

그는 이상히도 놀라지도 않고 천연하게 물었다.

"너, 어떻게 여기 완?"

🗇 소설 한 장면   절정(내화)   아내는 스스로 목숨을 끊고 아우는 집을 나감

아우는 잠자코 한참 있다가 겨우 대답하였다.

"형님, 거저 다 운명이외다."

따뜻한 불기운에 깜빡 잠이 들려다가 그는 화닥닥 깨면서 또 말했다.

"십 년 동안에 되게 파랬구나."

"형님, 나두 변했거니와 형님두 몹시 늙으셨쉐다."

이 말을 꿈결같이 들으면서 그는 또 혼혼히 _{정신이 아뜩해 가물가물한 모양} 잠이 들었다. 그리하여 두어 시간, 꿀보다도 단 잠을 잔 뒤에 깨어 보니, 아까같이 새빨간 불은 피어 있지만 아우는 어디로 갔는지 없어졌다. 곁엣사람에게 물어 보니까, 아우는 형의 얼굴을 물끄러미 한참 들여다보고 있다가 새빨간 불빛을 등으로 받으면서 터벅터벅 아무 말 없이 어둠 가운데로 스러졌다 한다.

이튿날 아무리 알아보아야 그의 아우는 종적이 없어지고 알 수 없으므로 그는 하릴없이 _{어찌할 도리 없이} 다른 배를 얻어 타고 또 물길을 떠났다. 그리하여 그의 배가 해주에 이르렀을 때, 그는 해주 장에 들어가서 무엇을 사려다가 저편 맞은편 가게에 얼핏 그의 아우 같은 사람이 있으므로 뛰어가서 보니 그는 벌써 없어졌다. 배가 해주에는 오래 머물지 않으므로 그의 마음은 해주에 남겨 두고 또다시 바닷길을 떠났다.

그 뒤 삼 년을 이리저리 돌아다녔어도 아우는 다시 볼 수가 없었다.

그리하여 삼 년을 지내서 지금부터 육 년 전에, 그가 탄 배가 강화도를

형님, 그저 다 운명이외다.

🎬 소설 한 장면 결말(내화) 10년 후 그는 우연히 아우를 만났지만 아우는 다시 떠남

지날 때에, 바다를 향한 가파른 뫼켠에서 바다를 향하여 날아오는 '배따라기'를 들었다. 그것도 어떤 구절과 곡조는 그의 아우 특식으로 변경된, 그의 아우가 아니면 부를 사람이 없는, 그 '배따라기'였다.

배가 강화도에는 머무르지 않아서 그저 지나갔으나, 인천서 열흘쯤 머무르게 되었으므로, 그는 곧 내려서 강화도로 건너가 보았다. 거기서 이리저리 찾아다니다가 어떤 조그만 객줏집에서 물어 보니, 이름도 그의 아우요 생긴 모습도 그의 아우인 사람이 묵어 있기는 하였으나, 사나흘 전에 도로 인천으로 갔다 한다. 그는 곧 돌아서서 인천으로 건너와 찾아보았지만, 그 조그만 인천서도 그의 아우를 찾을 바가 없었다.

그 뒤에 눈 오고 비 오며 육 년이 지났지만, 그는 다시 아우를 만나 보지 못하고 아우의 생사까지도 알 수가 없다.

말을 끝낸 그의 눈에는 저녁 해에 반사하여 몇 방울의 눈물이 반득인다. 나는 한참 있다가 겨우 물었다.

"노형 계수는?"

"모르디요. 이십 년을 영유는 안 가 봤으니깐요."

"노형은 이제 어디루 갈 테요?"

"것두 모르디요. 덩처가 있나요? 바람 부는 대로 몰려댕기디요."

그는 다시 한 번 나를 위하여 배따라기를 불렀다. 아아, 그 속에 잠겨 있는 삭이지 못할 뉘우침, 바다에 대한 애처로운 그리움!

노래를 끝낸 다음에 그는 일어서서 시뻘건 저녁 해를 잔뜩 등으로 받고 을밀대로 향하여 더벅더벅 걸어간다. 나는 그를 말릴 힘이 없어서 멀거니 그의 등만 바라보고 앉아 있었다.

그날 밤, 집에 돌아와서도 그 배따라기와 그의 숙명적 경험담이 귀에 쟁쟁히 울리어서 잠을 못 이루고, 이튿날 아침 깨어서 조반도 안 먹고 기자묘로 뛰어가서 또다시 그를 찾아보았다. 그가 어제 깔고 앉았던, 풀은 모두 한편으로 누워서 그가 다녀감을 기념하되, 그는 그 근처에 보이지 않았다. 그러나, 그러나 배따라기는 어디선가 쟁쟁히 울리어서 모든 소나무들을 떨리지 않고는 안 두겠다는 듯이 날아온다.

"모란봉이다. 모란봉에 있다."

하고 나는 한숨에 모란봉으로 뛰어갔다. 모란봉에는 사람이 하나도 없다.

부벽루에도 없다.

"을밀대다."

하고 나는 다시 을밀대로 갔다. 을밀대에서 부벽루를 연한, 지옥까지 연한듯한 골짜기에 물 한 방울을 안 새이리라고 빽빽이 난 소나무의 그 모든 잎잎은 떨리는 배따라기를 부르고 있지만, 그는 여기도 있지 않다. 기자묘의, 하늘을 향하여 퍼져나간 그 모든 소나무의 천만의 잎잎도, 그 아래쪽 퍼진 천만의 풀들도, 모두 그 배따라기를 슬프게 부르고 있지만, 그는 이 조고만 모란봉 일대에서 찾을 수가 없었다.

강가에 나가서 알아보니 그의 배는 오늘 새벽에 떠났다 한다.

그 뒤에 여름과 가을이 가고 일 년이 지나서 다시 봄이 이르렀으되, 잠깐 평양을 다녀간 그는 그 숙명적 경험담과 슬픈 배따라기를 남겨 두었을 뿐, 다시 조고만 모란봉에 나타나지 않는다.

모란봉과 기자묘에 다시 봄이 이르러서, 작년에 그가 깔고 앉아서 부러졌던 풀들도 다시 곧게 대가 나서 자줏빛 꽃이 피려 하지만, 끝없는 뉘우침을 다만 한낱 '배따라기'로 하소연하는 그는, 이 조고만 모란봉과 기자묘에서 다시 볼 수가 없었다. 다만 그가 남기고 간 '배따라기'만 추억하는 듯이, 기념하는 듯이 모든 잎잎이 속삭이고 있을 따름이다.

🍶 소설 한 장면   종결(외화)   그는 다시 배따라기를 불러 줌

🔭 생각해 볼까요?

 선생님 문학에서 자연주의란 인간의 삶에서 일어나는 문제를 사실적으로 묘사하는 데 중점을 두는 사조를 말해요. 그렇다면 이 소설에 자연주의적 특징이 담겨 있다고 말할 수 있는 이유는 무엇일까요?

 1 💜 1

   ↳ **학생 1** 이야기에 등장인물의 야수성, 성격 결함에 따른 파국, 간음이라는 비도덕적 모티브가 담겨 있기 때문이에요. 등장인물들은 감정에 따른 충동적인 행동을 하고, 이것은 비극을 불러일으켜요.

 선생님 '배따라기'는 뱃사람들의 고달픈 생활을 노래한 평안도 민요의 하나예요. '배 떠나기'의 방언으로 알려져 있지요. 이 민요는 작품에서 어떤 역할을 하나요?

 2 💜 2

   ↳ **학생 1** 외화와 내화를 이어주는 매개체 역할을 해요. '나'가 우연히 그가 부르는 배따라기를 듣고 그의 사연을 듣게 되는 것에서 이야기가 시작되거든요.

   ↳ **학생 2** 배따라기는 그의 한을 보여 주는 역할을 하기도 해요. 배따라기의 가사에는 뱃사람들의 고된 삶이 담겨 있어요. 소설 속에서는 그의 비극적 운명이 배따라기의 애절한 곡조 속에서 아름답게 승화되고, '나'의 '미의 낙원'에 대한 추구도 함께 어우러져요.

 선생님 「배따라기」는 액자식 구성을 갖추고 있어요. 외화는 도입부의 역할을 하며 내화의 주제와 대응하지요. 이에 대해 자세히 이야기해 볼까요?

 1 💜 1

   ↳ **학생 1** 액자 소설의 형식을 취하면서 외화인 '나'의 이야기와 내화인 그의 이야기가 동시에 존재해요. 서술자는 '나'이며 그의 이야기 역시 '나'의 시점에서 전달되고 있어요.

액자 소설 　　　　　　　　　　　　　　▼ 🔍

연관 검색어　　액자식 구성　　외화와 내화　　바깥 이야기와 안 이야기

> 액자 소설이란 외화(바깥 이야기)와 내화(안 이야기)로 구성된 소설을 말한다. 외화를 통해 내화를 객관화하여 이야기의 신빙성을 더하고 독자의 흥미를 유발하는 점이 특징이다. 다른 인물의 시점에서 이야기가 전개되므로 다각적으로 접근할 수 있다.

태형

#극한의상황   #생존본능   #이기심   #환경결정론

⛵ 작품 길잡이

갈래: 순수 소설, 자연주의 소설
배경: 시간 – 3·1 운동 직후 여름 / 공간 – 감방 안
시점: 1인칭 주인공 시점
주제: 극한 상황에서 드러나는 인간의 이기심
출전: 〈동명〉(1923)

📷 인물 관계도

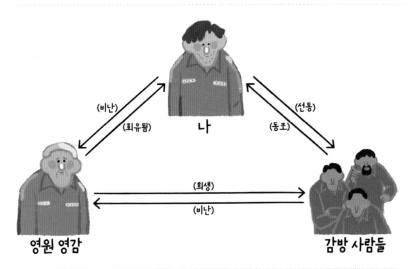

나   3·1 운동을 하다 잡혀 감옥에 수감된다. 태형장으로 내쫓긴 노인의 비명을 들으며 양심의 가책으로 괴로워한다.

영원 영감   70대 노인으로 감방 사람들의 비난에 공소를 취소하고 태형을 맞는다.

감방 사람들   덥고 좁은 감방 안에서 생활하며 삶의 의욕을 상실했다.

📖 구성과 줄거리

발단   **무더운 날씨의 비좁은 감방에서 사람들이 고통받음**

깊은 잠에 취해 있던 '나'는 기상 소리에 마지못해 일어난다. 점검에서 대답을 늦게 한 칠백칠십사 호 영감은 간수부장의 채찍을 맞고 눈물을 흘린다. 다섯 평이 못되는 방 안에는 처음에 스무 사람이 있다가 차츰 불어나 현재는 마흔 사람이 있다. 뜨거운 태양이 내리쬐면 사람들은 기진맥진한다. 그들이 바라는 것은 오직 냉수 한 그릇뿐이다.

전개   **'나'는 감옥 안에서 아우를 마주침**

서늘한 유월 중순이지만 달력이 없어 정확한 날짜를 알 수 없는 '나'는 삼월 그믐이후 보지 못한 바깥세상을 보고 싶어 안타까운 심정이 된다. 곁방에서는 독립이거의 다 되었다는 암호를 보낸다. 종기를 핑계 삼아 진찰하러 간 '나'는 수감되어있던 아우를 만난다. 아우는 이야기를 나누다가 간수에게 채찍질을 당하고 '나'는분노한다.

위기   **'나'와 죄수들이 노인이 공소한 것을 비난하며 태형을 종용함**

재판소에서 돌아온 영원 영감이 태형 구십 도라는 판결을 받고 공소했다고 말한다. '나'는 화를 내며 영감이 태형을 맞고 나가 버리면 그만큼 자리가 생기지 않느냐고 언성을 높인다. '나'와 감옥 안 사람들의 비난에 영감은 공소를 취하한다.

절정·결말   **노인이 태를 맞으며 죽어가고 '나'는 죄책감을 느낌**

'나'와 사람들은 이십 초 동안의 목욕을 마치고 간수를 따라 감방으로 돌아온다. 몇 시간 뒤 '나'는 영원 영감이 태형을 맞는 소리를 듣고 화다닥 놀란다. '나'는 머리를 숙이고 눈물을 흘린다.

태형

1

"기쇼오^{기상}!"

잠은 깊이 들었지만 조급하게 설렁거리는 마음에, 이 소리가 조그맣게 들린다. 나는 한순간 화닥닥 놀라 깨었다가 또다시 잠이 들었다.

"여보, '기쇼'야. 일어나오."

곁의 사람이 나를 흔든다. 나는 돌아누웠다. 이리하여 한 초, 두 초, 꿀보다도 단잠을 즐길 적에 그 사람은 또 나를 흔든다.

"잠 깨구 일어나소."

"누굴 찾소?"

이렇게 나는 물었다. 머리는 또다시 나락棗落의 밑으로 미끄러져 들어간다.

"그러디 말구 일어나요. 지금 오伍방 뎅껭點檢합넨다……."

"여보, 십분 동안만 제발 더 자게 해주."

"그거야 내가 알갔소? 간수'교도관'의 전 용어한테 들키믄 당신 혼나갔게 말이디."

"에이! 누가 남을 잠두 못 자게 해! 난 잠들은 데 두 시간두 못 됐구레. 제발 조꼼만 더……."

이 말이 맺기 전에 나의 넓은 침실과 그 머리맡에 담배를 걸핏 보면서 나는 또다시 혼혼히 잠이 들었다. 그때에 문득 내게 담배를 한 고치 주는 사람이 있으므로 그 담배를 먹으려 할 때에, 아까 그 사람—나를 흔들던 사람—은 또다시 나를 흔든다.

"기쇼 불렀소. 뎅껭꺼정 해요. 일어나래두……."

"여보! 이제 남 겨우 또 잠들었는데 깨우긴 왜……."

"뎅껭해요."

나는 벌컥 역정을 내었다.

"뎅껭이면 어떻단 말이오! 그래 노형 상관 있소?"

"그만둡시다. 그러나 일어나 나오."

"남 이제 국수 먹고 담배 먹는 꿈 꾸랬는데……."

이 말을 하려던 나는 생각만 할 뿐 또다시 잠이 들었다. 또 일초, 이초, 단꿈에 빠지려던 나는 곁방에서 들리는 제걱거리는 칼 소리와 문을 덜컥덜컥

여는 소리에 펄떡 놀라서 일어나 앉았다. 그러나 온몸을 취케 하던 졸음은 또다시 머리를 덮는다. 나는 무릎을 안고 머리를 묻은 뒤에 또다시 잠이 들었다. 또 한 초, 두 초, 시간은 흐른다. 덜컥! 마침내 우리 방문을 여는 소리가 났다. 나는 갑자기 굴복을 하고 머리를 들었다. 이미 잘 아는 바이거니와 한 초 전에 무거운 잠에 취하였던 사람이라고는 생각 안 되도록 긴장된다.

덜컥하는 소리와 함께 문이 열리며 간수가 서넛 들어섰다.

"뎅껭."

다섯 평이 좀 못 되는 방에는 너무 크지 않나 생각되는 우렁찬 소리가 울리며, 경험으로 말미암아 숙련된 흐르는 듯한 ─우리의 대명사인─ 번호가 불린다. 몇 호, 몇 호, 이렇게 흐르는 듯이 불러오던 간수부장은 한 번호에 머물렀다.

"나나햐쿠나나주욘고^{칠백칠십사 호}."

아무 대답이 없다.

"나나햐쿠나나주욘고."

자기의 대명사, 더구나 일본말로 부르는 것을 알아듣지 못한 칠백칠십사 호의 영감─곧 내 뒤에 앉은─은 역시 대답이 없었다. 나는 참다못해 그를 꾹 찔렀다. 놀라서 덤비는 대답이 그때야 겨우 들렸다.

"예, 하이!"

"난고 하야쿠 헨지오 시나이^{왜 빨리 대답을 아니 해}? 이리 와!"

이렇게 부장은 고함쳤다. 그러나 영감은 가만있었다. 고요한 가운데 소리 하나 없다.

"이리 오너라!"

두 번째 소리가 날 때에 영감은 허리를 구부리고 그의 앞에 갔다. 한순간 공기를 헤치는 날카로운 소리와 함께, 이것 역시 경험 때문에 손 익게 된 솜씨인, 드는 손 보이지 않는 채찍은 영감의 등에 내려 맞았다.

영감은 가만있었다. 그러나 눈에는 눈물이 있었다.

칠백칠십사 호 뒤의 번호들이 불린 뒤에 정신 차리라는 책망과 함께 영감은 자기 자리에 돌아오고, 감방문은 다시 닫혔다.

이상한 일이거니와 한 사람이 벌을 받으면 방 안의 전체가 떨린다. ─공분^{公憤 사람들이 다 같이 느끼는 분노}이라든가 동정이라든가는 결코 아니다.─ 몸만 떨릴 뿐 아니라 염통까지 떨린다. 이 떨림을 처음 경험한 것은 경찰서에서 세 시간을 연하여 맞은 뒤에 구류실에 들어가서 두 시간 동안을 사시나무 떨듯 떨던 때였다. 죽지나 않나까지 생각하였다. —지금은 매일 두세 번씩 당하는 현상이거니와…….—

방은 죽음의 방같이 소리 하나 없다. 숨도 크게 못 쉰다. 누구나 곁을 보면 거기는 악마라도 있는 것처럼 보려도 안 한다. 그들에게 과연 목숨이 남아 있는지?

좀 있다가 점검이 끝났는지 간수들의 발소리가 도로 우리 방 앞을 지나갔다. 그때 아까 그 영감의 조그만 소리가 겨우 침묵을 깨뜨렸다.

"집엔, 그 녀석^{간수} 보담 나이 많은 아들이 두 녀석이나 있쉐다가레……."

2

덥다.

몇 도인지 백십 도 혹은 그 이상인지도 모르겠다.

매일 아침 경험하는 바와 같이 동쪽 하늘에 떠오르는 해를, '저 해가 이제 곧 무르녹일 테지.' 생각하면 그 예언을 맞히려는 듯이 해는 어느덧 방 안을 무르녹인다.

다섯 평이 좀 못 되는 이 방에, 처음에는 스무 사람이 있었지만, 몇 방을 합칠 때에 스물여덟 사람이 되었다. 그때에 이를 어찌하노 하였다. 진남포 감옥에서 공소로 넘어온 사람까지 하여 서른네 사람이 되었을 때에 우리는 한숨을 쉬었다. 그러나 신의주와 해주 감옥에서 넘어온 사람까지 하여 마흔한 사람이 된 때에 우리는 한숨도 못 쉬었다. 혀를 찼다.

곧 처마 끝에 걸린 듯한 뜨거운 해는 그침 없이 더위를 보낸다. 몸속에 어디 그리 물이 많았던지 아침부터 그침 없이 흘린 땀은 그냥 멎지 않고 흐른다. 한참 동안 땀에 힘없이 앉아 있던 나는 마지막 힘을 내어 담벽을 기대고 흐늘흐늘 일어섰다. 지옥이었다. 빽빽이 앉은 사람들은 모두들 힘없이 머리를 늘이고 입을 송장같이 벌리고, 흐르는 침과 땀을 씻을 생각도 안 하고 먹먹히 앉아 있다. 둥그렇게 구부러진 허리, 맥없이 무릎 위에 놓인 팔, 뚱뚱 부은 짓퍼런 얼굴에 힘없이 벌려진 입, 정기 없는 눈, 흩어진 머리와 수염, 모든 것은 죽은 사람이었다.¹⁾ 이것이 과연 아침에 세면소까지 뛰어갔으며 두 시간 전에 점심 먹느라고 움직인 사람들인가. 나의 곤하여 둔하게

---

1) 더운 날씨에 감옥에서 고통받는 사람들의 모습을 생생하게 묘사하고 있다.

된 감각에도 눈이 쓰린 역한 냄새가 쏜다.

그들은 무얼 하여 여기 왔나. 바람 불고 잘 자리 있고 담배 있는 저 세상에서 무얼 하러 여기 왔나. 사랑스런 손주가 있는 사람도 있겠지. 예쁜 아내가 있는 사람도 있겠지. 제가 벌어먹이지 않으면 굶어 죽을 어머니가 있는 사람도 있겠지. 그리고 그들은 자유로 먹고 마시고 자유로 바람을 쏘이고 자유로 자고 있었을 테다. 그러면 그들이 어떤 요구로 여기를 왔나.

그러나 지금의 그들의 머리에는, 독립도 없고 자결도 없고 자유도 없고 사랑스러운 아내나 아들이며 부모도 없고 또는 더위를 깨달을만한 새로운 신경도 없다. 무거운 공기와 더위에게 괴로움 받고 학대받아서 조그맣게 두개골 속에 웅크리고 있는 그들의 피곤한 뇌에 다만 한 가지의 바람이 있다 하면, 그것은 냉수 한 모금이었다. 나라를 팔고 고향을 팔고 친척을 팔고 또는 뒤에 이를 모든 행복을 희생하여서라도 바꿀 값이 있는 것은 냉수 한 모금밖에는 없었다.[1]

즉 그때에 눈에 걸핏 떠오른 것은 —때때로 당하는 현상이거니와— 쫄

소설 한 장면　발단　무더운 날씨의 비좁은 감방에서 사람들이 고통받음

---

[1] 극한의 현실 속에서 도덕과 이성보다는 충동적이고 본능적인 욕구에 사로잡혀 있다.

쫄쫄쫄 흐르는 샘물과 표주박이었다.

"한 잔만 먹여다고, 제발……."

나는 누구에게 비는지 모르게 빌었다. 그리고 힘없는 눈을 또다시, 몸과 몸이 서로 닿아서 썩어서 몸에는 종기투성이요 전 인원의 십 분의 칠은 옴쟁이 옴이 오른 사람을 낮잡아 이르는 말 인 무리로 향하였다. 침묵의 끝없는 시간은 그냥 흐른다.

나는 도로 힘없이 앉았다.

"에, 더워 죽겠다!"

마지막 '죽겠다'는 말은 똑똑히 들리지 않도록 누가 토하는 듯이 말하였다. 그러나 아무도 거기에 대꾸할 용기가 없는지 또 끝없는 침묵이 연속된다.

머리나 몸 가운데 어느 것이든 노동하지 않고는 사람은 못 사는 것이다. 그 사람들이 몇 달 동안을 머리를 쓸 재료가 없이 몸을 움직일 틈이 없이 지내왔으니 어찌 견딜 수가 있을까. 그것도 이 더위에…….

더위는 저녁이 되어가며 차차 더하여진다. 모든 세포는 개개의 목숨을 가진 것같이, 더위에 팽창한 몸의 한 부분이라고는 생각할 수가 없었다. 무겁고 뜨거운 공기가 허파에 들어갔다가 나올 때마다 더위는 더하여진다. 이러고야 어찌 열병 환자가 안 날까?

닷새 전에 한 사람 병감 病監 교도소에서 병든 죄수를 따로 두는 감방 으로 나가고, 그저께 또 한 사람 나가고, 오늘 또 두 사람이 앓고 있다.

우리는 간수가 와서 병인을 병감으로 데리고 나갈 때마다, 부러운 눈으로 그들을 보았다. 거기는 한 방에 여남은 사람밖에는 두지 않았다. 그리고 그들에게는 '물'약을 주었다. 뿐만 아니라, 그들은 맑은 공기를 마실 기회가 있었다.

3

"오늘이 일요일이지요?"

나는 변기 위에 올라앉아서 어두운 전등 빛에 이를 잡으면서 곁에 서 있는 사람에게 물었다. ─우리는 하룻밤을 삼분 三分 하고, 사람을 삼분하여 번갈아 잠을 자고, 남은 사람은 서서 기다리기로 하였다.─

"내니 압네까? 좋은 팁네다만, 삼일날인지 주일날인디……."

그러나 종소리는 그냥 땡─땡─ 고요한 밤하늘에 울리어온다. 그것은 마

치, '여기는 자유로 냉수를 마시고 넓은 자리에서 잘 수 있는 사람이 있다.'
는 것처럼…….

"사람의 얼굴이 좀 보구 싶어서……."

"그래요. 정 사람의 얼굴이 보구파요."

"종소리 나는 저 세상엔 물두 있을 테지. 넓은 자리두 있을 테지. 바람두,
바람두, 불 테지……."

이렇게 나는 중얼거렸다.

"물? 물? 여보, 말 마오. 나두 밖에 있을 땐 목마르면 물두 먹구 넓은 자리
에서 잔 사람이외다."

그는 성가신 듯이 외면을 한다.

그 말을 듣고 보니 나도 밖에 있을 때는 자유로 물을 먹었다. 자유로 버
드렁거리며 잤다. 그러나 그것은 지나간 옛적의 꿈과 같이 머리에 남아 있
을 뿐이다.

"아이스크림두 있구."

이번은 이편의 젊은 사람이 나를 꾹 찔렀다.

"아이스크림? 그것만? 여보, 그것만? 내겐 마누라두 있소. 뜰의 유월도
_{음력 유월에 익는 복숭아} 두 거반^{居半 거의 절반 가까이} 익어갈 때요!"

나는 이렇게 말하였다. 즉 아까 영감이 성가신 듯이 도로 나를 보며 말
한다.

"마누라? 여보, 젊은 사람이 왜 그런 철없는 소리만 하오? 난 아들이 둘
씩이나 있었소. 삼월 야드렛날 뫼 골짜기에서 만세 부를 때 집안이 통 떨테
나서 불렀소구레. 그르누래는데 툭탁툭탁 총소리가 나더니 데켄^{'저쪽'의 방언} 앞
에 있던 맏이가 꼬꾸러딥데다가레. 그래서 그리구 가볼래는데 이번은 넢
에 있던 둘째두 또 꼬꾸러디디요. 한꺼번에 아들 둘을 잡아먹구…… 그래
서 정신없이 덤비누래니낀…… 음! 그런데 노형^{老兄 처음 만났거나 그다지 가깝지 않은 남자 어른들}
_{사이에서, 상대편을 높여 이르는 이인칭 대명사}은 마누라? 마누라가 대테 무어이요."

"그래서 어찌 됐소?"

나는 그냥 이를 잡으면서 물었다.

"내가 알갔소? 난 곧 잽혜왔으니낀. 밥두 차입^{差入 교도소나 구치소에 갇힌 사람에게 음식, 의복,}
_{돈 따위를 들여보냄} 안 하구 우티^{편지}두 안 보내는 걸 보느낀 죽었나 붸다."

"난 어디카구."

이번은 한 서너 사람 격하여 있는 마흔아믄 난 사람이 말을 시작하였다.

"그날 자꾸 부르구 있누래니끼, 그 헌병 놈들이 따라옵데다. 그래서 도망 덜 해서, 멧기슭에꺼정은 갔는데 뒤를 보아야 더 뛸 데가 없습데다가레. 궁한 쥐, 괭이에게 달려든다구 할 수 있습데까? 맞받아 나갔디요. 그르닝끼 총을 놓기 시작하는데 그러구 여게서 하나 더게서 하나 푹푹 된장독 넘어 디덧 꼬꾸라디는데……."

그는 여기서 잠깐 말을 멈추고 그때 일을 생각하는 듯하더니 다시 말을 시작한다.

"그르누래는데 우리 아우가 맞아 넘어딥데다가레. 그래서 뒤집어 업구 도망할래는데 엎틴 데 덮틴다구 그만 나꺼정 맞아 넘어뎄디요. 정신을 차리니끼 발세 밤인데 들이 춥기만 해요. 움쪽을 못 하갔는 걸 게와 벌벌 기어서 좀 가누라니끼 웅성웅성하는 사람 소리가 나요. 아, 사람의 소릴 들으니끼 푹 맥이 풀리는데 고만 쓰러데서 움쪽을 못 하갔시오. 그래서 헐덕거리구 가만있누래는데 발자국 소리가 가까워 오더니 '여게두 죽은 놈 하나 있다.' 하더니 발루 툭 참데다가레. 그래서 앓는 소릴 하니끼 죽디 않았다구 들것 에다가 담는데, 그때 보니끼 헌병덜이야. 사람이 막다른 골에 들믄 죽디 않게 났습데다. 약질두 안 하구 그대루 내버레둔 것이 이진 다 나아시오."

하며 그가 피투성이의 저고리 자락을 들치니까 거기는 다 나은 흐무러진 총알 자리가 있다.

"난 우리 아바진 —난 맹산서 왔디요— 우린 아바진 헌병대 구류장에서 총 맞아 없어시오. 오십 인이 나를 구류장에 몰아넣구 기관총으루…… 도 죽놈들!"

그러나 우리들—자지 않고 서서 기다리기로 한— 가운데도 벌써 잠이 든 사람이 꽤 많았다. 서서 자는 사람도 있다. 변기 위 내 곁에 앉았던 사람도 끄덕끄덕 졸다가 툭 변기에서 떨어졌다. 그리고 떨어진 그대로 잔다. 아래 깔린 사람도 송장이 아닌 증거로는 한두 번 다리를 버둥거릴 뿐 그냥 잔다.

나도 어느덧 잠이 들었는지 모르겠다. 가슴이 답답하여 깨니까 —매일 밤 여러 번씩 당하는 현상이거니와— 내 가슴과 머리는 온통 남의 다리—수십 개의— 아래 깔려 있다. 그것들을 우므적우므적 겨우 뚫고 일어나서 그냥 어깨에 걸려 있는 몇 개의 남의 다리를 치워버리고 무거운 김을 뱉었다.

다리 진열장이었다. 머리와 몸집은 다 어디 갔는지 방 안에 하나도 안 보이고, 다리만 몇 겹씩 포개이고 포개이고 하여 있다. 저편 끝에서 다리가 하나 버드렁거리는가 하면 이편 끝에서는 두 다리가 움질움질하고…… 그것도 송장의 것과 같은 시퍼런 다리를. 이, 사람의 세계를 멀리 떠난 그들에게도 사람과 같이 꿈이 꾸어지는지 —냉수 마시는 꿈이라도 꾸는지 모르겠다— 때때로 다리들 틈에서 꿈 소리가 나온다.

아아, 그들도 집에 돌아만 가면 빈약하나마 제나 잘 자리는 넉넉할 것을…….

저편 끝에서 다리가 일여덟 개 들썩들썩하더니 그 틈으로 머리가 하나 쑥 나오다가 긴 숨을 내어 쉬고 도로 다리 속으로 스러진다.

이것을 어렴풋이 본 뒤에 나도 자려고 맥 난 몸을 남의 다리에 기대었다.

4

아침 세수를 할 때마다 깨닫는 것은, 나는 결코 파래지^{파리하지. 몸이 마르고 낯빛이나 살색이 핏기가 전혀 없} 않았다는 것이었다. 부었는지 살졌는지는 모르지만, 하루 종일 더위에 녹고 밤새도록 졸음과 땀에게 괴로움 받은 얼굴을 상쾌한 찬물로 씻을 때마다 깨닫는 바가 이것이다. 거울이 없으니 내 얼굴은 알 수 없고 남의 얼굴은 점진적이니 모르지만 미끄러운 땀을 씻고 보둥보둥한 뺨을 만져볼 때마다 나는 결코 파래지 않았다는 것을 깨닫는다. 그리고 이 세수 뒤의 두세 시간이 우리의 살림 가운데는 그중 값이 있는 살림이며 그중 사람 비슷한 살림이었다. 이때뿐이 눈에는 빛이 있고 얼굴에는 산 사람의 기운이 있었다. 심지어는 머리도 얼마간 동작하며 혹은 농담을 하는 사람까지 생기게 된다. 좀 —단 몇 시간만— 지나면 모든 신경은 마비되고 머리를 늘이고 떠도 보지를 못하는 눈을 지리감고 끓는 기름과 같이 숨을 헐떡거릴 사람과 이 사람들 새에는 너무 간격이 있었다.

"이따는 또 더워질 테지요?"

나는 곁의 사람에게 이렇게 말하였다.

"더워요? 덥긴 왜 더워? 이것 보구려. 오히려 추운 편인데……."

그는 엄청스럽게 몸을 떨어본 뒤에 웃는다.

아직 아침은 서늘할 유월 중순이었다. 캘린더가 없으니 날짜는 똑똑히 모르되 음력 단오를 좀 지난 때였다. 하루 종일 받은 더위를 모두 방산한^{제멋대로 제각기 흩어진} 아침은 얼마간 서늘하였다.

"노형, 어제 공판公判 기소된 형사 사건을 법원이 심리하는 일. 또는 그런 절차 갔댔디요?"

이렇게 나는 그 사람에게 물었다.

"예."

"바깥 형편이 어떻습디까?"

"형편꺼정이야 알겠소? 거저 포플러버드나뭇과의 낙엽 교목 두 새파랗구, 구름도 세차게 날아다니구, 다 산 것 같습니다. 땅바닥꺼정 움직이는 것 같구. 사람들두 모두 상판이 시커먼 것이 우리 보기에는 도둑놈 관상입디다."

"그것을 한번 봤으면⋯⋯."

나는 한숨을 쉬었다. 삼월 그믐 아직 두꺼운 솜옷을 입고야 지낼 때에 여기를 들어온 나는 포플러가 푸른빛이었는지 녹빛이었는지 똑똑히 모른다.

"노형두 수일 공판 가겠디요."

"글쎄 언제 한 번은 갈 테지요. 그런데 좋은 소식은 못 들었소?"

"글쎄, 어제 이야기한 거같이 쉬 독립된답디다."

"쉬?"

"한 열흘 있으면 된답디다."

나는 거기에 대꾸를 하려 할 때에 곁방에서 담벽 두드리는 소리가 들렸다. 그것은 ㄱㄴㄷ과 ㅏㅑㅓㅕ를 수數로 한 우리의 암호 신보信報이었다.

"무, 엇, 이, 오."

이렇게 두드렸다.

"좋, 은, 소, 식, 있, 소, 독, 립, 은, 다, 되, 었, 다, 오."

"어, 디, 서, 들, 었, 소."

"오, 늘, 아, 침, 차, 입, 밥, 에, 편, ㅈ."

여기까지 오던 신호는 뚝 끊어졌다.

"보구려. 내 말이 옳지 않나⋯⋯."

아까 사람이 자랑스러운 듯이 수군거렸다.

"곁방에서 공판 갈 사람 불러낸다. 오늘은⋯⋯."

"노형, 꼭, 가디."

"글쎄, 꼭 가야겠는데. 사람두 보구, 시퍼런 나무들두 보구, 넓은 데를⋯⋯."

그러나 우리 방에서는 어제 간수부장에게 매 맞은 그 영감과 그밖에 영원 맹산 등지 사람 두셋이 불리어 나갈 뿐, 나는 역시 그 축에서 빠졌다.

'언제든, 한 번 간다.'

나는 맛없고 골이 나서 속으로 중얼거렸다. 그러나 그 '언제든'이 과연 언제일까. 오늘은 꼭 오늘은 꼭 이리하여 석 달을 밀려온 나였다. '영구'와 같이 생각되는 석 달을 매일 아침마다 공판 가기를 기다리면서 지내온 나였다. '언제 한때'란 과연 언제일까? 이런 석 달이 열 번 거듭하면 서른 달일 것이다.

"노형은 또 빠뎄구려."

"싫으면 그만두라지. 도죽놈들!"

"이제 한 번 안 가리까?"

"이제? 이제가 대체 언제란 말이오? 십 년을 기다려두 그뿐, 이십 년을 기다려두 그뿐……."

"그래두 한 번이야 안 가리까?"

"나 죽은 뒤에 말이오?"

나는 그에게까지 성을 내었다.

좀 뒤에 아침밥을 먹을 때까지도 나의 마음은 자못 편치 못하였다. 그것은 바깥 구경할 기회를 빨리 지어주지 않는 관리에게 대함이람보다, 오히려 공판에 불리어 나가게 된 행복된 사람들에게 대한 무거운 시기에 가까운 것이었다.

5

점심을 먹고, 비린내 나는 냉수를 한 대접 다 마신 뒤에 매일 간수의 눈을 기어가면서 장난하는 바와 같이, 밥그릇을 당기어서 거기에 아직 붙어 있는 밥알을 모두 뜯어서 이기기 시작하였다. 갑갑하고 답답하고 서로 이야기하는 것을 허락지 않고 공상을 하자 하여도 인전^{인제} 벌써 재료가 없어진 우리가 가질 수 있는, 다만 하나의 오락이 이것이었다. 때가 묻어서 새까맣게 될 때는 그 밥알은 한 덩어리의 떡으로 변한다. 그 떡은, 혹은 개, 혹은 돼지, 때때로는 간수의 모양으로 빚어져서 마지막에는 변기 속으로 들어간다…….

한참 내 손 속에서 움직이던 떡덩이는, 뿔은 좀 크게 되었지만 한 마리의 얌전한 소가 되어 내 무릎 위에 섰다. 나는 머리를 들었다.

아직 장난에 취하여 몰랐지만 해는 어느덧 또 무르녹이기 시작하였다. 빈대 죽인 피가 여기저기 묻은 양회 담벽에는 철창 그림자가 똑똑히 그려져 있다. 사르는 듯한 더위는 등지고 있는 창밖에서 등을 탁 치고, 안고 있는 담벽에서 반사하여 가슴을 탁 치고, 곁에 빽빽이 있는 사람의 열기로 온몸을 썩인다. 게다가 똥오줌 무르녹은 냄새와, 살 썩은 냄새와 옴 약 내에, 매일 수없이 흐르는 땀 썩은 냄새를 합하여, 일종의 독가스를 이룬 무거운 기체는 방에 가라앉아서 환기까지 되지 않는다. 우리의 피곤하여 둔하게 된 감각으로도, 넉넉히 깨달을 수 있는 역한 냄새였다. 간수가 가까이 와서 들여다보지 않는 것도 당연한 일이었다.

그리고 보니 생각나거니와 나뿐 아니라 온 사람의 몸에는 종기투성이였다. 가득 차고 일변 증발하는 변기 위에 올라앉아서 뒤를 볼 때마다 역정 나는 독한 습기가 엉덩이에 묻어서, 거기서 생긴 종기를 이와 빈대가 온몸에 퍼뜨려서 종기투성이가 아닌 사람이 없었다.

땀은 온몸에 뚝뚝 — 이라는 것보다, 좔좔 흐른다.

"에— 땀."

나는 힘없이 중얼거렸다. 이상한 수수께끼와 같은 일이 있었다. 밥 먹은 뒤에 냉수를 벌컥벌컥 마시면 이삼십 분 뒤에는 그 물이 모두 땀으로 되어 땀구멍으로 솟는다. 폭포와 같다 하여도 좋을 땀이 목과 가슴에서 흘러서, 온몸에 벌레 기어 다니는 것같이 그 불쾌함은 말할 수 없다.

그러나 땀을 씻는 사람은 하나도 없다. 손가락 하나라도 움직이면 초열지옥焦熱地獄에라도 떨어질 것같이, 흐르는 땀을 씻으려는 사람도 없다.

'얼핏 진찰감診察監에 보내어다고.'

나의 피곤한 머리는 이렇게 빌었다. 아침에 종기를 핑계 삼아 겨우 빌어서 진찰하러 갈 사람 축에 든 나는, 지금 그것밖에는 바랄 것이 없었다. 시원한 공기와 넓은 자리를 —다만 일이십 분 동안이라도— 맛보는 것은 여간한 돈이나 명예와는 바꿀 수 없는 귀중한 것이었다. 그것뿐 아니라, 입감入監 사람을 구치소나 교도소에 가두어 넣음 이래로 안부는커녕 어느 감방에 있는지도 모르는 아우의 소식도 알는지도 모르겠다.

즉 뜻하지 않게 눈에 떠오른 것은 집의 일이었다. 희다 못하여 노랗게까지 보이는 햇빛에 반사하는 양회 담벽에 먼저 담배와 냉수가 떠오르고 나의 넓은 자리가 —처음 순간에는 어렴풋하였지만— 똑똑히 나타났다. —어찌하여 그런 조그만 일까지 똑똑히 보였던지 아직껏 이상하게 생각하거니와— 파리만 한 마리, 성냥갑에서 담뱃갑으로 도로 성냥갑으로 왔다

갔다 한다.

"쌍!"

나는 뜨거운 기운을 뱉었다.

"파리까지 자유로 날아다닌다."

성내려야 성낼 용기까지 없어진 머리로 억지로 성을 내고, 눈에서 그 그림자를 지워버리려 하였다. 그러나 담배와 냉수는 곧 없어졌지만 성가신 파리는 끝끝내 떨어지지를 않았다.

나는 손을 들어서 ─마치 그 파리를 날리려는 것같이─ 두어 번 얼굴을 부친 뒤에 맥없이 아까 만든 소를 쥐었다.

6

공기의 맛이 달다고는, 참으로 경험해보지 못한 사람은 뜻도 못할 일일 것이다. 역한 냄새나는 뜨거운 기운을 뱉고 달고 맑은 새 공기를 들이마시는 처음 순간에는, 기절할 듯이 기뻤다.

서늘한 좋은 일기였다. 아까는 참말로 더웠는지 더웠으면 그 더위는 어디로 갔는지, 진찰감으로 가는 동안 오히려 춥다 하여도 좋을 만치 서늘하였다.

그러나 그보다도 더 기쁜 것은 거기서 아우를 만난 일이 있었다.

"어느 방에 있니?"

나는 머리를 간수에게 향한 대로 조그만 소리로 물었다.

"사四감 이二방에."

나는 좀 있다가 또 물었다.

"몇 사람씩이나 있니? 덥지?"

"모두덜 살이 뚱뚱 부었어……."

"도죽놈들. 우리 방엔 사십여 인이 있다. 몸뚱이가 모두 썩는다. 집에 오히려 널거서 걱정인 자리가 있건만, 너 그새 앓지나 않었니?"

"감옥에선 앓을래야 병이 안 나. 더워서 골치만 쏘디……."

"어떻게 여기─진찰감─ 나왔니?"

"배 아프다구 거짓부리하구……."

"난 종처투성이다. 이것 봐라."

하면서 나는 바지를 걷고 푸릿푸릿한 종기를 내어놓았다.

"그런데 너희 방에 옴쟁이는 없니?"

"왜 없어……."

그는, 누구도 옴쟁이고 누구도 옴쟁이고, 알 이름 모를 이름 하여 한 일여 덟 사람 부른다.

"그런데 집에서 면회는 왜 안 오는디……."

"글쎄 말이다. 모두들 죽었는지……."

문득 아직껏 생각도 하여보지 않은 일이 머리에 떠오른다. 석 달 동안을 바깥사람이라고는 간수들밖에는 보지 못한 우리에게는 바깥이 어떤 형편 인지는 모를 지경이었다. 간혹 재판소에 갔다 오는 사람도 있기는 하지만, 거기 다니는 길은 야외라, 성 안은 아직 우리가 여기 들어올 때와 같이 음 음한 기운이 시가를 두르고 상점은 모두 철전撤廛 시장, 가게 따위가 문을 닫고 영업을 하지 아니함 을 하고 있는지, 혹은 전과 같이 거리에는 홍정이 있고 집 안에는 웃음소리 가 터지며 예배당에는 결혼하는 패도 있으며 사람들은 석 달 전에 일어난 그 사건을 거반 잊고 있는지 보기는커녕 알지도 못할 일이었다. 일가나 친 척의 소소한 일은 더구나 모를 일이었다.

"다 무슨 변이 생겼나 보다."

"그래두 어제 공판 갔던 사람이 재판소 앞에서 맏형을 봤다는데……."

아우는 근심스러운 얼굴로 이렇게 말하였다. 그러나 그 아우의 마지막 "봤다는데."라는 말과 함께,

"천십칠 호!"

하고 고함치는 소리가 귀에 울리었다. 그것은 내 번호였다.

"네!"

"딘찰."

나는 빨리 일어서서 의사의 앞으로 갔다.

"오데가 아파?"

"여기요."

하고 나는 바지를 벗었다. 의사는 내가 내려놓은 엉덩이와 넓적다리를 얼핏 들여다보고, 요만 것을…… 하는 듯한 얼굴로 말없이 간호수에게 내 어 맡긴다. 거기서 껍진껍진한 고약을 받아서 되는대로 쥐어 바르고 이번 은 진찰 끝난 사람 축에 앉았다.

이때에 아우는 자기 곁에 앉은 사람과 ―나 앉은 데까지 들리도록― 무

슨 이야기를 둥둥하고 있었다.

나는 깜짝 놀라서 간수를 보았다. 간수는 아우를 주목하는 모양이었다.

나는 기지개를 하는 듯이 손을 들었다. 아우는 못 보았다. 이번은 크게 기침을 하였다. 그러나 그는 못 들은 모양이었다. 가슴이 떨리기 시작하였다.

'알귀야 할 터인데.'

몸을 움직움직하여 보았지만 그는 이야기에 정신이 팔려서 그냥 그치지 않고 하다가 간수가 두어 걸음 자기에게 가까이 올 때야 처음으로 정신을 차리고 시치미를 떼었다. 그러나 간수는 용서하지 않았다.

채찍의 날카로운 소리가 한 번 나는 순간 아우는 어깨에 손을 대고 쓰러졌다.

피와 열이 한꺼번에 솟아올라 나는 눈이 아득하여졌다.

좀 있다가 감방으로 돌아올 때에 빨리 곁눈으로 아우를 보니, 나를 보내는 그의 눈에는 눈물이 가득하여 있었다. 무엇이 어리고 순결한 그의 눈에 눈물을 고이게 하였나?

나는 바라고 또 바라던 달고 맑은 공기를 맛보기는 맛보았지만, 이를 맛보기 전보다 더 어둡고 무거운 머리를 가지고 감방으로 돌아오게 되었다.

바라고 또 바라던 달고 맑은 공기를 맛보기는 하였지만 이게 다 무슨 소용인가!

🍎 소설 한 장면　전개　'나'는 감옥 안에서 아우를 마주침

저녁을 먹은 뒤에 더위에 쓰러져 있던 나는 아직 내어가지 않은 밥그릇에서 젓가락을 꺼내어 손수건 좌우편 끝을 조금씩 감아서 부채와 같이 만들어서 부쳐보았다. 훈훈하고 냄새나는 바람이 땀 위를 살짝 스쳐서, 그래도 조금의 서늘함을 맛볼 수가 있었다. 이만 지혜가 어찌하여 아직 안 났던고. 나는 정신 잃은 사람같이 팔을 둘렀다. 이 감방 안에서는 처음의, 냄새는 나지만 약간의 바람이 벌레 기어 다니는 것같이 흐르던 가슴의 땀을 증발시키느라고 꿀 같은 냉미를 준다. 천장에 딱 붙은 전등이 켜졌다. 그러나 더위는 줄지 않았다. 손수건의 부채는 온 방 안이 흉내 내어 나의 뒷사람으로 말미암아 등도 부쳐졌다. 썩어진 공기가 움직인다.

그러나 우리들의 부채질은 재판소에서 돌아오는 사람들 때문에 중지되지 않을 수가 없었다. 우리 방에서 나갔던 서너 사람도 돌아왔다. 영원 영감도 송장 같은 얼굴로 돌아왔다.

나는 간수가 돌아간 뒤에 머리는 앞으로 향한 대로 손으로 영감을 찾았다.

"형편 어떻습디까?"

"모르갔소."

"판결은 어찌 되었소?"

영감은 대답이 없었다. 그의 입은 바늘로 호라매지나[꿰매지] 않았나? 그러나 한참 뒤에 그는 겨우 대답하였다. 그의 목소리는 대단히 떨렸다.

"태형笞刑 구십 도랍니다."

"거 잘됐구려! 이제 사흘 뒤에는, 담배두 먹구, 바람두 쏘이구…… 난 언제나……."

"여보! 잘돼시요? 무어이 잘된단 말이오? 나이 칠십 줄에 들어서서 태 맞으면— 말하기두 싫소. 난 아직 죽긴 싫어! 공소했쉐다!"

그는 벌컥 성을 내어 내게 달려들었다. 그러나 그의 말을 들은 뒤의 내 성도 그에게 지지를 않았다.

"여보! 시끄럽소. 노망했소? 당신은 당신이 죽겠다구 걱정하지만, 그래 당신만 사람이란 말이오? 이 방 사십여 인이 당신 하나 나가면 그만큼 자리가 넓어지는 건 생각지 않소? 아들 둘 다 총 맞아 죽은 다음에 뒤상['늙은이'의 방언] 하나 살아 있으면 무얼 해? 여보!"

나는 곁에 있는 다른 사람들에게 향하였다.

"여게 태형 언도 言渡 공판정에서 재판장이 판결을 알리는 일를 공소한 사람이 있답니다."

나는 이상한 소리로 껄껄 웃었다.

다른 사람들도 영감을 용서치 않았다. 노망하였다. 바보로다. 제 몸만 생각한다. 내어쫓아라. 여러 가지의 폄이 일어났다.[1]

영감은 대답이 없었다. 길게 쉬는 한숨만 우리의 귀에 들렸다. 우리들도 한참 비웃은 뒤에는 기진하여 기운이 다하여 힘이 없어져 잠잠하였다. 무겁고 괴로운 침묵만 흘렀다.

바깥은 어느덧 어두워졌다. 내동강 빛과 같은 하늘은 온 세상을 덮었다. 그 밑에서 더위와 목마름에 미칠 듯한 우리들은 아무 말 없이 앉아 있었다. 우리들의 입은 모두 바늘로 호라매지나 않았나.

그러나 한참 뒤에 마침내 영감이 나를 찾는 소리가 겨우 침묵을 깨뜨렸다.

"여보."

"왜 그러오?"

"그럼 어떡하란 말이오?"

 소설 한 장면　**위기**　'나'와 죄수들이 노인이 공소한 것을 비난하며 태형을 종용함

---

1) 감방 사람들은 본인이 편하기 위해서 영감을 비난하고 있다. 자신만을 생각하는 인간의 이기심이 잘 드러난다.

"이제라두 공소를 취하해야지!"

영감은 또 먹먹하였다. 그러나 좀 뒤에 그는 다시 나를 찾았다.

"노형 말이 옳소. 내 아들 두 놈은 정녕코 다 죽었쉐다. 난 나 혼자 이제 살아서 무얼 하겠소? 취하하게 해주소."

"진작 그럴 게지. 그럼 간수 부릅니다."

"그래 주소."

영감은 떨리는 소리로 말하였다.

나는 패통 ^{교도소에서 재소자가 용무가 있을 때에 담당 교도관을 부를 수 있도록 벽에 마련한 장치}을 쳤다. 간수는 왔다. 내가 통역을 서서 그의 뜻—이라는 것보다 우리의 뜻—을 말하매 간수는 시끄러운 듯이 영감을 끌어내 갔다.

자리에 돌아올 때에 방 안 사람들의 얼굴을 보니, 그들의 얼굴에는 자리가 좀 넓어졌다는 기쁨이 빛나고 있었다.

8

모깡 ^{'목욕'의 방언}, 이것은 우리가 십여 일 만에 한 번씩 가질 수 있는 우리의 가장 큰 행복이다.

"모깡!"

간수의 호령이 들릴 때에 우리들은 줄을 지어서 뛰어나갔다.

뜨거운 해에 쪼인 시멘트 길은 석 달 동안을 쉰 우리의 발에는 무섭게 뜨거웠다. 그러나 그것은 우리의 즐거움의 하나였다. 우리는 그 길을 건너서 목욕통 있는 데로 가서 옷을 벗어 던지고, 반고형 ^{半固形 고체와 액체의 중간 상태}이라 하여도 좋을 꺼룩한 목욕물에 뛰어들어갔다.

무엇이라고 형용할 수 없는 즐거움이었다. 곧 곁에는 수도가 있다. 거기서는 어쨌든 맑은 물이 나온다. 그것은 우리들의 머리에서 한때도 떠나보지 못한 '달콤한 냉수'이었다. 잠깐 목욕통 속에서 덤빈 나는 수도로 나와서 코끼리와 같이 물을 먹었다.

바깥에는 여러 복역수들이 일을 하고 있었다. 그것도 —갑갑함에 겨운— 우리들에게는 부러움의 푯대이었다. 그들은 마음대로 바람을 쏘일 수가 있었다. 목마르면 간수의 허락을 듣고 물을 먹을 수가 있다. 뿐만 아니라, 그들에게는 갑갑함이 없었다.

즉, 어느덧 그치라는 간수의 호령이 울리었다. 우리의 이십 초 동안의 목욕은 이에 끝났다. 우리는 —매를 맞지 않으려고— 시간을 유여치 않고 빨리 옷을 입은 뒤에 간수를 따라서 감방으로 돌아왔다.

꼭 가장 더울 시각이었다. 문을 닫는 다음 순간, 우리는 벌써 더위 속에 파묻혔다. 더위는 즐거움 뒤의 복수라는 듯이 용서 없이 우리를 내려쪼인다.

"벌써 덥다!"

나는 혼잣말로 중얼거렸다.

"매를 맞구라두 좀 더 있을걸……."

누가 이렇게 말한다. 서너 사람의 웃음 비슷한 소리가 들렸다. 그러나 그 뒤에는 먹먹하였다. 몇 시간 동안의 침묵이 연속되었다.

우리는 무서운 소리에 화닥닥 놀랐다. 그것은 단말마의 부르짖음이었다.

"히도쓰하나, 후다쓰둘."

간수의 헤어나가는 소리와 함께,

"아이구 죽겠다, 아이구, 아이구!"

부르짖는 소리가 우리의 더위에 마비된 귀를 찔렀다. 우리는 더위를 잊고 모두들 머리를 들었다. 우리의 몸은 한결같이 떨렸다. 그것은 태 맞는 사람의 부르짖음이었다.

서른까지 헨 뒤에 간수의 소리는 없어지고 태 맞은 사람의 앓는 소리만 처량히 우리의 귀에 들렸다.

둘째 사람이 태형대에 올라간 모양이다.

"히도쓰."

하는 간수의 소리에 연한 것은,

"아유!"

하는 기운 없는 외마디의 부르짖음이었다.

"후다쓰."

"아유!"

"미쓰셋."

"아유!"

우리는 그 소리의 주인을 알았다. 그것은 어젯밤 우리가 내어쫓은 그 영원 영감이었다. 쓰린 매를 맞으면서도 우렁찬 신음을 할 기운도 없이 "아유!" 외마디의 소리로 부르짖는 것은 우리가 억지로 매를 맞게 한, 그 영감이었다.

"요쓰넷."

"아유!"

"이쓰쓰다섯."

"후ㅡ."

나는 저절로 목이 늘어지는 것을 깨달았다. 나의 머리에는 어젯밤 그가 이 방에서 끌려나갈 때의 꼴이 떠올랐다.

"칠십 줄에 든 늙은이가 태 맞구 살길 바라갔소? 난 아무캐 되든 노형들 이나……."

그는 이 말을 채 맺지 못하고 초연히^{기세가 떨어져서 기운이 없이} 간수에게 끌려나갔다. 그리고 그를 내어쫓은 장본인은 이 나였다.

나의 머리는 더욱 숙여졌다. 멀거니 뜬 눈에서는 눈물이 나오려 하였다. 나는 그것을 막으려고 눈을 힘껏 감았다. 힘 있게 닫긴 눈은 떨렸다.

🍒 **소설 한 장면** 〔절정·결말〕 노인이 태를 맞으며 죽어가고 '나'는 죄책감을 느낌

🔭 생각해 볼까요?

📖 **선생님** 작품의 배경은 '다섯 평이 좀 못 되는' 좁은 감방 안이에요. 이런 공간을 배경으로 설정한 이유는 무엇일까요?

💬 2 ♥ 2

↳ **학생 1** '감옥'이라는 극한 상황이 인간에게 미치는 영향을 잘 보여 줄 수 있기 때문이에요. 감방 안에서 인간이 본능적이고 충동적인 욕구로 얼마나 추해질 수 있는지 사실적으로 보여 줘요.

↳ **학생 2** 또한, 비인간적인 일제의 억압과 횡포를 잘 보여 줘요.

📖 **선생님** '나'는 영원 영감에게 "이 방 사십여 인이 당신 하나 나가면 그만큼 자리가 넓어지는 건 생각지 않소?"라고 해요. 하지만 '나'의 말에는 논리적인 모순이 있어요. 어떤 모순인지 얘기해 볼까요?

💬 2 ♥ 2

↳ **학생 1** '나'는 영원 영감이 태형 받기를 거부하고 공소하려고 하자 그를 이기주의자로 몰아붙여요. '나'가 내세운 논리는 남의 고통을 헤아려 달라는 거예요. 그러나 감방 사람들이 겪는 고통은 비좁음이지만 영원 영감은 태형 90대를 맞으면 죽을 수도 있어요. 오히려 배려를 받아야 할 사람은 영원 영감인 거예요.

↳ **학생 2** 결국 '나'와 감방 사람들은 자신들이 조금이라도 편해지기 위해서 영원 영감에게 희생을 강요하고 있어요.

📖 **선생님** 「태형」은 작가의 다른 작품인 「배따라기」, 「감자」와 함께 그의 자연주의적 경향을 대표하는 작품으로 평가되고 있어요. 어떤 대목에서 자연주의적 특징이 드러나나요?

💬 1 ♥ 1

↳ **학생 1** 작품의 배경은 더운 여름날의 비좁은 감방이에요. 이런 극단적인 상황에서 이 환경에 영향을 받아 추악함을 드러내는 인간의 이기적인 심리를 섬세하고 사실적으로 묘사하고 있어요.

조선태형령	▼ 🔍

연관 검색어　　형벌　일제 강점기　무단통치

태형은 가는 막대로 죄인의 볼기를 치는 형벌이다. 1912년 일제는 치안 유지를 명목으로 한국인을 정식 재판 없이 태형에 처할 수 있도록 하는 '조선태형령'을 만들었다. 한국인을 잡아들이고 고문하는 수단이었던 이 법령은 3·1 운동 발생 후 폐지되었다.

감자

⚓ 작품 길잡이

갈래: 순수 소설, 사실주의 소설, 자연주의 소설
배경: 시간 - 1920년대 식민지 치하 / 공간 - 칠성문 밖 빈민굴
시점: 3인칭 작가 관찰자 시점
주제: 가난이 빚어 낸 한 여인의 비극
출전: 〈조선문단〉(1925)

📷 인물 관계도

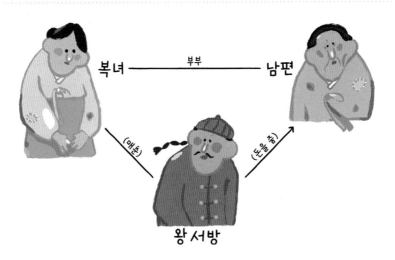

복녀		정직한 농가에서 바르게 자랐으나 환경이 변한 후 도덕성을 잃고 점점 타락한다.
왕 서방		중국인 지주로 모든 것을 돈으로 해결하려고 하는 배금주의자이다.
남편		게으르고 생활력이 없으며 도덕적으로 타락한 파렴치한 인물이다.

📑 구성과 줄거리

발단 복녀가 가난한 홀아비에게 시집을 가게 됨

복녀는 가난한 농가에서 반듯하게 자란 처녀이다. 열다섯이 되던 해 복녀는 홀아비에게 팔십 원에 팔려 시집을 간다. 그녀의 남편은 게으르고 무능력한 사람으로, 복녀와 남편은 칠성문 밖 빈민굴에서 살게 된다.

전개 송충이 잡이에 나간 이후 복녀의 타락이 시작됨

복녀는 당국에서 벌인 송충이 잡이에 나선다. 감독이 복녀에게 딴짓을 제의한 이후 복녀는 일하지 않고도 삯을 받는다. 복녀의 남편은 복녀가 돈을 벌어 오는 것을 반긴다.

위기 복녀가 왕 서방의 새색시에게 질투를 느낌

칠성문 밖 사람들은 중국인 채마밭의 감자를 도둑질하곤 한다. 복녀도 감자를 훔쳤는데, 어느 날 왕 서방에게 들켜 그의 집으로 끌려간다. 그 후 왕 서방은 수시로 복녀를 찾고 그 대가로 복녀는 돈을 받는다. 그러던 어느 날 왕 서방이 혼인을 위해 다른 여자를 데려오자 복녀는 강한 질투를 느낀다.

절정 복녀가 왕 서방에게 덤벼들다 죽임을 당함

왕 서방의 첫날밤 복녀가 신방에 뛰어든다. 복녀는 왕 서방을 잡아끌고 왕 서방은 복녀를 뿌리친다. 복녀는 낫을 들고 덤벼들다 오히려 왕 서방의 손에 죽는다.

결말 복녀는 뇌일혈로 죽었다는 진단을 받고 공동묘지로 실려 감

복녀가 죽은 지 사흘이 지나자 시체 앞에 왕 서방, 복녀 남편, 한의사가 둘러앉는다. 왕 서방은 복녀 남편과 한의사에게 돈을 건넨다. 이튿날 복녀는 뇌일혈로 죽었다는 진단을 받고 공동묘지로 실려 간다.

감자

싸움, 간통, 살인, 도적, 구걸, 징역 이 세상의 모든 비극과 활극의 근원지인, 칠성문 밖 빈민굴로 오기 전까지는, 복녀의 부처는 사농공상의 제2위에 드는 농민이었었다.

복녀는, 원래 가난은 하나마 정직한 농가에서 규칙 있게 자라난 처녀였었다. 이전 선비의 엄한 규율은 농민으로 떨어지자부터 없어졌다 하나, 그러나 어딘지는 모르지만 딴 농민보다는 좀 똑똑하고 엄한 가율이 그의 집에 그냥 남아 있었다. 그 가운데서 자라난 복녀는 물론 다른 집 처녀들과 같이 여름에는 벌거벗고 개울에서 멱 감고, 바짓바람으로 동리를 돌아다니는 것을 예사로 알기는 알았지만, 그러나 그의 마음속에는 막연하나마 도덕이라는 것에 대한 저품^{'두려움'의 옛말}을 가지고 있었다.

그는 열다섯 살 나는 해에 동리 홀아비에게 팔십 원에 팔려서 시집이라는 것을 갔다. 그의 새서방—영감이라는 편이 적당할까—이라는 사람은 그보다 이십 년이나 위로서, 원래 아버지의 시대에는 상당한 농군으로서 밭도 몇 마지기가 있었으나, 그의 대로 내려오면서는 하나둘 줄기 시작하여서 마지막에 복녀를 산 팔십 원이 그의 마지막 재산이었다. 그는 극도로 게으른 사람이었었다. 동리 노인들의 주선으로 소작 밭깨나 얻어 주면, 종자만 뿌려 둔 뒤에는 후치질^{극쟁이질. 극쟁이는 쟁기와 흡사한 농기구의 일종}도 안 하고 김도 안 매고 그냥 내버려 두었다가는, 가을에 가서는 되는 대로 거두어서 '금년은 흉년이네.' 하고 전주집에는 가져도 안 가고 자기 혼자 먹어 버리고 하였다. 그러니까 그는 한 밭을 이태를 연하여 부쳐 본 일이 없었다. 이리하여 몇 해를 지내는 동안 그는 그 동리에서는 밭을 못 얻으리만큼 인심을 잃고 말았다.

복녀가 시집을 간 뒤 한 삼사 년은 장인의 덕택으로 이렁저렁 지나갔으나, 이전 선비의 꼬리인 장인은 차차 사위를 밉게 보기 시작하였다. 그들은 처가에까지 신용을 잃게 되었다.

그들 부처는 여러 가지로 의논하다가 하릴없이 평양성 안으로 막벌이로 들어왔다. 그러나 게으른 그에게는 막벌이나마 역시 되지 않았다. 하루 종일 지게를 지고 연광정에 가서 대동강만 내려다보고 있으니, 어찌 막벌이

인들 될까. 한 서너 달 막벌이를 하다가, 그들은 요행 어떤 집 막간^{행랑. 대문간에 붙}
^{어 있는 방} 살이로 들어가게 되었다.

그러나 그 집에서도 얼마 안 하여 쫓겨 나왔다. 복녀는 부지런히 주인집
일을 보았지만 남편의 게으름은 어찌할 수가 없었다. 매일 복녀는 눈에 칼
을 세워 가지고 남편을 채근하였지만, 그의 게으른 버릇은 개를 줄 수는 없
었다.

"볏섬 좀 치워 달라우요."

"남 졸음 오는데. 님자 치우시관."

"내가 치우나요?"

"이십 년이나 밥 먹구 그걸 못 치워!"

"에이구, 칵 죽구나 말디."

"이년, 뭘."

이러한 싸움이 그치지 않다가, 마침내 그 집에서도 쫓겨 나왔다.

이젠 어디로 가나? 그들은 하릴없이 칠성문 밖 빈민굴로 밀리어 나오게
되었다.

칠성문 밖을 한 부락으로 삼고 그곳에 모여 있는 모든 사람들의 정업^{직업,}
^{생업}은 거라지요, 부업으로는 도적질과 자기네끼리의 매음, 그밖에 이 세상
의 모든 무섭고 더러운 죄악이었었다. 복녀도 그 정업으로 나섰다.

🍂 소설 한 장면　발단　복녀가 가난한 홀아비에게 시집을 가게 됨

그러나 열아홉 살의 한창 좋은 나이의 여편네에게 누가 밥인들 잘 줄까.

"젊은 거이 거랑질은 왜."

그런 소리를 들을 때마다 그는 여러 가지 말로, 남편이 병으로 죽어 가거니 어쩌거니 핑계는 대었지만, 그런 핑계에는 단련된 평양 시민의 동정은 역시 살 수가 없었다. 그들은 이 칠성문 밖에서도 가장 가난한 사람 가운데 드는 편이었다. 그 가운데서 잘 수입되는 사람은 하루에 오 리짜리 돈뿐으로 일 원 칠팔십 전의 현금을 쥐고 돌아오는 사람까지 있었다. 극단으로 나가서는 밤에 돈벌이 나갔던 사람은 그날 밤 사백여 원을 벌어 가지고 와서 그 근처에서 담배 장사를 시작한 사람까지 있었다.

복녀는 열아홉 살이었었다. 얼굴도 그만하면 빤빤하였다. 그 동리 여인들의 보통 하는 일을 본받아서 그도 돈벌이 좀 잘하는 사람의 집에라도 간간 찾아가면 매일 오륙십 전은 벌 수가 있었지만, 선비의 집안에서 자라난 그는 그런 일은 할 수가 없었다.

그들 부처는 역시 가난하게 지냈다. 굶는 일도 흔히 있었다.

기자묘 솔밭에 송충이가 끓었다. 그때, 평양 '부'에서는 은혜를 베푸는 뜻으로 그 송충이를 잡는 데 칠성문 밖 빈민굴의 여인들을 인부로 쓰게 되었다.

빈민굴 여인들은 모두 다 지원을 하였다. 그러나 뽑힌 것은 겨우 오십 명쯤이었다. 복녀도 그 뽑힌 사람 가운데 한 사람이었었다.

복녀는 열심으로 송충이를 잡았다. 소나무에 사다리를 놓고 올라가서는, 송충이를 집게로 집어서 약물에 잡아넣고 잡아넣고, 그의 통은 잠깐 새에 차고 하였다. 하루에 삼십이 전씩의 공전이 그의 손에 들어왔다.

그러나 대엿새 하는 동안에 그는 이상한 현상을 하나 발견하였다. 그것은 다른 것이 아니라, 젊은 여인부 한 여남은 사람은 언제나 송충이는 안 잡고 아래서 지절거리며 웃고 날뛰기만 하고 있는 것이었다. 뿐만 아니라, 그 놀고 있는 인부의 공전은 일하는 사람의 공전보다 팔 전이나 더 많이 내어 주는 것이다.

감독은 한 사람뿐이지만 감독도 그들의 놀고 있는 것을 묵인할 뿐 아니라, 때때로는 자기까지 섞여서 놀고 있었다.

어떤 날 송충이를 잡다가 점심때가 되어서, 나무에서 내려와서 점심을 먹고 다시 올라가려 할 때에 감독이 그를 찾았다.

"복네, 애 복네."

"왜 그럽네까?"

그는 약통과 집게를 놓은 뒤에 돌아섰다.

"좀 오나라."

그는 말없이 감독 앞에 갔다.

"애, 너, 음…… 데 뒤 좀 가 보디 않갔니?"

"뭘 하레요?"

"글쎄, 가야…….."

"가디요, 형님."

그는 돌아서면서 인부들 모여 있는 데로 고함쳤다.

"형님두 갑세다 가레."

"싫다, 애. 둘이서 재미나게 가는데, 내가 무슨 맛에 가갔니?"

복녀는 얼굴이 새빨갛게 되면서 감독에게로 돌아섰다.

"가 보자."

감독은 저편으로 갔다. 복녀는 머리를 수그리고 따라갔다.

"복네 좋갔구나."

소설 한 장면　전개　송충이 잡이에 나간 이후 복녀의 타락이 시작됨

뒤에서 이러한 고함 소리가 들렸다. 복녀의 숙인 얼굴은 더욱 발갛게 되었다.

그날부터 복녀도 '일 안 하고 공전 많이 받는 인부'의 한 사람으로 되었다.

복녀의 도덕관 내지 인생관은 그때부터 변하였다.[1]

그는 아직껏 딴 사내와 관계를 한다는 것을 생각하여 본 일도 없었다. 그 것은 사람의 일이 아니요 짐승의 하는 짓으로만 알고 있었다. 혹은 그런 일을 하면 탁 죽어지는지도 모를 일로 알았다.

그러나 이런 이상한 일이 어디 다시 있을까! 사람인 자기도 그런 일을 한 것을 보면, 그것은 결코 사람으로 못 할 일이 아니었었다. 게다가 일 안 하고도 돈 더 받고, 긴장된 유쾌가 있고, 빌어먹는 것보다 점잖고…….

일본 말로 하자면 '삼박자三拍子' 같은 좋은 일은 이것뿐이었었다. 이것이 야말로 삶의 비결이 아닐까. 뿐만 아니라, 이 일이 있은 뒤부터, 그는 처음으로 한 개 사람이 된 것 같은 자신까지 얻었다.

그 뒤부터는, 그의 얼굴에는 조금씩 분도 바르게 되었다.

일 년이 지났다.

그의 처세의 비결은 더욱더 순탄히 진척되었다. 그의 부처는 이제는 그리 궁하게 지내지는 않게 되었다.

그의 남편은 이것이 결국 좋은 일이라는 듯이 아랫목에 누워서 벌신벌신 웃고 있었다.

복녀의 얼굴은 더욱 이뻐졌다.

"여보, 아즈바니. 오늘은 얼마나 벌었소?"

복녀는 돈 좀 많이 번 듯한 거라지를 보면 이렇게 찾는다.

"오늘은 많이 못 벌었쉐다."

"얼마?"

"도무지 열서너 냥."

"많이 벌었쉐다가레, 한 댓 냥 꿰 주소고래."

"오늘은 내가……."

---

[1] 복녀는 칠성문 밖이라는 열악한 공간에 살면서 무능한 남편으로 인해 빈곤한 생활을 하게 된다. 이러한 환경적 요인 때문에 복녀의 성격이 변한다.

어쩌고 어쩌고 하면, 복녀는 곧 뛰어가서 그의 팔에 늘어진다.

"나한테 들킨 댐에는 뀌구야 말아요."

"난 원 이 아즈마니 만나문 야단이더라. 자, 꿰 주디. 그 대신 응? 알아 있디?"

"난 몰라요. 해해해해."

"모르문, 안 줄 테야."

"글쎄, 알았대두 그런다."

그의 성격은 이만큼까지 진보되었다.

가을이 되었다.

칠성문 밖 빈민굴의 여인들은 가을이 되면 칠성문 밖에 있는 중국인의 채마밭에 감자며 배추를 도적질하러 밤에 바구니를 가지고 간다. 복녀도 감자깨나 잘 도적질하여 왔다.

어떤 날 밤, 그는 감자를 한 바구니 잘 도적질하여 가지고, 이젠 돌아오려고 일어설 때에, 그의 뒤에 시꺼먼 그림자가 서서 그를 꽉 붙들었다. 보니, 그것은 그 밭의 소작인인 중국인 왕 서방이었었다. 복녀는 말도 못 하고 멀진멀진 발아래만 내려다보고 있었다.

"우리 집에 가."

왕 서방은 이렇게 말하였다.

"가재문 가디. 흥, 것두 못 갈까."

복녀는 엉덩이를 한번 홱 두른 뒤에 머리를 젖히고 바구니를 저으면서 왕 서방을 따라갔다.

한 시간쯤 뒤에 그는 왕 서방의 집에서 나왔다. 그가 밭고랑에서 길로 들어서려 할 때에, 문득 뒤에서 누가 그를 찾았다.

"복네 아니야?"

복녀는 홱 돌아서 보았다. 거기는 자기 곁집 여편네가 바구니를 끼고 어두운 밭고랑을 더듬더듬 나오고 있었다.

"형님이댔쉐까? 형님두 들어갔댔쉐까?"

"님자두 들어갔댔나?"

"형님은 뉘 집에?"

"나? 눅 서방네 집에. 님자는?"

"난 왕 서방네⋯⋯. 형님 얼마 받았소?"

"눅 서방네 그 깍쟁이놈, 배추 세 페기⋯⋯."

"난 삼 원 받았디."

복녀는 자랑스러운 듯이 대답하였다.

십 분쯤 뒤에 그는 자기 남편과, 그 앞에 돈 삼 원을 내어놓은 뒤에, 아까 그 왕 서방의 이야기를 하면서 웃고 있었다.

그 뒤부터 왕 서방은 무시로 복녀를 찾아왔다.

한참 왕 서방이 눈만 멀진멀진 앉아 있으면, 복녀의 남편은 눈치를 채고 밖으로 나간다. 왕 서방이 돌아간 뒤에는 그들 부처는, 일 원 혹은 이 원을 가운데 놓고 기뻐하고 하였다.

복녀는 차차 동리 거지들한테 애교를 파는 것을 중지하였다. 왕 서방이 분주하여 못 올 때가 있으면 복녀는 스스로 왕 서방의 집까지 찾아갈 때도 있었다.

복녀의 부처는 이제 이 빈민굴의 한 부자였었다.

그 겨울도 가고 봄이 이르렀다.

그때 왕 서방은 돈 백 원으로 어떤 처녀를 하나 마누라로 사 오게 되었다.

🎙 소설 한 장면　위기　복녀가 왕 서방의 새색시에게 질투를 느낌

"흥."

복녀는 다만 코웃음만 쳤다.

"복녀, 강짜^{嫉妬}하갔구만."

동리 여편네들이 이런 말을 하면, 복녀는 흥 하고 코웃음을 웃고 하였다.

"내가 강짜를 해?"

그는 늘 힘 있게 부인하고 하였다. 그러나 그의 마음에 생기는 검은 그림자는 어찌할 수가 없었다.

"이놈 왕 서방, 네 두고 보자."

왕 서방의 색시를 데려오는 날이 가까웠다. 왕 서방은 아직껏 자랑하던 기다란 머리를 깎았다. 동시에 그것은 새색시의 의견이라는 소문이 쫙 퍼졌다.

"흥."

복녀는 역시 코웃음만 쳤다.

마침내 색시가 오는 날이 이르렀다. 칠보단장에 사인교를 탄 색시가, 칠성문 밖 채마밭 가운데 있는 왕 서방의 집에 이르렀다.

밤이 깊도록, 왕 서방의 집에는 중국인들이 모여서 별한 악기를 뜯으며 별한 곡조로 노래하며 야단하였다.

복녀는 집 모퉁이에 숨어 서서 눈에 살기를 띠고 방 안의 동정을 듣고 있었다.

다른 중국인들은 새벽 두 시쯤 하여 돌아갔다. 그 돌아가는 것을 보면서 복녀는 왕 서방의 집 안에 들어갔다. 복녀의 얼굴에는 분이 하얗게 발리어 있었다.

신랑 신부는 놀라서 그를 쳐다보았다. 그것을 무서운 눈으로 흘겨보면서, 그는 왕 서방에게 가서 팔을 잡고 늘어졌다. 그의 입에서는 이상한 웃음이 흘렀다.

"자, 우리 집으로 가요."

왕 서방은 아무 말도 못 하였다. 눈만 정처 없이 두룩두룩하였다. 복녀는 다시 한 번 왕 서방을 흔들었다.

"자, 어서."

"우리, 오늘 밤 일이 있어 못 가."

"일은 밤중에 무슨 일."

"그래두, 우리 일이……."

복녀의 입에 아직껏 떠돌던 이상한 웃음은 문득 없어졌다.

"이까짓 것."

그는 발을 들어서 치장한 신부의 머리를 찼다.

"자, 가자우, 가자우."

왕 서방은 와들와들 떨었다. 왕 서방은 복녀의 손을 뿌리쳤다.

복녀는 쓰러졌다. 그러나 곧 다시 일어섰다. 그가 다시 일어설 때는, 그의 손에는 얼른얼른하는 낫이 한 자루 들리어 있었다.

"이 되놈, 죽어라, 죽어라. 이놈, 나 때렸디! 이놈아, 아이구, 사람 죽이누나."

그는 목을 놓고 처울면서 낫을 휘둘렀다. 칠성문 밖 외딴 밭 가운데 홀로 서 있는 왕 서방의 집에서는 일장의 활극이 일어났다. 그러나 그 활극도 곧 잠잠하게 되었다. 복녀의 손에 들리어 있던 낫은 어느덧 왕 서방의 손으로 넘어가고, 복녀는 목으로 피를 쏟으면서 그 자리에 고꾸라져 있었다.

복녀의 송장은 사흘이 지나도록 무덤으로 못 갔다. 왕 서방은 몇 번을 복녀의 남편을 찾아갔다. 복녀의 남편도 때때로 왕 서방을 찾아갔다. 둘의 새에는 무슨 교섭하는 일이 있었다. 사흘이 지났다.

🖐 소설 한 장면 **절정** 복녀가 왕 서방에게 덤벼들다 죽임을 당함

밤중에 복녀의 시체는 왕 서방의 집에서 남편의 집으로 옮겨졌다.

그리고 그 시체에는 세 사람이 둘러앉았다. 한 사람은 복녀의 남편, 한 사람은 왕 서방, 또 한 사람은 어떤 한방 의사. 왕 서방은 말없이 돈주머니를 꺼내어, 십 원짜리 지폐 석 장을 복녀의 남편에게 주었다. 한방의의 손에도 십 원짜리 두 장이 갔다.[1]

이튿날 복녀는 뇌일혈로 죽었다는 한방의의 진단으로 공동묘지로 실려 갔다.

🍎 소설 한 장면   결말   복녀는 뇌일혈로 죽었다는 진단을 받고 공동묘지로 실려 감

---

1) 죽음마저도 돈으로 거래되는 비참한 현실과 인간의 존엄성이 상실된 모습이 드러난다.

🔭 생각해 볼까요?

선생님 이 소설의 제목은 「감자」예요. 감자는 소설의 주제와 어떤 관련이 있을까요?
💬 1 🤍 1

학생 1 복녀는 가난 때문에 왕 서방이 소작하는 밭에서 감자를 훔치고 이로 인해 타락의 수렁으로 빠져들어요. 이러한 감자는 복녀의 타락을 상징적으로 보여 주는 매개물이에요.

선생님 칠성문 밖은 평양으로부터 멀리 떨어져 있어 통제가 어려운 공간이에요. 싸움, 간통, 살인 등 부도덕한 일이 연이어 일어나는 범죄의 온상이죠. 이러한 공간적 배경이 지닌 의미는 무엇일까요?
💬 1 🤍 1

학생 1 파렴치한 일들이 일어나는 칠성문 밖 빈민굴은 정상적이고 도덕적인 세계로부터 단절된 공간이에요. 이곳은 작품에서 비극적 결말을 이끌어 내는 데 중요한 배경이 돼요.

선생님 복녀는 한자로 '福女'라고 쓰고, 이는 '복이 있는 여자'라는 뜻이예요. 하지만 이 작품에서는 다른 의미로 쓰였어요. 작가는 왜 주인공에게 '복녀'라는 이름을 붙인 것일까요?
💬 2 🤍 2

학생 1 복녀는 비극적 운명을 지닌 인물이에요. 이를 생각하면 복녀를 복이 있는 여자라고 할 수 없어요.

학생 2 결국 '복녀'라는 이름은 반어적 성격을 띠고 있다는 걸 알 수 있어요. 이는 작품의 주제를 더욱 부각시켜요.

선생님 이 작품을 읽을 때에는 '환경 결정론'을 참고할 수 있어요. 환경 결정론이란 인간은 주어진 환경에 따라 변화하게 된다는 사상이에요. 김동인은 환경 결정론을 가지고 '인형 조종술'이란 소설 작법을 고안해 냈어요. 작가가 신과 같은 위치에서 인물의 운명과 행동을 인형을 조종하듯 결정하지요. 이 작품에서 이러한 환경 결정론은 어떻게 드러나나요?
💬 1 🤍 1

학생 1 복녀가 혼인하기 전에는 규칙 있는 집안에서 바르게 자라 마음속에 양심이나 도덕성 같은 것이 있었어요. 그러나 심한 가난과 남편의 무관심을 겪으면서 복녀의 도덕성이 타락해요. 결국 금전을 대가로 자신의 몸을 파는 행동을 하고, 극단적 행동을 하다 목숨을 잃어요. 이처럼 나름대로 바른 가치관을 가지려 했던 복녀가 상황에 따라 변화하는 모습에서 볼 수 있어요.

선생님 이 작품은 인물과 삶의 모습을 세밀하게 묘사한 자연주의 소설이라는 평을 받아요. 그러나 일제 강점기 우리 민족의 궁핍과 그 원인을 담는 데는 부족함이 있다는 평을 받기도 하지요. 그 이유는 무엇일까요?

 1 ♥ 1

학생 1 이 소설이 복녀 개인의 가난과 타락에 대해서만 이야기하고 있기 때문이에요. 일제 강점기라는 당시의 상황 속에서 우리 민족이 겪었던 빈곤과 고통, 그 사회적 원인에 대해서는 다루고 있지 않아요.

고구마와 감자의 비밀 ▼ 🔍

연관 검색어   감자 고구마 구황작물

고구마와 감자는 각각 일본과 중국에서 들어온 구황작물이다. 감자보다 고구마가 더 일찍 일본에서 들어왔다. 이때 고구마의 이름은 '감저'였다. 그러다 중국에서 감자가 들어온 후부터는 감자는 '북감저', 고구마는 '감저'라고 불렸다. 이렇게 고구마와 감자는 혼용의 시기를 거치다가 지금의 이름에 이르게 되었다.

하지만 어떤 지역에서는 고구마가 원래 자기 이름을 보존하고 있기도 하다. 그 예로 제주도 방언으로는 고구마를 '감저', 충청도 방언으로는 '무감자'라고 부른다. 김동인의 소설 「감자」 역시 원래 고구마를 의미한다.

광염소나타

#사회적금기　　#천재성　　#범죄행위　　#유미주의

⚓ 작품 길잡이

갈래: 액자 소설, 탐미주의 소설, 유미주의 소설
배경: 시간과 공간의 제한을 받지 않는 곳
시점: 1인칭 관찰자 시점('백성수'가 서술하는 경우 - 1인칭 주인공 시점)
주제: 예술을 향한 한 음악가의 광기 어린 열정
출전: 〈중외일보〉(1930)

📷 인물 관계도

（토론）

K (음악 비평가)

백성수

모 씨 (사회 교화자)

（후견）

백성수	광기를 일으켜 천재적 음악성을 발휘하는 작곡가이다.
K	음악 평론가이며, 백성수의 천재성을 알아보고 그의 후견인이 된다. 예술을 위해 백성수의 광기를 부추긴다.
모 씨	사회 교화자이며 윤리, 도덕을 중요하게 여긴다. K에게 백성수에 대한 이야기를 듣는다.

📋 구성과 줄거리

도입 　**서술자는 이 이야기가 어디에서나 생길 수 있다고 전제함**

서술자는 독자에게 '이제 쓰려는 이야기를 이 세상 어떤 곳에서 생긴 일이라고 생각해도 좋다. 주인공 되는 백성수를 특정 인물이 아닌, 어떤 사람이라고 생각해도 좋다.'라는 전제로 이야기를 시작한다.

외화 　**음악 비평가와 사회 교화자가 대화를 나눔**

음악 비평가 K가 사회 교화자 모 씨에게 범죄라는 기회를 통해 한 사람의 천재성이 발현되는 것이 정당한지에 대해 질문하면서 백성수에 관한 이야기를 시작한다.

내화 　**영감을 얻기 위해 범죄 행위를 한 백성수는 정신 병원에 갇힘**

백성수의 아버지는 광포한 천재 음악가이다. 술에 절어 살던 그는 양가의 처녀를 아내로 맞이하였으나 심장마비로 죽고 만다. 30년의 세월이 흐른다. 재작년 예배당에서 명상을 즐기던 K는 이상한 소리를 듣는다. 밖을 내다보니 한 집이 불타고 있다. 그때 예배당 문을 열고 한 사나이가 들어온다. 사나이는 불타는 광경을 한참 바라보다가 피아노를 발견하고는 연주를 시작한다. K는 그의 얼굴이 백○○와 너무나 닮았다고 느낀다. 그날 밤 백성수는 K에게 자신의 사연을 털어놓는다.

홀어머니는 백성수를 제대로 키우기 위해 애썼으며, 여섯 살 때 피아노를 장만해 주기도 하였다. 10여 년이 지난 후 어머니가 몹쓸 병에 걸렸고, 백성수는 돈을 마련하기 위해 담배 가게를 털다가 붙잡혀 감옥살이를 하였다. 출옥한 후 백성수는 어머니가 자신을 기다리다 죽었다는 소식을 들었다. 그리고 복수심에 담배 가게에 불을 지른 뒤 예배당에 들어온 것이다.

백성수는 K의 배려로 음악에 정진하지만 방화, 살인 등의 범죄 행위를 통해 작품 창작의 영감을 얻는다. 결국 백성수는 경찰에 붙잡혀 정신 병원에 간힌다.

외화 　**천재 예술가를 놓고 K와 모 씨의 견해가 엇갈림**

편지를 다 읽고 난 뒤 K는 사회 교화자의 의견을 묻는다. 사회 교화자가 죗값은 치러야 한다고 말하자, K는 천재 예술가를 구하는 것이 옳다고 말하며 눈물을 흘린다.

광염소나타

독자는 이제 내가 쓰려는 이야기를, 유럽의 어떤 곳에 생긴 일이라고 생각하여도 좋다.[1] 혹은 사십, 오십 년 뒤에 조선을 무대로 생겨날 이야기라고 생각하여도 좋다. 다만, 이 지구상의 어떠한 곳에 이러한 일이 있었는지도 모르겠다, 있는지도 모르겠다, 혹은 있을지도 모르겠다, 가능성만은 있다—이만치 알아두면 그만이다.

그런지라, 내가 여기 쓰려는 이야기의 주인공 되는 백성수(白性洙)를 혹은 알벨트라 생각하여도 좋을 것이요, 짐이라 생각하여도 좋을 것이요, 또는 호모(海某)나 기무라모(木村某)로 생각하여도 괜찮다. 다만 사람이라 하는 동물을 주인공 삼아 가지고 사람의 세상에서 생겨난 일인 줄만 알면…….

이러한 전제로써, 자 그러면 내 이야기를 시작하자.

"기회라고 하는 것이 사람을 망하게도 하고, 흥하게도 하는 것을 아시오?"

"네, 새삼스러이 연구할 문제도 아닐걸요."

"자, 여기 어떤 상점이 있다 합시다. 그런데 마침 주인도 없고 사환(使喚 잔심부름을

이 이야기는 유럽에서 생겼거나 조선에서 생겼을 수 있다. 또 주인공 백성수를 알벨트라고 생각해도 좋고 기무라모로 생각해도 좋다.

🗨 소설 한 장면 　도입　 서술자는 이 이야기가 어디에서나 생길 수 있다고 전제함

---

1) 인간의 보편적인 문제를 다루고 있기에 인물과 배경이 어떻게 설정되든 관계없다는 태도를 보인다.

시키기 위해 고용한 사람도 없고 온통 비었을 적에 우연히 그 앞을 지나가던 신사가—그 신사는 재산도 있고 명망도 있는 점잖은 사람인데—그 신사가 빈 상점을 들여다보고 혹은 이렇게 생각할 수도 있지 않아요? '통 비었으니깐 도적놈이라도 넉넉히 들어갈 게다, 들어가서 훔치면 아무도 모를 테다, 집을 왜 이렇게 비워 둔담……' 이런 생각 끝에 혹은 그, 그 뭐랄까 그 돌발적 변태 심리로써 변변치도 않고 욕심도 안 나는 조그만 물건 하나를 집어서 주머니에 넣는 경우가 있을지도 모르지 않겠습니까?"

"글쎄요."

"있습니다, 있어요."

어떤 여름날 저녁이었다. 도회를 떠난 교외 어떤 강변에 두 노인이 앉아서 이런 이야기를 하고 있었다. 그 기회론을 주장하는 사람은 유명한 음악 비평가 K씨였었다. 듣는 사람은 사회 교화자 모 씨였다.

"글쎄 있을까요?"

"있어요. 좌우간 있다 가정하고 그러한 경우에는 그 책임은 어디 있습니까?"

"동양 속담 말에 외밭서는 신 끈도 다시 매지 말랬으니 그 신사가 책임을 질까요?"

"그래 버리면 그뿐이지만 그 신사는 점잖은 사람으로서 그런 절대적 기묘한 찬스만 아니더라면 그런 마음은커녕 염*생각도 내지도 않을 사람이라 생각하면 어찌 됩니까?"

"……."

"말하자면 죄는 '기회'에 있는데 '기회'라는 무형물은 벌은 할 수가 없으니깐 그 신사를 가해자로 인정할 수밖에는 지금은 없지요."

"그렇습니다."

"또 한 가지, 사람의 천재라 하는 것도 경우에 따라서는 어떤 '기회'가 없으면 영구히 안 나타나고 마는 일이 있는데, 그 '기회'란 것이 어떤 사람에게서 그 사람의 '천재'와 '범죄 본능'을 한꺼번에 끌어내었다면 우리는 그 '기회'를 저주하여야겠습니까, 축복하여야겠습니까?"

"글쎄요."

"선생은 백성수라는 사람을 아시오?"

"백성수? 자, 기억이 없는데요."

“작곡가로서 그……."

“네, 생각납니다. 유명한 ‘광염狂炎 소나타'의 작가 말씀이지요?"

“네, 그 사람이 지금 어디 있는지 아십니까?"

“모릅니다. 뭐 발광했단 말이 있었는데……."

“네, 지금 ××정신 병원에 감금돼 있는데 그 사람의 일대기를 이야기할 터이니 들으시고 사회 교화자로서의 의견을 말씀해 주십쇼."

내가 이제 이야기하려는 백성수의 아버지도 또한 천분天分 타고난 재질이나 직분 많은 음악가였습니다. 나와는 동창생이었는데 학생 시대부터 벌써 그의 천분은 넉넉히 볼 수가 있었습니다. 그는 작곡을 전공하였는데 때때로 스스로 작곡을 하여서는 밤중에 혼자서 피아노를 두드리고 하여서 우리들로 하여금 뜻하지 않고 일어나게 하고 하였습니다. 그리고 우리는 그 밤중에 울리어 오는 야성적 선율에 몸을 소스라치고 하였습니다.

그는 야인野人 교양이 없고 예절을 모르는 사람이었습니다. 광포스런 야성은 때때로 비위에 틀리면 선생을 두들기기가 예사이며 우리 학교 근처의 술집이며 모든 상점 주인들은 그에게 매깨나 안 얻어맞은 사람이 없었습니다. 그러한 야성은 그의 음악 속에 풍부히 잠겨 있어서 오히려 그 야성적 힘이 그의 예술

기회란 것이 어떤 사람에게서 천재성과 범죄 본능을 한꺼번에 끌어내었다면 우리는 그 기회를 저주하여야겠습니까, 축복하여야겠습니까?

글쎄요…….

🍎 소설 한 장면　외화　음악 비평가와 사회 교화자가 대화를 나눔

을 더 빛나게 하는 것이었습니다.

그러나 그가 학교를 졸업하고 난 뒤에는 그 야성은 다른 곳으로 발전되고 말았습니다. 술! 술! 무서운 술이었습니다. 아침부터 저녁까지, 저녁부터 아침까지, 술잔이 그의 입에서 떠나지를 않았습니다. 그리고 술을 먹고는 여편네들에게 행패를 하고, 경찰서에 구류를 당하고, 나와서는 또 같은 일을 하고…….

작품? 작품이 다 무엇이외까! 술을 먹은 뒤에 취흥에 겨워 때때로 피아노에 앉아서 즉흥으로 탄주를 하고 하였는데 지금 생각하면 그 귀기鬼氣가 사람을 엄습하는 힘과 야성, 베토벤 이래로 근대 음악가에게서 발견할 수 없던, 그런 보물이라 하여도 좋을 것이 많았지만 우리들은 각각 제 길 닦기에 바쁜 사람이라 주정꾼의 즉흥악을 일일이 베껴 둔다든가 그런 일은 꿈에도 생각하지 않았습니다.

우리는 그의 장래를 생각하여 때때로 술을 삼가기를 권고하였지만 그런 야인에게 친구의 권고가 무슨 소용이 있겠습니까!

"술? 술은 음악이다!"

하고는 하하하하 웃어 버리고 다시 술집으로 달아나고 합니다.

그러한 지 칠팔 년이 지난 뒤에 그는 아주 폐인이 되고 말았습니다. 술이 안 들어가면 그의 손은 떨렸습니다. 눈에는 눈곱이 꼈습니다. 그리고 술이 들어가면, 술이 들어가면 그는 그 광포성을 발휘하였습니다. 누구를 막론하고 붙잡고는 입에 술을 부어 넣어 주었습니다. 그러다가는 장소를 불문하고 아무 데나 누워서 잡니다.

사실 아까운 천재였습니다. 우리들 새에는 때때로 그의 천분을 생각하고 아깝게 여기는 한숨이 있었지만 세상에서는 그 '장래가 무서운 한 천재'가 있었다는 것은 몰랐었습니다.

그러는 동안에 그는 어떤 양가의 처녀를 어떻게 관계를 맺어서 애까지 뺐습니다. 그러나 그 애의 출생을 보지 못하고 아깝게도 심장마비로 죽어 버리고 말았습니다.

그 유복자로 세상에 나온 것이 백성수였습니다.

그러나 우리는 백성수가 세상에 출생되었다는 풍문만 들었지, 그 애 아버지가 죽은 뒤부터는 그 애의 소식이며 그 애 어머니의 소식은 일절 몰랐습니다. 아니, 몰랐다는 것보다, 그 집안의 일은 우리의 머리에서 온전히 잊혀지고 말았습니다.

삼십 년이라는 세월이 흘렀습니다.

십 년이면 산천도 변한다 하는데 삼십 년 새의 변천을 어찌 이루 다 말하겠습니까! 좌우간 그동안에 나는 내 이름을 닦아 놓았습니다. 아시다시피 지금 K라 하면 이 나라에서 첫 손가락을 꼽는 음악 비평가가 아닙니까! 견실한 지도적 비평가 K라면 이 나라의 음악계의 권위이며, 이 나의 한마디는 음악가의 가치를 결정하는 판결문이라 하여도 옳을 만치 되었습니다. 많은 음악가가 내 손 아래서 자랐으며 많은 음악가가 내 지도로써 이름을 날렸습니다.

재작년 이른 봄 어떤 날이었습니다.

그때 나는 조용한 밤중의 몇 시간씩을 ○○예배당에 가서 명상으로 시간을 보내는 것이 습관이 되어 있었습니다. 언덕 위에 홀로 서 있는 집으로서 조용한 밤중에 혼자 앉아 있노라면 때때로 들보에서 놀라 깬 비둘기의 날개 소리와 간간이 기둥에서 뚝뚝 하는 소리밖에는 아무 소리도 들리지 않는, 말하자면 나 같은 괴상한 성미를 가진 사람이 아니면 돈을 주면서 들어가래도 들어가지 않을 음침한 집이었습니다. 그러나 나 같은 명상을 즐기는 사람에게는 다른 데서 구하기 힘들도록 온갖 것을 가진 집이었습니다. 외딸고 조용하고 음침하며 간간이 알지 못할 신비한 소리까지 들리며 멀리서는 때때로 놀란 듯한 기적 소리도 들리는…… 이것뿐으로도 상당한데, 게다가 이 예배당에는 피아노도 한 대 있었습니다. 예배당에는 오르간은 있을지나 피아노가 있는 곳은 쉽지 않은 것으로서 무슨 흥이나 날 때에는 피아노에 가서 한 곡조 두드리는 재미도 또한 괜찮았습니다.

아마 두 시는 지났을걸요. 그날 밤도 그 예배당에서 혼자서 눈을 감고 조용한 맛을 즐기고 있노라는데, 갑자기 저편 아래에서 재재 하는 소리가 납디다. 그래서 눈을 번쩍 뜨니까 화광이 충천하였는데, 내다보니까 언덕 아래 어떤 집이 불이 붙으며 사람들이 왔다 갔다 야단이었습니다.

이렇게 말하면 어떨지 모르지만 그다지 멀지 않은 곳에서 불붙는 것을 바라보는 맛도 괜찮은 것이었습니다. 일어서는 불길이며 퍼져 나가는 연기, 불씨의 날아나는 양, 그 가운데 거뭇거뭇 보이는 기둥, 집의 송장, 재재 거리는 사람의 무리, 이런 것은 어떻게 생각하면 과연 시도 될 것이며 음악도 될 것이었습니다. 옛날에 네로가 로마의 불붙는 것을 바라보면서, 자기는 비파를 들고 노래를 하였다는 것도 음악가의 견지로 보면 그다지 나무랄 것이 아니었습니다.

나도 그때에 그 불을 보고 차차 흥이 났습니다.

……네로를 본받아서 나도 즉흥으로 한 곡조 두드려 볼까. 어렴풋이 이런 생각을 하며 나는 그 불을 정신없이 바라보고 있었습니다.

그때였습니다. 갑자기 덜컥덜컥하는 소리가 들리더니 예배당 문이 열리며 웬 젊은 사람이 하나 낭패한 듯이 뛰어 들어왔습니다. 그리고 무엇에 놀란 사람같이 두리번두리번 사면을 살피더니 그래도 내가 있는 것은 못 보았는지 저편에 있는 창 안에 가서 숨이 서서 아래서 붙는 불을 내나봅니다.

나도 꼼짝을 못하였습니다. 좌우간 심상스런 사람은 아니요, 방화범이나 도적으로밖에는 인정할 수 없지 않겠습니까? 그래서 꼼짝을 못하고 서 있노라니까 그 사람은 한숨을 쉽니다. 그리고 맥없이 두 팔을 늘이고 도로 나가려고 발을 떼려다가 자기 곁에 피아노가 놓인 것을 보더니 교의를 끌어다 놓고 피아노 앞에 주저앉고 말겠지요. 나도 거기는 그만 직업적 흥미에 끌렸습니다. 그래서 무엇을 하나 보자 하고 있노라니까 뚜껑을 열더니 한번 뚱 하고 시험을 해 보아요. 그리고 조금 있더니 다시 뚱뚱 하고 시험을 해 보겠지요.

이때부터 그의 숨소리가 차차 높아 가기 시작했습니다. 씩씩거리며 몹시 흥분된 사람같이 몸을 떨다가 벼락같이 양손을 키 위에 갖다가 덮었습니다. 그다음 순간으로 C샤프 단음계의 알레그로_{allegro 악보에서 빠르고 경쾌하게 연주하기를 지시하는 말}가 시작되었습니다.

처음에는 다만 흥미로써 그의 모양을 엿보고 있던 나는 그 알레그로가 울리어 나오는 순간 마음은 끝까지 긴장되고 흥분되었습니다.

그것은 순전한 야성적 음향이었습니다. 음악이라 하기에는 너무 힘 있고 무기교_{無技巧}이었습니다. 그러나 음악이 아니라기에는 거기는 너무 괴롭고도 무겁고 힘 있는 '감정'이 들어 있었습니다. 그것은 마치 야반의 종소리와도 같이 사람의 마음을 무겁고 음침하게 하는 음향인 동시에 맹수의 부르짖음과 같이 사람으로 하여금 수름 돋치게 하는 무서운 감정의 발현이었습니다. 아, 그 야성적 힘과 남성적 부르짖음, 그 아래 감추어 있는 침통한 주림과 아픔, 순박하고도 아무 기교가 없는 그 표현!

나는 털썩 그 자리에 주저앉고 말았습니다. 그리고 음악가의 본능으로써 뜻하지 않고 주머니에서 오선지와 연필을 꺼내었습니다. 피아노의 울리어 나아가는 소리에 따라서 나의 연필은 오선지 위에서 뛰놀았습니다.

좀 급속도로 시작된 빈곤, 거기 연하여 주림, 꺼져 가는 불꽃과 같은 목숨, 그러한 것을 지나서 한참 연속되는 완서조緩徐調 느린 곡조의 압축된 감정, 갑자기 튀어져 나오는 광포, 거기 연한 쾌미快味 쾌감 홍소哄笑 입을 크게 벌리고 떠들썩하게 웃음 ......, 이리하여 주화조主和調 평화로운 곡조로 탄주는 끝이 났습니다. 더구나 그 속에 나타나 있는 압축된 감정이며 주림 또는 맹렬한 불길 등이 사람의 마음에 주는 그 처참함이며 광포성은 나로 하여금 아직 '문명'이라 하는 것의 은택에 목욕하여 보지 못한 야인을 연상케 하였습니다.

탄주가 다 끝이 난 뒤에도 나는 정신을 못 차리고 망연히 앉아 있었습니다. 물론 조금이라도 음악의 소양이 있는 사람일 것 같으면 이제 그 소나타를 음악에 대하여 정통으로 아무러한 수양도 받지 못한 사람이 다만 자기의 천재적 즉흥뿐으로 탄주한 것임을 알 것입니다. 해결이 없이 감칠도 화현感七度和絃이며 증육도 화현增六度和絃을 범벅으로 섞어 놓았으며 금칙禁則인 병행 오팔도竝行五八度까지 집어넣은 것으로서, 더구나 스케르초scherzo 해학곡. 경쾌하고 해학적인 느낌의 빠른 3박자의 곡는 온전히 뽑아 먹은, 대담하다면 대담하고 무식하다면 무식하달 수도 있는 방분 자유한 소나타였습니다.

이때에 문득 내 머리에 떠오른 것은 삼십 년 전에 심장마비로 죽은 백○○였습니다. 그의 음악으로서 만약 정통적 훈련만 뽑고 거기다가 야성을 더 집어넣으면 지금 내 눈앞에 있는 그 음악가의 것과 같은 것이 될 것이었습니다. 귀기가 사람을 엄습하는 듯한 그 힘과 방분스런 표현과 야성, 이것은 근대 음악가에게 구하기 힘든 보물이었습니다.

그 소나타에 취하여 한참 정신이 어리둥절히 앉았던 나는 고즈넉이 일어서서, 그 피아노 앞에 가서 그의 어깨에 가만히 손을 얹었습니다. 한 곡조를 타고 나서 아주 곤한 듯이 정신이 없이 앉아 있던 그는 펄떡 놀라며 일어서서 내 얼굴을 보았습니다.

"자네 몇 살 났나?"

나는 그에게 이렇게 첫 말을 물었습니다. 가슴이 답답한 나로서는 이런 말밖에는 갑자기 다른 말이 생각 안 났습니다. 그는 높은 창에서 들어오는 달빛을 받고 있는 내 얼굴을 한순간 쳐다보고 머리를 돌이키고 말았습니다.

"배고프나?"

나는 두 번째 그에게 물었습니다.

그는 시끄러운 듯이 벌떡 일어섰습니다. 그리고 달빛이 비친 내 얼굴을

정면으로 바라보다가,

"아, K 선생님 아니세요?"

하면서 나를 붙들었습니다. 그래서 그렇노라고 하니깐,

"사진으로는 늘 봤습니다마는……."

하면서 다시 맥없이 나를 놓으며 머리를 돌렸습니다.

그 순간, 그가 머리를 돌이키는 순간 달빛에 얼핏, 나는 그의 얼굴을 처음으로 보았습니다. 그리고 나는 거기서 뜻밖에 삼십년 전에 죽은 벗 백○○의 모습을 발견하였습니다.

"자, 자네 이름이 뭣인가?"

"백성수……."

"백성수? 그 백○○의 아들이 아닌가? 삼십 년 전에, 자네가 나오기 전에 세상 떠난……."

그는 머리를 번쩍 들었습니다.

"네? 선생님 어떻게 아세요?"

"백○○의 아들인가? 같이두 생겼다. 내가 자네의 아버지와 동창이네. 아아, 역시 그 애비의 아들이다."

그는 한숨을 길게 쉬며 머리를 수그려 버렸습니다.

🗨 소설 한 장면　　내화　영감을 얻기 위해 범죄 행위를 한 백성수는 정신 병원에 갇힘

나는 그날 밤 그 백성수를 데리고 집으로 돌아왔습니다. 그리고 비록 작곡상 온갖 법칙에는 어그러진다 하나 그만치 힘과 정열과 야성으로 찬 소나타를 거저 버리기가 아까워서 다시 한 번 피아노에 올라앉기를 명하였습니다. 아까 예배당에서 내가 베낀 것은 알레그로가 거의 끝난 곳부터였으므로 그 전 것을 베끼기 위해서였습니다.

　그는 피아노를 향하여 앉아서 머리를 기울였습니다. 몇 번 손으로 키를 두드려 보다가는 다시 머리를 기울이고 생각하고 하였습니다. 그러나 다섯 번 여섯 번을 다시 하여 보았으나 아무 효과도 없었습니다. 피아노에서 울려 나오는 음향은 규칙 없고 되지 않은 한낱 소음에 지나지 못하였습니다. 야성? 힘? 귀기? 그런 것은 없었습니다. 감정의 재뿐이 있었습니다.

　"선생님, 잘 안 됩니다."

　그는 부끄러운 듯이 연하여 고개를 기울이며 이렇게 말하였습니다.

　"두 시간도 못 되어서 벌써 잊어버린담?"

　나는 그를 밀어 놓고 내가 대신하여 피아노 앞에 앉아서 아까 베낀 그 음보를 펴 놓았습니다. 그리고 내가 베낀 곳부터 다시 시작하였습니다.

　화염! 화염! 빈곤, 주림, 야성적 힘, 기괴한 감금당한 감정! 음보를 보면서 타던 나는 스스로 흥분이 되었습니다. 미상불^{未嘗不 아닌 게 아니라 과연} 그때 내 눈은 미친 사람같이 번득였으며 얼굴은 흥분으로 새빨갛게 되었을 것이었습니다.

　즉, 그때에 그가 갑자기 달려들더니 나를 떠밀쳐 버렸습니다. 그리고 자기가 대신하여 앉았습니다.

　의자에서 떨어진 나는 너무 흥분되어 다시 일어날 힘도 없이 그 자리에 앉은 대로 그의 양을 쳐다보았습니다. 그는 나를 밀쳐 버린 다음에 그 음보를 들고서 읽기 시작하였습니다. 아아 그의 얼굴! 그의 숨소리가 차차 높아지면서 눈은 미친 사람과 같이 빛을 내기 시작하였습니다. 그러더니 그 음보를 홱 내어던지며 문득 벼락같이 그의 두 손을 피아노 위에 엎었습니다.

　'C샤프 단음계'의 광포스런 '소나타'는 다시 시작되었습니다. 폭풍우같이 또는 무서운 물결같이 사람으로 하여금 숨막히게 하는 그 힘, 그것은 베토벤 이래로 근대 음악가에게서 보지 못하던 광포스런 야성이었습니다. 무섭고도 참담스런 주림, 빈곤, 압축된 감정, 거기서 튀어져 나온 맹염^{猛焰}, 공포, 홍소……… 아아, 나는 너무 숨이 답답하여 뜻하지 않고 두 손을 회회 내저었습니다.

　그날 밤이 새도록, 그는 흥분이 되어서 자기의 과거를 일일이 다 이야기하였습니다. 그 이야기에 의지하면 대략 그의 경력이 이러하였습니다.

그의 어머니는 그를 밴 뒤에 곧 자기의 친정에서 쫓겨 나왔습니다. 그때부터 그의 가난함은 시작되었습니다.

그러나 교양이 있고 어진 그의 어머니는 품팔이를 할지언정 성수는 곱게 길렀습니다. 변변치는 않으나마 오르간 하나를 준비하여 두고, 그가 잠자려 할 때에는 슈베르트의 '자장가'로써 그의 잠을 도왔으며, 아침에 깰 때는 하루 종일 유쾌히 지내게 하기 위하여 도 랜드의 '세컨드 왈츠'로써 그의 원기를 돋우었습니다.

그는 세 살 났을 적에 어머니의 품에 안겨서 오르간을 장난하여 보았습니다. 이 오르간을 장난하는 것을 본 어머니는 근근이 돈을 모아서 그가 여섯 살 나는 해에 피아노를 하나 샀습니다.

아침에는 새소리, 바람에 버석거리는 포플러 잎, 어머니의 사랑, 부엌에서 국 끓는 소리, 이러한 모든 것이 이 소년에게는 신비스럽고도 다정스러워 그는 피아노에 향해 앉아서 생각나는 대로 키를 두드리고 하였습니다.

이러한 가운데 고이 소학과 중학도 마치었습니다. 그러는 동안에 음악에 대한 동경은 그의 가슴에 터질 듯이 쌓였습니다.

중학을 졸업한 뒤에는 인젠 어머니를 위하여 그는 학업을 중지하지 않을 수가 없었습니다. 그는 어떤 공장의 직공이 되었습니다. 그러나 어진 어머니의 교육 아래서 길러 난 그는 비록 직공은 되었다 하나 아주 온량한 사람이었습니다.

그리고 음악에 대한 집착은 조금도 줄지 않았습니다. 비록 돈이 없어서 정식으로 음악 교육은 못 받을망정 거리에서 손님을 끄느라고 틀어 놓은 유성기 앞이며 또는 일요일날 예배당에서 찬양대의 노래에 젊은 가슴을 뛰놀리던 그이었습니다. 집에서는 피아노 앞을 떠나 본 일이 없었습니다.

때때로 비상한 감흥으로 오선지를 내어놓고 음보를 그려 본 적도 한두 번이 아니었습니다. 그러나 이상한 것은 그만치 뛰놀던 열정과 터질 듯한 감격도 음보로 그려 놓으면 아무 긴장도 없는 싱거운 음계가 되어 버리고 하였습니다. 왜? 그만치 천분이 있고, 그만치 열정이 있던 그에게서 왜 그런 재와 같은 음악만 나왔느냐고 물으실 테지요. 거기 대하여서는 이따가 설명하리다.

감격과 불만, 열정과 재, 비상한 흥분과 그 흥분에 대한 반비례되는 시원치 않은 결과, 이러한 불만의 십 년이 지났습니다.

그의 어머니는 문득 몹쓸 병에 걸렸습니다.

자양과 약값, 그의 몇 해를 근근이 모았던 돈은 차차 줄기 시작하였습니다. 조금이라도 안락한 생활이 되기만 하면 정식으로 음악에 대한 교육을 받으려고 모아 두었던 저금은 그의 어머니의 병에 다 들어갔습니다. 그러나 그의 어머니의 병은 차도가 보이지 않았습니다.

그리하여 그와 내가 그 예배당에서 만나기 전해 여름 어떤 날, 그의 어머니는 도저히 회복할 가망이 없는 중태에까지 빠지게 되었습니다. 그러나 그때는 벌써 그에게 돈이라고는 다 떨어진 때였습니다.

그날 아침, 그는 위독한 어머니를 버려두고 역시 공장에를 갔습니다. 그러나 아무리 하여도 마음이 놓이지 않아서 일을 중도에 그만두고 집으로 돌아왔습니다. 그때 어머니는 벌써 혼수상태에 빠져 있었습니다. 가슴이 덜컥 내려앉은 그는 황급히 다시 뛰어나갔습니다. 그러나 어디로? 무얼 하러? 뜻 없이 뛰어나와서 한참 달음박질하다가, 그는 문득 정신을 차리고 의사라도 청할 양으로 히끈^{일른} 돌아섰습니다.

그때였습니다. 아까 내가 말한 바 '기회'라는 것이 그때에 그의 앞에 나타났습니다. 그것은 조그만 담배 가게 앞이었는데 가게와 안방 새의 문은 닫겨 있고 안에는 미상불 사람이 있을지나 가게를 보는 사람은 눈에 안 띄었습니다. 그리고 그 담배 상자 위에는 오십 전짜리 은전 한 닢과 동전 몇 닢이 놓여 있었습니다.

그는 자기로도 무엇을 하는지 몰랐습니다. 의사를 청하여 오려면, 다만 몇십 전이라도 돈이 있어야겠단 어렴풋한 생각만 가지고 있던 그는, 한번 사면을 살핀 뒤에 벼락같이 그 돈을 쥐고 달아났습니다.

그러나 그는 이십 간도 뛰지 못하여 따라오는 그 집 사람에게 붙들렸습니다.

그는 몇 번을 사정하였습니다. 마지막에는 자기의 어머니가 명재경각^{命在頃刻 거의 죽게 되어 숨이 곧 넘어갈 지경에 이름}이니, 한 시간만 놓아 주면 의사를 어머니에게 보내고 다시 오마고까지 하여 보았습니다. 그러나 그런 말은 모두 헛소리로 돌아가고, 그는 마침내 경찰서로 가게 되었습니다.

경찰서에서 재판소로, 재판소에서 감옥으로……, 이러한 여섯 달 동안에 그는 이를 갈면서 분해하였습니다. 자기 어머니의 운명이 어찌 되었나? 그는 손과 발을 동동 구르면서 안타까워했습니다. 만약 세상을 떠났다 하면 떠나는 순간에 얼마나 자기를 찾았겠습니까! 임종에도 물 한 잔 떠 넣어 줄 사람이 없는 어머니였습니다. 애타 하는 그 모양, 목말라하는 그 모양을 생각하고는 그 어머니에게 지지 않게 자기도 애타 하고 목말라했습니다.

반년 뒤에 겨우 광명한 세상에 나와서 자기의 오막살이를 찾아가매 거기는 벌써 다른 사람이 들어 있었으며 그의 어머니는 반년 전에 아들을 찾으며 길에까지 기어 나와서 죽었다 합니다. 공동묘지를 가 보았으나 분묘조차 발견할 수가 없었습니다.

이리하여 갈 곳이 없이 헤매던 그는 그날도 역시 잘 곳을 찾으러 헤매다가 그 예배당—나하고 만난—까지 뛰쳐 들어온 것이었습니다.

여기까지 이야기해 오던 K씨는 문득 말을 끊었다. 그리고 마도로스 파이프를 꺼내어 담배를 피워 가지고 빨면서 모 씨에게 향하였다.

"선생은 이제 내가 이야기한 가운데 모순된 점을 발견 못 하셨습니까?"

"글쎄요."

"그럼 내가 대신 물으리다. 백성수는 그만치 천분이 많은 음악가였었는데 왜 그 광염소나타—그날 밤의 소나타를 '광염소나타'라고 그랬습니다—를 짓기 전에는 그만치 흥분되고 긴장되었다가도 일단 음보로 만들어 놓으면 아주 힘없는 것이 되어 버리고 했겠습니까?"

"그게야 미상불 그때의 흥분이 '광염소나타'를 지을 때의 흥분만 못한 연고겠지요."

"그렇게 해석하세요? 듣고 보니 그것은 한 해석이 되기는 합니다. 그러나 나는 그렇게 해석 안 하는데요."

"그럼 K씨는 어떻게 해석하십니까?"

"나는, 아니, 내 해석을 말하는 것보다 그 백성수한테서 내게로 온 편지가 한 장 있는데, 그것을 보여 드리다. 선생은 오늘 바쁘시지 않으세요?"

"일은 없습니다."

"그러면 우리 집까지 잠깐 같이 가 보실까요?"

"가지요."

두 노인은 일어섰다.

도회와 교외의 경계에 달린 K씨의 집에까지 두 노인이 이른 때는 오후 너덧 시가 된 때였었다.

두 노인은 K씨의 서재에 마주 앉았다.

"이것이 이삼일 전에 백성수한테서 내게로 온 편지인데 읽어 보세요."

K씨는 서랍에서 기다란 편지 뭉치를 꺼내어 모 씨에게 주었다. 모 씨는 받아서 폈다.

"가만, 여기서부터 보세요. 그전에는 쓸데없는 인사이니까."

……그리하여 그날도 또한 이제 밤을 지낼 집을 구하느라고 돌아다니던 저는 우연히 그 집, 제가 전에 돈 오십여 전을 훔친 집 앞에까지 이르렀습니다. 깊은 밤 사면은 고요한데 그 집 앞에서 잘 곳을 구하느라고 헤매던 저는 문득 마음속에 무서운 복수의 생각이 일어났습니다. 이 집만 아니었더면, 이 집 주인이 조금만 인정이라는 것을 알았더면, 저는 그 불쌍한 제 어머니로서 길에까지 기어 나와서 세상을 떠나게 하지는 않았겠습니다. 분묘가 어디인지조차 알지 못하여 꽃 한 번 갖다가 꽂아 보지 못한 이러한 불효도 이 집 때문이외다. 이러한 생각에 참지를 못하여, 그 집 앞에 가려 있는 볏짚에다가 불을 놓았습니다. 그리고 거기 서서 불이 집으로 옮아가는 것을 다 본 뒤에 갑자기 무서운 생각이 나서 달아났습니다.

좀 달아나다 보매 아래서는 벌써 사람이 꾀어들기 시작한 모양인데 이때에 저의 머리에 타오르는 생각은 통쾌하다는 생각과 달아나려는 생각뿐이었습니다. 그리하여 저는 몸을 숨기기 위하여 앞에 보이는 예배당 안으로 뛰어 들어갔습니다.

거기서 불이 다 꺼지도록 구경을 한 뒤에 나오려다가 피아노를 보고…….

"이보세요."

K씨는 편지를 보는 모 씨를 찾았다.

"비상한 열정과 감격은 있어두 그것이 그대로 표현 안 된 것이 그것 때문이었습니다. 즉, 성수의 어머니는 몹시 어진 사람으로서 어렸을 때부터 성수의 교육을 몹시 힘을 들여서 착한 사람이 되도록, 이렇게 길렀습니다그려. 그 어진 교육 때문에 그가 하늘에서 타고난 광포성과 야성이 표면상에 나타나지를 못하였습니다. 그 타오르는 야성적 열정과 힘이 음보로 그려 놓으면 아주 힘없는, 말하자면 김빠진 술과 같이 되고 하는 것이 모두 그 때문이었습니다그려. 점잖고 어진 교훈이, 그의 천분을 못 발휘하게 한 셈이지요."

"흠."

"그것이, 그 사람 성수가, 감옥 생활을 할 동안에 한 번 씻기기는 하였으나, 그러나 사람의 교양이라 하는 것은 온전히 씻기지는 못하는 것이외다.

그러다가, 그 '원수'의 집 앞에서 갑자기, 말하자면 돌발적으로 야성과 광포성이 나타나서 불을 놓고 예배당 안에 숨어 서서 그 야성적 광포적 쾌미를 한껏 즐긴 다음에, 그에게서 폭발하여 나온 것이 그 '광염소나타'였소이다.

일어서는 불길, 사람의 비명, 온갖 것을 무시하고 퍼져나가는 불의 세력, 이런 것은 사실 야성적 쾌미 가운데 으뜸이 되는 것이니깐요."

"……."

"아셨습니까? 그러면 그다음에 그 편지의 여기부터 또 보세요."

……저는 그날의 일이 아직 눈앞에 어리는 듯하외다. 선생님이 저를 세상에 소개하시기 위하여 늙으신 몸이 몸소 피아노에 앉으셔서 초대한 여러 음악가들 앞에서 제 '광염소나타'를 탄주하시던 그 광경은 지금 생각하여도 제 눈에서 눈물이 나오려 합니다. 그때에 그 손님 가운데 부인 손님 두 분이 기절을 한 것은 결코 '광염소나타'의 힘뿐이 아니고 선생의 그 탄주의 힘이 많이 섞인 것을 뉘라서 부인하겠습니까! 그 뒤에 여러 사람 앞에 저를 내어 세우고,

"이 사람이 '광염소나타'의 작자이며 삼십 년 전에 우리를 버려두고 혼자 간 일대의 귀재 백○○의 아들이외다."

라고 소개를 하여 주신 그때의 그 감격은 제 일생에 어찌 잊사오리까!

그 뒤에 선생님께서 저를 위하여 꾸며 주신 방도 또한 제 마음에 가장 맞는 방이었습니다. 널따란 북향 방에 동남쪽 귀에 든든한 참나무 침대가 하나, 서북쪽 귀에 아무 장식 없는 참나무 책상과 의자, 피아노가 하나씩, 그밖에는 방 안에 장식이라고는 서남쪽 벽에 커다란 거울이 하나 있을 뿐, 덩더렇게 넓은 방은 사실 밤에 전등 아래 앉아 있노라면 저절로 소름이 끼치도록 무시무시한 방이었습니다. 게다가 방 안은 모두 꺼먼 칠을 하고, 창밖에 늙은 홰나무 고목이 한 그루 서 있는 것도 과연 귀기가 돌았습니다. 이러한 가운데서 선생님은 저로 하여금 방분스러운 ^{제멋대로 나아가 거침이 없는 듯한} 음악을 낳도록 애써 주셨습니다.

저도 그런 환경 아래서 좋은 음악을 낳아 보려고 얼마나 애를 썼겠습니까? 어떤 날 선생님께 작곡에 대한 계통적 훈련을 원할 때에 선생님은 이렇게 대답하셨습니다.

"자네에게는 그러한 교육이 필요가 없어. 마음대로 나오는 대로 하게. 자네 같은 사람에게 계통적 훈련이 들어가면 자네의 음악은 기계화해 버리고 말아. 마음대로 온갖 규칙과 규범을 무시하고 가슴에서 터져 나오는대로……."

저는 이 말씀의 뜻을 똑똑히는 몰랐습니다. 그러나 대략한 의미만은 통하였습니

다. 그리하여 저는 마음대로 한껏 자유스러운 음악의 경지를 개척하려 하였습니다.

그러나 그동안에 제가 산출한 음악은 모두 이상히도 저의 이전, 제 어머니가 아직 살아 계실 때의 것과 마찬가지로 아무러한 힘도 없는 음향의 유희에 지나지 못하였습니다.

저는 얼마나 초조하였겠습니까? 때때로 선생님께서 채근 비슷이 하시는 말씀은 저로 하여금 더욱 초조하게 하였습니다. 그리고 마음이 초조하면 초조할수록 제게서 생겨나는 음악은 더욱 나약한 것이 되었습니다.

저는 때때로 그 불붙던 광경을 생각하여 보았습니다. 그리고 그때에 통쾌하던 감정을 되풀이하여 보려 하였습니다. 그러나 그것 역시 실패로 돌아갔습니다.

때때로 비상한 열정으로 음보를 그려 놓은 뒤에 몇 시간이 지나서 다시 한 번 읽어 보면 거기는 아무 힘이 없는 개념만 있고 하였습니다.

저의 마음은 차차 무거워지기 시작하였습니다. 그리고 큰 기대를 가지고 계신 선생님께도 미안하기가 짝이 없었습니다.

"음악은 공예품과 달라서 마음대로 만들고 싶은 때에 되는 것이 아니니 마음 놓고 천천히 감흥이 생긴 때에……."

이러한 선생님의 위로의 말씀이 듣기가 제 살을 깎아 먹는 듯하였습니다. 그러나 제 마음상은 인제는 제게서 다시 힘 있는 음악이 나올 기회가 없는 것 같이만 생각되었습니다.

이러는 동안에 무위의 몇 달이 지났습니다.

어떤 날 밤중, 가슴이 너무 무겁고 가슴속에 무엇이 가득 찬 것같이 거북하여서, 저는 산보를 나섰습니다. 무거운 머리와 무거운 가슴과 무거운 다리를 지향 없이 옮기면서 돌아다니다가 저는 어떤 곳에서 커다란 볏짚 낟가리를 발견하였습니다.

이때의 저의 심리를 어떻게 형용하였으면 좋을지 저는 모르겠습니다. 저는 무슨 무서운 적을 만난 것같이 긴장되고 흥분되었습니다. 저는 사면을 한번 살펴보고, 그 낟가리에 달려가서 불을 그어서 놓았습니다. 그리고 갑자기 무서움증이 생겨서 돌아서서 달아나다가, 멀찌가니까지 달아나서 돌아보니까, 불길은 벌써 하늘을 찌를 듯이 일어났습니다. 왹, 왹, 꺄, 꺄, 사람들이 부르짖는 소리도 들렸습니다. 저는 다시 그곳까지 가서, 그 무서운 불길에 날아 올라가는 볏짚이며, 그 낟가리에 연달아 있는 집을 헐어 내는 광경을 구경하다가 문득 흥분되어서 집으로 돌아왔습니다.

그날 밤에 된 것이 '성난 파도'이었습니다.

그 뒤에 이 도회에서 일어난, 알지 못할 몇 가지의 불은, 모두 제가 질러 놓은 것이었습니다. 그리고 불이 있던 날 밤마다 저는 한 가지의 음악을 얻었습니다. 며칠을 연하여 가슴이 몹시 무겁다가 그것이 마침내 식체食滯 먹은 음식물이 잘 소화되지 않은 증상을 이르는 말와 같이 거북하고 답답하게 되는 때는 저는 뜻없이 거리를 나갑니다. 그리고 그러한 날은 한 가지의 방화 사건이 생겨나며 그날 밤에는 한 곡의 음악이 생겨났습니다.

그러나 그것도 번수가 차차 많아 갈 동안, 저의, 그 불에 대한 흥분은 반비례로 줄어졌습니다. 온갖 것을 용서하지 않는 불꽃의 잔혹함도, 그다지 제 마음을 긴장시키지 못하였습니다.

"차차, 힘이 적어져 가네."

선생님께서 제 음악을 보시고 이렇게 말씀하신 것이 그러한 때였습니다.

그러나 저는 게서 더할 도리가 없었습니다. 하는 수 없이 저는 한동안 음악을 온전히 잊어버린 듯이 내버려 두었습니다.

모 씨가 성수의 마지막 편지를 여기까지 읽었을 때에, K씨가 찾았다.

"재작년 봄에서 가을에 걸쳐서, 원인 모를 불이 많지 않았습니까? 그것이 죄 성수의 장난이었습니다그려."

"K씨는 그것을 온전히 모르셨습니까?"

"나요? 몰랐지요. 그런데 그 어떤 날 밤이구려. 성수는 기대에 반해서, 우리집으로 온 지 여러 달이 됐지만, 한 번도 힘 있는 것을 지어 본 일이 없겠지요. 그래서 저 사람에게 무슨 흥분될 재료를 줄 수가 없나 하고 혼자 생각하며 있더랬는데, 그때에 저—편—"

K씨는 손을 들어 남편 쪽 창을 가리켰다.

"저—편 꽤 멀리서 불붙는 것이 눈에 뜨입디다그려. 그래서 저것을 성수에게 보이면, 혹 그때의 감정—그때는, 나는 그 담배 장수네 집에 불이 일어난 것도 성수의 장난인 줄은 꿈에도 생각 안 했구료—을 부활시킬지도 모르겠다, 이렇게 생각하구 성수의 방으로 올라가려는데, 문득 성수의 방에서 피아노 소리가 울려 나옵니다그려. 나는 올라가려던 발을 부지중 멈추고 말았지요. 역시 C샤프 단음계로서, 제일곡은 뽑아 먹고, 아다지오에서 시작되는데, 고요하고 잔잔한 바다, 수평선 위로 넘어가려는 저녁 해, 이러한 온화한 것이 차차 스케르초로 들어가서는 소낙비, 풍랑, 번개질, 무서운 바람 소리, 우레질, 전복되는 배, 곤해서 물에 떨어지는 갈매기, 한 번 뒤집어지면서 해일에 쓸려 나가는 동네 사람의 부르짖음, 흥분에서 흥분, 광포에서 광포, 야성에서 야성, 온갖 공포와 포학한 광경이 눈앞에 어릿거리는데, 이 늙은 내가 그만 흥분에 못 견디어, 뜻하지 않고 그만두어 달라고 고함친 것만으로도 짐작하시겠지요. 그리고 올라가서 보니깐, 그는 탄주를 끝내고 피곤한 듯이 피아노에 기대어 앉아 있고, 이제 탄주한 것은 벌써 '성난 파도'라는 제목 아래 음보로 되어 있습디다."

"그러면 성수는 불을 두 번 놓고, 두 음악을 얻었다는 말씀이지요?"

"그렇지요. 그리고 그 뒤부터는 한 십여 일 건너서는 하나씩 지었는데, 그것이 지금 보면, 한 가지의 방화 사건이 생길 때마다 생겨난 것이었습니다. 그러나 그의 편지마따나, 얼마 지나서부터는 차차 그 힘과 야성이 적어지기 시작했지요. 그래서……."

"가만 계십쇼. 그 사람이 그다음에도 '피의 선율'이나 그 밖에 유명한 곡조를 여러 개 만들지 않았습니까?"

"글쎄 말이외다. 거기 대한 설명은 그 편지를 또 보십쇼. 여기서부터 또 보시면 알리다."

……××다리 아래로서 나오려는데, 무엇이 발길에 채는 것이 있었습니다. 성냥을 그어 가지고 보니깐, 그것은 웬 늙은이의 송장이었습니다. 저는 그것이 무서워서 달아나려다가, 돌아서려던 발을 다시 돌이켰습니다.

선생님은 이제 제가 쓰는 일을 이해하여 주실는지요. 그것은 너무도 기괴한 일이라 저로서도 믿어지지 않는 일이었습니다. 그 송장을 타고 앉았습니다. 그리고 그 송장의 옷을 모두 찢어서 사면으로 내어던진 뒤에, 그 벌거벗은 송장을, ─제 힘이라 생각되지 않는─ 무서운 힘으로써 높이 쳐들어서, 저편으로 내어던졌습니다. 그런 뒤에는, 마치 고양이가 알을 가지고 놀듯, 다시 뛰어가서 그 송장을 들어서, 도로 이편으로 던졌습니다. 이렇게 몇 번을 하여 머리가 깨지고, 배가 터지고─그 송장은 보기에도 참혹스러이 되었습니다. 그리하여 그 송장을 다시 만질 곳이 없이 된 뒤에, 저는 그만 곤하여 그 자리에 앉아서 쉬려다가 갑자기 마음이 긴장되고 흥분되어서, 집으로 달려왔습니다.

그날 밤에 된 것이 '피의 선율'이었습니다.

"선생은 이러한 심리를 아시겠습니까?"

"글쎄요."

"아마, 모르실걸요. 그러나 예술가로서는 능히 머리를 끄덕일 수 있는 심리외다. 그리고 또 여기를 읽어 보십시오."

……그 여자가 죽었다는 것은 제게는 사실 뜻밖이었습니다.

저는, 그날 밤 혼자 몰래 그 여자의 무덤을 찾아갔습니다. 그리고 칠팔 시간 전에 묻어 놓은 그의 무덤의 흙을 다시 파서 그의 시체를 꺼내어 놓았습니다.

푸르른 달빛 아래 누워 있는 아름다운 그의 모양은 과연 선녀와 같았습니다. 가볍게 눈을 닫고 있는 창백한 얼굴, 곧은 콧날, 풀어헤친 검은 머리……. 아무 표정도 없는 고요한 얼굴은 더욱 처염함^{처절하도록 아름다움}을 도왔습니다. 이것을 정신이 없이 들여다보고 있던 저는 갑자기 흥분이 되어, 아아, 선생님 저는 이 아래를 쓸 용기가 없습니다. 재판소의 조서를 보시면 저절로 아실 것이올시다.

그날 밤에 된 것이 '사령^{死靈 죽은 사람의 영혼}'이었습니다.

"어떻습니까?"
"……."
"네?"
"……."

아아, 드디어 악상이 떠오르고 있어!

굉장한 음악이야. 어떻게 이런 일이…….

🔘 소설 한 장면 · 내화 영감을 얻기 위해 범죄 행위를 한 백성수는 정신 병원에 갇힘

"언어도단言語道斷 말이 안 됨이에요? 선생의 눈으로는 그렇게 뵈시리다. 또 여기를 읽어 보십쇼."

……이리하여 저는 마침내 사람을 죽인다 하는 경우에까지 이르렀습니다. 그리고 한 사람이 죽을 때마다 한 개의 음악이 생겨났습니다. 그 뒤부터 제가 지은 그 모든 것은 모두 다 한 사람씩의 생명을 대표하는 것이었습니다.

"인전 더 보실 것이 없습니다. 그런데 그만큼 보셨으면 성수에 대한 대략한 일은 아셨을 터인데, 거기 대한 의견이 어떻습니까?"

"……."

"네?"

"어떤 의견 말씀이오니까?"

"어떤 '기회'라는 것이 어떤 사람에게서, 그 사람의 가지고 있는 천재와 함께, '범죄 본능'까지 끌어내었다 하면, 우리는 그 '기회'를 저주하여야겠습니까, 혹은 축복하여야겠습니까? 이 성수의 일로 말하자면 방화, 사체 모욕, 시간屍姦 시체를 간음함, 살인, 온갖 죄를 다 범했어요. 우리 예술가협회에서 별수단을 다 써서 정부에 탄원하고 재판소에 탄원하고 해서 겨우 성수를 정신병자라 하는 명목 아래 정신 병원에 감금했지, 그렇지 않으면 당장에 사형이 아닙니까? 그런데 이제 그 편지를 보셔도 짐작하시겠지만 통상시에는 그 사람은 아주 명민하고 점잖고 온화한 청년입니다. 그러나 때때로 그, 뭐랄까, 그 흥분 때문에 눈이 아득하여져서 무서운 죄를 범하고 그 죄를 범한 다음에는 훌륭한 예술을 하나씩 산출합니다. 이런 경우에 우리는 그 죄를 밉게 보아야 합니까, 혹은 그 범죄 때문에 생겨난 예술을 보아서 죄를 용서하여야 합니까?"

"그게야 죄를 범치 않고 예술을 만들어 냈으면 더 좋지 않습니까?"

"물론이지요. 그러나 이 성수 같은 사람도 있는 것이니간 이런 경우엔 어떻게 해결하렵니까?"

"죄를 벌해야지요. 죄악이 성하는 것을 그냥 볼 수는 없습니다."

K씨는 머리를 끄덕였다.

"그렇겠습니다. 그러나 우리 예술가의 견지로는 또 이렇게 볼 수도 있습니다. 베토벤 이후로는 음악이라 하는 것이 차차 힘이 빠져 가서 꽃이나 계집이나 찬미할 줄 알고 연애나 칭송할 줄 알아서 선이 굵은 것은 볼 수가 없이 되었습니다. 게다가 엄정한 작곡법이 있어서 그것은 마치 수학의 방정식과 같이 작곡에 대한 온갖 자유스런 경지를 제한해 놓았으니간 이후에 생겨나는 음악은 새로운 길을 개척하기 전에는 한 기술이 될 것이지 예술이 될 수는 없습니다. 예술가에게는 이것이 쓸쓸해요. 힘 있는 예술, 선이 굵은 예술, 야성으로 충일된 예술……, 우리는 이것을 기다린 지 오래됐습니다. 그럴 때에, 백성수가 나타났습니다. 사실 말이지 백성수의 그새의 예술은 그 하나하나가 모두 우리의 문화를 영구히 빛낼 보물입니다. 우리 문화의 기념탑입니다. 방화? 살인? 변변치 않은 집개, 변변치 않은 사람개는 그의 예술 하나가 산출되는 데 희생하라면 결코 아깝지 않습니다. 천 년에 한 번, 만 년에 한 번 날지 못 날지 모르는 큰 천재를, 몇 개의 변변치 않은 범죄를 구실로 이 세상에서 없이하여 버린다 하는 것은 더 큰 죄악이 아닐까요.[1] 적어도 우리 예술가에게는 그렇게 생각됩니다."

K씨는 마주 앉은 노인에게서 편지를 받아서 서랍에 집어넣었다. 새빨간 저녁 해에 비치어서 그의 늙은 눈에는 눈물이 반득였다.

변변치 않은 범죄로 천재를 버리는 게 더 큰 죄악 아닐까요.

그래도 죄는 범해야지요. 죄를 범치 않고 예술을 만들어 냈으면 더 좋지 않습니까?

🎵 소설 한 장면   외화   천재 예술가를 놓고 K와 모 씨의 견해가 엇갈림

---

1) 예술과 사회 질서가 충돌하는 상황에서 예술가의 범죄를 금하는 게 부당하다는 소신을 펼치고 있다. 이는 작품의 주제 의식이다.

🔭 생각해 볼까요?

선생님 이 작품은 액자식 구성으로 이루어져 있어요. 그러나 일반적인 액자식 구성이 이중 구조인 것과 달리, 이 작품은 삼중 구조라는 차이점이 있지요. 이 삼중 구조는 각각 어떤 이야기로 이루어져 있는지 이야기해 볼까요?

💬 1 　🤍 1

학생 1 첫 번째는 프롤로그예요. 여기에서는 서술자가 "이 이야기는 어떤 특정한 사람의 이야기만은 아니다."라고 말하며 소설의 전제를 소개해요. 두 번째는 K와 사회 교화자가 대화를 나누는 부분이에요. 그리고 세 번째는 백성수의 이야기예요. 즉 서술자는 K와 사회 교화자가 나누는 대화를 통해 백성수의 삶을 보여 주며 작품의 주제 의식을 드러낸다고 할 수 있어요.

선생님 백성수는 방화 후 달아나 예배당으로 들어가요. 범죄를 저지른 백성수가 예배당에서 광기에 휩싸여 피아노를 연주하는 장면은 무엇을 의미할까요?

💬 2 　🤍 2

학생 1 예배당은 영혼의 순수함과 도덕성을 상징하고, 백성수는 예술적 광기와 파괴를 상징해요.

학생 2 거룩한 예배당과 백성수의 어두운 광기는 서로 대조되어 주제를 더욱 부각시켜요.

선생님 「광염소나타」는 「광화사」와 함께 작가 김동인의 유미주의적 경향이 짙게 나타나는 작품이에요. 유미주의란 '문학은 문학 자체의 아름다움을 가져야 한다.'라고 주장하는 예술 사조예요. 「광염소나타」에는 이러한 예술 지상주의적 경향이 잘 드러나지요. 서구의 유미주의자들이 완벽한 형식미를 작품에 구현하고자 한 데 반해, 김동인은 개연성과 같은 소설의 필수 요소조차 무시하는 경향을 보여요. 이러한 부분을 찾아볼까요?

💬 4 　🤍 4

학생 1 백성수가 백○○의 아들이라는 이유만으로 천재성을 가지는 설정에서 개연성이 부족하게 느껴져요.

학생 2 K가 극적인 상황에서 우연히 백성수를 만나고 단번에 그가 백○○의 아들임을 알아보는 장면도요.

학생 3 백성수가 심각한 범죄를 여러 번 저지르고도 의심을 받지 않은 상황도 현실적으로 느껴지지 않아요.

학생 4 K가 백성수의 범죄 행위를 눈치채면서도 묵인하는 부분 또한 일반적으로 납득하기 어려워요. 심지어 K는 백성수의 범죄가 예술을 위한 행동이었다며 백성수를 감싸고 천재 예술가를 처벌해 세상에서 사라지게 하는 것이 더 큰 죄악이라고 말해요.

선생님 그렇다면 작가는 K를 통해 예술에 대한 어떤 생각을 표현하려고 했던 것일까요? 이에 대한 자신의 생각을 말해 볼까요?

 3 ♥ 3

↳ **학생 1** K는 비록 악한 범죄일지라도 이를 예술을 승화할 수 있다고 생각하고 있어요. K의 말은 작가의 입장을 대변하고 있기도 해요.

↳ **학생 2** 극단적이고 반사회적인 예술관은 용인할 수 없어요. 예술은 삶의 일부이지, 삶이 예술의 수단은 아니기 때문이에요.

↳ **학생 3** 범죄자까지 옹호하는 이런 예술관은 이해할 수 없어요.

계몽주의 vs 유미주의 ▼ 🔍

연관 검색어   문학 사조   탐미주의   예술 지상주의

'계몽주의'는 인간적이고 합리적인 사고를 지향하고 인간의 이성을 통해 어리석음을 깨우치도록 하려는 사조이다. 우리나라에서도 이 사상의 영향을 받아 무지한 민중들에게 새로운 지식을 깨우쳐 주려는 움직임이 있었다. 이러한 사조가 반영된 대표적인 계몽 소설로는 이광수의 「무정」, 「흙」, 심훈의 「상록수」 등이 있다.

김동인은 이러한 계몽주의에 반대하며 문학에는 문학 자체의 아름다움이 있어야 한다고 주장했다. 이러한 사조를 '유미주의', 혹은 '탐미주의'라고 한다. 유미주의는 정신보다는 관능을, 현실보다는 공상을, 내용보다는 예술적 형식을 중시한다. 이러한 사조가 드러나는 대표적인 유미주의 소설로는 김동인의 「광염소나타」와 「광화사」 등이 있다.

광화사

#액자소설 #악마적분위기 #탐미주의 #예술지상주의

⚓ 작품 길잡이

갈래: 순수 소설, 액자 소설
배경: `외화` 시간 - 일제 강점기 / 공간 - 인왕산
　　　　`내화` 시간 - 조선 세종 때 / 공간 - 인왕산. 아름다움을 추구할 수 있는 탈속
　　　　　　　 의 자연환경
시점: `외화` 1인칭 관찰자 시점
　　　　`내화` 3인칭 전지적 작가 시점
주제: 한 화공의 일생을 통해 나타난 현실(세속)과 이상(예술) 세계의 괴리
출전: 〈야담〉(1935)

📷 인물 관계도

여(余)	작중 화자로 솔거와 소경 처녀 이야기를 상상한다.
솔거	추한 외모로 여자들에게 외면받으며, 광적으로 미인도를 그리려 한다.
소경 처녀	솔거가 찾던 특별한 아름다움을 지닌 여인이나 솔거와 동침 후 죽임을 당한다.

📋 구성과 줄거리

도입(외화)　**'여(余)'는 인왕산에 올라 한 편의 이야기를 꾸며 봄**
'여'는 인왕산에 올라 골짜기와 흐르는 물을 감상하면서 감흥에 젖는다. '여'는 암굴 하나 때문에 불쾌한 공상에 빠지기 시작한다. '여'는 샘물을 바라보다 좀 더 아름다운 이야기 한 편을 꾸민다.

발단(내화)　**추한 얼굴을 가진 화공 솔거는 사람을 피해 그림 그리기에 몰두함**
솔거라는 화공은 얼굴이 매우 흉해 대낮에는 다니지 않는다. 솔거는 두 번이나 장가를 들었지만 처녀들이 솔거의 얼굴을 보고 놀라서 달아났다. 이후 여인에게 소모되지 않은 정력이 솔거의 머리로 모이게 되고, 다시 손끝으로 가서 마침내 수천 점의 그림을 완성한다.

전개(내화)　**솔거는 생동하는 얼굴을 그리기 위해 미인을 찾아 나섬**
솔거는 기존의 그림에 만족하지 않고 세상에서 가장 아름다운 얼굴을 그리고 싶어 한다. 솔거는 장안을 쏘다니기도 하고 뽕밭에서 궁녀의 얼굴을 훔쳐보기도 하지만 자신이 바라던 얼굴을 찾지 못하자 점차 괴팍해져 간다.

위기(내화)　**솔거는 소경 처녀의 표정에서 자신이 찾던 아름다움을 발견함**
어느 가을 솔거는 물가에 앉은 소경 처녀를 본다. 처녀의 절묘한 미소를 보고 솔거는 자신이 찾던 미녀를 발견했다고 생각한다. 처녀를 오두막으로 데려온 솔거는 용궁 이야기를 들려주면서 그림을 그린다. 그는 그림의 눈동자 부분만 남겨둔 채 처녀와 하룻밤을 보낸다.

절정·결말(내화)　**그림을 완성한 솔거는 광인이 되어 죽음을 맞이함**
다음 날 솔거는 눈동자를 그려 그림을 완성하려 하지만 더 이상 처녀의 눈에서는 자신이 바라던 아름다운 눈빛이 나타나지 않는다. 화가 난 솔거가 처녀를 다그치며 멱살을 잡고 흔드는 바람에 처녀는 넘어지면서 목숨을 잃는다. 순간 벼루에서 먹물이 튀고, 그림 속에 원망의 빛을 담은 눈동자가 찍힌다. 솔거는 광인이 되어 한양 성내에 여인의 화상을 들고 돌아다니다 수년 후 돌베개를 베고 죽는다.

종결(외화)　**저녁 무렵 '여'는 몸을 일으켜 멀리 산의 모습을 바라봄**
지팡이를 짚고 일어선 '여'는 석양이 비치는 천고의 계곡을 바라본다.

광화사

인왕仁王.

바위 위에 잔솔어린 소나무이 서고 아래는 이끼가 빛을 자랑한다.

굽어보니 바위 아래는 몇 포기 난초가 노란 꽃을 벌리고 있다. 바위에 부딪치는 잔바람에 너울거리는 난초 잎.

여余 '나'를 뜻하는 1인칭 대명사는 허리를 굽히고 스틱으로 아래를 휘저어 보았다. 그러나 아직 난에서는 사오 척의 거리가 있다. 눈을 옮기면 계곡.

전면이 소나무의 잎으로 덮인 계곡이다. 틈틈이는 철색鐵色 검푸르고 약간 흰빛이 도는 빛깔의 바위도 보이기도 하나 나무 밑의 땅은 볼 길이 없다. 만약 그 자리에 한 번 넘어지면 소나무의 잎 위로 굴러서 저편 어디인지 모를 골짜기까지 떨어질 듯하다.

여의 등 뒤에도 이십삼 장丈 한 장은 약 3미터에 해당이 넘는 바위다. 그 바위에 올라서면 무학舞鶴재로 통한 커다란 골짜기가 나타날 것이다. 여의 발아래도 장여丈餘 한 길 남짓한 길이. 한 길은 약 2.4미터 또는 3미터에 해당의 바위다.

아래는 몇 포기 난초, 또 그 아래는 두세 그루의 잔솔, 잔솔 넘어서는 또 바위, 바위 위에는 도라지꽃. 그 바위 아래로부터는 가파른 계곡이다.

그 계곡이 끝나는 곳에는 소나무 위로 비로소 경성 시가의 한편 모퉁이가 보인다. 길에는 자동차의 왕래도 가맣게 헤아릴 수 없이 많게 보이기는 한다. 여전한 분요紛擾 어수선하고 소란스러움와 소란의 세계는 그곳에 역시 전개되어 있기는 할 것이다.

그러나 여가 지금 서 있는 곳은 심산이다. 심산이 가져야 할 온갖 조건을 구비하였다. 바람이 있고 암굴이 있고 산초 산화가 있고 계곡이 있고 생물이 있고 절벽이 있고 난송亂松이 있고…… 말하자면 심산이 가져야 할 유수미幽邃味 그윽하고 깊은 맛를 다 구비하였다.

본시는 이 도회는 심산 중의 한 계곡이었다. 그것을 오백 년간을 닦고 갈고 지어서 오늘날의 경성부를 이룬 것이다.

이러한 협곡에 국도國都 수도를 창건한 이태조의 본의가 어디 있었는지는 알 길이 없다. 그러나 오늘날의 한 산보객의 자리에서 보자면 서울은 세계에 유례가 없는 미도美都일 것이다.

도회에 거주하며 식후의 산보로서 풀대님 바지나 고의를 입고서 대님을 매지 않고 그대로 터놓음 채로 이러한 유수한 그윽하고 깊숙한 심산에 들어갈 수 있다는 점으로 보아서 서울에 비길 도회가 세계에 어디 다시 있으랴.

회흑색 灰黑色의 지붕 아래 고요히 누워 있는 오백 년의 도시를 눈 아래 굽어보는 여의 사위 四圍 사방의 둘레에는 온갖 고산 식물이 난성 亂盛 어지럽게 무성함하고, 계곡에 흐르는 물소리와 눈 아래 날아드는 기조 奇鳥들은 완연히 여로 하여금 등산객의 정취를 느끼게 한다.

여는 스틱을 바위틈에 꽂아 놓았다. 그리고 굴러떨어시기를 면키 위하여 바위와 잔솔의 새에 자리 잡고 비스듬히 앉았다. 담배를 피우고 싶었으나 잠시의 산보로 여기고 담배도 안 가지고 나온 발이 더듬더듬 여기까지 미쳤으므로 담배도 없다.

시야 視野의 한편에는 이삼 장丈의 바위, 다른 한편에는 푸르른 하늘, 그 끝으로는 솔잎이 서너 개 어렴풋이 보인다. 그윽이 코로 몰려 들어오는 송진 내음새. 소나무에 불리는 바람 소리.

유수키 짝이 없다. 여가 지금 앉아 있는 자리는 개벽 이래로 과연 몇 사람이나 밟아 보았을까. 이 바위 생긴 이래로 혹은 여가 맨 처음 발 대어 본 것이 아닐까. 아까 바위를 기어서 이곳까지 올라오느라고 애쓰던 그런 맹랑한 노력을 하여 본 바보가 여 이외에 몇 사람이나 있었을까. 그런 모험을 맛보기 위하여 심산을 찾는 용사는 많을 것이로되 결사적 인왕 등산을 한 사람은 그리 많으리라고 생각되지 않는다.

등 뒤 바위에는 암굴이 있다. 뱀이라도 있을까 무서워서 들어가 보지는 않았지만 스틱으로 휘저어 본 결과로 두세 사람은 넉넉히 들어가 앉아 있음직하다. 이 암굴은 무엇에 이용할 수가 없을까. 음모 陰謀의 도시 한양은 그새 오백 년간 별별 음흉한 사건이 연출되었다. 시가 끝에서 반 시간 미만에 넉넉히 올 수 있는 이런 가까운 거리에 뚫린 암굴은, 있는 줄 알기만 하였으면 혹은 음모에 이용되지 않았을까.

공상!

유수한 맛에 젖어 있던 여는 이 암굴 때문에 차차 불쾌한 공상에 빠지기 시작하려 한다. 온갖 음모, 그 뒤를 잇는 살육, 모함, 방축 放逐 자리에서 쫓아냄, 이조

오백 년간의 추악한 모양이 여로 하여금 불쾌한 공상에 빠지게 하려 한다. 여는 황망히 이런 불쾌한 공상에서 벗어나려고 또 주머니에 담배를 뒤적이었다. 그러나 담배는 여전히 있을 까닭이 없었다.

다시 눈을 들어서 안하眼下눈 아래를 굽어보면 일면에 깔린 송초松梢!

반짝!

보매 한 줄기의 샘이다. 소나무 틈으로 보이는 그 샘은 아마 바위틈을 흐르는 샘물인 듯. 똘똘똘똘 들리는 것은 아마 바람 소리겠지. 저렇듯 멀리 아래 있는 샘의 소리가 이곳까지 들릴 리가 없다.

샘물!

저 샘물을 두고 한 개 이야기를 꾸미어 볼 수가 없을까. 흐르는 모양도 아름답거니와 흐르는 소리도 아름답고 그 맛도 아름다운 샘물을 두고 한 개 재미있는 이야기가 여의 머리에 생겨나지 않을까. 암굴을 두고 생겨나려던 음모 살육의 불쾌한 공상보다 좀 더 아름다운 다른 이야기가 꾸미어지지 않을까.

여는 바위틈에 꽂았던 스틱을 도로 뽑았다. 그 스틱으로써 여의 발아래

참으로 묘한 풍경이다. 이야기를 꾸며볼 수 있지 않을까?

◌ 소설 한 장면 도입(외화) '여(余)'는 인왕산에 올라 한 편의 이야기를 꾸며 봄

바위를 가볍게 두드리면서 한 개 이야기를 꾸미어 보았다.[1]

한 화공畵工이 있다.

화공의 이름은? 지어내기가 귀찮으니 신라 때의 화성畵聖의 이름을 차용 借用 물건을 빌리거나 돈을 꾸어 씀하여 솔거率居라 하여 두자.

시대는? 시대는 이 안하에 보이는 도시가 가장 활기 있고 아름답던 시절 인 세종 성주聖主 성군(聖君)의 대쯤으로 하여 둘까.

백악이 흘러내리다가 맺힌 곳. 거기는 한양의 정기를 한 몸에 지닌 경복 궁 대궐이 있다. 이 대궐의 북문인 신무문神武門 밖 우거진 뽕밭 새에 한 중로 中老 중늙은이의 사나이가 오뇌懊惱 뉘우쳐 한탄하고 번뇌함스러운 얼굴을 하고 숨어 있다.

화공 솔거였다.

무르익은 여름 뜨거운 볕은 뽕잎이 가려 준다 하나 훈훈한 기운은 머리 위 뽕잎과 땅에서 우러나서 꽤 무더운 이 뽕밭 속에 숨어 있는 화공. 자그마 한 보따리에는 점심까지 싸 가지고 온 것으로 보아서 저녁까지 이곳에 있 을 셈인 모양이다.

그러나 무얼 하는지. 단지 땀을 펑펑 흘리며 오뇌 어린 얼굴로 앉아 있을 뿐이다.

왕후 친잠王后親蠶 양잠업을 장려하는 의미로 왕후가 몸소 누에를 치던 일에 쓰이는 이 뽕밭은 잡인들 이 다니지 못할 곳이다. 하루 종일을 사람의 그림자 하나 얼씬하지 않는다.

때때로 바람이 우수수하니 통나무 위로 불기는 하나 솔거가 숨어 있는 곳에는 한 점의 바람도 들어오지 않는다. 이 무더운 속에 솔거는 바람이 불 적마다 몸을 흠칫흠칫 놀라며 그러면서도 무엇을 기다리는 듯이 뽕나무 그 루 아래로 저편 앞을 주시하곤 한다.

이윽고 석양이 무악을 넘고 이 도시도 황혼이 들었다.

날이 어둡기를 기다려서 이 화공은 몸을 숨겨 가지고 거기서 나왔다.

"오늘은 헛길, 내일이나 다시 볼까."

한숨을 쉬면서 제 오막살이를 찾아 돌아가는 화공. 날이 벌써 꽤 어두웠 지만 그래도 아직 저녁빛이 약간 남은 곳에 내어놓은 이 화공은 세상에 보 기 드문 추악한 얼굴의 주인이었다. 코가 질병質흙으로 구워 만든 병 자루 같다. 눈이

1) 액자식 구성으로 외화 속에 내화가 따로 있다. 또한 내화가 허구로 창작된 것임을 드러내고 있다.

퉁방울 품질이 낮은 놋쇠로 만든 방울 같다. 귀가 박죽'밥주걱'의 방언 같다. 입이 나발통 나발 같다. 얼굴이 두꺼비 같다. 소위 추한 얼굴을 형용하는 온갖 형용사를 한 얼굴에 지닌 흉한 얼굴의 주인으로서 그 얼굴이 또한 굉장히도 커서 멀리서 볼지라도 그 존재가 완연하리만 하다.

이 얼굴을 가지고는 백주白晝 대낮에는 나다니기가 스스로 부끄러울 것이다.

아닌 게 아니라 솔거는 철이 든 아래 아직껏 백주에 사람 틈에 나다닌 일이 없었다.

일찍이 열여섯 살에 스승의 중매로써 어떤 양가 처녀와 결혼을 하였지만 그 처녀는 솔거의 얼굴을 보고 기절을 하고 기절에서 깨어나서는 그냥 집으로 도망쳐 버리고, 그다음에 또 한 번 장가를 들어 보았지만 그 색시 역시 첫날밤만 정신 모르고 치른 뒤에는 이튿날은 무서워서 죽어도 같이 못 살겠노라고 부모에게 떼를 써서 두 번째의 비극을 겪고,

이러한 두 가지의 사변을 겪고 난 뒤에는 솔거는 차차 여인이라는 것을 보기를 피하여 오다가 그 괴벽이 점점 자라서 나중에는 일체로 사람이란 것의 얼굴을 대하기가 싫어졌다.

사람을 피하기 위하여— 그리고 또한 일방으로는 화도畵道 그림을 그리는 올바른 도리에 정진하기 위하여 인가를 떠나서 백악의 숲속에 조그만 오막살이를 하나 틀고 거기 숨은 지 근 삼십 년, 생활에 필요한 물건 혹은 그림에 필요한 물건을 구하기 위하여 부득이 거리에 나가야 할 필요가 있을 때는 반드시 밤을 택하였다. 피할 수 없이 낮에 나갈 때는 방립方笠 방갓. 예전에 상제(喪制)가 밖에 나갈 때 쓰던 갓을 쓰고 그 위에 얼굴을 베로 가리었다.

화도에 발을 들여놓은 지 근 사십 년, 부득이한 금욕 생활 부득이한 은둔 생활을 경영한 지 삼십 년, 여인에게로 소모되지 못한 정력은 머리로 모이고 머리로 모인 정력은 손끝으로 벋어서 종이에 비단에 갈겨 던진 그림이 벌써 수천 점. 처음에는 그 그림에 대하여 아무 불만도 느껴 보지 않았다.

하늘에서 타고난 천분과 스승에게서 얻은 훈련과 저축된 정력의 소산인 한 장의 그림이 생겨날 때마다 그것을 보면서 스스로 만족히 여기고 스스로 자랑스레 여기던 그였다.

그러나 그런 과정을 밟기 이십 년에 차차 그의 마음에 움 돋은 불만, 그것은 어떻게 보자면 화도에는 이단적인 생각일는지도 모를 것이다.

좀 다른 것은 그릴 수가 없는가.

산이다. 바다다. 나무다. 시내다. 지팡이 잡은 노인이다. 다리다. 혹은 돛단배다. 꽃이다. 과즉 달이다. 소다. 목동이다.

이 밖에 그가 아직 그려 본 것이 무엇이었던가.

유원幽遠 심오하여 아득함한 맛, 단 한 가지밖에 없는 전통적 그림보다 좀 더 다른 것을 그려 보고 싶다. 아직껏 스승에게 배운 바의 백발 백념의 노옹이나 피리 부는 목동 이외에 좀 더 얼굴에 움직임이 있는 사람을 그려 보고 싶다. 표정이 있는 얼굴을 그려 보고 싶다.

이리하여 재래의 수법을 아낌없이 내어 던진 솔거는 그로부터 십 년간을 사람의 표정을 그리느라고 세월을 보냈다.

그러나 사람의 세상을 멀리 떠나서 따로 사는 이 화공에게는 사람의 표정이 기억에 가맣다.

상인商人들의 간특奸慝 보기에 간사하고 사악함한 얼굴, 행인들의 무표정한 얼굴, 새꾼'나무꾼'의 방언들의 싱거운 얼굴. 그새 보고 지금도 대할 수 있는 얼굴은 이런 따위뿐이다. 좀 더 색채 다른 표정은 없느냐.

색채 다른 표정!

색채 다른 표정!

🖥 소설 한 장면　　(발단(내화))　추한 얼굴을 가진 화공 솔거는 사람을 피해 그림 그리기에 몰두함

이 욕망이 화공의 마음에 익고 커 가는 동안 화공의 머리에 솟아오르는 몽롱한 기억이 있다.

이 화공의 어머니의 표정이다.

지금은 거의 그의 기억에서 사라졌지만 어린 시절에 자기를 품에 안고 눈물 글썽글썽한 눈으로 굽어보던 어머니의 표정이 가끔 한순간씩 그의 기억의 표면까지 뛰어올랐다.

그의 어머니는 희세稀世 세상에 드물 의 미녀였다. 대대로 이후의 자손의 미까지 모두 미리 빼앗았던지 세상에 드문 미인이었다.

화공은 이 미녀의 유복자였다.

아비 없는 자식을 가슴에 붙안고두 팔로 부둥켜 안고 눈물 머금은 눈으로 굽어보던 표정.

철이 든 이래로 자기를 보는 얼굴에서는 모두 경악과 공포밖에는 발견하지 못한 이 화공에게는 사십여 년 전의 어머니의 사랑의 아름다운 얼굴이 때때로 몸서리치도록 그리웠다.

그것을 그려 보고 싶었다.

커다란 눈에 그득히 담긴 눈물. 그러면서도 동경과 애무로서 빛나던 눈. 입가에 떠오르던 미소.

번개와 같이 순간적으로 심안心眼 사물을 살펴 분별하는 마음의 작용 에 나타났다가는 사라지는 이 환영을 화공은 그려 보고 싶었다.

세상을 피하고 세상에서 숨어 살기 때문에 차차 비뚤어진 이 화공의 괴벽乖僻 성격 따위가 이상야릇하고 까다로움 한 마음에는 세상을 그리는 정열이 또한 그만치 컸다. 그리고 그것이 크면 크니만치 마음속으로 늘 울분과 분만憤懣 억울하고 원통한 마음이 가득함 이 차 있었다.

지금도 세상에서는 한창 계집 사내들이 서로 부둥켜안고 좋다고 야단할 것을 생각하고는 음울한 얼굴로 화필을 뿌리는 화공.

이러한 가운데서 나날이 괴벽하여 가는 이 화공은 한 개 미녀상美女像을 그려 보고자 노심하였다.

처음에는 단지 아름다운 표정을 가진 미녀를 그려 보고자 하였다.

그러나 미녀를 가까이 본 일이 없는 이 화공이 마음대로 되지 않는 붓 끝에 역정을 내며 애쓰는 동안 차차 어느덧 미녀상에 대한 관념이 달라져 갔다.

자기의 아내로서의 미녀상을 그려 보고 싶어졌다.

세상은 자기에게 아내를 주지 않는다.

보면 한 마리의 곤충 한 마리의 날짐승도 각기 짝을 찾아 즐기고 짝을 찾아 좋아하거늘 만물의 영장인 사람이 짝 없이 오십 년을 보냈다 하는 데 대한 분만이 일어났다.

세상 놈들은 자기에게 한 짝을 주지 않고 세상 계집들은 자기에게 오려는 자가 없이 홀몸으로 일생을 보내다가 언제 죽는지도 모르게 이 산골에서 죽어 버릴 생각을 하면 한심하기보다 도리어 이렇듯 박정한 사람의 세상이 미웠다.

세상이 주지 않는 아내를 자기는 자기의 붓끝으로 만들어서 세상을 비웃어 주리라.

이 세상에 존재한 가장 아름다운 계집보다도 더 아름다운 계집을 자기 붓끝으로 그리어서 못나고도 아름다운 체하는 세상 계집들을 웃어 주리라.

덜난 계집을 아내로 맞아 가지고 천하의 절색이라 믿고 있는 사내놈들도 깔보아 주리라.

사오 명의 처첩을 거느리고 좋다구나고 춤추는 헌놈들도 굽어보아 주리라.

미녀! 미녀!

눈을 감고 생각하고 눈을 뜨고 생각하고 머리를 움켜쥐고 생각해 보나 미녀의 얼굴이 어떤 것인지 알 수가 없었다.

무론無論 물론 얼굴에 철요凸凹 요철. 오목함과 볼록함 가 없고 이목구비가 제대로 놓였으면 세상 보통의 미인이라 한다. 그런 얼굴에 연지나 그리고 눈에 미소나 그려 놓으면 더 아름다워지기는 할 것이다. 이만 것은 상상의 눈으로도 볼 수가 있는 자며 붓끝으로 그릴 수도 없는 바가 아니다.

그러나 가만 어린 시절의 어머니의 얼굴을 순영瞬影 순간적으로 떠오른 모습 적으로나마 기억하는 이 화공으로서는 그런 미녀로는 만족할 수가 없었다.

오뇌와 분만 중에서 흐르는 세월은 일 년 또 일 년 무위無爲 아무 것도 하는 일이 없음 히 흘러간다.

미녀의 아랫동아리는 그려진 지 벌써 수년. 그 아랫동아리 위에 올려 놓일 얼굴은 어떻게 하여야 할지 짐작도 가지 않았다.

화공의 오막살이 방 안에 들어서면 맞은편에 걸려 있는 한 폭 그림은 언제든 어서 목과 얼굴을 그려 주기를 기다리듯이 화공을 힐책한다.

화공은 이것을 보기가 거북하였다.

특별한 일이라도 있기 전에는 낮에 거리에 다니지를 않던 이 화공이 흔히 얼굴을 싸매고 장안을 돌아다녔다.

행여나 길에서라도 미녀를 만날까 하는 요행심으로였다. 길에서 순간적으로라도 마음에 드는 미녀를 볼 수만 있으면 그것을 머리에 똑똑히 캐치하여 그 기억으로써 화상을 그릴까 하는 요행심으로……

그러나 내외 內外 외간 남녀 간에 얼굴을 바로 대하지 않고 피함 법이 심한 이 도회에서 대낮에 양가의 부녀가 얼굴을 내놓고 길을 다니지 않았다. 계집이라는 것은 하인배나 하류배뿐이었다.

하인배 하류배에도 때때로 미녀라 일컬을 자가 있기는 있었다. 그러나 아무리 산뜻한 미를 갖기는 했다 하나 얼굴에 흐르는 표정이 더럽고 비열하여 캐치할 만한 자가 없었다.

얼굴을 싸매고 거리로 방황하며 혹은 계집들이 많이 모이는 우물가며 저자를 비슬비슬 방황하며 어찌어찌하여 약간 예쁜 듯한 계집이라도 보이면 따라가면서 얼굴을 연구해 보고 했으나 마음에 드는 미녀를 지금껏 얻어내지를 못하였다.

혹은 심규 深閨 여자가 거처하는, 깊숙이 들어앉은 집이나 방 에는 마음에 드는 계집이라도 있을까. 심규! 심규! 한번 심규의 계집들을 모조리 눈앞에 벌여 세우고 얼굴 검사를 하여 보았으면……

초조하고 성가신 가운데서 날을 보내고 날을 맞으면서 미녀를 구하던 화공은 마지막 수단으로 친잠 상원 桑園 뽕밭 에 들어가서 채상 採桑 뽕을 땀 하는 궁녀의 얼굴을 얻어보려 '찾다'의 방언 하였다. 그러나 불행히도 화공의 모험도 헛길로 돌아가고 그날은 채상을 하러 오지도 않았다.

그러나 때 바야흐로 누에 시절이라 견딜성 있게 기다리노라면 궁녀가 오는 날도 있을 것이다. 미녀—아내의 얼굴을 그리려는 욕망에 열이 오르고 독이 난 이 화공은 그 이튿날도 또 뽕밭에 들어가 숨었다. 숨어 기다리지 않을 수가 없었다.

그로부터 한 달, 화공은 나날이 점심을 싸 가지고 상원으로 갔다. 그러나 저녁때 제 오막살이로 돌아올 때는 언제든 그의 입에서는 기다란 탄식성이

나왔다.

궁녀를 못 본 바가 아니었다.

마치 여기 숨어 있는 화공에게 선보이려는 듯이 나날이 궁녀들은 번갈아 왔다. 한 떼씩 밀려와서는 옷소매 치맛자락을 펄럭이며 뽕을 따 갔다. 한 달 동안에 합계 사오십 명의 궁녀를 보았다.

모두 일률로^{한결같이} 미녀들이었다. 그리고 길가 우물가에서 허투루 볼 수 있는 미녀들보다 고아^{高雅 고상하고 우아함}한 얼굴에는 틀림이 없었다.

그러나 그 눈. 화공이 보는 바는 눈이었다.

그 눈에 나타난 애무와 동경이었다. 철철 넘어 흐르는 사랑이었다. 그것이 궁녀에게는 없었다. 말하자면 세상 보통의 미녀였다.

자기에게 계집을 주지 않는 고약한 세상에게 보복하는 의미로 절세의 미녀를 차지하고자 하는 이 화공의 커다란 야심으로서는 그만 따위의 미녀로 만족할 수가 없었다.

오막살이로 돌아올 때마다 그의 입에서 나오는 기다란 한숨, 이런 한숨을 쉬기 한 달—그는 다시 상원에 가지 않았다.

저 여인도 아름답긴 하지만 너무 평범해. 내가 찾는 특별함이 없잖아!

◻ 소설 한 장면　전개(내화)　솔거는 생동하는 얼굴을 그리기 위해 미인을 찾아 나섬

가을 하늘 맑고 푸르른 어떤 날이었다.

마음속에 분만과 동경을 가득히 담은 이 화공은 저녁쌀을 씻으러 소쿠리를 옆에 끼고 시내로 더듬어 갔다.

가다가 문득 발을 멈추었다.

우거진 소나무 틈으로 보이는 시냇가 바위 위에 웬 처녀가 하나 앉아 있다. 솔가지 틈으로 내리비추이는 얼룩지는 석양을 받고 망연히 앉아서 흐르는 시냇물을 내려다보고 있다.

웬 처녀일까.

인가에서 꽤 떨어진 이곳. 사람의 동리보다 꽤 높은 이곳. 길도 없는 이곳—아직껏 삼십 년간을 때때로 초부나 목동의 방문은 받아 본 일이 있지만 다른 사람의 자취를 받아 보지 못한 이곳에 웬 처녀일까.

화공도 망연히 서서 바라보았다. 바라볼 동안 가슴에 차차 무거운 긴장을 느꼈다.

한 걸음 두 걸음 화공은 발소리를 감추고 나아갔다. 차차 그 상거相距 떨어져 있는 두 곳의 거리가 가까워 감을 따라서 분명하여 가는 처녀의 얼굴.

화공의 얼굴에는 피가 떠올랐다.

세상에 드문 미녀였다. 나이는 열일여덟 열일고여덟. 그 얼굴 생김이 아름답다기보다 얼굴 전면에 나타난 표정이 놀랄 만치 아름다웠다.

흐르는 시내에 눈을 부었는지 귀를 기울였는지 하여간 처녀의 온 주의력은 시내에 모여 있다. 커다랗게 뜨인 눈은 깜박일 줄도 잊은 듯이 황홀한 눈으로 시내를 굽어보고 있다.

남벽藍碧 남빛을 띤 짙은 푸른색의 시냇물에는 용궁龍宮이 보이는가. 소나무 그루에 부딪쳐서 튀어나는 바람에 앞머리를 약간 날리면서 처녀가 굽어보고 있는 것은 무엇인가.

처녀의 공상과 정열과 환희가 한꺼번에 모인 절묘한 미소를 눈과 입에 띠고 일심불란히 한 가지에 마음을 집중해 혼란스럽지 아니하게 처녀가 굽어보는 것은 무엇인가.

아아.

화공은 드디어 발견하였다. 그새 십 년간을 여항閭巷 여염(閻閭). 인가가 모여 있는 곳의 길거리에서 혹은 우물가에서 내지는 친잠 상원에서 발견하여 보려고 애쓰다가 종내 달하지 못한 놀랄 만한 아름다운 표정을 화공은 뜻 안 한 여기서 발견하였다.

화공은 걸음을 빨리하였다. 자기의 얼굴이 얼마나 더럽게 생겼는지 이 처녀가 자기를 쳐다보면 얼마나 놀랄지 이 점을 온전히 잊고 걸음을 빨리하여 처녀의 쪽으로 갔다.

처녀는 화공의 발소리에 머리를 번쩍 들었다. 화공을 바라보았다. 그 무한히 먼 곳을 바라보는 듯한 기묘한 눈을 들어서.

"아."

가슴이 무득하여 무슨 말을 하여야 할지 망설이며 화공이 반벙어리 같은 소리를 할 때에 처녀가 먼저 입을 열었다.

"여기가 어디오니까."

여기가 어디?

"여기는 인왕산록 이름도 없는 곳이지만 너는 웬 색시냐?"

"네……."

문득 떠오르는 적적한 표정.

"더듬더듬 시내를 따라왔습니다."

화공은 머리를 기울였다. 몸을 움직여 보았다. 무한히 먼 곳을 바라보는 듯한 처녀의 눈은 그냥 움직임 없이 커다랗게 뜨여 있기는 하지만 어디를 보는지 무엇을 보는지 알 수가 없다. 드디어 화공은 부르짖었다.

"너 앞이 보이느냐?"

"소경^{시각 장애인을 낮잡아 이르는 말}이올시다."

소경이었다. 눈물 머금은 소리로 하는 이 대답을 듣고 화공은 좀 더 가까이 갔다.

"앞도 못 보면서 어떻게 무얼 하려 예까지 왔느냐?"

처녀는 머리를 푹 수그렸다. 무슨 대답을 하는 듯하였으나 화공은 알아듣지 못하였다. 그러나 화공으로 하여금 적이 호기심을 잃게 한 것은 처녀의 얼굴에 아까와 같은 놀라운 매력 있는 표정이 없어진 것이었다.

그만하면 보기 드문 미인임에는 틀림이 없다. 그러나 아까 화공이 그렇듯 놀란 것은 단지 미인인 탓이 아니었다. 그 얼굴에 나타난 놀라운 매력에 끌린 것이었다.

"불쌍도 하지. 저녁도 가까워 오는데 어둡기 전에 집으로 내려가거라."

이만치 하여 화공은 처녀를 포기하려 하였다. 이 말에 처녀가 응하였다.

"어두운 것은 탓하지 않습니다마는 황혼이 매우 아름답다지요?"

"그럼. 아름답구말구."

"어떻게 아름답습니까."

"황금빛이 서산에서 줄기줄기 비추이는구나. 거기 새빨갛게 물든 천하…… 푸른 소나무도 남빛 바위도 검붉은 나무그루도 모두 황금빛에 잠겨서……."

"황금빛은 어떤 것이고 새빨간 빛과 붉은빛이며 남빛은 모두 어떤 빛이오니까? 밝은 세상이라지만 밝은 빛과 붉은빛이 어떻게 다릅니까? 이 산 경치가 아름답다는 소문을 듣고 더듬어 왔습니다마는 바람 소리 돌물^{일정한 곳} ^{에서 소용돌이치는 물의 흐름} 소리 귀로 들리는 소리밖에는 어디가 아름다운지 알 수가 없습니다."

차차 다시 나타나는 미묘한 표정. 커다랗게 뜨인 눈에 비치는 동경의 물결. 일단 사라졌던 아름다운 표정은 다시 생기가 비롯하였다.

화공은 드디어 처녀의 맞은편에 가 앉았다.

"이 샘 줄기를 따라 내려가면 바다가 있구 바닷속에는 용궁이 있구나. 칠색 비단을 감은 기둥과 비취를 아로새긴 댓돌이며 황금으로 만든 풍경. 진주로 꾸민 문설주……."

참으로 아름다운 표정이다……!

🔖 **소설 한 장면** 　위기(내화)　 솔거는 소경 처녀의 표정에서 자신이 찾던 아름다움을 발견함

마주 앉아서 엮어 내리는 이 화공의 이야기에 각일각^{시간이 지나갈수록} 더욱 황홀하여 가는 처녀의 눈이었다. 화공은 드디어 이 처녀를 자기의 오막살이로 데리고 돌아갈 궁리를 하였다.

"내 용궁 이야기를 들려주마. 너의 집에서 걱정만 안 하실 것 같으면."

화공이 이렇게 꾀일 때에 처녀는 그의 커다란 눈을 들어서 유원히 하늘을 우러러보면서 자기네 부모는 병신 딸 따위는 없어져도 근심을 안 한다고 쾌히 화공의 뒤를 따랐다.

일사천리로 여기까지 밀려오던 여의 공상은 문득 중단되었다.

이야기를 어떻게 진전시키나?

잡념이 일어난다. 동시에 여의 귀에 들리어 오는 한 절의 유행가.

여는 머리를 들었다. 저편 뒤 어디 잡인들이 온 모양이다. 그 분요가 무의식중에 귀로 들어와서 여의 집중되었던 머리를 헤쳐 놓는다.

귀찮은 가사歌師들이여. 저주 받을 가사들이여.

이 저주 받을 가사들 때문에 중단된 이야기는 좀체 다시 모이지 않았다.

그러나 결말 없는 이야기가 어디 있으랴. 되었던 결말은 지어야 할 것이 아닌가.

그러면 그 화공은 처녀를 데리고 제 오막살이로 돌아와서 용궁 이야기를 들려주면서 그동안에 처녀의 얼굴을 그대로 그려서 십 년래의 숙망宿望^{오랫동안 품은 소망}을 성취하였다는 결말로 맺어 버릴까?

그러나 이런 싱거운 결말이 어디 있으랴? 결말이 되기는 되었지만 이따위 결말을 짓기 위하여 그런 서두는 무의미한 것이다.

그러면?

그럼 다르게 결말을 맺어 볼까?

화공은 처녀를 제 오막살이로 데리고 돌아왔다. 그리고 처녀에게 용궁 이야기를 들려주었다. 그러나 아까 용궁 이야기로 초벌 들은 처녀는 이번은 그렇듯 큰 감흥도 느끼지 않는 모양으로 그다지 신통한 표정도 보이지 않았다. 화공의 계획은 수포로 돌아갔다. 화공은 그 그림을 영 미완품 채로 남기지 않을 수 없었다.

역시 마음에 들지 않는 결말이다.

그럼 또다시…….

화공은 처녀를 데리고 돌아왔다. 돌아와서 처녀를 보면 볼수록 탐스러워서 그림은 집어던지고 처녀를 아내로 삼아 버렸다. 앞을 못 보는 처녀는 이 추하게 생긴 화공에게도 아무 불만이 없이 일생을 즐겁게 보냈다. 그림으로나 아내를 얻으려던 화공은 절세의 미녀를 아내로 얻게 되었다.

역시 불만이다.

귀찮고 성가시다. 저주받을 유행 가사여.

여는 일어났다. 감흥을 잃은 이 자리에 그냥 앉아 있기가 싫었다. 그냥 들리는 유행가. 그것이 안 들리는 곳으로 자리를 옮기자.

굽어보매 저 멀리 소나무 틈으로 한 줄기 번득이는 것은 아까의 샘물이다. 그 샘물로, 가장 이 이야기의 원천이 된 그 샘으로 내려가자.

벼랑을 내려가기는 올라가기보다 더 힘들었다. 올라가는 것은 올라가다가 실수하여 떨어지면 과즉 '기껏해야'를 예스럽게 이르는 말 제자리에 내린다. 그러나 내려가다가 발을 실수하면 어디까지 굴러갈지 예측할 길이 없다. 잘못하다가는 청운동淸雲洞 어구까지 굴러갈는지도 모를 일이다. 게다가 올라갈 때에는 도움이 되던 스틱조차 내려갈 때에는 귀찮기 짝이 없다.

반각時間의 단위. 1각은 약 15분 동안이나 걸려서 여는 드디어 그 샘가에 도달하였다.

샘가에는 과연 한 개의 바위가 사람 하나 앉기 좋을 만한 자리가 있다. 이 바위가 화공이 쌀 씻던 바위일까. 처녀가 앉아서 공상하던 바위일까. 그 아래를 깊은 남벽으로 알았더니 겨우 한 뼘 미만의 얕은 물로서 바위 위를 기운 없이 뚤뚤 흐르고 있다.

그러나 이 골짜기는 고요하기 짝이 없었다. 바람 소리도 멀리 위에서만 들린다. 그리고 소나무와 바위에 둘러싸여서 꽤 음침한 이 골짜기는 옛날 세상을 피한 화공이 즐겨 하였음직하다.

자, 그러면 이 골짜기에서 아까 그 이야기의 꼬리를 마저 지을까.

화공은 처녀를 데리고 오막살이로 돌아왔다.

그의 마음은 너무도 긴장되고 또한 기뻐서 저녁도 짓기 싫었다. 들어와 보매 벌써 여러 해를 멀리 달리기를 기다리는 족자의 여인의 몸집조차 흔연히 화공을 맞는 듯하였다.

"자, 거기 앉아라."

수년간 화공을 힐책하던 머리 없는 그림이 화공의 앞에 펴졌다. 단청도 준비되었다.

터질 듯 울렁거리는 마음으로 폭 앞에 자리를 잡은 화공은 빛이 비치도록 남향하여 처녀를 앉히고 손으로는 붓을 적시며 이야기를 꺼내었다.

벌써 황혼은 인제 얼마 남지 않은 오늘 해로써 숙망을 달하려 하는 것이었다. 십 년간을 벼르기만 하면서 착수를 못 하기 때문에 저축되었던 화공의 힘은 손으로 모였다.

"그러구— 알겠지?"

눈으로는 처녀의 얼굴을 보며 입으로는 용궁 이야기를 하며 손은 번개같이 붓을 둘렀다.

"용궁에는 여의주^{如意珠}라는 구슬이 있구나. 이 여의주라는 구슬은 마음에 있는 바는 다 달할 수 있는 보물로서 그 구슬을 네 눈 위에 한 번 굴리면 너도 광명한 일월을 보게 된다."

"네? 그런 구슬이 있습니까?"

"있구말구. 네가 내 말을 잘 듣고 있기만 하면 수일 내로 너를 데리고 용궁에 가서 여의주를 빌려서 네 눈도 고쳐 주마."

"그러면 저도 광명한 일월을 볼 수가 있겠습니까."

"그럼. 광명한 일월, 무지개라는 칠색이 영롱한 기묘한 것, 아름다운 수풀, 유수한 골짜기 무엇인들 못 보랴."

"아이구, 어서 그 여의주를 구해서."

아아. 놀라운 아름다운 표정이었다. 화공은 처녀의 얼굴에 나타나 넘치는 이 놀라운 표정을 하나도 잃지 않고 화폭 위에 옮겼다.

황혼은 어느덧 밤으로 변하였다. 이때는 그림의 여인에게는 단지 눈동자가 그려지지 않을 뿐 그 밖의 것은 죄 완성이 되었다.

동자까지 그리고 싶었다. 그러나 이 그림의 생명을 좌우할 눈동자를 그리기에는 날은 너무도 어두웠다.

눈동자 하나쯤이야 밝은 날로 남겨 둔들 어떠랴. 하여간 십 년 숙망을 겨우 달한 화공의 심사는 무엇에 비기지 못하도록 기뻤다.

"아—아."

이 탄성은 오래 벼르던 일이 끝난 때에 나는 기쁨의 소리였다.

이 일단의 안심과 함께 화공의 마음에는 또 다른 긴장과 정열이 솟아올랐다.

꽤 어두운 가운데서 처녀의 얼굴을 유심히 보기 위하여 화공이 잡은 자리는 처녀의 무릎과 서로 닿을 만치 가까웠다. 그림에 대한 일단의 안심과 함께 화공의 코로 몰려들어 오는 강렬한 처녀의 체취와 전신으로 느끼는 처녀의 접근 때문에 화공의 신경은 거의 마비될 듯싶었다. 차차 각일각^{刻一刻} _{시간이 지남에 따라 점점} 몸까지 떨리기 시작하였다. 어두움 가운데서 황홀하게 빛나는 처녀의 커다란 눈과 정열로 들먹거리는 입술은 화공의 정신까지 혼미하게 하였다.

밝는 날 화공과 소경 처녀의 두 사람은 벌써 남이 아니었다.

"오늘은 동자를 완성시키리라."

삼십 년의 독신 생활을 벗어 버린 화공은 삼십 년간을 혼자 먹던 조반을 소경 처녀와 같이 먹고 다시 그림 폭 앞에 앉았다.

"용궁은?"

기쁨으로 빛나는 처녀의 눈.

그러나 화공의 심미안^{審美眼}에 비친 그 눈은 어제의 눈이 아니었다.

아름답기는 다시없는 아름다운 눈이었다. 그러나 그 눈은 사내의 사랑을 구하는 '여인의 눈'이었다. 병신이라 수모받던 전생을 벗어 버리고 어젯밤 처음으로 인생의 봄을 맛본 처녀는 인제는 한 개의 그 지어미의 눈이요 한 개의 애욕의 눈이었다.

"용궁은?"

"용궁에 어서 가서 여의주를 얻어서 제 눈을 뜨게 해 주세요. 밝은 천지도 천지려니와 당신이 어서 눈 뜨고 보고 싶어."

어젯밤 잠자리에서 자기는 스물네 살 난 풍신 좋은 사내라고 자랑한 화공의 말을 그대로 믿는 소경 처녀였다.

"응, 얻어 주지. 그 칠색이 영롱한!"

"그 칠색도 어서 보고 싶어요."

"그래그래, 좌우간 지금 머리로 생각해 보란 말이야."

"네, 참 어서 보고 싶어서."

굽어보면 무릎 앞의 그림은 어서 한 점 동자를 찍어 주기를 기다리고 있다.

그러나 소경의 눈에 나타난 것은 아름답기는 아름다우나 그것은 애욕의 표정에 지나지 못하였다. 그런 눈을 그리려고 십 년을 고심한 것이 아니었다.

"자, 용궁을 생각해 봐"

"생각이나 하면 뭘 합니까? 어서 이 눈으로 보아야지."

"생각이라도 해 보란 말이야."

"짐작이 가야 생각도 하지요."

"어제 생각하던 대로 생각을 해 봐."

"네……."

화공은 드디어 역정을 내었다.

"자 용궁, 용궁!"

"네……."

"용궁을 생각해 봐! 그래 용궁이 어때?"

"칠색이 영롱하구요."

"그래 또."

"또 황금 기둥, 아니 비단으로 싼 기둥이 있구요. 또 푸른 진주가……."

"푸른 진주가 아냐! 푸른 비취지."

"비취 추녀던가 문이던가."

"에익! 바보!"

화공은 커다란 양손으로 칵 소경의 어깨를 잡았다. 잡고 흔들었다.

"자 다시 곰곰이. 용궁은."

"용궁은 바닷속에……."

겁에 띄어서 어릿거리는 소경의 양에 화공은 손으로 소경의 따귀를 갈기지 않을 수가 없었다.

"바보!"

이런 바보가 어디 있으랴. 보매 그 병신 눈은 깜박일 줄도 모르고 허공을 바라보고 있다. 그 천치 같은 눈을 보매 화공의 노염은 더욱 커졌다. 화공은 양손으로 소경의 멱을 잡았다.

"에이 바보야. 천치야. 병신아."

생각나는 저주의 말을 연하여 퍼부으면서 소경의 멱을 잡고 흔들었다. 그리고 병신답게 멀겋게 뜨인 눈자위에 원망의 빛깔이 나타나는 것을 보고 더욱 힘 있게 흔들었다.

흔들다가 화공은 탁 그 손을 놓았다. 소경의 몸이 너무도 무거워졌으므로.

화공의 손에서 놓인 소경의 몸은 눈을 뒤솟은 ^{'뒤어쓰다'의 방언. 눈알이 위쪽으로 몰려서 흰자위만} 나타나게 뜬 채 번뜻 나가넘어졌다. 넘어지는 서슬에 벼루가 전복되었다. 뒤집어진 벼루에서 튀어난 먹 방울이 소경의 얼굴에 덮였다.

깜짝 놀라서 흔들어 보매 소경은 벌써 이 세상의 사람이 아니었다.

화공은 어찌할 줄을 몰랐다. 망지소조^{罔知所措 너무 당황하거나 급해 어찌할 바를 모르고 갈팡질팡함} 하여 허든거리던^{다리에 힘이 없어 중심을 잃고 이리저리 헛디디던} 화공은 눈을 뜻 없이 자기의 그림 위에 던지다가 소리를 내며 자빠졌다.

그 그림의 얼굴에는 어느덧 동자가 찍히었다. 자빠졌던 화공이 좀 정신을 가다듬어 가지고 몸을 겨우 일으켜서 다시 그림을 보매 두 눈에는 완연히 동자가 그려진 것이었다.

그 동자의 모양이 또한 화공으로 하여금 다시 덜썩 엉덩이를 붙이게 하였다. 아까 소경 처녀가 화공에게 먹을 잡혔을 때에 그의 얼굴에 나타났던 원망의 눈! 그림의 동자는 완연히 그것이었다.

소경이 넘어지는 서슬에 벼루를 엎는다는 것은 기이할 것도 없고 벼루가 엎어질 때에 먹 방울이 튄다는 것도 기이하달 수도 없지만 그 먹 방울이 어

아아……
어떻게 이런 일이!

🎨 소설 한 장면　(절정·결말(내화))　그림을 완성한 솔거는 광인이 되어 죽음을 맞이함

떻게 그렇게도 기묘하게 떨어졌을까? 먹이 떨어진 동자로부터 먹물이 번진 홍채에 이르기까지 어찌도 그렇게 기묘하게 되었을까?

한편에는 송장, 한편에는 송장의 화상을 놓고 망연히 앉아 있는 화공의 몸은 스스로 멈출 수 없이 와들와들 떨었다.

수일 후부터 한양성 내에는 괴상한 여인의 화상을 들고 음울한 얼굴로 돌아다니는 늙은 광인狂人 하나가 생겼다. 그의 내력을 아는 사람이 없었고 그의 근본을 아는 사람이 없었다. 그 괴상한 화상을 너무도 소중히 여기므로 사람들이 보고자 하면 그는 기를 써서 보이지 않고 도망하여 버리고 한다. 이렇게 수년간을 방황하다가 어떤 눈보라 치는 날 돌베개를 베고 그의 일생을 마감하였다. 죽을 때도 그는 그 족자는 깊이 품에 품고 죽었다.

늙은 화공이여. 그대의 쓸쓸한 일생을 여는 조상하노라^{명복을 비노라}.

여는 지팡이로써 물을 두어 번 저어 보고 고즈넉이 몸을 일으켰다.

우러러보매 여름의 석양은 벌써 백악 위에서 춤추고, 이 천고의 계곡을 산새가 남북으로 건넌다.

🕯 소설 한 장면　종결(외화)　저녁 무렵 '여'는 몸을 일으켜 멀리 산의 모습을 바라봄

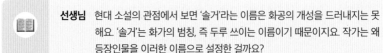

선생님 현대 소설의 관점에서 보면 '솔거'라는 이름은 화공의 개성을 드러내지는 못해요. '솔거'는 화가의 범칭, 즉 두루 쓰이는 이름이기 때문이지요. 작가는 왜 등장인물을 이러한 이름으로 설정한 걸까요?

💬 1 🤍 1

학생 1 작가가 한 화가의 기묘하고 천재적인 예술 행각에 초점을 두었을 뿐 인물의 개성 창조에는 큰 관심을 두지 않았기 때문이에요.

선생님 이 작품의 주제는 화공으로서의 열정이에요. 솔거는 최고의 미녀를 그리기 위해 자기가 생각하는 특별한 아름다움을 가진 미녀를 찾아 헤매지요. 솔거가 찾는 아름다움이란 무엇일까요?

💬 1 🤍 1

학생 1 솔거는 소경 처녀를 본 후 그녀야말로 자신이 찾던 특별한 아름다움을 지닌 사람이라고 생각해요. 그러나 처녀와 하룻밤을 보낸 이후에는 처녀로부터 더 이상 이상적인 모습을 찾지 못해요. 이러한 점을 보면 이 작품에서 제시된 아름다움은 쾌락이 아닌 순수함에서 나온다는 걸 알 수 있어요.

선생님 솔거의 내면 의식을 추적해 볼 때 그의 열정은 오이디푸스 콤플렉스에서 연유해요. 유복자로 태어난 솔거는 어려서 어머니를 잃는 바람에 어머니에 대한 기억만 마음에 남아 있어요. 이러한 모성의 결핍은 솔거에게 무의식적으로 고착되고, 이는 아름다움에 대한 집착으로 나타나지요. 이러한 모습은 어디에서 찾을 수 있나요?

💬 1 🤍 1

학생 1 아름답고 황홀한 어머니의 눈빛을 처녀가 계속 지녀 주기를 갈망하는 것에서 찾을 수 있어요.

선생님 솔거가 미녀의 얼굴을 그리는 것에 집착하는 이유는 무엇인가요?

💬 2 🤍 2

학생 1 솔거는 흉한 외모 때문에 두 번이나 결혼하고도 모두 여자로부터 버림을 받아요. 여자와 함께하는 것이 불가능하다고 생각한 솔거는 세상에 대해 반발심을 느껴요.

학생 2 세상 사람들에 대한 적개심은 솔거가 이 세상의 모든 아름다움을 비웃을 수 있을 만한 아름다움을 표현하려는 원동력이 돼요.

선생님 「광화사」는 「광염소나타」와 함께 작가 김동인의 유미주의적 경향이 짙게 나타난 작품이에요. 유미주의란 문학은 문학 자체의 아름다움을 가져야 한다고 주장하는 예술 사조로, 김동인은 이를 드러내기 위해 개연성과 같은 소설의 필수 요소조차 무시하는 경향을 보여요. 절세 미녀인 어머니를 둔 솔거가 추남이라는 설정, 그림에 먹이 튀어 눈동자가 완성되는 등 비상식적인 설정이 그렇지요. 그렇다면 이 작품에서 유미주의적 경향은 어떻게 나타나나요?

 2 ♥ 2

학생 1 솔거의 예술에 대한 열정, 예술적 대상에 대한 그의 심미안, 밤을 함께 지내고 난 후 소경 처녀의 눈빛에 일어난 변화, 처녀에 대한 안타깝고 절망적인 분노 등에서 작가의 유미주의적 경향이 느껴져요.

 학생 2 화공이 미치게 되는 작품의 마지막 부분은 거의 악마적인 분위기를 느끼게 해요.

오이디푸스 콤플렉스 ▼ Q

연관 검색어   그리스 신화   프로이트   정신분석학

그리스 신화 가운데 자신의 친아버지를 살해하고 친어머니의 남편이 되었다는 비극적인 오이디푸스 이야기가 있다. '오이디푸스 콤플렉스'란 이 신화에서 유래한 심리학 개념이다. 정신분석학의 창시자 프로이트는 4살에서 6살 정도의 아들이 이성인 어머니에게는 호의적이며 무의식적으로 성적 애착을 갖지만, 동성인 아버지에게는 적대적인 감정을 품는다는 개념을 만들었다. 그러나 아이는 몸집도 크고 절대적인 존재인 아버지에게 열등감과 좌절만을 느낄 뿐이다. 이렇게 위협을 느낀 아이는 아버지의 존재를 수용함으로써 타협한다. 아이는 이 시기를 무사히 거쳐 진정한 사회 구성원으로 거듭나게 된다.

붉은 산

#민족주의　#중국인지주　#붉은산과흰옷　#만보산사건

⚓ 작품 길잡이

갈래: 민족주의 소설, 액자 소설
배경: 시간 - 일제 강점기 / 공간 - 만주
시점: 1인칭 관찰자 시점
주제: 민족의 동질성과 조국에 대한 사랑
출전: 〈삼천리〉(1932)

📷 인물 관계도

정익호(삵)	'삵'이라는 별명으로 불리는 떠돌이이다. 폭력적인 성품과 민족주의적인 특징을 함께 보인다.
여(余)	의사이자 서술자이며, 우연히 ××촌에 왔다가 마을 사람들이 겪는 일들을 목격한다.

📋 구성과 줄거리

도입   질병 조사차 만주로 간 '여(余)'가 ××촌에서 겪은 일을 적음
'여'는 만주의 풍속을 살피고 그들에게 퍼져 있는 병도 조사할 겸 만주를 돌아본 적이 있다. 그때 ××촌에서 겪은 일을 수기로 적는다.

발단   '삵'이란 별명을 가진 부랑자 정익호가 ××촌에 찾아옴
광막한 만주 벌판에 자리 잡은 ××촌에는 조선인 소작농이 이십여 호 모여 산다. 어느 날 이 마을에 '삵'이라는 별명을 가진 정익호가 찾아든다. 그는 외모가 독하고 민첩하게 생겼으며, 투전을 일삼고 싸움 잘하고 트집 잘 잡고 칼부림을 잘한다. 마을 사람들은 삵을 싫어하여 피한다.

전개   마을 사람들이 '삵'을 내쫓고자 하나 속수무책임
'삵'이 아무리 행패를 부려도 마을 사람들은 두려워서 대항하지 못한다. 사람들이 모여서 그를 쫓아내자고 여러 번 결의하지만 정작 나설 사람이 없어 삵은 별 탈 없이 동네에 머무른다.

위기   지주에게 갔던 송 첨지가 죽지만 누구 하나 나서지 않음
'여'가 ××촌을 떠나기 전날의 일이다. 그해 소출을 나귀에 싣고 만주인 지주 집에 간 송 첨지가 소출이 좋지 못하다는 이유로 초주검이 되어 돌아와 끝내 죽는다. ××촌 젊은이들은 분노하지만 누구 하나 앞장서지 않는다.

절정   지주에게 항거하러 갔던 '삵'이 초주검이 되어 돌아옴
'여'는 의사로서 송 첨지의 시체를 부검한다. 돌아오는 길에 '삵'을 만나자 '여'는 그에게 송 첨지의 죽음을 알린다. 이야기를 들은 '삵'의 얼굴에는 비장함이 감돈다. 이튿날 '삵'은 피투성이가 된 채 발견된다. 지주를 찾아가 항거하다가 심하게 매를 맞아 다친 채 동구 밖에 버려진 것이다.

결말   마을 사람들이 애국가를 부르는 가운데 '삵'이 죽어 감
'삵'은 죽어가는 와중에도 붉은 산과 흰옷을 찾으며 애국가를 불러 달라고 간청한다. '삵'의 죽음을 애도하는 노래가 엄숙하게 울려 퍼지는 가운데 '삵'의 몸은 점점 식어 간다.

붉은 산

그것은 여^余가 만주를 여행할 때의 일이었다. 만주의 풍속도 좀 살필 겸 아직껏 문명의 세례를 받지 못한 그들의 새에 퍼져 있는 병^病을 좀 조사할 겸 해서 일 년의 기한을 예산하여 가지고 만주를 시시콜콜히 다 돌아온 적이 있었다. 그때에 ××촌이라 하는 조그만 촌에서 본 일을 여기에 적고자 한다.[1]

××촌은 조선 사람 소작인만 사는 한 이십여 호 되는 작은 촌이었다. 사면을 둘러보아도 한 개의 산도 볼 수가 없는 광막한 만주의 벌판 가운데 놓여 있는 이름도 없는 작은 촌이었다.

몽고 사람 종자^{從者 남에게 종속되어 따라다니는 사람}를 하나 데리고 노새를 타고 만주의

××촌은 조선 사람만 사는 작은 촌이구나.

그것은 여가 만주를 여행할 때 일이었다.

🗨 소설 한 장면　（도입）　질병 조사차 만주로 간 '여(余)'가 ××촌에서 겪은 일을 적음

---

1) 이 작품은 '여'의 목격담을 적은 수기 형식으로 되어 있다. 이런 방법은 사실성과 설득력을 높이는 데 매우 효과적이다.

촌촌을 돌아다니던 여가 그 ××촌에 이른 때는 가을도 다 가고 어느덧 광포 狂暴 미치광이처럼 매우 거칠고 사나움 한 북국의 겨울이 만주를 찾아온 때였다.

만주의 어느 곳이나 조선 사람이 없는 곳은 없지만 이러한 오지 奧地에서 한 동리가 죄 모두 조선 사람뿐으로 되어 있는 곳을 만나니 반가웠다. 더구나 그 동리는 비록 모두가 중국인의 소작인이라 하나 사람들이 비교적 온량하고 정직하며 장성한 이들은 그래도 모두 천자문 한 권쯤은 읽은 사람들이 었다. 살풍경한 메마르고 스산한 만주, 그 가운데서 살풍경한 살림을 하는 중국인이며 조선 사람의 동리를 근 일 년이나 돌아다니다가 비교적 평화스러운 이런 동리를 만나면 그것이 비록 외국인의 동리라 하여도 반갑겠거든 하물며 우리 같은 동족의 동리임에랴. 여는 그 동리에서 한 십여 일 이상을 일없이 매일 호별 戶別 방문을 하며 그들과 이야기로 날을 보내며 오래간만에 맛보는 평화적 기분을 향락하고 있었다.

'삵'이라는 별명을 가지고 있는 정익호라는 인물을 본 것이 여기서이다.

익호라는 인물의 고향이 어디인지는 ××촌에서 아무도 몰랐다. 사투리로 보아서 경기 사투리인 듯하지만 빠른 말로 죄죄거릴 빠르게 지껄일 때에는 영남 사투리가 보일 때도 있고 싸움이라도 할 때에는 서북 사투리가 보일 때도 있었다. 그런지라 사투리로써 그의 고향을 짐작할 수가 없었다. 쉬운 일본 말도 알고 한문 글자도 좀 알고 중국 말은 물론 꽤 하고 쉬운 러시아 말도 할 줄 아는 점 등등 이곳저곳 슬쩍 주워 먹은 것은 짐작이 가지만 그의 경력을 똑똑히 아는 사람은 없었다.

그는 여가 ××촌에 가기 일 년 전쯤 빈손으로 이웃이라도 오듯 후덕덕 ××촌에 나타났다 한다. 생김생김으로 보아서 얼굴이 쥐와 같고 날카로운 이빨이 있으며 눈에는 교활함과 독한 기운이 늘 나타나 있으며[1] 바룩한 밖으로 벌어져 있는 코에는 코털이 밖으로까지 보이도록 길게 났고 몸집은 작으나 민첩하게 되었고 나이는 스물다섯에서 사십까지 임의로 볼 수가 있으며 그 몸이나 얼굴 생김이 어느로 보는 남에게 미움을 사고 근접지 못할 놈이라는 느낌을 갖게 한다.

그의 장기는 투전이 일쑤며 싸움 잘하고 트집 잘 잡고 칼부림 잘하고 색시들에게 덤비어들기 잘하는 것이라 한다.

---

1) 정익호가 '삵'이라는 별명으로 불리게 된 이유이다.

생김생김이 벌써 남에게 미움을 사게 되었고 게다가 하는 행동조차 변변치 못한 일만이라, ××촌에서도 아무도 그를 대척하는^{마주 용하거나 맞서는} 사람이 없었다. 사람들은 모두 그를 피하였다. 집이 없는 그였으나 뉘 집에 잠이라도 자러 가면 그 집주인은 두말없이 다른 방으로 피하고 이부자리를 준비하여 주고 하였다. 그러면 그는 이튿날 해가 낮이 되도록 실컷 잔 뒤에 마치 제집에서 일어나듯 느직이 일어나서 조반을 청하여 먹고는 한마디의 사례도 없이 나가 버린다.

그리고 만약 누구든 그의 이 청구에 응하지 않으면 그는 그것을 트집으로 싸움을 시작하고 싸움을 하면 반드시 칼부림을 하였다.

동리의 처녀들이며 젊은 색시들은 익호가 이 동리에 들어온 뒤로부터는 마음 놓고 나다니지를 못하였다. 철없이 나갔다가 봉변을 한 사람도 몇이 있었다.

'삵.'

이 별명은 누가 지었는지 모르지만 어느덧 ××촌에서는 익호를 익호라 부르지 않고 '삵'이라고 부르게 되었다.

"삵이 뉘 집에서 묵었나?"

"김 서방네 집에서."

삵이 또 저러는구먼.

나한테 불만 있어?

🎬 소설 한 장면　발단　'삵'이란 별명을 가진 부랑자 정익호가 ××촌에 찾아옴

"다른 봉변은 없었다나?"

"요행히 없었다네."

그들은 아침에 깨면 서로 인사 대신으로 삵의 거취를 알아보고 하였다.

'삵'은 이 동리에는 커다란 암종^{癌腫 악성 종양}이었다. '삵' 때문에 아무리 농사에 사람이 부족한 때라도 젊고 든든한 몇 사람은 동리의 젊은 부녀를 지키기 위하여 동리 안에 머물러 있지 않을 수가 없었다. '삵' 때문에 부녀와 아이들은 아무리 더운 여름 저녁이라도 길에 나서서 마음 놓고 바람을 쏘여 보지를 못하였다. '삵' 때문에 동리에서는 닭의 가리^{싸리나무로 엮어 둥글게 만든 닭장}며 도야지^{돼지} 우리를 지키기 위하여 밤을 새우지 않을 수가 없었다.

동리의 노인이며 젊은이들은 몇 번을 모여서 삵을 이 동리에서 내쫓기를 의논하였다. 물론 합의는 되었다. 그러나 내쫓는 데 선착수^{先着手 남보다 먼저 손을 댐}할 사람이 없었다.

"첨지가 선착수하면 뒤는 내 담당하마."

"뒤는 걱정 말고 형님 먼저 말해 보시오."

제각기 삵에게 먼저 달려들기를 피하였다.

이리하여 동리에서는 합의는 되었으나 삵은 그냥 태연히 이 동리에 묵어 있게 되었다.

◌ 소설 한 장면 　전개　 마을 사람들이 '삵'을 내쫓고자 하나 속수무책임

"며늘 년들이 조반이나 지었나?"

"손주 놈들이 잠자리나 준비했나?"

마치 그 동리의 모두가 자기의 집안인 것같이 삶은 마음대로 이 집 저 집을 드나들었다.

××촌에서는 사람이라도 죽으면 반드시 조상^{弔喪 남의 상사에 대해 조의를 표함} 대신으로,

"삵이나 죽지 않고."

하는 한마디의 말을 잊지 않고 하였다.

누가 병이라도 나면,

"에잇, 이놈의 병 삵한테로 가거라."

고 하였다.

암종. 누구든 삵을 동정하거나 사랑하는 사람이 없었다.

삵도 남의 동정이나 사랑은 벌써 단념한 사람이었다. 누가 자기에게 아무런 대접을 하든 탓하지 않았다. 보이는 데서 보이는 푸대접을 하면 그 트집으로 반드시 칼부림까지 하는 그였었지만 뒤에서 아무런 말을 할지라도, 그리고 그것이 삵의 귀에까지 갈지라도 탄하지 않았다.

"흥……."

이 한마디는 그의 가장 커다란 처세 철학이었다.

흔히 곁 동리 중국인들의 투전판에 가서 투전을 하였다. 때때로 두들겨 맞고 피투성이가 되어 돌아오는 일도 있었다. 그러나 그 하소연을 하는 일이 없었다. 한다 할지라도 들을 사람도 없거니와, 아무리 무섭게 두들겨 맞은 뒤라도 하루만 샘물에 상처를 씻고 절룩절룩한 뒤에는 또 그 이튿날은 천연히 나다녔다.

여가 ××촌을 떠나기 전날이었다.

송 첨지라는 노인이 그해 소출^{所出 논밭에서 나는 곡식}을 나귀에 실어 가지고 중국인 지주가 있는 촌으로 갔다. 그러나 돌아올 때는 그는 송장이 되었다. 소출이 좋지 못하다고 두들겨 맞아서 부러져 꺾어진 송 첨지는 나귀 등에 몸이 결박되어서 겨우 ××촌으로 돌아왔다. 그리고 놀란 친척들이 나귀에서 몸을 내릴 때에 절명되었다.

××촌에서는 왁작하였다.

"원수를 갚자!"

명 아닌 목숨을 끊은 송 첨지를 위하여 동리의 젊은이며 늙은이는 모두

흥분되었다. 제각기 이제라도 들고 일어설 듯하였다.

그러나 그뿐이었다. 누구든 앞장을 서려는 사람이 없었다. 만약 이때에 누구든 앞장을 서는 사람만 있었다면 그들은 곧 그 지주에게로 달려갔을지 모른다. 그러나 제가 앞장을 서겠노라고 나서는 사람은 없었다. 제각기 곁 사람을 돌아보았다.

발을 굴렀다. 부르짖었다. 학대받는 인종의 고통을 호소하며 울었다. 그 러나 그뿐이었다. 남의 일로 지주에게 반항하여 제 밥자리까지 떼이기를 꺼림인지 어쩐지는 여로는 모를 배로되 ^{모르는 바이지만} 용감히 앞서서 나가는 사 람은 없었다.

의사라는 여의 직업상 송 첨지의 시체를 검분^{檢分 검시}을 한 뒤에 돌아오는 길에 여는 삵을 만났다. 키가 작은 삵을 여는 내려다보았다. 삵은 여를 쳐다 보았다.

'가련한 인생아. 인종의 거머리야. 가치 없는 생명아. 밥버러지야. 기생충아.'
여는 삵에게 말하였다.

"송 첨지가 죽은 줄 아우?"

여의 말에 아직껏 여를 쳐다보고 있던 삵의 눈이 아래로 떨어졌다. 그리

🗨 소설 한 장면　위기　지주에게 갔던 송 첨지가 죽지만 누구 하나 나서지 않음

고 여가 발을 떼려는 순간 얼핏 삶의 얼굴에 나타난 비창^{悲愴 마음이 몹시 상하고 슬픔}한 표정을 여는 넘길 수가 없었다.

고향을 떠난 만 리 밖에서 학대받는 인종의 가엾음을 생각하고 그 밤은 여도 잠을 못 이루었다. 그 억분함^{抑憤 억울하고 분한 마음}을 호소할 곳도 못 가진 우리의 처지를 생각하고 여도 눈물을 금치를 못하였다.

이튿날 아침이었다. 여를 깨우러 달려오는 사람의 소리에 여는 반사적으로 일어났다. 삵이 동구^{洞口} 밖에서 피투성이가 되어 죽어 있다는 것이었다.

여는 삵이라는 말에 눈살을 찌푸렸다. 그러나 의사라는 직업상 곧 가방을 수습하여 가지고 삵이 넘어진 데까지 달려갔다. 송 첨지의 장례 때문에 모였던 사람 몇은 여의 뒤로 따라왔다.

여는 보았다. 삵이 허리가 기역 자로 뒤로 부러져서 밭고랑 위에 넘어져 있는 것을. 여는 달려가 보았다. 아직 약간의 온기는 있었다.

"익호! 익호!"

그러나 그는 정신을 못 차렸다. 여는 응급수단을 하였다. 그의 사지는 무섭게 경련되었다.

이윽고 그가 눈을 번쩍 떴다.

"익호! 정신 드나?"

그는 여의 얼굴을 보았다. 끝이 없이 한참을 쳐다보았다.

그의 동자가 움직였다. 겨우 의의^{意義 말이나 글의 속뜻}를 깨달은 모양이었다.

"선생님, 저는 갔었습니다."

"어디를?"

"그놈, 지주 놈의 집에."

무얼? 여는 눈물이 나오려는 눈을 힘 있게 닫았다. 그리고 덥석 그의 벌써 식어 가는 손을 잡았다. 잠시의 침묵이 계속되었다. 그의 사지에서는 무서운 경련이 끊임없이 일었다. 그것은 죽음의 경련이었다.

듣기 힘든 작은 그의 소리가 또 그의 입에서 나왔다.

"선생님."

"왜?"

"보구 싶어요. 전 보구 시……."

"뭐이?"

그는 입을 움직이었다. 그러나 말이 안 나왔다. 기운이 부족한 모양이었다. 잠시 뒤 그는 또다시 입을 움직이었다. 무슨 소리가 그의 입에서 나왔다.

"무얼?"

"보구 싶어요. 붉은 산이…… 그리구 흰옷이!"

아아, 죽음에 임하여 그는 고국과 동포가 생각난 것이었다. 여는 힘 있게 감았던 눈을 고즈넉이 떴다. 그때에 삵의 눈도 번쩍 띄었다. 그는 손을 들려 하였다. 그러나 이미 부러진 그의 손은 들리지 않았다. 그는 머리를 돌이키려 하였다. 그러나 그 힘이 없었다.

그의 마지막 힘을 혀끝에 모아 가지고 그는 다시 입을 열었다.

"선생님!"

"왜?"

"저것…… 저것……."

"무얼?"

"저기 붉은 산이, 그리고 흰옷이…… 선생님 저게 뭐예요."

여는 돌아보았다. 그러나 거기는 황막한 만주의 벌판이 전개되어 있을뿐이다.

"선생님, 창가 불러 주세요. 마지막 소원…… 창가를 해 주세요. 동해물과 백두산이 마르고 닳도록……."

 소설 한 장면 〔절정〕 지주에게 항거하러 갔던 '삵'이 초주검이 되어 돌아옴

여는 머리를 끄덕이고 눈을 감았다. 그리고 입을 열었다. 여의 입에서는 창가가 흘러나왔다. 여는 고즈넉이 불렀다.

"동해물과 백두산이……."

고즈넉이 부르는 여의 창가 소리에 뒤에 둘러섰던 다른 사람의 입에서도 숭엄한 코러스는 울리어 나왔다.

"……무궁화 삼천리 화려 강산……."

광막한 겨울의 만주 벌 한편 구석에서는 밥버러지 익호의 죽음을 조상하는 숭엄한 노래가 차차 크게 엄숙하게 울리었다. 그 가운데서 익호의 몸은 점점 식었다.

……무궁화 삼천리 화려 강산…….

🍎 소설 한 장면　결말　마을 사람들이 애국가를 부르는 가운데 '삵'이 죽어 감

🕊 생각해 볼까요?

선생님 이 작품은 액자식으로 구성된 소설이에요. 외화와 내화를 구분하여 설명해 볼까요?

💬 2 🤍 2

↳ **학생 1** 외화는 의사인 '여'가 만주를 여행하는 이야기예요. '여'가 작은 마을에 잠시 머무르는 동안 겪은 일을 서술하고 있어요. 내화는 '삵'이라는 별명을 가진 정익호와 마을 사람들에 대한 이야기예요.

↳ **학생 2** '여'는 관찰자로서 삵과 마을 사람들의 이야기를 전달하여 소설의 주제를 드러내요.

선생님 소설에서는 인물의 성격이 이름과 밀접히 연관되는 명명법을 사용하기도 해요. 작가는 정익호에게 왜 '삵'이라는 별명을 붙였을까요?

💬 1 🤍 1

↳ **학생 1** 살쾡이를 의미하는 '삵'이란 말이 익호의 겉모습과 성격을 표현하기에 적절하기 때문이에요. 정익호는 독하고 교활한 성격을 가진 데다 몸놀림도 민첩해요. 작가는 이러한 정익호에 대해 '쥐 같은 얼굴, 날카로운 이빨, 발룩한 코에 긴 코털' 등 외양 묘사로 성격을 암시하는 간접 묘사 방법을 썼어요.

선생님 '삵'은 숨을 거두며 '여'에게 '붉은 산'과 '흰옷'이 보고 싶다고 말해요. '삵'과 '붉은 산', '흰옷'은 각각 무엇을 상징할까요?

💬 2 🤍 2

↳ **학생 1** '삵'은 고국을 떠나 유랑하는 우리 민족을 상징해요.

↳ **학생 2** '삵'이 보고 싶다는 '붉은 산'은 우리 국토를, '흰옷'은 겨레를 상징해요.

선생님 이 작품은 민족주의적 경향을 보이면서도 감상적 측면이 강해요. 주인공 정익호가 '밥버러지'에서 민족주의자로 바뀌는 과정을 통해서 그것을 설명해 볼까요?

💬 2 🤍 2

↳ **학생 1** 소설의 전반부에서 정익호는 싸움 잘하고 트집 잘 잡고 칼부림을 잘하는 '암종'으로 묘사돼요. 그런데 후반부에서는 송 첨지의 죽음을 계기로 정익호에게 극적인 성격 변화가 일어나요.

↳ **학생 2** 극적인 성격 변화는 '조국과 민족에 대한 애정'이라는 주제 의식을 부각하기 위한 장치로 볼 수 있어요. 그러나 변화를 가져온 실마리나 개연성이 제시되지 않아 감상적이고 작위적이라는 지적을 받기도 해요.

선생님 이 소설은 1931년 7월 2일 중국 지린성 만보산 지역에서 일어난 조선인과 중국인 사이의 유혈 사태인 만보산 사건이 창작 토대가 되었어요. 작가는 조선인 '삵'의 행동을 통해 일제에 대한 분노와 나라를 잃은 상실감을 표출하고자 했지요. 만보산 사건에 대해 자세히 이야기를 나눠볼까요?

💬 2 ♥ 2

학생 1 이 소설이 창작된 배경은 일제 강점기예요. 당시 많은 조선인 농민들은 일제의 탄압으로 토지를 잃고 만주 등지로 이주해야 하였어요. 일제는 이주한 조선인을 중국 침략에 이용하기 위한 구실로 삼았어요. 특히 만주 지방에 세력을 형성한 중국 민족 운동 세력과 조선 민족 운동 세력의 반일 공동 전선 투쟁을 분열시키려 하였어요. 이를 위한 일제의 음모로 인해 만보산 사건이 일어났고, 이 사건으로 조선인과 중국인의 관계가 급속도로 나빠졌어요.

학생 2 만주에 살고 있던 우리 동포들은 중국인의 조선인에 대한 보복 사태 등으로 생명이 위협 받을 정도로 큰 고통을 겪었어요. 이 소설에서도 소출이 적다는 이유로 중국인 지주에게 목숨을 잃고, 이에 항의하기 위해 갔다가 또 목숨을 잃는 우리 민족의 이야기가 나와요. 이는 등장인물 개인뿐 아니라 우리 민족 전체가 겪었던 고통이에요.

만보산 사건 ▼

연관 검색어   일제의 이간질 유혈 사태 차이나타운

일제가 조선을 식민지화한 후 토지를 잃은 많은 조선인은 만보산 지역으로 이주하였다. 가뭄이 계속되자 조선 농민은 송화강에서 물을 끌어오는 수로 공사를 진행했으나 밭이 망가지는 것을 걱정했던 중국 농민과 갈등이 벌어졌다. 다행히 중국 관리들과 조선인 대표가 수습해 큰 싸움으로 번지지는 않았다.

그런데 일제는 조선의 한 신문에 '만보산에서 조선인이 중국인에게 봉변을 당하고 있다. 이미 많은 사상자가 발생하였다.'라는 내용의 거짓 기사를 내보냈다. 조선인과 중국인을 이간질하고 분열시켜 이들의 단합을 막고, 대륙 침략의 발판으로 삼기 위해서였다.

이 기사가 퍼지자 조선에서는 중국인을 배척하고 습격하는 일이 벌어졌다. 이 행위가 중국 본토에 알려지자 분노한 중국인들은 많은 조선인이 이주해 살던 만주 지방을 중심으로 보복하였다. 한 마을은 100명에 가까운 조선인 전원이 몰살당하기도 하였다. 이 사건을 '만보산 사건'이라고 한다.

현진건
(1900~1943)

✉ 작가에 대하여

　호는 빙허(憑虛). 경북 대구 출생. 일본 도쿄 독일어학교를 졸업하고 중국 상하이 외국어학교에서 수학하였다. 1920년 〈개벽〉에 단편 소설 「희생화」를 발표하며 등단하였다. 1921년 자전적 소설 「빈처」에 이어 「술 권하는 사회」를 발표해 작가로서 주목받기 시작하였다. 1922년 〈백조〉 동인으로 활동하며 「타락자」, 「운수 좋은 날」, 「불」 등을 발표하였다. 대표작으로 「할머니의 죽음」, 「B사감과 러브레터」 등의 단편과 『적도』, 『무영탑』, 『흑치상지』(미완) 등의 장편이 있다. 김동인과 함께 근대 단편 소설의 선구자로 꼽히고, 염상섭과 함께 사실주의를 개척한 작가로 평가받는다. 1935년 〈동아일보〉 사회부장 재직 당시 일장기 말살로 1년간 복역하기도 하였다.

　현진건의 소설에는 식민지 치하에서 핍박받는 우리 민족의 참상과 일제에 대한 저항 의식이 담겨 있다. 그는 사실주의 작가로서 정확하고 섬세한 묘사체의 문체를 구사하였으며 긴밀한 극적 구성법과 탁월한 반전의 기법으로 단편 소설의 기교를 확립하였다.

빈처

#식민지조선　　#무기력한지식인　　#빈부의대립　　#정신적가치

⚓ 작품 길잡이

갈래: 순수 소설, 사실주의 소설
배경: 시간 - 1920년대 / 공간 - 서울 종로
시점: 1인칭 주인공 시점
주제: 가난한 무명작가 부부의 생활고와 부부애
출전: 〈개벽〉[1921]

📷 인물 관계도

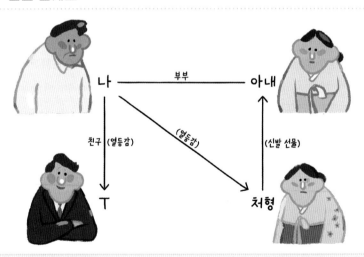

나　　경제적으로 무능력한 지식인이다. 다른 사람을 부러워하는 아내에게 섭섭해하기도 하지만 자신을 믿어주는 모습에 미안함과 고마움을 느낀다.
아내　　물질적으로 넉넉한 주변 사람들을 부러워하기도 하지만, 남편을 사랑하고 신뢰한다.
처형　　물질적 만족을 추구하여 남편에게 매를 맞으면서도 그 사실을 숨긴다.

📑 구성과 줄거리

발단   **아내는 전당포에 물건을 맡겨 가난한 살림을 꾸림**
아내는 아침거리를 장만하기 위해 전당포에 잡힐 모본단 저고리를 찾는다. '나'는 아내와 16세 때 결혼한 후 곧 집을 떠나 중국과 일본을 떠돌다가 남루한 행색으로 집에 돌아왔다. 무명작가인 '나' 때문에 아내는 결국 세간과 의복을 전당포에 맡기며 돈을 마련한다. 이런 고생을 하면서도 아내는 '나'의 성공을 굳게 믿는다.

전개   **T의 양산 자랑을 계기로 '나'와 아내가 갈등을 빚음**
처량한 생각이 든 '나'는 불현듯 한성은행에 다니는 T가 공일이라고 찾아온 일을 생각한다. T가 제 처에게 줄 양산을 샀다고 자랑하자 아내는 매우 부러워하는 눈치이다. 가난한 예술가의 처 노릇을 잘해 오던 아내가 "당신도 살 도리를 좀 하세요."라고 핀잔을 준다. '나'는 불쾌한 생각을 억제하지 못하고 "예술가의 처가 다 뭐야!" 하고 소리를 꽥 지른다.

위기   **'나'는 처형과 비교되는 아내의 모습을 보고 자격지심을 느낌**
'나'와 아내는 장인의 생일이라는 전갈을 받고 처가에 간다. 처형은 돈을 잘 버는 남편을 만나 비단옷을 입고 있다. 처형의 얼굴에는 부유한 태가 흐르지만 눈 위에는 시퍼런 멍이 있다. 초라한 몰골의 '나'를 얕잡아 보는 것 같아 '나'는 괴로운 생각을 잊으려고 술을 취하도록 마신다.

절정   **처형의 불행을 통해 '나'와 아내는 정신적 행복에 만족하려 함**
처가에서 가져온 음식으로 저녁을 먹은 후 '나'와 아내는 처형에 대해 이야기한다. 처형의 남편은 주야로 기생집을 다니면서 이를 탓하는 처형을 걸핏하면 때린다고 한다. "없더라도 의좋게 지내는 것이 행복"이란 아내의 말에 '나'는 흡족해한다. 이틀 뒤 처형이 찾아와 아내에게 새 신발을 주며 한바탕 남편 욕을 한다. 아내가 처형이 사 온 신발을 보며 좋아하자 '나'는 정신적인 행복에 만족하려 해도 기실 부족하다고 생각한다.

결말   **아무도 인정해 주지 않는 '나'를 믿고 따른 아내의 허리를 껴안음**
'나'는 무명작가인 자신을 믿고 눈살 한번 찌푸리지 않는 아내에게 고마움을 느낀다. 서로를 끌어안은 두 사람의 눈에는 그렁그렁 눈물이 넘쳐흐른다.

빈처

1

"그것이 어째 없을까?"

아내가 장문을 열고 무엇을 찾더니 입안말로 중얼거린다.

"무엇이 없어?"

나는 우두커니 책상머리에 앉아서 책장만 뒤적뒤적하다가 물어보았다.

"모본단模本緞 본래 중국에서 난 비단의 하나. 품질이 정밀하고 윤이 나며 무늬가 아름다움 저고리가 하나 남았는데……."

"……."

나는 그만 묵묵하였다. 아내가 그것을 찾아 무엇하려는 것을 앎이라. 오늘 밤에 옆집 할멈을 시켜 잡히려 하는 것이다.

이 2년 동안에 돈 한 푼 나는 데는 없고 그대로 주리면 시장할 줄 알아 기구器具 세간, 도구, 기계 따위와 의복을 전당국 창고典當局倉庫에 들이밀거나 고물상 한구석에 세워 두고 돈을 얻어 오는 수밖에 없었다. 지금 아내가 하나 남은 모본단 저고리를 찾는 것도 아침거리를 장만하려 함이라.

전당포에 저고리를 맡겨 돈을 마련하려 하는구나.

하나 남은 모본단 저고리가 대체 어디 갔지……

🗨 소설 한 장면　발단　아내는 전당포에 물건을 맡겨 가난한 살림을 꾸림

나는 입맛을 쩍쩍 다시고 폈던 책을 덮으며 후— 한숨을 내쉬었다.

봄은 벌써 반이나 지났건마는 이슬을 실은 듯한 밤기운이 방구석으로부터 슬금슬금 기어 나와 사람에게 안기고 비가 오는 까닭인지 밤은 아직 깊지 않건만 인적조차 끊어지고 온 천지가 빈 듯이 고요한데 투닥투닥 떨어지는 빗소리가 한없는 구슬픈 생각을 자아낸다.

"빌어먹을 것 되는대로 되어라."

나는 점점 견딜 수 없어 두 손으로 흐트러진 머리카락을 쓰다듬어 올리며 중얼거려 보았다. 이 말이 더욱 처량한 생각을 일으킨다. 나는 또 한 번,

"후—." 한숨을 내쉬며 왼팔을 베고 책상에 쓰러지며 눈을 감았다.

이 순간에 오늘 지낸 일이 불현듯 생각이 난다.

늦게야 점심을 마치고 내가 막 궐련 한 개를 피워 물 적에 한성은행漢城銀行 다니는 T가 공일이라고 놀러 왔다.

친척은 다 멀지 않게 살아도 가난한 꼴을 보이기도 싫고 찾아갈 적마다 무엇을 뀌어 내라고 조르지도 아니하였건만 행여나 무슨 구차한 소리를 할까 봐서 미리 방패막이를 하고 눈살을 찌푸리는 듯하여 나도 발을 끊고 따라서 찾아오는 이도 없었다. 다만 이 T는 촌수가 가까운 까닭인지 자주 우리를 방문하였다.

그는 성실하고 공순하며 소소한 소사小事에 슬퍼하고 기뻐하는 인물이었다. 동년배同年輩인 우리 둘은 늘 친척 간에 비교比較 거리가 되었었다. 그리고 나의 평판이 항상 좋지 못했다.

"T는 돈을 알고 위인이 진실해서 그 애는 돈푼이나 모을 것이야! 그러나 K—내 이름—는 아무짝에도 못 쓸 놈이야. 그 잘난 언문諺文 섞어서 무어라고 끼적거려 놓고 제 주제에 무슨 조선에 유명한 문학가가 된다니! 시러베아들실없는 사람을 낮잡아 이르는 말. 시러베자식 놈!"

이것이 그네들의 평판이었다. 내가 문학인지 무엇인지 하는 소리가 까닭 없이 그네들의 비위에 틀린 것이다. 더군다나 나는 그네들의 생일이나 혹은 대사大事 때에 돈 한 푼 이렇다는 일이 없고 T는 소위 착실히 돈벌이를 하여 가지고 국수 밥소라밥·떡국·국수 등을 담는 큰 놋그릇나 보조를 하는 까닭이다.

"얼마 아니 되어 T는 잘살 것이고 K는 거지가 될 것이니 두고 보아!"

오촌 당숙은 이런 말씀까지 하였다 한다. 입 밖에는 아니 내어도 친부모 친형제까지라도 심중心中으로는 다 이렇게 생각할 것이다. 그래도 부모는

달라서 화가 나시면,

"네가 그리하다가는 말경末境에 비렁뱅이가 되고 말 것이야."

라고 꾸중은 하셔도,

"사람이란 늦복 모르느니라."

"그런 사람은 또 그렇게 되느니라."

하시는 것이 스스로 위로하는 말씀이고 또 며느리를 위로하는 말씀이었다. 이것을 보아도 하는 수 없는 놈이라고 단념을 하시면서 그래도 잘되기를 바라시고 축원하시는 것을 알겠더라.

여하간 이만하면 T의 사람됨을 가히 알 수가 있다. 그러고 그가 우리 집에 올 것 같으면 지어서 쾌활하게 웃으며 힘써 재미스러운 이야기를 하였다. 단둘이 고적孤寂하게 그날그날을 보내는 우리에게는 더할 수 없이 반가웠었다.

오늘도 그가 활발하게 집에 쑥 들어오더니 신문지에 싼 기름한 것을 '이것 봐라.' 하는 듯이 마루 위에 올려놓고 분주히 구두끈을 끄른다.

"이것은 무엇인가!"

나는 물어보았다.

"저— 제 처의 양산이야요. 쓰던 것이 벌써 다 낡았고 또 살이 부러졌다나요."

그는 구두를 벗고 마루에 올라서며 나오는 웃음을 참지 못하여 벙글벙글하면서 대답을 한다. 그는 나의 아내를 보며 돌연히,

"아주머니 좀 구경하시렵니까?"

하더니 싼 종이와 집을 벗기고 양산을 펴 보인다. 흰 비단 바탕에 두어 가지 매화를 수놓은 양산이었다.

"검정이는 좋은 것이 많아도 너무 칙칙해 보이고…… 회색이나 누렁이는 하나도 그것이야 싶은 것이 없어서 이것을 산걸요."

그는 '이것보다 더 좋은 것을 살 수가 있나.' 하는 뜻을 보이려고 애를 쓰며 이런 발명發明 변명까지 한다.

"이것도 퍽 좋은데요."

이런 칭찬을 하면서 양산을 펴 들고 이리저리 홀린 듯이 들여다보고 있는 아내의 눈에는, '나도 이런 것을 하나 가졌으면.' 하는 생각이 역력히 보인다.

나는 갑자기 불쾌한 생각이 와락 일어나서 방으로 들어오며 아내의 양산 보는 양을 빙그레 웃고 바라보고 있는 T에게,

"여보게, 방에 들어오게그려, 우리 이야기나 하세."

T는 따라 들어와 물가 폭등에 대한 이야기며, 자기의 월급이 오른 이야기며, 주권株券 주주의 출자에 대해 교부하는 유가 증권을 몇 주 사 두었더니 꽤 이익이 남았다든가, 이번 각 은행 사무원 경기회競技會에서 자기가 우월한 성적을 얻었다든가 이런 것 저런 것 한참 이야기하다가 돌아갔다.

T를 보내고 책상을 향하여 짓던 소설의 결미를 생각하고 있을 즈음에,

"여보!"

아내의 떠는 목소리가 바로 내 귀 곁에서 들린다. 핏기없는 얼굴에 살짝 붉은빛이 돌며 어느 결에 내 곁에 바싹 다가앉았더라.

"당신도 살 도리를 좀 하셔요."

"……."

나는 또 '시작하는구나.' 하는 생각이 번개같이 머리에 번쩍이며 불쾌한 생각이 벌컥 일어난다. 그러나 무어라고 대답할 말이 없어 묵묵히 있었다.

"우리도 남과 같이 살아 보아야지요!"

아내가 T의 양산에 단단히 자극을 받은 것이다. 예술가의 처 노릇을 하려는 독특한 결심이 있는 그는 좀처럼 이런 소리를 입 밖에 내지 아니하였다. 그러나 무엇에 상당한 자극만 받으면 참고 참았던 이런 소리를 하게 되는 것이다. 나도 이런 소리를 들을 적마다 '그럴 만도 하다.'는 동정심이 없지 아니하나 심사가 어쩐지 좋지 못하였다. 이번에도 '그럴 만도 하다.'는 동정심이 없지 아니하되 또한 불쾌한 생각을 억제키 어려웠다. 잠깐 있다가 불쾌한 빛을 드러내며,

"급작스럽게 살 도리를 하라면 어찌할 수가 있소? 차차 될 때가 있겠지!"

"아이구, 차차란 말씀 그만두구려, 어느 천년에……."

아내의 얼굴에 붉은빛이 짙어지며 전에 없던 흥분한 어조로 이런 말까지 하였다. 자세히 보니 두 눈에 은은히 눈물이 괴었더라.

나는 잠시 멍멍하게 있었다. 성낸 불길이 치받쳐 올라온다. 나는 참을 수 없다.

"막벌이꾼한테 시집을 갈 것이지 누가 내게 시집을 오랬어! 저 따위가 예술가의 처가 다 뭐야!"

사나운 어조로 몰풍스럽게 ^{성격이나 태도가 정이 없고 냉랭하며 통명스럽게} 소리를 꽥 질렀다.

"에그……!"

살짝 얼굴빛이 변해지며 어이없이 나를 보더니 고개가 점점 수그러지며 한 방울 두 방울 방울방울 눈물이 장판 위에 떨어진다.

나는 이런 일을 가슴에 그리며 그래도 내일 아침거리를 장만하려고 옷을 찾는 아내의 심중을 생각해 보니, 말할 수 없는 슬픈 생각이 가을바람과 같이 설렁설렁 심골^{心骨 마음속}을 분지르는 것 같다.

쓸쓸한 빗소리는 굵었다 가늘었다 의연^{依然}히 적적한 밤공기에 더욱 처량히 들리고 그을음 앉은 등피^{燈皮 등불이 꺼지지 않도록 바람을 막고 불빛을 밝게 하기 위해 남포등에 씌우는 유리로 만든 물건} 속에서 비추는 불빛은 구름에 가린 달빛처럼 우는 듯 조는 듯 구차히 얻어 산 몇 권 양책^{洋冊}의 표제^{表題} 금자가 번쩍거린다.

2

장 앞에 초연히 서 있던 아내가 무엇이 생각났는지 고개를 끄덕끄덕하며 들릴 듯 말 듯 목 안의 소리로,

"오호…… 옳지 참 그날……."

"찾았소!"

당신도 살 도리를 좀 하셔요. 우리도 남과 같이 살아 보아야지요!

누가 내게 시집을 오랬어? 예술가의 처가 다 뭐야!

🍎 소설 한 장면　전개　T의 양산 자랑을 계기로 '나'와 아내가 갈등을 빚음

"아니야요, 벌써…… 저 인천 사시는 형님이 오셨던 날……"

"……"

아내가 애써 찾던 그것도 벌써 전당포의 고운 먼지가 앉았구나! 종지 하나라도 차근차근 아랑곳하는 아내가 그것을 잡혔는지 아니 잡혔는지 모르는 것을 보면 빈곤이 얼마나 그의 정신을 물어뜯었는지 가히 알겠다.

"……"

"……"

한참 동안 서로 아무 말이 없었다. 가슴이 어째 답답해지며 누구하고 싸움이나 좀 해 보았으면 소리껏 고함이나 질러 보았으면 실컷 울어 보았으면 하는 일종 이상한 감정이 부글부글 피어오르며, 전신에 이가 스멀스멀 기어 다니는 듯 옷이 어째 몸에 끼여 견딜 수가 없다.

나는 이런 감정을 노골적으로 드러내며,

"점점 구차한 살림에 싫증이 나서 못 견디겠지?"

아내는 무엇을 생각하는지 모르게 정신을 잃고 섰다가 그 게슴츠레한 눈이 둥그레지며,

"네에? 어째서요?"

"무얼 그렇지!"

"싫은 생각은 조금도 없어요."

이렇게 말이 오락가락함을 따라 나는 흥분의 도度가 점점 짙어 간다.

그래서 아내가 떨리는 소리로,

"어째 그런 줄 아셔요?"

하고 반문할 적에,

"나를 숙맥菽麥 사리 분별을 못하고 세상 물정을 잘 모르는 사람 으로 알우?"

라고, 격렬하게 소리를 높였다.

아내는 살짝 분한 빛이 눈에 비치며 물끄러미 나를 들여다본다. 나는 괘씸하다는 듯이 흘겨보며,

"그러면 그것 모를까! 오늘날까지 잘 참아 오더니 인제는 점점 기색이 달라지는 걸, 뭐! 물론 그럴 만도 하지마는!"

이런 말을 하는 내 가슴에는 지난 일이 활동사진 모양으로 얼른얼른 나타난다.

육 년 전에―그때 나는 십육 세이고 저는 십팔 세였다― 우리가 결혼한

지 얼마 아니 되어 지식에 목마른 나는 지식의 바닷물을 얻어 마시려고 표연히 집을 떠났었다. 광풍에 나부끼는 버들잎 모양으로 오늘은 지나支那 중국 본토의 다른 명칭 내일은 일본으로 굴러다니다가 금전의 탓으로 지식의 바닷물도 흠씬 마셔 보지도 못하고 반거들충이무엇을 배우다가 중도에 그만두어 다 이루지 못한 사람가 되어 집에 돌아오고 말았다. 내게 시집올 때에는 방글방글 피려는 꽃봉오리 같던 아내가 어느 결에 이울어 가는 꽃처럼 두 뺨에 선연한 빛이 스러지고 이마에는 벌써 두어 금 가는 줄이 그리어졌다.

처가 덕으로 집칸도 장만하고 세간도 얻어 우리는 소위 살림을 하게 되었다. 처음에는 그럭저럭 지내었지마는 한 푼 나는 데 없는 살림이라 한 달 가고 두 달 갈수록 점점 곤란해질 따름이었다. 나는 보수 없는 독서와 가치 없는 창작으로 해가 지고 날이 새며 쌀이 있는지 나무가 있는지 망연케 몰랐다. 그래도 때때로 맛있는 반찬이 상에 오르고 입은 옷이 과히 추하지 아니함은 전혀 아내의 힘이었다. 전들 무슨 벌이가 있으리요, 부끄럼을 무릅쓰고 친가에 가서 눈치를 보아 가며 구차한 소리를 하여 가지고 얻어 온 것이었다. 그것도 한 번 두 번 말이지 장구한 세월에 어찌 늘 그럴 수가 있으랴! 말경에는 아내가 가져온 세간과 의복에 손을 대는 수밖에 없었다. 잡히고 파는 것도 나는 알은 체도 아니하였다. 그가 애를 쓰며 퉁명스러운 옆집 할멈에게 돈푼을 주고 시켰었다.

이런 고생을 하면서도 그는 나의 성공만 마음속으로 깊이깊이 믿고 빌었었다. 어느 때에는 내가 무엇을 짓다가 마음에 맞지 아니하여 쓰던 것을 집어던지고 화를 낼 적에,

"왜 마음을 조급하게 잡수셔요! 저는 꼭 당신의 이름이 세상에 빛날 날이 있을 줄 믿어요. 우리가 이렇게 고생을 하는 것이 장래에 잘될 근본이야요."

하고 그는 스스로 흥분되어 눈물을 흘리며 나를 위로한 적도 있었다.

내가 외국으로 돌아다닐 때에 소위 신풍조新風潮에 띄어 까닭 없이 구식 여자가 싫었었다. 그래서 나의 일찍이 장가든 것을 매우 후회하였다. 어떤 남학생과 어떤 여학생이 서로 연애를 주고받고 한다는 이야기를 들을 적마다 공연히 가슴이 뛰놀며 부럽기도 하고 비감悲感스럽기도 하였었다.

그러나 낯살이 들어갈수록 그런 생각도 없어지고 집에 돌아와 아내를 겪어 보니 의외에 그에게 따뜻한 맛과 순결한 맛을 발견하였다. 그의 사랑이

야말로 이기적 사랑이 아니고 헌신적 사랑이었다. 이런 줄을 점점 깨닫게 될 때에 내 마음이 얼마나 행복스러웠으랴! 밤이 깊도록 다듬이를 하다가 그만 옷 입은 채로 쓰러져 곤하게 자는 그의 파리한 얼굴을 들여다보며,

"아아, 나에게 위안을 주고 원조를 주는 천사여!"

하고 감격이 극하여 눈물을 흘린 일도 있었다.

내가 알다시피 내가 별로 천품天稟 타고난 기품 은 없으나 어쨌든 무슨 저작가著作家 로 몸을 세워 보았으면 하여 나날이 창작과 독서에 전심력을 바쳤다. 물론 아직 남에게 인정될 가치는 없는 것이다. 그 영향으로 자연 일상생활이 말유未由 방법이 없음 하게 되었다.

이런 곤란에 그는 근 이 년 견디어 왔건마는 나의 하는 일은 오히려 아무 보람이 없고 방 안에 놓였던 세간이 줄어 가고 장롱에 찼던 옷이 거의 다 없어졌을 뿐이다.

그 결과 그다지 견딜성 있던 저도 요사이 와서는 때때로 쓸데없는 탄식을 하게 되었다. 손잡이를 잡고 마루 끝에 우두커니 서서 하염없이 먼 산만 바라보기도 하며 바느질을 하다 말고 실심失心 근심 걱정으로 맥이 빠지고 마음이 산란함 한 사람 모양으로 멍멍히 앉았기도 하였다. 창경窓鏡 창문에 단 유리 으로 비치는 어스름한 햇빛에 나는 흔히 그의 눈물 머금은 근심 있는 눈을 발견하였다. 이럴 때에는 말할 수 없는 쓸쓸한 생각이 들며 일없이,

"마누라!"

하고 부르면 그는 몸을 흠칫하고 고개를 저리로 돌리어 치맛자락으로 눈물을 씻으며,

"네에?"

하고 울음에 떨리는 가는 대답을 한다. 나는 등에 찬물을 끼얹는 듯 몸이 으쓱해지며 처량한 생각이 싸늘하게 가슴에 흘렀었다. 그렇지 않아도 자비自卑 스스로를 낮춤 하기 쉬운 마음이 더욱 심해지며,

'내가 무자격한 탓이다.'

하고 스스로 멸시를 하고 나니 더욱 견딜 수 없다.

'그럴 만도 하다.'

는 동정심이 없지 아니하되 그래도 그만 불쾌한 생각이 일어나며,

'계집이란 할 수 없어.'

혼자 이런 불평을 중얼거리었다.

환등幻燈 모양으로 하나씩 둘씩 이런 일이 가슴에 나타나니 무어라고 말할 용기조차 없어졌다. 나의 유일의 신앙자이고 위로자이던 저까지 인제는 나를 아니 믿게 되고 말았다.

그는 마음속으로,

'네가 육 년 동안 내 살을 깎고 저미었구나! 이 원수야!'

할 것이다. 이렇게 생각하매 그의 불같던 사랑까지 엷어져 가는 것 같았다. 아니 흔적도 없이 사라지고 만 것 같았다. 나는 감상적으로 허둥허둥하며,

"낸들 마누라를 고생시키고 싶어 시켰겠소! 비단옷도 해 주고 싶고 좋은 양산도 사 주고 싶어요! 그러길래 온종일 쉬지 않고 공부를 아니 하우. 남 보기에는 편편히 노는 것 같아도 실상은 그렇지 않아! 본들 모른단 말이오."

나는 점점 강한 가면을 벗고 약한 진상을 드러내며 이와 같은 가소로운 변명까지 하였다.

"온 세상 사람이 다 나를 비소非笑 남을 비방하거나 비난해 웃음. 또는 그런 미소 하고 모욕하여도 상관이 없지만 마누라까지 나를 아니 믿어 주면 어찌한단 말이오."

내 말에 스스로 자극이 되어 마침내,

"아아!"

길이 탄식을 하고 그만 쓰러졌다. 이 순간에 고개를 숙이고 아마 하염없이 입술만 물어뜯고 있던 아내가 홀연,

"여보!"

울음소리를 떨면서 무너지는 듯이 내 얼굴에 쓰러진다.

"용서……."

하고는 북받쳐 나오는 울음에 말이 막히고 불덩이 같은 두 뺨이 내 얼굴을 누르며 흑흑 느끼어 운다. 그의 두 눈으로부터 샘솟듯 하는 눈물이 제 뺨과 내 뺨 사이를 따뜻하게 젖어 퍼진다.

내 눈에서도 눈물이 흘러내린다. 뒤숭숭하던 생각이 다 이 뜨거운 눈물에 봄눈 슬듯 스러지고 말았다.

한참 있다가 우리는 눈물을 씻었다. 내 속이 얼마큼 시원한 듯하였다.

"용서하여 주셔요! 그렇게 생각하실 줄은 참 몰랐어요."

이런 말을 하는 아내는 눈물에 불어 오른 눈꺼풀을 아픈 듯이 꿈적거린다.

"암만 구차하기로니 싫증이야 날까요! 나는 한번 먹은 마음이 있는데……."

가만가만히 변명을 하는 아내의 눈물 흔적이 어룽어룽한 얼굴을 물끄러미 바라보며 겨우 심신이 가든하였다^{마음이 가볍고 상쾌하였다}.

3

어제 일로 심신이 피곤하였던지 그 이튿날 늦게야 잠을 깨니 간밤에 오던 비는 어느 결에 그치었고 명랑한 햇발이 미닫이에 높았더라. 아내가 다시금 장문을 열고 잡힐 것을 찾을 즈음에 누가 중문을 열고 들어온다. 우리는 누군가 하고 귀를 기울일 적에 밖에서,

"아씨!"

하는 소리가 들렸다.

아내는 급히 방문을 열고 나갔다. 그는 처가에서 부리는 할멈이었다. 오늘이 장인 생신이라고 어서 오라는 말을 전한다.

"오늘이야! 참 옳지, 오늘이 이월 열엿샛날이지, 나는 깜빡 잊었어!"

"원 아씨는 딱도 하십니다. 어쩌면 아버님 생신을 잊으신단 말씀이오. 아무리 살림이 재미가 나시더래도……."

시큰둥한 할멈은 선웃음^{우습지도 않은데 꾸며서 웃는 웃음}을 쳐 가며 이런 소리를 한다.

가난한 살림에 골몰하느라고 자기 친부의 생신까지 잊었는가 하매 아내의 정지^{情地 딱한 사정에 있는 처지}가 더욱 측연하였다.

"오늘이 본가 아버님 생신이라요. 어서 오시라는데……."

"어서 가구려……."

"당신도 가셔야지요. 우리 같이 가셔요."

하고 아내는 하염없이 얼굴을 붉힌다.

나는 처가에 가기가 매우 싫었다. 그러나 아니 가는 것도 내 도리가 아닐 듯하여 하는 수 없이 두루마기를 입었다.

아내는 머뭇머뭇하며 양미간을 보일 듯 말 듯 찡그리다가 곁눈으로 살짝 나를 엿보더니 돌아서서 급히 장문을 연다.

'흥, 입을 옷이 없어서 망설거리는구나.'

나도 슬쩍 돌아서며 생각하였다. 우리는 서로 등지고 섰건만 그래도 아내가 거의 다 빈 장 안을 들여다보며 입을 만한 옷이 없어 눈살을 찌푸린 양이 눈앞에 선연함을 어찌할 수가 없었다.

"자아, 가셔요."

무엇을 생각는지 모르게 정신을 잃고 섰다가 아내의 부르는 소리를 듣고 나는 기계적으로 고개를 돌리었다. 아내는 당목 옷을 갈아입고 내 마음을 알았던지 나를 위로하는 듯이 방그레 웃었다. 나는 더욱 쓸쓸하였다.

　우리 집은 천변 배다리 곁에 있고 처가는 안국동에 있어 그 거리가 꽤 멀었다. 나는 천천히 가느라고 가고 아내는 속히 오느라고 오건마는 그는 늘 뒤떨어졌었다. 내가 한참 가다가 뒤를 돌아보면 그는 꽤 멀리 떨어져 나를 따라오려고 애를 쓰며 주춤주춤 걸어온다. 길가에 다니는 어느 여자를 보아도 거의 다 비단옷을 입고 고운 신을 신었는데 아내만 당목^{唐木 가는 실로 되게 꼰 무명실로 폭이 넓고 발이 곱게 짠 피륙} 옷을 허술하게 차리고 청목당혜^{울이 깊고 작은, 앞뒤에 당문 따위를 새긴 가죽신의 하나}로 타박타박 걸어오는 양이 나에게 얼마나 애연^{哀然}한 생각을 일으켰는지!

　한참 만에 나는 넓고 높은 처가 대문에 다다랐다. 내가 안으로 들어갈 적에 낯선 사람들이 나를 흘끔흘끔 본다. 그들의 눈에,

　'이 사람이 누구인가. 아마 이 집 하인인가 보다.'

　하는 경멸히 여기는 빛이 있는 것 같았다. 안대청 가까이 들어오니 모두 내게 분분히 인사를 한다. 그 인사하는 소리가 내 귀에는 어째 비소하는 것 같기도 하고 모욕하는 것 같기도 하여 공연히 가슴이 두근거리고 얼굴이 후끈거리었다.

　그중에 제일 내게 친숙하게 인사하는 사람이 있다. 그는 아내보다 삼 년 맏이인 처형이었다. 내가 어려서 장가를 들었으므로 그때 그는 나를 못 견디게 시달렸다. 그때는 그가 싫기도 하고 밉기도 하더니 지금 와서는 그때 그러한 것이 도리어 우리를 무관하고 정답게 만들었다. 그는 인천 사는데 자기 남편이 기미^{期米 현물 없이 쌀을 거래하는 일}를 하여 가지고 이번에 돈 십만 원이나 착실히 땄다 한다. 그는 자기의 잘 사는 것을 자랑하고자 함인지 비단을 내리감고 치감고 얼굴에 부유한 태^態가 질질 흐른다. 그러나 분으로 숨기려고 애쓴 보람도 없이 눈 위에 퍼렇게 멍든 것이 내 눈에 띄었다.

　"왜 마누라는 어쩌고 혼자 오셔요!"

　그는 웃으며 이런 말을 하다가 중문 편을 바라보더니,

　"그러면 그렇지! 동부인^{同夫人 아내와 함께 동행함} 아니하고 오실라구!"

　혼자 주고받고 한다.

　나도 이 말을 듣고 슬쩍 돌아다보니 아내가 벌써 중문 안에 들어섰더라.

그 수척한 얼굴이 더욱 수척해 보이며 눈물 고인 듯한 눈이 하염없이 웃는다. 나는 유심히 그와 아내를 번갈아 보았다. 처음 보는 사람은 분간을 못하리만큼 그들의 얼굴은 혹사酷似 아주 비슷하다. 그런데 얼굴빛은 어쩌면 저렇게 틀리는지 다른지! 하나는 이글이글 만발한 꽃 같고 하나는 시들시들 마른 낙엽 같다. 아내를 형이라 하고, 처형을 아우라 하였으면 아무라도 속을 것이다. 또 한 번 아내를 보며 말할 수 없는 쓸쓸한 생각이 다시금 가슴을 누른다. 딴 음식은 별로 먹지도 아니하고 못 먹는 술을 넉 잔이나 마시었다. 그래도 바늘방석에 앉은 것처럼 앉아 견딜 수가 없다. 집에 가려고 나는 몸을 일으켰다. 골치가 띵하며 내가 선 방바닥이 마치 폭풍에 도도滔滔 막힘이 없고 기운참하는 파도같이 높았다 낮았다 어질어질해서 곧 쓰러질 것 같다. 이 거동을 보고 장모가 황망히 일어서며,

"술이 저렇게 취해 가지고 어데로 갈라구. 여기서 한잠 자고 가게."

나는 손을 내저으며,

"아니에요. 집에 가겠어요."

취한 소리로 중얼거리었다.

"저를 어쩌나!"

장모는 걱정을 하시더니,

여기서 보니 얼굴빛이 상한 아내에게 더욱 미안하구나!

🎬 소설 한 장면　　위기　'나'는 처형과 비교되는 아내의 모습을 보고 자격지심을 느낌

"할멈! 어서 인력거 한 채 불러오게."

한다.

취중에도 인력거를 태우지 말고 그 인력거 삯을 나를 주었으면 책 한 권을 사 보련만 하는 생각이 있었다. 인력거를 타고 얼마 아니 가서 그만 잠이 들고 말았다.

한참 자다가 잠을 깨어 보니 방 안에 벌써 남폿불이 키었는데 아내는 어느 결에 왔는지 외로이 앉아 바느질을 하고 화로에서는 무엇이 끓는 소리가 보글보글하였다. 아내가 나의 잠 깬 것을 보더니 급히 화로에 얹은 것을 만져 보며,

"인제 그만 일어나 진지를 잡수셔요."

하고 부리나케 일어나 아랫목에 파묻어 둔 밥그릇을 꺼내어 미리 차려 둔 상에 얹어서 내 앞에 갖다 놓고 일변 화로를 당기어 더운 반찬을 집어 얹으며,

"자아 어서 일어나셔요."

나는 마지못하여 하는 듯이 부스스 일어났다. 머리가 오히려 아프며 목이 몹시 말라서 국과 물을 연해 들이켰다.

"물만 잡수셔서 어째요. 진지를 좀 잡수셔야지."

아내는 이런 근심을 하며 밥상머리에 앉아서 고기도 뜯어 주고 생선뼈도 추려 주었다. 이것은 다 오늘 처가에서 가져온 것이다. 나는 맛나게 밥 한 그릇을 다 먹었다. 내 밥상이 나매 아내가 밥을 먹기 시작한다. 그러면 지금 껏 내 잠 깨기를 기다리고 밥을 먹지 아니하였구나 하고 오늘 처가에서 본 일을 생각하였다. 어제 일이 있은 후로 우리 사이에 무슨 벽이 생긴듯하던 것이 그 벽이 점점 엷어져 가는 듯하며 가엾고 사랑스러운 생각이 일어났었다. 그래서 우리는 정답게 이런 이야기 저런 이야기를 하게 되었다. 우리의 이야기는 오늘 장인 생신 잔치로부터 처형 눈 위에 멍든 것에 옮겨 갔다.

처형의 남편이 이번 그 돈을 딴 뒤로는 주야 요리점과 기생집에 돌아다니더니 일전에 어떤 기생을 얻어 가지고 미쳐 날뛰며 집에만 들면 집안사람을 들볶고 걸핏하면 처형을 친다 한다. 이번에도 별로 대단치 않은 일에 처형에게 밥상으로 냅다 갈겨 바로 눈 위에 그렇게 멍이 들었다 한다.

"그것 보아 돈푼이나 있으면 다 그런 것이야."

"정말 그래요. 없으면 없는 대로 살아도 의좋게 지내는 것이 행복이야요."

아내는 충심으로 공명 共鳴 남의 사상이나 감정, 행동 따위에 공감해 찬성함 해 주었다.

이 말을 들으매 내 마음은 말할 수 없이 만족해지며 무슨 승리자나 된 듯이 득의양양하였다.

그리고 마음속으로,

'옳다, 그렇다. 이렇게 지내는 것이 행복이다.'

하였다.

4

이틀 뒤 해 어스름에 처형은 우리 집에 놀러 왔었다. 마침 내가 정신없이 무엇을 생각하고 있을 즈음에 쓸쓸하게 닫혀 있는 중문이 찌그덩하며 단단한 물건이 서로 여기저기 쏠리면서 듣기 거북한 소리가 나며 비단옷 소리가 사르륵사르륵 들리더니 아랫목은 내게 빼앗기고 윗목에서 바느질을 하고 있던 아내가 문을 열고 나간다.

"아이고 형님 오셔요."

아내의 인사하는 소리가 들리더니 처형이 계집 하인에게 무엇을 들리고 들어온다.

나도 반갑게 인사를 하였다.

"그날 매우 욕을 보셨지요. 못 잡숫는 술을 무슨 짝에 그렇게 잡수셔요."

그는 이런 인사를 하다가 급작스럽게 계집 하인이 든 것을 빼앗더니 그 속에서 신문지로 싼 것을 끄집어내어 아내를 주며,

"내 신 사는데 네 신도 한 켤레 샀다. 그날 청목당혜를……."

말을 하려다가 나를 곁눈으로 흘끗 보고 그만 입을 닫친다.

"그것을 왜 또 사셨어요."

해쓱한 얼굴에 꽃물을 들이며 아내가 치사하는 것도 들은 체 만 체 하고 처형은 또 이야기를 시작한다.

"올 적에 사랑양반을 졸라서 돈 백 원을 얻었겠지. 그래서 오늘 종로에 나와서 옷감도 바꾸고 신도 사고……."

그는 자랑과 기쁨의 빛이 얼굴에 퍼지며 싼 보를 끌러,

"이런 것이야!"

하고 우리 앞에 펼쳐 놓는다.

자세히는 모르나 여하간 값 많은 품 좋은 비단일 듯하다.

무늬 없는 것, 무늬 있는 것, 회색·옥색·초록색·분홍색이 갖가지로 윤이 흐르며 색색이 빛이 나서 나는 한참 황홀하였다. 무슨 칭찬을 해야 되겠다 싶어서,

"참 좋은 것인데요."

이런 말을 하다가 나는 또 쓸쓸한 생각이 일어난다. 저것을 보는 아내의 심중이 어떠할까? 하는 의문이 문득 일어남이라.

"모다 좋은 것만 골라 샀습니다그려."

아내는 인사를 차리느라고 이런 칭찬은 하나마 별로 부러워하는 기색이 없다.

나는 적이 의외의 감이 있었다.

처형은 자기 남편의 흉을 보기 시작하였다. 그 밉살스럽다는 둥 그 추근 추근하다는 둥 말끝마다 자기 남편의 불미한 점을 들다가 문득 이야기를 끊고 일어선다.

"왜 벌써 가시려고 하셔요. 모처럼 오셨다가 반찬은 없어도 저녁이나 잡 수셔요."

하고 아내가 만류를 하니,

"아니 곧 가야지. 오늘 저녁차로 떠날 것이니까 가서 짐을 매어야지. 아 직 차 시간이 멀었어? 아니 그래도 정거장에 일찍이 나가야지 만일 기차 를 놓치면 오죽 기다리실라구. 벌써 오늘 저녁차로 간다고 편지까지 했는 데……."

재삼 만류함도 돌아보지 아니하고 그는 홀홀히 나간다. 우리는 그를 보 내고 방에 들어왔다.

나는 웃으며 아내에게,

"그까짓 것이 기다리는데 그다지 급급히 갈 것이 무엇이야."

아내는 하염없이 웃을 뿐이었다.

"그래도 옷감 바꿀 돈을 주었으니 기다리는 것이 애처롭기는 하겠지."

밉살스러우니 추근추근하니 하여도 물질의 만족만 얻으면 그것으로 위 로하고 기뻐하는 그의 생활이 참 가련하다 하였다.

"참, 그런가 보아요."

아내도 웃으며 내 말을 받는다. 이때에 처형이 사 준 신이 그의 눈에 띄 었는지 ―혹은 나를 꺼려, 보고 싶은 것을 참았는지 모르나― 그것을 집어

들고 조심조심 펴 보려다가 말고 머뭇머뭇한다. 그 속에 그를 해케 할 무슨 위험품이나 든 것같이.

"어서 펴 보구려."

아내가 하도 머뭇머뭇하기로 보다 못하여 내가 재촉을 하였다.

아내는 이 말을 듣더니,

'작히 '어찌 조금만큼만', '얼마나'의 뜻으로 희망이나 추측을 나타내는 말 좋으랴.'

하는 듯이 활발하게 싼 신문지를 헤친다.

"퍽 예쁜걸요."

그는 근일에 드문 기쁜 소리를 치며 방바닥 위에 사뿐 내려놓고 버선을 당기며 곱게 신어 본다.

"어쩌면 이렇게 맞어요!"

연해연방 감탄사를 부르짖는 그의 얼굴에 흔연한 희색이 넘쳐흐른다.

"……."

묵묵히 아내의 기뻐하는 양을 보고 있는 나는 또다시,

'여자란 할 수 없어!'

하는 생각이 들며,

'조심하였을 따름이다!'

형님이 사다 주신 신이 정말 예뻐요!

사랑양반을 졸라서 돈 백 원을 얻었지. 그래서 오늘 옷감도 바꾸고 신도 사고…….

내가 신 한 켤레도 사 주지 못해서 남에게 얻은 것으로 이렇게 기뻐하는구나…….

소설 한 장면 절정 처형의 불행을 통해 '나'와 아내는 정신적 행복에 만족하려 함하매 밤빛 같은 검은 그림자가 가슴을 어둡게 하였다.

그러면 아까 처형의 옷감을 볼 적에도 물론 마음속으로는 부러워하였을 것이다. 다만 표면에 드러내지 않았을 따름이다. 겨우,

"어서 펴 보구려."

하는 한마디에 가슴에 숨겼던 생각을 속임 없이 나타내는구나 하였다.

내가 무엇을 생각하고 있는지 저는 모르고 새 신 신은 발을 조금 쳐들며,

"신 모양이 어때요?"

"매우 예뻐!"

겉으로는 좋은 듯이 대답을 하였으나 마음은 쓸쓸하였다. 내가 제게 신한 켤레를 사 주지 못하여 남에게 얻은 것으로 만족하고 기뻐하는도 다……

웬일인지 이번에는 그만 불쾌한 생각이 일어나지 아니하였다. 처형이 동서 同壻 자매의 남편끼리 또는 형제의 아내끼리의 호칭를 밉다거니 무엇이니 하면서도 기차를 놓치면 남편이 기다릴까 염려하여 급히 가던 것이 생각난다. 그것을 미루어 아내의 심사도 알 수가 있다. 부득이한 경우라 하릴없이 정신적 행복에만 만족하려고 애를 쓰지마는 기실 其實 부족한 것이다. 다만 참을 따름이다. 그것은 내가 생각해야 된다. 이런 생각을 하니 전날 아내에게 그런 말을 한 것이 후회가 난다.

'어느 때라도 제 은공을 갚아 줄 날이 있겠지!'

나는 마음을 좀 너그럽게 먹고 이런 생각을 하며 아내를 보았다.

"나도 어서 출세를 하여 비단신 한 켤레쯤은 사 주게 되었으면 좋으련만……"

아내가 이런 말을 듣기는 참 처음이다.

"네에?"

아내는 제 귀를 못 미더워 하는 듯이 의아한 눈으로 나를 보더니 얼굴에 살짝 열기가 오르며,

"얼마 안 되어 그렇게 될 것이야요!"

라고 힘 있게 말하였다.

"정말 그럴 것 같소?"

나는 약간 흥분하여 반문하였다.

"그러문요, 그렇고말고요."

아직 아무도 인정해 주지 않은 무명작가인 나를 다만 저 하나가 깊이깊이 인정해 준다. 그러기에 그 강한 물질에 대한 본능적 요구도 참아 가며 오늘날까지 몹시 눈살을 찌푸리지 아니하고 나를 도와준 것이다.

'아아, 나에게 위안을 주고 원조를 주는 천사여!'

마음속으로 이렇게 부르짖으며 두 팔로 덥석 아내의 허리를 잡아 내 가슴에 바싹 안았다. 그다음 순간에는 뜨거운 두 입술이…….

그의 눈에도 나의 눈에도 그렁그렁한 눈물이 물 끓듯 넘쳐흐른다.

나도 어서 출세를 하여 비단신 한 켤레쯤은 사 주게 되었으면 좋으련만…….

그러문요. 곧 그렇게 될 것이야요!

아아, 날 믿어주는 건 아내밖에 없구나!

🍎 소설 한 장면 결말 아무도 인정해 주지 않는 '나'를 믿고 따른 아내의 허리를 껴안음

🔭 생각해 볼까요?

선생님 '나'는 작가로서의 자부심을 지니고 있으며 청빈함을 미덕으로 여겨요. 유학 생활을 한 '나'는 근대적 자아상을 가진 인물인 동시에 아내에게는 남편의 권위를 내세우는 등 전근대적 자아상을 지니고 있기도 해요. 또한 경제적인 초라함 때문에 열등감에 시달리며 아내로부터 끊임없이 위로를 받는 유아적 자아상을 보이기도 해요. 즉, '나'가 문사로서의 자부심을 강조하는 이면에는 생활인으로서의 열등감이 숨어 있는 거예요. 이러한 '나'는 당대 지식인의 전형을 보여 줘요. 소설 속에서 보이는 당대 지식인의 내면 풍경에 대해 이야기해 볼까요?

💬 2 ❤️ 2

학생 1 당대 지식인들은 전통 사회에서 근대 사회로 넘어가는 변혁기의 어중간한 위치에 서 있어요. 새로운 지식과 문화를 습득하여 근대적 정신을 지향하면서도 전통적 의식에서 벗어나지 못하는 모순을 보여요. 「빈처」의 '나'처럼 지식인으로서의 우월감을 가졌으면서도 생활적인 면에서 무능한 모습을 보이기도 해요.

학생 2 이러한 점은 당대 문학 작품에서 지식인들의 공통적인 내면 풍경으로 자주 묘사되는 모습이라고 할 수 있어요.

선생님 이 작품에서 '나'와 아내의 갈등은 부부간의 문제에서 오는 것이 아니라 사회적 가치의 대립에서 오는 것이에요. 「빈처」에서 부부가 겪는 갈등에 대해 구체적으로 말해 볼까요?

💬 3 ❤️ 3

학생 1 정신적 가치와 물질적 가치의 대립이 원인이에요. '나'와 아내는 가난을 애정과 신뢰로 극복하려 노력하지만 현실에 부딪혀 갈등을 겪어요.

학생 2 소설의 마지막 부분에서 애정의 회복으로 부부간의 갈등을 극복하는 모습이 나오지만, 근본적으로 문제가 해결되지는 않았어요. '나' 또한 문제를 해결해 보려는 적극적 의지를 보이고 있지 않아요.

학생 3 그렇지만 이들이 척박한 식민지 상황 속에서 합리적인 대안을 마련하기는 어려웠을 거예요.

선생님 작품에서 아내는 전통적 가치관을 가진 전형적인 인물이에요. 어떤 모습에서 이러한 특징을 찾을 수 있을까요?

💬 1 ❤️ 1

학생 1 아내는 남편이 가정 경제에 무관심한데도 남편을 믿고 존경해요. 생계를 위해 집에 있는 물건들을 전당포에 맡겨 돈을 마련하고, 아버지의 생신도 잊을 만큼 궁핍한 생활을 하지만 언젠가 다가올 남편의 성공을 기다려요. 자신을 속물이라고 비난하고 매몰차게 말하는 남편을 안타깝게 여기며 눈물을 흘리기도 해요.

선생님 이 작품에서는 장인의 생일에 모인 처형과 아내가 선명하게 대비돼요. 처형은 화려하고 예쁜 비단옷을 입었고, 아내는 낡고 초라한 옷을 입었어요. '나'는 처형은 '이글이글 만발한 꽃'이고 아내는 '시들어 말라빠진 낙엽'과 같다고 생각하지요. 이러한 대비가 상징하는 것은 무엇일까요?

학생 1 처형은 남편에게 학대를 당하는 등 정신적으로 불만족스러운 삶을 살지만, 경제적으로 부유하여 물질적 가치에 만족하려 해요. 반면 '나'의 아내는 현실적인 보상이 없는 가난한 형편이지만 남편과의 애정과 신뢰가 돈독하고 정신적 가치에 만족하려 해요.

학생 2 그렇다면 처형은 물질적인 면을, '나'의 아내는 정신적인 면을 상징한다고 볼 수 있겠네요!

유학파 지식인 주인공 ▼ 🔍

연관 검색어 1920년대 현진건 사실주의

1920년대 초기 소설을 보면 지식인이 주인공인 소설이 많다. 작가들이 다양한 계층을 두고 굳이 지식인을 주인공으로 내세운 이유는 무엇일까?

첫 번째 이유는 당시 신인 작가 대부분이 일본 유학생 출신이었기 때문이다. 이들은 유학을 통해 근대 의식을 높이고자 했다. 작품을 통해 자기 생각을 표현하려면 아무래도 같은 처지인 지식인이 등장하는 게 유리했을 것이다.

두 번째 이유는 당시 지식인이 새로운 계층으로 떠올랐기 때문이다. 유학을 다녀오면 높은 지위를 얻는 데 유리했기 때문에 작가들뿐만 아니라 많은 젊은이가 근대적 교육을 통해 신분 상승을 하고자 했다. 이렇듯 지식인이 새로운 계층으로 주목받자, 사실주의 작가들은 이들을 작품 안으로 끌어들인 것이다.

그러나 일제 강점기의 현실에서 벗어나 사회 개혁을 바라던 지식인들에게 현실은 만만치 않았다. 많은 지식인은 경제적으로 무능하였고 사회를 탓하며 무기력한 삶을 살았다. 현진건의 「빈처」, 「술 권하는 사회」에는 이러한 지식인의 모습이 잘 드러나 있다.

술 권하는 사회

⛵ 작품 길잡이

갈래: 사실주의 소설
배경: 시간 - 1920년대 / 공간 - 서울
시점: 3인칭 작가 관찰자 시점
주제: 일제 강점기의 부조리한 사회를 살아가는 지식인의 고뇌
출전: 〈개벽〉[1921]

📷 인물 관계도

아내 ←——— (서로 이해하지 못함) ✕ ———→ 남편

남편	유학까지 다녀온 지식인이지만 경제적으로 무능하고 현실에 적응하지 못해 방황한다.
아내	가정을 돌보지 않는 남편을 이해하지 못하여 괴로워한다.

📋 구성과 줄거리

발단   **아내가 바느질을 하며 남편을 기다림**

바느질하던 아내는 바늘에 찔려 손가락에서 피가 나오자 화가 치밀어 오른다. 새벽 한 시가 넘었는데도 남편은 돌아오지 않는다.

전개   **아내는 결혼 후 남편과 같이 있을 시간이 거의 없었음**

7, 8년 전 남편은 결혼하자마자 곧 동경으로 유학을 갔다. 남편이 일본에서 대학을 마치고 돌아왔지만 아내와 같이 있을 시간은 거의 없었다. 남편이 돌아오면 잘살 수 있을 것이란 생각으로 오랜 시간을 기다려 왔지만, 남편이 돌아온 후에도 아내는 계속 잘 살 수 있는 날을 기다리며 살아간다. 반면 남편은 돈을 벌기는커녕 오히려 집에 있는 돈을 쓰며 돌아다니기만 한다. 집에 있을 때는 책을 읽거나 밤새 글을 쓴다. 때때로 한숨을 쉬며 책상머리에서 울기도 한다.

위기   **남편이 만취한 채 집으로 돌아옴**

새벽 두 시 무렵 행랑 할멈이 부르는 소리에 나가 보니 남편은 만취한 상태로 마루에 누워 있다. 남편은 행랑 할멈의 도움을 거절하며 간신히 방에 들어와 벽에 기대어 쓰러진다.

절정   **남편은 부조리한 사회가 술을 권한다고 한탄함**

아내는 남편의 옷을 벗기려 하지만 잘 벗겨지지 않자 남편에게 술을 권하는 사람들을 원망한다. 남편은 사회가 자신의 머리를 마비시키지 않으면 안 되게 하므로 술을 마신다고 말한다. 자신에게 술을 권하는 것은 부조리로 가득한 현재의 조선 사회라는 것이다. 그러나 아내는 남편의 말을 이해하지 못한다.

결말   **남편은 아내가 말 상대가 되지 않는다며 집을 나감**

남편은 아내가 말 상대가 되지 않는다고 답답해하며 아내의 만류에도 불구하고 집을 나간다. 아내가 절망스럽게 중얼거린다. "그 몹쓸 사회가 왜 술을 권하는고!"

술 권하는 사회

"아이그, 아야."

홀로 바느질을 하고 있던 아내는 얼굴을 살짝 찌푸리고 가늘고 날카로운 소리로 부르짖었다. 바늘 끝이 왼손 엄지손가락 손톱 밑을 찔렀음이다. 그 손가락은 가늘게 떨고 하얀 손톱 밑으로 앵두 빛 같은 피가 비친다. 그것을 볼 사이도 없이 아내는 얼른 바늘을 빼고 다른 손 엄지손가락으로 그 상처를 누르고 있다. 그러면서 하던 일가지를 팔꿈치로 고이고이 밀어 내려놓았다. 이윽고 눌렀던 손을 떼어 보았다. 그 언저리는 인제 다시 피가 아니 나려는 것처럼 혈색이 없다. 하더니, 그 희던 꺼풀 밑에 다시금 꽃물이 차츰차츰 밀려온다. 보일 듯 말 듯한 그 상처로부터 좁쌀 날 같은 핏방울이 송송 솟는다. 또 아니 누를 수 없다. 이만하면 그 구멍이 아물었으려니 하고 손을 떼면 또 얼마 아니 되어 피가 비치어 나온다.

인제 헝겊 오락지 오라기. 새끼나 종이 따위의 좁고 긴 조각 로 처매는 수밖에 없다. 그 상처를 누른 채 그는 바느질고리에 눈을 주었다. 거기 쓸 만한 오락지는 실패 밑에 있다. 그 실패를 밀어내고 그 오락지를 두 새끼손가락 사이에 집어 올리려고 한동안 애를 썼다. 그 오락지는 마치 풀로 붙여 둔 것 같이 고리 밑에 착

어디를 가서 여태 오시지를 않아!

📖 소설 한 장면　（발단）　아내가 바느질을 하며 남편을 기다림

달라붙어 세상 집혀지지 않는다. 그 두 손가락은 헛되이 그 오락지 위를 긁적거리고 있을 뿐이다.

"왜 집혀지지를 않아!"

그는 마침내 울듯이 부르짖었다. 그리고 그것을 집어 줄 사람이 없나 하는 듯이 방 안을 둘러보았다. 방 안은 텅 비어 있다. 어느 뉘 하나 없다. 호젓한 허영虛影 빈 그림자만 그를 휩싸고 있다. 바깥도 죽은 듯이 고요하다. 시시로 퐁퐁 하고 떨어지는 수도의 물방울 소리가 쓸쓸하게 들릴 뿐, 문득 전등불이 광채를 더하는 듯하였다. 벽상에 걸린 괘종의 거울이 번들하며, 새로 한 점셈이나 계산의 단위. 여기서는 시간을 나타냄을 가리키려는 시침이 위협하는 듯이 그의 눈을 쏜다. 그의 남편은 그때껏 돌아오지 않았었다.

아내가 되고 남편이 된 지는 벌써 오랜 일이다. 어느덧 7, 8년이 지났으리라. 하건만 같이 있어 본 날을 헤아리면 단 일 년이 될락 말락 한다. 막 그의 남편이 서울서 중학을 마쳤을 제 그와 결혼하였고, 그러자마자 고만 동경에 부급負笈 유학한 까닭이다. 거기서 대학까지 졸업을 하였다. 이 길고 긴 세월에 아내는 얼마나 괴로웠으며 외로웠으랴! 봄이면 봄, 겨울이면 겨울, 웃는 꽃을 한숨으로 맞았고 얼음 같은 베개를 뜨거운 눈물로 데웠다. 몸이 아플 때, 마음이 쓸쓸할 제, 얼마나 그가 그리웠으랴! 하건만 아내는 이 모든 고생을 이를 악물고 참았었다. 참을 뿐이 아니라 달게 받았었다. 그것은 남편이 돌아오기만 하면! 하는 생각이 그에게 위로를 주고 용기를 준 까닭이었다.[1] 남편이 동경에서 무엇을 하고 있나? 공부를 하고 있다. 공부가 무엇인가? 자세히 모른다. 또 알려고 애쓸 필요도 없다. 어찌하였든지 이 세상에서 제일 좋고 제일 귀한 무엇이라 한다. 마치 옛날이야기에 있는 도깨비의 부자 방망이 같은 것이려니 한다. 돈 나오라면 돈 나오고, 밥 나오라면 밥 나오고, 돈 나오라면 돈 나오고……, 저 하고 싶은 무엇이든지 청해서 아니 되는 것이 없는 무엇을, 동경에서 얻어 가지고 나오려니 하였었다. 가끔 놀러 오는 친척들이 비단옷 입은 것과 금지환金指環 금가락지 낀 것을 볼 때에 그 당장엔 마음 그윽이 부러워도 하였지만 나중엔 '남편만 돌아오면……' 하고 그것에 경멸하는 시선을 던지었다.

남편이 돌아왔다. 한 달이 지나가고 두 달이 지나간다. 남편의 하는 행동

---

1) 아내는 결혼 직후 유학 간 남편을 기다린 여인으로, 순종과 인내를 미덕으로 삼는 전근대적 가치관을 지니고 있다.

이 자기의 기대하던 바와 조금 배치^{背馳 반대쪽으로 향해 어긋남}되는 듯하였다. 공부 아니 한 사람보다 조금도 다른 것이 없었다. 아니다, 다르다면 다른 점도 있다. 남은 돈벌이를 하는데 그의 남편은 도리어 집안 돈을 쓴다. 그러면서도 어디인지 분주히 돌아다닌다. 집에 들면 정신없이 무슨 책을 보기도 하고, 또는 밤새도록 무엇을 쓰기도 하였다.

"저러는 것이 참말 부자 방망이를 맨드는 것인가 보다."

아내는 스스로 이렇게 해석한다.

또 두어 달 지나갔다. 남편의 하는 일은 늘 한 모양이었다. 한 가지 더한 것은 때때로 깊은 한숨을 쉬는 것뿐이었다. 그리고 무슨 근심이 있는 듯이 얼굴을 펴지 않았다. 몸은 나날이 축이 나 간다.

"무슨 걱정이 있는고?"

아내는 따라서 근심을 하게 되었다. 하고는 그 여윈 것을 보충하려고 갖가지로 애를 썼다. 곧 될 수 있는 대로 그의 밥상에 맛난 반찬가지를 붇게 하며 또 고음^{膏飮 고기나 생선을 진한 국물이 나오도록 푹 삶은 곰국} 같은 것도 만들었다. 그런 보람도 없이 남편은 입맛이 없다 하며 그것을 잘 먹지도 않았다.

또 몇 달이 지나갔다. 인제 출입을 뚝 끊고 늘 집에 붙어 있다. 걸핏하면 성을 낸다. 입버릇 모양으로 화난다, 화난다 하였다.

어느 날 새벽, 아내가 어렴풋이 잠을 깨어, 남편의 누웠던 자리를 더듬어

대체 무슨 걱정이 있으신 걸까……

🍎 소설 한 장면　[전개]　아내는 결혼 후 남편과 같이 있을 시간이 거의 없었음

보았다. 쥐이는 것은 이불자락뿐이다. 잠결에도 조금 실망을 아니 느낄 수 없었다. 잃은 것을 찾으려는 것처럼, 눈을 부시시 떴다. 책상 위에 머리를 쓰러뜨리고 두 손으로 그것을 움켜쥐고 있는 남편을 보았다. 흐릿한 의식이 돌아옴에 따라, 남편의 어깨가 덜석덜석 움직임도 깨달았다. 흑, 흑 느끼는 소리가 귀를 울린다. 아내는 정신을 바짝 차리었다. 불현듯이 몸을 일으켰다. 이윽고 아내의 손은 가볍게 남편의 등을 흔들며 목에 걸리고 나오지 않은 소리로,

"왜 이러고 계셔요."

라고 물어보았다.

"……"

남편은 아무 대답이 없다. 아내는 손으로 남편의 얼굴을 괴어 들려고 할 즈음에, 그것이 뜨뜻하게 눈물에 젖는 것을 깨달았다.

또 한 두어 달 지나갔다. 처음처럼 다시 출입이 잦아졌다. 구역이 날 듯한 술 냄새가 밤늦게 돌아오는 남편의 입에서 나게 되었다. 그것은 요사이 일이다. 오늘 밤에도 지금까지 돌아오지 않았다. 초저녁부터 아내는 별별 생각을 다 하면서 남편을 고대고대하고 있었다. 지루한 시간을 속히 보내려고 치웠던 일가지를 또 꺼내었다. 그것조차 뜻같이 아니 되었다. 때때로 바늘이 헛되이 움직이었다. 마침내 그것에 찔리고 말았다.

"어데를 가서 이때껏 오시지 않아!"

아내는 이제 아픈 것도 잊어버리고 짜증을 내었다. 잠깐 그를 떠났던 공상과 환영이 다시금 그의 머리에 떠돌기 시작하였다. 이상한 꽃을 수놓은, 흰 보 위에 맛난 요리를 담은 접시가 번쩍인다. 여러 친구와 술을 권커니 잡거니 하는 광경이 보인다. 그의 남편은 미친 듯이 껄껄 웃는다. 나중에는 검은 휘장이 스르르 하는 듯이 그 모든 것이 사라져 버리더니 낭자한 여기저기 흩어져 어지러운 요리상만이 보이기도 하고, 술병만 희게 빛나기도 하고, 아까 그 기생이 한 팔로 땅을 짚고 진저리를 쳐 가며 웃는 꼴이 보이기도 하였다. 또한 남편이 길바닥에 쓰러져 우는 것도 보이었다.

"문 열어라!"

문득 대문이 덜컥하고 혀가 꼬부라진 소리로 부르는 듯하였다.

"네."

저도 모르게 대답을 하고 급히 마루로 나왔다. 잘못 신은, 발에 아니 맞는

신을 질질 끌면서 대문으로 달렸다. 중문은 아직 잠그지도 않았고 행랑방에 사람이 없지 않지마는 으레 깊은 잠에 떨어졌을 줄 알고 자기가 뛰어나 감이었다. 가느름한 손이 어둠 속에서 희게 빗장을 잡고 한참 실랑이를 한다. 대문은 열렸다.

밤바람이 선득하게 얼굴에 안친다. 문밖에는 아무도 없다! 온 골목에 사람의 그림자도 볼 수 없다. 검푸른 밤빛이 허연 길 위에 그믈그믈 깃들었을 뿐이었다.

아내는 무엇에 놀란 사람 모양으로 한참 멀거니 서 있었다. 문득 급거히 대문을 닫친다. 마치 그 열린 사이로 악마나 들어올 것처럼……

"그러면 바람 소리였구면."

하고 싸늘한 뺨을 쓰다듬으며 해쭉 웃고 발길을 돌리었다.

"아니 내가 분명히 들었는데…… 혹 내가 잘못 보지를 않았나? ……길바닥에나 쓰러져 있었으면 보이지도 않을 터야……"

중간 문까지 다다르자 별안간 이런 생각이 그의 걸음을 멈추게 하였다.

"대문을 또 좀 열어 볼까? ……아니야, 내가 헛들었지. 그래도 혹…… 아니야, 내가 헛들었지."

망설거리면서도 꿈꾸는 사람 모양으로 저도 모를 사이에 마루까지 올라왔다. 매우 기묘한 생각이 번개같이 그의 머리에 번쩍인다.

"내가 대문을 열었을 제 나 몰래 들어오지나 않았나……?"

과연 방 안에 무슨 소리가 나는 것 같았다. 확실히 사람의 기척이 있다. 어른에게 꾸중 모시러 가는 어린애처럼 조심조심 방문 앞에 왔다. 그리고 문간 아래로 손을 대며 하염없이 웃는다. 그것은 제 잘못을 용서해 줍시사 하는 어린애 같은 웃음이었다. 조심조심 방문을 열었다. 이불이 어째 움직움직하는 듯하였다.

"나를 속이려고 이불을 쓰고 누웠구면."

하고 마음속으로 소곤거렸다. 가만히 내려앉는다. 그 모양이 이것을 건드려서는 큰일이 나지요 하는 듯하였다. 이불을 펄쩍 쳐들었다. 빈 요가 하얗게 드러난다. 그제야 확실히 아니 온 줄 안 것처럼,

"아니 왔구면, 안 왔어!"

라고 울듯이 부르짖었다.

남편이 돌아오기는 새로 두 점이 훨씬 지난 뒤였다. 무엇이 털썩 하는 소

리가 들리고 잇달아,

"아씨, 아씨!"

라고 부르는 소리가 귀를 때릴 때에야 아내는 비로소 아직도 앉았을 자기가 이불 위에 쓰러져 있음을 깨달았다. 기실, 잠귀 어두운 할멈이 대문을 열었으리만큼 아내는 깜박 잠이 깊이 들었었다. 하건만 그는 몽경夢境 꿈속에서 방황하는 정신을 당장에 수습하였다. 두어 번 얼굴을 쓰다듬자마자 불현듯 밖으로 나왔다.

남편은 한 다리를 마루 끝에 걸치고 한 팔을 베고 옆으로 누워 있다. 숨소리가 씨근씨근한다. 막 구두를 벗기고 일어나 할멈은 검붉은 상을 찡그려 붙이며,

"어서 일어나 방으로 들어가세요."

라고 한다.

"응, 일어나지."

나리는 혀를 억지로 돌리어 코와 입으로 대답을 하였다. 그래도 몸은 꿈쩍도 않는다. 도리어 그 개개풀린 눈을 자려는 것처럼 스르르 감는다. 아내는 눈만 비비고 서 있다.

"어서 일어나셔요. 방으로 들어가시라니까."

이번에는 대답조차 아니 한다. 그 대신 무엇을 잡으려는 것처럼 손을 내어 젓더니,

"물, 물, 냉수를 좀 주어."

라고 중얼거렸다.

할멈은 얼른 물을 따라 이취자泥醉者 술이 많이 취한 사람의 코밑에 놓았건만, 그사이에 벌써 아까 청請 부탁을 잊은 것같이 취한 이는 물을 먹으려고도 않는다.

"왜 물을 아니 잡수셔요."

곁에서 할멈이 깨우쳤다.

"응, 먹시, 먹어."

하고, 그제야 주인은 한 팔을 짚고 고개를 든다. 한꺼번에 물 한 대접을 다 들이켜 버렸다. 그러고는 또 쓰러진다.

"에그, 또 눕네."

하고, 할멈은 우물로 기어드는 어린애를 안으려는 모양으로 두 손을 내어 민다.

"할멈은 고만 가 자게."

주인은 귀찮다는 듯이 말을 한다.

이를 어찌해 하는 듯이 멀거니 서 있는 아내도, 할멈이 고만 갔으면 하였다. 남편을 붙들어 일으킬 생각이야 간절하였지마는, 할멈이 보는데 어찌 그럴 수 없는 것 같았다. 혼인한 지가 7, 8년이 되었으니 그런 파수^{破羞 기간}야 되었으련만 같이 있어 본 날을 꼽아 보면 그는 아직 갓 시집온 색시였다.

"할멈은 가 자게."

란 말이 목까지 올라왔지만 입술에서 사라지고 말았다. 마음 그윽히 할멈이 돌아가기만 기다릴 뿐이었다.

"좀 일으켜 드려야지."

가기는커녕 이런 말을 하고 할멈은 선웃음을 치면서 마루로 부득부득 올라온다. 그 모양은 마치 '주인 나리가 약주가 취하시거든, 방에까지 모셔다 드려야 제 도리에 옳지요.' 하는 듯하였다.

"자아, 자아."

할멈은 아씨를 보고 히히 웃어 가며, 나리의 등 밑으로 손을 넣는다.

"왜 이래, 왜 이래. 내가 일어날 테야."

하고, 몸을 움직이더니, 정말 주인이 부스스 일어난다. 마루를 쾅쾅 눌러 디디며, 비틀비틀, 곧 쓰러질 듯한 보조^{步調 걸음걸이의 속도나 모양 따위의 상태}로 방문을 향

◑ 소설 한 장면　위기　남편이 만취한 채 집으로 돌아옴

하여 걸어간다. 와지끈 하며 문을 열어젖히고는 방 안으로 들어간다. 아내도 뒤따라 들어왔다. 할멈은 중간 턱을 넘어설 제, 몇 번 혀를 차고는, 저 갈데로 가 버렸다.

벽에 엇비슷하게 기대어 있는 남편은 무엇을 생각하는 듯이 고개를 숙이고 있다. 그의 말라붙은 관자놀이에 펄떡거리는 푸른 맥을 아내는 걱정스럽게 바라보면서 남편 곁으로 다가온다. 아내의 한 손은 양복 깃을, 또 한 손은 그 소매를 잡으며 화和^{부드러운}한 목성으로,

"자아, 벗으셔요."

하였다.

남편은 문득 미끄러지는 듯이 벽을 타고 내려 앉는다. 그의 쭉 뻗친 발끝에 이불자락이 저리로 밀려간다.

"에그, 왜 이리 하셔요. 벗자는 옷은 아니 벗으시고."

그 서슬에 넘어질 뻔한 아내는 애달프게 부르짖었다. 그러면서도 같이 따라 앉는다. 그의 손은 또 옷을 잡았다.

"옷이 구겨집니다. 제발 좀 벗으셔요."

라고 아내는 애원을 하며 옷을 벗기려고 애를 쓴다. 하나, 취한 이의 등이 천 근같이 벽에 척 들러붙었으니 벗겨질 리가 없다. 애를 쓰다 쓰다 옷을 놓고 물러앉으며,

"원 참, 누가 술을 이처럼 권하였노."

라고 짜증을 낸다.

"누가 권하였노? 누가 권하였노? 흥, 흥."

남편은 그 말이 몹시 귀에 거슬리는 것처럼 곱씹는다.

"그래, 누가 권했는지 마누라가 좀 알아내겠소?"

하고 낄낄 웃는다. 그것은 절망의 가락을 띤, 쓸쓸한 웃음이었다. 아내도 따라 방긋 웃고는 또 옷을 잡으며,

"자아, 옷이나 먼저 벗으셔요. 이야기는 나중에 하지요. 오늘 밤에 잘 주무시면 내일 아침에 알으켜 드리지요."

"무슨 말이야, 무슨 말이야. 왜 오늘 일을 내일로 미루어. 할 말이 있거든 지금 해!"

"지금은 약주가 취하셨으니, 내일 약주가 깨시거든 하지요."

"무엇? 약주가 취해서?"

하고 고개를 쩔레쩔레 흔들며,

"천만에, 누가 술에 취했단 말이오. 내가 공연히 이러지, 정신은 말뚱말뚱하오. 꼭 이야기하기 좋을 만해. 무슨 말이든지……, 자아."

"글쎄, 왜 못 잡수시는 약주를 잡수셔요. 그러면 몸에 축이 나지 않아요."

하고 아내는 남편의 이마에 흐르는 진땀을 씻는다.

이취자는 머리를 흔들며,

"아니야, 아니야. 그런 말을 듣자는 것이 아니야."

하고 아까 일을 추상하는 것처럼, 말을 끊었다가 다시금 말을 이어,

"옳지, 누가 나에게 술을 권했단 말이요? 내가 술이 먹고 싶어서 먹었단 말이요?"

"자시고 싶어 잡수신 건 아니지요. 누가 당신께 약주를 권하는지 내가 알아낼까요? 저…… 첫째는 화증이 술을 권하고, 둘째는 하이칼라^{High collar 서양식 유행을 따르는 일 또는 그런 사람}가 약주를 권하지요."

아내는 살짝 웃는다. 내가 어지간히 알아맞혔지요 하는 모양이었다.

남편은 고소^{苦笑 어이없는 웃음}한다.

"틀렸소, 잘못 알았소. 화증이 술을 권하는 것도 아니고, 하이칼라가 술을 권하는 것도 아니오. 나에게 술을 권하는 것은 따로 있어. 마누라가, 내가 어떤 하이칼라한테나 홀려 다니거나, 그 하이칼라가 늘 내게 술을 권하거니 하고 근심을 했으면 그것은 헛걱정이지. 나에게 하이칼라는 아무 소용도 없소. 나의 소용은 술뿐이오. 술이 창자를 휘돌아, 이것저것을 잊게 만드는 것을 나는 취할 뿐이오."

하더니, 홀연 어조를 고쳐 감개무량하게,

"아아, 유위유망^{有爲有望 일을 할 만한 능력이 있고 앞으로 잘될 싹수나 희망이 있음}한 머리를 알코올로 마비 아니 시킬 수 없게 하는 그것이 무엇이란 말이오."

하고, 긴 한숨을 내어 쉰다. 물큰물큰한 술 냄새가 방 안에 흩어진다.

아내에게는 그 말이 너무 어려웠다. 고만 묵묵히 입을 다물었다. 눈에 보이지 않는 무슨 벽이 자기와 남편 사이에 깔리는 듯하였다. 남편의 말이 길어질 때마다 아내는 이런 쓰디쓴 경험을 맛보았다. 이런 일은 한두 번이 아니었다. 이윽고 남편은 기막힌 듯이 웃는다.

"흥, 또 못 알아듣는군. 묻는 내가 그르지, 마누라야 그런 말을 알 수 있겠소. 내가 설명해 드리지. 자세히 들어요. 내게 술을 권하는 것은 화증도 아

니고 하이칼라도 아니요, 이 사회란 것이 내게 술을 권한다오. 이 조선 사회
란 것이 내게 술을 권한다오. 알았소? 팔자가 좋아서 조선에 태어났지, 딴
나라에 났더면 술이나 얻어먹을 수 있나……."

사회란 무엇인가? 아내는 또 알 수가 없었다. 어찌하였든 딴 나라에는 없
고 조선에만 있는 요릿집 이름이려니 한다.[1)]

"조선에 있어도 아니 다니면 그만이지요."

남편은 또 아까 웃음을 재우친다 빨리 몰아치거나 재촉하다. 술이 정말 아니 취한 것
같이 또렷또렷한 어조로,

"허허, 기막혀. 그 한 분자分子 어떤 특성을 가진 인간 개체된 이상에야 다니고 아니 다
니는 게 무슨 상관이야. 집에 있으면 아니 권하고, 밖에 나가야 권하는 줄
아는가 보아. 그런 게 아니야. 무슨 사회란 사람이 있어서 밖에만 나가면 나
를 꼭 붙들고 술을 권하는 게 아니야…… 무어라 할까…… 저 우리 조선 사
람으로 성립된 이 사회란 것이, 내게 술을 아니 못 먹게 한단 말이오. ……
어째 그렇소? ……또 내가 설명을 해 드리지. 여기 회會를 하나 꾸민다 합시
다. 거기 모이는 사람놈 치고 처음은 민족을 위하느니, 사회를 위하느니 그
러는데, 제 목숨을 바쳐도 아깝지 않으니 아니 하는 놈이 하나도 없어. 하다
가 단 이틀이 못 되어 단 이틀이 못 되어……."

한층 소리를 높이며 손가락을 하나씩 둘씩 꼽으며,

"되지 못한 명예 싸움, 쓸데없는 지위 다툼질, 내가 옳으니 네가 그르니, 내
권리가 많으니 네 권리 적으니…… 밤낮으로 서로 찢고 뜯고 하지, 그러니
무슨 일이 되겠소. 회뿐이 아니라, 회사이고 조합이고…… 우리 조선 놈들이
조직한 사회는 다 그 조각이지. 이런 사회에서 무슨 일을 한단 말이오. 하려
는 놈이 어리석은 놈이야. 적이 정신이 바로 박힌 놈은 피를 토하고 죽을 수
밖에 없지. 그렇지 않으면 술밖에 먹을 게 도무지 없지. 나도 전자에는 무엇
을 좀 해 보겠다고 애도 써 보았어. 그것이 모두 수포야. 내가 어리석은 놈이
었지. 내가 술을 먹고 싶어 먹는 게 아니야. 요사이는 좀 낫지마는 처음 배울
때에는 마누라도 알다시피 죽을 애를 썼지. 그 먹고 난 뒤에 괴로운 것이야
겪어 본 사람이 아니면 알 수 없지. 머리가 지끈지끈 아프고 먹은 것이 다 돌

---

1) 남편은 조선 사회의 답답한 현실 때문에 도피성으로 술을 마시지만, 아내는 이를 요릿집 이름으로 오해한다. 아내
의 무지가 단적으로 드러나는 대목이다.

아 올라오고…… 그래도 아니 먹은 것보담 나았어. 몸은 괴로워도 마음은 괴롭지 않았으니까. 그저 이 사회에서 할 것은 주정꾼 노릇밖에 없어……"

"공연히 그런 말 말아요. 무슨 노릇을 못 해서 주정꾼 노릇을 해요! 남이라서……."

아내는 부지불식간不知不識間에 흥분이 되어 열기 있는 눈으로 남편을 바라보고 불쑥 이런 말을 하였다. 그는 제 남편이 이 세상에 가장 거룩한 사람이려니 한다. 따라서 어느 뉘보다 제일 잘될 줄 믿는다. 몽롱하나마 그의 목적이 원대하고 고상한 것도 알았다. 얌전하던 그가 술을 먹게 된 것은 무슨 일이 맘대로 아니 되어 화풀이로 그러는 줄도 어렴풋이 깨달았다. 그러나 술은 노상 먹을 것이 아니다. 그러면 패가망신하고 만다. 그러므로 하루바삐 그 화가 풀리었으면, 또다시 얌전하게 되었으면 하는 생각이 그의 머리를 떠날 때가 없었다. 그리고 그날이 꼭 올 줄 믿었다. 오늘부터는, 내일부터는…… 하건만, 남편은 어제도 술이 취하였다. 오늘도 한 모양이다. 자기의 기대는 나날이 틀려 간다. 좇아서 기대에 대한 자신도 엷어 간다. 애달프고 원통한 생각이 가끔 그의 가슴을 누른다. 더구나 수척해 가는 남편의 얼굴을 볼 때에 그런 감정을 걷잡을 수 없었다. 지금 저도 모르게 흥분한 것이 또한 무리가 아니었다.

조선 사회가 나에게 술을 권한다오. 우리 조선 사람으로 성립된 이 사회란 것이, 내게 술을 아니 못 먹게 한단 말이오.

그게 무슨 말이에요? 조선에 있어도 아니 다니면 그만이지요.

조선교리정

🍎 소설 한 장면 　절정　 남편은 부조리한 사회가 술을 권한다고 한탄함

"그래도 못 알아듣네그려. 참, 사람 기막혀. 본정신 가지고는 피를 토하고 죽든지, 물에 빠져 죽든지 하지, 하루라도 살 수가 없단 말이야. 흉장胸腸 가슴이 막혀서 못 산단 말이야. 에엣, 가슴 답답해."

라고 남편은 소리를 지르고 괴로워서 못 견디는 것처럼 얼굴을 찌푸리며 미친 듯이 제 가슴을 쥐어뜯는다.

"술 아니 먹는다고 흉장이 막혀요?"

남편의 하는 짓은 본체만체하고 아내는 얼굴을 더욱 붉히며 부르짖었다.

그 말에 몹시 놀랜 것처럼 남편은 어이없이 아내의 얼굴을 바라보더니 그 다음 순간에는 말할 수 없는 고뇌의 그림자가 그의 눈을 거쳐 간다.

"그러지, 내가 그러지. 너 같은 숙맥菽麥 콩과 보리. 콩과 보리도 구별하지 못하는 사람 더러 그런 말을 하는 내가 그러지. 너한테 조금이라도 위로를 얻으려는 내가 그러지. 후후."

스스로 탄식한다.

"아아, 답답해!"

문득 기막힌 듯이 외마디 소리를 치고는 벌떡 몸을 일으킨다. 방문을 열고 나가려 한다. 왜 내가 그런 말을 하였던고? 아내는 불시에 후회하였다. 남편의 저고리 뒷자락을 잡으며 안타까운 소리로,

"왜 어디로 가셔요? 이 밤중에 어디를 나가셔요? 내가 잘못하였습니다. 인제는 다시 그런 말을 아니 하겠습니다. ……그러게 내일 아침에 말을 하자니까……."

"듣기 싫어. 놓아, 놓아요."

하고 남편은 아내를 떠다 밀치고 밖으로 나간다. 비틀비틀 마루 끝까지 가서는 털썩 주저앉아 구두를 신기 시작한다.

"에그, 왜 이리하셔요. 인제 다시 그런 말을 아니 한대도……."

아내는 뒤에서 구두 신으려는 남편의 팔을 잡으며 말을 하였다. 그의 손은 떨고 있었다. 그의 눈에는 단박에 눈물이 쏟아질 듯하였다.

"이건 왜 이래, 저리로 가!"

배앝는 듯이 말을 하고 휙 뿌리친다. 남편의 발길이 뚜벅뚜벅 중문에 다다랐다. 어느덧 그 밖으로 사라졌다. 대문 빗장 소리가 덜컥 하고 난다. 마루 끝에 떨어진 아내는 헛되어 몇 번,

"할멈! 할멈!"

하고 불렀다. 고요한 밤공기를 울리는 구두 소리는 점점 멀어 간다. 발자취는 어느덧 골목 끝으로 사라져 버렸다. 다시금 밤은 적적히 깊어 간다.

"가 버렸구먼, 가 버렸어!"

그 구두 소리를 영구히 아니 잃으려는 것처럼 귀를 기울이고 있는 아내는 모든 것을 잃었다 하는 듯이 부르짖었다. 그 소리가 사라짐과 함께 자기의 마음도 사라지고, 정신도 사라진 듯하였다. 심신(心身)이 텅 비어진 듯하였다. 그의 눈은 하염없이 검은 밤안개를 물끄러미 바라보고 있다. 그 사회란 독한 꼴을 그려 보는 것같이……

쓸쓸한 새벽바람이 싸늘하게 가슴에 부딪친다. 그 부딪치는 서슬에 잠 못 자고 피곤한 몸이 부서질 듯이 지긋하였다.

죽은 사람에게서나 볼 수 있는 해쓱한 얼굴이 경련적으로 떨며 절망한 어조로 소곤거렸다.

"그 몹쓸 사회가, 왜 술을 권하는고!"

그 몹쓸 사회가 왜 술을 권하는고!

🍎 소설 한 장면   결말   남편은 아내가 말 상대가 되지 않는다며 집을 나감

생각해 볼까요?

 선생님 이 작품의 제목은 '술 권하는 사회'예요. 사회가 술을 권한다는 것은 무슨 의미일까요?

 2 ♥ 2

↳ **학생 1** 주인공은 서울에서 중학교를 마치고 일본 유학을 다녀온 지식인이에요. 하지만 막상 조국에서는 뜻을 펼칠 만한 곳이 없어요. 사회에 진출할 준비는 갖추었지만 자아를 실현할 출구를 찾지 못하자 술에 의존해 울분을 달래요.

↳ **학생 2** 아내의 말을 빌리면 몹쓸 사회가 술을 권하고 있는 거예요.

선생님 소설에서 아내와 남편은 서로 소통하지 못한 채 대화가 겉돌고 있어요. 남편은 사회의 구조적 모순 때문에 괴로워하며 술을 마시고, 아내는 남편의 말을 이해하지 못하고 술을 권하는 구체적인 대상을 찾으려 해요. 이러한 상황에서 독자는 어떤 태도로 작품을 읽어야 할까요?

 2 ♥ 2

↳ **학생 1** 독자는 아내의 생각을 그대로 믿기보다는 일정한 거리를 두고 남편의 말과 행동을 해석해야 해요.

↳ **학생 2** 가정에 책임을 다하지 않고 무기력하게 있는 남편의 모습도 문제가 있어요. 한쪽의 입장만 생각하기보다는 갈등이 일어나는 상황을 객관적으로 이해해야 해요.

1920년대 문학 경향 ▼ 🔍

연관 검색어   낭만주의   사실주의   사회주의

1919년 전개되었던 3·1 운동이 실패로 끝나고, 사회 전반에는 패배 의식과 허무주의가 널리 퍼졌다. 하지만 3·1 운동 이후 일제는 회유적인 문화 정책을 폈고, 이로 인해 한국 문학은 활발하게 창작될 수 있었다. 여러 신문과 잡지를 통해 많은 작품이 발표되었고, 서구 문학도 본격적으로 소개되었다. 이에 따라 우리나라 문학은 큰 전환점을 맞게 된다.

1920년대 초반에는 암울한 시대 상황을 반영하여 감상적이고 퇴폐적인 경향의 '낭만주의 소설'이 등장하였다. 1920년대 중반 이후에는 러시아 혁명의 영향으로 카프(KAPF 조선 프롤레타리아 예술가 동맹)가 결성되어 가난과 불평등 문제를 소재로 한 '경향 소설'이 등장하였다. 그러나 이 시기에 가장 많이 창작된 것은 식민지 현실에 대한 비판적 인식을 바탕으로 한 '사실주의 소설'이었다.

할머니의 죽음

🛶 작품 길잡이

갈래: 사실주의 소설
배경: 시간 - 1920년대 / 공간 - 시골
시점: 1인칭 관찰자 시점
주제: 인간의 허위의식에 대한 풍자
출전: 〈백조〉(1923)

📷 인물 관계도

(병간호)   (무관심)

할머니

중모   자손들   나

나	객관적인 시선으로 자손들의 위선을 지켜본다.
중모	효심을 앞세워 자신의 지위와 도덕적 우월감을 드러내고자 한다.
할머니	죽음을 앞에 두고 있는 인물로 가족 간의 갈등 요인이 된다.

📋 구성과 줄거리

발단   **'나'는 '조모주 병환 위독'이라는 전보를 받고 급히 귀향함**

3월 그믐날 '나'는 시골 본가로부터 '조모주 병환 위독'이라는 전보를 받고 급히 시골로 내려간다. 여든둘이 넘은 할머니는 기운이 쇠진하였기 때문에 자손들이 여러 번 바쁜 걸음을 치게 했다. 곡성이 들릴 듯한 사립문을 들어서니 할머니의 병세는 이미 악화되어 있다.

전개   **중모가 극진한 효성으로 자신의 위치를 드러내려 함**

친척이 모두 모여 긴장된 며칠을 보내는 가운데 집안의 효부로 알려진 중모(仲母)는 할머니 곁에서 연일 밤을 새워 가며 간호한다. 하지만 '나'는 중모의 행동을 '우리를 야단치기 위한 밑천 장만하기'라고 생각할 뿐이다. 중모는 할머니가 빨리 기운을 회복하길 빌며 연신 염불을 외운다. 위독한 할머니를 지켜보는 자손들은 마음속으로 할머니가 빨리 돌아가시기를 기다린다.

위기   **할머니는 정신이 흐릿해지고 답답함을 느껴 고통스러워함**

할머니는 정신이 흐릿해져 사람을 잘 알아보지 못한다. '나'를 '서방'이라고 부르고 단추를 끌러 앞가슴을 풀어 젖히라고 하는 등 이상한 언행을 해 자손들의 웃음거리가 된다.

절정   **자손들은 할머니가 빨리 돌아가시기를 은근히 바람**

자손들은 직장 때문에 무작정 머물 수도 없어 한의사를 부른다. 오늘내일을 넘기기 힘들다는 진단과는 달리 하루하루가 무사히 지나자 양의(洋醫)에게 다시 진찰을 받는다. 몇 주일은 염려 없다는 양의의 말에 안심한 자손들은 바쁘다는 핑계로 모두 떠난다. '나'도 할머니에게 곧 완쾌되실 거라고 위로하고 서울로 올라온다.

결말   **할머니가 외로운 죽음을 맞이함**

어느 화창한 봄날, '나'는 벚꽃 놀이를 막 나가려는 때에 '오전 3시 조모주 별세'라는 전보를 받는다.

할머니의 죽음

'조모주^{주로 편지글에서 '할머니'를 이르는 말} 병환 위독'

3월 그믐날 나는 이런 전보를 받았다. 이는 ××에 있는 생가에서 놓은 것이니 물론 생가 할머니의 병환이 위독하단 말이다. 병환이 위독은 하다 해도 기실 모나게 무슨 병이 있는 게 아니다. 벌써 여든둘이나 넘은 그 할머니는 작년 봄부터 시름시름 기운이 쇠진해서 가끔 가물가물하기 때문에 그동안 자손들로 하여금 한두 번 아니게 바쁜 걸음을 많이 치게 하였다.

그 할머니의 오 년 맏이인 양조모^{養祖母 양자로 간 집의 할머니}는 갑자기 울기 시작하였다.

"아이고⋯⋯ 이승에서는 다시 못 보겠다. 동서라도 의로 말하면 친형제나 다름이 없었다⋯⋯. 육십 년을 하루같이 어디 뜻 한 번 거슬러 보았을까⋯⋯."

연해연방 이런 넋두리를 섞어 가며 양조모는 울었다. 운다 하여도 눈 가장자리가 붉어지고 목소리가 떨릴 뿐이었다. 워낙 연만^{年滿 나이가 많음}한 그는 제법 울음답게 울 근력조차 없었다.

"그래도 그 할머니는 팔자가 좋으시다. 자손이 늘은 듯하고⋯⋯ 아이고."

끝으로 이런 말을 하며 울음이 한숨으로 변하였다. 자기가 너무 수^壽한 까닭으로 외동자들을 앞세워, 원이 되고 한이 되어 노상 자기의 생을 저주하는 그는 아들이 둘―본래 셋이더니 그중에 중부^{仲父 결혼을 한 아버지의 형제 가운데 둘째 되는 이}가 일찍이 돌아갔다―, 직손자가 여덟이나 되는 그 할머니를 언제든지 부러워하였다.

"지금 돌아가시면 호상^{好喪 복을 누리고 오래 산 사람의 죽음}이지. 아드님이 백발이 허연데⋯⋯."

라고, 양모^{養母}도 맞방망이를 치며 눈을 멍하게 뜬다. 나도 과연 그렇기도 하겠다 싶었다.

나는 그날 밤차로 ××를 향하고 떠났다. 새로 석 점이 지나 기차를 내린 나는 벌써 돌아가시지나 않았고 염려를 마지않으며 캄캄한 좁은 골목을 돌아들어 생가의 삽짝^{'사립짝'의 준말} 가까이 다다를 제 곡성이 나는 듯 나는 듯하여 마음이 조마조마하였다. 하건만 다행히 그 불길한 소리는 들리지 않았다. 삽짝은 빠끔히 열려 있었다.

마당에 들어서니 추녀 끝에 달린 그을음 앉은 괘등^{掛燈 전각이나 누각의 천장에 매다는 등}이 간 반밖에 아니 되는 마루와 좁직한 뜰을 쓸쓸하게 비추고 있었다. 우물둑과 장독간의 사이에 위는 거적으로 덮고 양 가는 삿자리^{갈대를 엮어서 만든 자리}로 두른 울 막을 보고 나는 가슴이 덜컥하고 내려앉았다. 상청 ^{喪廳} 죽은 이의 영위를 두는 영궤와 그에 딸린 물건을 차려 놓는 곳이 아닌가—.

그러나 나의 어림짐작은 틀리었다. 마루에 올라선 내가 안방 아랫방에서 뛰어나온 잠 못 잔 피로한 얼굴들에게 이끌리어 할머니의 거처하는 단칸 건넌방으로 들어가니 할머니는 까라진 듯이 아랫목에 누웠으되 오히려 숨은 붙어 있었다. 그 앞에 앉는 나를 생선의 그것 같은 흐릿한 눈자위로 의아하게 바라본다.

"얘가 누구입니까. 어머니 얘가 누구입니까."

예안 ^{禮安} 이씨로, 예절 알기와 효성 있기로 집안 중에 유명한 중모 ^{仲母 둘째어머니} 는 나를 가리키며 병자의 귀에 대고 부르짖었다.

"몰라……."

환자는 담이 그르렁그르렁하면서 귀찮은 듯이 대꾸하였다.

"제가 누구입니까? 할머니!"

나는 그 검버섯이 어룽어룽한 뼈만 남은 손을 만지면서 물어보았다. 나의 소리는 떨리었다.

"저를 모르시겠습니까? 제가 ××이 아닙니까?"

"응, 네가 ××이냐……."

우는 듯이 이런 말을 하고 그윽하나마 내가 잡은 손에 힘을 주는 듯하였다. 그 개개풀린 눈동자 가운데도 반기는 빛이 역력히 움직였다.

📱 소설 한 장면 발단 '나'는 '조모주 병환 위독'이라는 전보를 받고 급히 귀향함

할머니의 병환이 어젯밤에는 매우 위중해서 모두 밤새움을 한 일, 누구누구 자손을 찾던 일, 그중에 내 이름도 부르던 일, 지금은 한결 돌린 일…… 온갖 것을 중모는 나에게 가르쳐 주었다. 나는 그날 밤을 누울락 앉을락, 깰락 졸락 할머니 곁에서 밝혔다. 모였던 자손들이 제각기 돌아간 뒤에도 중모만은 할머니 곁을 떠나지 않았다. 불교의 독신자인 그는 잠 오는 눈을 비비기도 하고 기침으로 목청을 가다듬기도 하면서 밤새도록 염불을 그치지 않았다. 그 소리는 적적한 새벽녘에 해가挽歌와 같이 처량히 들렸다. 나는 새삼스럽게 그 효심의 지극함과 그 정서의 놀라움에 탄복하였다.

아침저녁으로 각지에 흩어져 있는 자손들이 모여들기 시작하였다. 방이라야 단지 셋밖에 없는데, 안방은 어머니, 형수들이 점령하고 뜰아랫방 하나 있는 것은 아버지, 삼촌, 당숙들에게 빼앗긴 우리 젊은 패—사·육촌 형제들은 밤이 되어도 단 한 시간을 눈 붙일 곳이 없었다. 이웃집에 누누이 교섭한 끝에 방 한 칸을 빌려서 번차례돌려 가며 서로 번갈아드는 차례 로 조금씩 쉬기로 하였다. 이 짧은 휴식이나마 곰비임비물건이 계속 쌓이거나 일이 계속 일어남을 나타내는 말 교란되었나니 그것은 십 분들이십 분 간격로 집에서 불러들이는 까닭이다. 아버지와 삼촌네들의 큰 심부름 잔심부름도 적지 않았지만 할머니 곁에 혼자 앉아 있는 중모의 꾸준한 명령일 때가 많았다. 더욱이 밤새 한 시에나 두 시에나 간신히 잠이 들어 꿀보다 더 단잠이 온몸에 나른하게 퍼진 새벽녘에 우리는 끄들리어꺼들리어. 잡아 쥐고 당겨서 추켜들리어 일어나는 수밖에 없었다.

“할머니 병환이 이렇듯 위중하신데 너희는 태평 치고 잠을 잔단 말이냐?”

우리가 건넌방에 들어서면 그는 다짜고짜로 야단을 쳤다. 그중에도 가장 나이 어리고 만만한 내가 이 꾸중받이가 되었다. 인정사정없는 그의 태도가 불쾌하기는 하였지만 도덕적 우월을 빼앗긴 우리는 대꾸 한마디 할 수 없었다.

“다들 뭐란 말이냐. 나는 한 달이나 밤을 새웠다. 며칠들이나 된다고.”

졸음 오는 눈을 비비는 우리를 보고 그는 자랑스럽게 또 이런 꾸중도 하였다. ‘놀라운 효성을 부리는 게 도무지 우리 야단칠 밑천을 장만하는 게로구나.’ 나는 속으로 꿀꺽꿀꺽하며 이런 생각을 하였다.

한번은 또 그의 명령으로 우리는 건넌방에 모여들었다. 그 방문을 열어 젖히었는데 문지방 위에 할머니의 지팡이가 놓이고 그 밑에 또 신으시던 신이 놓여 있었다. 방 안 할머니의 머리맡 벽에는 다라니석가모니의 오묘한 가르침이 담긴 것으로, 신비한 힘을 지닌 것으로 믿어지는 주문 또는 주문을 적은 경전 가 걸려 있다.

'할머니가 운명을 하시나 보다!'

우리는 번개같이 이런 생각을 하며 할머니 곁으로 다가들었다. 그는 담을 그르렁그르렁거리며 혼혼히^{정신이 흐리고 가물가물한 상태} 누워 있었다. 중모는 흐르는 눈물을 걷잡지 못하며 그의 귀에 들이대고 울음소리로 아미타불과 지장보살을 구슬프게 부르짖고 있었다.

한동안 엄숙한 긴장이 여기 있었다. 모두 같은 일을 기대하면서.

십 분! 이십 분! 환자의 신상에는 아무 별증^{어떤 병에 딸려 일어나는 다른 증상}이 나타나지 않았다.

"아마, 잠이 드신 모양입니다."

이윽고 아버지가 이 긴장한 침묵을 깨뜨렸다. 그리고 중모를 향하여,

"잠 주무시게스리 염불^{念佛}을 고만 외십시오."

하고 나가 버렸다. 그 뒤를 따라 빽빽하게 들어섰던 자손들이 하나씩 둘씩 헤어졌다.

그래도 눈물을 섞어 가며 염불을 멈추지 않던 중모가 얼마 뒤에 제풀에 부처님 찾기를 그치었다. 그리고 끝끝내 남아 있던 나에게 할머니가 중부가 왔다고 하던 일, 자기를 데리러 교군^{가마를 메는 사람}이 왔다던 일, 중모의 손을 비틀며 어서 가자고 야단을 치던 일을 이야기하였다. 그러다가 숨구멍에서

할머니의 병환이 이렇듯 위중하신데 잠을 잔단 말이냐? 나는 한 달이나 밤을 새웠다. 며칠들이나 된다고.

우리를 야단치려고 할머니를 간호하시는 걸까.

🕮 소설 한 장면　전개　중모가 극진한 효성으로 자신의 위치를 드러내려 함

무엇이 꿀꺽하더니 그만 저렇게 정신을 잃으신 것을 설명해 듣기었다.

그날 저녁때에 할머니는 여상히 평소와 다름이 없이 깨어나셨다. 이런 일이 한두 번이 아니었다. 몇 번이나 신과 지팡이가 놓였다 치워졌다, 다라니가 벽에 걸리었다 떼었다 하였다. 그러는 동안에 자손의 얼굴은 자꾸자꾸 축이 나갔다. 말하기는 안 되었지만 모두 불언 (不言 말하지 않음) 중에 할머니의 목숨이 하루바삐 끝장나기를 기다리고 있었다. 관조차 맞추어서 칠까지 먹여 놓았다. 내가 처음 오던 날 상청이 아닌가고 놀래던 그 울 막도 이 관을 놓아두려는 의지간 원래 있던 집채에 더 달아서 꾸민 칸 이었다.

그러하건만 할머니는 연해 한 모양으로 그물그물하다가 또 정신을 차리었다. 아니 정신이 돌아오는 때가 도리어 많아간다. 자기 앞에 들어서는 자손들을 거의 틀림없이 알아맞혔다.

그리고 가끔 몸부림을 치면서 일으켜 달라고 야단을 쳤다. 이럴 때에 중모는 거북스럽게도 염불을 모시었다.

"어머니 어머니, 가만히 계셔요. 가만히 계셔요."

그는 몸부림하는 할머니를 제지하면서 이렇게 타일렀다.

"저를 따라 염불을 외셔요. 나무아미타불, 나무아미타불."

"나 일어날란다."

"에그, 왜 그러셔요. 가만히 계셔요, 제발 덕분에. 나무아미타불, 나무아미타불……."

"나무아미타불, 나무아미타불."

할머니는 마지못하여 중모를 따라 두어 번 입술을 달싹달싹하더니 또 얼굴을 찡그리며 애원하는 어조로,

"인제 고만 외우고 날 좀 일으켜다고. 내 인제 고만 가련다."

"인제 가세요! 가만히 누워 가시지요. 왜 일어나시긴. 나무아미타불…… 왕생극락 죽어서 극락세계에 가서 태어남 …… 나무아미타불……."[1]

할머니는 귀찮아 못 견디겠다는 듯이 팔을 내어 저으며,

"듣기 싫다, 염불 소리 듣기 싫다! 인제 고만해라."

하며 몸을 일으키려고 애를 쓴다.

---

[1] 부탁을 들어주지 않고 염불만 외우는 중모의 행위에서 자신을 과시하고 도덕적 우월감을 느끼기 위한 가식을 알 수 있다.

"그게 무슨 말씀입니까."

중모는 질색을 하며 더욱 비장하게 부처님을 찾았다.

"듣기 싫다! 듣기 싫어. 나는 고만 갈 테야."

할머니는 또 이렇게 재우쳤다 ^{빨리 몰아치거나 재촉했다}.

나는 이 광경을 보고 적이 의외의 감이 있었다. 할머니는 중모보다 못하지 않은 불교의 독신자이다. 몇십 년을 하루같이 새벽마다 만수향^{선향線香의 한 가지. 국숫발같이 가늘고 길이가 한 자쯤 됨}을 켜 놓고 염불 모시기를 잊지 않은 어른이다. 정신이 혼혼한 뒤에도 염주 담은 상자와 만수향만은 일일이 아랑곳하던 어른이다.

"……하루에도 만수향을 세 갑 네 갑 켜시겠지. 금방 사다 드리면 세 개씩 네 개씩 당장 다 켜 버리시고 또 안 사 온다고 꾸중이시구나……."

작년 가을 내가 귀성하였을 제, 계모가 웃으며 할머니의 노망 이야기를 하는 가운데 만수향 켜는 것을 그 하나로 헤아렸다.

그러하던 할머니가 왜 지금 와서 염불을 듣기 싫다는가? 그다지 할머니는 일어나고 싶으신가? 죽어 가면서도 일어나려는 이 본능 앞에는 모든 것이 권위를 잃은 것인가?

"저렇게 일어나시려니 좀 일으켜 드리지요."

나는 보다 못해 이런 말을 했다.

"안 된다, 일으켜 드릴 수가 없다. 하도 저러시기에 한번 일으켜 드렸더니 어떻게 아파하시는지 차마 뵈올 수가 없었다."

"어째 그래요?"

나는 이렇게 반문하였다. 이 반문에 대한 중모의 설명은 더욱 놀랄 것이었다.

할머니가 작년 봄부터 맑은 정신을 잃은 결과에 늙은이가 어린애 된다고, 뒤를 가리지 않게 되었다. 게다가 이 두어 달 전부터 물을 자꾸 청해 잡수시고 옷에고 요 바닥에 함부로 뒤를 보았다. 그것을 얼른 빨아 드리지 못한 때문에 제풀에 뭉쳐지고 말라붙은 데다가 뜨거운 불목^{온돌방 아랫목의 가장 더운 자리}에 데어 궁둥이 언저리가 모두 벗겨졌다. 그러므로 일어나려면 그곳이 당기고 배기어 아파하는 것이라 한다.

이 말을 들은 나는 할머니를 모로 누이고 그 상처를 보았다. 그 자리는 손바닥 넓이만치나 빨갛게 단 쇠로 지진 듯이 시커멓게 벗겨졌는데 그 위에는 하얀 해가 징그럽게 끼었고 그 가장자리는 독기를 품고 아른아른히 부르터 올라 있다. 나는 차마 더 볼 수가 없었다!

이것이 무슨 일인가! 양조모, 양모가 부러워하던 늘은 듯한 자손은 다 무엇을 하고 우리 할머니를 이 지경이 되게 하였는가? 왜 자주 옷을 갈아입혀 드리며 빨아 드리지 못하였는가? 이 직접 책임자인 계모가 더할 수 없이 괘씸하였다.

그러나 가만히 생각해 보면 그를 그르다고도 할 수 없다. 위에도 말하였거니와 할머니가 이리된 지는 하루 이틀이 아니다. 벌써 몇 달이 되었다. 이 긴 시일에 제아무리 효부라 한들 하루도 몇 번을 흘리는 뒤를 그때 족족 빨아 낼 수 없으리라. 더구나 밤에 그런 것이야, 일일이 알 수도 없으리라. 하물며 계모는 시집오던 첫날부터 골머리를 앓으리만큼 큰 병객이다. 병명은 의원을 따라 혹은 변두머리^{편두통}라고도 하고 혹은 뇌진이라고도 하고 혹은 선천 부족^{先天不足 타고난 체력이 부족해 몸이 허약한 상태}이라고도 하였지마는 하나도 고쳐 주지는 못하였다. 삼십이 될락 말락 하건만 육십이나 칠십이 다 된 노인 모양으로 주야장천^{晝夜長川 밤낮으로 쉬지 않고 잇따라서} 자리보전하고 누워 있는 터이다. 제 몸이 괴로우니 모든 것이 싫은 것이다. 그리고 나까지 아우르면 아버지 슬하에 아들만 넷이나 되건마는 지금 육십 노경에 받드는 어느 아들, 어느 며느리 하나 없다. 집안이 넉넉지 못한 탓으로 사방에 흩어져서 제 입 풀칠하기에 눈코를 못 뜨는 까닭이다.

이 책임을 누구에게 돌릴까? 나는 알 수가 없었다. 쓴 물만 입안에 돌 뿐이다.

그 후에 또 이런 일이 있었다. 어느 때 내가 할머니 곁에 갔을 적이었다. 할머니는 그 뼈만 남은 손으로 나의 손을 만지고 있었다.

"××아, ××아."

할머니는 문득 나를 불렀다.

"인제는 다시 못 보겠다, 인제는 다시 못 보겠다."

"왜 그런 말씀을 하십니까?"

"인제 내가 안 죽니, 그런데 너, 내 청 하나 들어주겠니."

"네? 무슨 말씀입니까?"

"나, 나 좀 일으켜 다고."

나는 눈물이 날 듯이 감동하였다. 어찌 차마 이 청을 떼칠 건가. 나는 다짜고짜로 두 손을 할머니 어깨 밑으로 넣으려 하였다. 이것을 본 중모는 깜짝 놀라며 나를 말렸다.

"얘, 네가 왜 또 그러니? 일으켜 드리면 아파하신대두 그 애가 그러네."

"그때 약을 사다 드렸으니 그 자리가 인제는 아물었겠지요."

나는 데었단 말을 듣던 그날, 약 사다 드린 것을 생각하고 이런 말을 하였다.

"아니야, 아직 다 낫지 않았어. 오늘 아침에도 일으켜 드렸더니 몹시 아파하시더라."

나는 주춤하였다. 할머니의 앓는 것이 애처로웠음이다.

"어머니! 어머니! 가만히 누워 계셔요, 네? 일어나시면 아프십니다."

중모는 자상히 타이르듯 말하였다. 할머니는 물끄러미 나와 중모를 번갈아 보시더니 단념한 듯이 눈을 감았다. 한참 앉아 있다가 나는 몸을 일으켰다. 이때에 할머니가 눈을 번쩍 뜨며 문득,

"어데를 가?"라고 물었다. 나는 주춤 발길을 멈추었다.

할머니는 퀭한 눈으로 이윽고 나를 쳐다보더니 무엇을 잡을 듯이 손을 내어 저으며 우는 듯한 소리로,

"서방님! 제발 나를 좀 일으켜 주십시오. 서방님, 제발 나를 좀 일으켜 주시오."라고 부르짖었다.

"에그머니! 그게 무슨 말입니까? 그 애가 ××이 아닙니까. 서방님이 무엇이야요."

중모는 바싹 할머니에게 다가들며 애처롭게 가르쳐 드렸다. 이때 마침 할머니가 잡수실 배즙을 가지고 들어오던 둘째 형수가 무슨 구경거리나 생긴 듯이 안방을 향하고 외쳤다.

"에그, 할머니 좀 보아요! 서울 아주버님더러 서방님! 서방님! 하십니다."

이 외침을 듣고 자부子婦 며느리와 손부孫婦 손자며느리들은 모여들었다. 그들의 눈은 호기심에 번쩍이고 있었다. 나는 또 할머니의 청을 물리칠 수는 없었다.

그것이 어떠한 나쁜 영향을 초치招致 불러서 오게 함할지라도 아니 일으켜 드릴 수 없었다.

그러나 할머니는 요 바닥 위로 반자를 떠나지 못하여,

"아야야……."라고 외마디소리를 쳤다. 나는 얼른 들어 올리던 손을 뺄 수밖에 없었다.

다시금 눕기 싫어하던 요 위에 누운 뒤에도 할머니는 앓기를 말지 않았다. 나는 적지 아니한 꾸중을 모시었다.

이윽고 조금 진정이 되더니만 또 팔을 내저으며 기를 쓰고 가슴을 덮은 이불자락을 자꾸자꾸 밀어 내리었다. 감기나 들까 염려하는 중모는 그것을 꾸준히 도로 집어 올렸다.

할머니는 또 손을 내밀더니 이번에는 내 조끼 단추를 붙잡아 당기었다.

"왜 이리하십니까? 단추를 빼란 말씀입니까?"

할머니는 고개를 끄덕이었다. 끄덕였다 하여도 끄덕이려는 의사를 보였을 뿐이었다. 나는 단추 한 개를 빼었다. 그래도 할머니는 자꾸 조끼의 단추와 씨름을 마지 아니하였다. 나는 단추를 낱낱이 빼는 수밖에 없었다. 그러고 나니 그는 또 옷고름과 실랑이를 시작하였다.

"옷고름을 끄를까요?"

"응."

나는 또 옷고름을 끌렀다. 끄른 뒤에 할머니는 또 소매를 잡아당기었다.

"왜 이리하셔요?"

"버, 벗어라, 답답지 않니?"

여기저기서 물어 멈추려고 애쓰는 웃음이 키키 하였다.

나는 경멸과 모욕의 시선을 그들에게 던졌다. 자기가 얼마나 답답하고 갑갑하길래 남의 단추 끼운 것과 옷고름 맨 것과 저고리 입은 것조차 답답해 보일 것이랴! 여기는 쓰디쓴 눈물과 살을 저미는 슬픔이 있어야 하겠거늘, 이 기막힌 광경을 조소로 맞아야 옳을까?

나는 곧 그들에게 침이라도 뱉고 싶었다. 하되 나의 마음을 냉정하게 살펴본즉 슬프다! 나에게는 그들을 모욕할 권리가 없었다. 형수들 앞에서 앞가슴을 풀어 젖히라는 할머니가 민망스럽기도 하고 딱하기도 하였다. 환자를 가엾다고 생각하면서도 나의 속 어디인지 웃음이 움직인 것은 부정할 수 없는 사실이었다.

서방님! 제발 나를 좀 일으켜 주십시오. 서방님……

에그머니, 그게 무슨 말입니까? 손자에게 서방님이라뇨!

🕐 소설 한 장면 위기 할머니는 정신이 흐릿해지고 답답함을 느껴 고통스러워함

더구나 내가 젊은이 패가 모인 이웃집 방에 들어갔을제 무슨 재미스러운 일이나 보고 온 사람 모양으로 득의양양히 이 이야기를 하고서 허리를 분질렀다……

거기에서는 할머니의 병세에 대하여 의논이 분분하였다. 그들은 하나도 한가한 이가 없었다. 혹은 변호사, 혹은 은행원, 혹은 회사원으로 다 무한년 無限年 햇수에 제한이 없는 상태로 있을 수 없는 형편이었다.

"나는 암만해도 내일은 좀 가 보아야 되겠는데…… 나는 그 전보를 보고 벌써 돌아가신 줄 알았어. 올 때에 친구들이 북포 北布니 뭐니 부의 賻儀를 주기에 아직 돌아가시지도 않았는데 이게 웬일이냐 하니까, 그 사람들 말이, 놀아가셔도 자손들에게 그렇게 전보를 놓으니, 하데그려. 그래 모두 받아왔는데…… 허허허……"

그중에 제일 연장자로 쾌활하고 말 잘하는 백형 伯兄 맏형은 웃음 섞어 이런 말을 하고 있었다.

"암만해도 오늘내일 돌아가실 것 같지는 않는데…… 이거 큰일 났는걸, 가는 수도 없고……"

"딴은 곧 돌아가실 것 같지는 않아."

은행원으로 있는 육촌은 이렇게 맞방망이를 쳤다.

"의사를 불러서 진단을 해 보는 것이 어떨까요?"

부산 방직 회사에 다니는 사촌이 이런 제의를 하였다.

"옳지, 참 그래 보아야 되겠군."

아버지께 이 사연을 아뢰었다.

"시방 그물그물하시지 않나, 그러면 하여간 의원을 좀 불러올까."

의원은 아버지와 절친한 김 주부 主簿 한약방을 차린 사람를 청해 오기로 하였다.

갓을 쓴 그 의원은 얼마 아니 되어 미륵 彌勒 같은 몸뚱이를 환자 방에 나타내었다. 매우 정신을 모으는 듯이 눈을 내리감고 한나절이나 진맥을 하더니 고개를 절레절레 흔들며 물러앉는다.

"매우 말씀하기 안되었소마는 아마 오늘 밤이 아니면 내일은 못 넘길 것같소"

매우 말하기 어려운 듯이. 기실 조금도 말하기 어렵지 않은 듯이, 그 의원은 최후의 판결을 언도하였다.

"글쎄 그래 워낙 노쇠하셔서 오래 부지를 하실 수 없지……"

그러면 그렇지 하는 얼굴로 아버지는 맞방망이를 쳤다.

가려던 자손은 또 붙잡히었다. 그러나 할머니는 그날 저녁부터 한결 돌리었다. 가끔 잡수실 것을 찾기도 하였다. 잡숫는 건 고작해야 배즙, 국물에

만 한술도 안 되는 진지였다. 죽과 미음은 입에 대기도 싫어하였다. 그리고 전일에 발라 드린 양약洋藥의 효험이 나서 상처가 아물었든지 자부와 손부에게 부축되어 꽤 오래 일어나 앉게도 되었다.

그 이튿날이 무사히 지나가자 한의韓醫의 무지를 비소하고 다른 것은 몰라도 환자의 수명이 어느 때까지 계속될 시간 아는 데 들어서는 양의洋醫가 나으리라는 우리 젊은 패의 주장에 의하여 ××의원 원장으로 있는 천엽의 학사千葉醫學士를 불러오게 되었다.

그는 진찰한 결과에 다른 증세만 겹치지 않으면 이삼 주일은 무려無慮 염려하는 것이 없음하리라 하였다.

"그래, 그저 그럴 거야. 아직 괜찮으신데 백주에공연히 서둘고 야단을 했지."

하고, 일이 바쁜 백형은 그날 밤으로 떠나갔다.

그 이튿날 아침이었다.

우리가 집에 돌아오니까 할머니 곁을 떠난 적 없던 중모가 마당에서 한가롭게 할머니의 뒤 흘린 바지를 빨고 있다가 웃는 낯으로 우리를 맞으며,

"할머님이 오늘 아침에는 혼자 일어나셨다. 시방 진지를 잡수시고 계시다. 어서 들어가 뵈어라."

나는 뛰어 들어갔다. 자부와 손부의 신기해 여기는 시선을 받으면서 할머니는 정말 진지를 잡숫고 있었다.

🍎 소설 한 장면   절정   자손들은 할머니가 빨리 돌아가시기를 은근히 바람

나는 빙글빙글 웃으며,

"할머니, 어떻게 일어나셨습니까?"

할머니는 합죽한 입을 오물오물하여 막 떠 넣은 밥 알맹이를 삼키고,

"내가 혼자 일어났지, 어떻게 일어나긴. 흉악한 놈들, 암만 일으켜 달라니 어데 일으켜 주어야지. 인제 나 혼자라도 일어난다."

하며 자랑스럽게 대답하였다.

"어제 의원이 왔지요. 인제 할머니가 곧 나으신대요."

"정말 낫겠다고 하든, 응?"

하고 검버섯 핀 주름을 밀며 흔연欣然 매우 기쁘거나 반가워 기분이 흐뭇함 한 웃음의 그림자가 오래간만에 그의 볼을 스쳤다.

나의 눈엔 어쩐지 눈물이 핑 돌았다.

그날 밤차로 모였던 자손들은 제각기 흩어졌다. 나도 그날 밤에 서울로 올라왔다.

어느 아름다운 봄날이었다……. 말갛게 갠 하늘은 구름 한 점도 없고 아른아른한 아지랑이가 그 하늘거리는 깁무늬 없는 비단 올로 봄 비단을 짜 내는 어느 아름다운 봄날이었다. 나는 깨끗하게 춘복春服을 차리고 친구 몇몇과 우이동 앵화櫻花 벚꽃 구경을 막 나가려던 때이었다. 이때에 뜻 아니한 전보 한 장이 닥치었다.

'오전 3시 조모주 별세'

◌ 소설 한 장면   결말 할머니가 외로운 죽음을 맞이함

🔭 생각해 볼까요?

선생님 할머니가 위독하시다는 연락을 받은 자손들은 생가에 모였어요. 기운이 쇠하신 할머니는 그동안 몇 번의 위기를 겪어 자손들이 생가에 다녀가곤 했어요. 할머니의 죽음을 바라보는 인물들의 태도는 어떠한가요?

💬 3   🤍 3

  학생 1 할머니의 죽음을 예고하는 병환 소식을 들은 양조모는 슬피 울다가 곧 자신의 신세 한탄을 해요. 양조모에게 할머니의 죽음이란 자신도 얼마 되지 않아 죽을 것을 뜻하기 때문이에요. 양모는 사회적 통념에 따라 할머니의 죽음을 호상이라 말하고 '나'도 동의해요.

  학생 2 친척들은 할머니의 죽음을 기다리는 기간이 길어지자 각자 바쁜 일이 있다며 서둘러 돌아가고 싶어 해요.

  학생 3 결국 양조모와 양모 등 친척들과 '나'는 자신의 입장에서만 할머니의 죽음을 바라보고 있을 뿐이에요.

선생님 '나'는 할머니의 임종을 앞두고 있어요. 그러나 자손들의 행동에서 천륜으로 얽힌 가족 간의 사랑보다는 인간의 자기중심성을 발견하지요. 자손들의 위선적인 허위의식은 어떻게 드러나나요?

💬 4   🤍 4

  학생 1 중모는 임종을 앞둔 할머니를 지극정성으로 간호하는데, 다른 친척들 앞에서 효심을 앞세워 자신의 지위와 도덕적 우월감을 드러내려 해요.

  학생 2 할머니의 임종을 지켜보기 위해 무거운 발걸음을 했던 자손들은 막상 '할머니의 죽음'보다 개개인의 사정을 더 우선시해요. 또한 자손들은 손자를 알아보지 못하는 할머니의 처지를 비웃는 모습을 보이기도 해요.

  학생 3 위장된 허위의식은 왕진을 청하는 데서 가장 잘 드러나요. 할머니의 병을 치료하기 위해서가 아니라 수명이 어느 정도 지속될 것인지를 알기 위해서 왕진을 청했으니까요.

  학생 4 하지만 '나'는 결국 가족들을 비난할 권리가 없다는 것을 시인해요. 사람들은 누구나 다른 사람의 죽음에 대해서는 진정으로 아파하지 않는다는 반성적인 깨달음에 이른 것이에요.

선생님 작가는 '할머니의 죽음'과 가족들의 모습을 어떻게 그렸나요?

💬 1   🤍 1

  학생 1 작가는 위선적인 가족들의 모습을 직접적으로 비판하지는 않아요. 오히려 오랜 병환으로 정신이 흐릿해진 할머니가 '나'를 서방님이라 부르고 이상한 언행을 하는 부분을 통해 죽음이라는 긴박한 상황을 앞두고 다소간 긴장이 완화되는 효과를 주기도 해요.

선생님 소설은 어느 아름다운 봄날, '나'가 친구들과 벚꽃 놀이를 가려는 길에 할머니의 별세 전보를 받으며 끝나요. 이러한 결말 부분에는 어떤 효과가 담겨 있는지 이야기해 볼까요?

학생 1 '벚꽃 놀이'와 '할머니의 죽음'이라는 상황이 극적으로 대비되어 인간의 이기적인 모습이 효과적으로 형상화되었어요.

학생 2 또한, '조모주 병환 위독'이라는 전보로 시작해 '오전 3시 조모주 별세'라는 전보로 끝나는 수미상관의 구성도 탁월해요. 두 전보는 소설의 내용을 압축적으로 보여 줘요.

현진건의 삶

연관 검색어 　일제 강점기　유학파 지식인　일장기 말소 사건

현진건은 일본과 중국에서 유학 생활을 하며 학문과 선진 문물을 익힌 당대의 지식인이었다. 「빈처」, 「술 권하는 사회」, 「운수 좋은 날」 등 한국 문학사에 주요한 작품을 남겼고, 이상화, 나도향 등의 작가와 함께 동인지 〈백조〉를 창간했다. 그는 1921년 〈조선일보〉에 입사하며 언론계에 첫발을 디딘 뒤 1936년 〈동아일보〉 사회부장을 지낼 정도로 유능한 언론인이기도 했다.

그가 〈동아일보〉에서 사회부장을 지낸 1936년은 독일 베를린 올림픽이 열리던 해였다. 그해 8월 〈동아일보〉는 마라톤에 출전한 손기정 선수가 우승했다는 소식을 전하며 손기정 선수의 사진에서 일본 국기를 삭제하고 게재했다. 이 사건으로 현진건을 포함한 언론인들이 끌려가 한 달 이상 혹독한 고문을 당하고 문초를 받았다. 그러나 현진건은 고통을 겪으면서도 마지막까지 일제와 타협하지 않았다.

운수 좋은 날

⚓ 작품 길잡이

갈래: 사실주의 소설
배경: 시간 - 일제 강점기 어느 비 오는 겨울날 / 공간 - 서울 빈민가
시점: 3인칭 전지적 작가 시점(일부는 3인칭 작가 관찰자 시점)
주제: 일제 강점기 하층민의 비참한 생활상
출전: 〈개벽〉(1924)

📷 인물 관계도

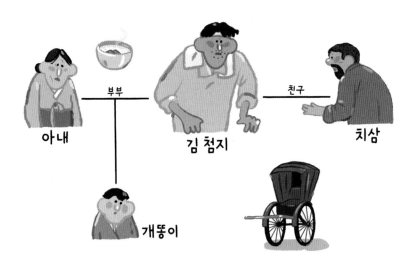

부부

친구

아내

김 첨지

치삼

개똥이

김 첨지	가난한 인력거꾼으로 거칠어 보이지만 속으로는 아내를 걱정하고 있다.
아내	오랜만에 먹은 음식 때문에 탈이 나 비극적인 죽음을 맞는다.

📋 구성과 줄거리

발단   **인력거꾼 김 첨지는 돈을 많이 벌게 되어 기뻐함**

비가 추적추적 오는 어느 날, 김 첨지에게 행운이 잇달아 찾아온다. 아침부터 손님을 둘이나 태운 것이다. 김 첨지는 아픈 아내에게 설렁탕 국물을 사 줄 수 있다는 생각에 기뻐한다.

전개   **잇단 행운으로 손님을 태우지만 김 첨지는 왠지 모를 불안함을 느낌**

집으로 돌아가려던 김 첨지는 많은 돈을 받고 학생 손님까지 태운다. 엄청난 행운에 신나게 인력거를 끌면서도 아픈 아내 생각에 사로잡힌다. 그러나 김 첨지는 내친김에 손님 한 명을 더 태우게 된다.

위기   **김 첨지는 술자리에서도 불안함을 감추지 못함**

집으로 돌아가는 길에 김 첨지는 선술집에 들른다. 취기가 오른 김 첨지는 불길한 생각을 떨쳐 버리려고 미친 듯이 울고 웃는다.

절정   **설렁탕을 사 들고 왔지만 아내는 아무런 반응이 없음**

김 첨지는 설렁탕을 사 들고 집으로 왔지만 방 안에는 정적만이 감돈다. 김 첨지는 문을 벌컥 연다. 그는 "마냥 누워만 있을 거냐."라고 소리치며 아내를 발로 걷어차지만 반응이 없다. 불길한 침묵에 맞서 아내의 머리를 흔들며 말을 하라고 고함을 지른다.

결말   **아내의 죽음을 확인하고 눈물을 흘림**

김 첨지는 아내가 죽었다는 것을 확인한 뒤 눈물을 흘리며 오늘 괴상하게 운수가 좋았다고 한탄한다.

운수 좋은 날

새침하게 흐린 품이 눈이 올 듯하더니 눈은 아니 오고 얼다가 만 비가 추적추적 내리는 날이었다.[1] 이날이야말로 동소문 안에서 인력거꾼 노릇을 하는 김 첨지에게는 오래간만에도 닥친 운수 좋은 날이었다.

문안에, 거기도 문밖은 아니지만 들어간답시는 앞집 마나님을 전찻길까지 모셔다 드린 것을 비롯하여 행여나 손님이 있을까 하고 정류장에서 어정어정하며 내리는 사람 하나하나에게 거의 비는 듯한 눈길을 보내고 있다가 마침내 교원인 듯한 양복쟁이를 동광학교까지 태워다 주기로 되었다.

첫 번에 삼십 전, 둘째 번에 오십 전—아침 댓바람^{아주 이른 시간}에 그리 흔치 않은 일이었다. 그야말로 재수가 옴 붙어서 근 열흘 동안 돈 구경도 못한 김 첨지는 십 전짜리 백동화 서 푼, 또는 다섯 푼이 찰깍 하고 손바닥에 떨어질 제 거의 눈물을 흘릴 만큼 기뻤었다. 더구나 이날 이때에 이 팔십 전이라는 돈이 그에게 얼마나 유용한지 몰랐다. 컬컬한 목에 모주 한잔도 적실 수 있거니와 그보다도 앓는 아내에게 설렁탕 한 그릇도 사다 줄 수 있음이다.

그의 아내가 기침으로 쿨룩거리기는 벌써 달포가 넘었다. 조밥도 굶기를 먹다시피 하는 형편이니 물론 약 한 첩 써 본 일이 없다. 구태여 쓰려면 못 쓸 바도 아니로되 그는 병이란 놈에게 약을 주어 보내면 재미를 붙여서 자꾸 온다는 자기의 신조에 어디까지 충실하였다. 따라서 의사에게 보인 적이 없으니 무슨 병인지는 알 수 없으나, 반듯이 누워 가지고 일어나기는커녕 새로 모로도 못 눕는 걸 보면 중증은 중증인 듯. 병이 이대도록 심해지기는 열흘 전에 조밥을 먹고 체한 때문이다. 그때도 김 첨지가 오래간만에 돈을 얻어서 좁쌀 한 되와 십 전짜리 나무 한 단을 사다 주었더니 김 첨지의 말에 의지하면 그 오라질 년이 천방지축^{天方地軸 못난 사람이 종작없이 덤벙대는 일}으로 냄비에 대고 끓였다. 마음은 급하고 불길은 달지 않아 채 익지도 않은 것을 그 오라질 년이 숟가락은 고만두고 손으로 움켜서 두 뺨에 주먹덩이 같은 혹이 불거지도록 누가 빼앗을 듯이 처박질하더니만 그날 저녁부터 가슴이 당긴다, 배가 켱긴다 하고 눈을 홉뜨고 지랄병을 하였다. 그때 김 첨지는 열화

와 같이 성을 내며,

"에이, 오라질 년, 조랑복^{짧게 타고난 복력}은 할 수가 없어, 못 먹어 병, 먹어서 병! 어쩌란 말이야! 왜 눈을 바루 뜨지 못해!"

하고 앓는 이의 뺨을 한 번 후려갈겼다. 홉뜬 눈은 조금 바루어졌건만 이슬이 맺히었다. 김 첨지의 눈시울도 뜨끈뜨끈하였다.

이 환자가 그러고도 먹는 데는 물리지 않았다. 사흘 전부터 설렁탕 국물이 마시고 싶다고 남편을 졸랐다.

"이런 오라질 년! 조밥도 못 먹는 년이 설렁탕은. 또 처먹고 지랄병을 하게."

라고 야단을 쳐 보았건만, 못 사 주는 마음이 시원치는 않았다.

인제 설렁탕을 사 줄 수도 있다. 앓는 어미 곁에서 배고파 보채는 세 살 먹이 개똥이에게 죽을 사 줄 수도 있다. 팔십 전을 손에 쥔 김 첨지의 마음은 푼푼하였다^{모자람이 없이 넉넉하다}.

그러나 그의 행운은 그걸로 그치지 않았다. 땀과 빗물이 섞여 흐르는 목덜미를 기름 주머니가 다 된 왜목^{倭木 광목} 수건으로 닦으며, 그 학교 문을 돌아 나올 때였다. 뒤에서 "인력거!" 하고 부르는 소리가 난다. 자기를 불러 멈춘 사람이 그 학교 학생인 줄 김 첨지는 한 번 보고 짐작할 수 있었다. 그 학생은 다짜고짜로,

"남대문 정거장까지 얼마요."

일찍부터 손님을 태우다니 오늘 운수가 좋구먼. 아내에게 설렁탕을 사다 줄 수 있겠어.

🕐 소설 한 장면　발단　인력거꾼 김 첨지는 돈을 많이 벌게 되어 기뻐함

라고 물었다. 아마도 그 학교 기숙사에 있는 이로 동기 방학을 이용하여 귀향하려 함이리라. 오늘 가기로 작정은 하였건만 비는 오고, 짐은 있고 해서 어찌할 줄 모르다가 마침 김 첨지를 보고 뛰어나왔음이리라. 그렇지 않으면 왜 구두를 채 신지 못해서 질질 끌고, 비록 '고구라' 양복일망정 노박이로 비를 맞으며 김 첨지를 뒤쫓아 나왔으랴.

"남대문 정거장까지 말씀입니까."

하고 김 첨지는 잠깐 주저하였다. 그는 이 우중에 우장도 없이 그 먼 곳을 철벅거리고 가기가 싫었음일까? 처음 것, 둘째 것으로 고만 만족하였음일까? 아니다, 결코 아니다. 이상하게도 꼬리를 맞물고 덤비는 이 행운 앞에 조금 겁이 났음이다. 그리고 집을 나올 제 아내의 부탁이 마음에 켕기었다. 앞집 마나님한테서 부르러 왔을 제 병인은 그 뼈만 남은 얼굴에 유월의 생물 같은 유달리 크고 움푹한 눈에 애걸하는 빛을 띠며,

"오늘은 나가지 말아요. 제발 덕분에 집에 붙어 있어요. 내가 이렇게 아픈데……."[1]

라고, 모기 소리같이 중얼거리고 숨을 걸그렁걸그렁하였다. 그 때에 김 첨지는 대수롭지 않은 듯이,

"아따, 젠장맞을 년, 별 빌어먹을 소리를 다 하네. 맞붙들고 앉았으면 누가 먹여 살릴 줄 알아."

하고 홀쩍 뛰어나오려니까 환자는 붙잡을 듯이 팔을 내저으며,

"나가지 말라도 그래, 그러면 일찍이 들어와요."

하고, 목메인 소리가 뒤를 따랐다.

정거장까지 가잔 말을 들은 순간에 경련적으로 떠는 손, 유달리 큼직한 눈, 울 듯한 아내의 얼굴이 김 첨지의 눈앞에 어른어른하였다.

"그래 남대문 정거장까지 얼마란 말이오?"

하고 학생은 초조한 듯이 인력거꾼의 얼굴을 바라보며 혼잣말같이,

"인천 차가 열한 점에 있고 그다음에는 새로 두 점이던가."

라고 중얼거린다.

"일 원 오십 전만 줍시오."

이 말이 저도 모를 사이에 불쑥 김 첨지의 입에서 떨어졌다. 제 입으로

---

1) 아내가 자신의 죽음을 예감한 듯 김 첨지가 나가는 것을 만류하고 있다.

부르고도 스스로 그 엄청난 돈 액수에 놀랐다. 한꺼번에 이런 금액을 불러라도 본 지가 그 얼마 만인가! 그러자 그 돈 벌 용기가 병자에 대한 염려를 사르고 말았다. 설마 오늘 내로 어쩌랴 싶었다. 무슨 일이 있더라도 제일 제이의 행운을 곱친 것보다도 오히려 갑절이 많은 이 행운을 놓칠 수 없다 하였다.

"일 원 오십 전은 너무 과한데."

이런 말을 하며 학생은 고개를 기웃하였다.

"아니올시다. 잇수로 치면 여기서 거기가 시오 리가 넘는답니다. 또 이런 진 날은 좀 더 주셔야지요."

하고 빙글빙글 웃는 차부의 얼굴에는 숨길 수 없는 기쁨이 넘쳐흘렀다.

"그러면 달라는 대로 줄 터이니 빨리 가요."

관대한 어린 손님은 이런 말을 남기고 총총히 옷도 입고 짐도 챙기러 갈 데로 갔다.

그 학생을 태우고 나선 김 첨지의 다리는 이상하게 거뿐하였다. 달음질을 한다느니보다 거의 나는 듯하였다. 바퀴도 어떻게 속히 도는지 구른다느니보다 마치 얼음을 지쳐 나가는 스케이트 모양으로 미끄러져 가는 듯하였다. 언 땅에 비가 내려 미끄럽기도 하였지만.

이윽고 끄는 이의 다리는 무거워졌다. 자기 집 가까이 다다른 까닭이다. 새삼스러운 염려가 그의 가슴을 눌렀다.

'오늘은 나가지 말아요. 내가 이렇게 아픈데……'

이런 말이 잉잉 그의 귀에 울렸다. 그리고 병자의 움쑥 들어간 눈이 원망하는 듯이 자기를 노리는 듯하였다. 그러자 엉엉하고 우는 개똥이의 곡성을 들은 듯싶다. 딸국딸국하고 숨 모으는 소리도 나는 듯싶다.

"왜 이러우, 기차 놓치겠구면."

하고 탄 이의 초조한 부르짖음이 간신히 그의 귀에 들어왔다. 언뜻 깨달으니 김 첨지는 인력거를 쥔 채 길 한복판에 엉거주춤 멈춰 있지 않은가.

"예, 예."

하고, 김 첨지는 또다시 달음질하였다. 집이 차차 멀어 갈수록 김 첨지의 걸음에는 다시금 신이 나기 시작하였다. 다리를 재게 놀려야만 쉴 새 없이 자기의 머리에 떠오르는 모든 근심과 걱정을 잊을 듯이.

정거장까지 끌어다 주고 그 깜짝 놀란 일 원 오십 전을 정말 제 손에 쥠에, 제 말마따나 십 리나 되는 길을 비를 맞아 가며 질퍽거리고 온 생각은 아니하고 거저나 얻은 듯이 고마웠다. 졸부나 된 듯이 기뻤다. 제 자식뻘밖에 안 되는 어린 손님에게 몇 번 허리를 굽히며,

"안녕히 다녀옵시오."

라고 깍듯이 재우쳤다 빨리 몰아치거나 재촉하다.

그러나 빈 인력거를 털털거리며 이 우중에 돌아갈 일이 꿈밖이었다. 노동으로 하여 흐른 땀이 식어지자 굶주린 창자에서, 물 흐르는 옷에서 어슬어슬 한기가 솟아나기 비롯하매 일 원 오십 전이란 돈이 얼마나 괜찮고 괴로운 것인 줄 절절히 느끼었다. 정거장을 떠나는 그의 발길은 힘 하나 없었다. 온몸이 옹송그려지며 당장 그 자리에 엎어져 못 일어날 것 같았다.

"젠장맞을 것, 이 비를 맞으며 빈 인력거를 털털거리고 돌아를 간담. 이런 빌어먹을, 제 할미를 붙을 비가 왜 남의 상판을 딱딱 때려!"

그는 몹시 화증을 내며 누구에게 반항이나 하는 듯이 게걸거렸다. 그럴 즈음에 그의 머리엔 또 새로운 광명이 비쳤나니, 그것은 '이러구 갈 게 아니라 이 근처를 빙빙 돌며 차 오기를 기다리면 또 손님을 태우게 될는지도 몰라.'란 생각이었다. 오늘 운수가 괴상하게도 좋으니까 그런 요행이 또 한 번 없으리라고 누가 보증하랴. 꼬리를 굴리는 행운이 꼭 자기를 기다리고 있다고 내기를 해도 좋을 만한 믿음을 얻게 되었다. 그렇다고 정거장 인력거꾼의 등쌀이 무서우니 정거장 앞에 섰을 수는 없었다. 그래 그는 이전에도 여러 번 해 본 일이라 바로 정거장 앞 전차 정류장에서 조금 떨어지게 사람 다니는 길과 전찻길 틈에 인력거를 세워 놓고 자기는 그 근처를 빙빙 돌며 형세를 관망하기로 하였다. 얼마 만에 기차는 왔고 수십 명이나 되는 손이 정류장으로 쏟아져 나왔다. 그중에서 손님을 물색하는 김 첨지의 눈엔 양머리에 뒤축 높은 구두를 신고 망토까지 두른 기생 퇴물인 듯, 난봉 여학생인 듯한 여편네의 모양이 눈에 띄었다. 그는 슬근슬근 그 여자의 곁으로 다가들었다.

"아씨, 인력거 아니 타시랍시오?"

그 여학생인지 뭔지가 한참은 매우 태깔거만한 태도을 빼며 입술을 꼭 다문 채 김 첨지를 거들떠보지도 않았다. 김 첨지는 구걸하는 거지나 무엇같이 연해연방 그의 기색을 살피며,

"아씨, 정거장 애들보담 아주 싸게 모셔다 드리겠습니다. 댁이 어디신가

요?"

하고 추근추근하게도 그 여자가 들고 있는 일본식 버들고리짝에 제 손을 대었다.

"왜 이래, 남 귀찮게."

소리를 벽력같이 지르고는 돌아선다. 김 첨지는 어랍시오 하고 물러섰다.

전차는 왔다. 김 첨지는 원망스럽게 전차 타는 이를 노리고 있었다. 그러나 그의 예감은 틀리지 않았다. 전차가 빡빡하게 사람을 싣고 움직이기 시작하였을 제 타고 남은 손 하나가 있었다. 굉장하게 큰 가방을 들고 있는 걸보면 아마 붐비는 차 안에 짐이 크다 하여 차장에게 밀려 내려온 눈치였다. 김 첨지는 대어 섰다.

"인력거를 타실랍시오?"

한동안 값으로 승강이를 하다가 육십 전에 인사동까지 태워다 주기로 하였다. 인력거가 무거워지매 그의 몸은 이상하게도 가벼워졌고 그리고 또 인력거가 가벼워지니 몸은 다시금 무거워졌건만 이번에는 마음조차 초조해 온다. 집의 광경이 자꾸 눈앞에 어른거리어 인제 요행을 바랄 여유도 없었다. 나무등걸이나 무엇 같고 제 것 같지도 않은 다리를 연해 꾸짖으며 갈

오늘은 나가지 말아요.
내가 이렇게 아픈데……

거, 빨리 갑시다.
기차 놓치겠소.

📙 소설 한 장면 　전개　 잇단 행운으로 손님을 태우지만 김 첨지는 왠지 모를 불안함을 느낌

팡질팡 뛰는 수밖에 없었다. 저놈의 인력거꾼이 저렇게 술이 취해 가지고 이 진땅에 어찌 가노, 라고 길 가는 사람이 걱정을 하리만큼 그의 걸음은 황급하였다. 흐리고 비 오는 하늘은 어둠침침하게 벌써 황혼에 가까운 듯하다. 창경원 앞까지 다다라서야 그는 턱에 닿은 숨을 돌리고 걸음도 늦추 잡았다. 한 걸음 두 걸음 집이 가까워올수록 그의 마음조차 괴상하게 누그러졌다. 그런데 이 누그러움은 안심에서 오는 게 아니요 자기를 덮친 무서운 불행을 빈틈없이 알게 될 때가 박두한 것을 두려워하는 마음에서 오는 것이다.

그는 불행에 다닥치기 ^{일이나 사건 따위가 가까이 이르기} 전 시간을 얼마쯤이라도 늘리려고 버르적거렸다. 기적에 가까운 벌이를 하였다는 기쁨을 할 수 있으면 오래 지니고 싶었다. 그는 두리번두리번 사면을 살피었다. 그 모양은 마치 자기 집, 곧 불행을 향하고 달려가는 제 다리를 제 힘으로는 도저히 어찌할 수 없으니 누구든지 나를 좀 잡아다고, 구해다고 하는 듯하였다.

그럴 즈음에 마침 길가 선술집에서 그의 친구 치삼이가 나온다. 그의 우글우글 살찐 얼굴에 주홍이 덧는 듯, 온 턱과 뺨에 시커멓게 구레나룻이 덥였거늘 노르탱탱한 얼굴이 바짝 말라서 여기저기 고랑이 패이고 수염도 있대야 턱밑에만 마치 솔잎 송이를 거꾸로 붙여 놓은 듯한 김 첨지의 풍채하고는 기이한 대상을 짓고 있었다.

"여보게 김 첨지, 자네 문안 들어갔다 오는 모양일세그려. 돈 많이 벌었을 테니 한잔 빨리게."

뚱뚱보는 말라깽이를 보던 맡에 부르짖었다. 그 목소리는 몸집과 딴판으로 연하고 싹싹하였다. 김 첨지는 이 친구를 만난 게 어떻게 반가운지 몰랐다. 자기를 살려 준 은인이나 무엇같이 고맙기도 하였다.

"자네는 벌써 한잔한 모양일세그려. 자네도 오늘 재미가 좋아 보이."

하고 김 첨지는 얼굴을 펴서 웃었다.

"아따, 재미 안 좋다고 술 못 먹을 낸가. 그런데 여보게, 자네 왼몸이 어째 물독에 빠진 새앙쥐 같은가. 어서 이리 들어와 말리게."

선술집은 훈훈하고 뜨뜻하였다. 추어탕을 끓이는 솥뚜껑을 열 적마다 뭉게뭉게 떠오르는 흰 김, 석쇠에서 뻐지짓뻐지짓 구워지는 너비아니 구이며 제육이며 간이며 콩팥이며 북어며 빈대떡…… 이 너저분하게 늘어놓은 안주 탁자에 김 첨지는 갑자기 속이 쓰려서 견딜 수 없었다. 마음대로 할 양이면 거기 있는 모든 먹음 먹이를 모조리 깡그리 집어삼켜도 시원치 않았다 하되 배고픈 이는 위선 분량 많은 빈대떡 두 개를 쪼이기로 하고 추어탕을 한 그릇 청하였다. 주린 창자는 음식 맛을 보더니 더욱더욱 비어지며 자꾸 자꾸 들이라 들이라 하였다. 순식간에 두부와 미꾸리 든 국 한 그릇을 그냥 물같이 들이키고 말았다. 셋째 그릇을 받아 들었을 제 데우던 막걸리 곱빼기 두 잔이 더웠다. 치삼이와 같이 마시자 원원이 ^{원래부터, 처음부터} 비었던 속이라 찌르르하고 창자에 퍼지며 얼굴이 화끈하였다. 눌러 곱빼기 한 잔을 또 마셨다.

김 첨지의 눈은 벌써 개개풀리기 시작하였다. 석쇠에 얹힌 떡 두 개를 숭덩숭덩 썰어서 볼을 불룩거리며 또 곱빼기 두 잔을 부어라 하였다.

치삼은 의아한 듯이 김 첨지를 보며,

"여보게 또 붓다니, 벌써 우리가 넉 잔씩 먹었네, 돈이 사십 전일세."

라고 주의시켰다.

"아따 이놈아, 사십 전이 그리 끔찍하냐. 오늘 내가 돈을 막 벌었어. 참 오늘 운수가 좋았느니."

"그래 얼마를 벌었단 말인가."

"삼십 원을 벌었어, 삼십 원을! 이런 젠장맞을 술을 왜 안 부어…… 괜찮다, 괜찮아. 막 먹어도 상관이 없어. 오늘 돈 산더미같이 벌었는데."

"어, 이 사람 취했군, 그만두세."

"이놈아, 그걸 먹고 취할 내냐, 어서 더 먹어."

하고는 치삼의 귀를 잡아 치며 취한 이는 부르짖었다. 그리고 술을 붓는 열다섯 살 됨직한 중대가리에게로 달려들며,

"이놈, 오라질 놈, 왜 술을 붓지 않어."

라고 야단을 쳤다. 중대가리는 희희 웃고 치삼을 보며 문의하는 듯이 눈짓을 하였다. 주정꾼이 이 눈치를 알아보고 화를 벌컥 내며,

"에미를 붙을 이 오라질 놈들 같으니, 이놈 내가 돈이 없을 줄 알고."

하자마자 허리춤을 홈칫홈칫하더니 일 원짜리 한 장을 꺼내어 중대가리 앞에 펄쩍 집어던졌다. 그 사품에 몇 푼 은전이 잘그랑하며 떨어진다.

"여보게 돈 떨어졌네, 왜 돈을 막 끼얹나."

이런 말을 하며 일변 돈을 줍는다. 김 첨지는 취한 중에도 돈의 거처를 살피는 듯이 눈을 크게 떠서 땅을 내려다보다가 불시에 제 하는 짓이 너무

더럽다는 듯이 고개를 소스라치자 더욱 성을 내며,

"봐라 봐! 이 더러운 놈들아, 내가 돈이 없나, 다리 뼉다구를 꺾어 놓을 놈들 같으니."

하고 치삼이 주워 주는 돈을 받아,

"이 원수엣 돈! 이 육시戮屍 이미 죽은 사람의 시체에 다시 목을 베는 형벌를 할 돈!"

하면서 풀매질을 친다. 벽에 맞아 떨어진 돈은 다시 술 끓이는 양푼에 떨어지며 정당한 매를 맞는다는 듯이 쨍하고 울었다.

곱배기 두 잔은 또 부어질 겨를도 없이 말려 가고 말았다. 김 첨지는 입술과 수염에 붙은 술을 빨아들이고 나서 매우 만족한 듯이 그 솔잎 송이 수염을 쓰다듬으며,

"또 부어, 또 부어."

라고 외쳤다.

또 한 잔 먹고 나서 김 첨지는 치삼의 어깨를 치며 문득 껄껄 웃는다. 그 웃음소리가 어떻게 컸던지 술집에 있는 이의 눈은 모두 김 첨지에게로 몰리었다. 웃는 이는 더욱 웃으며,

"여보게 치삼이, 내 우스운 이야기 하나 할까. 오늘 손을 태우고 정거장에 가지 않았겠나."

"그래서."

"갔다가 그저 오기가 안됐데그려. 그래 전차 정류장에서 어름어름하며 손님 하나를 태울 궁리를 하지 않았나. 거기 마침 마나님이신지 여학생이신지—요새야 어디 논다니와 아가씨를 구별할 수가 있던가— 망토를 잡수시고 비를 맞고 서 있겠지. 슬근슬근 가까이 가서 인력거 타시랍시오 하고 손가방을 받으랴니까 내 손을 탁 뿌리치고 획 돌아서더니만 '왜 남을 이렇게 귀찮게 굴어!' 그 소리야말로 꾀꼬리 소리지, 허허!"

김 첨지는 교묘하게도 정말 꾀꼬리 같은 소리를 내었다. 모든 사람은 일시에 웃었다.

"빌어먹을 깍쟁이 같은 년, 누가 저를 어쩌나, '왜 남을 귀찮게 굴어!' 어이구 소리가 처신도 없지, 허허."

웃음소리들은 높아졌다. 그러나 그 웃음소리들이 사라지기도 전에 김 첨지는 훌쩍훌쩍 울기 시작하였다.

치삼은 어이없이 주정뱅이를 바라보며,

"금방 웃고 지랄을 하더니 우는 건 또 무슨 일인가."

김 첨지는 연해 코를 들이마시며,

"우리 마누라가 죽었다네."

"뭐, 마누라가 죽다니, 언제?"

"이놈아 언제는, 오늘이지."

"예끼 미친놈, 거짓말 말아."

"거짓말은 왜, 참말로 죽었어, 참말로…… 마누라 시체를 집에 뻐들쳐 놓고 내가 술을 먹다니, 내가 죽일 놈이야, 죽일 놈이야."

하고 김 첨지는 엉엉 소리를 내어 운다.

치삼은 흥이 조금 깨어지는 얼굴로,

"원 이 사람이, 참말을 하나 거짓말을 하나. 그러면 집으로 가세, 가."

하고 우는 이의 팔을 잡아당기었다.

치삼이 끄는 손을 뿌리치더니 김 첨지는 눈물이 글썽글썽한 눈으로 싱그레 웃는다.

"죽기는 누가 죽어."

하고 득의가 양양.

"죽기는 왜 죽어, 생떼^{당치도 않은 일에 억지를 부리는 떼}같이 살아만 있단다. 그 오라질

우리 마누라가 죽었다네. 참말로 죽었어, 참말로…… 아니, 농이네! 죽기는 누가 죽어. 하하하…….

이 사람이 정말 미쳤단 말인가. 자네 취했네. 얼른 들어가게.

🔊 소설 한 장면   위기   김 첨지는 술자리에서도 불안함을 감추지 못함

년이 밥을 죽이지. 인제 나한테 속았다."

하고 어린애 모양으로 손뼉을 치며 웃는다.

"이 사람이 정말 미쳤단 말인가. 나도 아주먼네가 앓는단 말은 들었는데."

하고 치삼이도 어느 불안을 느끼는 듯이 김 첨지에게 또 돌아가라고 권하였다.

"안 죽었어, 안 죽었대도그래."

김 첨지는 화증을 내며 확신 있게 소리를 질렀으되 그 소리엔 안 죽은 것을 믿으려고 애쓰는 가락이 있었다. 기어이 일 원어치를 채워서 곱빼기 한 잔씩 더 먹고 나왔다. 굳은 비는 의연히 추적추적 내린다.

김 첨지는 취중에도 설렁탕을 사 가지고 집에 다다랐다. 집이라 해도 물론 셋집이요 또 집 전체를 세든 게 아니라 안과 뚝 떨어진 행랑방 한 칸을 빌려 든 것인데 물을 길어 대고 한 달에 일 원씩 내는 터이다. 만일 김 첨지가 주기를 띠지 않았던들 한 발을 대문에 들여 놓았을 제 그곳을 지배하는 무시무시한 정적, 폭풍우가 지나간 뒤의 바다 같은 정적에 다리가 떨렸으리라. 쿨룩거리는 기침 소리도 들을 수 없다. 그르렁거리는 숨소리조차 들을 수 없다. 다만 이 무덤 같은 침묵을 깨뜨리는, 깨뜨린다느니보다 한층 더 침묵을 깊게 하고 불길하게 하는, 빡빡하는 그윽한 소리, 어린애의 젖 빠는 소리가 날 뿐이다. 만일 청각이 예민한 이 같으면 그 빡빡 소리는 빨 따름이요, 꿀떡꿀떡하고 젖 넘어가는 소리가 없으니 빈 젖을 빤다는 것도 짐작할는지 모르리라.

혹은 김 첨지도 이 불길한 침묵을 짐작했는지도 모른다. 그렇지 않으면 대문에 들어서자마자 전에 없이,

"이 난장亂杖 고려·조선 시대에, 신체의 부위를 가리지 아니하고 마구 매로 치던 고문 맞을 년, 남편이 들어오는데 나와 보지도 않아, 이 오라질 년."

이라고 고함을 친 게 수상하다. 이 고함이야말로 제 몸을 엄습해 오는 무시무시한 증을 쫓아버리려는 허장성세虛張聲勢 실력이 없으면서 허세로 떠벌림인 까닭이다.

하여간 김 첨지는 방문을 왈칵 열었다. 구역을 나게 하는 추기추깃물. 송장이 썩어서 흐르는 물, 떨어진 삿자리갈대를 엮어서 만든 자리 밑에서 나온 먼지내, 빨지 않은 기저귀에서 나는 똥내와 오줌내, 가지각색 때가 켜켜이 앉은 옷내, 병인의 땀 썩은 내가 섞인 추기가 무딘 김 첨지의 코를 찔렀다.

방 안에 들어서며 설렁탕을 한구석에 놓을 사이도 없이 주정꾼은 목청을

있는 대로 다 내어 호통을 쳤다.

"이런 오라질 년, 주야장천晝夜長川 밤낮으로 쉬지 않고 연달아 누워만 있으면 제일이야! 남편이 와도 일어나지를 못해."

라는 소리와 함께 발길로 누운 이의 다리를 몹시 찼다. 그러나 발길에 채이는 건 사람의 살이 아니고 나무 등걸과 같은 느낌이 있었다. 이때에 빽빽소리가 응아 소리로 변하였다. 개똥이가 물었던 젖을 빼어 놓고 운다. 운대도 온 얼굴을 찡그려 붙여서 운다는 표정을 할 뿐이다. 응아 소리도 입에서나는 게 아니고 마치 뱃속에서 나는 듯하였다. 울다가 울다가 목도 잠겼고또 울 기운조차 시진漸盡 기운이 쑥 빠져 없어짐한 것 같다.

발로 차도 그 보람이 없는 걸 보자 남편은 아내의 머리맡으로 달려들어그야말로 까치집 같은 환자의 머리를 꺼들어 흔들며,

"이년아, 말을 해, 말을! 입이 붙었어, 이 오라질 년!"

"……"

"으응, 이것 봐, 아무 말이 없네."

"……"

"이년아, 죽었단 말이냐, 왜 말이 없어."

"……"

남편이 왔는데 일어나 보지도 않아!

🗨 소설 한 장면   절정   설렁탕을 사 들고 왔지만 아내는 아무런 반응이 없음

"으응, 또 대답이 없네. 정말 죽었나 버이."

이러다가 누운 이의 흰 창을 덮은 위로 치뜬 눈을 알아보자마자,

"이 눈깔! 이 눈깔! 왜 나를 바라보지 못하고 천장만 보느냐, 응."

하는 말끝엔 목이 멨다. 그러자 산 사람의 눈에서 떨어진 닭의 똥 같은 눈물이 죽은 이의 뻣뻣한 얼굴을 어룽어룽 적시었다. 문득 김 첨지는 미친 듯이 제 얼굴을 죽은 이의 얼굴에 한데 비벼대며 중얼거렸다.

"설렁탕을 사다 놓았는데 왜 먹지를 못하니, 왜 먹지를 못하니…… 괴상하게도 오늘은 운수가, 좋더니만……."[1]

설렁탕을 사다 놓았는데 왜 먹지를 못하니…… 괴상하게도 오늘은 운수가, 좋더니만…….

🍎 소설 한 장면   결말   아내의 죽음을 확인하고 눈물을 흘림

---

1) 이상하게도 운수가 좋더니만 아내가 죽는 비극적인 일을 당하고야 말았다는 의미로, 반어적 상황을 설정하여 주제를 형상화한다.

🔭 생각해 볼까요?

선생님 이 작품의 제목은 '운수 좋은 날'이에요. 제목에 담긴 의미는 무엇일까요?
💬 2 ❤️ 2

↳ **학생 1** 제목인 '운수 좋은 날'은 표면적으로는 여느 날과 달리 돈을 많이 번 날을 의미해요. 그러나 실제로는 병든 아내가 세상을 떠난 비극적인 날이에요.

↳ **학생 2** 제목에 반어적 의미가 담겨 있음을 알 수 있어요.

선생님 작품에서 '설렁탕'은 하층민의 가난한 현실을 극적으로 보여 주는 상징물이자 주인공의 비극적 상황을 고조시키는 역할을 해요. 그 이유를 말해볼까요?
💬 1 ❤️ 1

↳ **학생 1** 아픈 아내가 설렁탕이 먹고 싶다고 했지만 김 첨지는 돈이 없어 설렁탕을 사 주지 못해요. 그런데 그날따라 손님을 많이 태워 돈을 많이 벌게 되었어요. 김 첨지가 설렁탕을 사 집으로 돌아오지만 이제는 아내가 이 세상에 없어요.

선생님 이 소설에서 죽음과 돈은 어떤 관계를 맺고 있나요?
💬 3 ❤️ 3

↳ **학생 1** 소설에서 돈은 죽음을 초래한다고 볼 수 있어요. 아내가 아프지만 돈이 없어 치료를 받지 못하고 병이 깊어져 세상을 떠나게 되기 때문이에요.

↳ **학생 2** 돈은 불안감을 높이는 요소예요. 김 첨지는 다른 날과 달리 돈을 많이 벌자 오히려 아내의 죽음을 예감하고 불안해 해요.

↳ **학생 3** 일을 마친 김 첨지는 집으로 빨리 돌아가지 않고 선술집에 들러 술을 마셔요. 이는 아내의 죽음에 대한 불안감을 떨치기 위한 것으로 보여요. 아내의 죽음과 돈의 관계가 무의식적으로 떠올랐을지도 몰라요.

복선	▼ 🔍

연관 검색어   추측 암시 징조

복선이란 소설이나 희곡 등에서 앞으로 일어날 사건을 미리 암시하는 서사적 장치를 말한다. 복선은 독자의 흥미를 유발하여 작품의 읽는 재미를 더하거나 사건 전개 과정의 유기적 연관성을 높여주기도 한다. 또한 독자들이 미리 심리적 준비를 할 수 있게 도와줌으로써 다가올 사건이 우연적이거나 우발적이 아닌 것으로 받아들여지게 한다. 「운수 좋은 날」에서는 작품 전반에 걸쳐 추적추적 내리는 비, 일 나가기를 만류하는 아내의 모습 등이 다가올 비극적 결말을 암시하는 복선 역할을 한다.

B사감과 러브레터

⚓ 작품 길잡이

갈래: 사실주의 소설
배경: 시간 - 1920년대 / 공간 - C여학교 기숙사
시점: 3인칭 전지적 작가 시점
주제: 이율배반적인 인간성 풍자
출전: 〈조선문단〉(1925)

📷 인물 관계도

(엄격히 감독)

(동정)

B사감   여학생들

B사감   남자를 싫어하는 것처럼 행동하지만 사실은 학생들의 러브레터를 몰래 감상하는
          모순적인 모습을 보인다.
여학생들   아무도 몰랐던 B사감의 모습을 보고 연민을 느낀다.

📋 구성과 줄거리

발단   **못생긴 노처녀 B사감은 학생들에게 엄격함**

C여학교 기숙사 사감 B여사는 못생긴 노처녀다. 독신주의자이자 기독교 신자인 그녀는 학생들에게 매우 엄격했다.

전개   **B사감은 러브레터와 남학생의 면회를 가장 싫어함**

B사감이 제일 싫어하는 것은 여학생들에게 오는 '러브레터'이다. 그녀는 하루에도 수십 통씩 배달되는 러브레터를 대할 때마다 해당 여학생을 불러 추궁한다. 그녀의 문초는 하학 후에 대개 두 시간 이상 계속된다. 그녀가 두 번째로 싫어하는 것은 남학생의 면회다. 가족을 포함해 남자들의 면회를 허용하지 않자 학생들은 동맹 휴학을 한다. 교장이 타이르기도 했으나 B사감의 버릇은 고쳐지지 않는다.

위기   **새벽에 난데없는 웃음과 속삭이는 말이 새어 나옴**

가을 들어 기숙사에서 이상한 일이 발생한다. 학생들이 곤히 잠든 새벽 난데없이 깔깔대는 웃음소리와 속삭이는 듯한 말소리가 새어 흐른다. 어느 날 한방을 쓰는 세 학생이 함께 깨어나 이 소리를 듣는다. 세 학생은 남자가 애인에게 사랑을 호소하기 위해 기숙사 담을 넘어 온 것이라 생각한다. 세 학생은 현장으로 다가간다.

절정·결말   **세 학생은 B사감이 러브레터를 읽는 장면을 목격함**

소리 나는 곳은 놀랍게도 B사감의 방이다. 방 안에서는 여전히 남자의 사랑 고백이 되풀이되고 있었다. 한 처녀가 대담스럽게 그 방문을 빠끔히 열었다. 그런데 그렇게 엄격하던 B사감이 여학생에게 온 러브레터를 품에 안고 남녀가 사랑을 고백하는 장면을 연출하고 있었던 것이다. 그 모습을 본 첫째 학생은 놀라고, 둘째 학생은 미쳤다고 말한다. 셋째 학생은 눈물을 씻는다.

B사감과 러브레터

C여학교에서 교원 겸 기숙사 사감舍監 기숙사에서 기숙생들의 생활을 지도하고 감독하는 사람 노릇을 하는 B여사라면 딱장대온화한 맛이 없고 성질이 딱딱한 사람요, 독신주의자요, 찰진 야소꾼예수꾼, 기독교인으로 유명하다.[1] 사십에 가까운 노처녀인 그는 주근깨투성이 얼굴이 처녀다운 맛이란 약에 쓰려도 찾을 수 없을 뿐 아니라, 시들고 거칠고 마르고 누렇게 뜬 품이 곰팡 슬은 굴비를 생각나게 한다.

여러 겹 주름이 잡힌 홀렁 벗겨진 이마라든지, 숱이 적어서 법대로 쪽찌거나 틀어 올리지를 못하고 엉성하게 그냥 빗어 넘긴 머리꼬리가 뒤통수에 염소 똥만 하게 붙은 것이라든지, 벌써 늙어 가는 자취를 감출 길이 없었다. 뾰족한 입을 앙다물고 돋보기 너머로 쌀쌀한 눈이 노릴 때엔 기숙생들이 오싹하고 몸서리를 치리만큼 그는 엄격하고 매서웠다.

이 B여사가 질겁하다시피 싫어하고 미워하는 것은 소위 '러브레터'였다. 여학교 기숙사라면 으레 그런 편지가 많이 오는 것이지만 학교로도 유명하고 또 아름다운 여학생이 많은 탓인지 모르되 하루에도 몇 장씩 죽느니 사느니 하는 사랑 타령이 날아들어 왔었다.[2] 기숙생에게 오는 사신을 일일이

ⓘ 소설 한 장면 발단 못생긴 노처녀 B사감은 학생들에게 엄격함

---

1) 이니셜로 된 학교 이름과 사감 이름은 이 시대의 보편적 인물을 나타내기 위한 소설적 장치이다.

2) 1920년대는 자유연애 사상이 널리 퍼져 있었다는 걸 알 수 있다.

검사하는 터이니까 그따위 편지도 물론 B여사의 손에 떨어진다. 달짝지근한 사연을 보는 족족 그는 더할 수 없이 흥분되어서 얼굴이 붉으락푸르락, 편지 든 손이 발발 떨리도록 성을 낸다.

아무 까닭 없이 그런 편지를 받은 학생이야말로 큰 재변이었다. 하학하기가 무섭게 그 학생은 사감실로 불리어 간다. 분해서 못 견디겠다는 사람 모양으로 쌔근쌔근하며 방 안을 왔다 갔다 하던 그는, 들어오는 학생을 잡아먹을 듯이 노리면서 한 걸음 두 걸음 코가 맞닿을 만치 바싹 다가들어 서서 딱 마주 선다. 웬 영문인지 알지 못하면서도 선생의 기색을 살피고 겁부터 집어먹은 학생은 한동안 어쩔 줄 모르다가 간신히 모기만한 소리로,

"저를 부르셨어요?"

하고 묻는다.

"그래 불렀다. 왜!"

팍 무는 듯이 한마디 하고 나서 매우 못마땅한 것처럼 교의^{交椅 의자}를 우당퉁탕 당겨서 철썩 주저앉았다가 학생이 그저 서 있는 걸 보면,

"장승이냐? 왜 앉지를 못해."

하고 또 소리를 빽 지르는 법이었다.

스승과 제자는 조그마한 책상 하나를 새에 두고 마주 앉는다. 앉은 뒤에도,

"네 죄상을 네가 알지!"

하는 것처럼 아무 말 없이 눈살로 쏘기만 하다가 한참 만에야 그 편지를 끄집어내어 학생의 코앞에 동댕이치며,

"이건 누구한테 오는 거냐?"

하고 문초를 시작한다.

앞 장에 제 이름이 쓰였는지라,

"저한테 온 것이야요."

하고 대답 않을 수 없다. 그러면 발신인이 누구인 것을 채쳐^{재촉해} 묻는다.

그런 편지의 항용^{恒用 항상. 드물거나 귀할 것 없이 보통임}으로 발신인의 성명이 똑똑지 않기 때문에 주저주저하다가 자세히 알 수 없다고 내대일 양이면,

"너한테 오는 것을 네가 모른단 말이냐."

하고 불호령을 내린 뒤에 또 사연을 읽어 보라 하여 무심한 학생이 나즉나즉하나마 꿀 같은 구절을 입술에 올리면, B여사의 역정은 더욱 심해져서 어느 놈의 소위인 것을 기어이 알려 한다. 기실 보도 듣도 못한 남성의 한 노릇이요,

자기에게는 아무 죄도 없는 것을 변명하여도 곧이듣지를 않는다. 바른대로 아뢰어야 망정이지 그렇지 않으면 퇴학을 시킨다는 둥, 제 이름도 모르는 여자에게 편지할 리가 만무하다는 둥, 필연 행실이 부정한 일이 있으리라는 둥…….

하다못해 어디서 한번 만나기라도 하였을 테니 어찌해서 남자와 접촉을 하게 되었느냐는 둥, 자칫 잘못하여 학교에서 주최한 음악회나 바자에서 혹 보았는지 모른다고 졸리다 못해 주워댈 것 같으면 사내의 보는 눈이 어떻더냐, 표정이 어떻더냐, 무슨 말을 건네더냐, 미주알고주알 캐고 파며 어르고 볶아서 넉넉히 십년감수는 시킨다.

두 시간이 넘도록 문초를 한 끝에는 사내란 믿지 못할 것, 우리 여성을 잡아먹으려는 마귀인 것, 연애가 자유이니 신성이니 하는 것도 모두 악마의 지어낸 소리인 것을 입에 침이 없이 열에 띄어서 한참 설법을 하다가 닦지도 않은 방바닥—침대를 쓰기 때문에 방이라 해도 마룻바닥이다—에 그대로 무릎을 꿇고 기도를 올린다. 눈에 눈물까지 글썽거리면서 말끝마다 하느님 아버지를 찾아서 악마의 유혹에 떨어지려는 어린 양을 구해 달라고 뒤삶고 곱삶는 법이었다.

그리고 둘째로 그의 싫어하는 것은 기숙생을 남자가 면회하러 오는 일이

이 러브레터는 누구한테 오는 거냐?

저는 모르는 일이에요….

소설 한 장면 전개 B사감은 러브레터와 남학생의 면회를 가장 싫어함

었다. 무슨 핑계로 하든지 기어이 못 보게 하고 만다. 친부모, 친동기간이라도 규칙이 어떠니, 상학上學 학교에서 그날의 공부를 시작함 중이니, 무슨 핑계를 하든지 따돌려 보내기가 일쑤다. 이로 말미암아 학생이 동맹휴학을 하였고 교장의 설유說論 말로 잘 타이름 까지 들었건만 그래도 그 버릇은 고치려 들지 않았다.

이 B사감이 감독하는 그 기숙사에 금년 가을 들어서 괴상한 일이 '생겼다'느니보다 '발각되었다'는 것이 마땅할는지 모르리라. 왜 그런고 하면 그 괴상한 일이 언제 '시작된' 것은 귀신밖에 모르니까.

그것은 다른 일이 아니라 밤이 깊어서 새로 한 점이 되어 모든 기숙생들이 달고 곤한 잠에 떨어졌을 제 난데없는 깔깔대는 웃음과 속살속살하는 말낱이 새어 흐르는 일이었다. 하룻밤이 아니고 이틀 밤이 아닌 다음에야 그런 소리가 잠귀 밝은 기숙생의 귀에 들리기도 하였지만, 자던 잠결이라 뒷동산에 구르는 마른 잎의 노래로나, 달빛에 날개를 번뜩이며 울고 가는 기러기의 소리로나 흘려들었다. 그렇지 않으면 도깨비의 장난이나 아닌가 하여 무시무시한 증이 들어서 동무를 깨웠다가 좀처럼 동무는 깨지 않고 제 생각이 너무나 어림없고 어이없음을 깨달으면, 밤소리 멀리 들린다고, 학교 이웃집에서 이야기를 하거나 또 딴 방에 자는 제 동무들의 잠꼬대로만 여겨서 스스로 안심하고 그대로 자 버리기도 하였다.

그러나 이 수수께끼가 풀릴 때는 왔다. 이때 공교롭게 한방에 자던 학생 셋이 한꺼번에 잠을 깼다. 첫째 처녀가 소변을 보러 일어났다가 그 소리를 듣고, 둘째 처녀와 셋째 처녀를 깨우고 만 것이다.

"저 소리를 들어 보아요. 아닌 밤중에 저게 무슨 소리야."

하고 첫째 처녀는 호동그래진 눈에 무서워하는 빛을 띤다.

"어젯밤에 나도 저 소리에 놀랐었어. 도깨비가 났단 말인가?"

하고, 둘째 처녀도 잠 오는 눈을 비비며 수상해 한다. 그중에 제일 나이 많을 뿐더러─많아 보았자 열여덟밖에 아니 되지만─ 장난 잘 치고 짓궂은 짓 잘하기로 유명한 셋째 처녀는 동무 말을 못 믿겠다는 듯이 이윽히 한참 귀를 기울이다가,

"딴은 수상한걸. 나도 언젠가 한 번 들어 본 법도 하구먼. 무얼 잠 아니 오는 애들이 이야기를 하는 게지."

이때에 그 괴상한 소리는 땍때굴 웃었다. 세 처녀는 으쓱하며 귀를 소스라쳤다. 적적한 밤 가운데 다른 파동 없는 공기는 그 수상한 말마디를 곁에

서나 나는 듯이 또렷또렷이 전해 주었다.

"오, 태훈 씨! 그러면 작히 ^{오죽이나} 좋을까요."

간드러진 여자의 목소리다.

"경숙 씨가 좋으시다면 내야 얼마나 기쁘겠습니까! 아아, 오직 경숙 씨에게 바친 나의 타는 듯한 가슴을 인제야 아셨습니까!"

정열에 뜨인 사내의 목청이 분명하였다. 한동안 침묵……

"인제 고만 놓아요. 키스가 너무 길지 않아요. 행여 남이 보면 어떡해요."

아양 떠는 여자 말씨.

"길수록 더욱 좋지 않아요. 나는 내 목숨이 끊어질 때까지 키스를 하여도 길다고는 못 하겠습니다. 그래도 짧은 것을 한하겠습니다."

사내의 피를 뽑는 듯한 이 말끝은 계집의 자지러진 웃음으로 묻혀 버렸다.

그것은 묻지 않아도 사랑에 겨운 남녀의 허물어진 수작이다. 감금이 지독한 이 기숙사에 이런 일이 생길 줄이야! 세 처녀는 얼굴을 마주 보았다. 그들의 얼굴은 놀랍고 무서운 빛이 없지 않았으되 점점 호기심에 번쩍이기 시작하였다. 그들의 머릿속에는 한결같이 로맨틱한 생각이 떠올랐다. 이 안에 있는 여자 애인을 보려고 학교 근처를 뒤돌고 곰돌던 사내 애인이, 타는듯한 가슴을 걷잡지 못하여 밤이 이슥하기를 기다려 담을 뛰어넘었는지 모르리라.

모든 불이 다 꺼지고 오직 밝은 달빛이 은가루처럼 서리인 창문이 소리 없이 열리며 여자 애인이 흰 수건을 흔들어 사내 애인을 부른지도 모르리라.

활동사진에 보는 것처럼 기나긴 피륙을 내리어서 하나는 위에서 당기고 하나는 밑에 매달려 디룽디룽하면서 올라가는 정경이 있었는지 모르리라.

그래서 두 애인은 만나 가지고 저와 같이 사랑의 속살거림에 잦아졌는지 모르리라…… 꿈결 같은 감정이 안개 모양으로 부시게 세 처녀의 몸과 마음을 휩싸 돌았다.

그들의 뺨은 후끈후끈 달았다. 괴상한 소리는 또 일어났다.

"난 싫어요. 난 싫어요. 당신 같은 사내는 난 싫어요."

이번에는 매몰스럽게 내어대는 모양.

"나의 천사, 나의 하늘, 나의 여왕, 나의 목숨, 나의 사랑, 나를 살려 주어요, 나를 구해 주어요."

사내의 애를 졸리는 간청……

"우리 구경 가 볼까?"

짓궂은 셋째 처녀는 몸을 일으키며 이런 제의를 하였다. 다른 처녀들도 그 말에 찬성한다는 듯이 따라 일어섰으되 의아와 공구^{恐懼 몹시 두려움}와 호기심이 뒤섞인 얼굴을 서로 교환하면서 얼마쯤 망설이다가 마침내 가만히 문을 열고 나왔다. 쌀벌레 같은 그들의 발가락은 가장 조심성 많게 소리 나는 곳을 향해서 곰실곰실 기어간다. 컴컴한 복도에 자다가 일어난 세 처녀의 흰 모양은 그림자처럼 소리 없이 움직였다.

소리 나는 방은 어렵지 않게 찾을 수 있었다. 찾고는 나무로 깎아 세운 듯이 수줌 걸음을 멈출 만큼 그들은 놀랐다. 그런 소리의 출처야말로 자기네 방에서 몇 걸음 안 되는 사감실일 줄이야! 그렇듯이 사내라면 못 먹어 하고 침이라도 뱉을 듯하던 B여사의 방일 줄이야. 그 방에 여전히 사내의 비대발괄^{딱한 사정을 하소연하면서 간절히 청해 빎}하는 푸념이 되풀이되고 있다…….

나의 천사, 나의 하늘, 나의 여왕, 나의 목숨, 나의 사랑, 나의 애를 말려 죽이실 테요. 나의 가슴을 뜯어 죽이실 테요. 내 생명을 맡으신 당신의 입술로…….

셋째 처녀는 대담스럽게 그 방문을 빠끔히 열었다. 그 틈으로 여섯 눈이 방 안을 향해 쏘았다. 이 어쩐 기괴한 광경이냐. 전등불은 아직 끄지 않았는데 침대 위에는 기숙생에게 온 소위 '러브레터'의 봉투가 너저분하게 흩어졌고 그 알맹이도 여기저기 두서없이 펼쳐진 가운데 B여사 혼자—아무도 없이

◑ 소설 한 장면 위기 새벽에 난데없는 웃음과 속삭이는 말이 새어 나옴

제 혼자 일어나 앉았다. 누구를 끌어당길 듯이 두 팔을 벌리고 안경을 벗은 근시안으로 잔뜩 한곳을 노리며 그 굴비쪽 같은 얼굴에 말할 수 없이 애원하는 표정을 짓고는, 키스를 기다리는 것같이 입을 쭝긋이 내어 민 채 사내의 목청을 내어 가면서 아깟말을 중얼거린다. 그러다가 그 넋두리가 끝날 겨를도 없이 급작스레 앵돌아지는토라지는 시늉을 내며 누구를 뿌리치는 듯이 연해 손짓을 하면서 이번에는 톡톡 쏘는 계집의 음성을 지어,

"난 싫어요. 당신 같은 사내는 난 싫어요."

하다가 제물에저 혼자 스스로 하는 김에 자지러지게 웃는다. 그러더니 문득 편지 한 장—물론 기숙생에게 온 '러브레터'의 하나—을 집어 들어 얼굴에 문지르며,

"정정말로, 참으로 말씀이야요. 나를 그렇게 사랑하셔요. 당신의 목숨같이 나를 사랑하셔요? 나를, 이 나를."

하고 몸을 추스르는데 그 음성은 분명히 울음의 가락을 띠었다.

"에그머니, 저게 웬일이야!"

첫째 처녀가 소곤거렸다.

"아마 미쳤나 보아, 밤중에 혼자 일어나서 왜 저리고 있을꾸."

둘째 처녀가 맞방망이를 친다…….

"에그 불쌍해!"

하고 셋째 처녀는 손으로 고인, 때 모르는 눈물을 씻었다…….

🔊 소설 한 장면　절정·결말　세 학생은 B사감이 러브레터를 읽는 장면을 목격함

🕊 생각해 볼까요?

📖 **선생님** B사감은 낮 시간의 자아와 밤 시간의 자아를 동시에 지니고 있어요. 두 자아를 비교해 볼까요?

💬 1 ♥ 1

↳ **학생 1** B사감은 타인과의 관계를 맺는 낮에는 사회적 자아가 발동하고, 자신만의 시간을 가지는 밤에는 개인적인 자아가 발동해요. 두 자아는 확연히 달라 아이러니를 유발해요.

📖 **선생님** B사감은 이율배반적 심리 상태를 지닌 인물이에요. 이는 어떤 행동에서 찾을 수 있을까요?

💬 2 ♥ 2

↳ **학생 1** B사감은 여학생들에게 남학생과 접촉하는 것은 죄라고 가르치지만, 마음속으로는 이성과의 사랑을 동경하고 있어요. 본능과 배치되는 이러한 마음이 위선적 모습을 이끌어 내어 이율배반적 행동을 보이도록 하는 것 같아요.

↳ **학생 2** 낮에는 남학생들에게 러브레터를 받는 기숙사 여학생들을 벌주고 이성과의 접촉을 엄격히 통제하지만, 밤에 혼자 있을 때는 이성이 자신에게 구애하는 상황을 연극하는 모습에서 이러한 심리를 엿볼 수 있어요.

📖 **선생님** 이 작품의 휴머니즘적인 면모에 대해 이야기해 볼까요?

💬 1 ♥ 1

↳ **학생 1** B사감의 이중적이고 위선적인 심리 상태는 누구에게나 나타날 수 있어요. B사감의 기괴한 행동을 본 세 여학생은 조소하기보다는 오히려 동정과 연민을 보여요. 이율배반적인 한 인간의 심리를 단순히 매도하지 않고 감싸 안는 작가의 인간적인 면모를 보여 주는 것이라고 할 수 있어요.

🔍 **자유연애** ▼ 🔍

연관 검색어   개화기 근대화 신여성 자유 결혼

조선 시대까지 남녀의 사랑과 결혼은 대부분 부모에 의해 결정되었다. 개인의 감정보다는 가문의 위신이 더욱 중요했기 때문이다. 1894년 갑오개혁으로 신분제가 폐지된 후 1920년대 근대화가 시작되면서 우리나라에서는 신여성이 등장하고 자유연애의 열기가 널리 퍼지기 시작했다. 신식 교육을 받은 여성들은 전근대적 체제에서는 볼 수 없었던 새로운 여성상을 보여 주었고 조혼 풍습도 점차 사라지게 되었다.

고향

⚓ 작품 길잡이

갈래: 사실주의 소설
배경: 시간 - 1920년대 일제 강점기 / 공간 - 서울행 열차 안
시점: 1인칭 관찰자 시점(서술자의 직접적 개입이 부분적으로 엿보임)
주제: 일제의 수탈로 인한 우리 민족의 비참한 삶
출전: 〈조선일보〉(1926)

📷 인물 관계도

나 ─── (기차에서 만남) ─── 그

옛 연인

나 그의 이야기를 전달하는 서술자로 그와 공감대를 형성하게 된다.
그 일제의 수탈로 유랑 생활을 하게 되는 인물로 당대 우리 민족의 비참한 현실을 집약적으로 드러낸다.

📋 구성과 줄거리

발단   **서울행 기차 안에서 만난 그는 기이한 차림새로 '나'의 주목을 끎**

'나'는 서울행 기차간에서 그와 마주 앉게 된다. 그는 한·중·일 동양 삼국의 옷을 한 몸에 감은 듯한 기이한 복장을 하고 있다. 그는 옆에 앉아 있던 중국인, 일본인과 대화를 하려다 여의치 않자 '나'에게 말을 걸어온다.

전개   **그에게 동정을 느낀 '나'는 그와 대화를 시작함**

'나'는 처음에는 그에 대해 경멸하는 태도를 가지지만 그의 찌든 모습에 동정을 느끼고 호기심을 갖는다. '나'는 그의 신세타령을 듣게 된다.

위기   **고향을 떠나 유랑 생활을 하던 그의 과거 이야기가 펼쳐짐**

그는 대구 근교의 평화로운 농촌에서 남부럽지 않게 살았으나 동양 척식 주식회사에 농토를 빼앗긴다. 이후 그는 일제의 핍박과 수탈을 피해 서간도로 간다. 거기서도 생활은 비참했으며 부모까지 잃는다. 일본으로 건너가 탄광과 철공소에서 일하며 돈벌이를 했지만 가진 것 없이 폐허가 된 고향으로 돌아온다.

절정   **고향에 와서 다시 만난 옛 애인도 비참한 과거를 지녔음**

무덤과 해골을 연상하게 하는 고향을 둘러보고 나오던 그는 고향 사람을 만난다. 열네 살 때 혼인할 뻔했던 여자이다. 열일곱 살 때 아버지에 의해 유곽으로 팔려 갔던 그녀는 고향에서 일본인의 집에 기거하며 식모살이를 한다고 한다.

결말   **이야기를 마친 그는 술에 취해 노래를 흥얼거림**

'나'는 더 이상 그런 이야기가 듣기 싫어 술을 마시고, 그는 취흥에 겨워 어릴 때 멋모르고 부르던 노래를 읊조린다.

고향

　대구에서 서울로 올라오는 차중에서 생긴 일이다. 나는 나와 마주앉은 그를 매우 흥미 있게 바라보고 또 바라보았다. 두루마기 격으로 기모노를 둘렀고, 그 안에서 옥양목 저고리가 내어 보이며, 아랫도리엔 중국식 바지를 입었다. 그것은 그네들이 흔히 입는 유지 모양으로 번질번질한 암갈색 피륙으로 지은 것이었다. 그리고 발은 감발을 하였는데 짚신을 신었고, 고부가리로 깎은 머리엔 모자도 쓰지 않았다. 우연히 이따금 기묘한 모임을 꾸미는 것이다. 우리가 자리를 잡은 찻간에는 공교롭게 세 나라 사람이 다 모였으니, 내 옆에는 중국 사람이 기대었다. 그의 옆에는 일본 사람이 앉아 있었다. 그는 동양 삼국 옷을 한 몸에 감은 보람이 있어 일본 말로 곧잘 철철대이거니와 중국말에도 그리 서툴지 않은 모양이었다.

　"도꼬마데 오이데 데수까^{어디까지 가십니까}." 하고 첫마디를 걸더니만 동경이 어떠니 대판이 어떠니 조선 사람은 고추를 끔찍이 많이 먹는다는 둥 일본 음식은 너무 싱거워서 처음에는 속이 뉘엿거린다는 둥 횡설수설 지껄이다가 일본 사람이 엄지와 곤지 손가락으로 짧게 끊은 꼿꼿한 윗수염을 비비면서

　도꼬마데 오이데 데수가.

　◑ 소설 한 장면　　발단　서울행 기차 안에서 만난 그는 기이한 차림새로 '나'의 주목을 끎

마지못해 까땍까땍하는 고개와 함께 "소오데수까^{그렇습니까.}"란 한마디로 코대답을 할 따름이요 잘 받아 주지 않으매 그는 또 중국인을 붙들고서 실랑이를 한다. "니쌍나올춰ㅡ." "니씽섬마." 하고 덤벼 보았으나 중국인 또한 그 기름 낀 뚜우한^{말수가 적고 묵직한} 얼굴에 수수께끼 같은 웃음을 띨 뿐이요 별로 대꾸를 하지 않았건만, 그래도 무에라도 연해 웅얼거리면서 나를 보고 웃어 보였다.

그것은 마치 짐승을 놀리는 요술쟁이가 구경꾼을 바라볼 때처럼 훌륭한 제 재주를 갈채해 달라는 웃음이었다. 나는 쌀쌀하게 그의 시선을 피해 버렸다. 그 주적대는^{아는 체하며 요란스럽게 떠들어대는} 꼴이 어쭙지 않고 밉살스러웠다. 그는 잠깐 입을 닫치고 무료한 듯이 머리를 덕억덕억 긁기도 하며 손톱을 이로 물어뜯기도 하고 멀거니 창밖을 내다보기도 하다가 암만해도 지절대지 않고는 못 참겠던지 문득 나에게로 향하며 "어디꺼정 가는기오."라고 경상도 사투리로 말을 붙인다.

"서울까지 가오."

"그런기오. 참 반갑구마. 나도 서울꺼정 가는데. 그러면 우리 동행이 되겠구마."

나는 이 지나치게 반가워하는 말씨에 대하여 무어라고 대답할 말도 없고 또 굳이 대답하기도 싫기에 덤덤히 입을 닫쳐 버렸다.

"서울에 오래 살았는기오?"

그는 또 물었다.

"육칠 년이나 됩니다."

조금 성가시다 싶었으되 대꾸 않을 수도 없었다.

"에이구, 오래 살았구마. 나는 처음 길인데 우리같은 막벌이꾼이 차를 내려서 어디로 찾아가야 되겠는기오? 일본으로 말하면 '기진야도' 같은 것이 있는기오."

하고 그는 납답한 제 신세를 생각했던지 찡그려 보였다. 그때 나는 그의 얼굴이 웃기보다 찡그리기에 가장 적당한 얼굴임을 발견하였다. 군데군데 찢어진 성성드뭇한 눈썹이 올올이 일어서며 아래로 축 처지는 서슬에 양미간에는 여러 가닥 주름이 잡히고 광대뼈 위로 뺨살이 실룩실룩 보이자 두 볼은 쪽 빨아든다. 입은 소태나 먹은 것처럼 왼편으로 삐뚤어지게 찢어 올라가고 조이던 눈엔 눈물이 괸 듯, 삼십 세밖에 안 되어 보이는 그 얼굴이

십 년가량은 늙어진 듯하였다. 나는 그 신산스러운보기에 사는 것이 힘들고 고생스러운 데가 있는 표정에 얼마쯤 감동이 되어서 그에 대한 반감이 풀리는 듯하였다.

"글쎄요, 아마 노동 숙박소란 것이 있지요."

노동 숙박소에 대해서 미주알고주알 묻고 나서,

"시방 가면 무슨 일자리를 구하겠는기요."

라고 그는 매달리는 듯이 또 재우쳤다.

"글쎄요, 무슨 일자리를 구할 수 있을는지요."

나는 내 대답이 너무 냉랭하고 불친절한 것이 죄송스러웠다. 그러나 일자리에 대하여 아무 지식이 없는 나로서는 이 외에 더 좋은 대답을 해 줄 수가 없었던 것이다. 그 대신 나는 은근하게 물었다.

"어디서 오시는 길입니까."

"흥, 고향에서 오누마."

하고 그는 휘 한숨을 쉬었다. 그러자 그의 신세타령의 실마리는 풀려 나왔다.[1] 그의 고향은 대구에서 멀지 않은 K군 H란 외딴 동리였다. 한 백 호 남짓한 그곳 주민은 전부가 역둔토역의 급전으로 준 둔토를 파먹고 살았는데 역둔토

나도 서울꺼정 가는데. 그러면 우리 동행이 되겠구마. 우리같은 막벌이꾼은 어디로 찾아가야 되겠는기요?

글쎄요, 아마 노동 숙박소란 것이 있지요.

찡그린 얼굴을 보니 고생스러움이 느껴지는구나.

소설 한 장면   전개   그에게 동정을 느낀 '나'는 그와 대화를 시작함

1) 내화의 이야기가 시작되는 부분으로 이 작품이 액자형 소설임을 알 수 있다.

로 말하면 사삿집^{개인이 살림하는 집} 땅을 붙이는 것보다 떨어지는 것이 후하였다. 그러므로 넉넉지는 못할망정 평화로운 농촌으로 남부럽지 않게 지낼 수 있었다. 그러나 세상이 뒤바뀌자 그 땅은 전부가 동양척식회사의 소유에 들어가고 말았다. 직접으로 회사에 소작료를 바치게나 되었으면 그래도 나으련만 소위 중간 소작인이란 것이 생겨나서 저는 손에 흙 한번 만져 보지도 않고 동척^{동양척식회사}엔 소작인 노릇을 하며 실작인에게는 지주 행세를 하게 되었다. 동척에 소작료를 물고 나서 또 중간 소작인에게 긁히고 보니 실작인의 손에는 소출^{所出 논밭에서 나는 곡식}의 삼 할도 떨어지지 않았다. 그 후로 '죽겠다.', '못 살겠다.' 하는 소리는 중이 염불하듯 그들의 입길에서 오르내리게 되었다. 남부여대^{男負女戴 남자는 짐을 등에 지고 여자는 짐을 머리에 인다는 뜻. 가난한 사람이 떠돌아다님을 이르는 말}하고 타처로 유리하는 사람만 늘고 동리는 점점 쇠진해 갔다.

지금으로부터 구 년 전 그가 열일곱 살 되던 해 봄에 —그의 나이는 실상 스물여섯이었다. 가난과 고생이 얼마나 사람을 늙히는가— 그의 집안은 살기 좋다는 바람에 서간도로 이사를 갔었다. 쫓겨 가는 운명이거든 어디를 간들 신신^{아주 신선함}하랴. 그곳의 비옥한 전야도 그들을 위하여 열려질 리 없었다. 조금 좋은 땅은 먼저 간 이가 모조리 차지를 하였고 황무지는 비록 많다 하나 그곳 당도하던 날부터 아침거리 저녁거리 걱정이라 무슨 행세로 적어도 일 년이란 장구한 세월을 먹고 입어 가며 거친 땅을 풀 수가 있으랴. 남의 밑천을 얻어서 농사를 짓고 보니 가을이 되어 얻는 것은 빈주먹뿐이었다. 이태 동안을 사는 것이 아니라 억지로 버티어 갈 제 그의 아버지는 우연히 병을 얻어 타국의 외로운 혼이 되고 말았다. 열아홉 살밖에 안 된 그가 홀어머니를 모시고 악으로 악으로 모진 목숨을 이어 가는 중 사 년이 못 되어 영양 부족한 몸이 심한 노동에 지친 탓으로 그의 어머니 또한 죽고 말았다.

"모친꺼정 돌아갔구마." "돌아가실 때 흰 죽 한 모금 못 자셨구마." 하고 이야기하던 이는 문득 말을 뚝 끊는다. 그의 눈이 번들번들함은 눈물이 쏟아졌음이리라. 나는 무엇이라고 위로할 말을 몰랐다. 한동안 머뭇머뭇이 있다가 나는 차를 탈 때에 친구들이 사 준 정종병 마개를 빼었다. 찻잔에 부어서 그도 마시고 나도 마셨다. 악착한 운명이 던져 준 깊은 슬픔을 술로 녹이려는 듯이 연거푸 다섯 잔을 마신 그는 다시 말을 계속하였다. 그 후 그는 부모 잃은 땅에 오래 머물기 싫었다. 신의주로 안동현으로 품을 팔다가 일

본으로 또 벌이를 찾아가게 되었다. 구주 탄광에 있어도 보고 대판 철공장
에도 몸을 담아 보았다. 벌이는 조금 나았으나 외롭고 젊은 몸은 자연히 방
탕해졌다. 돈을 모으려야 모을 수 없고 이따금 울화만 치받치기 때문에 한
곳에 주접^{住接 한때 머물러 삶}을 하고 있을 수 없었다. 화도 나고 고국산천이 그립기
도 하여서 훌쩍 뛰어나왔다가 오래간만에 고향을 둘러보고 벌이를 구할 겸
서울로 올라가는 길이라 한다.

"고향에 가시니 반가워하는 사람이 있습디까?"

나는 탄식하였다.

"반가워하는 사람이 다 뭐기오, 고향이 통 없어졌더마."

"그렇겠지요. 구 년 동안이면 퍽 변했겠지요."

"변하고 뭐고 간에 아무것도 없더마. 집도 없고 사람도 없고 개 한 마리
도 얼씬을 않더마."

"그러면 아주 폐농이 되었단 말씀이오?"

"흥, 그렇구마. 무 지다가 담만 즐비하게 남았즈마. 우리 살던 집도 터야
안 남았겠는기오."

하고 그의 짜는 듯한 목은 높아졌다.

"썩어 넘어진 서까래, 뚤뚤 구르는 주추는! 꼭 무덤을 파서 해골을 헐어

말풍선: 고향을 떠나왔는데도 여전히 고생스럽구나……

말풍선: 아이고, 어머니!

🅓 소설 한 장면　위기　고향을 떠나 유랑 생활을 하던 그의 과거 이야기가 펼쳐짐

젖혀 놓은 것 같더마. 세상에 이런 일도 있는기오? 백여 호 살던 동리가 십 년이 못 되어 통 없어지는 수도 있는기오, 후!"

하고 그는 한숨을 쉬며 그때의 광경을 눈앞에 그리는 듯이 멀거니 먼 산을 보다가 내가 따라 준 술을 꿀꺽 들이켜고,

"참! 가슴이 터지드마, 가슴이 터져."

하자마자 굵직한 눈물 뒤 방울이 뚝뚝 떨어진다.

나는 그 눈물 가운데 음산하고 비참한 조선의 얼굴을 똑똑히 본 듯싶었다.[1]

이윽고 나는 이런 말을 물었다.

"그래, 이번 길에 고향 사람은 하나도 못 만났습니까."

"하나 만났구마, 단지 하나."

"친척 되시는 분이던가요."

"아니구마, 한이웃에 살던 사람이구마."

하고 그의 얼굴은 더욱 침울해진다.

"여간 반갑지 않으셨겠지요."

"반갑다마다, 죽은 사람을 만난 것 같더마. 더구나 그 사람은 나와 까닭도 좀 있던 사람인데……."

"까닭이라니?"

"나와 혼인 말이 있던 여자구마."

"하?!"

나는 놀란 듯이 벌린 입이 닫히지 않았다.

"그 신세도 내 신세만이나 하구마."

하고 그는 또 이야기를 계속하였다. 그 여자는 자기보다 나이 두 살 위였는데 한 이웃에 사는 탓으로 같이 놀기도 하고 싸우기도 하며 자라났었다. 그가 열네 살 적부터 그들 부모 사이에 혼인 말이 있었고 그도 어린 마음에 매우 탐탁하게 _{마음에 들게 흐뭇하게} 생각하였었다. 그런데 그 처녀가 열일곱 살 된 겨울에 별안간 산 곳을 모르게 되었다. 알고 보니 그 아비 되는 자가 이십 원을 받고 대구 유곽 _{창녀들이 모여서 몸을 팔던 집이나 그 구역}에 팔아먹은 것이었다. 그 소문이 퍼지자 그 처녀 가족은 그 동리에서 못 살고 멀리 이사를 갔는데 그 후로는 물론 피차에 한 번 만나 보지도 못하였다. 이번에야 빈터만 남은 고향

---

1) 눈물을 흘리는 그의 얼굴에서 국권을 상실한 조국과 고향을 잃고 방황하는 민족의 모습을 엿볼 수 있다는 의미이다.

을 구경하고 돌아오는 길에 읍내에서 그 아내 될 뻔한 댁과 마주치게 되었다. 처녀는 어떤 일본 사람 집에서 아이를 보고 있었다. 궐녀^{그녀, 그 여자}는 이십원 몸값을 십 년을 두고 갚았건만 그래도 주인에게 빚이 육십 원이나 남았었는데 몸에 몹쓸 병이 들고 나이 늙어져서 산송장이 되니까 주인 되는 자가 특별히 빚을 탕감해 주고 작년 가을에야 놓아 준 것이었다. 궐녀도 자기와 같이 십 년 동안이나 그리던 고향에 찾아오니까 거기에는 집도 없고 부모도 없고 쓸쓸한 돌무더기만 눈물을 자아낼 뿐이었다. 하루해를 울어 보내고 읍내로 들어와서 돌아다니다가 십 년 동안에 한 마디 두 마디 배워 두었던 일본 말 덕택으로 그 일본 집에 있게 되었던 것이었다.

"암만^{아무리} 사람이 변하기로 어째 그렇게도 변하는기오? 그 숱 많던 머리가 훌렁 다 벗어졌더마. 눈은 푹 들어가고 그 이들이들하던 얼굴빛도 마치 유산을 끼얹은 듯하더마."

"서로 붙잡고 많이 우셨겠지요."

"눈물도 안 나오드마. 일본 우동집에 들어가서 둘이서 정종만 열 병 따라 뉘고 헤어졌구마."

하고 가슴을 짜는 듯이 괴로운 한숨을 쉬더니만 그는 지낸 슬픔을 새록새록이 자아내어 마음을 새기기에 지쳤음이더라.

"이야기를 다 하면 무얼 하는기오."

유곽으로 팔려 가 십 년 동안 일해도 빚만 늘었는데, 늙고 병들어서야 겨우 풀려나······.

그 신세도 내 신세만^{이나} 하구마.

○ 소설 한 장면　절정　고향에 와서 다시 만난 옛 애인도 비참한 과거를 지녔음

하고 쓸쓸하게 입을 다문다. 나 또한 너무도 참혹한 사람살이를 듣기에 쓴물이 났다.

"자, 우리 술이나 마저 먹읍시다."

하고 우리는 서로 주거니 받거니 한 되 병을 다 말리고 말았다. 그는 취흥에 겨워서 우리가 어릴 때 멋모르고 부르던 노래를 읊조렸다.

> 볏섬이나 나는 전토는
> 신작로가 되고요―
> 말마디나 하는 친구는
> 감옥소로 가고요―
> 담뱃대나 떠는 노인은
> 공동묘지 가고요―
> 인물이나 좋은 계집은
> 유곽으로 가고요―[1]

□ 소설 한 장면   결말   이야기를 마친 그는 술에 취해 노래를 흥얼거림

---

1) 일제 강점기 우리 민족의 비극적 상황을 압축적으로 보여 준다.

생각해 볼까요?

 선생님 이 작품은 액자형 소설이에요. 이야기를 듣는 사람은 지식인을 상징하는 '나', 이야기를 하는 사람은 민중을 상징하는 '그'라고 할 수 있지요. 이 소설의 구성을 세 부분으로 나누어 볼까요?

💬 1 🤍 1

학생 1 처음 부분은 기차에서 '나'가 그의 사연을 듣게 된 경위, 중간 부분은 고향을 떠난 후 그가 겪은 비참한 유랑 생활, 마지막 부분은 술에 취한 그가 세상을 한탄하며 어릴 때 부르던 신민요를 부르는 부분이에요.

 선생님 그를 대하는 '나'의 태도와 감정에 일어나는 변화에 대해 설명해 볼까요?

 💬 1 🤍 1

학생 1 처음에는 어쭙잖고 밉살스러워 쌀쌀맞게 시선을 피해요. 그러나 그의 얼굴을 본 후 자신의 차가운 마음을 뉘우치고 대화를 시작해요. 그가 겪은 사연을 다 들은 후에는 그에게 민족적 동질감을 느끼며 함께 술을 마셔요.

 선생님 소설에서 고향이 '잃어버린 조국'을 상징한다면, 그는 '우리 민중'을 상징해요. 이러한 그는 한국, 중국, 일본 3개국의 복장을 섞어 입은 모습이라고 서술되어 있지요. 이러한 옷차림에서는 어떤 점을 알 수 있을까요?

 💬 1 🤍 1

학생 1 그가 한곳에 정착하지 못하고 떠돌이 생활을 했다는 걸 알 수 있어요. 누덕누덕 기우고 조잡하게 얽힌 옷은 그의 모습이자 조국의 모습이에요.

일제의 경제적 수탈

연관 검색어   토지 조사 사업   동양 척식 주식회사   식민지 수탈

조선 총독부는 1912년 토지 조사령을 공포하여 토지 조사 사업을 본격적으로 시행하였다. 일제는 지세를 공정하게 부과하고 근대적인 토지 소유권을 확립하기 위해서라고 선전하였지만, 사실은 토지를 수탈하고 식민 통치에 필요한 재정을 안정적으로 확보하기 위한 것이다. 조선 총독부는 이렇게 차지한 토지 중 상당수를 동양 척식 주식회사나 일본인에게 헐값으로 넘겼다. 자작농은 몰락하고 소작농이 급증하였고 많은 농민이 만주, 연해주 등지로 이주하였다. 반면 지주의 권리는 강화되었는데, 이는 지주를 포섭하여 일제의 협력자로 만들기 위해서였다.

나도향
(1902~1926)

본명은 경손(慶孫). 호는 도향(稻香). 서울 출생. 배재고등보통학교를 졸업하고 경성의학전문학교에 다니다가 일본으로 건너갔으나 학비를 마련할 길이 없어 귀국하였다. 1922년 〈백조〉 창간호에 「젊은이의 시절」을 발표하면서 등단하였다. 이상화, 현진건, 박종화와 함께 〈백조〉 동인으로 참가하였다. 1923년 〈동아일보〉에 19세의 나이로 장편 『환희』를 연재해 주목받았다. 「벙어리 삼룡이」, 「물레방아」, 「뽕」 등을 발표함으로써 초기의 주관적 감상을 극복하고 객관적인 사실주의적 경향을 보여 준다. 작가로서 완숙의 경지에 접어들려 할 때 25세의 나이로 아깝게 요절하였다.

그에 대한 평가는 김동인의 논평이 잘 말해 준다.

"젊어서 죽은 도향은 가장 촉망되는 소설가였다. 그는 사상도, 필치도 미성품(未成品 완성되지 못한 물건)이었다. 그러면서도 그에게는 열이 있었다. 예각적으로 파악된 인생이 지면 위에 약동했다. 미숙한 기교 아래는 그래도 인생의 일면을 붙드는 긍지가 있었다. 아직 소년의 영역을 벗어나지 못한 도향이었으며 그의 작품에서 다분의 센티멘털리즘을 발견하는 것은 아까운 가운데도 당연한 일이지만, 그러나 그 센티멘털리즘에 지배되지 않을 만한 침착도 그에게는 있었다."

벙어리 삼룡이

⚓ 작품 길잡이

갈래: 낭만주의 소설, 사실주의 소설
배경: 시간 - 일제 강점기 / 공간 - 남대문 밖 연화봉 마을
시점: 1인칭 관찰자 시점 → 3인칭 전지적 작가 시점
주제: 삼룡의 순수하고 충직한 사랑
출전: 〈여명〉(1925)

📷 인물 관계도

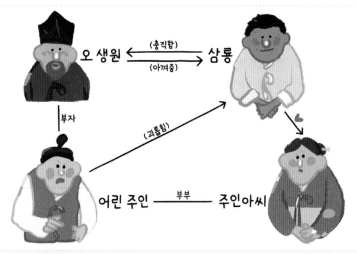

삼룡	오 생원의 충직한 머슴이며, 말을 하지 못한다. 주인아씨를 사랑하게 되고 이 때문에 어린 주인에게 더욱 심한 학대를 당한다.
어린 주인	버릇없고 포악한 성격이다. 삼룡과 아내를 괴롭힌다.
주인아씨	몰락한 양반 가문의 무남독녀로 어린 주인에게 시집을 와서 학대를 당한다.

📋 구성과 줄거리

발단   **인심 많은 오 생원은 헌신적인 하인 삼룡을 아낌**

남대문에서 바로 내려다보이는 연화봉에서 살던 오 생원은 마을 사람들로부터 존경받는 인물이다. 그는 삼룡이라는 헌신적인 벙어리 하인을 두고 있다. 오 생원은 삼룡을 아낀다.

전개   **오 생원의 아들이 삼룡과 새색시를 괴롭힘**

열일곱 살 된 오 생원의 아들은 삼룡을 심하게 학대한다. 그해 가을 오 생원은 거금을 주고 자기 아들을 영락한 양반의 딸과 결혼시킨다. 버릇없이 자란 새서방은 아름답고 착한 새색시를 시기해 학대하기 시작한다. 삼룡은 매를 맞고 지내는 주인아씨를 동정한다.

위기   **주인아씨가 만들어 준 부시쌈지 때문에 삼룡이 내쫓김**

어느 날 삼룡은 만취해 길에 자빠진 어린 주인을 업어다가 누인다. 이를 본 주인아씨는 삼룡의 충직한 마음에 감동해 비단 헝겊으로 부시쌈지 하나를 만들어 준다. 새서방은 이 비단 쌈지를 보고 삼룡과 새색시의 관계를 오해한다. 그는 새색시를 마당에 내동댕이치고 부시쌈지를 갈가리 찢은 뒤 삼룡을 심하게 때린다. 어느 날 삼룡은 안방으로 뛰어들어 스스로 목숨을 끊으려던 주인아씨를 말리다 오해를 사 내쫓긴다.

절정   **오 생원의 집이 화염에 휩싸이고 삼룡이 불길 속으로 뛰어듦**

삼룡은 믿고 의지한 모든 것이 자기의 원수라고 생각한다. 그날 밤 오 생원의 집이 화염에 휩싸인다. 삼룡은 주인 오 생원을 구한 후 주인아씨를 구하기 위해 불길 속으로 뛰어든다.

결말   **주인아씨를 안은 삼룡은 화염 속에서 행복한 미소를 지음**

마침내 불 속에서 주인아씨를 찾은 삼룡은 나갈 곳이 없어 지붕 위로 올라간다. 주인아씨를 가슴에 안았을 때 그는 처음으로 살아있는 듯한 기분을 느낀다. 자신의 몸이 자유롭지 못한 것을 알게 된 삼룡은 주인아씨를 내려놓는다. 그의 입가에는 평화롭고 행복한 웃음이 엷게 나타난다.

벙어리 삼룡이

1

내가 열 살이 될락 말락한 때이니까 지금으로부터 십 사오 년 전 일이다.[1]

지금은 그곳을 청엽정이라 부르지만 그때는 연화봉이라고 이름하였다. 즉 남대문에서 바로 내려다보면은 오정포^{午正砲 낮 열두 시를 알리는 대포}가 놓여 있는 산등성이가 있으니 그 산등성이 이쪽이 연화봉이요, 그 새에 있는 동네가 역시 연화봉이다.

지금은 그곳에 빈민굴이라고 할 수밖에 없이 지저분한 촌락이 생기고 노동자들밖에 살지 않는 곳이 되어 버렸으나 그때에는 자기네 딴은 행세한다는 사람들이 있었다.

집이라고는 십여 호 밖에 있지 않았고 그곳에 사는 사람들은 대개 과목밭^{과수원}을 하고, 또는 채소를 심거나, 아니면 콩나물을 길러서 생활을 하여 갔었다.

여기에 그중 큰 과목밭을 갖고 그중 여유 있는 생활을 하여 가는 사람이 하나 있었는데, 그의 이름은 잊어버렸으나 동네 사람들이 부르기를 오 생원이라고 불렀다.

얼굴이 동탕하고 목소리가 마치 여름에 버드나무에 앉아서 길게 목 늘여 우는 매미 소리같이 저르렁저르렁하였다.

그는 몹시 부지런한 중년 늙은이로 아침이면 새벽 일찍이 일어나서 앞뒤로 뒷짐을 지고 돌아다니며 집안일을 보살피는데 그 동네에는 그가 마치 시계와 같아서 그가 일어나는 때가 동네 사람이 일어나는 때였다. 만일 그가 아침에 돌아다니며 잔소리를 하지 않으면 동네 사람들이 이상하여 그의 집으로 가 보면 그는 반드시 몸이 불편하여 누웠다. 그러나 그와 같은 때는 일 년 삼백육십 일에 한 번 있기가 어려운 일이요, 이태나 삼 년에 한 번 있거나 말거나 하였다.

그가 이곳으로 이사를 온 지는 얼마 되지는 아니하나 언제든지 감투를 쓰고 다니므로 동네 사람들은 양반이라고 불렀고, 또 그 사람도 동네 사람

---

1) 처음에는 1인칭 관찰자 시점으로 소설이 시작된다. 내용이 전개되면서 작품의 시점이 바뀐다.

들에게 그리 인심을 잃지 않으려고 섣달이면 북어쾌^{북어 스무 마리를 한 줄에 꿰어 놓은 것}, 김 톳^{김을 묶어 세는 단위. 한 톳은 김 100장임}을 동네 사람에게 나눠 주며 농사 때에 쓰는 연장도 넉넉히 장만한 후 아무 때나 동네 사람들이 쓰게 하므로 그 동네에서는 가장 인심 후하고 존경을 받는 집인 동시에 세력 있는 집이다.

그 집에는 삼룡이라는 벙어리 하인 하나가 있으니 키가 본시 크지 못하여 땅딸보로 되었고 고개가 빼지 못하여 몸뚱이에 대강이^{머리의 속된 말}를 갖다가 붙인 것 같다. 거기다가 얼굴이 몹시 얽고^{얼굴에 우묵우묵한 마맛자국이 생기고} 입이 크다. 머리는 전에 새 꼬랑지 같은 것을 주인의 명령으로 깎기는 깎았으나 불밤송이 모양으로 언제든지 푸 하고 일어섰다. 그래 걸어 다니는 것을 보면, 마치 옴두꺼비가 서서 다니는 것 같이 숨차 보이고 더디어 보인다. 동네 사람들이 부르기를 삼룡이라고 부르는 법이 없고 언제든지 '벙어리, 벙어리'라고 하든지 그렇지 않으면 '앵모, 앵모' 한다. 그렇지만 삼룡이는 그 소리를 알지 못한다.

그도 이 집 주인이 이리로 이사를 올 때에 데리고 왔으니 진실하고 충성스러우며 부지런하고 세차다. 눈치로만 지내 가는 벙어리지마는 듣는 사람보다 슬기로운 적이 있고 평생 조심성이 있어서 결코 실수한 적이 없다.

참 충직한 하인이야.

오 생원이 아낄 만 하다니까.

📖 소설 한 장면　　발단　　인심 많은 오 생원은 헌신적인 하인 삼룡을 아낌

아침에 일어나면 마당을 쓸고, 소와 돼지의 여물을 먹이며, 여름이면 밭에 풀을 뽑고 나무를 실어 들이고 장작을 패며, 겨울이면 눈을 쓸며 장 심부름과 진일 마른일 할 것 없이 못하는 일이 없다.

그럴수록 이 집 주인은 벙어리를 위해 주며 사랑한다. 혹시 몸이 불편한 기색이 있으면 쉬게 하고, 먹고 싶어하는 듯한 것은 먹이고, 입을 때 입히고 잘 때 재운다.

그런데 이 집에는 삼대독자로 내려오는 그 집 아들이 있다. 나이는 열일곱 살이나 아직 열네 살도 되어 보이지 않고 너무 귀엽게 기르기 때문에 누구에게든지 버릇이 없고 어리광을 부리며 사람에게나 짐승에게 잔인 포악한 짓을 많이 한다.

동네 사람들은,

"후레자식 배운 데 없이 제풀로 막되게 자라 교양이나 버릇이 없는 사람을 낮잡아 이르는 말! 아비 속상하게 할 자식! 저런 자식은 없는 것만 못해."

하고 욕들을 한다. 그래서 그의 어머니는 아들이 잘못할 때마다 그의 영감을 보고,

"그 자식을 좀 때려 주구려. 왜 그런 것을 보고 가만두?"

하고 자기가 대신 때려 주려고 나서면,

"아뇨, 아직 철이 없어 그렇지. 저도 지각知覺 사물의 이치나 도리를 분별하는 능력 이 나면 그렇지 않을 것이 아뇨."

하고 너그럽게 타이른다.

그러면 마누라는 왜가리처럼 소리를 지르며,

"철이 없긴 지금 나이가 몇이오. 낼모레면 스무 살이 되는데, 또 며칠 아니면 장가를 들어서 자식까지 날 것이 그래 가지고 무엇을 한단 말이오."

하고 들이대며,

"자식은 꼭 아버지가 버려 놓았습니다. 자식 귀여운 것만 알았지 버릇 가르칠 줄은 모르니까……."

이렇게 싸움만 시작하려 하면 영감은 아무 말도 하지 않고 바깥으로 나가 버린다.

그 아들은 더구나 벙어리를 사람으로 알지도 않는다. 말 못하는 벙어리라고 오고 가며 주먹으로 허구리 허리 양쪽 갈비뼈 아래의 잘쑥한 부분 를 지르기도 하고 발길로 엉덩이도 찬다.

그러면 그 벙어리는 어린것이 철없이 그러는 것이 도리어 귀엽기도 하고 또는 그 힘없는 팔과 힘없는 다리로 자신의 무쇠 같은 몸을 건드리는 것이 우습기도 하고 앙증하기도 하여 돌아서서 방그레 웃으면서 툭툭 털고 다른 곳으로 몸을 피해 버린다.

어떤 때는 낮잠 자는 벙어리 입에다가 똥을 먹인 때도 있었다. 또 어떤 때는 자는 벙어리 두 팔 두 다리를 살며시 동여매고 손가락과 발가락 사이에 화승火繩 화약을 터뜨리기 위해 불을 붙이는 데 쓰던 노끈 불을 붙여 놓아 질겁하고 일어나다가 발버둥질을 하고 죽으려는 사람처럼 괴로워하는 것을 보고 기뻐하였다.

이러할 때마다 벙어리의 가슴에는 비분한 마음이 꽉 들어찼다. 그러나 그는 주인의 아들을 원망하는 것보다도 자기가 병신인 것을 원망하였으며 주인의 아들을 저주한다는 것보다 이 세상을 저주하였다.

그러나 그는 결코 눈물을 흘리지 않았다. 그의 눈물은 나오려 할 때 아주 말라붙어 버린 샘물과 같이 나오려 하나 나오지를 아니하였다. 그는 주인의 집을 버릴 줄 모르는 개 모양으로 자기가 있어야 할 곳은 여기밖에 없고 자기가 믿을 것도 여기 있는 사람들밖에 없을 줄 알았다. 여기서 살다가 여기서 죽는 것이 자기의 운명인 줄밖에 알지 못하였다. 자기의 주인 아들이 때리고 지르고 꼬집어 뜯고 모든 방법으로 학대할지라도 그것이 자기에게 으레 있을 줄밖에 알지 못하였다. 아픈 것도 그 아픈 것이 으레 자기에게 돌아올 것이요, 쓰린 것도 자기가 받지 않아서는 안 될 것으로 알았다. 그는 이 마땅히 자기가 받아야 할 것을 어떻게 해야 면할까 하는 생각을 한 번도 하여 본 일이 없었다.

그가 이 집에서 떠나가려거나 또는 그의 생활환경에서 벗어나려는 생각은 한 번도 해 보지 못하였다 할지라도 그는 언제든지 그 주인 아들이 자기를 학대하고 또는 자기를 못살게 굴 때 그는 자기의 주먹과 또는 자기의 힘을 생각하여 보았다.

주인 아들이 자기를 때릴 때 그는 주인 아들 하나쯤은 넉넉히 제지할 힘이 있는 것을 알았다.

어떠한 때는 아픔과 쓰림이 자기의 몸으로 스미어들 때면 그의 주먹은 떨리면서 어린 주인의 몸을 치려 하다가는 그것을 무서운 고통과 함께 꽉 참았다.

그는 속으로,

'아니다, 그는 나의 주인의 아들이다. 그는 나의 어린 주인이다.'

하고 꾹 참았다.

그러고는 그것을 얼핏 잊어버렸다. 그러다가도 동넷집 아이들과 혹시 장난을 하다가 주인 아들이 울고 들어올 때에는 그는 황소같이 날뛰면서 주인을 위하여 싸웠다. 그래서 동네에서도 어린애들이나 장난꾼들이 벙어리를 무서워하여 감히 덤비지를 못하였다. 그리고 주인 아들도 위급한 경우에는 언제든지 벙어리를 찾았다. 벙어리는 얻어맞으면서도 기어드는 충견 모양으로 주인의 아들을 위하여 싫어하지 않고 힘을 다하였다.

2

벙어리가 스물세 살이 될 때까지 그는 물론 이성과 접촉할 기회가 없었다. 동네의 처녀들이 저를 '벙어리', '벙어리' 하며 괴상한 손짓과 몸짓으로 놀려먹음을 받을 적에 분하고 골나는 중에도 느긋한 즐거움을 느끼어 본 일은 있었으나 그가 결코 사랑으로써 어떠한 여자를 대해 본 일은 없었다.

그러나 정욕을 가진 사람인 벙어리도 그의 피가 차디찰 리는 없었다. 혹 그의 피는 더욱 뜨거웠을는지도 알 수 없었다. 뜨겁다 뜨겁다 못하여 엉기어 버린 엿과 같을지도 알 수 없었다. 만일 그에게 별을 주거나 다시 뜨거운 열을 준다면 그의 피는 다시 녹을는지도 알 수 없었다.

그가 깜박깜박하는 기름 등잔 아래에서 밤이 깊도록 짚신을 삼을 때면 남모르는 한숨을 아니 쉬는 것도 아니지마는 그는 그것을 곧 억제할 수 있을 만큼 정욕에 대하여 벌써부터 단념을 하고 있었다.

마치 언제 폭발이 될는지 알지 못하는 휴화산 모양으로 그의 가슴속에는 충분한 정열을 깊이 감추어 놓았으나 그것이 아직 폭발될 시기가 이르지 못한 것이었다.[1] 비록 폭발이 되려고 무섭게 격동함을 벙어리 자신도 느끼지 않는 바는 아니지마는 그는 그것을 폭발시킬 조건을 얻기 어려웠으며 또는 자기가 여태까지 능동적으로 그것을 나타낼 수가 없을 만큼 외계의 압축을 받았으며, 그것으로 인한 이지理智 본능이나 감정에 지배되지 않고 지식과 윤리에 따라 사물을 분별하고 깨닫는 능력가 너무 그에게 자제력을 강대하게 하여 주는 동시에 또한 너무 그것을 단념만 하게 하여 주었다.

---

1) 삼룡의 정열이 곧 폭발할 것임을 암시하는 복선이다.

속으로, '나는 벙어리다' 자기가 생각할 때 그는 몹시 원통함을 느끼는 동시에 나는 말하는 사람들과 똑같은 자유와 똑같은 권리가 없는 줄 알았다. 그는 이와 같은 생각에서 언제든지 단념 않으려야 단념하지 않을 수 없는 그 단념이 쌓이고 쌓이어 지금에는 다만 한 개의 기계와 같이 이 집에 노예가 되어 있으면서도 그것을 자기의 천직으로 알고 있을 뿐이요, 다시는 자기가 살아갈 세상이 없는 것 같이밖에 알지 못하게 된 것이다.

3

그해 가을이다. 주인의 아들이 장가를 들었다. 색시는 신랑보다 두 살 위인 열아홉 살이다. 주인이 본시 자기가 언제든지 문벌이 얇은 것을 한탄하여 신부를 구할 때에 첫째 조건이 문벌이 높아야 할 것이었다. 그러나 문벌 있는 집에서는 그리 쉽게 색시를 내놓을 리가 없었다. 그러므로 하는 수 없이 그 어떠한 영락零落 세력이나 살림이 줄어들어 보잘것없이 됨한 양반의 딸을 돈을 주고 사 오다시피 하였으니, 무남독녀의 딸을 둔 남촌 어떤 과부를 꿀을 발라서 약혼을 하고 혹시나 무슨 딴소리가 있을까 하여 부랴부랴 성례식을 시켜버렸다.

혼인할 때의 비용도 그때 돈으로 삼만 냥을 썼다. 그리고 아들의 처갓집에 며느리 뒤 보아 주는 바느질삯, 빨래삯이라는 명목으로 한 달에 이천오백 냥씩을 대어 주었다.

신부는 자기 아버지가 돌아가기 전까지 상당히 견디기도 하고 또는 금지옥엽같이 기른 터이라, 구식 가정에서 배울 것 읽힐 것 못 하는 것이 없고 게다가 또는 인물이라든지 행동거지에 조금도 구김이 있지 아니하다.

신부가 오자 신랑의 흠절부족하거나 잘못된 점이 생기기 시작하였다.

"신부에게다 대면 두루미와 까마귀지."

"아직도 철딱서니가 없어."

"색시에게 쥐여 지내겠지."

"신랑에겐 과하지."

동넷집 말 좋아하는 여편네들이 모여 앉으면 이렇게 비평들을 한다. 어떠한 남의 걱정 잘하는 마누라님은 간혹 신랑을 보고는 그대로 세워 놓고,

"글쎄, 인제는 어른이 되었으니 셈이 좀 나요, 저리구 어떻게 색시를 거느려 가누. 색시 방에 들어가기가 부끄럽지 않담."

하고 들이대다시피 하는 일이 있다.

이럴 적마다 신랑의 마음은 그 말하는 이들이 미웠다. 일부러 자기를 부끄럽게 하려고 하는 것 같아서 그 후에 그를 만나면 말도 안 하고 인사도 하지 아니한다.

또 그의 고모 되는 이가 와서 자기 조카를 보고,

"인제는 어른이야. 너도 그만하면 지각이 날 때가 되지 않았니. 네 처가 부끄럽지 아니하냐."

하고 타이를 적마다 그의 마음은 그 말하는 사람이 부끄럽다는 것보다도 자기를 이렇게 하게 한 자기 아내가 더욱 밉살머리스러웠다.

"여편네가 다 무엇이냐? 저 빌어먹을 년이 들어오더니 나를 이렇게 못살게들 굴지."

혼인한 지 며칠이 못 되어 그는 색시 방에 들어가지를 않았다. 집안에서는 야단이 났다. 마치 돼지나 말 새끼를 혼례시키려는 것 같이 신랑을 색시 방으로 집어넣으려 하나 막무가내였다. 그럴 때마다 신랑은 손에 닥치는 대로 집어 때려서 자기의 외사촌 누이의 이마를 뚫어서 피까지 나게 한 일이 있었다. 집안 식구들이 하는 수가 없어 맨 나중에는 아버지에게 밀었다. 그러나 그것도 소용이 없을 뿐더러 풍파를 더 일으키게 하였다. 아버지께 꾸중을 듣고 들어와서는 다짜고짜로 신부의 머리채를 쥐어 잡아 마루 한복판에 태질 _{세차게 메어치거나 내던지는 짓}을 쳤다.

그러고는,

"이년, 네 집으로 가거라. 보기 싫다. 내 눈앞에는 보이지도 마라."

하였다. 밥상을 가져오면 그 밥상이 마당 한복판에서 재주를 넘고, 옷을 가져오면 그 옷이 쓰레기통으로 나간다.

이리하여 색시는 시집오던 날부터 팔자 한탄을 하고서 날마다 밤마다 우는 사람이 되었다.

울면 요사스럽다고 때린다. 또 말이 없으면 빙충맞다 _{똘똘하지 못하고 어리석으며 수줍음을 탄다}고 친다. 이리하여 그 집에는 평화스러운 날이 하루도 없었다.

이것을 날마다 보는 사람 가운데 알 수 없는 의혹을 품게 된 사람이 하나 있으니 그는 곧 벙어리 삼룡이었다.

그렇게 예쁘고 유순하고 그렇게 얌전한, 벙어리의 눈으로 보아서는 감히 손도 대지 못할 만큼 선녀 같은 주인아씨를 때리는 것은 자기의 생각으로는 도저히 풀 수 없는 의심이었다.

보기에도 황홀하고 건드리기도 황홀할 만큼 숭고한 여자를 그렇게 하대한다는 것은 너무나 세상에 있지 못할 일이다. 자기는 주인 새서방에게 개나 돼지같이 얻어맞는 것이 마땅한 이상으로 마땅하지마는, 선녀와 짐승의 차가 있는 주인아씨와 자기가 똑같이 얻어맞는 것은 너무 무서운 일이다. 어린 주인이 천벌이나 받지 않을까 두렵기까지 하였다.

어떠한 달밤, 사면은 고요 적막하고 별들은 드문드문 눈들만 깜박이며 반달이 공중에 뚜렷이 달려 있어 수은으로 세상을 깨끗하게 닦아 낸 듯이 청명한데, 삼룡이는 검둥개 등을 쓰다듬으며 바깥 마당 멍석 위에 비슷이 드러누워 하늘을 쳐다보며 생각하여 보았다.

주인아씨를 생각하면 공중에 있는 달보다도 더 곱고 별들보다도 더 깨끗하였다. 주인아씨를 생각하면 달이 보이고 별이 보이었다. 삼라만상을 씻어내는 은빛보다도 더 흰 달이나 별의 광채보다도 그의 마음이 아름답고 부드러운 듯하였다. 마치 달이나 별이 땅에 떨어져 주인아씨가 된 것도 같고 주인아씨가 하늘에 올라가면 달이 되고 별이 될 것 같았다.

더구나 자기를 어린 주인이 때리고 꼬집을 때 감히 입 벌려 말은 하지 못하나 측은하고 불쌍히 여기는 정이 그의 두 눈에 나타나는 것을 다시 생각

🕯 소설 한 장면　전개　오 생원의 아들이 삼룡과 새색시를 괴롭힘

할 때 그는 부들부들한 개 등을 어루만지면서 감격을 느꼈다. 개는 꼬리를 치며 자기를 귀여워하는 줄 알고 벙어리의 손을 핥았다.

삼룡이의 마음은 주인아씨를 동정하는 마음으로 가득 찼다. 또는 그를 위하여서는 자기의 목숨이라도 아끼지 않겠다는 의분에 넘치었다. 그것은 마치 살구를 보면 입속에 침이 도는 것 같이 본능적으로 느껴지는 감정이었다.

4

주인아씨가 온 뒤에 다른 사람들은 자유로운 안 출입을 금하였으나 벙어리는 마치 개가 맘대로 안에 출입할 수 있는 것 같이 아무 의심 없이 출입할 수가 있었다.

하루는 어린 주인이 먹지 않던 술이 잔뜩 취하여 무지한 놈에게 맞아서 길에 자빠진 것을 업어다가 안으로 들여다 누인 일이 있었다. 그때에 아무도 안에 있지 않고 다만 주인아씨 혼자 방에서 바느질을 하고 있다가 이 꼴을 보고 벙어리의 충성된 마음이 고마워서, 그 후에 쓰던 비단 헝겊 조각으로 부시쌈지^{부싯돌을 넣는 쌈지} 하나를 만들어 준 일이 있었다.

이것이 새서방님의 눈에 띄었다. 그래서 주인아씨는 어떤 날 밤 자던 몸으로 마당 복판에 머리를 푼 채 내동댕이쳐졌다. 그리고 온몸에 피가 맺히도록 얻어맞았다.

이것을 본 벙어리는 또다시 의분의 마음이 뻗쳐 올라왔다. 그래서 미친 사자와 같이 뛰어 들어가 새서방님을 내어던지고 주인아씨를 둘러메었다. 그리고 나는 수리와 같이 바깥사랑 주인 영감 있는 곳으로 뛰어가 그 앞에 내려놓고 손짓과 몸짓을 열 번 스무 번 거푸하며 하소연하였다.

그 이튿날 아침에 그는 주인 새서방님에게 물푸레로 얼굴을 몹시 얻어맞아서 한쪽 뺨이 눈을 얼러서 피가 나고 주먹같이 부었다. 그 때릴 적에 새서방의 입에서 나오는 말은,

"이 흉측한 벙어리 같으니, 내 여편네를 건드려!"

하고 부시쌈지를 빼앗아 갈가리 찢어서 뒷간에 던졌다.

"그리고 이놈아! 인제는 주인도 몰라보고 막 친다. 이런 것은 죽여야 해!"

하고 채찍으로 그의 뒷덜미를 갈겨서 그 자리에 쓰러지게 하였다.

벙어리는 다만 두 손으로 빌 뿐이었다. 말도 못 하고 고개를 몇백 번 코

가 땅에 닿도록 그저 용서해 달라고 빌기만 하였다. 그러나 그의 가슴에는 비로소 숨겨 있던 정의감이 머리를 들기 시작하였다.[1] 그는 아픈 것을 참아 가면서도 북받치는 분노를 억제하였다.

그때부터 벙어리는 안방에 들어가지 못하였다. 이 들어가지 못하는 것이 더욱 벙어리로 하여금 궁금증이 나게 하였다. 그 궁금증이라는 것이 묘하게 빛이 변하여 주인아씨를 뵈옵고 싶은 심정으로 변하였다. 뵈옵지 못하므로 가슴이 타올랐다. 몹시 애상의 정서가 그의 가슴을 저리게 하였다. 한 번이라도 아씨를 뵈올 수가 있으면 하는 마음이 나더니 그의 마음의 넓은 느끼기를 시작하였다. 센티멘털한 가운데에서 느끼는 그 무슨 정서는 그에게 생명 같은 희열을 주었다. 그것과 자기의 목숨이라도 바꿀 수 있을 것 같았다. 어떤 때는 그대로 대강이로 담을 뚫고 들어가고 싶도록 주인아씨를 뵈옵고 싶은 것을 꾹 참을 때도 있었다.

그 후부터는 밥을 잘 먹을 수가 없었다. 일도 손에 잡히지 않았다. 틈만 있으면 안으로만 들어가고 싶었다.

주인이 전보다 많이 밥과 음식을 주고 더 편하게 하여 주었으나 그것이 싫었다. 그는 밤에 잠을 자지 않고 집 가장자리를 돌아다녔다.

주인도 몰라보고 감히 나에게 대들어?

🌀 소설 한 장면　위기　주인아씨가 만들어 준 부시쌈지 때문에 삼룡이 내쫓김

---

1) 수동적이고 고분고분했던 삼룡의 성격이 변하고 있다.

5

하루는 주인 새서방님이 술이 취하여 들어오더니 집안이 수선수선하여 지며 계집 하인이 약을 사러 갔다 들어오는 것을 보고 그 계집 하인을 붙잡았다. 그리고 무엇이냐고 물었다.

계집 하인은 한 주먹을 뒤통수에 대고 얼굴을 쓰다듬으며 둘째 손가락을 내밀었다. 그것은 그 집 주인은 엄지손가락이요, 둘째 손가락은 새서방이라는 뜻이요, 주먹을 뒤통수에 대는 것은 여편네라는 뜻이요, 얼굴을 문지르는 것은 예쁘다는 뜻으로 벙어리에게 쓰는 암호다.

그런 뒤에 다시 혀를 내밀고 눈을 뒤집어쓰는 형상을 하고 두 팔을 싹 벌리고 뒤로 자빠지는 꼴을 보이니, 그것은 사람이 죽게 되었거나 앓을 적에 하는 말 대신의 손짓이다.

벙어리는 눈을 크게 뜨고 계집 하인에게 한 발자국 가까이 들어서며 놀라는 듯이 멀거니 한참이나 있었다.

그의 가슴은 무섭게 격동하였다. 자기의 그리운 주인아씨가 죽었다는 말이 아닌가, 그는 두 주먹을 마주치며 한숨을 쉬었다. 그러고는 자기 방에서 무엇을 생각하는 것처럼 두어 시간이나 두 눈만 껌벅껌벅하고 앉았었다.

그는 밤이 깊어 갈수록 궁금증 나는 사람처럼 일어섰다 앉았다 하더니 두 시나 되어서 바깥으로 나가서 뒤로 돌아갔다.

그는 도둑놈처럼 조심스럽게 바로 건넌방 뒤 미닫이 앞 담에 서서 주저주저하더니 담을 넘었다. 가까이 창 앞에 서서 문틈으로 안을 살피다가 그는 진저리를 치며 물러섰다.

어두운 밤에 그의 손과 발이 마치 그 뒤에 서 있는 감나무 잎같이 떨리더니 그대로 문을 박차고 뛰어 들어갔을 때, 그의 팔에는 주인아씨가 한 손에는 기다란 명주 수건을 들고서 한 팔로 벙어리의 가슴을 밀치며 뻗디디었다. 벙어리는 다만 눈이 뚱그래서 '에헤' 소리만 지르고 그 수건을 뺏으려 애쓸 뿐이다.

집안이 야단났다.

"집안이 망했군!"

"어디 사내가 없어서 벙어리를!"

"어떻든 알 수 없는 일이야!"

하는 소리가 이 구석 저 구석에서 수군댄다.

6

그 이튿날 아침에 벙어리는 온몸이 짓이긴 것이 되어 마당에 거꾸러져 입에서 피를 토하며 신음하고 있었다. 그 곁에서는 새서방이 쇠줄 몽둥이를 들고서 문초를 한다.

"이놈!"

하고는 음란한 흉내는 모조리 하여 가며 건넌방을 가리킨다. 그러나 벙어리는 손을 내저을 뿐이다. 또 몽둥이에는 살점이 묻어 나왔다. 그리고 피가 흘렀다.

벙어리는 타들어 가는 목으로 소리도 못 내며 고개만 내젓는다. 그는 피를 토하며 거꾸러지며 이마를 땅에 비비며 고개를 내흔든다. 땅에는 피가 스며든다. 새서방은 채찍 끝에 납 뭉치를 달아서 가슴을 훔쳐 갈겼다가 힘껏 잡아 뽑았다. 벙어리는 그대로 거꾸러지며 말이 없었다.

새서방은 그래도 시원치 못하였다. 그는 어제 벙어리가 새로 갈아 놓은 낫을 들고 달려왔다. 그는 그 시퍼렇게 날선 낫을 번쩍 들었다. 그래서 벙어리를 찌르려 할 때 벙어리는 한 팔로 그것을 받았고, 집안사람들은 달려들었다. 벙어리는 낫을 뿌리쳐 저리로 내던졌다.

주인은 집안이 망하였다고 사랑에 누워서 모든 일을 들은 체 만 체 문을 닫고 나오지를 아니하며, 집안에서는 색시를 쫓는다고 야단이다. 그날 저녁에 벙어리는 다시 끌려 나왔다. 그때에는 주인 새서방이 그의 입던 옷과 신짝을 주며 눈을 부릅뜨고 손을 멀리 가리키며,

"가! 인제는 우리 집에 있지 못한다."

하였다. 이 소리를 듣는 벙어리는 기가 막혔다. 그에게는 이 집 외에 다른 집이 없다. 살 곳이 없었다. 자기는 언제든지 이 집에서 살고 이 집에서 죽을 줄밖에 몰랐다. 그는 새서방님의 다리를 껴안고 애걸하였다. 말도 못 하는 것을 몸짓과 표정으로 간곡한 뜻을 표하였다. 그러나 새서방님은 발길로 지르고 사람을 불렀다.

"이놈을 좀 내쫓아라."

벙어리가 죽은 개 모양으로 끌려 나갔다. 그리고 대갈빼기를 개천 구석에 들이박히면서 나가 곤드라졌다가 일어서서 다시 들어오려 할 때에는 벌써 문이 닫혀 있었다. 그는 문을 두드렸다. 그의 마음으로는 주인 영감을 찾았으나 부를 수가 없었다. 그가 날마다 열고 날마다 닫던 문이 자기가 지금

은 열려 하나 자기를 내어 쫓고 열리지를 않는다. 자기가 건사하고 자기가 거두던 모든 것이 오늘에는 자기의 말을 듣지 않는다. 어려서부터 지금까지 모든 정성과 힘과 뜻을 다하여 충성스럽게 일한 값이 오늘에는 이것이다.

그는 비로소 믿고 바라던 모든 것이 자기의 원수란 것을 알았다. 그는 모든 것을 없애 버리고 자기도 또한 없어지는 것이 나은 것을 알았다.

그날 저녁 밤은 깊었는데 멀리서 닭이 우는 소리와 함께 개 짖는 소리만이 들린다. 난데없는 화염이 벙어리 있던 오 생원 집을 에워쌌다. 그 불을 미리 놓으려고 준비하여 놓았는지 집 가장자리 쪽 돌아가며 흩어 놓은 풀에 모조리 돌라붙어 ^{돌레나 가장자리를 따라가며 붙어} 공중에서 내려다보면 집의 윤곽이 선명하게 보일 듯이 타오른다.

불은 마치 피 묻은 살을 맛있게 잘라 먹는 요마 ^{妖魔 요망하고 간사스러운 마귀}의 혓바닥처럼 날름날름 집 한 채를 삽시간에 먹어 버렸다. 이와 같은 화염 속으로 뛰어 들어가는 사람이 하나 있으니 그는 다른 사람이 아니라 낮에 이 집을 쫓겨난 삼룡이다. 그는 먼저 사랑에 가서 문을 깨뜨리고 주인을 업어다가 밭 가운데 놓고 다시 들어가려 할 제 그의 얼굴과 등과 다리가 불에 데어 쭈그러져 드는 것을 알지 못하였다.

주인아씨는 어디 있는 거야!

🔖 소설 한 장면　절정　오 생원의 집이 화염에 휩싸이고 삼룡이 불길 속으로 뛰어듦

그는 건넌방으로 뛰어들었다. 그러나 색시는 없었다. 다시 안방으로 뛰어들었다. 그러나 또 없고 새서방이 그의 팔에 매달리어 구원하기를 애원하였다. 그러나 그는 그것을 뿌리쳤다. 다시 서까래에 불이 시뻘겋게 타면서 그의 머리에 떨어졌다. 그러나 그는 그것을 몰랐다. 부엌으로 가 보았다. 거기서 나오다가 문설주가 떨어지며 왼팔이 부러졌다. 그러나 그것도 몰랐다. 그는 다시 광으로 가 보았다. 거기도 없었다. 그는 다시 건넌방으로 들어갔다. 그때야 그는 색시가 타 죽으려고 이불을 쓰고 누워 있는 것을 보았다. 그는 색시를 안았다. 그리고는 길을 찾았다. 그러나 나갈 곳이 없었다. 그는 하는 수 없이 지붕으로 올라갔다. 그는 비로소 자기의 몸이 자유롭지 못한 것을 알았다. 그러나 그는 자기가 여태까지 맛보지 못한 즐거운 쾌감을 자기의 가슴에 느끼는 것을 알았다. 색시를 자기 가슴에 안았을 때 그는 이제 처음으로 살아난 듯하였다. 그는 자기의 목숨이 다한 줄 알았을 때, 그 색시를 내려놓을 때는 그는 벌써 목숨이 끊어진 뒤였다. 집은 모조리 타고 벙어리는 색시를 무릎에 뉘고 있었다. 그의 울분은 그 불과 함께 사라졌을는지! 평화롭고 행복스러운 웃음이 그의 입 가장자리에 엷게 나타났을 뿐이다.

📖 소설 한 장면　　결말　주인아씨를 안은 삼룡은 화염 속에서 행복한 미소를 지음

🎬 생각해 볼까요?

선생님 삼룡은 자신의 불행한 처지를 남 탓으로 돌리지 않고 신분적 굴레를 받아들이는 충직한 하인이에요. 자신을 괴롭히는 어린 주인을 위해 대신 싸워주기도 하지요. 이러한 삼룡이 어린 주인에게 반항하게 되는 계기는 무엇일까요?

💬 1 ❤️ 1

학생 1 주인아씨의 출현이에요. 주인아씨를 본 삼룡은 이성에 눈을 뜨게 되고, 아름답고 선녀 같은 주인아씨가 어린 주인에게 학대당하는 것을 본 후 부당한 대우에 반항하게 돼요.

선생님 주인아씨와 삼룡 사이에는 보이지 않는 신분의 벽이 있지만 두 사람은 점차 동질성을 갖게 돼요. 어떤 부분에서 이를 찾을 수 있는지 말해 볼까요?

💬 2 ❤️ 2

학생 1 두 사람 모두 오 생원의 아들로부터 학대당하는 피해자이자 순결한 영혼의 소유자예요. 이러한 두 사람 사이에서 인간적인 동류의식이 생겨날 가능성이 있어요.

학생 2 주인아씨가 시집을 옴으로써 두 사람은 주인과 하인의 관계가 돼요. 그러나 주인아씨가 부시쌈지를 만들어 줌으로써 두 사람은 친밀감을 느끼게 되고, 삼룡이 주인아씨를 안고 죽어 감으로써 사랑의 합일에 이르러요.

선생님 이 소설의 삼룡은 입체적 인물이에요. 그 이유를 말해 볼까요?

💬 1 ❤️ 1

학생 1 처음에 삼룡은 착하고 우직하며 순종적인 인물이었어요. 그러나 주인아씨의 등장 이후 강하고 적극적인 인물로 변화해요.

선생님 「벙어리 삼룡이」의 특징 중 하나는 '낭만주의'예요. 이러한 낭만적 경향을 어디에서 찾을 수 있을까요?

💬 2 ❤️ 2

학생 1 삼룡은 '추한 외모를 지녔지만 영혼만은 순결하다.'라고 묘사되는 인물이에요. 그런 삼룡과 주인아씨 사이에는 엄연한 신분의 벽이 존재해요. 하지만 삼룡의 충직한 사랑은 이 벽을 초월하고 있어요.

학생 2 삼룡은 불 속에서 이불을 쓰고 있는 주인아씨를 찾고 행복한 미소를 띤 채 죽음을 맞이해요. 그의 죽음에는 일반적인 죽음이 갖는 두려움이나 고통 대신 사랑이 완성되는 짧은 희열의 순간이 존재해요. 찰나의 희열은 짧은 만큼 짙은 낭만성을 띠게 돼요.

선생님 이 작품에서 불은 연정과 울분, 생성과 소멸, 불행과 해탈의 의미를 동시에 지니고 있어요. 삼룡의 가슴속에는 타오르는 열정이 휴화산처럼 잠재하고 있다가 나중에는 걷잡을 수 없는 불길 같은 연모의 감정으로 번지지요. '불'은 어떤 상징성을 지닐까요?

📧 1   🧡 1

↳ **학생 1** 현실에 절망한 삼룡에게 '불'은 억압된 감정을 해소하는 계기가 돼요. 불에 의해 삼룡의 삶이 끝나지만, 또한 불은 삼룡이 불행에서 벗어나 사랑을 이루게 하는 역할을 하기도 해요.

문예 동인지 〈백조〉

연관 검색어   동인지   잡지   낭만주의   자연주의   나도향

1920년대에는 문예지나 동인지 등이 활발하게 발간되어 소설 창작의 든든한 밑바탕이 되었다.

〈백조(白潮)〉는 1922년 1월에 창간된 문예 동인지이다. 동인(同人 어떤 일에 뜻을 같이해 모인 사람)으로는 홍사용, 박종화, 현진건, 나도향, 이상화, 박영희 등이 있다. 나도향은 〈백조〉 창간호에 소설 「젊은이의 시절」을 발표하며 작품 활동을 시작했다.

이 잡지에 실린 시에서는 낭만주의적 성격이, 소설에서는 자연주의적 성격이 짙게 나타났다. 이는 '3·1 운동의 실패'라는 시대 상황의 영향을 받은 것이다. 문학도들은 좌절과 절망을 거듭하면서 현실을 직면하기보다는 감성을 추구하게 되었고 자연스레 낭만주의적 성향을 띤 문학 작품을 창작하게 되었다.

〈백조〉는 애초의 계획과는 달리 3호밖에 발간하지 못하고 1923년 9월에 종간되었다. 평소 백조파에 반감을 품었던 소설가 김기진의 방해 때문이었다. 비록 〈백조〉는 금방 폐간되었지만 〈폐허〉와 함께 우리 문학사에서 큰 비중을 차지하는 잡지로 꼽힌다.

물레방아

🍸 작품 길잡이

갈래: 순수 소설, 낭만주의 소설
배경: 시간 – 일제 강점기 / 공간 – 물레방앗간
시점: 3인칭 전지적 작가 시점
주제: 물질 만능주의와 도덕성의 결여로 인한 인간성의 타락
출전: 〈조선문단〉(1925)

📷 인물 관계도

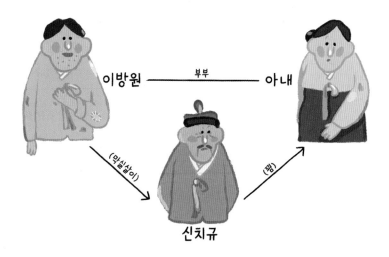

이방원 ———— 부부 ———— 아내

(막실살이)   (정)

신치규

이방원	신치규의 집에서 막실살이를 하며 아내와 함께 살아간다.
아내	물질적 유혹에 넘어가 남편을 배신하고 신치규를 택한다.
신치규	자신의 욕구를 채우기 위해 이방원의 아내를 꾀어내는 탐욕스러운 인물이다.

🏰 구성과 줄거리

발단   **이방원이 신치규의 집에서 막실살이를 함**

이방원은 마을에서 가장 부자인 신치규의 집에서 막실살이를 하며 아내와 함께 그날그날을 지낸다. 마을의 세력가인 신치규는 이방원의 아내에게 눈독을 들인다.

전개   **신치규가 이방원의 아내를 유혹함**

달이 유난히 밝은 가을밤, 물레방앗간 옆에서 신치규는 이방원의 아내를 꾄다. "대를 이을 자식을 낳아 주면 내 것은 모두 너의 것이 된다."라는 말을 듣고 이방원의 아내는 망설인다. 결국 감언이설에 혹한 이방원의 아내는 신치규와 함께 물레방앗간으로 들어간다.

위기   **이방원은 신치규와 아내가 물레방앗간에서 나오는 것을 목격함**

사흘이 지난 뒤 신치규는 이방원에게 다른 좋은 집을 찾아보라고 한다. 이방원은 애걸을 해보지만 소용이 없자 아내에게 안주인께 사정해 보라고 부탁한다. 아내는 오히려 "앞으로 자신을 어떻게 먹여 살릴 거냐."라며 화를 낸다. 이방원은 홧김에 아내를 때린다. 그날 밤 이방원은 아내에게 사과할 생각을 하며 돌아오지만 아내는 집에 없다. 그는 옆집 아주머니로부터 아내가 물레방앗간으로 가더라는 말을 듣는다. 아내를 찾으러 간 그는 신치규와 아내가 물레방앗간에서 나오는 것을 목격한다.

절정   **이방원은 신치규를 구타해 석 달간 복역함**

따지는 이방원에게 신치규는 오히려 호통을 친다. 화가 난 이방원은 신치규를 넘어뜨린 후 마구 때린다. 이방원은 순경의 구두 소리를 듣고 옆에 있는 아내에게 어서 도망치자고 잡아끌지만 아내는 거부한다. 결국 이방원은 순경의 포승에 묶인 채 주재소로 끌려간다.

결말   **출감한 이방원은 아내를 살해하고 스스로 목숨을 끊음**

석 달 후 출감한 이방원은 칼을 품고 신치규의 집으로 달려간다. 아내의 목소리를 오랜만에 들은 이방원은 마음이 흔들린다. 아내를 물레방앗간 옆으로 데리고 가서 같이 도망갈 것을 제의하나 아내는 차라리 자신을 죽이라며 거절한다. 이방원은 아내를 해치고 자신도 스스로 목숨을 끊는다.

물레방아

1

덜컹덜컹 홈통에 들었다가 다시 쏟아져 흐르는 물이 육중한 물레방아를 번쩍 쳐들었다가 쿵 하고 확 속으로 내던질 제 머슴들의 콧소리는 허연 겻 가루가 켜켜 앉은 방앗간 속에서 청승스럽게 들려 나온다.

쏼 쏼 쏼, 구슬이 되었다가 은가루가 되고 댓줄기같이 뻗치었다가 다시 쾅 쾅 쏟아져 청룡이 되고 백룡이 되어 용솟음쳐 흐르는 물이 저쪽 산모퉁이를 십 리나 두고 돌고, 다시 이쪽 들 복판을 오 리쯤 꿰뚫은 뒤에 이방원이가 사는 동네 앞 기슭을 스쳐 지나가는데 그 위에 물레방아 하나가 놓여 있다.

물레방아에서 들여다보면 동북간으로 큼직한 마을이 있으니 이 마을의 가장 부자요, 가장 세력이 있는 사람으로 이름을 신치규라고 부른다. 이방원이라는 사람은 그 집의 막실살이를 하여 가며 그의 땅을 경작하여 자기 아내와 두 사람이 그날그날을 지내 간다.

막실살이지만 아내와 함께라서 행복해.

......

🍎 소설 한 장면   발단   이방원이 신치규의 집에서 막실살이를 함

어떠한 가을밤 유난히 밝은 달이 고요한 이 촌을 한적하게 비칠 때 그 물레방앗간 옆에 어떠한 여자 하나와 어떤 남자 하나가 서서 이야기를 하는 소리가 들리었다.

그 여자는 방원의 아내로 지금 나이가 스물두 살, 한참 정열에 타는 가슴으로 가장 행복스러울 나이의 젊은 여자요, 그 남자는 오십이 반이 넘어 인생으로서 살아올 길을 다 살고서 거의거의 쇠멸의 구렁이를 향하여 가는 늙은이다.

그의 말소리는 마치 그 여자를 달래는 것같이,

"얘, 내 말이 조금도 그를 것이 없지? 쇤네 할멈에게도 자세한 말을 들었을 터이지마는 너 생각해 보아라. 네가 허락만 하면 무엇이든지 네가 하고 싶다는 것은 내가 전부 해 줄 터이란 말야. 그까짓 방원이 녀석하고 네가 몇백 년 살아야 언제든지 막실 구석을 면하지 못할 터이니. 허허, 사람이란 젊어서 호강해 보지 못하면 평생 호강 한 번 하여 보지 못하고 죽을 것이 아니냐. 내가 말하는 것이 조금도 잘못하는 것이 없느니라! 대강 너의 말을 쇤네 할멈에게 듣기는 들었으나 그래도 너에게 한 번 바로 대고 듣는 것만 못해서 이리로 만나자고 한 것이다. 너의 마음은 어떠냐? 어디 허허, 내 앞이라고 조금도 어떻게 알지 말고 이야기해 봐, 응?"

이 늙은이는 두말할 것 없이 신치규다. 그는 탐욕스러운 눈으로 방원의 계집을 들여다보며 한 손으로 등을 두드린다.

새침한 얼굴이 파르족족하고 기다란 눈썹과 검푸른 두 눈 가장자리에 예쁜 입, 뾰로통한 뺨이며 콧날이 오뚝한 데다가 후리후리한 키에 떡벌어진 엉덩이가 아무리 보더라도 무섭게 이지적인 동시에 또는 창부형娼婦型으로 생긴 여자이다.[1]

계집은 아무 말이 없이 서서 짐짓 부끄러운 태를 지으며 매혹적인 웃음을 생긋 웃고는 고개를 돌렸다. 그 웃음이 얼마나 짐승 같은 신치규의 만족을 사게 되었으며, 또는 마음을 충동시켰는지 희끗희끗한 수염이 거의 계집의 뺨에 닿도록 더 가까이 와서,

"응? 왜 대답이 없니? 부끄러워서 그러니? 그렇게 부끄러워할 일은 아닌데."

하고 계집의 손을 잡으며,

---

1) 인물의 외형을 서술자가 직접적으로 서술하고 있다. 이런 방법을 '직접 제시'라고 한다.

"손도 이렇게 예쁜 줄은 여태까지 몰랐구나. 참 분결 같다. 이렇게 얌전히 생긴 애가 방원 같은 천한 놈의 계집이 되어 일평생을 그대로 썩는다는 것은 너무 가엾고 아깝지 않으냐? 얘."

계집은 몸을 돌리려고 하지도 않고 영감이 하는 대로 내버려 두며 눈으로 땅만 내려다보고 섰다가 가까스로 입을 떼는 듯하더니,

"제 말야 모두 쇤네 할멈이 여쭈었지요. 저에게는 너무 분수에 과한 말씀이니까요."

"온, 천만의 소리를 다 하는구나. 그게 무슨 소리냐? 너도 알다시피 내가 너를 장난삼아 그러는 것도 아니겠고 후사가 없어 그러는 것이니까 네가 내 아들이나 하나 낳아 주렴. 그러면 내 것이 모두 네 것이 되지 않겠니? 자아, 그러지 말고 오늘 허락을 하렴. 그러면 내일이라도 방원이란 놈을 내쫓고 너를 불러들일 터이니."

"어떻게 내쫓을 수가 있에요."

"허어, 그것이 그리 어려울 것이 무엇 있니. 내가 나가라는데 제가 나가지 않고 배길 줄 아니?"

"그렇지만 너무 과하지 않을까요?"

"무엇? 저런 생각을 하니까 네가 이 모양으로 이때까지 있었지. 어떻단 말이냐? 그런 것은 조금도 염려하지 말구. 자! 또 네 서방에게 들킬라, 어서 들어가자."

"먼저 들어가세요."

"왜?"

"남이 보면 수상히 알게요."

"무얼 나하고 가는데 수상히 알 게 무어야. 어서 가자."

계집은 천천히 두어 걸음 따라가다가,

"영감!"

하고 무춤하고 서 있다.

"왜 그러니?"

계집은 다시 말이 없이 서 있다가,

"아니에요."

하고,

"먼저 들어가세요."

하며 돌아선다. 영감이 간이 달아서 계집의 손을 잡으며,

"가자, 집으로 들어가자."

그의 가슴은 두근거리는지 숨소리가 잦아진다. 계집은 손을 빼려 하며,

"점잖으신 어른이 이게 무슨 짓이에요."

하면서도 그의 몸짓에는 모든 것을 허락한다는 뜻이 보였다. 영감은 계집의 몸을 끌어안더니 방앗간 뒤로 돌아 들어섰다. 계집은 영감 가슴에 안겨서 정욕이 가득한 눈으로 그를 보면서,

"영감."

말 한마디 하고 침 한 번 삼키었다.

"영감이 거짓말은 안 하시지요."

"아니."

그의 말은 떨리었다. 계집은 영감의 팔을 한 손으로 잡고 또 한 손으로는 방앗간 속을 가리켰다.

"저리로 들어가세요."

영감과 계집은 방앗간에서 이삼십 분 후에 다시 나왔다.

🗨 소설 한 장면 전개 신치규가 이방원의 아내를 유혹함

2

사흘이 지난 뒤에 신치규는 방원이를 자기 집 사랑 마당 앞으로 불렀다.

"애."

방원은 상전이라 고개를 숙이고,

"네."

공손하게 대답을 하였다.

"네가 그간 내 집에서 정성스럽게 일을 한 것은 고마운 일이지마는……."

점잔과 주짜를 빼면서 신치규는 말을 꺼내었다. 방원의 가슴은 이 '마는' 이라는 말 뒤에 이어질 말을 미리 깨달은 듯이 온 전신의 피가 가슴으로 모여드는 듯하더니 다시 터럭이라는 터럭은 전부 거꾸로 일어서는 듯하였다.

"오늘부터는 우리 집에 사정이 있어 그러니 내 집에 있지 말고 다른 곳에 좋은 곳을 찾아가 보아라."

아무 조건도 없다. 또한 이곳에서도 할 말이 없다. 죽으라고 하면 죽는 시늉이라도 해야 하는 것이다. 주인은 돈 가지고 사람을 사고팔 수도 있는 것이다.

방원은 가슴이 답답하였다. 자기 혼자 몸 같으면 어디 가서 어떻게 빌어먹더라도 살 수가 있지마는 사랑하는 아내를 구해 갈 길이 막연하다. 그는 고개를 굽히고, 허리를 굽히고, 나중에는 마음을 굽히어 사정도 하여 보고 애걸도 하여 보았다. 그러나 그것은 헛된 일이다. 주인의 마음은 쇠나 돌보다도 더 굳었다.

그는 하는 수 없이 자기 아내에게 그 이야기를 하였다. 그리고 아내더러 안주인 마님께 사정을 좀 하여 얼마간이라도 더 있게 하여 달라고 하여 보라 하였다. 그러나 아내는 방원의 말을 들을 리가 없었다. 도리어,

"그러면 어떻게 한단 말이오. 이제부터는 나를 어떻게 먹여 살릴 터이오?"

"너는 그렇게도 먹고 살 수 없을까 봐 겁이 나니?"

"겁이 나지 않고. 생각을 해 보구려. 인제는 꼼짝할 수 없이 죽지 않았소?"

"죽어?"

"그럼 임자가 나를 데리고 이곳까지 올 때에 무어라고 하였소. 어떻게 해서든지 너 하나야 먹여 살리지 못하겠느냐고 하였지요."

"그래."

"그래, 얼마나 나를 잘 먹여 살리고 나를 호강시켰소. 여태까지 이태나

되도록 끌구 돌아다닌다는 것이 남의 집 행랑이었지요?"

"얘, 그것을 내가 모르고 하는 말이냐? 내가 하려고 하지 않아서 그렇게 된 것이냐? 차차 살아가는 동안에 무슨 일이든지 생기겠지. 설마 요대로 늙어 죽기야 하겠니?"

"듣기 싫소! 뿔 떨어지면 구워 먹지 어느 천년에."

방원이는 가뜩이나 내어 쫓기고 화가 나는데 계집까지 그리하니까 속에서 열화가 치밀어 올라왔다.

"이 육시를 하고도 남을 년! 왜 남의 마음을 글컹거리니."

"왜 사람에게 욕을 해."

"이년아, 욕 좀 하면 어떠냐?"

"왜 욕을 해!"

계집이 얼굴이 노래지며 대든다.

"이년이 발악인가?"

"누가 발악이야. 계집년 하나 건사 못 하는 위인이 계집보고 욕만 하고 한 게 무어야? 그래 은가락지 은비녀나 한 벌 사 주어 보았어? 내가 임자 하자고 하는 대로 하지 않은 것은 없지!"

"이년아! 은가락지 은비녀가 그렇게 갖고 싶으냐, 이 더러운 년아."

"무엇이 더러워? 너는 얼마나 정한 놈이냐!"

계집의 입속에서는 '놈' 소리가 나오기 시작한다.

"이년 보게! 누구더러 놈이래."

하고 손길이 계집의 낭자^{여자의 예장에 쓰는 딴머리의 하나. 쪽 찐 머리 위에 덧얹고 긴 비녀를 꽂음}를 휘어 잡더니 그대로 집어 들고 두어 번 주먹으로 등줄기를 후리었다.

"이 주릿대^{주리를 트는 데 쓰는 두 개의 붉은 막대} 안길 년!"

발길이 엉덩이를 두어 번 지르니까 계집은 그대로 거꾸러졌다가 다시 일어났다. 풀어 헤뜨린 머리가 치렁치렁 끌리고 씰룩한 눈에는 독기가 섞이었다.

"왜 사람을 치니? 이놈! 죽여라 죽여. 어디 죽여 보아라. 이놈 나 죽고 너 죽자!"

하고 달려드는 계집을 후려서 거꾸러뜨리고서,

"이년이 죽으려고 기를 쓰나!"

방원이가 계집을 치는 것은 그것이 주먹을 가지고 하는 일종의 농담이다. 그는 주먹이나 발길이 계집의 몸에 닿을 때 거기에 얻어맞는 계집의 살이 아픈 것보다 더 찌르르하게 가슴 한복판을 찌르는 아픔을 방원은 깨닫는 것이다. 홧김에 계집을 치는 것이 실상은 자기의 마음을 자기의 이빨로 물어뜯는 것이나 다름이 없는 것이다. 때리는 그에게는 몹시 애처로움이 있고 불쌍함이 있는 것이다. 그러나 자기의 화풀이를 받아 주는 사람은 아직까지도 계집밖에는 없었다. 제일 만만하다는 것보다도 가장 마음 놓고 화풀이할 수 있음이다. 싸움한 뒤, 하루가 못 되어 두 사람이 베개를 나란히 하고 서로 꼭 끼고 잘 때에는 그렇게 고맙고 그렇게 감격이 일어나는 위안이 또다시 없음이다. 계집을 치고 화풀이를 하고 난 뒤에 다시 가슴을 에는듯한 후회와 더 뜨거운 포옹으로 위로를 받을 그때에는 두 사람 아니라 방원에게는 그만큼 힘 있고 뜨거운 믿음이 또다시 없는 까닭이다.[1]

계집은 일부러 소리를 높여서 꺼이꺼이 운다.

온 마을 사람이 거의 귀를 기울였으나,

"응, 또 사랑싸움을 하는군!"

하고 도리어 그 싸움을 부러워하였다. 옆집 젊은것이 와서 싱글싱글 웃으면서 들여다보며,

"인제 고만두라고."

하며 말리는 시늉을 한다. 동네 아이들만 마당 앞에 죽 늘어서서 눈들이 뚱그레서 구경을 한다.

3

그날 저녁에 방원은 술이 얼근하여 돌아왔다. 아까 계집을 차던 마음은 어느덧 풀어지고 술로 흥분된 마음에 그는 계집의 품이 몹시 그리워져서 자기 아내에게 사과를 할 마음까지 생기었다. 본시 사람이 좋고 마음이 약하고 다정한 그는 무식하게 자라난 까닭에 무지한 짓을 하기는 하나 그것은 결코 그의 성격을 말하는 무지함이 아니다.

그는 비척거리면서 집으로 향하는 길에 거슴츠레하게 풀린 눈을 스르르 내리감고 혼잣소리로,

"빌어먹을 놈! 나가라면 나가지 무서운가? 제 집 아니면 살 곳이 없는 줄

---

1) 이방원은 아내와 다르게 순수한 애정관을 가지고 있다.

아는 게로군! 흥, 되지 않게 다 무엇이냐? 돈만 있으면 제일이냐? 이놈, 네가 그러다가는 이 주먹맛을 언제든지 볼라. 그대로 곱게 뒈질 줄 아니?"

하고 개천 하나를 건너뛴 후에,

"돈! 돈이 무엇이냐."

한참 생각하다가,

"에후."

한숨을 쉬고 나서,

"돈이 사람 죽이는구나! 돈! 돈! 흥, 사람 나고 돈 났지, 돈 나고 사람 났니?"

또 징검다리를 비척비척하고 건넌 뒤에,

"고 배라먹을 년이 왜 그렇게 포달 앙상이 나서 악을 쓰고 함부로 주워대는 말을 부려서 장부의 마음을 긁어 놓아!"

그의 목소리에는 말할 수 없이 다정한 맛이 있었다. 그는 자기 계집을 생각하면 모든 불평이 스러지는 듯이, 숙였던 고개를 쳐들어 하늘을 보면서,

"허어, 저도 고생은 고생이지."

하고 다시 고개를 숙인 후,

"내가 너무해, 너무 그럴 게 아닌데."

그는 자기 집에 와서 문고리를 붙잡고 잡아 흔들면서,

"애! 자니! 자!"

그러나 대답이 없고 캄캄하다.

"이년이 어디를 갔어!"

그는 문짝을 깨어지라 하고 닫은 후에 다시 길거리로 나와 그 옆집으로 가서,

"여보 아주머니! 우리 집 색시 어디 갔는지 보았소?"

밥들을 먹던 옆엣집 내외^{內外}는,

"어디서 또 취했소그려! 애 어머니가 아까 머리 단장을 하더니 저 방아께로 갑디다."

"방아께로?"

"네."

"빌어먹을 년! 방아께로는 무얼 먹으러 갔누!"

다시 혼자 방아를 향하여 가면서 혼자 중얼거린다.

그는 방앗간을 막 뒤로 돌아서자 신치규와 자기 아내가 방앗간에서 나오

는 것을 보았다.

"아!"

그는 너무 뜻밖의 일이므로 아무 말도 하지 못하고 그대로 한참이나 멀거니 서서 보기만 하였다.

그의 눈에서는 쌍심지가 거꾸로 섰다. 열이 올라와서 마치 주홍을 칠한 듯이 그의 눈은 붉어지고 번개 같은 광채가 번뜩거리었다.

그는 한참이나 사지를 떨었다. 두 이가 서로 맞혀서 달그락달그락하여졌다. 그의 주먹은 부서질 것같이 단단히 쥐어졌었다.

계집과 신치규는 방원이 와 선 것을 보고서 처음에는 조금 간담이 서늘하여졌으나 다시 태연하게 내려 앉혔다. 일이 이렇게 되었으매 할 대로 하라는 뜻이다.

방원은 달려들어서 계집의 팔목을 잡았다. 그리고 이를 악물고 부르르 떨었다.

"나는 네가 이럴 줄은 몰랐다."

계집은,

"무얼 이럴 줄을 몰라?"

하며 파란 눈을 흘겨보더니,

아니, 이게 무슨 일이야?

🎬 소설 한 장면   위기   이방원은 신치규와 아내가 물레방앗간에서 나오는 것을 목격함

"나중에는 별꼴을 다 보겠네. 으레 그럴 줄을 인제 알았나? 냐요! 왜 남의 팔을 잡고 요 모양이야. 오늘부터는 나를 당신이 그리 함부로 하지는 못해요! 더러운 녀석 같으니! 계집이 싫다고 그러면 국으로^{제 생긴 그대로, 잠자코} 물러갈 일이지, 이게 무슨 사내답지 못한 일야! 냐요!"

팔을 뿌리쳤으나 분노가 전신에 가득 찬 그는 그렇게 쉽게 손을 놓지 않았다.

"얘! 네가 이것이 정말이냐?"

"정말 아니구 비싼 밥 먹고 거짓말할까?"

"네가 참으로 환장을 하였구나!"

"아니 누구더러 환장을 했대? 온 기가 막혀 죽겠지! 냐요! 냐! 왜 추근추근하게 이 모양이야? 냐."

하고서 힘껏 뿌리치는 바람에 계집의 손이 쑥 빠지었다. 계집은 손목을 주무르면서 암상궂게^{남을 미워하고 샘을 잘 내는 마음이나 태도가 있게} 돌아섰다.

이때까지 이 꼴을 멀찌가니 서서 보고 있던 신치규는 두어 발자국 나서더니 기침 한 번을 서투르게 하고서,

"얘! 네가 술이 취하였으면 일찍 들어가 자든지 할 것이지 웬 짓이냐? 네 눈깔에는 아무것도 보이는 것이 없단 말이냐? 너희 연놈이 싸우는 것은 너희 연놈이 어디든지 가서 할 일이지 여기 누가 있는지 없는지 눈깔에 보이는 것이 없어?"

짐짓 소리를 높여 호령을 하였다.

"엣, 괘씸한 놈!"

눈깔을 부라리었다. 방원은 한참이나 쳐다보고서 말이 없었다. 생각대로 하면 한주먹에 때려눕힐 것이지마는 그래도 그의 머릿속에는 아까까지의 상전이라는 관념이 남아 있었다. 번갯불같이 그 관념이 그의 입과 팔을 얽어 놓았다. 어려서부터 오늘날까지 남을 섬겨 보기만 한 그의 마음은 상전이라면 모두 두려워하는 성질을 깊이깊이 뿌리를 박아 놓았다. 그러나 오늘부터는 신치규가 자기의 상전도 아니요, 자기가 신치규의 종도 아니다. 다만 똑같은 사람으로 마주 섰을 뿐이다. 아니다, 지금부터는 신치규는 방원의 원수였다. 그의 간을 씹어 먹어도 오히려 나머지 한이 있는 원수다.

신치규는 똑바로 쳐다보는 방원을 마주 쳐다보며,

"똑바로 보면 어쩔 터이냐? 온 세상이 망하려니까 별 해괴한 일이 다 많

거든. 어째 이놈아?"

"이놈아?"

방원은 한 걸음 들어섰다. 나무같이 힘센 다리가 성큼 하고 나설 때 신치규는 머리끝이 으쓱하였다. 쇠몽둥이 같은 두 주먹이 쑥 앞으로 닥칠 때 그의 가슴은 덜컥 내려앉았다.

"네 입에서 이놈아라는 소리가 나오니? 이 사지를 찢어 발겨도 오히려 시원치 못할 놈아! 네가 내 계집을 뺏으려고 오늘 날더러 나가라고 그랬지?"

"어허, 이거 그놈이 눈깔이 삐었군. 애, 나는 먼저 들어가겠다. 너는 네 서방하고 나중 들어오너라!"

신치규는 형세가 위험하니까 슬금슬금 꽁무니를 빼려고 돌아서서 들어가려 하니까 방원은 돌아서는 신치규의 멱살을 잔뜩 쥐어 한 팔로 바싹 치켜들고,

"이놈, 어디를 가? 네가 이때까지 맛을 몰랐구나?"

하며 한 번 집어쳐 땅바닥에다가 태질을 한 뒤에 그대로 타고 앉아서 목줄띠를 누르니까, 마치 뱀이 개구리 잡아먹을 적 모양으로 깩깩 소리가 나며 말 한마디도 하지 못한다.

"이놈, 너 죽고 나 죽으면 고만 아니냐?"

하고 방원은 주먹으로 사정없이 닥치는 대로 들이팬다. 나중에는 주먹이 부족하여 옆에 있는 모루 돌멩이를 집어서 죽어라 하고 내리친다. 그의 팔, 그의 온몸에는 끓어오르는 분노가 극도에 달하자 사람의 가슴속에 본능적으로 숨어 있는 잔인성이 조금도 남지 않고 그대로 나타났다. 그의 눈은 마치 펄떡펄떡 뛰는 미끼를 가로차고 앉은 승냥이나 이리와 같이 뜨거운 피를 보고야 만족하다는 듯이 무섭게 번쩍거렸다. 그에게는 초자연의 무서운 힘이 그의 팔과 다리에 올라왔다.

이 꼴을 보는 계집은 무서웠다. 끔찍끔찍한 일이 목전에 생길 것이다. 그의 맥이 풀린 다리는 마음대로 놓여지지 아니하였다.

"아! 사람 살류! 사람 살류!"

적적한 밤중의 쓸쓸한 마을에는 처참한 여자 목소리가 으스스하게 울리었다. 이 소리를 들은 방원은 더욱 힘을 주어서 눈을 딱 감고 죽어라 내리짓찧었다. 뼈가 돌에 맞는 소리가 살이 을크러지는 소리와 함께 퍽퍽 하였

다. 피 묻은 돌이 여기저기 흩어지고 갈가리 찢긴 옷에는 살점이 묻었다.

동네 편 쪽에서 수군수군하더니 구두 소리가 나며 칼 소리가 덜거덕거리었다. 방원의 머리에는 번갯불같이 무엇이 보이었다. 그는 손에 주먹을 쥔채 잠깐 정신을 차려 그쪽으로 귀를 기울였다.

"순검."

그는 신치규의 배를 타고 앉아서 순검의 구두 소리를 듣자 비로소 자기가 무슨 짓을 하였는지 깨달았다.

그는 미친 사람처럼 일어났다. 그러고는 옆에 서서 벌벌 떠는 계집에게로 갔다.

"얘! 가자! 도망가자! 너하고 나하고 같이 가자! 자! 어서, 어서!"

계집은 자기에게 또 무슨 일이 있을까 하여 겁을 내어 도망을 하려 한다. 방원은 계집을 따라가며,

"얘! 얘! 네가 이렇게도 나를 몰라주니? 내가 너를 어떻게 생각하는지 알지를 못하니? 자! 어서, 도망가자, 어서 어서. 뒤에서 순검이 쫓아온다."

계집은 그대로 서서 종종걸음을 치며,

"싫소! 임자나 가구려! 나는 싫어요, 싫어."

"가자! 응! 가!"

그는 미친 사람처럼 계집의 팔을 붙잡고 끌었다. 그때 누구인지 그의 두팔을 마치 형틀에 매다는 것같이 꽉 뒤로 껴안는 사람이 있었다.

"이놈아! 어디를 가?"

그는 뒤를 돌아보지 않고도 그가 누구인지 알았다. 그는 온 전신에 맥이풀리어 그대로 뒤로 자빠지려 할 때 어느덧 널판 같은 주먹이 그의 뺨을 사정없이 갈겼다.

"정신 차려."

"네."

그는 무의식하게 고개가 숙여지고 말소리가 공손하여졌다.

땅바닥에서는 신치규가 꿈지럭거리며 이리저리 뒹군다. 청승스러운 비명이 들린다.

방원은 포승 지인 채 주재소로 끌려가고, 계집은 그대로, 신치규는 머슴들이 업어 들였다.

4

　석 달이 지났다. 상해죄로 감옥에서 복역을 하던 방원은 만기가 되어 출옥을 하였다. 그러나 신치규는 아무 일 없이 자기 집에서 치료하고 방원의 계집을 데려다 산다. 신치규는 온몸이 나은 뒤에 홀로 생각하였다.

　'죽는 줄 알았더니 그래도 이렇게 살아 있으니!'

　하고 얼굴에 흠이 진 곳을 만져 보며,

　'오히려 그놈이 그렇게 한 것이 나에게는 다행이지, 얼굴이 아프기는 좀 하였으나! 허어.'

　'어떻게 그놈을 떼어 버릴까 하고 그렇지 않아도 걱정을 하던 차에 잘되었지. 그놈 한 십 년 감옥에서 콩밥을 먹었으면 좋겠다.'

　방원은 감옥 속에서 생각하기를 나가기만 하면 연놈을 죽여 버리고 제가 죽든지 요절을 내리라 하였다.

　집에서 내어 쫓기고 계집까지 빼앗기고, 그것을 생각하면 이가 갈리고 치가 떨리었다. 그것이 모두 자기가 돈 없는 탓인 것을 생각하매 더욱 분한 생각이 났다.

　'에 더러운 년.'

 소설 한 장면　`절정`　이방원은 신치규를 구타해 석 달간 복역함

그는 홍바지에 쇠사슬을 차고서 일을 할 때에도 가끔 침을 땅에다 뱉으면서 혼자 중얼거리었다.

'사람이 이러고서야 살아서 무엇하나? 멀쩡한 놈이 계집 빼앗기고 생으로 콩밥까지 먹으니……'

그가 감옥에서 나올 때에는 감옥소를 다시 한 번 둘러보고, 그가 여기서 마지막으로 목숨을 잃어버리든지 그렇지 않으면 그가 그 손으로 그의 목을 찔러 죽든지, 무슨 요절이 날 것을 생각하고, 다시 온몸에 힘을 주고 씁쓸한 웃음을 웃었다.

그는 이백 리나 되는 길을 걸어서 계집이 사는 촌에를 왔다.

그러나 아무도 그를 아는 척하는 사람이 없었다. 전에 친하게 지내던 사람들도 그를 보고 피해 갔다.

마치 문둥병자나 마찬가지 대우를 하였다. 감옥에서 나온 뒤로부터는 더욱 이 세상이 차디차졌다. 자기가 상상하던 것보다도 더 무정하여졌다. 그는 하는 수 없이 밤이 될 때까지 그 근처 산속으로 돌아다녔다. 그래서 깊은 밤에 촌으로 내려왔다. 그는 그 방앗간을 다시 지나갔다. 석 달 전 생각이 났다. 자기가 여기서 잡혀갔다는 것을 생각할 때 더욱 억울하고 분한 생각이 치밀어 올라왔다. 그는 한참이나 거기 서서 그때 일을 생각하고 몸서리를 친 후에 다시 그전 집을 찾아갔다.

날이 몹시 추워지고 눈이 쌓였다. 옷은 입은 것이 가을에 입고 감옥에 들어갔던 그것이므로 살을 에는 듯한 것이로되 그는 분한 생각과 흥분된 마음에 그것도 몰랐다.

'연놈을 모두 처치를 해 버려?'

혼자 속으로 궁리를 하다가,

'그렇지, 그까짓 것들은 살려 두어 쓸데없는 인생들이야.'

하면서 옆구리에 지른 기름한 단도를 다시 만져 보았다. 그는 감격스런 마음으로 그것을 쓰다듬었다.

그는 신치규의 집 울을 넘어 들어갔다. 그의 발은 전에 다닐 적같이 익숙하였다. 그는 사랑을 엿보고 다시 뒤로 돌아서 건넌방 창 밑에 와 섰었다. 귀를 기울였으나 아무 말도 들리지 않았다. 그는 손에 칼을 빼들었다. 그러고는 일부러 뒤 창문을 달각달각 흔들었다.

"그 뉘?"

하고 계집의 머리가 쑥 나오며 문이 열리었다. 그는 얼른 비켜섰다. 문은 다시 닫히고 계집은 들어갔다.

방원의 마음은 이상하게 동요가 되었다. 어여쁜 계집의 목소리가 오래간만에 귀에 들릴 때, 마치 자기가 감옥에서 꿈을 꿀 적 모양으로 요염하고도 황홀하게 그의 마음을 꾀는 것 같았다. 그는 꿈속에 다시 만난 것 같고 오래간만에 그를 만나 보매 모든 결심은 얼음같이 녹는 듯하였다. 그래도 계집이 설마 나를 영영 잊어버리랴 하고 옛날의 정리를 생각할 때 그것이 거짓말이 아니고 무엇이냐는 생각이 났다.

아무리 자기를 감옥에까지 가게 하였다 하더라도 그는 감히 칼을 들어 죽이려는 용기가 단번에 나지 않아서 주저하기 시작했다.

'아니다, 다시 한 번만 물어보자!'

그는 들었던 칼을 다시 집고 생각하였다.

'거짓말이다. 거짓말이다! 그럴 리가 없다.'

그는 반신반의하였다.

'그렇다. 한 번만 다시 물어보고 죽이든 살리든 하자!'

그는 다시 문을 달각달각하였다. 계집은 이번에 다시 문을 열고 사면을 둘러보더니 헌 짚신짝을 신고 나왔다.

"뉘요?"

그는 방원이 서 있는 집 모퉁이를 돌아서려 할 제,

"내다!"

하고 입을 틀어막고 칼을 가슴에 대었다.

"떠들면 죽어!"

방원은 계집의 입을 수건으로 틀어막고 결박을 한 후 들쳐 업고서 번개같이 달음질하였다. 그는 어느 결에 계집을 업어다가 물레방아 앞에 내려놓은 후 결박을 풀었다. 그리고 한숨을 쉬었다.

"나를 모르겠니?"

캄캄한 그믐밤에 얼굴을 바짝 계집의 코앞에 들이대었다. 계집은 얼굴을 자세히 보더니,

"아!"

소리를 지르더니 뒤로 물러섰다.

"조금도 놀랄 것이 없다. 오늘 네가 내 말을 들으면 살려 줄 것이요, 그렇

지 않으면 이것이야!"

하고 시퍼런 칼을 들이대었다. 계집은 다시 태연하게,

"말요? 임자의 말을 들으렬 것 같으면 벌써 들었지요, 이때까지 있겠소? 임자도 남의 마음을 알지요? 임자와 나와 이 년 전에 이곳으로 도망해 올 적에도 전남편이 나를 죽이겠다고 칼로 허리를 찔러 그 흠이 있는 것을 날마다 밤에 당신이 어루만지었지요? 내가 그까짓 칼쯤을 무서워서 나 하고 싶은 짓을 못 한단 말이오? 힝, 이게 무슨 비겁한 짓이오, 사내자식. 자! 찌르려서든 찔러 보아요. 자, 자."

계집은 두 가슴을 벌리고 대들었다. 방원은 너무 계집의 태도가 대담하므로 들었던 칼이 도리어 뒤로 움찔할 만큼 기가 막혔다. 그는 무의식하게,

"정말이냐?"

하고 한 걸음 더 가까이 나섰다.

"정말이 아니고? 내가 비록 여자이지마는 당신같이 겁쟁이는 아니라오! 이것이 도무지 무엇이오?"

계집은 그래도 두려웠던지 방원의 손에 든 칼을 뿌리쳐 땅에 떨어뜨리었다.

이 칼이 땅에 떨어지자 방원은 여태까지 용사와 같이 보이던 계집이 몹시 비겁스럽고 더러워 보이어 다시 칼을 집어 들고 덤비었다.

"에잇! 간사한 년! 어쩔 터이냐? 나하고 당장에 멀리멀리 가지 않을 터이냐? 자아, 가자!"

그는 눈물이 어린 눈으로 타일러 보기도 하고 간청도 하여 보았다.

"자아, 어서 옛날과 같이 나하고 멀리멀리 도망을 가자! 나는 참으로 나의 칼로 너를 죽일 수는 없다!"

계집의 눈에는 독이 올라왔다. 광채가 어두운 밤의 번개같이 번쩍거리며,

"싫어요. 나는 죽으면 죽었지 가기는 싫어요. 이제 나는 고만 그렇게 구차하고 천한 생활을 다시 하기는 싫어요. 고만 물렸어요."

"너의 입으로 정말 그런 말이 나오느냐? 너는 나를 우리 고향에 다시 돌아가지도 못하게 만들어 놓고 나의 모든 것을 다 잃어버리게 한 후에 또 나중에는 세상에서 지옥이라고 하는 감옥소에까지 가게 하였지! 그러고도 나의 맨 마지막 원을 들어주지 않을 터이냐?"

"나는 언제든지 당신 손에 죽을 것까지도 알고 있소! 자! 오늘 죽으나 내일 죽으나 언제든지 죽기는 일반, 이렇게 된 이상 나를 죽이시오."

"정말이냐? 정말이야?"

"정말요!"

계집은 결심한 뜻을 나타내었다. 방원의 손은 떨리었다. 그리고 그는 눈을 꽉 감고,

"에, 여우 같은 년!"

하고 칼끝을 계집의 옆구리를 향하여 힘껏 내밀었다. 계집은 이를 악물고,

"사람 죽인다!"

소리 한 번에 그 자리에 거꾸러졌다. 칼자루를 든 손이 피가 몰리는 바람에 우르르 떨리더니 피가 새어 나왔다. 방원은 그 칼을 빼어 들더니 계집 위에 거꾸러져서 가슴을 찌르고 절명하여 버렸다.

🍎 소설 한 장면　결말　출감한 이방원은 아내를 살해하고 스스로 목숨을 끊음

🔭 생각해 볼까요?

선생님　이방원의 아내와 신치규는 유혹에 빠져 물레방앗간에서 타락을 저지르고 이는 비극적인 결말을 불러일으켜요. 예부터 물레방앗간은 마을에서 외따로 떨어져 있어 밀회 장소를 상징하게 되었고, 이러한 특성 때문에 토속적인 애욕의 세계를 연상시키지요. 그렇다면 이 소설에서 '물레방아'는 어떤 것을 상징할까요?

💬 1　🤍 1

학생 1　물레방아가 돌고 돌아가는 모습은 반복되는 인생을, 한 자리에서 맴도는 것은 운명의 굴레를 상징해요. 이방원은 비극적인 삶에서 벗어나려 하였지만 이는 결국 좌절되고 말았어요.

선생님　이 소설에서 인물들은 각각 어떤 가치관을 지니고 있나요? 그리고 그 모습을 통해 작가가 말하고자 하는 바는 무엇일까요?

💬 2　🤍 2

학생 1　이방원은 비교적 순수한 애정관을 지니고 있어요. 가난하지만 사랑하는 아내와 함께 사는 삶에 만족해요. 하지만 아내는 정신적 가치보다 물질적 가치를 중시해요. 결국 신치규를 선택하고 남편을 배신해요.

학생 2　신치규 또한 자신의 욕구를 채우기 위해 남의 아내를 빼앗는 악행을 저질러요. 이러한 인물들을 통해 물질 만능주의에 의해 인간성이 상실될 수 있음을 경고하고 있어요.

선생님　소설 속에서 이방원이 겪는 갈등은 세 가지로 구분할 수 있어요. 그 종류는 크게 인물과 인물 간의 갈등, 인물과 사회와의 갈등이라 할 수 있지요. 이방원은 이러한 갈등을 겪으며 주인에게 순종하는 수동적 인물에서, 대항하는 능동적 인물로 바뀌어요. 즉 사건이 전개됨에 따라 변화하는 입체적 성격을 지닌 인물이지요. 이러한 이방원의 갈등 관계에 대해 자세히 설명해 볼까요?

💬 3　🤍 3

학생 1　먼저 이방원과 아내의 갈등이에요. 이방원은 가난한 삶 속에서도 아내와 잘 살아보려 해요. 하지만 아내는 가난한 남편을 떠나 부자인 신치규의 후처가 되고 싶어해요.

학생 2　다음은 이방원과 신치규의 갈등이에요. 이방원은 아내를 지키려 하고 신치규는 그의 아내를 빼앗으려 해요.

학생 3　이방원과 사회의 갈등도 있어요. 이방원의 낮은 신분과 가난함, 신치규의 높은 신분과 부유함을 갈등의 원인이라고 한다면 이방원이 겪는 갈등은 개인과 사회의 갈등이라고 이해할 수 있어요.

선생님 신경향파 소설은 계급에 따른 적대 관계나 경제적 궁핍을 원인으로 살인이
나 방화라는 결말을 내는 경우가 많아요. 이 작품에서 이방원의 살인은 당대
의 신경향파 소설이 보여 주는 살인과 어떤 점이 다를까요?

 1 ♥ 1

↳ **학생 1** 이방원의 살인은 지주와의 계급적 대립 관계가 아닌 치정 관계에서 비롯되
었어요. 작가는 가진 자(신치규)와 못 가진 자(이방원)의 갈등을 통해 본능적
인 육욕(신치규)과 물질에 대한 탐욕(이방원의 아내)이 빚어낸 인간성 타락
을 주제로 삼았어요.

갈등

연관 검색어   소설의 구성 요소   사건   갈등의 양상

갈등은 인물 내면의 혼란뿐 아니라 인물과 그를 둘러싼 외적 요소와의 대립에서도 발
생한다. 갈등은 벌어지는 사건에 필연성을 부여하며 사건을 추진하는 원동력으로 작
용하는 경우가 많다. 갈등은 개인 내부의 심리적 대립에 의한 '내적 갈등'과 개인과 개
인, 개인과 사회 간에 생기는 '외적 갈등'이 있다.

외적 갈등은 주동 인물과 반동 인물 사이의 갈등인 '개인과 개인의 갈등', 개인이 살아
가면서 겪는 사회 윤리나 제도와의 갈등인 '개인과 사회의 갈등', 개인의 삶이 운명에
의해 결정되거나 파괴되는 데서 겪은 갈등인 '개인과 운명의 갈등'으로 나뉜다.

전영택
(1894~1968)

✉ 작가에 대하여

호는 추호(秋湖)·늘봄. 평양 출생. 평양 대성학교를 거쳐 일본 아오야마학원 신학부를 졸업하였다. 1930년 미국으로 건너가 버클리의 퍼시픽신학교를 수료하였다. 귀국한 후에 교회 목사·기독신문 주간을 지냈다. 1919년 김동인, 주요한 등과 함께 〈창조〉 동인이 되면서 작품 활동을 시작하였다. 〈창조〉 첫 호에 단편 「혜선의 사(死)」를 발표한 이후 계속 「천치·천재」, 「운명」, 「사진」, 「화수분」, 「흰 닭」 등을 발표하였다. 일제 강점기 말에는 붓을 꺾고 울분을 달래다가 8·15 광복 후에 다시 창작 활동을 시작, 38선의 비극을 그린 단편 「소」를 비롯해 「새봄의 노래」, 「강아지」, 「아버지와 아들」, 「쥐」 등을 발표하였다.

현대 소설 초기 작가들에게 찾아보기 힘든 간결한 문체를 구사한 전영택의 작품은 대체로 인도주의적 경향을 띠고 있다. 작중 인물들은 이 땅 어디에서나 만날 수 있는 가난하고 착한 사람들로 일관되어 있다는 특징을 지닌다. 이러한 경향은 후기로 접어들면서 더욱 두드러지는데, 이는 목사라는 그의 신분과 기독교적 영향에 기인한 것으로 보인다.

화수분

#극도의빈곤   #휴머니즘   #사실주의   #인도주의

🍵 작품 길잡이

갈래: 액자 소설, 자연주의 소설, 인도주의 소설
배경: 시간 - 일제 강점기의 겨울 / 공간 - 서울과 양평 일대
시점: 1인칭 관찰자 시점
　　　　 행랑어멈의 이야기 부분 - 1인칭 주인공 시점
　　　　 화수분 부부의 죽음 부분 - 3인칭 전지적 작가 시점
주제: 가난한 부부의 비참한 삶과 자식에 대한 고귀한 사랑
출전: 〈조선문단〉[1925]

📷 인물 관계도

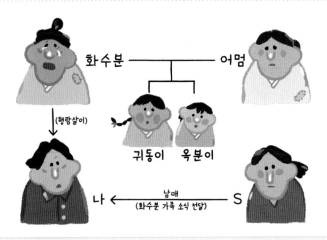

| 나 | 화수분 일가에 연민을 느끼나 적극적으로 돕지는 않는다. |
| 화수분 | '나'의 집에 세 들어 사는 행랑아범으로, 착한 성품이나 극도의 가난에서 벗어나지 못한다. |

📋 구성과 줄거리

발단　**'나'는 행랑아범 화수분 내외의 궁핍한 삶을 관찰함**

어느 추운 겨울밤, '나'와 아내는 행랑채에 사는 아범이 흐느끼는 소리를 듣고 의아해한다. 아범은 금년 구월에 아내와 어린것 둘을 데리고 우리 집 행랑방에 들었다. 그들은 가진 것 없이 무척 힘겹게 살아간다.

전개　**큰딸이 남의 집으로 가게 되자 화수분은 자신의 무능을 자탄함**

이튿날 아침 아내가 어멈에게 지난밤 울음에 대한 사연을 듣는다. '쌀집 마누라가 큰딸애를 누가 키우겠다고 한다기에 거기에 두고는 남편과 의논하기 위해 찾아다니다 만나지 못하고 돌아오니 딸애는 벌써 데려간 뒤여서 그만 그렇게 슬피 울었다.'라는 것이다. 행랑아범의 고향은 양평이며 큰형은 죽고 작은형이 시골에서 농사를 짓고 있다는 사정까지 알게 된다.

위기　**화수분의 아내가 화수분을 찾아 양평으로 떠남**

며칠 뒤 화수분은 형이 발을 다쳐서 농사일을 못 하게 되었다는 편지를 받고 식구들을 부탁한 뒤 양평으로 떠난다. 겨울이 되도록 소식이 없자 어멈은 작은딸을 업고 화수분을 찾아 시골로 내려간다.

절정　**화수분은 고갯길에서 얼어 죽어 가는 아내와 딸을 발견함**

얼마 후 '나'는 여동생 S로부터 화수분네의 행적을 듣는다. 고향에 간 화수분은 아픈 형을 대신해 일하다 몸살이 났는데, 그때도 남의 집에 간 딸아이를 부르더라는 것이다. 그리고 아내가 내려온다는 편지를 받고 아내를 찾아 눈길을 달려 나갔다는 것이다.

화수분은 높은 고개를 넘다 어멈이 옥분이를 안은 채 떨고 있는 것을 발견한다. 어멈은 눈은 떴으나 말을 못한다. 화수분과 어멈은 어린 것을 가운데 두고 껴안은 채 밤을 지새운다.

결말　**부부의 시체와 딸아이를 발견한 나무장수가 어린애만 데리고 떠남**

이튿날 아침 나무장수가 지나가다 이들을 발견한다. 어린애가 부모의 시체를 툭툭 치고 있는 것을 보고 어린것만 소에 싣고 길을 간다.

화수분

1

첫겨울 추운 밤은 고요히 깊어 간다. 뒤뜰 창 바깥에 지나가는 사람 소리
도 끊어지고 이따금씩 찬바람 부는 소리가 휘익 우수수 하고 바깥의 춥고
쓸쓸한 것을 알리면서 사람을 위협하는 듯하다.

"만주노 호야 호오야."

길게 그리고도 힘없이 외치는 소리로, 보지 않아도 추워서 수그리고 웅
크리고 가는 듯한 사람이 몹시 처량하고 가엾어 보인다. 어린애들은 모두
잠들고 학교 다니는 아이들은 눈에 졸음이 잔뜩 몰려서 입으로만 소리를
내어 글을 읽는다. 나는 누워서 손만 내놓아 신문을 들고 소설을 보고, 아내
는 이불을 들쓰고 어린애 저고리를 짓고 있다.

"누가 우나?"

일하던 아내가 말하였다.

"아니야요. 그 절름발이가 지나가며 무슨 소리를 지껄이면서 그러나 보
아요."

공부하던 애가 말한다. 우리들은 잠시 그 소리를 들으려고 귀를 기울였
으나 다시 각각 그 하던 일을 계속하여 다시 주의도 하지 아니하였다. 그러
다가 우리는 모두 잠이 들어 버렸다.

나는 자다가 꿈결같이 '으-으-으-으-으' 하는 소리를 들었다. 잠깐 잠이 반
쯤 깨었으나 다시 잠들었다. 잠이 들려고 하다가 또 깜짝 놀라서 깨었다. 그
리고 아내에게 물었다.

"저게 누구 울지 않소?"

"아범이구려."

나는 벌떡 일어나서 귀를 기울였다. 과연 아범의 우는 소리다. 행랑에 있
는 아범의 우는 소리다.

'어찌하여 우는가, 사나이가 어찌하여 우는가. 자기 시골서 무슨 슬픈 상
사의 기별을 받았나? 무슨 원통한 일을 당하였나?'

나는 생각하였다.

'어이 어이' 느껴 우는 소리를 들으면서 아내에게 물었다.

"아범이 왜 울까?"

"글쎄요, 왜 울까요?"

2

아범은 금년 구월에 그 아내와 어린 계집애 둘을 데리고 우리 집 행랑방에 들었다. 나이는 한 서른 살쯤 먹어 보이고 머리에 상투가 그냥 달라붙어 있고 키가 늘씬하고 얼굴은 기름하고 누르퉁퉁하고 눈은 좀 큰데 사람이 퍽 순하고 착해 보였다. 주인을 보면 어느 때든지 그 방에서 고달픈 몸으로 밥을 먹다가도 얼른 일어나서 허리를 굽혀 절한다. 나는 그것이 너무 미안해서 그러지 말라고 이르려고 하면서 늘 그냥 지내었다. 그 아내는 키가 자그마하고 몸이 똥똥하고, 이마가 좁고, 항상 입을 다물고 아무 말이 없다. 적은 돈은 회계할 줄 알아도 '원'이나 '백 냥' 넘는 돈은 회계할 줄 모른다. 그리고 어멈은 날짜 회계할 줄을 모른다. 그러기에 저 낳은 아이들의 생일을 아범이 그 전날 내일이 생일이라고 일러주지 않으면 모른다고 한다. 그러나 결코 속일 줄을 모르고 무슨 일이든가 하라는 대로 하기는 하나 얼른 대답을 시원히 하지 않고 꾸물꾸물 오래 하는 것이 흠이다. 그래도 아침에는 일찍이 일어나서 기름을 발라 머리를 곱게 빗고 빨간 댕기를 드려 쪽을 찌고 나온다.

누가 울고 있는 것 아니오?

행랑에 있는 아범이네요.

아이고…… 아아…….

☐ 소설 한 장면　　발단　'나'는 행랑아범 화수분 내외의 궁핍한 삶을 관찰함

그들에게는 지금 입고 있는 단벌 홑옷과 조그만 냄비 하나밖에 아무것도 없다. 세간도 없고 물론 입을 옷도 없고 덮을 이부자리도 없고 밥 담아 먹을 그릇도 없고 밥 먹을 숟가락 한 개가 없다. 있는 것이라고는 보기 싫게 생긴 딸 둘과 작은애를 업는 홑 누더기와 띠, 아범이 벌이하는 지게가 하나, 이것뿐이다. 밥은 우선 주인집에서 내어간 사발과 숟가락으로 먹고 물은 역시 주인집 어린애가 먹고 비운 가루우유 통을 갖다가 떠먹는다.

　아홉 살 먹은 큰 계집애는 몸이 좀 뚱뚱하고 얼굴은 컴컴한데 이마는 어미 닮아서 좁고 볼은 아비 닮아서 축 늘어졌다. 그리고 이르는 말은 하나도 듣는 법이 없다. 그 어미가 아무리 욕하고 때리고 하여도 볼만 부어서 까딱 없다. 도리어 어미를 욕한다. 꼭 서서 어미보고 눈을 부르대고 "조 깍정이가 왜 야단야단이야." 하고 욕을 한다. 먹을 것이 생기면 자식 먹이고 남편 대접하고 자기는 늘 굶는 어미가 헛입 노릇이라도 하는 것을 보게 되면 "저 망할 계집년이 무얼 혼자만 처먹어?" 하고 욕을 한다. 다만 자기 어미나 아비의 말을 아니 들을 뿐 아니라, 주인 마누라나 주인 나리가 무슨 말을 일러도 아니 듣는다. 먼 데 있는 것을 가까이 오게 하려면 손수 붙들어 와야 하고, 가까이 있는 것을 비키게 하려면 붙들어다 치워야 한다.

　다음에 작은 계집애는 돌을 지나 세 살을 먹은 것인데 눈이 커다랗고 입술이 삐죽 나오고 걸음은 겨우 빼뚤빼뚤 걷는다. 그러나 여태 말도 도무지 못하고 새벽부터 하루 종일 붙들어 매여 끌려가는 돼지 소리 같은 크고 흉한 소리를 내어 울어서 해를 보낸다. 울지 않는 때라고는 먹는 때와 자는 때뿐이다. 그러나 먹기는 썩 잘 먹는다. 먹을 것이라도 눈앞에 보이기만 하면 죄다 빼앗다가 두 다리 사이에 넣고 다리와 팔로 웅크리고 웅웅 소리를 내면서 혼자서 먹는다. 그렇게 심술 사나운 큰 계집애도 다 빼앗기고 졸연(猝然 갑작스럽게)해서 얻어먹지 못한다. 이렇기 때문에 작은 것은 늘 어미 뒷잔등에 업혀 있다. 만일 내려놓아 버려두면 땅바닥을 벗은 몸으로 두 다리를 턱 내뻗치고 묶여 가는 돼지 소리로 동리가 요란하도록 냅다 지른다.

　그래서 어멈은 밤낮 작은 것을 업고 큰 것과 싸움을 하면서 얻어먹지도 못하고, 물 긷고 걸레질하고 빨래하고 서서 돌아간다. 작은 것에게는 젖을 먹이고 큰 것의 욕을 먹고 성화 받고 사나이에게 웅얼웅얼하는 잔말을 듣는다. 밥 지을 쌀도 없는데 밥 안 짓는다고 욕을 한다. 그리고 아범은 밝기도 전에 지게를 지고 나갔다가 밤이 어두워서 들어오지만 하루에 두 끼니를 못 끓여 먹고 대개는 벌이가 없어서 새벽에 나갔다가도 오정^{午正정오} 때나 되면 돌아온다. 들어와서는 흔히 잔다. 이런 때는 온종일 그 이튿날 아침까지 굶는다. 그때마다 말 없던 어멈이 옹알옹알 바가지 긁는 소리가 들린다.

어멈이 그 애들 때문에 그렇게 애쓰고, 그들의 살림이 그렇게 어려운 것을 보고 나는 이따금 이렇게 생각하였다.

아내에게도 말을 한다.

"저 애들을 누구를 주기나 하지."

위에 말한 것은 아범과 그 식구의 대강한 정형이다. 그러나 밤중에 그렇게 섧게 운 까닭은 무엇인가?

3

그 이튿날 아침이다. 마침 일요일이기 때문에 나에게는 한가한 틈이 있어서 어멈에게 그 내용을 들을 기회가 있었다.

"지난밤에 아범이 왜 그렇게 울었나?"

하는 아내의 말에 어멈의 대답은 대강 이러하였다.

"어멈이 늘 쌀을 팔러 댕겨서 저 뒤의 쌀가게 마누라를 알지요. 그 마누라가 퍽 고맙게 굴어서 이따금 앉아서 이야기도 했어요. 때때로 그 애들을 데리고 어떻게나 지내나 하고 물어요. 그럴 적마다 '죽지 못해 살지요.' 하고 아무 말도 아니했어요. 그랬는데 한번은 가니까 큰애를 누구를 주면 어떠냐고 그래요. 그래서 '제가 데리고 있다가 먹이면 먹이고, 죽이면 죽이고 하지, 제 새끼를 어떻게 남을 줍니까? 그리고 워낙 못생기고 아무 철이 없어서 어미 애비나 기르다가 죽이더라도 남은 못 주어요. 남이 가져갈 게 못 됩니다. 그것을 데려가시는 댁에서는 길러 무엇 합니까. 돼지면 잡아서 먹지요.' 하고 저는 줄 생각도 아니했어요.

그래도 그 마누라는 '어린것이 다 그렇지 어떤가. 어서 좋은 댁에서 달라니 보내게. 잘 길러 시집보내 주신다네. 그리고 여태 젊은이들이 벌어먹고 살아야지. 애들을 다 데리고 있다가는 인제 차차 날도 추워 오는데, 모두 한꺼번에 굶어 죽지 말고……' 하시면서 여러 말로 대구^{계속해 자꾸} 권하셔요.

말을 들으니까 그랬으면 좋을 듯도 하기에 '그럼 저이 아범보고 말을 해 보지요.' 했지요. 그랬더니 그 마누라가 부쩍 달라붙어서 '내일 그 댁 마누라가 우리 집으로 오실 터이니 그 애를 데리고 오게.' 하셔요. 해서 저는 '글쎄요.’ 하고 돌아왔지요.

　돌아와서 그날 밤에, 그젯밤이올시다. 그젯밤 아니라 어제 아침이올시다. 요새 저는 정신이 하나 없어요. 그래 밤에는 들어와서 반찬 없다고 밥도 안 먹고 곤해서 쓰러져 자길래 그런 말을 못하고 어제 아침에야 그 이야기를 했지요. 그랬더니 ‘내가 아나, 임자 마음대로 하게그려.’ 그러고 일어서 지게를 지고 나가 버리겠지요.

　그러고는 저 혼자서 온종일 요리조리 생각을 해 보았지요. 아무려나 제 자식을 남을 주고 싶지는 않지만 어떻게 합니까. 아씨 아시듯이 이제 새끼 또 하나 생깁니다그려. 지금도 어려운데 어떻게 둘씩 셋씩 기릅니까. 그래서 차마 발길이 안 나가는 것을 오정 때가 되어서 데리고 갔지요. 짐승 같은 계집애는 아무런 것도 모르고 따라나서요. 앞서가는 것을 뒤로 보면서 생각을 하니까 어째 마음이 안되었어요.”

　하면서 어멈은 울먹울먹한다. 눈물이 핑 돈다.

　“그런 것을 데리고 갔더니 참말 웬 알지 못하는 마누라님이 앉아 계셔요. 그 마누라가 이걸 호떡이라 군밤이라 감이라 먹을 것을 사다 주면서 ‘나하고 우리 집에 가 살자. 이쁜 옷도 해 주고 맛난 밥도 먹고 좋지. 나하고 가자.’ 하시니까 이것은 먹기에 미쳐서 대답도 아니하고 앉았어요.”

　이 말을 들을 때에 나는 그 계집애가 우리 마루 끝에 서서 우리 집 어린 애가 감 먹는 것을 바라보다가 내버린 감꼭지를 쳐다보면서 집어 가지고 나가던 것이 생각났다.

　어멈은 다시 이야기를 이어,

　“그래, 제가 어쩌나 보려고 ‘그럼 너 저 마님 따라가 살련? 나는 집에 갈 터이니.’ 했더니 저는 본체만체하고 머리를 끄덕끄덕해요. 그래도 미심해서 ‘정말 갈 테야, 가서 울지 않을 테야?’ 하니까, 저를 한 번 흘끗 노려보더니 ‘그래, 걱정 말고 가요.’ 하겠지요. 하도 어이가 없어서 내버리고 집으로 돌아왔지요.

　그리고 돌아와서 저 혼자 가만히 생각하니까, 아범이 또 무어라고 할는지 몰라, 어째 안 되겠어요. 그래 바삐 아범이 일하러 댕기는 데를 찾아갔지요. 한번 보기나 하려고 염천교 다리로 남대문 통으로 아무리 찾아야 있어야지요. 몇 시간을 애써 찾아댕기다가 할 수 없이 그 댁으로 도루 갔지요. 갔더니 계집애도 그 마누라도 벌써 떠나가 버렸겠지요. 그 댁 마님 말씀이 저녁 여섯 시 차에 광햇지 광한지로 떠났다고 하셔요. 가시면서 보고 싶으면 설 때에나 와 보고 와 살려면 농사짓고 살라고 하셨대요. 그래 하는 수가 있습니까. 그냥 돌아왔지요. 와서 아무 생각이 없어서 아범 저녁 지어 줄 생각도 아니하고 공연히 밖에 나가서 왔다갔다 돌아댕기다가 들어왔지요. 저는 어째 눈물도 안 나요.

그러다가 밤에 아범이 들어왔기에 그 말을 했더니, 아무 말도 아니하고 그렇게 통곡을 했답니다. 저녁도 안 먹고 우는 것이 가여워서 좁쌀 한 줌 있던 것 끓이고 댁에서 주신 찬밥 어린것 먹다가 남은 것을 먹으라고 했더니 그것도 아니 먹고 돌아앉아서 그렇게 울었답니다.

여북하면 ^{언짢거나 안타까운 마음이면} 제 자식을 꿈에도 보지 못하던 사람에게 주겠어요. 할 수가 없어서 그렇지요. 집에 두고 굶기는 것보다 나을까 해서 그랬지요. 아범이 본래는 저렇게는 못 살지 않았답니다. 저이 아버지 살았을 때는 벼 백 석이나 하고, 삼 형제가 양평 시골서 남부럽지 않게 살았답니다. 이름들도 모두 좋지요. 맏형은 '장자'요, 둘째는 '거부'요, 아범이 셋짼데 '화수분'이랍니다.[1] 그런 것이 제가 간 후부터 시아버님이 돌아가시고, 그리고 맏

큰애를 다른 집에 보냈어요······.

아이고, 귀동아! 내가 못난 자식을 남의 집에 보냈구나!

◑ 소설 한 장면 전개 큰딸이 남의 집으로 가게 되자 화수분은 자신의 무능을 자탄함

---

1) 세 형제의 이름은 모두 부와 관련이 있다. 그들의 실제 삶과는 상반된다.

아들이 죽고 농사 밑천인 소 한 마리를 도적맞고 하더니, 차차 못살게 되기 시작해서 종내 저렇게 거지가 되었답니다. 지금도 시골 큰댁엘 가면 굶지나 아니할 것을 부끄럽다고 저러고 있지요. 사내 못생긴 건 할 수 없어요."

우리는 이제야 비로소 아범이 어제 울던 까닭을 알았고 이때에 나는 비로소 아범의 이름이 '화수분'인 것을 알았고, 양평 사람인 줄도 알았다.

4

그런 지 며칠이 지난 어느 날 아침이다.

화수분은 새 옷을 입고 갓을 쓰고 길 떠날 행장을 차리고 안으로 들어온다. 그것을 보니까 지난밤에 아내에게서 들은 말이 생각난다. 시골 있는 형 거부가 일하다가 발을 다쳐서 일을 못 하고 누워 있기 때문에, 가뜩이나 흉년인데다가 일을 못 해서 모두 굶어 죽을 지경이니, 아범을 오라고 하니 가 보아야 하겠다는 말을 듣고 나는 "가 보아야겠군." 하니까, 아내는 "김장이나 해 주고 가야 할 터인데." 하기에 "글쎄, 그럼 그렇게 이르지." 한 일이 있었다.

아범은 뜰에서 허리를 한 번 굽히고 말한다.

"나리, 댕겨오겠습니다. 제 형이 일하다가 도끼로 발을 찍어서 일을 못하고 누워 있다니까 가 보아야겠습니다. 가서 추수나 해 주고는 곧 오겠습니다. 거저 나리 댁만 믿고 갑니다."

나는 어떻게 대답을 했으면 좋을지 몰라서

"잘 댕겨오게."

하였다.

아범은 다시 한 번 절을 하고

"안녕히 계십시오."

하면서 돌아서 나갔다.

"저렇게 내버리고 가면 어떡합니까? 우리도 살기 어려운데 어떻게 볼 때 주고 먹이고 입히고 할 테요? 그렇게 곧 오겠소?"

이렇게 걱정하는 아내의 말을 듣고 나는 바삐 나가서 화수분을 불러서

"곧 댕겨오게, 겨울을 나서는 안 되네."

하였다.

"암, 곧 댕겨옵지요."

화수분은 뒤를 돌아보고 이렇게 대답을 하고 달아난다.

화수분은 간 지 일주일이 되고 열흘이 되고 보름이 지나도 아니 온다. 어멈은 아범이 추수해서 쌀말이나 가지고 돌아오기를 밤낮 기다려도 종내 오지 아니하였다. 김장 때가 다 지나고 입동이 지나고 정말 추운 겨울이 되었다. 하루 저녁은 바람이 몹시 불고 그 이튿날 새벽에는 하얀 눈이 펑펑 내려 쌓였다.

아침에 어멈이 들어와서 화수분의 동네 이름과 번지 쓴 종잇조각을 내어 놓으면서 어서 오지 않으면 제가 가겠다고 편지를 써 달라고 하기에 곧 써서 부쳐까지 주었다.

그다음 날부터는 며칠 동안 날이 풀려서 꽤 따뜻하였다. 그래도 화수분의 소식은 없다. 어멈은 본래 어린애가 딸려서 일을 잘 못하는 데다가 다릿병이 있어 다리를 잘 못 쓰고 더구나 며칠 전에 손가락을 다쳐서 일을 하지 못하는 것을 퍽 미안하게 생각한다. 그리고 추운 겨울에 혼자 살아갈 길이 막연하여, 종내 아범을 따라 시골로 가기로 결심을 한 모양이다.

"그만 아씨, 시골로 가겠습니다."

"몇 리나 되나?"

🍎 소설 한 장면　　위기　화수분의 아내가 화수분을 찾아 양평으로 떠남

"몇 린지 사나이들은 일찍 떠나면 하루에 간다고 해두, 저는 이틀에나 겨우 갈걸요."

"혼자 가겠나?"

"물어 가면 가기야 가지요."

아내와 이런 문답이 있은 다음 날, 아침 바람 불고 추운 날 아침에 어멈은 어린것을 업고 돌아볼 것도 없는 행랑방을 한 번 돌아보면서 아창아창 떠나갔다.

그날 밤에도 몹시 추웠다. 우리는 문을 꼭꼭 닫고 문틈을 헝겊으로 막고 이불을 둘씩 덮고 꼭꼭 붙어서 일찍 잤다.

나는 자면서, 잘 갔나, 얼어 죽지나 않았나, 하는 생각이 났다.

화수분도 가고 어멈도 하나 남은 것을 업고 간 뒤에는 대문간은 깨끗해지고 시꺼먼 행랑방 방문은 닫혀 있었다. 그리고 우리 집에는 다시 행랑 사람도 안 들이고 식모도 아니 두었다. 그래서 몹시 추운 날, 아내는 손수 어린 것을 등에 지고 이웃집의 우물에 가서 배추와 무를 씻어서 김장을 대강 하였다. 아내는 혼자서 김장을 하면서 눈물을 흘리고 어멈 생각을 하였다.

6

김장을 다 마친 어느 날, 추위가 풀려서 따뜻한 날 오후에, 동대문 밖에 출가해 사는 동생 S가 오래간만에 놀러 왔다. S에게 비로소 화수분의 소식을 듣고 우리는 놀랐다.[1] 그들은 본래 S의 시댁에서 천거해 보낸 것이다. 그 소식은 대강 이렇다.

화수분이 시골 간 후에 형 거부는 꼼짝 못하고 누워 있기 때문에 형 대신 겸 두 사람의 일을 하다가 몸이 지쳐 몸살이 나서 넘어졌다. 열이 몹시 나서 정신없이 앓았다. 정신없이 앓으면서도 귀동이 _{서울서 강화 사람에게 준 큰 계집애}를 부르며 늘 울었다.

"귀동아, 귀동아, 어델 갔니? 잘 있니……."

그러다가는 흐득흐득 느끼면서,

"그렇게 먹고 싶어하는 사탕 한 알 못 사 주고 연시 한 개 못 사 주고……."

---

1) 이 작품은 1인칭 관찰자 시점이기에 화수분 일가가 집을 떠난 이후의 이야기를 서술하는 것은 불가능하다. 동생 S 는 이런 문제를 해결하기 위해서 의도적으로 설정된 인물로 보인다.

하고 소리를 내어 어이어이 운다.

그럴 때에 어멈의 편지가 왔다. 뒷집 기와집 진사 댁 서방님이 읽어 주는 편지 사연을 듣고,

"아이구, 옥분아^{작은 계집애를 이름}, 옥분이 에미!"

하고 또 어이어이 운다. 울다가 벌떡 일어나서 서울서 넝마전에서 사 입고 간 새 옷을 입고 갓을 썼다. 집안 사람들이 굳이 말리는 것을 뿌리치고 화수분은 서울을 향하여 어멈을 데리러 떠났다. 싸리문 밖에를 나가 화수분은 나는 듯이 달아났다.

화수분은 양평에서 오정이 거의 되어서 떠나서 해져 갈 즈음에서 백 리를 거의 와서 어떤 높은 고개에 올라섰다. 칼날 같은 바람이 뺨을 친다. 그는 고개를 숙여 앞을 내려다보다가 소나무 밑에 희끄무레한 사람의 모양을 보았다. 그것에 곧 달려가 보았다. 가 본즉 그것은 옥분과 그의 어머니다.¹⁾ 나무 밑 눈 위에 나뭇가지를 깔고, 어린것 업은 흩누더기를 쓰고 한끝으로 어린것을 꼭 안아 가지고 웅크리고 떨고 있다. 화수분은 왁 달려들어 안았다.

아이구, 옥분아, 옥분이 에미!

 소설 한 장면　절정　화수분은 고갯길에서 얼어 죽어 가는 아내와 딸을 발견함

1) 우연적인 요소에 의해 사건이 진행되고 있다. 사실성은 떨어지나 비극성이 더욱 부각된다.

어멈은 눈은 떴으나 말은 못 한다. 화수분도 말을 못 한다. 어린것을 가운데 두고 그냥 꺼안고 밤을 지낸 모양이다.

이튿날 아침에 나무장사가 지나다가 그 고개에 젊은 남녀의 꺼안은 시체와, 그 가운데 아직 막 자다 깨인 어린애가 등에 따뜻한 햇볕을 받고 앉아서 시체를 툭툭 치고 있는 것을 발견하여 어린것만 소에 싣고 갔다.

🍎 소설 한 장면　결말　부부의 시체와 딸아이를 발견한 나무장수가 어린애만 데리고 떠남

🎥 생각해 볼까요?

선생님 화수분은 물건을 넣으면 끝없이 나온다는 전설 속의 단지예요. 주인공의 이름과 소설 제목에 사용된 이 '화수분'은 무엇을 의미할까요?

💬 2   ❤️ 2

↳ **학생 1** 부유하다는 뜻을 담은 이름과는 다르게 화수분의 실제 생활은 궁핍해요. 작가는 궁핍한 삶을 부각시키기 위해 반의적 명명법을 사용했어요.

↳ **학생 2** 주인공의 형도 각각 '장자'와 '거부'라는 거창한 이름을 가지고 있어요.

선생님 이 작품에 담긴 것은 기법상으로는 사실주의, 서술 태도로는 자연주의, 주제 의식으로는 인도주의로 볼 수 있어요. 특히 작가는 화수분 일가의 궁핍한 삶을 있는 그대로 묘사했지요. 그러나 이렇게 사실주의적 특징을 지닌 작품이면서도 일반적인 사실주의 계열의 작품과 다른 점이 있어요. 그 점은 무엇일까요?

💬 1   ❤️ 1

↳ **학생 1** 등장인물의 성품이 선량하다는 점과 화수분 내외가 동사하는 상황에서도 아이가 생존한 점이에요. 이는 작가의 인도주의적 특징을 보여 주는 대목인데, 이런 점이 일반적인 사실주의 계열의 작품과 달라요.

선생님 작가는 이 작품에서 자연주의적 입장을 견지하고 있어요. 이러한 특징은 어떤 모습에서 찾을 수 있을까요?

💬 2   ❤️ 2

↳ **학생 1** '나'는 화수분의 삶에 적극적으로 개입하지 않고 관찰하는 정도에 그쳐요. 이처럼 '나'가 화수분 가족을 충분히 도울 수 있음에도 불구하고 아무런 행동을 취하지 않는 모습에서 찾을 수 있어요.

↳ **학생 2** 막연한 연민과 동정심만으로는 문제를 근본적으로 해결할 수 없다는 작가의 생각이 깔려 있을 수도 있어요.

선생님 이 작품의 서술 방식과 문체에서 문제점을 지적해 봐요.

💬 2   ❤️ 2

↳ **학생 1** 우연적인 요소에 지나치게 의존하다 보니 서술자의 위치가 부적절하다는 문제점이 생겨요. 서술자는 사건에 직접 접근하지 못하고 아내와 동생을 통해 간접적으로 접근하고 있어요.

↳ **학생 2** 그래도 독자의 호기심을 유발하는 역순행적 구성은 긍정적으로 평가할 수 있어요.

선생님 이 작품의 결말은 화수분과 아내가 추위에 목숨을 잃었지만 아이는 살아 있어서 누군가가 데리고 가는 장면으로 끝나요. 이러한 결말에 담긴 의미는 무엇일까요?

 1 ♥ 1

↳ **학생 1** 비극적인 상황 속에서도 아이가 생존했다는 것은 인간 존엄성을 존중하는 인도주의적 특성을 잘 보여 줘요.

화수분 설화 ▼ 🔍

연관 검색어   교훈적인 설화   행운담

화수분은 끊임없이 재물이 나오는 보물단지를 말한다. 재물이 자꾸 생겨 써도 써도 줄지 않는 현상이나 그렇게 돈을 잘 벌어 오는 사람 등을 칭하기도 한다. 이 화수분에 얽힌 재미난 설화가 있다.

옛날에 한 내외가 살고 있었다. 남편은 항상 책만 보고 일을 하지 않아 늘 가난하였다. 도둑질이라도 하라는 아내의 말에 남편은 벼를 훔치러 남의 논에 갔으나 차마 그러지 못하고 망설이고 있었다. 그때 갑자기 천둥이 쳐서 놀란 남편이 달아나다 발에 걸리는 뚝배기 하나를 발견하였다. 그 뚝배기를 가져와서 쌀을 한 줌 담았더니 뚝배기가 가득 찼다. 어떤 노인이 남편의 꿈에 나타나 "뚝배기는 혼자만 사용하고 아내에게도 보이지 말라."라고 충고하였다. 남편은 신비한 뚝배기를 벽장에 숨겨 놓고 썼지만 어느 날 아내가 발견하고 말았다. 마침 시집간 딸이 와서 그 뚝배기를 빌려 갔는데, 이후 그 효능은 사라져 버리고 말았다.

또 다른 이야기도 있다. 어떤 사람이 중국 어느 요릿집에서 가진 돈을 다 탕진해 버렸다. 그는 떠나올 때 가게 주인에게 선물로 절구를 하나 받았다. 그런데 신기하게도 이 절구에서는 무엇이든지 넣는 대로 계속해서 물건이 나왔다. 이 절구가 바로 화수분 절구였다고 한다.

최서해
(1901~1932)

본명은 학송. 호는 서해. 함경북도 성진 출생. 3년 정도 보통학교에 다닌 것이 학력의 전부다. 불우한 가정에서 태어난 그는 어려서부터 각지로 전전하며 밑바닥 생활을 뼈저리게 체험하였고, 1917년 간도로 이주해 극도로 궁핍한 생활을 하였다. 1924년 단편 「고국」이 〈조선문단〉에 추천되면서 등단하였다. 이어서 「탈출기」, 「기아와 살육」, 「홍염」을 발표하면서 신경향파 문학의 기수로 각광받았다. 특히 「탈출기」는 신경향파 문학의 대표작으로 평가된다. 그의 작품은 모두 체험을 토대로 해 호소력을 지니지만, 예술적 형상화가 미흡해 초기의 인기를 지속하지는 못하였다.

그는 1925년 카프에 가입해 빈궁(貧窮) 문학을 사상에 접목시키려는 시도를 하였다. 그러나 고통받는 민족에게 애정을 가진 그는 고정된 이데올로기를 지향하는 프롤레타리아 문학의 생리와는 어울리지 않았다. 1929년 카프에서 탈퇴한 그는 차츰 인도주의적 경향의 소설을 쓰기 시작하였다. 그해 발표된 「인정」, 「무명」 등이 그 예다.

탈출기

#편지   #서간체소설   #빈궁문학   #신경향파

🥄 작품 길잡이

갈래: 신경향파 소설, 서간체 소설, 고백체 소설
배경: 시간 - 일제 강점기 / 공간 - 간도
시점: 1인칭 주인공 시점
주제: 식민지 시절 만주 이주민의 궁핍한 생활상과 저항 의식
출전: 〈조선문단〉⁽¹⁹²⁵⁾

📷 인물 관계도

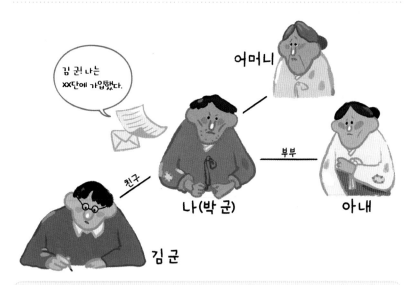

나(박 군) 성실하게 살려고 노력하지만 빈궁한 현실과 허위에 찬 제도에 저항하게 된다. 결국
          집을 탈출하여 사회주의 단체에 가입한다.
김 군   '나'의 탈가를 반대하는 인물로 편지를 받는 대상이다.

📒 구성과 줄거리

발단 **'나(박 군)'는 친구인 김 군의 편지를 받고 집을 나간 이유를 밝히는 답장을 씀**
'나'는 김 군으로부터 집으로 돌아가라는 내용의 편지를 받고 충정을 받아들일 수 없는 이유를 밝히며 답장을 쓴다.

전개 **'나'는 간도로 이주했지만 날품팔이로 전전하며 어렵게 생활함**
'나'는 5년 전 극심한 가난에서 벗어나기 위해 어머니와 아내를 데리고 간도로 갔다. '나'의 꿈은 농사를 지어 배불리 먹고, 깨끗한 초가에서 글이나 읽으며 무지한 농민들을 가르치는 것이다. 그러나 간도에 정착한 지 한 달도 못 되어 '나'의 꿈은 물거품이 된다. 일거리를 찾아 헤매다가 집에 돌아온 '나'는 임신한 아내가 부엌 앞에서 무엇인가를 먹고 있는 장면을 목격한다. '나'는 어머니보다 자신을 먼저 생각하는 아내의 행동에 배신감을 느낀다. 아내가 나간 후 아궁이를 뒤져 보던 '나'는 아내가 먹던 귤껍질을 발견하고 눈물을 흘린다.

위기 **두부 장수로 연명하지만 가난과 민족적 차별에 시달림**
가을이 되자 '나'는 대구어 장사를 해 바꾸어 온 콩 열 말로 두부를 만든다. 산후 몸조리를 해야 할 아내는 힘든 맷돌질을 한다. 두부를 만들기 위해 산 주인 몰래 땔나무를 하다가 잡혀간 적도 한두 번이 아니다.

절정 **절박한 상황에서 삶에 대한 분노가 꿈틀댐**
겨울이 깊어 가고 일자리는 없다. '나'는 지금까지 사회 제도의 희생자로 살아온 삶에 대한 분노가 치솟아 오른다.

결말 **민중의 의무를 이행하려는 마음으로 ××단에 가입함**
'나'는 궁핍한 현실을 타파하려는 생각으로 ××단에 가입한다. 김 군은 집으로 돌아와서 어머니와 처자를 구하라는 내용의 편지를 여러 차례 보낸다. '나'는 집에서 나와 어떤 단체에 가입하게 된 경위를 밝히는 내용의 편지를 김 군에게 보낸다.

탈출기

1

김 군! 수삼 차^{두서너 번} 편지는 반갑게 받았다.¹⁾ 그러나 나는 한 번도 회답하지 못하였다. 물론 군의 충정에는 나도 감사를 드리지만 그 충정을 나는 받을 수 없다.

—박 군! 나는 군의 탈가^{脫家 일정한 조건이나 환경, 구속 따위에서 벗어나기 위해 자기 집에서 나감}를 찬성할 수 없다. 음험한 이역에 늙은 어머니와 어린 처자를 버리고 나선 군의 행동을 나는 찬성할 수 없다.

박 군! 돌아가라. 어서 집으로 돌아가라. 군의 부모와 처자가 이역 노두에서 방황하는 것을 나는 눈앞에 보는 듯싶다. 그네들이 의지할 곳은 오직 군의 품밖에 없다. 군은 그네들을 구하여야 할 것이다.

군은 군의 가정에서 동량^{棟樑 기둥}이다. 동량이 없는 집이 어디 있으랴? 조그마한 고통으로 집을 버리고 나선다는 것이 의지가 굳다는 박 군으로서는 너무도 박약한 소위이다.

군은 ××단에 몸을 던져 ×선에 섰다는 말을 일전 황 군에게서 듣기는 하였으나 그렇다 하여도 나는 그것을 시인할 수 없다. 가족을 못 살리는 힘으로 어찌 사회를 건지랴.

박 군! 나는 군이 돌아가기를 충정으로 바란다. 군의 가족이 사람들 발아래서 짓밟히는 것을 생각할 때! 군의 가슴인들 어찌 편하랴.

김 군! 군은 이러한 말을 편지마다 썼지? 나는 군의 뜻을 잘 알았다. 내 사랑하는 나의 가족을 위하여 동정하여 주는 군에게 내 어찌 감사치 않으랴? 정다운 벗의 충고에 나는 늘 울었다. 그러나 그 충고를 들을 수 없다. 듣지 않는 것이 군에게는 고통이 될는지? 분노가 될는지? 나에게 있어서는 행복일지도 알 수 없는 까닭이다.

김 군! 나도 사람이다. 정애^{情愛 따뜻한 사랑}가 있는 사람이다. 나의 목숨 같은

---

1) 편지글의 인사말 부분으로 서간체 소설이라는 것을 알 수 있다.

내 가족이 유린받는 것을 내 어찌 생각지 않으랴? 나의 고통을 제삼자로서는 만분의 일이라도 느낄 수 없을 것이다.

　나는 이제 나의 탈가한 이유를 군에게 말하고자 한다. 여기에 대하여 동정과 비난은 군의 자유이다. 나는 다만 이러하다는 것을 군에게 알릴 뿐이다. 나는 이것을 군이 아니면 다른 사람에게라도 알리지 않고는 견딜 수 없는 충동을 받는 까닭이다.

　그러나 나는 단언한다. 군도 사람이어니 나의 말하는 것을 부인치는 못하리라.

2

　김 군! 내가 고향을 떠난 것은 오 년 전이다. 이것은 군도 아는 사실이다. 나는 그때에 어머니와 아내를 데리고 떠났다. 내가 고향을 떠나 간도로 간 것은 너무도 절박한 생활에 시들은 몸이, 새 힘을 얻을까 하여 새 희망을 품고 새 세계를 동경하여 떠난 것도 군이 아는 사실이다.

　간도는 천부금탕^{天賦金湯 하늘이 준 좋은 땅}이다. 기름진 땅이 흔하여 어디를 가든지 농사를 지을 수 있고 농사를 잘 지으면 쌀도 흔할 것이다. 삼림이 많으니 나무 걱정도 될 것이 없다.

박 군이 ××단에 몸을 던져
×선에 섰다는 말을 들었다.
그러나 가족을 못 살리는 힘으로
어찌 사회를 건지랴.
박 군! 어서 집으로 돌아가라.

📖 소설 한 장면　　발단　　'나(박 군)'는 친구인 김 군의 편지를 받고 집을 나간 이유를 밝히는 답장을 씀

농사를 지어서 배불리 먹고 뜨뜻이 지내자. 그리고 깨끗한 초가나 지어 놓고 글도 읽고 무지한 농민들을 가르쳐서 이상촌을 건설하리라. 이렇게 하면 간도의 황무지를 개척할 수도 있다.

이것이 간도 갈 때의 내 머릿속에 그리었던 이상이었다. 이때에 나는 얼마나 기뻤으랴! 두만강을 건너고 오랑캐령을 넘어서 망망한 평야와 산천을 바라볼 때 청춘의 내 가슴은 이상의 불길에 탔다. 구수한 내 소리와 헌헌한 내 행동에 어머니와 아내도 기뻐하였다.

오랑캐령을 올라서니 서북으로 쏠려 오는 봄 세찬 바람이 어떻게 뺨을 갈기는지,

"에그, 춥구나! 여기는 아직도 겨울이로구나."

어머니는 수레 위에서 이불을 뒤집어썼다.

"무얼요, 이 바람을 많이 맞아야 성공이 올 것입니다."

나는 가장 씩씩하게 말하였다. 이처럼 나는 기쁘고 활기로웠다.

3

김 군! 그러나 나의 이상은 물거품으로 돌아갔다. 간도에 들어서서 한 달이 못 되어서부터 거친 물결은 우리 세 생령生靈 살아 있는 넋, 생명의 앞에 기탄없이 몰려왔다.

나는 농사를 지으려고 밭을 구하였다. 빈 땅은 없었다. 돈을 주고 사기 전에는 일 평의 땅이나마 손에 넣을 수 없었다. 그렇지 않으면 지나인支那人 중국인의 밭을 도조賭租 남의 논밭을 부치고 그 세로 해마다 내는 벼나 타조打租 타작한 후에 그 수량에 따라 지주가 분량을 정하고 도조로 빼앗아 가는 제도로 얻어야 된다. 일 년 내 중국 사람에게서 양식을 꾸어 먹고 도조나 타조를 지으면 가을 추수는 빚으로 다 들어가고 또 처음 꼴이 된다. 그러나 농사라고 못 지어 본 내가 도조나 타조를 얻는대야 일 년 양식 빚도 못 될 것이고 또 나 같은 시로도아마추어에게는 밭을 주지 않았다.

생소한 산천이요, 생소한 사람들이니, 어디가 어쩌면 좋을는지 의논할 사람도 없었다. H라는 촌 거리에 셋방을 얻어 가지고 어름어름하는 새에 보름이 지나고 한 달이 넘었다. 그 새에 몇 푼 남았던 돈은 다 불려 먹고 밭은 고사하고 일자리도 못 얻었다.

나는 팔을 걷고 나섰다. 이리저리 돌아다니면서 구들도 고쳐 주고 가마도 붙여 주었다. 이리하여 호구糊口 입에 풀칠을 함하게 되었다. 이때 H장에서는 나

를 온돌장이^{구들 고치는 사람}라고 불렀다. 갈아입을 의복이 없는 나는 늘 숯검정이 꺼멓게 묻은 의복을 벗을 새가 없었다.

H장은 좁은 곳이다. 구들 고치는 일도 늘 있지 않았다. 그것으로 밥 먹기는 어려웠다. 나는 여름 불볕에 삯김도 매고 꼴도 베어 팔았다. 그리고 어머니와 아내는 삯방아 찧고 강가에 나가서 부스러진 나뭇개비를 주워서 겨우 연명하였다.

김 군! 나는 이때부터 비로소 무서운 인간고^{人間苦 사람이 세상살이에서 받는 고통}를 느꼈다. 아아, 인생이란 과연 이렇게도 괴로운 것인가 하는 것을 나는 생각하게 되었다. 나는 나에게 닥치는 풍파 때문에 눈물 흘린 일은 이때까지 없었다. 그러나 어머니가 나무를 줍고 아내가 삯방아를 찧을 때! 나의 피는 끓었으며 나의 눈은 눈물에 흐려졌다.

"에구, 차라리 내가 드러누워 앓고 있지, 네 괴로워하는 꼴은 차마 못 보겠다."

이것은 언제 내가 병들어 신음할 때에 어머니가 울면서 하신 말씀이다. 이것을 무심히 들었던 나는 이때에야 이 말의 참뜻을 느꼈다.

'아아, 차라리 나의 고기가 찢어지고 뼈가 부서지는 것은 참을 수 있으나, 내 눈앞에서 사랑하는 늙은 어머니와 아내가 배를 주리고 남의 멸시를 받는 것은 참으로 견디기 어렵구나!'

나는 이렇게 여러 번 가슴을 쳤다. 나는 밤이나 낮이나, 비 오나 바람이 치나 헤아리지 않고 삯김, 삯심부름, 삯나무, 무엇이든지 가리지 않았다.

"오늘도 배고프겠구나, 아침도 변변히 못 먹고…… 나는 너 배 주리잖는 것을 보았으면 죽어도 눈을 감겠다."

내가 삯일을 하다가 늦게 돌아오면 어머니는 우실 듯이 말씀하셨다. 그러나 나는 흔연하게,

"배는 무슨 배가 고파요."

대답하였다.

내 아내는 늘 별말이 없었다. 무슨 일이든지 시키는 대로 소곳하고 아무소리 없이 순종하였다. 나는 그것이 더욱 불쌍하게 생각되었다. 나는 어머니보다는 아내 보기가 퍽 부끄러웠다.

'경제의 자립도 못 되는 내가 왜 장가를 들었누?'

이것이 부모의 한 일이지만 나는 이렇게도 탄식하였다. 그럴수록 아내에

게 대하여 황공하였고 존경하였다.

어떻게 하면 살 수 있을까? ……이러한 생각은 이때 내 머리를 몹시 때렸다. 이때 나에게는 부지런한 자에게 복이 온다 하는 말이 거짓말로 생각되었다. 그 말을 지상의 격언으로 굳게 믿어 온 나는 그 말에 도리어 일종의 의심을 품게 되었고 나중은 부인까지 하게 되었다.

부지런하다면 이때 우리처럼 부지런함이 어디 있으며, 정직하다면 이때 우리 식구같이 정직함이 어디 있으랴? 그러나 빈곤은 날로 심하였다. 이틀사흘 굶은 적도 한두 번이 아니었다. 한번은 이틀이나 굶고 일자리를 찾다가 집으로 들어가니 부엌 앞에서 아내가—아내는 이때 아이를 배어서 배가 남산만 하였다— 무엇을 먹다가 깜짝 놀란다. 그리고 손에 쥐었던 것을 얼른 아궁이에 집어넣는다. 이때 불쾌한 감정이 내 가슴에 떠올랐다.

'……무얼 먹을까? 어디서 무엇을 얻었을까? 무엇이기에 어머니와 나 몰래 먹누? 아! 여편네란 그런 것이로구나! 아니 그러나 설마…… 그래도 무엇을 먹던데……'

나는 이렇게 아내를 의심도 하고 원망도 하고 밉게도 생각하였다. 아내는 아무 말 없이 어색하게 머리를 숙이고 앉아서 씩씩하다가 밖으로 나간다. 그 얼굴은 좀 붉었다.

아내가 나간 뒤에 나는 아내가 먹다가 던진 것을 찾으려고 아궁이를 뒤졌다. 싸늘하게 식은 재를 막대기에 뒤져 내니 벌건 것이 눈에 띄었다. 나는 그것을 집었다. 그것은 귤껍질이다. 거기엔 베 먹은 잇자국이 났다.[1] 귤껍질을 쥔 나의 손은 떨리고 잇자국을 보는 내 눈에는 눈물이 괴었다.

김 군! 이때 나의 감정을 어떻게 표현하면 적당할까?

'오죽 먹고 싶었으면 오죽 배고팠으면, 길바닥에 내던진 귤껍질을 주워 먹을까! 더욱 몸비잖은 임신한 그가! 아아, 나는 사람이 아니다. 그러한 아내를 나는 의심하였구나! 이놈이 어찌하여 그러한 아내에게 불평을 품었는가? 나 같은 간악한 놈이 어디 있으랴. 내가 양심이 부끄러워서 무슨 면목으로 아내를 볼까……?'

이렇게 생각하면서 나는 느껴 가며 눈물을 흘렸다. 귤껍질을 쥔 채로 이를 악물고 울었다.

---

1) 아내가 먹을 것이 없어서 버려진 귤껍질을 먹고 있다. 간도에서의 궁핍한 삶을 생생하게 보여 주는 장면이다.

"야, 어째 우느냐? 일어나거라. 우리도 살 때 있겠지, 늘 이렇겠느냐."

하면서 누가 어깨를 친다. 나는 그것이 어머니인 것을 알았다. 나는,

"아이구 어머니, 나는 불효외다."

하면서 어머니의 발을 안고 자꾸자꾸 울고 싶었다. 그러나 나는 아무 소리 없이 가슴을 부둥켜안고 밖으로 나왔다.

'내가 왜 우누? 울기만 하면 무엇하나? 살자! 살자! 어떻게든지 살아 보자! 내 어머니와 내 아내도 살아야 하겠다. 이 목숨이 있는 때까지는 벌어보자!'

나는 이를 갈고 주먹을 쥐었다. 그러나 눈물은 여전히 흘렀다. 아내는 말 없이 울고 서 있는 내 곁에 와서 손으로 치마끈을 만지작거리며 눈물을 떨어뜨린다. 농삿집에서 길러 난 아내는 지금도 어찌 수줍은지 내가 울면 같이 울기는 하여도 어떻게 말로 위로할 줄은 모른다.

4

김 군! 세월은 우리를 위하여 여름을 항상 주지 않았다.

서풍이 불고 서리가 내리기 시작하였다. 찬 기운은 헐벗은 우리를 위협하였다.

가을부터 나는 대구어 장사를 하였다. 삼 원을 주고 대구 열 마리를 사서

오죽 배고팠으면 굴껍질을 주워 먹을까! 아아, 나는 사람이 아니다.

🌼 소설 한 장면　전개　'나'는 간도로 이주했지만 날품팔이로 전전하며 어렵게 생활함

등에 지고 산골로 다니면서 콩과 바꾸었다. 그러나 대구 열 마리는 등에 질 수 있었으나, 대구 열 마리를 주고받은 콩 열 말은 질 수 없었다. 나는 하는 수 없이 삼사십 리나 되는 곳에서 두 말씩 두 말씩 사흘 동안이나 져 왔다. 우리는 열 말 되는 콩을 자본 삼아 두부 장사를 시작하였다.

아내와 나는 진종일 맷돌질을 하였다. 무거운 맷돌을 돌리고 나면 팔이 뚝 떨어지는 듯하였다. 내가 이렇게 괴로울 적에 해산한 지 며칠 안 되는 아내의 괴로움이야 어떠하였으랴? 그는 늘 낯이 부석부석하였다. 그래도 나는 무슨 불평이 있는 때면 아내를 욕하였다. 그러나 욕한 뒤에는 곧 후회하였다.

콧구멍만 한 부엌방에 가마를 걸고 맷돌을 놓고 나무를 들이고 의복가지를 걸고 하면 사람은 겨우 비비고 들어앉게 된다. 뜬 김에 문창은 떨어지고 벽은 눅눅하다. 모든 것이 후줄근하여 의복을 입은 채 미지근한 물속에 들어앉은 듯하였다. 어떤 때는 애써 갈아 놓은 비지가 이 뜬 김 속에서 쉬어버렸다. 두붓물이 가마에서 몹시 끓어 번질 때에 우윳빛 같은 두붓물 위에 버터 빛 같은 노란 기름이 엉기면—그것은 두부가 잘될 징조다— 우리는 안심한다. 그러나 두붓물이 희멀끔해지고 기름기가 돌지 않으면 거기에만 시선을 쏘고 있는 아내의 낯빛부터 글러 가기 시작한다. 초를 쳐 보아서 두붓발이 서지 않고 매캐지근하게 풀려질 때에는 우리의 가슴은 덜컥한다.

"또 쉰 게로구나! 저를 어쩌누?"

젖을 달라고 빽빽 우는 어린아이를 안고 서서 두붓물만 들여다보시던 어머니는 목메인 말씀을 하시면서 우신다. 이렇게 되면 온 집안은 신산^{辛酸} 맛이 맵고 심. 세상살이가 힘들고 고생스러움을 비유적으로 이르는 말 하여 말할 수 없는 울음, 비통, 처참, 소조한 호젓하고 쓸쓸한 분위기에 싸인다.

"너 고생한 게 애달프구나! 팔이 부러지게 갈아서⋯⋯. 그거^{豆腐} 팔아서 장을 보려고 태산같이 바랐더니⋯⋯."

어머니는 그저 가슴을 뜯으면서 운다. 아내도 울듯 울듯이 머리를 숙인다. 그 두부를 판대야 큰돈은 못 된다. 기껏 남는대야 이십 전이나 삼십 전이다. 그것으로 우리는 호구를 한다. 이십 전이나 삼십 전에 어머니는 운다. 아내도 기운이 준다. 나까지 가슴이 바짝바짝 조인다.

그날은 하는 수 없이 쉰 두붓물로 때를 메우고 지낸다. 아이는 젖을 달라고 밤새껏 빽빽거린다. 우리의 살림에는 어린것도 귀찮았다.

5

　울면서 겨자 먹기로 괴로운 대로 또 두부를 하지 않으면 안 된다. 그러나 이번에는 땔나무가 없다. 나는 낫을 들고 떠난다. 내가 낫을 들고 떠나면 산후 여독으로 신음하는 아내도 낫을 들고 말없이 나를 따라 나선다. 어머니와 나는 굳이 만류하나 아내는 듣지 않는다.

　내 손으로 하는 나무이건만 마음 놓고는 못 한다. 산 임자에게 들키면 여간한 경을 치지 않는다. 그러므로 우리는 황혼이면 산에 가서 도적나무를 하여 지고 밤이 깊어서 돌아온다. 아내는 이고 나는 지고 캄캄한 밤에 산비탈로 내려오다가 발이 미끄러지거나 돌에 채면 곤두박질을 하여 나뭇짐 속에 든다. 아내는 소리 없이 이었던 나무를 내려놓고 나뭇짐에 눌려서 버둥거리는 나를 겨우 끄집어 일으킨다. 그러나 내가 나뭇짐을 지고 일어나면 아내는 혼자 나뭇짐을 이지 못한다. 또 내가 나뭇짐을 벗고 아내에게 이워 주면 나는 추어 주는 이 없이는 나뭇짐을 질 수 없다. 하는 수 없이 나는 후에 지기 편하도록 어떤 높은 바위에 벗어 놓고 아내에게 이워 준다. 이리하여 산비탈을 내려오면, 언제 왔는지 어머니는 애를 업고 우들우들 떨면서 산 아래서 기다리시다가도,

　"인제 오니? 나는 너 또 붙들리지나 않는가 하여 혼이 났다."

　하신다. 이때마다 내 가슴은 저렸다. 나는 이렇게 나무 도적질을 하다가

또 쉰 게로구나! 저를 어쩌누?

🍶 소설 한 장면　위기　두부 장수로 연명하지만 가난과 민족적 차별에 시달림

중국 경찰서에까지 잡혀가서 여러 번 맞았다.

이때 이웃에서는 우리를 조소하고 경찰에서는 우리를 의심하였다.

"흥, 신수가 멀쩡한 연놈들이 그 꼴이야, 어디 가 일자리도 구하지 않구. 그 눈이 누래서 두부 장사 하는 꼬락서니는 참 더러워서 못 보겠네. 불알을 달고 나서 그렇게야 살리……?"[1]

이것은 이웃 남녀가 비웃는 소리였다. 그리고 어떤 산 임자가 나무 잃은 고발을 하면 경찰서에서는 불문곡직하고 우리 집부터 수색하고 질문하면서 나를 때린다. 그러나 나는 호소할 곳이 없었다.

6

김 군! 이러구러 겨울은 점점 깊어 가고 기한은 점점 박두하였다. 일자리는 없고……, 그렇다고 손을 털고 앉아 있을 수는 없었다. 모든 식구가 퍼러퍼러서 시퍼레서 굶고 앉은 꼴을 나는 그저 볼 수 없었다. 시퍼런 칼이라도 들고 하루라도 괴로운 생을 모면하도록 그네들을 쿡쿡 찔러 없애고 나까지 없어지든지, 그렇지 않으면 칼을 들고 나서서 강도질이라도 하여서 기한을 면하든지 하는 수밖에는 더 도리가 없게 절박하였다. 일이 없으면 없으니 만치, 고통이 닥치면 닥치느니 만치 내 번민은 컸다. 나는 어떤 날은 거의 얼빠진 사람처럼 눈을 감고 깊은 생각에 잠긴 일이 있었다.

이때 내 머릿속에서는 머리를 움실움실 드는 사상이 있었다. 오늘날에 생각하면 그것은 나의 전 운명을 결정할 사상이었다. 그 생각은 누구의 가르침에 일어난 것도 아니려니와 일부러 일으키려고 애써서 일어난 것도 아니다. 봄 풀싹같이 내 머릿속에서 점점 머리를 들었다.

나는 여태까지 세상에 대하여 충실하였다. 어디까지든지 충실하려고 하였다. 내 어머니, 내 아내까지도 뼈가 부서지고 고기가 찢기더라도 충실한 노력으로 살려고 하였다. 그러나 세상은 우리를 속였다. 우리의 충실을 받지 않았다. 도리어 충실한 우리를 모욕하고 멸시하고 학대하였다. 우리는 여태까지 속아 살았다. 포악하고 허위스럽고 요사한 무리를 용납하고 옹호하는 세상인 것을 참으로 몰랐다. 우리뿐 아니라 세상의 모든 사람들도 그것을 의식하지 못하였을 것이다. 그네들은 그러한 세상의 분위기에 취하였

---

1) 중국인들의 차별과 조소는 '나'의 고통을 더욱 깊게 만들고 있다.

었다. 나도 이때까지 취하였었다. 우리는 우리로서 살아온 것이 아니라 어떤 험악한 제도의 희생자로서 살아왔었다.[1]

김 군! 나는 사람들을 원망치 않는다. 그러나 마주^{魔酒 정신을 흐리게 하는 술}에 취하여 자기의 피를 짜 바치면서도 깨지 못하는 사람을 그저 볼 수 없다. 허위와 요사와 표독과 게으른 자를 옹호하고 용납하는 이 제도는 더욱 그저 둘 수 없다.

이 분위기 속에서는 아무리 노력하여도, 충실하여도, 우리는 우리의 생의 만족을 느낄 날이 없을 것이다. 어찌하여 겨우 연명을 한다 하더라도 죽지 못하는 삶이 될 것이요, 그 영향은 자식에게까지 미칠 것이다. 나는 어미 품속에서 빽빽 하는 어린것의 장래를 생각할 때면 애잡짤한 감정과 분함을 금할 수 없다. 내가 늘 이 상태면—그것은 거의 정한 이치다— 그에게는 상당한 교양은 고사하고, 다리 밑이나 남의 집 문간에 버리게 될 터이니, 아! 삶을 받은 한 생령을 죄 없이 찌그러지게 하는 것이 어찌 애닯잖으며 분치 않으랴? 그렇다 하면 그것을 나의 죄라 할까?

김 군! 나는 더 참을 수 없었다. 나는 나부터 살리려고 한다. 이때까지는 최면술에 걸린 송장이었다. 제가 죽은 송장으로 남^{식구들}을 어찌 살리랴? 그래서 나는 나에게 최면술을 걸려는 무리를, 험악한 이 공기의 원류를 쳐부수려고 하는 것이다.

더 이상 이렇게 살 수는 없어!

◔ 소설 한 장면　절정　절박한 상황에서 삶에 대한 분노가 꿈틀댐

1) 가난을 벗어날 수 없는 모순적 상황이 개인의 문제가 아닌 사회 구조적 문제라는 걸 깨닫는다. 이는 신경향파 문학의 특징이기도 하다.

나는 이것을 인간의 생의 충동이며 확충이라고 본다. 나는 여기서 무상의 법열法悅 설법을 듣고 마음속에 일어나는 기쁨 을 느끼려고 한다. 아니 벌써부터 느껴진다. 이 사상이 드디어 나로 하여금 집을 탈출케 하였으며, ××단에 가입하게 하였으며, 비바람 밤낮을 헤아리지 않고 벼랑 끝보다 더 험한 ×선에 서게 한 것이다.

김 군! 거듭 말한다. 나도 사람이다. 양심을 가진 사람이다. 애정을 가진 사람이다. 내가 떠나는 날부터 식구들은 더욱 곤경에 들 줄도 나는 알았다. 자칫하면 눈 속이나 어느 구렁에서 죽는 줄도 모르게 굶어 죽을 줄도 나는 잘 안다. 그러므로 나는 이곳에서도 남의 집 행랑어멈이나 아범이며, 노두에 방황하는 거지를 무심히 보지 않는다. 아! 나의 식구도 그럴 것을 생각할 때면 자연히 흐르는 눈물과 뿌직뿌직 찢기는 가슴을 덮쳐잡는다. 그러나 나는 이를 갈고 주먹을 쥔다. 눈물을 아니 흘리려고 하며 비애에 상하지 않으려고 한다. 울기에는 너무도 때가 늦었으며 비애에 상하는 것은 우리의 박약을 너무도 표시하는 듯싶다. 어떠한 고통이든지 참고 분투하려고 한다.

김 군! 이것이 나의 탈가한 이유를 대략 적은 것이다. 나는 나의 목적을 이루기 전에는 내 식구에게 편지도 하지 않으려고 한다. 그네가 죽어도, 내가 또 죽어도…….

나는 이러다가 성공 없이 죽는다 하더라도 원한이 없겠다. 이 시대, 이 민중의 의무를 이행한 까닭이다.

아아, 김 군아! 말을 다 하였으나 정은 그저 가슴에 넘치누나!

나는 어떠한 고통이든지 참고 분투하려고 한다. 이 시대, 이 민중의 의무를 이행한 까닭이다.

🍎 소설 한 장면 결말 민중의 의무를 이행하려는 마음으로 ××단에 가입함

생각해 볼까요?

선생님 '나(박 군)'가 집을 나가기까지의 의식 변화 과정은 어떤가요?

💬 1 🤍 1

↳ **학생 1** 간도로 이주한 후 생계유지를 위해 닥치는 대로 일을 해요. → 상황은 나아지지 않고 이대로는 모두 죽는 수밖에 없다는 극단적인 심리 상태에 이르러요. → 가난에서 벗어나기 위해서는 세상과 제도를 바꾸는 길밖에 없다는 것을 깨달아요. → 집을 나가 사회 변혁을 지향하는 ××단에 가입해요.

선생님 「탈출기」처럼 편지글 형식으로 쓴 소설을 '서간체 소설'이라고 해요. 이러한 서간체 소설의 특징은 무엇일까요?

💬 3 🤍 3

↳ **학생 1** 작가의 개입 없이 이야기를 상세하게 서술할 수 있어요.
↳ **학생 2** 화자의 내면 심리를 친근하고 설득력 있게 전달할 수 있어요.
↳ **학생 3** 독자들은 서간체 소설을 읽으며 허구성보다는 사실성을 더욱 강하게 느끼게 돼요.

최서해의 삶 ▼ 🔍

연관 검색어   자전적 소설   간도 이주

당시의 문인들은 「탈출기」를 읽고 큰 충격을 받았다. 유학생 출신의 엘리트 작가들이 경험할 수 없었던 체험이 작품에 생생하게 담겨 있었기 때문이다. 이 작품이 더욱 사실성을 지닐 수 있었던 이유는 작가 최서해의 삶에 있다.

최서해는 함북 성진의 가난한 소작농 집안에서 태어났다. 3년 정도 보통학교(일제 강점기에 우리나라 사람들에게 초등 교육을 하던 학교)에 다닌 것이 학력의 전부였다. 그는 불우한 가정에서 태어나 뼈저리게 어려운 생활고를 겪었다. 「탈출기」의 '나'처럼 간도로 이주해 궁핍한 생활을 한 적도 있었다.

「탈출기」는 문단에서 많은 호평을 받았지만 최서해는 여전히 가난하였다. 그는 생계를 잇기 위해서라면 문인 모두가 꺼리던, 기생들의 잡지를 만드는 일도 마다하지 않았다. 평생을 가난에서 벗어나지 못한 그는 안타깝게도 32세의 젊은 나이에 생을 마감하였다.

홍염

#빈궁문학   #중국인지주   #살인과방화   #카타르시스

⚓ 작품 길잡이

갈래: 신경향파 소설
배경: 시간 - 1920년대 일제 강점기 / 공간 - 중국 서간도 빼허, 조선인 이주민 마을
시점: 3인칭 전지적 작가 시점
주제: 간도로 이주한 조선인들의 비참한 삶과 악덕 지주에 대한 저항
출전: 〈조선문단〉(1927)

📷 인물 관계도

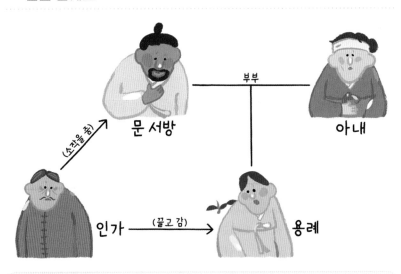

문 서방   가난한 소작농이며 간도로 넘어간 이주민이다. 가족을 잃고 저항적이고 적극적인
          성격으로 변한다.
인가   소작농들을 학대하고 착취하는 중국인 지주로, 문 서방의 딸 용례를 끌고 간다.

📜 구성과 줄거리

발단　**문 서방은 서간도로 이주해 인가의 소작농이 됨**

백두산 서북편 서간도 한 귀퉁이에 있는 가난한 촌락 '빼허(白河)'에 겨울이 찾아
든다. 이곳에는 조선인들의 귀틀집 다섯 채가 이리저리 흩어져 있다. 몹시 추운 날
아침, 문 서방은 죽어가는 아내의 애원을 생각하면서 되놈 사위가 사는 달리소로
향한다.

전개　**문 서방은 소작료를 체납해 인가에게 딸 용례를 빼앗김**

문 서방은 본래 경기도에서 소작농 생활을 해 왔는데 10년이 되도록 겨죽만 먹다
가 서간도로 이주했다. 그는 이곳에 와서도 흉년으로 소작료를 갚지 못해서 매까
지 맞은 일을 생각하며 자신의 신세를 한탄한다. 어느 날 인가가 찾아와 빚을 갚으
라고 고래고래 소리를 지르며 문 서방을 때리고 문 서방의 딸 용례를 데려간다. 용
례를 인가에게 빼앗긴 뒤 문 서방의 아내는 시름시름 앓는다.

위기　**문 서방은 인가를 찾아가지만 인가는 용례를 보여 주지 않음**

용례가 끌려간 지 며칠 후 문 서방은 인가로부터 땅날갈이를 받고 지금의 빼허로
쫓기듯 이주한다. 그 이후 인가는 용례를 문 서방 부부에게 절대 보여 주지 않는
다. 문 서방은 인가를 찾아가 딸아이를 보게 해 달라고 사정하지만 인가는 얼마의
돈을 주며 그냥 가라고 한다.

절정　**아내는 용례를 부르다 마침내 피를 토하고 죽음**

딸에 대한 죄책감으로 실성한 아내는 용례를 부르다가 피를 토하며 쓰러진다. 한
씨가 경문을 외며 은동침을 꺼내 아내의 인중을 눌러 보지만, 아내의 몸은 점점 식
어 간다.

결말　**문 서방은 인가의 집에 방화를 한 뒤 인가를 죽임**

문 서방의 아내가 죽은 이튿날 밤, 그림자(문 서방) 하나가 인가의 집 울타리 뒤로
돌아간다. 그림자가 보리 짚더미에 불을 붙이자 불은 울타리를 타고 집으로 옮겨
붙는다. 문 서방은 인가를 도끼로 찍어 죽인 후 딸을 부둥켜안고 운다.

홍염

1

겨울은 이 가난한—백두산 서북편 서간도 한 귀퉁이에 있는 이 가난한 촌락 빼허 白河 백하. 서간도의 가난한 촌락 이름 에도 찾아들었다. 겨울이 찾아들면 조그만 강을 앞에 끼고 큰 산을 등진 빼허는 쓸쓸히 눈 속에 묻히어서 차디찬 좁은 하늘을 치어다보게 된다.

눈보라는 북국의 특색이다. 빼허의 겨울에도 그러한 특색이 있다. 이것이 빼허의 생령 生靈 생명 들을 괴롭게 하는 것이다.

오늘도 눈보라가 친다.

북극의 얼음 세계나 거쳐 오는 듯한 차디찬 바람이 우 하고 몰려오는 때면 산봉우리와 엉성한 가지 끝에 쌓였던 눈들이 한꺼번에 휘날려서 이 좁은 산골은 뿌연 눈안개 속에 들게 된다. 어떤 때는 강골 바람에 빙판에 덮였던 눈이 산봉우리로 불리게 된다. 이렇게 교대로 산봉우리의 눈이 들로 내리고 빙판의 눈이 산봉우리로 올리달려서 아래에서 위로 향해 달려 서로 엇바뀌는 때면 그런대로 관계치 않으나, 하늬 天風 하늬바람. 북풍 와 강바람이 한꺼번에 불어서 강으로부터 올리닫는 눈과 봉우리로부터 내리닫는 눈이 서로 부딪치고 어우러지게 되면 눈보라와 바람 소리에 빼허의 좁은 골짜기는 터질 듯한 동요를 받는다.

등진 산과 앞으로 낀 강 사이에 게딱지 여기서는 '게의 등딱지'처럼 아주 볼품없고 작은 상태를 말함 처럼 끼어 있는 것이 이 빼허의 촌락이다. 통틀어서 다섯 호밖에 되지 않는 집이나마 밭을 따라서 이리저리 흩어져 있다. 모두 커다란 나무를 찍어다가 우물 정# 자로 틀을 짜 지은 집인데 여기 사람들은 이것을 '귀틀집'이라 한다. 지붕은 대개 조짚 조나 피 따위의 낟알을 떨어낸 짚 이요, 혹은 나무껍질로도 이었다. 그 꼴은 마치 우리 내지 간도에서는 조선을 내지라 한다 의 거름집 堆肥舍 두엄을 넣어 두는 헛간 과 같다. 심하게 말하는 이는 돼지굴과 같다고 한다.

이것이 남부여대로 서간도 산골을 찾아들어서 사는 조선 사람의 집들이다. 빼허의 집들은 그러한 좋은 표본이다.

험악한 강산, 세찬 바람과 뿌연 눈보라 속에 게딱지처럼 붙어서 위태롭게 침묵을 지키고 있는 이 모든 집에도 어느 때든—공도 公道 공평하고 바른 도리 가 위대한 공도가 어그러지지 않으면, 언제든지 꼭 한때는 따뜻한 봄볕이 지내리라. 그러나 이렇게 눈발이 날리고 바람이 우짖으면 그 어설궂은 집 속에 의지 없이 들어박힌 사람들은 자기네로도 알 수 없는 공포에 몸을 부르르 떨게 된다.

이렇게 몹시 춥고 두려운 날 아침에 문 서방은 집을 나섰다. 산산이 흐트러진 머리카락을 뿌연 상투에 휘휘 거둬 감고 수건으로 이마를 질끈 동인 위에 까맣게 그은 대팻밥모자를 끈 달아 썼다. 부대처럼 툭툭한 토수래^{베실을 삶아서 짠 것} 바지저고리는 언제 입은 것인지 뚫어지고 흙투성이 되었는데 바람에 무겁게 흩날린다.

"문 서뱅이 발써 갔소?"

문 서방은 짚신에 들막^{들메. 신이 벗어지지 않도록 신을 발에 동여매는 끈}을 단단히 하고 마당에 내려서려다가 부르는 소리에 머리를 돌렸다. 펄쩍 문을 열면서 때가 지덕지덕한 늙은 얼굴을 내미는 것은 한 관청^{관청은 직함}이었다.

"왜 그러시우?"

경기 말씨가 그저 남아 있는 문 서방은 한 발로 마당을 밟고 한 발로 흙마루를 밟은 채 한 관청을 보았다.

"엑, 바름두…… 저, 엑 흑……."

한 관청은 몰아치는 바람이 아츠러운지 연방 흑흑 느끼면서,

"저, 일절 욕을 마오! 그게…… 엑, 워쩐 바름이 이런구. 그게 되놈^{핡人 '만주 사람'을 일컫는 말}인데, 부모두 모르는 되놈인데……."

하는 양은 경험 있는 늙은 사람의 말을 깊이 들으라는 어조이다.

"나는 또 무슨 말씀이라구! 아 그늠이 이번두 그러면 그저 둔단 말이요?"

문 서방의 소리는 좀 분개하였다.

눈을 몰아치는 바람은 또 몹시 마당으로 몰아들었다. 그 판에 문 서방은 바람을 등지고 돌아서고 한 관청의 머리는 창틀 안으로 자라목처럼 움츠러들었다.

"글쎄 이 늙은 거 말을 들소! 그늠이 제 가새비^{'장인'을 낮잡아 이르는 말}를 잘 알겠소? 흥……."

한 관청은 함경도 사투리로 뇌면서 다시 머리를 내밀었다.

"염려 마슈! 좋게 하죠."

문 서방은 더 들을 말 없다는 듯이 바람을 안고 휙 돌아섰다.

"그새 무슨 일이나 없을까?"

밭 가운데로 눈을 헤치면서 나가던 문 서방은 주춤하고 돌아다보면서 혼

자 뇌었다.

눈보라 때문에 눈도 뜰 수 없거니와 지척을 분간할 수 없이 되어서 집은 커녕 산도 보이지 않았다.

"그새 무슨 일이 날라구!"

그는 또 이렇게 혼자 뇌고 저고리 섶을 단단히 여미면서 강가로 내려가다가 발을 돌려서 언덕길로 올라섰다. 강 얼음을 타고 가는 것이 빠르지만 바람이 심하면 빙판에서 걷기가 거북하여 언덕길을 취하였다. 하도 다니던 길이니 짐작으로 걷지 눈에 묻히어서 길이 보이지 않았다.

언덕길에 올라서니 바람은 더욱 심하였다. 우와— 하고 가슴을 쳐서 뒤로 휘딱 자빠질 것은 고사하고 눈발이 아츠럽게 낯을 치어서 눈도 뜰 수 없고 숨도 바로 쉴 수 없었다. 뻣뻣하여 가는 사지에 억지로 힘을 주어 가면서 이를 악물고 두 마루턱이나 넘어서 '달리소' 강가에 이르니 가슴에서는 잔나비가 뛰노는 것 같고 등골에는 땀이 흘렀다. 그는 서리가 뿌연 수염을 씻으면서 빙판을 건너갔다. 빙판에는 개가죽 모자 개가죽 바지에 커다란 울레^신를 신은 중국 파리 썰매꾼들이 기다란 채찍을 휘휘 두르면서,

"뚜—어, 뚜—어, 딱딱."

하고 말을 몰아간다.

"꺼울리 날취 ^저 조선 거지 어디 가나?"

중국 파리꾼들은 문 서방을 보면서 욕을 하였으나 문 서방은 허둥허둥 빙판을 걸어서 높다란 바위 모퉁이를 지나 언덕에 올라섰다.

여기가 문 서방이 목적하고 온 '달리소'라는 땅이다. 이 땅 주인은 인^殷가 라는 중국 사람인데 그 인가는 문 서방의 사위이다. 저편 밭 가운데 굵은 나무로 울타리를 한 것이 인가의 집이다. 그 밖으로 오륙 호나 되는 게딱지같은 귀틀집은 지팡살이 ^광복 전 만주 땅에서 성행하던 소작 제도의 하나 하는 조선 사람들의 집이다. 문 서방은 바위 모퉁이를 돌아 언덕에 오르니 산이 서북을 가리어서 바람이 좀 잠잠하여 좀 푸근한 느낌을 받았으나, 점점 인가—사위의 집 용마루가 보이고 울타리가 보이고 그 좌우의 같은 조선 사람의 집이 보이니 스스로 다리가 움츠러지면서 걸음이 떠지었다 ^속도가 더디어졌다.

"엑 더러운 놈! 되놈에게 딸 팔아먹는 놈!"

그것은 자기 스스로 한 일은 아니지만 어디선지 이런 소리가 귀청을 징징 치는 것 같은 동시에 개기름이 번지르르하여 핏발이 올올한 눈을 흉악

하게 굴리는 인가—사위의 꼴이 언뜻 눈앞에 떠올라서 그는 발끝을 돌릴
까 말까 하고 주저하였다. 그러다가도,

"여보 용례^{딸의 이름}가 왔소? 용례 좀 데려다 주구려."

하고 죽어 가는 아내의 애원하던 소리가 귓가에 울려서 다시 앞을 향하였다.

"이게 문 서뱅이! 또 딸 집을 찾아가옵느마?"

머리를 수굿하고 걷던 문 서방은 불의의 모욕이나 받는 듯이 어깨를 툭
떨어뜨리면서 머리를 들었다. 그것은 길옆에서 돼지우리를 치던 지팡살이
꾼의 한 사람이었다.

"네! 아아니……."

문 서방은 대답도 아니요 변명도 아닌 이러한 말을 하고는 얼른얼른 인
가의 집으로 향하였다. 온 동리가 모두 나서서 자기의 뒤를 비웃는 듯해서
곁눈질도 못하였다.

여기는 서북이 가리어서 빼허처럼 바람이 심하지 않았다. 흐릿하나마 별
도 엷게 흘렀다.

2

"여보! 저 인가가 또 오는구려!"

가을볕이 쨍쨍한 마당에서 깨를 떨던 아내는 남편 문 서방을 보면서 근심스럽게 말하였다.

　"오면 어쩌누? 와도 하는 수 없지!"

　뒤주간 ^{곡식을 보관하기 위해 나무로 지은 창고} 앞에서 옥수수 껍질을 바르던 문 서방은 기탄없이 말하였다.

　"엑 그 단련을 또 어찌 받겠소?"

　아내의 찌푸린 낯은 스스로 흐리었다.

　"참 되놈이란 오랑캐……."

　"여보, 여기 왔소."

　문 서방의 높은 소리를 주의시키던 아내는 뒤주간 저편을 보면서,

　"아, 오셨소?"

　하고 어색한 웃음을 웃었다.

　"예 왔소? 장구재^{주인} 있소?"

　지주 인가는 어설픈 웃음을 지으면서 마당에 들어서다가 뒤주간 앞에 앉은 문 서방을 보더니,

　"응, 저기 있소!"

　하고 손가락질을 하면서 그 앞에 가 수캐처럼 쭈그리고 앉았다.

　서천에 기운 태양은 인가의 이마에 번지르르 흘렀다.

　"어디 갔다 오슈?"

　문 서방은 의연히 옥수수를 바르면서 하기 싫은 말처럼 힘없이 끄집어내었다.

　"문 서방! 그래 오레두 비들^{빚을} 못 가프겠소?"

　인가는 문 서방 말과는 딴전을 치면서 담뱃대를 쌈지에 넣는다.

　"허허 어제두 말했지만 글쎄 곡식이 안 된 거 어떡하오?"

　"안 돼! 안 돼! 곡시기 자르 되고 모 되구 내가 아르오? 오늘은 받아 가지구야 가겠소!"

　인가는 담배를 피우면서 버티려는 수작인지 땅에 펑덩 들어앉았다.

　"내년에는 꼭 갚아드릴게 올만 참아 주오! 장구재도 알지만 흉년이 되어서 되지두 않은 이것^{곡식}을 모두 드리면 우리는 어떻게 겨울을 나라구 응? ……자 내년에는 꼭, 하하……."

　인가를 보면서 넋이 없는 웃음을 치는 문 서방의 눈에는 애원하는 빛이

흘렀다.

"안 되우! 안 돼! 퉁퉁디^{모두} 주! 우리두 많이 부족이오."

"부족이 돼두 하는 수 없지. 글쎄 뻔히 보시면서 어떡하란 말이오? 휴……."

"어째 어부소^{없소}? 응 니디 어째 어부소! 응 니디 어째 어부소! 마리해! 울리 쌀리디, 울리 소금이디, 울리 강냉이디…… 니디 입이—그는 입을 가리키면서— 디 안 먹어? 어째 어부소, 응?"

인가는 낯빛이 거무릭푸르릭해서 소리를 고래고래 질렀다. 문 서방은 더 말이 나오지 않았다.

언제나 이놈의 소작인 노릇을 면하여 볼까? 경기도에서도 소작인 생활 십 년에 겨죽^{쌀의 속겨로 쑨 죽}만 먹다가 그것도 자유롭지 못하여 남부여대로 딸 하나 앞세우고 이 서간도로 찾아들었더니 여기서도 그네를 맞아 주는 것은 지팡살이였다. 이름만 달랐지 역시 소작인이다. 들어오던 해는 풍년이었으나 늦게 들어와서 얼마 심지 못하였고 그 이듬해에는 흉년으로 말미암아 일 년 내 꾸어 먹은 것도 있거니와 소작료도 못 갚아서 인가에게 매까지 맞고 금년으로 미뤘더니 금년에도 흉년이 졌다. 다른 사람들도 빚을 지지 않은 바가 아니로되 유독이 문 서방을 조르는 것은 음흉한 인가의 가슴속에 문 서방의 용례—금년 열일곱—가 걸린 까닭이었다. 문 서방은 벌써 그 눈치를 알아채었으나 차마 양심이 허락지 않았다. 인가의 욕심만 채우면 밭맥^{1맥은 10일경=1일경은 약 천 평}이나 단단히 생겨 한평생 기탄없을 것을 모르지는 않지만 무남독녀로 고이 기른 딸을 되놈에게 주기는 머리에 벼락이 내릴 것 같아서 죽으면 그저 굶어 죽었지 차마 할 수 없었다. 그는 그런 것 저런 것 생각할 때마다 도리어 내지—쪼들려도 나서 자란 자기 고향에서 쪼들리던 옛날이—삼 년 전의 그 옛날이 그리웠다. 그러나 그것도 한 꿈이었다. 그 꿈이 실현되기에는 그네의 경제적인 기초가 너무나도 없었다. 빈 마음만 흐르는 구름에 부쳐서 내지로 보낼 뿐이었다.

"어째서 대답이 어부소, 응? 그래 울리 비디디 안 가파? 창우니! 빠피야^{이놈 껍질 벗긴다}."

인가는 담뱃대를 꽁무니에 찌르면서 일어나 앉더니 팔을 걷는다. 그것을 본 문 서방 아내는 낯빛이 파랗게 질려서 부들부들 떨면서 이편만 본다. 문 서방도 낯빛이 까맣게 죽었다.

"자, 그러면 금년 농사는 온통 드리지요."

문 서방의 목소리는 힘없이 떨렸다. 마치 종아리채를 든 초학 훈장의 앞에 엎드린 어린애의 소리처럼……

"부요우^{싫어}…… 퉁퉁디…… 모모 모두 우리 가져가두 보미^{옥수수} 쓰단^{四石}, 쌔옌^{소금} 얼씨진^{20斤}, 쑈미^{좁쌀} 디 빠단^{八石} 디유아^{있다}…… 니디 자리 알라 있소! 그거 안 쥐?"

검붉은 인가의 뺨은 성난 두꺼비 배처럼 불떡불떡 하였다.

"나머지는 내년에 갚지요."

문 서방은 머리를 뚝 떨어뜨렸다.

"슴마^{무엇}? 창우니 빠피야!"

인가의 억센 손이 문 서방의 멱살을 잡았다. 문 서방은 가만히 받았다. 정신이 아찔하였다.

"에구, 장구재…… 흑흑…… 장구재…… 제발 살려 줍쇼! 제발 살려 주시면 뼈를 팔아서라두 갚겠습니다. 장구재 제발!"

문 서방의 아내는 부들부들 떨면서 인가의 팔에 매달렸다. 그의 애걸하는 소리는 벌써 울음에 떨렸다.

"내 보미 워디 소금이 낼라! 아니 쥤소? 아니 쥤소? 어 어째니 쥤소?"

인가의 주먹은 문 서방의 귓벽을 울렸다.

"아이구!"

문 서방은 땅에 쓰러졌다.

"엑 에구…… 응응응…… 에구 장구재! 제발 제제…… 흑 제발 살려 줍소……. 응."

쓰러지는 문 서방을 붙잡던 아내는 인가를 보면서 땅에 엎드려서 손을 비빈다.

"이 상느므 샛지^{상놈의 자식}…… 니디 로포^{아내} 워디^{내가} 가져 가!"

하고 인가는 문 서방을 차더니 엎디어서 손이야 발이야 비는 문 서방의 아내의 손목을 잡아끌었다.

"니디 울리 집이 가! 오늘리부터 니디 울리 에미네^{아내}!"

"장구재…… 제발…… 아이구 응……?"

"에구 엄마."

집 안에서 바느질하던 용례가 내달았다. 인가는 문 서방의 아내를 사정

없이 끌고 자기 집으로 향한다.

"나를 잡아가라! 나를……."

쓰러졌던 문 서방은 인가의 팔을 잡았다.

"타마나^{상소리}!"

하는 소리와 함께 인가의 발길은 문 서방의 불걸음^{불두덩. 생식기 언저리의 불룩한 부분}으로 들어갔다. 문 서방은 거꾸러졌다.

"아이구 어머니! 왜 울 어머니를 잡아가요? 응응…… 흑."

용례는 어머니의 팔목을 잡은 중국인의 손을 물어뜯었다. 용례를 본 인가는 문 서방의 아내는 놓고 문 서방의 딸 용례를 잡았다.

"이 개새끼야! 이것 놔라…… 응응 흑…… 아이구 아버지…… 엄마!"

억센 장정 인가에게 티끌같이 연연한^{가냘프고 약한} 처녀는 몸부림을 하면서 발악을 하였다.

"용례야! 아이구 우리 용례야!"

"에이구 응……너를 이 땅에 데리구 와서 개 같은 놈에게……."

문 서방의 내외는 허둥지둥 달려갔다.

낯빛이 파랗게 질린 흰옷 입은 사람들은 쭉 나와서 섰건마는 모두 시체같이 서 있을 뿐이었다. 여편네 몇몇은 치맛자락으로 눈물을 씻었다.

의연히 제 걸음을 재촉하는 볕은 서산에 뉘엿뉘엿하였다. 앞강으로 올라오는 찬바람은 스르르 스쳐 가는데 석양에 돌아가는 까마귀 울음은 의지 없는 사람의 넋을 호소하는 듯 처량하였다.

"에구 용례야! 부모를 못 만나서 네 몸을 망치는구나! 에구 이놈의 돈이 우리를 죽이는구나!"

문 서방 내외는 그 밤을 인가의 집 울타리 밖에서 새었다. 누구 하나 들여다보지도 않는데 인가의 집에서 내놓은 개들은 두 내외를 잡아먹을 듯이 짖으며 덤벼들었다.

이리하여 용례는 영영 인가의 손에 들어갔다. 며칠 후에 인가는 지금 문 서방이 있는 빼허에 땅날갈이^{소를 데리고 하루 낮 동안에 갈 수 있는 밭의 넓이}나 있는 것을 문 서방에게 주어서 그리로 이사시켰다.

문 서방은 별별 욕과 애원을 하였으나 나중에 인가는 자기 집 일꾼들을 불러서 억지로 몰아내었다. 이리하여 문 서방은 차마 생목숨을 끊기 어려워서 원수가 주는 땅을 파먹게 되었다. 그것이 작년 가을이었다. 그 뒤로 인가는 절대로 용례를 밖으로 내보내지 않을 뿐만 아니라 그 어버이 되는 문 서방 내외에게도 보이지 않았다.

'용례는 매일 밥도 안 먹고 어머니 아버지만 부르고 운다.'

하는 희미한 소식을 인가의 집에 가까이 드나드는 중국인들에게서 들을 때마다 문 서방은 가슴을 치고 그 아내는 피를 토하였다.

이리하여 문 서방의 아내는 늦은 여름부터 아주 병석에 드러누웠다. 그는 병석에서 매일 용례만 부르고 용례만 보여 달라고 졸랐다. 그래서 문 서방은 벌써 세 번이나 인가를 찾아가서 말했으나 효과가 없었다.

이번까지 가면 네 번째다. 이번은 어떻게 성사가 되는지?

—간도에 있는 중국인들은 조선 여자를 빼앗아 가든지 좋게 사 가더라도 밖에 내보내지도 않고 그 부모에게까지 흔히 면회를 거절한다. 중국인은 의심이 많아서 그런다고 들었다.—

3

문 서방은 울긋불긋한 채필로 관운장과 장비를 무섭게 그려 붙인 집 대문 앞에 섰다. 문밖에서 뼈다귀를 핥던 얼룩개 한 마리가 웡웡 짖으면서 달

🍎 소설 한 장면 전개 문 서방은 소작료를 체납해 인가에게 딸 용례를 빼앗김

---

1) 인가의 개들은 약한 자들에 대한 강한 자들의 횡포를 상징하는 것으로, 문 서방의 마음에 공포감을 조성하며 사건의 긴장감을 강화하는 역할을 한다.

려들더니 이 구석 저 구석에서 개무리가 우 하고 덤벼들었다.[1] 어떤 놈은 으르렁 으르고, 어떤 놈은 꼬리를 뒷다리 사이에 바싹 끼면서 금방 물듯이 송곳 같은 이빨을 악물었고, 어떤 놈은 대들었다가는 뒷걸음치고 뒷걸음을 쳤다가는 대들면서 산천이 무너지게 짖고, 어떤 놈은 소리도 없이 코만 실룩실룩하면서 달려들었다. 그 여러 놈들이 문 서방을 가운데 넣고 죽 둘러서서 각각 제 재주대로 날뛴다. 그렇지 않아도 지금 개 때문에 대문 밖에서 기웃거리던 문 서방은 이 사면초가를 어떻게 막으면 좋을지 몰랐다. 이러는 판에 한 마리가 획 들어와서 문 서방의 바짓가랑이를 물었다.

"으악…… 꺼우디^{개를}!"

문 서방이 소리를 치면서 돌멩이를 찾느라고 엎드리는 것을 보더니 개들은 일시에 뒤로 물러났으나 또다시 덤벼들었다.

"창우니 타마나가비^{상소리다}!"

안에서 개가죽 모자를 쓰고 뛰어나오는 일꾼은 기단 호미 자루를 휘두르면서 개를 쫓았다. 개들은 몰려가면서도 몹시 짖었다.

문 서방은 수수깡이 지저분하게 널려 있는 방문으로 들어갔다. 누릿하고 퀴퀴한 더운 기운이 후끈 낯을 스칠 때 얼었던 두 눈은 뿌연 더운 안개에 스르르 흐리어서 어디가 어디인지 잘 분간할 수 없었다.

"윈따야 랠라마^{문 영감 오셨소}?"

캉^{구들}에서 지껄이는 중국인 중에서 누군지 첫인사를 붙였다.

"에헤 랠라 장구재 유^{있소}?"

문 서방은 어색한 웃음을 지었다. 얼었던 몸은 차차 녹고 흐리었던 눈앞도 점점 밝아졌다.

"짱캉바^{구들로 올라오시오}!"

구들 위에서 나는 틱틱한 소리는 인가였다. 그는 일꾼들과 무슨 의논을 하던 판인가? 지껄이던 일꾼들은 고요히 앉아서 담배를 피우면서 호기심에 번득이는 눈을 인가와 문 서방에게 보내었다. 어느 천년에 지은 집인지, 거미줄이 얼키설키 서린 천장과 벽은 아궁이 속같이 까만데 벽에 붙여 놓은 삼국풍진도^{三國風塵圖}며 춘야도리원도^{春夜桃李園圖}는 이리저리 찢기고 그을었다. 그을음과 담배 연기에 싸여서 눈만 반짝반짝하는 무리들은 아귀도^{餓鬼道}^{삼악도의 하나. 아귀들이 모여 사는 세계로 늘 굶주리고 매를 맞는다고 함}를 생각케 한다. 문 서방은 무시무시한 기분에 몸을 부르르 떨었다.

"추엔바^{담배 잡수시오}?"

인가는 웬일인지 서투른 대로 곧잘 하던 조선말은 하지 않고 알아도 못 듣는 중국말을 쓰면서 담뱃대를 문 서방 앞에 내밀었다.

"여보 장구재! 우리 로포가 딸을 못 봐서 죽겠으니 좀 보여 주 응……?"

문 서방은 담뱃대를 받으면서 또 전처럼 애걸하였다. 인가는 이마를 찡그리면서 볼을 불렀다.

"저게^{아내} 마지막 죽어 가는데 철천지한^{徹天之恨 하늘에 사무치는 크나큰 원한}이나 풀어야 하잖겠소, 응? 한 번만 보여 주! 어서 그러우! 내가 용례를 만나면 꼬일까 봐…… 그럴 리 있소! 이렇게 된 바에야…… 한 번만…… 낯이나…… 저 죽어 가는 제 에미 낯이나 한 번 보게 해 주! 네? 제발……!"

"안 되우! 보내지 모하겠소. 우리 지비 문바께 로포^{용례를 가리키는 말}나갔소. 재미어부소."

배짱을 부리는 인가의 모양은 마치 전당포 주인과 같은 점이 있었다. 문 서방의 가슴은 죄였다. 아쉽고 안타깝고 슬픔이 어우러지더니 분한 생각이 났다. 부뚜막에 놓은 낫을 들어서 인가의 배를 왁 긁어 놓고 싶었으나 아직도 행여나 하는 바람과 삶에 대한 애착심이 그 분을 제어하였다.

"그러지 말고 제발 보여 주오! 그러면 내 아내를 데리구 올까? 아니 바람을 쏘여서는…… 엑 죽어두 원이나 끄고 죽게 내가 데리고 올게 낯만 슬쩍 보여 주오, 네? 흑…… 끅…… 제발……."

이십 년 가까이 손끝에서 자기 힘으로 기른 자기 딸을 억지로 빼앗긴 것도 원통한데 그나마 자유로 볼 수도 없이 되는 것을 생각하니! 더구나 그 우악한^{무지하고 포악한} 인가에게 가슴과 배를 사정없이 눌리이는 연연한 딸의 버둥거리는 그림자가 눈앞에 언뜻 하여^{갑자기 떠올라} 가슴이 꽉 막히고 사지가 부르르 떨리면서 주먹이 쥐어졌다. 그러나 뒤따라 병석의 아내가 떠오를 때 그의 주먹은 풀리고 머리는 숙었다.

"넬리 또 왔소 이야기하오! 오늘리디 울리디 일이디 푸푸디! 많이 있소!"

인가는 문 서방을 어서 가라는 듯이 자기 먼저 캉^{구들}에서 내려섰다.

"제발 그러지 말구! 으흑 흑…… 제제 제발 단 한 번만이라두 낯만…… 으흑흑 응!"

문 서방은 인가를 따라 밖으로 나오면서 울었다. 등 뒤에서는 웃음소리가 들렸다. 그러나 그 웃음소리는 이때의 문 서방에게는 아무러한 자극도

주지 못하였다.

"자— 이거 적지만……."

마당에 한참이나 서서 무엇을 생각하던 인가는 백조百弔짜리 관체官帖돈 석 장을 문 서방의 손에 쥐였다. 문 서방은 받지 않으려고 했다. 더러운 놈의 더러운 돈을 받지 않으려 하였다. 그러나 지금 붙어먹는 밭도 인가의 밭이다. 잠깐 사이 분과 설움에 어리어서 튀기던 돈은…… 돈 힘은 굶고 헐벗은 문 서방을 누르지 않을 수 없었다.[1] 그는 못 이기는 것처럼 삼백 조를 받아넣고 힘없이 나오다가,

'저 속에는 용례가 있으려니!'

생각하면서 바른편에 놓인 조그마한 집을 바라볼 때 자기도 모르게 발길이 도로 돌아섰다. 마치 거기서는 용례가 울면서 자기를 부르는 것 같았다. 그러나 인가는 문 서방을 문밖에 내보내고 문을 닫아 잠갔다.

문밖에 나서니 천지가 아득하였다. 발길이 돌아서지 않았다. 사생을 다투는 아내를 생각하면 아니 가든 못할 일이고 이 울타리 속에는 용례가 있거니 생각하면 눈길이 다시금 울타리로 갔다.

그가 바위 모퉁이 빙판에 올 때까지 개들은 쫓아 나와 짖었다. 그는 제

딸 좀 보여 주오.
나와 아내의 소원이오…….

안 된다니까!
이 돈이나 받고
빨리 가시오!

◑ 소설 한 장면　위기　문 서방은 인가를 찾아가지만 인가는 용례를 보여 주지 않음

1) 인가에 대한 적개심과 돈을 거부하기 어려운 상황이 모순을 일으키고 있다.

분김에 한 마리 때려잡는다고 얼른 돌멩이를 집어 들었다가, 작년 가을에 어떤 조선 사람이 어떤 중국 사람의 개를 때려죽이고 그 사람이 주인에게 총 맞아 죽은 일이 생각나서 들었던 돌멩이를 헛뿌렸다.

돌아 떨어지는 겨울 해는 어느새 강 건너 봉우리 엉성한 가지 끝에 걸렸다. 바람은 좀 자고 날씨는 맑으나 의연히 추워서 수염에는 우물가처럼 얼음 보쿠지^{여러 겹으로 얼어붙은 얼음}가 졌다.

4

눈웃 입은 산봉우리 나뭇가지 끝에 남았던 붉은 석양볕이 스르르 자취를 감추고 먼 동쪽 하늘가에 차디찬 연자주빛이 싸르르 돌더니 그마저 스러지고 쌀쌀한 하늘에 찬 별들이 내려다보게 되면서부터 어둑한 황혼빛이 빼허의 좁은 골에 흘러들어서 게딱지 같은 집 속까지 흐리기 시작하였다.

까만 서까래가 드러난 수수깡 천장에는 그은 거미줄이 흐늘흐늘 수없이 드리이고, 빈대 죽인 자리는 수목으로 댓잎竹葉을 그린 듯이 흙벽에 빈틈이 없는데 먼지가 수북한 구들에는 구름 깔개를 깔아 놓았다. 가마 저편 바당^{부엌}에는 장작개비가 흩어져 있고 아궁이에서는 뻘건 불이 훨훨 붙는다.

뜨끈뜨끈한 부뚜막에는 문 서방의 아내가 누덕이불에 싸여 누웠고 문 앞과 윗목에는 이웃집 사람들이 모여 앉았는데 지금 막 달리소 인가의 집에서 돌아온 문 서방은 신음하는 아내의 가슴에 손을 얹고 앉았다. 등잔걸이에 켜 놓은 등불은 환하게 이 실내의 모든 사람을 비췄다.

"용례야! 용례야! 용례야!"

고요히 누웠던 문 서방의 아내는 마지막 소리를 좀 크게 질렀다. 문 서방은 아내의 가슴을 지그시 눌렀다.

"에구, 우리 용례! 우리 용례를 데려다 주구려!"

그는 눈을 번쩍 뜨면서 몸을 흔들었다.

"여보 왜 이러우. 용례가 지금 와요. 금방 올걸!"

어린애를 어르듯 하면서 땀내가 께저분한 아내의 얼굴을 내려다보는 문 서방의 눈은 흐렸다.

"에구, 몹쓸 놈두! 저런 거 모르는 체하는가? 쩻!"

윗목에 앉은 늙은 부인은 함경도 사투리로 구슬피 뇌었다.

"허 그러게 되놈이라지! 그놈들께 인륜人倫이 있소?"

문 앞에 앉았던 한 관청은 받아쳤다.

"용례야! 용례야! 흥 저기 저기 용례가 오네!"

문 서방의 아내는 쑥 꺼진 두 눈을 모들떠서^{두 눈동자를 안으로 몰아 떠서} 천장을 뚫어지게 보면서 보기에 아츠러운^{보거나 듣기에 견디기 어려울 정도로 거북한} 웃음을 웃었다.

"어디? 아직은 안 오. 여보, 왜 이러우? 응?"

문 서방의 목소리는 떨렸다.

"저기 엑…… 용 용례……."

그는 눈을 더 크게 뜨고 두 뺨의 근육을 경련적으로 움직이면서 번쩍 일어났다. 문 서방은 아내의 허리를 안았다. 그는 또 정신에 착오를 일으켰는지, 창문을 바라보고 뛰어나가려고 하면서,

"용례야! 용례 용례…… 저 저기 저기 용례가 있네! 용례야! 어디 가느냐, 응?"

고함을 치고 눈물 없는 울음을 우는 그의 눈에서는 파란 불빛이 번쩍하였다. 좌중은 모진 짐승의 앞에나 앉은 듯이 모두 숨을 죽이고 손을 틀었다. 문 서방은 전신의 힘을 내어서 아내의 허리를 안았다.

"하하하―그는 이상한 소리를 내어 웃다가 다시 성을 잔뜩 내면서―…… 용례, 용례가 저리로 가는구나! 으응…… 저놈이 저놈이 웬 놈이냐?"

하면서 한참 이를 악물고 창문을 노려보더니,

"저 저…… 이놈아! 우리 용례를 놓아라! 저 되놈이, 저 되놈이 용례를 잡아가네! 이놈 놔라! 이놈 모가지를 빼놓을 이 이……."

그의 눈앞에는 용례를 인가에게 빼앗기던 그때가 떠올랐는지, 이를 뿍 갈면서 몸을 번쩍 일으켜 창문을 향하고 내달았다.

"여보 정신을 차리오! 여보 왜 이러우? 아이구 응……."

쫓아 나가면서 아내의 허리를 안아서 뒤로 끌어 들이는 문 서방의 소리는 눈물에 젖었다.

"이늠아! 이게 웬 놈이 남을 붙잡니? 응? 으윽."

그는 두 손으로 남편의 가슴을 밀다가도 달려들어서 남편의 어깨를 물어뜯으면서,

"이것 놔라! 에그 용례야, 저게 웬 놈이…… 에구구…… 저놈이…… 에구구…… 저놈이 용례를 깔고 앉네!"

하고 몸부림을 탕탕하는 그의 눈에는 핏발이 서고 낯빛은 파랗게 질렸다.

이때 한 관청 곁에 앉았던 젊은 사람은 얼른 일어나서 문 서방을 조력하였다. 끌어 들이려거니 뛰어나가려거니 하여 밀치고 당기는 판에 등잔걸이가 넘어져서 등불이 펄렁 죽어 버렸다. 방 안이 갑자기 깜깜하여지자 창문만 히슥하였다.^{색깔이 조금 허옇다}

"조심들 하라니! 엑 불두!"

한 관청은 등을 화로에 대이고 푸푸 불면서 툭턱툭턱하는 사람들께 주의를 시켰다. 불은 번쩍하고 켜졌다.

우우 쐐— 스르르륵.

문을 치는 바람 소리가 요란하였다.

"엑 또 바람이 나는 게로군! 날쎄두 폐릅^{괴상하}다."

한 관청은 이렇게 뇌면서 등잔걸이에 등을 꽂고 몸부림하는 문 서방 내외와 젊은 사람을 피하여 앉았다.

"이것 놓아 주오! 아이구, 우리 용례가 죽소! 저 흉한 되놈에게 깔려서…… 엑 저저…… 저것 봐라! 이놈, 네 이놈아! 에이구 용례야! 용례야! 사람 살려 주오! —소리를 더욱 높여서— 우리 용례를 살려 주! 응 으윽 에엑 끅……."

그는 마지막으로 오장육부가 쏟아지게 소리를 지르다가 검붉은 핏덩이를 왈칵 토하면서 앞으로 거꾸러졌다.

"으윽!"

"응 끔직두 한 게!"

하면서 여러 사람들은 거꾸러진 문 서방의 아내 앞에 모여들었다.

"여보! 여보소! 아이구 정신 좀……."

떨려 나오는 문 서방의 소리는 절반이나 울음으로 변하였다.

거불거불하는 등불 속에 검붉은 피를 한 말이나 토하고 쓰러진 그는 낯이 파랗게 되어서 숨결이 없었다.

"히! 잡싱^{雜神}이 붙었는가?"

"으흠 응! 으흠 흥! 각황제방 심미기, 두우열로 구슬벽……."

여러 사람들과 같이 문 서방의 아내를 부뚜막에 고요히 뉘어 놓고 한 관청은 귀신을 쫓는 경문^{기도할 때 외는 글}이라고 발음도 바로 못 하는 이십팔 수를 줄줄줄 읽었다.

"으응응…… 흑흑…… 여여보!"

문 서방의 목메인 울음을 받는 그 아내는 한 관청의 서투른 경문 소리를 듣는지 마는지, 손발은 점점 식어 가고 낯은 파랗게 질렸는데, 무엇을 보려고 애쓰던 눈만은 멀거니 뜨고 그저 무엇인지 노리고 있다. 경문을 읽던 한 관청은,

"엑 인제는 늙어 가는 사람이 울기는? 우지 마오! 살아날 꺼!"

하고 문 서방을 나무라면서 문 서방의 아내 앞에 다가앉더니 주머니에서 은동침─어느 때에 얻어 둔 것인지?─을 꺼내 문 서방 아내의 인중人中을 꾹 찔렀다. 그러나 점점 식어 가는 그는 이마도 찡기지 않았다. 다시 콧구멍에 손을 대어 보았으나 숨결은 없었다.

바람은 우우 쫘─ 하고 문에 눈을 들이쳤다. 여러 사람은 약속이나 한 듯이 두려운 빛을 띤 눈으로 창을 바라보았다.

"으응 에이구! 여보! 끝끝내 용례를 못 보고 죽었구려…… 잉잉…… 흑."

문 서방은 울기 시작하였다. 그 울음소리는 고요한 방 안 불빛 속에 바람 소리와 함께 처량하게 흘렀다.

"에구 못된 놈도 있는게!"

"에구 참 불쌍하게두!"

"흥, 우리두 다 그 신세지!"

용례야, 용례야……

🍎 소설 한 장면 절정 아내는 용례를 부르다 마침내 피를 토하고 죽음

무시무시한 기분에 싸여서 낯빛이 푸르러 가는 여러 사람들은 각각 한마디씩 뇌었다. 그 소리는 모두 갈 데 없는 신세를 호소하는 듯하게 구슬프고 힘없었다.

5

문 서방의 아내가 죽은 그 이튿날 밤이었다. 그날 밤에도 바람이 몹시 불었다. 그 바람은 강바람이어서 서북에 둘린 산 때문에 좀한^{어지간하고 웬만한} 바람은 움쩍도 못하던 달리소까지 범하였다.[1] 서북으로 산을 등지고 앞으로 강 건너 높은 절벽을 대하여 강골밖에 터진 데 없는 달리소는 강바람이 들이차면 빠질 데는 없고 바람과 바람이 부딪쳐서 흔히 회오리바람이 일게 된다. 이날 밤에도 그 모양으로, 달리소에는 회오리바람이 일어서 낟가리가 날리고 지붕이 날리고 산천이 울려서 혼돈이 배판^{벌려서 차림}할 때 빙세계나 트는 듯한 판이라 사람은커녕 개와 돼지도 굴속에서 꿈쩍 못하였다.

밤이 퍽 깊어서였다.

차디찬 별들이 총총한 하늘 아래, 우렁찬 바람에 휘날리는 눈발을 무릅쓰고 달리소 앞강 빙판을 건너서 달리소 언덕으로 올라가는 그림자가 있다. 모진 바람이 스치는 때마다 혹은 엎드리고 혹은 우뚝 서기도 하면서 바삐바삐 가던 그 그림자는 게딱지 같은 지팡살이 집 근처에서부터 무엇을 꺼리는지 좌우를 슬몃슬몃 보면서 자취를 숨기고 걸음을 느리게 하여 저편으로 돌아가 인가의 집 높은 울타리 뒤로 돌아갔다.

"으르릉 웡웡."

하자 어느 구석에서인지 개가 한 마리, 두 마리, 세 마리 뒤이어 나와서 짖으면서 그 그림자를 쫓아간다. 그 개소리는 처량한 바람 소리 속에 싸여 흘러서 건너편 산을 즈르렁즈르렁 울렸다.

"꽝! 꽝꽝."

인가의 집에서는 개 짖음에 홍우재^{마적}나 돌아오는가 믿었던지 헛총질을 네댓 방이나 하였다. 그 소리도 산천을 울렸다. 그 바람에 슬근슬근 가던 그림자는 휙 돌아서서 손에 들었던 보자기를 개 앞에 던졌다. 보자기는 터지면서 둥글둥글한 것이 우루루 쏟아졌다. 짖으면서 달려오던 개들은 짖기를

---

1) 세찬 바람이 부는 날씨를 통해 비극적 결말을 암시하고 있다.

그치고 거기 모여들어서 서로 물고 뜯고 빼앗아 먹는다. 그러는 사이에 그 림자는 인가의 울타리 뒤에 산같이 쌓아 놓은 보릿짚 더미에 가서 성냥을 쭉 긋더니 뒷산으로 올리닫는다.

처음에는 바람 속에서 판득판득하던 불이 삽시간에 그 산 같은 보릿짚 더미에 붙었다.

"훠쓰불이야!"

하는 고함과 함께 사람의 소리는 요란하였다. 모진 바람에 하늘하늘 일 어서는 불길은 어느새 보릿짚 더미를 살라 버리고 울타리를 살라 버리고 울타리 안에 있는 집에 옮았다.

푸우 우루루루 쏴아…….

동풍이 몹시 이는 때면 불기둥은 서편으로, 서풍이 몹시 부는 때면 불기둥 은 동으로 쏠려서 모진 소리를 치고 검은 연기를 뿜다가도 동서풍이 어울치 면 어울려서 붙어치면 축융火神 불을 맡은 신의 붉은 혓발은 하늘하늘 염염히 불꽃이 활활 타오르는 모양 타올라서 차디찬 별—억만년 변함이 없을 듯하던 별까지 녹아내릴 것같이 검은 연기는 하늘을 덮고 붉은빛은 깜깜하던 골짜기에 차 흘러서 어둠을 기 회로 모아들었던 온갖 요귀妖鬼를 몰아내는 것 같다. 불을 질러 놓고 뒷숲 속 에 앉아서 내려다보는 그 그림자…… 딸과 아내를 잃은 문 서방은,

"하하하……."

시원스럽게 웃고 가슴을 만지면서 한 손으로 꽁무니에 찼던 도끼를 만져 보았다.

일 동리 사람들과 인가의 집 일꾼들은 불붙는 데 모여들었으나 모두 어 쩔 줄을 모르고 떠들고 덤비면서 달려가고 달려올 뿐이었다.

그러는 사이에 울타리는 물론 울타리 속에 엉큼히 서 있던 큰 집 두 채도 반이나 타서 쓰러졌다.

이런 불 속으로부터 여러 사람이 오고 가는 밭 가운데로 튀어나가는 두 그림자가 있었다. 하나는 커다란 장정이요, 하나는 작은 여자이다. 뒷산 숲 에서 이것을 본 문 서방은 그 두 그림자를 향하여 내리뛰었다. 그는 천방지 방天方地方 천방지축. 몹시 급해 방향을 모르고 함부로 날뛰는 모양 내리뛰었다. 독살이 잔뜩 올라서 불빛 에 번쩍이는 그의 눈에는 이 두 그림자밖에는 아무것도 보이지 않았다.

"으윽 끅."

문 서방이 여러 사람을 헤치고 두 그림자 앞에 가 섰을 때 앞에 섰던 장

정의 그림자는 땅에 거꾸러졌다. 그때는 벌써 문 서방의 손에 쥐었던 도끼가 장정 인가의 머리에 박혔다. 도끼를 놓은 문 서방의 품에는 어린 여자의 그림자가 안겼다. 용례가…….

그 바람에 모여 섰던 사람들은 혹은 허둥지둥 뛰어 버리고 혹은 뒤로 자빠져서 부르르 떨었다. 용례도 거꾸러지는 것을 안았다.

"용례야! 놀라지 마라! 나다! 아버지다! 용례야!"

문 서방은 딸을 품에 안으니 이때까지 악만 찼던 가슴이 스르르 풀리면서 독살이 올랐던 눈에서 뜨거운 눈물이 떨어졌다. 이렇게 슬픈 중에도 그의 마음은 기쁘고 시원하였다. 하늘과 땅을 주어도 그 기쁨을 바꿀 것 같지 않았다.

그 기쁨! 그 기쁨은 딸을 안은 기쁨만이 아니었다. 작다고 믿었던 자기의 힘이 철통같은 성벽을 무너뜨리고 자기의 요구를 채울 때 사람은 무한한 기쁨과 충동을 받는다.[1]

불길은—그 붉은 불길은 의연히 모든 것을 태워 버릴 것처럼 하늘하늘 올랐다.

○ 소설 한 장면   결말   문 서방은 인가의 집에 방화를 한 뒤 인가를 죽임

---

1) 작가는 소극적이었던 문 서방이 복수를 통해 적극적으로 변화한 것을 긍정적으로 묘사하고 있다.

🔭 생각해 볼까요?

선생님 작품의 제목인 홍염은 '붉은 불꽃'이라는 뜻이에요. 이 작품에서 '홍염'은 무엇을 상징할까요?

💬 3 ❤️ 3

↳ **학생 1** 문 서방은 가난 때문에 지주에게 딸을 빼앗기는 처참한 상황에 이르러요. 이로 인해 심한 충격을 받은 아내까지 잃게 되고요. 이러한 상황 속에서 강하게 폭발하는 불꽃은 문 서방의 분노와 울분을 형상화하는 소재예요. 인가의 집에 붙은 불을 바라보며 문 서방이 "하하하……" 하고 웃는 이유는 기쁨 때문이 아니에요.

↳ **학생 2** 즉, 홍염에는 기존 질서에 대한 분노와 저항의 의미가 담겨 있다고 할 수 있어요. 모순된 현실에 대한 저항 정신은 방화와 살인이라는 극단적 행동으로 나타나 불꽃처럼 퍼져요.

↳ **학생 3** 치솟는 불길 속에서 문 서방은 딸 용례를 안고 뜨거운 눈물을 흘려요. 그의 희열은 단지 딸을 구했다는 데서 오는 것뿐 아니라, 작다고 믿었던 자신의 힘이 철옹성 같이 강한 힘을 무너뜨렸다는 데서 오는 것이에요. 불꽃은 착취와 억압에 대한 저항일 뿐 아니라, 현실에서의 세속적인 고통을 정화하는 의미도 지녀요.

선생님 「홍염」에 나타나는 주요 갈등은 착취 계급과 피착취 계급 사이에서 일어나요. 그러나 이 갈등을 해소할 방법을 제시하지 못하였다는 점에서 한계를 지녔다는 평가를 받지요. 이에 대해 자세히 설명해 볼까요?

💬 2 ❤️ 2

↳ **학생 1** 소설의 결말에서 문 서방이 자신의 분노를 극단적인 행동으로 표출하는 데 그칠 뿐 갈등의 근본적인 원인은 해결되지 않았기 때문이에요.

↳ **학생 2** 맞아요. 문 서방이 방화와 살인을 하여 딸을 되찾았지만, 그것이 현실의 구조적 문제를 해결해 주지는 못해요.

선생님 「홍염」과 「탈출기」는 같은 작가의 작품이에요. 그러나 등장인물이 문제를 해결하는 방식에서 차이점이 있지요. 이에 대해 말해볼까요?

💬 1 ❤️ 1

↳ **학생 1** 「홍염」에서는 문제의 해결책을 살인과 방화에서 찾고 있어요. 이것은 사회의 구조적 모순에 따른 폭력에 지극히 개인적이고 감정적 차원에서 항거하는 것이에요. 그러나 「탈출기」에서는 이러한 개인적 차원의 대응이 아니라 조직적 차원의 대응 방안을 모색해요. 주인공이 민중의 의무를 이행하겠다는 마음으로 ××단에 가입하는 것은 사회적·집단적 차원의 대응 방식이라고 볼 수 있어요.

선생님 문 서방은 아내를 잃은 후 딸을 안고 죽어 가는 처지이지만 그 마음은 기쁘고 시원하였다고 묘사되었어요. 그 이유는 무엇일까요?

학생 1 나약하기만 했던 문 서방이 변화하여 인가에게 복수하고 딸을 되찾았기 때문이에요. 그래서 슬픔 속에서도 일종의 카타르시스를 느끼고 있음을 알 수 있어요.

계급주의 소설 ▼ 🔍

연관 검색어   신경향파 문학   프로 문학   프롤레타리아 문학

1920년대에는 궁핍한 농민과 도시 노동자들을 소재로 현실에 대한 부정적인 인식을 드러낸 계급주의 소설이 활발하게 창작되었다. 특히 1920년대 중반 이후에는 사회주의의 영향을 받아 식민지의 계층적 모순을 비판하는 신경향파 문학(프로 문학)이 나타났다.

신경향파 문학은 백조파의 퇴폐적 낭만주의에 대한 반동으로 주창된 문학 사조로, 하층민의 궁핍하고 비참한 실상을 그리고, 계급 간의 대립과 저항을 주요 내용으로 삼았다. 사회주의적 성격이 짙으나 사회주의 이론에 기반을 두기보다는 현실을 조망하는 데에 주력한다. 박영희, 김기진, 주요섭 등이 그 중심이며 특히 최서해는 신경향파 문학의 기수로 평가받는다.

1920년대 후반 신경향파 문학이라는 용어는 자취를 감추기 시작하고 대신 프로 문학, 카프 문학이 혼용되었다. 프로 문학은 계급 의식을 일깨우고 정치적인 목적을 달성하려는 경향 문학이다. 후에 김기진, 박영희 등은 카프(KAPF 조선 프롤레타리아 예술가 동맹)라는 문학 단체를 결성하여 무산 계층의 경제적 저항을 주로 다루었다. 신경향파 문학이 자연 발생적이라면 카프 문학은 사회주의 성향이 더욱 강해진 경향을 보인다. 카프는 내부 분쟁이 커지고 조직원들이 대거 검거됨으로써 1935년 정식 해산되었다.

이태준
(1904~?)

✉ 작가에 대하여

　호는 상허(尚虛). 강원도 철원에서 출생. 휘문고등보통학교를 나와 일본 조치(上智)대학에서 수학하였다. 〈시대일보〉에 「오몽녀」를 발표하면서 문단에 등단하였다. 〈문장〉을 주관하다 8·15 광복 직전 철원에서 칩거하였다. 광복 이후에는 조선문학가동맹에 포섭되어 활약하다 월북하였는데, 「해방 전후」에서 이러한 문학적 변모를 확인할 수 있다.

　이태준은 「까마귀」, 「달밤」, 「복덕방」 등의 단편 소설에서 선보인 내관적(內觀的) 인물 묘사, 완결된 구성법에 힘입어 한국 현대 소설의 기법적인 바탕을 이룩한 작가로 평가된다. 작중 인물들은 회의적·감상적·패배적인 성격을 띠고 있지만 허무와 서정의 세계 속에서도 현실과 밀착된 시대정신을 추구한다.

　미문가인 이태준은 예술적 정취가 짙은 단편에 탁월한 면모를 보여 주었다. 그는 예술 지상주의적인 이효석, 현실 개혁과 거리를 둔 박태원과는 달리 허무와 서정 속에서도 시대정신을 지니고 있었다.

꽃나무는 심어 놓고

⚓ 작품 길잡이

갈래: 농민 소설
배경: 시간 - 1930년대 / 공간 - 시골과 서울
시점: 3인칭 전지적 작가 시점
주제: 일제 강점기에 터전을 잃고 방황하는 농민의 비참한 삶
출전: 〈신동아〉⁽¹⁹³³⁾

📷 인물 관계도

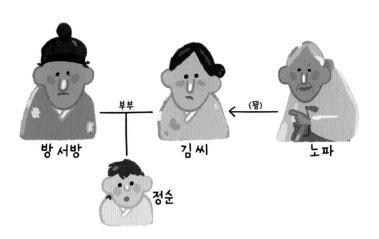

부부 | (꾐)

방 서방 — 김 씨 ← 노파
정순

방 서방 고향의 땅을 잃고 서울로 올라왔으나 하층민의 삶을 벗어나지 못한다.
김 씨   구걸을 나섰다가 길을 잃고 노파의 꼬임에 빠지게 된다.

📋 구성과 줄거리

발단   **방 서방 부부가 서울로 떠남**

서른두 해 동안 고향에서 살아온 방 서방은 김 의관네 땅을 부쳐 먹으며 산다. 그러나 지주가 일본 사람으로 바뀌면서 상황은 달라진다. 일본인 지주의 착취를 견디지 못한 마을 사람들이 떠나는 걸 막기 위해 군청에서 벚꽃 나무를 나눠준다. 방 서방은 벚꽃 나무를 심어 놓고 가족들과 무작정 서울로 향한다.

전개   **방 서방 부부가 타향에서 고생함**

사흘 만에 서울에 도착한 방 서방 부부는 여관에 묵을 돈이 없어 다리 밑에 임시 거처를 정한다. 직업소개소도 가 보고 행랑도 구해 보려 노력하지만 뜻대로 되지 않는다. 설상가상으로 일본인 순사는 다리 밑에서 불을 피우지 말라고 핀잔한다.

위기   **길을 잃은 방 서방의 아내에게 노파가 접근함**

방 서방의 아내 김 씨는 남편이 잠든 사이에 구걸을 나섰다가 길을 잃는다. 그때 멀끔한 얼굴의 김 씨를 본 노파가 돈을 벌 속셈으로 방 서방의 아내에게 접근한다. 노파는 길을 찾아주겠다면서 김 씨를 엉뚱한 곳으로만 데리고 다닌다.

절정   **방 서방은 아내가 달아난 것으로 오해하고 아이가 죽음**

방 서방은 아내가 자신과 어린 딸을 버리고 도망간 것으로 오해한다. 어린 딸은 감기가 들고 설사까지 났으나 병원에서는 돈이 없는 방 서방을 받아주지 않는다. 굶주림과 추위를 견디지 못한 아이는 끝내 숨을 거둔다.

결말   **방 서방이 괴로워하며 세상을 원망함**

이듬해 봄날, 방 서방은 화려하게 핀 벚꽃을 보고 고향을 생각한다. 술집에서 술을 마신 방 서방은 분노와 비애에 젖어 세상을 원망한다.

꽃나무는 심어 놓고

"자꾸 돌아본 뭘 해. 어서 바람을 졌을 때 휑하니 걸어야지……."

하면서 아내를 돌아보는 그도 말소리는 천연스러우나 눈에는 눈물이 다시 핑그르 돌았다. 이 고갯마루만 넘어서면 저 동리는 다시 보려야 안 보이려니 생각할 때 발도 천 근이나 무거워지는 것 같았다.

이 고개, 집에서 오 리밖에 안 되는 고개, 나무를 해 지고 이 고개턱을 넘어설 때마다 제일 먼저 눈에 띄곤 하던 저 우리 집, 집에서 연기가 떠오르는 것을 볼 때마다 허리띠를 조르고 다시 나뭇짐을 지고 일어서곤 하던 이 고개, 이 고개선 넘어가는 햇볕에 우리 집 울타리에 빨아 넌 아내의 치마까지 빤히 보이곤 했다. 이젠 이 고개에서 저 집, 저 노랗게 갓 깐 병아리처럼 새로 이엉을 인 저 집을 바라보는 것도 마지막이로구나!

그는 고개 마루턱에 올라서더니 질빵짐 따위를 질 수 있도록 어떤 물건 따위에 연결한 줄을 치키며, 다시 한 번 돌아서서 동네를 바라보았다. 아무 델 가도 저런 동네는 없을 것이다. 읍엘 갔다 와도 성황당 턱만 내려서면 바람 한 점 없이 아늑하고, 빨래하기 좋고 먹어도 좋은 앞 개울물이며, 날이 추우면 뒷산에 올라 솔잎만 긁어도 며칠씩은 염려 없이 때더니……, 이젠 모두 남의 동네 이야기로구나!

"어서 갑시다."

하면서 이번에는 뒤에 떨어졌던 아내가 눈물, 콧물을 풀어 던지며 앞을 섰다.

그들은 고개를 넘어서선 보잘것없이 달아났다. 사내는 이불보, 옷 꾸러미, 솥부등갱이밥을 해 먹을 때 사용하는 도구, 바가지쪽 해서 한 짐 꾸역꾸역 걸머지고, 여편네는 어린애를 머리도 안 보이게 이불에 꿍쳐서조금 세게 동이거나 묶어서 업은 데다 무슨 기름병 같은 것을 들고 앞서거니 뒤서거니 하여 도랑이면 건너뛰고 굽은 길이면 논틀밭틀논두렁과 밭두렁 사이로 난 꼬불꼬불한 길로 질러가면서 귀에서 바람이 씽씽 나게 달아났다.

장날이 아니라 길에는 만나는 사람도 별로 없었다. 이따금 발밑에서 모초리'메추라기'의 방언가 포드득하고 날고 밭고랑에서 꿩이 놀라서 꺽꺽거리며 산으로 달아나는 것밖에 아무것도 없었다.

"길이나 잘못 들면 어째……."

"밤낮 나무 다니던 데를 모를까……."

조그만 갈래길을 지날 때 이런 말을 주고받은 것뿐. 다시는 입이 붙은 듯 묵묵히 걸어 그들은 점심때가 훨씬 지나서야 서울 가는 큰길에 들어섰다.

큰길에는 바람이 제법 세차게 불었다. 전봇줄^{전깃줄}이 앵앵 울었다. 동지가 내일인가 모렌가 하는 때라 얼음같이 날카로운 바람결에 그들의 옷깃은 다시금 떨리었다.

바람이 차서도 떨리었거니와 그보다도 길고 어마어마하게 넓은 길, 그리고 눈이 모자라게 아득하니 깔려 있는 긴 길, 그 길은 그들에게 눈에도 설거니와^{익숙하지 않거니와} 발에도, 마음에도 선 길이었다. 논틀과 밭둑으로 올 때에는 그래도 그런 줄은 몰랐는데 척 신작로에 올라서니 그젠 정말 낯선 데로 가는 것 같고 허턱^{뚜렷한 이유나 근거 없이 함부로} 살길을 찾아 떠나는 불안스러운 걱정이 와짝^{갑자기 확} 치밀었던 것이다. 그래서 앵앵하는 전봇줄 소리도 멧새나 꿩의 소리보다는 엄청나게 무서웠다. 서로 말은 하지 않았어도 사내나 아내나 다 같이 그랬다.

그들은 그 길을 그저 십 리, 이십 리 걸어 나가는 수밖에 없었다. 자동차가 지날 때는 물론, 자전차만 때르릉 하고 와도 허둥거리고 한데 모여 길 아래로 내려서면서 서울을 향하고 타박타박 걸을 뿐이었다.

그들은 세 식구였다. 저희 내외, 방 서방과 김 씨와 김 씨의 등에 업혀 가는 두 돌 되는 딸애 정순이었다. 며칠 전까지는 방 서방의 아버지 한 분까지 네 식구로서 그가 나서 서른두 해 동안 살아온, 이번에는 떠나는 그 동리에서 그리운 게 없이 살았었다. 남의 땅이나마 몇 대째 눌러 부쳐 오던 김 진사네 땅은 내 땅이나 다름없이 알고 마음 놓고 부쳐 먹었다. 김 진사 당내^{자신이 살아 있는 동안}에는 온 동리가 텃세 한 푼도 물지 않고 지냈으며 김 진사가 돌아간 후에도 다른 지방에 대면 그리 심한 지주는 아니었다. 김 진사의 아들 김 의관도 돌아간 아버지의 덕성을 본받아 작인^{作人 소작인}네가 혼상^{婚喪 혼인과 초상에 관한 일}간에 큰일을 치르는 해면 으레 타작에서 두 섬, 석 섬씩은 깎아주었다. 이렇게 착한 김 의관이 무엇에 써 버리느라고 그 좋은 땅들을 잡혀버렸는지, 작인들의 무딘 눈치로는 내용을 알 수가 없었다. 더러 읍엣 사람들이 지껄이는 소리에 무슨 일본 사람과 금광을 했느니, 회사를 했느니 하는 것을 들은 사람은 있고, 또 아닌 게 아니라 한동안 일본 사람과 양복쟁이 몇이 김 의관네 집을 드나들어 김 의관네 큰 개 두 마리가 늘 컹컹거리고 짖던 것은 지금도 어저께 같은 일이었다.

아무튼 김 의관네가 안성인가 어디로 떠나가고, 지주가 일본 사람의 회사로 갈린 다음부터는 제 땅마지기나 따로 가진 사람 전에는 배겨 나기가 어려웠다. 텃세가 몇 갑절이나 올라가고 논에는 금비金肥 돈을 주고 사서 쓰는 거름를 써라 하고, 그것을 대어 주고는 가을에 비싼 이자를 쳐서 벼는 헐값으로 따져 가고 무슨 세납 무슨 요금 하고 이름도 모르던 것을 다 물리어 나중에 따지고 보면 농사 진 품값은커녕 도리어 빚을 지게 되었다. 그들이 지는 빚은 달리 도리가 없었다. 소가 있으면 소를 팔고 집이 있으면 집을 팔아 갚는 것밖에. 그래서 한 집 떠나고 두 집 떠나고 하는 것이 삼 년 안에 오륙 호가 떠난 것이었다.

군청에서는 이것을 매우 걱정하였다. 전에는 모범촌으로 치던 동리가 폐동廢洞 동리를 없애는 일이 될 징조를 보이는 것은 군으로서 마땅히 대책을 세워야 될 일이었다.

그래서 지난봄에는 군으로부터 이 동리에 사쿠라 나무 이백여 주가 나왔다. 집집마다 두 나무씩 나눠 주고 길에도 심고 언덕에도 심어 주었다. 그래서 그 사쿠라 나무들이 꽃이 구름처럼 피면 무지한 이 동리 사람들이라도 자기 동리를 사랑하는 마음이 깊어져서 함부로 타관他官 타향으로 떠나가지 않으리라 생각했던 것이다.

사쿠라 나무들은 몇 나무 죽지 않고 모두 잘 살아났다. 방 서방네가 심은 것도 앞마당엣것 뒷동산엣것 모두 싱싱하게 잘 자랐다. 군에서 나와 보고 내년이면 모두 꽃이 피리라 했다.

그러나 떠날 사람은 자꾸 떠나고야 말았다.

방 서방네도 허턱 타관으로 떠나기는 처음부터 싫었다. 동리를 사랑하는 마음, 자연을 사랑하는 것이나 이웃을 사랑하는 것이나 모두 사쿠라를 심어 주는 그네들보다는 몇 배 더 간절한 뼛속에서 우러나는 것이었다. 사쿠라 나무를 심었을 때도 혹시 죽는 나무나 있을까 하여 조석朝夕 아침저녁으로 들여다보면서 애를 쓴 사람들이요, 그것들이 가지에 윤이 나고 싹이 트는 것을 볼 때는 자연 속에 묻혀 사는 그들로서도 그때처럼 자연의 신비, 봄의 희열을 느껴 본 적은 일찍 없었던 것이다.

"내년이면 꽃이 핀다지?"

"글쎄, 꽃이 어떤지 몰라?"

"아무튼 이눔의 꽃이 볼 만은 하다는데."

"글쎄 그렇대……."

그러나 떠날 사람은 자꾸 떠나고야 말았다. 올겨울에 들어서도 방 서방 네가 두 집째다.

그들은 사흘 만에야 부르튼 다리를 절룩거리며 희끗희끗 나부끼는 눈발 속으로 저녁연기에 싸인 서울을 바라보았다. 그들은 날이 아주 어두워서야 서울 문안에 들어섰다.

서울에는 그들을 반가이 맞아 주는 사람이 없지도 않았다.

"어디서 오십니까? 어디로 가시는 길입니까? 우리 여관으로 가십시다."

그러나,

"돈이 있나요, 어디……."

하면 그 친절하던 사람들은 벌에 쏘인 것처럼 달아나곤 했다.

돈이 아주 없지는 않았다. 집을 팔아 빚을 갚고 남은 것이 몇 원은 되었다. 그러나 그 돈이 편안히 여관에 들어 밥을 사 먹을 돈은 아니었다.

삼십 년을 넘게 살아온 고향인데……

소설 한 장면　발단　방 서방 부부가 서울로 떠남

고달픈 다리를 끌고 교통 순사들에게 핀잔을 맞으며 정처 없이 거리에서 거리로 헤매던 그들은 밤이 훨씬 늦어서야 한곳에 짐을 벗어 놓았다. 아무리 찾아다녀도 그들을 위해서 눈발을 가려 주는 데는 무슨 다리인지 이름은 몰라도 이 다리 밑밖에는 없었다.

"그년을 젖을 좀 물리구려."

"그까짓 빈 젖을 물려선 뭘 하오."

아이가 하^{몹시} 우니까 지나던 사람들이 다리 아래를 기웃거려 보기 때문이었다.

그들은 어두움 속에서 짐을 끄르고 굳은 범벅 ^{곡식 가루를 풀처럼 쑨 음식}과 삶은 달걀을 물도 없이 먹었다. 그리고 그 저리고 쑤시는 다리오금을 한번 펴 볼 데도 없이 앉아서, 정 못 견디겠으면 일어서서 어정거리며 긴 밤을 밝히었다.

이튿날은 그래도 거기를 한데^{집 바깥}보다는 낫답시고, 거적을 사다 두르고 냄비를 걸고 쌀을 사들이고 물을 길어 들이고 나무도 사들였다. 그리고 세 식구가 우선 하루를 푹 쉬었다.

눈발은 이날도 멎지 않았다. 밤이 되어서는 함박송이로 쏟아지기 시작했다. 방 서방은 쏟아지는 눈을 바라보고 이 눈이 그치고는 무서운 추위가 오려니 생각했다. 그리고 또 싸리비를 한 자루 가져왔다면 하고도 생각했다.

그는 새벽같이 일어났다. 발등이 묻히는 눈 위로 한참 찾아다녀서 다람쥐 꽁지만 한 싸리비 하나를 그것도 오 전이나 주고 사기는 했다. 그리고 큰 밑천이나 잡은 듯이 집집마다 다니며 아직 열지도 않은 대문을 두드렸다.

"댁에 눈 쳐 드릴까요?"

"우리 칠 사람 있소."

"댁에 눈 안 치시렵니까?"

"어련히 칠까 봐 걱정이오."

방 서방은 어이가 없어,

"허! 마당도 없는 녀석이 괜히 비만 샀군!"

하고 다리 밑으로 돌아오고 말았다.

그는 직업소개소도 가 보았다. 행랑도 구해 보았다. 지게를 지고 삯짐도 져 보려고 싸다녀 보았으나 지게를 부르는 사람은 없었다. 한 학생이 고리짝을 지고 정거장까지 가자고 했지만, 막상 닥뜨리고 보니 나중에 저 혼자 다리 밑으로 찾아올 수가 있을까가 걱정되었다. 그래서,

"거기 갔다가 제가 여기까지 혼자 찾어올까요!"

하고 어름거렸더니 그 학생은 무어라고 일본 말로 핀잔을 주며 가 버린 것이었다.

하루는 다리 밑으로 순사가 찾어왔다. 거기로 호구 조사를 온 것은 아니었다.

"다리 밑에서 불을 때면 어떻게 할 테야, 응. 날마다 이 밑에서 연기가 났어…… . 다시 불을 때다가는 이 밑에서 자지도 못하게 할 터이니 그리 알어…… ."

정말 그날 저녁부터는 연기가 나지 않았다. 끓일 것만 있으면 다리 밖에 나가서라도 못 끓일 바 아니었지만 그날은 아침부터 양식이 떨어진 것이다.

"어떡하우?"

아내는 맥이 풀려 울 기운도 없었다. 어린것만이 빈 젖을 물고 두어 번 빨아 보다가 울곤 울곤 하였다. 방 서방은 아무런 대답도 없이 앉았다가 이따금,

"정 칠 '경을 치다'의 방언. 무엇이 못마땅할 때 사용하는 말 놈의 세상!"

하고 입맛을 다실 뿐이었다.

이튿날 이른 아침, 어린것은 아범의 품에서 잘 때다. 초저녁엔 어멈이 품

🗨 소설 한 장면　전개　방 서방 부부가 타향에서 고생함

속에 넣고 자다가 오줌을 싸면 그다음엔 아범이 새 품을 헤치고 안고 자는 것이었다. 밤새도록 궁리에 묻혀 잠을 이루지 못하던 아범이 새벽녘에야 잠이 들어 어린것과 함께 쿨쿨 잘 때였다.

김 씨는 남편이 한없이 불쌍해 보였다. 술 한 잔 허투루 먹는 법 없고 담배도 일하는 날이나 일꾼들을 주려고만 살 줄 알던 남편이 어쩌다 저 지경이 되었나 생각할 때 세상이 원망스러울 뿐이었다. 그리고 굶고 앉았더라도 그 집만 팔지 말고 그냥 두었던들 하고, 고향에만 돌아가고 싶은 생각뿐이었다.

김 씨는 생각다 못해 바가지를 집어 든 것이다. 고향을 떠날 때 이웃집에서,

"서울 가면 이런 것도 산다는데."

하고 짐에 달아 주던, 잘 굳고 커다란 새 바가지였다.

그는 서울 와서 다리 밑을 처음 나선 것이다. 그리고 바가지를 들고 나서기는 생전 처음이었다. 다리가 후들후들하였다. 꼭 일주야─晝夜 하루 밤낮를 굶었고 어린것에게 시달린 그의 눈엔 다 밝은 하늘에서 뻔쩍뻔쩍하는 별이 보였다. 그러나 눈을 가다듬으면서 그는 부잣집을 찾았다. 보매 모두 부잣집 같았으나 모두 대문이 굳게 닫혀 있었다. 대문을 연 집, 그는 이것을 찾고 헤매기에 그만 뒤를 돌아다보지 못하고 이 골목 저 골목으로 앞으로만 나간 것이었다. 다행히 문을 연 집이 있었고, 그런 집 중에도 다 주는 것이 아니었지만 열 집에 한 집으로 식은 밥, 더운밥 해서 한 바가지를 얻었을 때는 돌아올 길을 잃어버리고 만 것이다. 이 길로 나가 보아도 딴 거리, 저 길로 나가 보아도 딴 세상, 어디로 가야 그 개천 그 다리가 나올는지 알 재주가 없었다. 기가 막히었다. 물어볼 행인은 많았으나, 개천 이름이나 다리 이름을 모르고는 헛일이었다. 해가 높아 갈수록 길에는 사람이 들끓었고 그럴수록 김 씨는 마음과 다리가 더욱 갈팡질팡하고 있을 때 한 노파가 친절한 손길로 김 씨의 등을 두드렸다.

"어딜 찾소?"

김 씨는 울음부터 왈칵 나왔다.

"염려할 것 없소. 내 서울 장안엔 모르는 데가 없소, 내 찾아 주지……."

그 친절한 노파는 김 씨를 데리고 곧 그 앞에 있는 제 집으로 들어가 뜨끈한 숭늉에 조반까지 먹으라 했다.

"염려 말고 좀 자시우. 그새 내 부엌을 좀 치고 같이 나갑시다."

김 씨는 서울도 사람 사는 데라 인정이 있구나 하고, 그 노파만 하늘 같

이 믿고 감격한 눈물을 밥상에 떨구며 사양하지 않고 밥술을 들었다. 그러나 굶은 남편과 어린것을 두고 제 목에만 밥이 넘어가지 않았다. 숭늉만 두어 모금 마시고 이내 술을 놓고 노파를 따라나섰다.

그러나 친절한 노파는 김 씨를 당치 않은 곳으로만 끌고 다녔다. 진고개로 백화점으로 개천이라도 당치 않은 개천으로만 한나절 끌고 다니고는,

"오늘은 다리가 아프니 내일 찾읍시다."

하였다. 김 씨는 가슴이 찢어지는 것 같았으나, 그 친절한 노파의 힘을 버리고 혼자 나설 자신은 없었다. 밤을 꼬박 앉아 새우고 은근히 재촉을 하여 이튿날 아침에도 또 일찌거니 나섰으나 노파는 그저 당치 않은 데로만 끌고 다녔다.

노파는 애초부터 계획이 있었던 것이다. 김 씨의 멀끔한 얼굴과 살의 젊음을 그는 삵^{살쾡이}이 살찐 암탉을 본 격으로 보았던 것이다.

'어떻게 돈냥이나 만들어 써 볼 거리가 되면……'

이것이 그 노파가 김 씨를 발견하자 세운 뜻이었다.

김 씨는 다시 다리 밑으로 돌아올 리가 없었다. 방 서방은 눈에서 불이 났다.

"쥑일 년이다! 이 어린것을 생각해선들 달아나다니! 고약한 년! 찢어 쥑

🗂 소설 한 장면 위기 길을 잃은 방 서방의 아내에게 노파가 접근함

일 년.”

하고 이를 갈았다.

방 서방은 이틀이나 굶은 아이를 보다 못해 안고 나서서, 매운 것 짠 것할 것 없이 얻는 대로 주워 먹였다. 날은 갑자기 추워졌다. 어린애는 감기가들고 설사까지 났다.

밤새도록 어두움 속에서 오줌똥을 받은 이불과 아범의 저고리 섶, 바지자락은 얼어서 왈가닥거리고 <small>작고 단단한 것들이 서로 부딪쳐 소리가 나고,</small> 그 속에서도 어린애몸은 들여다보는 눈이 뜨겁게 펄펄 달았다.

“어찌하나! 하느님, 이렇게 무심하십니까?”

하고 중얼거려도 보았으나 새벽 찬바람만 윙 하고 뺨을 갈길 뿐이었다.

날이 밝기를 기다려 아이를 꾸려 안고 병원을 물어서 찾아갔다.

“이 애 좀 살려 주십시오.”

“선생님이 아직 안 나오셨소. 그런데 왜 이렇게 되도록 두었소. 진작 데리고 오지?”

“돈이 있어야죠니까…….”

“지금은 있소?”

“없습니다. 그저 살려만 주시면 그거야 제 벌어서 갚지요. 그걸 안 갚겠습니까!”

“다른 큰 병원에 가 보시우…….”

방 서방은 이렇게 병원 집 문간으로만 한나절을 돌아다니다가 그냥 다리밑으로 돌아오고 말았다.

방 서방은 또 배가 고팠다. 그러나 앓는 것을 혼자 두고 단 한 걸음이 나가지지 않았다. 그래도 저녁때가 되어서는 그냥 밤을 새울 수는 없어, 보지않으리라는 듯이 눈을 딱 감고 일어서 나왔던 것이다.

방 서방이 얼마 만에 찬밥 몇 술을 얻어먹고 부랴부랴 돌아왔을 때는 날이 아주 어두웠다. 다리 밑은 캄캄한데 한참 들여다보니 아이는 자리에서나와 언 맨땅에 목을 늘어뜨리고 흐득흐득 느끼었다. 끌어안고 다리 밖으로 나가 보니 경련이 일어나 눈을 뒤집어쓰고 있는 것이었다.

“죽을 테면 진작 죽어라! 고약한 년! 네년이 이걸 버리고 가 얼마나 잘되겠니…….”

방 서방은 몇 번이나,

"어서 죽어라!"

하고 아이를 밀어 던지었다가도 얼른 다시 끌어당겨 들여다보곤 했다. 그럴 때마다 아이의 숨소리는 자꾸 가빠만 갔다.

그러나 야속한 것은 잠. 어느 때쯤 되었을까 깜박 잠이 들었다가 놀라 깨었을 제는 그동안이 잠시 같았으나 주위에는 큰 변화가 생기었다. 날이 환하게 새고 아이에게서는 그 가쁘게 일어나던 숨소리가 똑 그쳐 있었다. 겨우 겨드랑 밑에만 미온이 남았을 뿐, 그 불덩어리 같던 얼굴과 손발은 어느 틈에 언 생선처럼 싸늘하였다.

봄이 왔다. 그렇게 방 서방을 춥게 굴던 겨울은 다 지나가고 그 대신 방서방을 슬프게는 더 구는 봄이 왔다. 진달래와 개나리 꽃가지들은 전차마다 자동차마다 젊은 새악시들처럼 오락가락하고, 남산과 창경원엔 사쿠라 꽃이 구름처럼 핀 때였다. 무딘 힘줄로만 얼기설기한 방 서방의 가슴에도 그 고향, 그 딸, 그 아내를 생각하기에는 너무나 슬픈 시인이 되게 하는 때였다.

하루 아침, 그날따라 재수는 있어 식전바람에 일본 사람의 짐을 지고 남산정 막바지까지 가서 어렵지 않게 오십 전 한 닢이 들어왔다. 부리나케 술집을 찾아 내려오느라니 일본 집 뜰 안마다 가지가 휘어지게 열린 사쿠라

🕐 소설 한 장면 　절정　 방 서방은 아내가 달아난 것으로 오해하고 아이가 죽음

꽃송이. 그는 그림을 구경하듯 멍하니 서서 바라보았다. 불현듯 고향 생각이 난 것이었다.

'우리가 심은 사쿠라 나무도 저렇게 피었으려니…… 동네가 온통 꽃 투성이려니…….'

그때 마침 일본 여자 하나가 꽃그늘에서 거닐다가 방 서방과 눈이 마주쳤다. 방 서방은 무슨 죄나 지은 듯이 움찔하고 돌아섰다. 꽃 결같이 빛나는 그 젊은 여자의 얼굴! 방 서방은 찌르르하고 가슴을 진동시키는 무엇을 느끼며 내려왔다.

우선 단골집으로 가서 얼근한 술국에 곱빼기로 두어 잔 들이켰다. 그리고 늙수그레한 주모와 몇 마디 농담까지 주거니 받거니 하다 나서니, 세상은 슬프다면 온통 슬픈 것도 같고 즐겁다면 온통 즐거운 것 같기도 했다.

그러나 술만 깨면 역시 세상은 견딜 수 없이 슬픈 세상이었다.

"정 칠 놈의 세상 같으니!"[1]

하고 아무 데나 주저앉아 다리를 뻗고 울고 싶었다.

정 칠 놈의 세상 같으니!

💡 소설 한 장면   결말   방 서방이 괴로워하며 세상을 원망함

---

1) 세상에 대한 방 서방의 울분이 가득 담겨 있다.

🔭 생각해 볼까요?

 선생님 이 작품은 일본인 지주의 횡포로 한 개인이, 고향이, 또 농촌 사회가 어떻게 파괴되는지 그 과정을 그리고 있어요. 소설 속의 고향은 단순한 공간적 배경이 아니지요. 방 서방에게 고향은 어떤 의미가 있을까요?

💬 2 ♥ 2

ㄴ **학생 1** 현실의 고통에서 벗어나 어린 시절로 돌아가고자 하는 도피의 공간, 일상에서 벗어나 한가롭게 시간을 보낼 수 있는 휴식의 공간이에요.

ㄴ **학생 2** 토지를 둘러싸고 지주와 소작농이 첨예하게 대립하는 투쟁의 공간이기도 해요.

 선생님 일본인 땅 주인의 횡포 때문에 마을 사람들이 고향을 떠나려고 하자, 군청에서는 벚꽃 나무를 나누어 주어 심게 해요. 꽃이 피어 만발하면 사람들이 고향을 떠나지 않을 거라는 속셈 때문이죠. 실제로도 일제는 일본을 상징하는 사쿠라를 심게 해 일제에 대한 순응과 충성을 강요했어요. 이 부분에서 나타나는 반어적 요소는 무엇일까요?

💬 1 ♥ 1

ㄴ **학생 1** 고향을 떠난 방 서방 가족은 고향에 심어 놓은 벚꽃 나무가 만개해도 이를 즐길 수가 없었어요. 이처럼 아름다운 벚꽃 나무와 대비되는 방 서방 가족의 참혹한 상황을 통해 당시 가난한 조선인 농민의 슬픔과 고통을 반어적으로 표현했어요.

이태준 소설의 특징   ▼ 🔍

연관 검색어   소외된 인물   단편 소설의 완성자   순수소설

이태준은 단편 소설을 통해 탁월한 능력을 보여 준 작가이다. 특히 짙은 서정성을 바탕으로 예술적 완성도를 높여 우리 소설 고유의 미학을 확립했다. 그래서 '한국 단편 소설의 완성자'라고 불리기도 한다. 그의 작품에서는 도시의 하층민이나 노인 등 근대 사회에서 소외된 인물들이 등장한다. 이태준은 그들을 작품 속 주인공으로 내세워 따뜻한 시선으로 바라본다. 부족하지만 순진한 삶을 살아가는 소외된 인물들 또한 소중한 삶을 살아가는 인간이라는 점을 강조한 작품을 많이 썼다. 이를 지식인으로서의 우월 의식에서 나온 동정이라고 바라보는 시선도 있지만 소외된 자들과 정서적 일체감을 느끼고 있다는 점에서 단순히 비판만 하기는 어렵다.

달밤

#서울성북동   #애상적   #소외된인물   #따뜻한시선

🍲 작품 길잡이

갈래: 풍속 소설
배경: 시간 - 1930년대 / 공간 - 서울 성북동
시점: 1인칭 관찰자 시점
주제: 각박한 현실에 부딪혀 아픔을 겪는 못난이의 삶의 모습
출전: 〈중앙〉⁽¹⁹³³⁾

📷 인물 관계도

(신문, 참외, 포도) →
← (돈 3원, 훔친 포도값)

황수건   나

황수건	천진하고 낙천적인 품성을 가진 사람이지만 각박한 현실에 힘들어한다.
나	소설 속 서술자이며 황수건을 연민과 애정의 시선으로 바라본다.

📋 구성과 줄거리

발단   '나'는 신문 배달을 온 황수건과 처음 만남

성북동으로 이사 온 '나'는 '여기는 정말 시골이구나.' 하는 생각을 한다. 시냇물 소리와 솔바람 소리 때문이 아니라 우둔하고 천진스러운 황수건이라는 사람을 만났기 때문이다. 황수건은 어느 날 자신이 신문 배달부라며 찾아와 말을 건넨다.

전개   '나'는 황수건과 대화하며 그의 인생 이야기와 꿈에 대해 들음

다음 날 늦은 시간에 배달을 온 황수건은 '나'에게 신문 배달을 하게 된 경위, 자신은 원 배달원이 아니라 보조 배달원이라는 사실, 가족 관계 등을 늘어놓는다. 그는 자신의 유일한 소원은 정식 배달원이 되는 것이라고 말한다.

위기   '나'는 일자리를 잃은 황수건이 참외 장사를 시작할 수 있도록 돈을 줌

어느 날 황수건은 '나'에게 찾아와 "내일부터는 정식 배달원이 된다."라고 자랑한다. 그러나 결국 보조 배달원 자리조차 지키지 못하고 일자리를 빼앗기고 만다. 어느 날 찾아온 황수건의 하소연을 들은 '나'는 그의 처지에 마음 아파하며 참외 장사라도 해 보라고 돈 3원을 준다.

절정   참외 장사에 실패한 황수건이 훔친 포도를 들고 '나'를 찾아왔다가 급히 달아남

'나'는 황수건이 참외 장사는 장마 때문에 실패하고 그의 아내는 동서의 등쌀을 견디지 못해 달아났다는 소식을 듣는다. 황수건은 여름 내내 '나'의 집에 얼씬도 하지 않다가 어느 날 포도를 들고 찾아온다. 하지만 그것은 훔친 것이었다. '나'가 쫓아온 포도 주인에게 포도값을 물어 주고 보니 황수건은 사라지고 없다.

결말   '나'는 혼자 걸어가는 황수건을 발견하지만 그가 무안할까 봐 모른 척함

늦은 밤, '나'는 혼자 달을 쳐다보고 노래를 부르며 성북동 길을 걷는 황수건을 발견한다. 전에는 보지 못한 담배까지 피우고 있다. '나'는 황수건을 부르려다 그가 무안해할까 봐 얼른 나무 그늘에 숨는다.

달밤

성북동으로 이사 나와서 한 대엿새 되었을까, 그날 밤 나는 보던 신문을 머리맡에 밀어 던지고 누워 새삼스럽게,

"여기도 정말 시골이로군!"

하였다.

무어 바깥이 컴컴한 걸 처음 보고 시냇물 소리와 쏴 하는 솔바람 소리를 처음 들어서가 아니라 황수건이라는 사람을 이날 저녁에 처음 보았기 때문이다.

그는 말 몇 마디 사귀지 않아서 곧 못난이란 것이 드러났다. 이 못난이는 성북동의 산들보다, 물들보다, 조그만 지름길들보다 더 나에게 성북동이 시골이란 느낌을 풍겨 주었다.

서울이라고 못난이가 없을 리야 없겠지만 대처^{大處 도회지}에서는 못난이들이 거리에 나와 행세를 하지 못하고, 시골선 아무리 못난이라도 마음 놓고 나와 다니는 때문인지, 못난이는 시골에만 있는 것처럼 흔히 시골에서 잘 눈에 뜨인다. 그리고 또 흔히 그는 태고 때 사람처럼 그 우둔하면서도 천진스러운 눈을 가지고, 자기 동리에 처음 들어서는 손에게 가장 순박한 시골의 정취를 돋워 주는 것이다.

그런데 그날 밤 황수건이는 열 시나 되어서 우리 집을 찾아왔다.

그는 어두운 마당에서 꽥 지르는 소리로,

"아, 이 댁이 문안서……."

하면서 들어섰다. 잡담 제하고 큰일이나 난 사람처럼 건넌방 문 앞으로 달려들더니,

"저, 저 문안 서대문 거리라나요, 어디선가 나오신 댁입쇼?"

한다.

보니 핫비^{가게 이름이나 상표 등을 등이나 옷깃에 나타낸 겉옷을 이르는 일본 말}는 안 입었으되 신문을 들고 온 것이 신문 배달부다.

"그렇소, 신문이오?"

"아, 그런 걸 사흘이나 저, 저 건너 쪽에만 가 찾았습죠. 제기……."

하더니 신문을 방에 들이뜨리며,

"그런뎁쇼, 왜 이렇게 죄꼬만 집을 사구 와 곕쇼. 아, 내가 알었더면 이 아래 큰 개와집 '기와집'의 방언 도 많은걸입쇼……."[1]

한다. 하도 말이 황당스러워 유심히 그의 생김을 내다보니 눈에 얼른 두드러지는 것이 빡빡 깎은 머리로되 보통 크다는 정도 이상으로 골이 크다. 그런 데다 옆으로 보니 장구 대가리다.

"그렇소? 아무튼 집 찾느라고 수고했소"

하니 그는 큰 눈과 큰 입이 일시에 히죽거리며,

"뭘입쇼, 이게 제 업인뎁쇼."

하고 날래 물러서지 않고 목을 길게 빼어 방 안을 살핀다. 그러더니 묻지도 않는데,

"저는입쇼, 이 동네 사는 황수건이라 합니다……."

하고 인사를 붙인다. 나도 깍듯이 내 성명을 대었다. 그는 또 싱글벙글하면서,

"댁엔 개가 없구먼입쇼."

한다.

 소설 한 장면 　발단　 '나'는 신문 배달을 온 황수건과 처음 만남

---

1) 보통 사람이라면 하기 어려운 말을 거침없이 하는 모습에서 황수건이 우둔하고 천진난만한 사람임을 알 수 있다.

"아직 없소."

하니,

"개 그까짓 거 두지 마십쇼."

한다.

"왜 그렇소?"

물으니 그는 얼른 대답하는 말이,

"신문 보는 집엔입쇼, 개를 두지 말아야 합니다."

한다. 이것 재미있는 말이다 하고 나는,

"왜 그렇소?"

하고 또 물었다.

"아, 이 뒷동네 은행소에 댕기는 집엔입쇼, 망아지만 한 개가 있는뎁쇼, 아, 신문을 배달할 수가 있어얍죠."

"왜?"

"막 깨물랴고 덤비는걸입쇼."

한다. 말 같지 않아서 나는 웃기만 하니 그는 더욱 신을 낸다.

"그눔의 개, 그저 한번, 양떡을 멕여 대야^{빵을 때려야} 할 텐데……."

하면서 주먹을 부르대는데 보니, 손과 팔목은 머리에 비기어 반비례로 작고 가느다랗다.

"어서 곤할 텐데 가 자시오."

하니 그는 마지못해 물러서며,

"선생님, 참 이 선생님 편안히 주뭅쇼. 제 집은 여기서 얼마 안 되는 걸입쇼."

하더니 돌아갔다.

그는 이튿날 저녁, 집을 알고 오는데도 아홉 시가 지나서야,

"신문 배달해 왔습니다."

하고 소리를 치며 들어섰다.

"오늘은 왜 늦었소?"

물으니,

"자연 그럽죠."

하고 다른 이야기를 꺼냈다.

자기는 워낙 이 아래 있는 삼산 학교에서 일을 보다 어떤 선생하고 뜻이 덜 맞아 나왔다는 것, 지금은 신문 배달을 하나 원 배달이 아니라 보조 배달

이라는 것, 저희 집엔 양친과 형님 내외와 조카 하나와 저희 내외까지 식구가 일곱이라는 것, 저희 아버지와 저희 형님의 이름은 무엇 무엇이며, 자기 이름은 황가인데다가 목숨 수壽 자하고 세울 건建 자로 황수건이기 때문에, 아이들이 노랑 수건이라고 놀리어서 성북동에서는 가가호호에서 노랑 수건 하면, 다 자긴 줄 알리라고 자랑스럽게 이야기하다가 이날도,

"어서 그만 다른 집에도 신문을 갖다 줘야 하지 않소?"

하니까 그때서야 마지못해 나갔다.

우리 집에서는 그까짓 반편半偏 지능이 보통 사람보다 모자라는 사람을 낮잡아 이르는 말과 무얼 대꾸를 해 가지고 그러느냐 하되, 나는 그와 지껄이기가 좋았다.

그가 아무것도 아닌 것을 가지고 열심스럽게 이야기하는 것이 좋았고, 그와는 아무리 오래 지껄이어도 힘이 들지 않고, 또 아무리 오래 지껄이고 나도 웃음밖에는 남는 것이 없어 기분이 거뜬해지는 것도 좋았다. 그래서 나는 무슨 일을 하는 중만 아니면 한참씩 그의 말을 받아 주었다.

어떤 날은 서로 말이 막히기도 했다. 대답이 막히는 것이 아니라 무슨 말을 해야 할까 하고 막히었다. 그러나 그는 늘 나보다 빠르게 이야깃거리를 잘 찾아냈다.

오뉴월인데도 "꿩고기를 잘 먹느냐?"고도 묻고, "양복은 저고리를 먼저 입느냐 바지를 먼저 입느냐?"고도 묻고 "소와 말과 싸움을 붙이면 어느 것이 이기겠느냐?"는 둥, 아무튼 그가 얘깃거리를 취재하는 방면은 기상천외로 여간 범위가 넓지 않은 데는 도저히 당할 수가 없었다. 하루는 나는 "평생소원이 무엇이냐?"고 그에게 물어보았다. 그는 "그까짓 것쯤 얼른 대답하기는 누워서 떡 먹기."라고 하면서 평생소원은 자기도 원 배달이 한번 되었으면 좋겠다는 것이었다.

남이 혼자 배달하기 힘들어서 한 이십 부 떼어 주는 것을 배달하고, 월급이라고 원 배달에게서 한 삼 원 받는 터라, 월급을 이십여 원을 받고, 신문사 옷을 입고, 방울을 차고 다니는 원 배달이 제일 부럽노라 하였다. 그리고 방울만 차면 자기도 뛰어다니며 빨리 돌 뿐 아니라 그 은행소에 다니는 집 개도 조금도 무서울 것이 없겠노라 하였다.

그래서 나는 "그럴 것 없이 아주 신문사 사장쯤 되었으면 원 배달도 바랄 것 없고 그 은행소에 다니는 집 개도 상관할 바 없지 않겠느냐?" 한즉 그는 뚱그래지는 눈알을 한참 굴리며 생각하더니 "딴은 그렇겠다."고 하면서, 자

기는 경난이 없어 거기까지는 바랄 생각도 못하였다고 무릎을 치듯 가슴을 쳤다.

그러나 신문 사장은 이내 잊어버리고 원 배달만 마음에 박혔던 듯, 하루는 바깥마당에서부터 무어라고 떠들어 대며 들어왔다.

"이 선생님? 이 선생님 곕쇼? 아, 저도 내일부턴 원 배달이올시다. 오늘밤만 자면입쇼……."

한다. 자세히 물어보니 성북동이 따로 한 구역이 되었는데, 자기가 맡게 되었으니까 내일은 배달복을 입고 방울을 막 떨렁거리면서 올 테니 보라고 한다.

그리고

"사람이란 게 그렇게 무어든지 끝을 바라고 붙들어야 한다."

고 나에게 일러 주면서 신이 나서 돌아갔다.

우리도 그가 원 배달이 된 것이 좋은 친구가 큰 출세나 하는 것처럼 마음속으로 진실로 즐거웠다. 어서 내일 저녁에 그가 배달복을 입고 방울을 차고 와서 쭐럭거리는 것을 보리라 하였다.

그러나 이튿날 그는 오지 않았다. 밤이 늦도록 신문도 그도 오지 않았다.

제 평생소원은 원 배달원이 되는 것입쇼. 월급 이십여 원을 받고, 신문사 옷을 입고……

소설 한 장면　전개　'나'는 황수건과 대화하며 그의 인생 이야기와 꿈에 대해 들음 그다음 날도 신문도 그도 오지 않다가 사흘째 되는 날에야, 이날은 해도 지기 전인데 방울 소리가 요란스럽게 우리 집으로 뛰어들었다.

"어디 보자!"

하고 나는 방에서 뛰어나갔다.

그러나 웬일일까, 정말 배달복에 방울을 차고 신문을 들고 들어서는 사람은 황수건이가 아니라 처음 보는 사람이다.

"왜 전엣사람은 어디 가고 당신이오?"

물으니 그는,

"제가 성북동을 맡았습니다."

한다.

"그럼, 전엣사람은 어디를 맡았소?"

하니 그는 픽 웃으며,

"그까짓 반편을 어딜 맡깁니까? 배달부로 쓸랴다가 똑똑지가 못하니까 안 쓰고 말았나 봅니다."

한다.

"그럼 보조 배달도 떨어졌소?"

하니,

"그럼요, 여기가 따루 한 구역이 된걸이오."

하면서 방울을 울리며 나갔다.

이렇게 되었으니 황수건이가 우리 집에 올 길은 없어지고 말았다. 나도 가끔 문안엔 다니지만 그의 집은 내가 다니는 길옆은 아닌 듯 길가에서도 잘 보이지 않았다.

나는 가까운 친구를 먼 곳에 보낸 것처럼, 아니 친구가 큰 사업에나 실패하는 것을 보는 것처럼, 못 만나서 섭섭뿐이 아니라 마음이 아프기도 하였다. 그 당자와 함께 세상의 야박함이 원망스럽기도 하였다.

한데 황수건은 그의 말대로 노랑 수건이라면 온 동네에서 유명은 하였다. 노랑 수건 하면 누구나 성북동에서 오래 산 사람이면 먼저 웃고 대답하는 것을 나는 차츰 알았다.

내가 잠깐씩 며칠 보기에도 그랬거니와 그에겐 우스운 일화도 한두 가지가 아니었다.

삼산 학교에 급사로 있을 시대에 삼산 학교에다 남겨 놓고 나온 일화도 여러 가지라는데, 그중에 두어 가지를 동네 사람들의 말대로 옮겨 보면, 역시 그때부터도 이야기하기를 대단 즐기어 선생들이 교실에 들어간 새 손님이 오면 으레 손님을 앉히고는 자기도 걸상을 갖다 떡 마주 놓고 앉는 것은 물론, 마주 앉아서는 곧 자기류의 만담 삼매로 빠지는 것인데, 한번은 도 학무국學務局 일제 강점기 때 조선의 문교, 종교, 사회 행정을 관장하던 관청에서 시학관이 나온 것을 이따위로 대접하였다. 일본 말을 못하니까 만담은 할 수 없고 마주 앉아서 자꾸 일본 말을 연습하였다.

"센세이 히, 오하요고자이마스카선생님, 안녕하세요? ……히히 아메가 후리마스비가 옵니다. 유키가 후리마스카눈이 옵니까? 히히……."

시학관도 인정이라 처음엔 웃었다. 그러나 열 번 스무 번을 되풀이하는 데는 성이 나고 말았다. 선생들은 아무리 기다려도 종소리가 나지 않으니까, 한 선생이 나와 보니 종 칠 것도 잊어버리고 손님과 마주 앉아서 "오하요 유키가 후리마스카……." 하는 판이다.

그날 수건이는 선생들에게 단단히 몰리고 다시는 안 그러겠노라고 했으나, 그 버릇을 고치지 못해서 그에 쫓겨 나오고 만 것이다.

그는,

"너의 색시 달아난다."

하는 말을 제일 무서워했다 한다. 한번은 어느 선생이 장난말로,

"요즘 같은 따뜻한 봄날엔 옛날부터 색시들이 달아나기를 좋아하는데 어제도 저 아랫말에서 둘이나 달아났다니까 오늘은 이 동리에서 꼭 달아나는 색시가 있을걸……."

했더니 수건이는 점심을 먹다 말고 눈이 휘둥그레졌다 한다. 그리고 그날 오후에는 어서 바삐 하학을 시키고 집으로 갈 양으로 오십 분 만에 치는 종을 이십 분 만에, 삼십 분 만에 함부로 다가서 쳤다는 이야기도 있다.

하루는 나는 거의 그를 잊어버리고 있을 때,

"이 선생님 곕쇼?"

하고 수건이가 찾아왔다. 반가웠다.

"선생님, 요즘 신문이 거르지 않고 잘 옵쇼?"

하고 그는 배달 감독이나 되어 온 듯이 묻는다.

"잘 오, 왜 그류?"

한즉 또,

"늦지도 않굽쇼, 일찍이 제때마다 꼭꼭 옵쇼?"

한다.

"당신이 돌 때보다 세 시간은 일찍이 오고 날마다 꼭꼭 잘 오."

하니 그는 머리를 벅적벅적 긁으면서,

"하루라도 걸르기만 해라. 신문사에 가서 대뜸 일러바치지……."

하고 그 빈약한 주먹을 부르댄다.

"그런뎁쇼, 선생님?"

"왜 그류?"

"삼산 학교에 말씀예요, 그 제 대신 들어온 급사가 저보다 근력이 세게 생겼습죠?"

"나는 그 사람을 보지 못해서 모르겠소."

하니 그는 은근한 말소리로 히죽거리며,

"제가 거길 또 들어가 볼랴굽쇼, 운동을 합죠."

한다.

"어떻게 운동을 하오?"

"그까짓 거 날마당 사무실로 갑죠. 다시 써 달라고 졸라 댑죠. 아, 그랬더니 새 급사란 녀석이 저보다 크기도 무척 큰뎁쇼, 이 녀석이 막 불근댑니다그려. 그래 한번 쌈을 해야 할 턴뎁쇼, 그 녀석이 근력이 얼마나 센지 알아야 뎀벼들 턴뎁쇼…… 허."

"그렇지, 멋모르고 대들었다 매만 맞지."

하니 그는 한 걸음 다가서며 또 은근한 말을 한다.

"그래섭쇼, 엊저녁엔 큰 돌멩이 하나를 굴려다 삼산 학교 대문에다 났습죠. 그리구 오늘 아침에 가 보니깐 없어졌는뎁쇼. 이 녀석이 나처럼 억지루 굴려다 버렸는지, 뻔쩍 들어다 버렸는지 그만 못 봤거든입쇼, 제—길……."

하고 머리를 긁는다. 그러더니 갑자기 무얼 생각한 듯 손뼉을 탁 치더니,

"그런뎁쇼, 제가 온 건입쇼, 댁에선 우두를 넣지 마시라구 왔습죠."

한다.

"우두를 왜 넣지 말란 말이오?"

한즉,

"요즘 마마가 다닌다구 모두 우두들을 넣는뎁쇼, 우두를 넣으면 사람이 근력이 없어지는 법인뎁쇼."

하고 자기 팔을 걷어 올려 우두 자리를 보이면서,

"이걸 봅쇼. 저두 우두를 이렇게 넣었기 때문에 근력이 줄었습죠."

한다.

"우두를 넣으면 근력이 준다고 누가 그립디까?"

물으니 그는 싱글거리며,

"아, 제가 생각해 냈습죠."

한다.

"왜 그렇소?"

하고 캐니,

"뭘…… 저 아래 윤금보라고 있는데 기운이 장산뎁쇼. 아 삼산 학교 그 녀석두 우두만 넣었다면 그까짓 것 무서울 것 없는뎁쇼, 그걸 모르겠거든 입쇼……."

한다. 나는,

"그렇게 용한 생각을 하고 일러 주러 왔으니 아주 고맙소."

하였다. 그는 좋아서 벙긋거리며 머리를 긁었다.

"그래 삼산 학교에 다시 들기만 기다리고 있소?"

물으니 그는,

"돈만 있으면 그까짓 거 누가 고즈카이^{잔심부름을 하는 남자 고용인을 이르는 일본 말} 노릇을 합쇼. 밑천만 있으면 삼산 학교 앞에 가서 뻐젓이 장사를 할 턴뎁쇼."

한다.

"무슨 장사?"

"아, 방학될 때까지 차미^{참외} 장사도 하굽쇼, 가을부턴 군밤 장사, 왜떡 장사, 습자지, 도화지 장사 막 합쇼. 삼산 학교 학생들이 저를 어떻게 좋아하겠쇼. 저를 선생들보다 낫게 치는뎁쇼."

한다.

나는 그날 그에게 돈 삼 원을 주었다. 그의 말대로 삼산 학교 앞에 가서 뻐젓이 참외 장사라도 해 보라고. 그리고 돈은 남지 못하면 돌려 오지 않아도 좋다 하였다.

그는 삼 원 돈에 덩실덩실 춤을 추다시피 뛰어나갔다. 그리고 그 이튿날,

"선생님 잡수시라굽쇼."

하고 나 없는 때 참외 세 개를 갖다 두고 갔다.

그러고는 온 여름 동안 그는 우리 집에 얼른하지 않았다.

들으니 참외 장사를 해 보긴 했는데 이내 장마가 들어 밑천만 까먹었고, 또 그까짓 것보다 한 가지 놀라운 소식은 그의 아내가 달아났단 것이다. 저희끼리 금슬은 괜찮았건만 동서가 못 견디게 굴어 달아난 것이라 한다. 남편만 남 같으면 따로 살림 나는 날이나 기다리고 살 것이나 평생 동서 밑에 살아야 할 신세를 생각하고 달아난 것이라 한다.

그런데 요 며칠 전이었다. 밤인데 달포^{한 달이 조금 넘는 기간} 만에 수건이가 우리 집을 찾아왔다. 웬 포도를 큰 것으로 대여섯 송이를 종이에 싸지도 않고 맨손에 들고 들어왔다. 그는 벙긋거리며,

"선생님 잡수라고 사 왔습죠."

하는 때였다. 웬 사람 하나가 날쌔게 그의 뒤를 따라 들어오더니 다짜고짜로 수건이의 멱살을 움켜쥐고 끌고 나갔다. 수건이는 그 우둔한 얼굴이 새하얗게 질리며 꼼짝 못하고 끌려 나갔다.

나는 수건이가 포도원에서 포도를 훔쳐 온 것을 직각^{直覺 보거나 듣는 즉시 곧바로 깨달음} 하였다. 쫓아 나가 매를 말리고 포도 값을 물어 주었다. 포도 값을 물어주고 보니 수건이는 어느 틈에 사라지고 보이지 않았다.

보조 배달원을 못 하게 되다니 막막하겠소. 학교 앞에서 버젓이 참외 장사라도 해보시오.

🌙 소설 한 장면 위기 '나'는 일자리를 잃은 황수건이 참외 장사를 시작할 수 있도록 돈을 줌

나는 그 다섯 송이의 포도를 탁자 위에 얹어 놓고 오래 바라보며 아껴 먹었다. 그의 은근한 순정의 열매를 먹듯 한 알을 가지고도 오래 입안에 굴려 보며 먹었다.[1]

어제다. 문안에 들어갔다 늦어서 나오는데 불빛 없는 성북동 길 위에는 밝은 달빛이 깁 명주실로 바탕을 조금 거칠게 짠 비단을 깐 듯하였다.

그런데 포도원께를 올라오노라니까 누가 맑지도 못한 목청으로,

"사…… 케…… 와 나…… 미다카 다메이…… 키…… 카…… 술은 눈물인가 한숨인가."

를 부르며 큰길이 좁다는 듯이 휘적거리며 내려왔다. 보니까 수건이 같았다. 나는,

"수건인가?"

하고 아는 체하려다 그가 나를 보면 무안해할 일이 있는 것을 생각하고 휙 길 아래로 내려서 나무 그늘에 몸을 감추었다.

🍎 소설 한 장면　절정　참외 장사에 실패한 황수건이 훔친 포도를 들고 '나'를 찾아왔다가 급히 달아남

1) 도둑질해서라도 자신에게 포도를 선물한 황수건의 천진하고 순박한 마음을 오래 느끼기 위한 행동이다.

그는 길은 보지도 않고 달만 쳐다보며, 노래는 그 이상은 외우지도 못하는 듯 첫 줄 한 줄만 되풀이하면서 전에는 본 적이 없었는데 담배를 다 퍽 퍽 빨면서 지나갔다.

달밤은 그에게도 유감한 듯하였다.[1]

🍎 소설 한 장면　　결말　　'나'는 혼자 걸어가는 황수건을 발견하지만 그가 무안할까 봐 모른 척함

---

1) 달밤은 황수건의 서글픈 상황을 강조하지만 평화롭고 서정적인 느낌을 통해 그 비극성을 심화시키지는 않는다. 또한 독자들에게 깊은 여운을 남긴다.

🔭 생각해 볼까요?

선생님 성북동의 자연은 메마른 도심과는 달리 안식을 주는 공간이에요. 황수건의 천진난만한 모습 역시 사람들에게 여유를 안겨 주지요. '나'에게 성북동과 황수건은 어떤 의미가 있을까요?

💬 2　🤍 2

학생 1 도시 사람들의 영악함과 메마른 심성에 지쳐 있는 '나'는 성북동에 와서 황수건을 만나요. 약간 모자라지만 착하고 인정 있는 황수건의 모습을 보고 마음을 줄 수밖에 없었을 거예요.

학생 2 맞아요. 이렇게 성북동에서 '나'는 아름다운 자연과 황수건의 순박함을 통해 사람다운 삶을 체험해요.

선생님 황수건을 통해 작가가 보여 주고자 하는 것은 무엇인가요?

💬 4　🤍 4

학생 1 작가는 작품을 통해 우둔하고 천진한 품성을 지닌 황수건과 같은 인물이 제대로 살아갈 수 없는 세상에 대한 안타까움을 표현하고 있어요.

학생 2 작가에게 이 세상은 약삭빠르고 경쟁에서 이기는 사람만이 살 수 있는 곳이에요. 정식 신문 배달원이 목표이면서도 자꾸 지체하여 밤이 되어서야 배달하는 황수건 같은 사람은 도태되게 마련이죠. 작가는 황수건을 통해 누구나 하나의 인격체로서 살아갈 권리가 있지만 실제로는 그렇지 못함을 안타까워하고 있어요.

학생 3 맞아요. 작가는 '나'와 황수건의 관계를 통해 인정이 사라지고 각박해진 당시 사회에 문제를 제기하고 소외된 인물에 대한 따뜻한 시선을 보여 주어요.

학생 4 실제로도 화자인 '나'는 황수건을 진심으로 생각하고 황수건의 이야기를 잘 들어 줘요. 황수건이 일자리를 잃었을 때 참외 장사를 시작할 수 있도록 돕는 등 실질적인 도움을 주기도 해요. 이러한 장면에서는 인간적인 정이 느껴져요.

선생님 마지막 장면에서 황수건이 부르는 노래는 일본 가요인데, 가사는 '술은 눈물인가 한숨인가.'라는 뜻이에요. 이렇듯 노래를 부르는 대목에서 발견할 수 있는 그의 진짜 모습은 무엇일까요?

💬 1　🤍 1

학생 1 황수건은 일자리를 잃고, 참외 장사에 실패하고, 아내까지 떠나고 말아요. 그 와중에도 참외 장사를 도와준 '나'에게 고마움을 전하기 위해 포도를 훔쳐 왔어요. 이렇듯 황수건은 꾸밈없고 낙천적이며 착한 성격이지만 계속되는 힘든 삶 때문에 무척 지쳐 있음이 느껴져요.

선생님 이 작품의 제목은 '달밤'이에요. 달밤은 보통 아름답고 평화로운 느낌을 주지요. 작품에서 달밤을 주요 배경으로 설정한 이유는 무엇일까요?

 2 ♥ 2

↳ **학생 1** 소설 속에 등장하는 황수건의 삶은 고달프고 힘든데, 서정적인 느낌을 주는 달밤은 이러한 비극을 완화하는 역할을 해요.

↳ **학생 2** 달밤에 황수건이 술에 취한 채 노래를 부르며 걸어가는 모습을 '나'가 지켜보는 장면에서 황수건에 대한 '나'의 인간적이고 따뜻한 연민이 효과적으로 드러나요.

이태준 고택	▼ 🔍

연관 검색어 성북구 명소   성북동   달밤 집필 장소   이태준 고향

서울시 성북구에는 법정 스님이 창건한 절인 길상사, 한용운이 지은 집인 심우장, 우리나라 최초의 근대식 사립 미술관인 간송미술관 등 여러 명소가 있다.

이태준 고택 또한 그중 하나이다. 이태준은 성북구 집에 '수연산방'이라는 이름을 붙이고 1933년부터 1946년까지 머물렀다. 그동안 이태준은 「달밤」(1933), 「장마」(1936), 「복덕방」(1937), 「황진이」(1938), 「돌다리」(1943) 등 많은 작품을 집필하였다. 특히 「달밤」은 성북동을 공간적 배경으로 삼아 신문을 배달하는 보조 배달원의 이야기이다. 현재는 이태준 고택에서 이태준의 외종 손녀가 전통 찻집을 운영하고 있다.

한편 이태준의 고향인 강원도 철원군 철원읍에는 이태준의 문학비와 흉상이 세워져 있다. 이태준 탄생 100주년을 기념하여 2004년에 건립되었다.

까마귀

#고독 #죽음 #서정적 #유미주의

⚓ 작품 길잡이

갈래: 순수 소설
배경: 시간 - 늦가을에서 겨울까지 / 공간 - 고풍스럽고 음습한 별장
시점: 3인칭 전지적 작가 시점
주제: 아무도 대신해 줄 수 없는 인간의 근원적 고독과 죽음의 문제
출전: 〈조광〉⁽¹⁹³⁶⁾

📷 인물 관계도

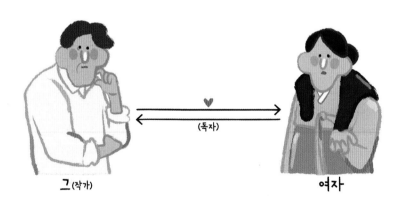

그(작가)   여자

| 그 | 독자에게 인기가 별로 없는 작가로, 폐병에 걸린 여자에게 희망을 불어주려고 노력한다. |
| 여자 | 폐병 환자로 요양하고 있다. 까마귀의 울음소리가 죽음을 연상시킨다고 생각하여 싫어한다. |

📖 구성과 줄거리

발단 **작가인 그는 겨울을 나기 위해 친구의 별장을 찾음**

괴팍한 문체를 고집해 독자에게 인기가 없는 작가인 그는 어렵게 생활해 나간다. 그는 궁여지책으로 겨우내 비워 두는 친구네 별장 방 하나를 빌린다. 별장 주위의 나무에는 많은 까마귀가 날아와 둥지를 틀고 있다.

전개 **별장 근처에서 폐병에 걸린 한 여자와 만남**

별장을 산책하던 어느 날 그는 폐병 요양차 이곳에 온 한 여자와 만난다. 여러 번의 만남을 통해 그는 여자에게 호감을 가지고, 그녀가 삶에 자포자기한 인물임을 알게 된다.

위기 **그는 까마귀를 싫어하는 여자의 애인이 되겠다고 결심함**

까마귀를 병적으로 싫어하는 그녀는 까마귀의 울음을 자신의 죽음을 재촉하는 소리로 생각한다. 그는 그녀에게 삶의 희망을 불어넣기 위해 그녀의 애인이 될 생각을 한다. 하지만 그녀에게는 이미 애인이 있었고 그는 그녀의 애인인 청년을 부러워한다.

절정 **까마귀가 죽어 가는 모습을 보면서 여자의 임종을 상상함**

그는 까마귀에 대한 그녀의 공포를 덜어 주기 위해 까마귀를 잡아 배 속에 든 내장을 직접 확인시켜 줄 계획을 세운다. 그는 까마귀를 유인해 잡은 후 까마귀가 죽어 가는 모습을 보면서 여자의 임종을 상상한다. 날씨가 점점 추워지고 그녀는 달포가 지나도록 나타나지 않는다.

결말 **그가 까마귀의 내장을 보여 주기 전에 그녀가 죽음**

출판사에 다녀오는 길에 그는 그녀의 시신을 실은 영구차 한 대가 지나가는 것을 본다. 까마귀는 이날 저녁에도 GA 아래 R이 한없이 붙은 발음을 낸다.

까마귀

"호—"

새로 사온 것이라 등피^{燈皮 등불이 꺼지지 않도록 바람을 막고 불빛을 밝게 하기 위해 남포등에 씌우는 유리로 만든 물건}에서는 아직 석유내도 나지 않는다. 닦을 것도 별로 없지만 전에 하던 버릇으로 그렇게 입김부터 불어 가지고 어스레해진 하늘에 비춰 보았다. 등피는 과민하게도 대뜸 뽀—얗게 흐려지고 만다.

"날이 꽤 차졌군……."

그는 등피를 닦으면서 아직 눈에 익지 않은 정원을 둘러보았다. 이끼 앉은 돌층계 밑에는 발이 묻히게 낙엽이 쌓여 있고 상나무, 전나무 같은 상록수를 빼놓고는 단풍나무까지 이미 반나마 이울어서^{점점 쇠약해져서} 어떤 나무는 잎이라고 하나도 없이 설명하게^{아랫도리가 가늘고 길어 어울리지 않게} 서 있다. '무장해제를 당한 포로들처럼' 하는 생각을 하면서 그런 쓸쓸한 나무들이 이 구석 저 구석에 묵묵히 서 있는 것을 그는 등피를 다 닦고도 다시 한참이나 바라보다 가야 자기 방으로 정한 바깥채 작은사랑으로 올라갔다.

여기는 그의 어느 친구네 별장이다. 늘 괴벽한 문체^{文體}를 고집하여 독자를 널리 갖지 못하는 그는 한 달에 이십 원 남짓하면 독방을 차지할 수 있는 학생층의 하숙 생활조차 뜻대로 되지 않았다. 궁여의 일책으로 이렇게 임시로나마 겨우내 그냥 비워 두는 친구네 별장 방 하나를 빌린 것이다. 내년 칠월까지는 어느 방이든지 마음대로 쓰라고 해서 정자지기가 방마다 문을 열어 보이는 대로 구경하였으나 모두 여름에나 좋은 북향들이라 너무 음습하고 너무 넓고 문들이 많아서 결국은 바깥채로 나와, 상노^{床奴 예전에 밥상 나르는 일과 잔심부름하던 아이}들이나 자는 방이라는 작은사랑을 치우게 한 것이다.

상노들이나 자는 방이라 하나 별장 전체를 그리 손색^{다른 것과 견주어 보아 못한 점} 있게 하는 방은 아니었다. 동향이어서 여름에는 늦잠을 자지 못할 것이 흠일까, 겨울에는 어느 방보다 밝고 따뜻할 수 있고 미닫이와 들창도 다 갑창까지 드린^{집에 문, 마루, 벽장, 광 따위를 만들거나 구조를 바꾸어 꾸민} 데다 벽장문과 두껍닫이에는 유명한 화가인지 아닌지는 몰라도 낙관^{落款 글씨나 그림 따위에 작가가 자신의 이름이나 호를 쓰고 도장을 찍는 일. 또는 그렇게 찍는 도장}이 있는 사군자^{四君子 동양화에서 매화·난초·국화·대나무를 그린 그림}며 기명절지^{器皿折枝 여러 가지 그릇과 꽃가지, 과일 따위를 섞어서 그린 그림}가 붙어있다. 밖으로도 문 위에는 추성각^{秋聲閣}이라

추사체의 현판이 걸려 있고 양쪽 처마 끝에는 파―랗게 녹슨 풍경이 창연히 달려 있다. 또 미닫이를 열면 눈 아래 깔리는 경치도 큰사랑만 못한 것 같지 않으니, 산기슭에 나붓이 서 있는 수각水閣 물가나물위에지은정자과 그 밑으로 마른 연잎과 단풍이 잠긴 연당연못이며 그리고 그 연당 언덕으로 올라오면서 무릉석으로 석가산을 모으고 잔디밭 새에 길을 돌린 것은 이 방에서 내려다보기가 기중일 듯싶었다. 그런 데다 눈을 번뜻 들면 동편 하늘이 바다처럼 트이고 그 한편으로 휜칠한 늙은 전나무 한 채가 절벽같이 가려 서 있는 것이다. 사슴의 뿔처럼 삭정이가 된 상가지에는 희끗희끗 새똥까지 묻어서 고요히 바라보면 한눈에 태고太古 아주 오랜 옛날가 깃드는 듯한 그윽한 경치이다.

오래간만에 켜 보는 남폿불이다. 펄럭―하고 성냥불이 심지에 옮겨 붙더니 좁은 등피 속은 자옥하게 연기와 김이 서리었다가 차츰차츰 밝아지는 것이었다. 그렇게 차츰차츰 밝아지는 남폿불에 삥―둘러앉았던 옛날 집안 사람들의 얼굴이 생각나게, 그렇게 남폿불은 추억 많은 불이다.

그는 누워 너무나 고요함에 귀를 빼앗기면서 옛사람들의 얼굴을 그려 보다가 너무나 가까운 데서 까악―까악―하는 까마귀 소리에 얼른 일어나 문을 열었다. 바깥은 아직 아주 어둡지 않았다. 또 까악―까악―하는 소리에 쳐다보니 지나가면서 우는 소리가 아니라 바로 그 전나무 삭정이에 시커먼 세 마리가 웅크리고 앉아 그러는 것이었다.

"까마귀!"

까치나 비둘기를 본 것만은 못하였다. 그러나 자연이 준 그의 검음과 그의 탁한 음성을 까닭 없이 저주할 필요는 느끼지 않았다. 마침 정자지기가 올라와서,

"아, 진지는 어떡하십니까?"

하는 말에, 우유하고 빵이나 먹고 밥 생각이 나면 문안 들어가 사 먹는다고, 그래도 자기는 괜찮다고 어름어름하고 말막음상대편이사기에게불리하거나성가신말을하시 못하도록미리막음으로,

"웬 까마귀들이……?"

하고 물었다.

"네, 이 동네 많습니다. 저 나무엔 늘 와 사는걸입쇼."

"그래요? 그럼 내 친구가 되겠군……."

하고 그는 웃었다.

"요 아래 돼지 기르는 데가 있습죠. 거기 밥찌꺼기 같은 게 흔하니까 그래 까마귀가 떠나질 않습니다."

하면서 정자지기는 한 걸음 나서 팔매^{돌 같은 작고 단단한 물건을 손에 쥐고 팔을 흔들어서 멀리 던짐}
치는 형용을 하니 까마귀들은 주춤하고 날 듯한 자세를 가지다가 아래를 보더니 도로 앉아서 이번에는 '까르르─' 하고 GA 아래 R이 한없이 붙은 발음을 하는 것이다.

정자지기가 내려간 후, 그는 다시 호젓하니 문을 닫고 아까와 같이 아무렇게나 다리를 뻗고 누워 버렸다.

배가 고팠다. 그는 또 그 어느 학자의 수면 습관설^{睡眠習慣設}이 생각났다. 사람이 밤새도록 그 여러 시간을 자는 것은 불을 발명하기 전에 할 일이 없어 자기만 한 것이 습관으로 전해진 것뿐이요, 꼭 그렇게 여러 시간을 자야만 될 리는 없다는 것이다. 그는 이 수면 습관설에 관련하여 식욕이란 것도 그런 것으로 믿어 보고 싶었다. 사람은 하루 꼭꼭 세 번씩 으레 먹어야 될 것처럼 충실히 먹는 것이나 이것도 그렇게 많이 먹어야만 되게 되어서가 아니라, 애초에는 수효 적은 사람들이 넓은 자연 속에서 먹을 것이 쉽사리 손에 들어오니까 먹기만 하던 것이 습관으로 전해진 것뿐이요, 꼭 그렇게 세 끼씩이나 계획적으로 먹어야만 될 리는 없을 것 같았다. 그런데, 사람이 잠을 자기 위해서는 그처럼 큰 부담이 있는 것은 아니나 먹기 위해서는, 하루 세 번씩 먹는 그 습관을 지키기 위해서는 얼마나 큰, 얼마나 무거운 부담이 있는 것인가. 그러기에 살려고 먹는 것이 아니라 먹으려고 산다는 말까지 생긴 것이 아닌가 생각되었다.

'먹으려고 산다! 평생을 먹으려고만 눈이 뻘개 허둥거리다 죽어? 그건 실로 인간의 모욕이다.'

그는 쓴웃음을 지으며 지금 자기의 속이 쓰려 올라오는 것과 입속이 빡빡해지며 눈에는 자꾸 기름진 식탁이 나타나는 것을 한낱 무가치한 습관의 발작으로만 돌려 버리려 노력해 보는 것이다.

'어디선가 르나르^{프랑스의 소설가·극작가}는 예술가는 빵 한 근보다 꽃 한 송이를 꺾는다고, 그러나 배가 고프면? 하고 제가 묻고는 그러면 그는 괴로워하고 훔치고 혹은 사람을 죽일지도 모른다. 그렇더라도 글쓰기를 버리지는 않을 거라고 했다. 난 배가 고파 할 줄 아는 그 얄미운 습관부터 아예 망각시켜 보리라. 잉크는 새것이 한 병 새벽 우물처럼 충충히 담겨 있것다, 원고지도 두툼한 게 여남은 축 쌓여 있것다!'

그는 우선 그 문 앞으로 살랑살랑 지나다니면서 '쌀값은 오르기만 하고…… 석탄도 들여야겠는데……'를 입버릇처럼 하던 주인마누라의 목소리를 십 리나 떨어져서 은은한 풍경 소리와 짙은 어둠에 함빡 싸인, 이 산장 호젓한 방에서 옛 애인을 만난 듯한 다정스러운 남폿불을 돋우고 글만을 생각하는 데 취할 수 있는 것이 갑자기 몸이 비단에 싸이는 듯, 살이 찔 듯한 행복이었다.

저녁마다 그는 남포ᴸᴬᴹᴾ에 새 석유를 붓고 등피를 닦고 그리고 까마귀 소리를 들으면서 어둠을 기다리었다. 방 구석구석에서 밤의 신비가 소곤거려 나올 때 살며시 무릎을 꿇고 귀한 손님의 의관처럼 공손히 남포 갓을 들어 올리고 불을 켜는 것이며 펄럭거리던 불티가 가만히 자리 잡는 것을 보고야 아랫목으로 물러나 그때는 눕든지 앉든지 마음대로 하며 혼자 밤이 깊도록 무얼 읽고 무얼 생각하고 무얼 쓰고 하는 것이다. 그래서 아침이면 늘 늦도록 자곤 하였다. 어떤 날은 큰사랑 뒤에 있는 우물에 올라가 세수를 하고 나면 산 너머로 오정 소리가 울려오기도 했다. 그러다가 이날은 무슨 무

이 동네엔 까마구가 많습니다. 저 나무엔 늘 와 사는걸입쇼.

그래요? 그럼 내 친구가 되겠군…….

 소설 한 장면　발단　작가인 그는 겨울을 나기 위해 친구의 별장을 찾음

서운 꿈을 꾸고 그 서슬에 소스라쳐 깨어 보니 밤은 벌써 아니었다. 미닫이에는 전나무 가지가 꿩의 장목^{꿩의 꽁지깃}처럼 비끼었고 쨍쨍한 햇볕은 쫘— 소리가 날 듯 쪼여 있었다. 어수선한 꿈자리를 떨쳐 버리는 홀가분한 기분과 여기 나와서는 처음 일찍 깨어 보는 호기심에서 그는 머리를 흔들고 미닫이부터 쫙 밀어 놓았다. 문턱을 넘어 드는 바깥 공기는 체온에 부딪히는 것이 찬물 같았다. 여윈 손으로 눈을 비비며 얼마나 아름다운 아침일까를 내다보았다. 해는 역광선이어서 부신 눈으로 수각을 더듬고 연당을 더듬고 잔디밭 길을 더듬다가 그 실뱀 같은 잔디밭 길에서다, 그는 문득 어떤 여자의 그림자 하나를 발견한 것이다.

여태 꿈인가 해서 다시금 눈부터 비비었다. 확실히 여자요, 또 확실히 고요히 섰으되 산 사람이었다. 그는 너무 넓게 열렸던 문을 당황히 닫아 버리고 다시 조그만 틈으로 내다보았다.

여자는 잊어버린 듯 오래도록 햇볕만 쏘이고 서 있다가 어디선지 산새 한 마리가 날아와 가까운 나뭇가지에 앉는 것을 보더니 그제야 사뿐 발을 떼어 놓았다. 머리는 틀어 올리었고 저고리는 노르스름한 명주 빛인데 고동색 스웨터를, 아이 업듯, 두 소매는 앞으로 늘어뜨리고 등에만 걸치었을 뿐, 꽤 날씬한 허리 아래엔 옥색 치맛자락이 부드러운 물결처럼 가벼운 주름살을 일으켰다. 빨간 단풍잎 하나를 들었을 뿐, 고요한 아침 산보인 듯하다.

'누굴까?'

그는 장정^{裝幀 책의 겉장이나 면지, 도안, 색채, 싸개 등 겉모양의 꾸밈새} 고운 신간서^{新刊書}에처럼 호기심이 일어났다. 가까이 축대 아래로 지나가는 것을 보니 새 양봉투 같은 깨끗한 이마에 눈결은 뉘어 쓴 영어 글씨같이 차근하다. 꼭 다문 입술, 그리고 뾰로통한 콧봉오리에는 여간치 않은 프라이드가 느껴지는 얼굴이었다.

'웬 여잔데?'

이튿날 아침에도 비교적 이르게 잠이 깨었다. 살며시 연당 쪽을 내다보니 연당 앞에도 잔디밭 길에도 아무도 사람이라고는 보이지 않았다. 왜 그런지 붙들었던 새를 날려 보낸 듯 그는 서운하였다.

이날 오후이다. 그는 낙엽을 긁어다가 불을 때고 있었다. 누군지 축대 아래에서 인기척이 났다. 머리를 쓸어 넘기며 내려다보니 어제 아침의 그 여자다. 어제 그 옷, 그 모양, 그 고요함으로 약간 발그레해진 얼굴을 쳐들고 사뭇 아는 사람을 보듯 얼굴을 돌리려 하지 않고 걸음을 멈추고 서 있는 것이다. 이쪽은 당황하여 다시 머리를 쓸어 넘기며 일어섰다.

"× 선생님 아니세요?"

여자가 거의 자신을 가지고 먼저 묻는다.

"네, ×××입니다."

"......"

여자는 먼저 물어 놓고 더 말이 없이 귀밑까지 발그레해지는 얼굴을 폭 수그렸다. 한참이나 아궁에서 낙엽 타는 소리뿐이었다.

"절 아십니까?"

"......"

여자는 다시 얼굴을 들 뿐, 말은 없다가 수줍은 웃음을 머금고 옆에 있는 돌층계를 휘뚝휘뚝 올라왔다. 이쪽에서는 낙엽 한 무더기를 또 아궁에 쓸어 넣고 손을 털었다.

"문간에 명함 붙이신 걸로 알았어요."

"네……."

"저도 선생님 독자예요. 꽤 충실한……."

"그러십니까? 부끄럽습니다."

그는 손을 비비며 여자의 눈을 보았다. 잦아든 가을 호수와 같이 약간 꺼진 듯한 피곤한 눈이면서도 겨울 별 같은 찬 광채가 일어났다.

"손수 불을 때시나요?"

"네."

"전 이 집 정원을 저의 집처럼 날마다 산보 와요, 아침이면……."

"네! 퍽 넓고 좋은 정원입니다."

"참 좋아요……. 어서 때세요."

"네, 이 동네 계십니까?"

"요 개울 건너예요."

이날은 더 이야기가 나올 새 없이 부끄러움도 미처 걷지 못하고 여자는 돌아가고 말았다.

그는 한참 뒤에 바깥 한길로 나와 개울 건너를 살펴보았다. 거기는 기와 집, 초가집 여러 집이 언덕에 층층으로 놓여 있었다. 어느 것이 그 여자가 들어간 집인지 짐작조차 할 수 없었다.

이날 저녁에 정자지기를 만나 물었더니,

"그 여자 병인이올시다."

하였다. 보기에 그리 병색은 아니더라 하니,

"뭐 폐병이라나요. 약 먹느라고 여기 나왔는데 숨이 차 산엔 못 다니고 우리 정자로만 밤낮 오죠."

하였다.

폐병! 그는 온전한 남의 일 같지 않게 마음이 쓰였다. 그렇게 예모禮貌 예절에 맞는 몸가짐 있고 상냥스러운 대화를 지껄일 수 있는 아름다운 입술이 악마 같은 병균을 발산하리라는 사실은 상상만 하기에도 우울하였다.

그러나 그다음 날부터는 정원에서 그 여자를 만나 인사할 수 있는 것이 즐거웠고, 될 수만 있으면 그를 위로해 주고 그와 더불어 자기의 빈한한살림이 몹시 가난한 예술을 이야기하고 싶었다. 그래서 그 여자가 자기의 방문 앞으로 왔을 때는 몇 번이나,

"바람이 찹니다."

하여 보았다. 그러나 번번이,

"여기가 좋아요."

하고 여자는 툇마루에 걸터앉았고 손수건으로 자주 입과 코를 막기를 잊지 않았다. 하루는,

"글쎄 괜찮으니 좀 들어오십시오."

하고 괜찮다는 말에 힘을 주었더니 여자는 약간 상기가 되면서 그래도 이쪽에 밝히 일정한 일에 대해 똑똑하고 분명하게 따지려는 듯이,

"전 전염병 환자예요."

하고 쓸쓸한 웃음을 지었다.

"글쎄 그런 줄 압니다. 괜찮으니 들어오십시오."

하니 그제야 가벼운 감격이 마음속에 파동 치는 듯, 잠깐 멀―리 하늘가에 눈을 던졌다가 살며시 들어왔다. 황혼이었다. 동향 방의 황혼이라 말할 때의 그 여자의 맑은 눈 속과 흰 잇속만이 별로 또렷또렷 빛이 났다.

"저처럼 죽음에 대면해 있는 처녀를 작품 속에서 생각해 보신 적 계세요, 선생님?"

"없습니다! 그리고 그만 정도에 왜 죽음을 생각하십니까?"

"그래도 자꾸 생각하게 되어요."

하고 여자는 보일 듯 말 듯한 웃음으로 천장을 쳐다보았다. 한참 침묵 뒤에,

"전 병을 퍽 행복스럽다 했어요. 처음엔……."

하고 또 가벼이 웃었다.

"……."

"모두 날 위해 주고 친구들이 꽃을 가지고 찾아와 주고, 그리고 건강했을 때보다 여간 희망이 많지 않아요. 인제 병이 나으면 누구한테 제일 먼저 편지를 쓰겠다, 누구한테 전에 잘못한 걸 사과하리라 참 별별 희망이 다 끓어올랐어요……. 병든 걸 참 감사했어요. 그땐……."

"지금은요?"

"무서워졌어요. 죽음도 첨에는 퍽 아름다운 걸로 알었드랬어요. 언제든지 살다 귀찮으면 꽃밭에 뛰어들듯 언제나 아름다운 죽음에 뛰어들 수 있는 걸 기뻐했어요. 그런데 이렇게 맞닥뜨리고 보니 겁이 자꾸 나요. 꿈을 꿔도……."

하는데 까악―까악―하는 소리가 바로 그 전나무 삭정이에서인 듯, 언제나 똑같은 거리에서 울려왔다.[1]

"여기 나와선 까마귀가 내 친굽니다."

하고 그는 억지로 그 불길스러운 소리를 웃음으로 덮어 버리려 하였다.

"선생님은 친구라고까지! 전 이 동네가 모두 좋은데 저게 싫어요. 죽음을 잊어버리면 안 된다고 자꾸 깨쳐 주는 것 같아요."

"건 괜한 관념인 줄 압니다. 흰 새가 있듯 검은 새도 있는 거요. 소리 맑은 새가 있듯 소리 탁한 새도 있는 거죠. 취미에 따라 까마귀도 사랑할 수 있는 샌 줄 압니다."

"건 죽음을 아직 남의 걸로만 아는 건강한 사람들의 두개골을 사랑하는 것 같은 악취미겠지요. 지금 저한텐 무서운 짐승이에요. 무슨 음모를 가지고 복면하고 내 뒤를 쫓아다니는 무슨 음흉한 사내같이 소름이 끼쳐요. 아마 내가 죽으면 저 새가 덥석 날아와 앞을 설 것만 같이……."

"……."

---

1) 여자는 까마귀의 울음소리가 죽음을 연상시킨다고 생각하여 불길하게 여긴다. 까마귀 울음소리는 여자의 죽음을 암시하는 복선이다.

"죽음이 아름답게 생각될 때 죽는 것처럼 행복은 없을 것 같아요."

하고 여자는 너무 길게 지껄였다는 듯이 수건으로 입을 코까지 싸서 막고 멀―거니 어두워 들어오는 미닫이를 바라보았다.

이 병든 처녀가 처음으로 방에 들어와 얼마 안 되는 이야기를 그의 체온과 그의 병균과 함께 남기고 간 날 밤, 그는 몹시 우울하였다.

'무슨 말을 하여야 그 여자를 위로할 수 있을까?'

'과연 그 여자의 병은 구할 수 없는 것일까?'

'어떻게 하면 그 여자에게 죽음이 다시 한번 꽃밭으로 보일 수 있을까?'

그는 비스듬히 벽에 기대어 이것을 생각하다가 머릿속에서 무엇이 버스럭거리는 소리를 들었다. 가만히 이마에 손을 대니 그것은 벽장 속에서 나는 소리였다. 그는 벽장을 열고 두어 마리의 쥐를 쫓고 나무때기처럼 굳은 빵 한쪽을 꺼내었다. 그리고 한 손으로는 뒷산에서 주워 온 그 환약과 같이 동그라면서도 가랑잎처럼 무게가 없는 토끼의 배설물을 집어 보면서 요즘은 자기의 것도 그렇게 담박한 것이 틀리지 않을 것을 미소하였다. '사람에게서도 풀 내가 나야 한다.' 한 철인 소로 _{미국의 사상가·수필가} 말이 생각났으며, 사

죽음도 첨에는 퍽 아름다운 걸로 알았드랬어요. 그런데 이렇게 맞닥뜨리고 보니 겁이 자꾸 나요. ……까마귀! 전 저게 싫어요. 죽음을 잊어버리면 안 된다고 자꾸 깨쳐 주는 것 같아요.

건 괜한 관념인 줄 압니다. 흰 새가 있듯 검은 새도 있는 거요. 취미에 따라 까마귀도 사랑할 수 있는 샌 줄 압니다.

📖 소설 한 장면 [전개] 별장 근처에서 폐병에 걸린 한 여자를 만남

람도 사는 날까지 극히 겸손한 곤충처럼 맑은 이슬과 향기로운 풀잎으로만 만족하지 못하는 것을, 그 운명이 슬픈 생각도 났다.

'무슨 말을 하여 주면 그 여자에게 새 희망이 생길까?'

그는 다시 이런 궁리에 잠기었고 그랬다가 문득,

'내가 사랑하리라!'

하는 정열에 부딪치었다.

'확실히 그 여자는 애인을 갖지 못했을 거다. 누가 그 벌레 먹은 가슴에 사랑을 묻었을 거냐.'

그는 그 여자의 앉았던 자리에 두 손길을 깔아 보았다. 싸—늘한 장판의 감촉일 뿐 체온은 날아간 지 오래였다.

'슬픈 아가씨여, 죽더라도 나를 사랑하면서 죽어 다오! 애인이 없이 죽는 것은 애인을 남기고 죽기보다 더욱 슬플 것이다…… 오래전부터 병균과 싸워 온 그대에겐 확실히 애인이 있을 수 없을 게다.'

그는 문풍지 떠는 소리에 덧문을 닫고 남포의 불을 낮추고 포 미국의 시인·소설가·평론가 —의 슬픈 시 「레이번」을 생각하면서,

"레노어? 레노어?"

하고, 포가 그의 애인의 망령을 불렀듯이 슬픈 음성을 소리쳐 보기도 하였다. 그 덮을 것도 없이 애인의 헌 외투 자락에 싸여서, 그러나 행복스럽게 임종하였을 레노어의 가엾고 또 아름다운 시체는, 생각하여 보면 포의 정열 이상으로 포근히 끌어안아 보고 싶은 충동도 일어났다. 포가 외로운 서재에 앉아 밤 깊도록 옛 책을 상고 詳考 상세히 참고하거나 검토함 할 때 폭풍은 와 문을 열어젖뜨렸고 검은 숲속에서는 보이지도 않는 까마귀가 울면서 머리 풀어 헤친 아름다운 레노어의 망령이 스르르 방 안 한구석에 들어서곤 하였다.

'오오! 나의 레노어! 너는 아직 확실히 애인을 갖지 못했을 거다. 내가 너를 사랑해 주며 내가 너의 주검을 지키는 슬픈 애인이 되어 주마.'

그는 밤이 너무나 긴 것을 탄식하며 어서 날이 밝기를 기다리었다.

그러나 밝는 날 아침의 하늘은 너무나 두껍게 흐려 있었고 거친 바람은 구석구석에서 몰려나오며 눈발조차 희끗희끗 날리었다. 온실 속에서나 갸웃이 내다보는 한 송이 온대 지방 꽃처럼, 그렇게 가냘픈 그 처녀의 얼굴이 도저히 나타나기를 바랄 수 없는 날씨였다.

'오, 가엾은 아가씨! 너는 이렇게 흐린 날, 어두운 방 속에 누워 애인이 없

이 죽을 것을 슬퍼하리라! 나의 가엾은 레노어!'

사흘이나 눈이 오고 또 사흘이나 눈보라가 치고 다시 며칠 흐리었다가 눈이 오고 그리고 날이 들고 따뜻해졌다. 처마 끝에서 눈 녹은 물이 비 오듯 하는 날 오후인데 가엾은 아가씨가 나타났다. 더 창백해진 얼굴에는 상장喪章 _{상중에 있다는 것을 나타내기 위하여 옷깃이나 소매 따위에 다는 표} 같은 마스크를 입에 대었고 방에 들어와서는 눈꺼풀이 무거운 듯 자주 눈을 감았다 뜨면서,

"그간 두어 번이나 몹시 각혈을 했어요."

하였다.

"그러나…….."

"의사는 기관에서 터진 피래지만, 전 가슴에서 나온 줄 모르지 않아요."

"그래도 의사가 더 잘 알지 않겠어요?"

"의사가 절 속여요. 의사만 아니라 사람들이 다 날 속이려고만 들어요. 돌아서선 뻔—히 내가 죽을 걸 이야기하다가도 나보곤 아닌 체들 해요. 그래서 벌써부터 난 딴 세상 사람처럼 따돌리는 게 저는 슬퍼요. 죽음이 그렇게 외로운 거란 걸 날 죽기 전부터 맛보게들 해요."

아가씨의 말소리는 떨리었다.

"그래도…… 만일 지금이라도, 만일…… 진정으루 사랑하는 사람이 있다면 그 사람의 말만은 곧이들으시겠습니까?"

"……"

눈을 고요히 감고 뜨지 않았다.

"앓으시는 병을 조금도 싫어하지 않고 정말 운명을 같이 따라 하려는 사람만 있다면?"

"그럼 그건 아마 사람이 아니겠지요. 저한테 사랑하는 사람이 있긴 있어요……. 절 열렬히 사랑해 주어요. 요즘도 자주 저한테 와요."

"……"

"그는 정말 날 사랑하는 표로 내가 이런, 모두 싫어하는 병이 걸린 걸 자기만은 싫어하지 않는단 표로 하루는 내 가슴에서 나온 피를 반 컵이나 되는 걸 먹기까지 한 사람이에요. 그렇지만 그게 내게 위로가 되는 줄 아세요?"

"……"

그는 우울할 뿐이었다.

"내 피까지 먹고 나하고 그렇게 가깝게 해도 그는 저대로 건강하고 저대로 살아가야 할 준비를 하니까요. 머리가 자라면 이발소에 가고, 신이 해지면 새 구두를 맞추고, 날마다 대학 도서관에 다니면서 학위 받을 연구만 하고 있어요. 그러니 얼마나 저하고 길이 달라요? 전 머릿속에 상여, 무덤 그런 생각뿐인데⋯⋯."

"왜 그런 생각만 자꾸 하십니까?"

"사람끼린 동정하고파도 동정이 안 되는 거 같아요."

"왜요?"

"병자에겐 같은 병자가 되는 것 아니곤 동정이 못 될 겁니다. 그런데 어떻게 맘대로 같은 병자가 되며 같은 정도로 앓다, 같은 시각에 죽습니까? 뻔—히 죽을 사람을 말로만 괜찮다, 괜찮다 하고 속이는 건 이쪽을 더 빨리 외롭게만 만드는 거예요."

"어떤 상여를 생각하십니까?"

그는 대담하게 이런 것을 물어 주었다. 그렇게 하는 것이 그 아가씨의 세계에 접근하는 것이 될까 하였다.

"조선 상여는 참 타기 싫어요. 요즘 금칠 막 한 자동차도 보기도 싫어요.

저한테 사랑하는 사람이 있긴 있어요. 절 열렬히 사랑해 주어요⋯⋯. 또 까마귀가 온 게지요? 그것 배 속엔 아마 별별 귀신 딱지가 다 든 것처럼 무서워요.

애인이 없으리라 단정한 내 어리석음이 부끄럽다⋯⋯.

딱—딱—

🕊 소설 한 장면   위기   그는 까마귀를 싫어하는 여자의 애인이 되겠다고 결심함

하—얀 말 여럿이 끌고 가는 하—얀 마차가 있다면…… 하고 공상해 봤어요. 그리고 무덤도 조선 무덤들은 참 암만해도 정이 가질 않아요. 서양엔 묘지가 공원처럼 아름답다는데 조선 산수들이야 어디 누구의 영—원한 주택이란 그런 감정이 나요? 곁에 둘 수 없으니 흙으로 덮고 그냥 두면 비에 파이니까 잔디를 심는 것뿐이지 꽃 한 송이 심을 데나 꽂을 데가 있어요? 조선 사람처럼 죽은 사람의 감정을 안 생각해 주는 사람들은 없는 것 같아요. 괜—히 그 듣기 싫은 목소리로 울기만 하고 까마귀나 모여들게 떡 쪼가리나 갖다 어질러 놓고……."

"……."

"선생님은 왜 이렇게 외롭게 사세요?"

그는 아무 대답도 하지 않았다. 그 여자에게 애인이 없으리라 단정한 자기의 어리석음을 마음 아프게 비웃었고 저렇게 절망에 극하여 세상 욕심이라고는 털끝만치도 없는 거룩한 여자를 애인으로 가진 그 젊은 학도가 몹시 부러운 생각뿐이었다.

날은 이미 황혼에 가까웠다. 연당 아래 전나무 꼭대기에서는 아직, 그 탁한 소리로 울지는 않으나 그 우악스런 주둥이로 그 검은 새들이 삭정이를 쪼는 소리가 딱—딱—울려왔다.

"까마귀가 온 게지요?"

"그렇게 그게 싫으십니까?"

"싫어요. 그것 배 속엔 아마 별별 귀신 딱지가 다 든 것처럼 무서워요. 한번은 꿈을 꾸었는데 까마귀 배 속에 무슨 부적이 들고 칼이 들고 시퍼런 불이 들고 한 걸 봤어요. 웃지 마세요. 상식은 절 떠난 지 벌써 오래예요……."

"허허……."

그러나 그는 웃고, 속으로 이제 까마귀를 한 마리 잡으리라 하였다. 그 배를 갈라서 그 속에는 다른 새나 조금도 다를 것이 없는 내장뿐인 것을 보여 주리라. 그래서 그 상식을 잃은 여자의 까마귀에 대한 공포심을 근절시키고, 그래서 죽음에 대한 공포심까지도 좀 덜게 해 주리라 마음먹었다.

그는 이 아가씨가 간 뒤에 그 길로 뒷산에 올라 물푸레나무를 베다가 큰 활을 하나 메었다. 꼿꼿한 싸리로 살을 만들고 끝에다는 큰 못을 갈아 촉을 박고 여러 번 겨냥을 연습하여 보고 까마귀를 창문 가까이 유혹하였다. 눈

위에 여기저기 콩을 뿌리었더니 그들은 마침내 좌우를 의뭉스런겉으로는 어리석어 보이나 속은 엉큼한 눈으로 두리번거리면서도 내려와 그것을 쪼았다. 먼 데 것이 없어지는 대로 그들은 곧 날듯 날듯이 어깨를 곧추세우면서도 차츰차츰 방문 가까이 놓인 것을 쪼며 들어왔다. 방 안에서는 숨을 죽이고 조그만 문구멍에 살촉을 얹고 가장 가까이 들어온 놈의 옆구리를 겨냥하여 기운껏 활을 당겨 가지고 쏘아 버렸다.

푸드덕하더니 날기는 다 날았으나 한 놈이 죽지에 살이 박힌 채 이내 그 자리에 떨어졌고 다른 놈들은 까악까악거리면서 전나무 꼭대기로 올라갔다. 그는 황망히 신을 끌며 떨어진 놈을 쫓아 들어가 발로 덮치려 하였다. 그러나 까마귀는 어느 틈에 그의 발밑에 들지 않고 훌쩍 몸을 솟구어 그 찬란한 핏방울을 눈 위에 흩뿌리며 두 다리와 한 날개로 반은 날고 반은 뛰면서 잔디밭 쪽으로 더펄더펄 달아났다. 이쪽에서도 숨차게 뛰어 다우쳤다다그쳤다. 보기에 악한과 같은 짐승이었지만 그도 한낱 새였다. 공중을 잃어버린 그에겐 이내 막다른 골목이 나왔다. 화살이 그냥 박힌 채 연당으로 내려가는 도랑창에 거꾸로 박히더니 쌕―쌕―하면서 불덩어리인지 핏방울인지 모를 두 눈을 뒤집어쓰고 집게 같은 입을 딱딱 벌리며 대가리를 곧

까마귀를 잡아 그 배를 갈라서 내장뿐인 것을 보여 주리라. 그래서 죽음에 대한 공포심까지도 좀 덜게 해 주리라.

🎞 소설 한 장면　　절정　까마귀가 죽어 가는 모습을 보면서 여자의 임종을 상상함

추들었다. 그리고 머리 위에서는 다른 놈들이 전나무에서 내려와 까악거리며 저희 가족을 기어이 구하려는 듯이 낮게 떠돌며 덤비었다.

그는 슬그머니 겁이 나기도 했으나 몽우리돌을 집어 공중의 놈들을 위협하며 도랑에서 다시 더펄 올려 솟는 놈을 쫓아 들어가 곧은 발길로 멱투시¹)멱살'의 잘못를 차 내던지었다. 화살은 빠져 떨어지고 까마귀만 대여섯 간 밖에 나가떨어지며 킥ㅡ하고 뻐들적거렸다. 다시 쫓아가 발길을 들었으나 그때는 벌써 까마귀는 적을 볼 줄도 모르고 덮어 누르는 죽음과 싸울 뿐이었다. 그는 두근거리는 가슴으로 이 검은 새의 죽음의 고민을 내려다보며 그 병든 처녀의 임종을 상상해 보았다. 슬픈 일이었다. 그는 이내 자기 방으로 돌아왔고 나중에 정자지기를 시켜 그 죽은 까마귀를 목을 매어 어느 나뭇가지에 걸게 하였다. 그리고 어서 그 아가씨가 나타나면 곧 훌륭한 외과의外科醫나처럼 그 검은 시체를 해부하여 까마귀의 배 속에도 다른 날짐승과 똑같이 단순한 조류鳥類의 내장이 있을 뿐, 결코 그런 무슨 부적이거나 칼이거나 푸른 불이 들어 있지 않다는 것을 증명하리라 하였다.

그러나 날씨는 추워 가기만 하고 열흘에 한 번도 따뜻한 해가 비치지 않았다. 달포가 지나도록 그 아가씨는 나타나지 않았다. 날씨는 다시 풀어져 연당蓮塘에 눈이 녹고 단풍나무 가지에 걸린 까마귀의 시체도 해부하기 알맞게 녹았지만 그 아가씨는 나타나지 않았다.

하루는 다시 추워져 싸락눈이 사륵사륵 길에 떨어져 구르는 날 오후이다. 그는 어느 잡지사에 들어가 곤작困作 글을 애써 가며 더디 지음. 또는 그렇게 쓴 글 한 편을 팔아 가지고 약간의 식료를 사 들고 다 나온 길인데 개울 건너 넓은 마당에는 두어 대의 검은 자동차와 함께 금빛 영구차 한 대가 놓여 있는 것이다.

그는 가슴이 섬뜩하였다. 별장 쪽을 올려다보니 전나무 꼭대기에서는 진작부터 서너 마리의 까마귀가 이 광경을 내려다보며 쭈그리고 앉아 있었다.

'그 여자가 죽은 거나 아닌가?'

영구차 안에는 이미 검은 포장에 덮인 관이 실려 있었다. 둘러 서 있는 동네 사람 속에서 정자지기가 나타나더니 가까이 와 일러 주었다.

"우리 정자로 늘 오던 색시가 갔답니다."

"……"

그는 고요히 영구차를 향하여 모자를 벗었다.

"저 뒤에 자동차에 지금 오르는 사람이 그 색시하고 정혼^{定婚 혼인을 정함}했던 남자랍니다."

그는 잠자코 그 대학 도서실에 다니며 학위 얻을 연구를 한다는 청년을 바라보았다. 그 청년은 자동차 안에 들어앉아, 이내 하—얀 손수건을 내어 얼굴에 대었다. 그러자 자동차들은 영구차가 앞을 서며 고요히 굴러 떠나 갔다. 눈은 함박눈이 되면서 펑펑 쏟아지기 시작하였다. 그 자동차들이 굴러간 자리도 얼마 안 있어 덮어 버리고 말았다.

까마귀들은 이날 저녁에도 별다른 소리는 없이 그저 까악—까악—거리 다가 이따금씩 까르르—하고 그 GA 아래 R이 한없이 붙은 발음을 내곤 하였다.

우리 정자로 늘 오던 색시가 갔답니다. 저 뒤에 자동차에 오르는 사람이 그 색시하고 정혼했던 남자랍니다.

◐ 소설 한 장면 　결말　 그가 까마귀의 내장을 보여 주기 전에 그녀가 죽음

🔭 생각해 볼까요?

선생님 까마귀 울음소리를 무서워하는 여자에게 그는 괜한 관념일 뿐이라고 말해요. 하지만 그의 위로는 여자에게 도움이 되지 않아요. 그 이유는 무엇일까요?

💬 3 ♥ 3

학생 1 여자가 까마귀 울음소리가 죽음을 연상시킨다며 공포를 느끼는 것은 표면적인 이유에 불과해요.

학생 2 여자는 자신의 병이 불치병이라는 사실을 알고 있어요. 그녀는 다른 누구와도 죽음을 함께할 수 없다고 생각해요. 여자는 자신의 피를 반 컵이나 마신 애인에게서도 위안을 얻지 못해요.

학생 3 여자는 자신의 죽음을 혼자 가야 하는 마지막 길로 인식해요. 결국 그녀에게 그는 완전한 타인에 불과할 뿐이에요. 그렇기 때문에 그의 위로는 아무런 도움도 되지 않아요.

선생님 여자의 죽음을 바라보는 그의 태도는 어떠한가요?

💬 2 ♥ 2

학생 1 그는 까마귀에 대한 공포, 즉 죽음에 대한 공포를 덜어 주기 위해 까마귀의 배 속을 그녀에게 보여 주려고 해요. 까마귀의 배 속도 다른 새의 배 속과 다를 바가 없다는 것을 알리기 위해서예요.

학생 2 그러나 아이러니하게도 그는 까마귀가 죽음에 이르는 것을 확인하는 순간, 그녀의 임종을 상상하며 '슬픈 일이었다.'라고 말해요. 결국 그에게 여자의 죽음은 '타자의 죽음'일 뿐이에요. 따라서 그는 여자의 죽음을 감상의 대상으로 바라볼 수밖에 없어요.

선생님 까마귀들이 영구차를 내려다보는 장면을 본 그는 '그 여자가 죽은 거나 아닌가?'라고 생각해요. 이를 통해 알 수 있는 그의 태도 변화에 대해 말해 봐요.

💬 1 ♥ 1

학생 1 그는 까마귀가 불길함을 상징하는 것은 수면 습관설처럼 굳어진 사고에 불과하다고 생각해 왔어요. 그는 까마귀에 대해 공포감을 느끼는 여자를 위해 까마귀 내장을 보여 줄 계획까지 세워요. 그러나 마지막 장면에서 그는 까마귀와 여자의 죽음을 연관 지어요. 결국 그 역시 습관설에서 벗어나지 못하고 있는 거예요.

선생님 이 작품에 나타난 유미주의적 요소는 무엇인가?

💬 1 ❤️ 1

학생 1 유미주의란 미(美)를 예술의 목적으로 삼는 예술 사조예요. 문학에서 아름다움이란 병적인 사랑은 물론 죽음, 절망, 가난에서도 찾을 수 있어요. 이 소설에서는 가난, 불치병, 정혼자의 사랑, 여인에 대한 그의 감정도 모두 아름답게 묘사되었어요. 작가는 여자의 비극적 운명을 감각적 문체를 통해 역설적으로 미화한 거예요. 그가 까마귀를 친구로 생각하는 것도 역설적 관점에서 설명할 수 있어요.

『문장강화』

연관 검색어   산문 글쓰기 문장론

1930년대 당시 '시에서는 정지용, 산문에서는 이태준'이라고 불릴 정도로 이태준의 명성은 자자했다. 다른 문인들에게서도 인정받던 그는 글쓰기의 기본 원칙을 담은 『문장강화』라는 책을 썼다.

당시 이태준의 고민은 '사람들이 말은 잘하면서 글은 왜 쉽게 쓰지 못하는가.'였다. 그는 이 책을 통해 글쓰기 기술에 대해 이야기하면서 새로운 문장 작법을 제시한다. 『문장강화』에는 문장 작법의 기초, 각종 문장 작성 요령, 퇴고의 이론과 실제, 문체 등에 대한 설명과 그 예가 담겨 있다. 오랜 세월이 지난 지금도 많은 문인이 이 책을 통해 글 쓰는 방법을 배우고 있을 정도로 문장론의 고전으로 평가받는다.

복덕방

#가족의붕괴   #노인소외   #세대갈등   #근대화

⛴ 작품 길잡이

갈래: 순수 소설
배경: 시간 - 1930년대 / 공간 - 서울 어느 복덕방
시점: 3인칭 전지적 작가 시점
주제: 소외된 노인들의 삶과 죽음
출전: 〈조광〉[(1937)]

📷 인물 관계도

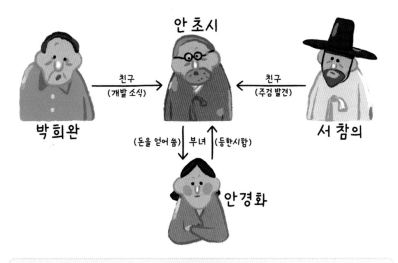

안 초시   딸에게 의존하며 지내다 삶을 비관하여 스스로 목숨을 끊는다.
안경화   유명한 무용가로 안 초시의 딸이다. 아버지의 죽음보다 자신의 명예를 중요시한다.
박희완   서 참의와 안 초시의 친구로 복덕방에 자주 놀러 온다.
서 참의   구한말 훈련원 참의를 지낸 인물로 복덕방의 주인이다.

🗓 구성과 줄거리

발단 소외된 노인들이 복덕방에 모여 소일함

안 초시와 박희완 영감은 서 참의가 주인으로 있는 복덕방에 거의 매일 들른다. 구한말 군관 출신인 서 참의는 합병 후 가옥 중개업을 한다. 박희완 영감은 대서소를 차리겠다며 국어 독본을 열심히 공부한다. 안 초시는 무용가인 딸 안경화에게 용돈을 얻어 쓰는 처지지만 나름대로 야심이 있는 노인이다.

전개 안 초시는 박희완 영감을 통해 개발 정보를 입수함

안 초시는 박희완 영감으로부터 황해 연안의 축항 용지에 대한 이야기를 듣고 딸을 부추긴다. 안경화는 정혼한 남자를 내세워 땅을 구입한다. 안 초시는 일이 제대로 되면 얼마간의 돈이 자기 수중에 떨어질 것이라고 생각하며 기뻐한다.

위기 부동산 투자 실패에 대한 비난이 안 초시에게 돌아감

1년이 지나도 개발 소식이 들리지 않는다. 알고 보니 개발 계획이 취소된 땅을 산 것이다. 이 일로 안 초시는 크게 낙담한다. 이제는 딸에게 단돈 오십 전을 얻기도 어려워진다.

절정 절망에 빠진 안 초시가 자살함

안 초시는 결국 복덕방에서 스스로 목숨을 끊는다. 서 참의는 안 초시의 죽음을 딸에게 알린다. 안경화는 자신의 명예를 의식해 관청에 알리지 말아 달라고 간청한다. 서 참의는 고인에게 좋은 수의를 해 입히고 평생 소원이던 속셔츠도 입혀 주라고 한다.

결말 장례식에 참석한 서 참의와 박희완 영감은 울분에 찬 눈물을 흘림

영결식은 딸의 무용 연구소 앞마당에서 열린다. 서 참의는 죽으니 이런 호사를 한다면서 안경 걱정할 필요도 없으니 얼마나 좋으냐고 조사(弔辭 죽은 사람을 슬퍼하며 조문의 뜻을 표하는 글이나 말)를 한다. 박희완 영감은 그만 울음을 터뜨린다. 영결식에 온 사람들을 탐탁지 않게 생각한 두 사람은 묘지에 가지 않고 술집으로 내려오고 만다.

복덕방

철석, 앞집 판장 밑에서 물 내버리는 소리가 났다. 주먹구구에 골독했던 안 초시에게는 놀랄 만한 폭음이었던지, 다리 부러진 돋보기 너머로, 똑 모이를 쪼으려는 닭의 눈을 해 가지고 수챗구멍을 내다본다. 뿌연 뜨물에 휩쓸려 나오는 것이 여러 가지다. 호박 꼭지, 계란 껍질, 거피해 버린 녹두 껍질.

"녹두 빈자떡을 부치는 게로군, 흥……."

한 오륙 년째 안 초시는 말끝마다 '젠—장…….'이 아니면 '흥!' 하는 코웃음을 잘 붙이었다.

"추석이 벌써 낼모레지! 젠—장……."

안 초시는 저도 모르게 입맛을 다시었다. 기름내가 코에 풍기는 듯 대뜸 입안에 침이 흥건해지고 전에 괜찮게 지낼 때, 충치니 풍치니 하던 것은 거짓말이었던 것처럼 아래윗니가 송곳 끝같이 날카로워짐을 느끼었다.

안 초시는 그 날카로워진 이를 빈 입인 채 빠드득 소리가 나게 한번 물어 보고 고개를 들었다.

하늘은 천 리같이 트였는데 조각구름들이 여기저기 널리었다. 어떤 구름은 깨끗이 바래 말린 옥양목처럼 흰빛이 눈이 부시다. 안 초시는 이내 자기의 때 묻은 적삼 생각이 났다. 소매를 내려다보는 그의 얼굴은 날래 들리지 않는다. 거기는 한 조박의 녹두 빈자나 한 잔의 약주로써 어찌지 못할, 더 슬픔과 더 고적함이 품겨 있는 것 같았다.

혹혹 소매 끝을 불어 보고 손끝으로 튀겨 보기도 하다가 목침을 세우고 눕고 말았다.

"이사는 팔하고 사오는 이십이라 천이 되지…… 가만…… 천이라? 사로 했으니 사천이라 사천 평…… 매 평에 아주 줄여 잡아 오 환씩만 하게 돼두 사 환 칠십오 전씩이 남으니, 그럼…… 사사는 십륙 일만 육천 환하구……."

안 초시가 다시 주먹구구를 거듭해서 얻어 낸 총액이 일만 구천 원, 단 천 원만 들여도 일만 구천 원이 되리라는 셈속이니, 만 원만 들이면 그게 얼만가? 그는 벌떡 일어났다. 이마가 화끈했다. 도사렸던 무릎을 얼른 곧추세우고 뒤나 보려는 사람처럼 쪼그렸다. 마코^{담배 이름} 갑이 번연히 빈 것인 줄 알면서도 다시 집어다 눌러 보았다. 주머니에는 단돈 십 전, 그도 안경다리를 고친다고 벌써 세 번째가 네 번째 딸에게서 사오십 전씩 얻어 가지고는 번번이 담뱃값으로 다 내어보내고 말던 최후의 십 전, 안 초시는 주머니에 손을 넣어 그것을 집어내었다. 백통화 한 푼을 얹은 야윈 손바닥, 가만히 떨리었다. 서 참의의 투박한 손을 생각하면 너무나 얇고 잔망스러운 손이거니 하였다. 그러나 이따금 술잔은 얻어먹고, 이렇게 내 방처럼 그의 복덕방福德房에서 잠까지 빌려 자건만, 한 번도 집 거간이나 해 먹는 서 참의의 생활이 부럽지는 않았다. 그래도 언제든지 한 번쯤은 무슨 수가 생기어 다시 한번 내 집을 쓰게 되고, 내 밥을 먹게 되고, 내 힘과 내 낯으로 다시 한번 세상에 부딪혀 보려니 믿어졌다.

초시는 전에 어떤 관상쟁이의 '엄지손가락을 안으로 넣고 주먹을 쥐어야 재물이 나가지 않는다.'는 말이 생각났다. 늘 그렇게 쥐노라고는 했지만 문득 생각이 나 내려다볼 때는, 으레 엄지손가락이 얄밉도록 밖으로만 쥐어져 있었다. 그래 드팀전예전에 온갖 피륙을 팔던 가게을 하다가도 실패를 하였고, 그래 집까지 잡혀서 장전欌廛 장롱 따위의 세간을 만들어 파는 가게을 내었다가도 그만 화재를 보았거니 하는 것이다.

"이놈의 엄지손가락아, 안으로 좀 들어가아, 젠장."

하고 연습 삼아 엄지손가락을 먼저 안으로 넣고 아프도록 두 주먹을 꽉 쥐어 보았다. 그리고 당장 내어보낼 돈이면서도 그 십 전짜리를 그렇게 쥔 주먹에 단단히 넣고 담배 가게로 나갔다.

이 복덕방에는 흔히 세 늙은이가 모이었다.

언제, 누가 와, 집 보러 가잘지 몰라, 늘 갓을 쓰고 앉아서 행길을 잘 내다보는, 얼굴 붉고 눈방울 큰 노인은 주인 서 참의다. 참의로 다니다가 합병 후에는 다섯 해를 놀면서 시기를 엿보았으나 별수가 없을 것 같아서 이럭 저럭 심심파적으로 갖게 된 것이 이 가옥 중개업이었다. 처음에는 겨우 굶지 않을 만한 수입이었으나 대정 팔구 년1919~1920년 이후로는 시골 부자들이 세금에 몰려, 혹은 자녀들의 교육을 위해 서울로만 몰려들고, 그런데다 돈은 흔해져서 관철동, 다옥정 같은 중앙 지대에는 그리 고옥만 아니면 만 원대를 예사로 훌훌 넘었다. 그 판에 봄가을로 어떤 달에는 삼사백 원 수입이 있어, 그러기를 몇 해를 지나 가회동에 수십 간 집을 세웠고, 또 몇 해 지나지 않아서는 창동 근처에 땅을 장만하기 시작하였다. 지금은 중개업자도 많이 늘었고 건양사 같은 큰 건축 회사가 생기어서 당자끼리 직접 팔고 사는 것이 원칙처럼 되어 가기 때문에 중개료의 수입은 전보다 훨씬 준 셈이다. 그러나 이십여 간 집에 학생을 치고 싶은 대로 치기 때문에 서 참의의 수입이 없는 달이라고 쌀값이 밀리거나 나뭇값에 졸릴 형편은 아니다.

"세상은 먹구살게는 마련야……."

서 참의가 흔히 하는 말이다. 칼을 차고 훈련원에 나서 병법을 익힐 제는, 한번 호령만 하고 보면 산천이라도 물러설 것 같던, 그 기개와 오늘의 자기, 한낱 가쾌家儈 집 흥정을 붙이는 일을 직업으로 가진 사람 로 복덕방 영감으로 기생, 갈보 따위가 사글셋방 한 간을 얻어 달래도 네, 네 하고 따라나서야 하는, 만인의 심부름꾼인 것을 생각하면 서글픈 눈물이 아니 날 수도 없는 것이다. 워낙 술을 즐기기도 하지만 어떤 때는 남몰래 이런 감회를 이기지 못해서 술집에 들어선 적도 여러 번이다.

그러나 호반虎班 무인들의 기개란 흔히 혈기에서 나오는 것이기 때문인지 몸에서 혈기가 줄어듦에 따라 그런 감회를 일으킴조차 요즘은 적어지고 말았다. 하루는 집에서 점심을 먹다 듣노라니 무슨 장사치의 외는 소리인데 아무래도 귀에 익은 목청이다. 자세히 귀를 기울이니 점점 가까이 오는 소리인데 제법 무엇을 사라는 소리가 아니라 '유리병이나 간장통 팔거—쏘—.' 하는 소리이다. 그런데 그 목청이 보면 꼭 알 사람 같아 일어서 마루 들창으로 내어다 보니, 이번에는 '가마니나 신문 잡지나 팔거—쏘—.' 하면서 가마니 두어 개를 지고 한 손에는 저울을 들고 중노인이나 된 사나이가 지나가는데 아는 사람은 확실히 아는 사람이다. 그러나 그를 어디서 알았으며 성명이 무엇이며 애초에는 무엇을 하던 사람인지가 감감해지고 말았다.

"오라! 그렇군…… 분명…… 저런!"

하고 그는 한참 만에 고개를 끄덕이었다. 그 유리병과 간장통을 외는 소리가 골목 안으로 사라져 갈 즈음에야 서 참의는 그가 누구인 것을 깨달아 낸 것이다.

"동관同官 한 관아에서 일하는 같은 등급의 관리나 벼슬아치 김 참의…… 허!"

나이는 자기보다 훨씬 연소하였으나 학식과 재기가 있는 데다 호령 소리가 좋아 상관에게 늘 칭찬을 받던 청년 무관이었다. 이십여 년 뒤에 들어도 갈데없이 그 목청이요 그 모습이었다. 전날의 그를 생각하고 오늘의 그를 보니 적이 감개에 사무치어 밥숟가락을 멈추고 냉수만 거듭 마시었다.

그러나 전에 혈기 있을 때와 달라 그런 기분이 오래가지는 않았다. 중학교 졸업반인 둘째 아들이 학교에 갔다 들어서는 것을 보고, 또 싸전에서 쌀 값 받으러 와 마누라가 선선히 시퍼런 지전을 내어 헤는 것을 볼 때 서 참의는 이내 속으로,

'거저 살아야지 별수 있나. 저렇게 개가죽을 쓰고 돌아다니는 친구도 있는데…… 에헴.'

하였을 뿐 아니라 그런 절박한 친구에다 대면 자기는 얼마나 훌륭한 지체냐 하는 자존심도 없지 않았다.

'지난 일 그까짓 생각할 건 뭐 있나. 사는 날까지…… 허허.'

여생을 웃으며 살 작정이었다. 그래 그런지 워낙 좀 실없는 티가 있는데 다 요즘 와서는 누구에게나 농지거리가 늘어 갔다. 그래 늘 눈이 달리고 뾰로통한 입으로는 말끝마다 젠—장 소리만 나오는 안 초시와는 성미가 맞지 않았다.

"쫌보 졸보. 재주 없고 졸망한 사람야, 술 한잔 사 주랴?"

쫌보라는 말이 자기를 업신여기는 것 같아서 안 초시는 이내 발끈해 가지고,

"네깟 놈 술 더러 안 먹는다."

한다.

"화투패나 밤낮 떼면 너이 어멈이 살아온다덴?"

하고 서 참의가 발끝으로 화투장들을 밀어 던지면 그만 얼굴이 새빨개져서 쌔근쌔근하다가 부채면 부채, 담뱃갑이면 담뱃갑, 자기의 것을 냉큼 집어 들고 다시 안 올 듯이 새침해 나가 버리는 것이다.

"조게 계집이문 천생 남의 첩감이야."

하고 서 참의는 껄껄 웃어 버리나 안 초시는 이렇게 돼서 올라가면 한 이틀씩 보이지 않았다.

한번은 안 초시의 딸의 무용회 날 밤이었다. 안경화라고, 한동안 토월회 土月會 우리나라의 신극 극단에도 다니다가 대판大阪 일본 오사카에 가 있느니 동경에 가 있느니 하더니 오륙 년 뒤에 무용가로 이름을 날리며 서울에 나타났다. 바로 제일 회 공연 날 밤이었다. 서 참의가 조르기도 했지만, 안 초시도 딸의 사진과 이야기가 신문마다 나는 바람에 어깨가 으쓱해서 공표를 얻을 수 있는 대로 얻어 가지고 서 참의뿐 아니라 여러 친구를 돌라줬던 것이다.

"허! 저기 한가운데서 지금 한창 다릿짓하는 게 자네 딸인가?"

남은 다 멍멍히 앉았는데 서 참의가 해괴한 것을 보는 듯 마땅치 않은 어조로 물었다.

"무용이란 건 문명국일수록 벗구 한다네그려."

약기는 한 안 초시는 미리 이런 대답으로 막았다.

"모르겠네 원…… 지금 총각 놈들은 모두 등신인가 봐……."

"왜?"

하고 이번에는 다른 친구가 탄하였다.

"우린 총각 시절에 저런 걸 보문 그냥 못 배기네."

"빌어먹을 녀석…… 나잇값을 못 하구, 개야 저건 개……."

벌써 안 초시는 분통이 발끈거려서 나오는 소리였다.

한 가지가 끝나고 불이 환하게 켜졌을 때다.

"도루, 차라리 여배우 노릇을 댕기라구 그래라. 여배운 그래두 저렇게 넓 적다린 내놓구 덤비지 않더라."

"그 자식 오지랖 경치게 넓네. 네가 안방 건넌방이 몇 칸이요나 알았지 뭘 쥐뿔이나 안다구 그래? 보기 싫건 나가렴."

하고 안 초시는 화를 발끈 내었다. 그러니까 서 참의도 안방 건넌방 말에 화가 나서 꽤 높은 소리로,

"넌 또 뭘 아니? 요 쫌보야."

하고 일어서 버리었다.

이 일이 있은 후 안 초시는 거의 달포나 서 참의의 복덕방에 나오지 않았었다. 그런 걸 박희완 영감이 가서 데리고 왔었다.

박희완 영감이란 세 영감 중의 하나로 안 초시처럼 이 복덕방에 와 자기 까지는 안 하나 꽤 쏠쏠히 놀러 오는 늙은이다. 아니 놀러 오기만 하는 것이 아니라 와서는 공부도 한다. 재판소에 다니는 조카가 있어 대서업代書業 남을 대신 해 관청 행정이나 법률 행위에 필요한 서류를 작성해 주고 보수를 받는 직업 운동을 한다고 『속수국어독본速修國語 讀本』을 노상 끼고 와 그 『삼국지』 읽던 투로,

"긴ー상 도코ー에 유키이마스카."

어쩌고를 외고 있는 것이다.

그러나 『속수국어독본』 뚜껑이 손때에 절고, 또 어떤 때는 목침 위에 받쳐 베고 낮잠도 자서 머리때까지 새까맣게 절어 조선총독부편찬이란 잔글자들 은 보이지 않게 되도록, 대서업 허가는 의연히 나오지 않는 모양이었다.

"너나 내나 다 산 것들이 업은 가져 뭘 허니. 무슨 세월에…… 흥!"

하고 어떤 때, 안 초시는 한나절이나 화투패를 떼다 안 떨어지면 그 화풀이로 박희완 영감이 들고 중얼거리는 『속수국어독본』을 툭 채어 행길로 팽개치며 그랬다.

"넌 또 무슨 재술 바라구 밤낮 화투패나 떨어지길 바라니?"

"난 심심풀이지."

그러나 속으로는 박희완 영감보다 더 세상에 대한 야심이 끓었다. 딸이 평양으로 대구로 다니며 지방 순회까지 하여서 제법 돈냥이나 걷힌 것 같으나 연구소를 내느라고 집을 뜯어고친다, 유성기를 사들인다, 교제를 하러 돌아다닌다 하느라고, 더구나 귀찮게만 아는 이 애비를 위해 쓸 돈은 예산에부터 들지 못하는 모양이었다.

"얘? 낡은 솜이 돼 그런지, 삶바느질이 돼 그런지 바지 솜이 모두 치어서 어떤 덴 홑옷이야. 암만해두 샤쓸 한 벌 사 입어야겠다."

하고 딸의 눈치만 보아 오다 한번은 입을 열었더니,

"어련히 인제 사 드릴라구요."

하고 딸은 대답은 선선하였으나 샤쓰는 그해 겨울이 다 지나도록 구경도 못 하였다. 샤쓰는커녕 안경다리를 고치겠다고 돈 일 원만 달래도 일 원짜리를 굳이 바꿔다가 오십 전 한 닢만 주었다. 안경은 돈을 좀 주무르던 시절에 장만한 것이라 테만 오륙 원 먹은 것이어서 오십 전만으로 그런 다리는 어림도 없었다. 오십 전짜리 다리도 있지만 살 바에는 조촐한 것을 택하던 초시의 성미라 더구나 면상에서 짝짝이로 드러나는 것을 사기가 싫었다. 차라리 종이 노끈인 채 쓰기로 하고 오십 전은 담뱃값으로 나가고 말았다.

"왜 안경다린 안 고치셨어요?"

딸이 그날 저녁으로 물었다.

"흥······."

초시는 말은 하지 않았다. 딸은 며칠 뒤에 또 오십 전을 주었다. 그러면서 어떻게 들으라고 하는 소리인지,

"아버지 보험료만 해두 한 달에 삼 원 팔십 전씩 나가요."

하였다. 보험료나 타 먹게 어서 죽어 달라는 소리로도 들리었다.

"그게 내게 상관 있니?"

"아버지 위해 들었지 누구 위해 들었게요 그럼?"

초시는 '정말 날 위해 하는 거문 살아서 한 푼이라두 다우. 죽은 뒤에 내

가 알 게 뭐냐' 소리가 나오는 것을 억지로 참았다.

"오십 전이문 왜 안경다릴 못 고치세요?"

초시는 설명하지 않았다.

"지금 아버지가 좋고 낮은 걸 가리실 처지야요?"

그러나 오십 전은 또 마코 값으로 다 나갔다. 이러기를 아마 서너 번째다.

"자식도 소용없어. 더구나 딸자식…… 그저 내 수중에 돈이 있어야……."

초시는 돈의 긴요성을 날로 날로 더욱 심각하게 느끼었다.

"돈만 가지면야 좀 좋은 세상인가!"

심심해서 운동 삼아 좀 나다녀 보면 거리마다 짓느니 고층 건축들이요, 동네마다 느느니 그림 같은 문화 주택들이다. 조금만 정신을 놓아도 물에서 갓 튀어나온 메기처럼 미끈미끈한 자동차가 등덜미에서 소리를 꽥 지른다. 돌아다보면 운전수는 눈을 부릅떴고 그 뒤에는 금시계 줄이 번쩍거리는, 살진 중년 신사가 빙그레 웃고 앉았는 것이었다.

"예순이 낼모레…… 젠—장할 것."

초시는 늙어 가는 것이 원통하였다. 어떻게 해서나 더 늙기 전에 적게 돈만 원이라도 붙들어 가지고 내 손으로 다시 한번 이 세상과 교섭해 보고 싶었다. 지금 이 꼴로서야 문화 주택이 암만 서기로 내게 무슨 상관이며 자동차, 비행기가 개미 떼나 파리 떼처럼 퍼지기로 나와 무슨 인연이 있는 것이냐, 세상과 자기와는 자기 손에서 돈이 떨어진, 그 즉시로 인연이 끊긴 것이라 생각되었다.

"그러면 송장이나 다름없지 뭔가?"

초시는 이런 질문을 자신에게 던지는 지가 이미 오래였다.

"무슨 수가 없을까?"

또,

"무슨 그루테기가 있어야 비비지!"

그러다가도,

"그래도 돈냥이나 엎질러 본 녀석이 벌기도 하는 게지."

하고 그야말로 무슨 그루터기만 만나면 꼭 벌기는 할 자신이었다.

그러다가 박희완 영감에게서 들은 말이었다. 관변에 있는 모 유력자를 통해 비밀리에 나온 말인데 황해 연안에 제이의 나진羅津 함경북도에 있는 항구 도시 이

생긴다는 말이었다. 지금은 관청에서만 알 뿐이나 축항 용지^{築港用地 항구를 구축하기}
^{위한 용지}는 비밀리에 매수되었으므로 불원하여 당국자로부터 공표가 있으리
라는 것이다.

"그럼, 거기가 황무진가? 전답들인가?"

초시는 눈이 뻘개 물었다.

"밭이라데."

"밭? 그럼 매 평 얼마나 간다나?"

"좀 올랐대. 관청에서 사는 바람에 아무리 시굴 사람들이기루 그만 눈치
없겠나. 그래두 무슨 일루 관청서 사는진 모르거든……"

"그래?"

"그래, 그리 오르진 않었대……. 아마 평당 이십오륙 전씩이면 살 수 있
다나 보데. 그러니 화중지병이지 뭘 허나 우리가……"

"음……"

초시는 관자놀이가 욱신거리었다. 정말이기만 하면 한 시각이라도 먼저
덤비는 놈이 더 먹는 판이다. 나진도 오륙 전 하던 땅이 한번 개항된다는 소
문이 나자 당년으로 오륙 전의 백 배 이상이 올랐고 삼사 년 뒤에는, 땅 나
름이지만 어떤 요지는 천 배 이상이 오른 데가 많다.

'다 산 나이에 오래 끌 건 뭐 있나. 당년으로 넘겨두 최소한도 오 환씩야

🔘 **소설 한 장면** 　발단　 소외된 노인들이 복덕방에 모여 소일함

무려할 테지…….'

혼자 생각한 초시는,

"대관절 어디란 말야, 거기가?"

하고 나앉으며 물었다.

"그걸 낸들 아나?"

"그럼?"

"그 모씨라는 이만 알지. 그리게 날더러 단 만 원이라도 자본을 운동하면 자기는 거기서도 어디어디가 요지라는 걸 설계도를 복사해 낸 사람이니까 그 요지만 산단 말이지, 그리구 많이두 바라지 않어, 비용 죄다 제치구 순이익의 이 할만 달라는 거야."

"그럴 테지…… 누가 그런 자국을 일러 주구 구경만 하자겠나…… 이 할이라…… 이 할……."

초시는 생각할수록 이것이 훌륭한, 그 무슨 그루터기가 될 것 같았다. 나진의 선례도 있거니와 박희완 영감 말이 만주국이 되는 바람에 중국과의 관계가 미묘해지므로 황해 연안에도 으레 나진과 같은 사명을 갖는 큰 항구가 필요할 것은 우리 상식으로도 추측할 바이라 하였다. 초시의 상식에도 그것을 믿을 수 있었다.

오늘은 오래간만에 피죤^{1930년대 조선총독부에서 만든 담배 중 하나}을 사서, 거기서 아주 한 대를 피워 물고 왔다. 어째 박희완 영감이 종일 보이지 않는다. 다른 데로 자금 운동을 다니나 보다 하였다. 서 참의는 점심 전에 나간 사람이 어디서 흥정이 한자리 떨어지느라고인지 아직 돌아오지 않는다. 안 초시는 미닫이 틀 위에서 낡은 화투를 꺼내었다.

"허, 이거 봐라!"

여간해선 잘 떨어지지 않던 거북패가 단번에 뚝 떨어진다. 누가 옆에 있어 좀 보아 줬으면 싶었다.

"아무래두 이게 심상치 않어…… 이제 재수가 티나 부다!"

초시는 반도 타지 않은 담배를 행길로 내어던졌다. 출출하던 판에 담배만 몇 대를 피고 나니 목이 컬컬해진다. 앞집 수채에는 뜨물에 떠내려가다 막힌 녹두 껍질이 그저 누렇게 보인다.

"오냐, 내년 추석엔……."

초시는 이날 저녁에 박희완 영감에게서 들은 이야기를 딸에게 하였다.

실패는 했을지라도 그래도 십수 년을 상업계에서 논 안 초시라 출자出資 자금을 내는 일를 권유하는 수작만은 딸이 듣기에도 딴사람인 듯 놀라웠다. 딸은 즉석에서는 가부를 말하지 않았으나 그의 머릿속에서도 이내 잊혀지지는 않았던지 다음 날 아침에는, 딸 편이 먼저 이 이야기를 다시 꺼내었고, 초시가 박희완 영감에게 묻던 이상으로 시시콜콜히 캐어물었다. 그러면 초시는 또 박희완 영감 이상으로 손가락으로 가리키듯 소상히 설명하였고 일 년 안에 청장淸帳 장부를 청산한다는 뜻으로, 빚 따위를 깨끗이 갚음을 이르는 말을 하더라도 최소한도로 오십 배 이상의 순이익이 날 것이라 장담 장담하였다.

딸은 솔깃했다. 사흘 안에 연구소 집을 어느 신탁 회사에 넣고 삼천 원을 돌리기로 하였다. 초시는 금시 발복發福 운이 틔어 복이 닥침이나 된 듯 뛰고 싶게 기뻤다.

"서 참의 이놈, 날 은근히 멸시했겠다. 내 굳이 널 시켜 네 집보다 난 집을 살 테다. 네깟 놈이 천생 가쾌지 별거냐⋯⋯."

그러나 신탁 회사에서 돈이 되는 날은 웬 처음 보는 청년 하나가 초시의 앞을 가리며 나타났다. 그는 딸의 청년이었다. 딸은 아버지의 손에 단 일 전도 넣지 않고 꼭 그 청년이 나서 돈을 쓰며 처리하게 하였다. 처음에는 팩 나오는 노염을 참을 수가 없었으나 며칠 밤을 지내고 나니, 적어도 삼천 원의 순이익이 오륙만 원은 될 것이라, 만 원 하나야 어디로 가랴 하는 타협이 생기어서

황해 연안에 항구 도시가 생긴다는데, 그러면 그곳 땅값이 크게 뛰리란 얘길 들었네.

거기가 어디란 말인가?

딸에게 돈을 구해 보라고 해야겠어.

📖 소설 한 장면 〔전개〕 안 초시는 박희완 영감을 통해 개발 정보를 입수함

안 초시는 으슬으슬 그, 이를테면 사위 녀석 격인 청년의 뒤를 따라나섰다.

일 년이 지났다.

모두 꿈이었다. 꿈이라도 너무 악한 꿈이었다. 삼천 원어치 땅을 사 놓고 날마다 신문을 훑어보며 수소문을 하여도 거기는 축항이 된단 말이 신문에도, 소문에도 나지 않았다. 용당포龍塘浦 황해도 해주시의 포구와 다사도多獅島 평안북도 용천군의 섬에는 땅값이 삼십 배가 올랐느니 오십 배가 올랐느니 하고 졸부들이 생겼다는 소문이 있어도 여기는 감감소식일 뿐 아니라, 나중에 역시, 이것도 박희완 영감을 통해 알고 보니 그 관변官邊 관청 측. 정부 측 모 씨에게 박희완 영감부터 속아 떨어진 것이었다. 축항 후보지로 측량까지 하기는 하였으나 무슨 결점으로인지 중지되고 마는 바람에 너무 기민하게 거기다 땅을 샀던, 그 모 씨가 그 땅 처치에 곤란하여 꾸민 연극이었다.

돈을 쓸 때는 일 원짜리 한 장 만져도 못 봤지만 벼락은 초시에게 떨어졌다. 서너 끼씩 굶어도 밥 먹을 정신이 나지도 않았거니와 밥을 먹으러 들어갈 수도 없었다.

"재물이란 친자 간의 의리도 배추 밑 도리듯 하는 건가?"

탄식할 뿐이었다. 밥보다는 술과 담배가 그리웠다. 물론 안경다리는 그저 못 고치었다. 그러나 이제는 오십 전짜리는커녕 단 십 전짜리도 얻어 볼 길이 없다.

항구 도시가 된다는 말은 어디에도 없잖아!

◯ 소설 한 장면　　위기　부동산 투자 실패에 대한 비난이 안 초시에게 돌아감

추석 가까운 날씨는 해마다의 그때와 같이 맑았다. 하늘은 천 리같이 트였는데 조각구름들이 여기저기 널리었다. 어떤 구름은 깨끗이 바래 말린 옥양목처럼 흰빛이 눈이 부시다. 안 초시는 이번에도 자기의 때 묻은 적삼 생각이 났다. 그러나 이번에는 소매 끝을 불거나 떨지는 않았다.[1] 고요히 흘러내리는 눈물을 그 더러운 소매로 닦았을 뿐이다.

여름이 극성스럽게 덥더니, 추위도 그럴 징조인지 예년보다 무서리^{그해의 가}
_{을 들어 처음 내리는 묽은 서리}가 일찍 내리었다. 서 참의가 늘 지나다니는 식은관사에는 울타리가 넘게 피었던 코스모스들이 끓는 물에 데쳐 낸 것처럼 시커멓게 무르녹고 말았다.

참의는 머리가 띵ㅡ하였다. 요즘 와서 울기 잘하는 안 초시를 한번 위로해 주려, 엊저녁에는 데리고 나와 청요릿집으로, 추어탕 집으로 새로 두 점을 치도록 돌아다닌 때문 같았다. 조반이라고 몇 술 뜨기는 했으나 혀도 그냥 뻑뻑하다. 안 초시도 그럴 것이니까 해는 벌써 오정 때지만 끌고 나와 해장술이나 먹으리라 하고 부지런히 내려와 보니, 웬일인지 복덕방이라고 쓴 베 발이 아직 내어 걸리지 않았다.

"이 사람 봐아…… 어느 땐 줄 알구 코만 고누……."

그러나 코 고는 소리는 들리지 않았다. 미닫이를 밀어젖힌 서 참의는 정신이 번쩍 났다. 안 초시의 입에는 피, 얼굴은 잿빛이다. 방 안은 움 속처럼 음습한 바람이 횡ㅡ 끼친다.

"아니?"

참의는 우선 미닫이를 닫고 눈을 비비고 초시를 들여다보았다. 안 초시는 벌써 아니요, 안 초시의 시체일 뿐, 둘러보니 무슨 약병인 듯한 것 하나가 굴러져 있다.

참의는 한참 만에야 이 일이 슬픈 일인 것을 깨달았다.

"허!"

파출소로 갈까 하다 그래도 자식한테 먼저 알려야겠다 하고 말만 듣던 그 안경화 무용 연구소를 찾아가서 안경화를 데리고 왔다. 딸이 한참 울고 난 뒤다.

---

1) 작품의 초반과는 다르게 자신의 처지를 바꿔 보려는 의지를 포기한 안 초시의 모습이 잘 드러나 있다.

"관청에 어서 알려야지?"

"아니야요. 앗으세요."

딸은 펄쩍 뛰었다.

"앗으라니?"

"저……."

"저라니?"

"제 명예도 좀……."

하고 그는 애원하였다.

"명예? 안 될 말이지, 명옐 생각하는 사람이 애빌 저 모양으루 세상 떠나게 해?"

"……."

안경화는 엎드려 다시 울었다. 그러다가 나가려는 서 참의의 다리를 끌어안고 놓지 않았다. 그리고,

"절 살려 주세요."

소리를 몇 번이나 거듭하였다.

"그럼, 비밀은 내가 지킬 테니 나 하자는 대루 할까?"

"네."

서 참의는 다시 앉았다.

"부친 위해 보험 든 거 있지?"

아니, 안 초시 자네……!

소설 한 장면　절정　절망에 빠진 안 초시가 자살함

"네, 간이 보험이야요."

"무슨 보험이든…… 얼마나 타게 되누?"

"사백팔십 원요."

"부친 위해 들었으니 부친 위해 다 써야지?"

"그럼요."

"에헴, 그럼…… 돌아간 이가 늘 속샤쓸 입구퍼 했어. 상등 털샤쓰를 사다 입히구, 그 우에 진견_{進絹 품질이 좋은 비단}으로 수의 일습_{一襲 옷, 그릇, 기구 따위의 한 벌} 구색 맞춰 짓게 허구…… 선산이 있나, 묻힐 데가?"

"웬걸요, 없어요."

"그럼 공동묘지라도 특등지루 널찍하게 사구…… 장례식을 장—하게 해야 말이지 초라하게 해 버리면 내가 그저 안 있을 게야. 알아들어?"

"네에."

하고 안경화는 그제야 핸드백을 열고 눈물 젖은 얼굴을 닦았다.

안 초시의 소위 영결식이 그 딸의 연구소 마당에서 열리었다.

서 참의와 박희완 영감은 술이 거나하게 취해 갔다. 박희완 영감이 무얼 잡혀서 가져왔다는 부의_{賻儀 상가에 부조로 보내는 돈이나 물품} 이 원을 서 참의가,

"장례비가 넉넉하니 자네 돈 그 계집애 줄 거 없네."

하고 우선 술집에 들러 거나하게 곱빼기들을 한 것이다.

영결식장에는 제법 반반한 조객들이 모여들었다. 예복을 차리고 온 사람도 두엇 있었다. 모두 고인을 알아 온 것이 아니요, 무용가 안경화를 보아온 사람들 같았다. 그중에는, 고인의 슬픔을 알아 우는 사람인지, 덩달아 기분으로 우는 사람인지 울음을 삼키느라고 끽끽 하는 사람도 있었다. 안경화도 제법 눈이 젖어 가지고 신식 상복이라나 공단 같은 새까만 양복으로 관 앞에 나와 향불을 놓고 절하였다.[1] 그 뒤를 따라 한 이십 명 관 앞에 와 꾸벅거리었다. 그리고 무어라고 지껄이고 나가는 사람도 있었다.

그들의 분향이 거의 끝난 듯하였을 때,

"에헴!"

하고 얼굴이 시뻘건 서 참의도 한마디 없을 수 없다는 듯이 나섰다. 향을

---

1) 생전에 제대로 모시지 못한 아버지의 장례식을 화려하게 치르는 딸 안경화나 고인을 잘 알지도 못하면서 슬퍼하는 시늉을 하는 사람들의 모습을 통해 새로운 세대의 위선적 모습을 비판하고 있다.

한 움큼이나 집어 놓아 연기가 시커멓게 올려 솟더니 불이 일어났다. 후—
후— 불어 불을 끄고, 수염을 한번 쓰다듬고 절을 했다. 그리고 다시,

"헴……."

하더니 조사를 하였다.

"나 서참일세, 알겠나? 흥…… 자네 참 호살세 호사야…… 잘 죽었느니.
자네 살았으문 이만 호살 해 보겠나? 인전 ^{이제는} 안경다리 고칠 걱정두 없
구…… 아무튼지……."[1]

하는데 박희완 영감이 들어서더니,

"이 사람 취했네그려."

하며 서 참의를 밀어냈다.

박희완 영감도 가슴이 답답하였다. 분향을 하고 무슨 소리를 한마디 했
으면 속이 후련히 트일 것 같아서 잠깐 멈칫하고 서 있어 보았으나,

"으흐흑……."

하고 울음이 먼저 터져 그만 나오고 말았다.

서 참의와 박희완 영감도 묘지까지 나갈 작정이었으나 거기 모인 사람들
이 하나도 마음에 들지 않아 도로 술집으로 내려오고 말았다.

안 초시, 자네 참 호살세 호사야……
이제는 안경다리 고칠 걱정두 없구…….

아이고,
이 사람아…….

⏲ **소설 한 장면** **결말** 장례식에 참석한 서 참의와 박희완 영감은 울분에 찬 눈물을 흘림

---

1) 죽어서야 좋은 대접을 받게 된 안 초시의 상황을 반어적으로 표현했다.

🔭 생각해 볼까요?

선생님 서 참의와 안 초시의 성격을 비교해 볼까요?
💬 1 ❤️ 1

↳ **학생 1** 서 참의는 훈련원 참의를 지냈었고 지금은 복덕방을 운영하고 있어요. 가끔은 자신의 신세를 한탄하며 훈련원 시절을 그리워하기도 하지만 긍정적이고 낙천적인 인생관을 가진 인물이에요. 이에 반해 안 초시는 현실에 만족하지 못해 불만이 많아요. 그래서 말끝마다 "젠장."이라고 덧붙여요. 마지막에는 삶을 비관해 스스로 목숨을 끊는 극단적인 선택을 하는 인물이에요.

선생님 이 작품의 제목이기도 한 '복덕방'의 의미는 무엇일까요?
💬 1 ❤️ 1

↳ **학생 1** 복덕방은 구세대로 대표되는 세 노인이 모여 서로 소통하며 위로하는 공간이에요. 그러나 이 복덕방에서 안 초시가 생을 마감함으로써 비극을 더욱 극대화시키는 공간이기도 해요.

선생님 안 초시는 결말에서 스스로 생을 마감하는 비극적인 인물이에요. 안 초시가 목숨을 끊은 이유를 표면적 이유와 이면적 이유로 구분하여 이야기해 볼까요?
💬 2 ❤️ 2

↳ **학생 1** 표면적 이유는 부동산 투자 실패 때문이에요. 딸과 딸의 약혼자까지 동원하였는데 큰 돈을 잃게 되자 좌절하여 삶에 대한 의욕을 잃었을 거예요.

↳ **학생 2** 이면적 이유는 새로운 사회에 적응하지 못하는 자신의 모습, 딸의 냉대로 느낀 슬픔과 비참함 때문이에요. 이러한 상황 속에서 받은 깊은 상처는 결국 안 초시가 세상을 등지게 만들었어요.

선생님 안경화는 서 참의에게 아버지의 죽음에 대해 관청에 알리지 말라고 부탁해요. 그 이유는 무엇일까요?
💬 1 ❤️ 1

↳ **학생 1** 자신의 체면 때문이에요. 유명인인 안경화의 아버지가 스스로 목숨을 끊었다는 소식이 알려지면 언론에서 그 사연에 대해서 보도하려 할 거예요. 그러면 안경화가 아버지를 잘 못 모신 사람으로 손가락질 당할 수 있기 때문에 숨기려는 거라고 생각해요.

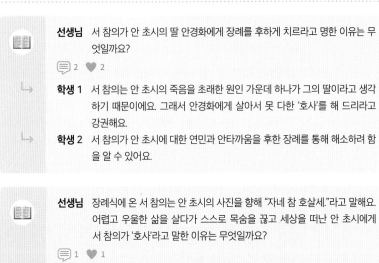

선생님 서 참의가 안 초시의 딸 안경화에게 장례를 후하게 치르라고 명한 이유는 무엇일까요?

💬 2 🤍 2

학생 1 서 참의는 안 초시의 죽음을 초래한 원인 가운데 하나가 그의 딸이라고 생각하기 때문이에요. 그래서 안경화에게 살아서 못 다한 '호사'를 해 드리라고 강권해요.

학생 2 서 참의가 안 초시에 대한 연민과 안타까움을 후한 장례를 통해 해소하려 함을 알 수 있어요.

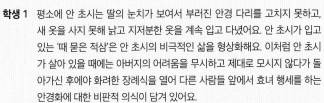

선생님 장례식에 온 서 참의는 안 초시의 사진을 향해 "자네 참 호살세."라고 말해요. 어렵고 우울한 삶을 살다가 스스로 목숨을 끊고 세상을 떠난 안 초시에게 서 참의가 '호사'라고 말한 이유는 무엇일까요?

💬 1 🤍 1

학생 1 평소에 안 초시는 딸의 눈치가 보여서 부러진 안경 다리를 고치지 못하고, 새 옷을 사지 못해 낡고 지저분한 옷을 계속 입고 다녔어요. 안 초시가 입고 있는 '때 묻은 적삼'은 안 초시의 비극적인 삶을 형상화해요. 이처럼 안 초시가 살아 있을 때에는 아버지의 어려움을 무시하고 제대로 모시지 않다가 돌아가신 후에야 화려한 장례식을 열어 다른 사람들 앞에서 효녀 행세를 하는 안경화에 대한 비판적 의식이 담겨 있어요.

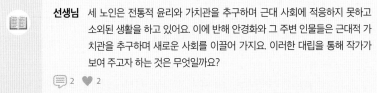

선생님 세 노인은 전통적 윤리와 가치관을 추구하며 근대 사회에 적응하지 못하고 소외된 생활을 하고 있어요. 이에 반해 안경화와 그 주변 인물들은 근대적 가치관을 추구하며 새로운 사회를 이끌어 가요. 이러한 대립을 통해 작가가 보여 주고자 하는 것은 무엇일까요?

💬 2 🤍 2

학생 1 작가는 전통적인 가치를 중시하며 시대의 변화에 적응하지 못하는 구세대와 공동체적 가치보다는 개인의 자아 성취를 중시하는 신세대의 갈등을 보여 주고 있어요. 이러한 대립은 세대 간의 소통 단절, 가족 공동체 파괴 등 여러 가지 문제점을 불러 일으켜요.

학생 2 현대 사회에서 일어나는 가족 공동체의 변화와 고령화 시대에서의 노인 소외가 생각나요.

선생님 이태준의 작품 「복덕방」과 「돌다리」는 모두 세대 간의 갈등을 다룬 작품이에요. 두 작품은 아버지와 자식이 겪는 가치관의 차이에 대해 다루고 있어요. 아버지 세대는 정신적 가치, 자식 세대는 물질적 가치를 중시한다는 점도 공통점이에요. 그렇다면 두 작품에서 드러나는 갈등의 차이점이 무엇일까요?

 2 🖤 2

학생 1 「복덕방」에서 아버지는 소외된 약자라고 볼 수 있어요. 무기력하고 딸 앞에서 자신의 의견을 제대로 주장하지 못하는 데다가 비극적 결말을 맞는 인물이에요. 그러나 「돌다리」의 아버지는 자신의 생각을 아들에게 분명하게 주장하고 아들도 이를 존중한다는 점이 달라요.

학생 2 「복덕방」에서는 자식인 안경화에 대한 비판적 시각이 드러나는 데 비해, 「돌다리」에서는 자식인 창섭에 대해 비판적 시각이 드러나지 않는다는 점도 차이점이에요.

최승희 ▼ 🔍

연관 검색어 최초의 여성 현대 무용가 월북 안경화 실제 모델

최승희는 우리나라 최초의 여성 현대 무용가이다. 일본에서 서구식 현대 무용을 배운 뒤 우리나라 무용계를 주도하였다. 최승희는 1929년 서울에 자신의 이름으로 무용 연구소를 세운 후 다양한 작품을 발표하였다. 하지만 태평양 전쟁 중 일제의 강요로 일본군을 위해 위문 공연을 한 것 때문에 광복 후 친일파라는 비난에 시달리게 되었다. 이러한 비난을 피해 1947년 남편 안막을 따라 월북했으나, 1967년 남편과 함께 숙청을 당한 것으로 알려져 있다.

한편 최승희는 숙명 여학교를 다닐 때 가세가 기울어 장학금을 받아가며 겨우 학교에 다닐 수 있었다고 한다. 이러한 경험 때문인지 몰라도 무용가로 성공한 이후에도 금전적인 문제에서는 매우 인색하게 굴었다고 한다. 일설에 의하면 「복덕방」에 등장하는 안경화가 무용가 최승희를 모델로 했다는 말이 있다.

돌다리

#부자간의대립 #물질주의비판 #가치관대립 #결별의심사

⚓ 작품 길잡이

갈래: 순수 소설
배경: 시간 - 1930년대 / 공간 - 농촌 마을
시점: 3인칭 전지적 작가 시점
주제: 땅의 가치에 대한 인식과 물질 만능 사회에 대한 비판
출전: 〈국민문학〉(1943)

📷 인물 관계도

아버지

어머니

창섭

창옥

아버지	땅에 대한 애착과 신념이 강한 인물로 전통적 가치관을 지니고 있다.
창섭	아버지에게 병원 확장을 위해 땅을 팔자고 제안하는 인물로 근대적 가치관을 지니고 있다.

📑 구성과 줄거리

발단   아버지의 뜻을 어기고 의사가 된 창섭이 고향을 찾아옴

농업 학교로 진학하라는 아버지의 뜻을 어기고 의사가 된 창섭은 맹장 수술 분야의 권위자가 된다. 창섭은 아버지에게 병원 증설 자금을 얻기 위해 고향을 찾는다. 고향 어귀에 들어선 창섭은 의사의 오진으로 일찍 생을 마감한 누이 창옥의 묘를 보며 좋은 병원을 지을 기대에 부푼다.

전개   창섭은 자금을 얻기 위해 아버지를 설득함

동네에서 근검하기로 소문난 창섭의 아버지는 논밭을 가꾸는 일에 모든 정성을 들인다. 창섭이 마을에 들어서는데 아버지는 장마 때 내려앉은 돌다리를 고치고 있다. 부모를 서울로 모시고 올 생각을 굳힌 창섭은 땅을 팔아 병원을 지으면 큰 이득이 남는다고 아버지를 설득한다.

위기   아버지는 땅을 지키며 살겠다는 의지를 밝힘

아버지는 조상들과 연계된 땅에 얽힌 이야기를 털어놓고 땅이란 천지 만물의 근거라며 땅에 대한 애착을 보인다.

절정   아버지는 훗날 땅을 진심으로 소중히 여기는 사람에게 팔겠다고 함

아버지는 땅을 돈으로 여기지 않고 진심으로 소중히 여기는 사람에게 팔겠다고 말한다. 아버지는 자신의 신념을 무시하지 말아 달라는 당부를 하고 자리에서 일어나 돌다리를 고치러 나간다. 아버지에게 존경심을 느낀 창섭은 자신의 계획이 무산된 것을 당연히 여기면서도 아버지와 자신의 세계가 격리되는 결별의 심사를 체험한다.

결말   아버지는 고쳐 놓은 돌다리에 나가 땅의 소중함을 되새김

창섭은 아버지가 정성을 다해 고친 돌다리를 건너 서울로 올라가고 아버지는 그런 창섭의 뒷모습을 안타까운 마음으로 바라본다.

돌다리

정거장에서 샘말 십 리 길을 내려오노라면 반이 될락 말락 한 데서부터 샘말 동네보다는 그 건너편 산기슭에 놓인 공동묘지가 먼저 눈에 뜨인다.

창섭은 잠깐 걸음을 멈추고까지 바라보았다.

봄에 올 때 보면, 진달래가 불붙듯 피어 올라가는 야산이다. 지금은 단풍 철도 지나고 누르테테한 가닥나무 '떡갈나무'의 방언 들만 묘지를 둘러, 듣지 않아도 적막한 버스럭 소리만 울릴 것 같았다. 어느 것이라고 집어낼 수는 없어도, 창옥의 무덤이 어디쯤이라고는 짐작이 된다. 창섭은 마음으로 '창옥아' 불러 보며 묵례^{默禮} 말없이 고개만 숙이는 인사 를 보냈다.

다만 오뉘뿐으로 나이가 훨씬 떨어진 누이였었다. 지금도 눈에 선―하다. 자기가 마침 방학으로 와 있던 여름이었다. 창옥은 저녁 먹다 말고 갑자기 복통으로 뒹굴었다. 읍으로 뛰어 들어가 의사를 청해 왔다. 의사는 주사를 놓고 들어갔다. 그러나 밤새도록 열은 내리지 않았고 새벽녘엔 아파하는 것도 더해 갔다. 다시 의사를 데리러 갔으나 의사는 바쁘다고 환자를 데려오라 하였다. 하라는 대로 환자를 데리고 들어갔으나 역시 오진^{誤診} 병을 그릇되게 진단함 을 했었다. 다시 하루를 지나 고름이 터지고 복막이 절망적으로 상해 버린 뒤에야 겨우 맹장염인 것을 알아낸 눈치였다.

그때 창섭은, 자기도 어른이기만 했으면 필시 의사의 멱살을 들었을 것이었다. 이런, 누이의 허무한 주검에서 창섭은 뜻을 세워, 아버지가 권하는 고농^{高農} '고등 농림 학교'를 줄여 이르는 말 을 마다하고 의전^{醫專} '의학 전문학교'를 줄여 이르는 말 으로 들어갔고, 오늘에 이르르는, 맹장 수술로는 서울서도 정평이 있는 한 권위가 된 것이다.

'창옥아, 기뻐해 다구. 이번에 내 병원이 좋은 건물을 만나 커지는 거다. 개인 병원으론 제일 완비한 수술실이 실현될 거다! 입원실 부족도 해결될 거다. 네 사진을 확대해 내 새 진찰실에 걸어 노마⋯⋯.'

창섭은 바람도 쌀쌀할 뿐 아니라 오후 차로 돌아가야 할 길이라 걸음을 재우쳤다 빨리 몰아치거나 재촉하다 .

길은 그전보다 넓어도 졌고 바닥도 평탄하였다. 비나 오면 진흙에 헤어 날 수 없었는데 복판으로는 자갈이 깔리고 어떤 목은 좁아서 소바리 등에 짐을 실

^{은소.또는그집}가 논으로 미끄러져 들어가기 십상이었는데 바위를 갈라내어서까지 일매지게^{모두 다 고르고 가지런하게} 넓은 길로 닦아졌다. 창섭은 '이럴 줄 알았더면 정거장에서 자전거라도 빌려 타고 올걸.' 하였다.

눈에 익은 정자나무 선 논이며 돌각 담^{돌로 쌓은 담}을 두른 밭들도 나타났다. 자기 집 논과 밭들이었다. 논둑에 선 정자나무는 그전부터 있은 것이나 밭에 돌각 담들은 아버지께서 손수 쌓으신 것이다.

창섭의 아버지는 근검^{勤儉}으로 근방에 소문난 영감이다. 그러나 자기 대에 와서는 밭 하루갈이도 늘쿠지는^{'늘리다'의 방언} 못한 것으로도 소문난 영감이다. 곡식값보다는 다른 물가들이 높아졌을 뿐 아니라 전대^{前代}에는 모르던 아들의 유학이란 것이 큰 부담인 데다가,

"할아버니와 아버니께서 나를 부자 소린 못 들어도 굶는단 소린 안 듣고 살도록 물려주시구 가셨다. 드럭드럭 탐내 모아선 뭘 허니, 할아버니께서 쇠똥을 맨손으로 움켜다 넣시던 논, 아버니께서 멍덜^{자갈밭}을 손수 이룩허신 밭을 더 건^{기름진} 논으로 더 기름진 밭이 되도록, 닦달만 해 가기에도 내겐 벅찬 일일 게다."

하고 절용^{節用 아껴 씀}해 쓰고 남는 돈이 있으면 그 돈으로는 품을 몇씩 들여서까지 비뚠 논배미를 바로잡기, 밭에 돌을 추려 바람맞이로 담을 두르기, 개울엔 둑막이하기, 그러다가 아들이 의사가 된 후로는, 아들 학비로 쓰던 몫

창옥아, 기뻐해다오.
완벽한 병원을 만들 거다!

🔲 소설 한 장면　발단　아버지의 뜻을 어기고 의사가 된 창섭이 고향을 찾아옴

까지 들여서 동네 길들은 물론, 읍 길과 정거장 길까지 닦아 놓았다. 남을 주면 땅을 버린다고 여간 근실한 자국이 아니면 소작을 주지 않았고, 소를 두 필이나 매고 일꾼을 세 명씩이나 두고 적지 않은 전답을 전부 자농^{自農 자작농}으로 버티어 왔다. 실속이 타작^{打作 거둔 곡물을 지주와 소작인이 일정한 비율에 따라 나누어 가지는 소작 제도}만 못하다는 둥, 일꾼 셋이 저희 농사해 가지고 나간다는 둥 이해만을 따져 비평하는 소리가 많았으나 창섭의 아버지는 땅을 위해서는 자기의 이해^{利害 이익}^{과 損害 손해}만으로 타산하려 하지 않았다. 이와 같은 임자를 가진 땅들이라 곡식은 거둔 뒤 그루만 남은 논과 밭이되, 그 바닥들의 고름, 그 언저리들의 바름, 흙의 부드러움이 마치 시루떡 모판이나 대하는 것처럼 누구의 눈에나 탑스럽게 흐뭇해 보였다.

이런 땅을 팔기에는, 아무리 수입은 몇 배 더 나은 병원을 늘쿠기 위해서나 아버지께 미안하지 않을 수 없었다. 그러나 잡히기나 해 가지고는 삼만 원 돈을 만들 수가 없었고, 서울서 큰 양관^{洋館 양옥. 서양식의 집}을 손에 넣기란 돈만 있다고도 아무 때나 될 일이 아니었다.

'아버지께선 내년이 환갑이시다! 어머니께선 겨울이면 해마다 기침이 도지신다. 진작부터 내가 모셔야 했을 거다. 그런데 내가 시골로 올 순 없고, 천생 부모님이 서울로 가시어야 한다. 한동네서도 땅을 당신만치 못 거둘 사람에겐 소작을 주지 않으셨다. 땅 전부를 소작을 내어 맡기고는 서울 가 편안히 계실 날이 하루도 없으실 게다. 아버님의 말년을 편안히 해 드리기 위해서도 땅은 전부 없애 버릴 필요가 있는 거다!'

창섭은 샘말에 들어서자 동구에서 이내 아버지를 뵐 수가 있었다. 아버지는, 가에는 살얼음이 잡힌 찬물에 무릎까지 걷고 들어서서 동네 사람들을 축추겨^{부추기어} 돌다리를 고치고 계시었다.

"어떻게 갑재기 오느냐?"

"네, 좀 급히 여쭤봐야 할 일이 생겼습니다."

"그래? 먼저 들어가 있거라."

동네 사람 수십 명이 쇠고삐^{소의 굴레에 매단 줄} 두 기장은 흘러내려간 다릿돌^{개울이나 도랑을 건널 때 디디기 위해 띄엄띄엄 놓은 돌}을 동아줄에 얽어 끌어올리고 있었다. 개울은 동네 복판을 흐르고 있어 아래위로 징검다리는 서너 군데나 놓였으나 하룻밤 비에도 일쑤 넘치어 모두 이 큰 돌다리로 통행하던 것이었다. 창섭은 어려서 아버지께 이 큰 돌다리의 내력을 들은 것이 아직도 기억에 남아 있다.

"너희 증조부님 돌아가시어서다. 산소에 상돌^{무덤 앞에 제물을 차려 놓기 위해 넓적한 돌로 만들어} 놓은상을 해 오시는데 징검다리로야 건네 올 수가 있니? 그래 너희 조부님께서 다리부터 이렇게 넓구 튼튼한 돌루 노신 거란다."

그 후 오륙십 년 동안 한 번도 무너진 적이 없었는데 몇 해 전 어느 장마엔 어찌 된 셈인지 가운데 제일 큰 장이 내려앉아 떠내려갔던 것이다. 두께가 한 자는 실하고 폭이 여섯 자, 길이는 열 자가 넘는 자연석 그대로라 여간 몇 사람의 힘으로는 손을 댈 염두부터 나지 못하였다. 더구나 불과 수십보 이내에 면^面의 보조를 얻어 난간까지 달린 한다한 나무다리가 놓인 뒤에 일이라 이 돌다리는 동네 사람들에게 완전히 잊힌 채 던져져 있던 것이었다.[1]

집에 들어가니, 어머니는 다리 고치는 사람들 점심을 짓느라고, 역시 여러 명의 동네 여편네들과 허둥거리고 계시었다.

"웬일인데 어째 혼자만 오느냐?"

어머니는 손자 아이들부터 보이지 않음을 물으신다.

"오늘루 가야겠어서 아무두 안 데리구 왔습니다."

"오늘루 갈 걸 뭘 허 오누?"

"인전 어머니서껀 서울로 모셔 갈 채빌 허러 왔다우."

"서울루! 제발 아이들허구 한데서 살아 봤음 원이 없겠다."

하고 어머니는 땅보다, 조상님들 산소나 사당보다 손자 아이들에게 더 마음이 끌리시는 눈치였다. 그러나 아버지만은 그처럼 단순히 들떠질 마음이 아니었다.

아버지는 아들의 뒤를 쫓아 이내 개울에서 들어왔다. 아들은, 의사인 아들은, 마치 환자에게 치료 방법을 이르듯이, 냉정히 차근차근히 이야기를 시작하였다. 외아들인 자기가 부모님을 진작 모시지 못한 것이 잘못인 것, 한집에 모이려면 자기가 병원을 버리기보다는 부모님이 농토를 버리시고 서울로 오시는 것이 순리인 것, 병원은 나날이 환자가 늘어 가나 입원실이 부족되어 오는 환자의 삼분지 일밖에 수용 못 하는 것, 지금 시국에 큰 건물을 새로 짓기란 거의 불가능의 일인 것,[2] 마침 교통 편한 자리에 삼 층 양옥

---

1) 나무다리는 돌다리와 대비되는 소재로 튼튼진 않지만 쉽게 만들 수 있다. 효율성만을 중시하는 근대 사회를 상징한다.

2) 국가 총동원법이 내려져 물자가 부족하고 근검절약이 강조되던 일제 말기의 시대상이 반영되어 있다.

이 하나 난 것, 인쇄소였던 집인데 전체가 콘크리트여서 방화 방공으로 가치가 충분한 것, 삼 층은 살림집과 직공들의 합숙실로 꾸미었던 것이라 입원실로 변장하기에 용이한 것, 각 층에 수도·가스가 다 들어온 것, 그러면서도 가격은 염한¹ 것, 염하기는 하나 삼만 이천 원이라, 지금의 병원을 팔면 일만 오천 원쯤은 받겠지만 그것은 새집을 고치는 데와, 수술실의 기계를 완비하는 데 다 들어갈 것이니 집값 삼만 이천 원은 따로 있어야 할 것, 시골에 땅을 둔대야 일 년에 고작 삼천 원의 실리가 떨어질지 말지 하지만 땅을 팔아다 병원만 확장해 놓으면, 적어도 일 년에 만 원 하나씩은 이익을 뽑을 자신이 있는 것, 돈만 있으면 땅은 이담에라도, 서울 가까이라도 얼마든지 좋은 것으로 살 수 있는 것……. 아버지는 아들의 의견을 끝까지 잠잠히 들었다. 그리고,

"점심이나 먹어라. 나두 좀 생각해 봐야 대답허겠다."

하고는 다시 개울로 나갔고, 떨어졌던 다릿돌을 올려놓고야 들어와 그도 점심상을 받았다.

점심을 자시면서였다.

"원, 요즘 사람들은 힘두 줄었나 봐! 그 다리 첨 놀 제 내가 어려서 봤는데 불과 여남은이서 거들던 돌인데 장정 수십 명이 한나잘을 씨름을 허다니!"

"나무다리가 있는데 건 왜 고치시나요?"

농사를 지어봤자 삼천 원의 이익밖에 안 남습니다. 땅을 팔아 병원을 확장하면…….

🖐 소설 한 장면 　전개　 창섭은 자금을 얻기 위해 아버지를 설득함

"너두 그런 소릴 허는구나. 나무가 돌만 허다든? 넌 그 다리서 고기 잡던 생각두 안 나니? 서울루 공부 갈 때 그 다리 건너서 떠나던 생각 안 나니? 시체時體 요즘 사람들은 모두 인정이란 게 사람헌테만 쓰는 건 줄 알드라! 내 할아버니 산소에 상돌을 그 다리루 건네다 모셨구, 내가 천잘천자문을 끼구 그 다리루 글 읽으러 댕겼다. 네 어미두 그 다리루 가말 타구 내 집에 왔어. 나 죽건 그 다리루 건네다 묻어라……. 난 서울 갈 생각 없다."

"네?"

"천금이 쏟아진대두 난 땅은 못 팔겠다. 내 아버님께서 손수 이룩허시는 걸 내 눈으루 본 밭이구, 내 할아버님께서 손수 피땀을 흘려 모신 돈으루 장만허신 논들이야. 돈 있다고 어디가 느르지 논 같은 게 있구, 독시장 밭 같은 걸 사? 느르지 논둑에 선 느티나문 할아버님께서 심으신 거구, 저 사랑마당엣 은행나무는 아버님께서 심으신 거다. 그 나무 밑에를 설 때마다 난 그 어룬들 동상銅像이나 다름없이 경건한 마음이 솟아 우러러보군 헌다. 땅이란 걸 어떻게 일시 이해를 따져 사구팔구 허느냐? 땅 없어 봐라, 집이 어딨으며 나라가 어딨는 줄 아니? 땅이란 천지 만물의 근거야. 돈 있다구 땅이 뭔지두 모르구 욕심만 내 문서 쪽으로 사 모기만 하는 사람들, 돈놀이처럼 변리邊利 남에게 돈을 빌려 쓴 대가로 치르는 일정한 비율의 돈만 생각허구 제 조상들과 그 땅과 어떤 인연이란 건 도시도무지 생각지 않구 헌신짝 버리듯 하는 사람들, 다 내 눈엔 괴이한 사람들루밖엔 뵈지 않드라."

"……."

"네가 뉘 덕으루 오늘 의사가 됐니? 내 덕인 줄만 아느냐? 내가 땅 없이 뭘루? 밭에 가 절하구 논에 가 절해야 쓴다. 자고로 하눌 하눌 허나 하눌의 덕이 땅을 통허지 않군 사람헌테 미치는 줄 아니? 땅을 파는 건 그게 하눌을 파나 다름없는 거다."

"……."

"땅을 밟구 다니니까 땅을 우섭게들 여기지? 땅처럼 응과應果 결과가 분명헌 게 무어냐? 하눌은 차라리 못 믿을 때두 많다. 그러나 힘들이는 사람에겐 힘들이는 만큼 땅은 반드시 후헌 보답을 주시는 거다. 세상에 흔해 빠진 지주들, 땅은 작인들헌테나 맡겨 버리구, 떡 도회지에 가 앉어 소출所出 논밭에서 나는 곡식은 팔어다 모다 도회지에 낭비해 버리구, 땅 가꾸는 덴 단돈 일 원을 벌벌 떨구, 땅으루 살며 땅에 야박한 놈은 자식으로 치면 후레자식 셈이야.

땅이 말을 할 줄 알어 봐라? 배가 고프단 땅이 얼마나 많을 테냐? 해마다 걷어만 가구, 땅은 자갈밭이 되니 아나? 둑이 떠나가니 아나? 거름 한 번을 제대로 넣나? 정 급허게 돼 작인이 우는소리나 해야 요즘 너희 신의新醫 '양의'를 이르는 말들 주사침 놓듯, 애꿎인 금비金肥 화학 비료. 돈을 주고 사서 쓰는 거름만 갖다 털어 넣지. 그렇게 땅을 홀댈푸대접 허군 인제 죽어서 땅이 무서서 어디루들 갈 텐구!"

창섭은 입이 얼어 버리었다. 손만 부비었다.[1] 자기의 생각은 너무나 자기 본위였던 것을 대뜸 깨달았다. 땅에는 이해를 초월한 일종 종교적 신념을 가진 아버지에게 아들의 이단적異端的인 계획이 용납될 리 만무였다. 아버지는 상을 물리고도 말을 계속하였다.

"너루선 어떤 수단을 쓰든지 병원부터 확장허려는 게 과히 엉뚱헌 욕심은 아닐 줄두 안다. 그러나 욕심을 부런 못 쓰는 거다. 의술은 예로부터 인술仁術이라지 않니? 매살모든 일을 순탄허게 진실허게 해라."

"……."

"네가 가업을 이어 나가지 않는다군 탄허지나무라지 않겠다. 넌 너루서 발전헐 길을 열었구, 그게 또 모리지배謀利之輩 온갖 수단과 방법으로 남 생각은 않고 자신의 이익만을 꾀하는 사람. 또는 그런 무리의 악업이 아니라 활인活人 사람의 목숨을 살림 허는 인술이구나! 내가 어떻게

땅은 못 팔겠다. 내 아버지가 손수 지은 밭이고, 할아버지가 피땀 흘려 모은 돈으로 산 땅이다.

📷 소설 한 장면 　위기　 아버지는 땅을 지키며 살겠다는 의지를 밝힘

1) 땅을 팔려고 했던 자기 생각이 잘못된 것임을 깨달은 창섭의 심리가 행동으로 암시되고 있다.

불평을 말허니? 다만 삼사 대 집안에서 공들여 이룩해 논 전장田莊논밭을 남의 손에 내맡기게 되는 게 저윽짼 애석헌 심사가 없달 순 없구……."

"팔지 않으면 그만 아닙니까?"

"나 죽은 뒤에 누가 거두니? 너두 이제두 말했지만 너두 문서 쪽만 쥐구 서울 앉어 지주 노릇만 허게? 그따위 지주허구 작인 틈에서 땅들만 얼말 곯는지 아니? 안 된다. 팔 테다. 나 죽을 임시臨時무렵엔 다 팔 테다. 돈에 팔 줄 아니? 사람헌테 팔 테다. 건너 용문이는 우리 느르지 논 같은 건 한 해만 부쳐 보구 죽어두 농군으로 태났던 걸 한허지 않겠다구 했다. 독시장 밭을 내논다구 해 봐라, 문보나 덕길이 같은 사람은 길바닥에 나앉드라두 집을 팔아 살려구 덤빌 게다. 그런 사람들이 땅 임자 안 되구 누가 돼야 옳으냐? 그러니 아주 말이 난 김에 내 유언이다. 그런 사람들 무슨 돈으로 땅값을 한몫 내겠니? 몇몇 해구 그 땅 소출을 팔아 연년이 갚어 나가게 헐 테니 너두 땅값을랑 그렇게 받어 갈 줄 미리 알구 있거라. 그리구 네 모母어머니가 먼저 가면 내가 묻을 거구, 내가 먼저 가게 되면 네 모만은 네가 서울루 그때 데려가렴. 난 샘말서 이렇게 야인野人으로나 죄 없는 밥을 먹다 야인인 채 묻힐 걸 흡족히 여긴다."

"……."

> 내가 죽을 때나 되면 땅을 소중히 여길 사람에게 팔 것이다. 이 늙은이한테도 신념이 있다는 걸 무시하지 말아다오.

> 아버지와 나의 세계는 다르구나. 하지만 역시 아버지는 훌륭한 분이시다!

📖 소설 한 장면 절정 아버지는 훗날 땅을 진심으로 소중히 여기는 사람에게 팔겠다고 함

"자식의 젊은 욕망을 들어 못 주는 게 애비 된 맘으루두 섭섭허다. 그러나 이 늙은이헌테두 그만 신념쯤 지켜 오는 게 있다는 걸 무시하지 말어 다구."

아버지는 다시 일어나 담배를 피우며 다리 고치는 데로 나갔다. 옆에 앉았던 어머니는 두 눈에 눈물을 쭈루루 흘리었다.

"너이 아버지가 여간 고집이시냐?"

"아뇨, 아버지가 어떤 어른이신 건 오늘 제가 더 잘 알았습니다. 우리 아버진 훌륭헌 인물이십니다."

그러나 창섭도 코허리가 찌르르하였다. 자기가 계획하고 온 일이 실패한 것쯤은 차라리 당연하게 생각되었고, 아버지와 자기와의 세계가 격리되는 일종의 결별訣別의 심사를 체험하는 때문이었다.[1]

아들은 아버지가 고쳐 놓은 돌다리를 건너 저녁차를 타러 가 버리었다. 동구 밖으로 사라지는 아들의 뒷모양을 지키고 섰을 때, 아버지의 마음도, 정말 임종에서 유언이나 하고 난 것처럼 외롭고 한편 불안스러운 심사조차 설레었다.

아버지는 종일 개울에서 허덕였으나 저녁에 잠도 달게 오지 않았다. 젊어서 서당에서 읽던 백낙천白樂天 중국 당나라의 시인 백거이의 시가 다 생각이 났다. 늙은 제비 한 쌍을 두고 지은 노래였다. 제 배 속이 고픈 것은 참아 가며 입에 얻어 문 것은 새끼들부터 먹여 길렀으나, 새끼들은 자라서 나래에 힘을 얻자 어디로인지 저희 좋을 대로 다 날아가 버리어, 야위고 늙은 어버이 제비 한 쌍만 가을바람 소슬한 추녀 끝에 쭈그리고 앉아 있는 광경을 묘사하였고, 나중에는, 그 늙은 어버이 제비들을 가리켜, 새끼들만 원망하지 말고, 너희들이 새끼 적에 역시 그러했음도 깨달으라는 풍자諷刺의 시였다.

'흥!'

노인은 어두운 천장을 향해 쓴웃음을 짓고 날이 밝기를 기다려 누구보다도 먼저 어제 고쳐 놓은 돌다리를 보러 나왔다.

흙탕이라고는 어느 돌 틈에도 남아 있지 않았다. 첫 곬으로도, 가운뎃곬으로도 끝엣곬으로도 맑기만 한 소담한넉넉해 부족함이 없는 물살이 우쭐우쭐 춤추며 빠져 내려갔다. 가운뎃장으로 가 쾅 굴러 보았다. 발바닥만 아플 뿐 끄떡

---

1) 창섭은 아버지의 생각을 이해하고 훌륭하다고 인정하지만 아버지와 똑같은 가치관을 가질 수 없다는 걸 깨달아 일종의 결별의 심사를 체험하는 것이다.

이 있을 리 없다. 노인은 쪼루루 집으로 들어와 소금 접시와 낯 수건을 가지고 나왔다. 제일 낮은 받침돌에 내려앉아 양치를 하고 세수를 하였다. 나중에는 다시 이가 저린 물을 한입 물어 마시며 일어섰다. 속에 모든 게 씻기는 듯 시원하였다. 그리고 수염에 물을 닦으며 이렇게 생각하였다.

'비가 아무리 쏟아져도 어떤 한정을 넘는 법은 없다. 물이 분수없이 늘어 떠내려갔던 게 아니라 자갈이 밀려 내려와 물구멍이 좁아졌든지, 그렇지 않으면, 어느 받침돌의 밑이 물살에 궁굴려 쓰러졌던 그런 까닭일 게다. 미리 바닥을 치고 미리 받침돌만 제대로 보살펴 준다면 만년을 간들 무너질 리 없을 게다. 그저 늘 보살펴야 허는 거다. 사람이란 하눌 밑에 사는 날까진 하루라도 천리天理에 방심을 해선 안 되는 거다······.'

사람이란 하늘 밑에 사는 날까지 천리에 방심을 해선 안 되는 거다.

🕐 소설 한 장면　　결말　아버지는 고쳐 놓은 돌다리에 나가 땅의 소중함을 되새김

🔭 생각해 볼까요?

선생님 작품에서 '돌다리'는 아버지 세대의 자연 중심적 가치관을 상징해요. 즉, 농촌 공동체가 지니고 있던 전통적 세계를 의미하죠. 그러므로 아버지는 돌다리를 단순한 다리가 아닌 가족사의 일부라 생각하고 있어요. 이러한 '돌다리'와 '돌다리를 고치는 행위'는 아버지에게 어떤 의미인지 말해볼까요?

 3 ♥ 3

학생 1 돌다리에는 땅, 고향에 대한 아버지의 애착이 담겨 있어요. 돌다리는 아버지가 글을 배우러 다니던 다리이자 어머니가 시집올 때 건넌 다리예요. 조상의 상돌을 옮겼던 다리이고 아버지 자신이 죽어서 건널 다리이기도 해요. 이러한 돌다리는 아버지에게 과거, 현재, 미래를 연결하는 매개체 역할을 해요.

학생 2 그래서 아버지가 돌다리를 고치는 행위는 과거의 전통이 후대까지 이어지기를 바라는 마음으로 볼 수 있어요. 이는 아버지가 땅을 팔고 고향을 떠나자는 아들의 제안을 거절할 것이라는 복선 역할을 하기도 해요.

학생 3 당시의 시대적 상황을 고려할 때 일제 강점기의 어려운 현실 속에서도 꿋꿋이 민족성을 지켜 내려는 의지의 표현으로도 볼 수 있어요.

선생님 아버지는 전통적 사고방식을 지닌 인물로 물질보다는 인정과 의리를 소중히 여겨요. 반면 창섭은 근대적 사고방식을 지닌 인물로 땅을 돈벌이의 수단으로 생각하지요. 창섭의 생각은 땅을 만물의 근원으로 여기는 아버지의 생각과 정면으로 대립해요. 이러한 대립에서 알 수 있는 것은 무엇일까요?

 2 ♥ 2

학생 1 작가는 아버지의 입장을 통해 정신적인 가치보다 금전적인 가치만을 중시하는 근대 자본주의 사회의 가치관을 비판하고 있어요.

학생 2 창섭은 아버지의 의견을 이해하고 존경심을 갖지만, 자신은 아버지의 생각과 동일시될 수 없음을 느껴요. 이러한 창섭의 인식은 소설에 모순적인 아이러니를 제공해요.

서울의 돌다리	

연관 검색어   청계천 수표교

수표교(水標橋)는 조선 세종 때 청계천에 가설한 돌다리이다. 당시 이곳에 말 시장이 있어 마전교(馬廛橋)라 부르기도 했다. 이 다리는 1958년 청계천 복개 공사가 시작되면서 장충단공원, 세종대왕기념관 등으로 옮겨졌다. 2003년 청계천 복원 공사가 진행되면서 수포교가 새로 가설되었지만 원래의 수포교와 다르게 나무로 제작되었다.

이효석
(1907~1942)

✉ 작가에 대하여

    호는 가산(可山). 강원도 평창에서 출생. 경성제1고등보통학교를 거쳐 경성제국대학 법문학부 영문과를 졸업하였다. 이효석은 1928년 〈조선지광〉에 단편 「도시와 유령」을 발표하면서 동반작가로 데뷔하였다. 「행진곡」, 「기우」 등을 발표하면서 동반작가를 청산하고 구인회(九人會)에 참여, 「돈(豚)」, 「수탉」 등 향토색이 짙은 작품을 발표하였다. 1933년에는 단편 「돈」을 발표하면서 초기의 신경향파 노선에서 벗어나 자연주의와 심미주의로 옮겨갔다.

    1934년 평양 숭실전문대학 교수가 된 후 「산」, 「들」 등 자연과의 교감을 수필적인 필체로 유려하게 묘사한 작품들을 발표하였다. 1936년에는 한국 단편소설의 걸작으로 꼽히는 「메밀꽃 필 무렵」을 발표하였다. 그 후 서구적인 분위기를 풍기는 「장미 병들다」, 장편 『화분』 등을 통해 성 본능과 개방을 추구하는 작품을 선보였다. 이효석 문학의 핵심 모티브는 애욕의 예찬이다. 그의 에로티시즘은 자연주의와 마찬가지로 사회로부터의 도피라는 한계를 지닌다.

돈(豚)

🥄 작품 길잡이

갈래: 순수 소설
배경: 시간 - 1930년대 / 공간 - 종묘장에서 건널목에 이르는 길
시점: 3인칭 전지적 작가 시점
주제: 원시적인 욕정을 통해 드러나는 인간 생활의 애환
출전: 〈조선문학〉(1933)

📷 인물 관계도

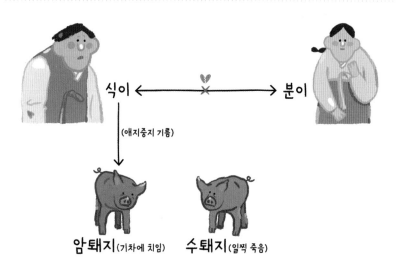

식이 ← ✂ → 분이

(애지중지 기름)

암퇘지(기차에 치임)　　수퇘지(일찍 죽음)

식이	가난한 농사꾼으로 돼지의 교접 행위에서 분이와의 사랑을 연상한다.
분이	식이가 정을 두고 있었지만 도망을 갔다.

📋 구성과 줄거리

발단　**식이는 암퇘지 접붙이기를 쉽게 성공하지 못함**

식이는 푼푼이 모은 돈으로 돼지 한 쌍을 기른다. 수놈은 죽고 암놈만 겨우 살아남는다. 식이는 방에 지푸라기를 깔고 자기 밥그릇에 먹이를 담아 주는 등 온갖 정성을 들여 암놈을 기른다. 여섯 달이 지난 후 식이는 암퇘지를 10리가 넘는 종묘장까지 데리고 가서 접을 붙인다. 그러나 돼지가 너무 어려 실패한다.

전개　**식이는 암퇘지를 접붙이는 동안 도망간 분이 생각에 열중함**

달포가 지나서 또 접붙이기를 시도하나 실패하고 한참 뒤에야 가까스로 성사된다. 식이는 암퇘지를 접붙이는 동안 구경꾼들의 낄낄거리는 음담(淫談)을 들으며 자신과 정을 두고 지내다 달아난 이웃집 분이를 생각한다. 식이는 지나가는 버스 안을 살펴보며 분이의 모습을 찾는다. 어쩌면 버스 차장이 되었을지도 모를 일이다.

절정·결말　**식이의 돼지가 기차에 치여 흔적도 없이 날아감**

식이는 돼지를 팔아 노자를 만든 뒤 분이를 찾고 싶어 한다. 식이는 분이와 함께 살면 얼마나 좋을까 하는 공상에 사로잡혀 정신없이 기찻길을 건넌다. 순간 돼지가 기차에 치여 흔적도 없이 사라지고 만다.

돈(豚)

옛성 모롱이 버드나무 까치 둥우리 위에 푸르뎅뎅한 하늘이 얇게 드리웠다. 토끼우리에서는 하얀 양토끼가 고슴도치 모양으로 까칠하게 웅크리고 있다. 능금나무 가지를 간들간들 흔들면서 벌판을 불어오는 바닷바람이 채녹지 않은 눈 속에 덮인 종묘장種苗場 식물의 씨앗이나 모종, 묘목 따위를 심어서 기르는 곳 보리밭에 휩쓸려 돼지우리에 모질게 부딪친다.

우리 밖 네 귀의 말뚝 안에 얽어 매인 암돼지는 바람을 맞으면서 유난히 소리를 친다. 말뚝을 싸고도는 종묘장 종돈種豚 씨를 받으려고 기르는 돼지. 씨돼지 은 시뻘건 입에 거품을 품으면서 말뚝의 뒤로 돌아 그 위에 덥석 앞다리를 걸었다. 시꺼먼 바위 밑에 눌린 자라 모양인 암돼지는 날카로운 비명을 울리며 전신을 요동한다. 미끄러진 종돈은 게걸떡거리며 다시 말뚝을 싸고돈다. 앞뒤 우리에서 응하는 돼지들 고함에 오후의 종묘장 안은 떠들썩하다.

반시간이 넘어도 여의치 않았다. 둘러싸고 보던 사람들도 흥이 식어서 주춤주춤 움직인다. 여러 번째 말뚝 위에 덮쳤을 때에 육중한 힘에 말뚝이 와싹 무지러지면서 그 바람에 밑에 깔렸던 돼지는 말뚝의 테두리가 벗어지자 뛰어나갔다.

"어려서 안 되겠군."

종묘장 기수가 껄껄 웃는다.

"황소 앞에 암탉 같으니 쟁그라워서 징그러워서 볼 수 있나."

"겁을 먹고 달아나는데."

농부는 날쌔게 우리 옆을 돌아 뛰어가는 돼지의 앞을 막았다.

"달포 한 달이 조금 넘는 기간 전에 한 번 왔다 갔으나 씨가 붙지 않아서 또 끌고 왔는데요."

식이는 겸연쩍어서 얼굴이 붉어졌다.

"아무리 짐승이기로 저렇게 어리구야 씨가 붙을 수 있나."

농부의 말에 식이는 다시 얼굴을 붉혔다.

"빌어먹을 놈의 짐승."

무안도 무안이려니와 귀찮게 구는 짐승에 식이는 화를 버럭 내면서 농부의 부축을 하여 달아나는 돼지의 뒤를 쫓는다. 고무신이 진창에 빠지고 바지춤이 흘러내린다.

돼지의 허리를 맨 바를 붙들었을 때에 그는 홧김에 바를 뒤로 잡아 낚으며 기운껏 매질한다.[1] 어린 짐승은 바들바들 떨면서 비명을 울린다. 농가 일 년의 생명선―좀 있으면 나올 제일기분 세금과 첫여름 감자가 나올 때까지의 가족 양식의 예산 부담을 맡은 이 어린 짐승에 대한 측은한 뉘우침이 나중에는 필연코 나련마는 종묘장 사람들 숲에서의 무안을 못 이겨 식이의 흔드는 매는 자연 가련한 짐승 위에 잦게 내렸다.

"그만 갖다 매시오."

말뚝을 고쳐 든든히 박고 난 농부는 식이에게 손짓한다.

겁과 불안에 떨며 허둥거리는 짐승을 이번에는 한결 더 든든히 말뚝 안에 우겨 넣고 나뭇대를 가로질러 배까지 떠받쳐 올려 꼼짝 요동하지 못하게 탐탁하게 얽어매었다.

털 몸을 근실근실 부딪치며 그의 곁을 궁싯궁싯 감도는 종돈은 미처 식

🐷 소설 한 장면　　발단　식이는 암퇘지 접붙이기를 쉽게 성공하지 못함

1) 식이는 사람들의 농담으로 인한 부끄러움과 교접에 실패한 안타까움 때문에 괜히 암퇘지를 매질하고 있다.

이의 손이 떨어지기도 전에 화차와도 같이 말뚝 위를 엄습한다. 시뻘건 입이 욕심에 목메어서 풀무같이 요란히 울린다. 깔린 암돼지는 목이 찢어져라 날카롭게 고함친다.

둘러선 좌중은 일제히 웃음소리를 멈추고 일시 농담조차 잊은 듯하다.

문득 분이의 자태가 눈앞에 떠오른다. 식이는 말뚝에서 시선을 돌려 딴 전을 보았다.

'분이 고것 지금 넌 어디 가 있는구.'

제이기분은 새로 일기분 세금조차 밀려오는 농가의 형편에 돼지보다 나은 부업이 없었다.[1] 한 마리를 일 년 동안 충실히 기르면 세금도 세금이려니와 잔돈푼의 가용 돈은 훌륭히 우러나왔다. 이 돼지의 공용을 잘 아는 식이다. 푼푼이 모은 돈으로 마을 사람들의 본을 받아 종묘장에서 갓난 양 돼지 한 자웅 ＊雌雄 암수 을 사 온 것이 지난여름이었다. 기름이 자르르 흐르는 새까만 자웅을 식이는 사람보다도 더 귀히 여겨 갓 사 왔던 무렵에는 우리에 넣기가 아까워 그의 방 한구석에 짚을 펴고 그 위에 재우기까지 하던 것이 젖이 그리워서인지 한 달도 못 돼서 수놈이 죽었다. 나머지의 암놈을 식이는 애지중지하여 단 한 벌의 그의 밥그릇에 물을 받아 먹이기까지 하였다. 물도 먹지 않고 꿀꿀 앓을 때에는 그는 나무하러 가는 것도 그만 두고 종일 짐승의 시중을 들었다. 여섯 달을 기르니 겨우 암돼지 티가 났다. 달포 전에 식이는 첫 시험으로 십 리가 넘는 읍내 종묘장까지 끌고 왔었다. 피 같은 돈 오십 전이나 내서 씨를 받은 것이 종시 붙지 않았다. 식이는 화가 났다. 때마침 정을 두고 지내던 이웃집 분이가 어디론지 도망을 갔다. 식이는 속이 상해서 며칠 동안 일이 손에 잡히지 않았다. 늘 뾰로통해서 쌀쌀하게 대꾸하더니 그 고운 살을 한 번도 허락하지 않고 늙은 아비를 혼자 둔 채 기어코 도망을 가 버렸구나 생각하니 분이가 괘씸하였다. 그러나 속 깊은 박 초시의 일이니 자기 딸 조처에 무슨 꿍꿍이수작을 대었는지 도무지 모를 노릇이었다. 청진으로 갔느니 서울로 갔느니 며칠 전에 박 초시에게 돈 십 원이 왔느니 소문은 갈피갈피였으나 하나도 종잡을 수 없었다. 이래저래 상할 대로 속이 상했다. 능금꽃 같은 두 볼을 잘강잘강 씹어 먹고 싶던 분이인만큼 식이는 오늘까지 솟아오르는 심화를 억제할

---

1) 세금 낼 돈 외에도 쓸 돈이 생기기 때문에 돼지를 기른다는 뜻으로, 당시의 농가 형편이 반영되어 있다.

수 없었다.

"다 됐군."

딴전만 보고 섰던 식이는 농부의 목소리에 그쪽을 보았다. 종돈은 만족한 듯이 여전히 꿀꿀 짖으면서 그곳을 떠나지 않고 빙빙 돈다.

파장 罷場 시장 따위가 파함 후의 광경이건만 분이의 그림자가 눈앞에 어른거리는 식이는 몹시도 겸연쩍었다. 잠자코 서 있는 까칠한 암퇘지와 분이의 자태가 서로 얽혀서 그의 머릿속에 추근하게 떠올랐다.[1] 음란한 잡담과 허리 꺾는 웃음소리에 얼굴이 더한층 붉어졌다. 환영을 떨쳐 버리려고 애쓰면서 식이는 얽어매었던 돼지를 풀기 시작하였다. 농부는 여전히 게걸떡거리며 어른어른 싸도는 욕심 많은 종돈을 몰아 우리 속에 가두었다.

"이번에는 틀림없겠지."

장부에 이름을 올리고 오십 전을 치러 주고 종묘장을 나오니 오후의 해가 느지막하였다.

능금밭 건 편 양옥 관사의 지붕이 흐린 석양에 푸르뎅뎅하게 빛난다. 옛성 어귀에는 성안으로 드나드는 장꾼의 그림자가 어른어른한다. 성안에서 한 채의 버스가 나오더니 폭넓은 이등 도로 지방도 를 요란히 달려온다. 돼지를 몰고 길 왼편 가로 피한 식이는 퍼뜩 지나는 버스 안을 흘끗 살펴본다. 분이를 잃은 후로부터는 그는 달아나는 버스 안까지 조심스럽게 살피게 되었다. 일전에 나남에서 버스 차장 시험이 있었다더니 그런 데로나 뽑혀 들어가지 않았을까? 분이의 간 길을 이렇게도 상상하여 보았기 때문이다.

'장이나 한 바퀴 돌아올까?'

북문 어귀 성 밑 돌 틈에 돼지를 매 놓고 식이는 성을 들어가 남문 거리로 향하였다.

분이가 없는 이제 장꾼의 눈을 피하여 으슥한 가게 앞에 가서 겸연쩍은 태도로 매화분을 살 필요도 없어진 식이는 석유 한 병과 마른 명태 몇 마리를 사 들고 장판을 오르락내리락하였다. 한 동리 사람의 그림자도 눈에 띄지 않기에 그는 곧게 성밖으로 나와 마을로 향하였다.

---

1) 암퇘지를 통해 분이를 떠올리면서 둘을 동일시하고 있다.

어기적거리며 돼지의 걸음이 올 때만큼 재지 못하였다. 그러나 이제 매질할 용기는 없었다.

철로를 끼고 올라가 정거장 앞을 지나 오촌포 한길에 나서니 장 보고 돌아가는 사람의 그림자가 드문드문 보인다. 산모롱이가 바닷바람을 막아 아늑한 저녁 빛이 한길 위를 덮었다. 먼 산 위에는 전기의 고가선이 솟고 산 밑을 물줄기가 돌아내렸다. 온천 가는 넓은 도로가 철로와 나란히 누워서 남쪽으로 줄기차게 뻗쳤다. 저물어 가는 강산 속에 아득하게 뻗친 이 두 줄의 길이 새삼스럽게 식이의 마음을 끌었다. 걸어가는 그의 등 뒤에서는 산모롱이를 돌아오는 기차 소리가 아련히 들린다. 별안간 식이에게는 이상한 생각이 들었다.

'이 길로 아무 데로나 달아날까.'

장에 가서 돼지를 팔면 노자가 되겠지, 차 타고 노자 자라는 곳까지 달아나면 그곳에 곧 분이가 있지 않을까. 어디서 들었는지 공장에 들어가기가 분이의 소원이더니, 그곳에서 여직공 노릇 하는 분이와 만나 나도 노동자가 되어 같이 살면 오죽 재미있을까. 공장에서 버는 돈을 달마다 고향에 부치면 아버지도 더 고생하실 것 없겠지. 돼지를 방에서 기르지 않아도 좋고

장에 가서 돼지를 팔면 노자가 되겠지,
그 돈으로 분이와 만나 같이 살면 오죽
재미있을까.

○ 소설 한 장면   전개   식이는 암돼지를 접붙이는 동안 도망간 분이 생각에 열중함

세금 못 냈다고 면소 서기들한테 밥솥을 뺏길 염려도 없을 터이지. 농사같이 초라한 업이 세상에 또 있을지. 아무리 부지런히 일해도 못살기는 일반이니…… 분이 있는 곳이 어디인가…… 돼지를 팔면 얼마나 받을까. 암퇘지 양퇘지…….

"앗!"

날카로운 소리에 번쩍 정신이 깨었다.

찬바람이 휙 앞을 스치고 불시에 일신이 딴 세상에 뜬 것 같았다. 눈 보이지 않고, 귀 들리지 않고―잠시간 전신이 죽고 감각이 없어졌다. 캄캄하던 눈앞이 차차 밝아지며 거물거물 움직이는 것이 보이고 귀가 뚫리며 요란한 음향이 전신을 쓸어 없앨 듯이 우렁차게 들렸다―우레 소리가…… 바닷소리가…… 바퀴 소리가……. 별안간 눈앞이 환해지더니 열차의 마지막 바퀴가 쏜살같이 눈앞을 달아났다.

"앗, 기차!"

다 지나간 이제 식이는 정신이 아찔하며 몸이 부르르 떨린다.

진땀이 나는 대신 소름이 쪽 돋는다. 전신이 불시에 빈 듯이 거뿐하다. 글자대로 전신은 비었다. 한쪽 팔에 들었던 석유병도 명태 마리도 간 곳이 없고 바른손으로 이끌던 돼지도 종적이 없다.

"아, 돼지!"

"돼지구 무어구 미친놈이지, 어디라구 후미키리^{건널목}를 막 건너."

따귀를 철썩 맞고 바라보니 철로 망보는 사람이 성난 얼굴로 그를 노리고 섰다.

"돼지는 어찌 됐단 말이오."

"어젯밤 꿈 잘 꾸었지. 네 몸 안 치인 것이 다행이다."

"아니 그럼 돼지가 치었단 말요."

"다음부터 차에 주의해!"

독하게 쏘아붙이면서 철로 망꾼은 식이의 팔을 잡아 낚아 후미키리 밖으로 끌어냈다.

"아 돼지가 치었다니 두 번이나 종묘장에 가서 씨받은 내 돼지 암퇘지 양퇘지……."

엉겁결에 외치면서 훑어보았으나 피 한 방울 찾아볼 수 없다. 흔적조차 없다니―기차가 달랑 들고 간 것 같아서 아득한 철로 위를 바라보았으나 기차는 벌써 그림자조차 없다.

"한방에서 잠재우고, 한 그릇에 물 먹여서 기른 돼지, 불쌍한 돼지……."

정신이 아찔하고 일신이 허전하여서 식이는 금시에 그 자리에 푹 쓰러질
것도 같았다.

아 돼지가 치었다니 한방에서 잠재우고
한 그릇에 물 먹여서 기른 돼지, 불쌍한
돼지…….

🍎 소설 한 장면　　절정·결말　식이의 돼지가 기차에 치여 흔적도 없이 날아감

🔭 생각해 볼까요?

선생님 이 작품은 분이에 대한 식이의 애욕을 돼지의 교접 행위와 대비하면서 그 동질성을 암시하고 있어요. 자칫 추하게 느껴질 수도 있는 성적 내용이 인간의 내면에 잠재한 의식과 연결되어 자연스러운 상황을 연출해요. 하지만 아쉬운 점이 있죠. 어떤 부분일까요?

 1 ♥ 1

↳ **학생 1** 작품에서 대담하게 다뤄진 성 문제가 사회적 의미로까지는 연결되지 못하고 있어요.

선생님 결말에서 돼지가 기차에 치이는 것은 식이에게 어떤 의미인가요?

 2 ♥ 2

↳ **학생 1** 식이에게 돼지는 분이와 함께하는 미래를 그릴 수 있게 해주는 유일한 희망이었어요.

↳ **학생 2** 이러한 돼지가 기차에 치여 흔적도 없이 사라진 것은 분이에 대한 식이의 소망이 상실될 것임을 의미해요.

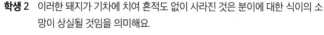

동반 작가 ▼ 🔍

연관 검색어   프로 문학   카프

최서해의 소설에서 시작한 신경향파 문학은 1920년대 중반에 전파된 사회주의 사상과 결합하면서 본격적인 프롤레타리아(프로) 문학으로 발전했다. 프로 문학이란 계급 의식을 일깨우고 정치적인 목적을 달성하려는 경향을 가진 문학이다.

3·1 운동 이후 일제의 식민지 정책이 문화 통치로 바뀌고, 러시아 혁명의 영향으로 사회주의 사상이 널리 퍼지면서 카프(KAPF 조선 프롤레타리아 예술가 동맹)라는 문학 단체가 결성되었다. 동반 작가(同伴作家)란 정식적인 카프의 맹원은 아니지만, 프로 문학에 사상적으로 동조했던 작가를 말한다.

이효석은 1928년 「도시와 유령」을 발표하면서 동반 작가로서 문단에 등장했다. 그 후 전향하여 「돈」, 「화분」, 「메밀꽃 필 무렵」 등을 발표하면서 순수문학을 창작한다.

메밀꽃 필 무렵

⚓ 작품 길잡이

갈래: 순수 소설, 서정 소설
배경: 시간 - 1920년대 어느 여름날 낮에서 밤까지
　　　　공간 - 강원도 봉평에서 대화 장터로 가는 길
시점: 3인칭 전지적 작가 시점
주제: 떠돌이 삶의 애환과 혈육의 정
출전: 〈조광〉(1936)

📷 인물 관계도

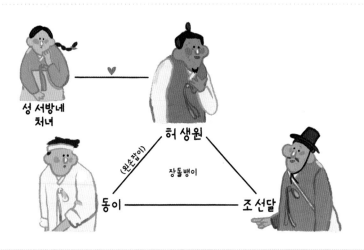

허 생원　평생 장돌뱅이 생활을 하면서 살아온 인물로 단 한 번의 낭만적인 추억을 소중하게
　　　　간직한다.
동이　　젊은 장돌뱅이로 허 생원처럼 왼손잡이이다.
조 선달　허 생원과 함께 장돌뱅이 생활을 한다.

📋 구성과 줄거리

발단 **허 생원이 충줏집에서 노닥거린다며 동이를 야단침**

봉평의 어느 여름 장날. 허 생원과 조 선달은 짐을 챙겨 충줏집으로 향한다. 허 생원은 그곳에서 여자들과 농지거리를 하고 있는 동이를 보고 까닭 모를 화가 치밀어 면박을 준다. 허 생원은 별 대꾸 없이 물러가는 동이에게 미안한 마음을 가진다. 동네 각다귀들의 장난에 허 생원의 나귀가 놀라 날뛰는 것을 동이가 달려와 알려 준다.

전개 **허 생원이 성 서방네 처녀와의 추억을 이야기함**

허 생원과 조 선달, 동이는 함께 대화장을 향해 길을 떠난다. 가는 길에 허 생원은 달빛과 메밀밭의 정취에 취해 젊은 시절 이야기를 시작한다. 여자와는 인연이 없는 허 생원에게도 잊을 수 없는 일이 하나 있다. 이렇게 달빛이 흐드러진 밤, 허 생원은 목욕을 하기 위해 옷을 벗으러 물방앗간에 들어갔다가 성 서방네 처녀와 마주쳤고, 그녀와 하룻밤을 지냈지만 이후 다시는 만나지 못했다.

절정 **동이가 자신의 어머니에 대해 이야기함**

길을 가면서 허 생원은 동이에게 충줏집에서의 일을 사과한다. 동이도 자신의 이야기를 들려준다. 어머니가 달도 차기 전에 자신을 낳고 집에서 쫓겨나 아버지의 얼굴도 모르고 자랐다는 것이다. 그 이후 어머니는 술집을 하면서 의부와 함께 살았지만 자신은 망나니 같은 의부를 떠나 장을 떠돈다고 털어놓았다. 어머니의 고향이 봉평이라는 말을 들은 허 생원은 개울을 건너다 물에 빠진다.

결말 **허 생원은 동이가 왼손잡이라는 점을 발견하고 놀람**

허 생원은 동이의 등에 업혀 개울을 건넌다. 허 생원이 어머니가 동이의 아비를 찾지 않느냐고 묻자, 동이는 늘 만나고 싶어 한다고 말한다. 허 생원은 내일 대화장을 보고는 동이의 어머니가 있다는 제천으로 가겠다고 말한다. 왼손잡이인 허 생원은 동이가 왼손으로 채찍을 드는 것을 보고 놀란다.

메밀꽃 필 무렵

여름 장이란 애시당초에 글러서, 해는 아직 중천에 있건만 장판은 벌써 쓸쓸하고 더운 햇발이 벌여 놓은 전廛 물건을 벌여 놓고 파는 곳 휘장 밑으로 등줄기를 훅훅 볶는다. 마을 사람들은 거지반 거의 절반 가까이 돌아간 뒤요, 팔리지 못한 나무꾼 패가 길거리에 궁싯거리고 어찌할 바를 몰라 이리저리 머뭇거리고 들 있으나 석유병이나 받고 고기 마리나 사면 족할 이 축들을 바라고 언제까지든지 버티고 있을 법은 없다. 춥춥스럽게 보기에 너절하고 염치없는 데가 있게 날아드는 파리 떼도 장난꾼 각다귀 짐승의 피를 빨아먹고 사는 모기과의 곤충. 여기서는 장난꾸러기 아이들을 가리킴 들도 귀찮다. 얼금뱅이 얼굴이 얼금얼금 얽은 사람을 낮잡아 이르는 말 요 왼손잡이인 드팀전 온갖 피륙을 팔던 가게 의 허 생원은 기어코 동업의 조 선달을 낚구어 보았다.

"그만 거둘까?"

"잘 생각했네. 봉평 장에서 한 번이나 흐뭇하게 사 본 일 있을까. 내일 대화 장에서나 한몫 벌어야겠네."

"오늘 밤은 밤을 새서 걸어야 될걸?"

"달이 뜨렸다?"

절렁절렁 소리를 내며 조 선달이 그날 산 물건을 팔아서 바꾼 돈을 따지는 것을 보고 허 생원은 말뚝에서 넓은 휘장을 걷고 벌여 놓았던 물건을 거두기 시작하였다. 무명필과 주단바리가 두 고리짝에 꼭 찼다. 멍석 위에는 천 조각이 어수선하게 남았다.

다른 축들도 벌써 거진 전들을 걷고 있었다. 약빠르게 떠나는 패도 있었다. 어물 장수도, 땜장이도, 엿장수도, 생강 장수도 꼴들이 보이지 않았다. 내일은 진부와 대화에 장이 선다. 축들은 그 어느 쪽으로든지 밤을 새며 육칠십 리 밤길을 타박거리지 않으면 안 된다. 장판은 잔치 뒷마당같이 어수선하게 벌어지고, 술집에는 싸움이 터져 있었다. 주정꾼 욕지거리에 섞여 계집의 앙칼진 목소리가 찢어졌다. 장날 저녁은 정해 놓고 계집의 고함 소리로 시작되는 것이다.

"생원, 시침을 떼두 다 아네…… 충줏집 말야."

계집 목소리로 문득 생각난 듯이 조 선달은 비죽이 웃는다.

"화중지병 畵中之餠 그림의 떡 이지. 연소패 연소배. 나이가 어린 무리 들을 적수로 하구야 대거리 상대편에게 맞서서 대듦. 또는 그런 말이나 행동 가 돼야 말이지."

"그렇지두 않을걸. 축들이 사족을 못 쓰는 것두 사실은 사실이나, 아무리 그렇다군 해두 왜 그 동이 말일세, 감쪽같이 충줏집을 후린 눈치거든."

"무어, 그 애숭이가? 물건 가지구 나꾸었나 부지. 착실한 녀석인 줄 알았더니."

"그 길만은 알 수 있나…… 궁리 말구 가 보세나그려. 내 한턱 씀세."

그다지 마음이 당기지 않는 것을 좇아갔다. 허 생원은 계집과는 연분이 멀었다. 얽금뱅이 상판을 쳐들고 대어 설 숫기도 없었으나 계집 편에서 정을 보낸 적도 없었고, 쓸쓸하고 뒤틀린 반생이었다. 충줏집을 생각만 하여도 철없이 얼굴이 붉어지고 발밑이 떨리고 그 자리에 소스라쳐 버린다. 충줏집 문을 들어서서 술좌석에서 짜장 동이를 만났을 때에는 어찌된 서슬엔지 발끈 화가 나 버렸다. 상 위에 붉은 얼굴을 쳐들고 제법 계집과 농탕치는 것을 보고서야 견딜 수 없었던 것이다. 녀석이 제법 난질꾼 술과 여자에 빠져 행실이 바르지 못한 사람 인데 꼴사납다. 머리에 피도 안 마른 녀석이 낮부터 술 처먹고 계집과 농탕이야. 장돌뱅이 여러 장으로 돌아다니면서 물건을 파는 장수 망신만 시키고 돌아다니누나. 그 꼴에 우리들과 한몫 보자는 셈이지.

동이 앞에 막아서면서부터 책망이었다. 걱정두 팔자요 하는 듯이 빤히 쳐다보는 상기된 눈망울에 부딪칠 때, 얼결 김에 따귀를 하나 갈겨 주지 않고는 배길 수 없었다. 동이도 화를 쓰고 팩하고 일어서기는 하였으나, 허 생원은 조금도 동색하는 법 없이 마음먹은 대로는 다 지껄였다.

"어디서 주워 먹은 선머슴인지는 모르겠으나, 네게도 아비 어미 있겠지. 그 사나운 꼴 보면 맘 좋겠다. 장사란 탐탁하게 해야 되지, 계집이 다 무어야. 나가거라, 냉큼 꼴 치워."

그러나 한마디도 대거리하지 않고 하염없이 나가는 꼴을 보려니, 도리어 측은히 여겨졌다. 아직두 서름서름한 사이가 자연스럽지 못하고 매우 서먹서먹한 사인데 너무 과하지 않았을까 하고 마음이 섬뜩해졌다.

"주제도 넘지, 같은 술 손님이면서두 아무리 젊다구 자식 낳게 된 것을 붙들고 치고 닦아 셀 것은 무어야 원."

충줏집은 입술을 쫑긋하고 술 붓는 솜씨도 거칠었으나, 젊은 애들한테는 그것이 약이 된다나 하고 그 자리는 조 선달이 얼버무려 넘겼다.

"너 녀석한테 반했지? 애숭이를 빨면 죄 된다."

한참 법석을 친 후이다. 담도 생긴 데다가 웬일인지 흠뻑 취해 보고 싶은 생각도 있어서 허 생원은 주는 술잔이면 거의 다 들이켰다. 거나해짐을 따라 계집 생각보다도 동이의 뒷일이 한결같이 궁금해졌다. 내 꼴에 계집을 가로채서는 어떡헐 작정이었누 하고 어리석은 꼬락서니를 모질게 책망하는 마음도 한편에 있었다. 그렇기 때문에 얼마나 지난 뒤인지 동이가 헐레벌떡거리며 황급히 부르러 왔을 때에는, 마시던 잔을 그 자리에 던지고 정신없이 허덕이며 충줏집을 뛰어나간 것이다.

"생원 당나귀가 바 볏집이나 삼으로 세 가닥을 꼬아 만든 줄 를 끊구 야단이에요."

"각다귀들 장난이지, 필연코."

짐승도 짐승이려니와 동이의 마음씨가 가슴을 울렸다. 뒤를 따라 장판을 달음질하려니 거슴츠레한 눈이 뜨거워질 것 같다.

"부락스런 사람이나 언행, 성격이 거친 데가 있는 녀석들이라 어쩌는 수 있어야죠."

"나귀를 몹시 구는 녀석들은 그냥 두지는 않을걸."

반평생을 같이 지내 온 짐승이었다. 같은 주막에서 잠자고, 같은 달빛에 젖으면서 장에서 장으로 걸어 다니는 동안에 이십 년의 세월이 사람과 짐승을 함께 늙게 하였다. 까스러진 잔털 따위가 거칠게 일어난 목 뒤 털은 주인의 머리털과도 같이 바스러지고, 개진개진 젖은 눈은 주인의 눈과 같이 눈곱을 흘렸다. 몽당비처럼 짧게 쓸리운 꼬리는, 파리를 쫓으려고 기껏 휘저어 보아야 벌써 다리까지는 닿지 않았다. 닳아 없어진 굽을 몇 번이나 도려내고 새 철을 신겼는지 모른다. 굽은 벌

🌀 소설 한 장면　발단　허 생원이 충줏집에서 노닥거린다며 동이를 야단침

써 더 자라나기는 틀렸고 닳아 버린 철 사이로는 피가 빼짓이 흘렀다. 냄새만 맡고도 주인을 분간하였다. 호소하는 목소리로 야단스럽게 울며 반겨 한다.

어린아이를 달래듯이 목덜미를 어루만져 주니 나귀는 코를 벌름거리고 입을 투르르거렸다. 콧물이 튀었다. 허 생원은 짐승 때문에 속도 무던히는 썩었다. 아이들의 장난이 심한 눈치여서 땀 배인 몸뚱어리가 부들부들 떨리고 좀체 흥분이 식지 않는 모양이었다. 굴레가 벗겨지고 안장도 떨어졌다. 요 몹쓸 자식들, 하고 허 생원은 호령을 하였으나 패들은 벌써 줄행랑을 논 뒤요 몇 남지 않은 아이들이 호령에 놀라 비슬비슬 멀어졌다.

"우리들 장난이 아니우. 암놈을 보고 저 혼자 발광이지."

코흘리개 한 녀석이 멀리서 소리를 쳤다.

"고 녀석 말투가……."

"김 첨지 당나귀가 가 버리니까 온통 흙을 차고 거품을 흘리면서 미친 소 같이 날뛰는걸. 꼴이 우스워 우리는 보고만 있었다우. 배를 좀 보지."

아이는 앵돌아진 투로 소리를 치며 깔깔 웃었다. 허 생원은 모르는 결에 낯이 뜨거워졌다. 뭇시선을 막으려고 그는 짐승의 배 앞을 가리어 서지 않으면 안 되었다.

"늙은 주제에 암샘 짐승의 발정기에 수컷이 암컷에게 끌리는 본능적인 행동 을 내는 셈이야. 저놈의 짐승이."

아이의 웃음소리에 허 생원은 주춤하면서 기어코 견딜 수 없어 채찍을 들더니 아이를 쫓았다.

"쫓으려거든 쫓아 보지. 왼손잡이가 사람을 때려."

줄달음에 달아나는 각다귀에는 당하는 재주가 없었다. 왼손잡이는 아이 하나도 후릴 수 없다. 그만 채찍을 던졌다. 술기도 돌아 몸이 유난스럽게 화끈거렸다.

"그만 떠나세. 녀석들과 어울리다가는 한이 없어. 장판의 각다귀들이란 어른보다도 더 무서운 것들인걸."

조 선달과 동이는 각각 제 나귀에 안장을 얹고 짐을 싣기 시작하였다. 해가 꽤 많이 기울어진 모양이었다.

드팀전 장돌림을 시작한 지 이십 년이나 되어도 허 생원은 봉평 장을 빼논 적은 드물었다. 충주, 제천 등의 이웃 군에도 가고, 멀리 영남 지방도 헤매기는 하였으나 강릉쯤에 물건하러 가는 외에는 처음부터 끝까지 군내를 돌아다녔다. 닷새만큼씩의 장날에는 달보다도 확실하게 면에서 면으로 건너간다. 고향이 청주라고 자랑삼아 말하였으나 고향에 돌보러 간 일도 있는 것 같지는 않았다. 장에서 장으로 가는 길의 아름다운 강산이 그대로 그에게는 그리운 고향이었다. 반날 동안이나 뚜벅뚜벅 걷고 장터 있는 마을에 거지반 가까워졌을 때 거친 나귀가 한바탕 우렁차게 울면—더구나 그것이 저녁녘이어서 등불들이 어둠 속에 깜박거릴 무렵이면— 늘 당하는 것이건만 허 생원은 변치 않고 언제든지 가슴이 뛰놀았다.

젊은 시절에는 알뜰하게 벌어 돈푼이나 모아 본 적도 있기는 있었으나, 읍내에 백중 音中 백중날. 음력 칠월 보름날 이 열린 해, 호탕스럽게 놀고 투전을 하고 하여 사흘 동안에 다 털려 버렸다. 나귀까지 팔게 된 판이었으나 애끓는 정분에 그것만은 이를 물고 단념하였다. 결국 도로아미타불로 장돌림을 다시 시작할 수밖에는 없었다. 짐승을 데리고 읍내를 도망해 나왔을 때에는 너를 팔지 않기 다행이었다고 길가에서 울면서 짐승의 등을 어루만졌던 것이었다. 빚을 지기 시작하니 재산을 모을 염 念 무엇을 하려고 하는 생각이나 마음 은 당초에 틀리고 간신히 입에 풀칠을 하러 장에서 장으로 돌아다니게 되었다.

호탕스럽게 놀았다고는 하여도 계집 하나 후려 보지는 못하였다. 계집이란 쌀쌀하고 매정한 것이었다. 평생 인연이 없는 것이라고 신세가 서글퍼졌다. 일신에 가까운 것이라고는 언제나 변함없는 한 필의 당나귀였다.

그렇다고는 하여도 꼭 한 번의 첫 일을 잊을 수는 없었다. 뒤에도 처음에도 없는 단 한 번의 괴이한 인연! 봉평에 다니기 시작한 젊은 시절의 일이었으나 그것을 생각할 적만은 그도 산 보람을 느꼈다.

"달밤이었으나 어떻게 해서 그렇게 됐는지 지금 생각해도 도무지 알 수 없어."

허 생원은 오늘 밤도 또 그 이야기를 끄집어내려는 것이다. 조 선달은 친구가 된 이래 귀에 못이 박히도록 들어왔다. 그렇다고 싫증을 낼 수도 없었으나 허 생원은 시치미를 떼고 되풀이할 대로는 되풀이하고야 말았다.

"달밤에는 그런 이야기가 격에 맞거든."

조 선달 편을 바라는 보았으나 물론 미안해서가 아니라 달빛에 감동하여서였다. 이지러는 졌으나 보름을 갓 지난달은 부드러운 빛을 흐뭇이 흘리고 있다. 대화까지는 팔십 리의 밤길, 고개를 둘이나 넘고 개울을 하나 건너고 벌판과 산길을 걸어야 된다. 길은 지금 긴 산허리에 걸려 있다. 밤중을 지난 무렵인지 죽은 듯이 고요한 속에서 짐승 같은 달의 숨소리가 손에 잡힐 듯이 들리며,

콩 포기와 옥수수 잎새가 한층 달에 푸르게 젖었다. 산허리는 온통 메밀밭이어서 피기 시작한 꽃이 소금을 뿌린 듯이 흐뭇한 달빛에 숨이 막힐 지경이다. 붉은 대궁이 향기같이 애잔하고 나귀들의 걸음도 시원하다. 길이 좁은 까닭에 세 사람은 나귀를 타고 외줄로 늘어섰다. 방울 소리가 시원스럽게 딸랑딸랑 메밀밭께로 흘러간다. 앞장선 허 생원의 이야기 소리는 꽁무니에 선 동이에게는 확적히는 안 들렸으나, 그는 그대로 개운한 제멋에 적적하지는 않았다.

"장이 선 꼭 이런 날 밤이었네. 객줏집 토방이란 무더워서 잠이 들어야지. 밤중은 돼서 혼자 일어나 개울가에 목욕하러 나갔지. 봉평은 지금이나 그제나 마찬가지. 보이는 곳마다 메밀밭이어서 개울가나 어디 없이 하얀 꽃이야. 돌밭에 벗어도 좋을 것을, 달이 너무나 밝은 까닭에 옷을 벗으러 물방앗간으로 들어가지 않았나. 이상한 일도 많지. 거기서 난데없는 성 서방네 처녀와 마주쳤단 말이네. 봉평서야 제일가는 일색이었지……."

"팔자에 있었나 부지."

아무렴 하고 응답하면서 말머리를 아끼는 듯이 한참이나 담배를 빨 뿐이었다. 구수한 자줏빛 연기가 밤기운 속에 흘러서는 녹았다.

"날 기다린 것은 아니었으나 그렇다고 달리 기다리는 놈팽이가 있는 것두 아니었네. 처녀는 울고 있단 말야. 짐작은 대고 있으나 성 서방네는 한참 어려워서 들고날 판인 때였지. 한집안 일이니 딸에겐들 걱정이 없을 리 있겠나? 좋은 데만 있으면 시집도 보내련만 시집은 죽어도 싫다지……. 그러나 처녀란 울 때같이 정을 끄는 때가 있을까. 처음에는 놀라기도 한 눈치였으나 걱정 있을 때는 누그러지기도 쉬운 듯해서 이럭저럭 이야기가 되었네……. 생각하면 무섭고도 기막힌 밤이었어."

"제천인지로 줄행랑을 놓은 건 그다음 날이렷다."

"다음 장도막 장날과 장날 사이의 동안 에는 벌써 온 집안이 사라진 뒤였네. 장판은 소문에 발끈 뒤집혀 고작해야 술집에 팔려가기가 상수라고 처녀의 뒷공론이 자자들하단 말이야. 제천 장판을 몇 번이나 뒤졌겠나. 허나 처녀의 꼴은 꿩 구워 먹은 자리야 일을 감쪽같이 처리해 흔적도 남지 않을 때 이르는 말 . 첫날밤이 마지막 밤이었지. 그때부터 봉평이 마음에 든 것이 반평생을 두고 다니게 되었네. 반평생인들 잊을 수 있겠나."

"수 좋았지. 그렇게 신통한 일이란 쉽지 않어. 항용 恒用 흔히 늘 못난 것 얻어 새끼 낳고, 걱정 늘고 생각만 해두 진저리가 나지……. 그러나 늘그막바지까지 장돌뱅이로 지내기도 힘든 노릇 아닌가? 난 가을까지만 하구 이 생계와두 하직하려네. 대화쯤에 조그만 전방이나 하나 벌이구 식구들을 부르겠어. 사시장천 뚜벅뚜벅 걷기란 여간이래야지."

"옛 처녀나 만나면 같이나 살까…… 난 거꾸러질 때까지 이 길 걷고 저 달 볼 테야."

산길을 벗어나니 큰길로 틔어졌다. 꽁무니의 동이도 앞으로 나서 나귀들은 가로 늘어섰다.

"총각두 젊겠다, 지금이 한창 시절이렷다. 충줏집에서는 그만 실수를 해서 그 꼴이 되었으나 섧게 생각 말게."

"처, 천만에요. 되려 부끄러워요. 계집이란 지금 웬 제격인가요. 자나 깨나 어머니 생각뿐인데요."

허 생원의 이야기로 실심 ^{失心 근심 걱정으로 맥이 빠지고 마음이 산란하여짐} 해 한 끝이라 동이의 어조는 한풀 수그러진 것이었다.

"아비 어미란 말에 가슴이 터지는 것도 같았으나 제겐 아버지가 없어요. 피붙이라고는 어머니 하나뿐인걸요."

"돌아가셨나?"

"당초부터 없어요."

"그런 법이 세상에……."

생원과 선달이 야단스럽게 껄껄들 웃으니, 동이는 정색하고 우길 수밖에

🍎 소설 한 장면   전개   허 생원이 성 서방네 처녀와의 추억을 이야기함

는 없었다.

"부끄러워서 말하지 않으려 했으나 정말예요. 제천 촌에서 달도 차지 않은 아이를 낳고 어머니는 집을 쫓겨났죠. 우스운 이야기나, 그러기 때문에 지금까지 아버지 얼굴도 본 적 없고, 있는 고장도 모르고 지내와요."

고개가 앞에 놓인 까닭에 세 사람은 나귀를 내렸다. 둔덕은 험하고 입을 벌리기도 대근하여 ^{견디기 힘들어} 이야기는 한동안 끊겼다. 나귀는 건듯하면 미끄러졌다. 허 생원은 숨이 차 몇 번이고 다리를 쉬지 않으면 안 되었다. 고개를 넘을 때마다 나이가 알렸다. 동이 같은 젊은 축이 그지없이 부러웠다. 땀이 등을 한바탕 쪽 씻어 내렸다.

고개 너머는 바로 개울이었다. 장마에 흘러 버린 널다리가 아직도 걸리지 않은 채로 있는 까닭에 벗고 건너야 되었다. 고의를 벗어 띠로 등에 얽어매고 반벌거숭이의 우스꽝스런 꼴로 물속에 뛰어들었다. 금방 땀을 흘린 뒤였으나 밤물은 뼈를 찔렀다.

"그래 대체 기르긴 누가 기르구?"

"어머니는 하는 수 없이 의부를 얻어 가서 술장사를 시작했죠. 술이 고주 ^{고주망태} 래서 의부라고 전 ^{완전히} 망나니예요. 철들어서부터 맞기 시작한 것이 하룬들 편한 날 있었을까. 어머니는 말리다가 채이고 맞고 칼부림을 당하고 하니 집 꼴이 무어겠소. 열여덟 살 때 집을 뛰쳐나서부터 이 짓이죠."

"총각 낫세론 심이 무던하다고 생각했더니 듣고 보니 딱한 신세로군."

물은 깊어 허리까지 찼다. 속 물살도 어지간히 센 데다가 발에 차이는 돌멩이도 미끄러워 금시에 훌칠 듯하였다 ^{물체가 바람 따위를 받아서 휘우듬하게 쏠리다} . 나귀와 조 선달은 재빨리 거의 건넜으나 동이는 허 생원을 붙드느라고 두 사람은 훨씬 떨어졌다.

"모친의 친정은 원래부터 제천이었던가?"

"웬걸요. 시원스레 말은 안 해 주나 봉평이라는 것만은 들었죠."

"봉평, 그래 그 아비 성은 무엇이구?"

"알 수 있나요. 도무지 듣지를 못했으니까."

"그, 그렇겠지."

하고 중얼거리며 흐려지는 눈을 까물까물하다가 허 생원은 경망하게도 발을 빗디디었다.[1] 앞으로 고꾸라지기가 바쁘게 몸째 풍덩 빠져 버렸다. 허

---

1) 동이가 아들일지도 모른다는 생각에 허 생원이 충격을 받은 모습이다.

우적거릴수록 몸을 건잡을 수 없어 동이가 소리를 치며 가까이 왔을 때에는 벌써 퍽이나 흘렀었다. 옷째 쫄딱 젖으니 물에 젖은 개보다도 참혹한 꼴이었다. 동이는 물속에서 어른을 해깝게 ^{'가볍게'의 방언} 업을 수 있었다. 젖었다고는 하여도 여윈 몸이라 장정 등에는 오히려 가벼웠다.

"이렇게까지 해서 안 됐네. 내 오늘은 정신이 빠진 모양이야."

"염려하실 것 없어요."

"그래 모친은 아비를 찾지는 않는 눈치지?"

"늘 한 번 만나고 싶다고는 하는데요."

"지금 어디 계신가?"

"의부와도 갈라져 제천에 있죠. 가을에는 봉평에 모셔 오려고 생각 중인데요. 이를 물고 벌면 이럭저럭 살아갈 수 있겠죠."

"아무렴, 기특한 생각이야. 가을이랬다?"

동이의 탐탁한 등어리가 뼈에 사무쳐 따뜻하다. 물을 다 건넜을 때에는 도리어 서글픈 생각에 좀 더 업혔으면서도 하였다.

"진종일 실수만 하니 웬일이요, 생원."

조 선달이 바라보며 기어코 웃음이 터졌다.

○ 소설 한 장면   절정   동이가 자신의 어머니에 대해 이야기함

"나귀야. 나귀 생각하다 실족을 했어. 말 안 했던가. 저 꼴에 제법 새끼를 얻었단 말이지. 읍내 강릉집 피마 ^{성장한 암말} 에게 말일세.[1] 귀를 종긋 세우고 달랑달랑 뛰는 것이 나귀 새끼같이 귀여운 것이 있을까. 그것 보러 나는 일부러 읍내를 도는 때가 있다네."

"사람을 물에 빠뜨릴 젠, 딴은 대단한 나귀 새끼군."

허 생원은 젖은 옷을 웬만큼 짜서 입었다. 이가 덜덜 갈리고 가슴이 떨리며 몹시도 추웠으나 마음은 알 수 없이 둥실둥실 가벼웠다.

"주막까지 부지런히들 가세나. 뜰에 불을 피우고 훗훗이 ^{훈훈하게} 쉬어. 나귀에겐 더운 물을 끓여 주고, 내일 대화 장 보고는 제천이다."

"생원도 제천으로……?"

"오래간만에 가 보고 싶어. 동행하려나, 동이?"

나귀가 걷기 시작하였을 때, 동이의 채찍은 왼손에 있었다. 오랫동안 아둑시니 ^{어둑시니. 어둠의 귀신} 같이 눈이 어둡던 허 생원도 요번만은 동이의 왼손잡이가 눈에 띄지 않을 수 없었다.

걸음도 해깝고 방울 소리가 밤 벌판에 한층 청청하게 울렸다.

달이 어지간히 기울어졌다.

○ 소설 한 장면   결말   허 생원은 동이가 왼손잡이라는 점을 발견하고 놀람

---

1) 표면적으론 실수에 대해 변명을 하는 것이지만, 이면적으론 성 서방네 처녀와의 인연으로 자식을 얻었을지 모른다는 기대를 암시하는 구절이다.

🔭 생각해 볼까요?

선생님 허 생원은 젊은 시절 봉평에 있는 어느 물방앗간에서 성 서방네 처녀와 우연히 만나요. 그러나 하룻밤을 지낸 뒤 다시는 그녀를 만나지 못하게 되죠. 허 생원에게 성 서방네 처녀는 어떤 의미일까요?

💬 1　🤍 1

학생 1 평생 떠돌이 생활을 하며 혼자 지낸 허 생원에게 성 서방네 처녀는 마음속에 자리한 구원의 여인이에요. 그에게 아름다운 추억과 정신적 위안을 준 존재이지요.

선생님 이 소설의 배경 중 달밤, 개울, 산길은 각각의 상징적 의미를 지니고 있어요. 그 의미와 기능에 대해 이야기해 볼까요?

💬 3　💜 3

학생 1 '달밤'은 서정적이고 신비로운 분위기를 연출해요. 또한 이야기의 전개를 이끌어가는 역할도 해요. 물방앗간에서 우연히 성 서방네 처녀와 마주친 것도, 오랜 세월이 지난 후 성 서방네 처녀와의 인연을 환기하게 되는 것도 달밤의 아름다움 때문이거든요.

학생 2 '개울'은 허 생원과 동이가 혈육으로 연결되어 있음을 암시하는 공간이에요. 허 생원은 물에 흠뻑 젖은 채 동이의 등에 업혀 교감을 나누고 혈육으로서의 정을 느껴요.

학생 3 '산길'은 떠도는 장돌뱅이의 삶과 행로를 상징적으로 형상화해요.

선생님 허 생원은 동이가 왼손잡이임을 보고 놀라요. 동이가 왼손잡이라는 사실이 암시하는 것은 무엇일까요?

💬 1　🤍 1

학생 1 허 생원과 동이가 부자간이라는 사실을 암시해요. 과학적으로 왼손잡이가 유전되는 것은 아니지만, 허 생원은 여러 가지 정황을 종합한 토대로 동이가 자신의 아들임을 확신해요.

선생님 소설에서 허 생원과 나귀는 서로 유대감을 형성하고 있어요. 나귀의 상징적 의미는 무엇일까요?

💬 2　💜 2

학생 1 20년의 장돌뱅이 생활을 함께한 나귀는 허 생원과 외모와 신세가 비슷한 것으로 설정되어 있어요. 나귀는 허 생원과 떼려야 뗄 수 없는 관계이며 정서적으로 융합되어 있어요.

학생 2 이는 '자연과 인간의 합일'이라는 작가의 주제 의식과도 연결돼요.

선생님 이 작품에는 이효석 문학의 특징인 서정성과 토속성이 잘 드러나요. 이러한 특징을 알 수 있는 부분을 찾아보고 이유도 함께 말해 볼까요?

💬 3 🤍 3

학생 1 '산허리는 온통 메밀밭이어서 피기 시작한 꽃이 소금을 뿌린 듯이 흐뭇한 달빛에 숨이 막힐 지경이다. 붉은 대궁이 향기같이 애잔하고 나귀들의 걸음도 시원하다.'와 같은 부분이에요. 시각과 청각 등 다양한 감각이 어우러져서 한 편의 시를 읽는 것 같은 짙은 서정성이 느껴져요.

학생 2 소설의 마지막 문장인 '달이 어지간히 기울어졌다.'라는 부분도 서정적인 배경 묘사를 통해 깊은 여운을 남겨요.

학생 3 메밀꽃이 흐드러지게 피어 있는 달밤, 산길이나 개울의 풍경이 아름답게 묘사되고 있어요. 또한 인물들이 방언을 사용하여 토속성을 더해요.

이효석의 고향 ▼ 🔍

연관 검색어 강원도 평창 메밀꽃 필 무렵 배경

강원도 평창군 봉평면은 이효석의 고향이자 그의 생가가 있는 곳이다. 매해 9월 초가 되면 이 일대에는 한 폭의 수채화 같은 풍경이 펼쳐진다. 드넓은 메밀밭에 새하얀 메밀꽃이 피어나 장관을 이루기 때문이다. 이 시기에는 봉평 메밀밭에서 효석문화제도 열린다.

「메밀꽃 필 무렵」의 배경인 봉평에 가면 소설 속에 등장하는 장소들을 볼 수 있다. 실존 인물로 추정되는 허 생원이 살았던 집, 허 생원이 항상 들르던 봉평 장터, 동이가 낮술을 마시던 주막 충줏집, 동이가 허 생원을 업고 건넜던 냇물, 허 생원의 낭만적인 추억이 담긴 물레방앗간 등을 따라 걸으면 소설 속을 여행하는 기분이 들 것이다.

사냥

⚓ 작품 길잡이

갈래: 순수 소설
배경: 시간 - 구체적 시간은 나오지 않음 / 공간 - 산
시점: 3인칭 전지적 작가 시점
주제: 생명 경시 풍조에 대한 비판
출처: 미상

📷 인물 관계도

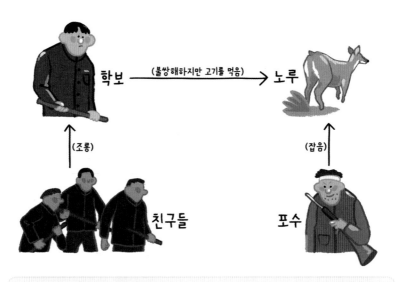

학보   불필요한 노루 사냥에 불쾌함을 느낀다.
친구들   학보와 달리 노루 사냥에 어떠한 죄책감도 느끼지 않는다.

📋 구성과 줄거리

발단　**학보는 노루 사냥에 동원됨**
노루잡이에 동원된 학보는 친구들과 함께 산으로 가서 노루를 쫓는다. 여러 사람이 무리를 지어 노루 사냥을 한다.

전개　**노루잡이를 비판적으로 생각함**
학보는 노루를 잡는 것이 무의미하고 미친 짓이라고 생각한다. 인간은 자기 생각밖에 하지 못하는 잔인한 동물이고, 노루잡이는 무의미한 연중행사라고 여긴다.

위기　**학보가 자기 앞으로 온 노루를 놓침**
송아지만 한 노루가 학보 앞으로 달려오다가 달아난다. 친구들은 학보를 비난하고, 학보는 부끄럽게 생각한다.

절정　**죽은 노루를 보고 회의함**
포수가 잡은 죽은 노루를 보고 학보는 불쾌해진다. 그리고 다시 인간 중심주의에 깊은 회의를 느낀다.

결말　**자신이 먹은 고기가 노루였음을 알고 괴로워함**
며칠 후, 한동안 노루 생각에 입맛을 잃었던 학보는 고기를 먹는다. 그러나 어머니에게 자신이 먹은 고기가 노루 고기였음을 듣고 학보는 짜증을 낸다.

사냥

　연달아 총소리가 두어 번 산속에서 울렸다. 몰이꾼의 행렬은 산등을 넘어, 골짜기를 향하여 차차 죄어들어 왔다. 발밑에서 요란히 버석거리는 떡갈잎, 가랑잎의 어지러운 소리에, 산을 싸고도는 동무들의 고함 소리도 귀 밖에 멀다. 상기된 눈앞에 늘씬한 자작나무의 허리통이 유난스럽게도 희끗희끗 어린다.

　수백 명의 학생이 한 줄로 늘어서서, 멀리 산을 둘러싸고 노루를 골짜기로 모조리 내리몰고 있다. 골짜기 어귀에는 대여섯 명의 포수가 미리 기다리고 서 있다. 노루를 놓칠 염려는 포수 편보다도 늘 몰이꾼 편에 있다. 시끄러운 책임을 모면하기 위하여, 몰이꾼들은 물샐틈없는 계획과 담력으로 맡은 목을 한결같이 경계해야 된다.

　"학년 사이의 연락을 긴밀히! 1학년 우익 급속 전진!"

　전령이 차례차례로 전해 온다.

　일제히 내닫는 바람에 온 산이 가랑잎 밟히는 소리에 묻혀 버렸다. 낙엽 속은 걷기 힘들다. 숨들이 차다.

学년 사이의 연락을 긴밀히! 1학년 우익 급속 전진!

📷 소설 한 장면　발단　학보는 노루 사냥에 동원됨

학년의 앞장을 선 학보도 양쪽 동무와의 간격을 고르게 지키면서 헐레벌떡거린다. 참나무 휘추리 _{가늘고 긴 나뭇가지} 가 사정없이 손등과 얼굴을 갈긴다. 발이 낙엽 속에 빠진다. 홧김에, 손에 든 몽둥이로 나뭇가지를 후려치기도 멋없다.

"미친 짓이다. 노루는 잡아서 무엇한담."[1]

아까부터, 실상은 처음부터, 이런 생각이 마음속에 맴돌았다. 노루잡이가 그다지 훈련이 될 듯도 싶지 않으며, 쓸모없는 애매한 짐승을 일없이 잡는 것이 도무지 뜻 없는 일 같다. 소풍이면 소풍, 그저 하루를 산속에서 뛰고 노는 편이 더 즐겁지 않은가?

"인간이란 제 생각밖에 하지 못하는 잔인한 동물이다. 노루잡이는 무의미한 연중행사에 지나지 않는다."

기어이 입 밖에 내서까지 중얼거리게 되었다. 땀이 흘러 등이 끈끈하다. 별안간 포위선이 어지럽게 움직이더니, 몽둥이가 날며, 날쌔게들 뛰어든다. 고함 소리가 산을 뒤흔든다.

"노루! 노루! 노루!"

"우익 주의!"

미친 짓이다. 노루는 잡아서 무엇한담. 노루잡이는 무의미한 연중행사에 지나지 않는다.

🖋️ 소설 한 장면 　전개　 노루잡이를 비판적으로 생각함

---

1) 노루잡이에 대한 학보의 비판적인 견해가 단적으로 드러난다.

개암나무 숲에 가리어, 노루의 꼬리도 못 본 채 어안이 벙벙해 서 있는데, 송아지만 한 노루가 학보의 곁을 쏜살같이 지나 포위선을 뚫었다. 학보는 거의 반사적으로 몽둥이를 휘두르며 쫓았으나, 날쌘 짐승은 순식간에 산등성이를 넘어 버렸다.

"또 한 마리! 놓치지 마라!"

고함 소리와 함께 둘째 노루가 어느 결엔지 껑충껑충 뛰어온다. 겨누고 있는 학보의 모양을 보더니, 옆으로 빗뛰어가 ^{자세가 비뚤어지게 뛰어가} 이것도 약삭빠르게 뒷산으로 달아나 버렸다.

날씬한 귀여운 짐승—극히 짧은 찰나의 생각이나, 학보는 놓친 것이 못내 아까웠다.

동시에, 겸연쩍고 부끄러운 느낌이 들었다. 놀리는 동무들의 말소리가 얼굴을 달아오르게 하였다.

"바보, 노루 두 마리 찾아내라."

이런 말을 들을 때, 확실히 몽둥이로 한 마리라도 두들겨 잡았더라면 얼마나 버젓했을까^{번듯했을까}, 하는 생각이 들었다. 이 골 안에는 이미 짐승은 더 없다. 동무들의 조롱을 하는 수 없이 참으면서, 힘없이 산을 내려가는 수밖에 없었다.

🍎 소설 한 장면　위기　학보가 자기 앞으로 온 노루를 놓침

요행히 잡은 것은 있었다. 망아지만 한 노루 한 마리가 배에 총알을 맞고 쓰러져 있었다.

　쏜 포수는 쏠 때의 형편을 거듭 말하며, 은근히 오늘의 솜씨를 자랑하는 눈치였다. 다른 포수들은 잠자코 있었다. 소득이 있으므로 동무들의 책망은 덜해졌으나, 학보는 검붉은 피를 흘리고 쓰러진 가엾은 짐승을 볼 때, 문득 일종의 반항심이 솟아오르며, 소득을 기뻐하는 무리가 한없이 밉고, 쏜 포수의 잔등이를 총개머리 개머리판. 나무나 플라스틱으로 만든 총의 아랫부분 로 쳐서 거꾸러뜨리고 싶은 충동이 솟았다.

　품 안에 들어온 두 마리의 짐승을 놓친 것이 얼마나 다행인가! 위대한 공같이도 생각되었다. 잃어버린 동무 한 마리를 찾느라고, 애달픈 노루 떼가 이 밤에 얼마나 산속을 헤맬까를 생각하니, 뼈가 저렸다. 인간의 잔인성이 갑절로 미워지며, 인정 없는 인간 중심주의의 사상에 다시 침을 뱉고 싶었다.

　죽은 짐승을 생각하고, 며칠 동안 마음이 언짢았다. 삼사일이 지난 후에야 겨우 입맛이 돌았다. 학보는 며칠이 지난 어느 날, 저녁상에 놓인 맛있는 고기가 무엇인지를 기어이 물어보았다.

두 마리의 짐승을 놓친 것이 얼마나 다행인가! 인간이란 참으로 잔인하다.

🍎 소설 한 장면　절정　죽은 노루를 보고 회의함

"장에 났더라. 노루 고기다."

어머니의 대답에 불현듯 입맛이 없어져서 숟가락을 놓았다.

"노루 고긴 왜 사요?"

퉁명스런 짜증에 어머니는 도리어 어안이 벙벙한 모양이었다. 학보는 먹은 것도 모두 게우고 싶었다. 결국 고기를 먹지 말아야 옳을까? 하기는, 다시 더 생각이 날 것 같지도 않았다.

장에 났더라.
노루 고기다.

노루 고긴
왜 사요?

📖 소설 한 장면　결말　자신이 먹은 고기가 노루였음을 알고 괴로워함

🔭 생각해 볼까요?

선생님 학보는 친구들을 따라 연중 행사인 노루 사냥에 참여해요. 그러나 마음속으로는 이러한 행사가 잔인하고 이기적이라고 생각하며 윤리적 죄책감을 느끼고 있어요. 이러한 마음이 드러나는 부분을 찾아 말해 볼까요?

💬 3 ♥ 3

학생 1 학보가 혼잣말로 "미친 짓이다. 노루는 잡아서 무엇한담."이라고 말하는 부분이에요.

학생 2 "인간이란 제 생각밖에 하지 못하는 잔인한 동물이다. 노루잡이는 무의미한 연중행사에 지나지 않는다."라는 부분도 있어요.

학생 3 '품 안에 들어온 두 마리의 짐승을 놓친 것이 얼마나 다행인가! 위대한 공같이도 생각되었다. 잃어버린 동무 한 마리를 찾느라고, 애달픈 노루 떼가 이 밤에 얼마나 산속을 헤맬까를 생각하니, 뼈가 저렸다. 인간의 잔인성이 갑절로 미워지며, 인정 없는 인간 중심주의의 사상에 다시 침을 뱉고 싶었다. 죽은 짐승을 생각하고, 며칠 동안 마음이 언짢았다.'라고 서술된 부분에서도 학보의 불편한 마음이 드러나요.

선생님 이 작품은 생명 경시 풍조에 대한 비판을 담고 있어요. 이러한 주제와 관련하여 자신의 생각을 말해 볼까요?

💬 5 ♥ 5

학생 1 살생은 인간의 역사에서 거듭되어 왔어요. 특히 먼 과거에는 인간이 사냥을 하면서 생존하고 문명을 이루었어요.

학생 2 열매를 따 먹고 곡식을 길러 먹는 것만으로는 영양소 면에서 부족하기 때문에 사냥을 해왔던 것이에요.

학생 3 저는 인간을 위해 다른 동물의 생명을 빼앗는다는 점에서 힘들어한 학보의 마음에 공감해요. 인간과 마찬가지로 모든 생명은 고통을 느끼기 때문이에요. 입장을 바꿔 생각해 보면 학보의 마음이 이해가 가요.

학생 4 이 소설에 나오는 노루 사냥도 생존을 위한 어쩔 수 없는 일이라기보다는 하나의 놀이처럼 느껴져 마음이 아팠어요.

학생 5 학보가 느낀 것과 같은 이유에서, 아니면 또 다른 이유에서 동물의 고기를 먹지 않고 채식을 하는 사람들도 많아요. 이는 어려운 문제이지만 각자의 입장에서 생각해 보고 서로 존중하면 좋겠어요.

선생님 머레이 북친(Murray Bookchin)은 대표적인 사회 생태주의 이론가예요. "인간에 의한 자연 지배는 인간에 의한 인간 지배로부터 비롯된다."라는 말을 하였지요. 이 말의 의미는 무엇일까요?

💬 2 ❤️ 2

학생 1 머레이 북친은 사회 속에 존재하는 계급적 차이, 소수자에 대한 억압 등 인간 개개인의 편차를 무시한 근본 생태주의를 비판했어요. 사회의 구조적 모순을 고려하지 않고 자연 파괴의 책임을 모든 인간에게서 찾는 것은 옳지 않다는 거예요.

학생 2 이러한 입장에서 보면 인간 개개인의 변화가 아니라 억압적인 사회 구조를 바꾸는 것이 문제 해결의 기본이라고 할 수 있어요.

  생태주의   ▼ 🔍

연관 검색어   근본 생태주의   사회 생태주의

생태주의(Ecologism)란 인간을 생태계의 일부로 보고 자연과 조화를 이루어야 한다고 보는 이념이다. 산업 자본주의가 전 세계로 확산되면서 자연은 급속도로 오염되고 파괴되었다. 생태주의는 이러한 상황에서 인간이 저지른 잘못을 반성하고 해결책을 모색하고자 한다.

생태주의는 두 가지로 나눌 수 있다. 먼저 '근본 생태주의'이다. 근본 생태주의는 모든 생명체가 평등하다고 보는 관점이다. 인간은 자연보다 우월한 존재가 아니며 인간도 다른 생물들처럼 자연의 흐름에 순응하고 조화를 이루어야 한다고 주장한다. 하지만 사람이 처한 개별적인 상황을 고려하지 않고 단순히 모든 사람에게 똑같은 책임을 부여한다는 비판을 받기도 한다.

두 번째는 '사회 생태주의'이다. 사회 생태주의는 문제의 근본적인 원인을 인간의 지배 구조에서 찾는다는 점에서 근본 생태주의와 같다. 그러나 환경 파괴의 원인을 단순히 인간과 자연의 이분법적인 대립에서 비롯되었다고 보지 않고, 사회적 강자들에 의한 과도한 개발과 경쟁이 원인임을 강조한다. 즉, 사회 집단의 불평등한 구조를 핵심 원인으로 본다.

김유정
(1908~1937)

강원도 춘천 실레 마을에서 출생. 휘문고등보통학교를 거쳐 연희전문학교 문과를 중퇴하였다.

1935년 소설 「소낙비」가 〈조선일보〉 신춘문예에, 「노다지」가 〈중외일보〉 신춘문예에 각각 당선되어 등단하였다. 폐결핵으로 29세에 요절하기까지 불과 2년 동안 30여 편에 가까운 작품을 남겼다. 대표작으로 「산골 나그네」, 「노다지」, 「금 따는 콩밭」, 「봄·봄」, 「동백꽃」, 「땡볕」 등이 있다.

김유정의 작품은 대부분 빈곤에 시달리던 1930년대 식민지 시대의 현실을 바탕으로 하고 있다. 주요 등장인물은 가난 속에서도 웃음을 잃지 않는 소작농, 노동자, 여급 등이다. 한국 현대 작가 가운데 김유정만큼 해학적이고 토속적인 문장을 농도 있게 구사한 작가는 드물다. 김유정의 소설이 어두운 현실을 그리고 있으면서도 생기가 넘치는 것은 그의 해학적인 문체 때문이다. 하지만 농촌의 문제점을 이지적인 현실 감각으로 바라보지 않고 희화화하였다는 평을 받기도 한다.

소낙비

⚓ 작품 길잡이

갈래: 순수 소설, 농촌 소설
배경: 시간 - 1930년대 / 공간 - 궁핍한 농촌
시점: 3인칭 전지적 작가 시점(부분적으로 3인칭 작가 관찰자 시점)
주제: 식민지 농촌의 타락한 현실과 유랑 농민의 애환, 농촌 사회의 현실적 모순과
　　　도착된 성 윤리 풍자
출전: 〈조선일보〉[1935]

📷 인물 관계도

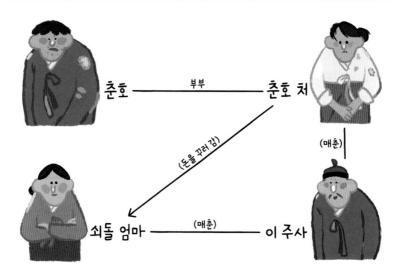

춘호 ──── 부부 ──── 춘호 처

(돈을 꾸러 감)　　　(매춘)

쇠돌 엄마 ──── (매춘) ──── 이 주사

춘호	돈도 없고 배우지도 못한 인물이다. 아내의 매춘을 눈치채지만 말리지 않는다.
춘호 처	순박한 여인으로 매춘을 하지만 어리석어 무엇이 잘못됐는지 알지 못한다.

📑 구성과 줄거리

발단 **자연 묘사를 통해 주인공들의 운명을 암시함**

음산한 검은 구름이 모여드는 것이 금시라도 비가 내릴 듯하면서도 짓궂은 햇발이 산골 마을을 달구고 있다. 바람은 논밭 간의 나무들을 뒤흔들고, 매미 소리는 거칠어 가는 농촌을 읊는 듯하다.

전개 **춘호는 처에게 돈을 구해 올 것을 강요함**

춘호는 감자를 씻고 있는 아내를 노려본다. 그는 아내에게 노름을 위해 쓸 이 원을 꿔 오라고 옥박지른다. 아내는 들은 체도 않는다. 춘호가 화를 내며 때리자 아내는 춘호를 피해 집 밖으로 뛰쳐나간다.

위기 **춘호 처는 이 주사와 관계를 갖고 그 대가로 돈을 받기로 함**

춘호 처는 쇠돌 엄마 집으로 향한다. 춘호 처가 쇠돌 엄마 집으로 가는 길에 소낙비가 퍼붓는다. 쇠돌 엄마는 집에 없고 춘호 처는 옷이 젖은 채 쇠돌 엄마를 기다린다. 이때 언덕에서 사람 소리가 들린다. 춘호 처는 나무에 몸을 숨기고, 이 주사가 쇠돌네 집으로 향하는 것을 본다. 천연덕스럽게 쇠돌네 봉당에 들어선 춘호 처는 이 주사와 관계를 갖고 이 원을 받기로 한다.

절정 **춘호 처가 집으로 돌아와 돈을 구하게 되었음을 알림**

뿌루퉁하게 앉아 있던 춘호는 아내가 들어오는 것을 보고 화를 내려다 돈을 구했다고 하자 태도가 돌변한다. 춘호는 어떻게 돈을 구했는지 짐작하지만 아내를 말리지 않는다. 오히려 그 돈으로 노름을 해서 돈을 딴 뒤 아내와 함께 서울로 가서 안락한 생활을 할 기대에 부푼다.

결말 **춘호는 아내를 단장시켜 이 주사에게 보냄**

밤새도록 내리던 비가 아침에야 그치고 점심때는 생기로운 볕까지 든다. 춘호는 아내를 곱게 단장시키고 실패하지 않을 것을 당부하며 이 주사에게 보낸다.

소낙비

　음산한 검은 구름이 하늘에 뭉게뭉게 모여드는 것이 금시라도 비 한 줄기 할 듯하면서도 여전히 짓궂은 햇발은 겹겹 산속에 묻힌 외진 마을을 통째로 자실 듯이 달구고 있었다. 이따금 생각나는 듯 산매^{山魅 요사스러운 산 귀신} 들린 바람은 논밭 간의 나무들을 뒤흔들며 미쳐 날뛰었다.

　산 밖으로 농군들을 멀리 품앗이로 내보낸 안말의 공기는 쓸쓸하였다. 다만 맷맷한^{생김새가 매끈하게 곧고 긴} 미루나무 숲에서 거칠어 가는 농촌을 읊는 듯 매미의 애끊는 노래…….

　매—음! 매—음!

　춘호는 자기 집—올봄에 오 원을 주고 사서 든 묵삭은^{오래되어 썩은 것처럼 된} 오막살이집—방문턱에 걸터앉아서 바른 주먹으로 턱을 괴고는 봉당에서 저녁으로 때울 감자를 씻고 있는 아내를 묵묵히 노려보고 있었다. 그는 사날 밤이나 눈을 안 붙이고 성화를 하는 바람에 농사에 고리삭은^{젊은이다운 활발한 기상이 없고 하는 짓이 늙은이 같은} 그의 얼굴은 더욱 해쓱하였다.

　아내에게 다시 한 번 졸라 보았다. 그러나 위협하는 어조로,

　"이봐, 그래 어떻게 돈 이 원만 안 해 줄 테여?"

　🍶 소설 한 장면　　발단　자연 묘사를 통해 주인공들의 운명을 암시함

아내는 역시 대답이 없었다. 갓 잡아 온 새댁 모양으로 씻는 감자나 씻을 뿐 잠자코 있었다.

되나 안 되나 좌우간 이렇다 말이 없으니 춘호는 울화가 터져서 죽을 지경이었다. 그는 타곳에서 떠돌아 온 몸이라 자기를 믿고 장리를 주는 사람도 없고 또는 그 알량한 집을 팔려 해도 단 이삼 원의 작자도 내닫지 않으므로 앞뒤가 꼭 막혔다마는, 그래도 아내는 나이 젊고 얼굴 똑똑하것다, 돈이 원쯤이야 어떻게라도 될 수 있겠기에 묻는 것인데 들은 체도 안 하니 썩 괘씸한 듯싶었다.

그는 배를 튀기며 다시 한 번,

"돈 좀 안 해 줄 테여?"

하고 소리를 빽 질렀다.

그러나 대꾸는 역시 없었다. 춘호는 노기충천하여 불현듯 문지방을 떠다밀며 벌떡 일어섰다. 눈을 홉뜨고 벽에 기댄 지게막대를 손에 잡자 아내의 옆으로 바람같이 달려들었다.

"이년아, 기집 좋다는 게 뭐여. 남편의 근심도 덜어 주어야지, 끼고 자자는 기집이여?"

지게막대는 아내의 연한 허리를 모질게 후렸다. 까부라지는 비명은 모지락스레^{보기에 억세고 모질게} 찌그러진 울타리 틈을 벗어 나간다. 잼처^{어떤 일에 바로 뒤이어 거듭. 되짚어} 지게막대는 앉은 채 고꾸라진 아내의 발뒤축을 얼러 볼기를 내리갈겼다.

"이년아, 내가 언제부터 너에게 조르는 게여?"

범같이 호통을 치며 남편이 지게막대를 공중으로 다시 올리며 모질음^{어떤 고통을 견뎌 내려고 모질게 쓰는 힘을} 쓸 때 아내는,

"에구머니!"

하고 외마디를 질렀다. 연하여 몸을 뒤치자 거반 엎어질 듯이 싸리문 밖으로 내달렸다. 얼굴에 눈물이 흐른 채 황그리는^{욕될 만큼 매우 낭패를 당한} 걸음으로 문 앞의 언덕을 내려와 개울을 건너고 맞은쪽에 뚫린 콩밭 길로 들어섰다.

"너, 네가 날 피하면 어딜 갈 테여?"

발길을 막는 듯한 의미 있는 호령에 달아나던 아내는 다리가 멈칫하였다. 그는 고개를 돌리어 싸리문 안에 아직도 지게막대를 들고 서 있는 남편을 바라보았다. 어른에게 죄진 어린애같이 입만 종긋종긋하다가 남편이 뛰어 나올까 겁이 나서 겨우 입을 열었다.

"쇠돌 엄마 집에 좀 다녀올게유."

쭈뼛쭈뼛 변명을 하고는 가던 길을 다시 휭하게 내걸었다. 아내라고 요새 이 돈 이 원이 금시로 필요함을 모르는 바도 아니었다마는, 그의 자격으로나 노동으로나 돈 이 원이란 감히 땅띔^{무거운 것을 들어 땅에서 뜨게 하는 일}도 못 해볼 형편이었다. 벌이래야 하잘것없는 것—아침에 일어나기가 무섭게 남에게 뒤질까 영산이 올라 산으로 빼는 것이다. 조그만 종댕이^{종다래끼. 작은 바구니}를 허리에 달고 거한 산중에 드문드문 박혀 있는 도라지, 더덕을 찾아가는 일이었다. 깊은 산속으로 우중충한 돌 틈바귀로 잔약한 몸으로 맨발에 짚신짝을 끌며 강파른^{가파른} 산등을 타고 돌려면 젖 먹던 힘까지 녹아내리는 듯 진땀이 머리로 발끝까지 쭉 흘러내린다.

아랫도리를 단 외겹으로 두른 낡은 치맛자락은 다리로, 허리로 척척 엉기어 걸음을 방해하였다. 땀에 불은 종아리는 거친 숲에 긁혀 그 쓰라림이 말이 아니다. 게다가 무거운 흙내는 숨이 탁탁 막히도록 가슴을 찌른다. 그러나 삶에 발버둥치는 순진한 그의 머리는 아무 불평도 일지 않았다.

가뭄에 콩 나기로 어쩌다 도라지 순이라도 어지러운 숲속에 하나둘 뾰족이 뻗어 오른 것을 보면 그는 그래도 기쁨에 넘치는 미소를 띠었다.

때로는 바위도 기어올랐다. 정히 못 기어오를 그런 험한 곳이면 칡덩굴에 매달리기도 하는 것이었다. 땟국에 전 무명 적삼은 벗어서 허리춤에다

🔖 소설 한 장면　　전개　춘호는 처에게 돈을 구해 올 것을 강요함

꾹 찌르고는 호랑이 숲이라 이름난 강원도 산골에 매달려 기를 쓰고 허비적거린다. 골바람은 지날 적마다 알몸을 두른 치맛자락을 공중으로 날린다. 그제마다 검붉은 볼기짝을 사양 없이 내보이는 칡덩굴이 그를 본다면, 배를 움켜쥐어도 다 못 볼 것이다마는, 다행히 그윽한 산골이라 그 꼴을 비웃는 놈은 뻐꾸기뿐이었다.

이리하여 해동갑 해가 질 때까지의 동안. 어떤 일을 해가 질 때까지 계속한다는 뜻 으로 헤갈 허둥지둥 헤맴 을 하고 나면 캐어 모은 도라지, 더덕을 얼러 사발 가웃, 혹은 두어 사발 남짓하게 되는 것이다. 그러면 동리로 내려와 주막거리에 가서 그걸 내주고 보리쌀과 사발 바꿈을 하였다. 그러나 요즘엔 그나마도 철이 겨워 소출이 없다. 그 대신 남의 보리방아를 온종일 찧어 주고 보리밥 그릇이나 얻어다가는 집으로 돌아와 농토를 못 얻어 뻔뻔히 노는 남편과 같이 나누는 것이 그 날 하루하루의 생활이었다.

그러고 보니 돈 이 원은커녕 당장 목을 딴대도 피도 나올지가 의문이었다.

만약 돈 이 원을 돌린다면 아는 집에서 보리라도 꾸어 파는 수밖에는 다른 도리가 없다. 그리고 온 동리의 아낙네들이 치맛바람에 팔자 고쳤다고 쑥덕거리며 은근히 시새우는 쇠돌 엄마가 아니고는 노는 보리를 가진 사람이 없다. 그런데 도둑이 제 발 저리다고 그는 자기 꼴 주제에 제물에 눌려서 호사로운 쇠돌 엄마에게는 죽어도 가고 싶지 않았다. 쇠돌 엄마도 처음에는 자기와 같이 천한 농부의 계집이련만 어쩌다 하늘이 도와 동리의 부자 양반 이 주사와 은근히 배가 맞은 뒤로는 얼굴도 모양내고, 옷치장도 하고, 밥 걱정도 안 하고 하여 아주 금방석에 딩구는 팔자가 되었다. 그리고 쇠돌 아버지도 이게 웬 땡이냐 듯이 아내를 내어놓은 채 눈을 살짝 감아 버리고 이 주사에게서 나온 옷이나 입고 주는 쌀이나 먹고 연년이 신통치 못한 자기 농사에는 한 손을 떼고는 희짜를 뽑는 희짜뽑는. 가진 것이 없으면서 짐짓 분수에 넘치게 구는 것이 아닌가!

사실 말인즉, 춘호 처가 쇠돌 엄마에게 죽어도 아니 가려는 그 속 까닭은 정작 여기 있었다.

바로 지난 늦은 봄, 달이 뚫어지게 밝은 어느 밤이었다. 춘호가 보름 계추 보름에 여는 계 모임 를 보러 산모퉁이로 나간 것이 이슥하여도 돌아오지 않으므로 집에서 기다리던 아내가 이젠 자고 오려나 생각하고는 막 드러누워 잠이 들려니까 웬 난데없는 황소 같은 놈이 뛰어들었다. 허둥지둥 춘호 처를 마구 깔다가 놀라서 으악 소리를 지르는 바람에 그냥 달아난 일이 있었다. 어수룩한 시골 일이라 별반 풍설風說 실상이 없이 떠돌아다니는 말. 풍문도 아니 나고 쓱싹 되었으나 며칠이 지난 뒤에야 그것이 동리의 부자 이 주사의 소행임을 비로소 눈치채었다.

그런 까닭으로 해서 춘호 처는 쇠돌 엄마와 직접 관계는 없대도 그를 대하면 공연스레 얼굴이 뜨뜻하여지고 무슨 죄나 진 듯이 몹시 어색하였다.

그리고 더욱이 쇠돌 엄마가,

"새댁, 나는 속곳이 세 개구, 버선이 네 벌이구 행."

하며 아주 좋다고 한들대는 꼴을 보면 혹시 자기에게 함정을 두고서 비아냥거리는 거나 아닌가, 하는 옥생각순탄하게 생각하지 않고 옹졸하게 하는 생각으로 무안해서 고개를 못 들었다. 한편으로는 자기도 좀만 잘했다면 지금쯤은 쇠돌 엄마처럼 호강을 할 수 있었을 그런 갸륵한 기회를 깝살려찾아온 사람을 따돌려 보내 기회를 놓쳐 버린 자기 행동에 대한 후회와 애탄으로 말미암아 마음을 괴롭히는 그 쓰라림도 적지 않았다.[1]

그러나 아무러한 욕을 보더라도 나날이 심해 가는 남편의 무지한 매보다는 그래도 좀 헐할 게다.

오늘은 한맘 먹고 쇠돌 엄마를 찾아가려는 것이었다.

춘호 처는 이번 걸음이 헛발이나 안 칠까 일념으로 심화를 하며 수양버들이 쭉 늘어박힌 논두렁길로 들어섰다. 그는 시골 아낙네로는 용모가 매우 반반하였다. 좀 야윈 듯한 몸매는 호리호리한 것이 소위 동리의 문자로 외입外入 오입. 아내가 아닌 여자와 성관계하는 일깨나 하염직한 얼굴이었으되 추레한 의복이며 퀴퀴한 냄새는 거지를 볼 지른다뺨친다. 그는 왼손, 바른손으로 겨끔내기서로 번갈아 하기로 치맛귀를 여며 가며 속살이 삐질까 조심조심 걸었다.

감사나운억세고 사나워서 휘어잡기 힘든 구름송이가 하늘 신폭을 휘덮고는 차츰차츰 지면으로 쳐져 내리더니 그예 산봉우리에 엉기어 살풍경殺風景 자연 풍경 따위가 운치가 없고 메마름이 되고 만다. 먼 데서 개 짖는 소리가 앞뒷산을 한적하게 울린다. 빗방울은 하나둘 떨어지기 시작하더니 차차 굵어지며 무더기로 퍼부어 내린다.

춘호 처는 길가에 늘어진 밤나무 밑으로 뛰어들어가 비를 그으며비를 잠시 피해 그치기를 기다리며 쇠돌 엄마 집을 멀리 바라보았다. 북쪽 산기슭 높직한 울타리로 삥 둘러 두르고 앉아 있는 오목하고 맵시 있는 집이 그 집이었다. 그런데

---

1) 극도의 가난 속에서 윤리 의식이 의미를 잃고 있다.

싸리문이 꼭 닫힌 걸 보면 아마 쇠돌 엄마가 농군청에 저녁 제누리 ^{곁두리. 농사꾼}이나 일꾼들이 끼니 외에 참참이 먹는 음식를 나르러 가서 아직 돌아오지 않은 모양이었다.

그는 쇠돌 엄마 오기를 지켜보며 우두커니 서서 기다리고 있었다.

나뭇잎에서 빗방울은 뚝뚝 떨어지며 그의 뺨을 흘러 젖가슴으로 스며든다. 바람은 지날 적마다 냉기와 함께 굵은 빗발을 몸에 들이친다.

비에 쪼르륵 젖은 치마가 몸에 찰싹 휘감기어 허리로, 궁둥이로, 다리로, 살의 윤곽이 그대로 비쳐 올랐다.

무던히 기다렸으나 쇠돌 엄마는 오지 않았다. 하도 진력이 나서 하품을 하여 가며 정신없이 서 있노라니 왼편 언덕에서 사람 오는 발자국 소리가 들린다. 그는 고개를 돌려 보았다. 그러나 날쌔게 나무 틈으로 몸을 숨겼다.

동이배 ^{동이처럼 볼록하게 나온 배}를 가진 이 주사가 지우산 ^{紙雨傘 대오리로 만든 살에 기름종이를 바른 우산}을 받쳐 쓰고는 쇠돌네 집을 향하여 엉덩이를 껍죽거리며 내려가는 길이었다. 비록 키는 작달막하나 숱 좋은 수염이라든지, 온 동리를 털어야 단 하나뿐인 탕건 ^{宕巾 예전에, 벼슬아치가 갓 아래에 받쳐 쓰던 관}이든지, 썩 풍채 좋은 오십 전후의 양반이다. 그는 싸리문 앞으로 가더니 자기 집처럼 거침없이 문을 떠다밀고는 속으로 버젓이 들어가 버린다.

이것을 보니 춘호 처는 다시금 속이 편치 않았다. 자기는 개돼지같이 무시로 매만 맞고 돌아치는 ^{나대며 여기저기 다니는} 천덕구니 ^{천대를 받는 사람이나 물건. 천더기. 천덕꾸러기}다. 안팎으로 귀염을 받으며 간들대는 쇠돌 엄마와 사람 된 치수가 두드러지게 다름을 그는 알 수가 있었다. 쇠돌 엄마의 호강을 너무나 부럽게 우러러보는 반동으로 자기도 잘만 했더라면 하는 턱없는 희망과 후회가 전보다 몇 갑절 쓰린 맛으로 그의 가슴을 찌부러뜨렸다. 쇠돌네 집을 하염없이 건너다보다가 어느덧 저도 모르게 긴 한숨이 굴러 내린다.

언덕에서 쓸려 내리는 사태 물이 발등까지 개흙으로 덮으며 소리쳐 흐른다. 빗물에 푹 젖은 몸뚱어리는 점점 떨리기 시작한다.

그는 가볍게 몸서리를 쳤다. 그리고 당황한 시선으로 사방을 경계하여 보았다. 아무도 보이지 않았다. 다시 시선을 돌리어 그 집을 쏘아보며 속으로 궁리하여 보았다. 안에는 확실히 이 주사뿐일 게다. 그때까지 걸렸던 싸리문이라든지 또는 울타리에 넌 빨래를 여태 안 걷어 들이는 것을 보면 어떤 맹세를 두고라도 분명히 이 주사 외의 다른 사람은 하나도 없을 것이다.

그는 마음 놓고 비를 맞아 가며 그 집으로 달려들었다. 봉당으로 선뜻 뛰

어오르며,

"쇠돌 엄마 기슈?"

하고 인기척을 내보았다.

물론 당자의 대답은 없었다. 그 대신 그 음성이 나자 안방에서 이 주사가 번개같이 머리를 내밀었다. 자기 딴은 꿈밖이란 듯 눈을 두리번두리번하더니 옷 위로 불거진 춘호 처의 젖가슴, 아랫배, 넓적다리, 발등까지 슬쩍 음충히 훑어보고는 거나한 낯으로 빙그레한다. 그리고 자기도 봉당으로 주춤주춤 나오며,

"쇠돌 엄마 말인가? 왜 지금 막 나갔지. 곧 온댔으니 안방에 좀 들어가 기다렸으면……."

하고 매우 일이 딱한 듯이 어름어름한다.

"이 비에 어딜 갔에유?"

"지금 요 밖에 좀 나갔지, 그러나 곧 올걸……."

"있는 줄 알고 왔는디……."

춘호 처는 이렇게 혼잣말로 낙심하며 섭섭한 낯으로 머뭇머뭇하다가 그냥 돌아갈 듯이 봉당 아래로 내려섰다. 이 주사를 쳐다보며 물 차는 제비같이 산드러지게 _{태도가 맵시 있고 경쾌하게},

🍎 **소설 한 장면** 위기 춘호 처는 이 주사와 관계를 갖고 그 대가로 돈을 받기로 함

"그럼 요담에 오겠어유, 안녕히 계시유."

하고 작별의 인사를 올린다.

"지금 곧 온댔는데, 좀 기다리지……."

"담에 또 오지유."

"아닐세, 좀 기다리게. 여보게, 여보게, 이봐!"

춘호 처가 간다는 바람에 이 주사는 체면도 모르고 기가 올랐다. 허둥거리며 재간껏 만류하였으나 암만해도 안 될 듯싶다. 춘호 처가 여기에 찾아온 것도 큰 기적이려니와 뇌성벽력雷聲霹靂 천둥소리와 벼락에 구석진 곳이것다 이렇게 솔깃한 기회는 두 번 다시 못 볼 것이다. 그는 눈이 뒤집히어 입에 물었던 장죽長竹 긴 담뱃대을 쑥 뽑아 방 안으로 치뜨리고는 계집의 허리를 뒤로 다짜고짜 끌어안아서 봉당 위로 끌어올렸다.

계집은 몹시 놀라며,

"왜 이러서유, 이거 노세유."

하고 몸을 뿌리치려고 앙탈을 한다.

"아니 잠깐만."

이 주사는 그래도 놓지 않으며 허겁스러운아무지거나 당차지 못하고 겁이 많은 눈짓으로 계집을 달랜다. 흘러내리는 고의춤고의나 바지의 허리를 접어서 여민 사이을 왼손으로 연신 치우치며 바른팔로는 계집을 잔뜩 움켜잡고 엄두를 못 내어 쩔쩔매다가 간신히 방 안으로 끙끙 몰아넣었다. 안으로 문고리는 재빠르게 채이었다.

밖에서는 모진 빗방울이 배춧잎에 부딪히는 소리, 바람에 나무 떠는 소리가 요란하다. 가끔 양철통을 내려 굴리는 듯 거푸진거쿨진. 몸집이 크고 말이나 하는 짓이 씩씩한 천둥소리가 방고래방 구들장 밑으로 불길과 연기가 통해 나가는 고랑를 울리며 날은 점점 침침하였다.

얼마쯤 지난 뒤였다. 이만하면 길이 들었으려니, 안심하고 이 주사는 날숨을 후―하고 돌린다. 실없이 고마운 비 때문에 발악도 못 치고 앙살도 못 피우고 무릎 앞에 고분고분 늘어져 있는 계집을 대견히 바라보며 빙긋이 얼러 보았다. 계집은 온몸에 진땀이 쭉 흐르는 것이 꽤 더운 모양이다. 벽에 걸린 쇠돌 엄마의 적삼을 꺼내어 계집의 몸을 말쑥하게 훌닦기 시작한다. 발끝서부터 얼굴까지―.

"너, 열아홉이라지?"

하고 이 주사는 취한 얼굴로 얼근히 물어보았다.

"니에."

하고 메떨어진 ^{모양이나 말, 행동 따위가 촌스러운} 대답. 계집은 이 주사 손에 눌리어 일어나도 못 하고 죽은 듯이 가만히 누워 있다.

이 주사는 계집의 몸뚱이를 다 씻기고 나서 한숨을 내뽑으며 담배 한 대를 턱 피워 물었다.

"그래, 요새도 서방에게 주리경을 치느냐?"

하고 묻다가 아무 대답도 없으매,

"원 그래서야 어떻게 산단 말이냐, 하루 이틀이 아니고, 사람의 일이란 알 수 있는 거냐? 그러다 혹시 맞아 죽으면 정장^{呈狀 고소장을 관청에 바침} 하나 해볼 곳 없는 거야. 허니, 네 명이 아까우면 덮어놓고 민적^{民籍 '호적'의 구칭}을 가르는 게 낫겠지."

하고 계집의 신변을 위하여 염려를 마지않다가 번뜻 한 가지 궁금한 것이 있었다.

"너 참, 아이 낳았다 죽었다더구나?"

"니에."

"어디 난 듯이나 싶으냐?"

계집은 얼굴이 홍당무가 되어지며 아무 말 못 하고 고개를 외면하였다.

이 주사도 그까짓 것 더 묻지 않았다. 그런데 웬 녀석의 냄새인지 무 생채 썩는 듯한 시크무레한 악취가 불시로 코청을 찌르니 눈살을 찌푸리지 않을 수 없다. 처음에야 그런 줄은 소통 몰랐더니 알고 보니까 비위가 족히 역하였다. 그는 빨고 있던 담배통으로 계집의 배꼽께를 똑똑히 가리키며,

"얘, 이 살의 때꼽 좀 봐라. 그래 물이 흔한데 이것 좀 못 씻는단 말이냐?"

하고 모처럼의 기분이 상한 것이 앵하단^{기회를 놓치거나 손해를 보아서 분하고 아까운} 듯이 꺼림한 기색으로 혀를 찼다. 하지만 계집이 참다못해 이내 무안에 못 이기어 일어나 치마를 입으려 하니 그는 역정을 벌컥 내었다. 옷을 빼앗아 구석으로 동댕이치고는 다시 그 자리에 끌어 앉혔다. 그리고 자기 딸이나 책하듯이 아주 대범하게 꾸짖었다.

"왜 그리 계집이 달망대니? 좀 듬직지가 못하구……."

춘호 처가 그 집을 나선 것은 들어간 지 약 한 시간 만이었다. 비가 여전히 쭉쭉 내린다. 그는 진땀을 있는 대로 흠뻑 쏟고 나왔다. 그러나 의외로, 아니 천행으로 오늘 일은 성공이었다. 그는 몸을 솟치며 생긋하였다. 그런

모욕과 수치는 난생 처음 당하는 봉변으로, 지랄 중에도 몹쓸 지랄이었으나 성공은 성공이었다. 복을 받으려면 반드시 고생이 따르는 법이니 이까짓 거야 골백번 당한대도 남편에게 매나 안 맞고 의좋게 살 수만 있다면 그는 사양치 않을 것이다. 이 주사를 하늘같이, 은인같이 여겼다. 남편에게 부쳐 먹을 농토를 줄 테니 자기의 첩이 되라는 그 말도 죄송하였으나 더욱이 돈 이 원을 줄 게 내일 이맘때 쇠돌네 집으로 넌지시 만나자는 그 말은 무엇보다도 고마웠고 벅찬 짐이나 푼 듯 마음이 홀가분하였다. 다만 애 켜이는 것은 자기의 행실이 만약 남편에게 발각되는 나절에는 대매^{단 한 번 때리는 매}에 맞아 죽을 것이다. 그는 일변 기뻐하며 일변 애를 태우며 자기 집을 향하여 세차게 쏟아지는 빗속을 가분가분 내리달았다.

춘호는 아직도 분이 못 풀리어 뿌루퉁하니 홀로 앉았다. 그는 자기의 고향인 인제를 등진 지 벌써 삼 년이 되었다. 해를 이어 흉작에 농작물은 잘못되고 따라 빚쟁이들의 위협과 악다구니는 날로 심하였다. 마침내 하릴없이 집 세간살이를 그대로 내버리고 알몸으로 밤도주하였던 것이다. 살기 좋은 곳을 찾는다고 나 어린 아내의 손목을 이끌고 이 산 저 산을 넘어 표랑^{漂浪 떠돌아다님}하였다. 그러나 우정 찾아든 곳이 고작 이 마을이나 산속은 역시 일반이다. 어느 산골엘 가 호미를 잡아 보아도 정은 조그만큼도 안 붙었고, 거기에는 오직 쌀쌀한 불안과 굶주림이 품을 벌려 그를 맞을 뿐이었다. 터무니없다 하여 농토를 안 준다. 일 구멍이 없으매 품을 못 판다. 밥이 없다. 결국에 그는 피폐하여 가는 농민 사이를 감도는 엉뚱한 투기심에 몸이 달떴다^{마음이 가라앉지 아니하고 조금 흥분되었다}. 요사이 며칠 동안을 두고 요 너머 뒷산 속에서 밤마다 큰 노름판이 벌어지는 기미를 알았다. 그는 자기도 한몫 보려고 끼룩거렸으나 좀체 밑천을 만들 수가 없었다.

이 원! 수나 좋아서 이 이 원이 조화만 잘한다면 금시 발복^{發福 운이 티어 복이 닥침}이 못 된다고 누가 단언할 수 있으랴! 삼, 사십 원 따서 동리의 빚이나 대충 가리고 옷 한 벌 지어 입고는 신저리나는 이 산골을 떠나려는 것이 그의 배포였다. 서울로 올라가 아내는 안잠을 재우고^{안잠자고. 남의 집에서 먹고 자며 그 집안일을 도와주고} 자기는 노동을 하고, 둘이서 다부지게 벌면 안락한 생활을 할 수가 있을 텐데, 이런 산 구석에서 굶어 죽을 맛이야 없었다. 그래서 젊은 아내에게 돈 좀 해 오라니까 요리 매낀 조리 매낀 매만 피하고 곁들어 주지 않으니 그 소행이 여간 괘씸한 것이 아니다.

아내가 물에 빠진 생쥐 꼴을 하고 집으로 달려들자 미처 입도 벌리기 전에 남편은 이를 악물고 주먹뺨을 냅다 붙인다.

"너 이년, 매만 살살 피하고 어디 가 자빠졌다 왔니?"

볼치 한 대를 얻어맞고 아내는 오기가 질리어 벙벙하였다. 그래도 직성이 못 풀리어 남편이 다시 매를 손에 잡으려 하니 아내는 질겁을 하여 살려달라고 두 손으로 빌며 개신개신 게으르거나 기운이 없어 나릿나릿 자꾸 힘없이 행동하는 모양 입을 열었다.

"낼 되유…… 낼. 돈, 낼 되유."

하며 돈이 변통됨을 삼가 아뢰는 그의 음성은 절반이 울음이었다.

남편이 반신반의하여 눈을 찌긋하다가,

"낼?"

하고 목청을 돋웠다.

"네, 낼 된다유."

"꼭 되어?"

"네, 낼 된다유."

남편은 시골 물정에 능통하니만치 난데없는 돈 이 원이 어디서 어떻게 되는 것까지는 추궁해 물으려 하지 않았다. 그는 적이 안심한 얼굴로 방문 턱에 걸터앉으며 담뱃대에 불을 그었다. 그제야 비로소 아내도 마음을 놓고 감자를 삶으러 부엌으로 들어가려 하니 남편이 곁으로 걸어오며 측은한

돈을 구해 오라니까 어디 가서 놀다 오는 게야!

내일, 내일 돈을 가져올 수 있어유!

○ 소설 한 장면　절정　춘호 처가 집으로 돌아와 돈을 구하게 되었음을 알림

듯이 말리었다.

"병나, 방에 들어가 어여 옷이나 말리여. 감자는 내 삶을게."

먹물같이 짙은 밤이 내리었다. 비는 더욱 소리를 치며 앙상한 그들의 방 벽을 앞뒤로 울린다. 천장에서 비는 새지 않으나 집 지은 지가 오래되어 방 고래가 물러앉다시피 된 방이라 도배를 못 한 방바닥에는 물이 스며들어 귀 축축하다. 거기다 거적 두 닢만 덩그렇게 깔아 놓은 것이 그들의 침소였다. 석유 불은 없어 캄캄한 바로 지옥이다. 벼룩은 사방에서 마냥 스멀거린다.

그러나 등걸잠옷을 입은 채 덮개 없이 아무 데나 쓰러져 자는 잠에 익달한 그들은 천연스럽게 나 란히 누워 줄기차게 퍼붓는 밤 빗소리를 귀담아듣고 있었다. 가난으로 인 하여 부부간의 애틋한 정을 모르고 나날이 매질로 불평과 원한 중에서 복 대기던정신을 차릴 수 없을 만큼 서둘러 최어치거나 몰아치던 그들도 이 밤에는 불시로 화목하였다. 단지 남의 품에 든 돈 이 원을 꿈꾸어 보고도…….

"서울 언제 갈라유?"

남편의 왼팔을 베고 누웠던 아내가 남편을 향하여 응석 비슷이 물어보았 다. 그는 남편에게 서울의 화려한 거리며 후한 인심에 대하여 여러 번 들은 바 있어 일상 안타까운 마음으로 몽상은 하여 보았으나 실지 구경은 못 하였 다. 얼른 이 고생을 벗어나 살기 좋은 서울로 가고 싶은 생각이 간절하였다.

"곧 가게 되겠지, 빚만 좀 없어도 가뜬하련만."

"빚은 낭중나중 갚더라도 얼핀 갑세다유."

"염려 없어. 이달 안으로 꼭 가게 될 거니까."

남편은 썩 쾌히 승낙하였다. 딴은 그는 동리에서 일컬어 주는 질꾼길꾼. 노 름 따위에 길이 익어 능숙한 사람으로 투전장의 가보노름판에서 아홉 끗을 일컬음쯤은 시루에서 콩나물 뽑듯 하는 능수能手 일에 능란한 솜씨. 또는 그런 사람였다. 내일 밤 이 원을 가지고 벼락같이 노름판에 달려가서 있는 돈이란 깡그리 모집어 올 생각을 하니 그는 은근 히 기뻤다. 그리고 교묘한 자기의 손재간을 홀로 뽐내었다.

"이번이 서울 처음이지?"

하며 그는 서울 바람 좀 한번 쐬었다고 큰 체를 하며 팔로 아내의 머리를 흔들어 물어보았다. 성미가 워낙 겁겁한지라 지금부터 서울 갈 준비를 착 착 하고 싶었다.

그가 제일 걱정되는 것은 둠 구석에서 돼자라먹은배운 것 없이 막되게 큰 아내를 데리고 가면 서울 사람에게 놀림도 받을 게고 거리끼는 일이 많을 듯싶었다. 그래서 서울 가면 꼭 지켜야 할 필수 조건을 아내에게 일일이 설명치 않을 수 없었다.

첫째, 사투리에 대한 주의부터 시작되었다. 농민이 서울 사람에게, '꼬라리'라는 별명으로 감잡히는 남과 시비를 다툴 때 약점을 잡히는 그 이유는 무엇보다도 사투리에 있을지니 사투리는 쓰지 말며, '합세.'를 '하십니까.'로, '하게유.'를 '하오.'로 고치되 말끝을 들지 말지라. 또 거리에서 어릿어릿하는 것은 내가 시골뜨기요 하는 얼뜬 짓이니 갈 길은 재게 가고 볼 눈을 또릿또릿이 볼지라―하는 것들이었다.

아내는 그 끔찍한 설교를 귀담아들으며 모깃소리로 '네, 네.'를 하였다. 남편은 뒤 시간 가량을 샐 틈 없이 꼼꼼하게 주의를 다져 놓고는 서울의 풍습이며 생활 방침 등을 자기의 의견대로 그럴싸하게 이야기하여 오다가 말끝이 어느덧 화장술에까지 이르게 되었다. 시골 여자가 서울에 가서 안잠을 잘 자 주면 몇 해 후에는 집까지 얻어 갖는 수가 있는데, 거기에는 얼굴이 예뻐야 한다는 소문을 일찍 들은 바 있어 하는 소리였다.

"그래서 날마다 기름도 바르고, 분도 바르고, 버선도 신고 해서 쥔 마음에 썩 들어야……."

한참 신바람이 올라 주워섬기다가 옆에서 쌔근쌔근 소리가 들리므로 고개를 돌려 보니 아내는 이미 곯아떨어져 잠이 깊었다.

"이런 망할 거, 남 말하는데 자빠져 잔담."

남편은 혼자 중얼거리며 바른팔을 들어 이마 위로 흐트러진 아내의 머리칼을 뒤로 쓰다듬어 넘긴다. 세상에 귀한 것은 자기의 아내! 이 아내가 만약 없었던들 자기는 홀로 어떻게 살 수 있었으려는가! 명색이 남편이며 이날까지 옷 한 벌 변변히 못 해 입히고 고생만 짓시킨 그 죄가 너무나 큰 듯 가슴이 뻐근하였다. 그는 왁살스러운 팔로 아내의 허리를 꼭 껴안아 자기의 앞으로 바특이 조금 바투 끌어당겼다.

밤새도록 줄기차게 내리던 빗소리가 아침에 이르러서야 겨우 그치고 점심때에는 생기로운 볕까지 들었다. 쿨렁쿨렁 논물 나는 소리는 요란히 들린다. 시내에서 고기 잡는 아이들의 고함이며, 농부들의 희희낙락한 메나리 농부들이 논일하며 부르는 농가의 하나 도 기운차게 들린다.

비는 춘호의 근심도 씻어 간 듯 오늘은 그에게도 즐거운 빛이 보였다.

"저녁 제누리 때 되었을걸, 얼른 빗고 가 봐―."

그는 갈증이 나서 아내를 대고 ^{무리하게 자꾸. 계속해 자꾸} 재촉하였다.

"아직 멀었어유."

"먼 게 뭐냐, 늦었어."

아내는 남편의 말대로 벌써부터 머리를 빗고 앉았으나 원체 달포나 아니 가리어 ^{머리를 대강 빗어} 엉클어진 머리가 시간이 꽤 걸렸다. 그는 호랑이 같은 남편과 오래간만에 정다운 정을 바꾸어 보니 근래에 볼 수 없는 희색이 얼굴에 떠돌았다. 어느 때에는 맥쩍게 ^{열없고 쑥스럽게} 생글생글 웃어도 보았다.

아내가 꼼지락거리는 것이 보기에 퍽이나 갑갑하였다. 남편은 아내 손에서 얼레빗 ^{빗살이 굵고 성긴 큰 빗} 을 쑥 뽑아 들고는 시원스레 쭉쭉 내려 빗긴다. 다 빗긴 뒤, 옆에 놓인 밥사발의 물을 손바닥에 연신 칠해 가며 머리에다 번지르하게 발라 놓았다. 그래 놓고 위에서부터 머리칼을 재워 가며 맵시 있게 쪽을 딱 찔러 주더니, 오늘 아침에 한사코 공을 들여 삼아 놓았던 짚신을 아내의 발에 신기고 주먹으로 자근자근 골을 내 주었다.

"인제 가 봐!"

하다가,

"바루 곧 와, 응?"

하고 남편은 그 이 원을 고이 받고자 손색없도록, 실패 없도록 아내를 모양내 보냈다.

얼른 다녀와, 응?

🕐 소설 한 장면　　결말　춘호는 아내를 단장시켜 이 주사에게 보냄

🔭 생각해 볼까요?

📖 **선생님** 이 소설은 아이러니에 바탕을 두고 있어요. 형편이 어려워 매춘을 하는 등장
인물의 처지는 매우 비극적이지만, 이러한 비극성이 희석되어 우울하고 어
둡게만 보이지는 않지요. 그 이유는 무엇일까요?

💬 2 🤍 2

↳ **학생 1** 안정적인 생활을 꿈꾸는 춘호는 노름 밑천을 구하기 위해 아내를 매춘으로
내몰아요. 춘호 부부는 매춘의 비윤리성을 모르며 오히려 매춘을 기회로 여
기고 기뻐해요. 이처럼 등장인물들이 악한 인간이라기보다는 어리석고 순
박한 인물로 그려지기 때문에 독자는 잔잔한 비애감을 느끼게 돼요.

↳ **학생 2** '모자라고 어수룩한 인물들'이 비윤리적으로 행동함으로써 아이러니를 유발
하는 것은 김유정 문학의 중요한 특징이에요.

📖 **선생님** 이 소설에서는 '검은 구름', '소낙비', '생기로운 볕' 등 날씨와 관련된 단어들
이 등장해요. 날씨는 춘호 부부의 처지와 심리가 변화하는 과정을 암시적으
로 보여 주지요. 이 요소들의 의미와 상관관계에 대해 자세히 말해 볼까요?

💬 3 🤍 3

↳ **학생 1** '검은 구름'은 매춘으로 돈을 벌려는 춘호 부부의 어두운 운명을 나타내는
복선이에요.

↳ **학생 2** '소낙비'는 이 주사와의 관계를 암시해요. 춘호 처는 쇠돌 엄마 집으로 가는
길에 소낙비를 만나 옷이 흠뻑 젖고, 이러한 상황에서 이 주사와의 관계가
비롯되기 때문이에요.

↳ **학생 3** 반면 춘호 처가 이 주사에게 돈을 받으러 가는 날에는 '생기로운 볕'이 들어
요. 이때는 화창한 날씨처럼 부부의 사이도 좋고 춘호와 춘호 처의 근심도
사라져요.

📖 **선생님** 이 작품은 〈조선일보〉 신춘문예 당선작으로 원제목은 「따라지 목숨」이에요.
'남에게 매여 보람 없이 사는 하찮은 목숨'이라는 뜻이지요. 이러한 제목을
볼 때 이 작품은 당대의 어떤 현실을 반영하고 있나요?

💬 1 🤍 1

↳ **학생 1** 이 작품은 궁핍한 농촌 생활을 배경으로 하며 순박하고 어리석은 사람들의
애환을 그렸어요. 춘호 부부를 통해 흉작과 빚에 쪼들려 고향을 버리고 타관
으로 떠도는 1930년대 유랑 농민의 서글픈 단면을 진지하게 다루었어요.

선생님 다음은 김유정의 다른 소설인 「떡」의 일부분이에요. 굶주린 딸이 아버지가 먹는 것을 쳐다보다가 너무 배가 고파 울음을 터뜨리는 장면이지요. 여기에서 볼 수 있는 「소낙비」와 「떡」의 공통점을 말해 볼까요?

'배가 몹시 고팠던 까닭이지만, 아버지의 숟가락질 소리를 들어 가며 침을 삼키고 삼키고 몇 번을 그래 봤으나 나중에는 더 참을 수가 없었다. (중략) 용기를 내었다. 바른팔을 뒤로 돌리어 가장 뭐에나 물린 듯이 대구 급작스리 응아 하고 소리를 내지른다. 그리고 비실비실 일어나 앉아서는 두 손등으로 눈을 비벼 가며 우는 것이다. 아버지는 이 꼴에 화를 벌컥 내었다. 손바닥으로 뒤통수를 딱 때리더니 이건 죽지도 않고 말썽이야 하고 썩 마뜩잖게 투덜거린다. 어머니를 향하여 저 년 아무것도 먹이지 말고 오늘 종일 굶기라고 부탁이다.'

💬 1   ♥ 1

학생 1 딸이 배고파 하는데 아버지는 먹을 것을 나눠 주지도 않고 오히려 귀찮게 한다고 화를 내며 폭력을 휘둘러요. 이처럼 극도로 가난한 환경에서 가족애가 사라지고 인간성을 상실한 모습이 나타난다는 점이 「소낙비」와 비슷해요.

직접 제시와 간접 제시 ▼ 🔍

연관 검색어   성격 제시 말하기 보여주기

소설 속에서 인물의 성격을 제시하는 방법으로는 두 가지가 있다. 바로 직접 제시와 간접 제시이다. 직접 제시는 서술자가 인물의 성격을 직접적으로 말해 주는 방법이고, 간접 제시는 대화나 행동을 통해서 인물의 성격을 나타내는 방법이다. 직접 제시는 간단하게 서술할 수 있지만 구체성을 잃을 수 있는 반면, 간접 제시는 극적인 효과를 지니지만 표현상의 제약이 있다. 직접 제시는 말하기(Telling), 간접 제시는 보여주기(Showing)라고도 부른다.

금 따는 콩밭

⚓ 작품 길잡이

갈래: 농촌 소설
배경: 시간 - 1930년대 / 공간 - 강원도 산골
시점: 3인칭 작가 관찰자 시점
주제: 절망적 현실에서 허황된 욕망을 추구하는 인간의 어리석음
출전: 〈개벽〉(1935)

📷 인물 관계도

영식	순박한 농사꾼이지만 일확천금에 대한 욕심으로 금을 찾으려다 콩밭을 망친다.
아내	수재의 말을 듣고 금줄을 찾아보라고 남편을 부추긴다.
수재	땅속에서 금줄을 찾으면 부자가 될 수 있다며 영식을 충동질한다.

📖 구성과 줄거리

발단   영식은 금줄을 잡기 위해 수재와 함께 열심히 구덩이를 팜

남의 땅을 소작하는 영식은 수재에게 설득당해 금을 찾기 위해 땅을 파기로 한다. 곡괭이를 잡고 열심히 콩밭을 파지만 구덩이 속은 무덤처럼 음침하기만 하다.

전개   아무리 땅을 파도 금은 나오지 않고 계속 콩밭만 망침

영식은 농사일을 접어 두고 하루 종일 구덩이를 팠지만 애꿎은 콩밭 하나만 결딴을 냈다. 마름은 구덩이를 묻지 않으면 징역을 갈 줄 알라고 역정을 낸다. 처음에 수재가 콩밭까지 금줄이 뻗어 있으니 캐 보자고 말했을 때 순박한 농사꾼 영식은 귀담아듣지 않았다. 그러나 수재가 자꾸 찾아와 부추기고, 셈이 빠른 아내도 그렇게 해 보자고 하는 바람에 마지못해 응낙을 했던 것이다. 콩밭을 여기저기 파헤쳤지만 금이 나올 기미가 없자 영식은 초조해진다.

위기   산제 후에도 금이 나오지 않자 영식은 절망에 빠짐

영식은 산제라도 지내 보자고 아내에게 말하지만 아내는 먹을 것도 없는데 무슨 산제냐고 투덜거린다. 영식은 쌀을 꿔다가 아내에게 떡을 찌게 한 다음 산제를 지낸다. 그러나 열흘이 지나도 금줄은 발견되지 않는다. 아내가 콩밭에서 금을 따는 숙맥도 있냐고 비아냥거리자 영식은 아내에게 화를 낸다.

절정   수재가 황토를 보이며 금줄을 잡았다고 소리침

영식과 아내의 싸움을 보며 불안해진 수재는 슬그머니 구덩이 속으로 들어가 버린다. 잠시 후 수재는 갑자기 금줄이 터졌다며 고함친다. 그는 불그죽죽한 황토를 영식에게 보이며 그 속에 금이 있다고 거짓말을 한다.

결말   금을 찾았다고 거짓말을 한 수재는 오늘 밤 달아날 궁리를 함

수재는 거짓말은 오래 못 간다고 생각하며 오늘 밤에는 정녕코 달아나리라 생각한다.

금 따는 콩밭

땅속 저 밑은 늘 음침하다.

고달픈 간드레^{광산의 구덩이 안에서 불을 켜고 다니는 등} 불. 맥없이 푸르끼하다. 밤과 달라서 낮엔 되우 흐릿하였다.

거칠은 황토 장벽으로 앞뒤 좌우가 콕 막힌 좁직한 구뎅이. 흡사히 무덤속같이 귀중중하다^{매우 더럽고 지저분하다} 1) 싸늘한 침묵, 쿠더부레한 흙내와 징그러운 냉기만이 그 속에 자욱하다.

곡괭이는 뻗질 흙을 이르집는다^{흙 따위를 파헤치다}. 암팡스러이 내려 쪼며,

퍽 퍽 퍽—.

이렇게 메떨어진^{모양이나 말, 행동 따위가 세련되지 못해 어울리지 않고 촌스러운} 소리뿐. 그러나 간간우수수 하고 벽이 헐린다.

영식이는 일손을 놓고 소맷자락을 끌어당기어 얼굴의 땀을 훑는다. 이놈의 줄이 언제나 잡힐는지 기가 찼다. 흙 한 줌을 집어 코밑에 바싹 들이대고 손가락으로 살살이 뒤져 본다. 완연히 버력^{광석이나 석탄을 캘 때 나오는, 광물 성분이 섞이지 않은 잡돌}은 좀 변한 듯싶다. 그러나 불통버력이 아주 다 풀린 것도 아니었다. 말똥버력^{양파 모양으로 벗겨져 부스러지기 쉬운 버력}이라야 금이 온다는데 왜 이리 안 나오는지.

곡괭이를 다시 집어 든다. 땅에 무릎을 꿇고 궁뎅이를 번쩍 든 채 식식거린다. 곡괭이는 무작정 내려찍는다.

바닥에서 물이 스미어 무르팍이 흥건히 젖었다. 굿^{구덩이} 엎은 천판^{天盤 천반. 채굴 현장의 천장}에서 흙 방울은 내리며 목덜미로 굴러든다. 어떤 때에는 윗벽의 한쪽이 떨어지며 등을 탕 때리고 부서진다. 그러나 그는 눈도 하나 깜짝하지않는다. 금을 캔다고 콩밭 하나를 다 잡쳤다. 약이 올라서 죽을 둥 살 둥, 눈이 뒤집힌 이판이다. 손바닥에 침을 탁 뱉고 곡괭이 자루를 한번 꼬나잡더니 쉴 줄 모른다.

등 뒤에서는 흙 긁는 소리가 드윽드윽 난다. 아직도 버력을 다 못 친 모양. 이 자식이 일을 하나, 시조^{時調 조선 시대에 확립된 3장 형식의 정형시에 반주 없이 일정한 가락을 붙여 부르는 노래}를 하나. 남은 속이 바직바직 타는데 웬 뱃심이 이리도 좋아.

---

1) 금을 찾기 위해 파놓은 구덩이를 음침한 분위기로 묘사하고 있다. 비극적인 결말을 암시한다.

영식이는 살기 띤 시선으로 고개를 돌렸다. 암말 없이 수재를 노려본다. 그제야 꾸물꾸물 바지게에 흙을 담고 등에 메고 사다리를 올라간다.

굿이 풀리는지 벽이 움찔하였다. 흙이 부서져 내린다. 전날이라면 이곳에서 아내 한번 못 보고 생죽음이나 안 할까 털끝까지 쭈뼛할 게다. 그러나 인젠 그렇게 되고도 싶다. 수재란 놈하고 흙더미에 묻히어 한껍에 죽는다면 그게 오히려 날 게다.

이렇게까지 몹시 몹시 미웠다.

이놈 풍치는 ^{허황하여 믿음성이 없는 말이나 행동을 하는} 바람에 애꿎은 콩밭 하나만 결딴을 냈다. 뿐만 아니라 모두가 낭패다. 세 벌 논도 못 맸다. 논둑의 풀은 성큼 자란 채 어지러이 널려 있다. 이 기미를 알고 지주는 대로 ^{大怒 크게 화를 냄}하였다. 내년부터는 농사질 생각 말라고 발을 굴렀다. 땅은 암만을 파도 지수가 없다. 이만해도 다섯 길은 훨씬 넘었으리라. 좀 더 지펴야 옳을지 혹은 북으로 밀어야 옳을지, 우두커니 망설거린다. 금점 ^{金店 금광} 일에는 으뜸이다. 입때껏 수재의 지휘를 받아 일을 하여 왔고, 앞으로도 역시 그러해야 금을 딸 것이다. 그러나 그런 칙칙한 짓은 안 한다.

"이리 와 이것 좀 파게."

그는 으쓱 위풍을 보이며 이렇게 분부하였다. 그리고 저는 일어나 손을 털며 뒤로 물러선다.

수재는 군말 없이 고분하였다. 시키는 대로 땅에 무릎을 꿇고 벽채 ^{광산에서 사용하는 연장의 하나}로 군버력을 긁어낸 다음 다시 파기 시작한다.

영식이는 치다 나머지 버력을 짊어진다. 커다란 걸대를 뒤룩거리며 사다리로 기어오른다. 굿문을 나와 버력더미에 흙을 마악 내치려 할 제,

"왜 또 파. 이것들이 미쳤나 그래!"

산에서 내려오는 마름과 맞닥뜨렸다. 정신이 떠름하여 그대로 벙벙히 섰다. 오늘은 또 무슨 포악을 들으려는가.

"말라니까 왜 또 파는 게야."

하고 영식이의 바지게 뒤를 지팡이로 꽉 찌르더니,

"갈아먹으라는 밭이지, 흙 쓰고 들어가라는 거야, 이 미친 것들아. 콩밭에서 웬 금이 나온다구 이 지랄들이야, 그래."

하고 목에 핏대를 올린다. 밭을 버리면 간수 잘못한 자기 탓이다. 날마다 와서 그 북새를 피우고 금하여도 다음 날 보면 또 여전히 파는 것이다.

"오늘로 이 구뎅이를 도로 묻어 놔야지, 낼로 당장 징역 갈 줄 알게."

너무 감정에 격하여 말도 잘 안 나오고 떠듬떠듬거린다. 주먹은 곧 날아들 듯이 허구리 _{허리 양쪽 갈비뼈 아래의 잘쏙한 부분} 께서 불불 떤다.

"오늘만 좀 해 보고 그만두겠어유."

영식이는 낯이 붉어지며 가까스로 한마디 하였다. 그리고 무턱대고 빌었다. 마름은 들은 척도 안 하고 가 버린다.

그 뒷모양을 영식이는 멀거니 배웅하였다. 그러나 콩밭 낯짝을 들여다보니 무던히 애통터진다. 멀쩡한 밭에 구멍이 사면 풍풍 뚫렸다.

예제없이 _{여기나 저기나 구별이 없이} 버력은 무더기무더기 쌓였다. 마치 사태 만난 공동묘지와도 같이 귀살쩍고 _{일이나 물건 따위가 마구 얼크러져 정신이 뒤숭숭하거나 산란하고} 되우 을씨년스럽다 _{분위기 따위가 몹시 스산하고 쓸쓸하다} . 그다지 잘되었던 콩포기는 거반 버력더미에 다아 깔려 버리고 군데군데 어쩌다 남은 놈들만이 고개를 나풀거린다. 그 꼴을 보는 것은 자식 죽는 걸 보는 게 낫지 차마 못 할 경상이었다.

농토는 모조리 떨어질 것이다. 그러나 대관절 올 밭도지 _{남의 밭을 빌려서 부치고 그 삯으로 해마다 주인에게 내는 현물} 벼 두 섬 반은 뭐로 해내야 좋을지. 게다 밭을 망쳤으니 자칫하면 징역을 갈는지도 모른다.

영식이가 구뎅이 안으로 들어왔을 때 동무는 땅에 주저앉아 쉬고 있었다.

대체 금줄은 언제 나오는 거야!

🎣 **소설 한 장면**　**발단**　영식은 금줄을 잡기 위해 수재와 함께 열심히 구덩이를 팜

태연 무심히 담배만 **뻑뻑** 피우는 것이다.

"언제나 줄을 잡는 거야."

"인제 차차 나오겠지."

"인제 나온다?"

하고 코웃음을 치고 엇먹더니 _{사리에 맞지 않는 언행으로 비꼬더니} 조금 지나매,

"이 새끼."

흙덩이를 집어 들고 골통을 내려친다.

수재는 어쿠 하고 그대로 폭 엎드린다. 그러다 벌떡 일어선다. 눈에 띄는 대로 곡괭이를 잡자 대뜸 달려들었다. 그러나 강약이 부동. 왈살스러운 팔뚝에 퉁겨져 벽에 가서 쿵 하고 떨어졌다. 그 순간에 제가 빼앗긴 곡괭이가 정바기 _{'정수리'의 방언}를 겨누고 날아드는 걸 보았다. 고개를 획 돌린다. 곡괭이는 흙벽을 퍽 찍고 다시 나간다.

수재 이름만 들어도 영식이는 이가 갈렸다. 분명히 홀딱 속은 것이다.

영식이는 본디 금점에 이력이 없었다. 그리고 흥미도 없었다. 다만 밭고랑에 웅크리고 앉아서 땀을 흘려 가며 꾸벅꾸벅 일만 하였다. 올엔 콩도 뜻밖에 잘 열리고 맘이 좀 놓였다.

하루는 홀로 김을 매고 있노라니까,

"여보게 덥지 않은가, 좀 쉬었다 하게."

고개를 들어 보니 수재. 농사는 안 짓고 금점으로만 돌아다니더니 무슨 바람에 또 왔는지 싱글벙글한다. 좋은 수나 걸렸나 하고,

"돈 좀 많이 벌었나. 나 좀 꿔 주게."

"별구말구. 맘껏 먹고 맘껏 쓰고 했네."

술에 거나한 얼굴로 신껏 주적거린다. 그리고 밭머리에 쭈그리고 앉아 한참 객설을 부리더니,

"자네, 돈벌이 좀 안 하려나. 이 밭에 금이 묻혔네, 금이."

"뭐?"

하니까, 바로 이 산 너머 큰골에 광산이 있다, 광부를 삼백여 명이나 부리는 노다지판인데 매일 소출되는 금이 칠십 냥을 넘는다, 돈으로 치면 칠천원, 그 줄맥이 큰 산허리를 뚫고 이 콩밭으로 뻗어 나왔다는 것이다. 둘이서 파면 불과 열흘 안에 줄을 잡을 게고, 적어도 하루 서 돈씩은 따리라. 우선

삼십 원만 해도 얼마냐. 소를 산대도 반 필이 아니냐고.

그러나 영식이는 귀담아듣지 않았다. 금점이란 칼 물고 뜀뛰기다. 잘 되면 이거니와 못 되면 신세만 조진다. 이렇게 전일부터 들은 소리가 있어서였다.

그담 날도 와서 꾀송거리다^{'꾀다'의 방언} 갔다.

셋째 번에는 집으로 찾아왔는데 막걸리 한 병을 손에 들고 영을 피운다. 몸이 달아서 또 온 것이었다. 봉당에 걸터앉아서 저녁상을 물끄러미 바라보더니 조당수^{좁쌀을 물에 불린 다음 갈아서 묽게 쑨 음식}는 몸을 훑는다는 둥 일꾼은 든든히 먹어야 한다는 둥 남들은 논을 사느니 밭을 사느니 떠드는데 요렇게 지내다 그만둘 테냐는 둥 일쩝게^{일거리가 되어 귀찮거나 불편하게} 지절거린다.

"아주머니, 이것 좀 먹게 해 주시게유."

그리고 비로소 영식이 아내에게 술병을 내놓는다. 그들은 밥상을 끼고 앉아서 즐겁게 술을 마셨다. 몇 잔이 들어가고 보니 영식이의 생각도 적이 돌아섰다. 따은 일 년 고생하고 끽 콩 몇 섬 얻어먹느니보다는 금을 캐는 것이 슬기로운 짓이다. 하루에 잘만 캔다면 한해 줄곧 공들인 그 수확보다 훨씬 이익이다. 올봄 보낼 제 비료값, 품삯, 빚에 빚진 칠 원 까닭에 나날이 졸리는 이 판이다. 이렇게 지지하게 살고 말 바에는 차라리 가로지나 세로지나 사내자식이 한번 해 볼 것이다.

"낼부터 우리 파 보세. 돈만 있으면이야, 그까진 콩은……."

수재가 안달스리 재우쳐^{빨리 몰아치거나 재촉하여} 보채일 제 선뜻 응낙하였다.

"그래 보세, 빌어먹을 거 안 될 고만이지."

그러나 꽁무니에서 죽을 마시고 있던 아내가 허구리를 쿡쿡 찔렀게 망정이지 그렇지 않았더면 좀 주저할 뻔도 하였다.

아내는 아내대로의 셈이 빨랐다.

시체^{時體 그 시대의 풍습이나 유행}는 금점이 판을 잡았다. 섣부르게 농사만 짓고 있다 간 결국 비렁뱅이밖에는 더 못 된다. 얼마 안 있으면 산이고 논이고 밭이고 할 것 없이 다 금쟁이 손에 구멍이 뚫리고 뒤집히고 뒤죽박죽이 될 것이다. 그때는 뭘 파먹고 사나. 자, 보아라. 머슴들은 짜기나 한 듯이 일하다 말고 후딱 하면 금점으로들 내빼지 않는가.¹⁾ 일꾼이 없어서 올엔 농사를 질 수 없느니 마느니 하고 동리에서는 떠들썩하다. 그리고 번동 포농이조차 호미

----

1) 일확천금의 풍조가 만연한 당시의 사회상을 엿볼 수 있다.

를 내던지고 강변으로 개울로 사금을 캐러 달아난다. 그러다 며칠 뒤엔 다비신 '양말'의 방언에다 옥당목玉唐木 옥양목보다 품질이 낮은 무명의 피륙을 떨치고 히짜를 뽑는희짜를 뽑는. 가진 것이 없으면서 짐짓 분수에 넘치게 구는 것이 아닌가.

아내는 콩밭에서 금이 날 줄은 아주 꿈밖이었다. 놀라고도 또 기뻤다. 올에는 노상 침만 삼키던 그놈 코다리명태를 짜장 먹어 보겠구나만 하여도 속이 미어질 듯이 짜릿하였다. 뒷집 양근댁은 금점 덕택에 남편이 사다 준 고무신을 신고 나릿나릿 걷는 것이 무척 부러웠다. 저도 얼른 금이나 펑펑 쏟아지면 흰 고무신도 신고 얼굴에 분도 바르고 하리라.

"그렇게 해보지 뭐. 저 양반 하잔 대로만 하면 어련히 잘 될라구."

얼떨하여 앉아 있는 남편을 이렇게 추겼던 것이다.

동이 트기 무섭게 콩밭으로 모였다.

수재는 진언眞言 비밀스러운 어구이나 하는 듯이 이리 대고 중얼거리고 저리 대고 중얼거리고 하였다. 그리고 덤벙거리며 이리 왔다가 저리 왔다가 하였다. 제 딴은 땅속에 누운 줄맥을 어림하여 보는 맥이었다.

한참을 밭을 헤매다가 산 쪽으로 붙은 한구석에 딱 서며 손가락을 펴들고 설명한다. 큰 줄이란 본시 산운, 산을 끼고 도는 법이다. 이 줄이 노다지임에는 필시 이켠으로 버듬히 누웠으리라. 그러니 여기서부터 파들어 가자는 것이었다.

영식이는 그 말이 무슨 소린지 새기지는 못했다마는, 금점에는 난다는 소재이니 그 말대로 하기만 하면 영락없이 금퇴금이 들어 있는 광석야 나겠지 하고 그것만 꼭 믿었다. 군말 없이 지시해 받은 곳에다 삽을 푹 꽂고 파헤치기 시작하였다.

금도 금이면 애써 키워 온 콩도 콩이었다. 거진 다 자란 허울 멀쑥한 놈들이 삽 끝에 으스러지고 흙에 묻히고 하는 것이다. 그걸 보는 것은 썩 속이 아팠다. 애틋한 생각이 물밀 때 가끔 삽을 놓고 허리를 구부려서 콩잎의 흙을 털어 주기도 하였다.

"아 이 사람아, 맥쩍게열없고 쑥스럽게 그건 봐 뭘 해, 금을 캐자니깐."

"아니야, 허리가 좀 아퍼서."

핀잔을 얻어먹고는 좀 열없었다약간 부끄럽고 계면쩍다. 하기는 금만 잘 터져 나오면 이까짓 콩밭쯤이야. 이 밭을 풀어 논도 만들 수 있을 것이다. 눈을 감아버리고 삽의 흙을 아무렇게나 콩잎 위로 확확 내어 던진다.

"국으로^{제 주제에 맞게} 땅이나 파먹지 이게 무슨 지랄들이야!"

동리 노인은 뻔질 찾아와서 귀 거친 소리를 하고 하였다.

밭에 구멍을 셋이나 뚫었다. 그리고 대구 뚫는 길이었다. 금인가 난장을 맞을 건가 그것 때문에 농군은 버렸다.

이게 필연코 세상이 망하려는 징조이리라. 그 소중한 밭에다 구멍을 뚫고 이 지랄이니 그놈이 온전할 겐가.

노인은 제풀 화에 지팡이를 들어 삿대질을 아니 할 수 없었다.

"벼락 맞느니 벼락 맞어!"

"염려 말아유. 누가 알래지유."

영식이는 그럴 적마다 데퉁스레^{말과 하는 짓이 거칠고 융통성 없어 미련하게} 흙을 되는대로 내꼰지고는 침을 탁 뱉고 구뎅이로 들어간다. 그러나 마음 한구석에는 언제나 끄응 하였다. 줄을 찾는다고 콩밭을 통히 뒤집어 놓았다. 그리고 줄이 언제나 나올지 아직 까맣다. 논도 못 매고 물도 못 보고 벼가 어이 되었는지 그것조차 모른다. 밤에는 잠이 안 와 멀뚱하니 애를 태웠다.

수재는 낙담하는 기색도 없이 늘 하냥이었다. 땅에 웅숭그리고 시적시적 노량으로 땅만 판다.

"줄이 꼭 나오겠나."

이게 무슨 지랄들이야!

금줄이 꼭 나오겠나?

이번에 안 나오면 내 목을 베게.

◑ 소설 한 장면　　전개　　아무리 땅을 파도 금은 나오지 않고 계속 콩밭만 망침

하고 목이 말라서 물으면,

"이번에 안 나오거든 내 목을 비게."

서슴지 않고 장담을 하고는 꿋꿋하였다.

이걸 보면 영식이도 마음이 좀 뇌는 듯싶었다. 전들 금이 없다면 무슨 멋으로 이 고생을 하랴. 반드시 금은 나올 것이다. 그제는 이왕 손해는 하릴없거니와 그만두리라는 절망이 스스로 사라지고 다시금 주먹이 쥐어지는 것이었다.

캄캄하게 밤은 어두웠다. 어디선가 뭇 개가 요란히 짖어 댄다.

남편은 진흙투성이를 하고 내려왔다. 풀이 죽어서 몸을 잘 가누지도 못하고 아랫목에 축 늘어진다.

이 꼴을 보니 아내는 맥이 다시 풀린다. 오늘도 또 글렀구나. 금이 터지면 집을 한 채 사간다고 자랑을 하고 왔더니 이내 헛일이었다. 인제 좌지^{坐地 계급} _{따위가 높은 위치}가 나서 낯을 들고 나갈 염의^{廉義 염치와 의리} 조차 없어졌다.

남편에게 저녁을 갖다주고 딱하게 바라본다.

"인제 꿔온 양식도 다 먹었는데……."

"새벽에 산제를 좀 지낼 텐데 한 번만 더 꿔와."

남의 말에는 대답 없고 유하게 흘게 늦은 소리뿐. 그리고 드러누운 채 눈을 지그시 감아 버린다.

"죽거리두 없는데 산제는 무슨……."

"듣기 싫어, 요망 맞은 년 같으니."

이 호통에 아내는 그만 멈칫하였다. 요즘 와서는 무턱대고 공연스레 골만 내는 남편이 영 딱하였다. 환장을 하는지 밤잠도 아니 자고 소리만 빽빽 지르며 덤벼들려고 든다. 심지어 어린 것이 좀 울어도 이 자식 갖다 내꾼지라고 북새를 피우는 것이다.

저녁을 아니 먹으므로 그냥 치워 버렸다. 남편의 영을 거역키 어려워 양근댁한테로 또다시 안 갈 수 없다. 그간 양식은 줄곧 꾸어다 먹고 갚지도 못하였는데 또 무슨 면목으로 입을 벌릴지 난처한 노릇이었다.

그는 생각다 끝에 있는 염치를 보째 쏟아 던지고 다시 한번 찾아가는 것이다마는, 딱 맞닥뜨리어 입을 열고,

"낼 산제를 지낸다는데 쌀이 있어야지유."

하자니 영 낯이 화끈하고 모닥불이 날아든다.

그러나 그들은 어지간히 착한 사람이었다.

"암 그렇지요. 산신이 벗나면 죽도 그릅니다."

하고 말을 받으며 그 남편은 빙그레 웃는다. 워낙이 금점에 장구長久 오랫동안 닳아난 몸인 만치 이런 일에는 적잖이 속이 틔었다. 손수 쌀 닷 되를 떠다 주며,

"산제란 안 지냄 몰라두 이왕 지내려면 아주 정성껏 해야 됩니다. 산신이란 노하길 잘하니까유."

하고 그 비방까지 깨쳐 보낸다.

쌀을 받아 들고 나오며 영식이 처는 고마움보다 먼저 미안에 질리어 얼굴이 다시 빨갰다. 그리고 그들 부부 살아가는 살림이 참으로 참으로 몹시 부러웠다. 양근댁 남편은 날마다 금점으로 감돌며 버력더미를 뒤지고 토록 광맥의 본래 줄기에서 떨어져 다른 잡석과 함께 광맥의 겉으로 드러나 있는 광석을 주워 온다. 그걸 온종일 장판돌에다 갈면 수가 좋으면 이삼 원, 옥아도밑져도 칠팔십 전 꼴은 매일 셈이 되는 것이었다. 그러면 쌀을 산다, 피륙을 끊는다, 떡을 한다, 장리를 놓는다……. 그런데 우리는 왜 늘 요 꼴인지 생각만 하여도 가슴이 메는 듯 맥맥한 한숨이 연발을 하는 것이었다.

아내는 집에 돌아와 떡쌀을 담갔다. 낼은 뭘로 죽을 쑤어 먹을는지. 윗목에 웅크리고 앉아서 맞은쪽에 자빠져 있는 남편을 곁눈으로 살짝 할퀴어본다. 남들은 돌아다니며 잘도 금을 주워 오련만 저 망나니 제 밭 하나를 다 버려도 금 한 톨 못 주워 오나. 에, 에, 변변치도 못한 사나이. 저도 모르게 얄은 한숨이 거푸 두 번을 터진다.

밤이 이슥하여 그들 양주는 떡을 하러 나왔다. 남편은 절구에 쿵쿵 빻았다. 그러나 체가 없다. 동네로 돌아다니며 빌려 오느라고 아내는 다리에 불풍이 났다.

"왜 이리 앉았수, 불 좀 지피지."

떡을 찧다가 얼이 빠져서 멍하니 앉아 있는 남편이 밉살스럽다. 남은 이래저래 애를 죄는데 저건 무슨 생각을 하고 저리 있는 건지. 낫으로 삭정이 산 나무에 붙은 채로 말라 죽은 가지를 탁탁 조겨서 던져 주며 아내는 은근히 혹닥이었다.

닭이 두 화를 치고 나서야 떡은 되었다.

아내는 시루를 이고 남편은 겨드랑에 자리때기 앉거나 눕도록 바닥에 까는 물건. 즉 '자리'를 낮추어

^{부르는 말}를 껐다. 그리고 캄캄한 산길을 올라간다.

비탈길을 얼마 올라가서야 콩밭은 놓였다. 전면이 우뚝한 검은 산에 둘리어 막힌 곳이었다. 가생이로 느티, 대추나무들은 머리를 풀었다.

밭머리 조금 못미처 남편은 걸음을 멈추자 뒤의 아내를 돌아본다.

"인 내, 그리고 여기 가만히 섰어."

시루를 받아 한 팔로 껴안고 그는 혼자서 콩밭으로 올라섰다. 앞에 쌓인 것이 모두가 흙더미, 그 흙더미를 마악 돌아서려 할 제 아마 돌을 찼나 보다. 몸이 쓰러지려고 우찔끈하니 아내가 기겁을 하여 뛰어오르며 그를 부축하였다.

"부정 타라구 왜 올라와, 요망 맞은 년."

남편은 몸을 고르잡자 소리를 뻑 지르며 아내 얼뺨^{얼떨결에 치는 뺨}을 붙인다. 가뜩이나 죽으라 죽으라 하는데 불길하게도 계집년이. 그는 마뜩지 않게 두덜거리며 밭으로 들어간다.

밭 한가운데다 자리를 펴고 그 위에 시루를 놓았다. 그리고 시루 앞에다 공손하고 정성스레 재배를 커다랗게 한다.

"우리를 살려 줍시사. 산신께서 거들어 주지 않으면 저희는 죽을 수밖에 꼼짝 없습니다유."

그는 손을 모으고 이렇게 축원하였다.

아내는 이 꼴을 바라보며 독이 뾰록같이 올랐다. 금점을 합네 하고 금 한 톨 못 캐는 것이 버릇만 점점 글러 간다. 그전에는 없더니 요새로 건듯하면 탕탕 때리는 못된 버릇이 생긴 것이다. 금을 캐랬지 뺨을 치랬나. 제발 덕분에 그놈의 금 좀 나오지 말았으면. 그는 뺨 맞은 앙심으로 맘껏 방자^{남자에게 재앙이 내리도록 비는 짓}하였다.

하긴 아내의 말 그대로 되었다. 열흘이 썩 넘어도 산신은 깜깜 무소식이었다. 남편은 밤낮으로 눈을 까뒤집고 구덩이에 묻혀 있었다. 어쩌다 집엘 내려오는 때이면 얼굴이 헐떡하고 어깨가 축 늘어지고 거반 병객이었다. 그리고서 잠자코 커다란 몸집을 방고래^{방의 구들장 밑으로 나 있는, 불길과 연기가 통하여 나가는 길}에다 쿵 하고 내던지고 하는 것이다.

"제미^{몹시 못마땅할 때 욕으로 하는 말} 붙을, 죽어나 버렸으면."

혹은 이렇게 탄식하기도 하였다.

아내는 바가지에 점심을 이고서 집을 나섰다. 젖먹이는 등을 두드리며 좋다고 끽끽거린다.

이젠 흰 고무신이고 코다리고 생각조차 물렸다. 그리고 금 하는 소리만 들어도 입에 신물이 날 만큼 되었다. 그건 고사하고 꿔다 먹은 양식에 졸리지나 말았으면 그만도 좋으리마는.

가을은 논으로 밭으로 누렇게 내리었다. 농군들은 기꺼운 낯을 하고 서로 만나면 흥겨운 농담. 그러나 남편은 애먼 밭만 망치고 논조차 건살 못하였으니 이 가을에는 뭘 거둬들이고 뭘 즐겨 할는지. 그는 동리 사람의 이목이 부끄러워 산길로 돌았다.

솔숲을 나서서 멀리 밭에를 바라보니 둘이 다 나와 있다. 오늘도 또 싸운 모양. 하나는 이쪽 흙더미에 앉았고 하나는 저쪽에 앉았고 서로들 외면하여 담배만 뻑뻑 피운다.

"점심들 잡숫게유."

남편 앞에 바가지를 내려놓으며 가만히 맥을 보았다.

남편은 적삼이 찢어지고 얼굴에 생채기를 내었다. 그리고 두 팔을 걷고 먼 산을 향하여 묵묵히 앉았다.

수재는 흙에 박혔다 나왔는지 얼굴은커녕 귓속들이 흙투성이다. 코밑에

지난번에 꾼 양식도 갚지 못했는데, 산제를 지낸다고 또 빚을 졌으니 어쩌면 좋나……

산신님, 우리를 살려주십사 합니다. 금이 꼭 나오게 해줍시오.

◑ 소설 한 장면   위기   산제 후에도 금이 나오지 않자 영식은 절망에 빠짐

는 피딱지가 말라붙었고 아직도 조금씩 피가 흘러내린다. 영식이 처를 보더니 열적은 모양. 고개를 돌리어 모로 떨어치며 입맛만 쩍쩍 다신다.

금을 캐라니까 밤낮 피만 내다 마려는가. 빚에 졸리어 남은 속을 볶는데 무슨 호강에 이 지랄들인구. 아내는 못마땅하여 눈가에 살을 모았다.

"산제 지낸다구 꿔온 것은 언제나 갚는다지유?"

뚱하고 있는 남편을 향하여 말끝을 꼬부린다. 그러나 남편은 눈썹 하나 까딱하지 않는다. 이번에는 어조를 좀 돋우며,

"갚지도 못할 걸 왜 꿔오라 했지유!"

하고 얼추 호령이었다.

이 말은 남편의 채 가라앉지도 못한 분통을 다시 건드린다. 그는 벌떡 일어서며 황밤_{말려서 껍질과 보늬를 벗긴 밤} 주먹을 쥐어 낭창할 만치 아내의 골통을 후렸다.

"계집년이 방정맞게."

다른 것은 모르나 주먹에는 아찔이었다. 멋없이 덤비다간 골통이 부서진다. 암상_{남을 시기하고 샘을 잘 내는 마음. 또는 그런 행동}을 참고 바르르 하다가 이윽고 아내는 등에 업은 어린애를 끌어들였다. 남편에게로 그대로 밀어 던지니 아이는 까르륵하고 숨 모는 소리를 친다.

그리고 아내는 돌아서서 혼잣말로,

"콩밭에서 금을 딴다는 숙맥도 있담."[1]

하고 빗대 놓고 비아냥거린다.

"이년아, 뭐!"

남편은 대뜸 달려들며 그 볼치에다 다시 올찬 황밤을 주었다. 적이나하면 계집이니 위로도 하여 주련만 요건 분만 폭폭 질러 노려나. 예이, 빌어먹을 거 이판사판이다.

"너허구 안 산다. 오늘루 가거라."

아내를 와락 떠다밀어 밭둑에 젖혀 놓고 그 허구리를 퍽 질렀다. 아내는 입을 헉 하고 벌린다.

"네가 허라구 옆구리를 쿡쿡 찌를 제는 언제냐, 요 집안 망할 년."

그리고 다시 퍽 질렀다. 연하여 또 퍽.

이 꼴들을 보니 수재는 조바심이 일었다. 저러다가 그 분풀이가 다시 제

---

1) 작품의 주제가 드러나는 대사로, 콩밭에서 금을 캐보라고 부추기던 아내가 상황이 바뀌자 영식을 비꼬고 있다.

게로 슬그머니 옮아올 것을 지레 채었다. 인제 걸리면 죽는다. 그는 비슬비슬하다 어느 틈엔가 구뎅이 속으로 시나브로^{모르는 사이에 조금씩} 없어져 버린다.

볕은 다사로운 가을 향취를 풍긴다. 주인을 잃고 콩은 무거운 열매를 둥글둥글 흙에 굴린다. 맞은쪽 산 밑에서 벼들을 베며 기뻐하는 농군의 노래.

"터졌네, 터져."

수재는 눈이 휘둥그렇게 굿문을 뛰어나오며 소리를 친다. 손에는 흙 한 줌이 잔뜩 쥐였다.

"뭐?"

하다가,

"금줄 잡았어, 금줄."

"응......"

하고 외마디를 뒤남기자 영식이는 수재 앞으로 살같이 달려들었다. 허겁지겁 그 흙을 받아 들고 샅샅이 헤쳐 보니 딴은 재래에 보지 못하던 불그죽죽한 황토이었다. 그는 눈에 눈물이 핑 돌며,

"이게 원 줄인가?"

"그럼, 이것이 곱색줄^{광맥의 하나. 산화한 황화 광물로 이루어진 붉은빛의 광맥이 길게 뻗치어 박인 줄}이라네.

콩밭에서
금을 딴다는
숙맥도 있담!

뭐야? 네가 허라구 옆구리를
쿡쿡 찌를 제는 언제냐!

여기 봐! 터졌네, 터져!
금줄 잡았어, 금줄!

🎙 소설 한 장면 　절정　 수재가 황토를 보이며 금줄을 잡았다고 소리침

한 포에 댓 돈씩은 넉넉 잡히네."

영식이는 기쁨보다 먼저 기가 탁 막혔다. 웃어야 옳을지 울어야 옳을지. 다만 입을 반쯤 벌린 채 수재의 얼굴만 멍하니 바라본다.

"이리 와 봐. 이게 금이래."

이윽고 남편은 아내를 부른다. 그리고 내 뭐랬어, 그러게 해 보라고 그랬지 하고 설면설면 덤벼 오는 아내가 한결 어여뻤다. 그는 엄지가락으로 아내의 눈물을 지워 주고 그러고 나서 껑충거리며 구뎅이로 들어간다.

"그 흙 속에 금이 있지요?"

영식이 처가 너무 기뻐서 코다리에 고래등 같은 집까지 연상할 제, 수재는 시원스러이,

"네, 한 포대에 오십 원씩 나와유."

하고 대답하고 오늘 밤에는 꼭, 정녕코 꼭 달아나리라 생각하였다.

거짓말이란 오래 못 간다. 뽕이 나서 뼈다귀도 못 추리기 전에 훨훨 벗어나는 게 상책이겠다.

오늘 밤에는 무조건 달아나야겠어.

이리 와 봐. 이게 금이래.

내 뭐랬어, 그러게 해 보라고 그랬지!

소설 한 장면　결말　금을 찾았다고 거짓말을 한 수재는 오늘 밤 달아날 궁리를 함

🔭 생각해 볼까요?

선생님 이 작품에서 '금'은 구원과 파멸의 두 가지 모습을 하고 있어요. 그 이유는 무엇인지 설명해 볼까요?

💬 3   ❤️ 3

학생 1 영식과 수재는 금을 어려운 현실에서 벗어날 탈출구로 여기고 희망을 품어요. 그러나 이러한 희망은 오히려 돌이킬 수 없는 파멸의 길로 빠지는 함정이 되었어요.

학생 2 영식이 금의 유혹에만 빠지지 않았어도 가을걷이의 소박한 기쁨은 누릴 수 있었을 거예요. 허황된 꿈이 영식을 절망에 빠뜨렸어요.

학생 3 하지만 영식을 단순히 비판하기만은 할 수 없어요. 당시는 일제 강점기였고, 극한 상황에 내몰린 우리 농민들은 도저히 살아갈 수 있는 다른 방법을 꿈꾸기 힘들었어요. 영식의 일확천금에 대한 꿈은 살아남기 위한 몸부림이었다고 생각해요.

선생님 작가는 영식과 수재를 통해 인간의 내면을 보여 주고 있어요. 영식과 수재의 행동에서 드러나는 성격을 파악해 볼까요?

💬 2   ❤️ 2

학생 1 영식은 순수함과 탐욕스러움을 동시에 지니고 있어요. 생존을 위해 금줄을 찾으려 애쓰지만 그럴수록 땅을 망치게 되고, 끝까지 자신의 욕망이 헛된 것이라는 사실을 알지 못해요.

학생 2 수재는 영악한 인물이에요. 잔꾀를 부리고 금을 캐자고 먼저 영식을 설득해 놓고, 금줄을 찾는 데 실패하자 거짓말을 하고 영식에게서 달아나려는 궁리를 해요.

선생님 구덩이는 이 소설에서 중요한 배경이에요. 그러나 이는 '앞뒤 좌우가 콕 막힌 좁직한 구뎅이, 싸늘한 침묵, 징그러운 냉기' 등 부정적으로 표현되어 있지요. 작가가 구덩이를 이렇게 표현한 이유는 무엇일까요? 그리고 구덩이가 상징하는 것은 무엇일까요?

💬 3   ❤️ 3

학생 1 구덩이의 부정적인 모습은 소설의 암울한 배경뿐 아니라 등장인물의 심리 상태를 빗대어 표현한 것이에요.

학생 2 비극적인 결말을 암시하기도 해요. 결국 영식의 꿈이 이루어지지 못하고 좌절될 것임을 알 수 있어요.

학생 3 구덩이는 일제 강점기에 농민들이 처한 절망적인 현실을 상징해요. 농민들은 희망이 보이지 않는 상황에서도 희망을 꿈꾸며 구덩이를 파지만, 파면 팔수록 더욱 깊은 절망에 빠지게 돼요.

선생님 이 소설의 제목은 「금 따는 콩밭」이에요. 그러나 제목과는 반대로 주인공은 처절한 노력에도 불구하고 밭에서 금을 발견하지 못한 채 절망에 빠지지요. 이러한 제목에서 드러나는 효과는 무엇일까요? 비슷한 작품으로는 어떤 것이 있는지도 이야기해 봐요.

💬 1 🤍 1

학생 1 「금 따는 콩밭」은 주인공이 처한 현실과는 다른 느낌을 주는 제목으로 반어적 의미를 띠고 있어요. 이러한 제목과 내용의 대비는 결말의 비극성을 더욱 극대화해요. 비슷한 작품으로 현진건의 「운수 좋은 날」, 전영택의 「화수분」 등이 있어요.

농민 소설 ▼ 🔍

연관 검색어   일제 강점기   1970년대   농촌의 현실

'농민 소설'은 농민이 주요 등장인물이며, 농촌에서 일어나는 문제를 소재로 삼은 소설을 말한다. 우리나라의 농민 소설은 주로 일제 강점기와 1970년대에 창작되었다.
일제 강점기에는 일본의 토지 조사 사업으로 인해 많은 농민이 토지를 수탈당하고 농촌을 이탈하여 유랑하였다. 이 시기에는 이러한 농촌의 피폐한 현실을 사실적으로 보여 주는 김유정의 「금 따는 콩밭」, 농촌의 계급 사회를 비판적 관점으로 바라보고 농민들의 갈등과 투쟁을 다룬 이기영의 「고향」, 가난하고 무지한 농민들을 교육을 통해 일깨우려 노력하는 심훈의 「상록수」 등의 농민 소설이 활발하게 창작되었다.
1970년대에는 산업화와 도시화가 급격히 이루어지면서 농민들은 소외되고 농촌은 황폐화되었다. 이러한 현실을 포착하여 소설에 반영한 것이 이 시기 농민 소설의 특징이다. 대표적인 작품으로는 김정한의 「모래톱 이야기」가 있다.

떡

#몰인정   #무지   #각박한세태   #판소리사설

⚓ 작품 길잡이

갈래: 세태 소설, 풍자 소설
배경: 시간 – 1930년대 / 공간 – 어느 시골 마을
시점: 1인칭 관찰자 시점
주제: 일제 강점기 농민의 비참한 삶과 몰인정한 세태
출전: 〈중앙〉(1935)

📷 인물 관계도

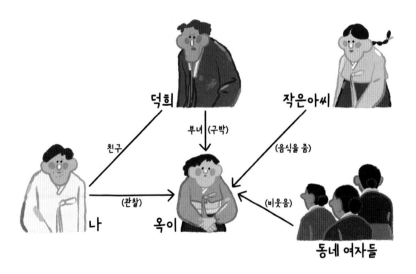

옥이	극도의 가난 속에서 굶주림에 시달린다. 음식을 절제하지 못하고 먹다가 봉변을 당한다.
덕희	옥이의 아버지로 옥이를 미워하며 구박한다.
작은아씨	생일잔치에 온 옥이를 불쌍히 여기고 음식을 준다.

🗓 구성과 줄거리

발단　**옥이네가 개똥네 집에 빌붙은 채 살아감**
동네에서 제일 가난하고 게으른 덕희는 땅을 잃고 개똥네 집에 빌붙어서 살아간다. 그는 배가 고프다고 칭얼대는 딸 옥이를 미워하고 구박한다. 옥이는 배고픔을 견디며 살아간다.

전개　**옥이는 죽 한 그릇을 얻어먹지만 배고픔을 느낌**
어느 겨울, 나뭇값이 부쩍 오르자 덕희는 나무를 팔러 읍내로 나간다. 옥이는 덕희가 나간 후에야 죽 한 그릇을 얻어먹지만 부족함을 느낀다.

위기　**생일잔치에 따라간 옥이가 마구잡이로 음식을 먹음**
옥이는 도시댁 생일잔치에 가는 개똥 어머니를 뒤따라가고 동네 여자들의 놀림과 비난의 대상이 된다. 그 집 작은아씨는 옥이에게 갖가지 음식을 대접한다.

절정　**배탈이 난 옥이가 앓아 누움**
옥이는 너무 많은 음식을 먹은 탓에 배탈이 나 집에 돌아오는 길에 먹은 것을 게워 내고 심하게 앓는다. 옥이의 어머니는 봉구라는 점쟁이를 불러 경을 읽게 한다.

결말　**옥이가 정신을 차림**
문병을 온 '나'의 조언에 의해 침을 맞은 옥이가 겨우 정신을 차리고 살아난다.

떡

　원래는 사람이 떡을 먹는다. 이것은 떡이 사람을 먹은 이야기다. 다시 말하면 사람이 즉 떡에게 먹힌 이야기렷다. 좀 황당한 소리인 듯싶으나 그 사람이란 게 역시 황당한 존재라 하릴없다. 인제 겨우 일곱 살 난 계집애로 게다가 겨울이 왔건만 솜옷 하나 못 얻어 입고 겹저고리 두렁이^{어린아이의 배와 아랫도리를} 로 떨고 있는 옥이 말이다. 이것도 한 개의 완전한 사람으로 칠는지 혹은 말는지! 그건 내가 알 바 아니다. 하여튼 그 애 아버지가 동리에서 제일 가난한 그리고 게으르기가 곰 같다는 바로 덕희. 놈이 우습게도 꾸물거리고 엄동과 주림^{주로 먹을 것을 제대로 먹지 못하여 주리는 일}이 닥쳐와도 눈 하나 끔벅 없는 신청부^{근심 걱정이 많아 사소한 일을 돌아볼 여유가 없는 사람}라 우리는 가끔 그 눈곱 낀 얼굴을 놀릴 수 있을 만치 흥미를 느낀다.

　여보게, 이 겨울엔 어떻게 지내려나, 올엔 자네 꼭 굶어 죽겠네, 하면 친구 대답이 이거 왜이랴, 내가 누구라구 지금은 밭뙈기 하나 부칠 것 없어도 이래봬도 한때는 다―하고 펄쩍 뛰고는 지난날 소작인으로서 땅 팔 수 있었던 그 행복을 다시 맛보려는 듯 먼 산을 우두커니 쳐다본다.[1] 그러나 업신 받는 데 약이 올라서 자네들은 뭐 좀 난상부른가^{나은 성싶은가?} 하고 낯을 붉히다가는 풀밭에 슬며시 쓰러져서 늘어지게 아리랑 타령. 그러니까 내 생각에 저것도 사람이려니 할 수밖에. 사실 집에서 지내는 걸 본다면 당최 무슨 재미로 사는지 영문을 모른다. 그 집도 제 것이 아니요 개똥네 집이다. 원체 식구라야 몇 사람 안 되고 또 거기다 산 밑에 외따로 떨어진 집이라 건넌방에 사람을 들이면 좀 덜 호젓할까 하고 빌린 것이다. 물론 그때 덕희도 방을 얻지 못해서 비대발괄^{억울한 사정을 하소연하면서 간절히 청하여 빎}로 뻔질^{어떤 행동이 매우 자주 일어나는 모양} 드나들던 판이었지만. 보수는 별반 없고 농사 때 바쁜 일이나 있으면 좀 거들어달라는 요구뿐이었다. 그래서 덕희도 얼씨구나 하고 무척 좋았다. 허나 사람은 방만으로 사는 것이 아니다. 이 집 건넌방은 유달리 납작하고 비스듬히 쏠린 헌 벽에다 우중충하기가 일상 굴속 같은데 겨울 같은 때 좀 들여다보면 썩 가관이다. 윗목에는 옥이가 누더기를 들쓰고 앉아서 배가 고프다고 킹킹거리

<hr>

1) 덕희가 과거에 소작농이었다가 몰락했다는 것을 알 수 있다.

고 아랫목에는 화가 치뻗친 아내가 나는 모른단 듯이 벽을 향하여 쪼그리고 누워서는 꼼짝 않고 놈은 아내와 딸 사이에 한 자리를 잡고서 천장으로만 눈을 멀뚱멀뚱 둥글리고 들여다보는 얼굴이 다 무색할 만치 꼴들이 말 아니다. 아마 먹는 날보다 이렇게 지내는 날이 하루쯤 더할는지도 모른다. 그 꼴에 궐자'그'를 낮잡아 이르는 말가 술이 호주好酒라서 툭하면 한잔 안 살려나가 인사다. 지난봄만 하더라도 놈이 술에 어찌나 감질이 났던지 제집에 모아놨던 됭똥을 지고 가서 술을 먹었다. 됭 퍼다 주고 술 먹긴 동리에서 처음 보는 일이라고 계집들까지 입에 올리며 소문은 이리저리 돌았다. 하지만 놈은 이런 것도 모르고 술만 들어가면 세상이 그만 제게 되고 만다. 음, 음, 하고 코에선지 입에선지 묘한 소리를 내어가며 만나는 사람마다 붙잡고 잔소리다. 한편 술은 놈에게 근심도 되는 것 같다. 전에 생각지 않던 집안 걱정을 취하면 곧잘 한다. 그 언제인가 만났을 때에도 술이 담뿍 취하였다. 음, 음, 해가며 제집 살림살이 이야기를 개소리 쥐소리 한참 지껄이더니 놈이 나중에 한단 소리가 그놈의 계집애나 죽어버렸으면! 요건 먹어도 캥캥거리고 안 먹어도 캥캥거리고 이거 원!—사세이 세상가 딱한 듯이 이렇게 탄식을 하더니 뒤를 이어 설명이 없는 데는 어린 딸년 하나 더한 것도 큰 걱정이라고. 이걸 듣다가 기가 막

소설 한 장면　　발단　옥이네가 개똥네 집에 빌붙은 채 살아감

혀서 자네 데릴사위 얻어서 부려먹을 생각은 없나, 하고 물은즉 아, 어느 하가 겨를에 그동안 먹여 키우진 않나 하고 골머리를 내젓는 꼴이 당길 맛이 아주 없는 모양이었다. 짜장 이토록 딸이 원수로운지 아닌지 그건 여기서 끊어 말하기 어렵다. 아마는 애비치고 제가 난 자식 밉달 놈은 없으리라마는 그와 동시에 놈이 가끔 들어와서 죽으라고 모질게 쥐어박아서는 울려놓은 것도 사실이다. 그러다 울음이 정말 된통 터지면 이번에는 칼을 들고 울어봐라 이년, 죽일 터이니 하고 씻은 듯이 울음을 걷어놓고 하는 것이다.

　눈이 푹푹 쌓이고 그 덕에 나뭇값은 부쩍 올랐다. 동리에서는 너나없이 앞을 다투어 나뭇짐을 지고 읍으로 들어간다. 눈이 정강이에 차는 산길을 휘돌아 이십 리 장로를 걷는 것이다. 이 바람에 덕희도 수가 터지어 좁쌀이나마 양식이 생겼고 따라 딸과의 아귀다툼^{각자 자기의 욕심을 채우고자 서로 헐뜯고 기를 쓰며 다투는 일}도 훨씬 줄게 되었다. 그는 자다가도 꿈결에 새벽이 되는 것을 용하게 안다. 밝기가 무섭게 일어나 앉아서는 옆에 누운 아내의 치맛자락을 끌어당긴다. 소위 덕희의 마른세수가 시작된다. 두 손으로 그걸 펼쳐서는 꾸물꾸물 눈곱을 떼고 그러고 나서 얼굴을 쓱쓱 문대는 것이다. 그다음 죽이 들어온다. 얼른 한 그릇 훌쩍 마시고는 지게를 지고 내뺀다. 물론 아내는 남편이 죽 마실 동안에 밖에 나와서 나뭇짐을 만들어야 된다. 지게를 버텨놓고 덜덜 떨어가며 검불_{가느다란 마른 나뭇가지, 마른 풀, 낙엽 따위를 통틀어 이르는 말}을 올려 싣는다. 짐까지 꼭꼭 묶어주고 가는 남편을 향하여 괜히 술 먹지 말고 양식 사오세유 하고 몇 번 몇 번 당부를 하고는 방으로 들어온다. 옥이가 늘 일어나는 것은 바로 이때다. 눈을 비비며 어머니 앞으로 곧장 달려든다. 기실^{실제에 있어서} 여지껏 잤느냐면 깨기는 벌써 전에 깨었다. 아버지의 숟가락질하는 땔가락 소리도 짠지_{무를 통째로 소금에 짜게 절여서 묵혀 두고 먹는 김치} 씹는 쩍쩍 소리도 죄다 두 귀로 분명히 들었다. 그뿐 아니라 아버지의 죽 그릇이 감은 눈 속에서 왔다 갔다 하는 것까지도 똑똑히 보았다. 배고픈 생각이 불현듯 불끈 솟아서 곧바로 일어나고자 궁둥이까지 들먹거려도 보았다. 그럴 동안에 군침은 솔솔 스며들며 입으로 하나가 된다마는 일어만 났다가는 아버지의 주먹, 주먹. 이년아, 넌 뭘 한다고 벌써 일어나 캥캥거려, 하고는 그 주먹, 커다란 주먹. 군침을 가만히 도로 넘기고 꼬물거리는 몸을 다시 방바닥에 꼭 붙인 채 색색 생코를 아니 골 수 없다. 어머니는 아버지와 딴판으로 퍽 귀여워한다. 아버지가 나무를 지고 확실히 간 것을 알고서야 비로소 옥이는 일어나 어머니 곁으로 달려들어서 그 죽을 들이 퍼먹곤 하였다.

이러던 것이 그날은 유별나게 어느 때보다 일찍 일어났다. 덕희의 말을 빌리면 고 배라먹을 년이 그예 일을 저지르려고 새벽부터 일어나 재랄^{법석을} 떨며 분별없이 하는 행동을 낮잡아 이르는 말이었다. 하긴 재랄이 아니라 배가 몹시 고팠던 까닭이지만. 아버지의 숟가락질 소리를 들어가며 침을 삼키고 삼키고 몇 번을 그래봤으나 나중에는 더 참을 수가 없었다. 그렇다고 벌떡 일어앉자니 주먹이 무섭기도 하려니와 한편 넉적기도^{'넉적다'의 방언. 민망한 것을 모르고 뻔뻔스럽기도} 한 노릇. 눈을 감은 채 이 궁리 저 궁리 하였다. 다른 때도 좋으련만 왜 하필 아버지 죽 먹을 때 깨게 되는지! 곯은 배는 그중에다 방바닥 냉기에 쑤시는지 저리는지 분간을 모른다. 아버지는 한 그릇을 다 먹고 아마 더 먹는 모양. 죽을 옮겨 쏟는 소리가 주주룩 뚝뚝 하고 만다. 이때 그만 정신이 번쩍 났다. 용기를 내었다. 바른팔을 뒤로 돌리어 가장 뭐에나 물린 듯이 대꾸^{'자꾸'의 방언} 급작스리 응아 하고 소리를 내지른다. 그리고 비실비실 일어나 앉아서는 두 손등으로 눈을 비벼가며 우는 것이다. 아버지는 이 꼴에 화를 벌컥 내었다. 손바닥으로 뒤통수를 딱 때리더니 이건 죽지도 않고 말썽이야 하고 썩 마뜩잖게^{마음에 들 만하지 아니하게} 투덜거린다. 어머니를 향하여 저년 아무것도 먹이지 말고 오늘 종일 굶기라고 부탁이다. 들었는지 못 들었는지 어머니는 눈을 깔고 잠자코 있다. 아마 아버지가 두려워서 아무 대꾸도 못 하는 모양, 딱 때리고 우니까 다시 딱 때리고 그럴 적마다 조그만 옥이는 마치 오뚝이 시늉으로 모로 쓰러졌다가는 다시 일어나 울고 울고 한다. 죽은 안 주고 때리기만 한다. 망할 새끼, 저만 처먹으려고, 얼른 죽어버려라 염병할 자식. 모진 욕이 이렇게 입 끝까지 제법 나왔으나 그러나 뚝 부릅뜬 그 눈. 감히 얼굴도 못 쳐다보고 이마를 두 손으로 받쳐 들고는 으악 으악 울 뿐이다. 암만 울어도 소용은 없지만. 나뭇짐이 읍으로 들어간 다음에서야 비로소 겨우운 보람이 있었다. 어머니는 힝하게 죽 한 그릇을 떠 들고 들어온다. 옥이는 대뜸 달려들었다. 왼편 소맷자락으로 눈의 눈물을 훔쳐가며 연상 퍼 넣는다. 깡좁쌀죽은 밁직한 국물이라 숟살에 느이는 게 얼마 안 된다. 써 닣으니 이것은 차라리 들고 마시는 것이 편하리라. 쉴 새 없이 숟가락은 열심껏 퍼 들인다. 어머니가 한 숟갈 뜰 동안이면 옥이는 두 숟갈 혹은 세 숟갈이 올라간다. 그래도 행여 밑질까 봐서 숟가락 빼는 어머니의 입을 가끔 쳐다보고 하였다. 반쯤 먹다 어머니는 슬며시 숟가락을 내려놓았다. 두 손을 다리 밑에 파묻고는 딸을 내려다보며 묵묵히 앉아있다. 한 그릇 죽은 다 치렀건만 그래도 배가 고팠다. 어머니의 허리를 꾹꾹 찔러가며 졸라댄다.

요만한 어린아이에게는 먹는 것 지껄이는 것 이것밖에 더 큰 취미는 없다. 그리고 이것밖에 더 가진 재주도 없다. 옥이같이 혼자만 꽁허니 있을 뿐으로 동무들과 놀려 하지도 지껄이지도 않는 아이에 있어서는 먹는 편이 월등 발달되었고 결말에는 그 길로 한 오락을 삼는 것이다. 게다 일상 곯아만 온 그 배때기. 한 그릇 죽이면 넉넉히 양도 찼으련만 애는 그걸 모른다. 다만 배는 늘 고프려니 하는 막연한 의식밖에는. 이번 일이 벌어진 것은 즉 여기서 시작되었다. 두 시간이나 넘어 꼬박이 울었다마는 어머니는 아무 대답도 없었다. 배가 아프다고 쓰러지더니 아이구 아이구 하고는 신음만 할 뿐이다. 냉병 하체를 차게 하여 생기는 병증 으로 하여 이따금 이렇게 앓는다. 옥이는 가망이 아주 없는 걸 알고 일어나서 방문을 열었다. 눈은 첩첩이 쌓이고 눈이 부신다. 윙윙 하고 봉당 封堂 안방과 건넌방 사이의 마루를 놓을 자리에 마루를 놓지 아니하고 흙바닥 그대로 둔 곳 으로 몰리는 눈송이. 다르르 떨면서 마당으로 내려간다. 북편 벽 밑으로 솥은 걸렸다. 뚜껑이 열린다. 아닌 게 아니라 어머니 말대로 죽커녕 네미나 찢어먹어라, 다. 그러나 얼뜬 눈에 띄는 것이 솥바닥에 얼어붙은 두 개의 시래기

넌 뭘 안다구 벌써 일어나. 이년 아무것도 먹이지 말고 오늘 종일 굶겨!

🗨 소설 한 장면　　전개　　옥이는 죽 한 그릇을 얻어먹지만 배고픔을 느낌

무청이나 배춧잎을 말린 것 줄기 그놈을 손톱으로 뜯어서 입에 넣고는 씹어본다. 제걱 제걱 얼음 씹히는 그 맛밖에는 아무 맛이 없다. 솥을 도로 덮고 허리를 펴려 할 제 얼른 묘한 생각이 떠오른다. 옥이는 사방을 도릿거려 본 다음 봉당으로 올라서서 개똥네 방 문구멍에다 눈을 들이댄다.

개똥 어머니가 옥이를 눈엣가시같이 미워하는 그 원인이 즉 여기다. 정말인지 거짓말인지 자세히는 모르나 말인즉 그년이 우리 식구만 없으면 밤이고 낮이고 할 것 없이 어느 틈엔가 들어와서는 세간을 모조리 집어간다우, 하고 여우 같은 년, 골방쥐 같은 년, 도적년, 뭣해 욕을 늘어놓을 제 나는 그가 옥이를 끝없이 미워하는 걸 얼른 알 수 있었다. 그러나 세간을 집어냈느니 뭐니 하는 건 아마 멀쩡한 거짓말일 게고. 이날도 잿간에서 뒤를 보며 벽 틈으로 내다보자니까 그년이 날감자 둘을 한 손에 하나씩 두렁이 속에다 감추고는 방에서 살며시 나오는 걸 보았다는 이것만은 사실이다. 오죽 분하고 급해야 밑도 씻을 새 없이 그대로 뛰어나왔으랴. 소리를 질러서 혼을 내고는 싶었으나 제 어미가 또 방에서 끙끙거리고 앓는 게 안되어서 그냥 눈만 잔뜩 흘겨주니까 그년이 대번 얼굴이 발개지더니 얼마 후에 감자 둘을 자기 발 앞에다 내던지고는 깜찍스럽게 뒷짐을 지고 바깥으로 나가더란다. 하지만 이것은 나의 이야기에 아무 상관이 없는 것이다. 오직 옥이가 개똥네 방엘 왜 들어갔었을까 그 까닭만 말하여 두면 고만이다. 이 집이 먼저 개똥네 집이라 하였으나 그런 것이 아니라 실상은 요 개울 건너 도사 댁 소유이고 개똥 어머니는 말하자면 그 댁의 대대로 내려오는 씨종 대대로 내려가며 종노릇을 하는 사람 이었다. 그래 그 댁 집에 들고 그 댁 땅을 부쳐 먹고 그 댁 세력에 살고 하는 덕으로 개똥 어머니는 가끔 상전댁에 가서 빨래도 하고 다듬이도 하고 또는 큰일 때는 음식도 맡아보기도 하고 해서 맛 좋은 음식을 뻔질 몰아들인다. 나릿댁 생신이 오늘인 것을 알고 그년이 음식을 뒤져 먹으러 들어왔다가 없으니까 감자라도 먹을 양으로 하고 지껄이던 개똥 어머니의 추측이 조금도 틀리지는 않았다. 마을에 먹을 거 났다 하면 이 옥이만치 잽싸게 먼저 알기는 좀 어려우리라. 그러나 옥이가 개똥 어머니만 따라가면 밥이고 떡이고 좀 얻어주려니 하고 앙큼한 엉뚱한 욕심을 품고 깜찍하게 분수에 넘치는 짓을 하고 자 하는 태도가 있는 생각으로 살랑살랑 따라왔다고는 하지만 그것은 옥이를 무시하는 소리에 지나지 않는다.

옥이가 뒷짐을 딱 짚고 개똥 어머니의 뒤를 따를 제 아무 계획도 없었다.

방엘 들어가자니 어머니가 아프다고 짜증만 내고 싸리문 밖에서 섰자니 춥고 떨리긴 하고. 그렇다고 나들이를 좀 가보자니 갈 곳이 없다. 그래 멀거니 떨고 섰다가 개똥 어머니가 개울길로 가는 걸 보고는 이게 저 갈 길이나 아닌가 하고 대선^{바짝 가까이 서거나 뒤를 잇대어 선} 그뿐이었다. 이때 무슨 생각이 있었다면 그것은 이 새끼가 얼른 와야 죽을 쒀 먹을 텐데 하고 아버지에게 대한 미움과 간원懇願 ^{간절하게 원함} 이 뒤섞인 초조였다. 그 증거로 옥이는 도삿댁 문간에서 개똥 어머니를 놓치고는 혼자 우두커니 떨어졌다. 인제는 또 갈 데가 없게 되었으니 이럴까 저럴까 다시 망설인다. 그러나 결심을 한 것은 이 순간의 일이다. 옥이는 과연 중문 안으로 대담히 들어섰다. 새로운 희망, 아니 혹은 맛있는 음식을 쭉쭉거리는 그 입들이나마 한번 구경하고자 한 걸지도 모른다. 시선을 이리저리로 둘러가며 주볏주볏 우선 부엌으로 향하였다. 그 태도는 마치 개똥 어머니에게 무슨 급히 전할 말이 있어 온 양이나 싶다. 부엌에는 어중이떠중이^{여러 방면에서 모여든, 탐탁하지 못한 사람들을 통틀어 낮잡아 이르는 말} 동네 계집은 얼추 모인 셈이다. 고깃국에 밥 마는 사람에 찰떡을 씹는 사람! 이쪽에서 북어를 뜯으면 저기는 투정하는 자식을 주먹으로 때려가며 누룽지를 혼자만 쩍쩍거린다. 부엌문으로 불쑥 디미는 옥이의 대가리를 보더니 저런 여우 년. 밥주머니 왔니. 냄새는 잘도 맡는다. 이렇게들 제각기 욕 한마디씩. 그리고는 까닭 없이 깔깔댄다. 옥이네는 이 댁의 종도 아니요 작인도 아니다. 물론 여기에 들어와 맛 좋은 음식 벌어진 이 판에 한 다리 뻗을 자격이 없다마는 남이야 욕을 하건 말건 옥이는 한구석에 잠자코 시름없이 서 있다. 이놈을 바라보고 침 한번 삼키고 저놈 걸 바라보고 침 한번 삼키고. 마침 이때 작은아씨가 내려왔다. 옥이 왔니, 하고 반기더니 왜 어멈들만 먹느냐고 계집들을 나무란다. 그리고 옆에 섰는 개똥 어멈에게 얘가 얼마든지 먹는단 애유하고 옥이를 가리키매 그 대답은 다만 싱글싱글 웃을 뿐이다. 작은아씨도 따라 웃었다. 노랑 저고리 남치마 열 서넛밖에 안 된 어여쁜 작은아씨. 손수 솥뚜껑을 열더니 큰 대접에 국을 뜨고 거기에다 하얀 이밥^{입쌀로 지은 밥}을 말아 수저까지 꽂아준다.[1] 옥이는 황급히 얼른 잡아채었다. 이밥, 이밥. 그 분량은 어른이 한때 먹어도 양은 좋이^{거리, 수량, 시간 따위가 어느 한도에 미칠 만하게} 차리라. 이것을

---

[1] 몰인정한 동네 여자들과는 대비되는 행동이다. 작은아씨는 각박한 세태 속에서 본보기로 삼을 만한 긍정적인 인간상을 보여 준다.

옥이가 뱃속에 집어넣은 시간을 따져본다면 고작 칠팔 분밖에는 더 허비치 않았다. 고기 우러난 국 맛은 입에 달았다. 잘 먹는다, 잘 먹는다, 하고 옆에서들 추어주는 칭찬은 또한 귀에 달았다. 양쪽으로 신바람이 올라서 곁도 안 돌아보고 막 퍼넣은 것이다. 계집들은 깔깔거리고 소곤거리고 하였다. 그러다 눈을 크게 뜨고 서로들 맞쳐다 볼 때에는 한 그릇을 다 먹고 배가 불러서 웅크리고 앉은 채 뒤로 털썩 주저앉는 옥이를 보았다. 엇다 태워 먹었는지 군데군데 뚫어진 검정 두렁치마. 그나마도 폭이 좁아서 볼기짝은 통째 나왔다. 머리칼은 가시덤불같이 흩어져 어깨를 덮고 이 꼴로 배가 불러서 식식거리며 떠는 것이다. 그래도 속은 고픈지 대접 밑바닥을 닥닥 긁고 있으니 작은아씨는 생긋이 웃더니 그 손을 이끌고 마루로 올라간다. 날이 몹시 추워서 마루에는 아무도 없었다. 찬장 앞으로 가더니 손뼉만 한 시루팥떡이 나온다. 받아들고는 또 널름 집어치웠다. 곧 뒤이어 다시 팥떡이 나왔다. 그러나 이번에는 옥이는 손도 아니 내밀고 무언으로 거절하였다. 왜냐하면 이때 옥이의 배는 최대한도로 늘어났고 거반 바람 넣은 풋볼만치나 가죽이 탱탱하였다. 그것이 앞으로 늘다 못하여 마침내 옆구리로 퍼져서 잘 움직이지도 못하고 숨도 어깨를 치올려 식식하는 것이다. 아마 음식은 목구멍까지 꽉 찼으리라. 여기서 이상한 것이 하나 있다. 역시 떡이 나오는데 본즉 이것은 팥떡이 아니라 밤 대추가 여기저기 삐져나온 백설기. 한 번 덥석 물어 떼이면 입안에서 그대로 스르르 녹을 듯싶다. 너 이것도 싫으냐 하니까 옥이는 좋다는 뜻으로 얼른 손을 내밀었다. 대체 이걸 어떻게 먹었을까. 그 공기만 한 떡 덩어리를. 물론 용감히 먹기 시작하였다. 처음에는 빨리 먹었다. 중간에는 천천히 먹었다. 그러다가 이내 다 먹지 못하고 반쯤 남겨서는 작은아씨에게 도로 내주고 모로 고개를 돌렸다. 옥이가 그 배에다 백설기를 먹은 것도 기적이려니와 또한 먹다 내놓는 이것도 기적이라 안 할 수 없다. 하기는 가슴속에서 떡이 목구멍으로 바짝 치뻗치는 바람에 못 먹기도 한 거지만. 여기다가 더 넣을 수가 있다면 그것은 다만 입안이 남았을 뿐이다. 그러면 그다음 꿀 바른 주악 웃기떡의 하나. 찹쌀가루에 대추를 이겨 섞고 꿀에 반죽하여 깨 소나 팥소를 넣어 송편처럼 만든 다음, 기름에 지진 떡 두 개는 어떻게 먹었을까. 상식으로는 좀 판단키 어려운 일이다. 하여간 너 이것은? 하고 주악이 나왔을 때 옥이는 조금도 서슴지 않고 받았다. 그리고 한 놈을 손끝으로 집어서 그 꿀을 쪽쪽 빨더니 입속에 집어넣었다.

떡은 도로 넘어온다. 다시 씹는다. 어깨와 머리를 앞으로 구부려 용을 쓰며 또 한 번 꿀떡 삼켜본다. 이것은 도시^{도무지} 사람의 일로는 생각되지 않는다. 허나 주의할 것은 일상 곯아만 온 굶주린 창자의 착각이다. 배가 불렀는지 혹은 곯았는지 하는 건 이때의 문제가 아니다. 한갓^{다른 것 없이 겨우} 자꾸 먹어야 된다는 걸삼스러운^{보기에 남에게 지려고 하지 않고 억척스러운 데가 있는} 탐욕이 옥이 자신도 모르게 활동하였고 또는 옥이는 제가 먹고 싶은 걸 무엇무엇 알았을 그뿐이었다. 거기다 맛깔스러운 그 떡맛. 생전 맛 못 보던 그 미각을 한번 즐겨보고자 기를 쓴 노력이다. 만약 이 떡의 순서가 주악이 먼저 나오고 백설기, 팥떡, 이렇게 나왔다면 옥이는 주악만으로 만족했을지 모른다. 그리고 백설기, 팥떡은 단연 아니 먹었을 것이다. 너는 보도 못 하고 어떻게 그리 남의 일을 잘 아느냐 그러면 그 장면을 목도한 개똥 어머니에게 좀 설명하여 받기로 하자.[1] 아 참 그년 되우^{아주 몹시}는 먹읍디다! 그 밥 한 그릇을 다 먹고 그래 떡을 또 먹어유. 그게 배때기지유. 주악 먹을 제 나는 인제 죽나 부다

이것도 먹으렴.

🍚 소설 한 장면   위기   생일잔치에 따라간 옥이가 마구잡이로 음식을 먹음

---

1) 서술자인 '나'가 사건을 목격하지 않고도 어떻게 이야기를 서술할 수 있는지 설명하고 있다. 중간에 서술자 자신의 목소리를 드러내는 판소리 사설과 유사하다.

그랬슈. 물 한 모금 안 처먹고 꼬기꼬기 씹어서 꼴딱 삼키는데 아 눈을 요렇게 됩쓰고 꼴딱 삼킵디다. 온 이게 사람이야 나는 간이 콩알만 했지유, 꼭 죽는 줄 알고. 추워서 달달 떨고 섰는 꼴하고 참 깜찍해서 내가 다 소름이 쪽옥 끼칩디다. 이걸 가만히 듣다가 그럼 왜 말리진 못했느냐고 탄하니까 제가 일부러 먹이기도 할 텐데 그렇게는 못 하나마 배고파 먹는 걸 무슨 혐의로 못 먹게 하겠느냐고 되려 성을 발끈 낸다. 그러나 요건 빨간 거짓말이다. 저도 다른 계집들과 마찬가지로 마루 끝에 서서 잘 먹는다 잘 먹는다 이렇게 여러 번 칭찬하고 깔깔대고 했었음에 틀림없을 게다.

옥이의 이 봉변은 여지껏 동리의 한 이야깃거리가 되어 있다. 할 일이 없으면 계집들은 몰려 앉아서 그때의 일을 찧고 까불고 서로 떠들어댄다. 그리고 옥이가 마땅히 죽어야 할 걸 그대로 살아난 것이 퍽이나 이상한 모양 같다. 딴은 사날^{사흘이나 나흘 정도의 시간}이나 먹지를 못하고 몸이 끓어서 펄펄 뛰며 앓을 만치 옥이는 그렇게 혼이 났던 것이다. 하지만 처음부터 짜장 가슴을 죄인 것은 그래도 옥이 어머니 하나뿐이었다. 아파서 드러누웠다 방으로 들어오는 옥이를 보고 그만 벌떡 일어났다. 마침 왜 배가 이 모양이냐 물으니 대답은 없고 옥이는 가만히 방바닥에 가 눕더란다. 그 배를 건드리지 않도록 반듯이 눕는데 아구 배야 소리를 복고개^{보꾹. 지붕과 천정 사이의 빈 공간}가 터지라고 내지르며 냉골에서 이리 데굴 저리 데굴 구르며 혼자 법석이다. 그러나 뺨 위로 먹은 것을 꼬약꼬약 도르고는 필경 까무러쳤으리라. 얼굴이 해쓱해지며 사지가 축 늘어져 버린다. 이 서슬에 어머니는 거의 표현대로 하늘이 무너지는 듯 눈앞이 캄캄하였다. 그는 딸을 붙들고 자기도 어이구머니 하고 울음을 놓고 이를 어째 이를 어째, 몇 번 그래 소리를 치다가 아무도 돌봐주러 오는 사람이 없으니까 허겁지겁 곤두박질을 하여 밖으로 뛰어나왔다. 그의 생각에 급증^{急症 아주 위급한 병}을 돌리려면 점쟁이를 불러 경을 읽는 수밖에 다른 도리가 없을 듯싶어서이다. 물론 대낮부터 북을 두드려가며 경을 읽기 시작하였다. 점쟁이의 말을 들어보면 과식했다고 죄다 이래서는 살 사람이 없지 않느냐고. 이것은 음식에서 난 병이 아니라 늘 따르던 동자 상문이 어쩌다 접해서 일테면 귀신의 놀음이라는 해석이었다.¹⁾

그렇다면 내가 생각건대 옥이가 도삿댁 문전에 나왔을 제 혹 귀신이 접

---

1) 당대 농민들의 전근대적이고 계몽되지 못한 모습이 나타난다.

했는지도 모른다. 왜냐 그러면 옥이는 문앞 언덕을 내리다 고만 눈 위로 낙상을 해서 곧 한참을 꼼짝 않고 그대로 누웠었다. 그만치 몸의 자유를 잃었다. 다시 일어나 눈을 몇 번 털고는 걸어보았다. 다리는 천근인지 한번 딛으면 다시 떼기가 쉽지 않다. 눈까풀은 뻑뻑거리고 게다 선하품몸에 이상이 있거나 흥미 없는 일을 할 때에 나오는 하품은 자꾸 터지고, 어깨를 치올리어 여전히 식식거리며 눈 속을 이렇게 조심조심 걸어간다. 삐끗만 하였다가는 배가 터진다. 아니 정말은 배가 터지는 그 염려보다 우선 배가 아파서 삐끗도 못 할 형편. 과연 옥이의 배는 동네 계집들 말마따나 헐없이 애 밴 사람의, 그것도 만삭된 이의 괴로운 그것이었다. 개울길을 내려오자 우물이 눈에 띄자 애는 갑작스레 조갈입술이나 입 안, 목 따위가 타는 듯이 몹시 마름을 느꼈다. 엎드려 바가지로 한 모금 꿀꺽 삼켜본다. 이와 목구멍이 다만 잠깐 저렸을 뿐 물은 곧바로 다시 넘어온다. 그뿐 아니라 뒤를 이어서 떡이 꾸역꾸역 쏟아진다. 잘 씹지 않고 얼김어떤 일이 벌어지는 바람에 자기도 모르게 정신이 얼떨떨한 상태에 삼킨 떡이라 삭지 못한 그대로 덩어리 덩어리 넘어온다. 우물 전 얼음 위에는 삽시간에 떡이 한 무더기. 옥이는 다시 눈 위에 기운 없이 쓰러지고 말았다. 이러던 애가 어떻게 제집엘 왔을까 생각

이것은 음식에서 난 병이 아니라 귀신의 놀음이렸다.

🍎 소설 한 장면 　절정　 배탈이 난 옥이가 앓아 누움

하면 여간 큰 노력이 아니요 참 장한 모험이라 안 할 수 없는 일이다.

　내가 옥이네 집엘 찾아간 것은 이때 썩 지나서다. 해넘이의 바람은 차고 몹시 떨렸으나 옥이에 대한 소문이 흉함으로 퍽 궁금하였다. 허둥거리며 방문을 펄떡 열어보니 어머니는 딸 머리맡에서 무르팍에 눈을 비벼가며 여지껏 훌쩍거리고 앉았다. 냉병은 아주 가셨는지 노상 노랗게 고민하던 그 상이 지금은 불콰하니 얼굴빛이 술기운을 띠거나 혈기가 좋아 불그레하니 눈물이 흐른다. 그리고 놈은 쭈그리고 앉아서 나를 보고도 인사도 없다. 팔짱을 떡 찌르고는 맞은 벽을 뚫어보며 무슨 결끼나 먹은 듯이 바로 위엄을 보이고 있다. 오늘은 일찍 나온 것을 보면 나무도 잘 판 모양. 얼마 후 놈은 옆으로 고개를 돌리더니 여보게 참말 죽지는 않겠나 하고 물으니까 봉구는 눈을 끔벅끔벅하더니 죽기는 왜 죽어, 한나절토록 경을 읽었는데 하고 자신이 있는 듯 없는 듯 얼치기 대답이다. 제 딴은 경을 읽기는 했건만 조금도 효험이 없으매 저로도 의아한 모양이다. 이 봉구란 놈은 번시가 날탕 허풍을 치거나 듣기 좋은 말로 남을 속임. 또는 그렇게 하는 사람 이다. 계집애 노름에 혹하는 그 수단은 당할 사람이 없고 또 이것도 재주랄지 못하는 게 별반 없다. 농사로부터 노름질, 침 주기, 점치기, 지우질 목수질, 심지어 도적질까지. 경을 읽을 때에는 눈을 감고 중얼거리는 것이 바로 장님이 왔고 투전장을 뽑을 때에는 그 눈깔이 밝기가 부엉이 같다.

　그렇건만 뭘 믿는지 마을에서 병이 나거나 일이 나거나 툭하면 이놈을 불러대는 게 버릇이 되었다. 이까짓 놈이 점을 친다면 참이지 나는 용 뿔을 빼겠다. 덕희가 눈을 찌긋하고 소금을 더 먹여볼까 하고 물을 제 나는 그 대답은 않고 경은 무슨 경을 읽는다고 그래. 건방지게 그 사관 四關 양팔의 어깨 관절과 팔꿈치 관절, 양다리의 대퇴 관절과 무릎 관절을 이르는 말 이나 좀 틀게나 하고 낯을 붉히며 봉구에게 소리를 빽 질렀다. 왜냐면 지금은 경이니 소금이니 할 때가 아니다. 아이를 포대기를 덮어서 뉘었는데 그 얼굴이 노랗게 질렸고 눈을 감은 채 가끔 다르르 떨고 하는 것이다. 그리고 입으로는 아직도 게거품을 섞어 밥풀이 꼴깍꼴깍 넘어온다. 손까지 싸늘하고 핏기는 멎었다. 시방 생각하면 이때 죽었을 걸 혹 사관으로 살았는지도 모른다. 내가 서두는 바람에 봉구는 주머니 속에서 조그만 대통 쪼개지 않고 짧게 자른 대나무의 토막 을 꺼냈다. 또 그 속에서 녹슨 침 하나를 꺼내더니 입에다 한번 쭉 빨고는 쥐가 뜯어 먹은 듯한 칼라 머리에다 쓱쓱 문지른다. 바른손을 놓은 다음 왼손 엄지손가락으로 침이 또 들어갈 때에서야 비로소 옥이는 정신이 나 보다. 으악 소리를 지르며 잠깐 놀란다. 그와 동시에 푸드득 하고 포대기 속으로 똥을 갈겼다. 덕희는 이걸 뻔히 바라보고 있더니 골피를 접으며 이 배라먹을 년, 웬걸 그렇게 처먹고 이 지랄이야, 하고는 욕을 오랄지게 퍼 붓는다. 그러나 나는 그 속을 빤히 보았다. 저와 같이 먹다가 이렇게 되었다면 아마 이토록은 노엽지 않았으리라. 그 귀한 음식을 돌르도록 '도르다'의 방언. 먹은 것을 게울 수 처먹고도 애비 한쪽 갖다줄 생각을 못 한 딸이 지극히 미웠다. 고년 고래 싸. 웬 떡을 배가 터지도록 처먹었담, 하고 입을 삐죽대는 그 낯짝에 시기와 증오가 역력히 나타난다. 사실로 말하자면 이런 경우에는 저도 반드시 옥이와 같이 했으련만. 아니 놈은 꿀 바른 주악을 다 먹고도 또 막걸리를 준다면 물다 뱉는 한이 있더라도 어쨌든 덥석 물었으리라 생각하고는 나는 그 얼굴을 다시 한번 쳐다보았다.

◑ 소설 한 장면　결말　옥이가 정신을 차림

🔭 생각해 볼까요?

선생님 작품의 제목이기도 한 '떡'이 의미하는 것은 무엇일까요?

 1 ♥ 1

학생 1 '떡'은 굶주림을 채워 주는 음식이에요. 이는 가난한 민중들이 추구하는 풍요로운 삶을 상징해요.

선생님 김유정의 「떡」은 1930년대 농촌이 배경으로, 당대 민중의 비참한 삶의 모습과 비정한 세태가 잘 나타나 있어요. 어떤 부분이 그런지 살펴볼까요?

 2 ♥ 2

학생 1 원래는 소작농이었으나 땅을 잃고 극도의 가난 속에서 살아가는 옥이네 가족의 모습과 굶주림을 이기지 못하고 과식한 탓에 고통을 겪는 옥이의 모습에서 일제 강점기 농촌 빈민들의 비참한 실상을 엿볼 수 있어요.

학생 2 음식을 얻어 먹으러 온 옥이를 비웃고 배탈이 나 앓는 옥이 이야기를 재밋거리로 삼는 개똥 어머니와 동네 여자들의 모습에서는 당시의 몰인정하고 비정한 세태가 잘 드러나요.

선생님 이 작품의 시점과 문체에 대해서 알아볼까요?

 2 ♥ 2

학생 1 이 작품은 '나'라는 서술자가 등장하여 자신이 경험하고 들은 사건을 독자에게 전달하는 1인칭 관찰자 시점이에요. 하지만 부분적으로는 자신의 관찰 범위를 벗어나 전지적 시점에서 자신이 경험하지 못한 부분까지 서술하는 시점의 혼란을 보여 줘요.

학생 2 이러한 서술 방식은 판소리 사설에서 전지적 시점에 있는 창자가 수시로 작중에 개입하여 자신의 주관적인 생각을 드러내는 방식과 매우 유사해요. 그래서 이 작품을 판소리 사설의 문체가 나타난다고 할 수 있는 거예요.

판소리 ▾ 🔍

연관 검색어   창자 고수

판소리란 노래를 부르는 사람인 창자(소리꾼)와 북 치는 사람인 고수가 음악적 이야기를 풀어내는 고유의 민속악이다. 창자는 고수의 북장단에 맞추어 서사적인 이야기를 소리(노래)와 아니리(말)로 엮어 발림(몸짓)을 곁들이며 구연한다.

만무방

⚓ 작품 길잡이

갈래: 농촌 소설
배경: 시간 - 1930년대 가을 / 공간 - 강원도 산골
시점: 3인칭 작가 관찰자 시점
주제: 식민지 한국 농촌의 궁핍한 상황으로 인해 왜곡된 삶
출전: 〈조선일보〉(1935)

📷 인물 관계도

성팔 ◀ (의심) 응칠 ── 형제 ── 응오

재성, 기호, 용구 (노름으로 만남)

응칠	빚으로 인해 '만무방'이 된다. 절도와 노름으로 떠돌이 생활을 하며 아우를 아낀다.
응오	형과 달리 성실하게 살아가는 농민이지만 노력한 만큼 대가가 돌아오지 않는 상황 때문에 남몰래 자기 논의 벼를 훔친다.

📑 구성과 줄거리

발단　**한창 바쁜 추수철에 만무방인 응칠은 한가롭게 송이 파적을 함**

가을이 무르녹은 산골. 응칠은 한가롭게 송이 파적을 나왔다. 전과자이자 만무방인 그는 송이 파적이나 할 수밖에 없는 떠돌이 신세다. 바쁜 추수 때라 다른 농사꾼들은 송이 파적을 나올 겨를이 없지만, 응칠은 가진 것도 할 일도 없다.

전개　**응오네 벼가 도둑을 맞은 사실을 전해 들음**

숲속을 빠져나온 응칠은 성팔로부터 응오네 벼가 도둑을 맞았다는 말을 듣고 성팔을 의심한다. 한때 성실한 농사꾼이었던 응칠은 빚을 갚을 길이 없어 야반도주해 객지에서 빌어먹다가 아내의 제안으로 헤어진다. 그 후 절도와 도박으로 살아가다가 감옥까지 드나든 응칠은 어느 날 동생 응오를 찾아와 이 마을에 살고 있다. 응오는 아픈 아내를 돌보느라 벼를 베지 못한다고 하지만 사실은 베어도 이자 갚기에 급급하여 베는 걸 포기한 셈이다. 그런 와중에 베지도 않은 응오네 논의 벼가 도둑을 맞는다. 응칠은 전과자인 자신이 누명을 쓸까 두려워 자기 손으로 도둑을 잡고 동네를 뜨기로 결심한다.

위기　**응칠은 바위 굴에서 노름을 한 뒤 도둑을 잡기 위해 잠복을 함**

그믐칠야에 응칠은 도둑을 잡으러 응오의 논으로 산고랑 길을 오른다. 바위 굴에서 노름판이 벌어지자 응칠도 돈을 꾸어서 잠시 끼어든다. 돈을 딴 뒤 바위 굴에서 나온 응칠은 응오네 논 근처에서 잠복해 도둑이 나타나기를 기다린다.

절정　**응칠은 응오가 자기 논의 벼를 훔친 것임을 알고 망연자실함**

복면을 한 도둑이 나타나자 응칠은 몽둥이로 내리친 뒤 도둑의 복면을 벗긴다. 그때 도둑의 정체가 논의 주인인 응오인 것을 알고 깜짝 놀란다.

결말　**응칠은 차라리 황소를 훔치자는 제안을 거절하는 응오를 때린 후 업고 고개를 내려옴**

응칠은 응오를 달래며 황소를 훔치자고 하지만, 응오는 부질없다는 듯 응칠의 손을 뿌리치고 달아난다. 화가 난 응칠은 동생을 대뜸 몽둥이질한다. 그는 땅에 쓰러진 동생을 업고 한숨을 쉬며 고개를 내려온다.

만무방

산골에 가을은 무르녹았다.

아름드리 노송은 삑삑이 늘어박혔다. 무거운 송낙^{송라를 우산 모양으로 엮어 만든 모자}을 머리에 쓰고 건들건들. 새새이 끼인 도토리, 벚^{버찌}, 돌배, 갈잎들은 울긋불긋. 잔디를 적시며 맑은 샘이 쫄쫄거린다. 산토끼 두 놈은 한가로이 마주 앉아 그 물을 할짝거리고. 이따금 정신이 나는 듯 가랑잎은 부수수 하고 떨린다. 산산한 산들바람. 귀여운 들국화는 그 품에 새뜻새뜻^{새롭고 산뜻한 모양} 넘논다. 흙내와 함께 향긋한 땅김이 코를 찌른다. 요놈은 싸리버섯, 요놈은 잎 썩은 내, 또 요놈은 송이 — 아니, 아니, 가시넝쿨 속에 숨은 박하풀 냄새로군.

응칠이는 뒷짐을 딱 지고 어정어정 노닌다. 유유히 다리를 옮겨 놓으며 이 나무 저 나무 사이로 호아든다^{이리저리 돌아서 온다}. 코는 공중에서 벌렸다 오므렸다 연신 이러며 훅, 훅. 구붓한^{조금 굽은 듯한} 한 송목 밑에 이르자 그는 발을 멈춘다. 이번에는 지면에 코를 바짝 갖다 대고 한 바퀴 비잉, 나물 끼고 돌았다.

'아하, 요놈이로군!'

썩은 솔잎에 덮이어 흙이 봉곳이 돋아 올랐다.

그는 손가락을 꾸짖으며 정성스레 살살 헤쳐 본다. 과연 귀여운 송이. 망할 녀석, 조금만 더 나오지, 그걸 뚝 따 들고 뒷짐을 지고 다시 어슬렁어슬렁. 가끔 선하품은 터진다. 그럴 적마다 두 팔을 떡 벌리곤 먼 하늘을 바라보고 늘어지게도 기지개를 늘인다.

때는 한창 바쁠 추수 때이다. 농군치고 송이 파적^{심심풀이로 송이를 따 먹는 것} 나올 놈은 생겨나도 않았으리라. 하나 그는 꼭 해야만 할 일이 없었다. 싫으면 하고 말면 말고 그저 그뿐. 그러함에는 먹을 것이 더러 있느냐면 있기는커녕 부쳐 먹을 농토조차 없는, 계집도 없고 자식도 없다. 방은 있다고 해야 남의 곁방이요 잠은 새우잠이요. 하지만 오늘 아침만 해도 한 친구가 찾아와서 벼를 털 텐데 일 좀 와 해 달라는 걸 마다하였다. 몇 푼 바람에 그까짓 걸 누가 하느냐보다는 송이가 좋았다. 왜냐하면 이 땅 삼천리강산에 늘여 놓인 곡식이 말짱 뉘 것이람. 먼저 먹는 놈이 임자 아니냐. 먹다 걸릴 만치 그토록 양식을 쌓아 두고 일이 다 무슨 난장^{신체 부위를 가리지 않고 마구 치는 매} 맞을 일이람. 걸리지 않도록 먹을 궁리나 할 게지. 하기는 그도 한 세 번이나 걸려서 구메밥^{예전에 옥}

에 갇힌 죄수에게 벽 구멍으로 몰래 들여보내던 밥 으로 사관 급하거나 중한 병일 때에 침을 놓는 네 곳의 혈 을 틀었다마는 결국 제 밥상 위에 올라앉은 제 몫도 자칫하면 먹다 걸리긴 매일반…….

올라갈수록 덤불은 우거졌다. 머루며 다래, 췱, 게다 이름 모를 잡초. 이것들이 위아래로 이리저리 서리어 좀체 길을 내지 않는다. 그는 잔디 길로만 돌았다. 넓적다리가 벌쭉이는 찢어진 고의 자락을 아끼며 조심조심 사려 딛는다. 손에는 췱으로 엮어 든 일곱 개 송이. 늙은 소나무마다 가선 두리번거린다. 사냥개 모양으로 코로 쿡, 쿡, 내를 한다. 이것도 송이 같고 저것도 송이 같고, 어떤 게 알짜 송이인지 분간을 모른다. 토끼똥이 소보록한 데 갈잎이 한 잎 뚝 떨어졌다. 그 잎을 살며시 들어 보니 송이 대구리머리가 불쑥 올라왔다. 매우 큰 송이인 듯. 그는 반색하여 그 앞에 무릎을 털썩 꿇었다. 그리고 그 위에 두 손을 내들며 열 손가락을 다 펴 들었다. 가만가만히 살살 흙을 헤쳐 본다. 주먹만한 송이가 나타난다. 애, 이놈 크구나. 손바닥 위에 따 올려놓고는 한참 들여다보며 싱글벙글한다. 우중충한 구석으로 바위는 벽같이 깎아질렀다. 그 중턱을 얽어 나간 췱잎에서는 물이 쪼록쪼록 흘러내린다. 인삼이 썩어 내리는 약수라 한다. 그는 돌 위에 걸터앉으며 또 한 번 하품을 하였다. 간밤 쓸데없는 노름에 밤을 팬 새운 것이 몹시 나른하였다. 따사로운 햇발이 숲을 새어 든다. 다람쥐가 솔방울을 떨어치며, 어여쁜 할미새는 앞에서 알씬거리고, 동리에서는 타작을 하느라고 와글거린다. 흥겨워 외치는 목성, 그걸 억누르고 공중에 응, 응, 진동하는 벼 터는 기계 소리. 맞은쪽 산속에서 어린 목동들의 노래는 처량히 울려온다. 산속에 묻힌 마을의 전경을 멀리 바라보다가 그는 눈을 찌긋하며 다시 한 번 하품을 뽑는다. 이 웬 놈의 하품일까. 생각해 보니 어제 저녁부터 여태껏 창자가 곯렸던 것이다. 불현듯 송이 꾸러미에서 그중 크고 먹음직한 놈을 하나 뽑아 들었다.

응칠이는 그 송이를 물에 써억써억 비벼서는 떡 벌어진 대구리부터 걸쌍스레먹음새가 좋아 탐스럽게 덥석 물어 떼었다. 그리고 넓죽한 입이 움질움질 씹는다. 혀가 녹을 듯이 만질만질하고 향기로운 그 맛. 이렇게 훌륭한 놈을 입맛만 다시고 못 먹다니. 문득 옛 추억이 혀끝에 뱅뱅 돈다. 이놈을 맛보는 것도 참 근자의 일이다. 감불생심敢不生心 감히 엄두도 내지 못함이지 어디 냄새나 똑똑히 맡아 보리. 산속으로 쏘다니다 백판전혀 생소하게 못 따기도 하려니와 더러 딴다는 놈은 행여 상할까 봐 손도 못 대게 하고 집에 내려다 묻고 묻고 하는 것이다. 그러나 요행히 한 꾸러미 차면 금시로 장에 가져다 판다. 이틀 사흘씩 공들인 거로되 잘하면 사십 전, 못 받으면 이십오 전. 저녁거리를 기다리는 아내를 생각하며 좁쌀 서너 되를 손에 사들고 어두운 고개를 터덜터덜 올라가는 건 좋으나 이 신세를 뭐에 쓰나 하고 보면 을프냥궂기가 을씨년스럽기가 짝이 없겠고……. 이까짓 걸 못 먹어 그래 홧김에 또 한 놈을 뽑아 들고 이번엔 물에 흙도 씻을 새 없이 그대로 텁석거린다. 그러나 다른 놈들도 별 수 없으렷다. 이 산골이 송이의 본고향이로되 아마 일 년에 한 개조차 먹는 놈이 드물리라.

'흠, 썩어진 두상들!'

그는 폭넓은 얼굴을 일그러뜨리며 남이나 들으란 듯이 이렇게 비웃는다. 썩었다 함은 데생겼다 생김새나 됨됨이가 완전하게 이루어지지 못해 못나게 생겼다 모멸하는 그의 언투였다. 먹다 나머지 송이 꽁다리를 바로 자랑스러이 입에다 치뜨리곤 트림을 섞어 가며 우물거린다.

송이 두 개가 들어가니 이제는 더 먹을 재미가 없다. 뭔가 좀 든든한 걸 먹었으면 좋겠는데. 떡, 국수, 말고기, 개고기, 돼지고기 그렇지 않으면 쇠고기냐. 아따 궁한 판이니 아무 거나 있으면, 속중으로 여러 가질 먹으며 시름 없이 앉았다. 그는 눈꼴이 슬그머니 돌아간다. 웬 놈의 닭인지 암탉 한 마리가 조 아래 무덤 앞에서 빼빼 맨다. 골골거리며 감도는 걸 보매 아마 알자리 날짐승의 어미가 알을 낳거나 품고 있는 자리 를 보는 맥이라. 그는 돌에서 궁둥이를 들었다. 낮은 하늘로 외면하여 못 본 척하고 닭을 향하여 저편으로 넓찍이 돌아내린다. 그러나 무덤까지 왔을 때 몸을 돌리며,

삼천리강산에 먼저 먹는 놈이 임자지, 뭐.

🎙 소설 한 장면　　발단　　한창 바쁜 추수철에 만무방인 응칠은 한가롭게 송이 파적을 함

"후, 후, 후, 이 자식이 어딜 가 후—."

두 팔을 벌리고 쫓아간다. 산꼭대기로 치모니 닭은 허둥지둥 갈 길을 모른다. 요리 매낀^{매낀} 조리 매낀, 꼬꼬댁거리며 속만 태울 뿐. 그러나 바위틈에 끼어 와살스러운^{매우 거칠고 사나운} 그 주먹에 모가지가 둘로 나기에는 불과 몇 분 못 걸렸다.

그는 으슥한 숲 속으로 찾아들었다. 닭의 껍질을 홀랑 까고서 두 다리를 들고 찢으니 배창^{'배창자'의 북한어}이 옆구리로 꿰진다^{힘을 받아 약한 부분이 미어지거나 터짐}. 그놈은 긁어 뽑아서 껍질과 한데 뭉치어 흙에 묻어 버린다.

고기가 생기고 보니 연하여 나느니 막걸리 생각. 이걸 부글부글 끓여 놓고 한 사발 떡 켰으면^{물이나 술 따위를 단숨에 들이마셨으면} 똑 좋을 텐데 제—기. 응칠이의 고기는 어디 떨어졌는지 술집까지 못 가는 고기였다. 아무려나 고기 먹고 술 먹고 거꾸론 못 먹느냐. 그는 닭의 가슴패기를 입에 들이대고 쭉 찢어 가며 먹기 시작한다. 쫄깃쫄깃한 놈이 제법 맛이 들었다. 가슴을 먹고 넓적다리, 볼기짝을 먹고 거반 반쯤을 다 해내고 나니 어쩐지 맛이 좀 적었다. 결국 음식이란 양념을 해야 하는군. 수풀 속으로 그냥 내던지고 그는 설렁설렁 내려온다. 솔숲을 빠져 화전께로 내리려 할 때 별안간 등 뒤에서,

"여보게, 저 응칠이 아닌가."

고개를 돌려 보니 대장간 하는 성팔이가 작달막한 체수^{몸의 크기}에 들갑작거리며^{몸을 몹시 흔들며 까불거리며} 고개를 넘어온다. 그런데 무슨 긴한 일이나 있는지 부리나케 달려들더니,

"자네 응고개 논의 벼 없어진 거 아나?"

응칠이는 그만 가슴이 덜컥 내려앉았다. 이 바쁜 때 농군의 몸으로 응고개까지 애를 써 갈 놈도 없으려니와 또한 하필 절 보고 벼의 없어짐을 말하는 것이 여간 심상치 않은 일이었다.

잡담 제하고 응칠이는,

"자넨 어째서 응고개까지 갔던가?"

하고 대담스레 그 눈을 쏘아보았다. 그러나 성팔이는 조금도 겁먹은 기색없이,

"아 어쩌다 지났지 뭘 그래."

하며 도리어 얼레발^{'엉너리'의 북한어. 남의 환심을 사기 위해 어벌쩡하게 서두르는 짓}을 치고 덤비는 수작이다. 고얀 놈, 응칠이는 입때 다녀야 동무를 팔아 배를 채우고 그런 비열한 짓은 안 한다. 낯을 붉히자 눈에 불이 보이며,

"어쩌다 지냈다?"

응칠이가 이 동리에 들어온 것은 어느덧 달이 넘었다. 인제는 물릴 때도 되었고, 좀 떠 보고자 생각은 간절하나 아우의 일로 말미암아 망설거리는 중이었다. 그는 오라는 데는 없어도 갈 데는 많았다. 산으로 들로 해변으로 발부리 놓이는 곳이 즉 가는 곳이다. 그러나 저물면은 그대로 쓰러진다. 남의 방앗간이고 헛간이고 혹은 강가, 시새장^{모래톱}. 물론 수가 좋으면 괴때기^{'괴꼴'의 잘못. 타}^{작을 할 때에 생기는 벼 낟알이 섞인 짚북데기} 위에서 밤을 편히 잘 적도 있었다. 이렇게 하여 강원도 어수룩한 산골로 이리 넘고 저리 넘고 못 간 데 별로 없이 유람 겸 편답하였다. 그는 한구석에 머물러 있음은 가슴이 답답할 만치 되우^{아주 몹시} 괴로웠다.

그렇다고 응칠이가 본시 역마^{한곳에 머물지 못하고 돌아다니는 기질} 직성이냐 하면 그런 것도 아니다. 그도 오 년 전에는 사랑하는 아내가 있었고 아들이 있었고 집도 있었고, 그때야 어딜 하루라도 집을 떨어져 보았으랴. 밤마다 아내와 마주 앉으면 어찌하면 이 살림이 좀 늘어 볼까 불어 볼까, 애간장을 태우며 갖은 궁리를 되하고^{되풀이하고} 되하였다마는, 별 뾰족한 수는 없었다. 농사는 열심히 하는 것 같은데 알고 보면 남는 건 겨우 남의 빚뿐. 이러다가는 결말엔 봉변을 면치 못할 것이다. 하루는 밤이 깊어서 코를 골며 자는 아내를 깨웠다. 밖에 나아가 우리의 세간이 몇 개나 되는지 세어 보라 하였다. 그리고 저는 벼루에 먹을 갈아 찍어 들었다. 벽에 바른 신문지는 누렇게 끄을렀다. 그 위에다 아내가 불러 주는 물목^{물건의 목록}대로 일일이 내려 적었다. 독이 세 개, 호미가 둘, 낫이 하나로부터 밥사발, 젓가락, 짚이 석 단까지 그 다음에는 제가 빚을 얻어 온 데, 그 사람들의 이름을 쪽 적어 놓았다. 금액은 제각기 그 아래다 달아 놓고, 그 옆으론 조금 사이를 떼어 역시 조선문^{한글}으로 나의 소유는 이것밖에 없노라. 나는 오십사 원을 갚을 길이 없으매 죄진 몸이라 도망하니 그대들은 아예 싸울 게 아니겠고 서로 의논하여 억울치 않도록 분배하여 가기 바라노라 하는 의미의 성명서를 벽에 남기자 안으로 문들을 걸어 닫고 울타리 밑구멍으로 세 식구가 빠져나왔다.

이것이 응칠이가 팔자를 고치던 첫날이었다.[1]

그들 부부는 돌아다니며 밥을 빌었다. 아내가 빌어다 남편에게, 남편이 빌어다 아내에게, 그러자 어느 날 밤 아내의 얼굴이 썩 슬픈 빛이었다. 눈보라는 살을 엔다. 다 쓰러져 가는 물방앗간 한구석에서 섬^{곡식 따위를 담기 위해 짚으로 엮어 만든}

---

1) 집을 잃고 유랑하게 되는 응칠의 비참한 운명을 반어적으로 표현했다.

그릇을 두르고 어린애에게 젖을 먹이며 떨고 있더니 여보게유 하고 고개를 돌린다. 왜 하니까 그 말이, 이러다간 우리도 고생일 뿐더러 첫째 어린애를 잡겠수, 그러니 서로 갈립시다, 하는 것이다. 하긴 그럴 법한 말이다. 쥐뿔도 없는 것들이 붙어 다닌댔자 별수는 없다. 그보다는 서로 갈리어 제맘대로 빌어먹는 것이 오히려 가뜬하리라. 그는 선뜻 응낙하였다. 아내의 말대로 개가改嫁 다른 남자에게 시집을 다시 가는 일를 해 가서 젖먹이나 잘 키우고 몸 성히 있으면 혹 연분이 닿아 다시 만날지도 모르니깐, 마지막으로 아내와 같이 땅바닥에서 나란히 누워 하룻밤을 새고 나서 날이 훤해지자 그는 툭툭 털고 일어섰다.

매팔자거리낄 것 없이 좋은 팔자 란 응칠이의 팔자이겠다.

그는 버젓이 게트림거만스럽게 거드름을 피우며 하는 트림으로 길을 걸어야 걸릴 것은 하나도 없다. 논 맬 걱정도, 호포戶布 고려·조선 때, 봄과 가을 두 철에 집집마다 물던 세 바칠 걱정도, 빚 갚을 걱정, 아내 걱정, 또는 굶을 걱정도. 호동가란히마음에 놓지 않고 아주 조용히. 홀가분하게 털고 나서니 팔자 중에는 아주 상팔자다. 먹고만 싶으면 돼지구, 닭이구, 개구, 언제나 옆을 떠날 새 없겠지, 그리고 돈, 돈도.

그러나 주재소는 그를 노려보았다. 툭하면 오라, 가라, 하는데 학질짜증날 만큼 귀찮고 피곤함이었다. 어느 동리고 가 있다가 불행히 일만 나면 누구보다도 그부터 붙들려 간다. 왜냐하면 그는 전과 사범이었다. 처음에는 도박으로, 다음엔 절도로, 또 고담에는 절도로, 절도로……. 그러나 이번 멀리 아우를 방문함은 생활이 궁하여 근대러몹시 성가시게 하려 왔다거나 혹은 일을 해 보러 온 것은 결코 아니었다. 혈족이라곤 단 하나의 동생이요, 또한 오래 못 본지라 때없이 그리웠다. 그래 모처럼 찾아온 것이 뜻밖에 덜컥 일을 만났다.

지금까지 논의 벼가 서 있다면 그것은 성한 사람의 짓이라 안 할 것이다.

응오는 응고개 논의 벼를 여태 베지 않았다. 물론 응오가 베어야 할 것이다. 누가 듣던지 그 형 응칠이를 먼저 의심하리라. 그럼 여기에 따르는 모든 책임을 응칠이가 혼자 지지 않으면 안 될 것이다.

응오는 신실한 농군이었다. 나이 서른하나로 무던히 철났다 하고 동리에서 쳐주는 모범 청년이었다. 그런데 벼를 베지 않는다. 남은 다들 거둬들였고 털기까지 하련만 그는 벨 생각조차 않는 것이다.

지주라든 혹은 그에게 장리長利 봄에 꿔 준 곡식에 대해 가을에 그 과반을 이자를 쳐서 받는 변리를 놓은 김 참판이든 뻔찔나게 찾아와 벼를 베라 독촉하였다.

"얼른 털어서 낼 건 내야지."

하면 그 대답은,

"계집이 죽게 됐는데 벼는 다 뭐지유─."

하고 한결같이 내뱉는 소리뿐이었다.

응오의 아내가 지금 기지사경 幾至死境 거의 죽을 지경에 이름 이매 틈은 없었다 하더라도 돈이 놀아서 手中에 돈이 없어서 약을 못 쓰는 이 판이니 진시 進作 벼라도 털어야 할 것이다.

그러면 왜 안 털었던가.

그것은 작년 응오와 같이 지주 문전에서 타작을 하던 친구라면 묻지는 않으리라. 한 해 동안 애를 졸이며 홑자식 하나밖에 없는 자식 모양으로 알뜰히 가꾸던 그 벼를 거둬들임은 기쁨에 틀림없었다. 꼭두새벽부터 엣, 엣, 하며 괴로움을 모른다. 그러나 캄캄하도록 털고 나서 지주에게 도지 賭租 남의 논밭을 빌려서 부치고 논밭을 빌린 대가로 해마다 내는 벼 를 제하고, 장리쌀을 제하고, 색초 관아에 바치는 세금 를 제하고 보니 남은 것은 등줄기를 흐르는 식은땀이 있을 따름.[1] 그것은 슬프다 하기보다 끝없이 부끄러웠다. 같이 털어 주던 동무들이 뻔히 보고 섰는데 빈 지게로 덜렁거리며 집으로 돌아오는 건 진정 열없기 짝이 없는 화가 나면서도 부끄러운 노릇이었다. 참다 참다 못해 응오는 눈에 눈물이 흘렀던 것이다.

가뜩한데 엎치고 덮치더라고 올해는 고나마 흉작이었다. 샛바람과 비에 벼는 깨깨 비틀렸다. 이놈을 가을하다간 벼나 보리 따위의 농작물을 거둬들이다간 먹을 게 남지 않음은 물론이요 빚도 다 못 가릴 모양. 에라, 빌어먹을 거 너들끼리 캐다 먹든 말든 멋대로 하여라, 하고 내던져 두지 않을 수 없다. 벼를 거뒀다고 말만 나면 빚쟁이들은 우─ 몰려들 거니깐.

응칠이의 죄목은 여기에서도 또렷이 드러난다. 국으로 제 생긴 그대로. 또는 자기 주제에 맞게 가만히만 있었더라면 좋은 걸 이 사품 어떤 동작이나 일이 진행되는 바람이나 겨를 에 뛰어들어 지주의 뺨을 제법 갈긴 것이 응칠이었다.

처음에야 그럴 작정이 아니었다. 그는 여러 곳 물을 마신 이만치 어지간히 속이 튄 건달이었다. 지주를 만나 까놓고 썩 좋은 소리로 의논하였다. 올 농사는 반실 半失 절반쯤 잃거나 손해를 봄 이니 도지도 좀 감해 주는 게 어떠냐고. 그러나 지주는 암말 없이 고개를 모로 흔들었다. 정 이러면 하여튼 일 년 품은 빼야 할 테니 나는 그 논에다 불을 지르겠수, 하여도 잠자코 응치 않는다. 지주로 보면 자기

---

1) 벼를 베어도 남는 게 없어 차라리 베지 않는다는 의미이다. 식민지 농촌 사회의 모순이 잘 드러나 있다.

로도 그 벼는 넉넉히 거둬들일 수는 있다마는, 한번 버릇을 잘못해 놓으면 여느 작인까지 행실을 버릴까 염려하여 겉으로 독촉만 하고 있는 터이었다. 실상이야 고까짓 벼쯤 있어도 고만 없어도 고만, 그 심보를 눈치채고 응칠이는 화를 벌컥 낸 것만은 좋으나 저도 모르게 대뜸 주먹뺨이 들어갔던 것이다.

이렇게 문제 중에 있는 벼인데 귀신의 놀음 같은 변괴가 생겼다. 다시 말하면 벼가 없어졌다. 그것도 병들어 쓰러진 쭉정이는 제쳐 놓고 무엇으로 그랬는지 알장 이삭만 따갔다. 그 면적으로 어림하면 아마 못 돼도 한 댓 말가량은 될는지!

응칠이가 아침 일찍이 그 논께로 노닐자 이걸 발견하고 기가 막혔다. 누굴 성가시게 굴려고 그러는지. 산속에 파묻힌 논이라 아직은 본 사람이 없는 모양 같다. 하나 동리에 이 소문이 퍼지기만 하면 저는 어느 모로든 혐의를 받아 폐는 좋이 입어야 될 것이다.

응칠이는 송이도 송이려니와 실상은 궁리에 바빴다. 속종으로 지목 갈만한 놈을 여럿 들어 보았으나 이렇다 찍을 만한 증거가 없다. 어쩌면 재성이나 성팔이 이 둘 중의 짓이리라, 하고 결국 이렇게 생각하는 것도 응칠이가 아니면 안 될 것이다.

원수는 외나무다리에서 만났다.

응칠이는 저의 짐작이 들어맞음을 알고 당장에 일을 낼 듯이 성팔이의 눈을 들이 노렸다.

성팔이는 신이 나서 떠들다가 그 눈총에 어이가 질려서 고만 벙벙하였다. 그리고 얼굴이 핼쑥하여 마주 대고 쳐다보더니,

"그래, 자네 왜 그렇게 노하나. 지내다 보니깐 그렇길래 이를테면 자네보고 얘기지 뭐."

하고 뒷갈망^{뒷감당}을 못 하여 우물쭈물한다.

"노하긴 누가 노해!"

응칠이는 뻐팅겼던 몸에 좀 더 힘을 올리며,

"응고개를 어째 갔더냐 말이지?"

"놀러 갔다 오는 길인데 우연히……."

"놀러 갔다, 거기가 노는 덴가?"

"글쎄, 그렇게까지 물을 게 뭔가. 난 응고개 아니라 서울은 못 갈 사람인가."

하다가 성팔이는 속이 타는지 코로 후응 하고 날숨을 길게 뽑는다.

이렇게 나오는 데는 더 물을 필요가 없었다. 성팔이란 놈도 여간내기가 아니요 구장네 솥인가 뭔가 떼다 먹고 한 번 다녀온 놈이었다. 많이 사귀지는 못했으나 동리 평판이 그놈과 같이 다니다가는 엉뚱한 일 만난다 한다. 이번에 응칠이 저 역시 그 섭수^{수단}에 걸렸음을 알고,

"그야 응고개라고 못 갈 리 없을 테……."

하고 한 번 엇먹다^{사리에 맞지 않는 말과 행동으로 비꼬다}, 그러나 자네두 알다시피 거 어디야, 거기 바로 길이 있다든지 사람 사는 동리라면 혹 모른다 하지마는 성한 사람이야 응고개에 뭘 먹으러 가나, 그렇지 자네야 심심하니까, 하고 앞을 꽉 눌러 등을 떠본다.

여기에는 대답 없고 성팔이는 덤덤히 쳐다만 본다. 무엇을 생각했는가 한참 있더니 호주머니에서 단풍갑을 꺼낸다. 우선 제가 한 개를 물고 또 하나를 뽑아 내대며^{상대편의 앞으로 불쑥 내밀며},

"궐련^{卷煙 얇은 종이로 말아 놓은 담배} 하나 피우게."

매우 듬직한 낯을 해 보인다.

이놈이 이에 밝기가 몹시 밝은 성팔이다. 턱없이 궐련 하나라도 선심을 쓸 궐자^{厥者 '그'를 낮잡아 이르는 말}가 아니리라, 생각은 하였으나 그렇다고 예까지 부르대는^{남을 나무라기나 하는 듯이 거친 말로 야단스럽게 떠들어 대는} 건 도리어 저의 처지가 불리하다.

그것은 짜장^{과연 정말로} 그 손에 넘는 짓이니,

"아 웬 궐련은 이래."

하고 슬쩍 눙치며^{마음을 풀어 누그러지게 하며},

"성냥 있겠나?"

일부러 불까지 그어 대게 하였다.

응칠이에게 액을 떠넘기어 이용하려는 고 야심을 생각하면 곧 달려들어 다리를 꺾어 놔야 옳을 것이다. 그러나 이 마당에 떠들어 대고 보면 저는 드러누워 침 뱉기. 결국 도적은 뒤로 잡지 앞에서 어르는 법이 아니다. 동리에 소문이 퍼질 것만 두려워하며,

"여보게, 자네가 했건 내가 했건 간."

하고 과연 정다이 그 등을 툭 치고 나서,

"우리 둘만 알고 동리에 말을 내지 말게."

하다가 성팔이가 이 말에 되우 놀라며 눈을 말똥말똥 뜨니,

"그까진 벼쯤 먹으면 어떤가!"

하고 껄껄 웃어 버린다.

성팔이는 한 굽 접히어 말문이 메었는지 얼떨하여 입맛만 다신다.

"아예 말은 내지 말게, 응 알지."

하고 다시 다질 때에야 겨우 주저주저 입을 열어,

"내야 무슨 말을 내겠나."

하고 조금 사이를 떼어 또,

"내야 무슨 말을…… 그건 염려 말게."

하더니 비실비실 몸을 돌리어 저 갈 길을 내걷는다. 그러나 저 앞 고개까지 가는 동안에 두 번이나 돌아다보며 이쪽을 살피고 한 것만은 사실이다.

응칠이는 그 꼴을 이윽히 바라보고 입 안으로 죽일 놈, 하였다. 아무리 도적이라도 같은 동료에게 제 죄를 넘겨씌우려 함은 도저히 의리가 아니다.

그건 그렇다 치고 응오가 더 딱하지 않은가. 기껏 힘들여 지어 놓았다 남 좋은 일 한 것을 안다면 눈이 뒤집힐 일이겠다.

이래서야 어디 이웃을 믿어 보겠는가.

확적히 증거만 있어 이놈을 잡으면 대번에 요절을 내리라 결심하고 응칠이는 침을 탁 뱉어 던지고 산을 내려온다.

그런데 그놈의 행티^{행짜를 부리는 버릇}로 가늠해 보면 응칠이 저만치는 때가 못 벗은 도적이다. 어느 미친놈이 논두렁에까지 가새^{가위}를 들고 오는가. 격식도 모

☐ 소설 한 장면　[전개]　응오네 벼가 도둑을 맞은 사실을 전해 들음

르는 풋둥이^{풋내기}가 그러려면 바로 조 낟가리나 수수 낟가리 말이지 그 속에 들어앉아 가새로 속닥거려야 들킬 리도 없고 일도 편하고 두 포대고 세 포대고 마음껏 딸 수도 있다. 그러다 틈 보고 집으로 나르면 그만이지만 누가 논의 벼를 다…… 그렇게도 벼에 걸신이 들었다면 바로 남의 집 머슴으로 들어가 한 달포 동안 주인 앞에 얼렁거리며 신용을 얻어 오다가 주는 옷이나 얻어 입고 다들 잠들거든 볏섬이나 두둑이 짊어 메고 덜렁거리면 그뿐이다. 이건 맥도 모르는 게 남도 못살게 굴려고 에—이 망할 자식두……. 그는 분노에 살이 다 부들부들 떨리는 듯싶었다. 그러나 이런 좀도적이란 봉이 나기 전에는 바짝 물고 덤비는 법이었다. 오늘 밤에는 요놈을 지켰다 꼭 붙들어 가지고 정강이를 분질러 놓으리라. 밥을 먹고는 태연히 막걸리 한 사발을 껄떡껄떡 들이켜자,

"커! 가을이 되니깐 맛이 행결^{한결} 낫군!"

그는 주먹으로 입가를 쓱쓱 훔친 다음 송이 꾸러미에서 세 개를 뽑는다. 그리고 그걸 갈퀴같이 마른 주막 할머니 손에 내주며,

"옛수, 송이나 잡숫게유."

하고 술값을 치렀으나,

"아이, 송이두 고놈 참."

간사^{奸恂 거짓으로 남의 비위를 맞춤}를 피우는 것이 겉으로는 반기는 척하면서도 좀 시쁜^{마음에 차지 아니해 시들한} 모양이다. 제 딴은 한 개에 삼 전씩 치더라도 구전밖에 안 되니깐.

응칠이는 슬며시 화가 나서 그 얼굴을 유심히 들여다보았다. 움푹 들어간 볼때기에 저건 또 왜 저리 멋없이 불거졌는지 툭 나온 광대뼈하고 치마 아래로 남실거리는 발가락은 자칫 잘못 보면 황새 발목이니 이건 언제 잡아가려고 남겨 두는 거야—보면 볼수록 하나 예쁜 데가 없다. 한두 번 먹은 것도 아니요 언젠가 울타리께 풀을 베어 주고 술 사발이나 얻어먹은 적도 있었다. 고렇게 야멸치게 따질 건 뭔가. 그는 눈살을 흘깃 맞히고는 하나를 더 꺼내어,

"옛수, 또 하나 잡숫게유!"

내던져 주곤 댓돌에 가래침을 탁 뱉었다.

그제야 식성이 좀 풀리는지 그 가축으로^{물품이나 몸가짐 따위를 알뜰히 매만져서 잘 간직하거나 거두어} 웃으며,

"아이구 이거 자꾸 주면 어떻게 해."

"어떡하긴 자꾸 살찌게유."

하고 한마디 툭 쏘고 일어서다가 무엇을 생각함인지 다시 툇마루에 주저

앉는다.

"그런데 참 요즘 성팔이 보셨수?"

"아—니, 당최 볼 수가 없더구먼."

"술도 안 먹으러 와유?"

"안 와!"

하고는 입속으로 뭐라고 중얼거리며 의아한 낯을 들더니,

"왜, 또 뭐 일이……?"

"아니유, 본 지가 하 오래니깐!"

응칠이는 말끝을 얼버무리고 고개를 돌리어 한데를 바라본다. 벌써 점심 때가 되었는지 닭들이 요란히 울어 댄다. 논둑의 미루나무는 부 하고 또 부 하고 잎이 날리며 팔랑팔랑 하늘로 올라간다.

"성팔이가 이 마을에서 얼마나 살았지요?"

"글쎄, 재작년 가을이지 아마."

하고 장죽^{긴 담뱃대}을 빡빡 빨더니,

"그런데 또 떠난다든가, 홍천인가 어디 즈 성님한테로 간대."

하고 그게 옳지, 여기서 뭘 하느냐, 대장간이라구 일이나 많으면 모르거니와 밤낮 파리만 날리는데 그보다는 형이 크게 농사를 짓는다니 그 뒤나 거들어 주고 국으로 얻어먹는 게 신상에 편하겠지. 그래 불일간^{며칠 걸리지 아니하는 동안} 처자식을 데리고 아마 떠나리라고 하고,

"농군은 그저 농사를 지어야 돼."

"낼 술 먹으러 또 오지유."

간단히 인사만 하고 응칠이는 다시 일어났다.

주막을 나서니 옷깃을 스치는 개운한 바람이다. 밭 둔덕의 대추는 척척 늘어진다. 머지않아 겨울은 또 오렷다. 그는 응오의 집을 바라보며 그간 죽었는지 궁금하였다.

응오는 봉당^{封堂 안방과 건넌방 사이의 마루를 놓을 자리에 마루를 놓지 아니하고 흙바닥 그대로 둔 곳}에 걸터앉았다. 그 앞 화로에는 약이 바글바글 끓는다. 그는 정신없이 들여다보고 앉았다.

우중충한 방에서는 아내의 가쁜 숨소리가 들린다. 색, 색 하다가 아이구, 하고는 까무러지게 콜록거린다. 가래가 치밀어 몹시 괴로운 모양. 뽑아 줄 사이가 없이 풀들은 뜰에 엉켰다. 흙이 드러난 지붕에서 망초가 휘청휘청 바람은 가끔 찾아와 싸리문을 흔든다. 그럴 적마다 문은 을씨년스럽게

삐—꺽 삐—꺽. 이웃의 발발이는 부엌에서 한창 바쁘게 달그락거린다. 마는, 아침에 아내에게 먹이고 남은 조죽밖에야. 아니 그것도 참 남편이 마저 긁었으니 사발에 붙은 찌꺼기뿐이리라.

"거, 다 졸았나 부다."

응칠이는 약이란 다 졸면 못쓰니 고만 짜 먹여라 하였다. 약이라야 어제저녁 울 뒤에서 옭아 들인 구렁이지만.

그러나 응오는 듣고도 흘렸는지 혹은 못 들었는지 잠자코 고개도 안 든다.

"옜다, 송이 맛이나 봐라."

하고 형이 손을 내밀 제야 겨우 시선을 들었으나 술이 거나한 그 얼굴을 거북살스레 훑어본다. 그리고 송이를 고맙지 않게 받아 방에 치뜨리고는,

"이거나 먹어."

하다가,

"뭐?"

소리를 크게 질렀다. 그래도 잘 들리지 않으므로,

"뭐야 뭐야, 좀 똑똑히 하라니깐?"

하고 골피를^{눈살을} 찌푸린다. 그러나 아내는 손짓만으로 무슨 소린지 알 수가 없다. 음성으로 치느니보다 종이 비비는 소리랄지, 그걸 듣기에는 지척도 멀었다.

가만히 보다 응칠이는 제가 다 불안하여,

"뒤보겠다는 게 아니냐?"

"그럼 그렇다 말이 있어야지."

남편은 이내 짜증을 내며 몸을 일으킨다. 병약한 아내의 음성이 날로 변하여 감을 시방 안 것도 아니련만—.

그는 방바닥에 늘어져 꼬치꼬치 마른 반송장을 조심히 일으키어 등에 업었다. 울 밖 밭머리에 잿간^{거름으로 쓸 재를 모아 두는 헛간} 은 놓였다. 머리가 눌릴 만치 납작한 굴속이다. 게다 거미줄은 예제없이^{여기나 저기나 구별 없이} 엉키었다. 부춧돌 위에 내려놓으니 아내는 벽을 의지하여 웅크리고 앉는다. 그리고 남편은 눈을 멀뚱멀뚱 뜨고 지키고 서 있는 것이다.

이 꼴들을 멀거니 바라보다 응칠이는 마뜩지 않게 코를 횡 풀며 입맛을 다시었다. 응오의 짓이 어리석고 울화가 터져서이다. 요즘 응오가 형에게 말도 잘 않고 왜 어딱비딱하는지 그 속은 응칠이도 모르는 바 아닐 것이다.

응오가 이 아내를 찾아올 때 꼭 삼 년간을 머슴을 살았다. 그처럼 먹고 싶던 술 한 잔 못 먹었고, 그처럼 침을 삼키던 그 개고기 한 메 물론 못 샀다. 그리고 사경을 받는 대로 꼭꼭 장리를 놓았으니 후일 선채先債 이전에 진 빚 로 썼던 것이다. 이렇게까지 근사勤仕 자기가 맡은 일에 부지런히 힘씀 를 모아 얻은 계집이련만 단 두 해가 못 가서 이 꼴이 되고 말았다.

그러나 이 병이 무슨 병인지 도시 모른다. 의원에게 한 번이라도 변변히 뵈 본 적이 없다. 혹 안다는 사람의 말인즉 노점이니폐결핵 따위에서 볼 수 있는 증상 어렵다 하였다. 돈만 있으면야 노점이고 염병이고 알 바가 못 될 거로되 사날 전 거리로 쫓아 나오며,

"성님!"

하고 팔을 챌 적에는 응오도 어지간히 급한 모양이었다.

"왜?"

응칠이가 몸을 돌리니 허둥지둥 그 말이 이제는 별도리가 없다. 있다면 꼭 한 가지가 남았으니 그것은 엊그저께 산신을 부리는 노인이 이 마을에 오지 않았는가. 그 노인이 응오를 특히 동정하여 십오 원만 들여 산치성을 산신령에게 정성을 드리는 일 올리면 씻은 듯이 낫게 해 주리라는데.

"성님은 언제나 돈 만들 수 있지유?"

"거, 안 된다. 치성 들여 날 병이 안 낫겠니."

하여 여전히 딱 떼고 그러게 내 뭐래던, 애초에 계집 다 내버리고 날 따라 나서랬지, 하고,

"그래 농군의 살림이란 제 목매기라지!"

그러나 아우가 암말 없이 몸을 홱 돌리어 집으로 들어갈 제 응칠이는 속으로 또 괜한 소리를 했구나, 하였다.

응오는 도로 아내를 업어다 방에 뉘었다. 약은 다 졸았다. 불이 삭기 전 짜야 할 것이다. 식기를 기다려 약사발을 입에 대어 주니 아내는 군말 없이 그 구렁이 물을 껄떡껄떡 들이마신다.

응칠이는 마당에 우두커니 앉았다. 사람의 목숨이란 과연 중하군 하였다. 그러나 계집이라는 저 물건이 저렇게 떼기 어렵도록 중할까, 하니 암만해도 알 수 없고.

"너 참 요 건너 성팔이 알지?"

"⋯⋯"

"……."

"성이 뭐래는데 거 대답 좀 하렴!"

하고 소리를 빽 질러도 아우는 대답은 말고 고개도 안 든다. 그러나 응칠이는 하늘을 쳐다보고 트림만 끄윽 하고 말았다. 술기가 코를 꽉꽉 찔러야 할 터인데 이건 풋김치 냄새만 코밑에서 뱅뱅 돈다. 공짜 김치만 퍼먹을 게 아니라 한 잔 더 했더라면 좋았을걸. 그는 일어서서 대를 허리에 꽂고 궁둥이의 흙을 털었다. 벼 도둑맞은 이야기를 할까, 하다가 아서라 가뜩이나 울상이 속이 쓰릴 것이다. 그보다는 이놈을 잡아 놓고 낭중 희짜를 뽑는 것이 점잖겠지.

그는 문밖으로 나와 버렸다.

답답한 아우의 살림을 보니 역 답답하던 제 살림이 연상되고 가슴이 두루 답답하였다. 이런 때에는 무가 십상이다. 사실 하느님이 무를 마련해 낸 것은 참으로 은혜로운 일이다. 맥맥할 때 한 개를 씹고 보면 꿀꺽하고, 쿡 치는 그 맛이 좋고, 남의 무밭에 들어가 하나를 쑥 뽑으니 가랑무^{제대로 굵게 자라지 못하고 밑동이 두 세 가랑이로 갈라진 무}. 이―키, 이거 오늘 운수 대통이로군. 내던지고 그다음 놈을 뽑아 들고 개울로 내려온다. 물에 쓱쓱 닦아서는 꽁지는 이로 베어 던지고 어썩 깨물어 붙인다.

개울 둔덕에 포플러는 호젓하게도 매출히^{매초롬히. 젊고 건강해 아름다운 태가 있게} 컸다. 자갈돌은 그 밑에 옹기종기 모였다. 가생이^{가장자리}로 잔디가 소보록하다. 응칠이는 나가자빠져 마을을 건너다보며 눈을 멀뚱멀뚱 굴리고 누웠다. 산이 뺑뺑 둘리어 숨이 콕 막힐 듯한 그 마을.

아리랑 아리랑 아라리요
아리랑 띄어라 노다가세
증기차는 가자고 왼 고동 트는데
정든 님 품 안고 낙누낙누
아리랑 아리랑 아라리요
아리랑 띄어라 노다가세
낼 갈지 모래 갈지 내 모르는데
옥씨기 강낭이는 심어 뭐하리
아리랑 아리랑 아라리요
아리랑 띄어라……

그는 콧노래로 이렇게 흥얼거리다 갑작스레 강릉이 그리웠다. 펄펄 뛰는 생선이 좋고, 아침 햇살이 힘차게 출렁거리는 그 물결이 좋고. 이까짓 둠¹ 구석에서 쪼들리는 데 대다니. 그래도 즈이 딴엔 무어 농사 좀 지었답시고 악을 복복 쓰며 잘도 떠들어 댄다. 하지만 그런 중에도 어디인가 형언치 못할 쓸쓸함이 떠돌지 않는 것도 아니다. 삼십여 년 전 술을 빚어 놓고 쇠를 울리고 흥에 질리어 어깨춤을 덩실거리고 이러던 가을과는 저 딴 쪽이다. 가을이 오면 기쁨에 넘쳐야 될 시골이 점점 살기만 띠어 옴은 웬일인고. 이렇게 보면 재작년 가을 어느 밤 산중에서 낫으로 사람을 찍어 죽인 강도가 문득 머리에 떠오른다. 장을 보고 오는 농군을 농군이 죽였다. 그것도 많으나 되었으면 모르되 빼앗은 것이 한껏 동전 네 닢에 수수 일곱 되, 게다가 흔적이 탄로 날까 하여 낫으로 그 얼굴의 껍질을 벗기고 조기 대강이 이기듯 끔찍하게 남기고 조긴 망나니다. 흉악한 자식. 그 알량한 돈 사 전에, 나 같으면 가여워 덧돈² 을 주고라도 왔으리라. 이번 놈은 그 따위 각다귀³ 나 아닐는지 할 때 찬김⁴ 과 아울러 치미는 소름에 머리끝이 다 쭈뼛하였다. 그간 아우의 농사를 대신 돌봐 주기에 이럭저럭 날이 늦었다. 오늘 밤에는 이놈을 다리를 꺾어 놓고 내일쯤은 봐서 설렁설렁 뜨는 것이 옳은 일이겠다. 이 산을 넘을까 저 산을 넘을까 주저거리며 속으로 점을 치다가 슬그머니 코를 골아 올린다.

밤이 내리니 만물은 고요히 잠이 든다. 검푸른 하늘에 산봉우리는 울퉁불퉁 물결을 치고 흐릿한 눈으로 별은 떴다. 그러다 구름 떼가 몰려 닥치면 깜깜한 절벽이 된다. 또한 마을 한복판에는 거친 바람이 오락가락 쓸쓸히 궁글고⁵ 이따금 코를 찌르는 후련한 산사 내음. 북쪽 산 밑 미루나무에 싸여 주막이 있는데 유달리 불이 반짝인다. 노세, 노세, 젊어서 노세. 노랫소리는 나직나직 한산히 흘러온다. 아마 벼를 뒷심 대고 외상이리라.

응칠이는 잠자코 벌떡 일어나 바깥으로 나섰다. 그리고 다 나와서야 그 집 친구에게 눈치를 안 채이도록,

"내 잠깐 다녀옴세!"

"어딜 가나?"

친구는 웬 영문을 몰라서 뻔히 쳐다보다 밤이 이렇게 늦었으니 나갈 생각 말고 어여 이리 들어와 자라 하였다. 기껏 둘이 앉아서 개코쥐코⁶ 떠들다가 갑자기 일어서니까 꽤 이상한 모양이었다.

¹ '못'이나 '늪'의 잘못

² 웃돈

³ 각다귀 과의 곤충. 모양은 모기와 비슷하나 크기는 더 크고 벼나 뿌리를 잘라 먹는 해충

⁴ 식어서 차가운 김

⁵ 소리가 웅숭깊고

⁶ 쓸데없는 이야기로 이러쿵저러쿵하는 모양

"건넛마을 가 담배 한 봉 사 올라구."

"담배 여 있는데 또 사 뭐 하나?"

친구는 호주머니에서 굳이 연봉을 꺼내어 손에 들어 보이더니,

"이리 들어와 섬이나 좀 쳐 주게."

"아 참, 깜빡……."

하고 응칠이는 미안스러운 낯으로 뒤통수를 긁적긁적한다. 하기는 섬을 좀 쳐 달라고 며칠째 당부하는 걸 노름에 몸이 팔려 그만 잊고 잊고 했던 것이다. 먹고 자고 이렇게 신세를 지면서 이건 썩 안됐다, 생각은 했지만,

"내 곧 다녀올 걸 뭐."

어정쩡하게 한마디 남기곤 그 집을 뒤에 남긴다.

그러나 이 친구는,

"그럼, 곧 다녀오게!"

하고 때를 재우치는 법은 없었다. 언제나 여일같이,

"그럼 잘 다녀오게!"

이렇게 그 신상만 편하기를 비는 것이다.

응칠이는 모든 사람이 저에게 그 어떤 경의를 갖고 대하는 것을 가끔 느끼고 어깨가 으쓱거린다. 백판^{白板 전혀 생소하게} 모르는 사람도 데리고 앉아서 몇 번 말만 좀 하면 대뜸 구부러진다. 그렇게 장한 것인지 그 일을 하다가, 그 일이라야 도적질이지만, 들어가 욕보던 이야기를 하면 그들은 눈을 커다랗게 뜨고,

"아이고, 그걸 어떻게 당하셨수!"

하고 적이 놀라면서도,

"그래 그 돈은 어떡했수?"

"또 그럴 생각이 납디까요?"

"참, 우리 같은 농군에 대면 호강살이유!"¹⁾

하고들 한편 썩 부러운 모양이었다. 저들도 그와 같이 진탕 먹고 살고는 싶으나 주변 없어 못 하는 그 울분에서 그런 이야기만 들어도 다소 위안이 되는 것이다. 응칠이는 이걸 잘 알고 그 누구를 논에다 거꾸로 박아 놓고 달아나다가 붙들리어 경치던 이야기를 부지런히 하며,

"자네들은 안적^{아직} 멀었네, 멀었어."

---

1) 도둑질과 노름을 일삼는 응칠의 행동을 오히려 부러워할 정도로 비참한 당대 상황을 짐작할 수 있다.

하고 흰소리^{허풍 떠는 말}를 치면 그들은, 옳다는 뜻이겠지, 묵묵히 고개만 꺼떡꺼떡하며 속없이 술을 사 주고 담배를 사 주고 하는 것이다.

그런데 이번 벼를 훔쳐 간 놈은 응칠이를 마구 넘보는 모양 같다.

이렇게 생각하면 응칠이는 더욱 괘씸하였다. 그는 물푸레 몽둥이를 벗삼아 논둑길을 질러서 산으로 올라간다.

이슥한 그믐칠야.

길은 어둡고 흐릿한 언저리만 눈앞에 아물거린다.

그 논까지 칠 마장^{거리의 단위. 오 리나 십 리가 못 되는 거리}은 느긋하리라. 이 마을을 벗어나는 어귀에 고개 하나를 넘는다. 또 하나를 넘는다. 그러면 그다음 고개와 고개 사이에 수목이 울창한 산중턱을 비켜 대고 몇 마지기의 논이 놓였다. 응오의 논은 그중의 하나이었다. 길에서 썩 들어앉은 곳이라 잘 보이지도 않는다. 동리에 그런 소문이 안 났을 때에는 천행으로 본 놈이 없을 것이나 반드시 성팔이의 성행^{性行 성품과 행실}임에는……

응칠이는 공동묘지의 첫 고개를 넘었다. 그리고 다음 고개의 마루턱을 올라섰을 때 다리가 주춤하였다. 저 왼편 높은 산 고랑에서 불이 반짝하다 꺼진다. 짐승 불로는 너무 흐리고…… 아―하, 이놈들이 또 왔군. 그는 가던 길을 옆으로 새었다. 더듬더듬 나뭇가지를 짚으며 큰 산으로 올라간다. 바위는 미끄러져 내리며 발등을 찧는다. 딸기 가시에 종아리는 따갑고 엉금엉금 기어서 바위를 끼고 감돈다.

산, 거반 꼭대기에 바위와 바위가 어깨를 겯고 움쑥 들어간 굴이 있다. 풀들은 뻗치어 굴문을 막는다.

그 속에 돌아앉아서 다섯 놈이 머리를 맞대고 수군거린다. 불빛이 샐까 염려다. 남폿불을 얄게 달아 놓고 몸들을 바싹바싹 여미어 가리운다.

"어서 후딱후딱 쳐, 갑갑해서 원."

"이번엔 누가 빠지나?"

"이 사람이지 뭘 그래."

"다시 섞어, 어서 이따위 수작이야."

하고 한 놈이 골을 내고 화투를 빼앗아 제 손으로 섞다가 깜짝 놀란다. 그리고 버썩 대드는 응칠이를 벙벙히 쳐다보며 얼뚤한다.

그들은 응칠이가 오는 것을 완고척이 싫어하는 눈치였다. 이런 애송이 노름판인데 응칠이를 들였다가는 맥을 못 쓸 것이다. 속으로는 되우 꺼렸

지마는 그렇다고 응칠이의 비위를 건드림은 더욱 좋지 못하므로,

"아, 응칠인가, 어서 들어오게."

하고 선웃음^{우습지도 않은데 꾸며서 웃는 웃음}을 치는 놈에,

"난 올 듯하기에, 자넬 기다렸지."

하며 어수대는 놈,

"하여튼 한 케 떠 보세."

이놈들은 손을 잡아들이며 썩들 환영이었다.

응칠이는 그 속으로 들어서며 무서운 눈으로 좌중을 한 번 훑어보았다.

그런데 재성이도 그 틈에 끼여 있는 것이 아닌가. 사날 전만 해도 응칠이더러 먹을 양식이 없으니 돈 좀 취하라던 놈이 의심이 부쩍 일었다. 도둑이란 흔히 이런 노름판에서 씨가 퍼진다. 그 옆으로 기호도 앉았다. 이놈은 며칠 전 제 계집을 팔았다. 그 돈으로 영동 가서 장사를 하겠다던 놈이 노름을 왔다. 제깐 주제에 딸 듯싶은가. 하나는 용구. 농사엔 힘 안 쓰고 노름에 몸이 달았다. 시키는 부역도 안 나온다고 동리에서 손도^{損徒 도덕적으로 잘못한 사람을 그 지역에서 내쫓음}를 맞은 놈이다. 그리고 남의 집 머슴 녀석. 뽐을 내고 멋없이 점잔을 피우는 중늙은이 상투쟁이, 이 물건은 어서 날아왔는지 보지도 못하던 놈이다. 체 이것들이 뭘 한다구!

응칠이는 기호의 등을 꾹 찔러 가지고 밖으로 나왔다. 외딴곳으로 데리고 와서,

"자네 돈 좀 없겠나?"

하고 돌아서다가,

"웬걸 돈이 어디……"

눈치만 남고 어름어름하니,

"아내와 갈렸다지, 그 돈 다 뭐했나?"

"아 이 사람아, 빚 갚았지!"

기호는 눈을 내리깔며 매우 거북한 모양이다.

오른편 엄지로 한 코를 막고 흥 하고 내뽑더니 이번 빚에 졸리어 죽을 뻔했네 하고 묻지 않는 발뺌까지 얹어서 설대로 등어리를 긁죽긁죽한다.

그러나 응칠이는 속으로 이놈, 하였다.

응칠이는 실눈을 뜨고 기호를 유심히 쏘아 주었더니,

"꼭 사 원 남았네."

하고 선뜻 알리고,

"빚 갚고 뭣하고 흐지부지 녹았어."

어색하게도 혼잣말로 우물쭈물 웃어 버린다.

응칠이는 퉁명스러이,

"나 이 원만 최게^{빌려 주게}."

하고 손을 내대다 그래도 잘 듣지 않으매,

"따서 둘이 나눌 테야, 누가 떼먹나."

하고 소리가 한번 뺙 아니 나올 수 없다.

이 말에야 기호도 비로소 안심한 듯, 저고리 섶을 쳐들고 훔척거리다 쭈뼛쭈뼛 꺼내 놓는다. 딴은 응칠이의 솜씨이면 낙자는 없을 것이다. 설혹 재간이 모자라 잃는다면 우격이라도 도로 몰아갈 테니깐.

"나두 한 케 떠 보세."

응칠이는 우죄스레^{어리석어서 신분에 맞지 않은 태도로} 굴로 기어든다. 그 콧등에는 자신 있는 그리고 흡족한 미소가 떠오른다. 사실이지 노름만큼 그를 행복하게 하는 건 다시없었다. 슬프다가도 화투나 투전장을 손에 들면 공연스레 어깨가 으쓱거리고 아무리 일이 바빠도 노름판은 옆에 못 두고 지난다. 그는 이놈 저놈의 눈치를 한 번 슬쩍 훑고,

"두 패로 나누지?"

응칠이는 재성이와 용구를 데리고 한옆으로 비켜 앉았다. 그리고 신바람이 나서 화투를 섞다가 손을 따악 짚으며,

"튀전이래지 이깐 화투는 하튼 뭘 할 텐가, 녹삐킨가 켤 텐가?"

"약단이나 그저 보지!"

사방은 매섭게 조용하였다. 바위 위에서 혹 바람에 모래 구르는 소리뿐이다. 어쩌다,

"옛다 봐라."

하고 화투짝이 쩔꺽, 한다. 그리곤 다시 쥐 죽은 듯 잠잠하다.

그들은 이욕에 몸이 달아서 이야기고 뭐고 할 여지가 없다. 행여 속지나 않는가 하여 눈들이 빨개서 서로 독을 올린다. 어떤 놈이 뜨는 놈이고 어떤 놈이 뜯기는 놈인지 영문 모른다.

응칠이가 한 장을 내던지고 명월 공산을 보기 좋게 떡 젖혀 놓으니,

"이거 왜 수짜질^{수작질}이야!"

용구는 골을 벌컥 내며 쳐다본다.

"뭐가?"

"뭐라니, 아, 이 공산 자네 밑에서 빼내지 않았나?"

"봤으면 고만이지 그렇게 노할 건 또 뭔가!"

응칠이는 어설피 입맛을 쩍쩍 다시다,

"그럼 이번엔 파토지?"

하고 손의 화투를 땅에 내던지며 껄껄 웃어 버린다.

이때 한옆에서 별안간,

"이 자식, 죽인다!"

악을 쓰는 것이니 모두들 놀라며 시선을 모은다. 머슴이 마주 앉은 상투의 뺨을 갈겼다. 말인즉 매조 다섯 끗을 엎어 쳤다고.

하나 정말은 돈을 잃은 것이 분한 것이다. 이 돈이 무슨 돈이냐 하면 일년 품을 판 피 묻은 사경이다. 이런 돈을 송두리 먹히다니.

"이 자식, 너는 야마시꾼^{사기꾼}이지. 돈 내라."

멱살을 훔켜잡고 다시 두 번을 때린다.

"허, 이놈이 왜 이러누, 어른을 몰라보고."

상투는 책상다리를 잡숫고 허리를 쓰윽 펴더니 점잖이 호령한다. 자식뻘 되는 놈에게 뺨을 맞는 건 말이 좀 덜된다. 약이 올라서 곧 일을 칠 듯이 엉덩이를 번쩍 들었으나 그러나 그대로 주저앉고 말았다. 악에 바짝 받친 놈을 건드렸다가는 결국 이쪽이 손해. 더럽단 듯이 허, 허 웃고,

"버릇없는 놈 다 봤고!"

하고 꾸짖은 것은 잘됐으나 기어이 어이쿠, 하고 그 자리에 푹 엎어진다. 이마가 터져서 피가 흘렀다. 어느 틈엔가 돌멩이가 날아와 이마의 가죽을 터뜨린 것이다.

응칠이는 싱글거리며 굴을 나섰다. 공연스레 쑥스럽게 일이나 벌어지면 성가신 노릇이다. 그리고 돈백이나 될 줄 알았더니 다 봐야 한 사십 원 될까 말까. 그걸 바라고 어느 놈이 앉았는가.

그가 딴 것은 본밑천을 알라 구 원 하고 팔십 전이다. 기호에게 오 원을 내주고,

"자, 반이 넘네. 자네 계집 잃고 돈 잃고 호강이겠네."

농담으로 비웃어 던지고는 숲속으로 설렁설렁 내려온다.

"여보게, 자네에게 청이 있네."

재성이 목이 말라서 바득바득 따라온다. 그 청이란 묻지 않아도 알 수 있었다. 저에게 돈을 다 빼앗기곤 구문이겠지. 시치미를 딱 떼고 나 갈 길만 걷는다.

"여보게 응칠이, 아, 내 말 좀 들어!"

그제는 팔을 잡아낚으며 살려달라 한다. 돈을 좀 늘릴까 하고 벼 열 말을 팔아 해 보았더니 다 잃었다고. 당장 먹을 게 없어 죽을 지경이니 노름 밑천이나 하게 몇 푼 달라는 것이다. 그러나 벼를 털었으면 그저 먹을 것이지 어쭙잖게 노름은…….

"그런 걸 왜 너보고 하랬어?"

하고 돌아서며 소리를 빽 지르다가 가만히 보니 눈에 눈물이 글썽하다. 잠자코 돈 이 원을 꺼내 주었다.

응칠이는 돌에 앉아서 팔짱을 끼고 덜덜 떨고 있다.

사방은 뺑— 돌리어 나무에 둘러싸였다. 거무튀튀한 그 형상이 헐 없이 꼭 참말로 무슨 도깨비 같다. 바람이 불 적마다 쏴— 하고 쏴— 하고 음충맞게 성질이 매우 불량하게 건들거린다. 어느 때에는 쨍, 쨍 하고 목을 따는지 비명도 울린다.

그는 가끔 뒤를 돌아보았다. 별일은 없을 줄 아나 혹 뭐가 덤벼들지도 모른다. 서낭당은 바로 등 뒤다. 족제비인지 뭔지, 요동搖動흔들리어 움직임 통에 돌이 무너지며 바스락바스락한다. 그 소리가 묘하게도 등줄기를 쪼옥 긁는다. 어두운 꿈속이다. 하늘에서 이슬은 내리어 옷깃을 축인다. 공포도 공포려니와 냉기로 하여 좀체 견딜 수가 없었다.

산골은 산신까지도 주렸으렷다. 아들 낳아 달라고 떡 갖다 바칠 이 없을 테니까. 이놈의 영감님 홧김에 덥석 달려들면. 앞뒤를 다시 한 번 휘돌아본 다음 담배설대담배통과 물부리 사이에 끼워 맞추는 가느다란 대통를 뽑는다. 그리고 오금팽이구부러진 물건에서 오목하게 굽은 자리의 안쪽로 불을 가리고는 한 대 뻑뻑 피워 물었다. 논은 여남은 칸 떨어져 그 아래 누웠다. 일심정기一心正氣 천도교에서, 한결같은 마음과 바른 기운을 이르는 말를 다하여 나무 틈으로 뚫어지게 보고 앉았다. 그러나 땅에 대를 털려니까 풀숲이 이상스러이 흔들린다. 뱀, 뱀이 아닌가. 구시월 뱀이라니 물리면 고만이다. 자리를 옮겨 앉으며 손으로 입을 막고 하품을 터뜨린다.

아마 두어 시간은 더 넘었으리라. 이놈이 필연코 올 텐데 안 오니 또 무슨 조화일까. 이 짓이란 소문이 나기 전에 한 번 더 와 보는 것이 원칙이다. 잠을 못 자서 눈이 뻑뻑한 것이 제물에 슬금슬금 감긴다. 이를 악물고 눈을 뒵쓰면 이번에는 허리가 노글거린다. 속은 쓰리고 골치는 때리고. 불꽃같은 노기가 불끈 일어서 몸을 옥죄인다. 이놈의 다리를 못 꺾어 놔도 애비 없는 후레자식 ^{배운 것 없이 제멋대로 자라서 버릇이 없는 놈} 이겠다.

닭들이 세 홰 ^{새벽에 닭이 올라앉은 나무 막대를 치면서 우는 차례를 세는 단위} 를 운다. 멀―리 산을 넘어오는 그 음향이 퍽은 서글프다. 큰비를 몰아드는지 검은 구름이 잔뜩 낀다. 하긴 지금도 빗방울이 뚝, 뚝, 떨어진다.

그때 논둑에서 희끄무레한 허깨비 같은 것이 얼씬거린다. 정신을 바짝 차렸다. 영락없이 성팔이, 재성이 그들 중의 한 놈이리라. 이 고생을 시키는 그놈! 이가 북북 갈리고 어깨가 다 식식거린다. 몽둥이를 잔뜩 후려잡았다. 그리고 벌떡 일어나서 나무줄기를 끼고 조심조심 돌아내린다. 하나 도랑쯤 내려오다가 그는 멈칫하여 몸을 뒤로 물렸다. 늑대 두 놈이 짝을 짓고 이편 산에서 저편 산으로 설렁설렁 건너가는 길이었다. 빌어먹을 늑대, 이것까지 말썽이람. 이마의 식은땀을 씻으며 도로 제자리로 돌아온다. 어쩌면 이번 이놈도 재작년 강도 짝이나 안 되는지. 급시로 불길한 예감이 뒤통수를 탁 치고 지나간다.

그는 옷깃을 여미어 한 대를 더 붙였다. 돌연히 풍세는 심하여진다. 산골짜기로 몰아드는 억센 놈이 가끔 발광이다. 다시금 더르르 몸을 떨었다. 가을은 왜 이 지경인지. 여기에서 밤을 새울 생각을 하니 기가 찼다.

얼마나 되었는지 몸을 좀 녹이고자 일어나서 서성서성할 때이었다. 논으

🔅 소설 한 장면 [위기] 응칠은 바위 굴에서 노름을 한 뒤 도둑을 잡기 위해 잠복을 함

로 다가오는 희미한 그림자를 분명히 두 눈으로 보았다. 그러고 보니 피로고, 한고寒苦 심한 추위로 인한 괴로움이고 다 딴소리다. 고개를 내대고 딱 버티고 서서 눈에 쌍심지를 올린다.

흰 그림자는 어느 틈엔가 어둠 속에 사라져 보이지 않는다. 그리고 다시 나올 줄을 모른다. 바람 소리만 왱, 왱, 칠 뿐이다. 다시 암흑 속이 된다. 확실히 벼를 훔치러 논 속으로 들어갔을 것이다. 여깽이'여우'의 방언같은 놈이 궂은 날새'날씨'의 방언를 기화奇貨 핑계 삼아 맘껏 하겠지. 의리 없는 썩은 자식, 격장隔牆 담을 사이에 두고 서로 이웃함에서 같이 굶는 터에— 오냐 대거리상대방에 맞서서 대드는 것만 있거라. 이를 한번 부드득 갈아붙이고 차츰차츰 논께로 내려온다.

응칠이는 논께로 바특이조금 바투 내려서서 소나무에 몸을 착 붙였다. 섣불리 서둘다간 남의 횡액橫厄 횡래지액(橫來之厄)의 준말. 뜻밖에 닥쳐오는 불행을 입을지도 모른다. 다 훔쳐 가지고 나올 때만 기다린다. 몸뚱이는 잔뜩 힘을 올린다.

한 식경밥을 먹을 동안이라는 뜻으로, 잠깐 동안을 이르는 말쯤 지났을까, 도적은 다시 나타난다. 논둑에 머리만 내놓고 사면을 두리번거리더니 그제야 기어 나온다. 얼굴에는 눈만 내놓고 수건인지 뭔지 헝겊이 가리었다. 봇짐을 등에 짊어 메고는 허리를 구붓이 뺑손뺑소니을 놓는다.

그러자 응칠이가 날쌔게 달려들며,

"자식, 남의 벼를 훔쳐 가니!"

하고 대포처럼 고함을 지르니 논둑으로 고대로 데굴데굴 굴러서 떨어진다. 얼결에 호되게 놀란 모양이다.

응칠이는 덤벼들어 우선 허리께를 내려조겼다위에서 마구 두들겨 때렸다. 어이쿠쿠, 쿠— 하고 처참한 비명이다. 이 소리에 귀가 번쩍 띄어서 그 고개를 들고 팔부터 벗겨 보았다. 그러나 너무나 어이가 없었음인지 시선을 치걷으며 그 자리에 우두망찰정신이 얼떨떨해 어찌할 바를 모르는 모양한다.

그것은 무서운 침묵이었다. 살뚱맞은당돌하고 생뚱맞은 바람만 공중에서 북새많은 사람이 야단스럽게 부산을 떨며 법석이는 일를 논다.

한참을 신음하다 도적은 일어나더니,

"성님까지 이렇게 못살게 굴기유?"[1]

제법 눈을 부라리며 몸을 홱 돌린다. 그리고 느끼며 울음이 복받친다.

---

1) 내 것을 내가 훔쳐야 하는 비참한 현실에서 그것조차 방해하는 형에게 답답한 심정을 토로하고 있다.

봇짐도 내버린 채,

"내 것 내가 먹는데 누가 뭐래?"

하고 데퉁스러이 ^{성질이나 언행이 조심성이 없고 미련하며 거칠게} 내뱉고는 비틀비틀 논 저쪽으로 없어진다.

형은 너무 꿈속 같아서 멍하니 섰을 뿐이다.

그러다 얼마 지나서 한 손으로 그 봇짐을 들어 본다. 가뿐하니 끽 말가웃^{한 말 반 정도}이나 될는지. 이까짓 걸 요렇게까지 해 가려는 그 심정은 실로 알 수 없다. 벼를 논에다 도로 털어 버렸다. 그리고 아내의 치마이겠지, 검은 보자기를 척척 개서 들었다. 내 걸 내가 먹는다— 그야 이를 말이랴. 하나 내 걸 내가 훔쳐야 할 그 운명도 얄궂거니와 형을 배반하고 이 짓을 벌인 아우도 아우렷다. 에—이 고얀 놈, 할 제 볼을 적시는 것은 눈물이다. 그는 주먹으로 눈물을 쓱, 비비고 머리에 번쩍 떠오르는 것이 있으니 두레두레한 황소의 눈깔. 시오 리를 남쪽 산으로 들어가면 어느 집 바깥뜰에 밤마다 늘 매여 있는 투실투실한 그 황소. 아무렇게 따지든 칠십 원은 갈 데 없으리라. 그는 부리나케 아우의 뒤를 밟았다.

공동묘지까지 거반^{거지반(居之半)의 준말. 절반 가까이} 왔을 때에야 가까스로 만났다. 아우의 등을 탁 치며,

아니, 네가 왜……

형님까지 이렇게 못살게 굴기요?

🔖 **소설 한 장면**　`절정`　응칠은 응오가 자기 논의 벼를 훔친 것임을 알고 망연자실함

"얘, 좋은 수 있다. 네 원대로 돈을 해 줄게 나하고 잠깐 다녀오자."[1]

씩씩한 어조로 기쁘도록 달랬다. 그러나 아우는 입 하나 열려 하지 않고 그대로 실쭉하였다. 뿐만 아니라 어깨 위에 올려놓은 형의 손을 부질없단 듯이 몸으로 털어 버린다. 그리고 삐익 달아난다. 이걸 보니 하 엄청나고 기가 콱 막히었다.

"이놈아!"

하고 악에 받치어,

"명색이 성이라며?"

대뜸 몽둥이를 들어 그 볼기짝을 후려갈겼다. 아우는 모로 몸을 꺾더니 시나브로 _{모르는 사이에 조금씩} 찌그러진다. 뒤미처 _{그 뒤에 곧 잇따라} 앞정강이를 때리고 등을 팼다. 일어나지 못할 만치 매는 내리었다. 체면을 불구하고 땅에 엎드리어 엉엉 울도록 매는 내리었다.

홧김에 하긴 했으되 그 꼴을 보니 또한 마음이 편할 수 없다. 침을 퇴, 뱉어 던지곤 팔자 드신 놈이 그저 그렇지 별수 있나, 쓰러진 아우를 일으키어 등에 업고 일어섰다. 언제나 철이 날는지 딱한 일이었다. 속 썩는 한숨을 후— 하고 내뿜는다. 그리고 어청어청 _{키가 큰 사람이 이리저리 천천히 걷는 모양} 고개를 묵묵히 내려온다.

지주에게 빼앗길까 봐
자기 논의 벼를 도둑질해야 하는
심정이라니……

📖 소설 한 장면 **결말** 응칠은 차라리 황소를 훔치자는 제안을 거절하는 응오를 때린 후 업고 고개를 내려옴

---

1) 소를 훔치는 일을 '좋은 수'라고 표현함으로써 일탈 행위만이 궁핍한 현실을 벗어날 수 있는 방법임을 드러낸다.

✒️ 생각해 볼까요?

선생님 작품의 제목인 '만무방'은 '막되어 먹은 사람'이라는 뜻이에요. 이 작품에서 만무방이 상징하는 건 무엇일까요?
💬 2 ❤️ 2

학생 1 표면적으로는 응칠만을 두고 하는 말 같지만, 빚 때문에 농촌을 떠나 도박과 절도를 일삼는 응칠, 모범적 농민이지만 자신이 경작한 벼를 훔치는 동생 응오, 밤마다 움막에 모여 노름하는 사람들 모두가 만무방이에요. 이는 1930년대 일제 강점기의 가난한 우리 농민 전체가 만무방임을 드러내고 있어요.

학생 2 결국 만무방은 '모순된 사회가 만들어 낸 인간'이라는 의미를 함축하는 말이군요.

선생님 작중 인물들이 정상적인 삶의 방식에서 벗어나 일탈 행동을 하는 원인은 무엇일까요?
💬 2 ❤️ 2

학생 1 당시의 농촌 현실 때문이에요. 정당한 노동의 대가가 주어진다면 바람직한 삶을 꾸려 갈 수 있겠지만, 열심히 농사를 지어도 남는 것은 빚밖에 없었기 때문이죠.

학생 2 농사를 지어봤자 대부분 빼앗길 수밖에 없는 현실이 자신의 벼를 도둑질해야 하는 상황으로까지 내몰았어요.

선생님 도둑질과 노름으로 소일하는 응칠을 소작인들은 오히려 부러워해요. 반사회적인 인물인 응칠을 당시 소작농들이 부러워한 이유가 뭘까요?
💬 2 ❤️ 2

학생 1 다른 사람들은 소심해서 저지를 수 없는 일을 과감하게 저지르고 감옥에 들락거리는 것이 소작인들 눈에는 영웅적인 모습으로 비친 것 같아요.

학생 2 1930년대와 같은 모순된 사회에서는 응칠의 행동 같은 일탈이야말로 비참한 현실을 벗어나는 방법임을 드러내는 거예요.

선생님 이 작품에 담긴 아이러니적인 요소에 대해 이야기해 볼까요?
💬 3 ❤️ 3

학생 1 응칠이 가을날의 아름다운 정경 속에서 빈둥거리고 노는 모습이 시대적 상황과 대비되게 자유로운 모습으로 표현되었어요.

학생 2 또한 빚을 갚지 못해 야반도주하여 떠돌이로 살아가는 데다가 도둑질과 노름을 반복하는 응칠이를 오히려 사람들이 '호강살이'라며 부러워해요.

학생 3 응오네 논의 벼를 훔친 사람이 바로 응오였다는 것, 그런 응오를 달래기 위해 응칠이 제안하는 방법 역시 소 도둑질이라는 것 또한 이 작품에서 드러나는 아이러니예요.

선생님 만무방의 또 다른 특징은 주제를 전달하는 방식이 반어적이라는 거예요. 반어에는 일반적으로 언어를 통한 반어와 상황을 통한 반어가 있지요. 만무방에서 드러나는 반어는 어떤 반어이며, 이러한 표현을 통해 작가가 말하고자 하는 것은 무엇일까요?

💬 1　🤍 1

학생 1 만무방에서 드러나는 것은 상황적 반어예요. 표면에서 벌어지는 상황과 그 이면에 담긴 의미가 서로 반어 구도를 이뤄요. 표면적 상황은 응오가 남몰래 자신의 벼를 훔치는 부분이에요. 이는 얼핏 보면 황당한 상황으로 웃음을 유발할 수 있지만, 그 안에는 일제 강점기 농촌 사회에서 가난한 농민들이 겪어야 했던 구조적 모순 비판이라는 이면적 의미가 담겨 있어요.

반어 　　　　　　　　　　　　　　　　　　　　▼

연관 검색어　　아이러니　언어적 반어　상황적 반어

반어는 표현하고자 하는 의도와 반대되는 표현을 하여 주제를 강조하는 기법으로 '아이러니'라고도 한다. 풍자나 위트, 역설 등이 섞여 나타나는 경우가 많다. 종류로는 언어적 반어와 상황적 반어가 있다.

언어적 반어는 겉으로 드러난 말과 숨은 의도가 상반되는 것이다. 이는 의도와 반대로 말함으로써 자신이 말하고자 하는 바를 강조한다. 잘못을 한 사람에게 "참 잘했다!"라고 말하는 것도 언어적 반어라고 할 수 있다.

상황적 반어는 이면에 숨어 있는 의미와 표면에 드러나는 상황이 서로 상반되는 경우이다. 그 예로 현진건의 「운수 좋은 날」이 있다. 제목은 '운수 좋은 날'이고 낮에는 좋은 일들이 일어나는 것 같았지만 오히려 그날이 아내가 죽는 가장 불행한 날이 되고 만다. 이러한 경우가 상황적 반어의 대표적인 예이며 다른 말로는 '구조적 반어'라고도 한다.

봄·봄

#마름과소작 #데릴사위 #해학성 #역순행적구성

⛵ 작품 길잡이

갈래: 순수 소설, 농촌 소설
배경: 시간 - 1930년대 / 공간 - 강원도 농촌
시점: 1인칭 주인공 시점
주제: 순박한 데릴사위와 영악한 장인 사이의 갈등과 대립
출전: 〈조광〉(1935)

📷 인물 관계도

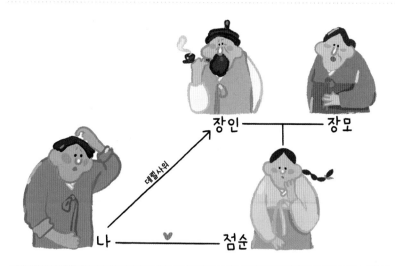

나	어수룩하고 순진한 청년이다. 점순과 결혼하기 위해 돈도 받지 않고 일한다.
장인	욕심 많고 교활한 인물이다. 딸과의 결혼을 미끼로 '나'를 부려 먹는다.
점순	혼인을 원해 부모님 몰래 '나'를 재촉하지만, 막상 장인과 '나'의 몸싸움이 벌어지자 아버지의 편을 든다.

📋 구성과 줄거리

발단   '나'는 점순과 성례를 올리기 위해 대가 없이 머슴살이를 함

배 참봉 댁 마름인 봉필은 머슴 대신 데릴사위를 열이나 갈아 치웠다가 재작년 가을에 맏딸을 시집보냈다. '나'는 점순의 세 번째 데릴사위다. '나'는 사경 한 푼 안받고 일한 지 벌써 삼 년하고 일곱 달이 되었지만 장인(봉필)은 점순이의 키를 핑계로 성례를 미루기만 한다.

전개   혼례를 미루는 장인을 구장에게 끌고 가 중재를 요청함

'나'는 장인에게 대들고 싶지만 남을 의식해 그렇게 할 수도 없다. 점순도 아버지를 졸라 보라고 은근히 채근한다. '나'는 장인을 끌고 구장에게 가 보지만 장인에게 땅을 부치고 있는 그는 장인의 편에 서서 "농번기에 농사일을 망치면 감옥에간다."라고 말할 뿐이다. 점순은 구장 댁에 갔다가 그냥 오는 법이 어디 있느냐면서 토라진다.

절정   '나'와 장인이 대판 몸싸움을 벌임

'나'는 일터로 나가려다 말고 바깥마당 공석 위에 드러눕는다. 화가 난 장인은 지게막대기로 배를 찌르고 발길질을 한다. 점순이 엿보고 있는 것을 의식한 '나'는 벌떡 일어나서 장인의 수염을 잡아챈다. 약이 바짝 오른 장인은 '나'의 사타구니를 잡고 늘어진다. '나'가 거의 까무러치자 장인은 '나'의 사타구니를 놓아준다. 이번에는 '나'가 장인의 사타구니를 잡고 늘어진다. 장인이 '할아버지'라고 외치다가 점순을 부른다.

결말   점순이 장인의 편을 들며 울음을 터뜨리자 '나'가 당황함

장인의 외침에 점순과 장모가 뛰어나온다. 그러나 장모는 그렇더라도 '나'의 편인 줄 알았던 점순까지 '나'에게 달려든다. '나'는 어이가 없어서 장인을 잡았던 손을 놓고 멀거니 점순의 얼굴을 들여다본다.

봄 · 봄

"장인님! 인제 저……."

내가 이렇게 뒤통수를 긁고, 나이가 찼으니 성례成禮 혼인의 예식을 지냄를 시켜줘야 하지 않겠느냐고 하면 대답이 늘,

"이 자식아! 성례구 뭐구 미처 자라야지!"

하고 만다.

이 자라야 한다는 것은 내가 아니라 내 아내가 될 점순이의 키 말이다.

내가 여기에 와서 돈 한 푼 안 받고 일하기를 삼 년 하고 꼬박 일곱 달 동안을 했다. 그런데도 미처 못 자랐다니까 이 키는 언제야 자라는 겐지 짜장 영문 모른다. 일을 좀 더 잘해야 한다든지, 혹은 밥을 많이 먹는다고 노상 걱정이니까 좀 덜 먹어야 한다든지 하면 나도 얼마든지 할 말이 많다. 허지만 점순이가 아직 어리니까 더 자라야 한다는 여기에는 어째 볼 수 없이 고만 빙빙하고 만다.

이래서 나는 애초 계약이 잘못된 걸 알았다. 이태면 이태, 삼 년이면 삼년, 기한을 딱 작정하고 일을 했어야 할 것이다. 덮어놓고 딸이 자라는 대로 성례를 시켜 주마, 했으니 누가 늘 지키고 서 있는 것도 아니고, 그 키가 언제 자라는지 알 수 있는가. 그리고 난 사람의 키가 무럭무럭 자라는 줄만 알았지 붙박이 키에 모로만 벌어지는 몸도 있는 것을 누가 알았으랴. 때가 되면 장인님이 어련하랴 싶어서 군소리 없이 꾸벅꾸벅 일만 해 왔다. 그럼 말이다. 장인님이 제가 다 알아채서,

"어 참, 너 일 많이 했다. 고만 장가들어라."

하고 살림도 내주고 해야 나도 좋을 것이 아니냐.

시치미를 딱 떼고 도리어 그런 소리가 나올까 봐서 지레 펄펄 뛰고 이 야단이다. 명색이 좋아 데릴사위지 일하기에 싱겁기도 할 뿐더러 이건 참 아무것도 아니다.

숙맥이 그걸 모르고 점순이의 키 자라기만 까맣게 기다리지 않았나.

언젠가는 하도 갑갑해서 자를 가지고 덤벼들어서 그 키를 한번 재 볼까했다. 마는 우리는 장인님이 내외를 해야 한다고 해서 마주 서 이야기도 한마디 하는 법 없다. 우물길에서 언제나 마주칠 적이면 겨우 눈어림으로 재보고 하는 것인데 그럴 적마다 나는 저만큼 가서 '제에미 키두!' 하고 논둑

에다 침을 퉤, 뱉는다. 아무리 잘 봐야 내 겨드랑—다른 사람보다 좀 크긴 하지만— 밑에서 넘을락 말락 밤낮 요 모양이다.

개돼지는 푹푹 크는데 왜 이리도 사람은 안 크는지, 한동안 머리가 아프도록 궁리도 해 보았다.

'아하, 물동이를 자꾸 이니까 뼉다귀가 움츠러드나 보다.' 하고 내가 넌지시 그 물을 대신 길어도 주었다. 뿐만 아니라 나무를 하러 가면 서낭당에 돌을 올려놓고 '점순이의 키 좀 크게 해 줍소사. 그러면 담엔 떡 갖다 놓고 고사 드립죠.' 하고 치성도 한두 번 드린 것이 아니다. 어떻게 돼먹은 키인지 이래도 막무가내니…….

그래 내 어저께 싸운 것이지 결코 장인님이 밉다든가 해서가 아니다.

모를 붓다^{밭이나 논에 못자리를 만들고 씨를 촘촘하게 뿌리다}가 가만히 생각을 해 보니까 또 싱겁다. 이 벼가 자라서 점순이가 먹고 좀 큰다면 모르지만 그렇지도 못한 걸 내 심어서 뭘 하는 거냐. 해마다 앞으로 축 불거지는 장인님의 아랫배—가 너무 먹는 걸 모르고 냉병이라나, 그 배—를 불리기 위하여 심곤 조금도 싶지 않다.

"아이구 배야!"

난 모를 붓다 말고 배를 쓰다듬으면서도 그대루 논둑으로 기어올랐다. 그리고 겨드랑에 꼈던 벼 담긴 키^{곡식 따위를 까부르는 기구}를 그냥 땅바닥에 털썩 떨어치며 나도 털썩 주저앉았다. 일이 암만 바빠도 나 배 아프면 고만이니까. 아픈 사람이 누가 일을 하느냐. 파릇파릇 돋아 오른 풀 한 줌을 뜯어 들고 다리의 거머리를 쑥쑥 문대며 장인님의 얼굴을 쳐다보았다.

논 가운데서 장인님도 이상한 눈을 해 가지고 한참 날 노려보더니,

"너 이 자식, 왜 또 이래, 응?"

"배가 좀 아파서유!"

하고 풀 위에 슬며시 쓰러지니까 장인님은 약이 올랐다. 저도 논에서 철벙철벙 둑으로 올라오더니 잡은 참 내 멱살을 움켜잡고 뺨을 치는 것이 아닌가…….

"이 자식. 일허다 말면 누굴 망해 놀 속셈이냐. 이 대가릴 까놀 자식?"

우리 장인님은 약이 오르면 이렇게 손버릇이 아주 못됐다. 또 사위에게 이 자식 저 자식 하는 이놈의 장인님은 어디 있느냐. 오죽해야 우리 동리에서 누굴 물론하고 그에게 욕을 안 먹는 사람은 명이 짧다 한다. 조그만 아이들까지도 그를 돌려세워 놓고 욕필이—본 이름이 봉필이니까— 욕필이, 하고 손가락질을 할 만치 두루 인심을 잃었다. 허나 인심을 정말 잃었다면 욕보다 읍의

배참봉 댁 마름^{지주의 위임을 받아 소작권을 관리하는 사람}으로 더 잃었다. 번히 마름이란 욕 잘하고, 사람 잘 치고, 그리고 생김 생기길 호박개^{뼈대가 굵고 털이 북슬북슬한 개} 같아야 쓰는 거지만 장인님은 외양이 똑 됐다. 장인에게 닭 마리나 좀 보내지 않는다든가 애벌논^{첫 번 김매기를 한 논} 때 품을 좀 안 준다든가 하면 그해 가을에는 영락없이 땅이 뚝뚝 떨어진다. 그러면 미리부터 돈도 먹고 술도 먹고 안달재신^{몹시 속을 태우면서 여기저기를 다니는 사람}으로 돌아치던 놈이 그 땅을 슬쩍 돌려 안는다. 이 바람에 장인님 집 외양간에는 눈깔 커다란 황소 한 놈이 절로 엉금엉금 기어들고, 동리 사람들은 그 욕을 다 먹어 가면서도 그래도 굽실굽실하는 게 아닌가…….

그러나 내겐 장인님이 감히 큰소리할 계제가 못 된다.

뒷생각은 못 하고 뺨 한 개를 딱 때려 놓고는 장인님은 무색해서 덤덤히 쓴 침만 삼킨다. 난 그 속을 퍽 잘 안다.

조금 있으면 갈^{떡갈나무}도 꺾어야 하고 모도 내야 하고, 한창 바쁜 때인데 나 일 안 하고 우리 집으로 그냥 가면 고만이니까.

작년 이맘때도 트집을 좀 하니까 늦잠 잔다구 돌멩이를 집어 던져서 자는 놈의 발목을 삐게 해 놨다. 사날씩이나 건성 끙끙, 앓았더니 종당에는 거반 울상이 되지 않았는가…….

"얘, 그만 일어나 일 좀 해라. 그래야 올 갈에 벼 잘되면 너 장가들지 않니."

그래 귀가 번쩍 띄어서 그날로 일어나서 남이 이틀 품 들일 논을 혼자 삶아^{논밭의 흙을 써레로 썰고 나래로 골라 노글노글하게 만듦} 놓으니까 장인님도 눈깔이 커다랗게 놀랐다. 그럼 정말로 가을에 와서 혼인을 시켜 줘야 원 경우가 옳지 않겠나. 볏섬을 척척 들여쌓아도 다른 소리는 없고 물동이를 이고 들어오는 점순이를 담배통으로 가리키며,

"이 자식아, 미처 커야지 조걸 무슨 혼인을 한다구 그러니 원!"

하고 남 낯짝만 붉혀 주고 고만이다.

골김에^{홧김에} 그저 이놈의 장인님, 하고 댓돌에다 메어꽂고 우리 고향으로 내뺄까 하다가 꾹꾹 참고 말았다.

참말이지 난 이 꼴 하고는 집으로 차마 못 간다. 장가를 들러 갔다가 오죽 못났어야 그대로 쫓겨 왔느냐고 손가락질을 받을 테니까…….

논둑에서 벌떡 일어나 한풀 죽은 장인님 앞으로 다가서며,

"난 갈 테야요. 그동안 사경^{私耕 새경. 농가에서 머슴에게 주는 연봉} 쳐 내슈."

"너 사위로 왔지, 어디 머슴 살러 왔니?"

"그러면 얼찐 성례를 해 줘야 안 하지유. 밤낮 부려만 먹구 해 준다, 해 준다……."

"글쎄, 내가 안 하는 거냐, 그년이 안 크니까."

하고 어름어름 담배만 담으면서 늘 하는 소리를 또 늘어놓는다.

이렇게 따져 나가면 언제든지 늘 나만 밑지고 만다. 이번엔 안 된다, 하고 대뜸 구장님한테로 판단 가자고 소맷자락을 내끌었다.

"아, 이 자식이 왜 이래 어른을."

안 간다구 뻗디디구 이렇게 호령은 제 맘대로 하지만 장인님 제가 내 기운은 못 당한다. 막 부려 먹고 딸은 안 주고, 게다 땅땅 치는 건 다 뭐야…….

그러나 내 사실 참, 장인님이 미워서 그런 것은 아니다. 그 전날, 왜 내가 새 고개 맞은 봉우리 화전 밭을 혼자 갈고 있지 않았느냐. 밭 가생이^{'가장자리'의 방언} 로 돌 적마다 야릇한 꽃내가 물컥물컥 코를 찌르고 머리 위에서 벌들은 가끔 붕, 붕, 소리를 친다. 바위틈에서 샘물 소리밖에 안 들리는 산골짜기니까 맑은 하늘의 봄볕은 이불 속같이 따스하고 꼭 꿈꾸는 것 같다. 나는 몸이 나른하고 몸살—병을 아직 모르지만—이 나려구 그러는지 가슴이 울렁울렁하고 이랬다.

"어러이! 말이! 맘 마 마……."

이렇게 노래를 하며 소를 부리면 여느 때 같으면 어깨가 으쓱으쓱한다.

🗨 소설 한 장면 　발단　 '나'는 점순과 성례를 올리기 위해 대가 없이 머슴살이를 함

웬일인지 밭을 반도 갈지 않아서 온몸이 맥이 풀리고 대구 짜증만 난다. 공연히 소만 들입다 두들기며……,

"안야! 안야!밭갈이 하는 중에 소가 이랑에서 벗어났을 때 하는 말 이 망할 자식의 소—장인님의 소니까— 대리'다리'의 방언를 꺾어 들라."

그러나 내 속은 정말 안야 때문이 아니라 점심을 이고 온 점순이의 키를 보고 울화가 났던 것이다.

점순이는 뭐 그리 썩 예쁜 계집애는 못 된다. 그렇다구 또 개떡이냐 하면 그런 것도 아니고, 꼭 내 아내가 돼야 할 만치 그저 툽툽하게 생긴 얼굴이다. 나보다 십 년이 아래니까 올해 열여섯인데 몸은 남보다 두 살이나 덜 자랐다. 남은 잘도 훤칠히들 크건만 이건 위아래가 뭉툭한 것이 내 눈에는 하릴없이 감참외참외의 하나로 속살이 잘 익은 감빛 같고 맛이 좋음 같다. 참외 중에는 감참외가 제일 맛 좋고 예쁘니까 말이다.[1] 둥글고 커다란 눈은 서글서글하니 좋고 좀 지쳐 찢어졌지만 입은 밥술이나 톡톡히 먹음직하니 좋다. 아따, 밥만 많이 먹게 되면 팔자는 고만 아니냐. 헌데 한 가지 과가 있다면 가끔가다 몸이—장인님이 이걸 채신이 없이 들까분다고 하지만— 너무 빨리빨리 논다. 그래서 밥을 나르다가 때 없이 풀밭에서 깨빡을 쳐서 흙투성이 밥을 곧잘 먹인다. 안 먹으면 무안해할까 봐서 이걸 씹고 앉았노라면 으적으적 소리만 나고 돌을 먹는 겐지 밥을 먹는 겐지……. 그러나 이날은 웬일인지 성한 밥 채루 밭머리에 곱게 내려놓았다. 그리고 또 내외를 해야 하니까 저만큼 떨어져 이쪽으로 등을 향하고 웅크리고 앉아서 그릇 나기를 기다린다.

내가 다 먹고 물러섰을 때, 그릇을 챙기는데 난 깜짝 놀라지 않았느냐. 고개를 푹 숙이고 밥 함지에 그릇을 포개면서 날더러 들으라는지, 혹은 제 소린지,

"밤낮 일만 하다 말 텐가!"

하고 혼자서 좋알거린다. 고대 잘 내외하다가 이게 무슨 소린가, 하고 난 정신이 얼떨떨했다. 그러면서도 한편 무슨 좋은 수가 있나 없는가 싶어서 나도 공중을 대고 혼잣말로,

"그럼 어떡해?"

하니까,

"성례시켜 달라지 뭘 어떡해."

---

1) 점순에 대한 '나'의 애정이 드러나 있다.

하고 되알지게 ^{몹시 올차고 여무지게} 쏘아붙이고 얼굴이 빨개져서 산으로 그저 도 망친다.

나는 잠시 동안 어떻게 되는 심판인지 맥을 몰라서 그 뒷모양만 덤덤히 바라보았다.

봄이 되면 온갖 초목이 물이 오르고 싹이 트고 한다. 사람도 아마 그런가 보다, 하고 며칠 내에 부쩍 —속으로— 자란 듯싶은 점순이가 여간 반가운 것이 아니다. 이런 걸 멀쩡하게 아직 어리다구 하니까…….

우리가 구장님을 찾아갔을 때 그는 싸리문 밖에 있는 돼지우리에서 죽을 퍼 주고 있었다. 서울엘 좀 갔다 오더니 사람은 점잖아야 한다구 웃 섬이— 얼른 보면 지붕 위에 앉은 제비 꼬랑지 같다— 양쪽으로 뾰족히 삐치고 그 걸 애햄, 하고 늘 쓰다듬는 손버릇이 있다.

우리를 멀뚱히 쳐다보고 미리 알아챘는지,

"왜 일들 허다 말구 그래?"

하더니 손을 올려서 그 애햄을 한 번 후딱 했다.

"구장님! 우리 장인님과 츰^{'처음'의 방언}에 계약하기를……."

먼저 덤비는 장인님을 뒤로 떠다밀고 내가 허둥지둥 달려들다가 가만히 생각하고,

"아니 우리 빙장님과 츰에"

하고 첫 번부터 다시 말을 고쳤다. 장인님은 빙장님, 해야 좋아하고 밖에 나와서 장인님, 하면 괜스레 골을 내려고 든다.[1] 뱀두 뱀이래야 좋으냐구 창피스러우니 남 듣는 데는 제발 빙장님, 빙모님, 하라구 일상 당조짐 ^{정신을 차} ^{리도록 단단히 조짐}을 받아 오면서 난 그것두 자꾸 잊는다.

당장두 장인님, 하나 옆에서 내 발등을 꾹 밟고 곁눈질을 흘기는 바람에 야 겨우 알았지만……. 구장님도 내 이야기를 자세히 듣더니 퍽 딱한 모양 이었다. 하기야 구장님뿐만 아니라 누구든지 다 그럴 게다.

길게 길러 둔 새끼손톱으로 코를 후벼서 저리 탁 튀기며,

"그럼 봉필 씨! 얼른 성례를 시켜 주구려, 그렇게까지 제가 하구 싶다는 걸……."

하고 내 짐작대로 말했다. 그러나 이 말에 장인님이 삿대질로 눈을 부라리고,

---

1) '빙장'은 다른 사람의 장인을 이르는 말로, 잘 알지도 못하는 어려운 한자어로 불리고 싶은 허세가 드러나 있다.

"아, 성례구 뭐구 계집애 년이 미처 자라야 할 게 아닌가?" 하니까 고만 멀쑤룩 해져서 입맛만 쩍쩍 다실 뿐이 아닌가.

"그것두 그래!"

"그래, 거진 사 년 동안에도 안 자랐더니 그 킨 언제 자라지유. 다 그만두구 사경 내슈……."

"글쎄, 이 자식! 내가 크질 말라구 그랬니. 왜 날 보구 떼냐?"

"빙모님은 참새만 한 것이 그럼 어떻게 앨 낳지유─사실 빙모님은 점순이보다도 귓배기가 작다─?"

장인님은 이 말을 듣고 껄껄 웃더니─그러나 암만 해두 돌 씹은 상이다─코를 푸는 척하고 날 은근히 곯리려고 팔꿈치로 옆 갈비께를 퍽 치는 것이다.

더럽다. 나두 종아리의 파리를 쫓는 척하고 허리를 구부리며 그 궁둥이를 꽉 떼밀었다. 장인님은 앞으로 우찔근하고 싸리문께로 쓰러질 듯하다 몸을 바로 고치더니 눈총을 몹시 쏘았다. 이런 쌍년의 자식, 하곤 싶으나 남의 앞이라니 차마 못 하고 섰는 그 꼴이 보기에 퍽 쟁그러웠다 '징그럽다'의 작은말.

그러나 이밖에는 별반 신통한 귀정 歸正 그릇되었던 일이 바른길로 돌아옴 을 얻지 못하고 도로 논으로 돌아와서 모를 부었다. 왜냐면 장인님이 뭐라구 귓속말로 수군수군하고 간 뒤다. 구장님이 날 위해서 조용히 데리고 아래와 같이 일러주었기 때문이다─뭉태의 말은 구장님이 장인님에게 땅 두 마지기 얻어 부치니까 그래 꾀었다고 하지만 난 그렇게 생각하지 않는다─.

"자네 말두 하기야 옳지, 암 나이 찼으니 아들이 급하다는 게 잘못된 말은 아니야. 허지만 농사가 한층 바쁜 때 일을 안 한다든가 집으로 달아난다든가 하면 손해 죄루 그것두 징역을 가거든!─여기에 그만 정신이 번쩍 났다─ 왜 요전에 삼포말서 산에 불 좀 놓았다구 징역 간 거 못 봤나. 제 산에 불을 놓아도 징역을 가는 이 땐데 남의 농사를 버려두니 죄가 얼마나 더 중한가. 그리고 자넨 정장 呈狀 고소장을 관청에 바침 을─사경 받으러 정장 가겠다 했다─ 간대지만 그러면 괜스레 죄를 들쓰고 들어가는걸세. 또 결혼두 그렇지. 법률에 성년이란 게 있는데 스물하나가 돼야지 비로소 결혼을 할 수가 있는걸세. 자넨 물론 아들이 늦을 걸 염려하지만 점순이루 말하면 이제 겨우 열여섯이 아닌가. 그렇지만 아까 빙장님의 말씀이 올 갈에는 열 일을 제치고라두 성례를 시켜 주겠다 하시니 좀 고마울 겐가. 빨리 가서 모 붓든 거나 마저 붓게, 군소리 말구 어서 가."

그래서 오늘 아침까지 끽소리 없이 왔다.

장인님과 내가 싸운 것은 지금 생각하면 전혀 뜻밖의 일이라 안 할 수 없다. 장인님으로 말하면 요즈막 작인^{소작인}들에게 행세를 좀 하고 싶다고 해서,

"돈 있으면 양반이지 별 게 있느냐!"

하고 일부러 아랫배를 쑥 내밀고 걸음도 뒤틀리게 걷고 하는 이판이다. 이까짓 나쯤 두들기다 남의 땅을 가지고 모처럼 닦아 놓았던 가문을 망친다든가 할 어른이 아니다. 또 나로 논지면^{이치를 따져 논하자면} 아무쪼록 잘 봬서 점순이에게 얼른 장가를 들어야 하지 않느냐…….

이렇게 말하자면 결국 어젯밤 뭉태네 집에 마슬^{이웃에 놀러 가는 일} 간 것이 썩 나빴다. 낮에 구장님 앞에서 장인님과 내가 싸운 것을 어떻게 알았는지 대구 빈정거리는 것이 아닌가.

"그래 맞구두 그걸 가만둬?"

"그럼 어떡허니?"

"임마, 봉필일 모판에다 거꾸로 박아 놓지 뭘 어떡해?"

하고 괜히 내 대신 화를 내가지고 주먹질을 하다 등잔까지 쳤다. 놈이 본시 괄괄은 하지만 그래 놓고 날더러 석유 값을 물라구 막 지다위^{남에게 등을 대고 의지하거나 떼를 쓰는 짓}를 붙는다. 난 어안이 벙벙해서 잠자코 앉았으니까 저만 연신

자네 빙장님이 올 가을에는 반드시 성례를 시켜 주겠다 하시지 않나……. 농사가 한창 바쁠 때 달아나면 손해 죄로 징역을 간다네.

ⓓ 소설 한 장면   전개   혼례를 미루는 장인을 구장에게 끌고 가 중재를 요청함

지껄이는 소리가,

"밤낮 일만 해 주구 있을 테냐?"

"영득이는 일 년을 살구두 장갈 들었는데 넌 사 년이나 살구두 더 살아야 해?"

"네가 세 번째 사위 줄이나 아니? 세 번째 사위."

"남의 일이라두 분하다. 이 자식, 우물에 가 빠져 죽어."

나중에는 겨우 손톱으로 목을 따라고까지 하고, 제 아들같이 함부로 혹
닥이었다'욱댁이다'의 방언. 율러대어 위협하다. 별의별 소리를 다 해서 그대로 옮길 수는 없
으나 그 줄거리는 이렇다.

우리 장인님 딸이 셋이 있는데 맏딸은 재작년 가을에 시집을 갔다. 정말
은 시집을 간 것이 아니라 그 딸도 데릴사위를 해 가지고 있다가 내보냈다.
그런데 딸이 열 살 때부터 열아홉, 즉 십 년 동안에 데릴사위를 갈아들이기
를, 동리에선 사위 부자라고 이름이 났지마는 열 놈이란 참 너무 많다.

장인님이 아들은 없고 딸만 있는 고로 그 담'그다음'의 줄임말 딸을 데릴사위를 해
올 때까지는 부려먹지 않으면 안 된다. 물론 머슴을 두면 좋지만 그건 돈이 드
니까, 일 잘하는 놈을 고르느라고 연방 바꿔 들였다. 또 한편 놈들이 욕만 줄곧
퍼붓고 심히도 부려먹으니까 밸'창자'의 속어. '마음'을 뜻함이 상해서 달아나기도 했겠지.
점순이는 둘째 딸인데 내가 일테면 그 세 번째 데릴사위로 들어온 셈이다. 내
담으로 네 번째 놈이 들어올 것을 내가 일도 잘하고, 그리고 사람이 좀 어수룩
하니까 장인님이 잔뜩 붙들고 놓질 않는다. 셋째 딸이 인제 여섯 살, 적어두 열
살은 돼야 데릴사위를 할 테므로 그동안은 죽도록 부려먹어야 된다. 그러니
인제는 속 좀 채리고 장가를 들여 달라고 떼를 쓰고 나자빠져라, 이것이다.

나는 겉으로 엉, 엉, 하며 귓등으로 들었다. 뭉태는 땅을 얻어 부치다가
떨어진 뒤로는 장인님만 보면 공연히 못 먹어서 으릉거린다. 그것도 장인
님이 저 달라고 할 적에 제집에서 위한다는 그 감투—예전에 원님이 쓰던
것이라나, 옆구리에 뽕뽕 좀먹은 걸레—를 선뜻 주었다면 그럴 리도 없었
던걸…….

그러나 나는 뭉태란 놈의 말을 전수히 곧이듣지 않았다. 꼭 곧이들었다
면 간밤에 와서 장인님과 싸웠지 무사히 있었을 리가 없지 않은가. 그러면
딸에게까지 인심을 잃은 장인님이 혼자 나빴다.

실토이지 나는 점순이가 아침상을 가지고 나올 때까지는 오늘은 또 얼마
나 밥을 담았나, 하고 이것만 생각했다. 상에는 된장찌개하고 간장 한 종지,

조밥 한 그릇, 그리고 밥보다 더 수부룩하게 담은 산나물이 한 대접, 이렇다. 나물은 점순이가 틈틈이 해 오니까 두 대접이고 네 대접이고 멋대로 먹어도 좋으나 밥은 장인님이 한 사발 외엔 더 주지 말라고 해서 안 된다. 그런데 점순이가 그 상을 내 앞에 내려놓으며 제 말로 지껄이는 소리가,

"구장님한테 갔다 그냥 온담 그래!"

하고 엊그제 산에서와 같이 되우 쫑알거린다. 딴은 내가 더 단단히 덤비지 않고 만 것이 좀 어리석었다, 속으로 그랬다.

나도 저쪽 벽을 향하여 외면하면서 내 말로,

"안 된다는 걸 그럼 어떡헌담!"

하니까,

"쉼을 잡아채지 그냥 뒤, 이 바보야!"

하고 또 얼굴이 빨개지면서 성을 내며 안으로 샐쭉하니 튀들어가지 않느냐. 이때 아무도 본 사람이 없었게 망정이지 보았다면 내 얼굴이 에미 잃은 황새 새끼처럼 가엾다 했을 것이다.

사실 이때만치 슬펐던 일이 또 있었는지 모른다. 다른 사람은 암만 못생겼다 해두 괜찮지만 내 아내 될 점순이가 병신으로 본다면 참 신세는 따분하다. 밥을 먹은 뒤 지게를 지고 일터로 가려 하다 도로 벗어 던지고 바깥마당 공석 위에 드러누워서 나는 차라리 죽느니만 같지 못하다 생각했다.

내가 일 안 하면 장인님 저는 나이가 먹어 못하고 결국 농사 못 짓고 만다. 뒷짐으로 트림을 꿀꺽 하고 대문 밖으로 나오다 날 보고서,

"이 자식, 왜 또 이러니."

"관격^{關格 급하게 체하여 가슴이 막히고 토하지도 못하고 대소변도 못 보는 위급한 병} 이 났어유, 아이구 배야!"

"기껏 밥 처먹구 무슨 관격이야, 남의 농사 버려두면 이 자식 징역 간다 봐라!"

"가두 좋아유, 아이구 배야!"

참말 난 일 안 해서 징역 가도 좋다 생각했다. 일후 아들을 낳아도 그 앞에서 바보, 바보, 이렇게 별명을 들을 테니까 오늘은 열 쪽이 난대도 결정을 내고 싶었다.

장인님이 일어나라고 해도 내가 안 일어나니까 눈에 독이 올라서 저편으로 힝하게 가더니 지게막대기를 들고 왔다. 그리고 그걸로 내 허리를 마치 돌 떠넘기듯이 쿡 찍어서 넘기고 넘기고 했다.

밥을 잔뜩 먹어 딱딱한 배가 그럴 적마다 퉁겨지면서 밸창이 꼿꼿한 것

이 여간 켕기지 않았다. 그래도 안 일어나니까 이번에는 배를 지게막대기로 위에서 쿡쿡 찌르고 발길로 옆구리를 차고 했다.

장인님은 원체 심술이 궂어서 그러지만 나도 저만 못하지 않게 배를 채였다. 아픈 것을 눈을 꽉 감고 넌 해라 난 재밌단 듯이 있었으나 볼기짝을 후려갈길 적에는 나도 모르는 결에 벌떡 일어나서 그 수염을 잡아챘다. 마는 내 골이 난 것이 아니라 정말은 아까부터 벽 뒤 울타리 구멍으로 점순이가 우리들의 꼴을 몰래 엿보고 있었기 때문이다.

가뜩이나 말 한마디 톡톡히 못 한다고 바라보는데 매까지 잠자코 맞는 걸 보면 짜장 바보로 알 게 아닌가. 또 점순이도 미워하는 이까짓 놈의 장인님하곤 아무것도 안 되니까 막 때려도 좋지만 사정 보아서 수염만 채고— 제 원대로 했으니까 이때 점순이는 퍽 기뻤겠지— 저기까지 잘 들리도록 '이걸 까셀라부다 까스르다. 불에 쬐어 '그울리다'의 방언!' 하고 소리를 쳤다.

장인님은 더 약이 바짝 올라서 잡은 참 지게막대기로 내 어깨를 그냥 내려 갈겼다. 정신이 다 아찔하다. 다시 고개를 들었을 때 그때엔 나도 온몸에 약이 올랐다. 이 녀석의 장인님을, 하고 눈에서 불이 퍽 나서 그 아래 밭 있는 넝 알로 낭떠러지 아래로 그대로 떠밀어 굴려 버렸다.

"부려만 먹구 왜 성례 안 하지유!"

나는 이렇게 호령했다. 허지만 장인님이 선뜻 오냐 낼이라두 성례시켜주마, 했으면 나도 성가신 걸 그만두었을지 모른다. 나야 이러면 때린 건 아니니까 나중에 장인 쳤다는 누명도 안 들을 터이고 얼마든지 해도 좋다.

한번은 장인님이 헐떡헐떡 기어서 올라오더니 내 바짓가랑이를 요렇게 노리고서 단박 움켜잡고 매달렸다. 악, 소리를 치고 나는 그만 세상이 다 팽그르 도는 것이,

"빙장님! 빙장님! 빙장님!"

"이 자식! 잡아먹어라, 잡아먹어!"

"아! 아! 할아버지! 살려 줍쇼, 할아버지!"

하고 두 팔을 허둥지둥 내저을 적에는 이마에 진땀이 쭉 내솟고 인젠 참으로 죽나 보다 했다. 그래두 장인님은 놓질 않더니 내가 기어이 땅바닥에 쓰러져서 거진 까무러치게 되니까 놓는다. 더럽다, 더럽다. 이게 장인님인가? 나는 한참을 못 일어나고 쩔쩔맸다. 그러나 얼굴을 드니—눈엔 참 아무것도 보이지 않았다— 사지가 부르르 떨리면서 나도 엉금엉금 기어가

장인님의 바짓가랑이를 꽉 움키고 잡아낚았다.

내가 머리가 터지도록 매를 얻어맞은 것이 이 때문이다. 그러나 여기가 또한 우리 장인님이 유달리 착한 곳이다.

여느 사람이면 사경을 주어서라도 당장 내어 쫓았지, 터진 머리를 불 솜으로 손수 지져 주고, 호주머니에 희연 한 봉을 넣어 주고 그리고,

"올 갈엔 꼭 성례를 시켜 주마. 암만 말구 가서 뒷골의 콩밭이나 얼른 갈아라."

하고 등을 뚜덕여 줄 사람이 누구냐. 나는 장인님이 너무나 고마워서 어느덧 눈물까지 났다.

점순이를 남기고 인젠 내쫓기려니 하다 뜻밖의 말을 듣고,

"빙장님! 인제 다시는 안 그러겠어유!"

이렇게 맹세를 하며 부랴부랴 지게를 지고 일터로 갔다. 그러나 이때는 그걸 모르고 장인님을 원수로만 여겨서 잔뜩 잡아당겼다.

"아! 아! 이놈아! 놔라, 놔."

장인님은 헛손질을 하며 솔개미에 챈 닭의 소리를 연해 질렀다. 놓긴 왜, 이왕이면 호되게 혼을 내 주리라 생각하고 짓궂이 더 댕겼다. 마는 장인님이 땅에 쓰러져서 눈에 눈물이 피잉 도는 것을 알고 좀 겁도 났다.

🔵 소설 한 장면　절정　'나'와 장인이 대판 몸싸움을 벌임

"할아버지! 놔라, 놔, 놔, 놔, 놔라."[1]

그래도 안 되니까,

"얘, 점순아! 점순아!"

이 악장^{악을 쓰고 싸움}에 안에 있었던 장모님과 점순이가 헐레벌떡하고 단숨에 뛰어나왔다. 나의 생각에 장모님은 제 남편이니까 역성을 하는지도 모른다. 그러나 점순이는 내 편을 들어서 속으로 고소해하겠지……. 대체 이게 웬 속인지—지금까지도 난 영문을 모른다— 아버질 혼내 주기는 제가 내래 놓고 이제서는 달려들며,

"에그머니! 이 망할 게 아버지 죽이네!"

하고, 귀를 뒤로 잡아당기며 마냥 우는 것이 아니냐. 그만 여기에 기운이 탁 꺾이어 나는 얼빠진 등신이 되고 말았다. 장모님도 덤벼들어 한쪽 귀마저 뒤로 잡아채면서 또 우는 것이다.

이렇게 꼼짝도 못 하게 해 놓고 장인님은 지게막대기를 들어서 사뭇^{거리낌 없이 마구} 내려 조졌다^{아래로 향해 함부로 때렸다}. 그러나 나는 구태여 피하려지도 않고 암만해도 그 속 알 수 없는 점순이의 얼굴만 멀거니 들여다보았다.

"이 자식! 장인 입에서 할아버지 소리가 나오도록 해?"

에그머니! 이 망할 게 아버지 죽이네!

이 자식! 장인 입에서 할아버지 소리가 나오도록 해?

🎭 소설 한 장면   결말   점순이 장인의 편을 들며 울음을 터뜨리자 '나'가 당황함

---

1) 다급한 심정에 사윗감을 할아버지라고 부르는 모습에서 해학성이 최고조에 이른다.

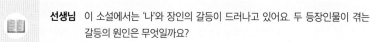

생각해 볼까요?

선생님 이 소설에서는 '나'와 장인의 갈등이 드러나고 있어요. 두 등장인물이 겪는 갈등의 원인은 무엇일까요?
💬 1 🤍 1

↳ **학생 1** 직접적인 갈등 원인은 성례예요. '나'는 하루빨리 점순과 성례를 올리고 싶어 하지만 장인은 '나'를 최대한 오래 머슴으로 부려 먹기 위해 성례를 미루고 있어요.

선생님 주된 갈등을 겪는 인물인 '나'와 장인의 성격을 비교해 보세요.
💬 3 🤍 3

↳ **학생 1** 장인은 욕심 많고 교활한 인물이에요. 게다가 욕을 잘해서 '욕필이'라는 별명이 붙었어요. 둘째 딸 점순의 데릴사위로 온 '나'뿐만 아니라, 첫째 딸이 열 살 때부터 열아홉 살이 될 때까지 혼인을 핑계로 데려온 열 명의 데릴사위에게 일을 시켰어요.

↳ **학생 2** 반면 '나'는 장인이 점순의 키를 핑계로 계속 약속한 혼인을 시켜주지 않는데도 삼 년이 넘게 점순의 집에서 일을 해 주고 있어요. 이를 보면 '나'는 장인과 달리 어리숙하고 우직한 인물임을 알 수 있어요.

↳ **학생 3** '나'의 어리숙함은 동정심과 웃음을 유발하고, 장인은 욕심 많은 인물이지만 그렇다고 악인으로 설정되어 있지는 않아요. 그래서 두 사람 사이의 갈등이 웃음을 자아내요.

선생님 점순은 빨리 성례를 시켜달라고 아버지(장인)를 조르라고 은근히 '나'를 재촉해요. '나'는 점순을 믿고 장인에게 대들었지만 정작 점순은 아버지의 편을 들어 '나'를 당황하게 만들지요. 장인과 '나'의 싸움에서 나타나는 해학성을 찾아볼까요?
💬 3 🤍 3

↳ **학생 1** 아무리 그래도 아버지인데, 점순이 아버지 편을 드는 것은 당연한 일이에요. 아버지의 수염을 잡아채란다고 진짜 잡아채고 바짓가랑이까지 잡는 '나'가 너무 순수해요. 이처럼 어리숙한 '나'가 점순의 말을 곧이들었다가 낭패를 당하는 부분이 해학적이고 웃음을 유발해요.

↳ **학생 2** '나'는 점순의 부추김으로 시작된 장인과의 싸움에서 머리에 상처까지 입었어요. 그러나 오히려 자신을 내쫓지 않는 장인에게 고마워하고 다시 일하러 가요. 이러한 부분에서 해학성을 찾을 수 있어요.

↳ **학생 3** 이 싸움에서 장인이 '나'의 바짓가랑이를 잡았을 때는 '나'가 장인을 '할아버지'라고 부르고, '나'가 장인의 바짓가랑이를 잡았을 때는 장인이 '나'에게 '할아버지'라고 부르는 부분도 웃음을 유발하고 해학성이 극대화돼요.

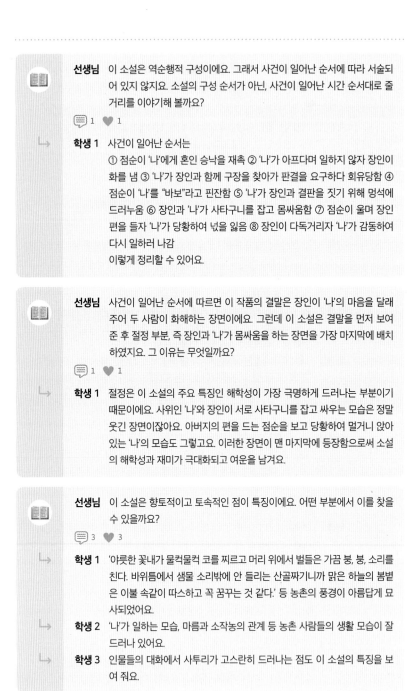

선생님 이 소설은 역순행적 구성이에요. 그래서 사건이 일어난 순서에 따라 서술되어 있지 않지요. 소설의 구성 순서가 아닌, 사건이 일어난 시간 순서대로 줄거리를 이야기해 볼까요?

💬 1 🤍 1

학생 1 사건이 일어난 순서는
① 점순이 '나'에게 혼인 승낙을 재촉 ② '나'가 아프다며 일하지 않자 장인이 화를 냄 ③ '나'가 장인과 함께 구장을 찾아가 판결을 요구하다 회유당함 ④ 점순이 '나'를 "바보"라고 핀잔함 ⑤ '나'가 장인과 결판을 짓기 위해 멍석에 드러누움 ⑥ 장인과 '나'가 사타구니를 잡고 몸싸움함 ⑦ 점순이 울며 장인 편을 들자 '나'가 당황하여 넋을 잃음 ⑧ 장인이 다독거리자 '나'가 감동하여 다시 일하러 나감
이렇게 정리할 수 있어요.

선생님 사건이 일어난 순서에 따르면 이 작품의 결말은 장인이 '나'의 마음을 달래 주어 두 사람이 화해하는 장면이에요. 그런데 이 소설은 결말을 먼저 보여 준 후 절정 부분, 즉 장인과 '나'가 몸싸움을 하는 장면을 가장 마지막에 배치하였지요. 그 이유는 무엇일까요?

💬 1 🤍 1

학생 1 절정은 이 소설의 주요 특징인 해학성이 가장 극명하게 드러나는 부분이기 때문이에요. 사위인 '나'와 장인이 서로 사타구니를 잡고 싸우는 모습은 정말 웃긴 장면이잖아요. 아버지의 편을 드는 점순을 보고 당황하여 멀거니 앉아 있는 '나'의 모습도 그렇고요. 이러한 장면이 맨 마지막에 등장함으로써 소설의 해학성과 재미가 극대화되고 여운을 남겨요.

선생님 이 소설은 향토적이고 토속적인 점이 특징이에요. 어떤 부분에서 이를 찾을 수 있을까요?

💬 3 🤍 3

학생 1 '야릇한 꽃내가 물컥물컥 코를 찌르고 머리 위에서 벌들은 가끔 붕, 붕, 소리를 친다. 바위틈에서 샘물 소리밖에 안 들리는 산골짜기니까 맑은 하늘의 봄볕은 이불 속같이 따스하고 꼭 꿈꾸는 것 같다.' 등 농촌의 풍경이 아름답게 묘사되었어요.

학생 2 '나'가 일하는 모습, 마름과 소작농의 관계 등 농촌 사람들의 생활 모습이 잘 드러나 있어요.

학생 3 인물들의 대화에서 사투리가 고스란히 드러나는 점도 이 소설의 특징을 보여 줘요.

선생님 이 소설의 제목은 「봄·봄」이고 소설의 계절적 배경 또한 봄이에요. 작품에서 봄이 상징하는 것은 무엇일까요?

 3 ♥ 3

↳ **학생 1** 봄은 '나'와 점순처럼 이성과의 애정에 눈뜨는 청춘남녀를 상징해요.

↳ **학생 2** 제목에 봄이 두 번 들어가 있는 것처럼 봄은 해마다 반복되는 계절이에요. 결국 주인공의 문제가 빨리 해결되지 못하고 다시 반복될 것임을 짐작할 수 있어요.

↳ **학생 3** 또한 새싹이 돋아나고 꽃이 피는 등 새로운 생명이 시작되는 계절인 '봄'과 달리 원하는 것을 이루지 못하는 상황에 처해 있는 '나'의 상황이 대조되어 반어적 의미로 해석할 수도 있어요.

풍자와 해학

연관 검색어 웃음 유발 현실 비판 김유정 문학

풍자와 해학은 모두 상황을 왜곡하거나 과장하여 표현함으로써 웃음을 유발하고 주제를 전달하는 표현 기법이다.

풍자는 등장인물의 결점을 다른 동물이나 사물 등에 빗대어 공격하거나 현실의 부정적인 모습을 비유적으로 폭로한다. 주로 권력을 가진 사람이나 부유층을 대상으로 하며 조롱의 측면이 강하여 해학에 비해 공격적이다. 반면 해학은 대상에 대한 연민을 나타내 독자의 공감을 이끌어 낸다는 점이 풍자와 다르다.

현대 문학사에서는 김유정이 '해학의 작가'로 유명하며, 그중에서도 「봄·봄」은 해학성이 가장 뛰어난 작품으로 평가받는다.

동백꽃

#닭싸움   #서정적   #역순행적구조   #풋풋한사랑

⚓ 작품 길잡이

갈래: 순수 소설, 애정 소설, 농촌 소설
배경: 시간 - 1930년대의 어느 봄날 / 공간 - 강원도의 어느 산골 마을
시점: 1인칭 주인공 시점
주제: 산골 마을 남녀의 순박한 사랑
출전: 〈조광〉(1936)

📷 인물 관계도

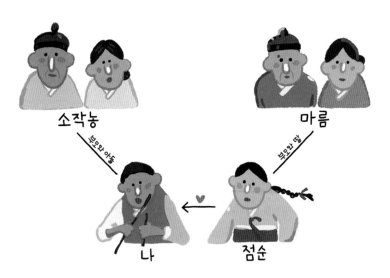

나	소작농의 아들이며 어수룩하여 점순의 마음을 알아채지 못하고 눈치 없이 행동한다.
점순	마름의 딸이며 적극적으로 '나'에게 마음을 표현하지만 이를 몰라주자 심술을 부린다.

📋 구성과 줄거리

발단 **점순이 닭싸움으로 '나'의 화를 돋움**
소작농 아들인 '나'는 나무를 하려고 나오다가 '나'의 집 수탉이 마름네 수탉에게
쪼이고 있는 장면을 목격한다. 마름의 딸인 점순이 싸움을 붙인 것이다.

전개 **점순이 감자를 건네주었지만 '나'는 받지 않음**
나흘 전에 점순은 울타리를 엮는 '나'의 등 뒤로 와서 감자를 건넸지만 '나'는 받지
않았다. 다음 날 점순은 '나'의 집 씨암탉을 붙들어 놓고 괴롭히기 시작한다. '나'는
화가 치밀었으나 점순과 싸울 수도 없어 울타리만 막대기로 내리친다. 점순은 걸
핏하면 자기 집의 수탉을 몰고 와서 '나'의 집의 수탉을 괴롭힌다.

위기 **'나'는 수탉에게 고추장을 먹이고 닭싸움에 도전하지만 실패함**
'나'는 자신의 집 수탉이 점순네 닭을 이기도록 하기 위해 고추장을 먹이지만 점순
네 닭과 제대로 싸워 보지도 못하고 풀이 죽어 버린다.

절정 **점순네 닭을 죽인 후 울음을 터뜨리자 점순이 '나'를 달래 줌**
'나'는 나무를 하고 산을 내려오다가 '나'의 집 수탉이 점순네 수탉에게 사정없이
쪼이는 것을 본다. 화가 치밀어 점순네 수탉을 막대기로 때려서 단번에 죽여 버린
다. 큰일을 저질렀다고 느낀 '나'는 점순네에게 땅과 집을 뺏길까 봐 겁이 나서 울
음을 터뜨린다. 그러자 점순은 염려하지 말라며 '나'를 달랜다.

결말 **'나'와 점순이 동백꽃 속으로 쓰러짐**
순간 점순이 '나'의 어깨를 짚고 넘어지는 바람에 함께 흐드러진 동백꽃 속에 파묻
힌다. '나'는 향긋한 동백꽃 냄새에 정신이 아찔해진다. 이때 점순의 어머니가 점
순을 부르는 소리가 들려온다. 점순은 겁을 먹고 꽃 밑을 기어서 내려가고 '나'는
산으로 내뺀다.

동백꽃

　오늘도 또 우리 수탉이 막 쪼이었다. 내가 점심을 먹고 나무를 하러 갈 양으로 나올 때이었다. 산으로 올라서려니까 등 뒤에서 푸드득푸드득, 하고 닭의 횃소리가 야단이다. 깜짝 놀라서 고개를 돌려보니 아니나다르랴, 두 놈이 또 얼리었다^{서로 얽히다.}.

　점순네 수탉─은 대강이가 크고 똑 오소리같이 실팍하게^{사람이나 물건 따위가 보기} ^{에 매우 실하게} 생긴 놈─이 덩저리^{'덩치'의 속어} 작은 우리 수탉을 함부로 해내는 것이다. 그것도 그냥 해내는 것이 아니라 푸드득하고 면두^{'볏'의 방언}를 쪼고 물러섰다가 좀 사이를 두고 또 푸드득하고 모가지를 쪼았다. 이렇게 멋을 부려 가며 여지없이 닦아 놓는다. 그러면 이 못생긴 것은 쪼일 적마다 주둥이로 땅을 받으며 그 비명이 킥, 킥 할 뿐이다. 물론 미처 아물지도 않은 면두를 또 쪼이어 붉은 선혈은 뚝뚝 떨어진다.

　이걸 가만히 내려다보자니 내 대강이가 터져서 피가 흐르는 것 같이 두 눈에서 불이 번쩍 난다. 대뜸 지게막대기를 메고 달려들어 점순네 닭을 후려칠까 하다가 생각을 고쳐먹고 헛매질로 떼어만 놓았다.

이놈의 얄미운 닭!

🍎 소설 한 장면　　발단　점순이 닭싸움으로 '나'의 화를 돋움

이번에도 점순이가 쌈을 붙여 놨을 것이다. 바짝바짝 내 기를 올리느라고 그랬음에 틀림없을 것이다. 고놈의 계집애가 요새로 들어서서 왜 나를 못 먹겠다고 그렇게 아르렁거리는지 모른다.

나흘 전 감자 쪼간^{어떤 사건}만 하더라도 나는 저에게 조금도 잘못한 것은 없다. 계집애가 나물을 캐러 가면 갔지 남 울타리 엮는 데 쌩이질^{한창 바쁠 때 쓸데없는 일로 남을 귀찮게 구는 짓}을 하는 것은 다 뭐냐. 그것도 발소리를 죽여 가지고 등 뒤로 살며시 와서,

"얘! 너 혼자만 일하니?"

하고 긴치 않은 수작을 하는 것이다.

어제까지도 저와 나는 이야기도 잘 않고 서로 만나도 본척만척하고 이렇게 점잖게 지내던 터이련만 오늘로 갑작스레 대견해졌음은 웬일인가. 항차^{황차(況且) 하물며} 망아지만 한 계집애가 남 일하는 놈 보구…….

"그럼 혼자 하지 떼루 하디?"

내가 이렇게 내배앝는 소리를 하니까,

"너 일하기 좋니?"

또는,

"한여름이나 되거든 하지 벌써 울타리를 하니?"

잔소리를 두루 늘어놓다가 남이 들을까 봐 손으로 입을 틀어막고는 그 속에서 깔깔댄다. 별로 우스울 것도 없는데 날씨가 풀리더니 이놈의 계집애가 미쳤나 하고 의심하였다. 게다가 조금 뒤에는 제 집께를 할끔할끔 돌아보더니 행주치마의 속으로 꼈던 바른손을 뽑아서 나의 턱밑으로 불쑥 내미는 것이다. 언제 구웠는지 아직도 더운 김이 홱 끼치는 굵은 감자 세 개가 손에 뿌듯이 쥐였다.[1]

"느 집엔 이거 없지?"

하고 생색 있는 큰소리를 하고는 제가 준 것을 남이 알면 큰일 날 테니 여기서 얼른 먹어 버리란다. 그리고 또 하는 소리가,

"너 봄 감자가 맛있단다."

"난 감자 안 먹는다, 너나 먹어라."[2]

---

1) 점순이 '나'에게 호감을 가지고 있음을 보여 주는 장면이다.
2) '나'가 점순의 호의를 거절했기에 두 사람의 갈등이 시작된다.

나는 고개도 돌리려 하지 않고 일하던 손으로 그 감자를 도로 어깨너머로 쑥 밀어 버렸다. 그랬더니 그래도 가는 기색이 없고, 뿐만 아니라 쌔근쌔근하고 심상치 않게 숨소리가 점점 거칠어진다. 이건 또 뭐야, 싶어서 그때서야 비로소 돌아다보니 나는 참으로 놀랐다. 우리가 이 동리에 들어온 것은 근 삼 년째 되어 오지만 여태껏 가무잡잡한 점순이의 얼굴이 이렇게까지 홍당무처럼 새빨개진 법이 없었다. 게다 눈에 독을 올리고 한참 나를 요렇게 쏘아보더니 나중에는 눈물까지 어리는 것이 아니냐. 그리고 바구니를 다시 집어 들더니 이를 꼭 악물고는 엎어질 듯 자빠질 듯 논둑으로 횡허케 달아나는 것이다.

어쩌다 동리 어른이,

"너 얼른 시집가야지?"

하고 웃으면,

"염려 마서유. 갈 때 되면 어련히 갈라구!"

이렇게 천연덕스레 받는 점순이었다. 본시 부끄럼을 타는 계집애도 아니려니와 또한 분하다고 눈에 눈물을 보일 얼병이 ⟨'어리보기'의 방언. 언행이 얼뜬 사람⟩도 아니다. 분하면 차라리 나의 등어리를 바구니로 한 번 모질게 후려째리고 달아날지언정.

🔘 소설 한 장면 　전개　 점순이 감자를 건네주었지만 '나'는 받지 않음

그런데 고약한 그 꼴을 하고 가더니 그 뒤로는 나를 보면 잡아먹으려고 기를 복복 쓰는 것이다. 설혹 주는 감자를 안 받아 먹은 것이 실례라 하면, 주면 그냥 주었지 '느 집엔 이거 없지'는 다 뭐냐. 그렇잖아도 저희는 마름^{지주를 대리하여 소작권을 관리하는 사람}이고 우리는 그 손에서 배재^{'울타리'의 방언. 여기서는 땅을 소작할 수 있는 권리}를 얻어 땅을 부치므로 일상 굽실거린다. 우리가 이 마을에 처음 들어와 집이 없어서 곤란으로 지낼 제, 집터를 빌리고 그 위에 집을 또 짓도록 마련해 준 것도 점순네의 호의였다.¹⁾ 그리고 우리 어머니 아버지도 농사 때 양식이 달리면 점순네한테 가서 부지런히 꾸어다 먹으면서 인품 그런 집은 다시없으리라고 침이 마르도록 칭찬하곤 하는 것이다. 그러면서도 열일곱씩이나 된 것들이 수군수군하고 붙어 다니면 동리의 소문이 사납다고 주의를 시켜 준 것도 또 어머니였다. 왜냐하면 내가 점순이하고 일을 저질렀다가는 점순네가 노할 것이고, 그러면 우리는 땅도 떨어지고 집도 내쫓기고 하지 않으면 안 되는 까닭이었다. 그런데 이놈의 계집애가 까닭 없이 기를 복복 쓰며 나를 말려 죽이려고 드는 것이다.

눈물을 흘리고 간 담날 저녁나절이었다. 나무를 한 짐 잔뜩 지고 산을 내려오려니까 어디서 닭이 죽는 소리를 친다. 이거 뉘 집에서 닭을 잡나, 하고 점순네 울 뒤로 돌아오다가 나는 고만 두 눈이 뚱그래졌다. 점순이가 저희 집 봉당^{封堂 안방과 건넌방 사이의 마루를 놓을 자리에 마루를 놓지 않고 흙바닥 그대로 둔 곳}에 홀로 걸터 앉았는데 이게 치마 앞에다 우리 씨암탉을 꼭 붙들어 놓고는,

"이놈의 닭! 죽어라, 죽어라."

요렇게 암팡스레 패 주는 것이 아닌가. 그것도 대가리나 치면 모른다마는 아주 알도 못 낳으라고 그 볼기짝께를 주먹으로 콕콕 쥐어박는 것이다.

나는 눈에 쌍심지가 오르고 사지가 부르르 떨렸으나 사방을 한 번 휘돌아보고야 그제서 점순이 집에 아무도 없음을 알았다. 잡은 참 지게막대기를 들어 울타리의 중턱을 후려치며,

"이놈의 계집애! 남의 닭 알 못 낳으라구 그러니?"

하고 소리를 빽 질렀다.

그러나 점순이는 조금도 놀라는 기색이 없고 그대로 의젓이 앉아서 제

---

1) 점순네 가족은 마름이고 '나'의 가족은 소작농이기에 점순네에게 밉보이면 땅을 빼앗길 수 있다. 이러한 상황때문에 '나'가 소극적일 수밖에 없다.

닭 가지고 하듯이 또 죽어라, 죽어라 하고 패는 것이다. 이걸 보면 내가 산에서 내려올 때를 겨냥해 가지고 미리부터 닭을 잡아 가지고 있다가 너 보란 듯이 내 앞에 쥐지르고 있음이 확실하다.

그러나 나는 그렇다고 남의 집에 뛰어 들어가 계집애하고 싸울 수도 없는 노릇이고 형편이 썩 불리함을 알았다. 그래 닭이 맞을 적마다 지게막대기로 울타리나 후려칠 수밖에 별도리가 없다. 왜냐하면 울타리를 치면 칠수록 울섶이 물러앉으며 뼈대만 남기 때문이다. 허나 아무리 생각하여도 나만 밑지는 노릇이다.

"야, 이년아! 남의 닭 아주 죽일 터이냐?"

내가 도끼눈을 뜨고 다시 꽥 호령을 하니까 그제야 울타리께로 쪼르르 오더니 울 밖에 서 있는 나의 머리를 겨누고 닭을 내팽개친다.

"에이, 더럽다! 더럽다!"

"더러운 걸 널더러 입때 끼고 있으랬니? 망할 계집애년 같으니!"

하고 나도 더럽단 듯이 울타리께를 횡허케 돌아내리며 약이 오를 대로 다 올랐다―라고 하는 것은 암탉이 풍기는 서슬에 나의 이마빼기에다 물찌똥을 찍 깔겼는데 그걸 본다면 알집만 터졌을 뿐 아니라 골병은 단단히 든 듯싶다―.

그리고 나의 등 뒤를 향하여 나에게만 들릴 듯 말 듯한 음성으로,

"이 바보 녀석아!"

"얘! 너 배냇병신 '선천 기형'을 일상적으로 이르는 말 이지?"

그만도 좋으련만,

"얘! 너 느 아버지가 고자라지?"

"뭐? 울 아버지가 그래 고자야?"

할 양으로 열벙거지 매우 급하게 치밀어 오르는 화증 가 나서 고개를 휙 돌리어 바라봤더니 그때까지 울타리 위로 나와 있어야 할 점순이의 대가리가 어디 갔는지 보이지를 않는다. 그러다 돌아서서 오자면 아까에 한 욕을 울 밖으로 또 퍼붓는 것이다. 욕을 이토록 먹어 가면서도 대거리 한마디 못 하는 걸 생각하니 돌부리에 채어 발톱 밑이 터지는 것도 모를 만치 분하고 급기야는 두 눈에 눈물까지 불끈 내솟는다.

그러나 점순이의 침해는 이것뿐이 아니다. 사람들이 없으면 틈틈이 제집 수탉을 몰고 와서 우리 수탉과 쌈을 붙여 놓는다. 제집 수탉은 썩 험상궂게

생기고 쌈이라면 홰 새장이나 닭장 속에 새나 닭이 올라앉게 가로질러 놓은 나무 막대를 치는 고로 으레 이 길 것을 알기 때문이다. 그래서 툭하면 우리 수탉이 면두며 눈깔이 피로 흐드르 하게 되도록 해 놓는다. 어떤 때에는 우리 수탉이 나오지를 않으니까 요놈의 계집애가 모이를 쥐고 와서 꾀어내다가 쌈을 붙인다.

이렇게 되면 나도 다른 배차를 차리지 않을 수 없다. 하루는 우리 수탉을 붙들어 가지고 넌지시 장독께로 갔다. 쌈닭에게 고추장을 먹이면 병든 황소가 살모사를 먹고 용을 쓰는 것처럼 기운이 뻗친다 한다. 장독에서 고추장 한 접시를 떠서 닭 주둥아리께로 들이밀고 먹여 보았다. 닭도 고추장에 맛을 들였는지 거스르지 않고 거의 반 접시 턱이나 곧잘 먹는다.

그리고 먹고 금세는 용을 못 쓸 터이므로 얼마쯤 기운이 들도록 홰 여기서는 '닭장'의 뜻으로 쓰임 속에다 가두어 두었다.

밭에 두엄을 두어 짐 져내고 나서 쉴 참에 그 닭을 안고 밖으로 나왔다. 마침 밖에는 아무도 없고 점순이만 저희 울 안에서 헌옷을 뜯는지 혹은 솜을 터는지 웅크리고 앉아서 일을 할 뿐이다.

나는 점순네 수탉이 노는 밭으로 가서 닭을 내려놓고 가만히 맥을 보았다. 두 닭은 여전히 얼리어 쌈을 하는데 처음에는 아무 보람이 없다. 멋지게 쪼는 바람에 우리 닭은 또 피를 흘리고 그러면서도 날갯죽지만 푸드득푸드득하고 올라 뛰고 뛰고 할 뿐으로 제법 한번 쪼아 보지도 못한다.

그러나 한번은 어쩐 일인지 용을 쓰고 펄쩍 뛰더니 발톱으로 눈을 하비고 내려오며 면두를 쪼았다. 큰 닭도 여기에는 놀랐는지 뒤로 멈씰하며 물러난다. 이 기회를 타서 작은 우리 수탉이 또 날쌔게 덤벼들어 다시 면두를 쪼니 그제서는 감때사나운 억세고 사나운 그 대강이에서도 피가 흐르지 옷을 수 없었다.

옳다 알았다, 고추장만 먹이면 되는구나, 하고 나는 속으로 아주 쟁그라워 미운 사람의 실수를 보아 아주 고소해 죽겠다. 그때에는 뜻밖에 내가 닭쌈을 붙여 놓는 데 놀라서 울 밖으로 내다보고 섰던 점순이도 입맛이 쓴지 눈살을 찌푸렸다.

나는 두 손으로 볼기짝을 두드리며 연방,

"잘한다! 잘한다!"

하고 신이 머리끝까지 뻗치었다.

그러나 얼마 되지 옷아서 나는 넋이 풀리어 기둥같이 묵묵히 서 있게 되었다. 왜냐하면 큰 닭이 한 번 쪼인 앙갚음으로 호들갑스레 연거푸 쪼는 서슬에 우리 수탉은 찔끔 못하고 막 곯는다. 이걸 보고서 이번에는 점순이가 깔깔거리고 되도록 이쪽에서 많이 들으라고 웃는 것이다.

나는 보다 못하여 덤벼들어서 우리 수탉을 붙들어 가지고 도로 집으로 들어왔다. 고추장을 좀 더 먹였더라면 좋았을걸, 너무 급하게 쌈을 붙인 것이 퍽 후회가 난다. 장독께로 돌아와서 다시 턱밑에 고추장을 들이댔다. 흥분으로 말미암아 그런지 당최 먹질 않는다.

나는 하릴없이 닭을 반듯이 누이고 그 입에다 궐련 물부리를 물리었다. 그리고 고추장 물을 타서 그 구멍으로 조금씩 들이부었다. 닭은 좀 괴로운지 킥킥하고 재채기를 하는 모양이나 그러나 당장의 괴로움은 매일같이 피를 흘리는 데 댈 게 아니라 생각하였다.

그러나 한 두어 종지가량 고추장 물을 먹이고 나서는 나는 고만 풀이 죽었다. 싱싱하던 닭이 왜 그런지 고개를 살며시 뒤틀고는 손아귀에서 뻐드러지는 것이 아닌가. 아버지가 볼까 봐서 얼른 홰에다 감추어 두었더니 오늘 아침에서야 겨우 정신이 든 모양 같다.

그랬던 걸 이렇게 오다 보니까 또 쌈을 붙여 놓으니 이 망할 계집애가 필연 우리 집에 아무도 없는 틈을 타서 제가 들어와 홰에서 꺼내 가지고 나간 것이 분명하다.

나는 다시 닭을 잡아다 가두고 염려스러우나 그렇다고 산으로 나무를 하러 가지 않을 수도 없는 형편이었다.

옳지, 잘한다.

🍙 소설 한 장면   위기   '나'는 수탉에게 고추장을 먹이고 닭싸움에 도전하지만 실패함

소나무 삭정이를 따며 가만히 생각해 보니 암만해도 고년의 목쟁이를 돌려놓고 싶다. 이번에 내려가면 망할 년 등줄기를 한번 되게 후려치겠다 하고 싱둥겅둥 나무를 지고는 부리나케 내려왔다.

거지반^{거의 절반 가까이} 집에 다 내려와서 나는 호드기^{버들가지 껍질이나 밀짚으로 만든 피리의 일종} 소리를 듣고 발이 딱 멈추었다. 산기슭에 널려 있는 굵은 바윗돌 틈에 노란 동백꽃이 소보록하니 깔리었다.¹⁾

그 틈에 끼어 앉아서 점순이가 청승맞게시리 호드기를 불고 있는 것이다. 그보다도 더 놀란 것은 그 앞에서 또 푸드득푸드득하고 들리는 닭의 횃소리다. 필연코 요년이 나의 약을 올리느라고 또 닭을 집어내다가 내가 내려올 길목에다 쌈을 시켜 놓고 저는 그 앞에 앉아서 천연스레 호드기를 불고 있음에 틀림없으리라.

나는 약이 오를 대로 다 올라서 두 눈에서 불과 함께 눈물이 퍽 쏟아졌다. 나무 지게도 벗어 놀 새 없이 그대로 내동댕이치고는 지게막대기를 뻗치고 허둥지둥 달려들었다.

가까이 와 보니 과연 나의 짐작대로 우리 수탉이 피를 흘리고 거의 빈사지경^{瀕死地境 거의 죽게 된 지경}에 이르렀다. 닭도 닭이려니와 그러함에도 불구하고 눈 하나 깜짝 없이 고대로 앉아서 호드기만 부는 그 꼴에 더욱 치가 떨린다. 동리에서도 소문이 났거니와 나도 한때는 걱실걱실히^{성질이 너그러워 말과 행동이 시원스럽게} 일 잘하고 얼굴 예쁜 계집애인 줄 알았더니 시방 보니까 그 눈깔이 꼭 여우새끼 같다.

나는 대뜸 달려들어서 나도 모르는 사이에 큰 수탉을 단매로 때려 엎었다. 닭은 푹 엎어진 채 다리 하나 꼼짝 못하고 그대로 죽어 버렸다. 그리고 나는 멍하니 섰다가 점순이가 매섭게 눈을 흡뜨고 닥치는 바람에 뒤로 벌렁 나자빠졌다.

"이놈아! 너 왜 남의 닭을 때려죽이니?"

"그럼 어때?"

하고 일어나다가,

"뭐 이 자식아! 누 집 닭인데?"

---

1) 동백꽃은 남녀의 순수한 사랑을 나타내는 상징적인 소재이다. 또한 작품 속에서 향토적이면서 서정적인 분위기를 연출하고 점순과 '나' 사이에 화해 분위기를 조성한다.

하고 복장을 떼미는 바람에 다시 벌렁 자빠졌다. 그러고 나서 가만히 생각하니 분기도 하고 무안스럽기도 하고 또 한편 일을 저질렀으니 인젠 땅이 떨어지고 집도 내쫓기고 해야 되는지 모른다. 나는 비슬비슬 일어나며 소맷자락으로 눈을 가리고는 얼김에 엉 하고 울음을 놓았다. 그러다 점순이가 앞으로 다가와서,

"그럼, 너 이담부턴 안 그럴 테냐?"

하고 물을 때에야 비로소 살길을 찾은 듯싶었다. 나는 눈물을 우선 씻고 뭘 안 그러는지 명색도 모르건만,

"그래!"

하고 무턱대고 대답하였다.

"요담부터 또 그래 봐라, 내 자꾸 못살게 굴 테니."

"그래 그래, 인젠 안 그럴 테야."[1]

"닭 죽은 건 염려 마라. 내 안 이를 테니."

그리고 뭘에 떠밀렸는지 나의 어깨를 짚은 채 그대로 퍽 쓰러진다. 그 바

 소설 한 장면　절정　점순네 닭을 죽인 후 울음을 터뜨리자 점순이 '나'를 달래 줌

---

1) 점순이 말하는 건 자신의 애정을 거부하는 행동이다. '나'는 경황이 없어 그것이 무엇을 말하는지도 모르고 무작정 대답부터 하고 있다.

람에 나의 몸뚱이도 겹쳐서 쓰러지며 한창 피어 퍼드러진 노란 동백꽃 속으로 폭 파묻혀 버렸다.

알싸한 그리고 향긋한 그 냄새에 나는 땅이 꺼지는 듯이 온 정신이 고만 아찔하였다.

"너 말 마라?"

"그래!"

조금 있더니 요 아래서,

"점순아! 점순아! 이 년이 바느질을 하다 발구 어딜 갔어?"

하고 어딜 갔다 온 듯싶은 그 어머니가 역정이 대단히 났다.

점순이가 겁을 잔뜩 집어먹고 꽃 밑을 살금살금 기어서 산 아래로 내려간 다음 나는 바위를 끼고 엉금엉금 기어서 산 위로 치빼지 않을 수 없었다.

⊙ 소설 한 장면　결말　'나'와 점순이 동백꽃 속으로 쓰러짐

🎺 생각해 볼까요?

📖 **선생님** 이 소설에서 '나'와 점순의 갈등 원인은 무엇일까요?
💬 2 🤍 2

↳ **학생 1** '나'의 어수룩한 성격 때문이라고 볼 수도 있지만, 그보다는 두 사람 사이에 보이지 않는 신분의 벽이 있기 때문이에요. '나'의 부모님이 '나'에게 마름의 딸인 점순과 어울려 다녀 마름의 눈 밖에 나지 않도록 주의를 주는 장면에서 알 수 있어요.

↳ **학생 2** 맞아요. 점순은 '나'를 '이성(수평적인 관계)'으로 대하지만 '나'는 점순을 '마름의 딸(수직적인 관계)'로만 생각하고 있어요. 이러한 인식 차이에서 두 사람의 갈등이 비롯된다고 할 수 있어요.

📖 **선생님** 이 작품은 점순이 닭싸움을 벌이는 장면부터 시작해서 나흘 전 감자를 받지 않은 사건으로 거슬러 올라가요. 발단 부분에서 두 사람의 갈등을 현재 시점으로 가볍게 처리하고 전개와 위기 부분에서는 발단에서 제시된 갈등의 원인을 밝히고 있죠. 현재-과거-현재의 순서로 구성되어 있는 거예요. 시간 순서대로 줄거리를 요약해 볼까요?
💬 2 🤍 2

↳ **학생 1** 사건이 일어난 순서는
① '나'가 점순이 준 감자를 거절함(과거) ② '나'가 우리 집 수탉에게 고추장을 먹였는데도 싸움에서 짐(과거) ③ '나'가 나무를 하기 위해 집을 나서자 점순이 또 닭싸움을 붙임 ④ 나무를 하고 돌아오는 길에 점순이가 닭싸움을 붙인 것을 보고 화가 나 점순의 수탉을 때려 죽임 ⑤ '나'가 울음을 터뜨리고 점순과 화해함
이렇게 되지만, 작품 구성 순서는 ③-①-②-④-⑤예요.

↳ **학생 2** 닭싸움을 매개로 현재와 과거가 자연스럽게 연결되고 있어요.

📖 **선생님** 닭싸움은 점순의 충족되지 못한 애정을 역설적으로 표현하는 장치예요. 그 이유는 무엇일까요?
💬 2 🤍 2

↳ **학생 1** 점순은 '나'에게 감자를 건네며 호감을 표현하지만, 어수룩한 '나'는 점순이 약 올리는 것으로 생각해 거절해요. 점순은 이에 대한 앙갚음으로 닭싸움을 걸죠. 이를 보면, 닭싸움은 점순이 '나'에 대한 호감을 표현하는 수단이라는 생각이 들어요.

↳ **학생 2** 맞아요. 결국 닭싸움이 두 사람 간의 화해를 유도하는 역할을 하기도 해요. 실수로 점순의 닭을 죽인 내가 울음을 터뜨리자 점순이 나를 달래다가 동백꽃 속으로 밀어서 넘어뜨리거든요.

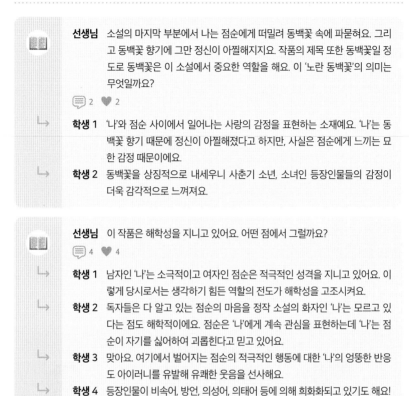

선생님 소설의 마지막 부분에서 나는 점순에게 떠밀려 동백꽃 속에 파묻혀요. 그리고 동백꽃 향기에 그만 정신이 아찔해지지요. 작품의 제목 또한 동백꽃일 정도로 동백꽃은 이 소설에서 중요한 역할을 해요. 이 '노란 동백꽃'의 의미는 무엇일까요?

💬 2   🤍 2

학생 1 '나'와 점순 사이에서 일어나는 사랑의 감정을 표현하는 소재예요. '나'는 동백꽃 향기 때문에 정신이 아찔해졌다고 하지만, 사실은 점순에게 느끼는 묘한 감정 때문이에요.

학생 2 동백꽃을 상징적으로 내세우니 사춘기 소년, 소녀인 등장인물들의 감정이 더욱 감각적으로 느껴져요.

선생님 이 작품은 해학성을 지니고 있어요. 어떤 점에서 그럴까요?

💬 4   🤍 4

학생 1 남자인 '나'는 소극적이고 여자인 점순은 적극적인 성격을 지니고 있어요. 이렇게 당시로서는 생각하기 힘든 역할의 전도가 해학성을 고조시켜요.

학생 2 독자들은 다 알고 있는 점순의 마음을 정작 소설의 화자인 '나'는 모르고 있다는 점도 해학적이에요. 점순은 '나'에게 계속 관심을 표현하는데 '나'는 점순이 자기를 싫어하여 괴롭힌다고 믿고 있어요.

학생 3 맞아요. 여기에서 벌어지는 점순의 적극적인 행동에 대한 '나'의 엉뚱한 반응도 아이러니를 유발해 유쾌한 웃음을 선사해요.

학생 4 등장인물이 비속어, 방언, 의성어, 의태어 등에 의해 희화화되고 있기도 해요!

노란 동백꽃   ▼ 🔍

연관 검색어   생강나무 꽃   동백꽃 개화 시기   강원도 방언

우리가 알고 있는 동백꽃은 일반적으로 붉은색이다. 또한 늦겨울에서 초봄에 핀다. 그런데 작품의 마지막에 등장하는 동백꽃은 '봄에 한창 피어 퍼드러진 노란색 꽃'이라 묘사되고 있다. 김유정은 왜 늦은 봄에 노란 동백꽃이 피었다고 묘사하였을까? 여기서 말하는 노란 동백꽃은 우리가 아는 동백꽃이 아니라 생강나무꽃이기 때문이다. 강원도에서는 생강나무를 '동박나무', 혹은 '동백나무'라고 부른다. 이 생강나무는 이른 봄에 노란 꽃을 피운다. 강원도 출신인 작가 김유정의 경험이 작품 속에 녹아 있는 것이다.

땡볕

#부부의사랑   #이농민   #도시빈민   #가난으로인한비극

⚓ 작품 길잡이

갈래: 농촌 소설
배경: 시간 - 1930년대 / 공간 - 농촌, 서울
시점: 3인칭 전지적 작가 시점
주제: 가난으로 인한 비극과 부부간의 애정
출전: 〈여성〉(1937)

📷 인물 관계도

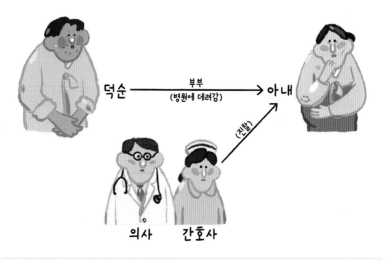

덕순	가난하여 아내가 죽어 가는 상황을 보고만 있을 수밖에 없지만 아내에 대한 깊은 애정을 보인다.
아내	자신이 죽는 것보다 혼자 남을 남편을 걱정한다.

📋 구성과 줄거리

발단 **덕순은 아픈 아내를 지게에 지고 대학 병원을 찾아감**

덕순은 시골에서 도시로 온 가난한 농부다. 땡볕이 내리쬐는 날, 덕순은 아내를 지게에 지고 비탈길을 올라 대학 병원을 찾아간다. 어깨가 배기고 진땀이 흘러내리지만 미안해할 아내 생각에 불평하지도 못한다.

전개 **아내의 병이 희귀병일 경우 무료 진료를 받을 수 있다고 기대함**

언제부터인가 아내의 배에 이상이 생겼지만 돈이 없어 병원에 가지 못했다. 그러다 서울의 대학 병원에서 특이한 병을 가진 사람들을 연구 목적으로 무료로 치료해 주고 월급까지 준다는 말을 듣는다.

위기 **무료 진료를 받을 수 없게 되고 아내가 치료를 거부함**

아내는 병원에서 의사의 진찰을 받는다. 간호사는 아내의 배 속에 아기가 죽어 있어 빨리 수술하지 않으면 산모의 생명이 위험하다고 말한다. 덕순은 월급은 안 주냐고 물었다가, 병 고쳐 주는데 무슨 월급이냐고 톡 쏘는 간호사의 말에 그만 기가죽는다. 덕순은 죽으면 죽었지 배는 안 짼다는 아내의 말에 아내를 업고 병원에서나온다.

절정·결말 **덕순은 아내의 유언을 들으며 땡볕이 내리쬐는 길을 힘없이 내려감**

덕순은 다시 아내와 함께 왔던 길을 되돌아간다. 덕순은 아내에게 잘해 주지 못한것이 후회되어 담배를 사려던 돈으로 아내에게 얼음냉수와 왜떡을 사 준다. 덕순은 아내의 유언 비슷한 넋두리를 들으면서 땡볕이 내리쬐는 거리를 힘없이 내려간다.

땡볕

우람스레 생긴 덕순이는 바른팔로 왼편 소맷자락을 끌어다 콧등의 땀방울을 훑고는 통안 네거리에 와 다리를 딱 멈추었다. 더위에 익어 얼굴이 벌거니 사방을 둘러본다. 중복허리의 뜨거운 땡볕이라 길가는 사람은 저편 처마 밑으로만 배앵뱅 돌고 있다. 지면은 번들번들하게 달아 자동차가 지날 적마다 숨이 탁 막힐 만치 무더운 먼지를 풍겨 놓는 것이다.

덕순이는 아무리 참아 보아도 자기가 길을 물어도 좋을 만치 그렇게 여유 있는 얼굴이 보이지 않음을 알자, 소맷자락으로 또 한 번 땀을 훑어 본다. 그리고 거북한 표정으로 뻥뻥히 섰다. 때마침 옆으로 지나는 어린 깍쟁이에게 공손히 손짓을 한다.

"애! 대학 병원을 어디루 가니?"

"이리루 곧장 가세요!"

덕순이는 어린 깍쟁이가 턱으로 가리킨 대로 그 길을 북으로 접어들며 다시 내걷기 시작한다. 내딛는 한 발짝마다 무거운 지게는 어깨에 배기고 등줄기에서 쏟아져 내리는 진땀에 궁둥이는 쓰라릴 만치 물렀다. 속 타는 불김을 입으로 불어 가며 허덕지덕 올라오다 엄지손가락으로 코를 힝 풀어 그 옆 전봇대 허리에 쓱 문댈 때에는 그는 어지간히 가슴이 답답하였다. 당장 지게를 벗어 던지고 푸른 그늘에 가 나자빠지고 싶은 생각이 굴뚝같으련만 그걸 못 하니 짜증이 안 날 수 없다. 골피를 찌푸리어 데퉁스레^{말과 하는 짓}

이 거칠고 융통성 없어 미련하게,

"빌어먹을 거! 왜 이리 무거!"

하고 내뱉으려 하였으나, 그러나 지게 위에서 무색하여질 아내를 생각하고 꾹 참아 버린다. 제 속으로만 꿍꿍거리다 겨우,

"에이 더웁다!"

하고 자탄이 나올 적에는 더는 갈 수가 없었다.

덕순이는 길가 버들 밑에다 지게를 벗어 놓고는 두 손으로 적삼 등을 흔들어 땀을 들인다. 바람기 한 점 없는 거리는 그대로 타 붙었고, 그 위의 모래만 이글이글 달아 간다. 하늘을 쳐다보았으나 좀체 비 맛은 못 볼 듯싶어 바상바상한^{물기가 없어 보송보송한} 입맛을 다시고 섰을 때 별안간 댕댕 소리와 함께

발등에 물을 뿌리고 물차가 지나가니 그는 비로소 산 듯이 정신기가 반짝 난다. 적삼 호주머니에 손을 넣어 곰방대^{살담배를 피우는 데에 쓰는 짧은 담뱃대}를 꺼내 물고 담배 한 대 붙이려 하였으나 홀쭉한 쌈지에는 어제부터 담배 한 알 없었던 것을 다시 깨닫고 역정스레 도로 집어넣는다.

"꽁무니가 배기지 않어?"

덕순이는 이렇게 아내를 돌아본다.

"괜찮아요."

하고 거의 죽어가는 상으로 글썽글썽 눈물이 괸 아내가 딱하였다. 두 달 동안이나 햇빛 못 본 얼굴은 누렇게 시들었고, 병약한 몸으로 지게 위에 앉아 까댁^{까딱}이는 양이 금시라도 꺼질 듯싶은 그 아내였다.

덕순이는 아내를 이슥히 노려본다.

"아 울긴 왜 우는 거야?"

하고 눈을 부라렸으나,

"병원에 가면 짼대겠지요."

"째긴 아무 거나 덮어놓고 째나? 연구한다니까."

하고 되도록 아내를 안심시킨다. 그러나 덕순이 생각에는 째든 말든 그건 차치해 놓고 우선 먹어야 산다고,

지게에 엉덩이가 배기지는 않어?

괜찮아요⋯⋯.

○ 소설 한 장면 발단 덕순은 아픈 아내를 지게에 지고 대학 병원을 찾아감

"왜 기영이 할아버지의 말씀 못 들었어?"

"병원서 월급을 주구 고쳐 준다는 게 정말인가요?"

"그럼 노인이 설마 거짓말을 헐라구. 그래 시방두^{'지금도'의 방언} 대학 병원의 이등 박산가 뭐가 열네 살 된 조선 아이가 어른보다도 더 부대한^{몸집이 뚱뚱하고 큰} 걸 보구 하두 이상한 병이라고 붙잡아 들여서 한 달에 십 원씩 월급을 주고, 그뿐인가 먹이구 입히구 이래 가며 지금 연구하고 있대지 않어?"

"그럼 나도 허구한 날 늘 병원에만 있게 되겠구려."

"인제 가 봐야 알지, 어떻게 되는지."

이렇게 시원스레 받기는 받았으나 덕순이 자신 역시 기영 할아버지의 말을 꼭 믿어서 좋을지가 의문이었다. 시골서 올라온 지 얼마 안 되는 그로서는 서울 일이라 혹 알 수 없을 듯싶어 무료 진찰권을 내 온 데 더 되지 않았다. 그렇다 하더라도 병이 괴상하면 할수록 혹은 고치기가 어려우면 어려울수록 월급이 많다는 것인데 영문 모를 아내의 이 병은 얼마짜리나 되겠는가고 속으로 무척 궁금하였다. 아이가 십 원이라니 이건 한 십오 원쯤 주겠는가, 그렇다면 병 고치니 좋고, 먹으니 좋고, 두루두루 팔자를 고치리라고 속안^{일반 사람들의 안목을 약간 낮잡아 이름}으로 육조 배판을 늘이고 섰을 때,

"여보십쇼! 이 채미 하나 잡숴 보십쇼."

서울에서는 특이한 병을 가진 사람들은 무료로 고쳐 줄 뿐 아니라 월급도 준다고 하던데.

그게 참말입니까?

🍎 소설 한 장면　전개　아내의 병이 희귀병일 경우 무료 진료를 받을 수 있다고 기대함

하고 조만치서 참외를 벌여 놓고 앉아 있는 아이가 시선을 끌어간다. 길쭉길쭉하고 싱싱한 놈들이 과연 뜨거운 복중에 하나 벗겨 들고 으썩 깨물어 봄직한 참외였다. 덕순이는 참외를 이놈 저놈 멀거니 물색하여 보다 쌈지에 든 잔돈 사 전을 얼른 생각은 하였으나 다음 순간에 그건 안될 말이라고 꺽진[성격이 억세고 꿋꿋한] 마음으로 시선을 걷어 온다. 사 전에 일 전만 더 보태면 희연[담배 이름] 한 봉이 되리라고 어제부터 잔뜩 꼽여 쥐고 오던 그 사 전, 이걸 참외값으로 녹여서는 사람이 아니다.

"지게를 꼭 붙들어!"

덕순이는 지게를 지고 다시 일어나며 그 십오 원을 생각했던 것이니 그로서는 너무도 벅찬 희망의 보행이었다.

덕순이는 간호부가 지도하여 주는 대로 산부인과 문밖에서 제 차례가 돌아오기를 기다리고 있었다.

아내는 남편이 업어다 놓은 대로 걸상에 가 번듯이 늘어져 괴로운 숨을 견디지 못한다. 요량 없이 부어오른 아랫배를 한 손으로 치마째 걷어 안고는 매 호흡마다 간댕거리는 야윈 고개로 가쁜 숨을 돌리고 있는 것이다. 게다가 수술실에서 들것으로 담아내는 환자의 피고름이 섞인 쓰레기통을 보는 것은 그로 하여금 해쓱한 얼굴로 이를 떨도록 하기에 너무도 충분한 풍경이었다.

"너무 그렇게 겁내지 말아, 그래두 다 죽을 사람이 병원엘 와야 살아 나가는 거야……."

덕순이는 아내를 위안하기 위하여 이런 소리도 하는 것이나, 기실 아내 못지않게 저로도 조바심이 적지 않았다. 아내의 이 병이 무슨 병일까, 짜장[과연, 정말로] 기이한 병이라서 월급을 타 먹고 있게 될 것인가, 또는 아내의 병을 씻은 듯이 고쳐 줄 수 있겠는가, 겸삼수삼['겸사겸사'의 북한어] 모두가 궁거웠다['궁금했다'의 북한어].

이 생각 저 생각으로 덕순이는 아내의 상체를 떠받쳐 주고 있다가 우연히도 맞은편 타구[가래나 침을 뱉는 그릇] 옆댕이에 가 떨어져 있는 궐련 꽁댕이에 한눈이 팔린다. 그는 사방을 잠깐 살펴보고 휭허케 가서 집어다가는 곰방대에 피워 물며 제 차례를 기다렸으나 좀체 불러 주질 않는 것이다.

이렇게 하여 그들은 허무히도 두 시간을 보냈다.

한점을 십사 분가량 지났을 때 간호부가 다시 나와 덕순이 아내의 성명을 외는 것이다.

"네, 여기 있습니다."

덕순이는 허둥지둥 아내를 들쳐 업고 진찰실로 들어갔다.

간호부 둘이 달려들어 우선 옷을 벗기고 주무를 제 아내는 놀란 토끼와 같이 조그맣게 되어 떨고 있었다. 코를 찌르는 무더운 약내에 소름이 끼치기도 하려니와 한쪽에 번쩍번쩍 늘어놓은 기계가 더욱이 마음을 조이게 하는 것이다. 아내가 너무 병신스레 떨므로 옆에 서 있는 덕순이까지도 겸연쩍지 않을 수 없었다. 아내의 한 팔을 꼭 붙들어 주고, 집에서 꾸짖듯이 눈을 부릅떠,

"뭬가 무섭다구 이래?"

하고는 유리판에서 기계 부딪는 젤그럭 소리에 등줄기가 다 섬뜩할 제,

"언제부터 배가 이래요?"

간호부^{간호사}가 뚱뚱한 의사의 말을 통변^{통역}한다.

"자세히는 몰라두……."

덕순이는 이렇게 머리를 긁고는,

"아마 이토록 부르기는 지난겨울부턴가 봐요, 처음에는 이게 애가 아닌가 했던 것이 그렇지도 않구요, 애라면 열 달에 날 텐데……. 열석 달씩이나 가는 게 어딨습니까?"

하고는 아차, '애니 뭐니 하는 건 괜히 지껄였군.' 하였다. 그래 의사가 무어라고 입을 열기 전에 얼른 뒤미처,

"아무두 이 병이 무슨 병인지 모른다구 그래요, 난생 처음 본다구요."

하고 몇 마디 더 얹었다.

덕순이는 자기네들의 팔자를 고칠 수 있고 없고가 이 순간에 달렸음을 또 한 번 깨닫고 열심히 의사의 입만 쳐다보고 있는 것이다마는 금테 안경 쓴 의사는 그리 쉽사리 입을 열려 하지 않았다. 몇 번을 거듭 주물러 보고, 두드려 보고, 들어 보고, 이러기를 얼마 한 다음 시답지 않게 저쪽으로 가 대야에 손을 씻어 가며 간호부를 통하여 하는 말이,

"이 배 속에 어린애가 있는데요, 나올려다 소문^{小門 여자의 음부를 완곡하게 이르는 말}이 작아서 그대로 죽었어요. 이걸 그냥 둔다면 앞으로 일주일을 못 갈 것이니 불가불 수술을 해야 하겠으나 또 그 결과가 반드시 좋다고 단언할 수도 없

는 것이매 배를 가르고 아이를 꺼내다 만일 사불여의^{事不如意 일이 뜻대로 되지 않음}하여 불행을 본다더라도 전혀 관계없다는 승낙만 있으면 내일이라도 곧 수술을 하겠어요."

하고 나 어린 간호부는 조금도 거리낌 없는 어조로 줄줄 쏟아 놓다가,¹⁾

"어떻게 하실 테야요?"

"글쎄요……."

덕순이는 이렇게 얼떨떨한 낯으로 다시 한번 뒤통수를 긁지 않을 수 없었다.

간호부의 말이 무슨 소린지 다는 모른다 하더라도 속대중으로 저쯤은 알아챘던 것이니 아내의 생명이 위험하다는 그 말이 두렵기도 하려니와 겨우 아이를 뱄다는 것쯤, 연구거리는 못 되는 병인 양 싶어 우선 낙심하고 마는 것이다. 하나 이왕 버린 노릇이매,

"그럼 먹을 것이 없는데요……."

"그건 여기서 입원시키고 먹일 것이니까 염려 마셔요……."

"그런데요 저……."

하고 덕순이는 열없는^{부끄러운} 낯을 무엇으로 가릴지 몰라 쭈뼛쭈뼛,

"월급 같은 건 안 주나요?"

"무슨 월급이요?"

"왜 여기서 병을 고치면 월급을 주는 수도 있다지요."

"제 병 고쳐 주는데 무슨 월급을 준단 말이에요?"

하고 맨망스레^{보기에 요망스럽게 까부는 데가 있게} 톡 쏘는 바람에 덕순이는 고만 얼굴이 벌게지고 말았다. 팔자를 고치려던 그 계획이 완전히 어그러졌음을 알자, 그의 주린 창자는 척 꺾이며 두꺼운 손으로 이마의 진땀이나 훑어보는 밖에 별도리가 없는 것이다. 하나 아내의 생명은 어차피 건져야 하겠기로 공손히 허리를 굽실하여,

"그럼 낼 데리고 올게, 어떻게 해 주십시오."

하고 되도록 빌붙어 보았던 것이, 그때까지 끔찍한 소리에 얼이 빠져서 멀뚱히 누웠던 아내가 별안간 기겁을 하여 일어나 살뚱맞은^{말이나 행동이 독살스럽고 당돌한} 목성으로,

---

1) 덕순이 내외가 받을 충격이나 아픔을 고려하지 않는 비인간적인 태도를 보이고 있다.

"나는 죽으면 죽었지 배는 안 째요."

하고 얼굴이 노랗게 되는 데는 더 할 말이 없었다. 죽더라도 제 원대로나 죽게 하는 것이 혹은 남편 된 사람의 도리일지도 모른다. 아내의 꼴에 하도 어이가 없어,

"죽는 거보담야 수술을 하는 게 좀 낫겠지요!"

비소를 금치 못하고 서 있는 간호부와 의사가 눈에 보이지 않도록, 덕순이는 시선을 외면하여 뚱싯뚱싯 아내를 업고 나왔다. 지게 위에 올려놓은 다음 엎디어 다시 지고 일어나려니 이게 웬일일까, 아까 오던 때와는 갑절이나 무거웠다.[1]

덕순이는 얼마 전에 희망에 가득히 차 올라가던 길을 힘 풀린 걸음으로 터덜터덜 내려오고 있었다. 보지는 않아도 지게 위에서 소리를 죽여 훌쩍훌쩍 울고 있는 아내가 눈앞에 환한 것이다. 학식이 많은 의사는 일자무식인 덕순이 내외보다는 더 많이 알 것이니 생명이 한 이레를 못 가리라던 그 말을 어찌 볼 도리가 없다. 인제 남은 것은 우중충한 그 냉골에 갖다 다시 눕혀 놓고 죽을 때나 기다리고 있을 따름이었다.

⏱ 소설 한 장면   위기   무료 진료를 받을 수 없게 되고 아내가 치료를 거부함

---

1) 병원을 갈 때와는 달리 기대가 무너지고 희망이 없어져 힘이 빠진 것이다.

덕순이는 눈 위로 덮는 땀방울을 주먹으로 훔쳐 가며 장차 캄캄하여 올 그 전도前途 앞으로 나아갈 길를 생각해 본다. 서울을 장대고마음속으로 기대하고 잔뜩 벼르고 왔던 것이 벌이도 잘 안 되고 게다가 이젠 아내까지 잃는 것이다. 제미붙을제 어미와 붙을 것이라는 뜻으로 남을 욕하는 말! 이놈의 팔자가, 하고 딱한 탄식이 목을 넘어오다 꽉 깨무는 바람에 한숨으로 터져 버린다.

한나절이 되자 더위는 더한층 무서워진다.

덕순이는 통째 짓무를 듯싶은 등어리를 견디지 못하여 먼젓번에 쉬어 가던 나무 그늘에 지게를 벗어 놓는다. 땀을 들여 가며 아내를 가만히 내려다보니 그동안 고생만 시키고 변변히 먹이지도 못하였던 것이 갑자기 후회가 나는 것이다. 이럴 줄 알았더라면 동넷집 닭이라도 훔쳐다 먹였을 걸 싶어,

"울지 마라, 그것들이 뭘 아나? 제까짓 게!"

하고 소리를 뻑 지르고는,

"채미 하나 먹어 볼 테야?"

"채민 싫어요."

아내는 더위에 속이 탔음인지 한길 건너 저쪽 그늘에서 팔고 있는 얼음 냉수를 손으로 가리킨다. 남편이 한 푼 더 보태어 담배를 사려던 그 돈으로 얼음냉수를 한 그릇 사다가 입에 먹여까지 주니 아내도 황송하여 한숨에 들이켠다. 한 그릇을 다 먹고 나서 하나 더 사다 주랴 물었을 때 이번엔 왜 떡밀가루나 쌀가루를 반죽해 얇게 늘여서 구운 과자이 먹고 싶다 하였다. 덕순이는 이것이 마지막 이라는 생각으로 나머지 돈으로 왜떡 세 개를 사다 주고는 그대로 눈물도 씻을 줄 모르고 그걸 오직오직 깨물고 있는 아내를 이슥히 바라보고 있었 다. 그러나 아내가 무슨 생각을 하였는지 왜떡을 입에 문 채 훌쩍훌쩍 울며,

"저 사촌 형님께 쌀 두 되 꿔다 먹은 거 부대 잊지 말구 갚우."

하고 부탁할 제 이것이 필연 아내의 유언이라 깨닫고는,

"그래 그건 염려 마!"

"그리구 임자 옷은 영근 어머니더러 사정 얘길 하구 좀 빨아 달래우."

하고 이야기를 곧잘 하다가 다시 입을 일그러뜨리고 훌쩍훌쩍 우는 것 이다.

덕순이는 그 유언이 너무 처량하여 눈에 눈물이 핑 돌아 가지고는 지게 를 도로 지고 일어선다. 얼른 갖다 눕히고 죽이라도 한 그릇 더 얻어다 먹이

는 것이 남편의 도리일 게다.

　때는 중복, 허리의 쇠뿔도 녹이려는 뜨거운 땡볕이었다.

　덕순이는 빗발같이 내리붓는 등골의 땀을 두 손으로 번갈아 훔쳐 가며 끙끙 내려올 제, 아내는 지게 위에서 그칠 줄 모르는 그 수많은 유언을 차근차근 남기다, 울다, 하는 것이다.

사촌 형님께 쌀 두 되 꿔다 먹은 거 잊지 말고 갚아요……

그건 염려 마!

🍎 소설 한 장면　절정·결말　덕순은 아내의 유언을 들으며 땡볕이 내리쬐는 길을 힘없이 내려감

📢 생각해 볼까요?

📖 **선생님** 1930년대 후반에는 일제의 착취가 극심하여 농촌이 황폐해졌어요. 땅을 빼앗긴 농민들은 주린 배를 채우기 위해 소작농이 되거나, 고향을 떠나 이농민이 될 수밖에 없었죠. 이 작품 역시 도시로 유랑해 온 이농민 부부의 절망적삶을 형상화하고 있어요. 당시의 시대적 상황과 작품의 배경에 대하여 더 알아볼까요?

💬 1 🤍 1

↳ **학생 1** 당시에는 일제의 핍박을 피해 많은 농민들이 도시로 몰려가거나 만주로 이주하였어요. 그러나 그곳에서도 하층민이 되어 토막집을 짓고 날품팔이를 하면서 연명해야 하였어요. 이 소설의 덕순 부부도 시골에서 서울로 온 지 얼마 안 된 이농민이에요.

📖 **선생님** 이 소설의 제목은 '땡볕'이에요. 주인공은 무더운 날씨에 '비탈길'을 오르내리고 있어요. 뜨겁게 내리쬐는 땡볕은 자신의 의지와는 상관없이 감내해야만 하는 고통을, 비탈길은 심리 상태의 상승과 하강을 상징하지요. 이에 대하여 더 자세히 이야기해 볼까요?

💬 2 🤍 2

↳ **학생 1** 비탈길을 올라 병원으로 향할 때 덕순은 무료 진료와 월급에 대한 희망을 품고 있었어요. 하지만 병원에서 나와 비탈길을 내려갈 때에는 기대가 실현되지 못해 자포자기의 상태에 이르러요.

↳ **학생 2** 뜨겁게 내리쬐는 땡볕 때문에 덕순과 아내가 처한 고통스러운 상황이 더욱강하게 느껴져요.

📖 **선생님** 가난한 덕순은 아내가 생명이 위독할 정도로 몸이 아픔에도 불구하고 보고있을 수밖에 없는 처지예요. 작가는 덕순과 아내의 불행을 어떤 방식으로 표현하고 있나요?

💬 2 🤍 2

↳ **학생 1** 덕순과 아내는 극도의 가난 때문에 때문에 비참한 상황을 겪고 있어요. 그러나 작가는 이들에 대한 동정심을 강요하기보다 감정을 배제하고 객관적 시각에서 상황을 묘사하기만 해요.

↳ **학생 2** 맞아요. 그러면서도 아내의 병 앞에서 "월급 같은 건 안 주나요?"라고 묻는덕순의 무지함이나, "나는 죽으면 죽었지 배는 안 째요."라고 말하는 아내 등삶의 가혹함에 절망하기도 전에 체념해 버리고 마는 모습에서 김유정 특유의 해학미가 돋보여요.

선생님 덕순과 아내는 어려움을 겪으면서도 서로를 원망하지 않아요. 이러한 모습을 통해 작가가 말하고자 하는 주제는 무엇일까요?

 2 ♥ 2

학생 1 비극적인 상황 속에서도 나타나는 인간애예요. 덕순은 슬퍼하는 아내를 달래기 위해 "울지 마라, 그것들이 뭘 아나? 제까짓 게!"라고 소리쳐요. 그리고 지난날 아내에게 잘해 주지 못한 것을 후회해요.

학생 2 맞아요. 덕순은 자신이 가진 돈을 모두 털어 아내가 먹고 싶어 하는 것을 사주고, 아내는 아픈 자신보다 혼자 남게 될 남편을 걱정해요. 이러한 모습에서 인간애와 부부애를 느낄 수 있어요.

김유정의 고향

연관 검색어   강원도 춘천   김유정역   실레 마을

지하철역 중에 사람 이름을 사용한 역이 있다. 과연 어디일까? 바로 경춘선에 있는 김유정역이다.

강촌역과 남춘천역 사이에 있는 이 역의 원래 이름은 신남역이었다. 그러나 문인들과 지역 주민들의 요구에 따라 2004년 12월 1일에 김유정역으로 이름이 바뀌었다. 역 앞에 있는 실레 마을이 김유정의 고향이기 때문이다. 이 실레 마을은 「동백꽃」, 「봄·봄」, 「산골 나그네」 등 김유정이 쓴 여러 소설의 배경이 되기도 하였다.

김유정역 가까운 곳에는 김유정문학촌도 있다. 김유정문학촌에는 김유정 생가와 김유정 기념 전시관, 김유정 이야기집 등이 있어 김유정의 생애와 문학 작품을 관람하고 체험할 수 있다.

계용묵
(1904~1961)

본명은 하태용. 평안북도 선천군 출생. 1928년 일본으로 건너가 도요대학 동양학과에서 수학하였다. 1927년 단편 「최서방」을 〈조선문단〉에 발표하고, 1928년 「인두지주」를 〈조선지광〉에 발표하면서 본격적으로 작품 활동을 시작하였다. 1935년 대표작 「백치 아다다」를 〈조선문단〉에 발표하면서 주목을 끌었다. 그 후 「청춘도」, 「유앵기(流鶯記)」, 「신기루(蜃氣樓)」 등을 발표하였고, 광복 후에는 「별을 헨다」, 「바람은 그냥 불고」, 「물매미」 등을 발표하였다.

그는 일제 말기의 다른 작가들과 마찬가지로 4, 5년간은 거의 작품 활동을 하지 않았다. 광복 후 발표한 작품들은 대체로 1930년대의 경향을 그대로 발전시켜 나간 것이다. 콩트풍의 단편만을 썼으나 짧은 작품일수록 예술적인 정교함이 풍부하다. 계용묵의 작품은 인간의 선량함과 순수성을 옹호하면서 삶의 의미를 추구하는 경향이 강하다. 현실과의 적극적인 대결을 꾀하지는 않아 담담한 세태 묘사에 머물렀다는 평가를 받기도 한다.

백치 아다다

#돈과사랑　　#순수와욕망　　#황금만능주의　　#비극적결말

⚓ 작품 길잡이

갈래: 순수 소설
배경: 시간 - 1930년대 / 공간 - 평안도 어느 마을과 신미도
시점: 3인칭 전지적 작가 시점(3인칭 작가 관찰자 시점이 간혹 보임)
주제: 물질 중심주의 사회에서 희생되는 한 여인의 비극적인 삶
출전: 〈조선문단〉(1935)

📷 인물 관계도

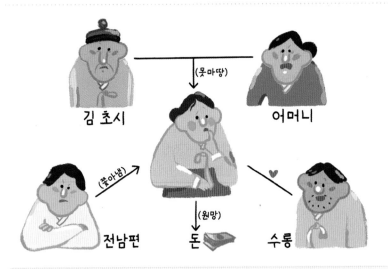

김 초시 ──(못마땅)──▶ ／ 어머니

전남편 ──(쫓아냄)──▶ 아다다 ──(원망)──▶ 돈 ──♥── 수롱

아다다	벙어리이며 백치로 돈 때문에 끝내 물에 빠져 죽는다.
수롱	가난한 노총각으로 아다다를 꾀어 함께 산다. 돈을 버렸다는 이유로 아다다를 바다에 밀어 넣는다.

📑 구성과 줄거리

발단 **시집에서 쫓겨난 아다다가 친정에서도 심한 구박을 받아 집을 나옴**

아다다는 괜찮은 집안에서 태어났지만 백치여서 시집을 못 가다가 열아홉 살이
되어서야 논 한 섬지기를 붙여 주는 조건으로 가난뱅이 노총각에게 시집을 간다.
먹고살 것을 가져온 아다다는 처음에는 시집 식구들의 사랑을 받았다. 그러나 살
림에 여유가 생기자 남편이 아다다를 구박하기 시작하더니 끝내 다른 여자를 데
려온다. 결국 아다다는 친정으로 쫓겨 간다. 아다다는 친정에서도 구박을 받고 쫓
겨난다.

전개 **아다다가 노총각 수롱을 찾아가고 두 사람은 새벽에 몰래 마을을 떠남**

아다다는 평소에 자신에게 관심을 보여 온 노총각 수롱을 찾아간다. 수롱은 일 년
전부터 아다다에게 마음을 두었지만 초시의 딸인 그녀에게 적극적으로 다가가지
못하고 눈치만 보아 오던 차였다. 가난 때문에 장가를 가지 못한 수롱은 아다다를
반갑게 맞이한다. 수롱은 아다다를 데리고 마을 사람들의 눈을 피해 신미도라는
섬으로 간다.

위기 **수롱이 아다다에게 돈을 보여 주며 밭을 사자고 함**

농사만 짓고 살던 수롱은 모아 둔 돈 백오십 원을 아다다에게 자랑스럽게 내보이
며 밭을 사자고 한다. 돈 때문에 시집에서 겪었던 불행을 떠올린 아다다는 돈이 자
신에게 또 불행을 가져다줄 것이라고 생각한다.

절정 **아다다가 수롱 몰래 돈을 모두 바다에 던져 버림**

아다다는 새벽녘에 수롱이 잠든 틈을 타 돈을 챙겨 바다로 나간다. 아다다는 돈을
모두 물결 위에 뿌려 버린다.

결말 **수롱이 아다다를 쳐서 아다다가 바다에 빠짐**

뒤따라온 수롱은 물속으로 뛰어들어 돈을 건지려 하나 소용이 없다. 화가 난 수롱
이 아다다를 쳐 아다다가 바다에 빠진다.

백치 아다다

질그릇이 땅에 부딪치는 소리가 났다고 들렸는데, 마당에는 아무도 없다. 부엌에 쥐가 들었나? 샛문을 열어 보려니까,

"아 아 아이 아아 아야!"

하는 소리가 뒤란 곁으로 들려온다. 샛문을 열려던 박 씨는 뒷문을 밀었다.

장독대 밑, 비스듬한 켠 아래, 아다다가 입을 헤 벌리고 넙적 엎더져, 두 다리만을 힘없이 버지럭거리고 있다.

그리고 머리 편으로 한 발쯤 나가선 깨어진 동이 조각이 질서 없이 너저분하게 된장 속에 묻혀 있다.

"아이구메나! 무슨 소린가 했더니 이년이 동애'동이'의 평안도 방언를 또 잡았구나! 이년아! 너더러 된장 푸래든! 푸래?"

어머니는 딸이 어딘가 다쳤는지 일어나지도 못하고 아파하는 데 가는 동정심보다 깨어진 동이만이 아깝게 눈에 보였던 것이다.

"어 어마! 아다다다 아다 아다다……."

모닥불을 뒤집어쓰는 듯한 끔찍한 어머니의 음성을 또다시 듣게 되는 아다다는 겁에 질려 얼굴에 시퍼런 물이 들며 넘어진 연유를 말하여 용서를 빌려는 기색이지만 말이 되지를 않아 안타까워한다.

아다다는 벙어리였던 것이다. 말을 하려 때에는 한다는 것이, 아다다 소리만이 연거푸 나왔다. 어찌어찌 가다가 말이 한마디씩 제법 되어 나오는 적도 있었으나, 그것은 쉬운 말에 그치고 만다.

그래서 이것을 조롱 삼아 확실이라는 뚜렷한 이름이 있었지만, 누구나 그를 부르는 이름은 '아다다'였다. 그리하여 이것이 자연히 이름으로 굳어져, 그 부모네까지도 그렇게 부르게 되었거니와, 그 자신조차도 '아다다!' 하고 부르면 마땅히 이름인 듯이 대답을 했다.

"이년까타나 끌'머리'의 방언이 세누나! 시켠'시집'의 방언엘 못 갔으문 오늘은 어드메든지 나가서 뒈디고 말아라, 이년아! 이년아! 아, 이년아!"

어머니는 눈알을 가로세워 날카롭게도 흰자위만으로 흘기며 성큼 문턱을 넘어선다.

아다다는 어머니의 손길이 또 자기의 끌채'머리채'의 방언를 감아쥘 것을 연상

하고 몸을 겨우 뒤채 비꼬아 일어서서 절룩절룩 굴뚝 모퉁이로 피해 가며 어쩔 줄을 모르고 일변 고개를 좌우로 둘러 살피며 아연하게도,

"아다 어 어마! 아다 어마! 아다다다다다!"

하고 부르짖는다. 다시는 일을 아니 저지르겠다는 듯이, 그리고 한 번만 용서를 하여 달라는 듯싶게. 그러나 사정 모르는 체 기어이 쫓아간 어머니는,

"이년! 어서 뒈데라. 뒈디기 싫건 시집으로 당장 가거라. 못 가간?"

그리고 주먹을 귀 뒤에 넌지시 얼메고 _{올러메다. 위협적인 언동으로 위협해서 억누르다} 마주 선다.

순간, '주먹이 떨어지면?' 하는, 두려운 생각에 오싹하고 끼치는 소름이 튀해 _{새나 짐승의 털을 뽑기 위해 끓는 물에 잠깐 넣었다가 꺼내} 놓은 닭같이 전신에 돋아나는 두드러기를 느끼는 찰나, '턱' 하고 마침내 떨어지는 주먹은 어느새 끌채를 감아쥐고 갈지자로 흔들어 댄다.

"아다 어어 어마! 아 아고 어 어마!"

아다다는 떨며 빌며 손을 몬다.

그러나 소용이 없다. 한번 손을 댄 어머니는 그저 죽어 싸다는 듯이 자꾸만 흔들어 댄다. 하니, 그렇지 않아도 가꾸지 못한 텁수룩한 머리는 물결처럼 흔들리며 구름같이 피어나선 얼크러진다.

그래도 아다다는 그저 빌 뿐이요, 조금도 반항하려고는 않는다. 이런 일은 거의 날마다 지나 보는 것이기 때문에 한대야, 그것은 도리어 매까지 사는 것이 됨을 아는 것이다. 집에 일이 아무리 밀려 돌아가더라도 나 모르는 체 손 싸매고 들어앉았으면 오히려 이런 봉변은 아니 당할 것이, 가만히 앉았지는 못 했다.

선천적으로 타고난 천치에 가까운 그의 성격은 무엇엔지 힘에 부치는 노력이 있어야 만족을 얻는 듯했다. 시키건, 안 시키건, 헐하나 _{일 따위가 힘이 들지 아니하고 수월하나}, 힘차나 가리는 법이 없이 하여야 될 일로 눈에 띄기만 하면 몸을 아끼는 일이 없이 하는 것이 그였다. 그래서 집안의 모든 고된 일은 실로 아다다가 혼자서 치워 놓게 된다.

그러나 어머니는 그것이 반갑지 않았다. 둔한 지혜로 마련 없이 뼈가 부러지도록 몸을 돌보지 않고, 일종 모험에 가까운 짓을 하게 되므로, 그 반면에 따르는 실수가 되레 일을 저질러 놓게 되어, 그릇 같은 것을 깨쳐 먹는 일은 거의 날마다 있다 하여도 옳을 정도로 있었다.

그래도 아다다의 힘을 빌리지 않고는 집안일을 못 치겠다면 모르지만,

그는 참례를 하지 않아도 행랑에서 차근차근히 다 해 줄 일을 쓸데없이 가로맡아선 일을 저질러 놓고 마는 데에 그 어머니는 속이 상했다.

본시 시집을 보내기 전에도 그 버릇은 지금이나 다름이 없어 벙어리인데다 행동까지 그러하였으므로 내용 아는 인근에서는 그를 얻어 가려는 사람이 없었다. 그리하여 열아홉 고개를 넘기도록 처묻어 두고 속을 태우다 못해 깃부 지참금. 신부가 시집갈 때 가지고 가는 재물 로 논 한 섬지기를 처넣어 똥 치듯 치워버렸던 것이, 그만 오 년이 멀다 다시 쫓겨 와, 시집에는 아예 갈 생각도 아니 하고 하루 같은 심화를 올렸다. 그래서 어머니는 역겨운 마음에 아다다가 실수를 할 때마다 주릿대 주리를 트는 데 쓰는 두 개의 막대기 를 내리고 참례를 말라건만 그는 참는다는 것이 그 당시뿐이요, 남이 일을 하는 것을 보면 속이 쏘는 듯이 슬그머니 나와서 곁을 슬슬 돌다가는 손을 대고 만다.

바로 사흘 전엔가도 무명님 피륙 따위를 잿물에 담갔다가 솥에 삶는 일 을 할 때 활짝 단 솥뚜껑을 마련 없이 맨손으로 열다가 뜨거움을 참지 못해 되는 대로 집어 엎는 바람에 그만 자배기 둥이만 한 부피에 약간 얕고 넓적하게 만든 오지그릇 를 깨쳐서 욕과 매를 한바탕 겪고 났건만 어제저녁 행랑 색시더러 오늘은 묵은 된장을 옮겨 담아야 되겠다고 이르는 말을 어느 결에 들었던지 아다다는 아침밥이 끝나자 어느새 나가서 혼자 된장을 퍼 나르다가 그만 또 실수를 한 것이었다.

"못 가간? 시집이! 못 가간? 이년! 못 가갔음 죽어라!"

움켜쥐었던 머리를 힘차게 휙 두르며 밀치는 바람에 손에 감겼던 머리카락이 끊어지는지 빠지는지 무뚝 묻어나며 아다다는 비칠비칠 서너 걸음 물러난다.

순간 정신이 어찔해진 아다다는 넘어지지 않으려고 애써 버지럭거리며 치는 다리에 겨우 진정을 얻어 세우자,

"아다 어마! 아다 어마! 아다 아다!"

하고, 다시 달려들듯이 눈을 흘기고 섰는 어머니를 향하여 눈물 글썽한 눈을 끔벅 한 번 감아 보이고, 그리고 북쪽을 손가락질하여, 어머니의 말대로 집으로 가든지 그렇지 않으면 죽어라도 버리겠다는 뜻으로 고개를 주억이며 겁에 질려 어쩔 줄을 모르고 허청허청 대문 밖으로 몸을 이끌어 냈다.

나오기는 나왔으나 갈 곳이 없는 아다다는 마당귀를 돌아서선 발길을 더 내놓지 못하고 우뚝 섰다.

시집으로 간다고 하였으나, 아무리 생각해도 남편의 매는 어머니의 그것

보다 무섭다. 그러면 다시 집으로 들어가나? 이번에는 외상 없는 매가 떨어질 것 같다. 어디로 가야 하나? 갈 곳 없는 갈 곳을 뒤짜 보자니 눈물이 주는 위로밖에 쓸데없는 오 년 전 그 시집이 참을 수 없이 그립다.

추울세라, 더울세라, 힘이 들까, 고단할까, 알뜰살뜰히 어루만져 주던 시부모, 밤이면 품속에 꼭 껴안아 피로를 풀어 주던 남편. 아! 얼마나 시집에서는 자기를 위하여 정성을 다하던 것인가?

참으로, 아다다가 처음 시집을 가서의 오 년 동안은 온 집안의 사랑을 한 몸에 받아 왔던 것이 사실이다.

벙어리라는 조건이 귀에 들어맞는 것은 아니었으나, 돈으로 아내를 사지 아니 하고는 얻어 볼 수 없는 처지에서 스물여덟 살에 아직 장가를 못 들고 있는 신세로 목구멍조차 치기 어려운 형세이었으므로, 아내를 얻게 되기의 여유를 기다리기까지에는 너무도 막연한 앞날이었다. 벙어리나마 일생을 먹여 줄 것까지 가지고 온다는 데 귀가 번쩍 띄어 그 자리를 앗기울까[빼앗기거나 가로채일까] 두렵게 혼사를 지었던 것이니, 그로 의해서 먹고살게 되는 시집에서는 아다다를 아니 위할 수가 없었던 것이다. 그러한 가운데 또한 아다다는 못 하는 일이 없이 일 잘하고, 고분고분 말 잘 듣고, 조금도 말썽을 부리는 일이 없었다. 그래서 생활고가 주는 역겨움이 쓸데없이 서로 눈독을 짓게 하여 불쾌한 말만으로 큰소리가 끊일 새 없이 오고 가던 가족은 일시에 봄비를 맞는 동산같이 화락한 웃음의 꽃을 피웠다.

원래 바른 사람이 못 되는 아다다에게는 실수가 없는 것이 아니었으나, 그로 인해서 밥을 먹게 된 시집에서는 조금도 역겹게 안 여겼고, 되레 위로를 하고 허물을 감추기에 서로 힘을 썼다.

여기에 아다다가 비로소 인생의 행복을 느끼며, 시집가기 전 지난날 어머니 아버지가 쓸데없는 자식이라는 구실 밑에, 아니, 되레 가문을 더럽히는 앙화[殃禍 지은 죄의 갚음으로 받는 온갖 재앙] 자식이라고 사람으로서의 푼수에도 넣어 주지 않고 박대하던 일을 생각하고는 어머니 아버지를 원망하는 나머지 명절 목이나 제향 때이면 시집에서는 그렇게도 가 보라는 친정이었건만 이를 악물고 가지 않고, 행복 속에 묻혀 살던 지나간 그날이 아니 그리울 수가 없었다.

그러나 그날은 안타깝게도 다시 못 올 영원한 꿈속에 흘러가고 말았다.

해를 거듭하며 생활의 밑바닥에 깔아 놓았던 한 섬지기라는 거름이 차츰 그들을 여유한 생활로 이끌어, 몇백 원이란 돈이 눈앞에 굴게 되니, 까닭 없이 남편 되는 사람은 벙어리로서의 아내가 미워졌다.

조그만 실수가 있어도 눈을 흘겼다. 그리고 매를 내렸다. 이 사실을 아는 아버지는 그것은 들어오는 복을 차 버리는 짓이라고 타이르나, 듣지 않았다. 그리하여 부자간에 충돌이 때때로 일어났다. 이럴 때마다 아버지에게는 감히 하고 싶은 행동을 못 하는 아들은 그 분을 아내에게로 돌려 풀기가 일쑤였다.

"이년, 보기 싫다! 네 집으로 가거라."

그리고 다음에 따르는 것은 매였다. 그러나 아다다는 참아 가며 아내로서의, 그리고 며느리로서의 임무를 다했다.

이것이 시부모로 하여금 더욱 아다다를 귀엽게 만드는 것이어서, 아버지에게서는 움직일 수 없는 며느리인 것을 깨닫게 된 아들은 가정적으로 불만을 느끼게 되어 한 해의 농사를 지은 추수를 온통 팔아 가지고 집을 떠나서 마음의 위안을 찾아 돌다가 주색에 돈을 다 탕진하고 동무들과 물거품같이 밀리어 안동현으로 건너갔다.

그리하여 이 투기적인 도시에서 뒹굴며 노동의 힘으로 밑천을 얻어선 '양화'와 '은떼루'에 투기하여 황금을 꿈꾸어 오던 것이 기적적으로 맞아 나기 시작하여 이태 만에는 이만 원에 가까운 돈을 손에 쥐게 되었다. 그리하여 언제나 불만이던 완전한 아내로서의 알뜰한 사랑에 주렸던 그는 돈에 따르는 무수한 여자 가운데서 마음대로 흡족히 골라 가지고 집으로 돌아왔다.

그러고는, 새로운 살림을 꿈꾸는 일변 새로이 가옥을 건축함과 동시에 아다다를 학대함이 전에 비할 정도가 아니었다. 이에는, 그 아버지도 명민하고 인자한 남부끄럽지 않은 뻐젓한 새며느리에게 마음이 쏠리는 나머지, 이미 생활은 걱정이 없이 되었으니, 아다다의 깃부로써가 아니라도 유족할 앞날의 생활을 돌아볼 때 아들로서의 아다다에게 대하는 태도는 소모도 마음에 걸리는 것이 없었다. 그리하여 시부모의 눈에서까지 벗어나게 된 아다다는 호소할 곳조차 없는 사정에 눈감은 남편의 매를 견디다 못해 집으로 쫓겨 오게 되었던 것이니, 생각만 하여도 옛 매 자리가 아픈 그 시집은 죽으면 죽었지 다시는 찾아갈 생각이 없었던 것이다.

그래서 집에 있게 되니 그것보다는 좀 헐할망정, 어머니의 매도 결코 견디기에 족한 것이 아니다. 그리고 그것은 날마다 더 심해만 왔다. 오늘도 조금만 반항이 있었던들, 어김없이 매는 떨어지고 말았을 것이다.

그러나 어디로 가나? 아무리 생각을 해 보아야 그저 이 세상에서는 수룡이네 집밖에 또 찾아갈 곳은 없었다.

수룡은 부모 동생조차 없이 삼십이 넘은 총각으로, 누구보다도 자기를 사랑하여 준다고 믿는 단 한 사람이었다. 그리하여 쫓기어날 때마다 그를 찾아가선 마음의 위안을 얻어 오던 것이다.

아다다는 문득 발걸음을 떼어 아지랑이 얼른거리는 마을 끝 산턱 아래 떨어져 박힌 한 채의 오막살이를 향하여 마당귀를 꺾어 돌았다.

수룡은 벌써 일 년 전부터 아다다를 꾀어 왔다. 시집에서까지 쫓겨난 벙어리였으나, 김 초시의 딸이라, 스스로도 낮추 보이는 자신으로서는 거연히 염을 내지 못하고 뜻있는 마음을 건너 볼 길이 없어 속을 태워 가며 눈치만 보아 오던 것이, 눈치에서보다는 베풀어진 동정이 마침내, 아다다의 마음을 사게 된 것이었다.

아이들은 아다다를 보기만 하면 따라다니며 놀렸다. 아니, 어른까지도 '아다다, 아다다.' 하고 골을 올려서 분하나, 말을 못 하고 이상한 시늉을 하며 두덜거리는 것을 보므로 좋아라고 손뼉을 치며 웃었다.

그래서 아다다는 사람을 싫어하였다. 집에 있으면 어머니의 욕과 매, 밖

🗂️ **소설 한 장면** 　**발단**　시집에서 쫓겨난 아다다가 친정에서도 심한 구박을 받아 집을 나옴

에 나오면 뭇사람들의 놀림, 그러나 수롱이만은 자기를 사랑하는 것이었다. 아이들이 따라다닐 때에도 남 아니 말려 주는 것을 그는 말려 주고, 그리고 매에 터질 듯한 심정을 풀어 주는 것이었다.

그리하여 아다다는 마음이 불편할 때마다 수롱을 생각해 오던 것이, 얼마 전부터는 찾아다니게까지 되어 동네의 눈치에도 이미 오른 지 오랬다.

그러나 아다다의 집에서도 그 아버지만이 지처 地處 지체 대대로 전해 내려오는 사회적 신분이나 지위를 가지기 위하여 깔맵게 매섭고 독하거나 사납게 아다다의 행동을 경계하는 듯하고, 그 어머니는 도리어 수롱이와 배가 맞아서 자기 눈앞에 보이지 아니하고, 어디로든지 달아났으면 하는 눈치를 알게 된 수롱이는 지금에 와서는 어느 정도까지 내어놓다시피 그를 사귀어 온다.

아다다는 제 집이나처럼 서슴지도 않고 달리어 오자마자 수롱이네 집 문을 벌컥 열었다.

"아, 아다다!"

수롱은 의외에 벌떡 일어섰다.

"너 또 울었구나!"

울었다는 것이 창피하긴 하였으나, 숨길 차비가 아니다. 호소할 길 없는 가슴속에 꽉 찬 설움은 수롱이의 따뜻한 위무가 어떻게도 그리웠는지 모른다.

방 안에 들어서기가 바쁘게 쫓기어난 이유를 언제나 같이 낱낱이 말했다.

"그러기 이젠 아야, 다시는 집으로 가지 말구 나하구 둘이서 살아, 응?"

그리고 수롱은 의미 있는 웃음을 벙긋벙긋 웃어 가며 아다다의 등을 척척 두드려 달랬다. 오늘은 어떻게 해서든지 자기의 것을 영원히 만들어 보고 싶은 욕망에 불탔던 것이다.

그러나 아다다는,

"아다 무 무서! 아바 무 무서! 아다아다다다!"

하고, 그렇게 한다면 큰일 난다는 듯이 눈을 둥그렇게 뜬다. 집에서 학대를 받고 있느니보다는 수롱의 사랑 밑에서 살았으면 오죽이나 행복되랴! 다시 집으로는 아니 들어가리라는 생각이 없었던 바도 아니었으나, 정작 이런 말을 듣고 보니, 무엇엔지 차마 허하지 못할 것이 있는 것 같고 그렇지 않은지라 눈을 부릅뜨고 수롱이한테 다니지 말라는 아버지의 이르던 말이 연상될 때 어떻게도 그 말은 엄한 것이었다.

"우리 둘이 달아났음 그만이디 무섭긴 뭐이 무서워?"

"……."

아다다는 대답이 없다.

딴은 그렇기도 한 것이다. 당장 쫓기어난 몸이 갈 곳이 어딘고? 다시 생각을 더듬어 볼 때 어머니의 매는 아버지의 그 눈총보다도 몇 배나 더한 두려움으로 견딜 수 없이 아픈 것이다. 그러마고 대답을 못 하고 거역한 것이 금시 후회스러웠다.

"안 그래? 무서울 게 뭐야. 이젠 아야 집으루 가지 말구 나하구 있어, 응?"

"응, 아다 이 있어, 아다 아다."

하고, 아다다는 다시 있자는 수롱이의 말이 나오기를 기다렸던 듯이, 그리고 살길은 이제 찾았다는 듯이, 한숨과 같이 빙긋 웃으며 있겠다는 뜻을 명백히 보이기 위하여 고개를 주억이며 삿 '삿자리'의 줄임말. 갈대를 엮어서 만든 자리 바닥을 손으로 툭툭 뚜드려 보인다.

"그렇지 그래. 정 있어야 돼, 응?"

"응, 이서 이서 아다 아다."

"정말이야?"

"으, 응 저 정 아다 아다."

단단히 강문을 받고 난 수롱이는 은근히 솟아나는 미소를 금할 길이 없었다.

벙어리인 아다다가 흡족할 이치는 없었지만, 돈으로 사지 아니하고는 아내라는 것을 얻어 볼 수 없는 처지였다. 그저 생기는 아내는 벙어리였어도 족했다. 그저 자기의 하는 일이나 도와주고 아들딸이나 낳아 주었으면 자기는 게서 더 바랄 것이 없었다. 아내를 얻으려고 십여 년 동안을 불피풍우 不避風雨 비바람을 무릅쓰고 품을 팔아 궤 속에 꽁꽁 묶어 둔 일백오십 원이란 돈이 지금에 와서는, 아내 하나를 얻기에 그리 부족할 것은 아니나, 장가를 들지 아니하고 아다다를 꼬여 온 이유도, 아다다를 꼬임으로 돈을 남겨서, 그 돈으로는 살림의 밑천을 만들어 가정의 마루를 얹자는 데서였던 것이다. 이제 그 계획이 은근히 성공에 가까워 오매 자기도 남과 같이 가정을 이루어보게 되누나 하니 바라지도 못하였던 인생의 행복이 자기에게도 이제 찾아오는 것 같았다.

"우리 아다다."

수롱이는 아다다의 등에 손을 얹으며 빙그레 웃었다.

"아다 다다."

아다다도 만족한 듯이 히쭉 입이 벌어졌다.

   그날 밤을 수롱의 품안에서 자고 난 아다다는 이미 수롱의 아내 되기에
수줍음조차 잊었다. 아니, 집에서 자기를 받들어 들인다 하더라도 수롱을
떨어져서는 살 수 없으리만큼 마음은 굳어졌다. 수롱이가 주는 사랑은 이
세상에서는 더 찾을 수 없는 행복이리라 느끼어졌던 것이다.

   그러나 영원한 행복을 위하여 이 자리에 그대로 박혀서는 누릴 수 없을
것이 다음에 남은 근심이었다. 수롱이와 같이 살자면, 첫째 아버지가 허하
지 않을 것이요, 동네 사람도 부끄럽지 않은 노릇이 아니다. 이것은 수롱이
도 짐짓 근심이었다. 밤이 깊도록 의논을 하여 보았으나 동네를 피하여 낯
모르는 곳으로 감쪽같이 달아나는 수밖에 다른 묘책이 없었다.

   예식 없는 가약을 그들은 서로 맹세하고 그날 새벽으로 그 마을을 떠나,
신미도라는 섬으로 흘러가서, 그곳에 안주를 정하였다. 그러나 생소한 곳
이므로, 직업을 찾을 길이 없었다. 고기를 잡아먹고 사는 섬이라, 뱃놀음을
하는 것이 제 길이었으나, 이것은 아다다가 한사코 말렸다. 몇 해 전에 자기
네 동네에서도 농토를 잃은 몇몇 사람이 이 섬으로 들어와 첫 배를 타다가

이젠 집으로 가지 말고
나하고 있자. 우리 둘이
달아나면 그만이지!

   🍎 소설 한 장면   전개   아다다가 노총각 수롱을 찾아가고 두 사람은 새벽에 몰래 마
                                         을을 떠남

그만 풍랑에 몰살을 당하고 만 일이 있던 것을 잊지 못하는 때문이었다.

그렇지 않은지라, 수롱이조차도 배에는 마음이 없었다. 섬으로 왔다고는 하지만 땅을 파서 먹는 것이 조마구주역 빨 때부터 길러 온 습관이요, 손익은 일이었기 때문에 그저 그 노릇만이 그리웠다.

그리하여 있는 돈으로 어떻게, 밭날갈이나 사서 조 같은 것이나 심어 가지고 겨울의 시탄柴炭 땔나무와 숯과 양식을 대게 하고 짬짬이 조개나 굴, 낙지, 이런 것들을 캐어서 그날그날을 살아갔으면 그것이 더할 수 없는 행복일 것만 같았다.

그러지 않아도 삼십 반생에 자기의 소유라고는 손바닥만 한 것조차 없어, 어떻게도 몽매에 그리던 땅이었는지 모른다. 완전한 아내를 사지 아니하고 아다다를 꼬여 온 것도 이 소유욕에서였다. 아내가 얻어진 이제, 비록 많지는 않은 땅이나마 가져 보고 싶은 마음도 간절하였거니와, 또는 그만한 소유를 가지는 것이 자기에게 향한 아다다의 마음을 더욱 굳게 하는 데도 보다 더한 수단일 것 같았기 때문이다.

그런데다 본시 뱃놀음판인 섬인데, 작년에 놀구지가 잘되었다 하여 금년에 와서 더욱 시세를 잃은 땅은 비록 때가 기경시起耕時 논밭을 경작하는 시기라 하더라도 용이히 살 수까지 있는 형편이었으므로, 그렇게 하리라 일단 마음을 정하니, 자기도 땅을 마침내 가져 보누나 하는 생각에 더할 수 없는 행복을 느끼며 아다다에게도 이 계획을 말하였다.

"우리 밭을 한 뙈기 사자. 그래두 농살 허야 사람 사는 것 같다. 내가 던답을 살라구 묶어 둔 돈이 있거든."

하고 수롱이는 봐라는 듯이 시렁물건을 얹어 두기 위해 방이나 마루의 벽에 건너질러 놓은 두 개의 긴 나무 위에 얹힌 석유통 궤 속에서 지전 뭉치를 뒤져 내더니, 손끝에다 침을 발라 가며 펄딱펄딱 뒤져 보인다.

그러나 그 돈을 본 아다다는 어쩐지 갑자기 화기가 줄어든다.

수롱이는 그것이 이상했다. 돈을 보면 기꺼워할 줄 알았던 아다다가 도리어 화기를 잃은 것이다. 돈이 있다니 많은 줄 알았다가 기대에 틀림으로써인가?

"이거 봐! 그래 봐두, 이게 일천오백 냥백오십 원이야. 지금 시세에 밭 이천 평은 한참 놀다가두 떡 먹두룩 살 건데."

그래도 아다다는 아무 대답이 없다. 무엇 때문엔지 수심의 빛까지 역연히 얼굴에 떠오른다.

"아니 밭이 이천 평이문 조를 심는다 하구, 잘만 가꿔 봐, 조가 열 섬에 조 짚이 백여 목 날 터이야. 그래, 이걸 개지구 겨울 한동안이야 못 살아? 그럭 허구 둘이 맞붙어 몇 해만 벌어 봐? 그 적엔 논이 또 나오는 거야. 이건 괜히 생……."

아다다는 말없이 머리를 흔든다.

"아니, 내레 이게, 거즈뿌레기야? 아, 열 섬이 못 나?"

아다다는 그래도 머리를 흔든다.

"아니, 고롬 밭은 싫단 말인가?"

"아다 시 싫어."

그리고 힘없이 눈을 내리깐다.

아다다는 수롱이에게 돈이 있다 해도 실로 그렇게 많은 돈이 있는 줄은 몰랐다. 그래서 그 많은 돈으로 밭을 산다는 소리에, 지금까지 꿈꾸어 오던 모든 행복이 여지없이도 일시에 깨어지는 것만 같았던 것이다. 돈으로 인해서 그렇게 행복할 수 있던 자기의 신세는 남편^{전남편}의 마음을 악하게 만들므로, 그리고, 시부모의 눈까지 가리는 것이 되어, 필야엔 쫓겨나지 아니치 못하게 되던 일을 생각하면, 돈 소리만 들어도 마음은 좋지 않던 것인데, 이제 한 푼 없는 알몸인 줄 알았던 수롱이에게도 그렇게 많은 돈이 있어 그것으로 밭을 산다고 기꺼워하는 것을 볼 때, 그 돈의 밑천은 장래 자기에게 행복을 가져다주기보다는 몽둥이를 가져다주는 데 지나지 못하는 것 같았고, 밭에다 조를 심는다는 것은 불행의 씨를 심는다는 것만 같았기 때문이다.

아다다는 그저 섬으로 왔거니 조개나 굴 같은 것을 캐어서 그날그날을 살아가야 할 것만이 수롱의 사랑을 받는 데 더할 수 없는 살림인 줄만 안다. 그래서 이러한 살림이 얼마나 즐거우랴! 혼자 속으로 축복을 하며 수롱을 위하여 일층 벌기에 힘을 써야 할 것을 생각해 오던 것이다.

"고롬 논을 사재나? 밭이 싫으문?"

수롱은 아다다의 의견을 알고 싶어 이렇게 또 물었다.

그러나 아다다는 그냥 힘없는 고개만 주억일 뿐이었다. 논을 산대도 그것은 똑같은 불행을 사는 데 있을 것이다. 돈이 있는 이상 어느 것이든지 간에 사기는 반드시 사고야 말 남편의 심사이었음에 머리를 흔들어 대 봤자 소용이 없을 것이었다. 그리하여 그 근본 불행인 돈을 어찌할 수 없는 이상

엔 잠시라도 남편의 마음을 거슬리므로 불쾌하게 할 필요는 없다고 아는
때문이었다.

"흥! 논이 좋은 줄은 너두 아누나! 그러나 가난한 놈에겐 밭이 논보다 나
았디 나아."

하고, 수롱이는 기어이 밭을 사기로, 그 달음에 거간 '거간꾼'의 줄임말. 흥정을 붙이는 일을
업으로 삼는 사람 을 내세웠다.

그날 밤.

아다다는 자리에 누웠으나 잠이 오지 않았다.

남편은 아무런 근심도 없는 듯이 세상모르고 씩씩 초저녁부터 자 내건
만, 아다다는 그저 돈 생각을 하면 장차 닥쳐올 불길한 예감에 잠을 이룰 수
가 없었다. 이불을 붙안고 밤새도록 쥐어틀며 아무리 생각을 해야 그 돈을
그대로 두고는 수롱의 사랑 밑에서 영원한 행복을 누릴 수 있으리라고는
믿기지 않았다.

짧은 봄밤은 어느덧 새어 새벽을 알리는 닭의 울음소리가 사방에서 처량
히 들려온다.

밤이 벌써 새누나 하니, 아다다의 마음은 더욱 조급하게 탔다. 이 밤으로
그 돈에 대한 처리를 하지 못하는 한, 내일은 기어이 거간이 밭을 홍정하여

🛢 소설 한 장면   위기 수롱이 아다다에게 돈을 보여 주며 밭을 사자고 함

가지고 올 것이다. 그러면 그 밭에서 나는 곡식은 해마다 돈을 불려 줄 것이다. 그때면 남편은 늘어 가는 돈에 따라 차차 눈은 어둡게 되어 점점 정은 멀어만 가게 될 것이다. 그 다음에는? 그 다음에는 더 생각하기조차 무서웠다.

닭의 울음소리에 따라 날은 자꾸만 밝아 온다. 바라보니 어느덧 창은 희끄스름하게 비친다. 아다다는 더 누워 있을 수가 없었다. 옆에 누운 남편을 지그시 팔로 밀어 보았다. 그러나 움쩍하지도 않는다. 그래도 못 믿기는 무엇이 있는 듯이 남편의 코에다 가까이 귀를 가져다 대고 숨소리를 엿들었다. 씨근씨근 아직도 잠은 분명히 깨지 않고 있다. 아다다는 슬그머니 이불 속을 새어 나왔다. 그리고 시렁 위의 석유통을 휩쓸어 그 속에다 손을 넣었다. 그리하여 마침내 지전 뭉치를 더듬어서 손에 쥐고는 조심조심 발자국 소리를 죽여 가며 살그머니 문을 열고 부엌으로 내려갔다.

그러고는 일찍이 아침을 지어 먹고 나무새기'남새'의 방언. 무·배추 따위와 같이 심어 가꾸는 푸성귀를 뽑으러 간다고 바구니를 끼고 바닷가로 나섰다. 아무도 보지 못하게 깊은 물속에다 그 돈을 던져 버리자는 것이다.

솟아오르는 아침 햇발을 받아 붉게 물들며 잔뜩 밀린 조수는 거품을 부걱부걱 토하며 바람결조차 철썩철썩 해안에 부딪힌다.

아다다는 바구니를 내려놓고 허리춤 속에서 지전 뭉치를 쥐어 들었다. 그러고는 몇 겹이나 쌌는지 알 수 없는 헝겊 조각을 둘둘 풀었다. 헤집으니 일 원짜리, 오 원짜리, 십 원짜리 무수한 관 쓴 영감들이 나를 박대해서는 아니 된다는 듯이, 모두들 마주 바라본다. 그러나 아다다는 너 같은 것을 버리는 데는 아무런 미련도 없다는 듯이, 넘노는 물결 위에다 휙 내어 뿌렸다.[1] 세찬 바닷바람에 채인 지전은 바람결 쫓아 공중으로 올라가 팔랑팔랑 허공에서 재주를 넘어 가며 산산이 헤어져, 멀리, 그리고 가깝게 하나씩하나씩 물 위에 떨어져서는 넘노는 물결조차 잠겼다 떴다 소꾸막질'무자맥질'의 방언. 물속에서 팔다리를 놀리며 떴다 잠겼다 하는 짓을 한다.

어서 물속으로 가라앉든지, 그렇지 않으면 흘러 내려가든지 했으면 하고 아다다는 멀거니 서서 기다리나, 너저분하게 물 위를 덮은 지전 조각들은 차마 주인의 품을 떠나기가 싫은 듯이 잠겨 버렸는가 하면 다시 기웃거리

---

1) 수롱의 사랑을 지키기 위해 돈을 버리고 있다. 돈이 인간의 순수함을 빼앗아 가고 결국은 애정마저 멀어지게 한다는 아다다의 신념에 따른 행위이다.

며 솟아올라서는 물 위를 빙글빙글 돈다.

하더니, 썰물이 잡히자부터야 할 수 없는 듯이 슬금슬금 밑이 떨어져 흐르기 시작한다.

아다다는 상쾌하기 그지없었다. 밀려 내려가는 무수한 그 지전 조각들은 자기의 온갖 불행을 모두 거두어 가지고 다시 돌아올 길이 없는 끝없는 한 바다로 내려갈 것을 생각할 때 아다다는 춤이라도 줄 듯이 기꺼웠다.

그러나 그 돈이 완전히 눈앞에 보이지 않게 흘러 내려가기까지에는 아직도 몇 분 동안을 요하여야 할 것인데, 뒤에서 허덕거리는 발자국 소리가 들리기에 돌아다보니 뜻밖에도 수롱이가 헐떡이며 달려오는 것이 아닌가.

"야! 야! 아다다야! 너, 돈, 돈 안 건새햇? 돈, 돈 말이야, 돈?"

청천의 벽력같은 소리였다.

아다다는 어쩔 줄을 모르고 남편이 이까지 이르기 전에 어서어서 물결은 휩쓸려 돈을 모두 거둬 가지고 흘러 버렸으면 하나, 물결은 안타깝게도 그 닐그닐 한가히 돈을 이끌고 흐를 뿐, 아다다는 그 돈이 어서 자기의 눈앞에서 자취를 감추어 버리는 것을 보기 위하여 거덜거리고 있는 돈 위에다 쏘아 박은 눈을 떼지 못하고 쩔쩔매는 사이, 마침내 달려오게 된 수롱이 눈에도 필경 그 돈은 띄고야 말았다.

이제 불행할 일은 없어.

🔖 소설 한 장면　절정　아다다가 수롱 몰래 돈을 모두 바다에 던져 버림

뜻밖에도 바다 가운데 무수하게 지전 조각이 널려서 앞서거니 뒤서거니 둥둥 떠내려가는 것을 본 수롱이는 아다다에게 그 연유를 물을 필요도 없이 미친 듯이 옷을 훨훨 벗고 첨버덩 물속으로 뛰어들었다.

그러나 헤엄을 칠 줄 모르는 수롱이는 돈이 엉키어 도는 한복판으로 들어갈 수가 없었다. 겨우 가슴패기까지 잠기는 깊이에서 더 들어가지 못하고 흘러 내려가는 돈더미를 안타깝게도 바라보며 허우적허우적 달려갔다. 차츰 물결은 휩쓸려 떠내려가는 속력이 빨라진다. 돈들은 수롱이더러 어디 달려와 보라는 듯이 휙휙 소꾸막질을 하며 흐른다. 그러나 물결이 세어질수록 더욱 걸음발은 자유로 놀릴 수가 없게 된다. 더퍽더퍽 물과 싸움이나 하듯 엎어졌다가는 일어서고, 일어섰다가는 다시 엎어지며 달려가나 따를 길이 없다. 그대로 덤비다가는 몸조차 물속으로 휩쓸려 들어갈 것 같아 멀거니 서서 바라보니 벌써 지전 조각들은 가물가물하고 물거품인지도 분간할 수 없으리만큼 먼 거리에서 흐르고 있다. 그러나 그것도 한순간이었다. 눈앞에는 아무것도 보이는 것이 없다. 휙휙 하고 밀려 내려가는 거품진 물결뿐이다.

수롱이는 마지막으로 돈을 잃고 말았다고 아는 정도의 물결 위에 쏟아진 눈을 돌릴 길이 없이 정신 빠진 사람처럼 그냥그냥 바라보고 섰더니, 쏜살같이 언덕켠으로 달려오자 아무런 말도 없이 벌벌 떨고 서 있는 아다다의 중동_{사물의 중간이 되는 부분이나 가운데 부분}을 사정없이 발길로 제겼다.

"흥앗!"

소리가 났다고 아는 순간, 철썩 하고 감탕_{아주 곤죽이 된 진흙}이 사방으로 튀자 보니, 벌써 아다다는 해안의 감탕판에 등을 지고 쓰러져 있다.

"이—이—이……."

수롱이는 무슨 말인지를 하려고는 하나, 너무도 기에 차서 말이 되지를 않는 듯 입만 너불거리다가 아다다가 움쩍하는 것을 보더니 아직도 살았느냐는 듯이 번개같이 쫓아 내려가 다시 한번 발길로 제겼다.

푹! 하는 소리와 같이 아다다는 가파른 언덕을 떨어져 덜덜덜 굴러서 물속에 잠긴다.

한참 만에 보니 아다다는 복판도 한복판으로 밀려가서 솟구어 오르며 두 팔을 물 밖으로 허우적거린다. 그러나 그 깊은 파도 속을 어떻게 헤어나랴! 아다다는 그저 물 위를 둘레둘레 굴며 요동을 칠 뿐, 그러나 그것도 한순간이었다. 어느덧 그 자체는 물속에 사라지고 만다.

　주먹을 부르쥔 채 우상같이 서서, 굽실거리는 물결만 그저 뚫어져라 쏘아보고 서 있는 수롱이는 그 물속에 영원히 잠들려는 아다다를 못 잊어함인가? 그렇지 않으면, 흘러 버린 그 돈이 차마 아까워서인가?[1]

　짝을 찾아 도는 갈매기 떼들은 눈물겨운 처참한 인생 비극이 여기에 일어난 줄도 모르고 '끼약끼약' 하며 흥겨운 춤에 훨훨 날아다니는 깃 치는 소리와 같이 해안의 풍경만 돕고 있다.

📷 소설 한 장면　　**결말**　수롱이 아다다를 쳐서 아다다가 바다에 빠짐

1) 작가가 결론을 짓지 않고 질문을 던짐으로써 독자의 참여를 유도하고 있다.

🔭 생각해 볼까요?

 선생님 아다다는 천성이 착하고 성실하지만 실수를 자주 저질러요. 작가는 이러한 아다다를 통해 무엇을 말하고 싶은 것일까요?

 2 ♥ 2

↳ **학생 1** 사람들은 아다다의 부족한 점만 인식하고 성실한 모습은 제대로 보지 못해요. 결국 아다다는 구박과 천대 속에서 정신적 행복을 추구하며 살다가 비극적인 결말을 맞아요.

↳ **학생 2** 작가는 아다다를 통해 인간의 편견이 불행을 부를 수 있다는 것을 경고해요.

 선생님 아다다는 돈 때문에 어떤 일을 겪었나요? 그리고 그러한 경험을 한 아다다에게 돈은 어떤 의미일까요?

💬 1 ♥ 1

↳ **학생 1** 작품에서 돈은 불행을 행복으로, 또는 행복을 불행으로 만드는 원인이 되어요. 아다다의 첫 번째 남편이 지참금 때문에 그녀를 데리고 왔다가 살림에 여유가 생기자 그녀를 내쫓았기 때문이에요. 이러한 경험으로 돈과 사랑의 배타적인 관계를 생각하게 된 아다다는 수롱과의 사랑을 지속하기 위해 돈을 버리겠다고 결심해요.

 선생님 '인생파 작가'로 불리는 계용묵의 문학은 물질문명 때문에 상실한 인간성을 회복하는 데 작품의 지향점을 두고 있어요. 이러한 작가의 모습을 볼 때 이 작품은 무엇을 비판하고 있을까요?

💬 1 ♥ 1

↳ **학생 1** 작가는 아다다를 통해 물질 만능의 세태를 비판해요. 물질적 소유를 지향하는 수롱의 삶과 정신적 행복을 추구하는 아다다의 삶을 대비하여 참다운 삶의 가치에 대한 질문을 던져요.

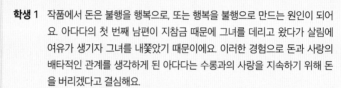

영화 백치 아다다 ▼ 🔍

연관 검색어   동명의 영화와 노래

계용묵의 단편소설 「백치 아다다」는 1956년에 이강천 감독이, 1987년에 임권택 감독이 영화로 제작하였다. 임권택 감독의 영화 〈아다다〉는 이강천 감독의 영화를 리메이크하였으며, 제26회 대종상영화제 편집상 및 신인연기상, 제24회 백상예술대상 영화 부문 대상, 작품상 등 총 4개 부문에서 수상하였다.

주요섭
(1902~1972)

호는 여심(餘心). 평안남도 평양 출생. 시인 주요한의 동생이다. 1918년 숭실중학교 3학년 때 일본으로 건너가 도쿄 아오야마학원 중학부에 편입하였다. 3·1 운동 후 귀국해 등사판 지하신문을 발간하다가 10개월간 옥고를 치르고 중국으로 망명하였다. 1927년 상하이 후장대학교를 졸업하고, 이듬해 미국으로 건너가 스탠퍼드대학원에서 교육학 석사 과정을 이수하였다. 그 후 〈신동아〉 주간, 〈코리아타임스〉 주필, 경희대학교 교수를 역임하였다.

1921년 〈대한매일신문〉에 단편 소설 「깨어진 항아리」, 〈개벽〉에 「추운 밤」을 발표하면서 등단했다. 이어서 발표한 「인력거꾼」, 「살인」에서 프로 문학의 특성인 하층민의 생활상과 그들의 반항 의식을 그려 신경향파 작가로 불렸다. 1930년대 이후 「사랑손님과 어머니」, 「아네모네 마담」 등을 발표하면서 서정적이고 사실주의적인 문학 세계로 옮겨간다. 대표작으로는 「추운 밤」, 「인력거꾼」, 「아네모네 마담」, 「추물」, 『구름을 잡으려고』가 있다.

사랑손님과 어머니

⛵ 작품 길잡이

갈래: 순수 소설, 애정 소설
배경: 시간 - 1930년대 / 공간 - 예배당과 유치원, 학교가 있는 어느 소도시
시점: 1인칭 관찰자 시점
주제: 사랑손님과 어머니의 애틋한 사랑과 이별
출전: 〈조광〉(1935)

📷 인물 관계도

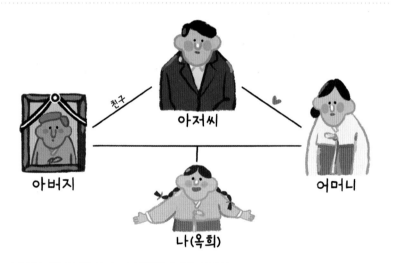

나(옥희)	여섯 살 난 여자아이로 어머니와 아저씨와의 애정을 순진하고 맑은 눈으로 전달한다.
어머니	아저씨에게 애틋한 마음을 품지만 당대 사회적 분위기 때문에 사랑을 포기한다.
아저씨	옥희에게 친절하고 옥희 어머니에게 연정을 품지만 얼마 후 집을 떠난다.

📖 구성과 줄거리

발단 **'나(옥희)'는 유복자이며 어머니, 외삼촌과 함께 살고 있음**

'나'는 여섯 살 난 여자아이이다. 태어나기 전에 아버지가 돌아가시고 '나'는 어머니, 외삼촌과 함께 살고 있다. 어머니는 아버지가 남긴 유산과 바느질로 생계를 꾸려가고 있다.

전개 **사랑방에 머물게 된 아저씨가 어머니에게 관심을 보임**

어느 날 외삼촌이 데리고 온 낯선 손님이 사랑채에 머물게 된다. 아버지의 친구인 아저씨는 이 동리의 학교 선생님으로 온 것이다. '나'는 아저씨와 금방 친해진다. 아저씨와 뒷동산에 놀러 갔다가 돌아오는 길에 '나'는 아저씨가 우리 아빠라면 좋겠다고 말한다. 아저씨는 얼굴을 붉히며 '나'를 나무란다. 다음 날 예배당에서 마주친 어머니와 아저씨는 서로 얼굴을 붉힌다.

위기 **'나'가 거짓말로 준 꽃으로 인해 어머니는 마음이 흔들림**

'나'는 유치원에서 꽃을 몰래 가져다 어머니에게 준다. 어디서 났냐는 물음에 순간 부끄러워 아저씨가 준 거라고 거짓말을 한다. 어머니는 당황하면서도 그 꽃을 풍금 위에 놓아둔다. 그날 밤 어머니는 한 번도 타지 않던 풍금을 연주하며 눈물을 흘린다.

절정 **아저씨가 구애하지만 어머니가 거절함**

어머니는 아저씨가 '나'에게 밥값이라며 준 봉투를 받아들고 안절부절못한다. 며칠 뒤 어머니는 아저씨에게 손수건을 갖다 드리라고 한다. 접힌 종이 같은 것이 들어 있는 손수건을 받아든 아저씨는 얼굴이 파래진다.

결말 **아저씨가 떠나자 어머니는 마른 꽃을 갖다 버리라고 함**

아저씨는 짐을 챙겨 떠난다. 또 언제 오시냐는 나의 질문에는 대답을 하지 않는다. 오후에 '나'를 데리고 산에 올라간 어머니는 멀리서 떠나는 기차를 바라본다. 산에서 내려온 후 어머니는 꽃을 끼워 두었던 찬송가 책에서 꽃을 꺼내 버리라고 말한다.

사랑손님과 어머니

나는 금년 여섯 살 난 처녀애입니다. 내 이름은 박옥희이구요. 우리 집 식구라고는 세상에서 제일 이쁜 우리 어머니와 단 두 식구뿐이랍니다. 아차 큰일났군, 외삼촌을 빼놓을 뻔했으니.

지금 중학교에 다니는 외삼촌은 어디를 그렇게 싸돌아다니는지 집에는 끼니때나 외에는 별로 붙어 있지를 않아, 어떤 때는 한 주일씩 가도 외삼촌 코빼기도 못 보는 때가 많으니까요, 깜빡 잊어버리기도 예사지요, 무얼.

우리 어머니는, 그야말로 세상에서 둘도 없이 곱게 생긴 우리 어머니는, 금년 나이 스물네 살인데 과부랍니다. 과부가 무엇인지 나는 잘 몰라도 하여튼 동리 사람들은 날더러 '과부 딸'이라고들 부르니까 우리 어머니가 과부인 줄을 알지요. 남들은 다 아버지가 있는데 나만은 아버지가 없지요. 아버지가 없다고 아마 '과부 딸'이라나 봐요.

외할머니 말씀을 들으면 우리 아버지는 내가 이 세상에 나오기 한 달 전에 돌아가셨대요. 우리 어머니하고 결혼한 지는 일 년 만이고요. 우리 아버지의 본집은 어디 멀리 있는데, 마침 이 동리 학교에 교사로 오게 되었기 때문에 결혼 후에도 우리 어머니는 시집으로 가지 않고 여기 이 집을 사고—바로 이 집은 우리 외할머니 댁 옆집이지요— 여기서 살다가 일 년이 못 되어 갑자기 돌아가셨대요. 내가 세상에 나오기도 전에 아버지는 돌아가셨다니까 나는 아버지 얼굴도 못 뵈었지요. 그러기에 아무리 생각해 보아도 아버지 생각은 안 나요. 아버지 사진이라는 사진은 나두 한두 번 보았지요. 참말로 훌륭한 얼굴이야. 아버지가 살아 계시다면 참말로 이 세상에서 제일가는 잘난 아버지일 거야요. 그런 아버지를 보지도 못한 것은 참으로 분한 일이야요. 그 사진도 본 지가 퍽 오래되었는데, 이전에는 그 사진을 늘 어머니 책상 위에 놓아두시더니 외할머니가 오시면 오실 때마다 그 사진을 치우라고 늘 말씀하셨는데, 지금은 그 사진이 어디 있는지 없어졌어요. 언젠가 한번 어머니가 나 없는 동안에 몰래 장롱 속에서 무엇을 꺼내 보시다가 내가 들어오니까 얼른 장롱 속에 감추는 것을 내가 보았는데, 그것이 아마 아버지 사진인 것 같았어요.

아버지가 돌아가시기 전에 우리가 먹고살 것을 남겨 놓고 가셨대요. 작년 여름에, 아니로군, 가을이 다 되어서군요. 하루는 어머니를 따라서 저 여기서 한 십 리나 가서 조그만 산이 있는 데를 가서 거기서 밤도 따 먹고 또 그 산 밑에 초가집에 가서 닭고깃국을 먹고 왔는데, 거기 있는 땅이 우리 땅이래요. 거기서 나는 추수로 밥이나 굶지 않게 된다고요. 그래도 반찬 사고 과자 사고 할 돈은 없대요. 그래서 어머니가 다른 사람의 바느질을 맡아서 해 주지요. 바느질을 해서 돈을 벌어서 그걸로 청어도 사고 달걀도 사고 또 내가 먹을 사탕도 사고 한다고요.

그리고 우리 집 정말 식구는 어머니와 나와 단둘뿐인데, 아버님이 계시던 사랑방이 비어 있으니까 그 방도 쓸 겸 또 어머니의 잔심부름도 좀 해줄 겸해서 우리 외삼촌이 사랑방에 와 있게 되었대요.

금년 봄에는 나를 유치원에 보내 준다고 해서 나는 너무나 좋아서 동무 아이들한테 실컷 자랑을 하고 나서 집으로 돌아오노라니까, 사랑에서 큰외삼촌이—우리 집 사랑에 와 있는 외삼촌의 형님 말이야요— 웬 낯선 사람 하나와 앉아서 이야기를 하고 있었습니다. 큰외삼촌이 나를 보더니 '옥희야' 하고 부르겠지요.

"옥희야, 이리 온. 와서 이 아저씨께 인사드려라."

나는 어째 부끄러워서 비슬비슬하니까, 그 낯선 손님이,

"아, 그 애기 참 곱다. 자네 조카딸인가?"

나는 금년 여섯 살 난 처녀애입니다. …… 세상에서 제일 이쁜 우리 어머니와 외삼촌과 함께 살아요.

🔵 소설 한 장면   발단 '나(옥희)'는 유복자이며 어머니, 외삼촌과 함께 살고 있음

하고 큰외삼촌더러 묻겠지요. 그러니까 큰외삼촌은,

"응, 내 누이의 딸…… 경선 군의 유복녀遺腹女 태어나기 전에 아버지를 여읜 딸 외딸일세."

하고 대답합니다.

"옥희야, 이리 온, 응! 그 눈은 꼭 아버지를 닮았네그려."

하고 낯선 손님이 말합니다.

"자, 옥희야, 커단 처녀가 왜 저 모양이야. 어서 와서 이 아저씨께 인사해라. 너의 아버지의 옛날 친구신데 오늘부터 이 사랑에 계실 텐데 인사 여쭙고 친해 두어야지."

나는 이 낯선 손님이 사랑방에 계시게 된다는 말을 듣고 갑자기 즐거워졌습니다. 그래서 그 아저씨 앞에 가서 사붓이 절을 하고는 그만 안마당으로 뛰어 들어왔지요. 그 낯선 아저씨와 큰외삼촌은 소리를 내서 크게 웃더군요.

나는 안방으로 들어오는 나름으로 어머니를 붙들고,

"엄마, 사랑방에 큰삼촌이 아저씨를 하나 데리구 왔는데에, 그 아저씨가아, 이제 사랑에 있는대."

하고 법석을 하니까,

"응, 그래."

하고 어머니는 벌써 안다는 듯이 대수롭잖게 대답을 하더군요. 그래서 나는,

"언제부텀 와 있나?"

하고 물으니까,

"오늘부텀."

"에구 좋아."

하고 내가 손뼉을 치니까 어머니는 내 손을 꼭 붙잡으면서,

"왜 이리 수선이야."

"그럼 작은외삼촌은 어디루 가나?"

"외삼촌두 사랑에 계시지."

"그럼 둘이 있나?"

"응."

"한 방에 둘이 있어?"

"왜, 장지문방과 방 사이나 방과 마루 사이에 가려 막은 미닫이같이 생긴 문 닫구 외삼촌은 아랫방에 계시구 그 아저씨는 윗방에 계시구, 그러지."

나는 그 아저씨가 어떠한 사람인지는 몰랐으나 첫날부터 내게는 퍽 고맙

게 굴고 나도 그 아저씨가 꼭 마음에 들었어요. 어른들이 저희끼리 말하는 것을 들으니까 그 아저씨는 돌아가신 우리 아버지와 어렸을 적 친구라고요. 어디 먼 데 가서 공부를 하다가 요새 돌아왔는데, 우리 동리 학교 교사로 오게 되었대요. 또 우리 큰외삼촌과도 동무인데, 이 동리에는 하숙도 별로 깨끗한 곳이 없고 해서 우리 사랑으로 와 계시게 되었다고요. 또 우리도 그 아저씨한테서 밥값을 받으면 살림에 보탬도 좀 되고 한다고요.

그 아저씨는 그림책들을 얼마든지 가지고 있어요. 내가 사랑방으로 나가면 그 아저씨는 나를 무릎에 앉히고 그림책들을 보여 줍니다. 또 가끔 과자도 주고요.

어느 날은 점심을 먹고 이내 살그머니 사랑에 나가 보니까 아저씨는 그때에야 점심을 잡수셔요. 그래 가만히 앉아서 점심 잡숫는 걸 구경하고 있노라니까, 아저씨가,

"옥희는 어떤 반찬을 제일 좋아하누?"

하고 묻겠지요. 그래 삶은 달걀을 좋아한다고 했더니 마침 상에 놓인 삶은 달걀을 한 알 집어 주면서 나더러 먹으라고 합니다. 나는 그 달걀을 벗겨 먹으면서,

"아저씨는 무슨 반찬이 제일 맛나우?"

하고 물으니까, 그는 한참이나 빙그레 웃고 있더니,

"나두 삶은 달걀."

하겠지요. 나는 좋아서 손뼉을 짤깍짤깍 치고,

"아, 나와 같네. 그럼, 가서 어머니한테 알려야지."

하면서 일어서니까, 아저씨가 꼭 붙들면서,

"그러지 말어."

그러시겠지요. 그래도 나는 한번 맘을 먹은 다음엔 꼭 그대로 하고야마는 성미지요. 그래 안마당으로 뛰쳐 들어가면서,

"엄마, 엄마, 사랑 아저씨두 나처럼 삶은 달걀을 제일 좋아한대."

하고 소리를 질렀지요.

"떠들지 말어."

하고 어머니는 눈을 흘기십니다.

그러나 사랑 아저씨가 달걀을 좋아하는 것이 내게는 썩 좋게 되었어요. 그것은 그다음부터는 어머니가 달걀을 많이씩 사게 되었으니까요. 달걀 장수

노파가 오면 한꺼번에 열 알도 사고 스무 알도 사고 그래선 두고두고 삶아서 아저씨 상에도 놓고 또 으레 나도 한 알씩 주고 그래요. 그뿐만 아니라 아저씨한테 놀러 나가면 가끔 아저씨가 책상 서랍 속에서 달걀을 한두 알 꺼내서 먹으라고 주지요. 그래 그담부터는 나는 아주 실컷 달걀을 많이 먹었어요.

나는 아저씨가 아주 좋았어요마는, 외삼촌은 가끔 툴툴하는 때가 있었어요. 아마 아저씨가 마음에 안 드나 봐요. 아니, 그것보다도 아저씨 잔 심부름을 꼭 외삼촌이 하게 되니까 그것이 싫어서 그러나 봐요. 한번은 어머니와 외삼촌이 말다툼하는 것까지 내가 들었어요. 어머니가,

"야, 또 어디 나가지 말구 사랑에 있다가 선생님 들어오시거든 상 내가야지."

하고 말씀하시니까, 외삼촌은 얼굴을 찡그리면서,

"제길, 남 어디 좀 볼일이 있는 날은 으레 끼니때에 안 들어오고 늦어지니……."

하고 툴툴하겠지요. 그러니까 어머니는,

"그러니 어짜갔니? 너밖에 사랑 출입할 사람이 어디 있니?"

"누님이 좀 상 들구 나가구려. 요새 세상에 내외합니까!"[1]

어머니는 갑자기 얼굴이 발개지시고 아무 대답도 없이 그냥 외삼촌에게 향하여 눈을 흘기셨습니다. 그러니까 외삼촌은 흥흥 웃으면서 사랑으로 나갔지요.

나는 유치원에 가서 창가도 배우고 댄스도 배우고 하였습니다. 유치원 여자 선생님이 풍금을 아주 썩 잘 타요. 그런데 우리 유치원에 있는 풍금은 우리 예배당에 있는 풍금과는 아주 다른데, 퍽 조그마한 것이지마는 소리는 썩 좋아요. 그런데 우리 집 윗간에도 유치원 풍금과 꼭 같이 생긴 것이 놓여 있는 것이 갑자기 생각이 났어요. 그래 그날 나는 집으로 오는 길로 어머니를 끌고 윗간으로 가서,

"엄마, 이거 풍금 아니우?"

하고 물으니까, 어머니는 빙그레 웃으시면서,

"그렇단다. 그건 어찌 알았니?"

"우리 유치원에 있는 풍금이 이것과 꼭 같은데 무얼. 그럼 엄마두 풍금

---

1) 어머니는 전통적이고 봉건적인 윤리관을, 외삼촌은 근대적이고 개방적인 윤리관을 가지고 있다. 가치관이 전환되는 과도기였다는 것을 알 수 있다.

탈 줄 아우?"

하고 나는 다시 물었습니다. 그것은 내가 입때껏 한 번도 어머니가 이 풍금 앞에 앉은 것을 본 일이 없기 때문입니다.

어머니는 아무 대답도 아니하십니다.

"엄마, 이 풍금 좀 타 봐!"

하고 재촉하니까, 어머니 얼굴은 약간 흐려지면서,

"그 풍금은 너의 아버지가 날 사다 주신 거란다. 너의 아버지 돌아가신 후에는 그 풍금은 이때까지 뚜껑두 한 번 안 열어 보았다……."

이렇게 말씀하시는 어머니 얼굴을 보니까 금방 또 울음보가 터질 것만 같아 보여서 나는 그만,

"엄마, 나 사탕 주어."

하면서 아랫방으로 끌고 내려왔습니다.

아저씨가 사랑방에 와 계신 지 벌써 여러 밤을 잔 뒤입니다. 아마 한 달이나 되었지요. 나는 거의 매일 아저씨 방에 놀러 갔습니다. 어머니는 나더러 그렇게 가서 귀찮게 굴면 못쓴다고 가끔 꾸지람을 하시지만 정말인즉 나는 조금도 아저씨를 귀찮게 굴지는 않았습니다. 도리어 아저씨가 나를 귀찮게 굴었지요.

"옥희 눈은 아버지를 닮았다. 고 고운 코는 아마 어머니를 닮았지, 고 입하고! 응, 그러냐, 안 그러냐? 어머니도 옥희처럼 곱지, 응?"

이렇게 여러 가지로 물을 적도 있었습니다. 그래서 나는,

"아저씨, 입때 우리 엄마 못 봤수?"

하고 물었더니, 아저씨는 잠잠합니다. 그래 나는,

"우리 엄마 보러 들어갈까?"

하면서 아저씨 소매를 잡아당겼더니, 아저씨는 펄쩍 뛰면서,

"아니, 아니, 안 돼. 난 지금 분주해서."

하면서 나를 잡아끌었습니다. 그러나 정말로는 무슨 그리 분주하지도 않은 모양이었어요. 그러기에 나더러 가란 말도 않고 그냥 나를 붙들고 앉아서 머리도 쓰다듬어 주고 뺨에 입도 맞추고 하면서,

"요 저고리 누가 해 주지? ……밤에 엄마하구 한자리에서 자니?"

라는 둥 쓸데없는 말을 자꾸만 물었지요!

그러나 웬일인지 나를 그렇게도 귀애해 주던 아저씨도 아랫방에 외삼촌

이 들어오면 갑자기 태도가 달라지지요. 이것저것 묻지도 않고 나를 꼭 껴안지도 않고 점잖게 앉아서 그림책이나 보여 주고 그러지요. 아마 아저씨가 우리 외삼촌을 무서워하나 봐요.

하여튼 어머니는 나더러 너무 아저씨를 귀찮게 한다고, 어떤 때는 저녁 먹고 나서 나를 꼭 방 안에 가두어 두고 못 나가게 하는 때도 더러 있었습니다. 그러나 조금 있다가 어머니가 바느질에 정신이 팔리어서 골몰하고 있을 때 몰래 가만히 일어나서 나오지요. 그런 때에는 어머니는 내가 문 여는 소리를 듣고서야 퍼뜩 정신을 차려서 쫓아와 나를 붙들지요. 그러나 그런 때는 어머니는 골은 아니 내시고,

"이리 온, 이리 와서 머리 빗고……."

하고 끌어다가 머리를 다시 곱게 땋아 주시지요.

"머리를 곱게 땋고 가야지. 그렇게 되는 대루 하구 가문 아저씨가 숭보시지 않니?"

하시면서, 또 어떤 때에는 머리를 다 땋아 주시고는,

"응, 저고리가 이게 무어냐?"

하시면서 새 저고리를 내어 주시는 때도 있었습니다.

어떤 토요일 오후였습니다. 아저씨는 나더러 뒷동산에 올라가자고 하셨습니다. 나는 너무나 좋아서 가자고 그러니까, 아저씨가,

"들어가서 어머님께 허락 맡고 온."

하십니다. 참 그렇습니다. 나는 뛰쳐 들어가서 어머니께 허락을 맡았습니다. 어머니는 내 얼굴을 다시 세수시켜 주고 머리도 다시 땋고 그리고 나서는 나를 아스러지도록 한번 몹시 껴안았다가 놓아 주었습니다.

"너무 오래 있지 말고, 응."

하고 어머니는 크게 소리치셨습니다. 아마 사랑 아저씨도 그 소리를 들었을 거야요.

뒷동산에 올라가서는 정거장을 한참 내려다보았으나 기차는 안 지나갔습니다. 나는 풀잎을 쭉쭉 뽑아 보기도 하고 땅에 누운 아저씨의 다리를 꼬집어 보기도 하면서 놀았습니다. 한참 후에 아저씨가 손목을 잡고 내려오는데 유치원 동무들을 만났습니다.

"옥희가 아빠하구 어디 갔다 온다, 응."

하고 한 동무가 말하였습니다. 그 아이는 우리 아버지가 돌아가신 줄을

모르는 아이였습니다. 나는 얼굴이 빨개졌습니다. 그때 나는 얼마나 이 아저씨가 정말 우리 아버지였더라면 하고 생각했는지 모릅니다. 나는 정말로 한 번만이라도,

"아빠!"

하고 불러 보고 싶었습니다. 그리고 그날 그렇게 아저씨하고 손목을 잡고 골목골목을 지나오는 것이 어찌도 재미가 좋았는지요.

나는 대문까지 와서,

"난 아저씨가 우리 아빠래문 좋겠다."

하고 불쑥 말했습니다. 그랬더니 아저씨는 얼굴이 홍당무처럼 빨개져서 나를 몹시 흔들면서,

"그런 소리 하문 못써."

하고 말하는데 그 목소리가 몹시 떨렸습니다. 나는 아저씨가 몹시 성이 난 것처럼 보여서 아무 말도 못 하고 안으로 뛰어 들어갔습니다. 어머니가,

"어디까지 갔던?"

하고 나와 안으며 묻는데, 나는 대답도 못 하고 그만 훌쩍훌쩍 울었습니다. 어머니는 놀라서,

"옥희야, 왜 그러니? 응?"

하고 자꾸만 물었으나 나는 아무 대답도 못하고 울기만 했습니다.

이튿날은 일요일인 고로 나는 어머니와 함께 예배당에를 가려고 차리고 나서 어머니가 옷을 갈아입는 동안 잠깐 사랑에를 나가 보았습니다. '아저씨가 아직두 성이 났나?' 하고 가만히 방 안을 들여다보았더니 책상에 앉아서 무엇을 쓰고 있던 아저씨가 내다보면서 빙그레 웃었습니다. 그 웃음을 보고 나는 마음을 놓았습니다. 아저씨가 지금은 성이 풀린 것이 확실하니까요. 아저씨는 나를 이리 보고 저리 보고 훑어보더니,

"옥희 오늘 어디 가노? 저렇게 곱게 채리구."

하고 물었습니다.

"엄마하고 예배당에 가."

"예배당에?"

하고 나서 아저씨는 잠시 나를 멍하니 바라다보더니,

"어느 예배당에?"

하고 물었습니다.

"요 앞에 예배당에 가지 뭐."

"응? 요 앞이라니?"

이때 안에서,

"옥희야."

하고 부드럽게 부르는 어머니 목소리가 들리었습니다. 나는 얼른 안으로 뛰어 들어오면서 돌아다보니까, 아저씨는 또 얼굴이 빨갛게 성이 났겠지요. 내 원, 참으로 무슨 일로 요새는 아저씨가 그렇게 성을 잘 내는지 알 수 없었습니다.

예배당에 가서 찬미하고 기도하다가 기도하는 중간에 갑자기 나는, '혹시 아저씨두 예배당에 오지 않았나?' 하는 생각이 나서 눈을 뜨고 고개를 들어 남자석을 바라다보았습니다. 그랬더니 하, 바로 거기에 아저씨가 와 앉아 있겠지요. 그런데 아저씨는 어른이면서도 눈 감고 기도하지 않고 우리 아이들처럼 눈을 번히 뜨고 여기저기 두리번두리번 바라봅니다. 나는 얼른 아저씨를 알아보았는데 아저씨는 나를 못 알아보았는지 내가 방그레 웃어 보여도 웃지도 않고 멀거니 보고만 있겠지요. 그래 나는 손을 흔들었지요. 그러니까 아저씨는 얼른 고개를 숙이고 말더군요. 그때에 어머니가 내가 팔 흔드는 것을 깨닫고 두 손으로 나를 붙들고 끌어당기더군요. 나는 어머니 귀에다 입을 대고,

"저기 아저씨두 왔어."

하고 속삭이니까 어머니는 흠칫하면서 내 입을 손으로 막고 막 끌어잡아다가 앞에 앉히고 고개를 누르더군요. 보니까 어머니가 또 얼굴이 홍당무처럼 빨개졌군요.

그날 예배는 아주 젬병 형편없는 것을 속되게 이르는 말 이었어요. 웬일인지 예배가 다 끝날 때까지 어머니는 성이 나서 강대만 향하여 앞으로 바라보고 앉았고, 이전 모양으로 가끔 나를 내려다보고 웃는 일이 없었어요. 그리고 아저씨를 보려고 남자석을 바라다보아도 아저씨도 한 번도 바라다보아 주지 않고 성이 나서 앉아 있고, 어머니는 나를 보지도 않고 공연히 꽉꽉 잡아당기지요. 왜 모두들 그리 성이 났는지! 나는 그만 으아 하고 한번 울고 싶었어요. 그러나 바로 멀지 않은 곳에 우리 유치원 선생님이 앉아 있는 고로 울고 싶은 것을 아주 억지로 참았답니다.

내가 유치원에 입학한 후 처음 얼마 동안은 유치원에 갈 때나 올 때나 외삼촌이 바래다주었습니다. 그러나 여러 밤을 자고 난 뒤에는 나 혼자서도 넉넉히 다니게 되었어요. 그러나 언제나 내가 유치원에서 돌아오는 때면 어머니가 옆 대문—우리 집에는 대문이 사랑 대문과 옆 대문 둘이 있어서 어머니는 늘 이 옆 대문으로만 출입하시는 것이었습니다— 밖에 기다리고 섰다가 내가 달음질쳐 가면, 안고 집 안으로 들어가곤 하는 것이었습니다.

그런데 하루는 어쩐 일인지 어머니가 대문간에 보이지를 않겠지요. 어떻게도 화가 나던지요. 물론 머릿속으로는, '아마 외할머니 댁에 가셨나 부다.' 하고 생각했지마는 하여튼 내가 돌아왔는데 문간에서 기다리지 않고 집을 떠났다는 것이 몹시 나쁘게 생각되더군요. 그래서 속으로, '오늘 엄마를 좀 곯려야겠다.' 하고 생각하고 있는데, 옆 대문 밖에서,

"아이고, 애가 원 벌써 왔나?"

하는 어머니 목소리가 들리더군요. 그 순간 나는 얼른 신을 벗어 들고 안방으로 뛰어 들어가서 벽장문을 열고 그 속에 들어가서 숨어 버렸습니다.

"옥희야, 옥희 너, 여태 안 왔니?"

하는 어머니 목소리가 바로 뜰에서 나더니,

"여태 안 왔군."

하면서 밖으로 나가는 모양이었습니다. 나는 재미가 나서 혼자 흐흥흐흥

왜 모두들 이렇게 성이 났지?

🔅 소설 한 장면 전개 사랑방에 머물게 된 아저씨가 어머니에게 관심을 보임

웃었습니다.

한참을 있더니 집에서는 온통 야단이 났습니다. 어머니 목소리도 들리고 외할머니 목소리도 들리고 외삼촌 목소리도 들리고!

"글쎄, 하루 종일 집이라곤 안 떠났다가 옥희 유치원 파하고 오문 멕일 과자가 없기에 어머님 댁에 잠깐 갔다 왔는데 고 동안에 이런 변이 생긴 걸……."

하는 것은 어머니 목소리.

"글쎄 유치원에서 벌써 이십 분 전에 떠났다는데 원 중간에서……."

하는 것은 외할머니 목소리.

"하여튼 내 나가서 돌아댕겨 볼게다. 원 고것이 어딜 갔담?"

하는 것은 외삼촌의 목소리.

이윽고 어머니의 울음소리가 가늘게 들렸습니다. 외할머니는 무어라고 중얼중얼 이야기하는 모양이었습니다. '이젠 그만하고 나갈까?' 하고도 생각했으나, '지난 주일날 예배당에서 성냈던 앙갚음을 해야지.' 하는 생각이 나서 나는 그냥 벽장 안에 누워 있었습니다. 벽장 안은 답답하고 더웠습니다. 그래서 이윽고 부지중_{不知中 알지 못하는 동안}에 나는 슬며시 잠이 들고 말았습니다.

얼마 동안이나 잤는지요? 이윽고 잠을 깨어 보니 아까 내가 벽장 안으로 들어왔던 것은 잊어버리고 참 이상스러운 데에 내가 누워 있거든요. 어두컴컴하고 좁고 덥고……. 나는 갑자기 무서운 생각이 나서 엉엉 울기 시작했지요. 그러자 갑자기 어디 가까운 데서 어머니의 외마디 소리가 나더니 벽장문이 벌컥 열리고 어머니가 달려들어서 나를 안아 내렸습니다.

"요 망할 것아."

하면서 어머니는 내 엉덩이를 댓 번 때렸습니다. 나는 더욱더 소리를 내서 울었습니다. 그때에는 어머니는 나를 끌어안고 어머니도 따라 울었습니다.

"옥희야, 옥희야, 응 인젠 괜찮다. 엄마 여기 있지 않니, 응, 울지 마라, 옥희야. 엄마는 옥희 하나문 그뿐이다. 옥희 하나만 바라구 산다. 난 너 하나문 그뿐이야. 세상 다 일이 없다. 옥희만 있으문 바라고 산다. 옥희야, 울지 마라. 응, 울지 마라."

이렇게 어머니는 나더러 자꾸 울지 말라고 하면서도 어머니는 그치지 않고 그냥 자꾸자꾸 울었습니다. 외할머니는,

"원 고것이 도깨비가 들렸단 말일까, 벽장 속엔 왜 숨는담."

하고 앉아 있고, 외삼촌은,

"에, 재수, 메유다."

하면서 밖으로 나갔습니다.

이튿날 유치원을 파하고 집으로 오게 된 때 나는 갑자기 어제 벽장 속에 숨었다가 어머니를 몹시 울게 했던 생각이 나서 집으로 돌아가기가 어쩐지 부끄러워졌습니다. '오늘은 어머니를 좀 기쁘게 해 드려야 할 텐데……. 무얼 갖다 드리면 기뻐할까?' 하고 생각했습니다. 그러자 문득 유치원 안에 선생님 책상 위에 놓여 있던 꽃병 생각이 났습니다. 그 꽃병에는 나는 이름도 모르나 곱고 빨간 꽃이 꽂히어 있었습니다. 그 꽃은 개나리도 아니고 진달래도 아니었습니다. 그런 꽃은 나도 잘 알고 또 그런 꽃은 벌써 피었다가 져버린 후였습니다. 무슨 서양 꽃이려니 하고 나는 생각하였습니다. 나는 우리 어머니가 꽃을 사랑하는 줄을 잘 압니다. 그래서 그 꽃을 갖다가 드리면 어머니가 몹시 기뻐하려니 하고 생각하였습니다.

그래서 나는 도로 유치원 방 안으로 들어갔습니다. 마침 방 안에는 아무도 없었습니다. 선생님도 잠깐 어디를 가셨는지 보이지 않았습니다. 그래 나는 그 꽃을 두어 개 얼른 빼 들고 달음질쳐 나왔지요.

집에 오니 어머니는 문간에서 기다리고 있다가 나를 안고 들어왔습니다.

"그 꽃은 어디서 났니? 퍽 곱구나."

하고 어머니가 말씀하셨습니다. 그러나 나는 갑자기 말문이 막혔습니다. '이걸 엄마 드릴라구 유치원서 가져왔어.' 하고 말하기가 어째 몹시 부끄러운 생각이 들었습니다. 그래 잠깐 망설이다가,

"응, 이 꽃! 저, 사랑 아저씨가 엄마 갖다 주라구 줘."

하고 불쑥 말했습니다. 그런 거짓말이 어디서 그렇게 툭 튀어나왔는지 나도 모르지요.

꽃을 들고 냄새를 맡고 있던 어머니는 내 말이 끝나기가 무섭게 무엇에 몹시 놀란 사람처럼 화닥닥하였습니다. 그러고는 금시에 어머니 얼굴이 그 꽃보다도 더 빨갛게 되었습니다. 그 꽃을 든 어머니 손가락이 파르르 떠는 것을 나는 보았습니다. 어머니는 무슨 무서운 것을 생각하는 듯이 방 안을 휘 한 번 둘러보시더니,

"옥희야, 그런 걸 받아 오문 안 돼."

하고 말하는 목소리는 몹시 떨렸습니다. 나는 꽃을 그렇게도 좋아하는

어머니가 이 꽃을 받고 그처럼 성을 낼 줄은 참으로 뜻밖이었습니다. 어머니가 그렇게도 성을 내는 것을 보니까 그 꽃을 내가 가져왔다고 그러지 않고, 아저씨가 주더라고 거짓말을 한 것이 참 잘 되었다고 나는 속으로 생각했습니다. 어머니가 성을 내는 까닭을 나는 모르지만 하여튼 성을 낼 바에는 내게 내는 것보다 아저씨에게 내는 것이 내게는 나았기 때문입니다. 한참 있더니 어머니는 나를 방 안으로 데리고 들어와서,

"옥희야, 너 이 꽃 얘기 아무보구두 하지 말아라, 응."

하고 타일러 주었습니다. 나는,

"응."

하고 대답하면서 고개를 여러 번 까닥까닥했습니다.

어머니가 그 꽃을 곧 내버릴 줄로 나는 생각했습니다마는 내버리지 않고 꽃병에 꽂아서 풍금 위에 놓아두었습니다. 아마 퍽 여러 밤 자도록 그 꽃은 거기 놓여 있어서 마지막에는 시들었습니다. 꽃이 다 시들자 어머니는 가위로 그 대는 잘라내 버리고 꽃만은 찬송가 갈피에 곱게 끼워 두었습니다.

내가 어머니께 꽃을 갖다 주던 날 밤에 나는 또 사랑에 놀러 나가서 아저씨 무릎에 앉아서 그림책을 보고 있었습니다. 갑자기 아저씨 몸이 흠칫하였습니다. 그러고는 귀를 기울입니다. 나도 귀를 기울였습니다.

풍금 소리!

그 풍금 소리는 분명 안방에서 흘러나오는 것이었습니다.

"엄마가 풍금 타나 부다."

하고 나는 벌떡 일어나서 안으로 뛰어왔습니다. 안방에는 불을 켜지 않았습니다. 그러나 그때는 음력으로 보름께나 되어서 달이 낮같이 밝은데 은빛 같은 흰 달빛이 방 한 절반 가득히 차 있었습니다. 나는 흰옷을 입은 어머니가 풍금 앞에 앉아서 고요히 풍금을 타는 것을 보았습니다.

나는 나이 지금 여섯 살밖에 안 되었지마는 하여튼 어머니가 풍금을 타시는 것을 보는 것은 오늘이 처음이었습니다. 어머니는 우리 유치원 선생님보다도 풍금을 더 잘 타시는 것이었습니다. 나는 어머니 곁으로 갔습니다마는 어머니는 내가 곁에 온 것도 깨닫지 못하는지 그냥 까딱 아니하고 앉아서 풍금을 탔습니다. 조금 있더니 어머니는 풍금 곡조에 맞추어서 노래를 부르기 시작하였습니다. 어머니의 목소리가 그렇게도 아름다운 것도 나는 이때까지 모르고 있었습니다. 어머니는 참으로 우리 유치원 선생님보다도 목소리가 훨씬

더 곱고 또 노래도 훨씬 더 잘 부르시는 것이었습니다. 나는 가만히 서서 어머니 노래를 들었습니다. 그 노래는 마치 은실을 타고 저 별나라에서 내려오는 노래처럼 아름다웠습니다. 그러나 얼마 오래지 않아 목소리는 약간 떨리기 시작하였습니다. 가늘게 떨리는 노랫소리, 그에 따라 풍금의 가는 소리도 바르르 떠는 듯했습니다. 노랫소리는 차차 가늘어지더니 마지막에는 사르르 없어져 버렸습니다. 풍금 소리도 사르르 없어졌습니다. 어머니는 고요히 풍금에서 일어나시더니 옆에 서 있는 내 머리를 쓰다듬었습니다. 그다음 순간 어머니는 나를 안고 마루로 나오셨습니다. 어머니는 아무 말씀도 없이 그냥 나를 꼭꼭 껴안는 것이었습니다. 달빛을 함빡 받는 내 어머니 얼굴은 몹시도 새하얗다고 생각되었습니다. 우리 어머니는 참으로 천사 같다고 나는 생각하였습니다.

우리 어머니의 새하얀 두 뺨 위로 쉴 새 없이 두 줄기 눈물이 줄줄 흘러내리고 있는 것을 나는 보았습니다. 그것을 보니 나도 갑자기 울고 싶어졌습니다.

"어머니, 왜 울어?"

하고 나도 훌쩍거리면서 물었습니다.

"옥희야."

"응?"

한참 동안 어머니는 아무 말씀도 없었습니다. 그러나 한참 후에,

"옥희야, 난 너 하나문 그뿐이다."

"엄마."

어머니는 다시 대답이 없으셨습니다.

하루는 밤에 아저씨 방에서 놀다가 졸려서 안방으로 들어가려고 일어서니까 아저씨가 하얀 봉투를 서랍에서 꺼내어 내게 주었습니다.

"옥희, 이거 갖다가 엄마 드리고 지나간 달 밥값이라구, 응."

나는 그 봉투를 갖다가 어머니에게 드렸습니다. 어머니는 그 봉투를 받아 들자 갑자기 얼굴이 파랗게 질렸습니다. 그 전날 달밤에 마루에 앉았을 때보다도 더 새하얗다고 생각되었습니다. 어머니는 그 봉투를 들고 어쩔 줄을 모르는 듯이 초조한 빛이 나타났습니다. 나는,

"그거 지나간 달 밥값이래."

하고 말을 하니까 어머니는 갑자기 잠자다 깨나는 사람처럼 '응?' 하고 놀라더니 또 금시에 백지장같이 새하얗던 얼굴이 발갛게 물들었습니다. 봉투 속으로 들어갔던 어머니의 파들파들 떨리는 손가락이 지전을 몇 장 끌고 나왔습

니다. 어머니는 입술에 약간 웃음을 띠면서 후 하고 한숨을 내쉬었습니다. 그러나 그것도 잠깐, 다시 어머니는 무엇에 놀랐는지 흠칫하더니 금시에 얼굴이 다시 새하얘지고 입술이 바르르 떨렸습니다. 어머니의 손을 바라다보니 거기에는 지전 몇 장 외에 네모로 접은 하얀 종이가 한 장 잡혀있는 것이었습니다.

어머니는 한참을 망설이는 모양이었습니다. 그러더니 무슨 결심을 한 듯이 입술을 악물고 그 종이를 차근차근 펴 들고 그 안에 쓰인 글을 읽었습니다. 나는 그 안에 무슨 글이 씌어 있는지 알 도리가 없었으나 어머니는 그 글을 읽으면서 금시에 얼굴이 파랬다 발갰다 하고 그 종이를 든 손은 이제는 바들바들이 아니라 와들와들 떨리어서 그 종이가 부석부석 소리를 내게 되었습니다.

한참 후에 어머니는 그 종이를 아까 모양으로 네모지게 접어서 돈과 함께 봉투에 도로 넣어 반짇고리에 던졌습니다. 그러고는 정신 나간 사람처럼 멀거니 앉아서 전등만 쳐다보는데 어머니 가슴이 불룩불룩합니다. 나는 어머니가 혹시 병이나 나지 않았나 하고 염려가 되어서 얼른 가서 무릎에 안기면서,[1]

"엄마, 잘까?"

하고 말했습니다.

엄마는 내 뺨에 입을 맞추어 주었습니다. 그런데 어머니의 입술이 어쩌

옥희 하나문 그뿐이다.

◌ 소설 한 장면 위기 '나'가 거짓말로 준 꽃으로 인해 어머니는 마음이 흔들림

1) 다른 인물의 내면을 짐작하지 못하는 어린아이 서술자의 특징이 잘 나타나 있다.

면 그리도 뜨거운지요. 마치 불에 달군 돌이 볼에 와 닿는 것 같았습니다.

한잠을 자고 나서 잠이 채 깨지는 않았으나 어렴풋한 정신으로 옆을 쓸어 보니 어머니가 없었습니다. 가끔가다가 나는 그런 버릇이 있어요. 어렴풋한 정신으로 옆을 쓸면 어머니의 보드라운 살이 만져지지요. 그러면 다시 나는 잠이 들어 버리곤 하는 것이었습니다.

어머니가 자리에 없다는 것을 알게 되자 나는 갑자기 무서워졌습니다. 그래서 잠은 다 달아나고 눈을 번쩍 뜨고 고개를 돌려 살펴보았습니다. 방 안에는 불은 안 켰지만 어슴푸레하게 밝습니다. 뜰로 하나 가득한 달빛이 방 안에까지 희미한 밝음을 던져 주는 것이었습니다. 윗목을 보니 우리 아버지의 옷을 넣어 두고 가끔 어머니가 꺼내서 쓸어 보시는 그 장롱문이 열려 있고, 그 아래 방바닥에는 흰옷이 한 무더기 널려 있습니다. 그리고 그 옆에는 장롱을 반쯤 기대고 자리옷^{잠옷}만 입은 어머니가 주춤하고 앉아서 고개를 위로 쳐들고 눈은 감고 무엇이라고 입술로 소곤소곤 외고 있는 것이 보였습니다. 아마 기도를 하나 보다 하고 나는 생각했습니다. 나는 자리에서 일어나 기어가서 어머니 무릎을 뻐개고 기어 들어갔습니다.

"엄마, 무얼 해?"

어머니는 소곤거리기를 그치고 눈을 떠서 나를 한참이나 물끄러미 들여다보십니다.

"옥희야."

"응?"

"가서 자자."

"엄마두 같이 자."

"응, 그래 엄마두 같이 자."

그 목소리가 어째 싸늘하다고 내게 생각되었습니다.

어머니는 돌아가신 아버지의 옷들을 한 가지씩 들고는 가만히 손바닥으로 쓸어 보고는 장롱 안에 넣었습니다. 하나씩 하나씩 쓸어 보고는 장롱에 넣곤 하여 그 옷을 다 넣은 때 장롱문을 닫고 쇠를 채우고 그러고 나서 나를 안고 자리로 돌아왔습니다.

"엄마, 우리 기도하고 자?"

하고 나는 물었습니다. 어머니는 나를 밤마다 재워 줄 때마다 반드시 기도를 하는 것이었습니다. 내가 할 줄 아는 기도는 주기도문뿐이었습니다.

그 뜻은 하나도 모르지만 어머니를 따라서 자꾸자꾸 해 보아서 지금에는 나도 주기도문을 잘 욉니다. 그런데 웬일인지 어젯밤 잘 때에는 어머니가 기도할 것을 잊어버리고 그냥 잤던 것이 지금 생각이 났기 때문에 나는 그렇게 물었던 것입니다. 어젯밤 자리에 들 때 내가,

'기도할까?'

하고 말하고 싶었으나 어머니가 너무도 슬픈 빛을 띠고 있는 고로 그만 나도 가만히 아무 소리 없이 잠이 들고 말았던 것입니다.

"응, 기도하자."

하고 어머니가 고요히 대답했습니다.

"엄마가 기도해."

하고 나는 갑자기 어머니의 기도하는 보드라운 음성이 듣고 싶어져서 말했습니다.

"하늘에 계신 우리 아버지시여."

어머니는 고요히 기도를 시작하였습니다.

"이름을 거룩하게 하옵시며 나라에 임하옵시며 뜻이 하늘에서 이루어진 것처럼 땅에서도 이루어지이다. 오늘날 우리에게 일용할 양식을 주옵시고 우리가 우리에게 죄지은 자를 용서하여 준 것처럼 우리 죄를 사하여 주옵시고, 우리를 시험에 들지 말게 하옵시고…… 우리를 시험에 들지 말게 하옵시고…… 시험에 들지 말게…… 시험에 들지 말게……."

이렇게 어머니는 자꾸 되풀이하였습니다. 나도 지금은 막히지 않고 줄줄 외는 주기도문을 글쎄 어머니가 막히다니 참으로 우스운 일이었습니다.

"시험에 들지 말게…… 시험에 들지 말게……."

하고 자꾸만 되풀이하는 것을 나는 참다 못해서,

"엄마, 내 마저 할게."

하고,

"다만 악에서 구하옵소서. 대개 나라와 권세와 영광이 아버지께 영원히 있사옵나이다."

하고 내가 끝을 마쳤습니다. 어머니는 한참이나 가만있다가 오랜 후에야 겨우,

"아멘."

하고 속삭이었습니다.

요새 와서 어머니의 하는 일이란 참으로 알 수가 없는 노릇입니다. 어떤 때는 어머니도 퍽 유쾌하셨습니다. 밤에 때로는 풍금도 타고 또 때로는 찬송가도 부르고 그러실 때에는 나는 너무도 좋아서 가만히 어머니 옆에 앉아서 듣습니다. 그러나 가끔가끔 그 독창은 소리 없는 울음으로 끝을 맺는 때가 많은데, 그런 때면 나도 따라서 울었습니다. 그러면 어머니는 나를 안고 내 얼굴에 돌아가면서 무수히 입을 맞추어 주면서,

"엄마는 옥희 하나문 그뿐이야, 응, 그렇지……."

하시면서 언제까지나 언제까지나 우시는 것이었습니다.

어떤 일요일 날, 그렇지요, 그것은 유치원 방학하고 난 그 이튿날이었어요. 그날 어머니는 갑자기 머리가 아프시다고 예배당에를 그만두었습니다. 사랑에서는 아저씨도 어디 나가고 외삼촌도 나가고 집에는 어머니와 나와 단둘이 있었는데, 머리가 아프다고 누워 계시던 어머니가 갑자기 나를 부르시더니,

"옥희야, 너 아빠가 보고 싶니?"

하고 물으십니다.

"응, 우리두 아빠 하나 있으문."

하고 나는 혀를 까불고 어리광을 좀 부려 가면서 대답을 했습니다. 한참 동안을 어머니는 아무 말씀도 아니하시고 천장만 바라다보시더니,

"옥희야, 옥희 아버지는 옥희가 세상에 나오기도 전에 돌아가셨단다. 옥희두 아빠가 없는 건 아니지. 그저 일찍 돌아가셨지. 옥희가 이제 아버지를 새로 또 가지면 세상이 욕을 한단다.[1] 옥희는 아직 철이 없어서 모르지만 세상이 욕을 한단다. 사람들이 욕을 해. 옥희 어머니는 화냥년이다 이러구 세상이 욕을 해. 옥희 아버지는 죽었는데 옥희는 아버지가 또 하나 생겼대, 참 망측두 하지. 이러구 세상이 욕을 한다. 그리 되문 옥희는 언제나 손가락질받구. 옥희는 커두 시집두 훌륭한 데 못 가구. 옥희가 공부를 해서 훌륭하게 돼두 에 그까짓 화냥년의 딸, 이러구 남들이 욕을 한다."

이렇게 어머니는 혼잣말하시듯 드문드문 말씀하셨습니다. 그러고는 한참 있더니,

"옥희야."

하고 또 부르십니다.

---

1) 어머니가 아저씨의 마음을 받아들일 수 없는 이유로, 당시의 사회상을 짐작할 수 있다.

"응?"

"옥희는 언제나, 언제나, 내 곁을 안 떠나지. 옥희는 언제나, 언제나 엄마하구 같이 살지. 옥희는 엄마가 늙어서 꼬부랑 할미가 되어두 그래두 옥희는 엄마하구 같이 살지. 옥희가 유치원 졸업하구 또 소학교 졸업하구, 또 중학교 졸업하구, 또 대학교 졸업하구, 옥희가 조선서 제일 훌륭한 사람이 돼두 그래두 옥희는 엄마하구 같이 살지. 응! 옥희는 엄마를 얼만큼 사랑하나?"

"이만큼."

하고 나는 두 팔을 짝 벌리어 보였습니다.

"응? 얼마만큼? 응! 그만큼! 언제나, 언제나, 옥희는 엄마만 사랑하지. 그리구 공부두 잘하구, 그리구 훌륭한 사람이 되구……."

나는 어머니의 목소리가 떨리는 것으로 보아 어머니가 또 울까 봐 겁이 나서,

"엄마, 이만큼, 이만큼."

하면서 두 팔을 짝짝 벌리었습니다.

어머니는 울지 않으셨습니다.

"응, 그래, 옥희 엄마는 옥희 하나문 그뿐이야. 세상 다른 건 다 소용없어, 우리 옥희 하나문 그만이야. 그렇지, 옥희야."

"응!"

어머니는 나를 당기어서 꼭 껴안고 내 가슴이 막혀 들어올 때까지 자꾸만 껴안아 주었습니다.

그날 밤 저녁밥 먹고 나니까 어머니는 나를 불러 앉히고 머리를 새로 빗겨 주었습니다. 댕기도 새 댕기를 드려 주고, 바지, 저고리, 치마 모두 새것을 꺼내 입혀 주었습니다.

"엄마, 어디 가?"

하고 물으니까,

"아니."

하고 웃음을 띠면서 대답합니다. 그러더니 풍금 옆에서 새로 다린 하얀 손수건을 내리어 내 손에 쥐어 주면서,

"이 손수건, 저 사랑 아저씨 손수건인데, 이것 아저씨 갖다 드리구 와, 응. 오래 있지 말구 손수건만 갖다 드리구 이내 와, 응."

하고 말씀하셨습니다.

손수건을 들고 사랑으로 나가면서 나는 그 접어진 손수건 속에 무슨 발

각발각하는 종이가 들어 있는 것처럼 생각되었습니다마는 그것을 펴 보지 않고 그냥 갖다가 아저씨에게 주었습니다.

아저씨는 방에 누워 있다가 벌떡 일어나서 손수건을 받는데, 웬일인지 아저씨는 이전처럼 나보고 빙그레 웃지도 않고 얼굴이 몹시 파래졌습니다. 그러고는 입술을 질근질근 깨물면서 말 한마디 아니하고 그 수건을 받더군요.

나는 어째 이상한 기분이 들어서 아저씨 방에 들어가 앉지도 못하고 그냥 뒤돌아서 안방으로 들어왔지요. 어머니는 풍금 앞에 앉아서 무엇을 그리 생각하는지 가만히 있더군요. 나는 풍금 옆으로 가서 가만히 그 옆에 앉아 있었습니다. 이윽고 어머니는 조용조용히 풍금을 타십니다. 무슨 곡조인지는 몰라도 어째 구슬프고 고즈넉한 곡조야요.

밤이 늦도록 어머니는 풍금을 타셨습니다. 그 구슬프고 고즈넉한 곡조를 계속하고 또 계속하면서.

여러 밤을 자고 난 어떤 날 오후에 나는 오래간만에 아저씨 방엘 나가 보았더니 아저씨가 짐을 싸느라고 분주하겠지요. 내가 아저씨에게 손수건을 갖다 드린 다음부터는 웬일인지 아저씨가 나를 보아도 언제나 퍽 슬픈 사람, 무슨 근심이 있는 사람처럼 아무 말도 없이 나를 물끄러미 바라다만 보고 있는 고로 나도 그리 자주 놀러 나오지 않았던 것입니다. 그랬었는데 이렇게 갑자기 짐을 꾸리는 것을 보고 나는 놀랐습니다.

🖊 소설 한 장면   절정   아저씨가 구애하지만 어머니가 거절함

"아저씨, 어데 가우?"

"응, 멀리루 간다."

"언제?"

"오늘."

"기차 타구?"

"응, 기차 타구."

"갔다가 언제 또 오우?"

아저씨는 아무 대답도 없이 서랍에서 이쁜 인형을 하나 꺼내서 내게 주었습니다.

"옥희, 이것 가져, 응. 옥희는 아저씨 가구 나문 아저씨 이내 잊어버리구 말겠지!"

나는 갑자기 슬퍼졌습니다. 그래서,

"아니."

하고 얼른 대답하고 인형을 안고 안으로 들어왔습니다.

"엄마, 이것 봐. 아저씨가 이것 나 줬다우. 아저씨가 오늘 기차 타구 먼 데루 간대."

하고 내가 말했으나 어머니는 대답이 없으십니다.

"엄마, 아저씨 왜 가우?"

"학교 방학했으니깐 가지."

"어디루 가우?"

"아저씨 집으루 가지, 어디루 가."

"갔다가 또 오우?"

어머니는 대답이 없으십니다.

"난 아저씨 가는 거 나쁘다."

하고 입을 쫑긋했으나, 어머니는 그 말은 대답 않고,

"옥희야, 벽장에 가서 달걀 몇 알 남았나 보아라."

하고 말씀하셨습니다.

나는 깡총깡총 방 안으로 들어갔습니다. 달걀은 여섯 알이 있었습니다.

"여스 알."

하고 나는 소리쳤습니다.

"응, 다 가지구 이리 나오너라."

어머니는 그 달걀 여섯 알을 다 삶았습니다. 그 삶은 달걀 여섯 알을 손수건에 싸 놓고 또 반지 ₩紙 얇고 흰, 질 좋은 일본 종이에 소금을 조금 싸서 한 귀퉁이에 넣었습니다.

"옥희야, 너 이것 갖다 아저씨 드리구, 가시다가 찻간에서 잡수시랜다구, 응."

그날 오후에 아저씨가 떠나간 다음 나는 방에서 아저씨가 준 인형을 업고 자장자장 잠을 재우고 있었습니다. 어머니가 부엌에서 들어오시더니,

"옥희야, 우리 뒷동산에 바람이나 쐬러 올라갈까?"

하십니다.

"응, 가, 가."

하면서 나는 좋아 덤비었습니다.

잠깐 다녀올 터이니 집을 보고 있으라고 외삼촌에게 이르고 어머니는 내 손목을 잡고 나섰습니다.

"엄마, 나 저, 아저씨가 준 인형 가지고 가?"

"그러렴."

나는 인형을 안고 어머니 손목을 잡고 뒷동산으로 올라갔습니다. 뒷동산에 올라가면 정거장이 빤히 내려다보입니다.

"엄마, 저 정거장 봐. 기차는 없군."

어머니는 아무 말씀도 없이 가만히 서 계십니다. 사르르 바람이 와서 어머니 모시 치맛자락을 산들산들 흔들어 주었습니다. 그렇게 산 위에 가만히 서 있는 어머니는 다른 때보다도 더한층 이쁘게 보였습니다.

저편 산모퉁이에서 기차가 나타났습니다.

"아, 저기 기차 온다."

하고 나는 좋아서 소리쳤습니다.

기차는 정거장에 잠시 머물더니 금시에 삑 하고 소리를 지르면서 움직였습니다.

"기차 떠난다."

하면서 나는 손뼉을 쳤습니다. 기차가 저편 산모퉁이 뒤로 사라질 때까지, 그리고 그 굴뚝에서 나는 연기가 하늘 위로 모두 흩어져 없어질 때까지, 어머니는 가만히 서서 그것을 바라다보았습니다.

뒷동산에서 내려오자 어머니는 방으로 들어가시더니 이때까지 뚜껑을 늘 열어 두었던 풍금 뚜껑을 닫으십니다. 그러고는 거기 쇠를 채우고 그 위에다가 이

전 모양으로 반짇고리를 얹어 놓으십니다. 그러고는 그 옆에 있는 찬송가를 맥없이 들고 뒤적뒤적하시더니 빼빼 마른 꽃송이를 그 갈피에서 집어내시더니,

"옥희야, 이것 내다 버려라."

하고 그 마른 꽃을 내게 주었습니다. 그 꽃은 내가 유치원에서 갖다가 어머니께 드렸던 그 꽃입니다. 그러자 옆 대문이 삐걱 하더니,

"달걀 사소."

하고 매일 오는 달걀 장수 노파가 달걀 광주리를 이고 들어왔습니다.

"인젠 우리 달걀 안 사요. 달걀 먹는 이가 없어요."

하시는 어머니 목소리는 맥이 한 푼어치도 없었습니다.

나는 어머니의 이 말씀에 놀라서 떼를 좀 써보려 했으나 석양에 빨히 비치는 어머니 얼굴을 볼 때 그 용기가 없어지고 말았습니다. 그래서 아저씨가 주신 인형 귀에다가 내 입을 갖다 대고 가만히 속삭이었습니다.

"얘, 우리 엄마가 거짓부리 썩 잘하누나. 내가 달걀 좋아하는 줄 잘 알문성 생 먹을 사람이 없대누나. 떼를 좀 쓰구 싶다만 저 우리 엄마 얼굴을 좀 봐라. 어쩌문 저리두 새파래졌을까? 아마 어디가 아픈가 보다."

라고요.

🔖 **소설 한 장면**   `결말`   아저씨가 떠나자 어머니는 마른 꽃을 갖다 버리라고 함

🔭 생각해 볼까요?

선생님 이 작품의 서술자는 여섯 살 난 옥희라는 소녀예요. 이처럼 서술자가 어리기 때문에 생기는 특징은 무엇일까요?

💬 3 🤍 3

↳ **학생 1** 인물의 내면이 직접적으로 서술되지 않아요. 독자는 어머니와 사랑손님이 겪는 상황과 감정을 짐작할 수 있지만 이를 옥희의 시선에서 '모르겠다.'라는 말로 얼버무림으로써 작품의 묘미를 극대화해요.

↳ **학생 2** 덕분에 자칫 통속적으로 흐를 수 있는 내용이 아이의 눈에서 과장 없이 순수하게 그려져요.

↳ **학생 3** 반면 '인습과 사랑의 갈등'이라는 주제가 뚜렷하게 부각되지 못한다는 점도 있어요.

선생님 옥희는 어머니와 아저씨 사이에서 어떤 역할을 하고 있나요?

💬 3 🤍 3

↳ **학생 1** 아저씨는 자신의 방에 자주 놀러오는 옥희에게 어머니에 관한 질문을 해요. 아저씨에게 옥희는 연정의 대상인 어머니의 대리인이기 때문이에요. 어머니는 옥희의 사랑방 출입을 자제시키면서도 굳이 말리지는 않아요. 오히려 더 곱게 단장시켜서 보내기도 해요. 어머니에게도 옥희는 자신의 대리인이라서 그래요.

↳ **학생 2** 사랑손님과 어머니는 옥희를 통해 서로에 대한 관심을 간접적으로 표현하고 있어요.

↳ **학생 3** 비록 사랑은 이루어지지 않지만 옥희가 의도치 않게 큐피드 역할을 하고 있네요!

선생님 이 작품의 결말 부분에서는 어머니가 달걀 장수에게 이제는 더 이상 달걀을 사지 않는다고 말하는 장면이 나와요. 작품에서 달걀의 상징적인 의미는 무엇일까요?

💬 2 🤍 2

↳ **학생 1** '달걀'은 등장인물의 감정적 관계를 매개하는 역할을 해요. 옥희는 아저씨도 자신처럼 삶은 달걀을 좋아한다는 것을 알게 되자 아저씨에게 강한 호감을 느껴요. 어머니는 아저씨가 삶은 달걀을 좋아한다는 말을 듣고 달걀을 많이 사기 시작하죠. 그러나 아저씨가 떠나자 달걀을 더 이상 사지 않아요.

↳ **학생 2** 맞아요. 달걀은 아저씨에 대한 어머니의 감정을 표현하는 소재로 사용되고 있어요.

선생님　이 작품에서 붉은색 꽃과 흰색 손수건은 상징적으로 사용되어 두 남녀의 심리를 대변하고 있어요. 이 점에 대해 자세히 설명해 볼까요?

 2　♥ 2

↳　**학생 1**　붉은색은 정열적인 사랑을 의미해요. 어머니는 붉은 꽃을 받아들고 얼굴이 붉어져요. 사랑의 감정에 들떴기 때문이에요.

↳　**학생 2**　반면 흰색은 순수한 사랑을 의미해요. 어머니는 아저씨로부터 흰 봉투를 받고 흰색 쪽지가 든 흰색 손수건을 보내요. 이 편지에는 아저씨의 사랑에 대한 거절의 의미가 담겨 있어요. 이후 어머니와 아저씨의 순수한 마음이 교차하면서 들뜬 열정이 가라앉아요.

「사랑손님과 어머니」의 실제 모델	▼

연관 검색어　　피천득　동아일보　추모글

주요섭은 시인이자 수필가인 피천득을 친동생처럼 아꼈다. 두 사람은 하숙집에서 함께 지내기도 했다. 주요섭이 사망하고 이틀 뒤인 1972년 11월 16일에 피천득은 〈동아일보〉에 추모글을 실었다.

"당신의 잘 알려진 작품 「사랑손님과 어머니」의 어느 부분은 나와 우리 엄마의 에피소드였습니다. 형이 상해 학생 시절에 쓴 「개밥」, 「인력거꾼」 같은 작품은 당신의 인도주의적 사상에 입각한 작품이라고 봅니다. 형은 정에 치우친 작가입니다. 수필 「미운 간호부」에서 보는 바와 같이 형은 몰인정을 가장 미워합니다."

이처럼 피천득은 주요섭의 「사랑손님과 어머니」에 등장하는 옥희와 어머니의 실제 모델이 자신과 자신의 어머니라고 밝혔다.

이상
(1910~1937)

✉ 작가에 대하여

본명 김해경. 서울 출생. 보성고등보통학교를 거쳐 경성고등공업학교 건축과를 나온 후 총독부 건축과에서 근무하였다. 1931년 시 「이상한 가역 반응」, 「파편의 경치」를, 1932년 시 「건축무한 육면각체」를 발표하였다. 1933년 객혈로 직장을 그만두고 폐병에서 오는 절망을 이기기 위해 본격적으로 문학 활동을 시작하였다.

요양지에서 알게 된 기생 금홍과 함께 귀경한 그는 1934년 시 「오감도」를 〈조선중앙일보〉에 연재하기 시작하였으나 난해하다는 독자들의 빗발치는 항의로 중단하였다. 다방, 카페 등을 운영하였지만 잇달아 실패하고 애정 파탄으로 깊은 실의에 빠졌다. 1936년 〈조광〉에 「날개」를 발표해 큰 화제를 일으켰고, 같은 해에 「동해」, 「봉별기」 등을 발표하면서 삶의 전환을 시도하였다. 폐결핵과 가난을 극복하기 위해 도쿄로 건너갔지만 불온사상 혐의로 일본 경찰에 체포되었다. 석방된 후 건강이 악화되어 27세의 나이로 요절하였다.

이상의 문학은 극단적인 내향성을 띤 자의식의 문학이다. 의식의 흐름을 나타내는 그의 작품에서 일상적 감정이나 전통적 규범은 철저히 무시된다. 플롯이나 띄어쓰기를 무시함으로써 자의식의 고백을 독특한 기법으로 형상화하기도 하였다.

날개

#단절   #인간소외   #분열된자의식   #의식의흐름

⚓ 작품 길잡이

갈래: 심리주의 소설, 초현실주의 소설
배경: 시간 - 1930년대
　　　　공간 - 서울의 33번지 구석방, 거리, 역 대합실, 산, 옥상
시점: 1인칭 주인공 시점
주제: 식민지 치하 지식인의 분열된 자의식과 극복 의지
출전: 〈조광〉[1936]

📷 인물 관계도

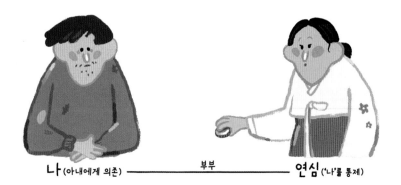

나 (아내에게 의존) ———— 부부 ———— 연심 ('나'를 통제)

나	직업이 없는 지식인으로 아내에게 기대 권태로운 삶을 살고 있다.
연심	매춘을 하며 남편을 먹여 살린다. '나'와 대화나 소통을 모색하지 않는다.

📋 구성과 줄거리

발단　**'나'는 아내와 다른 방을 쓰고 방 안에서 뒹굴며 지냄**

'나'는 생의 의욕을 상실한 채 방 안에서 뒹굴며 지낸다. 장지로 두 칸으로 나누어, 볕이 드는 아랫방은 아내가 쓰고 볕이 안 드는 윗방은 '나'가 쓰고 있다. 아내가 외출하면 '나'는 아내의 방에 들어가 아내의 화장품 병을 가지고 논다. 아내에겐 화려한 옷이 많지만 '나'에게 코르덴 양복 한 벌이 전부다. 아내의 직업이 무엇인지 모르지만 자주 외출을 한다.

전개　**내객이 찾아올 때마다 아내는 '나'에게 은화를 주고, 어느 날 '나'는 외출을 함**

아내에게 내객이 있는 날은 '나'는 아내의 방에 들어갈 수 없다. 내객이 가거나 외출에서 돌아오면 아내는 '나'의 방으로 들어와 은화를 놓고 간다. 그러나 '나'는 벙어리(저금통)에 모아 둔 은화를 변소에 버린다. 어느 날 '나'는 아내의 밤 외출을 틈타 거리로 나온다.

위기　**비를 맞고 감기에 걸린 '나'에게 아내가 아스피린을 줌**

'나'는 이후에도 가끔 외출을 해 경성역 티룸에서 커피를 마신다. 어느 날 비를 맞고 감기에 걸린 '나'는 한 달가량 앓아눕는다. '나'는 아내가 준 아스피린이라는 흰 알약을 먹고 매일 잠만 자게 된다.

절정　**아내가 준 약이 수면제라는 것을 알고 '나'는 충격에 빠짐**

거울을 보러 아내의 방에 간 '나'는 아스피린처럼 생긴 최면제 아달린을 발견한다. 그동안 아내가 준 약이 해열제인 줄 알고 먹었던 '나'는 아내가 '나'를 죽이려는 것이 아닌지 의심하며 집을 나간다. '나'는 집으로 돌아왔을 때 보지 말아야 할 장면을 보고 만다. 절망한 '나'는 다시 집을 나와 배회하다가 미쓰꼬시 백화점 옥상에 올라가 지나간 스물여섯 해를 회고한다.

결말　**자의식이 깨어난 '나'는 날개가 돋기를 염원함**

불현듯이 겨드랑이에 가려움을 느낀 '나'는 "날개야 다시 돋아라. 날자. 날자. 날자. 한 번만 더 날자꾸나."라고 외치고 싶은 충동을 느낀다.

날개

'박제가 되어 버린 천재'를 아시오? 나는 유쾌하오. 이런 때 연애까지가 유쾌하오.

육신이 흐느적흐느적하도록 피로했을 때만 정신이 은화처럼 맑소. 니코틴이 내 횟배^{회충으로 인한 배앓이} 앓는 뱃속으로 스미면 머릿속에 으레 백지가 준비되는 법이오. 그 위에다 나는 위트와 패러독스를 바둑 포석처럼 늘어놓소. 가증할 상식의 병이오.

나는 또 여인과 생활을 설계하오. 연애 기법에마저 서먹서먹해진 지성의 극치를 흘깃 좀 들여다본 일이 있는, 말하자면 일종의 정신분일자^{精神奔逸者} ^{의식이 제멋대로 행동하는 사람} 말이오. 이런 여인의 반—그것은 온갖 것의 반이오—만을 영수^{領受 돈이나 물품 따위를 받아들임}하는 생활을 설계한다는 말이오. 그런 생활 속에 한 발만 들여놓고 흡사 두 개의 태양처럼 마주 쳐다보면서 낄낄거리는 것이오. 나는 아마 어지간히 인생의 제행^{諸行 모든 의식 작용}이 싱거워서 견딜 수가 없게끔 되고 그만둔 모양이오. 굿바이.

굿바이, 그대는 이따금 그대가 제일 싫어하는 음식을 탐식하는 아이러니를 실천해 보는 것도 좋을 것 같소. 위트와 패러독스와…….

그대 자신을 위조하는 것도 할 만한 일이오. 그대의 작품은 한 번도 본 일이 없는 기성품에 의하여 차라리 경편^{輕便 가볍고 편하거나 손쉽고 편리함}하고 고매하리라.

십구 세기는 될 수 있거든 봉쇄하여 버리오. 도스토옙스키 정신이란 자칫하면 낭비인 것 같소. 위고를 불란서의 빵 한 조각이라고는 누가 그랬는지 지언^{至言 지극히 당연한 말}인 듯싶소. 그러나 인생 혹은 그 모형에 있어서 디테일 때문에 속는다거나 해서야 되겠소? 화^{禍 모든 재앙과 액화}를 보지 마오. 부디 그대께 고하는 것이니…….

—테이프가 끊어지면 피가 나오. 생채기도 머지않아 완치될 줄 믿소. 굿

바이—

감정은 어떤 포즈—그 포즈의 소素원소만을 지적하는 것이 아닌지나 모르겠소—, 그 포즈가 부동자세에까지 고도화할 때 감정은 딱 공급을 정지합네다.

나는 내 비범한 발육을 회고하여 세상을 보는 안목을 규정하였소.

여왕봉女王蜂 여왕벌과 교미한 수벌은 반드시 죽는다는 사실에서 남편이 죽고 없는 미망인과 같은 의미를 지님과 미망인—세상의 하고많은 여인이 본질적으로 이미 미망인 아닌 이가 있으리까? 아니! 여인의 전부가 그 일상에 있어서 개개 '미망인'이라는 내 논리가 뜻밖에도 여성에 대한 모독이 되오? 굿바이.

그 33번지라는 것이 구조가 흡사 유곽이라는 느낌이 없지 않다. 한 번지에 18가구가 죽—어깨를 맞대고 늘어서서 창호가 똑같고 아궁이 모양이 똑같다. 게다가 각 가구에 사는 사람들이 송이송이 꽃과 같이 젊다. 해가 들지 않는다. 해가 드는 것을 그들이 모른 체하는 까닭이다. 턱살 밑에다 철줄을 매고 얼룩진 이부자리를 널어 말린다는 핑계로 미닫이에 해가 드는 것을 막아 버린다. 침침한 방 안에서 낮잠들을 잔다. 그들은 밤에는 잠을 자지 않나? 알 수 없다. 나는 밤이나 낮이나 잠만 자느라고 그런 것은 알 길이 없다. 33번지 18가구의 낮은 참 조용하다.

조용한 것은 낮뿐이다. 어둑어둑하면 그들은 이부자리를 걷어 들인다. 전등불이 켜진 뒤의 18가구는 낮보다 훨씬 화려하다. 저물도록 미닫이 여닫는 소리가 잦다. 바빠진다. 여러 가지 내음새가 나기 시작한다. 비웃청어 굽는 내, 탕고도란식민지 시대에 많이 쓰던 화장품의 이름 내, 뜨물 내, 비눗내…….

그러나 이런 것들보다도 그들의 문패가 제일로 고개를 끄덕이게 하는 것이다. 이 18가구를 대표하는 대문이라는 것이 일각이 져서 외따로 떨어지기는 했으나 있다. 그러나 그것은 한 번도 닫힌 일이 없는 한길이나 마찬가지 대문인 것이다. 온갖 장사치들은 하루 가운데 어느 시간에라도 이 대문을 통하여 드나들 수 있는 것이다. 이네들은 문간에서 두부를 사는 것이 아니라 미닫이만 열고 방에서 두부를 사는 것이다. 이렇게 생긴 33번지 대문에 그들 18가구의 문패를 몰아다 붙이는 것은 의미가 없다. 그들은 어느 사이엔가 각 미닫이 위 백인당百忍堂이니 길상당吉祥堂이니 써 붙인 한 곁에다 문패를 붙이는 풍속을 가져 버렸다.

내 방 미닫이 위 한 곁에 칼표 딱지뜯어서 쓰는 딱지를 넷에다 낸 것 만한 내, 아니! 내 아내의 명함이 붙어 있는 것도 이 풍속을 좇은 것이 아닐 수 없다.

나는 그러나 그들의 아무와도 놀지 않는다. 놀지 않을 뿐만 아니라 인사도 않는다. 나는 내 아내와 인사하는 외에 누구와도 인사하고 싶지 않았다.

내 아내 외의 다른 사람과 인사를 하거나 놀거나 하는 것은 내 아내 낯을 보아 좋지 않은 일인 것만 같이 생각이 들었기 때문이다. 나는 이만큼까지 내 아내를 소중히 생각한 것이다.

내가 이렇게까지 내 아내를 소중히 생각한 까닭은 이 33번지 18가구 가운데서 내 아내가 내 아내의 명함처럼 제일 작고 제일 아름다운 것을 안 까닭이다. 18가구에 각기 별러 든 송이송이 꽃들 가운데서도 내 아내가 특히 아름다운 한 떨기의 꽃으로 이 함석지붕 밑 볕 안 드는 지역에서 어디까지든지 찬란하였다. 따라서 그런 한 떨기 꽃을 지키고, 아니 그 꽃에 매달려 사는 나라는 존재가 도무지 형언할 수 없는 거북살스러운 존재가 아닐 수 없었던 것은 물론이다.

나는 어디까지든지 내 방이—집이 아니다. 집은 없다— 마음에 들었다. 방 안의 기온은 내 체온을 위하여 쾌적하였고, 방 안의 침침한 정도가 또한 내 안력을 위하여 쾌적하였다. 나는 내 방 이상의 서늘한 방도, 또 따뜻한 방도 희망하지 않았다. 이 이상으로 밝거나 이 이상으로 아늑한 방을 원하지 않았다. 내 방은 나 하나를 위하여 요만한 정도를 꾸준히 지키는 것 같아 늘 내 방에 감사하였고 나는 또 이런 방을 위하여 이 세상에 태어난 것만 같아서 즐거웠다.

그러나 이것은 행복이라든가 불행이라든가 하는 것을 계산하는 것은 아니었다. 말하자면 나는 내가 행복하다고도 생각할 필요가 없었고, 그렇다고 불행하다고도 생각할 필요가 없었다. 그냥 그날그날을 그저 까닭 없이 펀둥펀둥 게으르게만 있으면 만사는 그만이었던 것이다.

내 몸과 마음에 옷처럼 잘 맞는 방 속에서 뒹굴면서, 축 처져 있는 것은 행복이니 불행이니 하는 그런 세속적인 계산을 떠난, 가장 편리하고 안일한, 말하자면 절대적인 상태인 것이다. 나는 이런 상태가 좋았다.

이 절대적인 내 방은 대문간에서 세어서 똑 일곱째 칸이다. 럭키 세븐의 뜻이 없지 않다. 나는 이 일곱이라는 숫자를 훈장처럼 사랑하였다. 이런 이 방이 가운데 장지로 말미암아 두 칸으로 나뉘어 있었다는 그것이 내 운명의 상징이었던 것을 누가 알랴?

아랫방은 그래도 해가 든다. 아침결에 책보만 한 해가 들었다가 오후에 손수건만 해지면서 나가 버린다. 해가 영영 들지 않는 윗방이 즉 내 방인 것은 말할 것도 없다. 이렇게 볕 드는 방이 아내 방이요, 볕 안 드는 방이 내 방이오 하고 아내와 나 둘 중에 누가 정했는지 나는 기억하지 못한다. 그러나 나에게는 불평이 없다.

아내가 외출만 하면 나는 얼른 아랫방으로 와서 그 동쪽으로 난 들창을 열어 놓고, 열어 놓으면 들이비치는 볕살이 아내의 화장대를 비춰 가지각색 병들이 아롱이 지면서 찬란하게 빛나고 이렇게 빛나는 것을 보는 것은 다시없는 내 오락이다. 나는 쪼끄만 '돋보기'를 꺼내 가지고 아내만이 사용하는 지리가미[휴지]를 그을러 가면서 불장난을 하고 논다. 평행 광선을 굴절시켜서 한 초점에 모아 가지고 그 초점이 따끈따끈해지다가, 마지막에는 종이를 그을리기 시작하고 가느다란 연기를 내면서 드디어 구멍을 뚫어 놓는 데까지에 이르는 고 얼마 안 되는 동안의 초조한 맛이 죽고 싶을 만치 내게는 재미있었다.

이 장난이 싫증이 나면 나는 또 아내의 손잡이 거울을 가지고 여러 가지로 논다. 거울이란 제 얼굴을 비출 때만 실용품이다. 그 외의 경우에는 도무지 장난감인 것이다.

이 장난도 곧 싫증이 난다. 나의 유희심은 육체적인 데서 정신적인 데로 비약한다. 나는 거울을 내던지고 아내의 화장대 앞으로 가까이 가서 나란히 늘어 놓은 고 가지각색의 화장품 병들을 들여다본다. 고것들은 세상의 무엇보다도 매력적이다. 나는 그중의 하나만을 골라서 가만히 마개를 빼고 병 구멍을 내 코에 가져다 대이고 숨죽이듯이 가벼운 호흡을 하여 본다. 이 국적인 센슈얼한[sensual 관능적인] 향기가 폐로 스며들면 나는 저절로 스르르 감기는 내 눈을 느낀다. 확실히 아내의 체취의 파편이다. 나는 도로 병마개를 막고 생각해 본다. 아내의 어느 부분에서 요 내음새가 났던가를……. 그러나 그것은 분명치 않다. 왜? 아내의 체취는 여기 늘어서 있는 가지각색 향기의 합계일 것이니까.

아내의 방은 늘 화려하였다. 내 방이 벽에 못 한 개 꽂히지 않은 소박한 것인 반대로 아내 방에는 천장 밑으로 쫙 돌려 못이 박히고 못마다 화려한 아내의 치마와 저고리가 걸렸다. 여러 가지 무늬가 보기 좋다. 나는 그 여러 조각의 치마에서 늘 아내의 동체胴體 몸통와 그 동체가 될 수 있는 여러 가지 포즈를 연상하고 연상하면서 내 마음은 늘 점잖지 못하다.

그렇건만 나에게는 옷이 없었다. 아내는 내게는 옷을 주지 않았다. 입고 있는 코르덴 양복 한 벌이 내 자리옷이었고 통상복과 나들이옷을 겸한 것이었다. 그리고 하이넥의 스웨터가 한 조각 사철을 통한 내 내의다. 그것들은 하나같이 다 빛이 검다. 그것은 내 짐작 같아서는 즉 빨래를 될 수 있는 데까지 하지 않아도 보기 싫지 않도록 하기 위한 것이 아닌가 한다. 나는 허리와 두 가랑이 세 군데 다 고무 밴드가 끼어 있는 부드러운 사루마다팬티보다 좀 긴 속옷를 입고 그리고 아무 소리 없이 잘 놀았다.

어느덧 손수건만 해졌던 볕이 나갔는데 아내는 외출에서 돌아오지 않는다. 나는 요만 일에도 좀 피곤하였고 또 아내가 돌아오기 전에 내 방으로 가

나는 행복하다고도 불행하다고도 생각할 필요가 없다. 그냥 그날그날을 펀둥펀둥 게으르게만 있으면 그만이다.

🕐 소설 한 장면   발단   '나'는 아내와 다른 방을 쓰고 방 안에서 뒹굴며 지냄

있어야 될 것을 생각하고 그만 내 방으로 건너간다. 내 방은 침침하다. 나는 이불을 뒤집어쓰고 낮잠을 잔다. 한 번도 걷은 일이 없는 내 이부자리는 내 몸뚱이의 일부분처럼 내게는 참 반갑다. 잠은 잘 오는 적도 있다. 그러나 또 전신이 까칫까칫하면서 영 잠이 오지 않는 적도 있다. 그런 때는 아무 제목 으로나 제목을 하나 골라서 연구하였다. 나는 내 좀 축축한 이불 속에서 참 여러 가지 발명도 하였고 논문도 많이 썼다. 시도 많이 지었다. 그러나 그것 들은 내가 잠이 드는 것과 동시에 내 방에 담겨서 철철 넘치는 그 흐늑흐늑 한 공기에 다 비누처럼 풀어져서 온데간데없고 한참 자고 깬 나는 속이 무 명 형겊이나 메밀껍질로 띵띵 찬 한 덩어리 베개와도 같은 한 벌 신경이었 을 뿐이고 뿐이고 하였다.

그러기에 나는 빈대가 무엇보다도 싫었다. 그러나 내 방에서는 겨울에도 몇 마리씩의 빈대가 끊이지 않고 나왔다. 내게 근심이 있었다면 오직 이 빈 대를 미워하는 근심일 것이다. 나는 빈대에게 물려서 가려운 자리를 피가 나도록 긁었다. 쓰라리다. 그것은 그윽한 쾌감에 틀림없었다. 나는 혼곤히 잠이 든다.

나는 그러나 그런 이불 속의 사색 생활에서도 적극적인 것을 궁리하는 법이 없다. 내게는 그럴 필요가 대체 없었다. 만일 내가 그런 좀 적극적인 것을 궁리해 내었을 경우에 나는 반드시 내 아내와 의논하여야 할 것이고 그러면 반드시 나는 아내에게 꾸지람을 들을 것이고……. 나는 꾸지람이 무서웠다느니보다도 성가셨다. 내가 제법 한 사람의 사회인의 자격으로 일 을 해 보는 것도, 아내에게 사설 듣는 것도.

나는 가장 게으른 동물처럼 게으른 것이 좋았다. 될 수만 있으면 이 무의 미한 인간의 탈을 벗어 버리고도 싶었다.

나에게는 인간 사회가 스스러웠다 ^{서로 친하지 않아 조심스럽다}. 생활이 스스러웠다. 모두가 서먹서먹할 뿐이었다.

아내는 하루에 두 번 세수를 한다. 나는 하루 한 번도 세수를 하지 않는다. 나는 밤중 세 시나 네 시 해서 변소에 갔다 달이 밝은 밤에는 한참씩 마당에 우두커니 섰다가 들어오곤 한다. 그러니까 나는 이 18가구의 아무와도 얼굴 이 마주치는 일이 거의 없다. 그러면서도 나는 이 18가구의 젊은 여인네 얼 굴들을 거반 다 기억하고 있었다. 그들은 하나같이 내 아내만 못하였다.

열한 시쯤 해서 하는 아내의 첫 번 세수는 좀 간단하다. 그러나 저녁 일곱 시쯤 해서 하는 두 번째 세수는 손이 많이 간다. 아내는 낮에보다도 밤에 더 좋고 깨끗한 옷을 입는다. 그리고 낮에도 외출하고 밤에도 외출하였다.

아내에게 직업이 있었던가? 나는 아내의 직업이 무엇인지 알 수 없다. 만일 아내에게 직업이 없었다면, 같이 직업이 없는 나처럼 외출할 필요가 생기지 않을 것인데……. 아내는 외출한다. 외출할 뿐만 아니라 내객이 많다. 아내에게 내객이 많은 날은 나는 온종일 내 방에서 이불을 쓰고 누워 있어야만 된다. 불장난도 못 한다. 화장품 내음새도 못 맡는다. 그런 날은 나는 의식적으로 우울해하였다. 그러면 아내는 나에게 돈을 준다. 오십 전짜리 은화다. 나는 그것이 좋았다. 그러나 그것을 무엇에 써야 옳을지 몰라서 늘 머리맡에 던져두고 두고 한 것이 어느 결에 모여서 꽤 많아졌다. 어느 날 이것을 본 아내는 금고처럼 생긴 벙어리^{저금통}를 사다 준다. 나는 한 푼씩 한 푼씩 고 속에 넣고 열쇠는 아내가 가져갔다. 그 후에도 나는 더러 은화를 그 벙어리에 넣은 것을 기억한다. 그리고 나는 게을렀다. 얼마 후 아내의 머리 쪽에 보지 못하던 누깔잠^{비녀의 일종}이 하나 여드름처럼 돋았던 것은 바로 그 금고형 벙어리의 무게가 가벼워졌다는 증거일까. 그러나 나는 드디어 머리맡에 놓였던 그 벙어리에 손을 대지 않고 말았다. 내 게으름은 그런 것에 내 주의를 환기시키기도 싫었다.

아내에게 내객이 있는 날은 이불 속으로 암만 깊이 들어가도 비 오는 날만큼 잠이 잘 오지는 않았다. 나는 그런 때 아내에게는 왜 늘 돈이 있나 왜 돈이 많은가를 연구했다.

내객들은 장지 저쪽에 내가 있는 것을 모르나 보다. 내 아내와 나도 좀 하기 어려운 농을 아주 서슴지 않고 쉽게 해 내던지는 것이다. 그러나 아내의 내객 가운데 서너 사람의 내객들은 늘 비교적 점잖았다고 볼 수 있는 것이 자정이 좀 지나면 으레 돌아들 갔다. 그들 가운데는 퍽 교양이 옅은 자도 있는 듯싶었는데 그런 자는 보통 음식을 사다 먹고 논다. 그래서 보충을 하고 대체로 무사하였다.

나는 우선 내 아내의 직업이 무엇인가를 연구하기에 착수하였으나 좁은 시야와 부족한 지식으로는 이것을 알아내기 힘이 든다. 나는 끝끝내 내 아내의 직업이 무엇인가를 모르고 말려나 보다.

아내는 늘 진솔 버선^{한 번도 신지 않은 새 버선}만 신었다. 아내는 밥도 지었다. 아내가 밥 짓는 것을 나는 한 번도 구경한 일은 없으나 언제든지 끼니때면 내 방으로 내 조석^{朝夕 아침과 저녁} 밥을 날라다 주는 것이다. 우리 집에는 나와 내 아내 외에 다른 사람은 아무도 없다. 이 밥은 분명히 아내가 손수 지었음에 틀림없다.

그러나 아내는 한 번도 나를 자기 방으로 부른 일이 없다. 나는 늘 윗방에서 나 혼자서 밥을 먹고 잠을 잤다. 밥은 너무 맛이 없었다. 반찬이 너무 엉성하였다. 나는 닭이나 강아지처럼 말없이 주는 모이를 넙죽넙죽 받아먹기는 했으나 내심 야속하게 생각한 적도 더러 없지 않다. 나는 안색이 여지없이 창백해 가면서 말라 들어갔다. 나날이 눈에 보이듯이 기운이 줄어들었다. 영양부족으로 하여 몸뚱이 곳곳이 뼈가 불쑥불쑥 내밀었다. 하룻밤 사이에도 수십 차를 돌쳐 눕지 않고는 여기저기가 배겨서 나는 배겨 낼 수가 없었다.

그렇기 때문에 나는 내 이불 속에서 아내가 늘 흔히 쓸 수 있는 저 돈의 출처를 탐색해 보는 일변 장지 틈으로 새어 나오는 아랫방의 음식은 무엇일까를 간단히 연구하였다. 나는 잠이 잘 안 왔다.

깨달았다. 아내가 쓰는 돈은 그, 내게는 다만 실없는 사람들로밖에 보이지 않는 까닭 모를 내객들이 놓고 가는 것에 틀림없으리라는 것을 나는 깨달았다. 그러나 왜 그들 내객은 돈을 놓고 가나, 왜 내 아내는 그 돈을 받아야 되나 하는 예의 관념이 내게는 도무지 알 수 없는 것이었다.

그것은 그저 예의에 지나지 않는 것일까, 그렇지 않으면 혹 무슨 대가일까 보수일까. 내 아내가 그들의 눈에는 동정을 받아야만 할 가엾은 인물로 보였던가.

이런 것들을 생각하노라면 으레 내 머리는 그냥 혼란하여 버리곤 하였다. 잠들기 전에 획득했다는 결론이 오직 불쾌하다는 것뿐이었으면서도 나는 그런 것을 아내에게 물어보거나 한 일이 참 한 번도 없다. 그것은 대체 귀찮기도 하려니와 한잠 자고 일어나면 나는 사뭇 딴사람처럼 이것도 저것도 다 깨끗이 잊어버리고 그만두는 까닭이다.

내객들이 돌아가고, 혹 밤 외출에서 돌아오고 하면 아내는 경편한 것으로 옷을 바꾸어 입고 내 방으로 나를 찾아온다. 그리고 이불을 들치고 내 귀에는 영 생동생동한 몇 마디 말로 나를 위로하려 든다. 나는 조소도 고소도 홍

소도 아닌 웃음을 얼굴에 띠고 아내의 아름다운 얼굴을 쳐다본다. 아내는 방
그레 웃는다. 그러나 그 얼굴에 떠도는 일말의 애수를 나는 놓치지 않는다.

아내는 능히 내가 배고파하는 것을 눈치챌 것이다. 그러나 아랫방에서
먹고 남은 음식을 나에게 주려 들지는 않는다. 그것은 어디까지든지 나를
존경하는 마음일 것임에 틀림없다. 나는 배가 고프면서도 적이 마음이 든
든한 것을 좋아했다. 아내가 무엇이라고 지껄이고 갔는지 귀에 남아 있을
리가 없다. 다만 내 머리맡에 아내가 놓고 간 은화가 전등불에 흐릿하게 빛
나고 있을 뿐이다.

고 금고형 벙어리 속에 고 은화가 얼마큼이나 모였을까. 나는 그러나 그
것을 쳐들어 보지 않았다. 그저 아무런 의욕도 기원도 없이 그 단추 구멍처
럼 생긴 틈바구니로 은화를 떨어뜨려 둘 뿐이었다.

왜 아내의 내객들이 아내에게 돈을 놓고 가나 하는 것이 풀 수 없는 의문
인 것같이 왜 아내는 나에게 돈을 놓고 가나 하는 것도 역시 나에게는 똑같
이 풀 수 없는 의문이었다. 내 비록 아내가 내게 돈을 놓고 가는 것이 싫지
않았다 하더라도 그것은 다만 고것이 내 손가락에 닿는 순간에서부터 고
벙어리 주둥이에서 자취를 감추기까지의 하잘것없는 짧은 촉각이 좋았달
뿐이지 그 이상 아무 기쁨도 없다.

어느 날 나는 고 벙어리를 변소에 갖다 넣어 버렸다. 그때 벙어리 속에는
몇 푼이나 되는지는 모르겠으나 고 은화들이 꽤 들어 있었다.

나는 내가 지구 위에 살며 내가 이렇게 살고 있는 지구가 질풍신뢰疾風迅雷
<small>심한 바람과 번개라는 뜻으로, 빠르고 심하게 변하는 상태를 이르는 말</small>의 속력으로 광대무변廣大無邊 <small>한없이 넓어 끝이 없음</small>
의 공간을 달리고 있다는 것을 생각했을 때 참 허망하였다. 나는 이렇게 부
지런한 지구 위에서는 현기증도 날 것 같고 해서 한시바삐 내려 버리고 싶
었다.

이불 속에서 이런 생각을 하고 난 뒤에는 나는 고 은화를 고 벙어리에 넣
고 넣고 하는 것조차도 귀찮아졌다. 나는 아내가 손수 벙어리를 사용하였으
면 하고 희망하였다. 벙어리도 돈도 사실에는 아내에게만 필요한 것이지 내
게는 애초부터 의미가 전연 없는 것이었으니까 될 수만 있으면 그 벙어리
를 아내는 아내 방으로 가져갔으면 하고 기다렸다. 그러나 아내는 가져가지
않는다. 나는 내가 아내 방으로 가져다 둘까 하고 생각하여 보았으나 그즈

음에는 아내의 내객이 원체 많아서 내가 아내 방에 가 볼 기회가 도무지 없었다. 그래서 나는 하는 수 없이 변소에 갖다 집어넣어 버리고 만 것이다.

나는 서글픈 마음으로 아내의 꾸지람을 기다렸다. 그러나 아내는 끝내 아무 말도 나에게 묻지도 하지도 않았다. 않았을 뿐 아니라 여전히 돈은 돈대로 내 머리맡에 놓고 가지 않나? 내 머리맡에는 어느덧 은화가 꽤 많이 모였다.

내객이 아내에게 돈을 놓고 가는 것이나 아내가 내게 돈을 놓고 가는 것이나 일종의 쾌감, 그 외의 다른 아무런 이유도 없는 것이 아닐까 하는 것을 나는 또 이불 속에서 연구하기 시작하였다. 쾌감이라면 어떤 종류의 쾌감일까를 계속하여 연구하였다. 그러나 그것은 이불 속의 연구로는 알 길이 없었다. 쾌감, 쾌감, 하고 나는 뜻밖에도 이 문제에 대해서만 흥미를 느꼈다.

아내는 물론 나를 늘 감금하여 두다시피 하여 왔다. 내게 불평이 있을 리 없다. 그런 중에도 나는 그 쾌감이라는 것의 유무를 체험하고 싶었다.

나는 아내의 밤 외출 틈을 타서 밖으로 나왔다. 나는 거리에서 잊어버리지 않고 가지고 나온 은화를 지폐로 바꾼다. 오 원이나 된다. 그것을 주머니에 넣고 나는 목적을 잃어버리기 위하여 얼마든지 거리를 쏘다녔다. 오래

소설 한 장면　전개　내객이 찾아올 때마다 아내는 '나'에게 은화를 주고, 어느 날 '나'는 외출을 함

간만에 보는 거리는 거의 경이에 가까울 만치 내 신경을 흥분시키지 않고는 마지않았다. 나는 금시에 피곤하여 버렸다. 그러나 나는 참았다. 그리고 밤이 이슥하도록 까닭을 잊어버린 채 이 거리 저 거리로 지향 없이 헤매었다. 돈은 물론 한 푼도 쓰지 않았다. 돈을 쓸 아무 엄두도 나서지 않았다. 나는 벌써 돈을 쓰는 기능을 완전히 상실한 것 같았다.

나는 과연 피로를 이 이상 견디기가 어려웠다. 나는 가까스로 내 집을 찾았다. 나는 내 방으로 가려면 아내 방을 통과하지 아니하면 안 될 것을 알고 아내에게 내객이 있나 없나를 걱정하면서 미닫이 앞에서 좀 거북살스럽게 기침을 한번 했더니 이것은 참 또 너무 암상스럽게^{매섭게} 미닫이가 열리면서 아내의 얼굴과 그 등 뒤에 낯선 남자의 얼굴이 이쪽을 내다보는 것이다. 나는 별안간 내어 쏟아지는 불빛에 눈이 부셔서 좀 머뭇머뭇했다.

나는 아내의 눈초리를 못 본 것은 아니다. 그러나 나는 모른 체하는 수밖에 없었다. 왜? 나는 어쨌든 아내의 방을 통과하지 아니하면 안 되니까…….

나는 이불을 뒤집어썼다. 무엇보다도 다리가 아파서 견딜 수가 없었다. 이불 속에서는 가슴이 울렁거리면서 암만해도 까무러칠 것만 같았다. 걸을 때는 몰랐더니 숨이 차다. 등에 식은땀이 쭉 내배인다. 나는 외출한 것을 후회하였다. 이런 피로를 잊고 어서 잠이 들었으면 좋겠다. 한잠 잘 자고 싶었다.

얼마 동안이나 비스듬히 엎드려 있었더니 차츰차츰 뚝딱거리는 가슴 동기動氣 ^{가슴이 두근거리는 일} 가 가라앉는다. 그만해도 우선 살 것 같았다. 나는 몸을 돌쳐 반듯이 천장을 향하여 눕고 쭉 다리를 뻗었다.

그러나 나는 또다시 가슴의 동기를 피할 수 없게 되었다. 아랫방에서 아내와 그 남자의 내 귀에도 들리지 않을 만치 옅은 목소리로 소곤거리는 기척이 장지 틈으로 전하여 왔던 것이다. 청각을 더 예민하게 하기 위하여 나는 눈을 떴다. 그리고 숨을 죽였다. 그러나 그때는 벌써 아내와 남자는 앉았던 자리를 툭툭 털며 일어섰고, 일어서면서 옷과 모자 쓰는 기척이 나는 듯하더니 이어 미닫이가 열리고 구두 뒤축 소리가 나고 그리고 뜰에 내려서는 소리가 쿵 하고 나면서 뒤를 따르는 아내의 고무신 소리가 두어 발자국 찍찍 나고 사뿐사뿐 나나 하는 사이에 두 사람의 발소리가 대문간 쪽으로 사라졌다.

나는 아내의 이런 태도를 본 일이 없다. 아내는 어떤 사람과도 결코 소곤거리는 법이 없다. 나는 윗방에서 이불을 쓰고 누운 동안에도 혹 술이 취해서 혀가 잘 돌아가지 않는 내객들의 담화는 더러 놓치는 수가 있어도 아내의 높지도 얕지도 않은 말소리를 일찍이 한 마디도 놓쳐 본 일이 없다. 더러 내 귀에 거슬리는 소리가 있어도 나는 그것이 태연한 목소리로 내 귀에 들렸다는 이유로 충분히 안심이 되었다.

그렇던 아내의 이런 태도는 필시 그 속에 여간하지 않은 사정이 있는 듯싶이 생각이 되고 내 마음은 좀 서운했으나 그러나 그보다도 나는 좀 너무 피곤해서 오늘만은 이불 속에서 아무것도 연구치 않기로 굳게 결심하고 잠을 기다렸다. 잠은 좀처럼 오지 않았다. 대문간에 나간 아내도 좀처럼 들어오지 않았다. 그러는 동안에 흐지부지 나는 잠이 들어 버렸다. 꿈이 얼쑹덜쑹 종을 잡을 수 없는 거리의 풍경을 여전히 헤맸다.

나는 몹시 흔들렸다. 내객을 보내고 들어온 아내가 잠든 나를 잡아 흔드는 것이다. 나는 눈을 번쩍 뜨고 아내의 얼굴을 쳐다보았다. 아내의 얼굴에는 웃음이 없다. 나는 좀 눈을 비비고 아내의 얼굴을 자세히 보았다. 노기가 눈초리에 떠서 얇은 입술이 바르르 떨린다. 좀처럼 이 노기가 풀리기는 어려울 것 같았다. 나는 그대로 눈을 감아 버렸다. 벼락이 내리기를 기다린 것이다. 그러나 쌔근 하는 숨소리가 나면서 푸시시 아내의 치맛자락 소리가 나고 장지가 여닫히며 아내는 아내 방으로 돌아갔다. 나는 다시 몸을 돌쳐 이불을 뒤집어쓰고는 개구리처럼 엎드리고, 엎드려서 배가 고픈 가운데서도 오늘 밤의 외출을 또 한 번 후회하였다.

나는 이불 속에서 아내에게 사죄하였다. 그것은 네 오해라고……

나는 사실 밤이 퍽 이슥한 줄만 알았던 것이다. 그것이 네 말마따나 자정 전인 줄은 나는 정말이지 꿈에도 몰랐다. 나는 너무 피곤하였었다. 오래간만에 나는 너무 많이 걸은 것이 잘못이다. 내 잘못이라면 잘못은 그것밖에는 없다. 외출은 왜 하였느냐고?

나는 그 머리맡에 저절로 모인 오 원 돈을 아무에게라도 좋으니 주어 보고 싶었던 것이다. 그뿐이다. 그러나 그것도 내 잘못이라면 나는 그렇게 알겠다. 나는 후회하고 있지 않나?

내가 그 오 원 돈을 써 버릴 수가 있었던들 나는 자정 안에 집에 돌아올 수 없었을 것이다. 그러나 거리는 너무 복잡하였고 사람은 너무도 들끓었다. 나는 어느 사람을 붙들고 그 오 원 돈을 내주어야 할지 갈피를 잡을 수가 없었다. 그러는 동안에 나는 여지없이 피곤해 버리고 말았던 것이다.

나는 무엇보다도 좀 쉬고 싶었다. 눕고 싶었다. 그래서 나는 하는 수 없이 집으로 돌아온 것이다. 내 짐작 같아서는 밤이 어지간히 늦은 줄만 알았는데 그것이 불행히도 자정 전이었다는 것은 참 안된 일이다. 미안한 일이다. 나는 얼마든지 사죄하여도 좋다. 그러나 종시 아내의 오해를 풀지 못하였다 하면 내가 이렇게까지 사죄하는 보람은 그럼 어디 있나? 한심하였다.

한 시간 동안을 나는 이렇게 초조하게 굴지 않으면 안 되었다. 나는 이불을 홱 젖혀 버리고 일어나서 장지를 열고 아내 방으로 비칠비칠 달려갔던 것이다. 내게는 거의 의식이라는 것이 없었다. 나는 아내 이불 위에 엎드러지면서 바지 포켓 속에서 그 돈 오 원을 꺼내 아내 손에 쥐어 준 것을 간신히 기억할 뿐이다.

이튿날 잠이 깨었을 때 나는 내 아내 방 아내 이불 속에 있었다. 이것이 이 33번지에서 살기 시작한 이래 내가 아내 방에서 잔 맨 처음이었다.

해가 들창에 훨씬 높았는데 아내는 이미 외출하고 벌써 내 곁에 있지는 않다. 아니! 아내는 엊저녁 내가 의식을 잃은 동안에 외출한 것인지도 모른다. 그러나 나는 그런 것을 조사하고 싶지 않았다. 다만 전신이 찌뿌드드한 것이 손가락 하나 꼼짝할 힘조차 없었다. 책보보다 좀 작은 면적의 볕이 눈이 부시다. 그 속에서 수없는 먼지가 흡사 미생물처럼 난무한다. 코가 칵 막히는 것 같다. 나는 다시 눈을 감고 이불을 푹 뒤집어쓰고 낮잠을 자기에 착수하였다. 그러나 코를 스치는 아내의 체취는 꽤 도발적이었다. 나는 몸을 여러 번 여러 번 비비 꼬면서 아내의 화장대에 늘어선 고 가지각색 화장품 병들과 고 병들의 마개를 뽑았을 때 풍기던 내음새를 더듬느라고 좀처럼 잠은 들지 않는 것을 나는 어찌하는 수도 없었다.

견디다 못하여 나는 그만 이불을 걷어차고 벌떡 일어나서 내 방으로 갔다. 내 방에는 다 식어 빠진 내 끼니가 가지런히 놓여 있는 것이다. 아내는 내 모이를 여기다 주고 나간 것이다. 나는 우선 배가 고팠다. 한 숟갈을 입에 떠넣었을 때 그 촉감은 참 너무도 냉회^{冷灰} 불이 꺼져서 차가워진 재와 같이 써늘하였다. 나는 숟갈을 놓고 내 이불 속으로 들어갔다. 하룻밤을 비워 버린 내 이부자리는 여전히 반갑게 나를 맞아 준다. 나는 내 이불을 뒤집어쓰고 이번에는 참 늘어지게 한잠 잤다. 잘ㅡ.

내가 잠을 깬 것은 전등이 켜진 뒤다. 그러나 아내는 아직도 돌아오지 않았나 보다. 아니! 들어왔다 또 나갔는지도 알 수 없다. 그러나 그런 것을 삼고三考 여러 번 생각함 하여 무엇하나?

정신이 한결 난다. 나는 지난밤 일을 생각해 보았다. 그 돈 오 원을 아내 손에 쥐어 주고 넘어졌을 때에 느낄 수 있었던 쾌감을 나는 무엇이라고 설명할 수가 없었다. 그러니 내객들이 내 아내에게 돈 놓고 가는 심리며 내 아내가 내게 돈 놓고 가는 심리의 비밀을 나는 알아낸 것 같아서 여간 즐거운 것이 아니다. 나는 속으로 빙그레 웃어 보았다. 이런 것을 모르고 오늘까지 지내 온 나 자신이 어떻게 우스꽝스러워 보이는지 몰랐다. 나는 어깨춤이 났다.

따라서 나는 또 오늘 밤에도 외출하고 싶었다. 그러나 돈이 없다. 나는 엊 저녁에 그 돈 오 원을 한꺼번에 아내에게 주어 버린 것을 후회하였다. 또 고 벙어리를 변소에 갖다 처넣어 버린 것도 후회하였다. 나는 실없이 실망하 면서 습관처럼 그 돈이 들어 있던 내 바지 포켓에 손을 넣어 한 번 휘둘러 보았다. 뜻밖에도 내 손에 쥐어지는 것이 있었다. 이 원밖에 없다. 그러나 많아야 맛은 아니다. 얼마간이고 있으면 된다. 나는 그만한 것이 여간 고마 운 것이 아니었다.

나는 기운을 얻었다. 나는 그 단벌 다 떨어진 코르덴 양복을 걸치고 배고 픈 것도, 주제 사나운 것도 다 잊어버리고 활갯짓을 하면서 또 거리로 나섰 다. 나서면서 나는 제발 시간이 화살 닫듯 해서 자정이 어서 홱 지나 버렸으 면 하고 조바심을 태웠다. 아내에게 돈을 주고 아내 방에서 자 보는 것은 어 디까지든지 좋았지만 만일 잘못해서 자정 전에 집에 들어갔다가 아내의 눈 총을 맞는 것은 그것은 여간 무서운 일이 아니었다. 나는 저물도록 길가 시 계를 들여다보고 들여다보고 하면서 또 지향 없이 거리를 방황하였다. 그 러나 이날은 좀처럼 피곤하지는 않았다. 다만 시간이 좀 너무 더디게 가는 것만 같아서 안타까웠다.

경성역 시계가 확실히 자정을 지난 것을 본 뒤에 나는 집을 향하였다. 그 날은 그 일각대문에서 아내와 아내의 남자가 이야기하고 섰는 것을 만났 다. 나는 모른 체하고 두 사람 곁을 지나서 내 방으로 들어갔다. 뒤이어 아 내도 들어왔다. 와서는 이 밤중에 평생 안 하던 쓰레질비로 쓸어 집 안을 청소하는 일을 하는 것이다. 조금 있다가 아내가 눕는 기척을 엿듣자마자 나는 또 장지를 열고 아내 방으로 가서 그 돈 이 원을 아내 손에 덥석 쥐어 주고 그리고—

하여간 그 이 원을 오늘 밤에도 쓰지 않고 도로 가져온 것이 참 이상하다는 듯이 아내는 내 얼굴을 몇 번이고 엿보고— 아내는 드디어 아무 말도 없이 나를 자기 방에 재워 주었다. 나는 이 기쁨을 세상의 무엇과도 바꾸고 싶지는 않았다. 나는 편히 잘 잤다.

이튿날도 내가 잠이 깨었을 때는 아내는 보이지 않았다. 나는 또 내 방으로 가서 피곤한 몸이 낮잠을 잤다.

내가 아내에게 흔들려 깨었을 때는 역시 불이 들어온 뒤였다. 아내는 자기 방으로 나를 오라는 것이다. 이런 일은 또 처음이다. 아내는 끊임없이 얼굴에 미소를 띠고 내 팔을 이끄는 것이다. 나는 이런 아내의 태도 이면에 엔간치 않은 음모가 숨어 있지나 않은가 하고 적이 불안을 느끼지 않을 수 없었다.

나는 아내의 하자는 대로 아내 방으로 끌려갔다. 아내 방에는 저녁 밥상이 조촐하게 차려져 있는 것이다. 생각하여 보면 나는 이틀을 굶었다. 나는 지금 배고픈 것까지도 긴가민가 잊어버리고 어름어름하던 차다.

나는 생각하였다. 이 최후의 만찬을 먹고 나자마자 벼락이 내려도 나는 차라리 후회하지 않을 것을. 사실 나는 인간 세상이 너무나 심심해서 못 견디겠던 차다. 모든 일이 성가시고 귀찮았으나 그러나 불의의 재난이라는 것은 즐거웁다.

나는 마음을 턱 놓고 조용히 아내와 마주 이 해괴한 저녁밥을 먹었다. 우리 부부는 이야기하는 법이 없었다. 밥을 먹은 뒤에도 나는 말이 없이 그냥 부스스 일어나서 내 방으로 건너가 버렸다. 아내는 나를 붙잡지 않았다. 나는 벽에 기대어 앉아서 담배를 한 대 피워 물고 그리고 벼락이 떨어질 테거든 어서 떨어져라 하고 기다렸다.

오 분! 십 분!

그러나 벼락은 내리지 않았다. 긴장이 차츰 늘어지기 시작한다. 나는 어느덧 오늘 밤에도 외출할 것을 생각하고 있었다. 돈이 있었으면 하고 생각하고 있었다.

그러나 돈은 확실히 없다. 오늘은 외출하여도 나중에 올 무슨 기쁨이 있나. 나는 앞이 그냥 아뜩하였다. 나는 화가 나서 이불을 뒤집어쓰고 이리 뒹굴 저리 뒹굴 굴렀다. 금시 먹은 밥이 목으로 자꾸 치밀어 올라온다. 메스꺼웠다.

하늘에서 얼마라도 좋으니 왜 지폐가 소나비처럼 퍼붓지 않나, 그것이 그저 한없이 야속하고 슬펐다. 나는 이렇게밖에 돈을 구하는 아무런 방법도 알지는 못했다. 나는 이불 속에서 좀 울었나 보다. 돈이 왜 없냐면서…….

그랬더니 아내가 또 내 방에를 왔다. 나는 깜짝 놀라 아마 인제서야 벼락이 내리려나 보다 하고 숨을 죽이고 두꺼비 모양으로 엎디어 있었다. 그러나 떨어진 입을 새어 나오는 아내의 말소리는 참 부드러웠다. 정다웠다. 아내는 내가 왜 우는지를 안다는 것이다. 돈이 없어서 그러는 게 아니냐다. 나는 실없이 깜짝 놀랐다. 어떻게 저렇게 사람의 속을 환하게 들여다보는구 해서 나는 한편으로 슬그머니 겁도 안 나는 것은 아니었으나 저렇게 말하는 것을 보면 아마 내게 돈을 줄 생각이 있나 보다. 만일 그렇다면 오죽이나 좋은 일일까. 나는 이불 속에 뚤뚤 말린 채 고개도 들지 않고 아내의 다음 거동을 기다리고 있으니까, 옜소 하고 내 머리맡에 내려뜨리는 것은 그 가뿐한 음향으로 보아 지폐에 틀림없었다. 그리고 내 귀에다 대고, 오늘일랑 어제보다도 좀 더 늦게 들어와도 좋다고 속삭이는 것이다. 그것은 어렵지 않다. 우선 그 돈이 무엇보다도 고맙고 반가웠다.

어쨌든 나섰다. 나는 좀 야맹증이다. 그래서 될 수 있는 대로 밝은 거리를 골라서 돌아다니기로 했다. 그러고는 경성역 일이등 대합실 한 곁 티룸에 들렀다. 그것은 내게는 큰 발견이었다. 거기는 우선 아무도 아는 사람이 안 온다. 설사 왔다가도 곧 가니까 좋다. 나는 날마다 여기 와서 시간을 보내리라 속으로 생각하여 두었다.

제일 여기 시계가 어느 시계보다도 정확하리라는 것이 좋았다. 섣불리 서투른 시계를 보고 그것을 믿고 시간 전에 집에 돌아갔다가 큰코다쳐서는 안 된다.

나는 한 부스에 아무것도 없는 것과 마주 앉아서 잘 끓은 커피를 마셨다.[1] 총총한 가운데 여객들은 그래도 한 잔 커피가 즐거운가 보다. 얼른얼른 마시고 무얼 좀 생각하는 것같이 담벼락도 좀 쳐다보고 하다가 곧 나가 버린다. 서글프다. 그러나 내게는 이 서글픈 분위기가 거리 티룸들의 그 거추장스러운 분위기보다는 절실하고 마음에 들었다. 이따금 들리는 날카로운 혹은 우렁찬 기적 소리가 모차르트보다도 더 가깝다. 나는 메뉴에 적힌 몇 가

---

1) 1930년대에 커피를 마시는 건 서구적인 문화를 누린다는 의미이다. '나'가 지식인임을 알 수 있다.

지 안 되는 음식 이름을 치읽고 내리읽고 여러 번 읽었다. 그것들은 아물아물한 것이 어딘가 내 어렸을 때 동무들 이름과 비슷한 데가 있었다.

거기서 얼마나 내가 오래 앉았는지 정신이 오락가락하는 중에, 객이 슬며시 뜸해지면서 이 구석 저 구석 걷어치우기 시작하는 것을 보면 아마 닫을 시간이 된 모양이다. 열한 시가 좀 지났구나, 여기도 결코 내 안주의 곳은 아니구나, 어디 가서 자정을 넘길까, 두루 걱정을 하면서 나는 밖으로 나섰다. 비가 온다. 빗발이 제법 굵은 것이 우비도 우산도 없는 나를 고생을 시킬 작정이다. 그렇다고 이런 괴이한 풍모를 차리고 이 홀에서 어물어물하는 수는 없고, 에이 비를 맞으면 맞았지 하고 나는 그냥 나서 버렸다.

대단히 선선해서 견딜 수가 없다. 코르덴 옷이 젖기 시작하더니 나중에는 속속들이 스며들면서 추근거린다. 비를 맞아 가면서라도 견딜 수 있는 데까지 거리를 돌아다녀서 시간을 보내려 하였으나 인제는 선선해서 이 이상은 더 견딜 수가 없다. 오한이 자꾸 일어나면서 이가 딱딱 맞부딪는다.

나는 걸음을 재우치면서 생각하였다. 오늘 같은 궂은 날도 아내에게 내객이 있을라구, 없겠지, 하는 생각이 드는 것이다. 집으로 가야겠다. 아내에게 불행히 내객이 있거든 내 사정을 하리라. 사정을 하면 이렇게 비가 오는 것을 눈으로 보고 알아주겠지.

부리나케 와 보니까 그러나 아내에게는 내객이 있었다. 나는 그만 너무 춥고 척척해서 얼떨결에 노크하는 것을 잊었다. 그래서 나는 보면 아내가 좀 덜 좋아할 것을 그만 보았다. 나는 감발^{버선 대신 발에 감는 좁고 긴 무명} 자국 같은 발자국을 내면서 덤벙덤벙 아내 방을 디디고 그리고 내 방으로 가서 쭉 빠진 옷을 활활 벗어 버리고 이불을 뒤썼다. 덜덜덜덜 떨린다. 오한이 점점 더 심해 들어온다. 여전 땅이 꺼져 들어가는 것만 같았다. 나는 그만 의식을 잃어버리고 말았다.

이튿날 내가 눈을 떴을 때 아내는 내 머리맡에 앉아서 제법 근심스러운 얼굴이다. 나는 감기가 들었다. 여전히 으스스 춥고 또 골치가 아프고 입에 군침이 도는 것이 씁쓸하면서 다리팔이 척 늘어져서 노곤하다.

아내는 내 머리를 쓱 짚어 보더니 약을 먹어야지 한다. 아내 손이 이마에 선뜩한 것을 보면 신열이 어지간한 모양인데, 약을 먹는다면 해열제를 먹어야지 하고 속생각을 하자니까 아내는 따뜻한 물에 하얀 정제약 네 개를 준다. 이것을 먹고 한잠 푹─자고 나면 괜찮다는 것이다. 나는 널름 받아먹었다. 쌉싸래한 것이 짐작 같아서는 아마 아스피린인가 싶다. 나는 다시 이불을 쓰고 단번에 그냥 죽은 것처럼 잠이 들어 버렸다.

나는 콧물을 훌쩍훌쩍하면서 여러 날을 앓았다. 앓는 동안에 끊이지 않고 그 정제약을 먹었다. 그러는 동안에 감기도 나았다. 그러나 입맛은 여전히 소태처럼 썼다.

나는 차츰 또 외출하고 싶은 생각이 났다. 그러나 아내는 나더러 외출하지 말라고 이르는 것이다. 이 약을 날마다 먹고 그리고 가만히 누워 있으라는 것이다. 공연히 외출을 하다가 이렇게 감기가 들어서 저를 고생을 시키는 게 아니냔다. 그도 그렇다. 그럼 외출을 하지 않겠다고 맹세하고 그 약을 연복連服 계속 복용하여 몸을 좀 보해 보리라고 나는 생각하였다.

나는 날마다 이불을 뒤집어쓰고 밤이나 낮이나 잤다. 유난스럽게 밤이나 낮이나 졸려서 견딜 수가 없는 것이다. 나는 이렇게 잠이 자꾸만 오는 것은 내가 몸이 훨씬 튼튼해진 증거라고 굳게 믿었다.

나는 아마 한 달이나 이렇게 지냈나 보다. 내 머리와 수염이 좀 너무 자라서 후틋해서 견딜 수가 없어서 내 거울을 좀 보리라고 아내가 외출한 틈을 타서 나는 아내 방으로 가서 아내의 화장대 앞에 앉아 보았다. 상당하다. 수염과 머리가 참 산란하였다. 오늘은 이발을 좀 하리라 생각하고 겸사겸사고 화장품 병들 마개를 뽑고 이것저것 맡아 보았다. 한동안 잊어버렸던 향기 가

이 약을 먹고 푹 자면 나을 거예요.

📖 소설 한 장면　위기　비를 맞고 감기에 걸린 '나'에게 아내가 아스피린을 줌

운데서는 몸이 배배 꼬일 것 같은 체취가 전해 나왔다. 나는 아내의 이름을 속으로만 한번 불러 보았다. '연심蓮心 이상이 동거했던 기생 금홍의 본명이라고 함이' 하고…….

오래간만에 돋보기 장난도 하였다. 거울 장난도 하였다. 창에 든 볕이 여간 따뜻한 것이 아니었다. 생각하면 오월이 아니냐.

나는 커다랗게 기지개를 한번 켜 보고 아내 베개를 내려 베고 벌떡 자빠져서는 이렇게도 편안하고도 즐거운 세월을 하느님께 흠씬 자랑하여 주고 싶었다. 나는 참 세상의 아무것과도 교섭을 가지지 않는다. 하느님도 아마 나를 칭찬할 수도 처벌할 수도 없는 것 같다.

그러나 다음 순간, 실로 세상에도 이상스러운 것이 눈에 띄었다. 그것은 최면약 아달린 갑이었다. 나는 그것을 아내의 화장대 밑에서 발견하고 그것이 흡사 아스피린처럼 생겼다고 느꼈다. 나는 그것을 열어 보았다. 똑 네 개가 비었다.

나는 오늘 아침에 네 개의 아스피린을 먹은 것을 기억하고 있었다. 나는 잤다. 어제도 그제도 그끄제도, 나는 졸려서 견딜 수가 없었다. 나는 감기가 다 나았는데도 아내는 내게 아스피린을 주었다. 내가 잠이 든 동안에 이웃에 불이 난 일이 있다. 그때에도 나는 자느라고 몰랐다. 이렇게 나는 잤다. 나는 아스피린으로 알고 그럼 한 달 동안을 두고 아달린을 먹어 온 것이다. 이것은 좀 너무 심하다.

별안간 아뜩하더니 하마터면 나는 까무러칠 뻔하였다. 나는 그 아달린을 주머니에 넣고 집을 나섰다. 그리고 산을 찾아 올라갔다. 인간 세상의 아무것도 보기가 싫었던 것이다. 걸으면서 나는 아무쪼록 아내에 관계되는 일은 일체 생각하지 않도록 노력하였다. 길에서 까무러치기 쉬우니까. 나는 어디라도 양지가 바른 자리를 하나 골라서 자리를 잡아 가지고 서서히 아내에 관하여서 연구할 작정이었다. 나는 길가의 돌창, 핀 구경도 못 한 진개나리꽃, 종달새, 돌멩이도 새끼를 까는 이야기, 이런 것만 생각하였다. 다행히 길가에서 나는 졸도하지 않았다.

거기는 벤치가 있었다. 나는 거기 정좌하고 그리고 그 아스피린과 아달린에 관하여 연구하였다. 그러나 머리가 도무지 혼란하여 생각이 체계를 이루지 않는다. 단 오 분이 못 가서 나는 그만 귀찮은 생각이 번쩍 들면서 심술이 났다. 나는 주머니에서 가지고 온 아달린을 꺼내 남은 여섯 개를 한꺼번에 질겅질겅 씹어 먹어 버렸다. 맛이 익살맞다. 그리고 나서 나는 그 벤치

위에 가로 기다랗게 누웠다. 무슨 생각으로 내가 그 따위 짓을 했나? 알 수가 없다. 그저 그러고 싶었다. 나는 게서 그냥 깊이 잠이 들었다. 잠결에도 바위틈을 흐르는 물소리가 졸졸 하고 귀에 언제까지나 어렴풋이 들려 왔다.

내가 잠을 깨었을 때는 날이 환-히 밝은 뒤다. 나는 거기서 일주야를 잔 것이다. 풍경이 그냥 노-랗게 보인다. 그 속에서도 나는 번개처럼 아스피린과 아달린이 생각났다.

아스피린, 아달린, 아스피린, 아달린, 맑스 마르크스. 독일의 경제학자, 정치학자, 철학자 , 말사스 맬서스. 영국의 고전파 경제학자 , 마도로스, 아스피린, 아달린.

아내는 한 달 동안 아달린을 아스피린이라고 속이고 내게 먹였다. 그것은 아내 방에서 이 아달린 갑이 발견된 것으로 미루어 증거가 너무나 확실하다.

무슨 목적으로 아내는 나를 밤이나 낮이나 재웠어야 됐나?

나를 밤이나 낮이나 재워 놓고 그리고 아내는 내가 자는 동안에 무슨 짓을 했나?

나를 조금씩 조금씩 죽이려던 것일까?

그러나 또 생각하여 보면, 내가 한 달을 두고 먹어 온 것은 아스피린이었는지도 모른다. 아내는 무슨 근심되는 일이 있어서 밤이면 잠이 잘 오지 않아서 정작 아내가 아달린을 사용한 것이나 아닌지, 그렇다면 나는 참 미안하다. 나는 아내에게 이렇게 큰 의혹을 가졌다는 것이 참 안됐다.

나는 그래서 부리나케 거기서 내려왔다. 아랫도리를 회회 내어저으면서 어찔어찔한 것을 나는 겨우 집을 향하여 걸었다. 여덟 시 가까이였다.

나는 내 잘못된 생각을 죄다 일러바치고 아내에게 사죄하려는 것이다. 나는 너무 급해서 그만 또 말을 잊어버렸다.

그랬더니 이건 참 너무 큰일 났다. 나는 내 눈으로는 절대로 보아서 안 될 것을 그만 딱 보아 버리고 만 것이다. 나는 얼떨결에 그만 냉큼 미닫이를 닫고 그리고 현기증이 나는 것을 진정시키느라고 잠깐 고개를 숙이고 눈을 감고 기둥을 짚고 서 있자니까 일 초 여유도 없이 휙 미닫이가 다시 열리더니 매무새를 풀어 헤친 아내가 불쑥 내밀면서 내 멱살을 잡는 것이다. 나는 그만 어지러워서 게서 그냥 나동그라졌다. 그랬더니 아내는 넘어진 내 위에 덮치면서 내 살을 함부로 물어뜯는 것이다. 아파 죽겠다. 나는 사실 반항할 의사도 힘도 없어서 그냥 넙죽 엎디어 있으면서 어떻게 되나 보고 있자니까 뒤이어 남자가 나오는 것 같더니 아내를 한 아름에 덥석 안아 가지고 방으로 들어가는 것이다. 아내는 아무 말 없이 다소곳이 그렇게 안겨 들어가는 것이 내 눈에 여간 미운 것이 아니다. 밉다.

아내는 너 밤새워 가면서 도둑질하러 다니느냐, 계집질하러 다니느냐고 발악이다. 이것은 참 너무 억울하다. 나는 어안이 벙벙하여 도무지 입이 떨어지지를 않았다.

너는 그야말로 나를 살해하려던 것이 아니냐고 소리를 한번 꽥 질러 보고도 싶었으나 그런 긴가민가한 소리를 섣불리 입 밖에 내었다가는 무슨 화를 볼는지 알 수 있나. 차라리 억울하지만 잠자코 있는 것이 우선 상책인 듯싶은 생각이 들기에 나는 이것은 또 무슨 생각으로 그랬는지 모르지만 툭툭 털고 일어나서 내 바지 포켓 속에 남은 돈 몇 원 몇십 전을 가만히 꺼내서는 몰래 미닫이를 열고 살며시 문지방 밑에다 놓고 나서는 그냥 줄 달음박질을 쳐서 나와 버렸다.

여러 번 자동차에 치일 뻔하면서 나는 그대로 경성역을 찾아갔다. 빈자리와 마주 앉아서 이 쓰디쓴 입맛을 거두기 위하여 무엇으로나 입가심을 하고 싶었다.

커피. 좋다. 그러나 경성역 홀에 한 걸음을 들여놓았을 때 나는 내 주머니

○ **소설 한 장면** 〔절정〕 아내가 준 약이 수면제라는 것을 알고 '나'는 충격에 빠짐

에는 돈이 한 푼도 없는 것을, 그것을 깜빡 잊었던 것을 깨달았다. 또 아뜩하였다. 나는 어디선가 그저 맥없이 머뭇머뭇하면서 어쩔 줄을 모를 뿐이었다. 얼빠진 사람처럼 그저 이리 갔다 저리 갔다 하면서…….

나는 어디로 어디로 들입다 쏘다녔는지 하나도 모른다. 다만 몇 시간 후에 내가 미쓰꼬시^{종각에 있던 백화점} 옥상에 있는 것을 깨달았을 때는 거의 대낮이었다.

나는 거기 아무 데나 주저앉아서 내 자라 온 스물여섯 해를 회고하여 보았다. 몽롱한 기억 속에서는 이렇다는 아무 제목도 불거져 나오지 않았다.

나는 또 나 자신에게 물어보았다. 너는 인생에 무슨 욕심이 있느냐고. 그러나 있다고도 없다고도, 그런 대답은 하기가 싫었다. 나는 거의 나 자신의 존재를 인식하기조차도 어려웠다.

허리를 굽혀서 나는 그저 금붕어나 들여다보고 있었다. 금붕어는 참 잘들도 생겼다. 작은 놈은 작은 놈대로 큰 놈은 큰 놈대로 다 싱싱하니 보기좋았다. 내리비치는 오월 햇살에 금붕어들은 그릇 바탕에 그림자를 내려뜨렸다. 지느러미는 하늘하늘 손수건을 흔드는 흉내를 낸다. 나는 이 지느러미 수효를 헤어 보기도 하면서 굽힌 허리를 좀처럼 펴지 않았다. 등허리가따뜻하다.

나는 또 오탁^{汚濁 더럽고 흐림}의 거리를 내려다보았다. 거기서는 피곤한 생활이똑 금붕어 지느러미처럼 흐늑흐늑 허비적거렸다. 눈에 보이지 않는 끈적끈적한 줄에 엉켜서 헤어나지들을 못한다. 나는 피로와 공복 때문에 무너져들어가는 몸뚱이를 끌고 그 오탁의 거리 속으로 섞여 들어가지 않는 수도없다 생각하였다.

나서서 나는 또 문득 생각하여 보았다. 이 발길이 지금 어디로 향하여 가는 것인가를…….

그때 내 눈앞에는 아내의 모가지가 벼락처럼 내려 떨어졌다. 아스피린과아달린.

우리들은 서로 오해하고 있느니라. 설마 아내가 아스피린 대신에 아달린정량을 나에게 먹여 왔을까? 나는 그것을 믿을 수가 없다. 아내가 대체 그럴 까닭이 없을 것이니 그러면 나는 날밤을 새면서 도적질을, 계집질을 하였나? 정말이지 아니다.

우리 부부는 숙명적으로 발이 맞지 않는 절름발이인 것이다. 내가 아내나 제 거동에 로직^{logic 논리}을 붙일 필요는 없다. 변해^{辯解 말로 풀어 자세히 밝힘}할 필요도 없다. 사실은 사실대로 오해는 오해대로 그저 끝없이 발을 절뚝거리면서 세상을 걸어가면 되는 것이다. 그렇지 않을까?

그러나 나는 이 발길이 아내에게로 돌아가야 옳은가 이것만은 분간하기가 좀 어려웠다. 가야 하나? 그럼 어디로 가나?

이때 뚜—하고 정오 사이렌이 울렸다.[1] 사람들은 모두 네 활개를 펴고 닭처럼 푸드덕거리는 것 같고 온갖 유리와 강철과 대리석과 지폐와 잉크가 부글부글 끓고 수선을 떨고 하는 것 같은 찰나, 그야말로 현란을 극한 정오다.

나는 불현듯이 겨드랑이가 가렵다. 아하 그것은 내 인공의 날개가 돋았던 자국이다. 오늘은 없는 이 날개, 머릿속에서는 희망과 야심의 말소된 페이지가 딕셔너리^{Dictionary 사전} 넘어가듯 번뜩였다.

나는 걷던 걸음을 멈추고 그리고 어디 한번 이렇게 외쳐 보고 싶었다.

날개야 다시 돋아라.

날자. 날자. 날자. 한 번만 더 날자꾸나.

한 번만 더 날아 보자꾸나.[2]

🍅 소설 한 장면　결말　자의식이 깨어난 '나'는 날개가 돋기를 염원함

---

1) '나'는 정오의 사이렌 소리를 들은 후 자신의 실체를 확인하고 각성한다.

2) 다시 활기찬 삶을 살고자 하는 '나'의 간절한 염원이 표현되어 있다.

🔭 생각해 볼까요?

📖 **선생님** 작품에서 '나'와 아내는 대조적인 모습을 보여요. 두 등장인물이 어떻게 묘사되는지 찾아보고, 그 의미를 알아볼까요?

💬 3 ♥ 3

↳ **학생 1** 아내의 방은 화려하고 햇볕이 들지만, '나'의 방은 반대가 들끓고 어두침침해요. 또한, 아내는 화려한 옷을 입고 하루 두 차례 세수를 하고 돈을 벌지만, '나'는 검은색 단벌 양복에 세수도 하지 않고 아내가 주는 돈을 받기만 해요.

↳ **학생 2** 이처럼 '나'는 경제적, 사회적, 성적으로 아내보다 열등한 위치에 놓여 있어요. '나'와 아내는 방을 따로 쓰며 대화도 잘 하지 않아요.

↳ **학생 3** 이렇게 단절된 관계를 통해 가족적 유대감을 상실한 모습과 소외된 인간성을 보여 줘요.

📖 **선생님** 어둡고 밀폐된 공간인 방은 자아가 억압되고 사회와의 관계가 단절된 '나'의 모습을 상징해요. '나'는 가끔 외출하여 거리로 나가지요. 그렇다면 거리는 '나'에게 어떤 의미일까요?

💬 2 ♥ 2

↳ **학생 1** 폐쇄된 공간을 벗어나 개방된 공간인 거리로 나가는 것은 아내의 종속에서 해방되는 것을 상징해요.

↳ **학생 2** 우울하고 무기력한 모습에서 벗어나 자신의 정체성을 찾아가는 것을 의미하기도 해요.

📖 **선생님** 이 작품의 곳곳에서는 시대적 배경을 알 수 있는 장소나 단어가 드러나요. 구체적으로 어떤 것들이 있으며, 이 단어로 짐작할 수 있는 당대 사회의 특징은 무엇일까요?

💬 1 ♥ 1

↳ **학생 1** 미쓰꼬시 백화점, 티룸 등이에요. 1930년대인 당시 조선에서는 근대적인 변화가 일어났는데 경성에도 백화점, 카페, 영화관, 전차 등이 생겨났어요.

📖 **선생님** 아내는 '나'에게 해열제인 아스피린이라고 속여 수면제인 아달린을 먹였어요. 그 이유는 무엇이고, 이 사실을 안 '나'는 어떤 감정을 느꼈나요?

💬 1 ♥ 1

↳ **학생 1** 아내는 매춘으로 돈을 벌고 있어요. 그 사실을 '나'가 아는 것이 불편하고 떳떳하지 못하다고 느끼기 때문에 수면제를 먹여 '나'를 잠들게 한 것이에요. 아내가 '나'에게 먹인 것이 수면제라는 것을 안 '나'는 믿었던 아내가 자신을 속였다는 생각에 배신감과 분노를 느껴요.

선생님 결말 부분에서 백화점 옥상에 올라간 '나'는 "날자. 날자. 한 번만 더 날자꾸나." 라고 외치고 싶다고 말해요. 이 말 속에는 어떤 의미가 담겨 있을까요?

💬 1 ❤️ 1

↳ **학생 1** 대체로 문학 작품에서 날개는 자유와 이상을 의미해요. 날개가 돋아 날기를 바라는 것은 억압된 생활에서 벗어나고, 삶의 의미와 자아를 찾아 자유롭게 살아가기를 소망하는 것이라 할 수 있어요.

선생님 이 작품은 '의식의 흐름' 기법으로 쓰였어요. 이는 사건을 논리적으로 전개하기보다 등장인물의 내면 의식을 묘사하는 방식으로 내용을 전개하지요. 제임스 조이스의 『율리시즈』, 마르셀 프루스트의 『잃어버린 시간을 찾아서』가 의식의 흐름 기법을 이용한 대표적 소설이에요. 이러한 내용을 바탕으로 이 소설의 구성 및 표현상의 특징을 정리해 봐요.

💬 2 ❤️ 2

↳ **학생 1** 사건이 의식의 흐름에 따라 전개되기 때문에 사건 간의 인과 관계가 불분명하게 느껴져요.

↳ **학생 2** 객관적인 사건보다는 등장인물의 내면에서 일어나는 감정이나 고민에 집중하게 돼요.

🔍 이상의 「오감도」 ▼

연관 검색어 모더니즘 문학 천재 작가

이상은 소설뿐만 아니라 시와 수필도 활발하게 창작하였다. 그중 가장 유명한 작품은 시 「오감도」일 것이다. 1934년 당시 〈조선중앙일보〉 학예부장이었던 이태준은 박태원과 상의해 이상의 시 「오감도」를 연재하기로 했다. 「오감도」는 총 15편의 연작시인데, 기존 시의 형태를 완전히 무너뜨린 작품이어서 일반 독자가 보기에는 상당히 난해하게 느껴졌다. 이태준은 이 시가 불러일으킬 파장을 짐작하고, 주머니에 사직서를 넣고 다녔다고 한다. 그의 짐작대로 「오감도」를 본 독자들은 편지와 전화 등으로 강력한 항의를 쏟아냈고, 결국 30회 예정이었던 이 시의 연재는 15회로 끝나게 되었다.

현덕
(1909~?)

✉ 작가에 대하여

본명은 현경윤. 서울 출생. 인천 대부공립보통학교를 중퇴하고, 중동학교 속성과를 마쳤다. 1925년 제일고등보통학교에 입학하였으나 집안 사정으로 1년 만에 중퇴하였다. 이어 일본으로 건너가 교토·오사카 등지에서 신문 배달과 페인트공 등의 일을 하다가 귀국하였다. 1932년 〈동아일보〉 신춘문예에 동화 「고무신」이 뽑혀 등단하였다. 이후 소설가 김유정과의 만남을 계기로 창작 활동에 전념하였고, 1938년 〈조선일보〉 신춘문예에 소설 「남생이」가 당선되었다. 1946년 소년 소설집 『집을 나간 소년』과 동화집 『포도와 구슬』을, 1947년 소설집 『남생이』와 동화집 『토끼 삼형제』를 간행하였다. 6·25 전쟁 중 월북해 1951년 종군 작가단에 참여하였고, 북한에서 단편 소설집 『수확의 날』을 출간하였다.

그의 작품은 일제 강점기라는 고통스러운 시간 속에서도 웃고, 꿈꾸고, 고민하고, 갈등하며, 성장해 가는 아이들을 그리고 있다. 또한, 소설·동화·소년 소설 등 작품 전반에 불합리하고 폭력적인 사회에 대한 비판 의식이 강하게 배어 있다.

남생이

#선창   #들병장수   #아버지의죽음   #성장소설

🥄 작품 길잡이

갈래: 성장 소설
배경: 시간 – 1930년대 / 공간 – 선창이 있는 마을
시점: 3인칭 전지적 작가 시점
주제: 어른들로 대표되는 세계에 대한 부정과 유년기 소년의 성장
출전: 〈조선일보〉(1937)

📷 인물 관계도

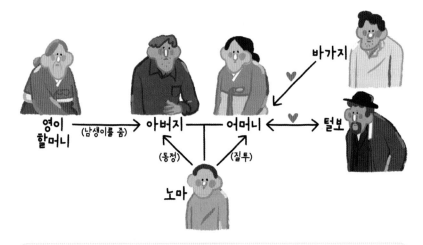

노마	선창에 나가 돈을 벌어 오는 어머니를 미워한다. 하루빨리 어른이 되어 아버지를 모시고 싶어 한다.
아버지	병으로 인해 경제적 능력을 상실한다. 아내가 들병장수를 하는 현실에 괴로워하지만 말리지 못한다.
어머니	생계를 책임지기 위해 들병장수가 된다.

📋 구성과 줄거리

발단 **노마는 병석에 누워 있는 아버지를 홀로 돌봄**

노마는 자신을 부르는 아버지의 목소리를 듣고도 모른 체한다. 아버지보다는 자기가 할 일을 맡기고 선창으로 간 어머니에게 하는 반항이다. 노마는 인조견이나 무늬 있는 비단옷을 입고 선창에 나가 많은 사람에게 귀염을 받는 어머니를 질투한다.

전개 **어머니가 들병장수로 선창에 나감**

노마의 아버지는 마름의 멱살을 잡았다가 땅을 떼이고 항구에서 짐을 나르는 일을 하지만 병이 들고 만다. 그 후 노마의 어머니는 들병장수로 선창에 나간다. 선창에서 사람들의 머리를 깎아 생활하는 바가지는 노마 어머니에게 지분거리지만 노마 어머니의 반응은 냉담하다.

위기 **아버지가 어머니를 말리려고 성냥갑 붙이는 일을 하지만 실패함**

노마 어머니와 정을 통하는 털보는 곧잘 집으로 찾아오고, 아버지는 그의 눈치를 보며 방을 비워준다. 다음날 노마 아버지는 나갈 차비를 하는 아내에게서 술병을 빼앗아 깨뜨린다. 그는 성냥갑 붙이는 일로 생계를 꾸려가려고 하지만 더딘 속도 때문에 실패한다.

절정 **노마가 나무 오르기에 성공하지만 아버지는 돌아가심**

영이 할머니는 남생이 한 마리와 부적을 가지고 온다. 영물인 남생이가 병을 쫓는다는 것이다. 남생이가 생긴 후 아버지는 노마를 찾지 않는다. 노마는 나무에 오르기 위해 노력한다. 이 나무를 오르기만 하면 어른의 세계에 들어갈 수 있을 것만 같다. 노마가 나무를 올라갈 수 있던 날 아버지는 세상을 떠난다.

결말 **노마는 아버지의 죽음에도 슬퍼하지 못함**

어머니는 울다가도 털보와 장례식을 논하고 영이 할머니는 남생이가 사라져서 아버지가 죽었다는 듯이 운다. 어머니는 눈을 흘기며 노마에게 울기를 권하지만 눈물은 좀체 나오지 않는다. 그보다는 나무 올라가기에 성공한 기쁨이 크다. 그러나 아버지에 대해 죄스러운 마음이 드는 것은 어쩔 수 없다.

남생이

호두 형으로 조그만 항구 한쪽 끝을 향해 머리를 들고 앉은 언덕, 그 서남면 일대는 물매^{수평을 기준으로 한 경사도}가 밋밋한 비탈을 감아 내리며, 거적문^{문짝 대신에 거적을 친 문} 토담집이 악착스럽게 닥지닥지 붙었다. 거의 방 하나에 부엌이 한 칸, 마당이랄 것이 곧 길이 되고 대문이자 방문이다. 개미집 같은 길이 이리 굽고 저리 굽은 군데군데 꺼먼 잿더미가 쌓이고, 무시로^{특별히 정한 때가 없이 아무 때나} 매캐한 가루를 날린다. 깨어진 사기요강이 굴러 있는 토담 양지쪽에 누더기가 널려 한종일 퍼덕인다.

냄비 하나와 사기 그릇 몇 개를 엎어 놓은 가난한 부뚜막에 볕이 들고, 아무도 없는가 하면 쿨룩쿨룩 늙은 기침 소리가 난다. 거푸 기침 소리는 자지러지고 가늘게 졸아들더니 방문이 탕 하고 열린다. 햇볕을 가슴 아래로 받으며 가죽만 남은 다리를 문지방에 걸친다. 가느다란 목, 까칠한 귀밑, 방안 어둠을 뒤로 두고 얼굴은 무섭게 차다.

"노마야―."

힘없는 소리다. 대답은 없다. 좀 더 소리를 높여 부른다. 세 번째는 오만상을 찡그리고 악성^{듣기 싫게 내지르는 소리}을 친다. 역시 대답은 없다. 다시금 터져 나오는 기침에 두 손으로 입을 싼다.

길 하나 건너 영이 집 토담 밑에서 노마는 그 소리를 곰보 아버지가 곰보를 부르는 소리로쯤 들어 넘기고 만다. 마침 영이가 부엌문 옆에 붙어 서서 손을 뒤로 돌려 숨기고,

"이거 뭔데?"

조금 전 영이 할머니가 신문지에 떡을 사 들고 들어간 것과 영이가 투정을 하던 것까지 아는 일이니까 노마는 그 손에 감춘 것이 무언지 의심날 게 없는 터다. 그러나,

"구슬이지 뭐야."

"아닌데 뭐."

"물부리^{담배를 끼워서 빠는 물건}지 뭐야."

"아닌데 뭐."

"석필 石筆^{글씨를 쓰거나 그림을 그리는 데 쓰는 기구}이지 뭐야."

"이거라구."

마침내 영이는 자신이 먼저 깜짝 놀라는 표정을 하고 턱 밑에 인절미 한 쪽을 내민다. 금세 노마는 어색해진다. 두어 번 어깨를 젓더니 슬며시 뒷짐 진 손이 풀려 받는다.

영이보다 먼저 먹어 버리지 않을 양으로 적은 분량을 잘게 씹어 천천히 넘기며 차츰 노마는 곰보를 부르던 소리는 기실 아버지가 저를 부르던 음성이던 것을 깨달아 간다. 그러나 일부러 대답지 않은 그 일이 목을 넘어가는 떡 맛보다 더 고소하다.

아버지보다는 어머니에게 하는 반항이다. 날마다 아침에 집을 나갈 때 어머니는 노마에게 이르는 말이 있다. "아버지 곁에서 떠나지 말고 시중 잘 들어라. 아버지 마음 상하게 하지 말고." 그러나 이 말은 어머니 자신이 할 일이지 노마가 할 일은 아니다. 자기가 할 일을 노마에게 맡기고 어머니는 한종일 좋은 데 나가 멋대로 지내다가 해가 저물어서야 돌아온다. 그동안 아버지나 노마가 얼마나 자기를 기다렸던 거나 그 하루가 얼마큼 고초스러웠던가는 고생스러웠다던가는 조금도 아랑곳하려고도 않는다. 다만 봉지에 저녁 쌀을 가지고 온 것이 큰 호기豪氣 거만스럽게 잘난 체하는 기운다. 그리고 바람에 문풍지가 떨어진 것까지 노마의 잘못으로 눈을 흘긴다. 실로 야속하다. 이런 어머니가 이르는 말쯤 어겼기로 그리 겁날 것이 없다.

그러나 노마 저는 모르지만 여기엔 자기네답지 않게 어머니만이 인조견 人造絹 사람이 만든 명주실로 짠 비단이나 무늬 있는 비단옷을 입고 다니는 것이며, 선창船艙 물가에 다리처럼 만들어 배가 닿을 수 있게 한 곳에 나가 많은 사람에게 귀염을 받는 것에 대한 반감과 샘이 크다. 어머니는 이른바 '항구의 들병장수병에다 술을 가지고 다니면서 파는 사람'.

노마는 이런 어머니를 보았다. 몰래 어머니의 뒤를 밟아 선창엘 갔었다. 그러다 선창 마당 가운데서 어머니를 잃었다. 다시 찾았을 때 노마는 좀 더 놀랐다. 목선 쌓아 올린 볏섬 위에 올라앉아서 어머니는 사오 인 사나이들과 섞여 희롱을 하고 있다. 어깨에 팔을 걸고 몸을 실린 조선 바지에 양복저고리를 입은 자에게 어머니는 술잔을 입에다 대 주려 하고 그자는 손바닥으로 막으며 고개를 젓고, 그리고 술을 받아 마시고 나서 또 빈 잔에다 술병 아구리'아가리'의 방언. 병·그릇·자루 따위의 구멍의 어귀를 기울이는 어머니를 제 무릎 위에 앉히려 하고 아니 앉으려 하고 나머지 사람들도 모두 어머니를 중심으로 희희낙락하는 것이었다. 노마는 그런 어머니를 전혀 꿈에도 본 적이 없다.

어머니는 그곳에 와서 어린애처럼 어리광을 떨고 일찍이 노마 자신도 한 번 받아 보지 못한 귀염을 뭇사람에게 받는 것이 아닌가.[1] 자기 어머니가 그처럼 소중한 존재라는 것을 몰랐다. 노마는 저도 갑자기 층이 오르는 듯 _{지위가 올라가는 듯} 싶었다. 모든 사람에게 저와 어머니의 관계를 크게 알려 주고도 싶었다. 노마는 어머니를 불렀다. 두 번 세 번. 그러나 햇볕을 손으로 가리고 지그시 노마를 보던 어머니는 점점 자기 집 부엌에서 흔히 볼 수 있는 일그러진 얼굴로 변했다. 같은 얼굴로 어머니는 노마를 창고 뒤로 끌고 가 말없이 머리를 쥐어박는다. 이런 때 등 뒤로 배에 있던 양복저고리가 나타나서 좋았다. 그는 어머니를 안아 뒤로 밀고, 양복저고리에서 밤을 꺼내 노마 머리 위에 흘려 떨어뜨리며 웃었다. 붉은 얼굴에 밤송이 같은 털보였다.

집에 있을 때 어머니는 담벼락같이 말이 없고 간나위 _{간사한 사람이나 간사한 짓을 낮잡아} _{이르는 말}가 없다. 노마를 나무라도 말보다 손이 앞서 소리 없이 꼬집거나 쥐어 박거나 할 뿐, 언제든 성이 안 풀려 몽총히 _{붙임성이나 인정이 없이 새침하고 쌀쌀하게} 입을 오 므린다. 남편이 부르면 대답은 없이 얼굴만 내놓는다. 그를 대하고는 아버

🎬 소설 한 장면　　발단　노마는 병석에 누워 있는 아버지를 홀로 돌봄

---

1) 노마의 어머니는 선창 사람들에게 술과 웃음을 팔고 있지만 어린아이인 노마의 눈에는 단순히 귀여움을 받는 것으로 보인다. 순수한 아이의 시선에서 비참한 현실이 더욱 부각된다.

지도 멈추가 된다. 어쩌면 아버지는 아내가 보는 데서는 일부러 더 앓는 시늉을 하는 것인지도 모른다. 고개를 돌려 벽을 향하고 눕거나 이불을 들쓰고 될 수 있는 대로 아내에게서 눈을 감으려 한다. 그러나 어머니가 나가고 없으면 일어나 앉아 이불도 개 올리고, 노마를 상대로 이야기도 한다.

"노마야, 노마야."

가랑잎이 다그르 굴러 내리며 지붕 너머로 아버지의 가느다란 음성이 넘어온다. 방 안에서 들창을 향해 부르는 소리리라. 노마는 살금살금 앞으로 돌아간다. 필시 요강을 가시어_{물 따위로 깨끗이 씻어} 오라고 창문 밖에 내놓았을 것이니 살며시 부시어다_{그릇 따위를 씻어 깨끗하게 해서} 들고 갈 작정. 왜냐하면 노마는 요강을 가시느라고 지금까지 거레_{까닭 없이 지체하여 매우 느리게 움직임}를 한 것이지, 결코 부르는 소리를 듣고도 모른 척한 것이 아니라는 변명을 삼으련다. 그렇지 않아도 아버지는 요즈음으로 노마를 곁에서 잠시라도 떠나지 못하게 한다. 오줌이 마려워 일어서도 벌써 "어디 가니?" 그리고 영이하고도 놀지 말고 아무하고도 놀지 마라, 만날 아버지와 같이 방 안에만 있어 달라는 거다. 그러니까 노마는 아버지가 잠드는 틈을 엿보지 않을 수 없고, 그러나 잠이 깨기 전에 돌아와 앉기는 쉬운 일이 아니어서 흔히 날벼락을 맞는다.

노마는 앙가슴_{두 젖 사이의 가운데}을 헤치고 볕을 쪼이고 앉았는 아버지와 마주친다. 갈가리 뼈가 드러난 가슴이다. 그 가슴을 남에게 보이는 때면 공연히 화를 내는 아버지니까 노마는 또 한 가지 죄를 번 셈이다. 지레 울상을 하고 손가락을 입에 문다.

"노마야, 이리 온."

그러나 고개를 쳐들게 하고 코밑을 씻기더니,

"저리 가 앉어 봐라."

비탈을 찍어 판 손바닥만 한 붉은 마당에 오지항아리 몇 개가 섰고, 구기자나무 그림자가 짙은 한편은 볕이 당양하다_{햇빛이 잘 들어 밝고 따뜻하다}. 아들을 땅바닥에 주저앉히고 아버지는 묵묵히 바라다보기만 한다. 장독 뒤로 한 포기 억새가 적은 바람에 쏴쏴 하고 어디서 귀뚜라미도 운다. 몰랐더니 여기는 흡사 고향집 울안_{울타리를 둘러친 안} 같은 생각이 났다.

추석 가까운 날 맑은 어느 날, 어린 노마가 양지 쪽에 터벌거리고_{힘없는 걸음으로 천천히 걷고} 앉아 흙장난을 하는 그런 장면인 성싶은 구수한 땅내까지 끼친다.

지금 아내는 종태기 '종다래끼'의 방언. 작은 바구니 에 점심을 담아 뒤로 돌려 차고 뒷산으로 칡넝쿨을 걷으러 갔거니─.

"노마야, 너 절골집 생각나니?"

"응."

"너두 가 보구 싶을 때 있니?"

"응."

밭 기슭에 주춧돌만 남은 절터가 있는 작은 마을이 있다. 멧갓 나무를 함부로 베지 못하게 가꾸는 산 에는 나무가 흔하고 산답 散畓 한 사람의 소유로 여기저기 흩어져 있는 논 이나마 땅이 기름지고 살림이 가난하다 하여도 생이 욕되지는 않았고, 대추나무가 많아 가을이면 밤참으로 배불렸다. 다 고만두고라도 거기는 너 나 사정이 통하고 낯이 익은 이웃이 있고, 길가의 돌 하나, 밭두둑 길, 실개천 하나에도 어릴 때 발자국을 볼 수 있는 땅이다.

그러나 몇 해 전은 지금 여기서처럼 진절머리를 내던 그 땅이었고 그때는 지금처럼 이 잘난 곳을 못 잊어하지 않았던가.

사실은 그때 영이 할머니의 편지를 믿는 구석이 없었다면, 그처럼 단판 씨름으로 지주가 보는 앞에서 마름 김 오장의 멱살을 잡지는 못하였을 것이다.[1]

그 덕에 나머지 작인들은 지주에게서 나오는 비료대도 제대로 찾아 먹을 수도 있었고, 예에 없이 예전과 달리 마름 집 농사에 품을 바치는 폐단도 면하였지만, 자기는 그 동티 건드려서는 안 될 것을 공연히 건드려서 스스로 걱정이나 해를 입음 로 이내 땅을 뜯기고 말았다. 지금 생각하면 모두 편지 사연대로 쉽게 좇기 위하여 일부러 자기를 막다른 길로 몰아넣으려고 한 짓 같기도 하였다.

"선창 벌이가 좋아. 하루 이삼 원 벌이는 예사고, 저만 부지런하면 아이들 학교 공부시키고 땅섬지기 몇 섬의 씨앗을 뿌릴 수 있는 면적의 땅 장만한 사람도 적지 않다."

이 말을 다 곧이들은 것은 아니지만 땅 없이는 살 수 없는 살림이요, 그 꼴을 김 오장에게 보이기가 무엇보다 싫었다. 하기는 처음 떠나온 얼마 동안은 그 말이 사실인 성싶은 생각도 없지 않았다.

선창에 나가 소금을 져 나를 때도 그렇다. 이백 근들이 바수거리 '발채'의 방언.

---

1) 선창 일이 벌이가 좋다는 영이 할머니의 말에 고향을 떠날 각오로 땅을 떼일 수 있는 위험한 행동을 감행했다는 의미이다.

짐을 싣기 위하여 지게에 얹는 소쿠리 모양의 물건를 짊어지고 도급都給 일정한 기간이나 시간 안에 끝내야 할 일의 양을 도거리로 맡거나 맡김. 또는 그렇게 맡거나 맡긴 일으로 맡은 제 시간 안에 대느라고 좁다란 발판 위를 홀몸처럼 달음질치는 일을 닷새 이상을 붙박이로 계속하면 장사 소리를 듣는다는 고역을 노마 아버지는 남 위에 없이 꿋꿋이 배겨 냈다. 본시 부지런한 것이 한 가지 능으로 감독의 눈에 든 바 되어 매일 일을 얻을 수 있던 노마 아버지라, 자기 말고도 얼마든지 궐闕 여러 자리 가운데 일부 자리가 비거나 차례가 빠짐이 나기를 기다리고 있는 배고픈 얼굴들에 위협이 되어서뿐만이 아니다. 영이 할머니의 편지에 말한 바 아들자식 학교 공부시키고 땅섬지기 장만하려는, 애초에 고향을 떠날 때 먹은 결심이 광고판처럼 눈앞에 가로 걸려 악지잘 안될 일을 무리하게 해내려는 고집를 썼다.

그러나 그 아들놈에게 학생 모자 하나를 사 주겠다고 벼르기만 하면서 노마 아버지는 먼저 몸이 굴했다어떤 세력이나 어려움에 뜻을 굽히다.

점점 배에서 뭍 위로 건너가는 발판이 제게 한해서만 흔들리는 것 같고, 그 아래 시퍼런 물이 무서워졌다. 아래서 쳐다보이는 허연 산 소금더미가 올라가기 전에 먼저 어마어마해 기가 질렸다. 무릎에 손을 짚어야 하게끔, 허리는 오그라들고 걸음은 뒷사람의 길을 막고 핀잔을 맞는다. 밤에는 식은땀에 이불이 젖고 밭은기침이 났다.

마지막 되던 날 그는 전일 하던 대로 소금더미 위로 올라서서 부삽아궁이나 화로의 재를 치거나, 숯불이나 불을 담아 옮기는 데 쓰는 조그마한 삽으로 가리키는 장소에 기우뚱하고 한편으로 몸을 꺾어 소금을 쏟는 동작에서 그는 몸을 뒤채지 못하고, 그냥 엎드러져 두어 칸통 씨르르 미끄러져 내렸다. 몸에 조그만 상처도 없으면서 그는 전신의 맥이 탁 풀려 사지를 가둥기지'까둥기다'의 방언. 오금을 굽히거나 꼬부리지 못했다. 한 자가 장난처럼 팔을 잡아채는 대로 허청으로다리에 힘이 없어 잘 걷지 못하고 비틀거리며 몸을 실렸다. 그리고 노마 아버지는 이내 선창과 연을 끊었다. 몸살이거니 하고 며칠만 쉬면 하던 병은 점점 골수로 깊어 갔다.

"노마, 너 소금 선창에 나가 봤니?"

"응."

"중국 호렴胡鹽 중국에서 나는 굵고 거친 소금 배 들어찼디?"

"응."

"소금 져 나르는 사람 들끓구?"

"응."

잠시 노마를 내려다보던 추연한[처량하고 슬픈] 얼굴이 흐려지더니,

"보기 싫다. 보기 싫어, 저리 가거라."

자기가 먼저 발을 들어 구중중한 방 안으로 움츠러들이자 방문을 닫는다. 그러나 조금 후 노마를 불러들인다. 아버지는 잔말이 많다.

"영이 할머니 집에 있디?"

"응."

"영이두?"

"응."

"뭘 해?"

"놀아."

"너두 놀았지?"

"……."

"바가지 목소리 숭내 내는 놈 누구냐?"

"수돗집 곰보라니까."

"그놈 어디 사는 놈인데?"

"수돗집 살어."

"수돗집이 어디지?"

"……."

어제도 그제도 묻던 소리를 또 묻는다.

바가지는 성이 박가래서 부르는 별명만이 아니다. 주걱턱인데 밤볼[입 안에 밤을 문 것처럼 살이 볼록하게 찐 볼]이 지고 코까지 납작하고 빤빤한 상이 바가지 같다. 그는 홀아비다. 노마 집에서 지붕 둘 높이로 올라앉은 움집, 쪽 일그러진 문엔 언제나 자물쇠가 채워 있다. 그는 두루마기 속에 이발 기계를 감추어 차고 선창으로 나갔다. 커다란 구두를 신고 그것이 무거워 그러는 듯이 뻣정다리[뻣정다리. 구부렸다 폈다 하지 못하고 늘 벋어 있는 다리]로 질질 끈다. 그러나 선창에 나가 그 많은 사람 가운데서 머리 깎을 자를 끌어내는 수는 용하다. 그럴듯한 사람이면 꾹 찍어 창고 뒤, 잔교 밑 으슥한 곳으로 끌고 가 채를 벌인다[판을 벌인다]. 그는 막 깎는 머리 이상의 기술은 없다. 그러나 오 전 십 전 주는 대로 받는 이것으로 객을 끈다. 그는 남에게 반말 이상의 대우를 받지 못하는 대신 저도 남에게 '허우' 이상의 말을 쓰지 않는다.

팔짱을 찌르고 직수굿이[저항하거나 거역하지 않고 하는 대로 복종하는 듯이] 머리를 맡기고 앉았

는 검정조끼 입은 자는 이발 기계를 놀리는 바가지에게 말은 건다. 노마 어머니 얘기다.

"털보는 뭐여! 그게 본서방인가."

"본서방이 뭐유, 생때같은 서방은 눈을 뜨고 앉았는데, 뭐 하나뿐인 줄 아슈. 선창 바닥에 잡놈이란 잡놈은 모두지."

"자넨 그 여자하구 장가든다면서, 정말여?"

"흐흐흐흐."

그러나 바가지와 노마 어머니는 사이가 옹추옹치. 늘 싫어하고 미워하는 사람 또는 그런 관계를 비유적으로 이르는 말 다.

배방장 밖에 남자 고무신에 하얀 고무신만이 놓여 있을 바엔 묻지 않아도 알 일이로되, 바가지는 체면을 모른다. 하늘로 난 문을 구둣발로 찬다.

"어물리 김 서방 예 있소?"

저도 사나이에게 볼일이 있다는 것이지만, 머리 깎을 사람을 인도해 가는 곳이 가마 곳간 구석, 떡집 뒤 의지간倚支間 원래 있던 집채에 더 달아서 꾸민 칸 같은 노마 어머니가 자리를 잡았을 듯한 장소를 골라 다니며 헤살일을 짓궂게 훼방함. 또는 그런 짓을 놓는 데는 좀 심하다. 또 짓궂은 자는 일부러 바가지를 그런 곳으로 들여보내기도 한다.

"저리 야깡집야깡은 '주전자'의 일본어. 술집을 가리킴 뒤로 돌아가 보슈. 누가 머리 깎으러 오랍디다."

남들이 킥킥킥 웃음을 죽이는 장면에 바가지는 침통한 얼굴을 하고 돌아서 나온다. 그러나 어색한 것은 사나이다.

"없네 없어. 누가 좋아서 먹은 술인가 뵈, 억지로 떠 넣어서 먹은 술 값, 거 너무 조르는데."

여자를 으슥한 곳으로 이끌던 같은 방법으로 사나이는 조끼 주머니를 움켜쥐고 경정경정 놀리듯 떨어져 간다.

"날 좀 보슈. 날 좀 보슈."

노마 어머니는 후장 걸음으로 따라가다가는 남자가 마당 군중 가운데 섞이자 멈춘다. 볏섬을 진 자, 떡 목판을 벌이고 선 자, 지게를 벗어 놓고 걸터앉은 자, 노마 어머니를 둘레로 작은 범위의 사람이 음하게 웃을 따름 그리 대수롭지 않다. 현장에서 좀 떨어져 노마 어머니는 바가지의 앙가슴을 움켜잡는다.

"넌 나허구 무슨 대천지 원수루 남의 뒤만 졸졸 따라다니면서 장사허는

데 헤살이냐. 이 요 반병신아."

"헤살은 누가 헤살여, 임자가 헤살이지. 임자만 장사구, 난 장사 아닌 줄 알어?"

옳거니 그르거니 옥신각신하다가 종말은,

"난 허가 없이 머리를 깎어 주구 임자는 허가 없이 술을 팔구, 헐 말이 있 거든 저리 가 헙시다. 저리 가 해."

우마차가 연달아 먼지를 풍기며 가는 큰길 저편 끝 수상 경찰서 지붕을 머리로 가리킨다. 하기야 피차가 크게 떠들지 못할 처지다.

때로는 털보가 사이를 뻐개고 들어서 남자의 멱살을 잡고 민다. 마찻길 을 피해 담뱃가게 옆으로 밀고 가 넉장거리^{네 활개를 벌리고 뒤로 벌렁 나자빠짐}로 땅에 눕 힌다. 허리에 손을 걸고 내려다보고 섰다가 허우적거리고 상체를 일으키면 발로 툭 차 눕히고 눕히고 한다. 둘레에 아이들이 모이고 제 행동이 남의 눈 에 표가 나게쯤 되면, 좌우를 돌아보며 털보는 변명이다.

"대로 상에서 젊은 여자의 멱살을 잡고 이눔 병신이 지랄한다고 쌍스러 그 꼴은 보구 있을 수가 없거든."

그곳 마당지기 앞잡이 노릇으로 그렇지 않어도 세도와 주먹이 센 털보다.

넌 나허구 무슨 대천지 원수루 남의 뒤만 졸졸 따라다니면서 장사허는 데 헤살이냐.

헤살은 누가 헤살여, 임자만 장사구, 난 장사 아닌 줄 알어?

🔄 소설 한 장면 전개 어머니가 들병장수로 선창에 나감

그와는 애초에 적수가 안 된다. 얼음에 자빠진 소 눈깔 그대로 바가지는 그만 맥을 놓는다.

그러나 바가지는 노마 어머니에게 앙가슴을 잡힐 때처럼 복장이 두근거리는 때는 없고, 그가 자기 아닌 딴 사나이와 가까이하는 것을 보는 때처럼 쓸쓸한 때는 없다. 그럼 노마 어머니에게 바가지는 정을 두는 거라 할 터이나 번히 저도 남처럼 돈으로 살 수 있는 상대고 보니 한번 얼러라도 볼 것이로되 그렇지 않다. 다만 이런 날이면 술을 마시는 거고 술이 취하면 으레 노마 아버지를 찾아가 앞에 앉는다. *끄물끄물* 침침한 등잔불 아래다. 앉은키는 선키보다 음전하고 ^{말이나 행동이 얌전하고 점잖고} 그래도 노마 아버지에게 비하면 바깥바람에 닦여난 생기가 있다. 무릎 사이에 턱을 고이고 우그리고 앉았는 그 앞에서만은 새꽤기 ^{갈대, 띠, 억새, 짚 따위의 껍질을 벗긴 줄기} 같은 팔목도 홍두깨만큼 실해지는 모양, 바가지는 연해 가냘픈 팔뚝을 걷어 올린다.

"내 얼굴이 어떠우. 눈이 없수, 코가 없수? 남 있는 거 못 가진 거 없지. 노마 아버지 보기두 나 병신으로 보이우?"

하고 바가지 같은 상판을 더 그렇게 보이게 다그쳐 든다. 한편으로 불빛을 받고 검붉은 얼굴은 그럴 듯이 험하다.

"헐 수 없어 머리는 깎아 줘두, 그눔 뱃놈들보담야 뭘루두 기울 것 없는 나유."

'그렇잖소.' 하고 방바닥을 탁 붙이었던 손바닥으로 다시 제 가슴을 때린다. 같은 짓을 몇 번이고 되풀이한다. 그래도 부족해서,

"뭐 돈벌이를 남만 못 하우. 외양이 병신유?"

"그렇지, 그래."

노마 아버지의 건성으로 하던 대답이 나중에는,

"아, 그렇다니깐두루." 하고 퉁명스러워진다. 그래도 바가지는 만족지 못한다. 보다 확적한 ^{정확하게 맞아 조금도 틀리지 아니한} 대답이 듣고 싶어서 또 그렇잖소, 급기야는 뒤를 보러 가는 척 노마 아버지는 밖으로 나가 서성거린다. 그러나 바가지는 얼마고 직수굿이 머리를 숙이고 기다리고 앉았다가는 또 가슴을 때렸다.

이 동네 아이들은 제법 눈치가 빠르다. 골목으로 꼽쳐 돌아서는 노마 어머니 등 뒤를 향해 바가지의 음성 그대로를 흉내 낸다.

"내 얼굴이 어때여. 눈이 없나, 코가 없나. 털보 그놈보다 못생긴 게 뭐여."

수돗집 곰보가 선봉이다. 노마 어머니 모양이 멀찍이 사라지자 다른 아이들도 여기 합한다.

"다리는 뻗정다리라두 머리 기계만 잘 놀리구, 돈 잘 벌구, 술 잘 먹구."

털보는 때로 노마 집으로도 왔다. 검정 모자를 눈을 덮어 눌러쓰고 턱을 쳐들어 밖에 서서 방 안으로 둘러보며 서성거린다. 모양으로 주름살이 억척인 다듬은 두루마기를 입었다. 그 안에는 여전히 양복저고리. 방 안에 들어와서도 그는 모자를 손에서 놓지 않는다. 아랫목에 도사리고 앉았는 노마 아버지에게 하는 조심이리라. 곧 돌아갈 사람처럼 엉거주춤 발을 고이고 앉았다. 슬며시 노마 아버지는 몸을 일으킨다. 침을 뱉으려는 것처럼 허리를 굽혀 방문 밖에 머리를 내놓더니 발 하나가 나가 신발을 더듬자 객은 주인을 붙든다.

"쥔, 어딜 가슈. 같이 앉아서 노시지 않구."

"요기 좀 갈 데가 있어서 편히 앉아서 노슈."

그러나 털보는 아버지가 누웠던 자리에 요를 엎어 깔고 다리를 뻗고 앉는다. 그는 두루마기를 벗고 노마 어머니는 소반^{小盤 자그마한 밥상} 귀에 촛불을 붙인다. 방 안은 갑자기 환해진다. 아버지가 털보로 바뀐 변화보다 노마는 이것이 더 크다. 윗목 구석으로 보꾹^{지붕의 안쪽}으로, 난데처럼 스스러워진다^{수줍고 부끄러운 느낌이 있다}. 도리어 제 집에 앉은 듯이 털보는 스스럽지 않다. 촛불 붙인 소반에 김치보시기, 새우젓 접시의 술상을 차린다. 어머니는 말없이 술을 따르고 말없이 털보는 받아 마실 따름, 전일 선창에서처럼 희롱치 않는다. 그러나 털보는 맥쩍게^{열없고 쑥스럽게} 노마를 보더니, 이끌어 가까이 앉힌다. 양복 주머니에 손을 넣더니 노마 머리 위에 무엇을 얹는다. 남북이 나온 짱구머리다. 눈을 희번덕이며 머리를 젓는다. 값싼 과자 한쪽이 떨어진다. 노마는 짐짓 놀란다. 털보는 호호호 울상으로 웃는다. 문어발이 나온다. 밤이 나온다. 담배 딱지가 나온다. 나중에는 딱 손바닥이 머리를 때리고,

"손대지 말고 떨어뜨려 봐라. 떨어뜨려 봐."

머리를 젓는다. 앞뒤로 끄덕인다. 떨어지는 것이 없다. 빈탕이다. 동떨어진 웃음소리가 잠시 와자하였다가 꺼진다. 더 심심해진다. 멀뚱멀뚱 얼굴만 서로 보다가 털보는 문득,

"요새 군밤 좋더라. 너 좀 사 오겠니?"

"어디, 국숫집 앞 말이지."

"싸리전^{'싸전'의 잘못. 쌀과 그 밖의 곡식을 파는 가게} 거리 구둣방 앞 말야. 거기 밤이 크고 많

더라." 하고 어머니가 가로챈다. 거기는 길도 서투르고 또 밤이 무섭다. 그리고 노마는 거기 말고도 근처에서 얼마든지 구할 수 있는 것을 먼 데를 가야 하는 불평도 있다. 두 사람을 번갈아 보며 구원을 청한다. 어머니는 눈을 흘기고 털보는 외면을 한다.

꿈에 가위를 눌리는 때처럼 밤길은 뒤에서 무어가 쫓아오는 것만 같다. 걸음을 빨리 놓으면 놓을수록 오금이 붙고, 개천에 허방^{땅바닥이 움푹 패어 빠지기 쉬운 구덩이}을 빠질까 꺼면 데면 모두 건너뛰는 우물 앞 골목길이 더욱 그렇다. 골목을 빠지면 큰길, 거기서부터는 가리킨 대로 오른편으로 가기만 하면 된다. 그러나 급기야 구둣방 앞에서 굽는 밤은 도리어 잘다. 몇 번이고 지나 놓고 온 것이 굵고 많을 성싶다. 노마는 다시 그런 놈을 찾으러 다닌다.

돌아오는 길은 정말 무서운 밤이 된다. 컴컴한 골목에서 밝은 거리로 나올 때보다 밝은 데를 버리고 컴컴한 속으로 들어가게 되는 무서움이란 또 유별하다. 노마는 우물 앞 골목을 들어서 눈 감은 개에게 들키지 않으려는 것처럼 가만가만 발자취를 죽인다. 그러나 발소리보다 더 똑똑하게 가슴이 두근거린다. 반대로 거칠게 발을 구른다. 목청을 뽑아,

"순풍에 돛을 달고……."

맞은편 양철지붕을 울리는 그 소리가 또 노마 아닌 딴 목청 같아 무섭다.

이런 때 한번은 허연 것이 전선주 뒤에서 나와 앞을 막았다.

커다란 손이 어깨를 잡아끌었다. 가등^{街燈 가로등} 밑 가까이 왔다. 아버지였다.

"더럽다. 그거 버려라, 버려."

까닭을 모르게 아버지는 사지를 부들부들 떨도록 노하였다. 노마는 고개를 숙이고 종이 봉지를 발아래 떨어뜨린다. 아버지는 발로 차 개천으로 굴린다. 몇 개 길바닥에 흩어진 것까지 발로 뭉갠다. 튀튀 침을 뱉고 더러운 그 물건에서 멀리 하듯이 노마의 팔을 이끈다. 집과는 반대로 언덕 저편 뒤 사정^{射亭 활 쏘는} _{사람들이 무예 수련을 위하여 활터에 세운 정자} 있는 편으로 향해 길을 더듬는다. 아버지는 숨이 가빠 헉헉한다. 터져 나오는 기침에 몸을 오그린다. 사정 밑 아카시아 나무 아래 이르자 그는 더 걷지 못했다. 나무에 몸을 실리고 늘어뜨리고 서서 굵은 숨을 내쉰다. 노마는 조마조마 다음에 일어날 행동을 기다리며 발발 떤다. 아버지는 호흡이 차츰 졸아들며 평조로 가라앉는다. 그러나 움직이지 않는 아카시아나무와 한가지^{형태, 성질, 동작 따위가 서로 같은 것} 아버지는 어느 때까지나 미동도 없다. 거칠게 들고나는 숨 그것 때문에 성미가 모두 풀리었는지 모른다. 노마는 좀 싱

거워진다. 그 아버지가 묵연히 ^{잠잠히 말이 없이} 내려다보는 컴컴한 바다 저편에는 등대가 이따금씩 끔벅일 뿐, 밤은 괴괴하다^{쓸쓸한 느낌이 들 정도로 아주 고요하다}.

이튿날 아침 노마 아버지는 옷을 갈아입고 나갈 차비를 차리는 아내에게서 술병을 빼앗아 깨뜨렸다. 댓돌에 떨어져 강한 소리를 내고 병은 두 동강이 났다. 눈에 노기가 없었다면 그가 그랬을 듯싶지 않게 아버지는 팔짱을 끼고 방 한구석에 맥을 놓고 섰다. 어머니는 돌아앉아 입었던 나들이옷을 벗는다. 인조견 치마저고리를 찌든 헌털뱅이^{'헌 것'을 속되게 이르는 말}로 바꿔 입으면 고만, 이웃집에 쌀을 꾸러 갈 때, 그만 정도의 싫은 얼굴도 못 된다. 입가에는 비웃음 같은 것이 돈다.

"누군 좋아서 그 노릇 하는 줄 아우. 모두 목구녕이 포도청이지. 남의 가슴 아픈 사정은 모르고."

"굶어 죽더라도 구만두란밖에."

"이눔 저눔에게 갖은 설움 다 받구 하루 열두 번두 명을 갈구 싶은 것을 참구……."

잠시 울음 없는 눈물을 코로 푼다.

"아아, 글쎄 그만두란밖에 무슨 말야. 굶어 죽더래두 구만두란밖에."

나도 생각이 있다 싶은 노마 아버지의 호기찬 소리는 별것이 아니었다. 그는 아랫집 춘삼네를 통해 성냥갑 붙이는 재료를 얻어 왔다. 그 집은 아들이 조합에 든 인부여서 밥을 굶는 형편은 아니나 늙은이 양주^{兩主 부부}가 심심소일로 성냥갑을 붙여 살림에 보탠다. 그러면 혹은 대 끝에 올라 여기다 목숨을 걸고 바재면^{바장이면. 부질없이 짧은 거리를 오락가락 거닐면} 아니 될 것도 같지 않다. 하기야 하루 만 개 가까이만 붙였으면 공전이 일 원 오십 전, 그만하면 우선 급한 욕은 면하겠고 그리고 노마 어미에게 할 말도 하겠고, 하루 만 개! 그러나 궁하면 통하는 법이니 인력으로 아니 되란 법도 없으리라. 오냐, 만 개만 붙여라― 번히 그는 열에 동하기 쉬운 성품이어서 매무시를 졸라매며 서둘렀다.

그러나 곰상스런^{성질이나 행동이 잘고 꼼꼼한} 일에 익지 않은 손가락은 셋에 하나는 파치^{깨어지거나 흠이 나서 못 쓰게 된 물건}를 내어 뭉쳐 버린다. 풀칠을 너무 많이 해서 종이가 묻어난다. 사귀^{네 귀퉁이}가 맞지 않고 일그러진다. 마음이 바쁜 반대로 손은 곱은 듯이 굼떠진다. 다른 때 없이 오줌이 잦아 몇 번이고 일어난다. 부엌 뒤로 돌아가 낙일^{落日 지는 해}을 바라보며 몸을 떨고 부지런히 돌아가 다시 일을 붙잡는다. 하지만 밤 어둑한 등불 아래 그림자가 크고 꽤 많이 쌓인 것 같아 세 보면 단 오백을 넘지 못했다.

그보다는 아내가 손톱 하나 까딱지 않고 종시 코웃음으로 보려는 것이 괘씸하다. 그가 거들어 주었으면, 못해도 오백의 갑절은 성적이 나올 것이 아닌가. 그러나 그편에 얄미운 경계심이 있는 것을 알고야 권하기는 아니 꼽다. 앰한[애먼] 노마만 볶는다.

"코를 질질 흘리고 넌 구경만 헐 테냐. 요 인정머리 없는 자식 같으니."

그리고 물을 떠 오너라, 풀을 개 오너라, 아내가 할 일을 시킨다. 잘난 솜씨를 자식에게 본보기를 보이며 가르친다. 노마는 아버지의 시늉을 내어, 무릎 하나를 올려 턱을 괴고 앉아 손등으로 코를 문대며 뺨에 풀칠을 한다.

그러나 부자의 힘을 모아 하루의 성적은 천을 한도로 오르내리었다.

"이것두 기술인데 하루 이틀에 될라구. 차차 졸업이 되면—." 하고 장래를 둔다고 하여도, 며칠에 한 번 모아서 아내가 머리에 이고 나갔다가 돌아올 때면 하찮게 몇 십 전 은전을 손수건에서 풀어 내었다. 그래도 생화라고 여기다 세 식구가 입을 대야 했고, 그들 하루 소비량에 비하면 그것은 황새 걸음에 촉새로 따르지 못할 경주였다.

밤이 깊어서 노마 어머니가 문득 잠이 깨어 눈을 떠 보면, 그때까지도 남편은 이불을 들쓰고 앉아서 쿨룩쿨룩 어깨를 들먹거리며 손을 놀리고 있다. 가슴에 찔려 거들까 하다가는 그는 못 본 척 돌아눕고 만다. 번연히 생화가 안 되는 노릇을 공연한 고집을 쓰는 남편이고 보매, 일찍이 지쳐 자빠지기를 기다리는 편이 옳다 싶었다.

딴은 그대로 되고 말았다. 그는 동네 이 사람 저 사람 선창과 인연이 있는 사나이를 만나는 대로 농을 주고받는다. 마당에서 바가지 움집을 쳐다보고 말을 건다.

"요새 벌이 많이 했소, 여보."

문 앞에 구부리고 얼쇠 구녕을 찾나 바가지는 놀아다보고 어리둥절한다.

"지금 돌아오는 길유? 선창에 자거릿배, 약산배 들어왔습디까?"

그러나 노마 어머니의 전에 못 보던 상냥한 얼굴에 의아하여 바가지는 내려다보기만 한다.

"아, 새우젓 선창에 가 봤었어? 자거릿배 들어왔습디까?"

창 밖에서 아내는 근심 없이 웃고 지껄인다. 그 소리에서 아내의 선창을 못 잊어하는 마음을 노마 아버지는 자기 자신의 그것처럼 느끼며 순간 일손을 놓고 슬며시 벽을 향해 몸을 실렸다. 피대^{두 개의 바퀴에 걸어 동력을 전하는 띠 모양의 물건}가 벗겨진 기계처럼 갑자기 가슴의 맥이 높고 느즈러진다. 오장이 그대로 목을 치밀어 넘어오려는 덩어리를 이를 악물고 막는다. 급기야는 한 모금 한 모금 입 밖에 선짓덩이^{선지가 식어서 엉긴 덩이. 여기에서는 피를 의미함}를 끊어냈다.

가을 하늘과 같이 깊고 가라앉은 눈으로 노마 아버지는 윗목에 돌아앉은 아내를 누워서 고개만 들고 본다. 연분홍 치마저고리를 검정함에서 꺼내 하나하나 내 입고 얼굴에 분첩을 두들긴다.

'오냐 두 달만 참어라.' 하고 노마 아버지는 아내의 등을 향해 말없이 변명을 한다.

'몸을 추스르는 대로 나두 하던 일을 계속하겠구, 하루 천이 되든 이천이 되든 붙이는 대로 쓰지 않구 모으면 새끼 꼬는 기계 한 틀쯤은 장만할 밑천은 모일 게구. 그것 한 틀만 가졌으면 앉어서두 아내가 하는 하루벌이는 나두 능히 벌 수 있겠구. 오냐, 두 달만 참어라.'

곁눈으로 남편의 안색을 살피는 아내의 눈을 피해 그는 고개를 돌린다. 아내의 그 눈에도 노마 아버지는 눈물이 났다.

이것두 기술인데 하루 이틀에 될라구. 차차 졸업이 되면……

생업이 안 되는 일에 공연한 고집이라니 본인이 지쳐서 나가떨어지게 도와주지 말아야지.

🔖 소설 한 장면 위기 아버지가 어머니를 말리려고 성냥갑 붙이는 일을 하지만 실패함

해가 저물면 아침에 나갔던 사람들이 각기 제 나름대로 컴컴한 얼굴로 돌아오고, 이 집 저 집 풀떡풀떡 풀무질하는 소리와 매캐한 왕겨 때는 연기가 온 동네를 서린다.

노마 어머니가 늦게 돌아오는 날은 영이 할머니가 저녁을 지어 주러 왔다. 재물재물한 ^{얼굴이나 눈이 좀스럽게 생긴} 눈을 인중을 늘이며 비집어 뜨고 풀무질을 하랴, 아궁이에 왕겨를 한 주먹씩 던져 넣으랴, 주름살 많은 깜숭한^{잔털 따위가 드물게 나서} _{까무스름한} 얼굴을 더욱 오그린다. 그러나 노마 아버지는 알은체도 않는다. 밥쌀을 내라고 바가지를 내밀어도 얼굴이 보기 싫어 고개를 돌이키지 않는다. 저 늙은이가 저녁을 짓는 때문으로 아내가 늦게 돌아오게 되기나 한 듯싶다. 아니라 해도 아내의 밤늦게 돌아오는 그 일에 분명 노파의 짬짜미^{남모르게} _{자기들끼리만 짜고 하는 약속이나 수작}가 있으리라. 이것만이 아니다. 노마 아버지 자기가 당하는 오늘날의 불행 전부, 자기가 불치의 병을 얻어 눕게 된 것도, 아내를 들병장수로 내보낸 것도 모두— 부엌에서 영이 할머니의 홀짝홀짝 코를 마시는 소리에도 비위가 상했다.

"저녁 그만두슈."

"왜?" 하고 노파의 빨간 눈이 방 안을 들여다보며 새물거린다.

"우린 걱정 말구, 댁 저녁이나 가 보슈."

"또 속이 아픈 게로군. 그래, 어째."

"먹든 안 먹든 우리가 할 테니 당신은 가요, 가."

그러나 이만 말에 뇌까리지 ^{아무렇게나 되는대로 마구 지껄이지} 않을 만큼 면역이 된 영이 할머니려니와, 말을 한 당자도 오래 심금을 세우지 못했다. 본시 모두가 앞뒤 절벽으로 답답한 제 운명—이것은 더욱이 아내를 거리로 내보내 밤을 새우게 하는 사실로 나타나 속을 뒤집어 놓는다—에 대한 제 입술을 깨문 때 같은 암상^{남을 시기하고 샘을 잘 내는 마음}이 충동이는 때문이다. 조금 지나 영이 할머니가 밥상을 받쳐 들고 들어올 때쯤 되어서는, 그에게 아랫목을 권하리만큼 노마 아버지는 마음을 돌린다.

그러나 영이 할머니는

"아닐세, 여기두 좋구먼."

"아 글쎄, 이리 내려와 앉으라니깐두루."

"아닐세. 아닐세."

노파는 좀 더 제 모가치^{몫으로 돌아오는 물건}의 밥그릇을 밀며 모로 앉는다.

"아 글쎄, 거긴 차다니께두루."

소리는 다시 퉁명스러워진다. 밥상을 거칠게 앞으로 당긴다. 모래알을 씹는 상으로 맛없이 밥을 떠 넣는다. 그 얼굴이 좀 풀릴 만해서 영이 할머니는 코를 홀짝홀짝 뚝배기 바닥을 긁더니,

"노만 그래두 어멜 잘 둬서." 하고 아랫목 편을 흘낏 보고

"여편네 손으로 밥 걱정, 땔 걱정 안 시키구— 그건 수월헌가. 맘성'마음성'의준말이구 인물이구 마당에 나오는 여자치곤 아껍지 아껴워."

노파는 그 말이 노마 아버지의 성미를 걸게 될 줄은 꿈밖이다. 젓가락 짝으로 소반 귀를 두들기는 서슬에 놀라 입을 봉한다. 노마 아버지에겐 아픈 데를 꼬집는 말이다. 그러나 그는 아내가 자기를 향해 배를 차는 큰소리라 하여 괘씸해하는 거다. 이내 밥상을 밀어 낸다. 까닭을 모를 이런 경우에는 모두 제 잘못으로 접고 마는 영이 할머니는 우두망찰해정신이 얼떨떨하여 어찌할 바를 몰라 어쩔 줄을 모른다. 만약에 노마 아버지가 돌부리에 발을 채이고 화를 냈다 하여도 노파는 역 제 잘못으로 안심찮아하리라.

노마 아버지는 이불을 쓰고 눕더니 갑자기 이불자락을 젖히고 뻘겋게 상기한 얼굴을 든다.

"모두 그놈의 편지 땜야. 그게 아니더면 이놈의 고장이 어디 붙었는 줄이나 알았습디까. 뭐, 하루 이삼 원 벌이는 예사구."

그가 편지 때문이라는 것은 곧 영이 할머니 탓이란 말이다. 그러나 한 고향에서 아래윗집 사이에 지내던 정분으로도 그에게 해를 입히고 싶어서 부른 것은 아니다. 갑자기 의지하고 살던 아들을 여의고 선창에 나가 품을 파는 자기 아들과 같은 사람들을 볼 때 그 가치가 갑절 돋보였을 것도 무리가 아니다. 하나 노마 아버지는 좀 더 심악하게매우 모질고 독하여 야멸치고 인정이 없게,

"노마 어밀 쓰레기꾼으로 꼬여 낸 건 누구구, 들병장수로 집어넣은 건 대체 누구여."

"그건 앰한 소릴세. 첨 날 따러 나올 때두 난 열손으로 말리지 않았든가, 왜. 젊은 사람은 할 노릇이 못 된다구."

모두 선창에 나가 영이 할머니는 낙정미되나 말 따위로 곡식을 되다가 땅에 떨어뜨린 곡식를 쓸어 모은 쓰레기꾼, 노마 어머니는 잔술을 파는 들병장수, 일터를 같은 마당에 가진 탓으로 듣는 억울한 소리다.

하기는 노마 어머니가 처음 쓰레기꾼으로 마당엘 나오자 영이 할머니는

은근히 반겼다. 그는 인물로나 맨드리 ^{옷을 입고 매만진 맵시}가 쓰레기꾼 축에 섞이기는 아까웠다. 번히 쓰레기꾼이란 정작 볏섬도 산으로 쌓이고 낙정미도 많이 흘려 있는 지대조합 구역 내에는 얼씬도 못 하고, 목채 ^{말뚝 따위를 죽 잇따라 박아 만든 울타리} 밖에 지켜 섰다가 벼를 싣고 나오는 마차가 흘리고 가는 나락을 쓸어 모은다. 그러나 기실은 구루마 ^{'수레'의 일본말} 바닥에 흘려 있는 나락을 쓸어 담는 척하고 볏섬에다 손가락을 박고 치마 앞자락에 후비어 내는 것을 본직으로 꼽는다.

그러다 들키면 욕바가지를 들씌운다. 쓰레받기, 몽당비를 빼앗긴다. 앙가슴은 떠다박질리고 채찍으로 얻어맞는다. 그러나 마차 뒤에 달라붙은 여인들을 향해 채찍을 든 마차꾼도 노마 어머니를 대하고는 그대로 멈춘다. 머리에 숙여 쓴 수건 아래 수태 ^{羞態 부끄러워하는 태도}를 품고 고개를 숙인 미목 ^{美目 아름답게 생긴 눈매}이 들어앉은 아낙네가 노상 봉변을 당할 때 싶다. 마차꾼은 금세 언성이 숙는다. 욕이 농으로 변한다.

차츰 노마 어머니는 이력 ^{履歷 많이 겪어 보아서 얻게 된 슬기}이 나서 자기가 먼저 선손 ^{남이 하기 전에 앞질러 하는 행동}을 건다.

"아제, 내 이것 가져다가 돌절구에 콩콩 빻아 가는체로 받쳐서 대추 박아 꿀떡 해놓을 테니, 부디 잡수러 오슈."

하고 마차꾼의 뒤로 실리는 등판을 떠다민다. 그 틈에 나머지 여인들은 볏섬에 달라붙어 오붓이 갉아 모은다.

선창 사나이들은 노마 어머니에게 실없이 굴었고 노마 어머니는 그들이 만만히 보였다. 여봐란듯이 쓰레받기를 내흔들며 노마 어머니만은 지대조합 구역 내를 출입해도 무관했다. 쓰레기꾼을 쫓는 것이 소임인 털보도 그에게는 막대기를 들지 않았다. 뒷짐을 지고 슬슬 따라다니며 실없이 지근덕거렸다 ^{성가실 정도로 끈덕지게 자꾸 귀찮게 굴다}. 차츰 노마 어머니는 쓰레기꾼들에게서 멀어 갔다. 얼굴에는 분을 바르고, 인조견 치마를 흘게 ^{매듭 따위를 단단하게 조인 정도} 늦게 끌었다.

그가 누구 발림으로 들병장수가 되었는지 영이 할머니는 도시 ^{都是 도무지} 알지 못하는 일이다. 그를 자기가 꼬였단 말은 참 얭하다.

그렇지 않아도 아들을 노마 아버지와 같은 병으로 여읜 영이 할머니는 아들에게 해 보지 못한 한을 노마 아버지에게 풀기나 하는 듯이 남의 일 같지 않게 음으로 양으로 마음을 쓰는 것이나 노마 아버지는 그 뜻을 받아 주지 않는다. 아마 영이 할머니가 인복이 없는 탓인가 보다.

그러나 이유는 하여튼 까칠한 귀밑, 어복 ^{장딴지}이 떨어진 다리, 엄나무 가시같이 피골이 맞붙은 아들의 몰골대로 되어 가는 노마 아버지를 대하고는 불쌍한 생각은 곧 자신에게 무거운 죄밑이 되어 내리덮어 할 말도 못 한다. 다만,

"남의 앰한 소리 말구, 자네 몸만 깻이네. 화가 나두 참어야 하네. 참어야 해."

그러나,

"제발 내 눈앞에 뵈지 좀 말라니께두루. 그럼 내가 먼저 피해 나가야겠수."

하고 노마 아버지는 경망스레 일어나 대님^{바짓가랑이 끝을 매는 끈}을 친다 하여 그예 노파를 쫓아낸다. 머리에 썼던 수건을 벗어 들고 어린애처럼 면난쩍어하며^{무안하거나 부끄러워하며} 방문 밖을 나갔다. 그 팔짱을 오그린 을씨년스런^{분위기 따위가 몹시 스산하고 쓸쓸한} 어깨가 길 아래로 사라지자, 노마 아버지는 문득 일어나서 방 밖에 머리를 내민다.

"영이 할머니, 영이 할머니."

조금 전과는 음성도 딴판으로 안타깝다. 대답은 없다. 꿍 하고 자리에 몸을 달아 누우며 쓰게 눈을 감는다. 어미 없는 어린 영이를 업고 울타리 밑에서 호박잎을 헤치고 섰던 영이 할머니. 아들을 앞세우고는 밖에 나갔다 길을 잃어버리기 잘하는 영이 할머니. 뉘우치는 것은 아닐 텐데 영이 할머니의 이런 장면도 머리에 얼씬거린다.

그러지 말자 해도 영이 할머니의 얼굴을 보면 노마 아버지는 그예 비위가 상한다. 늙은이가 박복해 아들 며느리 다 앞세우고 같은 운명으로 호리려고 노마 아버지를 가까이 한다. 아니라 해도 그를 보기는 싫다. 그러나 하루라도 아니 보면 공연히 기다려지는 영이 할머니다.

며칠 발을 끊어 아주 노했구나 하였더니 영이 할머니는 전에 없이 신바람이 나서 왔다. 그는 제멋대로 드나드는 방문 위에 부적 한 장을 붙여 놓았다. 또 있다. 검정 보자기를 끌러 무엇을 내놓는데, 난데없는 남생이 한 마리다. 요술쟁이처럼 노파는 호기 차게 노마 아버지를 쳐다본다. 남생이 잔등에도 노란 종이에 붉은 주^朱자를 흘려 쓴 부적이 붙어 있다.

"금강산에서 공부를 하구 나온 사람이라는데, 아무 데 누구두 이걸루 십 년 앓던 속병이 씻은 듯이 떨어졌대여."

그러나 노마 아버지는 마이동풍^{馬耳東風 동풍이 말의 귀를 스쳐 간다는 뜻으로, 남의 말을 귀담아듣지 아니하고 지나쳐 흘려버림을 이르는 말}으로 응등그리고^{춥거나 겁이 나서 몸을 움츠리다} 앉았더니 남생이를 윗목으로 밀어 버리고 이불을 쓰는 거다. 영이 할머니는 어안이 벙벙하고 만다. 남생이는 항아리 뒤로 들어가 기척도 없다. 한참 그놈이 나오기를 기다리는 듯이 치

마고름을 말며 앉았더니 영이 할머니는 소리 없이 돌아갔다. 얼마 후 노마 아버지는 부스럭부스럭하는 소리에 고개를 돌이켰다. 남생이다. 그는 난데없는 것을 처음 보는 듯이 신기하게 고쳐 본다. 부스럭부스럭 남생이는 어둑한 함 뒤를 돌아 벽과 반짇고리 사이에서 기웃이 머리를 뽑아 들고 좌우를 살핀다.

"잡귀를 쫓고 보신을 해 주고, 있는 병은 떨어지고 없는 병은 붙지 않고, 남생이 이놈만큼 무병장수를 하리라."

남들이라 영험을 보았겠나 하고 영이 할머니가 옮긴 말 그대로를 남생이 이놈도 그 징글징글한 상판에 말하는 듯싶다. 느럭느럭 방바닥을 긁으며 남생이는 천근들이 무거운 잔등머리를 짊어지고 가까스로 몸을 옮긴다. 알 수 없는 무엇을 전할 듯이 음흉스레 노마 아버지에게로 가까이 온다. 그는 숨을 죽이고 누워 지켜본다. 남생이가 베개 밑 가까이 이르는 대로 조금씩 몸을 일으켜 마주 노리다가 살며시 일어앉는다. 가만히 남생이를 집어 손바닥에 올려놓는다. 남생이는 머리와 사지를 옴츠러들인다. 차돌과 같이 묵직한 무게다. 아니 전혀 차돌이다. 산 물건치고는 이렇게 고요할 수가 없다. 방 전체의 침묵을 남생이는 삼킨다. 한참 만에 조심조심 머리를 내민다. 손바닥을 흔든다. 도로 차돌이 된다. 알 수 없는 신비한 힘이 뭉친 덩어리다. 그것은 하룻저녁에 묵은 씨앗에서 새 움이 트는 그런 힘이리라. 여기다 노마 아버지 자신의 시들어 가는 가지를 접붙여서 남생이의 생맥이 그대로 자기에게도 전해 올 듯싶다.

"영물의 즘생^{'짐승'의 사투리}이라 사람의 일은 모르는 걸세."

이번에는 노마 아버지 자신이 무심중 영이 할머니의 말을 입에 옮겨 본다.

이튿날 영이 할머니는 부적을 받아 가지고 와서 내놓지를 못하고 망설이는데, 의외로 노마 아버지는 두 손으로 받다시피 하여 대견하였다. 까닭에 그는 부적 한 장을 구하는 데 은전 한 닢이 드는 것과 매일 한 장씩을 써야 한다는 말을 쉽게 말할 수 있었다. 그러나 노마 아버지는 불에 태워서 그 재만 정화수에 타서 먹으라는 부적을 —이것이 또한 영이 할머니에게 하는 단 한 가지 고집이리라.— 맞은편 바람벽에 붙여 놓고 바라보는 것이다.

남생이가 생긴 후 아버지는 노마에게 범연해졌다^{차근차근한 맛이 없이 데면데면하다}. 한종일 눈에 아니 보여도 부르지 않았다. 노마는 제 세상을 만났다. 아버지가 싫어서 그러는 것이 아니라 남생이가 무서워 피하는 것이니까 노마는 한종일 밖에 나가 놀아도 구실이 되었다.

먼저 영이에게 까치걸음으로 뛰어가 얼마든지 놀아도 좋은 몸임을 자랑한다. 창문 앞 양지쪽에 앉아서 영이는 할머니가 선창에서 쓸어온 흙에 섞인 나락^ᵇ을 고른다. 그 앞에서 노마는 혼자 팔방치기를 한다. 길바닥에 금을 긋고 될 수 있는 대로 손을 저고리 소매 속으로 넣으려니까 팔죽지를 새새끼처럼 하고 깡충깡충 뛰며 돌을 찬다.

"오랴, 이랴."

"걸렸다."

노마는 곧잘 일인이역을 한다. 한편은 노마, 또 한편은 영이다. 되도록 저편의 골을 올리려고 거르는 때는 전부 영이 쪽으로 꼽는다. 그러나 영이는 대척^{말대꾸}도 않는다. 여전히 저 할 일만 한다. 키에 담아 두 손으로 비비어 흙을 가루가 되게 한 후 바람에 날린다. 다음 모래와 나락이 남은 데서 모래를 골라내는 것이 아니고 모래 틈에서 나락 알을 골라내는 거다. 손에 융^{면사를 사용하여 평직 또는 능직으로 짠 후 보풀이 일게 한 직물} 헝겊을 감아쥐고 모래 위를 눌렀다가 떼면 누릇누릇 나락 알만이 붙어 오른다. 그것을 둥구미^{짚으로 만든 둥근 그릇}에 털며 영이는 능청맞게 웃더니,

"너희 어머닌 그런다지."

"뭐?"

달아날 준비로 담 모퉁이에 붙어 서서 고개만 내놓고 영이는 해해거리며,

"너이 어머닌 그런다지."

그러고 담 저쪽 모퉁이로 달아나 아웅거린다. 노마는 바지 괴춤을 움켜쥐고 머리를 저으며 쫓아간다. 쫓기며 쫓으며 네모진 영이 집 둘레를 두고 맴을 돈다. 거진 거진 잡힐 듯해서 영이는 숨이 턱에 차 "아니다, 아니다." 굴뚝 구석에 머리를 박고 오그린다. 노마는 양 어깨를 찌그려 누르며,

"이래두. 이래두."

"안 그럴게. 안 그럴게."

그러나 영이는 몇 걸음 물러서 머리카락을 다듬어 올리며 정색을 한다.

"너 바가지가 그러는데 너희 어머닌 달어난대."

"거짓부렁."

"정말이다. 너, 너이 아버진 앓기만 하구 벌이두 못 하구 하니까."

"그럼 좋지. 나두 쫓아다니며 구경하구."

"누가 달아나는 사람이 널 다리구 가니, 애 쉬라."

"그럼 어머니 혼자?"

"아니래. 너 털보하구래."

"거짓부렁 말어."

"정말이다, 너."

"거짓부렁야."

"정말이다, 너."

"거짓부렁."

옆에 고무래 ^{곡식을 그러모으고 펴거나, 밭의 흙을 고르거나 아궁이의 재를 긁어모으는 데에 쓰는 'ㅜ' 자 모양의 기구} 자루를 집어 들고 다가선다. 그 얼굴에 장난이 아닌 정색을 보자 영이는 겁이 난다.

"그래, 아니다. 아니다."

그러나 노마는 안심이 안 된다. 요즈음으로 더 아침은 일찍이 나가고 저녁에는 늦게 돌아오는 어머니는 이렇게 야금야금 노마와 집에서 떨어져 가는 시초인지도 모른다. 아버지와도 사이가 더 차고 노마에게도 쌀쌀해진 어머니다. 그렇다면 집에는 노마하고 아버지만 남게 되겠고—그때엔 노마가 대신 벌지, 그까짓 거. 그러나 무섭다.

영이의 그 아니다 소리를 좀 더 분명히 듣고 싶어서 노마는 고무래 자루를 둘러메고 달아나는 영이를 부엌 뒤로 쫓아간다.

문득 노마는 걸음을 멈춘다. 어쩐지 그동안 집에 무슨 변고가 났을까 싶은, 사실 다른 때 같으면 아버지는 벌써 열 번도 노마를 찾았을 것이 아니냐. 어쩌면 지금도 그랬을지 모를 일. 그것을 못 듣고 장난에만 팔려 있었던 것인지 뉘 알리오.

노마는 살금살금 방문 밖에 가 귀를 기울인다. 아무 기척도 없다. 문구멍으로 방 안을 살핀다. 아버지는 무릎을 꿇고 앉아 먼 소리를 듣는 사람의 모양으로 두 손을 한편 쪽 귀에다 몰아대고 있다. 손바닥 안에는 남생이가 들어 있다. 맞은편 바람벽에는 여남은 장의 부적이 가지런히 붙어 있다.

잿더미가 쌓인 토담 모퉁이 양버들나무는 노마의 아름으로 하나 꼭 찼다. 노마는 두 손에 침을 바르고 단단히 나무통을 안는다. 두어 자 올라갔다는 주르르 미끄러져 내린다. 허리띠를 조르고 다시 붙는다. 또 주르르— 머리를 기웃거리며 아래위로 나무를 살핀다. 상 가지에 구름이 걸린 듯이 높다. 헌데 수둣집 곰보는 단숨에 저 끝까지 올라가니 놀랍다 아니 할 수 없다. 그리고 기차가 보인다, 윤선 ^{기선. 증기 기관의 동력으로 움직이는 배를 통틀어 이르는 말} 이 보인다, 큰소리다.

노마가 곰보에게 따르지 못하는 거리는 이것만이 아니다. 제법 곰보는 어른처럼 그들의 세계를 아이들 말로 해석해 들린다, 선창에 관한 동화 같은 소문을 알린다, 유행가를 전한다, 활동사진 시늉을 낸다. 또 어른처럼 돈을 잘 쓴다. 마음이 내키면 일 전에 하나짜리 눈깔사탕을 매 아이 하나씩 돌리고도 아깝지 않아 한다. 그러나 그 돈의 출처를 묻는 때만은 자랑을 피한다. 다만 "저 나무도 못 올라가는 바보가." 하고 어깨를 씰기죽한다^{물체가 한쪽으로 천천히 조금 기울어지거나 비뚤어지다}. 그는 헌 양복에 캡을 젖혀 쓰고 어른과 함께 선창에 나가 해를 보낸다.

노마는 틈틈이 나무 올라가기에 열고가 난다^{몹시 급하게 서두르다}. 볼타구니를 긁히고 손바닥에 생채기를 내고 바지를 찢기고 그래도 노마는 그만두지 않는다. 장난이 아닌 거다. 곰보가 가진 높이까지 이르는 그 사이를 가로막은 장벽이 곧 이놈이었다.

이 고비를 넘기기만 하였으면 금방 거기는 선창이 있고, 활동사진이 있고, 돈이 있고 그리고 능히 어른의 세계에 한몫 들 수 있는 딴 세상이 있다. 그때에 노마는 자기 아니라도 족히 아버지 모시고 잘 살 수 있는 노마임을 여봐란듯이 어머니에게 보여 줄 수도 있으련만, 아아!

노마는 두어 간 떨어져 달음박질해 나무에 달라붙는다. 서너 자 올라간다. 한 간 길이쯤 올라간다. 옹이 뿌리를 딛고 손바닥에 침칠을 한다. 찍 미끄러지며 쿵 땅바닥에 엉덩방아를 찧는다. 저절로 울음이 터지는 것을 꽉 입을 다물고 아픔이 삭기를 기다린다.

뒤에서 흐흐흐 웃음소리가 나며 누가 목 뒤를 잡아 일으킨다. 바가지다.

"임마, 나무엔 뭣 하러 올라가는 거여?"

그리고

"너 떡 사주련?"

"……"

"너 나 따라오면 떡 사 주지."

"어디 말야?"

"선창 마당꺼지."

떡 아니라도 반가운 소리다. 금방 아픈 것이 낫는다.

두루마기 아구리에다 손을 넣어 뒷짐을 지고 바가지는 앞으로 쓰러질 듯이 구두를 끈다. 노마가 천천히 걸어도 그 걸음은 뒤떨어져 노마를 부른다.

"너 아버지가 좋으냐, 어머니가 좋으냐?"

"다 좋지 뭐."

네거리를 건너서 구둣방 옆을 지나며 바가지는,

"너 마당에 있는 털보 알지. 그게 누군데……."

"……."

"너희 집 아랫목에 누워 있는 사람이 정말 아버지냐, 털보가 정말 아버지냐?"

"……."

"정말 아버진 털보지. 털보여, 응."

노마는 저고리 소매로 코를 문댄다. 모자점 유리창 안의 발가숭이 인형에 눈이 팔려 못 들은 척한다. 혼자 바가지는 흐흐흐 웃음을 참지 못한다.

선창 칠통 마당 어귀에 이르렀다. 갑자기 엉덩이를 들이대며 바가지는 노마의 다리를 잡는다.

"업혀라, 업혀."

어린애 아닌 노마를, 그리고 제 걸음도 바로 걷지 못하는 꼴불견이 아닌가. 노마는 싫다고 등을 내민다. 그러나 업혀야지 떡을 사 준다는 거다.

시커먼 화물차가 한참 지나가고 훤하게 앞이 열리자, 건너편 일대는 전부 볏섬이 더미더미 산을 이루었다. 말 구루마 소 구루마가 길이 미어 나온다. 볏섬 사잇길을 왼편으로 꺾어 나서면 바다, 제이 잔교서부터 제삼 잔교 일폭은 크고 작은 목선이 몸을 비빌 틈이 없이 들어찼다. 꾸벅꾸벅 고개를 빼고 볏섬을 져 나르는 자, 섬에다 색대 ^{가마니나 섬 속에 들어 있는 곡식이나 소금 따위의 물건을 찔러서 빼내어 보는 데 사용하는 기구}를 찔렀다 빼며 "다마금요, 은방요." 허청대고 외는 자, 뒷짐을 지고 서서 두리번거리는 모직 두루마기를 입은 자, 그리고 지게를 벗어 놓고 볏섬 위에 혹은 기슭에 무더기무더기 입을 벌리고 앉았는 자, 그들의 무심한 눈은 거의 한곳으로 모인다. 가운데 무럭무럭 오르는 더운 김과 시큼한 냄새를 휩싸고 섰는 한 덩어리가 있다. 각기 젓가락과 사발을 들고 고개를 쳐들어 먼 산을 바라보며 입을 쩍쩍거린다. 바가지는 그들 사이를 뻐개며 소리를 친다.

"여기두 탁배기 ^{'막걸리'의 방언} 한 사발 노슈. 그리구 시루 떡 한 조각허구."

앞에 선 자가 팔을 내리자 노마는 수건을 오그려 쓰고 시루의 떡을 베는 여자의 모습이 익다. 남 아닌 자기 어머니였다. 떡을 들고 내밀던 손이 멈칫한다. 잠깐 낭패한 빛이 돌더니 태연하다. 노마 아닌 남을 보는 거나 다름없다. 노마는 차마 손을 내밀어 받지 못한다.

뒤에서 노마 머리에 손을 얹으며 굵은 음성이,

"얘가 누구요?"

"내 아들놈여." 하고 바가지는 다 들어 보라는 음성으로,

"머리는 장구통이라구 이눔 신통헌 눔여. 제 에민 노점勞漸 몸이 점점 수척해지고 쇠약해지는 증상을 앓구 자빠졌구, 애빈 이 모양으로 난봉허랑방탕한 짓이 나 다니구, 집에서 어미병 고신간병한다는 의미이며 부엌 설거지까지 이눔이 혼자 허는데 해두 잘허거든."

노마 어머니는 손구루마 한 채에다 한편에는 시루떡, 한편에는 막걸리 항아리 모주 냄비를 걸어 놓고 사발에 술을 부으랴 보시기에 모주를 놓으랴 —이렇게 하여 노마 어머니는 바가지의 의기를 꺾으려는 것인지도 모른다.— 바쁘게 손을 놀린다.

더부살이는 아닐 텐데 여기 털보가 시중을 든다. 일일이 술값을 받아 목걸이를 해 앞에 늘인 주머니에 넣는다. 막걸리통을 날라 온다. 냄비에 부채질을 한다. 바가지는 노마를 내려놓고 앞으로 어머니의 정면에 서게 한다. 그는 한층 목청을 높인다.

"이녀석 에미 말 좀 들어 보슈." 하고 여자 음성으로 고쳐서,

"나야 오늘 죽을지 내일 죽을지 모르는 몸이니께 날 버리구 맘대루 딴 계집을 얻든 살림을 배치하든 상관없지만, 이 자식은 무슨 죄로 굶주리게 하는 거냐. 선창엔 그렇게 드나들면서 그 흔헌……."

털보가 앞치마에 손을 씻으며 뒤로 돌아와 바가지의 구두를 툭 차고 턱으로 건너편을 가리킨다.

"나두 내 돈 내구 술 사먹는 사람유. 어째 함부루 툭툭 치구 내모는 거여."

"누가 내모는 건가, 이 사람아. 나허구 헐 얘기가 있으니 저리 좀 가잔 말이지."

"헐 말이 있거든 예서 해." 하고 이건 뭐냐, 어깨를 잡은 손을 툭 차 버리고 몸을 뒤로 채기는 했으나, 너무 지나쳐 뒷사람의 팔을 쳐 술 사발을 엎지르고 쓰러졌다. 와아 하고 웃음소리가 높아진다. 둘레가 터져 더러 젓가락을 든 자가 그편으로 둘러선다. 잠시 땅을 짚고 주저앉아 바가지는 눈을 지릅떠고개를 수그리고 눈을 치올려서 떠 털보를 노리더니 한번 해 볼 양으로 일어선다. 몇 보 걸음을 옮기자 그가 앉았던 자리에서 한 자가 보자褓子 물건을 싸서 들고 다닐 수 있도록 네모지게 만든 작은 천 하나를 집어 들고 쳐든다. 허리에 찼던 이발 기계를 싼 보자다. 바가지는 기겁을 해 돌아서 손을 벌린다. 그러나 먼저 털보의 손으로 넘어간다. 그리고 일은 우습게 되고 말아 보자 한끝을 털보가 잡고, 한끝은 바가지가 매달려,

"이리 내여, 이리 내여."

"이리 좀 와, 이리 좀 와."

털보가 끄는 대로 바가지는 달려서 건너편 창고 뒤로 사라진다. 벌어졌던 자리는 다시 오므라들었다. 겹으로 울립鬱立 빽빽이 들어섬을 한 사람 가운데 노마 어머니의 모양은 파묻혔다.

그편을 멀찍이 등지고 돌아서, 그러나 어머니의 시야에서 벗어나지 않을 거리를 두고 노마는 뒷짐을 지고 섰다. 제2잔교 위 엿목판 옆이다. 어머니가 노마를 노마 아니로 보아 준 야속함은, 노마도 어머니를 어머니 아니로 보아 주었으면 고만이다.

너무 잔잔해 유리 같은 바다다. 놀라움밖에 더 표현할 줄 모를 커다란 기선이 떠 있다. 가난한 사람처럼 해변 쪽으로는 목선이 겹겹이 모여서 떠돈다. 잔교 한편에 여객선이 붙어 서서 사람과 짐을 모여 들인다. 통통통 고리진 연기를 뽑으며 발동선내연 기관의 모터를 추진기로 사용하는 보트이 우편으로 물살을 가르며 달아난다. 저 배가 보이지 않거든 노마는 그만 집으로 돌아가리라 한다. 마침내 발동선은 시커먼 중국 배 뒤로 사라진다. 그러나 어쩐지 미진해 다시 이번에는 여객선이 사람을 다 태우고 움직이기 시작하거든 하고 노마는 자리를 뜨지 못한다. 어머니를 기다리는 것이다. 그 배가 움직이기 전에 어머니는 왔다. 그러나 건너편 세관 앞을 오면서부터 눈을 흘기고,

"뭣허러 까질러주책없이 쏘다니며 다니니. 배라먹게남에게 구걸하여 거저 얻어먹다." 하고 노마의 머리를 쥐어박고,

"아버지에게 말하면 이거다, 이거여."

주먹을 쥐어 으르는 시늉을 내다가 그 손바닥을 펴 돈 한 닢을 보이며 어머니는 눙친다마음 따위를 풀어 누그러지게 하다.

"바가지가 오재두 듣지 말구 아버지 시중 잘 들고 있어, 응? 착하지. 그리구 아예 나 봤단 소리 말구, 응."

어머니는 등을 두들기며 음성이 다정하다. 노마는 낯을 찌푸린다. 그 속은 어쩐지 울음이 나와 참는 것이다.

이날처럼 노마에게 집의 아버지가 불쌍하고 쓸쓸하게 생각된 때는 없다. 아버지는 쓰레기통 옆에 다리병신보다 더 가엾고 노마 자신보다 더 작고 쓸쓸하다. 오늘도 아버지는 앞가슴에 남생이를 올려놓고 누웠으리라.

노마는 지나가는 가가假家 가게마다 기웃거리며 손아귀의 돈 한 푼과 그곳

에 놓인 물건과를 비교한다. 사과, 귤, 감, 유리병 속에 든 과자, 모두 엄청나다. 골목길로 들어서 늙은이가 앉았는 구멍가게에서 노마는 붕어과자 하나와 바꾼다. 아버지에게 드릴 생각이다. 아버지는 노마 이상으로 이런 것들에 군침이 나리라.

조금 후 눈으로 박은 콩알이 떨어져 손에 잡힌다. 할 수 없으니까 노마는 먹는다. 비위가 동한다. 이번에는 제 손으로 지느러미를 떼어 먹는다. 이런 것은 없어도 붕어 모양이 틀려지는 것이 아니니까 표가 안 난다. 그러나 꽁지만 먹자는 것이 야금야금 절반을 녹이고 만다.

노마는 차츰 무거운 마음에서 풀려져 즐거워진다. 멀리 떨어지면 항구는 마치 커다란 소꿉장난 판 같다.

노마가 급기야 토담 모퉁이 양버들나무를 올라갈 수 있던 날 노마 아버지는 세상을 떠났다.

그날은 실로 이상한 날이다. 그렇게 어렵던 나무가 힘 안 들이고 서너 간 높이 쌍가지 진 데까지 올라가졌다. 거기서부터는 손잡을 데 발 놓을 데가 다 있어 한 층 두 층 곰보 이놈도 이만큼 높이는 못 올랐으리라.

이 나무를 올라가기만 하면 어른의 세계에 들 수 있을 거야. 그때는 혼자서 아버지를 모시고 잘 살 수 있는 걸 어머니에게 보여 줄 수 있어.

🔖 소설 한 장면　절정　노마가 나무 오르기에 성공하지만 아버지는 돌아가심

그 내려다보이는 시야가 결코 뒤 언덕 위에서 보는 때보다 그리 넓지도 멀지도 못하다 할지라도 이렇게 늘 보던 길, 집, 사람들이 아주 달라 보이도록 나무 상 가지에서 거꾸로 보기는 노마 아니면 할 수 없다.

"곰보야, 곰보야."

제법 큰 소리로 별명을 부를 만도 하다. 저 아래서 조그맣게 영이 할머니가 울상을 하고 쳐다본다. 이런 데서 거꾸로 보는 사람의 얼굴이란 저런 게다. 음성까지 울음에 섞여 손짓을 한다. 오늘 노마의 성공은 영이 할머니를 울리다시피 장한 것인지도 모를 일. 그런데 노마 집 문 앞에는 동넷집 여인들이 중게중게 _{사람들이 여기저기 번잡하게 모여 있는 모양} 큰일 난 얼굴로 모여 섰다. 한 번도 들어 보지 못한, 그러나 어머니 음성이 분명한 곡성이 모기 소리만큼 가늘다.

모두 거짓부렁이다. 참 설움에서 우러나오는 울음이고야 목청만이 노래 부르듯 청승맞을 수 없다. 치마폭에 얼굴을 싸고 엎드렸다. 문득 낯을 들 때 어머니가 굴뚝 뒤로 돌아가 털보와 수군수군 공동묘지를 쓸 것인가, 화장을 할 것인가 손가락을 꼽으며 구구를 따지는 때 어머니는 영이 할머니보다도 예사롭다.

만약에 노마 아버지의 뒤축 끊어진 커다란 고무신을 전대로 방문 앞 댓돌 위에 놓아만 두었으면 한잠 깊이 든 때 아버지나 다름없다. 그것을 신을 임자가 없다는 듯이 뒷간 옆에 내던져 굴리는 고무신을 볼 때만 노마는 언짢은 생각이 들어 도로 제자리에 집어다 놓는다. 그러면 어머니는 고질 ^{痼疾} _{오랫동안 앓고 있어 고치기 어려운 병}을 떼어 버리듯이 한 짝씩 집어 멀리 길 아래 쓰레기 더미가 있는 편으로 팽개쳤다.

영이 할머니는 노마를 집 뒤 들창 밑 아무도 없는 데로 끌고 가 은근히 묻는다.

"노마 너 남생이 어디 간 거 아니?"

"어제는 보았어두 오늘은 몰라."

"거참, 심상헌 일이 아니다." 하고 잠시 눈을 크게 뜨더니 남생이가 없어졌음으로 해서 그런 일이 생겼다는 듯이 갑자기 울음에 자지러진다.

저녁때 길목을 막고 헤갈^{흩뜨려 어지럽힘}을 하고 서서 바가지는 노마 집 편을 향해 고래고래 소리를 질렀다.

"네 서방은 속여두 난 못 속인다. 담벼락에 붙여 논 건 뭐구, 남생이는 다 뭐여. 멀쩡하게 산 사람을 앉혀 놓고 연놈이 방자^{남이 못되거나 재앙을 받도록 귀신에게 빌어 저주}

하거나 그런 방술을 쓰는 일*를 해. 방자대루 돼서 좋겠다."

아이들 머리 너머로 어른들도 팔짱을 찌르고 우뚝우뚝 서자 바가지는 기세가 높아진다.

"모두 그눔의 농간야. 그눔이 뒤에 앉아서 방자두 놓게 하구 그리구……."

그리고 저녁밥에 필시 못 먹을 독을 탔을 것이다. 아니면 멀쩡하게 같이 앉아서 이야기를 하던 사람이 별안간 요강요강 선짓덩이를 쏟아놓을 리가 없지 않으냐.—그러나 바가지가 취중이 아니고 성한 정신으로 한 사람을 붙잡고 넌지시 하는 말이라 하여도 곧이들을 사람은 없을 것이다. 바가지 자신의 처신이 글러서 그런 것만이 아니다. 남의 집 일에 발 벗고 나서서 초상비 일동일절을 대고 백지 한 장을 사려도 손수 비탈을 오르고 내리고 하는 털보에게 일반은 인정 많은 사람이라 지목指目 사람이나 사물이 어떠하다고 가리켜 정함이 돌았다.

저녁에 노마는 잠자리를 영이 집으로 옮겼다. 방울 등잔을 가운데 두고 앉아서 노마는 영이에게 전에 없이 다정히 군다. 위하던 호루라기를 저고리 고름에서 풀어 영이에게 주어도 아깝잖다. 이런 때 노마에게 호루라기 이상의 무슨 귀중한 것이 있었다면 좋았다. 왜냐하면 노마는 어떻게 영이에게 착한 일을 하고 싶으나 그 방법을 몰라 한다.

그날 동네 여인들은 변으로 노마에게 곰살궂게太나 성질이 부드럽고 친절하게 하였다. 이 사람 저 사람 머리도 쓰다듬고 떡 같은 것도 갖다 준다. 측은해 하는 낯색으로 노마의 얼굴을 들여다본다. 노마는 그들이 하는 대로 풀 없는 낯으로 고개를 숙인다. 그러나 그 속은 어쩐지 겉과 같지 않은 것이 있어 외면을 하는 거다.

"넌 울지두 않니? 남들이 숭보라구."

어머니는 눈을 흘기며 노마에게 울기를 권한다. 그러나 자기처럼 아니 나오는 울음을 소리만 높여 울면 더 흉이 되지 않을까, 노마는 남부끄러 못 운다. 그러나 영이 할머니가 진정으로 자기가 먼저 울어 보이며 권하는 때도—

"어떻게 울어."

노마는 사실 제 식으로 진정 울려 해도 도시 울음이 나지 않는다. 거기 실감이 따르지 않는다.

호젓한 집 뒷담 밑으로 돌아가 노마는 짐짓 시르죽은기운을 차리지 못하는 표정을 한다. 담벼락의 모래알을 뜯어내며 "아버지는 영 죽었다." 하고 입 밖에 내어 외워 본다. 그리고 되도록 울음이 나오라고 슬픈 생각을 만든다. 허나 머릿속에는 담배 물부리를 찾느라 방바닥을 더듬는 아버지가 나타난다. 거미 발 같은 손가락이다. 창 밖에서 쿵쿵 발을 구르며 먼지를 터는 아버지가 나타난다. 그러나 아무리 해도 얼굴은 형용을 잡을 수 없다. 그보다는 오늘 노마가 나무 올라가기에 성공한 그 장면이 똑똑히 나타나 덮는다. 갑자기 노마의 키가 자라난 듯싶은 그만큼 보는 세상이 달라지는 감이다. 노마는 부지중 마음이 기뻐진다. 어쩔 수 없는 기쁨이다. 아아, 그러나 이것은 아버지에게 죄스런 마음이다. 어떻게 무슨 커다란 착한 일을 하기나 하지 않으면 무얼로 이 마음을 씻을 수 있으리오.

"영이야."

"응."

노마는 빤히 영이의 얼굴을 마주 본다. 이처럼 영이가 어여뻐 보이기는 처음이다. 눈두덩 위의 곁두데기까지 무척 귀엽다. 노마는 불시에 두 팔로 영이 목을 끌어당겨 흔든다. 다시 무릎 사이에 넣고 꾹꾹 누른다.

"아이 아이 아이."

뜻에 반하여 노마는 그만 영이를 울리고 만다.

🔊 소설 한 장면 결말 노마는 아버지의 죽음에도 슬퍼하지 못함

🔭 생각해 볼까요?

선생님 영이 할머니는 노마 아버지에게 남생이와 십 년 속병을 낫게 했다는 부적을 가져다줘요. 작품의 제목이기도 한 '남생이'가 의미하는 것은 무엇일까요?

💬 2 ♥ 2

학생 1 생명력이 매우 강하고 오래 사는 남생이는 영물로 여겨져요. 영이 할머니는 영물인 남생이를 통해 노마 아버지의 병이 낫기를 바란 거예요.

학생 2 노마 아버지도 이런 영이 할머니의 마음을 아는지 남생이를 소중하게 여겨요. 하지만 사실 남생이나 부적이 병을 회복하는 데 실질적인 도움이 되지는 않잖아요. 이는 전근대적인 믿음에 기대서라도 회복하고자 하는 노마 아버지의 마음을 보여 줘요.

선생님 노마가 나무에 올라간 날, 아버지가 돌아가신 건 무엇을 의미할까요?

💬 2 ♥ 2

학생 1 노마에게 나무를 올라가는 행위는 현실을 극복하고자 하는 노마의 꿈과 의지를 상징해요. 노마는 나무에 오르면 선창이 있고, 활동사진이 있고, 돈이 있고, 능히 어른의 세계의 한몫 들 수 있는 딴 세상이 있다고 믿지요. 또한, 자기 혼자서도 아버지를 잘 모실 수 있다는 것을 어머니에게 보여 줄 수 있다고 믿어요.

학생 2 노마가 나무에 올라 어른이 되었다고 믿는 순간에 아버지가 돌아가시는 것은 유년 세계와의 완전한 단절을 의미해요.

선생님 노마 어머니는 항구의 들병장수로 일하다가 일꾼 감독 털보와 눈이 맞아요. 특히 노마 아버지가 세상을 떠나자 노마 어머니는 털보를 데려와 장례식에 관한 이런저런 일을 상의해요. 이런 모습은 뻔뻔하고 부도덕한 행위처럼 보이며 남편을 잃은 슬픈 아내와는 동떨어져 보여요. 작가가 노마 어머니를 이렇게 그린 이유는 무엇일까요?

💬 3 ♥ 3

학생 1 노마 어머니가 들병장수가 된 것은 생계를 위한 어쩔 수 없는 선택이었어요. "누군 좋아서 그 노릇 하는 줄 아우. 모두 목구녕이 포도청이지. 남의 가슴 아픈 사정은 모르고."라고 호소하는 대목에서 알 수 있어요.

학생 2 타향에서 기댈 곳 없이 혼자서 남편의 장례를 치러야 할 노마 어머니에게 털보는 가장 현실적인 대안이었을 거예요.

학생 3 노마 어머니의 행동에서는 윤리를 신경 쓸 수 없을 정도로 팍팍하고 곤궁한 현실을 살아갈 수밖에 없는 사정이 잘 드러나요. 세간의 이목에 굴복하고 비극적인 삶에 주눅 들기보다는 억척스럽게 적응해 나가는 인물이에요.

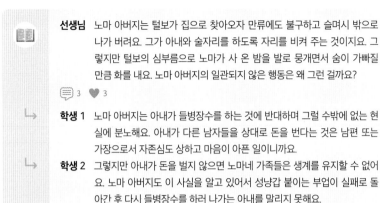

선생님 노마 아버지는 털보가 집으로 찾아오자 만류에도 불구하고 슬며시 밖으로 나가 버려요. 그가 아내와 술자리를 하도록 자리를 비켜 주는 것이지요. 그렇지만 털보의 심부름으로 노마가 사 온 밤을 발로 뭉개면서 숨이 가빠질 만큼 화를 내요. 노마 아버지의 일관되지 않은 행동은 왜 그런 걸까요?

💬 3   🖤 3

↳ **학생 1** 노마 아버지는 아내가 들병장수를 하는 것에 반대하며 그럴 수밖에 없는 현실에 분노해요. 아내가 다른 남자들을 상대로 돈을 번다는 것은 남편 또는 가장으로서 자존심도 상하고 마음이 아픈 일이니까요.

↳ **학생 2** 그렇지만 아내가 돈을 벌지 않으면 노마네 가족들은 생계를 유지할 수 없어요. 노마 아버지도 이 사실을 알고 있어서 성냥갑 붙이는 부업이 실패로 돌아간 후 다시 들병장수를 하러 나가는 아내를 말리지 못해요.

↳ **학생 3** 결국 객관적인 현실과 주관적인 심정 사이의 괴리가 노마 아버지의 내적 갈등을 유발하고, 이런 갈등 때문에 아내를 대하는 태도가 일관되지 못한 거예요.

성장 소설	▼ 🔍

연관 검색어   통과제의 소설   이니시에이션 소설

'성장 소설'이란 주인공이 어린 시절부터 어른이 되기까지의 성장 과정을 그린 소설이다. 삶 속에서 다양한 경험을 하며 인격을 완성해 가는 과정이 담겨 있다. '통과제의 소설' 또는 '이니시에이션(Initiation) 소설'이라고도 한다.

성장 소설은 대체로 발단부에서 주인공이 지적·의식적 미성숙, 사회적 지위의 미천함, 애정의 결핍 등으로 갈등하는 양상을 보인다. 그러나 좌절하지 않고 시련을 극복하면서 새로운 차원의 단계로 성장한다.

성장 소설은 대체로 작가 자신의 삶과 체험을 바탕으로 하는 경우가 많다. 특히 한국의 성장 소설에서는 1인칭의 유년 화자가 자주 등장한다. 이들은 순진한 시선으로 독자에게 불합리한 세계의 모순과 성장의 어려움을 전달한다. 한국의 대표적인 성장 소설로는 김원일의 「어둠의 혼」, 박완서의 『그 많던 싱아는 누가 다 먹었을까』, 이문열의 『젊은 날의 초상』, 황순원의 「별」, 김소진의 「눈사람 속의 검은 항아리」 등이 있다.

하늘은 맑건만

#양심의가책   #정직한삶   #갈등   #성장소설

⚓ 작품 길잡이

갈래: 성장 소설
배경: 시간 - 일제 강점기 / 공간 - 어느 마을
시점: 3인칭 전지적 작가 시점
주제: 도둑질로 인한 양심의 가책과 솔직함을 통한 갈등 해소
출전: 〈소년〉[(1938)]

📷 인물 관계도

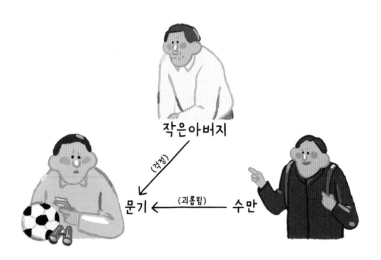

문기	소극적이고 용기가 부족하지만 결국 양심을 지키기 위해 사실을 털어놓는다.
수만	약삭빠르고 영악한 성격으로 문기를 나쁜 길로 꼬드기고 협박한다.
작은아버지	책임감이 강하고 문기에 대한 믿음과 애정이 있다.

📋 구성과 줄거리

발단　문기는 숨겨 둔 공과 쌍안경이 없어진 것을 발견하고 놀람

문기는 숙모와 작은아버지의 눈을 피해 숨겨 둔 공과 쌍안경이 없어진 것을 발견한다. 문기는 작은아버지가 회사에서 돌아오면 큰일이 날 것 같아 불안해한다.

전개　심부름 거스름돈을 잘못 받고 그 돈으로 물건을 삼

문기는 숙모의 심부름으로 고깃간에 갔다가 받아야 할 거스름돈의 열 배에 해당하는 돈을 받는다. 친구 수만이 합세해 그 돈으로 사고 싶었던 물건들을 사고, 환등 기계를 사서 용돈을 벌 계획을 세운다.

위기　작은아버지의 꾸지람을 듣고 부끄러워함

문기는 작은아버지에게 공과 쌍안경을 수만에게 받았다고 거짓말한다. 작은아버지의 꾸지람과 훈계를 들은 문기는 자신의 잘못을 깨닫고 매우 괴로워한다. 결국 문기는 공과 쌍안경을 길에 버리고, 남은 돈을 고깃간 안마당에 던진다. 수만은 문기의 말을 믿지 못한다.

절정　수만이 문기를 괴롭히고, 문기는 돈을 훔쳐 수만에게 줌

수만이 문기를 쫓아다니며 괴롭히자 문기는 장롱에서 숙모의 돈을 훔쳐 수만에게 준다. 이 때문에 누명을 쓴 아랫집 심부름꾼 점순이 쫓겨난다. 문기의 괴로움은 더 깊어진다. 결국 자신의 죄를 고백하기 위해 선생님을 찾아가지만 말하지 못하고, 돌아오는 길에 교통사고를 당한다.

결말　모든 것을 고백하고 후련해짐

문기는 정신을 차린 뒤 작은아버지에게 그동안의 일을 모두 고백하고 마음의 평화를 얻는다.

하늘은 맑건만

중문 안 안반^{떡을 칠 때 쓰는 두껍고 넓은 나무 판} 뒤에 숨기어 둔 공이 간 데가 없다. 팔을 넣어 아무리 더듬어도 빈탕이다. 문기는 가슴이 두근거리기 시작하였다.

'혹 동네 아이들이 집어 갔을까?'

도리어 그랬으면 다행이다. 만일에 그 공이 숙모 손에 들어가기나 했으면 큰일이다.

문기는 아무 일 없는 태도로 전일과 다름없이 안마당에서 화초분에 물을 준다. 그러면서 연해 숙모의 눈치를 살핀다. 숙모는 부엌에서 저녁을 짓는다. 마루로 부엌으로 오르고 내릴 때 얼굴이 마주치는 것이나 문기는 자기를 보는 숙모 눈에 별다른 것이 없다 싶었다. 문기는 차츰 생각을 고친다.

'필시 공은 거지나 동네 아이들이 집어 갔기 쉽지. 그렇잖으면 작은어머니가 알고 가만있을 리 있나.'

조금 후 문기는 아랫방으로 내려갔다.

그리고 책상 서랍을 열어 보았을 때 문기는 또 좀 놀랐다. 서랍 속에 깊숙이 간직해 둔 쌍안경이 보이질 않는다. 그것뿐이 아니다. 서랍 안이 뒤죽박죽이고 누가 손을 댔음이 분명하다.

숨겨 뒀던 공과 쌍안경을 들킨 걸까? 작은아버지가 회사에서 돌아오시면 분명 꾸지람을 듣고 말 테지.

🕐 소설 한 장면　발단　문기는 숨겨 둔 공과 쌍안경이 없어진 것을 발견하고 놀람

'인제 얼마 안 있으면 작은아버지가 회사에서 돌아오시겠지. 그리고 필시 일은 나고 말리라.'

문기는 책상 앞에 돌아앉아 책을 펴 들었다.

그러나 눈은 아물아물 가슴은 두근두근 도시 글이 읽어지질 않는다.

며칠 전 일이다.[1] 문기는 저녁에 쓸 고기 한 근을 사 오라고 숙모에게 지전 한 장을 받았다. 언제나 그맘때면 사람이 붐비는 삼거리 고깃간이다. 한참을 기다려서 문기 차례가 왔다. 문기는 지전을 내밀었다. 뚱뚱보 고깃간 주인은 그 돈을 받아 둥구미^{짚으로 둥글고 울이 깊게 결어 만든 그릇}에 넣고 천천히 고기를 베어 저울에 단 후 종이에 말아 내밀었다. 그리고 그 거스름돈으로 지전 아홉 장과 그 위에 은전 몇 닢을 얹어 내주는 것이 아닌가. 문기는 어리둥절하였다. 처음 그 돈을 숙모에게 받을 때와 고깃간 주인에게 내밀 때까지도 일 원짜리로만 알았던 것이다. 문기는 돈과 주인을 의심스레 쳐다보았다. 허나 그는 다음 사람의 고기를 베느라 분주하다. 문기는 주뼛주뼛하는 사이 사람에게 밀려 뒷줄로 나오고 말았다. 그러나 다시 생각하면 정말 숙모가 일 원짜리를 준 것인지 아닌지 모르겠다. 아니라면 도리어 큰일이 아닌가. 하여튼 먼저 숙모에게 알아볼 일이었다. 문기는 집을 향해 돌아가면서도 연해 고개를 기웃거리며 그 일을 생각하였다. 내가 잘못 본 것인가, 고깃간 주인이 잘못 본 것인가 하고.

골목 모퉁이를 꺾어 돌아섰다. 서너 간^{길이의 단위. 한 간은 약 1.8미터} 앞을 서서 동무 수만이가 간다. 문기는 쫓아가 그와 나란히 서며

"너 집이 인제 가니?"

하고 어깨에 손을 걸고

"이거 이상한 일 아냐?"

"뭐가 말야?"

"고길 사러 갔는데 말야. 난 일 원짜리로 알구 냈는데 십 원으로 거슬러 주니 말야."

"정말야? 어디 봐."

문기는 손바닥을 펴 돈과 또 고기를 보였다. 수만이는 잠시 눈을 끔벅끔벅 무슨 궁리를 하는 듯 문기 얼굴을 보고 섰더니

---

1) 과거 회상이 시작되는 부분이다. 이 작품은 역순행적 구성으로 되어 있다.

"너 이렇게 해 봐라."

"어떻게 말야?"

"먼저 잔돈만 너이 작은어머니에게 주거든."

"그리고 어떡해."

"그리고 아무 말 없거든 내게로 나와. 헐 일이 있으니."

"무슨 헐 일?"

"글쎄, 그러구만 나와. 다 좋은 일이 있으니."

마침내 문기는 수만이가 이르는 대로 잔돈만 양복 주머니에서 꺼내 놓았다. 숙모는 그 돈을 받아 두 번 자세히 세 보고 주머니에 넣고는 아무 말 없이 돌아서 고기를 씻는다. 그래도 문기는 한동안 머뭇머뭇 눈치를 보다가 슬며시 밖으로 나갔다. 그리고 문밖엔 수만이가 이상한 웃음으로 그를 맞이하였다.

수만이가 있다던 좋은 일이란 다른 것이 아니었다. 거리에서 보고 지내던 온갖 가지고 싶고 해 보고 싶은 가지가지를 한번 모조리 돈으로 바꾸어 보자는 것이다.

그러나 문기는

"돈을 쓰면 어떻게 되니."

"염려 없어. 나 하는 대로만 해."

하고 머뭇거리는 문기 어깨에 팔을 걸고 수만이는 우쭐거리며 걸음을 옮긴다.

하긴 문기 역^{또한} 돈으로 바꾸고 싶은 것이 없지 않은 터, 그리고 수만이가 시키는 대로 하기만 하면 남이 하래서 하는 것이니까 어떻게 자기 책임은 없는 듯싶었다. 그리고 수만이는 수만이대로 돈은 문기가 만든 돈, 나중에 무슨 일이 난다 하여도 자기 책임은 없으니까 또 안심이었다. 이래서 두 소년은 마침내 손이 맞고 말았다.

그래도 으슥한 골목을 걸을 때에는 알 수 없는 두려움에 가슴이 두근거리었으나 밝은 큰 한길^{사람이나 차가 많이 다니는 넓은 길}로 나오자 차차 다른 기쁨으로 변했다. 길 좌우편 환한 상점 유리창 안의 온갖 것이 모두 제 것인 양, 손짓해 부르는 듯했다. 드디어 그들은 공을 샀다. 만년필을 샀다. 쌍안경을 샀다. 만화책을 샀다. 그리고 활동사진 구경도 갔다. 다니며 이것저것 군것질도 했다.

그리고 그 남저지^{'나머지'의 방언} 돈으로 또 한 가지 즐거운 계획이 있었다. 조그만 환등 기계 그림, 사진, 실물 따위에 강한 불빛을 비추어 그 반사광을 렌즈로 확대해서 영사하는 조명 기구 한 틀을 사자는 것이다. 이것을 놀려 아이들에게 일 전씩 받고 구경을 시킨다. 그리고 여기서 나오는 것으로 두고두고 용돈에 주리지 않도록 하자는 계획이다. 하고 오늘 저녁부터 그 첫 착수를 하자는 약조였다.

그러나 이 즐거운 계획을 앞두고 이내 올 것은 오고 말았다. 안방에서 저녁상을 받고 앉았던 삼촌은 문기를 불렀다. 두 번 세 번 문기야, 소리가 아랫방 창을 울린다. 방 안에서 문기는 못 들은 양 대답지 않는다. 그러나 네 번째는 안방 미닫이를 열고 삼촌은

"문기 아랫방에 없니?"

댓돌 위에 신이 놓여 있는데 없는 양 할 수는 없다. 기어이 문기는 그 삼촌 앞에 나가 무릎을 꿇고 앉지 않을 수 없었다. 삼촌은 잠잠히 식사를 계속한다. 그 상 밑에, 안반 뒤에 숨겨두었던 공이 와 있다. 상을 물릴 임시에 삼촌은 입을 열었다.

"너 요새 학교에 매일 갔었니?"

"네."

삼촌은 상 밑에 그 공을 굴려내며

"이거 웬 공이냐?"

🕐 소설 한 장면　　전개　심부름 거스름돈을 잘못 받고 그 돈으로 물건을 삼

"수만이가 준 공예요."

"이것두?"

하고 삼촌은 무릎 밑에서 쌍안경을 꺼내 들었다.

"네."

"수만이란 얼마나 돈을 잘 쓰는 아인지 몰라두 이 공은 오십 전은 줬겠구나. 이건 못 줘두 일 원은 넘겨 줬겠구."

그리고 삼촌은

"수만이란 뭣하는 집 아이냐?"

문기는 고개를 숙이고 앉아 말이 없다. 삼촌은 숭늉을 마시고 상을 물렸다.

"네 입으로 수만이가 줬다니 네 말이 옳겠지. 설마 늬가 날 속이기야 하겠니. 하지만 남이 준다고 아무것이고 덥적덥적 받는다는 것두 좀 생각해 볼 일이거든."

삼촌은 다시 말을 계속한다.

"말 들으니 너 요샌 저녁두 가끔 나가 먹는다더구나. 그것두 수만이에게 얻어먹는 거냐?"

문기는 벌겋게 얼굴이 달아 수그리고 앉았다. 삼촌은 잠시 묵묵히 건너다만 보고 있더니 음성을 고쳐 엄한 어조로

"어머님은 어려서 돌아가시구 아버지는 저 모양이시구, 앞으로 집안을 일으킬 사람은 너 하나야. 성실치 못한 아이들하고 얼려 다니다 혹 나쁜 데 빠지거나 하면 첫째 네 꼴은 뭐구 내 모양은 뭐냐. 난 너 하나는 어디까지든지 공부도 시키구 사람을 만들어 주려구 앤데 너두 그 뜻을 받아주어야 사람이 아니냐."

그리고 삼촌은 어떻게 뒤뚝 맘 한번 잘못 가졌다가 영 신세를 망치고 마는 예를 이것저것 들어 말씀하고는 이후론 절대 이런 것 받아들이지 말라는 단단한 다짐을 받은 후 문기를 내보냈다.

문기는 아랫방에 내려와 혼자 되자 삼촌 앞에서보다 갑절 얼굴이 달아올랐다. 지금까지 될 수 있는 대로 생각지 않으려고 힘을 써 오던 그편에 정면으로 제 몸을 세워 놓고 보지 않을 수 없었다. 그러자 자기라는 몸은 벌써 삼촌의 이른바 나쁜 데 빠지고 만 것이었다. 그야 자기는 수만이가 시켜서 한 일이니까 잘못이 없다는 것이지만 당초에 그것은 제 허물을 남에게 미루려는 얄미운 구실이 아니고 뭐냐. 그리고 문기는 이미 삼촌을 속이었

다. 또 써서는 아니 될 돈을 쓰고 말았다. 아아, 일찍이 어머니를 여의고 아버지란 사람은 일상 천량만량하고 허한 소리만 하면서 남루한 주제에 거처가 없이 시골 서울로 돌아다니는 사람이고, 어려서부터 문기를 길러낸 사람이 삼촌이었다. 그리고 조카의 장래를 자기의 그것보다 더 중히 알고 염려하며 잘되어 주기를 바라는 삼촌이었다. 문기도 그 삼촌의 기대에 어그러지지 않는 인물이 되어 보이겠다고 엊그제도 주먹을 쥐고 결심하던 문기가 아니냐. 생각할수록 낯이 뜨거워지는 일이다.

마침내 문기는 공과 쌍안경을 집어 들고 문밖으로 나갔다. 어둑어둑 저물어 가는 한길이다. 문기는 골목으로 들어섰다. 대낮에 많은 사람 가운데서 거리낌 없이 가지고 놀던 그 공이 지금은 사람이 드문 골목 안에서도 남이 볼까 두려워졌다. 컴컴해질수록 더 허옇게 드러나 보이는 커다란 공을 처치하기에 곤란해 문기는 옆으로 꼈다 뒤로 돌렸다 하며 사람의 눈을 피한다. 쌍안경이 든 불룩한 주머니가 또 성화다. 골목 하나를 돌아서 나올 즈음 문기는 모르고 흘리는 것인 양 슬며시 쌍안경을 꺼내 길바닥에 떨어뜨리었다. 그리고 걸음을 빨리 건너편 골목으로 들어간다. 개천가 앞에 이르렀다. 거기서 문기는 커다란 공을 바지 앞에 품고 앉아서 길 가는 사람이 없기를 기다린다.

성실치 못한 아이들과 어울려 다니다 나쁜 데 빠지거나 하면 네 꼴은 뭐구 내 모양은 뭐냐. 난 너 하나는 어디까지든지 사람을 만들어 주려구……

생각할수록 부끄러워 낯이 뜨겁다.

🪀 소설 한 장면   위기   작은아버지의 꾸지람을 듣고 부끄러워함

자전거가 가고 노인이 오고 동^{언제부터 언제까지의 동안}이 뜬 그 중간을 타서 문기는 허옇게 흐르는 물 위로 공을 던져 버리었다. 이어 양복 안주머니에 간직해 두었던 남저지 돈을 꺼내 들었다. 그것도 마저 던져 버리려다가 문득 들었던 손을 멈춘다. 그리고 잠시 둥실둥실 물을 따라 떠나가는 공을 통쾌한 듯 바라보다가는 돌아서 걸음을 옮긴다.

문기는 삼거리 고깃간을 향해 갔다. 그리고 골목으로 돌아가 남저지 돈을 종이에 싸서 담 너머로 그 집 안마당을 향해 던졌다.

그제야 문기는 무거운 짐을 풀어 놓은 듯 어깨가 거뜬했다. 아까 물 위로 둥실둥실 떠가던 그 공, 지금은 벌써 십 리고 이십 리고 멀리 떠갔을 듯싶은 그 공과 함께 문기는 자기의 허물도 멀리 사라져 깨끗이 벗어난 듯 속이 후련했다. 그리고

'다시는 다시는.'

하고 문기는 두 번 다시 그런 허물을 범하지 않겠다고 백 번 다지며 집을 향해 돌아간다.

그러나 문기는 그것만으로는 도저히 자기 허물을 완전히 벗을 수 없었다. 그가 자기 집 어귀에 이르렀을 때 뜻하지 않은 것이 기다리고 있다 나타났다.

"너 어디 갔다 오니?"

하고 컴컴한 처마 밑에서 수만이가 튀어나오며 반긴다.

"지금 느이 집 다녀오는 길이다."

그리고 문기 어깨에 팔 하나를 걸고 한길을 향해 돌아서며

"어서 가자."

약조한 환등 틀을 사러 가자는 것이다. 극장 앞 장난감 가게에 있는 조그만 환등 틀을 오고 가는 길에 물건도 보고 금도 보아 두었던 것이다. 그리고 오늘 낮에도 보고 온 것이언만 수만이는

"그새 팔리지나 않았을까?"

하고 걸음을 재촉한다. 문기는 생각 없이 몇 걸음 끌려가다가는 갑자기 그 팔을 쳐 내리며 물러선다.

"난 싫다."

수만이는 어리둥절해 쳐다본다.

"뭐 말야. 환등 틀 사기 싫단 말야?"

"난 인제 돈 가진 것 없다."

"뭐?"

하고 수만이는 의외라는 듯 눈이 둥그레지다가는 금세 능청스런 웃음을 지으며

"너 혼자 두고 쓰잔 말이지? 그러지 말구 어서 가자."

"정말 없어. 지금 고깃간집 안마당으로 던져 주고 오는 길야. 공두 쌍안경두 버리구."

하고 문기는 증거를 보이느라고 이쪽저쪽 주머니를 털어 보이는 것이나 수만이는 흥 하고 코웃음을 친다.

"누군 너만 못 약을 줄 아니?"

그리고 연신 빈정댄다.

"고깃간집 마당으로 던졌다? 아주 핑계가 됐거든."

"거짓말 아니다. 참말야."

할 뿐, 문기는 어떻게 변명할 줄을 몰라 쳐다보기만 하다가 고개를 떨어뜨리고 울상을 한다.

"오늘 작은아버지에게 막 꾸중 듣구. 그리고 나두 인젠 그런 건 안 헐 작정이다."

"그래두 나구 약조헌 건 실행해야지. 싫으면 너는 빠져도 좋아. 그럼 돈만 이리 내."

하고 턱 밑에 손을 내민다.

"정말 없대두 그래."

수만이는 내밀었던 손으로 대뜸 멱살을 잡는다.

"이게 그래두 느물거든."

이런 때 마침 기침을 하며 이웃집 사람이 골목으로 들어서자 수만이는 슬며시 물러선다. 그러나

"낼은 안 만날 테냐. 어디 두고 보자."

하고 피해 가는 문기 등을 향해 소리쳤다.

이튿날 아침이다. 학교를 가는 길에 문기가 큰 한길로 나오자 맞은편 판장^{널빤지}에 백묵으로 커다랗게 '김문기는' 하고 그 밑에 동그라미 셋을 쳐 '○○○했다' 하고 써 있다. 그리고 학교 어귀에 이르러 삼거리 잡화상 빈지판^{'용지판'의 방언. 벽이 무너지지 아니하도록 문지방 옆에 대는 널빤지 조각}에도 같은 것이 쓰여 있는 것이다. 문기는 이번에도 무춤하고 ^{놀라거나 어색한 느낌이 들어 갑자기 하던 짓을 멈추고} 보다가는 얼른 모자

를 벗어서 이름자만 지워 버렸다. 그러는 것을 건너편 길모퉁이서 수만이가 일그러진 웃음으로 보고 섰다. 그리고 문기가 앞으로 지나가자

"왜, 겁이 나니? 깃게."

하고 뒤를 오면서 작은 소리로

"그래, 정말 돈 너만 두고 쓸 테냐? 그럼 요건 약과다."

그리고 수만이는 추근추근하게 쫓아다니며 은근히 골리었다. 철봉 틀 옆에 정신없이 선 문기를 불시에 다리오금^{무릎 뒤쪽의 오목한 부분}을 쳐 골탕을 먹게 하였다. 단거리경주 연습을 하는 척 달음박질을 하다가는 일부러 문기 앞으로 달려들어 몸째 부딪는다. 그리고 으슥한 곳에서 단둘이 만나는 때면 수만이는

"너, 네 맘대루만 허지. 나두 내 맘대루 헐 테다. 내 안 풍길^{본래 '어떤 분위기를 자아내다'는 뜻이지만 여기서는 '소문내다'는 뜻} 줄 아니? 풍길 테야."

하고 손을 들어 꼽는다.

"풍기기만 하면 첫째 학교에서 쫓겨날 것이요, 둘째 너희 집에서 쫓겨날 것이요, 그리고 남의 걸 훔친 거나 일반이니까 또 그런 곳으로 붙들려 갈 것이요."

하고는 또

"풍길 테다."

사실 그다음 시간 교실을 들어갔을 때 문기는 크게 놀랐다. 칠판 한가운데 '김문기는 ○○○했다.'가 커다랗게 쓰여 있다. 뒤미처 선생님이 들어왔다. 일은 간단히 선생님이 한번 쳐다보고 누구 장난이냐, 하고 쓱쓱 지워 버리고는 고만이었지만 선생님이 들어오고 그것을 지우기까지의 그동안 문기는 실로 앞이 캄캄했다.

그러나 수만이는 그것으로 고만두지 않았다. 학교를 파해 거리로 나와서는 한층 심했다. 두어 간 문기를 앞세워 놓고 따라오면서 연해 수만이는

"앞에 가는 아이는 공공공했다지."

그리고 점점 더해 나중엔 도적질을 거꾸로 붙여서

"앞에 가는 아이는 질적도했다지."

하고 거리거리 외며 따라오는 것이다.

문기 집 가까이 이르렀다. 수만이는 문기 앞으로 다가서며 작은 음성으로 조졌다^{일이나 말이 허술하게 되지 않도록 단단히 단속하다}.

"너, 지금으로 가지고 나오지 않으면 낼은 가만 안 둔다. 도적질했다 하

구 똑바루 써 놓을 테야.”

문기는 여전히 못 들은 척 걸음만 옮긴다. 자기 집 마당엘 들어섰다. 숙모는 뒤꼍에서 화초 모종을 하는지 여기 심어라 저기 심어라 하고 아랫집 심부름하는 아이와 이야기하는 소리가 날 뿐 집 안엔 아무도 없다.

그리고 눈앞에 보이는 붙장_{부엌 벽의 안쪽이나 바깥쪽에 붙여 만든 장} 안 앞턱에 잔돈 얼마와 지전 몇 장이 놓여 있다. 그리고 문밖엔 지금 수만이가 돈을 가지고 나오기를 기다리고 섰다. 여기서 문기는 두 번째 허물을 범하고 말았다.

“진작 듣지.”

하고 빙그레 웃는 수만이 얼굴에다 뺨을 때리듯 돈을 던져 주고 문기는 달아났다.

급한 걸음으로 문기는 네거리 하나를 지났다. 또 하나를 지났다.

또 하나를 지났다. 걸음은 차차 풀이 죽는다. 그리고 문기는 이런 생각을 하였다.

‘자기는 몰래 작은어머니 돈을 축냈다. 그러나 갚으면 고만 아니냐. 그 돈 값어치만큼 밥도 덜 먹고 학용품도 아껴 쓰고 옷도 조심해 입고, 이렇게 갚으면 고만 아니냐.’

몇 번이고 이 소리를 속으로 되뇌며 문기는 떳떳이 얼굴을 들고 집으로 들어갈 수 있을 만한 뱃심을 만들려 한다. 그러나 일없이_{아무런 까닭이나 실속 없이} 공원으로 거리로 돌며 해를 보낸다.

날이 저물어서 문기는 풀이 죽어 집 마루에 걸터앉았다. 숙모가 방에서 나오다 보고

“너 학교에서 인제 오니?”

그리고 이어

“너 혹 붙장 안의 돈 봤니?”

하다가는 채 문기가 입을 열기 전에 숙모는

“학교서 지금 오는 애가 알겠니. 참 점순이 고년 앙큼헌 년이더라. 낮에 내가 뒤꼍에서 화초 모종을 내고 있는데 집을 간다고 나가더니 글쎄 돈을 집어 갔구나.”

문기는 잠잠히 듣기만 한다. 그러나 속으로는 갚으면 고만이지, 소리를 또 한 번 외어 본다.

그날 밤이었다. 아랫방 들창 밑에 훌쩍훌쩍 우는 어린아이 울음소리가

났다. 아랫집 심부름하는 아이 점순이 음성이었다. 숙모가 직접 그 집에 가서 무슨 말을 한 것은 아니로되 자연 그 말이 한 입 건너 두 입 건너 그 집에까지 들어갔고, 그리고 그 집주인 여자는 점순이를 때려 쫓아낸 것이다. 먼저는 동네 아이들이 모여 지껄지껄하더니 차차 하나 가고 둘 가고 훌쩍훌쩍 우는 그 소리만 남는다. 방 안의 문기는 그 밤을 뜬눈으로 새웠다.[1]

이튿날 아침이다. 문기는 밥을 두어 술 뜨다가는 고만둔다. 그 돈을 갚기 위한 그것이 아니다. 도시 입맛이 나지 않았다. 학교엘 갔다. 첫 시간은 수신 修身 악을 물리치고 선을 북돋아서 마음과 행실을 바르게 닦아 수양함. 지금의 '도덕' 과목에 해당 시간, 그리고 공교로이 제목이 '정직'이다. 선생님은 뒷짐을 지고 교단 위를 왔다 갔다 하며 거짓이라는 것이 얼마나 악한 것이고 정직이 얼마나 귀하고 중한 것인가를 누누이 말씀한다. 그리고 안경 쓴 선생님의 그 눈이 번쩍하고 문기 얼굴에 머물렀다 가고 가고 한다. 그럴 때마다 문기는 가슴이 뜨끔뜨끔해진다. 문기는 자기 한 사람에게만 들리기 위한 정직이요 수신 시간인 듯싶었다. 그만치 선생님은 제 속을 다 들여다보고 하는 말인 듯싶었다.

운동장에서도 문기는 풀이 없다. 사람 없는 교실 뒤 버드나무 옆 그런 데

🗨 소설 한 장면 　절정　 수만이 문기를 괴롭히고, 문기는 돈을 훔쳐 수만에게 줌

1) 점순이가 누명을 쓰게 되어 문기의 내적 갈등이 심화되고 있다.

만 찾아다니며 고개를 숙이고 깊은 생각에 잠기거나 팔짱을 찌르고 왔다 갔다 하기도 한다. 그러다 누가 등을 치면 소스라쳐 깜짝깜짝 놀란다.

언제나 다름없이 하늘은 맑고 푸르건만 문기는 어쩐지 그 하늘조차 쳐다보기가 두려워졌다. 자기는 감히 떳떳한 얼굴로 그 하늘을 쳐다볼 만한 사람이 못 된다 싶었다.

언제나 다름없이 여러 아이들은 넓은 운동장에서 마음대로 뛰고 마음대로 지껄이고 마음대로 즐기건만 문기 한 사람만은 어둠과 같이 컴컴하고 무거운 마음에 잠겨 고개를 들지 못한다. 무엇보다도 문기는 전일처럼 맑은 하늘 아래서 아무 거리낌 없이 즐길 수 있는 마음이 갖고 싶다. 떳떳이 하늘을 쳐다볼 수 있는, 떳떳이 남을 대할 수 있는 마음이 갖고 싶었다.

오후 해 저물녘이다. 문기는 책보를 흔들흔들 고개를 숙이고 담임선생님 집 앞을 왔다가는 무춤하고 섰다가 그대로 지나가고 그대로 지나가고 한다. 세 번째는 드디어 그 집 문 안을 들어서서 선생님을 찾았다. 선생님은 문기를 안방으로 맞아들이었다. 학교에서 볼 때 엄하고 딱딱하던 선생님은 의외로 부드러이 웃는 낯으로 문기를 대한다. 문기는 선생님 앞에 엎드려 모든 것을 자백할 결심이었다. 그런데 선생님의 부드러운 태도에 도리어 문기는 말문이 열리지 않았다. 다음은 건넌방에서 어린애가 울어 못했다. 다음은 사모님이 들락날락하고 그리고 다음엔 손님이 왔다. 기어이 문기는 입을 열지 못한 채 물러 나오고 말았다.

먼저보다 갑절 무겁고 컴컴한 마음이었다. 도저히 문기의 약한 어깨로는 지탱하지 못할 무거운 눌림이다. 걸음은 집을 향해 가는 것이지만 반대로 마음은 멀어진다. 장차 집엘 가서 대할 숙모가 두려웠고 삼촌이 두려웠고 더욱이 점순이가 두려웠다.

어느덧 걸음은 삼거리를 건너고 있었다. 문기 등 뒤에서 아주 멀리 뿡뿡 하고 자동차 소리와 비켜라 하는 사람의 소리가 나는 듯하더니 갑자기 귀밑에서 크게 울린다. 언뜻 돌아다보니 바로 눈앞에 자동차 머리가 달려든다. 그리고 문기는 으쓱하고 높은 데서 아래로 떨어져 가는 듯싶은 감과 함께 정신을 잃고 말았다.

얼마 동안을 지났는지 모른다. 문기가 어렴풋이 눈을 떴을 때 무섭게 전등불이 밝아 눈이 부시었다. 문기는 다시 눈을 감았다. 두 번째 문기는 눈을 뜨자 희미하게 삼촌의 얼굴이 나타나며 그것이 차차 똑똑해지더니 삼촌은

"너 내가 누군 줄 알겠니?"

하고 웃지도 않고 내려다본다. 문기는 이것도 꿈인가 하고 한번 웃어 주려면서 그대로 맑은 정신이 났다. 문기는 병원 침대 위에 누워 있었다. 어디 아픈 데는 없으면서도 몸을 움직일 수는 없다. 삼촌은 근심스런 얼굴로 내려다본다.

"작은아버지."

하고 문기는 입을 열었다. 그리고

"저는 마땅히 받아야 할 벌을 받은 거예요."

하고 문기는 눈을 감으며 한마디 한마디 그러나 똑똑하게 처음부터 끝까지 먼저 고깃간 주인이 일 원을 십 원으로 알고 거슬러 준 것, 그 돈을 써 버린 것, 그리고 또 붙장 안의 돈을 자기가 훔쳐낸 것, 이렇게 하나하나 숨김없이 자백을 하자 이때까지 겹겹으로 몸을 싸고 있던 허물이 한 꺼풀 한 꺼풀 벗어지면서 따라 마음속의 어둠도 차차 사라지며 맑아지는 것을 문기는 확실히 깨달을 수 있었다. 마음이 맑아지며 따라 몸도 가뜬해진다. 내일도 해는 뜨고 하늘은 맑아지리라. 그리고 문기는 그 하늘을 떳떳이 마음껏 쳐다볼 수 있을 것이다.[1]

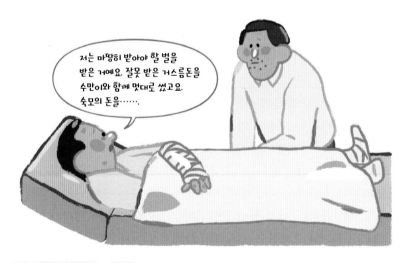

🕐 소설 한 장면　결말　모든 것을 고백하고 후련해짐

---

1) 하늘은 죄책감으로 인해 괴로워하던 문기와 대조되는 소재이다. 맑고 깨끗한 하늘처럼 정직하고 떳떳하게 살자는 주제를 전달하고 있다.

🔭 생각해 볼까요?

 선생님 소설에 등장하는 주요 인물들의 성격을 말해 볼까요?

 3 ♥ 3

↳ **학생 1** 문기는 소심하지만 착하고 양심을 지키기 위해 노력하는 인물이에요.

↳ **학생 2** 수만은 문기에게 갈등 상황을 부추기는 인물이에요. 영악하고 교활한 성격 이에요.

↳ **학생 3** 작은아버지는 조카인 문기를 진심으로 생각하며 나쁜 길로 빠지지 않도록 훈계해요. 문기의 말을 믿어 주고 잘 들어주는 것으로 보아 따뜻하고 책임감 있는 인물이에요.

 선생님 문기는 내적 갈등과 외적 갈등을 겪고 있어요. 두 갈등에 대해 자세히 설명해 볼까요?

 2 ♥ 2

↳ **학생 1** 문기의 내적 갈등은 양심과 비양심 사이에서 일어나요. 잘못 받은 거스름돈 을 갖는 것은 부끄러운 일이라는 양심과 그 돈을 가지면 갖고 싶었던 물건을 사고 용돈벌이의 수단으로도 쓸 수 있다는 비양심이 충돌하면서 내적 갈등 구조가 형성돼요. 문기는 결국 양심을 지키기 위해 쓰고 남은 돈을 고깃간 안마당으로 던져요.

↳ **학생 2** 문기와 수만의 관계에서는 외적 갈등이 일어나요. 이는 인물과 인물 간의 갈 등이에요. 수만은 양심을 지키려는 문기를 계속 비난하고 괴롭혀요. 이러한 외적 갈등은 작품이 전개될수록 긴장감을 더해요.

 선생님 문기는 고깃간에서 거스름돈을 잘못 받은 후부터 많은 감정의 변화를 겪어 요. 사건의 전개에 따라 문기의 감정이 어떻게 변화하는지 이야기해 볼까요?

 1 ♥ 1

 학생 1 고깃간에서 거스름돈을 잘못 받았을 때에는 당황하고 어쩔 줄 몰라 해요. 이 후 수만의 꾐으로 그 돈을 사용할 때는 두려움과 즐거움을 느껴요. 그러나 작은아버지의 말씀을 듣고 난 후 부끄러움과 죄책감을 느껴요. 공과 쌍안경 을 버리고 잘못 받은 거스름돈을 고깃간 마당에 던져 버린 후에는 후련함을 느껴요. 그러나 수만이 돈을 내놓으라고 우기자 이를 해결하기 위해 숙모의 돈을 훔쳤을 때는 죄책감을 느끼고, 점순이 누명을 쓰자 내적 갈등은 더욱 심해져요. 작은아버지께 모든 것을 털어놓은 후에는 다시 후련함을 느껴요.

선생님 이 소설은 3인칭 전지적 작가 시점에서 쓰였어요. 이러한 시점의 특징은 무엇인지 말해 볼까요?

💬 1 ♥ 1

학생 1 전지적 작가 시점은 서술자가 소설 밖에서 사건의 전말을 모두 알고 인물들의 심리를 들여다 보듯이 서술하는 방식이에요. 이 소설은 전지적 작가 시점에서 쓰였기 때문에 문기의 감정이 직접적으로 서술돼요. '으슥한 골목을 걸을 때에는 알 수 없는 두려움에 가슴이 두근거리었으나 밝은 큰 한길로 나오자 차차 다른 기쁨으로 변했다.'와 같은 부분에서 알 수 있어요.

선생님 이 작품에는 시대적 배경을 암시하는 단어들이 등장해요. 어떤 단어인지 찾아보세요.

💬 1 ♥ 1

학생 1 지전, 고깃간, 은전 등이에요. 고기를 사고 고깃간 주인에게 1원짜리를 건넸다는 부분에서도 시대적 배경을 알 수 있어요.

선생님 이 소설의 이름은 「하늘은 맑건만」이에요. 이러한 제목에 담긴 의미는 무엇일까요?

💬 2 ♥ 2

학생 1 맑고 깨끗한 하늘은 한결같은 모습을 지닌 존재예요. 이는 문기가 잘못된 행동과 여러 가지 갈등 때문에 괴로움을 느끼고 있는 상황과 대조돼요. 작품에서도 문기가 죄책감을 느끼는 상황에서는 '어둠과 같이 컴컴하고 무거운 마음에 잠겨 고개를 들지 못한다.'라고 하였다가, 잘못을 솔직하게 털어놓은 후에는 '하늘을 떳떳이 마음껏 쳐다볼 수 있을 것이다.'라는 문장이 나와요.

학생 2 맑은 하늘처럼 깨끗하게 양심을 지키면서 살자는 주제를 담은 제목이라고 할 수 있겠네요.

선생님 이 작품의 독자가 주인공인 문기와 같은 또래라고 할 때, 흥미롭게 읽을 수 있는 요소는 무엇이 있을까요?

💬 2 ♥ 2

학생 1 이 작품은 '거짓말로 인한 괴로움'이라는 소재로 이야기를 이끌어 가요. 이러한 사건은 성장 과정에서 누구나 한 번쯤 경험할 수 있는 일이기 때문에 독자들의 흥미를 끌어요.

학생 2 문기를 괴롭히는 수만의 행동과 문기의 심리적 갈등이 간결한 문체로 생생하게 드러나요.

선생님 현덕의 작품에 등장하는 아이들의 특징은 어떠한지, 이 작품을 예로 들어 설명해 볼까요?

학생 1 많은 동화에서 아이들은 맑고 순수한 영혼을 지닌 모습으로 그려져요. 그러나 실제로 아이들은 거짓말을 하기도 하고 작은 잘못을 저지르기도 해요. 이러한 경험 때문에 고민과 갈등을 겪으며 성장하기도 해요.

학생 2 현덕의 작품은 이러한 아이들의 삶과 심리를 피상적으로 그리는 것이 아니라, 사실적으로 보여 주고 있다는 점에서 의의가 있어요.

자아 성찰의 매개체

연관 검색어   자아 성찰   교훈   반성

문학에는 다양한 인물들의 삶과 성찰이 담겨 있고, 문학을 읽는 독자들의 삶에 영향을 줄 수도 있다. 문학 작품 속의 인물이 자신의 삶을 되돌아보는 상황은 우연히 일어나지 않는다. 특별한 상황이나 물건이 자아 성찰의 계기를 마련해 주는 것이다. 이때 인물의 자아 성찰의 계기가 되는 대상을 '자아 성찰의 매개체'라고 한다.

현덕의 소설인 「하늘은 맑건만」에서 문기는 잘못을 저지르고 부끄러움에 하늘을 바라보지 못한다. 문기는 자신의 잘못을 솔직하게 털어놓은 후에야 비로소 하늘을 마음껏 쳐다볼 수 있을 거라고 생각한다. 문기에게는 '하늘'이 자아 성찰의 매개체가 되는 것이다.

윤동주의 시 「자화상」에서도 자아 성찰의 매개체를 찾을 수 있다. 화자는 우물 속에 비친 자신의 모습을 본다. 그리곤 자신의 현재 모습에 대해 미움과 연민 등의 감정을 느낀다. 여기서 등장하는 '우물'이 자아 성찰의 매개체가 된다.

고구마

⚓ 작품 길잡이

갈래: 성장 소설
배경: 시간 - 일제 강점기 / 공간 - 학교
시점: 3인칭 전지적 작가 시점
주제: 가난한 소년의 비애
출전: 〈소년〉⁽¹⁹³⁹⁾

📷 인물 관계도

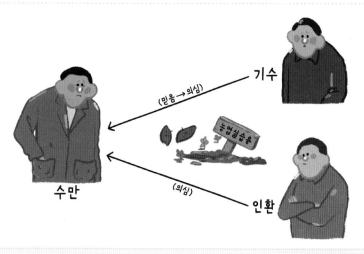

기수
(믿음→의심)

수만

(의심)
인환

수만	집이 가난하여 누룽지로 끼니를 때우지만, 사정을 모르는 친구들에게 고구마를 훔쳤다는 오해를 받는다.
기수	수만이의 결백을 주장하다 동조되어 수만이를 의심한다.
인환	농업 실습용 고구마가 사라지자 수만을 의심하고 친구들을 부추긴다.

📋 구성과 줄거리

발단　**농업 실습용 고구마가 없어지자 아이들은 수만을 의심함**

농업 실습용 고구마가 사라지자, 인환은 수만이 범인이라고 생각한다. 아이들은 매일 학교에 일찍 오고 가난한 수만을 의심하는 인환의 말에 동조한다. 그렇지만 기수는 수만의 결백을 주장한다.

전개　**수만이 주머니에 무엇인가를 넣고 나타남**

아이들 앞에 나타난 수만의 옷 주머니에 무엇인가 들어 불룩하다. 아이들은 그것이 무엇이냐고 묻고, 수만은 운동모자라고 한다. 하지만 당황하는 수만의 태도에 아이들의 의심은 더욱 커진다.

위기　**기수가 수만에게 실망하고, 아이들은 수만을 놀림**

기수는 수만과 대화하면서 수만이 고구마를 훔쳤다고 생각한다. 수만을 믿고 있던 기수는 실망한다. 아이들은 수만이 도둑이라고 생각하고 놀린다.

절정　**수만이 숨어서 무엇인가를 먹다가 아이들에게 들킴**

수만은 점심시간에 홀로 교실을 빠져나가고, 수만을 의심하는 아이들은 몰래 뒤쫓아 간다. 기수는 숨어서 무언가를 먹는 수만에게 호주머니에 감춘 걸 내놓으라고 따진다.

결말　**수만이 먹던 것은 누룽지였고 기수가 수만에게 사과함**

수만의 호주머니를 뒤져 나온 것은 고구마가 아닌 누룽지이다. 기수는 수만에게 미안하다고 말하며 고개를 숙인다.

고구마

　농업 실습으로 심은 고구마밭이었다. 더욱이 6학년 갑조 을조가 각기 한 고랑씩 맡아 가지고 경쟁적으로 가꾸는 그 밭 한 모퉁이 넝쿨 밑의 흙이 어지러이 헤집어지고 누구의 짓인지, 못 돼도 서너 개는 고구마를 캐냈을 성싶다.

　"거 누가 그랬을까?"

　하고 밭 기슭에 둘러섰는 아이들 등 뒤에서 넘어다보고 섰던 기수가 입을 열자 "흥!" 하고 인환이는 코웃음을 웃으며 다 알고 있다는 얼굴을 한다.

　"누구란 말야?"

　"누구란 말야?"

　하고 인환이 편으로 눈이 모이며 아이들은 제각기 한마디씩 묻는다. 인환이는 여전히 그런 웃음을 얼굴에 지으며 말이 없이 섰더니

　"누구긴 누구야."

　하고 퉁명스럽게 한마디하고, 그리고 음성을 낮추어서

　"수만이지, 뭐."

　"뭐, 수만이야?"

　하고 기수는 의외라는 듯 눈을 크게 뜬다.

　"그건 똑똑히 네 눈으로 보고 하는 말이냐?"

　"보지 않아도 뻔하지, 뭐. 설마 조무래기들이 그랬을 리는 없고 우리들 중에서 그런 짓 할 애가 누구야. 수만이밖에."

　"그렇지만 똑똑한 증거 없인 함부로 말할 수 없지 않어?"

　그러나 인환이는 피이 하는 표정으로 입을 삐쭉한다.

　"똑똑한 증건, 남 오지 않는 아침에 일찍 학교에 오는 놈이 한 짓이지 뭐야. 어제 난 소제 당번으로 맨 나중에 돌아갈 제 보았을 땐 아무렇지도 않았는데."

　하고 인환이는 틀림없이 수만이라는 듯 아주 자신 있는 얼굴을 한다. 그리고 다른 아이들도 인환이 말에 응해서 제각기들 아무도 없을 때 오는 놈이 한 짓이라고 입을 모아 말한다.

　하긴 수만이는 매일 아침 교장선생님 댁의 마당도 쓸고 물도 긷고 하고,

거기서 나는 것으로 월사금^{다달이 내던 수업료}을 내가는 터이라, 남보다 일찍이 학교엘 왔다. 그러나 아이들이 수만이에게 의심을 두기는 다만 아무도 없는 때 학교엘 온다는 이 까닭만이 아니다. 보다는 지나치게 가난한 그 집 형편과 헐벗은 그 주제꼴이 아이들로 하여금 말은 아니하나 까닭 모르게 이번 일과 수만이를 부합해 보게 되는 은근한 원인이 되었다.

그러나 기수만은 아니라는 뜻으로 머리를 젓는다.

"학교엘 먼저 온다는 이유만으로는 정녕 수만이가 그랬단 증거가 못 돼. 그리고 수만이는 내가 잘 알시만 그런 짓 할 애가……."

하고 아니라는 말도 하기 전에 인환이는 듣기 싫다는 듯 손을 젓는다.

"수만이를 잘 알긴 누가 잘 알어?"

하고 기수 앞으로 가까이 다가서며

"그 애 집 근처에 사는 내가 잘 알겠니, 한 동네 떨어져 사는 늬가 더 잘 알겠니?"

그리고 인환이는 전에 수만이 누이동생이 남의 집 밭의 감자를 캐는 걸자기 눈으로 보았다는 것, 또는 남의 것 몰래 훔쳐 가기로 동네에서 유명하다는 등을 말하며 수만이까지 한통으로 몰아 인환이는 얼굴에 업신여기는 표를 짓는다. 그리고

"넌 수만이 일이라면 뭐든지 덮어 주려고만 하니, 그 애가 무슨 네 집 상전이냐? 상전이라도 잘하고 못한 건 가려야지."

"뭐, 수만일 덮어 주려고 그러는 게 아냐. 잘허지 못했단 무슨 증거가 없으니까 허는 말이다. 그리고……."

하고 잠시 인환이 얼굴을 쳐다보다가, 기수는 다시 말을 이어

"네 말대루 정말 수만이 동생이 남의 집 밭에 감자를 캤을지 몰라도, 어린애니까 그러기도 예사고, 또 그걸로 오늘 수만이가 고구마를 캤다는 증거가 될 수는 없지 않느냐 말이다."

그러나 아무리 기수의 말이 경우에 옳다 하더라도, 수만이를 의심하는 아이들의 마음을 풀게 하는 힘이 되지는 못했다. 도리어 아이들은 기수가 수만이 허물을 덮어 주려고 그러는 줄 아는 모양, 아이들은 더욱 인환이 편으로 기울어 간다. 그리고 인환이가

"그럼 넌 수만이의 짓이 아니란 무슨 똑똑한 증거가 있니?"

하고 턱을 대는 데는 기수도 할 말이 없었다. 다만

"수만이 그 애의 인격을 믿고 말이다."

"인격?"

하고 여러 아이들의 비웃음을 받고 말았다.

그러나 다음 하학 下學 학교에서 그날의 수업을 마침 시간에도 기수는 고구마밭에 헤집어진 자리도 전처럼 매만져 놓고, 그리고 벌써 수만이의 짓이란 것이 드러나기나 한 것처럼 떠드는 아이들의 입을 삼가도록 타이르기에 힘을 쓴다.

"너희들 저렇게 떠들다가 나중에 선생님까지 아시게 되고, 그리고 아니면 어떡헐 셈이냐?"

"겁날 게 뭐야. 수만이가 아닐세 말이지."

"어떻게 넌 네 눈으로 똑똑히 본 것처럼 말하니?"

"그럼 넌 어떻게 수만이가 아닐 걸 네 눈으로 본 것처럼 우기니?"

하고 인환이와 기수는 서로 싸우기나 할 것처럼 얼굴을 붉히며 대들다가 무춤하고 물러선다. 바로 당자인 수만이가 이쪽을 향하고 온다.

아이들은 일시에 조용해졌다. 수만이는 한 손에 찻주전자를 들고 그편으로 고개를 기우듬 땅만 보며 교장 선생님 댁에서 나온다. 그 걸음이 밭 가까이 이르러 아이들 옆을 지나치게 되자, 겨우 얼굴을 들어 어색한 웃음을 지

수만이가 훔쳤을 거다. 아무래도 아침 일찍 학교에 오는 놈이 한 짓이겠지.

그건 증거가 못 돼. 그리고 수만이는 그런 짓 할 애가 아니다.

그럼 넌 수만이의 짓이 아니란 똑똑한 증거가 있니?

아무도 없을 때 오는 사람이 했겠지.

수만이 누이동생이 남의 밭에서 감자 캐는 걸 본 적도 있어.

농업 실습용

◌ 소설 한 장면　발단　농업 실습용 고구마가 없어지자 아이들은 수만을 의심함

어 보이고는 지나간다. 아이들의 가득하게 의심을 품은 여러 눈은 수만이 한 몸에 모여 아래위를 훑어본다. 그 한편 양복 주머니가 유난히 불룩하다. 겉으로 드러난 것만 보아도 고구마나 거기 가까운 것이 들어 있을 성싶다.

밭두둑을 올라 교실을 향해 가는 수만이 등 뒤를 노려보고 있던 인환이는 갑자기 소리를 친다.

"수만이 너, 주머니에 든 게 뭐야?"

"뭐 말야."

"양복 주머니의 불룩한 것 말이다."

"뭐."

하고 주머니를 굽어보며

"운동모자다."

그러나 운동모자가 아닌 것은 갑자기 얼굴빛이 붉어지는 것이며, 끔찍이 당황해하는 것으로 넉넉히 알 수 있다. 그리고 걸음을 빨리 교실 모퉁이를 돌아가는 등 뒤를 향해 인환이는

"먹을 것이거든 나두 좀 주렴."

그리고 또

"그 고구마 혼자만 먹을 테야?"

하고 소리친다. 수만이는 못 들은 척 대꾸도 없이 피해 달아나듯 뒤도 안 돌아본다.

아이들은 다시 와자하고 제각기 입을 열어 떠든다.

"틀림없는 고구마지."

"고구마 아니면 뭐야."

"멀쩡하게 고구마를 운동모자라지."

그리고 인환이는 신이 나서

"내 말이 어때. 수만이래지 않었어."

하고 기수를 향해 오금을 주듯 말한다. 그러나 기수는 이번에도 머리를 젓는다.

"설마 고구마라면 양복 주머니에 넣구 다니겠니? 생각해 봐라."

"그럼, 운동모자란 말야?"

"정말 운동모잔지도 모르지."

"운동모자가 그렇게 퉁퉁해?"

"그야 운동모자도 들고 다른 것도 들었으면 그렇지 뭐."

"그렇지, 암 운동모자도 들고 고구마도 들고 말이지."

하고 인환이는 빈정거린다. 끝끝내 기수는 말을 하면 할수록 도리어 아이들로 하여금 더욱 수만이를 의심하게 하는 도움이 되게 하고 말았다.

그리고 그다음 운동장에서 수만이를 만나서 기수 자기 역 얼마큼 수만이를 의심하는 눈으로 고쳐 보지 않을 수 없었다. 교실 모퉁이를 돌아 나오는 수만이 얼굴이 마주치자, 기수는 먼저 수만이 양복 주머니로 갔다. 그리고 기수는 다시금 눈을 크게 떴다.

아까는 통통하던 그 호주머니가 홀쭉해졌다. 그 안에 들었던 걸 꺼낸 모양. 그리고 또 좀 이상한 것은 운동모자 같은 것을 넣었다 꺼냈다면 그다지 어색해할 것이 없을 텐데, 기수의 눈이 자기 호주머니로 가는 것을 알자 수만이는 아주 계면쩍어하며 어색하게도 그 호주머니에 두 손을 찌르고 기수 옆에 와서 모로 선다.

두 소년은 한동안 말이 없이 땅만 내려다보고 섰다. 마침내 기수는 망설이던 입을 열었다.

"너 혹 고구마밭에 누가 손을 댔는지 알겠니?"

"왜?"

하고 수만이는 그걸 왜 내게 묻느냐는 듯한 얼굴을 들더니

소설 한 장면 　전개　 수만이 주머니에 무엇인가를 넣고 나타남

"난 몰라."

하고 다시 얼굴을 돌린다.

"누가 서너 개나 캐낸 흔적이 났으니 말야?"

수만이는 고개를 숙인 채 아무 대꾸가 없다. 기수는 다시

"거 누가 그랬을까?"

혼잣말처럼 하고 슬슬 수만이 눈치를 살핀다.

수만이는 여전히 고개를 숙이고 묵묵히 섰다. 차츰 기수는 어떤 의심을 두고 그 수만이 아래위를 흘끔흘끔 본다. 낡고 찌든 양복 주머니에 손을 찌르고 수그린 머리, 약간 찌푸린 미간. 그 언젠가 수만이 누이동생이 남의 고추를 캐다 들키고 주인 앞에 고개를 숙이고 섰던 그 모양과 지금 수만이에게서도 같은 것을 느끼며 기수는

'아무리 집안이 가난하기로 사람이 어쩌면 이처럼 변한단 말이냐.'

하고 자못 업신여겨 보기도 한다.

수만이 아버지가 살아 있고 집안이 넉넉하였을 적 수만이는 퍽 쾌활하고 명랑한 아이였었다. 공부도 잘하고 그리고 기수와도 무척 친하게 지냈다. 그러던 아이가 자기 아버지가 다니던 회사에서 나오게 되고, 그리고 그 진 티^{일이 잘못되어 가는 빌미나 원인}로 병을 얻어 돌아가시자 갑자기 집안이 어려워져 수만이 어머니는 남의 집 삯바느질이며 부엌일까지 하게 되고, 수만이는 차츰 사람이 달라 갔다. 몸에 입은 주제가 남루해지며 따라 풀이 죽어 활기가 없고, 남과 사귀기를 싫어하고 혼자 떨어져 담 밑 같은 데 앉아 생각에 잠기고 하는 사람이 되어 갔다. 그러나 기수만은 전과 다름없이 가까이 대하려 하나 역시 수만이는 벙어리가 된 듯 언제든 다문 입을 열려 하지 않는다.

그래도 지금 자기 옆에 고개를 숙이고 섰는 수만이를 대하고 볼 때 기수는 업신여김이나 미움은 잠시고 보다 가엾은 동정이 앞을 섰다. 그래 넌지시 지금 남들이 고구마 일설로 너를 의심하는 중이니 조심하라고 일러 주고 싶으면서 어떻게 말을 할지 몰라 주저하고 있는데, 마침 인환이를 선두로 여러 아이들이 우르르 몰려왔다.

수만이를 가운데 두고 아이들은 주르르 둘러선다. 잠시 수만이 아래위만 훑어보고 섰더니 인환이는 말을 건다.

"너 혹시 고구마 누가 캤는지 알겠니?"

"어딨는 거 말이냐."

"저 농업 실습 밭의 것 말이다."

"난 그런 것 지키는 사람이냐? 못 봤다."

"아니, 넌 남보다 일찍이 학교엘 오니 말이다."

수만이는 더는 입을 열지 않고 외면을 한다. 그 성난 듯한 말 없는 얼굴을 인환이는 흘끔흘끔 곁눈질해 보고 섰더니, 갑자기 옆에 섰는 한 아이의 양복 주머니를 가리키며

"너 인마, 그 속에 든 게 뭐야?"

"뭐긴 뭐야, 운동모자지."

"운동모자가 그렇게 퉁퉁해. 고구마 아니냐?"

아마 그 아이는 인환이가 정말 그러는 줄 아는 모양, 주머니 속에서 운동모자를 털어 보인다.

"자, 이것밖에 더 있어?"

그러나 인환이는 그걸 날래게 툭 차 쳐들고

"이게 운동모자야? 고구마지. 아, 멀쩡하다."

그리고 또 한 아이가 인환이 손에서 그 운동모자를 가로차 들고

"고구마, 나도 좀 먹자. 너만 먹니?"

하고 그걸 고구마처럼 먹는 시늉을 하며 가지고 달아난다. 그 뒤를 모자 임자가 쫓아 따라가고 잡힐 듯하게 되면 또 다른 아이에게 던져 주고, 그걸 받은 아이가 또

"아, 그 고구마 맛있다."

하고 맛있는 시늉으로 달아나고 이렇게 모자 임자를 가운데 두고 머리 너머로 던지고 받고 하더니, 인환이 손에 들어가자 그걸 수만이에게 던져 주며

"옜다, 너두 좀 먹어 봐라."

그러나 수만이는 어깨 위에 떨어지는 모자를 못마땅한 듯 "쳇!" 하고 혀 끝을 차며 땅바닥에 집어 버리고는 어슬렁어슬렁 자리를 피해 간다. 그 등 뒤를 향하고 연해 운동모자가 날아간다.

"옜다, 고구마 너두 좀 먹어 봐라."

"옜다, 고구마 너두 좀 먹어 봐라."

하고 제각기 떠들며 수만이 뒤를 따라간다. 그 꼴을 보다 못해 기수는 선두로 선 인환이 앞을 가로막았다. 그리고 수만이가 듣는 앞에서 소리를 크게

"너희들 가만있는 사람 왜 지근덕거리니 성가실 정도로 끈덕지게 자꾸 귀찮게 굴다?"

그리고 음성을 낮추어

"아, 글쎄 왜들 떠드니? 증거도 없이."

그러나 인환이는 눈을 부릅뜬다.

"증거가 왜 없어?"

하고 바로 수만이 뒤 책상에 앉은 아이를 이끌어 세우며

"증거는 이 애한테 물어봐라."

하고 득의양양한 얼굴을 한다. 그 아이 말인즉, 수만이 책상 속에 고구마 같은 것이 있는 걸 책상 뚜껑을 열 때마다 보았다는 것이다.

그러나 기수는

"그게 정말 고구마라면 어디다 못 둬서 책상 속에다 두겠니? 고구마가 아니다. 아냐."

"책상 속에 못 둘 건 어딨어. 도리어 다른 데 두는 거보다 안전하지."

그래도 기수는 아니라고 머리를 저으니까, 그럼 정말 그건가 아닌가 가서 밝히자고 인환이는 기수의 팔을 잡아끈다. 수만이는 건너편 담 밑에서 양복 주머니에 손을 찌른 그 모양으로 오락가락하며 흘끔흘끔 이편을 본다. 그 수만이가 보는 데서 기수는 그의 책상 뚜껑을 열어 보러 갈 수는 없

🎬 소설 한 장면　위기　기수가 수만에게 실망하고, 아이들은 수만을 놀림

었다. 인환이에게 팔을 잡아끌리며 주춤주춤하는데, 마침 상학종^{학교에서 그날의 공}이 울었다._{부 시작을 알리는 종}

그리고 그다음 점심시간이었다. 아이들은 각기 책상 뚜껑을 열고 벤또^도를 꺼낸다._{시락} 수만이도 책상 뚜껑을 열었다. 그러나 그가 끄집어낸 것은 벤또가 아니다. 남이 볼까 두려워하는 듯 한번 좌우를 살피고는 검정 책보 밑에서 넌지시 한 덩이 고구마 같은 걸 꺼내 양복 주머니에 넣고는 슬며시 일어난다. 그걸 수만이 뒤에 앉은 아이가 보고 재빨리 인환이에게 눈짓을 한다. 그리고 인환이는 기수에게 또 눈짓을 하고 수만이는 태연히 일어서 교실 밖으로 나간다. 그가 낭하^{복도}로 내려서자 인환이가 뒤를 쫓아 나간다. 그리고 그 뒤를 또 기수 또 누구누구 몇 아이도 따르고.

수만이는 소사실 뒤 언덕으로 올라간다. 그를 멀찍이 두고 아이들은 하나둘 뒤를 밟아 간다. 언덕을 올라서 다복솔^{가지가 탐스럽고 소복하게 많이 퍼진 어린 소나무} 밭 사이를 한참 가더니, 수만이는 버드나무 앞에 이르러 두리번두리번 사방을 돌아보고 그 밑에 앉는다. 언덕 이쪽 편 풀섶 사이에 엎드려 거동을 살피는 기수 눈에 돌아앉은 수만이가 무릎 사이에 들고 앉아 먹기 시작한 그것이 정녕 고구마였다. 기수는 자기 눈을 의심할 만큼 놀랐다. 그리고 알 수 없는 노여움에 몸이 떨린다. 그 수만이의 모양이 짝 없이 추하고 밉다. 기수는 자기가 먼저 앞장을 서 나갔다. 그리고 등 뒤에 가까이 이르러

"너 거기서 먹는 게 뭐냐?"

하고 갑자기 소리치자 수만이는 깜짝 놀라 무춤하더니, 얼른 먹던 걸 호주머니에 감추고 입안에 씹던 걸 볼에 문 그대로 고개를 돌린다. 그리고 기수와 인환이 또 여러 아이들의 얼굴을 보자 다시금 놀란다.

기수는 엄한 얼굴로 그 앞에 한 발짝 다가선다.

"너 지금 먹던 거 이리 내놔라."

"......."

"먹던 거 이리 내놔."

수만이는 눈을 끔벅 입안의 걸 삼키고

"대체 뭐 말이냐."

"인마, 저 호주머니에 감춘 거 말야."

하고 인환이가 소리를 친다.

"아무리 먹고 싶어두 인마, 농업 실습으로 심은 고구말 캐 먹어?"

"뭐, 내가 언제 고구말 캐 먹었어?"

"그럼, 저 호주머니에 감춘 건 뭐야?"

"……."

"호주머니에 감춘 건 뭐야?"

"남의 호주머니에 든 게 뭐든 알아 뭐해."

"남의 호주머니?"

하고 인환이는 어이없다는 듯 한 번 웃고

"그 속에 우리가 도둑맞은 물건이 들었으니까 허는 말이다."

"내가 대체 뭘 훔쳤단 말야, 멀쩡한 사람을……."

"뭘 훔쳐? 고구마 말이다, 고구마."

"고구말 내가 훔치는 걸 네 눈으로 봤어?"

"그럼, 저 호주머니에 감춘 건 뭐야."

"……."

"호주머니에 감춘 거 냉큼 못 내놓겠니?"

"……."

"아, 못 내놓겠어?"

수만이는 여전히 입을 봉하고 섰더니, 갑자기 한마디로 딱 끊어서

"못 내놓겠다."

아무리 먹고 싶어두 농업 실습으로 심은 고구말 캐 먹어? 호주머니에 감춘 거 냉큼 못 내놓겠니?

고구말 내가 훔치는 걸 네 눈으로 봤어? 못 내놓겠다.

소설 한 장면 　절정　 수만이 숨어서 무엇인가를 먹다가 아이들에게 들킴

그리고 할 대로 해라 하는 태도로 양복 주머니를 두 손으로 움켜쥔다. 인환이는 좌우로 눈을 찡긋찡긋 군호軍號 서로 눈짓이나 말 따위로 몰래 연락함를 하더니 불시에 수만이에게로 달려들어 등 뒤로 허리를 껴안는다. 그리고 우우 대들어 팔을 붙잡고, 다리를 붙잡고, 그래도 몸을 빼치려 가만있지 않는 수만이 호주머니에 기수는 손을 넣었다. 그리고 수만이는 최후의 힘으로 붙잡힌 팔을 빼치자, 동시에 기수는 호주머니 속에 든 걸 끄집어내었다. 그러나 눈앞에 나타난 것은 딱딱하게 마른 눌은밥, 눌은밥 한 덩이였다. 묻지 않아도 수만이 어머니가 남의 집 부엌일을 해 주고 얻어 온 것이리라. 수만이는 무한 남부끄러움에 취해 고개를 들지 못하고 섰다. 그러나 그 수만이보다 갑절 부끄럽기는 인환이였다. 아이들이었다. 기수 자신이었다. 손에 든 한 덩이 눌은밥을 그대로 어찌할 줄을 몰라 멍하니 섰더니, 그걸 두 손으로 수만이 손에 쥐어 주며 다만 한마디 입안의 소리를 외고 그 앞에 깊이 머리를 숙인다.

"용서해라."

🍎 소설 한 장면   결말   수만이 먹던 것은 누룽지였고 기수가 수만에게 사과함

🔭 생각해 볼까요?

 선생님 수만은 반 친구들에게 고구마 도둑으로 몰리면서도 입을 굳게 다물어요. 도시락을 싸 올 수 없어 어머니가 일하고 얻어 오신 누룽지로 끼니를 때우는 사정을 말하기가 싫었기 때문이지요. 수만을 고구마 도둑으로 생각하는 아이들의 괴롭힘은 점점 심해져만 가고, 결국 수만은 아이들에게 둘러싸인 채 강제로 주머니를 털어 보이게 돼요. 예상과 달리 수만의 주머니에서 나온 것은 뻣뻣하게 마른 누룽지였지요. 이 작품에서 '누룽지'라는 소재의 의미와 그 기능은 무엇일까요?

💬 2 🤍 2

↳ **학생 1** 누룽지는 가난으로 인해 괴로움을 겪어야 하는 소년의 비애를 드러내는 소재예요.

↳ **학생 2** 또한 소설에서 극적 반전을 일으키고 주제가 보다 효과적으로 드러나도록 하는 소재예요. 작품 속 인물들뿐 아니라 독자들 역시 결말 직전까지 수만의 주머니에 있는 것이 고구마라고 여기게 돼요. 그러나 의외의 누룽지가 나온 순간 분위기가 달라져요.

 선생님 치부가 드러난 수만과 수만을 의심했던 아이들이 아무런 말도 못 하고 있을 때, 기수가 "용서해라."라고 말하면서 이야기가 끝나요. 이러한 끝맺음이 주는 효과는 무엇일까요?

💬 1 🤍 1

↳ **학생 1** 극적인 상황에서 일어난 반전과 기수의 한마디는 깊은 여운과 함께 감동을 주기 위한 짧은 끝맺음이에요. 기수의 마지막 말은 독자에게 생각할 거리를 줘요.

잡지 〈소년〉	▼ 🔍

연관 검색어   아동 잡지

우리나라 근대에는 '소년'이라는 이름의 잡지가 여러 개 있었다. 현덕의 작품 「고구마」가 실린 〈소년〉은 조선일보사 출판부에서 발행한 월간 아동 잡지로 1937년부터 1940년까지 발행되었다. 〈소년〉에는 동요나 동화, 소년 소설, 아동극뿐 아니라, 뉴스, 상식, 만화, 퀴즈 등 다양한 종류의 읽을거리가 실렸다. 특히 독자들의 투고작을 싣는 '소년작품란'이 큰 인기를 끌었다. 이러한 〈소년〉에서는 아동문학사의 정전으로 꼽힐 만한 작품들이 다수 발표되었다.

나비를 잡는 아버지

#나비   #아버지의사랑   #마름과소작   #신분차이

⚓ 작품 길잡이

갈래: 성장 소설
배경: 시간 - 일제 강점기 / 공간 - 농촌 마을
시점: 3인칭 전지적 작가 시점
주제: 깊고 뜨거운 아버지의 사랑
출전: 미상

📷 인물 관계도

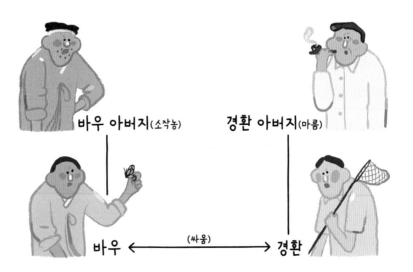

바우 아버지(소작농)   경환 아버지(마름)

바우 ← (싸움) → 경환

바우	소작농의 아들로 자존심이 강하다. 상급학교에 진학하지 못해 속상해한다.
경환	마름의 아들로 상급학교에 진학하였다. 바우를 무시한다.
바우 아버지	바우와 경환의 싸움 때문에 소작하는 땅을 빼앗길까 봐 걱정한다.

🗒 구성과 줄거리

발단   바우는 경환이 나비를 잡는 것을 못마땅하게 여김

바우의 심기가 좋지 않다. 소학교를 함께 다닌 경환이 여름 방학이 되어 집으로 내려온 것이다. 바우는 상급 학교에 진학한 경환을 볼 때마다 속이 상하고, 나비를 잡는 경환이 못마땅하다.

전개   경환이 바우네 참외밭을 망치며 나비를 잡자 싸움이 벌어짐

바우는 나비를 잡느라고 자기네 참외밭을 망가뜨린 경환에게 화를 낸다. 급기야 바우와 경환은 몸싸움을 벌인다.

위기   바우의 부모는 소작이 떨어질까 봐 바우에게 용서를 빌라고 강요함

어머니는 바우와 경환의 싸움 때문에 마름집에 불려 가고, 아버지는 바우에게 나비를 잡아 가지고 가서 빌라고 한다. 바우는 자존심 때문에 빌러 가지 않고, 아버지는 바우의 그림책을 찢어 버린다.

절정   집을 나온 바우는 자기 대신 나비를 잡고 있는 아버지를 발견함

바우는 자존심을 세워 주지 않는 부모에게 야속함을 느낀다. 집을 나온 바우는 메밀밭 근처에서 나비를 잡고 있는 아버지를 발견한다.

결말   바우가 아버지의 사랑을 깨달음

바우는 아버지에 대한 연민과 사랑을 느끼며 아버지를 부른다.

나비를 잡는 아버지

황혼의 종로로 방향을 돌려서
뻐스는 떠난다. 경쾌하게.

건들어진 노랫소리가 푸른 언덕을 넘어온다. 바우는 송아지를 뜯기며, 밤나무 그늘에 앉아 그림 그리는 책을 펴 들었다. 송아지가 움직이는 대로 자리를 옮겨 왔으며, 옆으로 풀을 뜯는 송아지 모양을 그리느라 열심히 들여다보고 연필을 놀리고 하더니, 잠시 멈추고 귀를 기울인다. 그리고 "흥!" 하고 빈정거리는 웃음을 한번 웃고는, 그 소리가 듣기 싫다는 듯 그편에 등을 대고 돌아앉았다.

'겨우 서울 가서 공부한다고 배워 가지고 온 것이 유행가 나부랭이 하고 나비 잡는 것하구.'

지난해 봄에 바우와 경환이는 한날에 그곳 소학교를 졸업을 하였다. 경환이는 서울로 상급 학교를 가고, 바우 자기는 집에서 꾸벅꾸벅 땅이나 파며 있지 않으면 아니될 때, 바우는 무척 슬퍼하고 억울해 하고, 따라서 경환이를 부러워도 하였다. 바우 자기가 값없이 보내는 그 하루하루에 경환이는 좋은 학교, 훌륭한 선생 아래서 날마다 새로워 가고 높아 갈 것을 생각할 때, 바우는 가만히 있지 못했다. 그 상급 학교에 가지 못하는 벌충을 여기다 하려는 듯이 틈 있는 대로 그림을 그리었고, 그것으로 즐거움이 되었다.

그리고 얼마 전에 그 경환이가 하기휴가를 하고 서울서 집에 돌아왔다. 그러나 전보다 얼굴빛이 희어지고, 바지통이 넓은 양복에 흰 테두리의 모자를 멋있게 쓴 것이 달라졌을 뿐, 하는 일이라고는 고작, 서울이 얼마나 좋고 자기 다니는 학교가 얼마나 훌륭한 곳인가를 자랑하는 것과 활동사진 배우 중 누구는 어떻고 누구는 어쩌고, 그리고 잡된 유행가를 부르고, 동네 어린아이들을 몰고 다니며 나비를 잡는 것이 전부였다. 아마 경환이 자기는 이러는 것으로 전일 보통학교 때 늘 바우에게 성적으로 머리를 눌려 오던 분풀이를 하려는 듯이 뻐기며 다니는 것이다. 바우는 그 꼴이 곱게 보일 수 없었다.

꽃피는 남산으로 방향을 돌려서
뻐스는 떠난다, 가로수 그늘.

노랫소리는 점점 가까워 온다. 그리고 잠시 언덕 너머가 떠들썩하더니, 호랑나비 한 마리가 피로한 나래로 갈팡질팡 날아와 밤나무 가지에 야트막하게 앉는다. 바우는 그 나비를 쉽게 잡을 수 있었다. 그리고 잠깐 그 호사스런 모양, 찬란한 빛깔을 들여다보다가 도로 날려 보내려 할 즈음, 언덕 위로 농네 아이들의 머리가 불쑥불쑥 나타나며, 뒤미처 ^{그 뒤에 곧 잇따라} 경환이가 나비 잡는 채를 휘두르며 뛰어 내려온다. 경환이는 바우가 앉아 있는 밤나무 그늘로 들어서며,

"너, 호랑나비 어디로 날아가는지 봤니?"

하다가는, 바우 손에 잡히어 있는 나비를 보고는 반색을 한다.

"나 다우."

하고 으레 줄 것으로 알고 손을 내미는 것이나, 바우는 그 손을 툭 쳐 버리고 몸을 돌린다.

"넌 무슨 까닭으로 어린애들을 몰고 다니며 앰한^{아무 잘못 없이 꾸중을 듣거나 벌을 받아 억울한} 나비를 못살게 하는 거냐?"

"뭐?"

하고 경환이는 뜻하지 않은 말에 잠시 멍하니 바라보다가는

"누가 장난으로 잡는 거냐? 학교서 숙제를 냈어. 동물 표본을 만들어 오라고."

"장난 아니믄, 벌써 너 나비 잡기 시작한 지가 며칠이냐. 그동안에 못 잡아도 백 마리는 잡았겠구나. 거 다 동물 표본 만들고도 모자라서 또 잡는 거냐?"

"모두 못쓰게 잡았으니까 그렇지. 날개가 상하구."

하더니, 경환이는 변색을 하고 한 발자국 다가서며,

"넌 남이 나빌 잡건 말건 무슨 상관이냐, 건방지게."

"나두 상관할 만해서 그런다."

"무슨 상관이야?"

"너 때문에 담부턴 나비 구경을 못 하게 되겠으니까 허는 말이다."

하고, 바우는 경환이 얼굴을 마주 노리다가

"늬가 동물 표본을 만들기 위해 나비가 필요하다면 난 그림 그리는 데 필요한 나비야. 너만 위해서 생긴 나비는 아니지."

그러나 경환이는 "흥!" 하고 코웃음을 친다. 바우는 한층 음성을 높여 계속한다.

"그리고 어린아이들에게 잡된 유행가는 너 왜 가르치는 거냐? 부르고 싶으면 네나 부르지."

이 말엔 매우 괘씸한 모양, 경환이는 낯을 붉히며 대든다.

"이 동네서 나 하는 거 시비할 사람 없어. 건방지게 왜 이래?"

하는 그 말 속엔 분명 자기는 마름 ^{지주를 대리해 소작권을 관리하는 사람} 집 외아들로서 지위가 높은 몸, 너 같은 소나 뜯기는 놈에게 시비를 받을 몸이 아니라는 빈정거림이 있다. 바우는 썩 비위가 상해서

"흥!"

하고 마주 코웃음을 치고, 그리고 좀 더 골을 올리려고 두 손가락에 날개를 접어 쥔 나비를 이것 너 줄까, 하는 시늉으로 경환이 등을 향해 두어 번 겨누다가 그대로 공중으로 날려 버린다. 나비는, 방향이 없이 어지러이 한 바퀴 맴을 돌더니 언덕 아래로 높았다 낮았다 날아간다. 경환이는 갑자기

🕮 소설 한 장면   발단   바우는 경환이 나비를 잡는 것을 못마땅하게 여김

몸을 날려 그 나비를 쫓아간다. 그러다가 나비가 아래 논 가운데로 날아가자 뒤돌아서 바우를 무섭게 한번 눈을 흘겨보고 그리고 돌 하나를 집어 근처에서 풀을 뜯고 있는 송아지를 때리고는 언덕 아래로 달아났다.

그러나 경환이의 심술은 이것만으로 고만두지 않았다. 송아지에게 먹을 만치 풀을 뜯기고, 언덕 아래로 몰고 내려와 수수밭 모퉁이를 돌아섰을 때, 바우는 다시금 놀랐다. 개울 건너 바우네 참외밭에서 경환이란 놈이 나비 잡는 채를 휘두르며 날뛰고 있다. 그까짓 송장나비를 잡으려고 그러는 것이 아닐 텐데, 경환이는 그 나비를 쫓아 구두 신은 발로 지금 한창 참외가 열기 시작하는 넝쿨을 함부로 질겅질겅 밟으며, 이리 뛰고 저리 뛰고 한다. 일부러 그러는 것이 분명하다. 나비를 잡는 척 참외밭으로 몰아넣고 참외 넝쿨을 결딴내는 것이리라. 바우는 눈이 뒤집혔다. 더욱이 그 참외밭은 장차 햇곡식 나기 전까지의 바우 집 식구들의 식량을 거기다 예산하고 있는 것이요, 바우 자기도 참외가 잘 열면 책 한 권쯤 사 달려려고 벼르고 있던 터다. 바우는 나는 듯 개울을 건너 뒤로 쫓아가 등줄기를 한 번 후리고 그리고

"인마, 눈 없어? 이거 못 봐?"

하고 낭자한 ^{여기저기 흩어져 어지러운} 그 자취를 손으로 가리키며,

"넌 남의 집 농사 결딴내두 상관없니, 인마?"

그러나 경환이는,

"우리 집 땅 내가 밟았기로 무슨 상관이야."

하고, 기가 막힌다는 듯 "피이!" 하고 고개를 옆으로 돌린다. 그러나 사실 기가 막히기는 바우다.

"우리 집 땅?"

하고, "허 참!" 하늘을 쳐다보고 탄식하고는,

"땅은 너희 집 거라두 참이^{'참외'의 사투리} 넝쿨은 우리 집 거 아니냐? 누가 너이 집 땅을 밟는대서 말야. 우리 집 참이 넝쿨을 결딴내니까 말이지."

그러니 경환이는 머리에 썼던 운동모자를 벗으며 한 발자국 다가선다.

"너이 집 참이 넝쿨은 그렇게 소중히 알면서, 어째 남의 나비 잡는 건 훼방을 놓는 거냐? 나두 장난으로 잡는 건 아냐."

"장난이 아닌지는 몰라도 넌 나비를 잡는 거고, 우리 집은 참이 넝쿨은 거기서 양식도 팔고 그래야 헐 것이거든. 그래, 나비가 중하냐, 사람 사는

게 중하냐?"

바우는 팔을 저어 시늉하며 어느 것이 소중하냐고 턱을 대는데, 경환이는

"나두 거기 학교 성적이 달린 거야."

하고 "피이!" 하며 업신여기는 웃음을 짓더니,

"너이 집 집안 살림을 내가 알 게 뭐냐."

하고 같은 웃음으로 좌우를 돌라본다. 개울 건너 길가에 동네 아이들이 모여 섰고, 그 뒤로 지게를 진 어른들도 섰다. 바우는 낯이 화끈 달았다.

"뭐, 인마?"

하고 대뜸 상대의 멱살을 잡고

"그래서 남의 참이밭 결딴내는 거냐? 나빈 우리 집 참이밭에만 있구 다른 덴 없어, 인마?"

경환이는 멱살을 잡힌 채 이리저리 목을 저으며,

"이게 유도 맛을 보지 못해 이래. 너, 다 그랬니, 다 그랬어?"

하고 어르다가 날래게 궁둥이를 들이대고 팔을 낚아 넘겨치려 하나 그러나 원체 나무통처럼 버티고 섰는 바우의 몸은 호리호리한 경환의 허리 힘으로는 꺾이지 않았다. 도리어 바우가 슬쩍 딴죽을 걸고 밀자 경환이 자신이 쿵 나둥그러졌다. 그러나 쓰러졌다가 다시 일어설 때 경환이는 손에 돌을 집어 들고 얼굴에 울음을 만들고는

왜 남의 집 농사를 결딴내냐? 나비가 우리 집 참이밭에만 있어?

나두 거기 학교 성적이 달린 거야. 너이 집안 살림을 내가 알 게 뭐냐.

🍎 소설 한 장면　전개　경환이 바우네 참외밭을 망치며 나비를 잡자 싸움이 벌어짐

"이 자식아, 남 나비 잡는 사람, 왜 때리고 훼방을 놓는 거야, 왜!"

하고 비겁하게 돌 든 손을 머리 위로 쳐들어 겨누는 것이다. 결국 싸움은 이때껏 아이들 등 뒤에 입을 벌리고 서서 보고만 있던 동네 어른 하나가 성큼성큼 개울을 건너가 사이를 뜯어 놓고 그리고 경환이를 참외밭 밖으로 이끌어 나간 것으로 끝났으나, 그러나 경환이가 손목을 이끌려 가면서 연해 뒤를 돌아보며, 어디 두고 보자고 벼르던 그 말이 허사가 아니었다.

바우가 자기 집 장독간 앞에서 벌통을 들여다보고 앉았는데, 경환이 집에서 부엌 심부름을 하는 계집아이가 왔다. 바우는 까닭 없이 가슴이 성큼했다.

"바우 어머니, 집에 있수?"

하고, 계집아이는 안방과 부엌을 기웃거리다가 마당에 섰는 바우를 보고,

"너, 우리 집 서울 학생 때렸니?"

하고 쳐다보다가 대답이 없으니까,

"너 야단났다. 우리 집 아씨가 막 역정이 나서 너이 어머니 불러오래, 얘."

마침 우물에서 돌아오는 바우 어머니를 보고 계집아이는 다시 한번 그 말을 옮겨 들리며 함께 문밖으로 사라졌다.

'난 잘못한 거 없으니까.'

하면서 바우는 가슴이 두근거리었다. 일없이 <small>아무런 까닭이나 실속 없이</small> 뒤꼍으로 갔다, 마당으로 나왔다 하며 어머니가 돌아올 때를 기다리면서 조마조마한다.

먼저, 아버지가 뒷밭에서 돌아왔다. 이맛살을 찌푸린 얼굴로, 아버지는 기색이 좋지 못하다. 호미를 마당 가운데 던지더니 아버지는 갑자기 큰소리를 냈다.

"참이밭에서 누구하구 싸웠니?"

바우는 벌통 앞에 돌아앉아서 말이 없다.

"너두 눈 있거든 참이밭에 좀 가 봐. 넝쿨 하나 성한 게 있나. 인마, 그 밭에 도지 <small>도조. 남의 논밭을 빌려서 부치고 논밭을 빌린 대가로 해마다 내는 벼</small> 가 을만치 아니? 벼루 열 말야. 참이는 안 돼두 낼 것은 내야지. 그리고 허구한 날 먹을 건 먹어야지. 그런 걱정은 없구, 인마, 참이밭에서 싸움이 뭐냐, 싸움이."

바우는 벌통 앞에서 일어서며 볼멘소리로

"누가 싸웠나. 경환이가 나비를 잡는다고 참이밭에서 막 넝쿨을 밟길래

말린 거지."

그러나 아버지는 일층 음성을 거슬렸다.

"내가 뭐랬어. 참이밭 근처서 멀리 떠나지 말고 지키랬지. 그놈의 그림책, 이리 내놔라. 그것만 잡고 앉았으면 정신없다가 참이밭을 결딴내는 것두 몰랐지, 인마."

하고, 그 그림책을 찾는 것처럼 두리번거리고 뒤꼍으로 가며 아버지는 혼잣말로, 서울 가서 공부한 것이 나비 잡는다고 남의 집 참외밭 결딴내는 거냐고 중얼거리며 울타리에서 호박잎을 따고 있다. 아마 부러진 참외 넝쿨을 그것으로 이어 보려는 것이리라. 조금 후, 아버지는 호박잎을 따 가지고 나오며,

"너이 어머니 어디 갔니?"

그러나 바우는 경환이 집에서 어머니를 불러 갔다는 말은 아니 나왔다. 묵묵히 바우는 대답이 없다. 하지만 아버지는 더 묻지 않아도 좋았다. 바로 그 어머니가 상기한 얼굴로 대문을 들어섰다.

어머니는 다짜고짜로 바우에게로 달려가 등줄기를 후리고는

"자식이 어떻게 했으면 어미 망신을 그렇게 시키니. 어서 나비 잡아 가지고 가서 빌어라, 빌어."

그리고 아버지를 향하고는,

"당신도 가 보우. 바깥사랑에서 부릅디다."

아버지는 어리둥절하여 바우와 어머니를 번갈아 쳐다보다가,

"어떻게 된 일이야, 응?"

그러나 어머니는 바우를 향해서만 또,

"남 나빌 잡거나 말거나 내버려 두지 어쭙잖게 훼방을 놓는 거냐?"

"누가 훼방을 놓았나? 남의 참이밭에 들어가 그러기에 못 하게 말린 거지."

"아, 늬가 밤나뭇골 언덕에서 손에 잡았던 나비까지 날려 보내며 뭐라구 그랬다는데그래."

그리고 어머니는 경환이 집 안주인이 꾸중꾸중하더라는 것, 그리고 바우가 나비를 잡아 가지고 와서 경환이에게 빌지 않으면 내년부턴 땅 얻어 부칠 생각을 말라더란 말을 옮기며[1] 또 바우에게

---

[1] 마름인 경환이네가 소작농인 바우네게 횡포를 부리고 있다.

"어서 나비 잡아 가지고 가서 빌어라, 빌어."

아버지는 연해 꿍꿍 땅이 꺼지는 못마땅한 소리로 뒷짐을 지고 마당을 오락가락하며 무섭게 눈을 흘겨 바우를 본다. 그리고 바우는 어머니가 등을 미는 대로 부엌으로 뒤꼍으로 피하다가는 대문 밖으로 나갔다. 그러나 담 밑에 붙어 서서 움직이지 않는 바우를 어머니는 쫓아나와 다조진다[일이나 말을 바짝 재촉하다].

"이렇게 고집을 부리고 안 가면 어떡헐 셈이냐. 땅 떨어져도 좋겠니? 너 두 소견이 있지."[1]

그러나 바우는 어슬렁어슬렁 길로 나가더니 우물 앞 정자나무 앞에 이르자 걸음을 멈추고 동네 노인들이 장기를 두고 앉았는 것을 넋을 놓고 들여다보고 섰다. 장기가 두 판이 끝나고 세 판이 끝나고 모였던 사람이 헤어져도 바우는 자리를 뜨지 않는다. 바우는 다만 자기가 조금도 잘못한 것이 없는 것, 그러니까 누구에게든 머리를 굽힐 까닭이 없다는 고집이 정자나무 통만큼 뻣뻣할 뿐이었다.

해가 저물었다. 지붕 너머로 바우 집 굴뚝에도 연기가 오르고 그리고 그 연기가 잦아든 때에야 바우는 슬슬 눈치를 살피며 대문을 들어섰다. 그러나 건넌방 쪽에 눈이 갔을 때 바우는 크게 놀랐다. 아궁이 앞에 위하던 그림 그리는 책이 조각조각 찢기어 허옇게 흩어져 있다.[2] 바우는 그 앞에 이르러 멍멍히 내려다보고 섰는데 등 뒤에서 아버지 음성이 났다.

"인마, 남은 서울 학교 다녀서 다 나비도 잡고 그러는 건데 건방지게 왜 다니며 훼방을 놓는 거냐, 훼방을."

그리고 바우가 그림 그리는 것과 그것은 아랑곳없는 일일 텐데 아버지는

"담부턴 내 눈앞에 그 그림 그리는 꼴 보이지 말어라. 네깐 놈이 그림 그걸루 남처럼 이름을 내겠니, 먹고살게 되겠니?"

하고, 돌아서 문밖으로 나가려다가 다시 돌아서며 아버지는

"나빈 잡아 갔지?"

하고 다져 묻는다. 바우는 고개를 숙인 채 묵묵하다. 아버지는 기가 막힌 듯 잠시 건너다보기만 하다가 언성을 높였다.

---

1) 마름과 소작농의 신분 차이에서 오는 불평등이 갈등의 근본적인 원인임을 알 수 있다.

2) 바우와 아버지의 갈등이 심화되는 계기이다.

"이때껏 나가서 뭘 했어. 인마, 간 봄에 늙은 아비가 땅 얻어 부치느라고 갖은 애 다 쓰던 것을 네 눈으로도 보았지? 가뜩한데 너까지 말썽일 게 뭐냐. 어서 가서 빌지 못하겠어?"

아버지는 담뱃대 끝으로 바우의 수그린 머리를 찌를 듯 겨눈다. 그러는 대로 바우는 슬금슬금 피할 뿐, 조금도 걸음을 옮기려 하지 않는다.

"그래도 네 고집만 실 테냐. 그럴라거든 아주 나가거라. 아주 나가."

하고, 아버지는 빗자루를 들고 나섰다. 이런 때 어머니가 방에서 나와 그걸 빼앗아 던져 버리고,

"가서 빌기만 허면 뭘 하우. 나빌 잡아 가야지. 그리고 지금은 어두워서 잡겠수? 내일 잡아 가라지."

그리고 어머니는 바우의 등을 밀며

"어서 올라가 저녁이나 먹어라."

하지만 아버지는 여전히 못마땅한 눈으로 흘겨보며,

"저런 놈 저녁은 먹여 뭘 해. 아주 내쫓으라니깐그래."

하고, 자기가 먼저 문밖으로 나간다. 어머니는 그 아버지가 들어오기 전에 어서 저녁을 먹으라고 권한다. 그러나 바우는 섰는 자리에 그대로 고개를 숙이고 어머니가 달랠수록 더 짜증만 낸다. 한종일 아버지 어머니에게

인마, 학교 숙제로 나비를 잡는다는데 네가 왜 훼방을 놓는 거냐. 이러다 소작이 떨어지면 어떡하려구 그래?

난 잘못한 것도 없는데⋯⋯. 그리고 그림책을 찢으실 것까진 없잖아.

◑ 소설 한 장면　위기　바우의 부모는 소작이 떨어질까 봐 바우에게 용서를 빌라고 강요함

애매한 미움을 받고 또 그림책을 찢기우고 한 그 억울한 심정이 가슴속에 벅차 다른 무엇이 들어갈 여지가 없었다.

이튿날 아침이다. 건넌방 모퉁이서 바우는 아버지와 얼굴이 마주쳤다. 아버지는 어제와 다름없는 그 얼굴 그 음성으로 부엌에서 아침을 짓는 어머니를 향해 소리쳤다.

"오늘도 저놈이 제 고집만 세고 나빌 잡아 가지 않거든, 밥 주지 말어."

그리고 바우를 향해서는

"오늘은 나빌 잡아 가지고 가 봐야 허지. 그러지 않으려거든 영 집에 들어올 생각 말어라, 인마."

아버지가 보이지 않는 곳에 이르자, 어머니는 부엌에서 나와 작은 음성으로 바우를 달랜다.

"아버지 속상하시게 하지 말고, 오늘은 나빌 잡아 가지고 가 봐라. 땅이 떨어지거나 하면 너는 좋겠니? 생각해 봐라."

바우는 여전히 말이 없다. 어머니는 그것을 바우가 순종하는 뜻으로 여긴 모양, 부엌에서 아침을 차리기에 분주하였다.

"얼른 밥 차려 줄게, 먹고 나가 봐."

그러나 바우는 어머니가 밥상을 날라 오기 전에 자기가 먼저 슬며시 집 밖으로 나갔다. 밥을 열 끼를 굶는 한이 있더라도 그 경환이 앞에 나비를 잡아 가지고 가서 머리를 숙이기는 무엇보다 싫었다. 아들의 그만한 체면쯤 보아줄 줄 모르고 자기네 요구만 고집하는 아버지가 그리고 어머니까지 바우는 무척 야속했다. 노여웠다.

바우는 동구 밖 아랫마을로 가는 길가 축동_{물을 막기 위해 크게 쌓은 둑}, 버드나무 그늘 밑을 고개를 숙여 생각에 잠기며 걷는다. 아침부터 요란스레 매미는 울고, 속상하게 눈에 보이는 것은 여기저기 풀 위로 너풀거리는 나비다. 바우는 그 나비를 피해 가는 듯 문득 걸음을 바꿔 뒷산으로 올라갔다. 거기서 바우는 일상 하던 버릇으로 풀을 베어 널고 그 위에 벌렁 나둥그러져 하늘을 쳐다본다. 집에서보다 갑절 어버이에게 대한 야속함과 노여움이 사무친다.

'아버지 말대로 정말 집을 나오고 말까? 그러면 아버지도 뉘우칠 때가 있겠지. 그리고 서울 같은 도회로 나가서 어떻게 고학_{苦學 학비를 스스로 벌어서 고생하며 배움}이라도 해 볼까?'

바우는 정말 그렇게 해 볼 것처럼 벌떡 일어선다. 그리고 걸음 걸리는 대로 따라 산 아래로 내려간다. 산 중턱쯤 이르렀다. 건너다보이는 맞은편 언덕을 너머 메밀밭 두덩에 허연 사람의 그림자가 엎드렸다 일어섰다 하며 무엇을 좇는 모양으로 움직인다.

'흥! 경환이 저놈이 또 나비를 잡는구나.'

하고, 바우는 입가에 업신여기는 웃음을 짓는다. 산을 또 좀 내려와 바라볼 때 경환이로 본 그것은 어른이 분명했다.

'흥! 경환이란 놈이 저이 집 머슴을 시켜 나비를 잡게 하는구나.'

그리고 바우는 또 한번 같은 웃음을 웃는다.

바우는 산을 내려와 맞은편 언덕 위로 올라섰다. 그리고 가까운 거리에서 메밀밭을 내려다보았을 때, 그는 놀라 벌린 입을 다물지 못했다. 경환이 집 머슴으로 본 사람은 남 아닌 바로 자기 아버지였다.[1] 아버지는 농립 ^{농립모.} _{여름에 농사일을 할 때 쓰는 모자}을 벗어 들고 나비를 좇아 엎드렸다 일어섰다 하며 그 똑똑지 못한 걸음으로 밭두덩을 지척지척 돌고 있다.

바우는 머리를 얻어맞은 듯 멍하니 아래를 바라보고 섰다. 그러다가 갑자기 언덕 모래 비탈을 지르르 미끄러져 내려가며 그렇게 빠른 속력으로 지금까지 잠기어 있던 어둔 마음에서 벗어나 그 아버지가 무척 불쌍하고

아니, 아버지께서 저기서 뭘 하시는 거지?

◌ 소설 한 장면   절정   집을 나온 바우는 자기 대신 나비를 잡고 있는 아버지를 발견함

1) 극적 반전이 일어나는 부분으로 바우는 아버지의 사랑을 깨닫는다.

정답고 그리고 그 아버지를 위하여서는 어떠한 어려운 일이든지 못할 것이 없을 것 같고, 바우는 울음이 되어 터져 나오려는 마음을 가슴 가득히 참으며 언덕 아래 메밀밭을 향해 소리쳤다.

"아버지!"

"아버지!"

"아버지!"

아버지! 아버지!

아버지께서 내 걱정에 나비를 잡고 계시다니……

🌼 소설 한 장면   결말 바우가 아버지의 사랑을 깨달음

🔭 생각해 볼까요?

 선생님 아버지는 바우와 경환이 싸운 이야기를 듣고 화가 나 바우의 그림책을 찢어 버려요. 아버지가 한 행동의 이유와 그 의미에 대해 말해 볼까요?

💬 3 ❤️ 3

↳ **학생 1** 아버지가 생각하시기에 바우가 사소한 일로 경환과 싸워서 소작 중인 땅을 빼앗길까 봐 걱정되고 화가 나서예요.

↳ **학생 2** 맞아요. 아버지는 바우가 그림 때문에 아버지에게 반항한다는 생각이 들었 을지도 몰라요.

↳ **학생 3** 현실적인 상황에서 바우가 농사꾼이 되어야 한다고 생각하기 때문일 수도 있어요. 그림 그리는 일은 가난하고 바쁜 생활에는 아무런 도움도 되지 않는 다고 여겼을 수도 있고요.

 선생님 바우가 아버지의 말씀에도 나비를 잡아 경환에게 가지 않은 이유는 무엇일 까요?

💬 2 ❤️ 2

↳ **학생 1** 잘못한 것이 없는데도 경환에게 사과하는 것이 억울하고 자존심 상한다고 생각하기 때문이에요. 경환은 나비를 잡는다는 이유로 경환의 부모님이 힘 들게 지은 참외 농사를 망치는 잘못을 저질렀어요. 바우는 경환이 아무리 마 름집 아들이라고 해도 그럴 권리는 없다고 생각해요. 바우는 이러한 자신을 이해해 주지 않는 부모님이 야속하고 서운했을 거예요.

↳ **학생 2** 하지만 바우를 키우며 열심히 살아가시는 부모님의 입장도 이해가 가요. 결 말에서 아버지가 직접 나비를 잡으신 것도 바우를 사랑하기 때문이에요.

지주, 마름, 소작	▼ 🔍

연관 검색어　　일제 강점기

지주는 소작농에게 토지를 빌려주고 지대를 받는 사람이다. 지주가 직접 토지를 관리 하기 어려울 경우 마름에게 맡겼다. 마름은 소작농을 감독하면서 소작료를 거둬들여 지주에게 상납했다. 이처럼 소작농은 농지를 빌려 농사를 짓는 사람들이었기에 마름 이나 지주에게 부당한 요구를 받아도 정당하게 대응할 수 없었다.

마름은 양반인 지주와 평민인 소작농 사이에 위치한 평민인 경우가 많았다. 문학 작 품에서 마름은 주로 지주의 편에 서서 소작권을 행사하며 힘없는 소작농들을 착취하 는 등 악행을 일삼는 모습으로 표현된다.